经典传家

经典回到生活　阅读从心开始

经典传家

『经典传家』丛书遴选了清代《四库全书》的精华，而且每一种书在注释、译文、解读等方面做了大量的、扎实的工作。

——傅璇琮

国学就是中国人的学问。『经典传家』是一套非常适合大众阅读的国学经典丛书。国学的传承和发展迫切需要好的大众读本。

——毛佩琦

《四库全书》浩如烟海，真正的必读经典就这百余部。

——任德山

国学是相互通融的，切忌断章或是割裂。今人只有从《周易》等原始经典入手，才能真正找到进入国学的门径。

——刘君祖

经典传家

经典传家系列丛书

图解官场现形记

李宝嘉 著

崇贤书院 释译

黄山书社

中国小说谱系简表

类别	作者/作品	作品/存佚
先秦神话与传说	《山海经》	
	《穆天子传》	
汉人小说	《伊尹说》	（今佚）
	《鬻子说》	（今佚）
	《青史子》	（今佚）
	《虞初周说》	（今佚）
	《师旷》	（今佚）
	《务成子》	（今佚）
六朝志怪小说	曹丕	《列异传》
	王嘉	《拾遗记》
	张华	《博物志》
	干宝	《搜神记》
	刘义庆	《幽明录》
唐传奇小说	沈既济	《枕中记》
	陈鸿	《长恨歌传》
	白行简	《李娃传》
	元稹	《莺莺传》
	李公佐	《南柯太守传》
		《谢小娥传》
		《古岳渎经》
宋传奇小说	乐史	《绿珠传》
		《杨太真外传》
	涂铉	《稽神录》
	洪迈	《夷坚志》
	秦醇	《赵飞燕别传》
	刘斧	《青琐高议》
		《青琐摭遗》
宋元话本	佚名	《大唐三藏法师取经记》
	佚名	《大宋宣和遗事》
元明历史演义	罗贯中	《三国演义》
		《隋唐志传》
		《残唐五代史演义》

中国小说谱系简表

类别	作者	作品
元明英雄传奇	施耐庵	《水浒传》
	熊大木	《两宋志传》
明神魔小说	吴承恩	《西游记》
	许仲琳	《封神演义》
	罗懋登	《三宝太监西洋记》
	董　说	《西游补》
明世情小说	兰陵笑笑生	《金瓶梅词话》
明公案小说	佚　名	《包公案》
明拟话本	冯梦龙	《喻世明言》
		《警世通言》
		《醒世恒言》
	凌濛初	《初刻拍案惊奇》
		《二刻拍案惊奇》
清公案小说	佚　名	《施公案》
		《彭公案》
清才子佳人小说	佚　名	《玉娇梨》
	荻岸山人	《平山冷燕》
	名教中人	《好逑传》
	云封山人	《铁花仙史》
清讽刺小说	吴敬梓	《儒林外史》
清世情小说	曹雪芹	《红楼梦》
清之拟晋唐小说	蒲松龄	《聊斋志异》
	纪　昀	《阅微草堂笔记》
清狭邪小说	陈　森	《品花宝鉴》
	魏秀仁	《花月痕》
	俞　达	《青楼梦》
清侠义小说	文　康	《儿女英雄传》
	石玉昆	《三侠五义》
		《七侠五义》
清末谴责小说	李宝嘉	《官场现形记》
	吴趼人	《二十年目睹之怪现状》
	刘　鹗	《老残游记》
	曾　朴	《孽海花》

说明：中国小说如何分类学界观点不一，以上分类仅供参考。

总 序

国学是什么？简单说，就是中国人之所以成为中国人的学问。因此，国学不仅包括数千年积累流传下来的经典，比如“四书五经”、《老子》《庄子》《孙子》《史记》《汉书》、唐诗、宋词，也包含研究中国人思维方式、生活方式、行为方式乃至娱乐方式的各种学问。广言之，国学研究的对象不仅包括文献，也包括实物；不仅包括物质文化遗产，也包括非物质文化遗产，如我国各民族的建筑、服饰、饮食、音乐、绘画、医药、戏曲等等。

国学是不断丰富、不断发展的学问。上面说的从“四书五经”到唐诗、宋词就是一个不断丰富发展的过程。近代以来，国学的研究范围还在不断地扩大，比如敦煌学、甲骨学，是随着有关文物的出土而兴起的；比如红学，是随着文学理论和学术风气的发展变化而兴起和发展的。随着时间的推移和学术的进步，必将有更多的学问被纳入国学研究的范围。

数千年来，中国人做学问形成了自己独特的理论和方法，比如思想理论、史学理论、文学理论，以及训诂学、考据学、音韵学等等。但这些理论和方法并不是一成不变的。比如，在史学研究领域，由于地下文物的出土，王国维等人提出了以地下文物与传世文献相补充互证的“二重证据法”。近代以来，西风劲吹。国人主动借鉴西方学术研究的理论和方法，研究中国学问。王国维借鉴尼采的哲学理论研究中国的文学戏剧，胡适以杜威的实验主义研究中国的“国故”。国学从来没有拒绝外国学问的融合，佛教传入中国后，经过改造，形成了中国独特的佛学、因明学；自明朝末年西学传入中国后，中国的天文学、数学等就已经融入了西学的因素。马克思主义传入中国后，不少人用马克思主义理论研究中国历史文化，它们自然也成为了国学的一部分。因此，国学又是开放的、随时代而进步的。那么，当今我们研究、振兴国学，不允许也不应该倒退，不允许也不应该僵化。

然而，国学又是与西学明显区分的。国学是西学的对应物，是与西学完全不同的学术体系。在近代，西学挟坚船利炮强势进入中国之后，中国人还视自我，对于中国固有之学问的称呼出现了中学、国故学、国粹、国学这样的名称。面对“帝国主义”的强大，中国人自愧不如，一方面拼命地学习、引进西学，另一方面拼命地贬低、抛弃国学。虽然也有一些人，如张之洞为保护中华文化之根本，提出“中学为体，西学为用”，如胡适，提出“整理国故”，以“再造文明”“建立民族自信心”，但其声音终被时代所淹没。国学一再被严重曲解和轻视，造成了中国历史文化的大断裂。也许，这一历史过程是必然的。但回顾过去，中国在走向独立富强的过程中，国学所付出的代价实在太大、太惨重了。

新中国成立后，饱受屈辱的中国人从此站立了起来，民族自信心大大加强，但没有能够及时认识到国学在新时代的重要性，甚至仅存的一点点国学遗产也进一步成为被抛弃的对象。改革开放三十年之后，走向富强的国人终于幡然醒悟，保护和振兴国学逐渐成为全民的共识。一个强大的自立于世界民族之林的国家，必然要有与之相匹配的伟大的民族文化。中国人，从领导者、学术界到普通百姓，都在重新发现国学的现代价值。同时，在走向全球化的进程中，东西方各国也把目光投向了中国。中国学问，中国的一切都在被重新评价。中国不仅为了自身的建设和发展需要从传统文化中汲取智慧，而且也面临着以优秀的中华文化向全人类贡献智慧的责任和挑战。

那么，这套经典传家丛书的编纂就是可喜的，编纂者的初衷和努力就是可敬的。希望这套丛书能发挥点滴作用，如同涓涓细水与千百万有志者的努力一道汇成大潮，去迎接中华民族的伟大复兴！

是为序。

毛佩琦

二〇一五年五月

前言

何为“官场”？官场既是个能够炼出真金的火炉，又是个会让人不由自主发生改变的染缸；官场是一面镜子，既可以折射出华服美衣，又可以令人丑态毕现；官场更是一个名利场，建功立业、树名获利是万古不变的主题，有人名垂青史，有人遗臭万年。外行人可以看看官场变幻的热闹，但却始终看不清、看不懂官场的门道。

成书于清末的李宝嘉的《官场现形记》，就是这样一本带你去看清、看懂官场门道的书。《官场现形记》现为五编，每编十二回，共六十回。作者原计划为十编规模：已经写成的五编为前半部，专门揭露官场的腐败和罪恶；后半部拟写教人做官的法子，即指导人们如何做好官。而实际上作者在第五编尚未完稿之时，就因病去世。现存的六十回，最后一小部分，是由朋友代笔补齐的。至于后半部“教导做官的法子”不过是空想而已。

然而，半部《官场现形记》何尝不是一部诲人的教科书？最奇的是，小说中写的多是实有人物，只是改易姓名而已。这种现实与虚构之间的交错，更增添了这部书的教育与警诫意义。胡适曾在为此书做的序言中道：“就大体上说，我们不能不承认这部《官场现形记》里大部分的材料可以代表当时官场的实在情形。那些有名姓可考的，如华中堂之为荣禄，黑大叔之为李莲英，都是历史上的人物，不用说了。那无数无名的小官，从钱典史到黄二麻子，从那做贼的鲁总爷到那把女儿献媚上司的冒得官，也都不能说是完全虚构的人物。”胡适对《官场现形记》做过较深入的研究和考据，他的话无疑是有根据的。当然，实际上小说中的某个有名有姓的人物也未必完全是影射某一个人，其象征意义更为深刻。

中国官场有着说不尽道不明的故事。人说：“近朱者赤，近墨者黑。”一个人不论身居何种环境，只要耳濡目染，久而久之，必然会潜移默化。因此，李宝嘉的《官场现形记》正是一面审视自己最好的镜子。

为了使这面镜子不至失真，编者在本书的选本方面，颇下了一番功夫。我们采用光绪三十一年（1905年）上海世界繁华报为底本，以宣统元年（1909年）崇本堂石印本为参照加以校订，依其他各本改正了个别错字，确保本书在版本上的权威性。在一些古今异体字方面，采用了尊重原著的原则，维持原貌，尽量保持清末的时代特征。

此外，由于清代的很多官职和官场上的术语，今天我们已经少有人清楚，为了方便读者，本书在每回末尾都酌情加以注解，更有助于读者理解文意，将作者的写作精髓传达给读者。

为了烘托整部书的气氛，我们还在正文前配以古版画作为插图，这些版画与作品中的情节、人物一一对应，图文并茂，生动形象。我们还特意将插图配以仿古的装帧，做成古书的样式，给读者耳目一新的感觉。考究的设计加之精致的版画，为本书更增添了一份阅读的快感。

这是一个人人都渴望成功的年代，当一夜升官暴富的传说被当成经典四处传播的时候，我们该如何选择？当面对越来越复杂的社会，我们怎样才能站稳脚跟，完善自己的人生？以良心处世，以诚实待人，厚德而不是厚黑，应该说，这正是一部《官场现形记》所要告诉我们的。

崇賢書院

第一回 望成名學究訓頑兒

第三回 苦鑽差黑夜謁黃堂

第五回 藩司賣缺兄弟失和

第七回 宴洋官中丞嫻禮節

第九回 觀察公討銀翻臉

第十一回 窮佐雜貪緣説差使

第十三回 聽申飭隨員忍氣

第十五回 老吏斷獄着着爭先

第十七回 三萬金借公敲詐

第十九回 重正途宦海尚科名

第二十一回 反本透贏當場出彩

第二十三回 訊姦情臬司惹笑柄

第二十七回 假公濟私司員設計

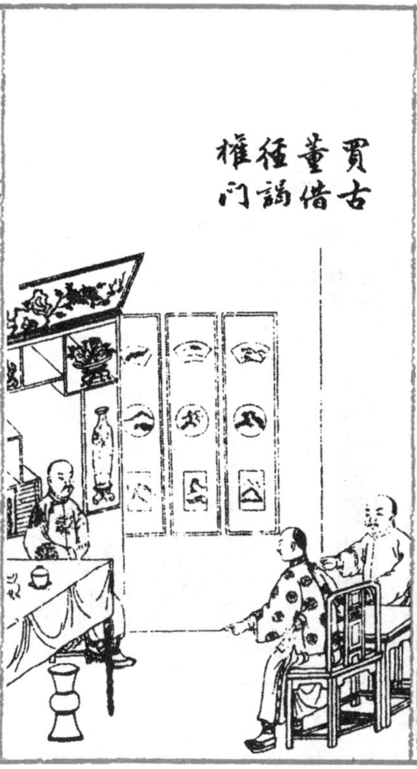

第二十五回 買古董借徑謁權門

第三十一回 說洋話哨官遭毆打

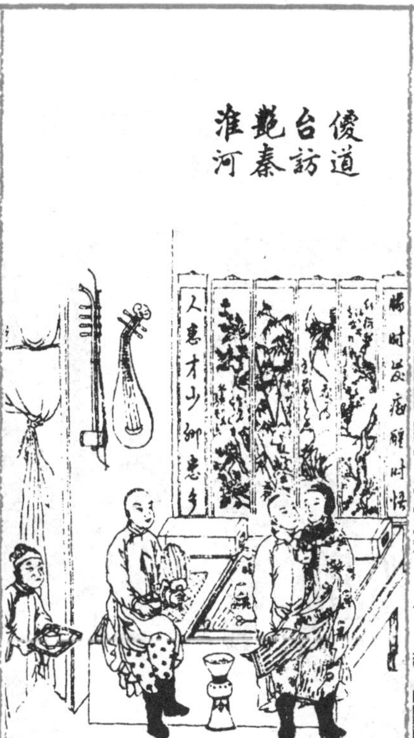

第二十九回 傻道台訪艷秦淮河

第三十三回 借名頭斂錢開書局

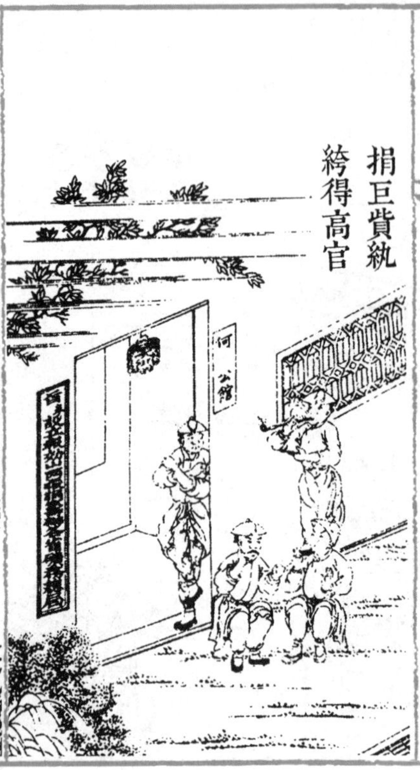

第三十五回 捐巨貲紈袴得高官

第三十七回 繳憲帖老父託人情

第三十九回 省錢財懼內誤庸醫

第四十一回 乞保留極意媚鄉紳

第四十三回 一班齷齪堂構相承

第四十五回 渥承憲眷氣焰熏天

第四十七回 為惜費急急煮烏煙

第四十九回　造揭帖密計遣群姬

第五十回　聽主使豪僕學摸金

第五十九回　掌到銀錢作威作福

第六十回　嬉笑怒罵皆爲文章

目录

第一回

望成名学究训顽儿　讲制艺乡绅勖后进

话说陕西同州府朝邑县，城南三十里地方，原有一个村庄。这庄内住的，只有赵、方二姓，并无他族。这庄叫小不小，叫大不大，也有二三十户人家。祖上世代务农。到了姓赵的爷爷手里，居然请了先生，教他儿子攻书；到他孙子，忽然得中一名黉门秀士[1]。乡里人眼浅，看见中了秀才，竟是非同小可，合庄的人，都把他推戴起来，姓方的便渐渐的不敌了。姓方的瞧着眼热，有几家该钱的，也就不惜工本，公开一个学堂；又到城里请了一位举人老夫子，下乡来教他们的子弟读书。

这举人姓王名仁，因为上了年纪，也就绝意进取，到得乡间，尽心教授。不上几年，居然造就出几个人才：有的也会对个对儿；有的也会诌几句诗；内中有个天分高强的，竟把笔做了“开讲”[2]。把这几个东家喜欢的了不得。到了九月重阳，大家商议着，明年还请这个先生。王仁见馆地蝉联，心中自是欢喜。这个会做开讲的学生，他父亲叫方必开。他家门前，原有两棵合抱大树，分列左右，因此乡下人都叫他为“大树头方家”。这方必开因见儿子有了这么大的能耐，便说自明年为始，另外送先生四贯铜钱。不在话下。

且说是年正值“大比之年”[3]，那姓赵的便送孙子去赶大考。考罢回家，天天望榜，自不必说。到了重阳过后，有一天早上，大家方在睡梦之中，忽听得一阵马铃声响，大家被他惊醒。开门看处，只见一群人，簇拥着向西而去。仔细一打听，都说赵相公考中了举人了。此时方必开也随了大众在街上看热闹，得了这个信息，连忙一口气跑到赵家门前探望。只见有一群人，头上戴着红缨帽子，正忙着在那里贴报条呢。方必开自从儿子读了书，西瓜大的字，也跟着学会了好几担搁在肚里。这时候他一心一意都在这报条上，一头看，一头念道：“喜报贵府老爷赵印温，应本科陕西乡试，高中第四十一名举人。报喜人卜连元。”他看了又看，念了又念，正在那里咂嘴弄舌，不提防肩膀上有人拍了他一下，叫了一声“亲家”。方必开吓了一跳，定神一看，不是别人，就是那新中举人赵温的爷爷赵老头儿。

原来这方必开，前头因为赵府上中了秀才，他已有心攀附，忙把自己第三个女孩子，托人做媒，许给赵温的兄弟，所以这赵老头儿赶着他叫亲家。他定睛一看，见是太亲翁，也不及登堂入室，便在大门外头，当街趴下，绷冬绷冬的磕了三个头。赵老头儿还礼不迭，赶忙扶他起来。方必开一面掸着自己衣服上的泥，一面说道：“你老今后可相信咱的话了？咱从前常说，城里乡绅老爷们的眼力，是再不错的。十年前，城里石牌楼王乡绅下来上坟，是借你这屋里打的尖。王老先生饭后无事，走到书房，可巧一班学生在那里对对儿哩。王老先生一时高兴，便说我也出一个你们对对。刚刚那天下了两点雨，王老先生出的上联就是‘下雨’两个字。我想着，你们这位少老爷便冲口而出，说是甚么‘出太阳’。王老先生点了点头儿，说道：‘“下雨”两个字，“出太阳”三个字，虽然差了点，总算口气还好，将来这孩子倒或者有点出息。’你老想想看，这可不应了王老先生的话吗？”赵老头儿道：“可不是呢。不是你提起，我倒忘记这会子事了。眼前已是九月，大约月底月初，王老先

生一定要下来上坟的。亲家那时候把你家的孩子一齐叫了来，等王老先生考考他们。将来望你们令郎，也同我这小孙子一样就好了。”方必开听了这话，心中自是欢喜，又说了半天的话，方才告别回家。

那时候已有午牌过后，家里人摆上饭来，叫他吃也不吃；却是自己一个人，背着手，在书房廊前踱来踱去，嘴里不住的自言自语，甚么“捷报贵府少老爷”，甚么“报喜人卜连元”。家里人听了都不明白。还亏了这书房里的王先生，他是曾经发达过的人，晓得其中奥妙。听了听，就说：“这是报条上的话，他不住的念这个，却是何故？”低头一想：“明白了，一定是今天赵家孩子中了举，东家见了眼馋，又勾起那痰迷心窍老毛病来了。”忙叫老三：“快把你爸爸搀到屋里来坐，别叫他在风地里吹。”这老三便是会做开讲的那孩子，听了这话，忙把父亲扶了进来，谁知他父亲跑进书房，就跪在地当中，朝着先生一连磕了二十四个响头。先生忙忙还礼不迭，连忙一手扶起了方必开，一面嘴里说：“东翁，有话好讲，这从那里说起！”这时候方必开一句话也说不出来，拿手指指自家的心，又拿手指指他儿子老三，又双手照着王仁拱了一拱。王仁的心上已明白了三四分了，就拿手指着老三，问道：“东翁，你是为了他么？”方必开点点头儿。王仁道：“这个容易。”随手拉过一条板凳，让东家坐下。又去拉了老三的手，说道：“老三，你知道你爸爸今儿这个样子，是为的谁呀？”老三回：“我不知道。”王仁道：“为的是你。”老三说：“为我甚么？”王仁道：“你没有听见说，不是你赵家大哥哥，他今儿中了举人么？”老三道：“他中他的，与我甚么相干？”王仁道：“不是这样讲。虽说人家中举，与你无干，到底你爸爸眼睛里总有点火辣辣的。”老三道：“他辣他的，又与我甚么相干？”王仁道：“这就是你错了！”老三道：“我错甚么？”王仁道：“你父亲就你一个儿子，既然叫你读了书，自然望你巴结上进，将来也同你赵家大哥哥一样，挣个举人回来。”老三道：“中了举人有甚么好处呢？”王仁道：“中举之后，一路上去，中进士，拉翰林[4]，好处多着哩！”老三道：“到底有甚么好处？”王仁道：“拉了翰林就有官做。做了官就有钱赚，还要坐堂打人，出起门来，开锣喝道。阿唷唷，这些好处，不念书，不中举，那里来呢？”老三孩子虽小，听到“做了官就有钱赚”一句话，口虽不言，心内也有几分活动了，闷了半天不作声。又停了一会子，忽然问道：“师傅，你也是举人，为甚么不去中进士做官呢？”

那时候，方必开听了先生教他儿子的一番话，心上一时欢喜，喉咙里的痰也就活动了许多，后来又听见先生说甚么做了官就有钱赚，他就哇的一声，一大口的黏痰呕了出来。刚刚吐得一半，忽然又见他儿子回驳先生的几句话，驳的先生顿口无言，他的痰也就搁在嘴里头，不往外吐了，直钩钩两只眼睛，瞅着先生，看他拿甚么话回答学生。只见那王仁愣了好半天，脸上红一阵，白一阵，面色很不好看，忽然把眼睛一瞪，吹了吹胡子，一手提起戒尺，指着老三骂道：“混账东西！我今儿一番好意，拿好话教导与你，你倒教训起我来了！问问你爸爸：请了我来，是叫我管你的呢，还是叫你管我的？学生都要管起师傅来，这还了得！这个馆不能处了！一定要辞馆，一定要辞馆！”

这方必开是从来没见先生发过这样大的气，今儿明晓得是他儿子的不是，冲撞了他，惹出来的祸。但是满肚子里的痰，越发涌了上来，要吐吐不出，要说说不出，急的两手乱抓，嘴唇边吐出些白沫来。老三还在那里叽哩咕噜说：“是个好些儿的，就去中进士做官给我看，不要在我们家里混闲饭吃。”王仁听了这话，更是火上加油，拿着板子赶过来打，老三又哭又跳，闹的越发大了。还是老三的叔叔听见不像样，赶了进来，拍了老三两下；又朝着先生作了几个揖，赔了许多话；把哥子搀了出来才完的事。按下不表。

且说赵老头儿，自从孙子中举，得意非凡，当下，就有报房[5]里人，三五成群，住在他家，镇日价大鱼大肉的供给，就是鸦片烟也是赵家的。赵老头儿就把一向来往的乡、姻、世、族谊，开了横单交给报房里人，叫他填写报条，一家家去送。又忙着看日子祭宗祠，到城里雇的厨子，说要整猪整羊上供，还要炮手、乐工、礼生。又忙着拣日子请喜酒，一应乡、姻、世、族谊，都要请到。还说如今孙子中了孝廉，从此以后，又多几个同年人家走动了。又忙着叫木匠做好六根旗杆：自家门前两根，坟上两根，祠堂两根。又忙着做好一块匾，要想求位翰林老先生题“孝廉第”三个字。想来想去，城里头没有这位阔亲戚可以求得的，只有坟邻王乡绅，春秋二季下乡扫墓，曾经见过几面。因此渊源，就送去了一份厚礼，央告他写了三个字，连夜叫漆匠做好，挂在门前，好不荣耀。又忙着替孙子做了一套及时应令的棉袍褂，预备开贺的那一天好穿了陪客。

赵老头儿祖孙三代究竟都是乡下人，见识有限，那里能够照顾这许多，全亏他亲家，把他西宾王孝廉请了过来一同帮忙，才能这般有条不紊。当下又备了一副大红金帖，上写着：“谨择十月初三日，因小孙秋闱[6]侥幸，敬治薄酒，恭候台光。”下写：“赵大礼率男百寿暨孙温载拜。”外面红封套签条居中写着“王大人”三个字，下面注着“城里石牌楼进士第”八个小字。大家知道，请的就是那王乡绅了。另外又烦王孝廉写了一封四六信，无非是仰慕他，记挂他，届期务必求他赏光的一派话。赵老头儿又叫在后面加注一笔，说赶初一先打发孩子赶驴上城，等初二就好骑了下来；这里打扫了两间庄房，好请他多住几天。帖子送去，王乡绅答应说来。赵老头儿不胜之喜。

有事便长，无话便短。看看日子，一天近似一天，赵家一门大小，日夜忙碌，早已弄得筋疲力尽，人仰马翻。到了初三黑早，赵老头儿从炕上爬起，唤醒了老伴并一家人起来，打火烧水洗脸，换衣裳，吃早饭。诸事停当，已有辰牌时分，赶着先到祠堂里上祭。当下都让这中举的赵温走在头里，屁股后头才是他爷爷，他爸爸，他叔子，他兄弟，跟了一大串。走进了祠堂门，有几个本家都迎了出来，只有一个老汉，嘴上挂着两撇胡子，手里拿着一根长旱烟袋，坐在那里不动。赵温一见，认得他是族长，赶忙走过来叫了一声“大公公”。那老汉点点头儿，拿眼把他上下估量了一回；单让他一个坐下，同他讲道：“大相公，恭喜你，现在做了皇帝家人了！不知道我们祖先积了些甚么阴功，今日都应在你一人身上。听见老一辈子的讲，要中一个举，是很不容易呢：进去考的时候，祖宗三代都跟了进去，站在龙门[7]老等，帮着你抗考篮，不然，那一百多斤的东西，怎么拿得动呢？还说是文昌老爷是阴间里的主考，等到放榜的那一天，文昌老爷穿戴着纱帽圆领，坐在上面；底下围着多少判官，在那里写榜。阴间里中的是谁，阳间里的榜上也就中谁，那是 点不会错的。到这时候，那些中举的祖宗三代，又要到阴间里看榜，又要到玉皇大帝跟前谢恩，总要三四夜不能睡觉哩。大相公，这些祖先熬到今天受你的供，真真是不容易呢。”

爷儿两个正在屋里讲话，忽然外面一片人声吵闹。问是甚么事情，只见赵温的爷爷满头是汗，正在那里跺着脚骂厨子，说：“他们到如今还不来！这些王八崽子，不吃好草料的！停会子告诉王乡绅，一定送他们到衙门里去！”嘴里骂着，手里拿着一顶大帽子，借他当扇子扇，摇来摇去，气得眼睛都发了红了。正说着，只见厨子挑了碗盏家伙进来。大家拿他抱怨。厨子回说：“我的爷！从早晨到如今，饿着肚皮走了三十多里路，为的那一项！半个老钱没有瞧见，倒说先把咱往衙门里送。城里的大官大府，翰林、尚书，咱伺候过多少，没瞧过他这囚攮的暴发户，在咱面上混充老爷！开口王乡绅，闭口王乡绅，像他这样的老爷，只怕替王乡绅捡鞋还不要他哩！”一面骂，一面把炒菜的杓子往地下一掼，说：“咱老子不做啦，等他送罢！”这里大家见厨子动了气，不做菜，祠堂祭不成，大家坍台，又亏了赵温的叔叔走过来，左说好话，右说好话，好容易把厨子骗住了，一样一样的做现成了，端上去摆供。当下合族公推新孝廉主祭，族长陪祭，大众跟着磕头。虽有赞礼生在旁边吆喝着，无奈他们都是乡下人，不懂得这样的规矩，也有先作揖，后磕头的，

也有磕起头来，再作一个揖的。礼生见他们参差不齐，也只好由着他们敷衍了事。一时祭罢祠堂，回到自己屋里，便是一起一起的人来客往，算起来还是穿草鞋的多。送的份子，倒也络续不断；顶多的一百铜钱，其余二十、三十也有，再少却亦没有了。

看看日头向西，人报王乡绅下来了。赵老头儿祖孙三代，早已等得心焦，吃喜酒的人，都要等着王乡绅来到方才开席，大家饿了肚皮，亦正等的不耐烦。忽然听说来了，赛如天上掉下来的一般，大家迎了出来。原来这王乡绅坐的是轿车，还没有走到门前，赵温的爸爸抢上一步，把牲口拢住，带至门前。王乡绅下车，爷儿三个连忙打躬作揖，如同捧凤凰似的捧了进来，在上首第一位坐下。

这里请的陪客，只有王孝廉宾东两个。王孝廉同王乡绅叙起来还是本家，王孝廉比王乡绅小一辈，因此他二人以叔侄相称。他东家方必开因为赵老头儿说过，今日有心要叫王乡绅考考他儿子老三的才情，所以也戴了红帽子、白顶子，穿着天青外褂，装做斯斯文文的样子，陪在下面；但是脚底下却没有着靴，只穿得一双绿梁的青布鞋罢了。

王乡绅坐定，尚未开谈，先喊了一声"来"！只见一个戴红缨帽子的二爷，答应了一声"者"！王乡绅就说："我们带来的点小意思，交代了没有？"二爷未及回话，赵老头儿手里早拿着一个小红封套儿，朝着王乡绅说："又要你老破费了，这是断断不敢当的！"王乡绅那里肯依。赵老头儿无奈，只得收下，叫孙子过来叩谢王公公。当下吃过一开茶，就叫开席。

王乡绅一席居中；两傍虽有几席，都是穿草鞋，穿短打的一班人；还有些上不得台盘的，都在天井里等着吃。这里送酒安席，一应规矩，赵老头儿全然不懂，一概托了王孝廉替他代作主人。当下，王乡绅居中面南，王孝廉面西，方必开面东，他祖孙两个坐在底下作陪。一时酒罢三巡，菜上五道。王乡绅叔侄两个讲到今年那省主考放的某人，中出来的"闱墨"[8]，一定是清真雅正，出色当行。又讲到今科本县所中的几位新孝廉，一个个都是揣摩功深，未曾出榜之前，早决他们是一定要发达的，果然不出所料：足见文章有价，名下无虚。

两人讲到得意之际，不知不觉的多饮了几杯。原来这王乡绅也是两榜进士[9]出身，做过一任监察御史，后因年老告病回家，就在本县书院掌教。现在满桌的人，除王孝廉之外，便没有第二个可以谈得来的。赵温虽说新中举，无奈他是少年新进，王乡绅还不将他放在眼里。至于他爷爷及方必开两个，到了此时，都变成"锯了嘴的葫芦"，只有执壶斟酒，举箸让菜，并无可以插得嘴的地方，所以也只好默默无言。

王乡绅饮至半酣，文思泉涌，议论风生，不禁大声向王孝廉说道："老侄，你估量着这'制艺'[10]一道，还有多少年的气运？"王孝廉一听这话，心中不解，一句也答不上来，筷子上夹了一个肉圆，也不往嘴里送，只是睁着两只眼睛，望着王乡绅。王乡绅便把头点了两点，说道："这事说起来话长。国朝诸大家，是不用说了，单就我们陕西而论：一位路润生先生，他造就的人才也就不少。前头入阁拜相的阎老先生，同那做刑部大堂[11]的他们那位贵族，那一个不是从小读着路先生的制艺，到后来才有这们大的经济[12]！"一面说，一手指着赵家祖孙，嘴里又说道："就以区区而论，记得那一年，我才十七岁，才学着开笔作文章，从的是史步通史老先生。这位史老先生虽说是个老贡生，下过十三场没有中举；一部《仁在堂文稿》他却是滚瓜烂熟记在肚里。我还记得，我一开手，他叫我读的就是'制艺引全'，是引人入门的法子。一天只教我读半篇。因我记性不好，先生就把这篇文章裁了下来，用浆子糊在桌上，叫我低着头念，偏偏念死念不熟。为这上头，也不知捱了多少打，罚了多少跪，到如今才挣得这两榜进士。唉！虽然吃了多少苦，也还不算冤枉。"王孝廉接口道："这才合了俗语说的一句话，叫作'吃得苦中苦，方为人上人'。别的不讲，单是方才这几句话，不是你老人家一番阅历，也不能说得如此亲切有味。”

王乡绅一听此言，不禁眉飞色舞，拿手向王孝廉身上一拍，说道：“对了，老侄，你能够说出这句话来，你的文章也着实有工夫了。现在我虽不求仕进，你也无意功名，你在乡下授徒，我在城中掌教，一样是替路先生宏宣教育，替我圣朝培养人才。这里头消长盈虚，关系甚重。老侄你自己不要看轻，这个重担，却在我叔侄两人身上，将来维持世运，历劫不磨。赵世兄他目前虽说是新中举，总是我们斯文一脉，将来昌明圣教，继往开来，舍我其谁？当仁不让。小子勉乎哉，小子勉乎哉！”说到这里，不觉闭着眼睛，颠头播脑起来。

赵温听了此言，不禁肃然起敬。他爷爷同方必开，起先尚懂得一二，知道他们讲的无非文章，后来王乡绅满嘴掉文，又做出许多痴像，笑又不敢笑，说又没得说。正在疑惑之际，不提防外头一片声嚷，吵闹起来。仔细一问，原来是王乡绅的二爷，因为他主人送了二分银子的贺礼，赵温的爸爸开销他三个铜钱的脚钱，他在那里嫌少，争着要添。赵温的爸爸说：“你主人止送了二分银子，换起来不到三十个钱，现在我给你三个铜钱，已经是格外的了。”二爷说：“脚钱不添，大远的奔来了，饭总要吃一碗。”赵温的爸爸不给他吃，他一定吵着要吃，自己又跑到厨房抢面吃，厨子不答应，因此争吵起来，一直闹到堂屋里，王乡绅站起来骂：“王八蛋！没有王法的东西！”

当下，还亏了王孝廉出来，做好做歹，自己掏腰摸出两个铜钱给他买烧饼吃，方才无话。坐定之后，王乡绅还在那里生气，嘴里说：“回去一定拿片子送到衙门里，打这王八羔子几百板子，戒戒他二次才好！”究竟赵老头儿是个心慈面软的人，听了这话，连忙替他求情，说：“受了官刑的人，就是死了做了鬼，是一辈子不会超生的，这不毁了他吗。你老那里不阴功积德，回来教训他几句，戒戒他下回罢了。”王乡绅听了不作声。方必开忽然想起赵老头儿的话，要叫王乡绅考考他儿子的才情，就起身离座去找老三，叫唤了半天，前前后后，那里有老三的影子。后来找到厨房里，才见老三伸着油晃晃的两只手，在那里啃骨头。一见他老子来到，就拿油手往簇新的衣服上乱擦乱抹。他老子又恨儿子不长进，又是可惜衣服，急的眼睛里冒火。当下忍着气，不说别的，先拿过一条沾布，替儿子擦手，说要同他前面去见王乡绅。老三是个上不得台盘的人，任凭他老子说得如何天花乱坠，他总是不肯去。他老子一时恨不过，狠狠的打了他一下耳刮子，他哇的一声哭了。大家忙过来劝住，他老子见是如此，也只好罢手。

这里王乡绅又吃过几样菜，起身告辞。赵老头儿又托王孝廉替他说：“孙子年纪小，不曾出过门；王府上可有使唤不着的管家，请赏荐一位，好跟着孙子明年上京会试。”王乡绅也应允了。方才大家送出大门，上车而去。

欲知后事如何，且听下回分解。

［注释］

①黉门秀士：黉门，学官；秀士，即秀才。此处指被选拔在县、州或府学里读书的秀才。

②开讲：又称起讲，指八股文中的第三股，一般为初学写八股文的人所作。

③大比之年：原本指对地方官政绩考核制度，每三年进行考核一次，称作大比。清代科举中乡试也是三年举行一次，习惯上称乡试那一年为大比之年。

④拉翰林：考取的进士除一甲三名，照例授职翰林院外，其他人还参加朝考，由皇帝圈点成绩优秀者为翰林院庶吉士。

⑤报房：向新考取的举人、进士报喜的人为报人；由报人组合的叫报房。

⑥秋闱：秋天进行考试。闱，指进行举人、进士考试的地方，考试日期在秋天。

⑦龙门：指乡试考场的二门，也有指第三门，其意是跨过这门就可一举成名。

⑧闱墨：新中的举人、进士在考试时写的文章。

⑨两榜进士：科举考试中，凡考取进士的榜称作甲榜，考取举人的榜称作乙榜。两榜进士，即考取举人之后，又中了进士。

⑩制艺：指八股文。

⑪大堂：清代中央各部、院的主官称作大堂，此处的刑部大堂，指的就是刑部尚书。

⑫经济：指经邦济世、治理国家。

第二回

钱典史同行说官趣　赵孝廉下第受奴欺

话说赵家中举开贺，一连忙了几天，便有本学老师叫门斗[1]传话下来，叫赵温即日赴省，填写亲供[2]。当下爷儿三代，买了酒肉，请门斗饱餐一顿，又给了几百铜钱。门斗去后，赵温便踌躇这亲供如何填法，幸亏请教了老前辈王孝廉，一五一十地都教给他。赵温不胜之喜。他爷爷又向亲家方必开商量，要请王孝廉同到省城去走一遭，随时可以请教。

方必开一来迫于太亲翁之命，二来是他女儿大伯子中举的大事，还有甚么不愿意的？随即满口应允。赵老头儿自是感激不尽。取过历本一看，十月十五是个长行百事皆宜的黄道吉日，遂定在这天起身。因为自己牲口不够，又问方亲家借了两匹驴。几天头里，便是几门亲戚前来送礼饯行，赵温一概领受。

闲话少叙。转眼之间，已到十四。他爷爷，他爸爸，忙了一天，到得晚上，这一夜更不曾睡觉，替他弄这样，弄那样，忙了个六神不安。十五大早，赵温起来，洗过脸，吃饱了肚皮。外面的牲口早已伺候好了。少停一刻，方必开同了王孝廉也踱过来。赵温便向他爷爷、爸爸磕头辞行。赵老头儿又朝着王孝廉作了一个揖，托他照料孙子，王孝廉赶忙还礼不迭。等到行完了礼，一同送出大门，骑上牲口，顺着大路，便向城中进发。

原来几天头里，王乡绅有信下来，说赵世兄如若上省填亲供，可便道来城，在舍下盘桓几日。所以赵温同了王孝廉，走了半天，一直进城，投奔石牌楼而来。王孝廉是熟门熟路，管门的一向认得，立时请进，并不阻挡；赵温却是头一遭。幸亏他素来细心，下驴之后，便留心观看。只见：

门前粉白照墙一座，当中写着“鸿禧”两个大字，东西两根旗杆。大门左右，水磨八字砖墙。两扇黑漆大门，铜环擦得雪亮。门外挂着一块“劝募秦晋赈捐分局”的招牌。两面两扇虎头牌，写着“局务重地”“闲人免进”八个大字。还有两根半红半黑的棍子，挂在牌上。大门之内，便是六扇蓝漆屏门，上面悬着一块红底子金字的匾，写着“进士第”三个字。两边贴着多少新科举人的报条，也有认得的，也有不认得的，算来却都是同年。两边墙上，还挂着几顶红黑帽子，两条皮鞭子。

门上的人因为他是王孝廉同来的人，也就让他进去。转过屏门，便是穿堂，上面也有三间大厅，却无桌椅台凳。两面靠墙，横七竖八摆着几副衔牌；甚么“丙子科举人”“庚辰科进士”“赐进士出身”“钦点主政”[3]“江西道监察御史”。赵温心里明白，这些都是王乡绅自家的官衔。另外还摆着两顶半新不旧的轿子。又转过一重屏门，方是一个大院子，上面五间大厅。

其时已是十月，正中挂着大红洋布的板门帘。前回跟着王乡绅下乡，王孝廉给他两个铜钱买烧饼吃的那个二爷，正在廊檐底下，提着一把溺壶走来；一见他来，连忙站住，亏他不忘前情，迎上来朝着王孝廉打了一个千，问他几时来的，王孝廉回说“才到”。

那二爷瞧瞧赵温，也像认得，却是不理他，一面说话，一面让屋里坐。赵温也跟了进去。原来居中是三间统厅，两头两个房间，上头也悬着一块匾，是“崇耻堂”三个字，下

面落的是汪鸣銮的款。赵温念过“墨卷”[4]，晓得这汪鸣銮就是那做“能自彊斋文稿”的柳门先生，他本是一代文宗，不觉肃然起敬。当中悬着一副御笔，写的“龙虎”两字，却是石刻朱拓的，两边一副对联，是阎丹初阎老先生的款；天然几上一个古鼎、一个瓶、一面镜子，居中一张方桌，两旁八张椅子、四个茶几。上面梁上，还有几个像神像龛子的东西，红漆描金，甚是好看。赵温不认得是甚么东西，悄悄请教老前辈。王孝廉对他说：“这是盛‘诰命轴子’的。”

赵温还不懂得甚么叫“诰命”，正想追问，里头王乡绅拖着一双鞋，手里拿着一根旱烟袋，已经出来了。王孝廉连忙上前请了一个安，王乡绅把他一扶。跟手赵温已经趴在地下了，王乡绅忙过来呵下腰去扶他。嘴里虽说还礼，两条腿却没有动，等到赵温起来，他才还了一个揖。分宾坐下。赵温坐的是东面一排第二张椅子，王孝廉坐的是西面第二张椅子，王乡绅就在西面第三张上坐了相陪。王乡绅先开口问赵温的爷爷、爸爸的好。谁知他到了此时，不但他爷爷临走嘱咐他到城之后，见了王乡绅替他问好的话，一句说不上来，连听了王乡绅的话，也不知如何回答。面孔涨得通红，嘴里吱吱了半天，才回了个“好”字。王乡绅见他如此，也就不同他再说别的了，只和王孝廉攀谈几句。

言谈之间，王乡绅提起：“有个舍亲，姓钱号叫伯芳，是内人第二个胞兄，在江南做过一任典史。那年新抚台[5]到任，不上三个月，不知怎样就把他‘罣误’[6]了。却不料他官虽然只做得一任，任上的钱倒着实弄得几文回来。你们一进城，看见那一片新房子，就是他的住宅。做官不论大小，总要像他这样，这官才不算白做。现在他已经托了人，替他谋干了一个‘开复’，一过年，也想到京里走走，看有甚么路子，弄封把‘八行’[7]，还是出来做他的典史。”王孝廉道：“既然有路子，为甚么不过班做知县，到底是正印。”王乡绅道：“何尝不是如此。我也劝过他几次。无奈我们这位内兄，他却另有一个见解。他说：州、县虽是亲民之官，究竟体制要尊贵些，有些事情自己插不得身，下不得手，自己不便，不免就要仰仗师爷同着二爷。多一个经手，就多一个扣头，一层一层的剥削了去，到得本官就有限了；所以反不及他做典史的，倒可以事事躬亲，实事求是。老侄，你想他这话，是一点不错的呢。这人做官倒着实有点才干，的的确确是位理财好手。”王孝廉道：“俗话说的好了，‘千里为官只为财’。”王乡绅道：“正是这话。现在我想明年赵世兄上京会试，倒可叫他跟着我们内兄一路前去，诸事托他招呼招呼，他却是很在行的。”王孝廉道：“这是最好的，还有甚么说得。”当下王孝廉见王乡绅眼睛不睬赵温，瞧他坐在那里没得意思，就把这话告诉他一遍。赵温除了说“好”之外，亦没有别的话可以回答。王孝廉又替他问：“钱老伯府上，应该过去请安？”王乡绅道：“今天他下乡收租去了。我替你们说好，明年再见罢。”当下留他两人晚饭，就在大厅西首一间，住了一夜。次日一早起身，往省城而去。于是，晓行夜宿，在路非止一日，已经到了省城，找着下处，安顿行李。

且说赵温虽然中举，世路上一切应酬，究未谙练。前年小考以及今年考取遗才[8]，学台大人，虽说见过两面，一直是一个坐着点名，一个提篮接卷，却是没有交谈过，这番中了举人，前来叩见，少不得总要攀谈两句。他平时见了稍些阔点的人，已经坐立不安，语无伦次，何况学台大人，钦差体制，何等威严，未曾见面，已经吓昏的了。亏得王孝廉遇事招呼，随时指教，凡他所想不到的，都替他想到。头一天晚上，教他怎样磕头，怎样回话，赛如春秋二季，“明伦堂”上演礼一般，好容易把他教会。又亏得赵温质地聪明，自己又操演了一夜，顶到天明，居然把一应礼节，牢记在心。少停，王孝廉睡醒，赵温忙即催他起来洗脸。自己换了袍套，手里捏着手本。王孝廉又叫他封了四吊钱的钱票，送给学台大人做“贽见”，另外带了些钱做一应使费。到了辕门，找到巡捕老爷，赵温朝他作了一个揖，拿手本交给他，求他到大人跟前代回，另外又送了这巡捕一吊钱的“门包”。巡

捕嫌少，讲来讲去，又加了二百钱，方才去回。等了一会子，巡捕出来说：“大人今天不见客。”问他亲供填了没有。赵温听说大人不见，如同一块石头落地，把心放下，赶忙到承差屋里，将亲供恭恭敬敬的填好，交代明白。一应使费，俱是王孝廉隔夜替他打点停当，赵温到此不过化上几个喜钱，没有别的噜苏。当下事毕回寓，整顿行装，两人一直回乡。王孝廉又教给他写殿试策白折子，预备来年会试不题。

正是光阴似箭，日月如梭，转眼间已过新年，赵温一家门便忙着料理上京会试的事情。一日饭后，人报王乡绅处有人下书。赵温拆开看时，前半篇无非新年吉祥话头，又说“舍亲处，已经说定结伴同行，两得裨益。旧仆贺根，相随多年，人甚可靠，于北道情形，亦颇熟悉，望即录用”云云。赵温知道，便是托王乡绅所荐的那位管家了。只见贺根头上戴一顶红帽子，身穿一件蓝羽缎棉袍，外加青缎马褂，脚下还登着一双粉底乌靴，见了赵温，请了一个安，嘴里说了声“谢少爷赏饭吃”，又说“家主人请少爷的安”。赵温因他如此打扮，乡下从未见过，不觉心中呆了半天，不知拿甚么话回答他方好。幸亏贺根知窍，看见少爷说不出话，便求少爷带着到上头，见见老太爷请请安。赵温只得同他进去，先见他爷爷。带见过之后，他爷爷说：“这个人是你王公公荐来的，僧来看佛面，不可轻慢于他。”就留他在书房里住。等到吃饭的时候，他爷爷一定又要从锅里另外盛出一碗饭、两样菜给贺根吃。一应大小事务，都不要他动手。后来还是王孝廉过来看见，就说：“现在这贺二爷既然是府上的管家，不必同他客气，事情都要叫他经经手，等他弄熟之后，好跟世兄起身。”赵家听得如此，才渐渐的差他做事。

到了十八这一天，便是择定长行的吉日。一切送行辞行的繁文，不用细述。这日仍请王孝廉伴送到城。此番因与钱典史同行，所以一直径奔他家，安顿了行李，同到王府请安。见面之后，留吃夜饭；台面上只有他郎舅、叔侄三个人说的话，赵温依然插不下嘴。饭罢，临行之时，王乡绅朝他拱拱手，说了声“耳听好音”。又朝他大舅子作了个揖，说：“恕我明天不来送行。到京住在那里，早早给我知道。”又同王孝廉说了声“我们再会罢”。方才进去。三人一同回到钱家，住了一夜。次日，钱、赵二人，一同起身。王孝廉直等送过二人之后，方才下乡。

话分两头。单说钱典史一向是省俭惯的，晓得贺根是他妹丈所荐，他便不带管家，一路呼唤贺根做事。过了两天，不免忘其所以，渐渐的摆出舅老爷款来。背地里不知被贺根咒骂了几顿。幸亏赵温初次为人，毫无理会。况兼这钱典史是势利场中历练过来的，今见赵温是个新贵，前程未可限量；虽然有些事情欺他是乡下人，暗里赚他钱用，然而面子上总是做得十二分要好。又打听得赵温的座师吴翰林新近开了坊，升了右春坊右赞善。京官的作用不比寻常，他一心便想巴结到这条路上。

有天落了店，吃完了饭，叫贺根替他把铺盖打开，点上烟灯。其时赵温正拿着一本新科闱墨，在外间灯下揣摩。钱典史便说：“堂屋里风大，不如到烟铺上躺着念的好。”赵温果然听话，便捧了文章进来，在烟铺空的一边躺下，嘴里还是念个不了，钱典史却不便阻他，自己呼了几口烟，又吃些水果、干点心之类，又拿起茶壶，就着壶嘴抽上两口，把壶放下，顺手拎过一支紫铜水烟袋，坐在床沿上吃水烟，一个吃个不了。后来，钱典史被他噪聒的实在不耐烦，便借着贺根来出气。先说他偷懒不肯做事，后来又说他今天在路上买馒头，四个钱一个，他硬要五个半钱一个，十二个馒头，便赚了十八个钱，真真是混账东西！头里贺根听见钱舅老爷说他偷懒，已经满肚皮不愿意，后来又说他赚钱，又骂他混账，他却忍不住了，顿时嘴里叽哩咕噜起来，甚么“赚了钱买棺材，装你老爷”，还说甚么“混账东西，是咱大舅子”。钱典史不听则已，听了之时，立刻无明火三丈高，放下水烟袋，提起根烟枪就赶过来打。贺根也不是好缠的，看见他要打，便把脑袋向钱典史怀内

一顶，说：“你打你打！不打是咱大舅子！”钱典史见他如此，倒也动手不得，嘴里吆喝：“好个撒野东西！回来写信给你老爷，他荐的好人，连我都不放在眼里！”贺根正待回话，幸亏得店家听见里头闹得不像样，进来好劝歹劝，才把贺根拉开。这里钱典史还在那里气得发抖。当他二人闹时，赵温想上来劝，但不知怎样劝的好。后来见店家把贺根拉开，他又呆了半天，才说了一声：“天也不早了，钱老伯也好困觉了。”钱典史听了这话，便正言厉颜的对他说道：“世兄！用到这样管家，你做主人的总要有点主人的威势才好。像你这样好说话，一个管家治不下，让他动不动得罪客人，将来怎样做官管黎民呢？”

赵温明晓得这场没趣是钱典史自己找的，无奈他秉性柔弱，一句也对答不上，只好索性让他说，自己呆呆的听着。钱典史又道：“想我从前在江南做官的时候，衙门虽小，上下也有三五个管家，还有书办、差役，都是我一个人去治伏他们，一个不当心，就被他们赚了去，像你一个底下人都治不服，那还了得！”赵温道：“为着他是王公公荐的人，爷爷嘱咐过，要同他客气点，所以有些事情都让他些。”钱典史哈哈冷笑道：“你将来要把他让成谋反叛逆，才不让他呢！这种东西，叫我一天至少骂他一百顿，还要同他客气！真真奇谈！”赵温道：“既然老伯如此说，我明天管他就是了。”钱典史道：“我并不是要叫你管他，我是告诉你做官的法子。”

赵温心下疑惑道：“这与做官有甚么相干？”又不便驳他，只好拉长着耳朵听他讲。钱典史又说道：“‘齐家而后治国，治国而后平天下’，这两句话你们读书人是应该知道的。一个管家治不服，怎么好算得齐家？不能齐家，就不能治国。试问皇上家要你这官做甚么用呢？你也可以不必上京会试赶功名了。就如我，从前虽然做过一任典史，倒着实替皇家出点力，不要说衙门里的人都受我节制，就是那些四乡八镇的地保、乡约、图正、董事，那一个敢欺我！”

赵温虽然是乡下人，也晓得典史比知县小；听他说得高兴，有意打趣他，便问他道：“请教老伯：典史的官，比知县大是小？”钱典史欺他是外行，便道：“一般大。他管得到的地方，我都管得到。论起来，这一县之主还要算是我。有起事情来，我同他客气，让他坐在当中，所以都称他‘正堂’。我坐的是下首主位，所以都称我‘右堂’。其实是一样的，不分甚么大小。”赵温道：“典史总要比知府小些。”

钱典史道：“他在府城里，我在县城里，我管不着他，他亦管不着我。赵世兄，你不要看轻了这典史，比别的官都难做。等到做顺了手，那时候给你状元，你还不要呢。我这句话，并不是瞧不起状元。常常听见人说，翰林院里的人都是清贵之品，将来放了外任，不是主考，就是学政，自然有那些手底下的官儿前来孝敬，自己用不着为难。然而隔着一层，到底不大顺手。何如我们做典史的，既不比做州、县的，每逢出门，定要开锣喝道，叫人家认得他是官。我们便衣就可上街，甚么烟馆里，窑子里，赌场上，各处都可去得。认得咱的，这一县之内，都是咱的子民，谁敢不来奉承；不认得的，无事便罢，等到有起事情来，咱亦还他一个铁面无私。不上两年，还有谁不认得咱的？一年之内，我一个生日，我们贱内一个生日，这两个生日是刻板要做的。下来老太爷生日，老太太生日，少爷做亲，姑娘出嫁，一年上总有好几回。”赵温道：“我听见王大哥讲过，老伯还没养世兄，怎么倒做起亲来呢？”钱典史道：“你原来未入仕途，也难怪你不知道。大凡像我们做典史的，全靠着做生日，办喜事，弄两个钱。一桩事情收一回份子，一年有上五六桩事情，就受五六回的份子。一回受上几百吊，通扯起来就有好两千。真真大处不可小算。不要说我连着儿子、闺女都没有，就是先父、先母，我做官的时候，都已去世多年。不过托名头说在原籍，不在任上，打人家个把式罢了。这些钱都是面子上的，受了也不罪过，还有那不在面子上的，只要事在人为，却是一言难尽。我这番出山，也不想别的好处，只要早些选了出来，到了任，随你甚么苦缺，只要有本事，总可以生发的。”说到这里，忽听窗外有人言道：“天不早了，客人也该睡了，明天好赶路。”原来是车夫半夜里起来解手，正打窗下走过，听见里面高谈阔论，所以才说这两句。钱典史听了笑道：“真的我说到高兴头上，把明儿赶路也就忘记了。”当下便催着赵温睡下，自己又吃了几袋水烟，方始安寝。次日依旧赶路不题。

却说他主仆三人，一路晓行夜宿，在河南地面上，又遇着一场大雪，直至二月二十后，方才到京。钱典史另有他那一帮人，天天出外应酬，忙个不了。这里赵温会着几个同年，把一应投文复试的事，都托了一位同年替他带办，免得另外求人，倒也省事不少。不过大帮复试已过，只好等到二十八这一天，同着些后来的在殿廷上复的试，居然取在三等里面，奉旨准他一体会试。赵温便高兴的了不得，写信禀告他爷爷、父亲知道。这里自从到京，头一桩忙着便是拜老师。赵温请教了同年，把帖子写好，又封了二两银子的贽见，四吊钱的门包。他老师吴赞善，住在顺治门外，赵、钱二位却住在米市胡同，相去还不算远。这天赵温起了一个大早，连累了钱典史也爬起来，忙和着替他弄这样，弄那样，穿袍子，打腰折，都是钱典史亲自动手。又招呼贺根：“帖子拿好，车叫来没有。”一霎时，簇新的轿车停在门前。赵温出外上车，钱典史还送到门口。这里掌鞭的就把鞭子一洒，那牲口就拉着走了。一霎时到了吴赞善门前，赵温下车，举眼观看，只见大门之外，一双裹脚条，四块包脚布，高高贴起，上面写着甚么“詹事府示：不准喧哗，如违送究”等话头。原来为时尚早，吴家未曾开得大门。门上一付对联，写着“皇恩春浩荡，文治日光华”十个大字。赵温心下揣摩，这一定是老师自己写的。就在门外徘徊了一回，方听得呀的一声，大门开处，走出一位老管家来。赵温手捧名贴，含笑向前，道了来意。那老管家知道是主人去年考中的门生，连忙让在门房里坐，取了手本、贽见，往里就跑。停了一会子，不见出来。赵温心下好生疑惑。

原来这些当穷京官的人，好容易熬到三年放了一趟差，原指望多收几个财主门生，好把旧欠还清，再拖新账。那吴赞善自从二月初头到于今，那些新举人来京会试的，他已见过不少。见了张三，探听李四，见了李四，探听张三。如若是同府同县，自然是一问便知；就是同府隔县，问了不知便罢，只要有点音头，他见了面，总要搜寻这些人的根底。此亦大概皆然，并不是吴赞善一人如此。

目下单说吴赞善，他早把赵温的家私，问在肚里，便知道他是朝邑县一个大大的土财主，又是暴发户，早已打算，他若来时，这一分贽见，至少亦有二三百两。等到家人拿进手本，这时候他正是一梦初醒，卧床未起；听见“赵温”两字，便叫“请到书房里坐，泡盖碗茶”。老家人答应着。幸亏太太仔细，便问：“贽见拿进来没有？”说话间，老家人已把手本连二两头银子，一同交给丫环拿进来了。太太接到手里，掂了一掂，嘴里说了声“只好有二两”。吴赞善不听则已，听了之时，一骨碌忙从床上跳下，大衣也不及穿，抢过来打开一看，果然只有二两银子。心内好像失落掉一件东西似的，面色登时改变起来。歇了一会子，忽然笑道：“不要是他们的门包也拿了进来？那姓赵的很有钱，断不至于只送这一点点。”老家人道：“家人们另外是四吊钱。姓赵的说的明明白白，只有二两银子的贽见。”吴赞善听到这里，便气得不可开交了，嘴里一片声嚷：“退还给他，我不等他这二两银子买米下锅！回头他叫他不要来见我！”说着赌气仍旧爬上床去睡了。老家人无奈，只得出来回复赵温，替主人说“道乏”，今天不见客。说完了这句，就把手本向桌上一撂，却把那二两头揣了去了。

赵温扑了一个空，无精打采，怏怏的出门坐车回去。钱典史接着，忙问：“回来的为甚么这般快？可会见了没有？”赵温说：“今儿老师不见客。”钱典史说：“就该明儿再去。”

到了明日，又起一个早跑了去。那老家人回也不替他回一声，让他一个人在门房里坐了老大一会子，才向他说道：“我看你老还是回去罢，明日不用来了。”赵温听了这话，心上不懂。正待问他，老家人便说：“我就要跟着出门，你老也不用坐了。”赵温无奈，只得依旧坐车回寓。钱典史知道他又不曾见着，晓得这里头有点不对，便把从前要靠赵温走他老师这条门路的心，也就淡了下来。

过了几天，恰是初八头场。赵温进去，狠命用心，做了三篇文章，又恭恭敬敬的写到卷子上。听见人说，三场试卷没有一个添注涂改，将来调起墨卷来，要比别人沾光，他所以就在这上头用工夫。谁知到了初十那一天，落太阳的时候，他还有一首诗不曾写，忽然来了许多穿靴子，戴顶子的，嚷着“抢卷子”。还有一个人，手里拿着一个大喇叭，照着他呜呜的吹，把他闹急了，赶忙提起笔来写。偏生要好不得好，一首八韵诗，当中脱落掉四句，只好添注了二十字，把他恼的了不得。匆匆忙忙，收拾了考篮，交了卷子出去。自己始终不放心，直到第二天“蓝榜”[9]贴了出来，没有他的名字，方才把心放下。接连二场、三场，他一连吃了九天辛苦。出场之后，足足困了两日两夜，方才困醒。以后就是门生请主考，同年团拜。因为副主考请假回家修墓，尚没有来京，所以只请了吴赞善一个人。

赵温穿着衣帽，也混在里头。钱典史跟着溜了进去瞧热闹。只见吴赞善坐在上面看戏，赵温坐的地方离他还远着哩。一直等到散戏，没有看见吴赞善理他。大家散了之后，钱典史不好明言，背地里说：“有现成的老师尚不会巴结，叫我们这些赶门子，拜老师的怎样呢？”从此以后，就把赵温不放在眼里。转念一想，读书人是包不定的，还怕他联捷上去，姑且再等他两天。

赵温自从出场之后，自己就把头篇抄了两份出来：一分寄到家里，一份带在身上，随时好请教人。人家都恭维他文章怎么做的好，一定联捷的，他自己也拿稳一定是高中的了。就有人来说，四月初九放榜，初八写榜。从几天头里，他就没有好生睡觉。到了初八黑早，还没有天亮，他就唤醒了贺根，叫他琉璃厂去等信。贺根说：“我的爷！这会子人家都在家里睡觉，赶去做吗？”赵温一定要他去，贺根推头天还早，一定要歇一会子再去。主仆两个就拌起嘴来。还是钱典史听不过，爬起来帮着赵温吆喝了两句，他才叽哩咕噜的一路骂了出去。这一天，赵温就同热锅上的蚂蚁一般，茶饭无心，坐立不定。到得下午，便有人来说，谁又中了，谁又中了。偏生贺根从天不亮出去，一直到晚不曾回来。赵温急的跳脚，等到晚上，街上人说榜都填完了，只等着“填五魁”[10]了。贺根知道没了指望，方才回寓。

赵温见了他眼睛里出火，骂他“没良心的东西”。贺根恨极，便说：“还有五魁没有出来，等我再去打听去。”一面说，一面跑了出来，找到一个卖烧饼的，同他商议，假充报子，说他少爷中了会魁，好讹他的钱分用。卖烧饼的依他话，便跑了来敲门报喜。贺根是早在大门前头等好的了，一见报子来到，也跟了进来。赵温自然欢喜，问要赏他多少银子。贺根道：“这是头报，应该多赏他几两。”赵温道：“赏他二两。”报喜人嚷着嫌少，一定要一个大元宝。后来还是贺根做好做歹，给了十两一锭。那报喜人去了，贺根跟着出去，定要分他八两，卖烧饼的只肯五两。两个人在那里吵嘴，被钱典史出去出小恭，一齐听了去，就说：“贺根，你少爷已经不中进士，不该再骗他钱用。”贺根道：“你老别多嘴。我骗他的钱，与你甚么相干，谁要说破这件事，咱们白刀子进去，红刀子出来，叫他等着罢！”钱典史听了这话，把舌头一伸，缩不进去，那里还敢多嘴。只可怜赵温白送了十两银子，空欢喜了一夜。到第二天，不见人来替他道喜，又买本题名录来一看，自己没有名字，才知昨夜受人之骗，气的一天没有吃饭。

欲知后事如何，且听下回分解。

［注释］

①门斗：学里的公役。据说他们负责给廪生量学米，所以叫门斗。

②亲供：指秀才中举后，要在一定的期限里到学台官署去填写亲供，写明年龄、籍贯、三代各身貌，并由所履带的考官出具保结，证明属实。

③主政：旧时各部的主事，大致相当于后来的科长。

④墨卷：科举时代，为了防止考官徇私舞弊，规定考生用墨笔答题，称作墨卷。

⑤抚台：清代管理一省民政的最高长官，也称巡抚和都院。

⑥罣误：官员因受牵累被迫辞去职务。

⑦八行：信件。古代的信纸一般都是每张印成八行，慢慢地，就成了信件的代称。

⑧遗才：科举考试中，那些未列于科考前三等的秀才，可以再次参加“录科”和“录遗”考试，凡录取者，依然具有乡试的资格。

⑨蓝榜：乡、会试时，如果考卷的写作不合规定，取消该考生参加考试资格，并公布出榜，用蓝笔写就，所以称蓝榜。

⑩填五魁：指五经魁，乡试和会试的前五名，在发榜时是倒着填的，从第五名倒填至第一名。

第三回

苦钻差黑夜谒黄堂　悲镌级蓝呢糊绿轿

话说赵温自从正月出门到今，不差已将三月。只因离家日久，千般心绪，万种情怀，正在无可排遣，恰好春风报罢，即拟整顿行装，起身回去。不料他爷爷望他成名心切，寄来一封书信，又汇到二千多两银子，书上写着："倘若联捷，固为可喜；如其报罢，即赶紧捐一中书，在京供职。"信上并写明是王乡绅的主意，"所以东拼西凑，好容易弄成这个数目。望你好好在京做官。你在外面做官，家里便免得人来欺负。千万不可荒唐，把银子白白用掉"各等语。

赵温接到此信，不好便回，只得托了钱典史替他打听，那里捐的便易，预备上兑。那钱典史本来是瞧不起赵温的了，现在忽然看见他有了银子捐官，便从新亲热起来，想替他经经手，可以于中取利的意思。后见赵温果然托他，他喜的了不得，今天请听戏，明天请吃饭。又拉了一个打京片子的人来，天天同吃同喝，说是他的盟弟，认得部里的书办，有甚么事托他，那里万妥万当的。赵温信以为真，过了一天，又穿着衣帽去拜他，自己还做东请他，后来就托他上兑。二千多银子不够，又亏了他代担了五百两。赵温一面出了凭据，约了日期，一面写信家去，叫家里再寄银子出来好还他。这里一面找同乡，出印结，到衙门，忙了一个多月才忙完。看官记清：从此以后，赵孝廉为了赵中书，还是贺根跟他在京供职。

话分两头。且说钱典史在京里混了几个月，幸亏遇见一个相好的书办，替他想法子，把从前参案的字眼改轻，然后拿银子捐复原官，加了花样，仍在部里候选。又做了手脚，不上两个月，便选了江西上饶县典史。听说缺分还好，他心中自然欢喜。后来一打听，倒是从前在江南揭参他的那个知府，现在正做了江西藩司。冤家路窄，偏偏又碰在他手里，他心中好不自在起来。跑来同他盟弟，就是上回赚他钱的那个人商量。他盟弟道："这容易得很，我间壁住的徐都老爷，就是这位藩台大人的同乡。去年这位藩台上京陛见的时候，徐都老爷还请他吃过饭，是小弟作的陪。他两人的交情很厚，在席面上咕咕哝哝，谈个不了，还咬了半天耳朵，不晓得里头是些甚么事情。后来这位藩台大人出京的时候，还叫长班送了他四两银子的别敬。"钱典史道："像他这样交情，应该多送几两才是，怎么只送四两？"

他盟弟把脸一红道："这个却不晓得，或者另外多送，我们也瞧不见，再不然，大概同乡都是四两。他们做大员的，怎好厚一个，薄一个，叫别位同乡看着吃味儿。"钱典史道："这个我们不去管他。但是我的事情怎么样呢？"他盟弟道："你别忙。停一会子我到隔壁，化上百把银子，找这徐都老爷写封信，替你疏通疏通，这不结了吗。"钱典史道："一封信要这许多银子？"他盟弟道："你别急。你老哥的事情，就是我兄弟的事情。你没有这一点子，我兄弟还效劳得起。"当时钱典史再三拜托而去。原来他盟弟姓胡名理，绰号叫作狐狸精。人既精明，认的人又多，无论那里都会溜了去。今番受了盟兄之托，当晚果然摸到隔壁，找到徐都老爷，说明来意，并说前途有五十金为寿，好歹求你赏一封信。

徐都老爷道："论起来呢，同乡是同乡，不过没有甚么大交情，怎么好写信；就是写了去，只怕也不灵。"胡理道："那里管得许多，你看银子面上，随便拓几句给他就完了。"徐都老爷一想，家里正愁没钱买米，跟班的又要付工钱，太太还闹着赎当头，正在那里发急，没有法子想，可巧有了此事。心下一想，不如且拿他来应应急。遂即含笑应允，约他明早来拿信。又问："银子可现成？"胡理说："怎么不现成！"随即起身别去。徐都老爷还亲自送到大门口，说了一声"费心"，又叮咛了几句，方才进去。

到了第二天一早，徐都老爷就起身把信写好。一等等到晌午，还不见胡理送银子来，心下发急说："不要不成功！为甚么这时候还不来呢？"跟班的请他吃饭也不吃。原来昨日晚上，他已经把这话告诉了太太和跟班的了。大家知道他就有钱付，太太也不闹着赎当，跟班的也不催着付工钱了。谁知第二天左等不到，右等不到，真正把他急的要死。好容易等到两点钟，砰砰敲门。徐都老爷自己去开门，一看是胡理，把他喜的心花都开了，连忙请了进来，吩咐泡茶，拿水烟袋，又叫把烟灯点上。胡理未曾开口，徐都老爷已经把信取出，送到他面前。胡理将信从信壳里取出，看了一遍。胡理一面套信壳，一面嘴里说道："真正想不到，就会变了卦。"徐都老爷听了这话，一个闷雷，当是不成功，脸上颜色顿时改变，忙问："怎么了？可是不成功？"胡理徐徐的答道："有我在里头，怕他逃到那里去。不过拿不出，也就没有法子了。"徐都老爷道："可是一个没有？"胡理道："有是有的，不过只有一半。对不住你老，叫我怪不好意思的，拿不出手来。"徐都老爷道："到底他肯出多少？"胡理也不答言，靴掖子里拿出一张银票，上写"凭票付京平银二十五两正"，下面还有图书，却是一张"四恒"的票子。徐都老爷望着眼睛里出火，伸手一把夺了去。胡理道："就这二十五两还是我垫出来的哩。你老先收着使，以后再补罢。"徐都老爷无奈，只好拿信给他。胡理也不吃烟，不吃茶，取了信一直去找钱典史。告诉他，替他垫了一百两银子，起先徐家里还不肯写，后来看我面上却不过，他才写的。

钱典史自是感激不尽，忙着连夜收拾行李，打算后天长行，一直到省。结算下来，只有他盟弟胡理处，尚有首尾未清。他盟弟外面虽然大方，心里极其啬刻，想钱典史同他算清，面子上又不好露出。因见钱典史有一个翡翠的带头子，值得几文，从前钱典史也说过要卖掉他。胡理到此就心生一计，说有主顾要买，骗到手，估算起来还可多赚几文，满心欢喜。次日便推头有病，写了一封书信，叫做饭的拿来替他送行。信上还说："带头子前途已经看过，不肯多出价钱，等到卖去之后，即将款项汇来。"事到其间，钱典史也无可奈何，只得自己算完了房饭账，与赵温作别，坐了双套骡车而去。

有话便长，无话便短。他到了天津，便向水路进发，海有海轮，江有江轮，不消一月，便到了江西省城，找到下处。齐巧那位藩司又是护院，他一时也不敢投信，候准牌期，跟着同班一大帮走进二堂，在廊檐底下朝着大人磕了三个头，起来又请了一个安。那大人只摊摊手，呵呵腰儿，也没有问话就进去了。钱典史来的时候手里捏着一把汗，恐怕问起前情，难以回话；幸亏大人不记小人之过，过了此关，才把一块石头放下。

但是他选的那个缺，现在有人署事，到任未及三月。这署事的人也弄了甚么大帽子的信，好容易署了这个缺。上司看了写信人面上，总要叫他署满一年，不便半路上撤他回来。好在姓钱的是实缺，就是闲空一年半载也不打紧，上司存了这个意见，所以竟不挂牌叫他赴任。却不想这位钱太爷只巴巴的一心想到任，叫他空闲在省城，他却受不的了。一天到晚，不是钻门子，就是找朋友，东也打听，西也打听，高的仰攀不上，只要府、厅班子里，有能在上司面前说得动话的，他便极力巴结，天天穿着衣帽到公馆里去请安。后来就有人告诉他：现在支应局兼营务处的候补府黄大人，是护院的天字第一号的红人。凡百事情托了他，到护院面前，说一是一，说二是二。新近赈捐案内，又蒙山西抚院保举了"免补"，

部文虽未回来，即日就要过班，便是一位道台了。向来司、道一体，便与藩、臬两司同起同坐。所以他现在虽然还是知府，除掉护院之外，藩、臬却都不在他眼里，有些事情竟要硬驳回去。藩、臬为他是护院的红人，而且即日就要过班，所以凡事也都让他三分。

闲话休题。且说钱典史听见这条门路，便一心一意地想去钻。究竟他办事精细，未曾禀见黄大人，先托人介绍，认得了黄大人的门口。同他门口一个叫戴升的先要好起来，拜把子、送东西，如兄若弟，叫的应天响，慢慢的才把“省里闲不起，想求大人提拔提拔”的意思说了出来。戴升道：“老弟，你为甚么不早说？这一点点事情，做哥哥的还可以帮你一把力。”钱典史听了，喜的嘴都合不拢来，忙说：“既然如此，我明天一早就来禀见。”戴升道：“你别忙。早来无用，早晨找他的人多，那里有工夫见你，要来，明儿晚上来。”

钱典史忙说：“领教。倘能蒙老哥吹嘘，大人栽培，赏派个把差使，免得妻儿老小捱饿，便是老哥莫大之恩。”说完之后，便即起身告辞。戴升说：“自家兄弟，说那里的话。明晚再会罢，我也不送你了。”钱典史去后，齐巧上头有事来叫戴升进去，问了两句话。只因黄知府今日为了支应局一个收支委员亏空了几百两银子，被他查了出来，马上撤掉差使，听候详参。心想，这些候补小班子里头，一个个都是穷光蛋，靠得住的实在没有。便与戴升谈及此事。也是钱典史运气来了，戴升便保举他，说现在有个新选上饶县典史钱某人，如何精明，如何谙练，“而且曾任实缺，现在又从部里选了出来，因为有人署事，暂缓赴任。如若委了这种有缺的人，他一定尽心报效，再不会出岔子的。”黄知府道：“我没有瞧见过这个人。”戴升道：“他可常常来禀见。小的为着老爷事忙，那里有工夫见他，所以从没有上来回。”黄知府道：“既然如此，叫他明天夜里来见我。”戴升答应了几个“是”，又站了一会子，才退了出去。

到了第二天，钱典史那里等到天黑，太阳还大高的，他穿了花衣补服跑了去。只见公馆外头平放着两乘轿子，他便趔趔趄趄，走到戴升屋里，请安坐下。戴升把昨儿夜间替他吹嘘的话告诉了他，还说：“支应局出了一个收支差使，上头一定要委别人，已经有了主了，是我硬替你老弟抗下来的。停刻见了面就有喜信的。”钱典史又是感激，又是欢喜，忙问：“大人几时回来的？”戴升道：“早晨七点钟上院，九点下来；接着会审了一桩甚么案子，赶十二点钟到局里吃过饭，又看公事，才回来抽不上三袋烟，又是甚么局里的委员来禀见，现在正在那里会客咧。你且在这屋里吃饭，等他老人家送过客，过了瘾，再上去不迟。”钱典史无奈，只得暂且坐着等候。停了一会子，只听得里头喊“送客”，见两个委员前头走，黄知府后面跟着送。走到二门口，那两个委员就站住了脚，黄知府照他们呵呵腰，就自己先进去了。两个委员各自上轿回去不题。

这里黄知府踱进二门，便问管家：“轿子店里催过没有？”有个管家便回：“已经打发了三次人去催去了。”黄知府道：“今儿在院上，护院还提起，说部文这两天里头一定可到。轿子做不来，坐了甚么上院呢？真正这些王八蛋！我不说，你们再不去催的。”众管家碰了钉子，一声也不敢言语，一个个鸦雀无声，垂手侍立。黄知府说完了话，也踱了进去。等到上灯之后，钱典史在戴升屋里吃过了夜饭，然后戴升拿着手本进去替他回过，又出来领他到大厅西面一间小花厅里坐下。此时钱典史恭而且敬，一个人坐在那里静悄悄的，足足等了半个钟头才听见靴子响。还没进花厅门，又咳嗽了一声。随见小跟班的，将花厅门帘打起，便是大人走了进来：家常便服，一个胖胀面孔，吃烟吃的满脸发青，一嘴的浓黑胡子，两只眼睛直往上瞧。钱典史连忙跪倒，同拜材头的一样，叩了三个头，起来请了一个安，跟手又请安，从袖筒管里取出履历呈上。黄大人接在手中，一面让坐。钱典史只有半个屁股坐在椅子上，斜着脸儿听大人问话。黄知府把他的履历翻了一翻，随手搁下，便问：“几时到的？”钱典史忙回：“上个月到的。”黄知府道：“上饶的缺很不坏？”钱典史

道："大人的栽培！但是一时还不得到任。"说到这里，黄知府叫了一声"来"。只见小跟班的拿着水烟袋进来装烟。黄知府只管吃烟，并不答话。钱典史熬不过，便站起来又请了一个安，说："卑职母老家贫，虽说选了出来，藩宪一时不挂牌，总求大人提拔提拔！"黄知府道："求我的人实在多，总要再添几百个差使，才能够都应酬得到。"钱典史听了不敢言语。只见黄知府拿茶碗一端，管家们喊了一声"送客"，他只好辞了出来。黄知府送到二门，也就进去了。

钱典史出来，仍旧走到戴升屋里，哭丧着面孔，在那里换衣服，一声也不言语。还是戴升看出他的苗头，就说："老弟！官场里的事情，你也总算经过来的了，那里有一见面就委你差使的？少不得多走两趟。不是说，有愚兄在里头，咱们兄弟自己的事，还有甚么不替你上紧的。这算得甚么，也值得放在心上，就马上不自在起来。快别这样！"钱典史道："做兄弟的并非不知道这个道理。但是一件，刚才我求他，他老人家的口气不大好，再来恐怕他不见。"戴升道："你放心，有我呢！你看他一天忙到夜，找他的人又多。我说句话你别动气，像你老弟这样的班子，不是有人在里头招呼，如要见他一面，只怕等上三年见不着的尽多哩。"钱典史道："我晓得。不是你老哥在里头，兄弟那里够得上见他。有你老哥拍胸脯，兄弟还有甚么不放心的。你快别多心，以后全仗大力！"一面又替戴升请了一个安，然后辞了出来，自回寓处。后来又去过几次，也有时见着，有时见不着。

忽然一天，钱典史正走进门房，戴升适从上头回事下来，笑嘻嘻的朝着钱典史道："老弟，有件事情，你要怎样谢我？说了再告诉你。"钱典史一听话内有因，心上一想，便道："老哥，你别拿人开心，谁不知道戴二太爷一向是一清如水，谁见你受过人家的谢礼！这话也不像你说出来的。"旁边有戴升的一个伙计听了这话，笑道："真正钱太爷好口才！"戴升道："真是真，假是假，不要说玩话。我们过这边来讲正经要紧。"钱典史便跟了戴升到套间里，两个人咕咕哝哝了半天，也不知说些甚么，只听得临了一句是钱典史口音，说："凡事先有了你老哥才有我兄弟，你我还分彼此吗。"说完出来，欢天喜地而去。究竟所说的那个收支差使派他没有，后文再题。

且说黄知府有一天上院回来，正在家里吃夜饭，忽然院上有人送来一角文书，拆开一看，正是保准过班的行知。照例开销来人。便是戴升领头，约齐一班家人，戴着红帽子，上去给老爷叩喜。叩头起来，戴升便回："绿呢轿子可巧今天饭后送来，家人刚才看过历本，明天上好的日子，老爷好坐着上院。"黄知府点点头儿，又问："价钱讲过没有？"戴升道："拿旧蓝呢轿子折给他，找他有限的钱。"黄知府道："旧轿子抬去了没有？"戴升道："明天老爷坐了新轿子，就叫他们把旧的抬了去。"黄知府没有别的言语，戴升便退了下来。接着首府、首县，以及支应局、营务处的各位委员老爷，统通得了信，一齐拿着手本前来叩喜。内中只有首府来的时候，黄知府同他极其客气。无奈做此官，行此礼，凭你是谁，总跳不过这个理去。始终那首府按照见上司的规矩见的他。一宵无话。

次日一早，黄知府便坐了绿呢大轿上院，叩谢行知。仍旧坐了知府官厅。惹得那些候补知府们都站起来请安，一口一声的叫"大人"。黄大人正在那里推让的时候，只见有人拿了藩、臬两宪的名帖前来请他到司、道官厅去坐。那些知府又站了班，送他出去。到司、道官厅，各位大人都对他作揖道喜。他依旧一个个的请安，还他旧属的体制。各位大人说："以后我们是同寅，要免去这个礼的了。"各位大人又一齐让位，黄大人便扭扭捏捏的在下手一张椅子上坐下。列位看官记清：黄大人现在已经变为道台，做书的人也要改称，不好再称他为黄知府了。当日黄道台上院下来，便拿了旧属帖子，先从藩台拜起，接着是臬台、粮巡道、盐法道，以及各局总办，并在省的候补道，统通都要拜到。一路上，前头一把红伞；四个营务处的亲兵，一匹顶马，骑马的戴的是五品奖札，还拖着一枝蓝翎；两

个营务处的差官，戴着白石头顶子，穿着“抓地虎”，替他把轿杠；另外一个号房，夹着护书，跑的满头是汗。后头两匹跟马，骑马的二爷，还穿着外套。黄道台坐在绿呢大轿里，鼻子上架着一副又大又圆，测黑的墨晶眼镜，嘴里含着一枝旱烟袋。四个轿夫扛着他，东赶到西，西赶到东。那个把轿杠的差官还替他时时刻刻的装烟。从午前一直到三点半钟才回到公馆。他老的烟瘾上来了，尽着打呵欠，不等衣服脱完，一头躺下，一口气呼呼的抽了二十四袋。跟他的人，不容说肚皮是饿穿的了。接着还有多少候补大人、老爷们前来道喜，都是戴升替他一个个道乏挡驾。

又过了两天，戴升想巴结主人，趁空便进来回道：“现在老爷已经过了班，可巧大后天又是太太的生日，家人们大众齐了份子叫了一本戏，备了两台酒，替老爷、太太热闹两天。这点面子老爷总要赏小的，总算家人们一点孝心。”黄道台道：“何苦又要你们花钱？”戴升道：“钱算得甚么！老爷肯赏脸，家人们倾家都是愿意的。”黄道台道：“只怕这一闹，不要叫局里那些人知道，他们又有甚么公分闹不清爽，还有营务处上的。”戴升道：“老爷的大喜，应该热闹两天才是。”黄道台也无他说，戴升便退了下来，自去办事。不料这个风声传了出去，果然营务处手下的一班营官一天公分；支应局的一班委员一天公分：都是一本戏、两台酒，一齐拿了手本，前来送礼。黄道台道：“果不出我所料，被戴升这一闹，闹出事情来了。”戴升道：“要他们知道才好。”于是定了头一天暖寿，是本公馆众家人的戏酒；第二天正日，是营务处各营官的；第三天方轮到支应局的众委员。到了暖寿的第一天晚上，黄道台便同戴升商量道：“做这一个生日，唱戏吃酒，都是糜费，一点不得实惠。”戴升正要回话，忽见门上传进一封电报信来，上面写明“南京来电送支应局黄大人升。”黄道台知道是要紧事情，连忙拆开来一看，上头只有号码。黄道台是不认得外国字的，忙请了账房师爷来，找到一本“华洋历本”，翻出电码，一个一个的查。前头八个字是“南昌支应局黄道台”。黄道台急于要看底下，偏偏错了一个码子，查死查不对。黄道台急了，说：“不去管他，空着这一个字，查底下的罢。”那师爷又翻出三个字，是“军装案”。黄道台一见这三个字，他的心就毕卜毕卜跳起来了。瞪着两只眼睛看他往底下翻。那师爷又翻出六个字，是“帅查确，拟揭参”。黄道台此时犹如打了一个闷雷似的，咕咚一声，往椅子上就坐下了。那师爷又翻了一翻，说：“还有哩。”黄道台忙问：“还有甚么？”师爷一面翻，一面说：“朱守、王令均拟革，兄拟降同知，速设法。”下头注着一个“荃”字。黄道台便晓得这电报是两江督幕里他一个亲戚姓王号仲荃的得了风声，知会他的。便说：“这事从那里说起！”师爷说：“照这电报上，令亲既来关照，折子还没有出去。观察早点设法，总还可以挽回。”黄道台道：“你们别吵！我此刻方寸已乱，等我定一定神再谈。”

歇了一会子，正要说话，忽见院上文巡捕胡老爷，不等通报，一直闯了进来，请安坐下。众人见他来的古怪，都退了出去。胡老爷四顾无人，方才说道：“护院叫卑职到此，特特为为通知大人一个信。”黄道台正在昏迷之际，也不知回答甚么方好，只是拿眼瞧着他。胡老爷又说道：“护院接到南京制台的电报，说是那年军装一案，大人也罣误在里头，真是想不到的事情！护院叫劝劝大人，不要把这事放在心上，过上两个月，冷一冷场，总要替大人想法子的。”此时黄道台早已急得五内如焚，一句话也回答不出。后来听见胡巡捕说出护院的一番美意，真是重生父母，再造爹娘，那一种感激涕零的样子，画也画不出，便说：“求老兄先在护院前替兄弟叩谢宪恩。兄弟现在是被议人员，日里不便出门，等到明儿晚上，再亲自上院叩谢。”说完之后，胡老爷要赶着回去销差，立刻辞了出来。黄道台此番竟是非常客气，一直送出大门方回。

当下一个人，也不进上房，仍走到小客厅里，背着手，低着头，踱来踱去。有时也在炕上躺躺，椅子上坐坐，总躺不到、坐不到三分钟的时候，又爬起来，在地下打圈子了。

约摸有四更多天，太太派了老妈子三四次来请老爷安歇，大家看见老爷这个样子，都不敢回。后来太太怕他急出病来，只好自己出来解劝了半天，黄道台方才没精打采的跟了进去。

到了第二天，本是太太暖寿的正日，因为遭了这件事，上下都没了兴头。太太便叫戴升上去，同他商量，想把戏班子回掉不做。戴升一见老爷坏了事，谁肯化这冤钱，便落得顺水推船说："家人也晓得老爷心上不舒服，既然太太如此说，家人们过天再替太太补祝罢。"说完出去，叫了掌班的来，回头他说："不要唱了。"掌班的说："我的太爷！为的是大人差使，好容易才抓到这个班子，多少唱两天再叫他们回去。"戴升道："不要就是不要！你不走，难道还在这里等着挨揍不成？"掌班的被他骂了两句，头里也听见这里大人的风声不好，知道这事不成功，只好垂头丧气出来，叫人把箱抬走。一面戴升又去知会了局里、营里，大家亦已得信，今见如此，乐得省下几文。不在话下。

到了下午，大人从床上起身，洗脸、吃饭，一言不发。等到过完瘾，那时已有上灯时分。戴升进来回："外面都已伺候好了。请老爷的示，还是吃过夜饭上院，还是此刻去？"黄大人说："吃过夜饭再去。"原来这位黄大人的太太最是知书识礼的，一听丈夫降了官，便同戴升说："现在老爷出门，是坐不来绿呢大轿的了。我们那顶旧蓝呢的又被轿子店里抬了去，你看向那位相好老爷家借一顶来？"戴升道："现在的事情，没头没脑，不过一个电报，还作不得准。据家人的意思，老爷今天还是照旧，等到奉到明文再换不迟。况且同人家去借，面子上也不好说。"太太说："据我看，这桩事情是不会假的，再坐着绿大呢的轿子上院，被人家指指摘摘的不好，不如换掉了妥当。横竖早晚要换的，家里有的是老太爷不在的时候，人家送的蓝大呢帐子，拿出两架来把他蒙上，很容易的事。"一面说，一面就叫姨太太同了小姐立刻去开箱子，找出三个蓝呢帐子，交给戴升拿了出去。戴升回到门房里说道："说起来，我们老爷真真可怜！好容易创了一顶绿大呢的轿子，没有坐满五回，现在又坐不成了。太太叫把蓝呢蒙上，说得好容易，谁是轿子店里的出身？我是弄不来。好在老爷是糊里糊涂的，今儿晚上让他再多坐一次。吩咐亲兵，明天一早叫轿子店里的人来一两个，带了家伙，就在我们公馆里把他蒙好就是了。"

究竟黄大人是否仍坐绿呢大轿上院，且听下回分解。

第四回

白简[1]留情补祝寿　黄金有价快升官

却说黄道台吃过了晚饭，又过了瘾，一壁换衣服，一壁咳声叹气。扎扮停当，出来上轿，仍旧是红伞顶马，灯笼火把而去。到得院上，一个人踱进了司、道官厅。胡巡捕听说他来，因为一向要好的，赶忙进去请了安，说："护院正会客哩，等等再上去回。大人吃过饭了没有？"黄道台说："偏过了。老哥，你这称呼要改的了，兄弟是降调人员，不同老哥一样吗？"说着，就要拉胡巡捕坐下谈天。胡巡捕也半推半就的坐了。说不到两三句话，便说："卑职要上去瞧瞧看，客人去了，好进去回。"黄道台又说了一声"费心"。胡巡捕去不多时，就来相请。黄道台把马蹄袖放了下来，又拿手整一整帽子，跟了进去。护院已经迎出来了。

一到屋里，黄道台请了一个安，跟手跪下磕了一个头，又请了一个安，说："叩谢大人为职道事情操心。"归坐之后，接着就说："职道没有福气伺候大人。将来还求大人栽培，职道为牛为马也情愿的。"护院道："真也想不到的事情。但是制台的电报说虽如此说，折子还没有出去。昨日胡巡捕回来，讲老哥有位令亲在幕府里，为甚么不托他想法子去挽回挽回？"黄道台道："虽是职道的亲戚在里头，怕的是制军面前不大好说话。总求大人替职道想个法子，疏通疏通。职道也不敢望别的好处，但求保全声名，即就感戴大人的恩典已经不浅。"说着，又离座请了一个安。护院道："我今天就打个电报去。但是令亲那里，你也应该复他一电，把底子搜一搜清，到底是怎么一件事。"黄道台道："不用问得。"一面说，一面把嘴凑在护院耳朵跟前，如此如此，这般这般，说了一遍，方才高声言道："少不得总求大人的栽培。"护院听了他话，皱了一回眉头说："老哥当初这件事，实在你自己大意了些，没有安排得好，所以出了这个岔子。"黄道台答应了一声"是"。护院又着实宽慰他几句，叫他在公馆里等信："我这里立刻打电报去，少不得要替你想法子的。"然后端茶送客。黄道台辞了出来，胡巡捕赶上说："护院已经答应替大人想法子，看起来这事一定不要紧，等到一有喜信，卑职就立刻过来。"黄道台连说："费心！"又谦逊了一回，然后上轿而去。

一霎回到公馆，他老人家的气色便不像前头的呆滞了。下轿之后，也不回上房，直到大厅坐下，叫请师爷来，告诉他缘故，叫他拟电报，按照护院的话，就托王仲荃替他查明据实电复。师爷说："这个电报字太多，若是送到电报局里去，单单加一的译费就得好几角，不如我们费点事，翻好了送去。"黄道台点头称"是"。师爷便取过那本"华洋历本"来，查着"电报新编"一门，一个一个的码子写了出来，打发二爷送去。黄道台方才回到上房，脱去衣服，同太太谈论护院的恩典。太太也着实感激，说："等到我们有了好处，怎么补报补报他方好。"当下安寝无话。

且说戴升看见老爷打电报，等到老爷进去，他便进来问过师爷，方才知道底细。师爷说："这事护院很肯帮忙，看来还有得挽回。"戴升鼻子里哼的冷笑一声，说："等着罢！我是早把铺盖卷好等着的了，想想做官的人也真是作孽，你瞧他前天升了官一个样子，今儿参掉官又是一个样子。不比我们当家人的，辞了东家，还有西家，一样吃他妈的饭，做官的可只有一个皇帝，逃不到那里去的。你说护院肯帮忙，护院就要回任的，未见得制台就听他的话。以后的事情瞧罢咧！能够不要我们卷铺盖，那是最好没有。”一头说着，一头笑着出去。师爷也不同他多话，各自归房不题。

且说黄道台在公馆里一等等了三天，不见院上有人来送信，把他急的真如热锅上蚂蚁一般，走出走进，坐立不定。真正说也不信：官场的势利，竟比龙虎山上张真人的符还灵。从前黄道台才过班的时候，那一天不是车马盈门，还有多少人要见不得见；到了如今，竟其鬼也没有一个，便是受过他的提拔，新委支应局收支委员的钱典史，也是绝迹不到，并且连戴升门房里，亦有四五天没有他的影子了。黄道台此事却不在意。但是胡巡捕素来最要好、最关切的人，他今不来，可见事情不妙。到了第四天饭后，他老人家已经死心塌地，绝了念头。一等等到天黑，忽见戴升高高兴兴拿了一封信进来，说：“院上传见，这封信是文巡捕胡老爷送来的。大约南京的事情有了好消息，所以院上传见。”黄道台连忙取过拆开一看，只见上面写的是：“敬禀者：窃卑职顷奉抚宪面谕，刻接制宪电称，所事尚未出奏，已委郭道查办，定可转圜。嘱请宪驾即速到院。肃此谨禀。恭叩大人福安。伏乞垂鉴。卑职尔调谨禀。”

黄道台尚未看完，便说：“这件事情，仲荃太胡闹了。现在影子都没有，怎么就打那么一个电报呢？真正荒唐！”一手拿着信，一头嚷着，赶到上房告诉太太去了。大家听着，自然欢喜。他便立刻换衣服，坐轿子上院。到了官厅里，胡巡捕先来请安。此番黄道台的架子比不得那天晚上了，便站着同他讲话，不让他坐。胡巡捕也不敢坐。黄道台道：“天下那里有这样荒唐人！想我们舍亲凭空来这们一个电报！现在委了郭观察查办，那事就好说了。”说着，胡巡捕进去回过出来请见。黄道台此番进去，却换了礼节，仍旧照着他们司、道的规矩，见面只打一恭，不像那天晚上，叠二连三的请安了。护院告诉他：“那天吾兄去后，兄弟就打了一个电报给江宁藩台，因为他也是兄弟的相好，托他替吾兄想个法子。刚才接到他的回电，老兄请看。”一面说，一面把电报拿了出来给黄道台看。只见上面写的是：“江电谨悉。黄道事折已缮就。遵谕代达，帅怒稍霁，饬郭道确查核办。本司某虞电。”黄道台看完，便重新谢过护院，说了些感激的话，辞了出来。

回到公馆，也不晓得甚么人给的信，所有局里的、营务上的那些委员，一个个都在公馆里等着请安。黄道台会了几个，其余一概道乏，大家回去。只有钱典史一直落了门房，同戴升商量，托他替回，就说：“这两日知道大人心上不舒服，不敢惊动，所以太太生日，送的戏也没有唱。现在是没有事的了。况且我又是受过栽培的人，比别人不同，应该领个头，邀集两下里的同事、同寅，前来补祝。老哥，你看就是明天如何？烦你就替我先上去回一声。”戴升道：“兄弟别客气罢！前两天我们这里真冷清，望你来谈谈，你也不来。这一会子又来闹这个了。”钱典史把脸一红道：“我不是不来，怕的是碰在他老人家不高兴头上，怪不好意思的。现在这样，也是我们的一点孝心，是不好少的。”戴升道：“我知道了。你别着忙，少不得说定日子就给你信的。”原来钱典史自从那一天同戴升私语之后，第二天便奉到支应局的札子，派他做了收支委员。一切谢委到差，都是照例公事，不必细赘。凡是做书，叙一桩事情，有明点，有暗点，有补点。此番钱典史得差，乃是暗点兼补点法，看官不可不知。

闲话休题。且说是日钱典史去后，戴升一想这话不错，立刻就到上房，不说钱典史的主意，竟其算他自己的意思，说道：“前天太太生日，家人们本来要替太太祝寿的，偏偏来了这们一个电报，闹了这几天。家人连饭也几天没有吃，夜间也睡不着觉，心里想，好容易跟得一个主人，总要望主人轰轰烈烈的，升官发财方好。况且老爷官声，统江西第一，

算来决计不会出岔子的。前几天家人同伙当中，还有几个一天到晚垂头丧气，想着要求某老爷、某老爷外头荐事情，公馆里的事情都不肯做。这些没有良心的东西，真把家人恨的了不得！”黄道台道：“这些没良心的王八蛋，还好用吗？是那一个？立刻赶掉他！”戴升道：“名也不用说了。常言大人不记小人过，这些没有良心的东西，将来总没有好日子，等着瞧罢。”当下太太也帮着劝解一番，黄道台方始无言，然后讲到看日子补祝寿，局里头是钱太爷领头，还要照上回说的一样办。黄道台应允了。就看定日子，后天为始。戴升出来，就去通知了钱典史。仍旧是众家人头一天暖寿，局里第二天，营务处第三天，挨排下去。打条子给县里，请他知会学里老师去封戏班子的箱。不上半天，仍旧上回那个掌班的押着戏箱来到公馆。先见门政大爷戴大爷，请过安。那掌班的说：“我的大太爷！上回唱过不结了吗！害的咱东也找人，西也找人，为的是大人差事，赚钱事小，总要占个面子。那里知道半天里一个雷，说不唱了。我大太爷！那真啃死小人了！足足赔了一百二十四吊，就是剩了条裤子没有进当！幸亏好，今儿还是咱的差使，赏咱们个面子，咱恨不得竭力报效。大太爷你想，咱班子里一个老生，一个花脸，一个小生，一个衫子，都是刮刮叫，超等第一名的角色：老生叫赛菊仙，花脸叫赛秀山，小生叫赛素云，衫子叫赛怡云。”戴升道：“怎么全是‘赛’？只怕赛不过罢！”掌班的发急道：“这原是江西有名的‘四赛’，谁不知道。等到开了台，大太爷听过，就知道咱不是说的瞎话。”戴升道：“唱的好，没有话说；唱的不好，送到县里，赏你三百板子一面枷。”掌班的道：“唱的不好，也有你大太爷包涵，唱的好了，更不用说，只你大太爷一句话，多不敢想，把大人库里的元宝赏咱两个，补补上回的数，那就是大太爷栽培小人了。”戴升道：“他有银子在他手里，我想赏你，他不肯，亦是没有法想。”掌班的道：“大太爷你别瞒我，谁不知道支应局的戴大太爷，大人跟前说一是一，说二是二。只要你老吩咐就是了，不要说一个元宝，就是上千上万的，也尽着你拿。”戴升道：“那倒好了。我有这些银子，也不在这里当门口了。”正说着话，可巧上头来叫戴升，就此把话打断。

有话便长，无话便短。转瞬间，便到了暖寿的那一天。班子里规矩，两点钟就要开锣，黄道台因为此事，上院请了三天假，在公馆里吃过午饭，就同看太太出来坐在大厅上听戏。还有姨太太、小姐，一个个都打扮着像花蝴蝶似的，一同陪着瞧戏。

黄道台还有一个少爷，今年只得十三岁，是姨太太养的。因为太太没有儿子，却拿他爱如珍宝，把这位少爷脾气惯的比谁还要利害。他说要天上日头，就得有人拿梯子才好；不然，他那牛性一发，十个老爷也强他不过。这天唱戏，他一早就钻在戏房里，戴着胡子，尽着在那里使枪要棒。班子里人为的是少爷，也不敢多讲。后来倒是一个唱小丑的看不过，说了一句：“我的少爷，我们在这里唱戏，你老倒在这里做清客串了。”少爷听了不懂。跟少爷的二爷听了这话，就朝着那个唱小丑的眉毛一竖，说他糟蹋少爷，一定要上去回。唱小丑的不服，两个人就对打起来。掌班的看不过，过来把那个唱小丑的吆喝下来，又过来替二爷赔不是，劝他同少爷厅上去瞧戏，戏房里人多口杂，得罪了少爷是不是玩的。那二爷方才同了少爷出来。少爷始终，偷了人家一挂胡子，藏在袖子里。掌班的查着了，也不敢问。

少停天黑，台上停锣预备上寿。老爷、太太一齐进去，扎扮出来。老爷穿的是朝珠补褂，太太穿的是红裙披风。双双站立厅前，同受众人行礼。起先是自己家里的人，接着方是戴升领着合府家人。那戴升头戴红缨大帽，身穿元青外套。其余的也有着马褂的，也有只穿一件长袍的，一齐朝上磕头，老爷站在上面，也还了一个揖。太太也福了一福。众家人叩头起来，便是众位师爷行礼。太太回避，单是黄道台出来让了一回。大家散去。接着合省官员，从知府以下的，都来上手本。黄道台吩咐一概挡驾。独有钱典史，也不管厅上

有人没人，身穿彩画蟒袍，头戴五品奖札，走到居中，跪下磕了三个头，起来请过安，又要找太太当面叩见、叩祝。太太见他进来的时候，早已走开了。黄道台又同他客气一回，让他在这里看戏。他说：“卑职不比别人，应得在这里伺候的。”诸事停当，方才坐席开锣，重跳加官，捱排点戏，直闹到十二点半钟方始停当。

却说这一天送礼的人倒也不少，无非这酒、烛、糕桃、幛屏之类居多，全是戴升一个人专管此事。某人送的某物，开发力钱多少，一一登账记清。戴升还问人家要门包，也有两吊的，也有一吊的，真正是细大不捐，积少成多，合算起来也着实不少。还有些候补老爷们，知道黄道台同护院要好，说得动话，便借此为由，也有送一百两的，也有送五十两的，也有送衣料、金器的。那门包更不用说了。凡送现银子及衣料、金器的，因为太太吩咐过，一概立时交进；其余晚上停锣之后交账，太太要亲自点过，方才安寝。

转瞬之间，已过三天，黄道台上院销假。又过了几天，凡来拜寿的同寅地方，一处处都要去谢步。暗中又托人到郭道台那里打点，送了一万银子。郭道台就替他洗刷清楚，说了些“事出有因，查无实据”的话头，禀复了制台。那制台也因得了护院的信，替他求情，面子难却，遂把这事放下不题。且说黄道台仍旧当他的差使。因为护院相信他，甚么牙厘局的老总、保甲局的老总、洋务局的老总，统通都委了他，真正是锦上添花，通省再找不出第二个。无奈实缺巡抚已经请训南下，不日就要到任。别人还好，独有那位藩台大人，是盐法道署的，他这人生平顶爱的是钱。自从署任以来，怕人说他的闲话，还不敢公然出卖差缺。今因听得新抚台不久就要接任，他指日也要回任，这藩台是不能久的。他便利令智昏，叫他的幕友、官亲，四下里替他招揽买卖：其中以一千元起码，只能委个中等差使，顶好的缺，总得头二万银子。谁有银子谁做，却是公平交易，丝毫没有偏枯。有的没有现钱，就是出张到任后的期票，这位大人也收。但是碰着一个现惠的，这出期票的也要退后了。

闲话休题。且说这位藩台大人，自从改定章程，划一不二，却是“臣门如市”，生涯十分茂盛。内中便有一个知县看中一个缺，一心想要，便走了藩台兄弟的门路，情愿报效八千银子。藩台应允，立时三面成交。正要挂出牌去，忽然院上传见，赶忙打轿上院。护院接见之下，原来不为别事，为的是胡巡捕当了半年的差，很献殷勤，现在护院不久就要交卸，意思想给他一个美缺，无非是调剂他的意思。不料护院指名所要的那个缺，就是这位藩台大人八千两头出卖的那个缺。护院话已出口，藩台心下好不踌躇。心想：“缺是多得很。若是别一个还好，偏偏这个昨天才许了人家，而且是现银交易。初意以为详院挂牌，其权仍旧在我，不料护院也看中是这个缺，叫我怎么回头人家呢。”转念一想：“横竖他不久就要回任的，司、道平行，他也与我一样。他要照应人，何不等他回任之后，他爱拿那个缺给谁，也不管我事，何必这时候来抢我的衣食饭碗呢。然而又不便直言回复。不如另外给他个缺，敷衍过去。”主意打定，便回护院道：“大人所说的这个缺，一来离省较远，二来缺分听说也徒有虚名，毫无实在。胡令当差勤奋，又是大人的吩咐，等司里回去，再对付一个好点的缺调剂他。今天晚上就来禀复。至于大人所说的这个缺，现在有应署人员，司里回去也就挂牌出去。”护院道：“通省的缺，依我看，这个也上等的了，难道还不算好？”藩台道：“缺纵然好，也要看民情如何。那地方民情不好，事情不大好办。等司里对付一个民情好点的地方，也不负大人栽培他这一番盛意。”

原来这藩台卖缺，护院已有风闻，大约这个缺已经成交的了。心上原想定要同他争一争，既而一想，我又不久就要回任的，何苦做此冤家。他既说得如此要好，且看他拿甚么好地方来给我。遂即点头应允，说了声“某翁费心”，藩台方始辞别回去。一霎时回到本衙，吃过了饭，正在签押房里过瘾。只见他兄弟三大人走进房间，叫了一声“哥”。藩

台问他："甚么事？"三大人说："昨天九江府出缺。今天一早，票号里一个朋友接到他那里的首县一个电报，托号里替他垫送二千银子，求委这首县代理一两个月。这个缺也有限，不过是面子上好看些的意思。"藩台道："九江府也没有听见生病，怎么就会死？"三大人道："现在只晓得是出缺，论不定是病死，是丁忧[②]，电报上没有写明。"藩台道："首县代理知府，原是常有的事。但是一个知府只值两千银子，未免太便宜了。老三，生意不好做的这们滥！"三大人说："我的哥呀！现在不是时候了！新抚台一接印，护院回了任，我们也跟着回任，还不趁早捞得一个是一个？"藩台道："一个知府总不止这个数。要是知府止卖二千，那些州、县岂不更差了一级呢？"三大人道："缺分有高低，要看货讨价，这代理不过两三个月的事情。"藩台道："代理就不要挂牌吗？"三大人道："牌是自然要挂的。"藩台道："要挂这张牌，至少叫他拿五千现银子。代理虽不过两三个月，现在离着收漕[③]的时候也不远了，这一接印，一分到任规、一分漕规，再做一个寿，论不定新任过了年出京，再收一分年礼，至少要弄万把银子。现在叫他拿出一半，并不为过。况且这万把银子都是面子上的钱。若是手长些，弄上一底一面，谁能管他呢。"

三大人见他哥这们一说，心上自己转念头，说："哥的话并不错。"便对他哥道："既然如此，等我去找票号里那个朋友，叫他今天就打个电报去回他，说五千银子一个不能少。是不是，叫他当天电复。有个缺在这里，还怕鱼儿不上钩。况且省里的候补知府多得很哩。"藩台道："是呀。你就立刻去找那个朋友，好歹叫他给一个回信。他不要，还有别人呢。"原来这位署藩台姓的是何，他有个绰号，叫作荷包。这位三大人也有一个绰号，叫作三荷包。还有人说，他这个荷包是个无底的，有多少，装多少，是不会漏掉的。

且说这三荷包辞了他哥出来，也不及坐轿，便叫小跟班的打了灯笼，一直走到司前一爿汇票号里，找到挡手[④]的倪二先生，就是拿电报来同他商量的那个朋友。这倪二先生，有名的烂好人，大家都叫他泥菩萨。他这人专门替人家拉皮条，溜钩子。何藩台在盐道任上，三荷包账房，一直同他来往。及至署了藩台，买卖更好，进出的多，他来的更比以前殷勤。通藩司衙门，上上下下，以及把门的三小子，没一个不认得泥菩萨；就是衙门里的狗，见了他面善，要咬也就不咬了。三荷包进了他的店，一叠连声的喊"泥菩萨"。泥菩萨听见，便知是早上那件事情的回音来了，赶忙出来接了进去。见面之后，泥菩萨便问："那事怎么样了？"三荷包道："你这人，人人都叫你'菩萨'，我看你比强盗还厉害。我们自家人，你好意思给我当上？"

倪二先生发急道："这从那儿说起！我是甚么东西，敢给三大人当上？"三荷包道："说句玩话，也值急得这们样？"倪二先生道："我的三大人！你可知道，我是泥做的，禁不起吓，一吓就要吓化了的。"说着，两个人又哈哈的笑了。笑过之后，三荷包便一五一十的，把他哥的话告诉了倪二先生。倪二先生道："我说句不知轻重的话，不怕你三大人招怪，现在新抚台指日到任，令兄大人不日就要回任的，现在乐得捞一个是一个。前途出到二千，据我看，也是个分上了。如今叫他多，也多不到那里，反怕事情要弄僵。我劝三大人，还是回去劝劝令兄大人，便宜他这一遭。有我做中人，将来少不得要找补的。"三荷包道："我何尝不是这样说。无奈我们大先生一定要扳个价，叫我怎么样呢。"倪二先生道："事已到此，不添不成功。这里头有二八扣，现在我情愿白效劳，就把这四百两也报效了令兄大人。这总说得过了。"三荷包道："他的有了，你的不要了，我呢，就是你，也没有白效劳的。"倪二先生道："二千之外，我早替三大人想好了，还用吩咐吗。"

三荷包把身子凑前一步，低声问道："多少呢？"倪二先生道："加二。"三荷包道："泥菩萨，你是知道我的用度大的，这一点点怎么够呢！我们大先生那里，二千答应下来答应不下来，尽着我去抗，横竖叫他代理这缺就是了。但是我两个，总得叫他好看些。"倪二先生道：“我另外提开算，单尽你三大人罢。多要了开不出口，如果些微润色点，我旁边人就替他硬做主，还可以使得。我的意思，二成之外，再加一百，一共五百两。倘若别人，我们须得三一三十一的分派，现在是你三大人，我们兄弟分上，你尽着使罢。”三荷包道：“这个不算数，看你的分上，以后要多照顾些才是。”倪二先生道：“这个自然。承你三大人看得起我，做了这两年的朋友，难道我的心，三大人你还不晓得吗？”三荷包道：“你赶今晚就复他一个电报，叫他预备接印。大先生跟前有我哩。”倪二先生欢天喜地的答应了，又奉承了几句话，三荷包方才回去。

究竟此事他哥能否应允，且听下回分解。

[注释]

①白简：呈上奏折对某人进行弹劾的，这种奏折称作白简。

②丁忧：也称丁艰，古代官员父母死后，须暂停官职，在家守丧三年，过后才能再次出任官职。

③收漕：征收钱粮。

④挡手：主办人、经理人。

第五回

藩司卖缺兄弟失和　县令贪赃主仆同恶

却说三荷包回到衙内，见了他哥，问起“那事怎么样了”。三荷包道：“不要说起，这事闹坏了！大哥，你另外委别人罢，这件事看上去不会成功。”藩台一听这话，一盆冷水从头顶心浇了下来，呆了半晌，问：“到底是谁闹坏的？由我讨价，就由他还价；他还过价，我不依他，他再走也还像句话。那里能够他说二千就是二千，全盘都依了他？不如这个藩台让给他做，也不必来找我了。你们兄弟好几房人，都靠着我老大哥一个替你们一房房的成亲，还要一个个的捐官。老三，不是我做大哥的说句不中听的话，这点事情也是为的大家，你做兄弟的就是替我出点力也不为过，怎么叫你去说说就不成功呢？况且姓倪的那里，我们司里多少银子在他那里出出进进，又不要他大利钱，他也有得赚了。为着这一点点他就拿把，我看来也不是甚么有良心的东西！”

原来三荷包进来的时候，本想做个反跌文章，先说个不成功，好等他哥来还价，他用的是“引船就岸”的计策。先看了他哥的样子，后来又说甚么由他还价，三荷包听了满心欢喜，心想这可由我杀价，这叫作“里外两赚”。及至听到后一半，被他哥埋怨了这一大篇，不觉老羞成怒。

本来三荷包在他哥面前一向是极循谨的，如今受他这一番排揎[1]，以为被他看出隐情，叫他容身无地，不禁一时火起，就对着他哥发话道：“大哥，你别这们说。你要这们一说，咱们兄弟的账，索性大家算一算。”何藩台道：“你说甚么？”三荷包道：“算账！”何藩台道：“算甚么账？”三荷包道：“算分家账！”何藩台听了，哼哼冷笑两声道：“老三，还有你二哥、四弟，连你弟兄三个，那一个不是在我手里长大的？还要同我算账？”三荷包道：“我知道的。爸爸不在的时候，共总剩下也有十来万银子。先是你捐知县，捐了一万多，弄到一个实缺；不上三年，老太太去世，丁艰下来，又从家里搬出二万多，弥补亏空，你自己名下的，早已用过头了。从此以后，坐吃山空，你的人口又多，等到服满，又该人家一万多两。凭空里知县不做了，忽然想要高升，捐甚么知府，连引见走门子，又是二万多。到省之后，当了三年的厘局总办，在人家总可以剩两个，谁知你还是叫苦连天，论不定是真穷还是装穷。候补知府做了一阵子，又厌烦了，又要过甚么班。八千两银子买一个密保，送部引见。又是三万两，买到这个盐道。那一注不是我们三个的钱。就是替我们成亲，替我们捐官，我们用的只好算是用的利钱，何曾动到正本。现在我们用的是自家的钱，用不着你来卖好！甚么娶亲，甚么捐官，你要不管尽管不管，只要还我们的钱！我们有钱，还怕娶不得亲，捐不得官！”

何藩台听了这话，气得脸似冬瓜一般的青了，一只手绺着胡子，坐在那里发愣，一声也不言语。三荷包见他哥无话可说，索性高谈阔论起来。一头说，一头走，背着手，仰着头，在地下踱来踱去。只听他讲道：“现在莫说家务，就是我做兄弟的替你经手的事情，你算一算：玉山的王梦梅，是个一万二，萍乡的周小辫子八千，新昌胡子根六千，上饶莫桂英五千五，吉水陆子龄五千，庐陵黄霑甫六千四，新畲赵苓州四千五，新建王尔梅三千五，南昌蒋大化三千，铅山孔庆辂、武陵卢子庭，都是二千，还有些一千、八百的，一时也记不清，至少亦有二三十注。我笔笔都有账的。这些钱，不是我兄弟替你帮忙，请教那里来呢？说说好听，同我二八、三七，拿进来的钱可是不少，几时看见你半个沙壳子漏在我手里？如今倒同我算起账来了。我们索性算算清。算不明白，就到南昌县里，叫蒋大化替我们分派分派。蒋大化再办不了，还有首府、首道。再不然，还有抚台，就是京控[2]亦不要紧。我到那里，你就跟我那里。要晓得兄弟也不是好欺侮的！”

三荷包越说越得意，把个藩台白瞪着眼，只是吹胡子，在那里气得索索的抖，愣了好半天，才喘吁吁的说道：“我也不要做这官了！大家落拓大家穷，我辛辛苦苦，为的那一项？爽性自己兄弟也不拿我当作人，我这人生在世上还有甚么趣味！不如剃了头发当和尚去，还落个清静！”三荷包说道：“你辛辛苦苦，到底为的那一项？横竖总不是为的别人。你说兄弟不拿你当人，你就该应摆出做哥子的款来！你不做官，你要做和尚，横竖随你自家的便，与旁人毫不相干。”

何藩台听了这话，越想越气。本来躺在床上抽大烟，站起身来，把烟枪一丢，豁琅一声，打碎一只茶碗，泼了一床的茶，褥子潮了一大块。三荷包见他来的凶猛，只当是他哥动手要打他。说时迟，那时快，他便把马褂一脱，卷了卷袖子，一个老虎势，望他哥怀里扑将来。何藩台初意丢掉烟枪之后，原想奔出去找师爷，替他打禀帖给抚台告病。今见兄弟撒起泼来，一面竭力抵挡，一面嘴里说：“你打死我罢！”起先他兄弟俩斗嘴的时候，一众家人都在外间，静悄悄的不敢则声。等到后头闹大了，就有几个年纪大些的二爷进来相劝老爷放手。一个从身后抱住三老爷，想把他拖开，谁知用了多大的力也拖不开。还有几个小跟班，不敢进来劝，立刻奔到后堂告诉太太说：“老爷同了三老爷打架，拉着辫子不放。”太太听了，这一吓非同小可！也不及穿裙子，也不要老妈子搀，独自一个奔到花厅。众跟班看见，连忙打帘子让太太进去。只见他哥儿俩还是揪在一块，不曾分开。太太急得没法，拼着自己身体，奔向前去，使尽生平气力，想拉开他两个。那里拉得动！一个说：“你打死我罢！”一个说：“要死死在一块儿！”太太急得淌眼泪说：“到底怎么样？”嘴里如此说，心上到底帮着自己的丈夫，竭力的把他丈夫往旁边拉。何藩台一看太太这个样子，心早已软了，连忙一松手，往旁边一张椅子上坐下。

那三荷包却不提防他哥此刻松手，仍旧使着全副气力往前直顶；等到他哥坐下，他却扑了一个空，齐头拿头顶在他嫂子肚皮上。他嫂子是女人，又有了三个月的身孕，本是没有气力的，被他叔子一头撞来，刚正撞在肚皮上。只听得太太啊唷一声，跟手咕咚一声，就跌在地下。三荷包也爬下了，刚刚磕在太太身上。何藩台看了，又气又急：气的是兄弟不讲理，急的是太太有了三个月的身孕，自己已经一把胡子的人了，这个填房太太是去年娶的，如今才有了喜，倘或因此小产，那可不是玩的。当时也就顾不得别的了，只好亲自过来，一手把兄弟拉起，却用两只手去拉他太太。谁知拉死拉不起。只见太太坐在地下，一手摸着肚皮，一手托着腮，低着头，闭着眼，皱着眉头，那头上的汗珠子比黄豆还大。何藩台问他怎样，只是摇头说不出话。何藩台发急道：“真正不知道我是那一辈子造下的孽，碰着你们这些孽障！”三荷包见此光景，搭讪着就溜之乎也。

起先太太出来的时候，另外有个小底下人奔到外面声张起来说：“老爷同三老爷打架，你们众位师爷不去劝劝！”顷刻间，各位师爷都得了信，还有官亲大舅太爷、二舅老爷、姑老爷、外孙少爷、本家叔大爷、二老爷、侄少爷，约齐好了，到签押房里去劝和。走进外间，跟班回说：“太太在里头。”于是大家缩住了脚，不便进去，几个本家也是客气的，一齐站在外间听信。后首听见三老爷把太太撞倒，太太啊唷一声，大家就知道这事越闹越大，连劝打的人也打在里头了。跟手看见三老爷掀帘子出来，大家接着齐问他甚么事，三

老爷因见几个长辈在跟前，也不好说自己的是，也不好说他哥的不是，但听得说了一声道：“咱们兄弟的事，说来话长，我的气已受够了，还说他做甚！”说罢了这一句，便一溜烟外面去了。这里众人依旧摸不着头脑。后来账房师爷同着本家二老爷，向值签押房的跟班细细的问了一遍，方知就里。

二老爷还要接着问别的，只听得里面太太又在那里啊唷啊唷的喊个不住，想是刚才闪了力了，论不定还是三老爷把他撞坏的。大家都知这太太有了三个月的喜，怕的是小产。外间几个人正在那里议论，又听得何藩台一叠连声的叫人去喊收生婆，又在那里骂上房里的老妈子：“都死绝了，怎么一个都不出来？”众跟班听得主人动气，连忙分头去叫。不多一刻，姨太太、小姐带了众老妈，已经走到屏门背后。于是众位师爷只好回避出去。姨太太、小姐带领三四个老妈进来，又被何藩台骂了一顿，大家不敢做声。好容易五六个人拿个太太连抬带扛，把他弄了进去。何藩台也跟进上房，眼看着把太太扶到床上躺下。问他怎样，也说不出怎样。

何藩台便叫人到官医局里请张聋子张老爷前来看脉。张聋子立刻穿着衣帽，来到藩司衙门，先落官厅，手本传进，等到号房出来，说了一声“请”，方才跟着进去。走到宅门号房站住，便是执帖二爷领他进去。张聋子同这二爷，先赔着笑脸，寒暄了几句，不知不觉领到上房。何藩台从房里迎到外间，连说：“劳驾得很！”张聋子见面先行官礼，请了一个安，便说：“宪太太欠安，卑职应得早来伺候。”何藩台当即让他坐下，把病源细细说了一遍。不多一刻，老妈出来相请。何藩台随让他同进房间。只见上面放着帐子。张聋子知道太太睡在床上，不便行礼，只说一句“请太太的安”。帐子里面也不则声，倒是何藩台同他客气了一句。他便侧着身子，在床面前一张凳子上坐下，叫老妈把太太的右手请了出来，放在三本书上，他却闭着眼，低着头，用三个指头按准寸、关、尺三步脉位，足足把了一刻钟的时候，一只把完，又把那一只左手换了出来，照样把了半天。然后叫老妈去看太太的舌苔。何藩台恐怕老妈靠不住，点了个火，枭开帐子，让张聋子亲自来看。张聋子立刻站了起来，只些微的一看，就叫把帐子放下，嘴里说：“冒了风不是玩的！”说完这句话，仍由何藩台陪着到外间开方子。张聋子说：“太太的病本来是郁怒伤肝，又闪了一点力，略略动了胎气。看来还不要紧。”于是开了一张方子，无非是白术、子芩、川连、黑山栀之类。写好之后，递给了何藩台，嘴里说：“卑职不懂得甚么，总求大人指教。”何藩台接过，看了一遍，连说：“高明得很！”又见方子后面另外注着一行小字，道是“委办官医局提调、江西试用通判张聪谨拟”十七个字。何藩台看过一笑，就交给跟班的拿折子赶紧去撮药。这里张聋子也就起身告辞。少停撮药的回来照方煎服。不到半个钟头，居然太太的肚皮也不痛了。何藩台方才放心。

只因这事是他兄弟闹的，太太虽然病不妨事，但他兄弟始终不肯服软，这事情总得有个下场。到了第二天，何藩台便上院请了两天假，推说是感冒，其实是坐在家里生气。三荷包也不睬他，把他气的越发火上加油，只好虚张声势，到签押房里，请师爷打禀帖给护院，替他告病；说：“我这官一定不要做了！我辛辛苦苦做了这几年官，连个奴才还不如，我又何苦来呢！”那师爷不肯动笔，他还作揖打躬地求他快写。师爷急了，只好同伺候签押房的二爷咬了个耳朵，叫他把合衙门的师爷，甚么舅太爷、叔太爷，通通请来相劝。不消一刻，一齐来了。当下七嘴八舌，言来语去。起先何藩台咬定牙齿不答应。亏得一个舅太爷，一个叔太爷，两个老人家心上有主意，齐说：“这事情是老三不是，总得叫他来下个礼，赔个罪，才好消这口气。”何藩台道：“不要叫他，那不折死了我吗！”舅太爷道：“我舅舅的话他敢不听！”便拉了叔太爷，一同出去找三荷包。

三荷包是一向在衙门里管账房的，虽说是他舅舅，他叔叔，平时不免总有仰仗他的地

方，所以见面之后，少不得还要拍马屁。当下舅太爷虽然当着何藩台说："我舅舅的话他敢不听？"其实两个人到了账房里来，一见三荷包，依旧是眉开眼笑，下气柔声。舅太爷拖长了嗓子，叫了一声"老贤甥"，底下好像有多少话似的，一句也说不出口。三荷包却已看出来意，便说："不是说要告病吗？他拿这个压制我，我却不怕。等他告准了，我再同他算账。"舅太爷道："不是这们说。你们总是亲兄弟。现在不说别的，总算是你让他的。你帮着他这几多年，辛辛苦苦管了这个账，替他外头张罗，他并不是不知道好歹，不过为的是不久就要交卸，心上有点不高兴，彼此就顶撞起来。"三荷包道："我顶撞他甚么？如果是我先顶撞了他，该剐该杀，听凭他办。"舅太爷道："我何曾派老贤甥的不是！不过他是个老大哥，你总看手足分上，拼着我这老脸，替你两人打个圆场，完了这桩事。"叔太爷也帮着如此说。他叔叔却不称他为"老贤侄"，比舅太爷还要恭敬，竟其口口声声地叫"三爷"。

三荷包听了，心想这事总要有个收篷，倘若这事弄僵了，他的二千不必说，还有我的五百头，岂不白便宜了别人。想好主意，便对他舅舅、叔叔说道："我做事不要瞒人。他若是有我兄弟在心上，这桩口舌是非原是为九江府起的。"便如此这般的，把卖缺一事，自头至尾，说了一遍。两人齐说："那是我们知道的。"三荷包道："要他答应了人家二千，我就同他讲和。倘若还要摆他的臭架子，叫他把我名下应该分的家当，立刻算还了给我，我立刻滚蛋，叫他从今以后，也不要认我兄弟。"舅太爷道："说那里话来！一切事情都在娘舅身上。你说二千就是二千。我舅舅叫他只准要二千，他敢不听！"说着，便同叔太爷一边一个，拉着三荷包到签押房来。

跟班的看见三老爷来了，连忙打帘子。当下舅太爷、叔太爷，一个在前，一个在后，把个三荷包夹在中间。三荷包走进房门，只见一屋子的人都站起来招呼他，独有他哥还是直挺挺的坐在椅子上不动。三荷包看了，不免又添上些气。亏得舅太爷老脸，说又说得出，做又做得出，一手拉着三荷包的手，跑到何藩台面前说："自家兄弟有甚么说不了的事情，叫人家瞧着替你俩担心？我从昨天到如今，为着你俩没有好好的吃一顿饭，老三，你过来，你做兄弟的，说不得先走上去叫一声大哥。弟兄和和气气，这事不就完了吗。"三荷包此时虽是满肚皮的不愿意，也是没法，只得板着脸，硬着头，狠獗獗的叫了声"大哥"。何藩台还没答腔，舅老爷已经张开两撇黄胡子的嘴，哈哈大笑道："好了，好了！你兄弟照常一样，我的饭也吃的下了。"说到这里，何藩台正想当着众人发落他兄弟两句，好光光自己的脸，忽见执帖门上来回："新任玉山县王梦梅王大老爷禀辞、禀见。"这个人可巧是三荷包经手，拿过他一万二千块的一个大主顾，今天因要赴任，特来禀辞。何藩台见了手本，回心转念，想到这是自家兄弟的好处，不知不觉，那面上的气色就和平了许多。一面换了衣服出去，一面回头对三荷包道："我要会客，你在这里陪陪诸位罢。"大家齐说："好了，我们也要散了。"说着，舅太爷、叔太爷，同着众位师爷一哄而散。何藩台自己出来会客。

原来这位新挂牌的玉山县王梦梅，本是一个做官好手。上半年在那里办过几个月厘局，不该应要钱的心太狠了，直弄得民怨沸腾，有无数商人来省上控。牙厘局[③]的总办立刻详院，将他一面撤委，一面提集司事、巡丁到省质讯。后来查明是他不合纵容司、巡，任情需索。幸得宪恩高厚，只把司、巡办掉几个，又把他详院，记大过三次，停委一年，将此事敷衍过去。可巧何藩台署了藩司，约摸将交卸的一个月前头，得到不久就要回任的信息，他便大开山门，四方募化。又有个兄弟做了帮手，竭意招徕。只要不惜重资，便尔有求必应。王梦梅晓得了这条门路，便转辗托人先请三荷包吃了两台花酒。齐巧有一天是三荷包的生日，他便借此为名，送了三四百两银子的寿礼，就在婊子家弄了一本戏，叫了几台酒，

聚集了一班狐群狗党，替三荷包庆了一天寿。这天直把三荷包乐得不可开交，就此与王梦梅做了一个知己。可巧前任玉山县因案撤省[4]。这玉山是江西著名的好缺，他便找到三荷包，情愿孝敬洋钱一万块，把他署理这缺。三荷包就进去替他说合。何藩台说他是停委的人，现在要破例委他，这个数还觉着嫌少。说来说去，又添了二千。王梦梅又私自送了三荷包二千的银票。三荷包一手接票子，一面嘴里说："咱弟兄还要这个吗？"等到这句话说完，票子已到他怀里去了。

究竟这王梦梅只办过一趟厘局，而且未曾终局，半路撤回。回省之后，还还账，应酬应酬，再贴补些与那替他当灾的巡丁、司事，就是钱再多些，到此也就有限了。此番买缺，幸亏得他有个钱庄上的朋友替他借了三千，他又弄到一个带肚子[5]的师爷，一个带肚子的二爷，每人三千，说明到任之后，一个管账房，一个做稿案。三注共得九千，下余的四五千多是自己凑的。这日因为就要上任，前来禀辞，乃官样文章，不必细述。王梦梅辞过上司，别过同寅，带领家眷，与所有的幕友、家丁，一直上任而去。在路非止一日。将到玉山的头一天，先有红谕下去，便见本县书差前来迎接。王梦梅的意思，为着目下乃是收漕的时候，一时一刻都不能耽误的。原想到的那一天就要接印，谁知到的晚了，已有上灯时分，把他急的暴跳如雷，恨不得立时就把印抢了过来。亏得钱谷上老夫子前来解劝，说："今天天色已晚，就是有人来完钱粮漕米，也总要等到明天天亮，黑了天是不收的，不如明天一早接印的好。"王梦梅听了他言，方始无话。却是这一夜不曾合眼。约摸有四更时分便已起身，怕的是误了天亮接印，把漕米钱粮被前任收了去。等到人齐，把他抬到衙门里去，那太阳已经在墙上了。拜印之后，升座公案，便是典史参堂，书差叩贺，照例公事，话休絮烦。

且说他前任的县官本是个进士出身，人是长厚一路，性情却极和平，惟于听断上稍欠明白些。因此上宪甄别属员本内，就轻轻替他出了几句考语，说他是："听断糊涂，难膺民社。惟系进士出身，文理尚优，请以教谕归部铨选。"本章上去，那军机处拟旨的章京[6]向来是一字不易的，照着批了下来。省里先得电报，随后部文到来。偏偏这王梦梅做了手脚，弄到此缺。王梦梅这边接印，那前任当日就把家眷搬出衙门，好让给新任进去。自己算清了交代，便自回省不题。

且说王梦梅到任之后，别的犹可，倒是他那一个账房，一个稿案，都是带肚子的，凡百事情总想挟制本官。起初不过有点呼应不灵，到得后来，渐渐的这个官竟像他二人做的一样。王梦梅有个侄少爷，这人也在衙门里帮着管账房，肚里却还明白。看看苗头不对，便对他叔子说："自从我们接了印，也有半个多月，幸亏碰着收漕的时候，总算一到任就有钱进，不如把他俩的钱还了他们，打发他走，免得自己声名有累。"他叔子听了，愣了一愣。歇了一会，才说得一声："慢着，我自有道理。"侄少爷见话说不进，也就不谈了。

原来这王梦梅的为人最恶不过的。他从接印之后，便事事有心退让，任凭他二人胡作胡为，等到有一天闹出事来，便翻转面孔，把他二人重重的一办，或是递解回籍[7]，永免后患。不但干没了他二人的钱文，并且得了好名声，岂不一举两得。你说他这人的心思毒还不毒？所以他侄少爷说话，毫不在意。

回到签押房，偏偏那个带肚子的二爷，名字唤蒋福的，上来回公事。有一桩案件，王梦梅已批驳的了，蒋福得了原告的银钱，重新走来，定要王梦梅出票子捉拿被告。王梦梅不肯。两个人就斗了一会嘴，蒋福叽哩咕噜的，撅着嘴骂了出去。王梦梅不与他计较，便拿朱笔写了一纸谕单，贴在二堂之上，晓谕那些幕友、门丁。其中大略意思无非是：本官一清如水。倘有幕友、官亲，以及门稿、书役，有不安本分、招摇撞骗，私自向人需索者，一经查实，立即按例从重惩办，决不宽贷各等语。此谕贴出之后，别人还可，独有蒋

福是心虚的，看了好生不乐。回到门房，心上盘算了一回，自言自语道："他出这张谕帖，明明是替我关门。一来绝了我的路，二来借着这个清正的名声，好来摆布我们。哼哼！有饭大家吃，无饭大家饿，我蒋某人也不是好惹的。你想独吞，叫我们一齐饿着，那却没有如此便宜！"想好主意，次日堂事完后，王梦梅刚才进去，一众书役正要纷纷退下，他拿手儿一招道："诸位慢着！老爷有话吩咐。"众人听得有话，连忙一齐站定。他便拖着嗓子讲道："老爷叫我叫你们回来，不为别事，只因我们老爷为官一向清正，从来不要一个钱的，而且最体恤百姓，晓得地方上百姓苦，今年年成又没有十分收成，第一桩想叫那些完钱粮的照着串[8]上一个完一个，不准多收一分一厘。这件事昨日已经有话，等到定好章程就要贴出来的。第二桩是你们这些书役，除掉照例应得的工食[9]，老爷都一概拿出来给你们，却不准你们在外头多要一个钱。你们可知道，昨天已贴了谕帖，不准官亲、师爷私自弄钱？查了出来，无论是谁，一定重办。你们大家小心点！"说完这话，他便走开，回到自己屋子里去。

这些书差一干人退了下来，面面相觑，却想不出本官何以有此一番举动，真正摸不出头脑。于是此话哄传出去，合城皆知，都说："老爷是个清官，不日就有章程出来，豁除钱粮浮收，不准书差需索。"那第二件，人家还不理会，倒是头一件，人家得了这个信息，都想等着占便宜。一等三天，告示不曾出来，这三天内的钱粮却是分文未曾收着。王梦梅甚为诧异，说："好端端，这三天里头怎么一个钱都不见！"因差心腹人出外察听，才晓得是如此如此，这一气非同小可！恨的他要立时坐堂，把蒋福打三千板子，方出得这一口气。后来幸亏被众位师爷劝住，齐说："这事闹出来不好听。"王梦梅道："被他这一闹，我的钱还想收吗？"钱谷师爷道："不如打发了他。这件事总算没有，他的话不足为凭，难道这些百姓果真的抗着不来完吗？"

王梦梅见大家说得有理，就叫了管账房的侄少爷来，叫他去开销蒋福，立时三刻要他卷铺盖滚出去。侄少爷道："三千头怎么说？"王梦梅道："等查明白了没有弊病，才能给他。"侄少爷道："这话恐怕说不下去罢。"王梦梅道："怎么你们都巴望我多拿出去一个，你们才乐？"侄少爷碰了这个钉子，不敢多说话，只得出来同蒋福说。蒋福道："我打老爷接印的那一天，我就知道我这饭是吃不长的。要我走容易得很，只要拿我的那三千洋钱还我，立时就走。还有一件：从前老爷有过话，是'有福同享，有难同当'。现在老爷有得升官发财，我们做家人的出了力、赔了钱，只落得一个半途而废。这里头请你少爷怎么替家人说说，利钱之外，总得贴补点家人才好。还有几桩案子里弄的钱，小事情，十块、二十块，也不必提了。即如孔家因为争过继，胡家同卢家为着退婚，就此两桩事情，少说也得半万银子。老爷这个缺一共是一万四千几百块钱，连着盘费就算他一万五。家人这里头有三千，三五一十五，应该怎么个拆法？老爷他是做官的人，大才大量，谅来不会刻苦我们做家人的。求少爷替家人善言一声，家人今天晚上再来候信。"说罢，退了出去。

侄少爷听了这话，好不为难，心下思量："他倒会软调脾，说出来的话软的同棉花一样，却是字眼里头都含着刺。替他回的好，还是不替他回的好？若是直言摆上，我们这位叔太爷的脾气是不好惹的，刚才我才说得一句，他就排揎我，说我帮着外头人叫他出钱。若是不去回，停刻蒋福又要来讨回信，叫我怎样发付他。说一句良心许，人家三千块钱，那不是一封一封的填在里头给你用的，现在想要干没了人家的，恰是良心上说不过。况且蒋福这东西也不是甚么吃得光的。真正一个恶过一个，叫我有甚么法子想！也罢，等我上去找着婶子，探探口气看是如何，再作道理。"主意打定，便叫人打听老爷正在签押房里看公事。他便趁空溜到上房，把这事从头至尾告诉了太太一遍。又说："现在叔叔的意思，一时不想拿这钱还人家。蒋福那东西顶坏不过，恐怕他未必就此干休。所以侄儿来请婶娘

的示，看是怎么办的好？”岂知这位太太性情吝啬，只有进，没有出，却与丈夫同一脾气。听了这话，便说：“大少爷，你第一别答应他的钱。叔叔弄到这个缺不轻容易，为的是收这两季子钱粮漕米，贴补贴补。被蒋福这东西如此一闹，人家已经好几天不交钱粮了！你叔叔恨的牙痒痒，为的是到任的时候，他垫了三千块钱，有这点功劳，所以不去办他。至于那注钱亦不是吃掉他的，要查明白没有弊病才肯给他。你若答应了他，你叔叔免不得又要怪你了。”侄少爷听了这话，不免心下没了主意，又不好讲别的，只得搭讪着出来，回到账房，闷闷不乐。忽见帘子掀起，走进一人。你道是谁？原来就是蒋福听回信来了。侄少爷一见是他，不觉心上“毕拍”一跳。

究竟如何发付蒋福，与那蒋福肯干休与否，且听下回分解。

［注释］

①排揎：埋怨、斥责。

②京控：地方各级官署没有解决的官司和争端，可以直接到中央衙门等进行申诉，即到京府去告状。

③牙厘局：掌管厘金税收的部门。

④撤省：省，指一省的行政中心。撤省是指暂时免除一省的官员，听候录用。

⑤带肚子：官员上任时借垫幕僚的钱，就像牲畜背负着沉重的货物一样。

⑥章京：官名，军机处的办事人员。

⑦递解回籍：把犯人押送原籍，由当地的官署接纳并继续押解。

⑧串：指单据、凭证。

⑨工食：工钱、工资。

第六回

急张罗州官接巡抚　少训练副将降都司

却说蒋福走进账房探听消息，侄少爷无法，只得同他说道："你的钱，老爷说过，一个不少的，但是总得再过几天才能还你。好在你的家眷也同了来，今日说走，今日也未必动得身。等你动身的时候，自然是还你的。"这位侄少爷总算得能言会道，不肯把叔子的话直言回复蒋福，原是免得淘气的意思。然而那一种吞吞吐吐的情形，已被蒋福看透，听罢之后，不禁鼻子管里哼哼冷笑了两声，说："这算甚么话！要人走，钱不还人家，这个理信倒少有。现在也不必说别的，我们同到府里评评这个理去。"侄少爷连忙劝他说："你放心罢，你这钱断断不会少你的。"蒋福道："有本事只管少，我也不怕！"说着，自己去了。

原来这蒋福同广信府的一个稿案门上，又是同乡，又是亲家，两人又极其要好。这个稿案门又是府大人第一个红人，说一是一，说二是二。蒋福从账房里下来，便一直上府，找到他亲家，说老王不还他钱，他要先到府里上控，求亲家好歹拉一把。他亲家听了，自然是拍胸脯，一力承当，把他欢喜的了不得。当天稿案门就回了本府，说县里这位王大老爷怎么不好，怎么不好。亏得这位本府，自从王梦梅到任以来，为他会巴结，心里还同他说得来，就说："这事情闹了出来，面子上不好看，还是不叫他上控的好。"就同刑名老夫子商量。刑名道："太尊的话是极。晚生即刻就找了他来，开导开导他，叫他不要辜负了太尊的美意。"知府说："如此很好。"刑名[①]便叫自己的二爷拿了名片到县里，请王大老爷便衣过来，有公事面谈。去不多时，果见王梦梅来了。走进书房，作揖归坐，说了几句闲话。刑名老夫子便提到刚才太尊的意思，说："太尊说的，彼此要好，不要弄出笑话来，只要梦翁把用他的钱给了他，其余无凭无据的事，也断不能容他放肆。"便把蒋福要告他的话说了一遍。

王梦梅听了这话，脸上一红，心上想，此事他既晓得，须瞒他不得，便把蒋福如何可恶，也说了一遍："现在已经三天没有人来交钱粮。兄弟心上恨不过，所以虽然有钱，也要叫他难过两天再给他，并没有吃没他的意思。至于蒋福说要上控兄弟的话，同城耳目众多，府宪又是精明不过的，况且又蒙你老夫子拿兄弟当作人，兄弟即使有点不好，难道能够瞒过府宪？不要说对不住府宪，连你老夫子也对不住。"刑名道："这些话谁有工夫去听他，我不过当作闲话谈谈罢了。只要老哥早给他一天钱，早叫他滚蛋一天，大家耳根清楚，不结了吗。"王梦梅又把脸一红，道："这蒋福原是一个朋友荐来的，说他如何可靠。来了不到三天，就拿了一笔钱，是三千块，叫兄弟替他放，兄弟就是没钱用，也不至于用他们的钱。"刑名道："是呀。"王梦梅道："我想他们不过贪图几个利钱，所以就留下他的，替他放在庄上是有的。"刑名道："不管他是存是放，你只要提还他就是了。"

王梦梅又愣了一会，道："说到如此，兄弟无不遵命。明天兄弟便把三千块划过来，放在老夫子这里。兄弟那里，总要查过他没有弊病，才能放他滚蛋。"王梦梅的话，不过是借此收场的意思。刑名亦看出来，便说："很好，就是如此办。果然有弊病，我还要告诉太尊，重重的办他一办。”说完，王梦梅辞去。次日上府，果然带到一张三千块钱月底期的庄票。刑名收了下来，便问：“你从前出过凭据给蒋福没有？”王梦梅说：“折子是有一个。”刑名道：“今天我先出张收条给你，明天你拿着来换折子便了。”一桩事情，总算府大人从中转圜，蒋福未曾再敢多要，王梦梅也未曾出丑。到了年底，倒是那刑名仗着此事出了把力。写封信来问王梦梅借五百银子过年，王梦梅应酬了他二百两，才把这事过去。此是后话不题。

有话便长，无话便短。且说三荷包自从和他哥讲和之后，但九江府一注买卖，他自己就弄到几百两，连着前前后后经手的多了，少说有万把银子在荷包里了。那时候正值山西水旱，开办赈捐，三荷包到处拉拢，叫人捐官，他自己好赚扣头。他身上原有一个州同[2]，就此加捐一个知州，又捐了一个十成花样，归部铨选。可巧他运气好，掣签[3]掣得第一。此时他哥大荷包已经回任，他便把账房银钱交代清楚，立刻进京投供候选。第二个月，山东莒州知州出缺，轮到他顶选，就此选了出来。

不过这缺苦点。他便把荷包里的钱掏了出来，托人走门子，化上二千两，拜了一位军机大人做老师。这天是手本夹着银票一块儿进去的。等了好半天，军机大人传见。他进去磕了三个头，那军机大人只还了半个揖，让他坐下，只问得两句：“你几时来的？”三荷包回过，又问：“几时走？”三荷包回：“耽搁三四天就走。”说完了两句话，那军机大人就端茶送客，自己踱了进去。三荷包无奈，只好退了下来，回到寓所。次日军机大人差人送来一封书子，说是带给山东抚院的。三荷包收了下来，又送来人八两银子，来人方去。三荷包灯下无事，把封信偷着拆开一看，只见那信只有一张八行书，数一数，核桃大的字不到二十几个，三荷包官场登久了的，晓得大人先生们八行书不过如此。仍旧套好封好。

过了两天，他便离了京城，一直奔赴山东济南省城禀到、禀见，把军机大人的书信投了进去。次日果蒙抚台传见，说：“莒州缺苦，我已经同藩台说过，偏偏昨日胶州出缺，就先挂牌委你署理。随后有别的好点的缺，我再替你对付。”三荷包打千谢过，回说：“卑职学陋才浅，现在的胶州有了外国人，事情很不好办，总求大人常常教训。”抚台道：“好在我目下就要出省大阅，先到东三府[4]，大约不上一月，就可到得胶州。那时候有甚么事，我们当面斟酌再说。你老兄就赶紧去到任。”三荷包答应了几声“是”，退了出去。不到晚上，果然藩司前挂出牌来。三荷包自然欢喜。次日大早，连忙到上宪衙门禀谢，也有见得着的，也有见不着的，跟手第二天又拜了一天客，第三天又赴各衙门禀辞。三荷包一面去上任，这里抚台大人也就起身了。

三荷包到了胶州，忙着拜庙[5]、接印、点卯、盘库、阅城、阅监、拜同寅、拜绅士，还与前任算交代，整整忙了二十几天方才忙完。接着上县滚单[6]下来，晓得抚台是打莱州府一路来的。三荷包得了这信，因他是初次为官，所有铺垫摆设，样样都是创起来，现在又要办这样的大差使，就是有钱，这几天里如何来得及呢。在省城临动身的时候，甚么洋货店里，南货店里，绸缎店里，人家因为他是现任大老爷，而且又是江西盐道的三大人，谁不相信他。都肯拿东西赊给他，不要他的现钱，因此也赊了几千银子的东西。然而立时立刻要办怎么一个差使，还要办得妥帖，着实为难，霎时间把他急得走投无路，如热锅上蚂蚁一般。当下便同衙门里师爷商量。

内中有个书启老夫子，姓丁名自建，是济阳县里一位名孝廉。从前在省城泺源书院肄业，屡屡考在超等。不但八股精通，而且诗词歌赋，无一不会。一笔王石谷的画，一手赵松雪的字，真正刻板无二。从前这位抚台大人做济东道的时候，这丁自建屡次在他手里考过，算得一个得意门生。现在因为丁忧在家，没有事做，仍旧找到旧日恩师，求他推荐一个馆地。幸喜此时这位恩师已经开府[7]山东，一省之内，惟彼独尊，自然是登高一呼，众山响应。因此就把他荐与三荷包，当得一名书启幕宾。这日因见东家为着办差的事，愁的双眉不展，问了众人，也不得一个主意。他便从旁献计道：“东翁现在这差，晚生倒有一个办法。”三荷包忙问：“是何办法？”丁自建道：“我这敝老师生来一种脾气，颇有阎文介、李鉴堂之风。从前他做道台的时候，晚生曾在他衙内住过几天。其实他的上房里另外有个小厨房，饮食极其讲究，然而等到请起客来，不过四盆两碗，还要弄些豆腐、青菜在里头。他太太就是晚生的敝师母，晚生也曾拜见过几次，一般是珠翠满头，绫罗遍身，然而这位敝老师，无冬无夏，只得一件灰布袍、一件天青哈喇呢外褂，还要打上几个补钉，一顶帽子，也不知从那里古董摊上拾得来的。若照外面看上去，实在清廉得很。其实有人孝敬他老人家，他的为人又极世故，一定必须要领人家情。不过你不去送他，他却决不朝你开口。但凡有过孝敬的，他一定还要另眼看待。所以他的好处，也在这里。现在办他的差使，能够华丽固然是好，倘或不能，依晚生愚见，不妨面子稍些推板点，骨子里头，老老实实的叫他见你个情。横竖一样花钱，在我们一面乐得省事，在他一面又得了实惠，又得了好名声，这又何乐而不为呢。”

三荷包道：“办这个差使，无论如何推板，体制所关，总得有个分寸才好。”丁自建道：“这个容易。现在已经五月天气，今年又热得早，行辕里铺陈过于华丽了，反瞧着叫人心烦，不如清淡些。最好是铺几个外国房间，只要有台毯、帐子，其余桌围、椅披，一概不要。再弄几百盆花，屋里、院子里，统通摆满。一天两顿，也不用满、汉席，燕菜席，竟请他吃大菜。他这一路来，燕菜烧烤早已吃腻了，等他清淡两天也好。况且有了这个房间，就是外国人来拜，也便当许多。”三荷包听了他话，甚是觉得有理。忽又踌躇道：“这些外国家伙，一时到那里去办呢？”丁自建道：“这个容易。晚生有个朋友，同德国兵官极其要好，就托他去借，连吃大菜的刀叉杯盘，桌子上的摆式，还有做大菜的厨子，亦问他借用几天。东西不够，再托他替我们借些，总够用的了。”三荷包道：“问人家借厨子，人家就不吃饭了吗？”丁自建道：“这几天就叫这外国人不必开火仓，统通在我们这里做好，叫打杂的替他送去，他也乐得省钱，岂不两全其美。”三荷包道：“里面如此，大致已妥。外面怎么？”丁自建道：“里头弄好，那外头愈加好说了。但如今到底是用那里的房子做行辕？有了房子，方好摆布。”三荷包道：“你们看那里好？”众位师爷有的说借东门外孙家的，有的说借南门里王家的。三荷包听了都不中意：不是门口不像样，就是房子太浅促。后来还是杂务门高二爷见多识广，是个老办手，忙说：“这两处都嫌远，不如就把书院腾了出来，路又近，房子宽爽，从大门走进来，一直到上房，笔直一条路，岂不比孙家、王家的好？”三荷包一听这话，连说不错。丁自建也忙说好。

三荷包就此托丁师爷帮着账房总办此事，自己也忙着调度。外面篷匠、彩画匠，一切都是高门上去办。里头丁师爷只管借东西，弄厨子，铺设房间。亏得人多手快，日夜不停，足足忙了五六天，居然一律停当。接着上县的滚单又是雪片的滚将下来，说抚院后天可到。三荷包忙着会同了营里出境去接。

且说那胶州营营官本是一员副将，这人姓王名必魁，是个武榜眼出身，拉得一手好弓，射得一手好箭。但是武营里的习气，所有的兵丁平时是从不习练；而且还要克扣粮饷，化公为私。这些弊病，却是一言难尽。只有三年大阅是他们的一重关煞，那一种急来抱佛脚情形，比起那些秀才们三年岁考还要急。抚院来的三月个头里，这协台[8]得了文书，就是心下一个疙瘩[9]。幸亏日子离着还远，不过传齐了标下大小将官，从中军都司起，以及守备、千总、把总、外委[10]，叫他们把手下的额子都招招齐，免得临时忙乱。一干人得了这个吩咐，关系自己考程，也就不敢怠慢，所有地方的青皮光棍，没有行业的人，统通被他招了去。从此这干人进了营，当了兵，吃了口粮，就也不去为非作歹，地方上倒平安了许

多。不在话下。

且说离着抚院来的日子，一天近似一天，大小将弁带领着兵丁们，天天下校场操演，不时这位协台大人还要自己去看操。正是五天一大操，三天一小操，镇日价旌旗耀日，金鼓齐鸣，好不齐整，好不威武。列位要晓得，中国绿营的兵，只要有两件本事就可以当得：第一件是会跑。大人看操的时候，所有摆的阵势，不过是一个跟着一个的跑。在校场里会兜圈子，就会摆得阵。排在一溜的叫长蛇阵；团在一堆的叫螺蛳阵；分作八下的叫八卦阵。第二件是会喊。瞧着大人轿子老远的来了，一齐跪在田里，当头的将官，双手高捧手本，口报“某官某人，叩接大人”。大人跟前的戈什[11]喊一声“起去”，所有的兵丁，齐齐答应一声“嗄”！这一声要一齐张嘴，不得参差。喊过之后，拔起脚来就跑，又赶到前面伺候去了。所以这一个跑，一个喊，竟是他们秘传的心法，人人要操练的。至于那些耍枪弄棒，顽藤牌[12]，翻筋斗，正月城隍庙里耍枪、卖膏药的一般人都会得两手，此时都找了来，到了校场上，敲着鼓，打着锣，咚咚咚，镗镗镗，耍一套，换一套，真正比耍猴还要好看。他们编的名字叫“打对子”。这些样子，今天看看不过如此，明天看看也不过如此，把个协台大人早看的心烦了，看过几次，就派中军替他代劳。空了工夫，这班总爷、副爷自己还要吊膀子，下箭道学着射箭。怕的是抚台大人来到，一枝射不中，要说他技艺生疏，送掉前程，那就作下了。年纪大些的，同那打过仗、受过伤的，都改骑射为放枪。射步箭有箭靶子，射马箭是三角皮球，放洋枪是个灰包，一枪过去，枪子穿过灰包，就有多少灰飞了出来，那是顶好看的。这几天里头，文官忙办差，武官忙操演，直忙得个不择饭而食，不择席而卧。

一天滚单到来，知道抚台大人已到前站。三荷包便会同了王协台出境相迎。接着之后，赶到行辕禀见。抚院单传他进见，敷衍了两句，退了下来。跟手到营务处候补道洪大人的公馆里禀见。又拜跟了来的甚么文案老爷、巡捕老爷。这些老爷班次不过同、通、州、县，都是三荷包同寅，用不着手本，只叫号房拿着帖子，一处处去拜。拜过之后，等到晚上，打听大人已经睡觉，巡捕陆老爷已经下来。三荷包在省的时候，早同他拜过把子，好托他在大人跟前做个小耳朵。此时见面之后，着实显殷勤。三荷包诉说自己是才到任，“诸事不周，全仗大力从中照应”。陆巡捕一力承当，说：“诸事老哥放心，都在小弟身上。就是大人跟前的这些二爷，晓得兄弟要好的朋友，那是断断不会作难的。”三荷包听了此言，千恩万谢，感激不尽。

外面办差的二爷同着州里管厨的，另外又去找大人带来的厨子，同他讲盘子。那厨子一口咬定要三百吊一天，只伺候大人两顿饭、两顿点心。后首说来说去，好容易讲成功了，统通在内，一天一百五十吊，住一天，算一天。那厨子又同这里管厨的说：“我们大人是最好打发的。你家老爷也不用多花钱，咱们这些伙计也不用费事，只要四碟两碗，他老人家还要看着心疼。就是这个菜，也不要甚么好的，只要一碟韭菜炒肉丝、一碟炒鸡蛋。现在到了夏天了，一碟子拌王瓜、一盘子杂拌，再炖上一碗蛋糕、一碗豆腐汤，多加上些香油，包你都中意。早点心是两个烧饼、一碗稀饭。下半天的点心只要两个馍馍，是万万不会挑眼的。”

管厨的听了这话，连声多谢。彼此分手，跟着本官回来料理。本官三荷包沿途又找着陆巡捕，叨了多少教。接着抚院进了本境，打过尖。这天，约莫有未牌时候，宪驾已到东门城外，哄动了合城的人，都去看。等了一会子，只见接差的营兵，一个个都掮着大旗，拿着刀，扛着枪，跑的满头是汗，在头里冲头阵。后面方是钦差阅兵大臣的执事，甚么冲锋旗、帅字旗、官衔牌、头锣、腰锣、伞扇、令旗、令箭、刽子手、清道旗、飞虎旗、十八般兵器、马道马伞、金瓜钺斧、朝天凳、顶马、提炉、亲兵、戈什哈、巡捕，一对一对的过完，才见那抚院坐着一顶八人抬的绿大呢轿子，缓缓而来。抚院架着一副墨晶眼镜，一手绺着胡子，一手扇着一把潮州扇，前呼后拥，好不威武。不上一刻，三声大炮，到了行辕，两边吹鼓亭上奏起乐来。抚院的轿子，一直由戈什扶着，抬到里头下轿。大小官员，齐在那里站班。抚院朝着大众点了点头儿，簇拥着进去，便是一众官员上手本禀见。抚院便把三荷包同王协台两个人传了进去，问问地方上的公事，又问问外国人的情形，又同王协台说："今天已经四点钟了，明天一早到校场看操。"王协台答应着。

抚院说着话，便拿眼镜四下里瞧了一瞧，连说："太华丽了！何大哥，我没有出省的时候，就叫人带信给你们，不可过于糜费，怎么还如此费事？"原来抚宪此刻顿的是会客厅，三荷包原按着中国官场体制预备的，一概是绣花铺垫，所以抚院看着嫌他华丽，其实后面住的外国房间还没有瞧见，所以他不知道。三荷包便回："这是会客厅，后面替大人预备下几间外国房间，不过夏天住着相宜，那里头没有甚么摆设。"

抚院一听是外国房间，马上就对三荷包说："你我里头去坐。"当下便撇了王协台，三荷包伺候着抚院进去。只见院子里摆着好几百盆的花，抚院便赞了一声"好"。等到到了房间里，四下一瞧，连说："清爽得很！"又对三荷包说："这些外国家伙，只怕价钱也不会便宜在那里呢。"三荷包不肯说是借来的，只好说："不值甚么钱。"趁空又回："卑职晓得大人夏天欢喜清爽，所以预备的是外国大菜。"抚院一听外国大菜，愣了一愣，说道："外国大菜牛羊肉居多，兄弟家里，已经七辈子不吃牛肉，只要家常饭菜便好。你老哥也不必费事，兄弟吃了不及那个舒服。"三荷包道："外国菜、中国菜统通预备。就是外国菜，免去牛肉亦可以做得。"抚院道："既有中国菜，我就吃这个好，把那外国菜留着，过天请外国人吃。"三荷包听了这话，立刻丢一个眼色给办差家人，叫他去招呼管厨的，赶紧预备。又谈了一回公事，三荷包方才退了下来，又到各位随员屋子内请安拜见。那抚院吃过晚饭，州官又上手本禀安，巡捕下来说了声道乏。三荷包回去，这里抚院也就安睡。一切都照着巡捕陆老爷吩咐的话预备，所以抚院心上甚是中意。

话休絮烦。且说这一夜工夫，三荷包足足熬了一夜不敢合眼，怕的是误了差使。第二天黑早，传说大人已经起身，厨房里把预备的稀饭、烧饼早点心端了进去。那时候行辕上已发二鼓了。接着一众官员齐上手本，巡捕下来说："一概免见，停会校场再见。"说话间已发三鼓。大人出来上轿，合城的官都在那里直挺挺的站着候送。这位抚院甚是谦恭，一路走出来，还朝着他们呵呵腰儿，他们却还直绷绷的一动不动。直等抚院上轿，在轿子里拿手拱了一拱，他们统通齐打一躬，才把个钦差阅兵大臣送出辕门。这里一众官员齐走小路，又要赶在抚院头里，以便迎接。真正是人不停步，马不停蹄，一口气跑到校场。有另外预备的官厅，大家进来，暂时休歇。不上一刻工夫，忽听得三声大炮，那抚院的执事也就到了营门外了。当下是王协台居首，率领着标下弁兵，甚么都司、守备、千、把之类，一齐顶盔贯甲佩刀跪迎。王协台另外有个差官替他报名，其余都、守以下，都是自己捧着手本，跪在地下高声喊叫。喊过之后，抚院前的戈什仍旧喊了一声"起去"，众兵丁齐声答应一声"嗄"！只见前呼后拥，簇拥着抚院大轿，向演武厅如飞而来。

且说这校场原在东门外头，地方甚是空阔。上面一座高台，几间厂房，是演武厅，东面是将台，西面是马道。演武厅后面另外有三间起坐，是预备抚院吃饭歇息的处所。演武厅东西两面另外有几架席棚：东面是预备站班的众位官员腿酸了，好进去坐坐，或者换换衣服；西面是预备营务处随员帮着看射箭的。一样摆设公案。

闲话休题。但说那抚院轿子上得演武厅，大小官员接着。抚院下轿，先到后面歇息。营务处上洪大人陪着进去，回了几句话。吃了一碗茶，吩咐升堂。只听得营门外三声大炮，将台上先掌号，随后又吹打起来。抚院升坐之后，便有带来的随员同着本城州官，营里的

王协台上来参堂，连打三躬。抚院还了三躬。接着一班巡捕老爷上去请了一个安，抚院止拱了一拱手。参堂之后，站立两旁。便是王协台顶盔贯甲，挂刀佩弓，从演武厅旁边拔了一面旗，两手拿着，走到抚院公案前，屈了一条腿，嘴里报了声“请大人发令”。抚院吩咐先看洋操，次看阵图，次演放大炮，末了看藤牌同各种技艺。王协台答应下来，走到演武厅台阶上，把面旗子交到中军都司手里。那中军执旗在手，朝着南面越了两越，将台呜呜的奏起西乐来。老远的便见有多少洋枪队，由教习打着外国口号，一斩齐的走了上来。中军又朝着演武厅双膝跪下，报了一声“大人看洋枪队”，然后起来站在一边。这底下便是洋枪队操演，放了几排枪，仍旧由教习押着下去。接着看操演阵势：甚么一字长蛇阵、两仪阵、三才阵、四面埋伏阵，五路进攻阵；当中还有甚么长蛇阵变螺蛳阵，螺蛳阵变八卦阵。忽而两军对垒，互相厮杀。正在热闹之际，这个挡里放了几门大炮，放的震天价响，众兵各归队伍。照壁墙下，紧对演武厅，支起一架帐篷，上竖起一面大旗，写着“三军司命”四个大字。接着就演藤牌并各种技艺，翻筋斗、爬杆子，样样都做到。然后将台上打着得胜鼓，吹着将军令，把所有的队伍，围着校场，由前至后，兜了一个圈子，说是收队。然后中军仍旧拿旗子走上去交给协台，协台跪禀抚院，报了声“请大人收令”。然后抚院退堂吃饭，一众官员亦下去歇息。

吃过午饭重新升座，一切参堂礼毕，就看各将校的步箭。此乃军政大典，王协台虽是二品大员，到了此时也不能不佩弓伺候。向例抚院谦和点的，必定免射，况且他是武鼎甲出身，是天子开轩亲取的门生，就是放出来做个参将，比协台小了一级，也是一概传免。这位抚院性情虽是谦和，无奈他见了这位王协台一脸烟气，问他营里的事情，多是前言不对后语，因此心上就十二分的不舒服他。等到点名的时候，上头巡捕官唱了一声“王将官”，王必魁在底下答应了一声“到”。一面拿弓在手，一面却拿眼睛瞧着上头，一心只指望上头免射，顾全他的面子。谁晓得上头只是不开口。一等等了一刻多工夫，大家都看愣了，上头还是不响。王协台这一气非同小可！只得拔出箭来，搭上弓弦，也不及摆架子、对准头，飕飕飕五枝箭接连射去，却是一枝都不中。射完之后，照例上来屈膝报名。那抚台见是如此，知道王协台有心瞧他不起，一时恼羞成怒，等他上来报名的时候，便认真发作起来，说：“三年军政，乃是朝廷大典，现奉上谕不准瞻徇。你瞧不起本院，便是瞧不起朝廷！你为一营表率，弓箭尚如此生疏，则其他可想！本院惟有照例奏参，以肃军政！”说完，便叫先摘去他的顶戴[13]，下去候参。王协台原本因他是武鼎甲出身，抚院不给他面子，免他步射，一时火性发作，有意五枝不中。今见抚院动气，便也懊悔不迭，只是跪在地下，不肯起来。抚院也不睬他，便把其余各将官，依次点名校射。抚院又嫌靶子太近，唤了一个亲信的巡捕，同了两个戈什，拿弓重新量准。谁知这些巡捕、戈什都是得了他们钱的，任凭抚院如何认真，量来量去，那弓只是在地下打滚。

闲话休题。靶子立好，于是一个个挨次射去。西面席棚子里，另有营务处洪大人帮同校看，免得耽误时候。众人因见抚院动气，大家俱各小心，不敢怠慢。一时事完，王协台还是跪着不起。抚院退堂之后，少坐一坐，便令起身回辕。众人照例送迎，不须多述。

且说抚院回到行辕，便传营务处洪大人进见，说：“王协台技艺既已生疏，兵丁亦少训练，立刻将他撤任，另委跟来的一个记名总兵先行署理。回省之后，再行具折奏参。”洪大人答应了下来。只有王协台戴着没有顶子的帽子，两只眼睛哭得红肿肿的，同着本州三荷包到洪大人跟前，托他求情。又被洪大人埋怨一番，说：“你怎么好同他赌气呢？现在叫我亦没有法想。你暂且交卸，跟着到省替你想法子。”王协台无法，只得退去。后来抚院回省之后，王协台又去求洪大人。洪大人要他六千银子，保他不坏功名。可怜他一个武官，那里拿得出，好容易凑了二千银子送去，洪大人不收。抚院的意思要拿他奏参革职，洪大人假做好人，替他求情，降了一个都司。看官须知：大凡革职的人，一保就可以开复原官，降调的人，非一级一级的保升上去不可。这便是洪大人使的坏，这是后话。

要知抚院看操之后尚有何项举动，且听下回分解。

[注释]

①刑名：官名，官府中主事刑事判牍的幕僚，叫刑名师爷。

②州同：知州的辅佐官，帮助知州处理政事。

③掣签：抽签，清代外省官员的分发任用，经常由吏部采用抽签的方式来决定其分派到那一个地方。

④东三府：指当时的登州府、莱州府和青州府。

⑤拜庙：求拜神庙，如孔庙、关帝庙等。

⑥滚单：清康熙年间田赋催科用的一种单据。

⑦开府：指总督、巡抚等级别很高的官员。

⑧协台：指副将。

⑨疙瘩：心里不痛快的事情。

⑩外委：清代一种级别很低的武官，如外委千总、外委把总等。

⑪戈什：戈什哈的简称，是高级官员的侍从护卫。

⑫藤牌：藤制的盾牌。

⑬摘去他的顶戴：指对官吏失职而进行的一种处置。把顶戴摘除，意味着暂时免去了他的官职，听候审查和判决。

第七回

宴洋官中丞娴礼节　办机器司马比匪人

却说那抚院阅兵之后，因为山东东半省地方已渐渐为外国人势力圈所有，不时有交涉事件，虽说中外协和，凡事尚能和平办理。抚院来的时候，那外国总督特地派了一枝兵前来迎接，也就算得十二分面子。所以抚院一进行辕，便叫翻译写一封洋文信送去，订期阅兵之后，前来拜见。

到了这一天，抚院吃过早饭，便带了一个洋务随员，是个同知前程，姓梁名世昌，广东人氏；一个翻译，是个知县，姓林名履祥，福建人氏。抚院大轿在前，他二人小轿随后，到了总督公馆，投进帖子。里头传出话来，说了一声“请”。抚院降舆进内。那总督着实敬重，立刻脱帽降阶相迎，见面握手归坐之后，彼此说了些仰慕的话，无非翻译传言，无庸细述。那总督又拿出几种洋酒、洋点心敬客。抚院扰过之后，便即相辞出来。跟手那外国总督命驾前来答拜。抚院接着，也着实殷勤一番。总督去后，抚院便传州官上去，同他商量，预备明天请外国人吃饭。州官三荷包听了抚院吩咐下来，自己思量，上司的差使倒好办，这请外国人吃饭的事情却没有办过。外国人吃番菜，是不用说的了。从前走过几趟上海，大菜馆里很扰过人家两顿。有了厨子，菜还做得来，但是请外国人是个甚么仪注[1]，须得预先考较，免得临时贻笑外人，少不得又把丁自建丁师爷请来商议。丁自建想了一回子，说：“这事情须得同抚宪同来的翻译商量。他们这些人自小同外国人来往，这个礼信一定知道的。”三荷包一听这话有理，便叫拿帖子去拜抚院同来的翻译林老爷。二人相见之后，寒暄了几句，三荷包便把要叨教的意思说了出来，谁知这位林老爷是个最坏不过的，一听来意是要叨他的教，他便拿腔做势，跳到架子上，说：“这是顶容易的事。”嘴里虽说容易，究竟容易在那里，却不肯告诉与人。三荷包再问问他，他便指东话西，一味支吾。又说：“临时我自来照料。”又说：“连我也不懂得甚么。”三荷包无可奈何，只得辞了出来，又与丁师爷商量。还亏得丁师爷交游道广，仍旧找到他那个借外国家生的朋友，也是在外国官跟前当翻译的一个广东人，同他说了。承他的情，甚么规矩，甚么仪注，那是头一席，那是第二席，那是主位，先上甚么酒，一五一十，统通告诉了他。

丁师爷回来告诉了三荷包。三荷包欢喜不尽。连夜又把那位翻译请了来，留他吃饭，同他商量；又请他写了一张菜单，一共开了十几样菜、五六样酒。三荷包接过看时，只见上面开的是：清牛汤、炙鲥鱼、冰蚕阿、丁湾羊肉、汉巴德、牛排、冻猪脚、橙子冰忌廉、澳洲翠鸟鸡、龟仔芦笋、生菜英腿、加利蛋饭、白浪布丁、滨格、猪古辣冰忌廉、葡萄干、香蕉、咖啡。另外几样酒是：勃兰地、魏司格、红酒、巴德、香槟，外带甜水、咸水。三荷包看了，连说：“费心得很！……”又愁抚宪大人是忌牛的，第一道汤可以改作燕菜鸽蛋汤，这样燕菜是我们这边的顶贵重的菜，而且合了抚宪大人的意思，免得头一样上来主人就不吃，叫外国人瞧着不好。那翻译连说：“改得好，索性牛排改做猪排。”三荷包道：“外国人吃牛肉，也不好没有。等到拿上来的时候，多做几分猪排，不吃牛的吃猪，你说好不好？”翻译又连说：“就是这样变通办理。”三荷包又叫把单子交给书禀师爷，用工楷誊出十几份来。

到了第二天大早，三荷包起来，穿着簇新的蟒袍补褂，走到抚院这边亲自监督，调排桌椅，安放刀叉。总共请了三个外国官、四个外国商人、两个外国官带来的翻译。这里是抚宪一位、营务处洪大人一位、洋务随员梁老爷一位、抚院翻译林老爷一位，连着州官三荷包，共是五个中国官：算一算，一总是十四位。去叫书禀师爷，把某大人，某老爷，一个个拿红纸写了签条。三荷包又请那位翻译帮着点对：那里是首席，该甚么人坐；那里是二席，该甚么人坐。分派既定，就把红签放在这人坐的面前。倘是外国人，随手请翻译写一排洋字在上面，好叫外国人认得。

这时候桌子上的摆设，玻璃瓶件鲜花之类，一律齐备。厨房里亦诸事停当。三荷包又问："外国酒送来没有？"管家们回："都已送来。"三荷包叫把酒瓶一律打开，连荷兰水也开好几瓶等用，免得临时手忙脚乱。翻译说："酒和水开了怕走气，只好临时要用现开。"三荷包又说："今日请客，自然抚院主人，然而兄弟也有半个主人在里面。一切仪注，须预先学习。"翻译说："外国人请贵重客，都是主人自己把菜一份一份的分好，然后叫细崽[②]端到客人面前。"三荷包听了他话，马上要学这个礼节，便叫厨房里把做好的多余菜，拿出几样，经他的手一份一份的分好，叫管家们一律穿着簇新的大褂，装作细崽模样，以供奔走。

等到各事停当，那时已有巳牌时候。外国人向来是说几点钟便是几点钟，是不要催请的。这日请的十二点钟。等到十一点打过，抚院同来的甚么洪大人、梁老爷、林老爷，一齐穿着行装，上来伺候。三荷包便请丁师爷陪着那个翻译在账房里吃饭，以便调度一切。又歇了两刻钟，果见外国人陆续的来了。抚院接着，拉过手，探过帽子，分宾坐下。彼此寒暄了几句，无非翻译传话。少停众客来齐，抚院让他们入席。众人一看签条，各人认定自己的坐位，毫无退让。先上一道汤，众人吃过。抚院便举杯在手，说了些"两国辑睦，彼此要好"的话，由翻译翻了出来。那首席的外国官也照样回答了几句，仍由翻译传给抚院听了。抚院又谢过。举起酒来，一饮而尽。一面说话，一面吃菜，不知不觉，已吃过八九样。后来不晓得上到那样菜，三荷包帮着做主人，一份一份的分派。不知道怎样，一个调羹，一把刀，没有把他夹好，掉了一块在他身上，把簇新的天青外套油了一大块。他心上一急，一个不当心，一只马蹄袖又翻倒了一杯香槟酒。幸亏这桌子上铺着白台毯，那酒跟手收了进去，不至淌到别处。又幸亏这张大菜桌子又长又大，抚院坐在那一头做主人，三荷包坐在这一头打陪，两个隔着很远，没有被抚院瞧见，还是大幸。然后已经把他急的耳朵都发了红了。又约摸有半点多钟，各菜上齐。管家们送上洗嘴的水，用玻璃碗盛着。营务处洪大人一向是大营出身，不知道吃大菜的规矩，当作荷兰水之类，端起碗来喝了一口，嘴里还说："刚才吃的荷兰水，一种是甜的，一种是咸的，这一种想是淡的，然而不及那两样好。"他喝水的时候，众人都不在意，只有外国人瞧着他笑。后来听他如此一说，才知道他把洗嘴的水喝了下去。翻译林老爷拉了他一把袖子，悄悄的同他说："这是洗嘴的水，不好吃的。"他还不服，嘴里说："不是喝的水，为甚么要用这好碗盛呢？"大家晓得他有痰气[③]的，也不同他计较。后来吃到水果，他见大众统通自家拿着刀子削那果子的皮，他也只好自己动手。吃到一半，又一个不当心，手指头上的皮削掉了一大块，弄的各处都是血，慌的他连忙拿手到水碗里去洗，霎时间那半碗的水都变成鲜红的了。众人看了诧异，问他怎的。他又好强，不肯说。又回头低声骂办差的，连水果都不削好了送上来。管家们不敢回嘴。三荷包看着很难为情。少停吃过咖啡，客人陆续辞去。主人送客，大家散席。仍旧是丁师爷过来监督着收家伙。有个值席的二爷说："到底人家做到抚院，大人大物，无论他见中国人、外国人，那规矩是一点不会错的。有这样的才情，所以才能够做

到抚院。想这洪大人，不是喝了洗嘴水，就是割了手指头，甚么材料做甚么官，那是一丝一毫不会推板的。想我们老爷演习了一早上，还把身上油了一大块，倘若不演习，还不知要弄到那个份上哩。”这二爷正说得高兴，不提防旁边那个抚院跟来的一个三小子，是伺候抚院执帖门上的，听了这话，便说道：“你说抚台大人他不演习，他演习的时候，这怕你瞧不见罢哩。”那二爷道：“伙计你瞧见你说。”三小子道：“他老人家演习我那里会看得见，我也不过是听我们包大爷讲的。我们包大爷说：‘大人昨天晚上，叫了林老爷上去，问了好半天的话。林老爷比给大人看，大人又亲自操习演半夜。’我们包大爷也在旁边，帮着学上菜，整整闹到四更多天，才下来打了个盹。天底下那有不学就会的事情？”那二爷还要再说，被丁师爷催着收家伙不能再说了。后来那些外国官员、商人，又请抚院一干人到他那里去宴会，一连吃了两三天，方才吃完。

这几天里，抚院很认得了几个外国人，提起富强之道，外国人都劝他做生意。抚院心里亦以为然，就向他们着实叨教。回省之后，有几个会走心经的候补老爷们，一个个上条陈，讲商务，抚院一概收下。内中有一个候选通判[④]，是洋务局老总的舅爷，姓陶名华，字子尧，靠他姊夫的面子，为他文墨尚好，有时候做封四六信[⑤]还冲得过，所以他姊夫就求了抚院，委他在洋务局里充当一名文案委员。他见姊夫上院回来，屡屡谈及抚宪大人近来着实讲求商务，凡有上来的条陈，都是自己过目；候补班子里很有两个因此得法。他把这话听在肚里，心想：“像我在这里当文案，每月拿他二十四两银子薪水，就是当一辈子也不会出头。现在既有这个机会，我何不也学他们上一个条陈？或者得个好处，也未可知。就是说的不好，像我这候选的，又不求他甚么，谅来是没事的。”主意打定，便开了书箱，把去年考大考时候买的甚么“商务策”“论时务”从新拿了些出来摆在桌子上。先把目录查了半天，看有甚么对劲的，抄上几条，省得费心。可巧有一篇是从那里书院课艺上采下来的，题目是《整顿商务策》。他看到这个题目，急忙查出原文来一看，洋洋洒洒，足有五千多字，一起一结，当中现现成成有十二条条陈，把他喜的了不得。大略看了一遍，也有懂得的，也有不懂得的。上头还有几个外国人的名字，看了不知出处。心下踌躇道：“如果照本抄誊，倘若抚宪传问起来，还不出这几个人的出典，就要露马脚。”又想把这几个人名字拿掉不写，“又显不出我的学问渊博。”想来想去，“好在抚台也是外行，不如欺他一欺。倘若问起来，随便英国也好，法国也好，还他个糊里糊涂，横竖没有查考的。”主意打定。他又是聪明绝顶的人，官场款式，无一不知，把头尾些须改了几个字，又添上两行，先誊了一张草底，说是自己打肚子里才做出来的，同姊夫说明原故，请他指教。

他姊夫虽说当的是洋务差使，于这文墨一道也甚有限，听他舅爷说要到院上上条陈，他便郑重其事的，戴上老花眼镜，先把舅老爷浑身上下估量了一回，嘴里说道：“看你不出，有这样的大才情！但这位中丞是个精明不过的，一个条陈进去，总要请各位老夫子过目。倘若把话说岔了，老夫子就要批驳下来。所以这上条陈一件事，竟是难上加难，非有十二分大本领的人，决不敢冒险。倘若说错，反不如藏拙的好。”他说这话，原是看不起他舅爷的意思。陶子尧便说道：“我也不知道好不好，所以拿底子送给姊夫过目。”他姊夫也不理他，便把条陈一条一条的念去，碰着有几个不认得的字，便把舌头在嘴里打一个滚，含糊过去。一个条陈看完，竟有大半不懂。看看舅爷还坐在对面，少不得要批评他两句。停了半晌，说道：“老弟肚里实在博学，但上头的意思是要实事求是。你的文章固然很好，然而空话太多，上头看了恐怕未必中意。愚兄于这笔墨一道虽及不到你老弟，论起官场上阅历却比你老弟多些。”

陶子尧忙辩道：“这个条陈引用的典故，都是外国的事，并不是空话。”他姊夫道：“是呀。外国人没有到过我们中国，怎么就会晓得我们中国的情形呢？”陶子尧道：“并不是说外国人晓得我们中国的情形，原是引证外国人办的事情确有效验，要我们照他办的意思。”姊夫道：“我也没工夫同你去辩，总之，这上条陈的事情不是儿戏的。你倘若一定要上，你也总要斟酌尽善。院上几位老夫子我统通认得，你做好之后，等我先拿进去请教请教他们几位，他们说不差，再递上去，免得碰钉子，岂不是好？”陶子尧听了，很不自在。接过稿子，敷衍了两句，搭讪着出来，回到自己书房里。心想：“此事与他商量，托他代递，是万万不会成功的，不如自己写好，明天一早自己去递。‘乌龟爬门槛，就看此一跌’，好歹又不与他甚么相干。”

主意打定，连夜恭恭敬敬誊了一个手折。次日一早，乘他姊夫上院没有下来，他便穿好袍褂，拿着手本，也不坐轿，也不带人，一直赶到院上。晓得这位抚院的新章：凡有递条陈的人，先在巡捕老爷那里挂号，专派一个巡捕管理此事，随到随递。倘若中意，立刻传见。所以凡是来递条陈的，都归这巡捕老爷接待。当下陶子尧走来，那巡捕问明来意，因为抚院有过吩咐，是不敢怠慢的，立刻让进来吃茶抽烟，抽空拿着手本，夹着条陈，上头去回。此时抚院正在那里同洋务局总办讲话，看了条陈，甚是中意。一见手本是洋务局文案委员，便对他姊夫说道：“这陶某是你局里的文案。他这个条陈很有道理，不比那些空疏无据的。这个想你老哥已经见过的了。”他姊夫听见是他舅子上条陈，心上老大捏着一把汗，还怪他不听话，瞒着他做事。后来听见抚院这一番夸奖，不禁转怒为喜，连忙掇转风头，忙说：“这陶是职道的内亲。蒙大人提拔，自从今年二月起，就在局里当差。他笔下还过得去。”抚院道：“非但过得去，而且很好。他这章程上，有几条切中现今的时势，很可以办得。”说着，便问巡捕：“这人来没有？”巡捕回：“在外头候着呢。”抚院就命请来相见。巡捕去不多时，果见陶子尧跟了进来，见了抚院，磕过头，请过安。抚院让他上坐。他见姊夫也在坐，脸上火辣辣，怪不好意思的。又因姊夫是局里的老总，不好僭他的坐，抵死要让他姊夫坐在上头。姊夫说：“大人吩咐过，你就坐下罢。”然后在上面坐下。茶房端上茶来。当下抚院拿他着实抬举，并说：“老兄的章程，竟有一大半可以行得。内如榨油、造纸，成本不多，至于赚钱却是拿得稳的。但是这些机器总得外洋去买。你那章程里头说的几样机器，依兄弟的意思，不妨每样买上一分，带来试用。”陶子尧连忙回说：“办机器要到上海甚么瑞记洋行、信义洋行。那行里的买办，卑职都有朋友，同他们相好。只要托了他们，同外国人订好合同，签过字，到外洋去办，不消三五个月，就可以来回。”抚院说：“很好。”随便又问了些别的说话，跟了他姊夫一块儿出来，回到洋务局里。

这时候他姊夫因见抚院将他抬举，也不埋怨他了，还约他同到公馆里吃饭。到得公馆里，他姊夫已忙着把这话从头至尾，告诉了他姊姊一遍。姊姊听了，自然欢喜，忙同丈夫说：“你做姊夫的该应在抚台面前，替他出把力，顶好就把这办机器的差使委了他，等他好趁两个。他有了好处，再不会忘记你姊夫的。”他姊夫道：“自己至亲，说甚么客气话，这不是应该的吗。”当下吃过中饭，陶子尧仍旧回到局里。

次日姊夫上院，抚院便把要委陶子尧到上海的话，告诉了他。他果然又替他舅子着实吹嘘了许多好话。等到下院回到局里，那委办机器的札子，已经下来了：“先在善后局拨给二万银子，带了去办。如果不够，等到讲定价钱，电禀请示，随时筹拨。”郎舅两个接到这个札子，自然欢喜。这日他姊夫便叫他把行李搬到公馆里住，说：“不到几天就要远行，搬在一处，至亲骨肉，好畅叙两日。”这里文案自然另委他人，不必细述。次日陶子尧上院谢委，又蒙抚院传上去，着实灌了些米汤，把他兴头的了不得。回到公馆料理行装，又到各衙门同事处辞行，接着各处备酒饯行。一时亦难尽记。

且说这日正是洋务局里几个旧同事，因为他此番奉委，一定名利双收，因此大家借了趵突泉地方，凑了公份备了一席酒替他送行。约的是午刻十二点钟会齐；谁知左等不来，

右等不来，直至日落西山，约摸有五点多钟时分，大家已等的心焦，才见他坐着姊夫公馆里的四人中轿[6]，吃的醉醺醺而来。大家接着，奉坐献茶。陶子尧先开口道："今午可巧家姊丈请客，请的是两司、首道、学堂里的总办王观察、营务处洪观察，一定要拉小弟作陪。一直吃到此时方才散席，所以来的迟了一步，累诸公久等！"大家齐说："还早。"少顷，摆上席面，自然是陶子尧首坐，其余作陪。菜上一半，酒过三巡，大众都要上来替他把盏，说他"有此宪眷，机器办到之后，一定大有作为。将来却要提拔提拔小弟们。"陶子尧听了，一面孔得意之色，撇着腔说道："这用说吗！不是兄弟夸口，这山东一省讲洋务的，除掉中丞，竟没有第二个人我可以同他谈得来的。"对面一个同事道："我们老总要算得这里头在行的了。"陶子尧鼻子里哼了一声道："谈何容易，就讲到'在行'两个字！家姊丈办了这几年的洋务局，他只知道外国人三个字。你问他是那几个国度的外国人，看他说得出说不出！兄弟固然没有办过甚么交涉，然而眼睛前几个国度的名字也还说得出。"大家齐说："将来上海回来，老总的洋务局一席，只怕就要让给老哥。"陶子尧道："这也看罢咧。"当夜宴罢回来。次日一早起身，他姊夫替他料理这样，料理那样，很露殷勤。为他一向省俭，是从来不用管家的，特特为为，又把自己的二爷拨出一个，给他带着出门。陶子尧拜别了姊夫、姊姊，带了管家，取道东三府，到潍县上火车，到了青岛。可巧有轮船进口，他便写了票，搬上轮船。等到开船离了岸，那天忽然刮起风来，吹得海水壁立，把个轮船摇荡不止。陶子尧一向是有晕船的毛病，一上船就躺下不能动了。他管家叫张升。本是北边人，没有坐过船，更是撑不住。那风刮了两天两夜不住，他主仆两个，也就困了两天两夜没起。陶子尧上船的时候，有人替他写了一封信，托轮船上一位账房照应。这账房姓刘，号瞻光。一上船彼此请教过大名。陶子尧很摆架子，这刘瞻光估量他一定是山东抚台的红人，所以才派他这赚钱差使，一心便想拍他的马屁，口口声声称他陶大人。陶子尧得意非凡。始而要房间，船上没有，刘瞻光就把自己的一间账房让了出来给他，吃饭是另外开，刘瞻光拿自己的体己菜出来让他吃。等到刮风的时候，他管家困倒了，吃茶吃水，都是刘瞻光派人招呼；自己又时时刻刻过来问候，因此陶子尧心上着实感激。

这天到了上海，风也息了，船也定了，他主仆两个也不晕了。陶子尧是做官人，贪图吉利，因此就择了棋盘街的高升栈。由栈里接客的接着，叫了小车，把行李推着就走。主仆两个另外雇了东洋车，一路跟来。到了栈房，喝过茶，洗过脸，开饭吃过。为着船头上颠簸了两天，没有好生睡，因此暂不出门，先在栈中睡了一觉。等到醒来，已是天黑。只见茶房送进一张请客票来。陶子尧接过来一看，上写着："即请棋盘街高升栈陶子尧大人，驾临四马路老巡捕房对过一品香九号，番酌一叙。勿却为幸！此请台安。"末了一行便是年，月，日。下注三个小字，是"瞻光约"。旁边还注着一行小字，道是"今日山东烟台来，问明柜上探请"几个字。陶子尧看过，便知是轮船上那个账房了。他一面看条子，一面管家绞上一把手巾，接来揩过，便起身换了一件单袍子，一件二尺七寸天青对面襟大袖方马褂。其时虽交八月，天气还热，手里又拿了一把折扇。叫管家拿了烟袋，夹了护书，跟在后头。走到街上不认得路，只得唤了两部东洋车，叫他拉到一品香。高升栈到一品香能有多远，车夫乐得赚他几个，拉着兜了个圈子方才拉到。主仆二人下车，付过车钱，问了房间，走了进去。刘瞻光即起身相迎，作揖坐下。

其时台面上已有七八个人了：有的头上四转都有些短头发垂了下来，却是梳的净光的匀；又有大衿钮扣上插着一朵鲜花；还有些人不知道是拿甚么熏的，一阵阵的香气喷了过来。这些人穿的衣服，一律都是绫罗绸缎，其中也有一两个些微旧点的，总不及陶子尧的古板。陶子尧是初到上海，由山东临来的时候，姊夫曾叮嘱过他，说："上海不是好地方，你又是初次奉差，千万不可荒唐！花钱事小，声名事大！"陶子尧做官心切，便把此话牢记在心。自己拿定主意，到了上海，不叫局[7]，不吃花酒，免得上当。

这日，来到一品香，见过主人之后，又照着众人作了一个揖。席上的人也有站起来拱手的，也有坐着不动的。刘瞻光便告诉他，这是某人，这是某人，无非某行买办、某处翻译之类，一一道过姓名。随后又来一个人，同陶子尧一并排坐下。这人两撇蟹钳胡须，年纪四十上下。“请教尊姓、台甫？”那人自称：“姓魏名翩仞。”问他公馆，说是“住在栈里。”刘瞻光也将他姓名报与众人，说：“这位陶大人是山东抚院派来办机器的，是山东通省有名的第一位能员，小弟素来仰慕的。”

众人听说，着实起敬。内中有个专做军装机器的买办，姓仇名五科，听了这话，便想替自己行里拉买卖，就竭力恭维了几句，以示亲热之意。魏翩仞同他坐在一块儿，问长问短，更说个不了。后来主人让他点菜，他说不懂。魏翩仞就替他写了六样。大家又要叫局，刘瞻光托魏翩仞替他代一个。陶子尧一定不肯，说：“诸位请便。兄弟是向不破戒，请免了罢。”众人一定要他叫，他一定不肯叫。后来众人见他急的面红耳赤，也就罢了。当下各人的相好陆续来到，也有唱的，也有不唱的。独有魏翩仞叫的是小先生[8]，跟局大姐着实标致，一见魏老就伏在他身上，咬了半天的耳朵，席面上的人都说：“老三搭魏老直头恩得来！”老三斜溜了他们一眼，不理众人，仍旧说他的话。此时陶子尧坐在一边，只作不看见。一霎时局已到齐，真正是翠绕珠围，金迷纸醉，说不尽温柔景象，旖旎风光。

当下，仇五科竭力的想拉拢他，趁众人厮混的时候，已嘱咐他相好，赶紧回去备个双台。跟局的答应着，匆匆装了两袋烟，同了先生下楼而去。仇五科便走到刘瞻光面前，托他代邀陶大人同去吃酒。刘瞻光立刻代达。陶子尧再三推辞。刘瞻光道：“子翁不叫局，兄弟不敢勉强，少坐一会，吃一两样赏赏光。”魏翩仞亦帮着凑趣说：“我们这五科哥极爱朋友，今天是专程相请，酒已交代，子翁务必要去的。”又向五科说：“五科哥，你不妨先走一步，吩咐他们就摆起来。稍停一刻，我们陪了子翁过来。”仇五科又说了一声“拜托”，方才穿好马褂，辞别众人而去。这里主人见菜上齐，吃过咖啡，细崽送上账单，主人签过字，便让众人同到仇五科相好家吃酒去。陶子尧先还不肯，后来被刘瞻光、魏翩仞一边一个拉了就走。出得一品香，一直朝西而去。魏翩仞便告诉他：“这条叫四马路，是上海第一个热闹所在。”这是书场，这是茶店，一一的说给他听。陶子尧在外头混了多年，也听见人家说过四马路的景致，今番目睹，真正是笙歌彻夜，灯火通宵，他那一种心迷目眩的情形，也就不能尽述。

魏翩仞是聪明不过的人，到眼便知分晓。况且刚才台面上已经同他混熟，因此就在路上，一力劝他说：“子翁，古人有句话说得好，叫作：‘大德不逾闲，小德出入可也。’像你子翁不叫局，不吃酒，自然是方正极了。然而现在要在世路上行事，照此样子，未免就要吃亏。”陶子尧听了，不胜诧异，一定要请教。魏翩仞道：“兄弟不是一定要拉子翁下水，但是上海的生意，十成当中，倒有九成出在堂子里。你看来往官员，那一个不吃花酒，不叫局？”陶子尧道：“你说生意，甚么又说到做官的呢？”魏翩仞道：“你不要听了奇怪。即如你子翁，谁不知道你是山东抚院委来的，你子翁明明是个官，然而办的是机器。请问这样机器，那样机器，那一项不是生意呢？要办机器，就要找到洋行。这些洋行里的‘康白度’[6]，那一个不吃花酒？非但他请你，还得你请他：他请你，一半是地主之情，一半是拉你的买卖；你请他，是要劳他费心，替他在洋人跟前讲价钱，约日子。只要同你讲得来，包你事事办得妥当，而且又省钱，又不会耽误日期，岂不一举两得呢？”陶子尧道：“如此说来，一定要兄弟吃酒叫局的了。”魏翩仞道：“这个自然。你不叫局，你到那里摆酒请朋友呢？”陶子尧一头走，一头寻思。忽走到一爿茶店门口，上面竖着一块匾，写着“西荟芳”三个字。众人齐说：“就在这里进去罢。”陶子尧不知不觉，便跟了进去。

究竟魏翩仞是何等样人，陶子尧曾否破戒，且听下回分解。

［注释］

①仪注：制度，仪节。

②细崽：男待役。

③痰气：指精神性疾病。

④通判：官名，在知府下掌管粮运、家田、水利和诉讼等事项。

⑤四六信：用骈文写成的信件。骈文以四字和六字相间为句，格式比较固定，称作骈四俪六。

⑥中轿：四人抬的轿子。

⑦叫局：叫妓女来陪席。

⑧小先生：还未曾卖身的妓女。

⑨康白度：英文中的买办。

第八回

谈官派信口开河　亏公项走投无路

话说陶子尧跟了众人走进西荟芳，只见这弄堂里面，熙来攘往，毂击肩摩，那出进的轿子，更觉络绎不绝。魏翩仞便告诉他：“这轿子里头坐的就是出局的妓女。你看，出出进进，这一晚上要有多少生意！”陶子尧听了答应着，便想到自己从前在山东省里的时候，虽沾姊夫的光当了文案，然而终是寄人篱下。有时在路上走着，碰着那些现任老爷们坐轿拜客，前呼后拥，好不威武。几时我方得有此一日？如今看见出局的轿子，一般是呼么喝六，横冲直撞，叫人见了，不觉打动了做官思想。陶子尧一头呆想，不知不觉，又穿过一道门，走到一家门口，高高点着一盏玻璃方罩的洋灯，墙上挂着几张招牌，写着某某书寓，一时也记不清楚。众人让他进去。他便随了众人，一直上楼。楼下有些男人喊了一声“客人上来”。一帮人才走到半扶梯，就有许多娘姨、大姐前来接应。一问是仇老一淘，就领了进去。又喊了一声“仇老客人”，便见仇五科迎了出来。大家朝他拱手，陶子尧也只得作了一个揖。接着娘姨请宽马褂，倒茶，拿水烟袋，绞手巾。先生敬瓜子，别人是认得的，只有陶子尧是生客，随口问了一声“尊姓”，陶子尧恭恭敬敬回答了一声“姓陶”。先生听着笑了一笑。仇五科便请众位写局票。魏翩仞抢着代笔，自己先写了一张陆桂芳。刘瞻光说：“翩仞总是叫这个小把戏。”仇五科说：“翩翁是‘醉翁之意’罢哩。”魏翩仞只顾写他的，也不理人，一连写了三四张。回头又问：“子翁到底怎么样？还是破戒不破戒？”陶子尧说：“我这里没有熟人可叫。”仇五科说：“小弟的台面，于翁总得赏光，破一转戒的了。”魏翩仞见陶子尧说话活动，知道刚才路上劝他的话有点意思了，就说：“子翁没有熟人，五科的熟人很多，就请他代一个罢。”当下仇五科就替他代了一个小陆兰芬。陶子尧看见桌子上的局票共是八九张，一时也记不清楚。只见刘瞻光叫的是张书玉，想就是在一品香叫的那一个了。又见桌子上还有几张写剩的请客票，上面是刻就的，“飞请大人（老爷），即临同安里小金媛媛家一叙”等话。他看了稀罕，说道：“这倒便当得很。”就问：“谁是小金媛媛？”翩仞告诉他：“就是五科的贵相知。刚才一品香见过，来到这里又问过你尊姓，怎么就忘记了？”彼此一笑而罢。少停摆台面，起手巾。仇五科便让陶子尧首座。陶子尧抵死不肯坐。刘瞻光、魏翩仞又帮着说：“今天是五科专程相请，我们是没有人僭你的。”一面说，一面大众都坐好，只剩一个首坐。陶子尧无法，只得坐了。仇五科手执酒壶，亲自奉酒。陶子尧竟其恪守官场规矩，站起来作揖，弄得仇五科无法，只得放下酒壶，还他的揖。主人一齐敬完之后，他一定要还敬，斟了酒还不算，又深深作了一个揖，又朝着众人作了一个揖，说了声“有僭”①，然后坐下吃酒。

一时菜上八道，酒过三巡，叫的局陆续都来了，只有陶子尧的局没有来。他虽初入花丛，瞧着别人的局都到了，自己的不来，未免觉着没趣。后来菜都上齐，主人数了一数，台面上的局，独独小陆兰芬未到，立刻叫人去催了。一会小陆兰芬来了，见了仇五科，竟不提姓，叫了声“秃头老爷”，问：“那一位是陶大少？”仇五科指给他看，跟局娘姨同先生到了陶子尧跟前，一家说一句：“陶大少，对不住！”陶子尧一听叫人家老爷，叫我大少，心上有点不高兴。后来见魏翩仞赶着跟局娘姨叫新嫂嫂，说：“这位陶大人是从山东来的，今天才下轮船，叫你先生多唱两只曲子，过天陶大人还要到你搭去请客哩。”娘姨听了，赶到陶子尧背后，连忙改口，一口一声“陶大人”，甚么“场化小，大人勿厌弃，请过来”。几个大人长，大人短，把个陶子尧喜的不亦乐乎。

一时上过干、稀饭。小陆兰芬跟局新嫂嫂听了魏翩仞一番言语，晓得陶子尧是户好客人，一直坐着不走。等到散过台面，一定要同到他家去坐。起初陶子尧不肯，后来又是魏翩仞劝驾，两人一路同去，陶子尧方才允了。当下新嫂嫂跟着轿子在前，陶、魏两人在后。转了两个弯，又是一个弄堂，上面写着“同庆里”三个字。进去第三家，上楼对扶梯一直便是兰芬房间。等到二人上楼，兰芬已经到家多时了。新嫂嫂竭力张罗：宽马褂，打手巾；先生敬瓜子，装水烟。左一声“大人”，右一声“大人”，叫得陶子尧好不乐意。也不顾魏翩仞在坐，便打着官腔，把自己的履历尽情告诉了二人。这房间里还有两个粗做老婆子，听了不懂，都坐在那里打盹。魏翩仞先在榻床上吃大烟，后来也睡着了。

这里陶子尧没了顾忌，话到投机，越说越高兴。只听见他说道：“我们做官的人，说不定今天在这里，明天就在那里，自己是不能作主的。”新嫂嫂道：“那末，大人做官格身体，搭子讨人身体差勿多哉。”陶子尧不懂甚么叫作“讨人身体”。新嫂嫂就告诉他，才说得一句“堂子里格小姐”，陶子尧就驳他道：“咱的闺女才叫小姐，堂子里只有姑娘，怎么又跑出小姐来了？”新嫂嫂说：“上海格规矩才叫小姐，也有称先生格。”陶子尧道：“你又来了。咱们请的西席老夫子才叫先生，怎么堂子里好称先生？”新嫂嫂知道他是外行，笑着同他说道：“耐勿要管俚先生、小姐，卖拨勒人家，或者是押账，有仔管头，自家做勿动主，才叫作讨人身体格。耐朵做官人，自家做勿动主，阿是一样格？”陶子尧道：“你这人真是瞎来来！我们的官是拿银子捐来的，又不是卖身，同你们堂子里一个买进，一个卖出，真正天悬地隔，怎么好拿你们堂子里来比？”说着，那面色很不快活。新嫂嫂最乖不过，一看陶子尧气色不对，连忙拿话打岔道：“大人路浪辛苦哉！走仔几日天？太太阿曾同来？是啥格船来格？”他怕陶子尧太太同来，有了管头，所以问这一句话，这是新嫂嫂细心之处。陶子尧见问，不禁怒气全消，面孔上又换了一副得意之色，说道：“你听我来告诉你：你们不知道，我们做官的人，辛苦呢固然辛苦，然而等到官运好的时候，做的着实有趣，也就不觉其苦了。山东做官，怎么就会来在你们上海？”新嫂嫂道：“格当中是啥格缘故？阿是高升到别场化去，路过上海格？”陶子尧闭着眼睛，吃水烟，不去理他。看看一根纸吹吃完，新嫂嫂赶忙又点好一根送上。陶子尧才同他讲道：“说来也巧：今年大年初一，我早晨起来拜过天地祖先，就请出骨牌[2]来。”新嫂嫂道：“阿是推牌九[3]？”陶子尧道：“别胡说！”新嫂嫂吓的不敢则声。陶子尧道：“因我生平顶相信是‘牙牌神数’。这是拿骨牌起课，一起出来，却是两个‘上上’，一个‘中下’。那首诗的句子我全记得，我念给你听：头两句是‘一帆风顺及时扬，稳渡鲸川万里航’。头一句风顺，是说我的官运，第二句就隐隐指着我要到上海。这都是命里注定的，你说灵不灵！”

新嫂嫂听了诗句不懂，只好顺着说道：“最灵勿过格是菩萨。大人耐格本签诗阿带得来？也替倪起格课。倪有仔三个月格喜哉，起起是男是女。如果是男，将来命里阿有官做。也勿想啥入阁拜相，只要像你大人也好哉。”陶子尧连连摇手道：“笑话笑话！你们的儿子怎么也好做起官来了？”新嫂嫂道：“倪格儿子为啥做勿得官格？”陶子尧道：“大清例上，凡是娼、优、隶、卒的子孙，一概不准考，不准做官。”新嫂嫂道：“难末，倪又勿懂哉。倪格娘有格过房儿子，算倪的阿哥，从前也勒一爿洋行里做买办格。前年捐仔知府，新近升仔道台，连搭顶子也红哉，就勒此地啥个局里当总办。”新嫂嫂刚说到此，小陆兰芬插嘴道：“阿姨，耐说格阿是老爷？前埭老爷屋里做生日，叫倪格堂差，屋里向几几化化红顶子，才勒浪拜生日，阿要显焕！老爷还说明朝来吃酒呀。”新嫂嫂道：“就是俚哉。”又对陶子尧说道：“倪格阿哥可以做官，倪格儿子是俚格阿侄，有啥勿好做格？”

陶子尧听了，做声不得，心想：“他家里有这们阔人，我得拿两句话盖过他，才转过我的面子来。”寻思了半天，说道：“我这番来，抚台给我几十万银子，托我办机器。我动身的那一天，抚台还坐着八轿，亲自送我到城外。藩台以下那些大人们离城十里，搭了一座彩棚，在那里候着送。等我到得那里，抚台也赶到了。把公事谈完，随手在靴页子里掏出一张四万银子的汇丰银行的汇票，托我到上海替他留心买四位姨太太。大约一万银子一个。如果不够，叫我打电报去问他找。”新嫂嫂道：“像倪格兰芬只要耐八千洋钱。陶大人，耐阿好拿倪格兰芬讨仔去罢？”兰芬道：“倪阿有格号福气！”陶子尧道：“你别这们说。俗话说的好：‘嫁鸡随鸡，嫁狗随狗。’你嫁了我们抚台做姨太太，我们都得称你宪姨太太。”新嫂嫂道：“有心托仔耐格大人，做仔格格媒人罢！”兰芬说：“倪总勿会忘记耐格。谢谢耐，后补耐末哉！”陶子尧道：“的的确确是实缺，并不是候补。”说到这里，新嫂嫂又特地倒了一碗茶，叫他润润嘴。

陶子尧又说道：“刚才的话没有说完。抚台拿银票交代与我之后，我拿过来往马褂袋里一放，随即起身上轿。抚台还要敬酒。我被他们闹的脑子疼，再三辞谢，方才免了。抚台带领大小官员，送到轿前，齐打一恭，我也还了一个揖。只听得耳朵旁边‘泊隆通’，‘泊隆通’。”新嫂嫂道：“格当中啥个缘故？”陶子尧道：“营里的兵开大炮送我，所以耳朵旁边只听得‘泊隆通’，‘泊隆通’。”陶子尧说得高兴，不提防魏翩仞在榻上一觉困醒，并不知道他说得甚么，只听得甚么“泊隆通”，“泊隆通”，也就依着他说“泊隆通”，“泊隆通”。陶子尧见他睡醒，疑心方才的话都已被他听见，面上一红，不好意思再说下去，自言自语道：“我们在这里说营里放大炮。”新嫂嫂道：“勿壳张格格大炮，倒拿魏老吓醒。”魏翩仞睡眼朦胧，也没有听清，只是揉眼睛。新嫂嫂连忙绞过一块手巾。兰芬道：“陶大人说格闹忙煞，格底下说哩。”陶子尧也不理他。

魏翩仞揩过脸，摸出表来一看，已是三点三刻，说：“时候不早了。陶大人就在这里借了一夜干铺罢，我是要失陪了。”陶子尧一定也要起身回栈。新嫂嫂挽留不住，又要留他两人吃过稀饭再走。他两人因为时已晚，急欲回去。新嫂嫂同了兰芬一直送到楼下，开开大门，看他两人出弄堂。陶子尧不识路途，魏翩仞便同他走出弄堂，由石路挽到四马路，叫陶子尧向东，一直走到巡捕房朝南，朝东是一品香，朝南便是棋盘街，离高升栈很近的。陶子尧至此，方悟原来高升栈到一品香甚近，用不着坐东洋车的。今天从栈里出来，被东洋车夫所欺，不知道在那里兜了一个圈子，才到得一品香。可见上海地方人心欺诈，是要刻刻留心的，当下便谢过魏翩仞，两人拱手作别。陶子尧带了跟班回栈。魏翩仞自到相好大姐老三处过夜不题。

且说次日陶子尧一觉困到一点钟方才睡醒。才起来洗脸，便有魏翩仞前来，约他一同出去，到九华楼吃扬州馆子。吃完之后，就在公一马车行叫了一部橡皮轮皮篷车，一同去游张园。可巧这日是礼拜，所有昨天台面上几个朋友，倒有一大半在这里。刘瞻光因轮船未开，亦到园中玩耍。仇五科一直等到打过四点钟，方才来到。在大洋房里大家会齐，分了两张桌子吃茶。此时游园妓女，数一数足足到了五六十个，把个大洋房挤的实实窒窒的，好不热闹。陶子尧跟了众人出去兜了一回圈子，不提防在照相地方碰见新嫂嫂同了兰芬在那里照相。见面之后，着实殷勤，一路跟着同到大洋房。新嫂嫂便把烟袋送过。魏翩仞因同陶子尧咬耳朵，说：“趁着瞻光还未开船，难得今天朋友齐全，不如此刻就到他家请客，又应酬了兰芬，岂不一举两得？”陶子尧本有到他那里请客的意思，但是面嫩，一时说不出口，听得魏翩仞之言，连说：“好极，好极！”魏翩仞先替他交代新嫂嫂道：“陶大人吃

酒，菜是要好的，交代本家大阿姐，不要搭浆！”说完之后，又替他张罗刘瞻光、仇五科一班人。这班酒肉朋友天天在堂子里混惯的，岂有不来之理。

当下新嫂嫂要拉着陶子尧一同回去，陶子尧又拉着魏翩仞一块儿走，随即上了马车，离了张园。不上一刻工夫，早已来到泥城桥。马夫巴结，大大的兜了一个圈子，方才回到石路同庆里口。下车进去，新嫂嫂先交代过本家，喊了一台下去。两人上楼吃茶吃烟。不多一歇，刘瞻光同了两个朋友先到，跟手仇五科也来了。其时已有上灯时分。在席的人多半因有翻台，催着快摆。立刻写局票，摆台面，起手巾，叫局。主人一个个敬酒，然后大家归坐。少停局到，唱曲子，豁拳，手忙脚乱，烟雾腾天。陶子尧自充行家，嫌这些姑娘们的曲子不好。仇五科便说：“子翁一定是高明的了。”台面上有一个不懂事的朋友，一定要请教一札，又把一位先生拉胡琴的乌师留下，好教他拉着，等陶大人唱。谁知陶大人抵死不肯唱。后来把他弄急了，他拿刘瞻光拉到一边，低低同他说道：“我们是官体，怎么好同他们一样？倘若这风声传播到山东，那可不是玩的！”刘瞻光招呼了仇五科，仇五科又招呼了那个朋友。大家觉着没趣，不及上干、稀饭，都已兴辞而去。陶子尧也不在意。

吃过了酒，送过了客，独有魏翩仞不走。他原是最坏不过的，看见陶子尧官派熏天，官腔十足，晓得是欢喜拍马屁、戴炭篓子的一流人。新嫂嫂虽是女流，亦早已看出。魏翩仞假托出恭，拉了新嫂嫂到小房间里，二人如此如此，这般这般，商量好了一条计策。

其时陶子尧正在大房间里坐在烟铺上，叫兰芬装水烟，听他的高谈阔论，说：“做了抚台姨太太，出起门来，要坐四人轿，还有戴顶子的把轿扛。轿子前头还有一顶红伞。无论走到那里，都有人办差，有人伺候。怕的是姨太太在大人跟前，不要说大坏话，只要稍微点上两句，无论是谁都吃不起。姨太太屋里伺候的人，有丫头，有老妈，有二爷，有打杂的，要甚么有甚么。面子上的月费一个月二百两，做衣服，打首饰，吃饭，用人工钱，还不在内。但就二百两一月而论，已经比我们局里总办的薪水多了一倍。”兰芬道：“陶大人，耐做官一个月有几化进账？耐阿有姨太太？耐格姨太太一个月拨俚几化洋钱用？”陶子尧只顾说的高兴，不提防有此一问，堵住了嘴，一时对答不来。兰芬还连着问他。他只顾吃水烟。歇了半晌，正想拿话支吾他，恰好魏翩仞同新嫂嫂从小房间里出来，把话打住。

魏翩仞便披起马褂要走，又朝着新嫂嫂努努嘴。新嫂嫂会意。其时陶子尧又要跟着走，谁知一件马褂，却被新嫂嫂扣住不给。陶子尧到此无法，只好听魏翩仞一人独去。这里新嫂嫂又张罗陶子尧吃稀饭，又打发陶子尧管家，先回栈房。这天晚上，自从摆台面，一直到魏翩仞走，凡有来叫局的，新嫂嫂都叫小大姐阿金跟了出去，自己却一直在屋里陪着陶子尧。无意中又同陶子尧说：“兰芬虽已十六岁，还是小先生勒。样式事体，有倪勒浪，决勿会亏待耐的。”陶子尧虽说只来得两天，因他聪明不过，台面上亦听得人讲起，这新嫂嫂的身分，也就都已明白了。当下吃过稀饭，打过两点钟，兰芬是没有晏堂差的，大家收拾安睡。陶子尧居然就在这里借了一夜干铺。究竟如何，无庸深考。但觉与新嫂嫂情投意合，如漆如胶。

一连住了七八日，不是人家请他，就是他请人家，一连七八天，没有断过。每天总要困到两三点钟方起。等新嫂嫂梳洗过后，一同吃早饭。吃过早饭，便是一部马车，起先还带兰芬同坐，后来连兰芬也不带了。出门之后，不是游张园，便是兜圈子。走到大马路仁昌祥、震泰昌，以及亨达利等处，总得下车，不是买绸缎，便是买表，买戒指，一买便是几百块，此外打首饰，买珠子，还不在内。起先每次出门，陶子尧一定要到钱庄上，带几百银子庄票，一二百块洋钱、钞票在身边。后来各家都熟了，知道陶大人是个阔客，就是没得钱，也肯赊给他了。从前陶大人穿的衣服，新嫂嫂嫌他古板，特特为为，叫了几名裁缝，在家里客堂里替他做，趁便自己又做了些时式衣服。细算起来，数目也就不少了。陶

子尧一心被新嫂嫂迷住，竭力报效，核计所化之钱，旬日[4]之间，和酒、局账，不过一百多元，买东西，做衣服，通扯已不下三四千金之谱。再加别的用度，通算起来，带来的二万，不过才用得四分之一。自己一算，还不为多，将来机器买成，无论那注账里多报销一笔就够了。如此一算，心上一宽，依旧烂化浪费起来。

有一天新嫂嫂的娘过生日，喊了一班人，在堂子里宣卷[5]。单他一个，摆了一个四双双台，有些不认得的人也都拉来吃酒。魏翩仞看见他的钱化的淌水一般，不加爱惜，心上便想："他的钱，也就用的不少了，若不从此时下手，更待何时。"次日先去同仇五科商量。仇五科道："这种寿头，不弄他两个弄谁。"魏翩仞道："想个甚么法子去弄他？"仇五科道："容易。你去同他说，后天开公司船，他要办机器，同他到我这里来。大家都是自己人，还他便宜就是了。"魏翩仞同仇五科本来是做惯联手的，心上明白，急急奔至同庆里，找到陶子尧。其时新嫂嫂正坐在客堂窗下梳头，陶子尧坐在旁边坐着吃汤团。一面吃汤团，一面看梳头。恰在出神的时候，底下喊"客人上来"。正思躲避，见是魏翩仞，才缩住了脚。当下寒暄得几句，魏翩仞便拉他到正房间里坐下，同他讲到买机器的话，说："不要看这桩事情，倒是很不容易办的。听见仇五科说：'明天有公司船开，有甚么图样，一块带了去，三个月就有得来。倘若明天不寄，等到下一班，又要多少天。'五科是自己人，替朋友帮忙，难道还要你的好处吗。他叫我来问你一声，有甚么话，你去同他说亦好，我替你传话亦好。"陶子尧连说："费心。"忙问："我的当差的来了没有？"房中娘姨，一叠连声的叫陶大人当差的。当差的上来，陶子尧便交代他一把钥匙，叫他回栈房，把枕箱开开，"里面有个纸包，抚台的札子统通在内。把那个纸包替我拿了来。"这里两个人闲谈。不多一刻，当差的回来，将纸包呈上。陶子尧打开，取出一片账目，大约开着几件机器，也不详细，递与魏翩仞。魏翩仞道："就是这个账吗？"陶子尧道："这里头该有几件东西我也不知道，本来要请教五科，我们此刻就去看他。"魏翩仞道："同去也好。"新嫂嫂道："啥格要紧事体，托仔魏老，勿是一样格？啥事体要一定自家去？"魏翩仞道："恩得来，一歇歇才离勿开格哉！"新嫂嫂拿眼睛眇了他一眇，也不说别的，仍旧梳他的头。陶子尧想要去，真是听了新嫂嫂的话，就有点懒怠去了。魏翩仞道："你不去也好。我就替你问他一声，叫他替你开一篇账，寄到外洋，将来银子是要你付的呢。"陶子尧道："这个自然，价钱克己点。"魏翩仞道："这个是外国定好了来的价钱，贵贱我们做不得主的。"一面说，一面穿马褂。趁空陶子尧又拉他到一旁，说道："不瞒翩翁说，兄弟当这一趟差使，上头发的盘川[6]不过是个名色，不够用的，况且到了上海又不能不应酬。这里头托你同五科讲一声，将来开账的时候，叫他酌量开，总算他照应我的。"魏翩仞道："这个还要你说吗，不过照这篇账，有限的几样东西，看上去不过二万银子的进出，多开上一千、八百也望得见的。子翁，我听见人说，你这遭来，不是要办几十万银子机器吗？我们都是好朋友，你别拿小注的给我们，拿大注的又去照应别人。"陶子尧听说，愣了一愣，说道："机器是还要添办，先要看这个办的便宜，再办别的。"魏翩仞见此情形，心下明白，也不再追问了，便说："今天托五科寄信去，价钱替你合准，包你便宜。只要你明天同外国人当面签个字就完了。"说着扬长而去。

一走走到五科行里。五科接着忙问："生意怎么样？开账没有？"魏翩仞递给他看。五科看完之后，说了声："就是这个吗？"又笑了笑道："这篇糊里糊涂的账怎么好带到外国去？而且一件机器另外总有些零碎件头，都要一笔笔的开上。"魏翩仞道："他原说托你替他斟酌。五科哥，据我看起来，生意不过二万银了。他这里头，还想托你替他开花账，吞吞吐吐的，弯着舌头，说又说不清，只怕兰芬那里的一笔用账，要出在这上头。"五科道："看他不出，赚钱的本事倒有。但是他既托了我，你去同他说，说我都已明白，账也

开好，合同也弄好，叫他明天来签字，我们好去替他办。”魏翩仞道：“你真的替他办么？他银子存在号里，刚才我从同庆里出来，先挽到号里打听过，由山东汇下来总共不过二万银子，听他说这一礼拜头里倒去拿过好几千。兰芬家新嫂嫂手上金刚钻戒指也有了，金钏臂也有了，倒着实在那里报效。不要我们替他办了机器，到那时候拿不出来。”仇五科道：“你这个人，真正戆大[7]！叫他先来签了字，怕他走到那里去。你我总不会落空就是了。”魏翩仞一听此言，也就明白。当夜又赶到同庆里通知陶子尧，告诉他说，各事都已停当，只要他明天十一点钟，到行里签字。

到了次日十点钟，魏翩仞仍赶到同庆里叫醒陶子尧，起来洗脸吃点心，一块同去找五科。新嫂嫂蓬头赤脚，一定还要亲自替陶子尧打一条辫子，方容他走。当下两个人同到洋行里，仇五科接着，着实殷勤。请坐之后，又每人敬了一根吕宋烟。从抽屉里取出账来一看，共是二万二千两规元银子。签字之后，先付一半，又拿合同念给他听。陶子尧是不认得洋文的，由着他念，听上去无甚出入，也无话说，随问魏翩仞：“这个账就这们开吗？昨儿托的事怎么？”魏翩仞又问仇五科。仇五科道：“这个是子翁同我们敝行东打的合同，将来银子付清是要重新写过的。”陶子尧方才放心。仇五科就同他去见洋东，拉了拉手，洋东还说了几句洋话。陶子尧不懂，又是仇五科翻给他听，无非是应酬话头。当面签过字。魏翩仞跟着去划银子。陶子尧一想：“号里只存着一万四千多银子，现在划出一万一千两，只剩得三千多两，将来机器到上海还得找他一万一千两。现在短得虽多，幸亏临动身的时候，抚台大人有过话，如果不够，随时可以电拨。”于是到得号里，写了一张银票。就托号里代打一个电报，说明缘故，请再拨一万五千两。号里朋友拟好电稿，请他过目，无甚说得。两人辞别出去，找到仇五科，交代清爽，取转那一份合同。当天仍到同庆里摆了一个双台，因为仇五科、魏翩仞两个帮了忙，所以就推他二位坐了上坐。

正是光阴似箭，日月如梭，自从那日在号里发电报的日子算起，核算起来，顶多三天定有回音，现在倒有七八天了。亏得他天天被新嫂嫂迷住，所以也不觉得。及到屈指一算，不禁慌张起来。若论自己的宪眷[8]，一定不会驳回的。大约抚台公事忙碌，一时理会不到，也是有的，然而总不至于置之不复。因此弄得他心上好像有十五个吊桶一般，七上八下。亏得新嫂嫂能言会道，譬解过去。后来一等等了半个月，还是无回信。看看这里的钱又用去了二千多。新嫂嫂还一心要嫁他，说明做“两头大”。身价不要，只要一副珍珠头面[9]，下等的拿不出手，就是中等的，至少亦得一两千块，其余衣饰还不在内。真正公私交迫，昼夜不宁。

又过了几天，数了数日子，电报打去已经二十天了，依旧杳无音信，把他急得熬不住，只得又打一个电报去催款。另外又打一个电报，要他姊夫从旁吹嘘。到第三天得到姊夫的回电，说抚宪请病假，藩宪代理。机器已经另外托了外国人办好，价钱很便宜，而且包用，叫他不要办了，并催他即日回东。陶子尧得了这个电报，赛如一瓢冷水，从顶门上浇了下来，急得无法。可巧魏翩仞来看他，他便把此事告知，想叫他去同仇五科商量，说机器不要了，叫他退钱。魏翩仞道：“同了外国人打的合同，怎么翻悔得来？倘若账目没有寄出去，还可收得转，如今已经二十多天了，只怕已经到了外洋，怎么好收转？”陶子尧道：“打电报去止住。”魏翩仞道：“说的好容易！人家不是被你弄着玩的，我也不好说出口。”

陶子尧见他不肯退机器，心上更加烦闷。打那日起，就在栈中写了两天的信，一直没有到同庆里去。新嫂嫂派了一个小大姐到栈里钉住他，叫他去，他不肯去，把他弄急了，同大小姐说：“不是我不来，我这两天心上不舒服；等我的事情弄定规了，自然要来的。”小大姐回去告诉了新嫂嫂。新嫂嫂知事不妙，乐得弄他几个现的。见小大姐请不来，只好自己坐了车到栈里来请。陶子尧虽说跟他同到堂子里，依旧没精打采。禁不住新嫂嫂甜言蜜语，不由他不把号里剩下的银子，取来报效。后来用的只剩得几百两了。号里的人，最是势利不过的，就把下余的钱算一算清，打一张票子，差一个学生送给陶子尧，把折子收回，以后不相来往，从此更绝了指望。还有魏翩仞听见信息不好，虽说不准他退机器，料想再要他找，是万万找不出来的了，便去同仇五科商量。仇五科说道："他真的拿不出吗？你去同他讲：如若机器运到，不来出货，我们虽然是朋友，外国人却不讲交情，将来怕有官司在里头，还是叫他办去的好。"魏翩仞又去告诉了他，顺便探消息，顺便催银子，把个陶子尧真正弄的走投无路，只得又打一个电报给姊夫，说明洋人不退机器，请他转圜的话。谁知接到回电，陶子尧看了，这一惊竟非同小可！

欲知电中所言何事，且听下回分解。

［注释］

①有僭：僭，本意为超越本分，此处为自谦。

②骨牌：牌类娱乐用具，每副三十二张。

③牌九：指骨牌。

④旬日：十天。亦指较短的时间。

⑤宣卷：也称宝卷，原来由僧人根据佛经讲唱故事，后来逐渐演化成的一种说唱艺术，以演说民间故事为主。

⑥盘川：盘缠。

⑦戆大：憨大。方言，傻瓜的意思。

⑧宪眷：旧指上司对下属的关怀照顾。

⑨头面：头上所戴的各种首饰。

第九回

观察公讨银翻脸　布政使署缺伤心

话说陶子尧接到姊夫的回电，拆出开一看，上面写的是："上峰不允购办机器。婉商务退款二万，悉数交王观察收。"陶子尧不等到看完，两只手已经气得冰冷，眼睛直勾勾的，坐在那里一声也不言语。停了一会子说道："这是我的'钉封文书'到了！"其时陶子尧还在兰芬家同新嫂嫂一块儿吃饭。管家送电报来，是电报局已经翻好了来的。陶子尧看完之后，做出这个样子，大家都猜一定报上有了甚么话句。亏得新嫂嫂心定，仍旧吃他的饭。等把一碗饭扒完，才慢慢的问："到底那哼？"陶子尧也不便告诉他，但说得一句"是催我回去"的话。新嫂嫂心上明白，也不再问。陶子尧便问："魏翩仞住在那里？"新嫂嫂说："耐笃一淘出，一淘进，俚格住处，耐有啥勿晓得格。"陶子尧道："我同他是台面上认得的，其实没有到过他家。"管家插嘴道："上海的这些露天掮客真正不少，钱到了他们手里，再要他挖出来可是烦难。老爷又不认得他，怎么会托他办事情？"陶子尧骂道："王八蛋！放屁！你懂得甚么！"管家不敢做声。新嫂嫂连忙改口道："魏老格人倒是划一不二格，托仔俚事体俚总归搭倪办到格。机器退勿脱，格是外国人格事体，关俚啥事。"陶子尧也不答应，穿马褂，拔起脚来要走，新嫂嫂问他："到啥场化去？"说："到栈里去。"新嫂嫂明知留也无益，任其扬长而去。

陶子尧回栈未久，头一个是魏翩仞来找他，道："五科已把这话同洋人商量过。洋人大不答应，说打过合同如何可以懊悔的。就是这会子把已经付过的一万一千统通改做罚款，他亦不要，一定要你出货。子翁，你得详详细细把这情形写个禀帖给抚台，也免得你为难。将来闹出事情，打起官司，总是你山东巡抚派来的人。"陶子尧听了，正在满腹踌躇，无话可答，忽见管家拿进一封信来，说是长春栈二十一号，山东候补道王大人差人送来的，立候回音。陶子尧听了王大人三个字，又是一呆。连忙把信拆开来一看，就是刚才他姊夫来的电报上所说王观察了。王观察信上言明是奉了东抚之命，前往东洋考察学务。到了上海又接电报，叫他顺便考察农、工、商诸事，添派四个委员，大小十几个学生。因此就叫他向委员手里讨回那二万银子做盘川。亦是今天接到电报，所以特为写信前来通知。如果银子现成，他就立刻派人来取。

陶子尧不看则已，看了之时，急的一句话也说不出，心里想："这洋人非但不肯退，而且还要逼后头的。那里王观察又是山东抚宪派来的，叫他来讨，就是洋人肯退银子，只有一万一，那九千已经被我用的九成多了。无论如何，二万的数目总不能归原，叫我心上如何不急！但恨没有地洞，如有地洞，我早已钻进去了。"他一面想，只是不言语。管家站在一旁等回信，也不敢说甚么。

当下还是魏翩仞等的不耐烦，说："人家问你讨回音，你怎么讲？"一句话提醒了陶子尧，立刻翻出信笺要写回信。忽然想起王观察是本省上司，论规矩应得写张夹单禀复他才是。他本是做文案出身，这些款式是懂得的。无奈心绪不宁，提起笔来，写不上半行，不是脱落字，就是写错字，一连换了五张红单帖，始终未曾写满三行，把他急的头上汗珠

子有黄豆大，无如总是写不好。后来还亏魏翩仞替他出主意，说："王观察乃子翁的本省上司，他既然到这里，你总得去拜他一趟，今日且不必写回信，只拿个片子交给来人，叫他先回去言语一声，说你子翁明天过来一切面谈。"陶子尧正愁着这封回信无从着笔，听了此言，连说"有理……"立刻自己从护书里找出一张小字官衔名片交代管家，叫他出去告诉来人，托他回去转禀大人，说大人的来信收到，明天一早过来请安，还有许多下情，须得明天面禀。管家拿了衔片自去交代不题。

这里魏翩仞便问他："这事到底怎样办？"陶子尧道："翩翁，外国人那一边，总得叫他能够退才好。"魏翩仞道："子翁，我们都是自家兄弟，有些事情你虽然没有告诉我，我岂有不知道的。"陶子尧一听这话，脸上一红，知道各事瞒他不过，不妨同他实说，或者有个商量，便说："我现在好比骆驼搁在桥板上，两头无着落。你总得替我想个方法才好。"魏翩仞道："依我看起来，这机器还是不退的好。"陶子尧道："何以见得？"魏翩仞道："你子翁带来的钱，同你在上海化消的钱，我心里都有个数。洋人那里的钱就是退不掉，还算你因公受过，上司跟前不至于有甚么大责罚的。倒是你自己化消的钱如何报销？我同你做了知己朋友，总得替你筹算筹算。"陶子尧道："多承费心。兄弟一时没有了把握，亏空了公项，倘若追起这笔银子来，怎么办呢？"魏翩仞道："我早替你想好一条主意了。"陶子尧忙问："甚么主意？"魏翩仞道："现在机器是万万退不得的！退了机器，你没有生发了。洋人那里，但凭五科一句话，要退便退！现在老实对你说，是我替你抗住不退。你明天见了王观察，只说机器的事，一到上海就同洋人打好合同，索性多说些，二万二的机器，乐得说他四万银子。二万不够，又托朋友在庄上借了二万。价钱统通付清，机器不日可到。洋人那边是万万不肯退的。现在既然山东来电一定要退，只好请讼师同他打官司。倘若打不赢外国人，你这机器本不要退，这笔讼费至少也得几千两，还有别的费用，也只好由你报销。况且王观察面前也有得推托，叫他不至于来逼你。你说这话可好不好？"陶子尧连称"妙计……"又说："我上次发去的电报，早禀明二万不够，还要请上头发款，这话是埋过根的。"

魏翩仞道："但是一件，这外国律师你是一定要请一位的。"陶子尧道："我没有熟人，那里去请？"魏翩仞说："有我，这里头我都有熟人。我此刻就替你去找一位，明天上半天把事办好回来，你再去见王道台。他见你打官司，这事情是真的了，他一定不好再来逼你。腾出空来，我们再想别的法子。"陶子尧道："如此，就请你费心罢。"魏翩仞道："你这回请讼师不过面子账，用不着他替你着力。我们知己人，能够省一个，乐得省一个。"魏翩仞一面说，一面掐指一算，说道："这事总得上回把堂，好遮遮人家的耳目。你先拿五百银子出来，我请个朋友替你去包办下来。你说可好？"陶子尧听了，楞了一回道："要这些钱么？"魏翩仞道："同你说面子账。如若要他出力，只怕二三千还不够哩！"

陶子尧自己估量："一共总只剩得七百几十两银子，还有二百多块钱的钞票。如今又去五百。照此情形，山东不见得再有汇来，倘若用完，叫我指着甚么呢？"想了好半天，只得据实告诉了魏翩仞，托他想法子同讼师商量，先付若干，其余的打完官司再付。魏翩仞听了无法，于是叫他先付三百。后来讲来讲去，陶子尧只肯先付二百。魏翩仞无奈，只得拿了就走。出得门来，先去通知了仇五科。仇五科道："翩仞哥，又有点小进项了。"魏翩仞道："这个自然。我们天天在四马路混的是那一项呢？"五科一笑无言。

魏翩仞出来，到一家熟钱庄上，把银子划出五十两。找到一个讼师公馆，先会见翻译。彼此都是熟人，把手脚做好，然后翻译走到公事房里，一五一十的告诉了讼师。讼师答应立刻先替他写两封外国信：一封是给仇五科的洋东，说要退机器的话；一封上给新衙门的，等陶子尧禀帖写好，一块送进去。魏翩仞见事办妥，把银子交代清楚，然后袖了这封信回来见陶子尧。其时陶子尧禀帖稿子已经打好，是抱告榜下知县家人陶升出名，告的是“仇五科代办机器，浮开花名，不照原账，意图侵蚀，恳请饬退”一派的话。魏翩仞道：“这条倒是亏你想的。可巧那篇到外洋定机器的账，都是五科一手写出来的。若照你那篇原账，只有几个总名字，写得不清不爽，只怕走遍地球出没处去办。不料五科为朋友要好，如今倒被人家拿做了把柄。”陶子尧道：“我何曾要同他打官司。不过是无事要生发点事情出来，别的话说不上去，只有这条还说得过。”魏翩仞道：“这词讼一门，不料子翁倒是行家。”陶子尧道：“小弟才到山东的时候，本学过三年刑名。后来家父常说：‘凡做刑名的人，总要作孽。’所以小弟改行，才入了这仕宦一途。”魏翩仞道：“原来如此，倒失敬了。”当下禀稿看过，没甚改动。陶子尧立刻写好，随了外国讼师的信，一块儿拿帖子送了进去，接到回片方才放心。

次日一早，就到长春栈二十一号去见王道台。这天穿的衣裳，照例是行装打扮，雇了一辆轿子马车，拉到长春栈门口，管家先进去投手本。王道台正在那里会客，一见是他，便说了声“请”，吩咐跟班的引他到别的屋里坐一会。跟班会意，把陶子尧请了进来，同他到随员周老爷屋里坐下。不多一刻，王道台送客回来，赶到这边相见。陶子尧虽久在山东，同王道台却是从未谋面，见面之下，少不得磕头请安。王道台晓得他是抚台特识的人，不好怠慢于他，还说了许多仰慕的话。陶子尧忙回：“卑职一直是在洋务局里当差，没有伺候过大人。今番大人来在上海，卑职没有预先得信，所以来的迟了。今日特地前来禀安请罪。”王道台道：“说那里话！”彼此言来语去，慢慢说到退机器、划银子的话。王道台道：“兄弟这回出来，本来是奉了别的差使，到了上海接着电报，才晓得还要到东洋去走一趟，所以出省的时候没有带甚么钱。后来打电报去请上头发款，接到回电，才晓得老兄那里有这笔银子，所以昨天写信通知老兄。这款想来是现成的，只等老兄回信，兄弟就派人来领。现在老兄又要自己过来，实在劳驾得很。”陶子尧道：“为了这事，卑职正在为难。晓得大人来到这里，本应该过来禀安，二来还求大人教训，好替卑职作一个主。卑职虽然没有到省，然而当的是山东差使，大人就是卑职的亲临上司一样，所以一切总要求大人指教。”

王道台听了摸不着头脑，只得随口应酬了两句。后来又问：“这银子几时好划？”陶子尧方说道：“上头发款二万两，差卑职到上海办机器。一到上海，就与洋行订好合同，约摸机器不到一月一定运到。款项不够，已由卑职出名，向庄上借银子二万两垫付。不料诸事办妥，上头又打电报来，叫把机器退掉，银子要回。洋行的规矩大人是晓得的，订了合同，如何翻悔得来。但是卑职既经奉了上头的电谕，也不敢不遵办。同洋行说过几次，说不明白，只好请讼师同他打官司。禀帖是昨儿晚上进去的。将来新衙门还得求大人去关照一声，叫他替咱们出把力，好教卑职将来可以销差。”说罢，又站起来请了一个安，说了声“大人栽培”。王道台听了他话，也不好说甚么，于是敷衍了几句，端茶送客。少不得次日出门，顺便到高升栈，过门飞片谢步。照例挡驾，自不必说。

且说陶子尧自从见过王道台，满心欢喜，以为现在我可把他搪塞住了，关了这道门，免他向我讨钱，再想别的法子。自此每日仍到新嫂嫂那里鬼混。他们的事情，新嫂嫂都已明白，乐得再用他两个。后来陶子尧把钱用完，便去同魏翩仞商量，托他向庄上借一二千。魏翩仞起先不肯，后来想到他这事情，闹到后来，不怕山东巡抚不拿钱来替他赎身。主意打定，虽不能如他的意，也借与他好几百两银子。陶子尧异常感激。新嫂嫂一边，魏翩仞还不时要去卖情，说：“陶大人没有钱用，山东不汇下来，都是我借给他。”好叫新嫂嫂见好。自从新嫂嫂敲到了陶子尧的竹杠，不是剪两件衣料，就是顺便叫裁缝做件把衣裳，不收他的钱，好补补他的情。更兼魏翩仞或是碰和，或假称出门匆促，未曾带得洋钱，时常一二十、三四十，到新嫂嫂手里借用。连借了几次，也有一百多块钱，始终未曾还得分文。新嫂嫂却也不肯向他讨取。这些事不但陶子尧一直未曾知道，而且还拿他当作朋友看待，真正可笑。

闲话休题。再说王道台因见陶子尧那里的钱不能划到，他这里出洋又等钱用，只有仍打电报到山东去。其时抚台请病假，各事都由藩司代拆代行，接到了这个电报，便打一个回电给陶子尧，说他不肯退机器，不会办事，着实将他申饬两句，一定要退掉机器。陶子尧虽有魏翩仞代出主意，究竟本省上司的言语，不敢违拗，因此甚是为难。同时那个藩台又复一个电报给王道台，叫他仍向陶委员划付。王道台无奈，只得又拿片子前去请他商议此事。陶子尧满肚皮怀着鬼胎，只好前去禀见。这几天头里，他的事情王道台已经访着了一大半。只因王道台的随员周老爷是山西太原府人，同前头陶子尧存放银子的那家票号里的老板是嫡亲同乡。周老爷到得这里拜望同乡，这票号里的老板很同他来往，晓得山东有电报叫王道台向陶子尧手里付银子，陶子尧付不出，他就把这里事情，原原本本，一齐告诉了周老爷。周老爷回来，亦就一五一十的通知与王道台。王道台无奈，只好请了他来当面问过，看是如何，再作道理。

这日见面之下，王道台取出电报来与他看。陶子尧一口咬定："银子四万，通通付出。带来的不够，在庄上又借了两万。现在卑职手里实在分文没有。就是请讼师打官司，还得另外张罗，总求大人原谅。大人如果有信到山东，还求大人把卑职为难情形代为表白几句，那是感激不尽！"王道台虽然已经晓得他的底细，听了这话，不便将他说破，只些微露点口气，说："洋人那里，吾兄是何等精明，断乎不会全数付他。已经付出的呢，兄弟也不说不讲情理的话。退与不退，自然等到打完官司再讲。但是兄弟还有一句公道话：我们出来做官，所为何事？况且子翁来到上海，自然有些用度，倘若还有钱没有付出，子翁不能不自留两千，预备正用。兄弟这里，或者先付五六千。一来兄弟同老兄的事，上头也有了交代，其余不足的，兄弟自然再打电报向上头去要，决计不来再逼吾兄。吾兄看此事可好如此办法？"陶子尧只是一口咬定没有存钱。

王道台本来也正想银子使用，齐巧派了这个差使，有二万两拨给他，他如何不拼命的追？况且已经探实陶子尧的细底，如何肯将他放松？便道："这注银子是上头叫兄弟讨的，既然老哥没有，须得给兄弟一个凭据，我也好回复上头，请上头汇款下来。"陶子尧道："卑职回去就具个禀帖过来，大人好据着卑职的禀帖回复上头。"王道台道："不但这个，吾兄付款出去总有收条，这个收条一定是洋字。兄弟这边因为出洋，才找到一位翻译，吾兄回来可把这个收条带了过来，由兄弟叫翻译替你翻好，写一分寄到上头去。并不是不放心吾兄，向吾兄要收条，为的是有了实凭实据，银子实实在在付给洋人，上头看见，也不好再叫兄弟前来追逼吾兄。吾兄以为何如？兄弟这里翻译是现成的，免得吾兄出去找人，又要花钱。"

陶子尧一听王道台问他要收条，知道事情不妙，怕要弄僵，忙回道："收条本来是有的。但是因为银子不够，向人家借垫，人家不相信，暂时只得将合同收条抵押在那个人家，并不在卑职手头。现在大人要看，须得卑职先去说起来看。"王道台道："并不是我要顶真，为的是大家洗清身子。既然押在人家，亦不妨事，我叫翻译跟了老兄同去，就在那个人家取出来一看，翻他一张底子带了回来，岂不甚便？"陶子尧道："这事总得卑职先去通知一声，叫那人家把东西拿在手头，然后卑职再来同了翻译前去，免得耽误时刻。"王道台见他总是一味推诿，也不值再去逼他，便乃一笑，端茶送客。

过了两三日，王道台见他竟无回音，便差了周老爷同了翻译前去拜他，讨他的回信。倘若已与前途说妥，就叫翻译立刻翻好带了回来，因为立等寄信山东，免得耽误时刻。谁

知一连去了三次，总是未曾见面，亦不见他前来回拜，把个王道台气的了不得，说他靠了谁的势，连我都不在他眼睛里，跟手写了一封信，居然摆出上司的款来，很拿他申饬几句，还说甚么：“老兄在这里办的事，兄弟统通知道，不过因与令姊丈是同官同寅，处处顾全面子。现在反将我一片好心当作了歹意。既然不肯赐教，兄弟也只得据实禀复上头，将来休要怪弟不留面情！”痛痛快快的写了一封信，送到栈里。管家见是王道台来的要信，立刻到小陆兰芬家，找到主人，把信呈上。陶子尧看了，着实有点耽心事，愁眉不展，茶饭无心。新嫂嫂见了问问他，虽说是一味支吾，然而已经十猜六七，便说：“有甚为难之事，魏老主意极多，外面人头也熟，何不请他前来商量商量？”一句话把陶子尧提醒，立刻写了一个票头，差相帮去请，堂子里请不着，后来还是新嫂嫂差了一个小大姐，在六马路他的姘头大姐老三小房子里找着的，一同到同庆里。魏翩仞便问何事。此时陶子尧早拿他当自己人看待，便也不去瞒他，把王道台的信取了出来与他观看，同他商量办法。

魏翩仞道：“这事须得同五科商量。我想除掉借洋人的势力克伏他，是没有第二个法子。”说完，便约了陶子尧一同去见仇五科，告诉他王道台情形。仇五科道：“这事须得请洋东即刻打个电报到山东，托他们的总督向山东抚台说话，就说：‘定了机器，无故要退，商人吃亏不起。委员已经同我们打官司，他们山东官场上又派甚么姓王的道台来到这里提钱。我们的招牌已经被他们闹坏了，以后不能做生意。现在非但不准他退生意，而且还要山东抚台赔我们的招牌。’照此电报打去，外国的总督没有不帮着自己商人的。如此做去，陶子翁，包你的机器一定办得成，敲开板壁说亮话：合同打好再由你退，我们行里只好替你们白忙，生意也不要做了。陶子翁，你去同王道台说，叫他不要来逼你；他再来逼你，叫他提防些，我要出他的花样。上海地方还轮不着他海外哩。”陶子尧听了，千恩万谢。跟手魏翩仞替他出主意，叫他同仇五科另外订了一张定办四万银子机器的假合同，写好两份，两人签过字，一人拿着一张，预备将来真果打官司，好呈上去做凭据。仇五科也叫陶子尧另外写了一张借银二万，即以订办机器合同作抵的字据，连合同交给魏翩仞收好。

此时，陶子尧拿魏翩仞真当作自己人看待，以为他办的事真是千妥万当，异常放心，不在话下。等到陶子尧去后，仇五科果然把此事始末根由，又编上许多假话，告诉了本行洋东，请洋东打个电报给本国总督，请他照会山东巡抚。总督得了电报，果然外国的官专以保商为重，不比中国官场是专门凌虐商人的，一个电报打过去，除了机器四万不能退还分文外，还要索赔四万。山东抚台得了这个电报，这一惊非同小可！

且说其时原委陶子尧办机器的那位巡抚，前因抱病请假，一切公事，奏明由藩司代拆代行。等到假满，病仍未痊，只好奏请开缺。朝廷允准，立刻放人，就命本省藩司先行署理。这藩司姓胡名鲤图，乃是陕西人氏。早年由两榜出身，钦用榜下知县，吏部掣签，分发湖广。到任不多两年，就补得一个实缺。不料那年地方上民、教不和，打死一个洋人，闹出事来。上司说他办理不善，先拿他撤任，后来附片进去，又将他革职。后来好容易投效军营，开复原官，又历保至知府放缺。为了一桩甚么交涉案件，得罪了外国人。外国人禀了外国公使，本国公使告诉了总理衙门，行文下来，又拿他开缺，把他气的了不得。后来又走了门路，凑巧那年闹“拳匪”，杀洋人，山西抚台把他咨调过去办团练。等到和局告成，惩办罪魁，换了巡抚。后任虽未查出他纵团仇教的真凭实据，然而为他是前任的红人，就借了一桩别的事情，将他奏参，降三级调用。他名心未死，竭力张罗，于秦、晋赈捐案内，捐复原官，加捐道台。幸喜折扣便宜，花钱有限，又把家里的老本一齐搬了出来，报效国家二万银子，就有人保荐他奉旨记名简放，并交部带领引见。他就立刻进京，又走了老公的门路。吃亏花的钱不多，不能望得好缺，就放了山东兖沂曹济道，是个苦缺。到任之后，因在内地，洋人来的不多，遂得平安无事。然而为了不知那一国的教士，要在这兖州府一个地方买地建立教堂，与乡人议价不合，教士告诉本道。胡鲤图非但不办乡下人，而且反劝教士多出两个。教士大动其气，进省告知巡抚。虽没甚大过处，巡抚曾将他申饬一番。因此他生平做官，屡次翻斤斗，都是为了洋人的事。幸喜圣眷极优，不到两年，升运司，升臬司，仍旧做到山东藩司，不与洋人交涉，宦途甚觉顺利。目今因本省巡抚告病，奉旨就叫他升署。未曾升署之前，因为抚台请假，照例是他代拆代行。接到陶子尧来电，禀请添拨款项。他生平最怕与洋人交涉，忽然发了一个多一事不如省一事的念头，立刻就打电报叫陶子尧停办机器，要问银子，立刻回省销差。又叫王道台帮着讨回此款。却不想到因此一番举动，却生出无数是非，非但银子不能讨还，而且还受外国人许多闲话。毕竟是他不识外情，不谙交涉之故。

闲话休题。且说这日正是他接印日期，一早起来，把他兴头的了不得。辰正三刻，摆齐全副执事，亲到抚院大堂拜受印信并王命旗牌。升座之后，便有司、道各官上来参堂，从前虽是同寅，现在却做了下僚了。一时接印礼成。其余照例议注，不用细述。只因抚台尚未迁出，所以署院只好将印信带回自己藩司衙门办事。当下胡鲤图胡大人才回得衙门，便有合城官员拿着手本前来禀贺。胡大人只命把司、道请进，行礼之后，彼此闲谈。正说得高兴时候，忽见巡捕官送进一个洋文电报来，说是胶州打来的。胡大人一听，不觉心上陡然一惊，忙叫翻译翻出，原来正是不准陶子尧退机器，并叫山东官场再赔四万银子的那个电报。胡大人看过，登时吓得面孔如白纸一般。歇了半天，才说道："我想不到我的运气就怎们坏！我走到那里，外国人跟到我那里！总算做了半年扬州运司，八个月的湖北臬司，算没有同他来往，省得多少气恼，就是在藩司任上也好。怎么一署巡抚，他就跟着屁股赶来！偏偏是今天接印，他今天就同我捣蛋，叫我一天安稳日子都不能过！真正不知道是我那一门的七世仇寇，八世冤家！照这样的官，真正我一天也不要做了！"一面说，一面咳声叹气不止。

署藩台劝道："陶某人办机器的事情也长远了。"其时，洋务局的老总，就是陶子尧的姊夫也正在座，署藩台便道："某翁，陶某人是你令亲，还是你打个电报给他，叫他把事情早点弄好回来，免得大人操心。"陶子尧的姊夫道："当初我早晓得他不能办事，果然闹的不好。当初原是他上条陈，前院忽然赏识起来，就派他这个差使。真真年轻不能办事！"胡大人道："你也不必埋怨他，这都是我兄弟命里所招。兄弟自从县令起家，直到如今，为了洋人，不知道害我化了多少冤枉钱，叫我走了多少冤枉路，吃了多少苦头！我走到东，他跟到东，我走到西，他跟到西，真正是我命里所招。看来这把椅子又要叫我坐不长远了！"他正说得伤心，忽见巡捕官又拿着一个电报来回，说外务部来的电报，胡大人这一惊更非同小可！

欲知后事如何，且听下回分解。

第十回

怕老婆别驾担惊　送胞妹和尚多事

却说署理山东巡抚胡鲤图胡大人，为了外国人同他捣蛋，正在那里愁眉不展，忽见巡捕官拿进一封外务部的电报，以为一定是那桩事情发作了，心上急的了不得！等到拆开来一看，才知道是桩不要紧的事情，于是把心放下，对着司、道说道：“将来我兄弟这条命一定送在外国人手里！诸公不要不相信，等着瞧罢！”众人也不好回答别的。还是陶子尧的姊夫，洋务局的老总，他办事办熟了，稍为有点把握，就开口说道：“外国人的事情是没有情理讲的，你依着他也是如此，你不依他也是如此。职道自从十九岁上到省，就当的是洋务差使，一当当了三十几年，手里大大小小事情也办过不少，从来没有驳过一条。这陶倅是职道的亲戚，年纪又轻，阅历又浅，本来不曾当过甚么差使，现在头一件就是叫他同外国人打交道，怎么办得来呢。职道的意思，就请大人打个电报给王道台，叫他就近把这件事弄好。办好的机器，如果能退，就是贴点水脚，再罚上几个，都还有限，倘或实在退不掉，没有法，也只好吃亏买了下来。至于另外还要赔四万，外国人也不过借此说说罢了，我们亦断乎不能答应他的。”胡大人道，“到底老哥是老洋务。好在陶某人是令亲，这件事只好奉托费心的了。”说完端茶送客。

陶子尧的姊夫下来，立刻就到电报局打一个电报给自己舅爷，叫他赶紧把事办好，回来销差。又打一个电报给王道台，面子上总算托他费心，其实这里头已经照应他舅爷不少。王道台出洋经费，回明署院，另外由山东拨汇，以安王道台之心，便不至于与他舅爷为难。其实王道台只要自己出洋经费有了开销，看同寅面上，落得做好人，就是陶子尧真果有大不了的事，他早已帮着替他遮瞒了。

话分两头。且说王道台在上海栈房里，正为着讨不到钱，心上气恼。这日饭后又要打发周老爷去催。周老爷道：“一个高升栈的门槛都被我们踏穿了，只是见不着他的面。他玩的那爿堂子，我也找过几趟，不是推头没有来，便是说已经来过去了，房间里放着门帘，说有别的客人，我们也不好闯进去。现在再到栈里去，一定还是不照面的。”王道台道：“你不找他，那里同他照面。你去同他说，他再照这模样儿，我可要动真公事了！”周老爷被王道台逼不过，只好换了衣裳去找。刚刚跨出房门，只见电报局送到电报一封，上写着是山东打给王道台的。他便跟了进来，瞧这电报上说的甚么话。王道台拆开看时，原来就是陶子尧姊夫发来的。上面写的是：

> 上海长发栈王道台：陶所办机器，望代商洋人，可退即退，不可退即购。不敷之款及出洋经费另电汇。至洋行另索四万，望与磋磨勿赔。事毕，促陶速押机器回省。乞电复。

下面还注着陶子尧姊夫的名字。王道台看到电汇出洋经费一句话，便说：“我们的钱也不必去问陶子尧去讨了。他的事情有他姊夫帮忙，不要说四万，就是十万八万，也没有不成功的。”连忙回头叫周老爷不必再去。又说：“既然是他姊丈的电报，应得去通知他一声。”周老爷道：“也不必去通知。他那里得了信，自然会跑来的。”王道台道：“你说的不错，等

着他来也好。”当下无言而罢。

且说陶子尧自从王道台同他要钱没有，问他要合同收条又没有，因此不敢见王道台的面，天天躲在同庆里小陆兰芬家，省得有人找他。以前周老爷来过两趟，管家曾经回过，后来见主人躲着不见，周老爷再来时，便是管家代为支吾，也就不来回主人了。故此数日陶子尧反觉逍遥自在，专候仇五科行里的回信。一天，魏翩仞来说：“外国总督那里已有回电，准了行东的电报，允向山东官场代索赔款。”陶子尧听了，又是惊，又是喜：惊的事情越闹越大，将来不好收场；喜的是有了外国人帮忙，只要机器不退，我的好处是稳的。既而一想：“我已经请过讼师告过仇五科，将来回省销差，上司跟前决不会疑心到我，说我捣鬼。”又一转念：“横竖只要好处到手，有了钱赚，就是不回山东也使得。或者将来在上海寻注把生意做做，就像五科、翩仞两个，一年到头，赚的钱着实不少，不要说候补道、府跟他不上，就是甚么洋务局、营务处、支应局几位老总，算得第一份的红人，也赶不上他。”主意打定，混到那里，算到那里。但是一件，前头跟翩仞借的几百银子，看看又要用完，现在一筹莫展，又不便再向他启齿，因此心内十分踌躇，面子上只好敷衍他，说：“我同翩仞哥是自家人。这件事情若不是翩仞哥、五科出力，兄弟这一趟非但白走，而且还要赔钱。但愿他们连四万头一同赔了过来，也好补补你二位的辛苦。”翩仞道：“但愿如此更好。但是五科说过：‘不准他退机器是真的。至于赔款一层，也不过说说罢了。’”当下又说了些别的闲话别去。这里新嫂嫂见陶子尧这几日手头不宽，心上未免有点不乐。这天因为催陶子尧替他看一处小房子，陶子尧推头这两天身体不快，过两天一定去看。新嫂嫂明知他手头不便，便嗔着说道：“倪格人说一句是一句，说话出仔嘴，一世勿作兴忘记格。耐格声说话，阿是三礼拜前头就许倪格？”陶子尧道：“我怎么说话不当话。我的意思，不过要等我身体好点，自然要料理这事。彼此相处这多少时候，你还有甚么不放心我的？”新嫂嫂听了无甚说得，但说：“倪格碗断命饭也勿要吃哉。早舒齐一日，早定心一日。”陶子尧道：“你的心，我还有甚么不知道的。”当下又闲谈一回，无庸细述。又过了两天新嫂嫂只是催他寻房子。陶子尧到了上海这许多时候，也晓得这轧姘头事情是不容易的，便去请教魏翩仞这事怎么办法。魏翩仞道：“恭喜，恭喜！到底子翁的艳福好，我们白相[1]了多年，面子上要好，都是假的。”陶子尧道：“休要取笑。”魏翩仞便问：“他是个甚么局面？”陶子尧道：“他一定要嫁我。”魏翩仞道：“啊唷，还要拜堂结亲哩！”陶子尧道：“何尝不是如此。这句话已经说过三四个礼拜了。他说明要红裙披风全头面，还要花轿小堂名[2]。兄弟想，我们做官的人家规矩，似乎这些也不可少的。但是另外要我二千块钱，也不晓得做甚么用，问他也不肯说。如果是礼金，用不到这许多。翩仞哥，你替我想想。”

魏翩仞道：“这须得问过新嫂嫂方好斟酌。”两个人便一同来到同庆里。见面之后，新嫂嫂劈口便问：“房子阿看好？”陶子尧一声不言语。魏翩仞道：“恭喜，恭喜！你们两家头的事情，怎么好没有媒人？有些话不好当面说，等我做个现成媒人罢，也好替你们传传话。”新嫂嫂道：“媒人阿有啥捱上门格？倪搭俚现在也勿做啥亲，还用勿着啥媒人。”魏翩仞一听不对，便对陶子尧说道：“怎么说？”陶子尧忽见新嫂嫂变了卦，不觉目瞪口呆。歇了半天，方向新嫂嫂说道：“不是你说要嫁给我吗？还要甚么红裙披风花轿执事。”新嫂嫂道：“还有呢？”陶子尧道：“还有再讲。”新嫂嫂回头对魏翩仞道：“魏老，勿是倪说话勿作准，为仔俚格人有点靠勿住。嫁人是一生一世格事体，倪又勿是啥林黛玉，张书玉，歇歇嫁人，歇歇出来，搭俚弄白相。现在租好仔小房子，搭俚住格一头两节，合式末嫁拨俚，勿好末大家勿好说啥。魏老，阿是？”魏翩仞笑而不答。陶子尧跳起来说道：“我们做官人家，要娶就娶，要嫁就嫁，有甚么轧姘头的？”魏翩仞道：“陶大人心上不要不舒

服，还是轧姘头的好：要轧就轧，要拆就拆，可以随你的便，不比娶了回去，那事情就弄僵了。新嫂嫂是同你要好，照应你，不会给你当上的。”陶子尧听了无话。新嫂嫂拿眼睛对着魏翩仞一眇，说道：“要耐多嘴！”魏翩仞道：“是啊，我就不说话。”新嫂嫂道：“倪又勿要耐做啥哑子。倪末将来总要嫁拨俚格。耐想俚格人，房子末勿看，铜钱也呒不，耐看俚格人阿靠得住靠勿住？”陶子尧心上想：“自从我到此地，钱也化的不少了，还说我不给他钱用，不知道前头的那些钱，都用在那里去了。”心上如此想，面孔上早露出悻悻之色，坐在那里，一声不响。新嫂嫂道：“耐为啥勿响？”陶子尧道：“我没有钱，叫我响甚么！”

两个人你一句，我一句，登时拌起嘴来。魏翩仞只得起身相劝。谁知此时他二人，一个是动了真气，一个是有心呕他，因此魏翩仞拦阻不住。正在闹到不可开交的时候，只见陶子尧的管家送上一封电报信。众人瞧见，以为一定是山东的电报来了。等到接在手中一看，见是绍兴来的。魏翩仞莫明其妙。陶子尧却不免心上一呆，连忙拆开，又是没有翻过的，立刻叫人到书铺里买到一本“电报新编。”魏翩仞在烟铺上吃烟，同新嫂嫂说闲话。陶子尧却独自一个坐在方桌上翻电报，翻一个，写一个。魏翩仞问他：“是甚么电报？”他摇摇头不做声。等到电报翻完，就在身上袋里一塞，走了过来，一声也不言语。魏翩仞一定要问他那里的电报，他只是不说。当下无精打采的坐了一会。魏翩仞要走，他也要跟着一同走。新嫂嫂并不挽留。

当下出得门来，魏翩仞便问他：“刚刚那个电报，到底是那里来的？”陶子尧叹一口气道：“不要说起，是绍兴舍间来的。”魏翩仞又问：“到底甚么事？不妨说说。我们是自己人，或者好替你出个主意分分忧。”陶子尧道：“翩仞哥不是外人，说出来实在坍台得很！”魏翩仞道：“说那里话！”陶子尧道：“兄弟在山东洋务局里当差，每月的薪水都是家姊丈经手。他一定要每月替我扣下十两银子，替我汇到舍间，作贱内的日用。等到兄弟奉差出门，这笔薪水已归别人。家姊丈以为兄弟得了这宗好差使，家用是不必愁的了。这是兄弟荒唐，初到上海只寄过一封家信，一混两三个月，一块钱也没有寄过。这一个多月，又为着心上不舒服，也就懒得写信。家里贱内倒来过五封信，又是要钱，又是不放心我在外头，恐怕有甚么病痛。兄弟只是没有复他，所以他急了，发了一个电报给我，还说日内就要过江，由杭州趁小火轮到上海来。所以兄弟的意思，新嫂嫂的事情不成功倒好，等到山东电报回来，贱内也可来到上海，看是事情如何。兄弟此行，本来想要带着搬取家眷，齐巧他来也好，就省得我走此一趟。”魏翩仞道：“既然嫂夫人要来，这事情自以不办为是。倘若嫂夫人是大度包容的呢，自然没得话说，然而妇人家见识，保不住总有三言两语。依我看来，也是不办的好。”当下又闲话一回，彼此分手。

陶子尧果然在栈房一连住了三天。他既不到同庆里，新嫂嫂也不叫人前来相请。日间无事，便在第一楼吃碗茶，或者同朋友开盏灯。每天却是一早出门，至夜里睡觉方回。他的意思是怕王道台派人来找他讨钱，只得借着出门，好不与他相见。一天正在南诚信开灯，只见他当差的喘吁吁的赶来，说：“栈房里有个人拿一封信，一定要当面见老爷。小的回他老爷出门，他说有要紧事情，立逼小的出来找寻老爷，他在栈里老等。就请老爷吃了这筒烟赶紧回去。”陶子尧摸不着头脑，心下好生踌躇：欲待回去，恐怕是王道台派来的人向他缠绕；欲待不去，又实在放心不下。慢慢的吃过一筒烟，又喝了一碗茶，穿好马褂，付了烟钱，跟了管家就走。陶子尧一头走，一头问管家：“你可曾问过这人，是那里来的？”管家道：“他只是催小的快来，小的披好衣裳就来，所以未曾问得。”陶子尧道：“糊涂王八蛋！”一面骂，一面走，不知不觉，回到栈中。走进客堂一看，你道是谁？原来是仇五科行里的朋友，拿了一封五科的亲笔信。这人是老实人，叫他面交，他一定要见过面才肯把信交代出来。陶子尧拆开看时，无奈生意人文理有限，数一数，五行信倒有二十多个白字，还有些似通不通的话。子尧看了好笑，忙对来人说道：“我这里却还没有接到电报，他这信息是那里来的？”那人道：“听说是个票庄上朋友说的。据说王观察那边昨天已经接着山东电报，机器照办，不够的银子由山东汇下来，连王观察出洋经费也一同汇来。”陶子尧道：“我说呢，怪不的姓周的今天没有来。事情既已如此，谅来我这里一定也有电报的。”话言未了，齐巧电报局里有人送报到来。陶子尧赶紧翻出看时，果然是他姊丈打来的电报，上说机器能退即退，不能退照办。机器一到，叫他赶紧回山东销差。陶子尧自是欢喜。一面照抄一张，交给来人带回去与仇五科看，又写一封信，差管家去找魏翩仞，约他今晚在一品香晚饭。

却说仇五科那里，一面送信与陶子尧，一面也就叫人去找魏翩仞。魏翩仞到得行里，仇五科便同他商量：“现在的事情总算被我们扳过来了。但是犯不着便宜姓陶的，我们费心费力，叫他去享用，天下那里有这种现成的事。况且他拿了钱去，无非送给堂子里，我们不好留着自己用吗。翩仞哥，你听我说的可错不错？”魏翩仞道：“不要冤枉人，同庆里是早已断的了。但是我们出了力叫人家受有，却是犯不着。现在总共是一万出头银子的货，上头倒报了四万。姓陶的一个人已先亏空了将近万把，据我的意思，也可以不必再分给他了。”仇五科道：“山东汇来的银子，依旧要在他手里过付，恐怕由不得我们做主。”魏翩仞道：“怕他怎的！他一共有两份合同在咱手里：一份是前头打的，是二万二千银子；一份是第二次打的，上头却写的明明白白是四万，原是预备同山东抚台打官司的。虽说是假的，等到出起场来。不怕他不认。他能够放明白些，不同我们争论，算他的运气；若有半个不字，我拿了这两份合同，一定还要他找二万二出来。”仇五科道：“有两份合同，要两分钱，就得有两份机器。”魏翩仞道：“原要有两份机器才好。他多办一份，我们多得一份佣钱，不过不能像四万头来得容易罢了。”仇五科听了有财可发，把他喜得嘴都合不拢，便催魏翩仞去问陶子尧山东银子几时好到，叫他照付。

再说陶子尧自从接到电报，打发管家去找魏翩仞去后，独自一个坐在栈房，甚是开心。一面自己想：“这事王道台那里虽说也有电报，我明天须得去见他一见：一来敷衍他的面子，二来前头虽说彼此有点嫌隙，就此也可说开，三则他如今自己已经有了钱，虽则不来分我的好处，将来回省之后，也免得冲我的冷水，四则这笔银子究竟不知几时好到，大约同王道台出洋经费一同汇出，到他那里顺便去问一声，也是要紧的。”又想到：“仇五科能够叫他洋东打怎们一个电报去，山东官场就不敢不依，可见洋人的势力着实厉害。明天倒要联络联络他们，能够就此同外国人要好了，将来到省做官，托他们写封把外国信，只怕比京里王爷、中堂③们的八行书还要灵，要署事④就署事，要补缺就补缺。”想到此间，好不乐意。又想：“我前头的钱，只有请律师用的是冤枉的。”又一转念：“亦不算冤枉：有此一层，我将来回省倒有得交代了。这事情是山东抚台答应的，可见得并不是我不出力。”

忽然又想到新嫂嫂：“他究竟不是无情的人，是我没有钱，叫我赁房子不赁，问我拿钱不拿，因此上反的目。毕竟还是我亏负他。现在我用的不算，大约山东又汇来二万银子，照机器的原价只有二万二千两，这里头已经有我一个扣头，下余的一万八，是魏翩仞、仇五科两个人出力弄来的，少不得要谢他俩一二千银子：我总有一万好赚。有了一万，甚么事情做不得。”陶子尧想到这里，送信去找魏翩仞的管家已经回来，说：“小的到得魏老爷那里，魏老爷齐巧打仇老爷那里回来。小的拿老爷的信给他瞧，他说本来要来会老爷，停刻一品香准到。”陶子尧点点头，又问：“魏老爷还说些甚么？”管家道：“魏老爷问老爷这两天还到同庆里去不去，小的回说不去。”陶子尧听了无语，管家自行退去。陶子尧本来在那里想新嫂嫂，又听了管家的话，不禁触动前情，愈觉相思不置。肚里寻思道：“前头

是我无钱，以致同他翻脸，如今有了钱，各色事情就好商议了。但是已经翻脸，怎么再好踏进他的大门？”又一转念道：“我同他不过斗了两句嘴，又没有拍桌子，打板凳，真的同他翻脸，是我一时不合，不应该赌气，这几天不去走动，就觉着生疏了。最好今天一品香仍旧去叫局，吃完了大菜就翻过去，顺便请请几个朋友。他若留我，乐得顺水推舟。他若不留，我也不走。等到明天山东的钱到手之后，先把房子租好，索性租一所五楼五底的房子，场面也好看些。然后托魏翩仞再去同他商量。女人的心最活不过，况且他并不是无情于我。倘若把这事办好了，他从前是有过话的，不肯到别处去，一直要住上海。这里有的是招商局、电报局，弄个把差使当当，快活两年再说。”想到这里，一个人在房里，忽而躺在床上，忽而踱来踱去，看他好不自在。正想得高兴时候，忽见管家带进一个土头土脑的人来，见面作揖。陶子尧一见，认得是他表弟周大权。问他怎么来的，周大权打着绍兴白说道：“阿哥，阿嫂来东哉。”陶子尧一惊非同小可！忙问：“住在那里？”周大权道：“东来升栈房里。”陶子尧道：“还有甚么人同来？”周大权道：“还有个和尚同来。”陶子尧听了，面孔气得雪雪白，一句话也说不出来。你道为何？只因这位陶子尧的太太，著名的一个泼辣货，平日在家里的时候，不是同人家拌嘴，就是同人家相骂，所有东邻家，西舍家，没有一个说他好的。后来他丈夫在山东捐了官，当了差使，越发把他扬气的了不得，俨然一位诰命夫人了。本来他家里的称呼，都是甚么“大娘娘”“二娘娘”，自从陶子尧做了官，他一定压住人家要叫他做太太。绍兴的风俗，人家的妇女没有一个不相信吃斋念佛的。有一天，他正在佛堂里烧香，他婆婆偶然叫错了一声，只称得他大娘娘，没有称他做太太，把他气的了不得，念一声“阿弥陀佛”，骂一声“娘东贼杀”。等到佛堂里出来，还一手捻着佛珠，一手拍着桌子，骂个不了。亏得他婆婆是一个忠厚人，不曾同他计较。

此番却是陶子尧不好，不该一连两三个月不曾寄得家信。太太没有钱用还是小事，实因常常听见人说，上海地方不是好地方，婊子极多，一个个狐狸似的，但凡稍些没有把握的人，到了上海没有不被他们迷住的。今见陶子尧不寄银信，一定是被婊子迷住了。一个月头里，他太太就要亲自到上海来找他，是他婆婆劝住了。后来又等了一个月，还是杳无音信。他一定要走，婆婆劝不住，只好让他动身。因为没有人伴送，他婆婆把自己的内侄周大权找来伴送。太太嫌他土头土脑，上不得台盘。齐巧他娘家哥哥，在扬州天宁寺当执事的一个和尚，法名叫作清海，这番在寺里告假回家探亲，目下正要前赴上海，顺便趁宁波轮船上普陀[5]进香。他妹子知道了，就约他同行。这和尚自从出家，在外头溜惯了，所以绍兴的土气一点没有。他平时在寺里的时候，专管接待往来客人，见了施主老爷们，极其漂亮，陶子尧却因他是出家人，很不欢喜，时常说他太太同着和尚并起并坐，成个怎么样子。太太听了这话，心上不服，就指着他脸骂道：“我同我的自家阿哥并起并坐，有甚么要紧？我不去偷和尚，就留你的面子了。”陶子尧听了这话，更把他气的虾蟆一样。清海和尚见妹夫不同他好，因此他也不同妹夫好。这番陶子尧听说是他同了家小同来，所以气的了不得。

当下就同表弟周大权说：“你表嫂既然来了，我立刻就派人打轿子接到此地一块儿住。你也同来，省得另住栈房，又多花费。那个和尚，就叫他住在那爿栈房里，不要他来见我。”周大权听了，诺诺连声。陶子尧又叫茶房先端一碗鱼面给周大权吃。大权不上三口，把面吃完，端起碗来喝汤，一口也不剩，吃完之后，陶子尧便叫管家同了轿班抬着轿子去接太太。

刚才出得大门，陶子尧正在房里寻思，说：“他早不来，晚不来，偏偏今儿有事，他偏偏来了，真正不凑巧！”话言未了，忽见茶房领着一个中年妇人，一个和尚，赶了进来。

茶房未及开口，那女人已经破口大骂起来。陶子尧定睛一看，不是别人，正是他的太太同他大舅子两个人。太太见了他，不由分说，兜胸脯一把，未及讲话，先号咷痛哭起来。陶子尧发急道：“有话好说，这像甚么样子？岂不被人家笑话！还成我们做官人家体统吗？”连忙叫茶房替太太泡茶，打洗脸水，又问吃过饭没有。太太一手拉住他胸脯只是不放，嘴里说：“用不着你瞎张罗！人家做太太，熬的老爷做了官，好享福，我是越熬越受罪！不要说这两年多在家里活守寡，如今越发连信都没有了。银子不寄，家亦不顾了。我还要冲那一门子的太太！可怜我跟了你吃了多少年的苦，那里跟得上你心爱的人，甚么新嫂嫂，旧嫂嫂！听说你这个差使有十几万银子，现在都到那里去了？”陶子尧辩道：“那里来的这宗好差使？你不要听人家的胡说！”嘴上如此说，心上也甚诧异：“是谁告诉他的？”又听太太说道：“你做了事你还想赖！我有凭有据，还他见证。”陶子尧道：“没有这回事，那里来的见证？”太太道：“你别问我，你去问问谢二官再来。”陶子尧一听谢二官两个字很熟，一时想不起来，齐巧去接太太的管家，因为接不着，已经回来，站在一旁，看老爷太太打架，听见太太说谢二官，老爷一时想不起来，他就接嘴道：“老爷，不是常常到这里，身上穿的像化子似的那个人？有时候问老爷讨一角钱，有时讨三个铜元。他说同老爷是乡亲，老爷从前还用过他家的钱。小的并问过他‘贵姓’，他说‘姓谢’。想来一定就是他了。”陶子尧道：“胡说！我会用人家的钱！这种不安分的王八蛋，搬是非，造谣言，如果看见他再来，就替我交给巡捕。”太太道：“啊呀！啊呀！你使人家的钱还算少！你那年捐这捞什子官的时候，连我娘家妹子手上一付镀银镯子，都被你脱了下来凑在里头，还说不用人家的钱！问问你还要面孔不要？”其时栈房里看的人早哄了一院子。还是同来的和尚看他们闹的太不成体统了，只得和身插在中间，竭力的相劝，劝了好半天，好容易把他俩劝开。太太三脚两步，走进房间。表老爷周大权，押着行李也就来了。还有跟来的丫头，忙着替太太找梳头家伙，又找盆打洗脸水。

陶子尧在外间，虽然太太不同他吵了，低下头一看，身上才换上的一件硬面子的宁绸袍子，已经被太太的头，弄皱了一大块。原想穿这件新衣裳到一品香请客的，今见如此，心上一气，跺跺脚说：“我不知道那里来的晦气！这种日子我一天不要过！”正是满肚皮的不愿意，不知道要向那里发泄方好。一面自己抱怨自己，忽又想起一品香已经约下魏翩仞，却忘记去定房间，现在已有上灯时分，不知道还有房间没有。幸亏栈房里到一品香不远，使即一人走出栈来，踱到一品香。才上扶梯，刚巧遇着魏翩仞。两人一见人喜。问了问，只有十八号还空着，两个人就坐了十八号。细崽端上茶来，又送上菜单点菜。两人先把大概的情形说了一遍。魏、仇一边如何办法，魏翩仞因他银子尚未到手，一时暂不说破。席间陶子尧提起他“贱内已经来到”，并刚才在栈房里大闹的话，全行告诉了魏翩仞。说话之间，不免长吁短叹。魏翩仞见他无精打采，就撺掇他叫局，陶子尧一来也想借此遣闷，二来又可与新嫂嫂叙旧，连忙写票头去叫。吃不到三样菜，果见新嫂嫂同了小陆兰芬进来。新嫂嫂板着面孔，一声不响，陶子尧也不好意思同他说话。倒是魏翩仞竭力替他拉拢，一五一十的告诉他说：“陶大人的银子明天好汇到了，这一次是不会搭你浆的了。”

陶子尧正在听到得意时候，细崽来说：“六号里来了一个女人，同了一个和尚吃大菜，那个女人自说‘姓陶’，又说‘我们老爷今天也在这里请客’。”陶子尧不听则已，听了之时，陡然变色，便说：“这夜叉婆不知同我那一世的对头！我走到那里，他跟到那里！”说完站起来，说了声：“翩哥，我们再会罢！”拔起脚来，一直向外下楼而去，也不知到那里去了。新嫂嫂同了兰芬，也只好就走。魏翩仞等吃过咖啡，签过字，站起身来，走到六号门口张了一张，只见果然一个女人同了一个和尚在那里吃大菜，是个甚么面孔，一时却未曾看得清楚。魏翩仞也就出得一品香，自去干事不题。

且说陶太太同他哥在栈房里，晓得陶子尧在一品香请客，一定要叫局热闹，故而借吃大菜为名，意想拿住破绽，闹他一个不亦乐乎。不提防陶子尧先已得信，逃走无踪，太太只得罢手。一时吃完，回到栈内。一等等到两点钟，不见老爷回来，急的个太太犹如热锅上蚂蚁一般，又气又恼。后来越听越无消息，料想一定是在窑子里过夜，不回来的了，气的太太坐在床上，一夜不曾合眼，足足的骂了一夜，骂一声“烂婊子”，骂一声“黑良心，杀千刀，不吃好草料的。”他哥和尚也陪着他一夜不睡。到了次日天明，陶子尧还没有回来。太太披头散发，乱哭乱嚷，一定要到新衙门里去告状，要请新衙门老爷赶掉这些婊子，省得在此害人。闹得他哥劝一回，拦一回，好容易把他劝住。

看看日已正午，长春栈里的王道台打发周老爷来说，山东的银子已到，是汇在王道台手里的，叫周老爷来带信，叫陶子尧去付。太太听见了，也不顾有人没人，赶出来说：“有银子交给我。交不得那个杀千刀的，他是要去贴相好的。”周老爷看了好笑。问了管家，才知道是陶子尧的太太。当下，陶太太恐怕王道台私下付银子给陶子尧，一定要自己跟着周老爷到长春栈里去见王大人。后来把个周老爷弄急了，又亏得和尚出来打圆场，说：“王大人是我们妹夫的上司，太太不便去的，还是我出家人替你走一遭罢。”周老爷问了来历，只得说“好”。和尚便叫管家拿护书，叫马车，穿了一件簇新的海青[6]，到长春栈里去拜王大人去。

究竟此时陶子尧逃在何方，与那清海和尚如何去见王道台，且听下回分解。

［注释］

①白相：上海话。指小孩玩耍、游戏等。

②小堂名：清代活动于苏浙一带的音乐班，多为人家办喜庆时所雇用。

③中堂：指居于宰相一类的大官。

④署事：处理公事或代理职事。

⑤普陀：普陀山，中国四大佛教名山之一。

⑥海青：宽袍大袖的衣服。

第十一回

穷佐杂[1]夤缘说差使　红州县倾轧斗心思

话说清海和尚同了周老爷去见王道台，当下一部马车走到长春栈门口。周老爷把和尚让在账房客堂里坐，自己先进去回王道台。王道台听了皱眉头说：“好端端的，那里又弄了个和尚来？你去同他说，我是‘僧道无缘’的，劝他到别处去罢。”周老爷道：“他来并不是化缘，听说为的家务事情。”王道台道：“这也奇了！和尚管起人家的家务来了！”周老爷道：“听说他是陶子尧的内兄。卑职去的时候，陶子尧不在家，他太太一定要跟了卑职来见大人。亏得和尚打圆场，好容易才把那女人劝下的，所以同了他来。大人如果不要见他，叫人出去道乏就是了。”王道台未及回言，不料和尚因为等的不耐烦，已经进来了。王道台想要不理他，一时又放不下脸来，要想理他，心上又不高兴，只把身子些微的欠了一欠，仍旧坐下了。和尚进来，却是恭恭敬敬作了一个揖。叫他坐，起先还不敢坐，后来见王道台先坐了，他方才斜签着坐下。王道台问：“几时来的？”和尚回：“是昨天到的。陶子尧陶老爷是舍妹丈。这回是送舍妹来的。大人跟前，一向少来请安。去年僧人到过山东。现在这位护院，那时候还在东司任上，他的太太捐过有二万多银子的功德。就是西司[2]的太太、济东道的太太，还有粮道胡大人，都是相信僧人的，一共也捐了好两万的功德。”和尚的意思，原想说出几个山东省里的阔人，可以打动王道台，岂知王道台听了，只是不睬他，由他说。王道台一直眼睛望着别处，有时还同管家们说话。和尚一看不对头，赶紧言归正传，预备说完了好告辞。才说得半句“舍妹丈这个差使……”王道台已经端茶送客。听见和尚还有话说，于是站住了脚，也不等和尚说，他先说：“我明天就要动身往东洋去。找他不到，我也没有这们大工夫去等他。好在我们周老爷不走，把银子替他存在庄上，等他自己去付就是了。”说完了这两句，已经走到门槛外头，等着送客。等到和尚才出房门，他老人家把头一点，已经进去了。

和尚没趣，只好仍旧坐了马车回来。见了妹子还要摆阔，说王道台同他怎么要好：“一见我面，晓得我要募化他盖大殿，不等我开口，一捐就是一万。还约我开岁后再到山东走一趟。他本来回拜我的，我因为他明天就要动身往东洋去，事情很忙，找他的人又多，所以我止往他，叫他不要来。”他妹子听了，信以为真，便问：“你妹夫的事情怎么样？”和尚道：“他们做大官大府的人，为着这点小事情，怎么好烦动他？”他妹子发急道：“原来你去了半天，我的事情一点没有办！”和尚道：“这些事情，王大人已经交代过周老爷了，只要问周老爷就是了。”他妹子将信将疑的，只好答应着。和尚又问：“妹夫到底回来没有？”他妹子含着一包眼泪，说：“那里有他的影子！”和尚道：“他这么大的人，又是个官，是断乎不会失落的。倘若找不到，只要我到上海道里一托，立刻一封信托洋场上的官交代了包打听，是没有找不到的。妹子但请放心便了。”

话分两头。且说王道台送罢和尚回来，管家来回：“前天来的那个邹太爷又来了。”王道台听了皱眉头说：“我那里有这闲工夫去会他。”管家道：“邹太爷晓得老爷明天一准动身，昨天一早就跑了来，坐在家人屋里，一定要家人上来替他回，一直挨到昨天半夜里两点钟，才被家人们赶走的，今天一早又来。他说老爷亲口答应他，替他在上海道跟前递条子说差使，他所以要来听个回音。”王道台道：“他托弄差使，我替他说到就是了，那里能够包他一定得。况且说不说由我，派不派由他，我又不能够压着上海道一定派他的差使。就是上海道看我面子，肯派他事情，也有个迟早，那里有手到擒拿的。你叫他不要光在我这里缠绕，应该上的衙门勤走两趟，做上司的人看见他上衙门上的勤，自然会派他差使的。”管家道：“这种人是再惹不得的！他来禀见，当初老爷不见他也就罢了，就是见了他，也不可当面许他甚么。”王道台叹一口气道：“你们这些人那里知道！这些穷候补的，挨上十几年，一个红点子[3]没有觅，家里当光吃光。我从前做上司的再不去理他，他们简直只好死，还有第二条活路吗？所以从前张朗斋张大人做山东巡抚的时候，我是伺候过他老人家的。他老人家的脾气，是凡遇就派差使的人上去禀见，你瞧他那副不理人的面孔，着实难看。有些人他不想给他差使，等到见了面，却是十二分客气。他老人家说：‘我已经没有差使派他，再拿冷面孔给他看，他这人还有日子过吗？所以先灌上他些米汤，他就是没有差使，也不至于十二分怨我了。’这是他老人家亲口对我说的，所以我就学他这个法子。”管家道：“据小的看，这位邹太爷鸦片烟瘾来的可不小，一天到夜，只有抽烟的工夫，那里还有上衙门的工夫。这两天到这里来，时时刻刻要出去上小烟馆过瘾。”王道台道：“吃大烟呢，其实也无害于事。现在做官的人那一个不抽大烟。我自从二十几岁上到省候补，先出来当佐杂，一直在河工上当差。我总是一夜顶天亮，吃烟不睡觉。约摸天明的时候，穿穿衣裳，先到老总号房里挂号，回回总是我头一个，等到挂号回来再睡觉。后来历年在省城候补，都是这个法子。所以有些上司不知道，还说某人当差当的勤。我从县丞过知县，同知过知府，以至现在升到道台，都沾的是吃大烟、头一个上衙门的光。等邹太爷来时，你们无意之中把我这话传给他，待他上两趟早衙门，自然上司喜欢他，派他事情。我是要走的人，那里还有这们大工夫去理他。”

管家无奈，退了出来。邹太爷正在门房里候信呢，忙问：“大人怎么吩咐？”管家没有好气，说道：“大人说过，你们这些小老爷，总是不肯勤上衙门，所以轮不到差使。”邹太爷道：“我的爷！实不相瞒，我就吃亏在这大烟上：自从吃了这两口捞什子，以后起死起不早了。”管家道：“不能起早，可能睡迟？我们大人有个法子传授你。”便把王道台说的话述了一遍，还说：“包你照样做去，以后还要升道台呢！”邹太爷道：“人家急的要死，同你们说正经话，休要取笑。”管家把脸一板道：“说的何尝不是正经话，谁有工夫同你取笑！”邹大爷一看苗头不对，赶紧赔着笑脸道：“老哥哥教导的话，句句是金玉良言。小弟是穷昏了，所以说出来的话，自己还不觉得，已经得罪了人。真正是小弟不是！老哥千万不必介怀！”说着又深深的作了一个揖。管家不睬他。

邹太爷摸不着头脑，呆呆地坐了半天。忽然心生一计，趁众人忙乱的时候，一溜溜了出来，赶到自己屋里。他那里还住得起公馆，租了人家半间楼面，一夫一妻，暂时顿身。两块松板支了一张床，旁边放着一个行灶，太太陪嫁的箱子虽说还有一两只，无奈全是空的。太太蓬着个头，少说有一个月没有梳，身上飘一块，荡一块。他那副打扮，比起大公馆里的三等老妈还不如，真正冤枉做了一个太太！而且老两口子都爱抽烟，男的又连年不得差使，不要说坐吃山空，支持不住，就是抽大烟也就抽穷了人家了。

闲话休题。当下，邹太爷回得家中，也不同太太说话，就掀开箱子乱翻，翻了半天，又翻不出个甚么来。太太问他也不响。后来被太太看出苗头，晓得他要当当，太太说：“我的东西生生的都被你当的完了，这会子还不饶我！我现在穿的在身上，吃的在肚里，你有本事拿我去当了罢！我这日子一天也不要过了！”一头数说，一头号啕痛哭起来。左邻右舍家还当他家死了人，哭的如此伤心，大家一齐跑过来看，邹太爷也无心管他，只是满屋里搜寻东西。后来从床上找到一个包袱，一摸里头还有两件衣服，意思就要拎了就走，被太太看见，一把拦住道："这里头我只剩一件竹布衫、一条裙子，你再拿了去，我就出不得门了！"邹太爷那里肯依，夺了就走。太太毕竟是个女人，没有气力，拗他不过，索性躺在楼板上，泣血捶膺的，一直哭到半夜。二房东被他吵不过，发了两句话，要他明天让房子，太太才不敢哭了。

且说邹太爷拎了衣包，一走走到当铺里。柜上朝奉[4]打开来一看，只肯当四百铜钱、禁不住邹太爷攒眉苦脸，求他多当两个，总算当了四百五十钱。邹太爷藏好当票，用手巾包好钱，一走走到稻香村，想买一斤蜜枣、一盒子山楂糕，好去送礼。后来一算钱不够，只买了十两蜜枣、一斤云片糕。托店里伙计替他拿纸包大些，说是送礼好看些。扎缚停当，把钱付过，还多得几十个钱。邹太爷非常之喜，拿两手捧着，一直到长春栈王道台门房而来。一走走到门房里，把买的蜜枣、云片糕望桌子上一放。王道台的管家还当是他自己买的甚么东西哩，心上一个不高兴，说："这人好不知趣，不管人家有事没事，只是来缠些甚么。"一面想，一面坐着不动，不去睬他。只见邹太爷把东西放在桌上，笑嘻嘻的说道："我晓得我屡次来打搅老哥们，心上实在过意不去，难得相与一场，彼此又说得来。明天老哥们又要伺候大人到东洋去，目下就要分手，这一点点东西，算不得个意思，不过预备老哥们船上饿的时候点点饥罢了。"

管家晓得包里是送的点心，才连忙站起来，说："邹太爷，这算得那一回的事，又要你老破费。况且你老光景又不大好，怎么好意思收你的呢？"邹太爷道："自家兄弟，说那里话来！只要老哥不把兄弟当外，赏脸收下，兄弟心上就舒服了。"管家听了这话，知道他一定不肯收回去的，又想："怎么好白受他的！"只得重新让他坐下，彼此扳谈一回。邹太爷心上要说求他到大人跟前吹嘘的话，一时不便出口，然而明天他们就要动身，错了这个机会，只有活活饿死，然而要说又不好意思。幸亏这位大爷也晓得他送东西一定是为说差使，然而他不先说，我不好迎上去，被人家看轻，说我只认得东西。

两个人正在那里转念头的时候，齐巧走进一个人来。管家赶忙站起，同那人咕唧了一回，那人仍旧走了进去。邹太爷正苦没有话说，幸亏认得这人，便搭讪着问道："这位不是周老爷吗？"管家说："是。"邹太爷道："他明天一定也是跟着大人一块到东洋去的了？"管家说："你没有瞧见报吗？他是浙江巡抚奏调过的，等我们动身之后，他就要到杭州的。"邹太爷道："他不去，谁跟着大人去？这随员当中不是少个人吗？"说到这里，合该邹太爷要交好运，管家忽然恍然大悟道："是呀！今天早上上头还说过，周老爷不去，少个办事的人。你等一等，我去替你探一探口气，再托周老爷敲敲边鼓。周老爷说上去的话，看来总有六七成好拿得稳。"邹太爷听了，不胜之喜，连忙又说了些："老哥提拔，老哥栽培！倘若咱们弟兄们能在一块儿做同事，那是再好没有的了。"

管家进去找到周老爷，先把这话告诉了他，只说是自己的乡亲，托他务必周全一下子。周老爷道："我们自己的事情，我总得替你竭力的说，但是时候太急促了些，明天就要动身，他早来两天也好。"管家道："来是这两天天天往这里跑，上海道那里也替他递过条子。"周老爷道："大人已经替他递过条子，叫他等两天自然有眉目，何必一定要吃这一趟苦呢？"管家道："人在人情在。我们老爷又不是上海道的甚么顶门上司，不过是隔省的一个同寅，况且人家是实缺，咱们又是候补。老实说罢：这种条子递上一百张，当时面子账收了下来，转背谁还认得你，还不是骗小孩子的？"

周老爷一听这话不错，吃不住这位管家大爷追得凶，只得到王道台跟前，才说了几句别的话，齐巧王道台先开口说道："你不同我去，真正叫我不便当。有些事情他们都办不下来，这叫我怎么好呢！"周老爷回道："卑职蒙大人栽培，原该应伺候大人到东洋竭

力的报效，无奈浙江刘中丞已经奏调过，又叫朋友写了信来催，不准多耽误。卑职也叫作无法，只好将来再报效大人的了。大人这趟去，手底下少人伺候，卑职倒留心到一个人。”王道台回：“是谁？”周老爷忙回道：“就是天天来的那邹典史。这人当差使，看来还在行。”王道台道：“这个人说来也好笑。他老人家从前在山东在平处馆，我齐巧出差到那里，彼此认得之后，从此就相与起来了。后来他还找我替他弄过几回事情。大约此人去世已有靠二十年光景了。当时他故了下来，同乡里出来替他打把式，我还帮过他二两银子，以后就没有通过音信。这回来在上海，不知道怎么被他打听着，天天来缠不清爽。据他自己说，他自从丁忧服满；出来到省，就分道在这里当差。这许多年一个红点子没有轮到，也不知道他是怎么熬的。”王道台说的时候，管家都站在底下听。王道台说到这里，便照着管家说：“不是你们说，这人的烟瘾很大么？”那个收他蜜枣、云片糕的管家便说：“从前烟瘾是不小，现在想要当差使，这两天正在那里戒烟哩。”王道台道：“吃了烟要戒是说说的，真的要戒，为甚么不早戒？为甚么要到这时候才戒？我虽然同他老人家认识，但是同他到外洋，不比在内地里当差，弄得不好，不要被外国人笑了去！”管家忙插口道：“邹太爷在上海这许多年，出出进进，洋场上外国人也见过不少了。一切事情，就是没有办过，看也看熟了。”

王道台把脸一沉道：“要我放心，才好委他差使。我知道他能办事不能办事，你们倒晓得！”管家得了没趣，趔趄着退了出来。王道台道：“好笑不好笑，用着他们干起劲。”周老爷连忙打圆场，说：“他们也没有别的，不过看他可怜，随便求大人赏派个事情，叫他学习罢了。”王道台道：“老远的带他出门，我总有点不放心。制造局郑某人那里用的人多，昨天席面上他还说起，为着一桩甚么事情，委员、司事要换掉二十多个，给他封信，等他再去碰碰，看看他的运气罢。”周老爷见王道台已允写信，不便再说别的。且喜王道台向来写信都是他代笔，也无用客气得，立刻走到桌子边，拔起笔来就写。写完之后，给王道台看过，没有话说，周老爷便拿出来交给管家。

先是管家碰了钉子出来，便气愤愤的走到自己屋里，正在那里没好气。邹太爷看见气色不对，手里捏着一把汗，心里在那里叫苦。后来停了一会子周老爷出来，拿信交给了他，说明原委。邹太爷本来是不同周老爷拉拢的，到了此时，感激涕零，立刻走过来就替周老爷请安。从前已经打听明白，周老爷是才过班的知县，他就一口一声的赶着喊“堂翁”，自己称“卑职”，连说：“卑职蒙堂翁栽培，实在感激的了不得！”又同管家大爷咬耳朵，说他自己不敢冒昧，意思想“今天晚上求堂翁赏光，到雅叙园叙叙。”管家替他代达。周老爷说：“心领了罢，我今天实在不空。大人明天要动身，刚才陶子尧又有信来，托我替他去了事情，叫我怎么忙得过来，只好改日再扰罢！”

邹太爷见周老爷一定不肯去，只得搭讪着说道：“既然堂翁不赏脸，等稍停两天卑职再来奉请。”周老爷说：“彼此相会的日子长着哩，何必一定要客气。”当下邹太爷又问管家借了一件方马褂，到上头叩谢了王道台。王道台不免勉励了两句，叫他好生当差。邹太爷站着答应了几声“是”，退了下来。次日又到东洋码头上恭送，回来自往制造局投信不题。

且说周老爷昨天傍晚的时候接到陶子尧的信，约他到一品香小酌，说有要事奉商。周老爷因为没工夫，本来是不去的，后来为着银子已划在庄上，须得当面交代一声，较为妥当，所以抽了一个空到一品香来会陶子尧。原来陶子尧昨天同太太打饥荒[5]，从一品香溜了出来，一来也是赌气，不回栈里过夜；二来路上又碰着一个朋友，拉他到一家住家人家碰了一夜和。次日碰到十点钟才完，打了一个盹，等到敲到四点钟，踱回栈房。太太已经闹到不像样了，和尚亦拜过王道台回来了。陶子尧正在那里埋怨他大舅子，不该应去拜王

道台。他舅子不服气的探掉帽子，光郎头上出火。偏偏魏翩仞又来找他，把事情一齐推在仇五科身上，说他从前有两张合同，想要叫他出两份钱。陶子尧发急道："合同一张是假的，原是预备打官司的。大家好朋友，怎么好讹起我来呢！"魏翩仞道："等到出起首来，你好说是假的吗？你既然笔迹落在外头，总得想个法子收回来才好。"当时陶子尧急了，所以要请周老爷商议。太太起先因他一夜不回，好容易回来，正在那里哭骂，后来见他被人家讹诈，毕竟夫妻无隔夜之仇，胳膊曲了往里弯，到了此时也就不同他吵闹了。

当下，陶子尧气愤愤的，就邀了魏翩仞同他大舅子和尚，一同到了一品香。不多一会，周老爷接着他的信也来了。当时三个会着，闲谈了几句。周老爷先把银子存在庄上的话交代明白。陶子尧便把周老爷拉到外面洋台上，靠着栏杆，把底细统通告诉了他。周老爷道："本来这件事，你子翁闹的也太大了！"陶子尧道："这些话不要去讲他，只求你老哥替小弟想个法子，小弟情愿把这里头好处同老哥平分，何必便宜他们呢？"周老爷听了，心上一动，又说道："他们两个帮了子翁出了这么一把力，一个捞不到，看上去怕没有如此容易了结呢！"陶子尧道："老哥你看怎么样？"周老爷道："做到那里算那里，也不能预定的。"当下入席点菜。和尚点的是麻菇汤、炒冬菇、素十景、素面。当着人面前，一定要守佛门规矩，是断断不肯破戒的。其余的人都是荤菜，不用细述。独有周老爷只点了一样汤，说是有事不能久坐。当时在席面上，周老爷只是肚皮里打主意，一直没有提起这事，把汤吃完，起身告辞。陶子尧又再三的叮嘱，周老爷答应他，明天替他烦出一个人来料理此事。彼此分手而别。

这里陶子尧又自己竭力的托魏翩仞。魏翩仞道："不但五科那里两份合同是老哥的亲笔迹，后来打的一份，一式两张，一张五科拿去，一张是兄弟经手替你押在外头，还有子翁写的抵借银子的押据。"陶子尧听了这个，越发着急道："这个统通都是假的！只是头一张合同，办二万二千银子的货是真的。"魏翩仞道："你别发急，我现在又不问你要钱。大家都是好朋友，有福同享，有难同当。横竖上头发下来的钱总不止二万二千，这种意外的钱，大家也就要靠着你子翁沾光两个。"陶子尧见话松了些，因为自己已托了周老爷，也不多说，但托他："见了五科哥，好歹替我善为说辞，说这里头我也没有甚么大好处，总算他照应我兄弟罢了。"魏翩仞也只好答应着。当下吃完，各自散去。

单说周老爷单名是一个因字，表字果甫，本是山东试用府经。这番跟了王道台出来，原说同到东洋去的，齐巧浙江巡抚刘中丞有文书奏调他。他从前在刘中丞家里处过馆，做过西席[6]，有此渊源，所以刘中丞就提拔他。他得了这个机会，心想府经总不过是个佐杂，怕的派不着好差使。幸喜他这人专会拉扯，所有这些汇票庄上都是他同乡，人人同他要好。他这会就去同人家商量，想趁此机会捐过知县班。果然一齐应允，也有二百的，也有一百的，也有五十的，居然集腋成裘，立刻到捐局里填了部照出来。从此以后，场面愈阔，拉拢愈大，天天在外头应酬，有几个大点洋行里的买办，他统通认得了。有天台面上无意之中，听见人家讲起，这讹诈陶子尧的仇五科，就是他新近结交的一个军装买办的外甥。这买办姓王名二调，同周老爷叙起来还有点亲，因此格外要好。王二调的意思，无非因为他是浙江巡抚的红人，竭力同他扯拉，好预备将来兜揽他的生意，并没有别的意思。周老爷有此一个好朋友，陶子尧的事情，就好办了。

且说他头天晚上扰过陶子尧一品香回栈，足足忙了一夜。次日把王道台送了动身，他便一直找到王二调行里，说起这件事情，托他为力。王二调立刻答应，并说："我们这个外甥，他去年到这爿洋行里做生意，是我娘舅做的保人，包管一说便妥。就是姓魏的也是熟人，不消多虑。"周老爷去后，王二调果然把他外甥叫了来，说："大家都是面子上的人，不要拆人家的梢。"仇五科当下将底细全盘告诉了娘舅。王二调道："既然如此，

也不犯着便宜姓陶的。但是一件，我已经答应了周某人，等我告诉他，随便叫姓陶的拿出几个来，过个场完事罢。”仇五科不好违拗娘舅的话，答应着告退回家，通知魏翩仞，专听娘舅的调处，多少看起来不会落空罢了。魏翩仞跺脚说道：“这事情闹糟了，怎么好叫他老知道呢！”

当天晚上，王二调便到万年春，请了周老爷来，叫他“去同陶子翁说，各式事情兄弟都替他抗了下来。但是这里头，五科、翩仞两个人也着实替他出力，很化了些冤枉钱，费心转致陶子翁，随便补偿他们点。兄弟吩咐过，多少不准争论，所以特地请老兄来关照一声。”周老爷闻言，感激不尽。回来就通知了陶子尧，商量仇、魏二人应送若干。陶子尧只肯每人一千。周老爷说：“至少分一半给他们，大家免得后论。”陶子尧舍不得。周老爷争来争去，每人送了二千，却另外送了周老爷一千。周老爷意思嫌少，问他多借一千，他又应酬了五百。周老爷拿了四千的银票，仍去找了王二调，把这件事交割清楚。陶子尧出的假笔据，统通收了回来。只等机器一到，就可出货，运往山东。当下仇五科，因为娘舅之命，不敢多说甚么，只有魏翩仞心上还不甘愿，自己没有法子想，便撺掇新嫂嫂，同他说：“陶子尧现在有钱了。他这人是没有良心的，乐得去讹他一下子。”新嫂嫂便亲自到栈房里去找他。他素性是惧内的，一见新嫂嫂找到栈房里，恐怕太太知道，一直让新嫂嫂到底下人房间里坐。新嫂嫂先同他讲，仍照前议轧姘头的话，看看话不投机，又讲到拆姘头的话。坐的时候长久了，陶子尧怕太太见怪，便催着他走。一时又想不到别人，便说：“有话你托魏老来说罢。”新嫂嫂正中下怀。后来他俩一直没见面，两头都是魏翩仞一个人跑来跑去，替他们传话，一跑跑了好多天。魏翩仞说：“新嫂嫂一口咬定要三千，如果不答应，明天亲自到栈房来同你拚命！”陶子尧急了，央告魏翩仞，可能再少点。后来说来说去，讲到二千了事。魏翩仞拿了去，其实只给了新嫂嫂五百块，陶子尧却又谢他五百块，共总意外得了二千。他的心也就死了。以后陶子尧等到机器到埠，是否携同家眷前往山东交代，或者另生枝节，做书的人到了此时，不能不将他这一段公案先行结束，免得阅者生厌。

且说周老爷凭空得了一千五百块洋钱，也算意外之财，拿了他便一直前往浙江。到省之后，照例禀见，刘中丞系属旧交，当天见面之后，立刻下札子委他帮办文案，又兼洋务局的差使。周老爷次日上去谢委下来，又禀见司、道，遍拜同寅，一连忙了好多日方才忙完。大家晓得他与中丞有旧，莫不另眼相看。同时院上有一个办文案的，姓戴名大理，是个一榜出身，候补知州。他在刘中丞手里当差，却也非止一日，一向是言听计从，院上这些老爷们，没有一个盖过他的，真正是天字第一号的红人。周老爷虽是中丞的旧交，无奈戴大理总以老前辈自居，不把周老爷放在眼里。周老爷晓得自己资格尚浅，诸事让他三分，暂不同他计较。

有一天，出了一个甚么知县缺，刘中丞的意思想叫戴大理去署理，偶同藩司说起，说：“戴某人跟着兄弟辛苦了这许多时候，这个缺就调剂了他罢。”藩台诺诺称是。此不过抚、藩二宪商量的话，究竟尚未奉有明文。当时却有个站在跟前的巡捕老爷，他都听在耳朵里。等到会完了客，他便赶到文案处戴大理那里送信报喜，说：“今天中丞当面同藩台说过，大约今晚牌就可以挂出来。”戴大理听了，自然欢喜。一班同寅个个过来称贺，周老爷也只好跟着大众过来敷衍了一声。

合当有事，是日中饭过后，刘中丞忽然传见周老爷，说起：“文案上一向是戴某人最靠得住，无论甚么公事，凡经他手，无不细心，从来没有出过岔子。我为他辛苦了多年，意思想给他一个缺，等他出去捞两个，以后的事须得你们诸位格外当心才好。”周老爷听了，想了一想，说道：“回大人的话：大人说的戴牧，实实在在是个老公事。不要说别的，

他已经五十多岁的人了，写起奏折来，无论几千字，一直到底，不作兴一个错字，又快又好。卑职们几个人，万万赶他不上。论起来这话不好说，为大局起见，这里头实实在在少他不得。现在湖南、广东两省，因为折子有了错字，或者抬头差了，被上头申饬下来。现在年底下事情又多，若把戴牧放了出去，卑职们纵然处处留心，恐怕出了一点岔子，耽误大人的公事。但是戴牧苦了这多时，今番恩出自上，调剂他一个缺，卑职们难道好说叫他不去到任。但是为公事起见，实实少他不得！”刘中丞一听这话不错：“周某人是我从前西席老夫子，他的话却是可靠的。现在上头挑剔又多，设或他去之后，出点岔子怎么好呢。”想了一想，说道：“好在我给他这个缺的话，还没有向他说过，不如把这缺委了别人，叫他忙过了冬天，等别人公事熟练些，明年再出甚么好缺，给他一个也使得。”说完，便叫通知蕃台：“某县缺不委戴某人了，等着明天上院，当面商量，再委别人。”周老爷等话说完，退了下来。

这天晚上，正是文案上几个朋友凑了公份，备了酒席，先替戴大理贺喜，周老爷也出了一份。刚才刘中丞同他所讲的话，闷在肚里，一声不响，面子上跟着大众一同敬酒称贺，说说笑笑，好不热闹。此时戴大理一面孔的得意扬扬之色。喝过十几盅酒，他的酒量本来不大，已经些微有点醉意，便举杯在手，对大众说道：“我们同在一块儿办事的人，想不到倒是兄弟先撇了诸位出去。”大众齐说：“这是中丞佩服老哥的大才，所以特地把这个缺留给老哥，好展布老哥的经济。”戴大理道：“有甚么经济！不过上宪格外垂爱，有心调剂我罢咧。”众人道：“说不定指日年底甄别，还要拿老哥明保。”戴大理道：“那亦看罢咧，但愿列位都像兄弟得了缺出去！”众人道：“这个恩出自上，兄弟们资格尚浅，那里比得上你老前辈呢。”周老爷也随着大众将他一味的恭维，肚里却着实好笑。一霎席散，其时已有三更多天。

戴大理回到自己家里细问跟班：“藩台衙门的牌出来没有？”戴大理以为虽是中丞吩咐，未必有如此之快，因此并不在意。过了一夜，到了第二天，等到十点钟还没有挂出牌来。戴大理不免有点疑惑起来。等到饭后，仍无消息。戴大理就同跟班说：“不要漂[7]了罢？”跟班不敢言语，此刻他的心上想想：“自己的宪眷是靠得住的，既然有了这个意思，是不会漂的。”又想：“不要被甚么有大帽子的抢了去？然而浙江一省有的是缺，未必就看中我这一个。总而言之，那通信的巡捕他决计不会来骗我的。”一霎时犹如热锅上蚂蚁一般，茶饭无心，坐立不定，好生难过，一直等到傍黑，跟班的又出去打听，不多一刻，只见垂头丧气而回。戴大理忙问：“怎样了？”跟班的又不敢瞒，只得回说：“怎么昨日巡捕老爷拿人开心，不是真的！”戴大理一听这话不对，还要顶住跟班的问：“你不要看错了别的缺罢？”跟班的道：“巡捕老爷来送信的时候，小的在跟前听的明明白白的，怎么会看错呢。”戴大理道：“委的那个？”跟班道：“委的这个姓孔，听说是营务处上的。”到了此时，戴大理一个到手的肥缺活活被人家夺了去，这一气真非同不可，简直气出臌胀病来！便请了五天假，坐在公馆里，生气不见客。

后来刘中丞因为一件公事想起他来，问他犯的甚么病，着实的记挂，就派了前番报喜的那个巡捕到公馆里瞧他。那巡捕见了他，着实的将他宽慰，又说：“那日中丞说得明明白白，是委你老先生去的，怎的同周某人谈的半天就变了卦。”戴大理忙问：“周某人说我甚么？”巡捕道：“有句说句，他倒是极力保举老先生的。”便把周老爷同刘中丞讲的一番说话，统通告诉了戴大理。毕竟戴大理胸有丘壑，听了此言，恍然大悟道：“是了，是了！我好好的一个缺，就葬送在他这几句话上了！”又细问：“他同中丞说话是甚么时候？”“何以那天晚上，酒席台上一声也不言语？这个人竟如此阴险，实在可恶得狠！”想罢，不由咬牙切齿的恨个不止：“一定要报复他一番，才显得我的本事！”

要知后事如何，且听下回分解。

[注释]

①佐杂：指官府中辅佐性质的官员。

②西司：按察使的尊称。

③红点子：借指官吏的委任状，因上面的日期、人名都用红笔圈点和勾画，后来也称之为有差事。

④朝奉：原为官名，后来也称员外、富翁一类人物。

⑤打饥荒：此处应为争执、吵嘴的意思。

⑥西席：古时人家所聘教书先生或管账本的账房先生。

⑦漂：将要成功的事情而忽然失败。

第十二回

设陷阱借刀杀人　割靴腰隔船吃醋

却说戴大理向巡捕问过底细，晓得他的这个缺是断送在周老爷手里，因此将周老爷恨入骨髓。当时却也不露词色，向巡捕交代过公事，送过巡捕去后，他却是直气得一夜未睡。整整盘算了一夜，总得借端报复他一次，方泄得心头之恨。

且说他这五天假期里头，所有文案上几个同事一齐来瞧他，安慰他。周老爷却更比别人走的殷勤，每天早晚两趟，口口声声地说："自从老前辈这两天不出来，一应公事，觉着很不顺手，总望老前辈痊愈之后，早点出门才好。"他同戴大理敷衍，戴大理也就同他敷衍。周老爷回到院上，有时刘中丞传见，问起戴大理的病，周老爷便回中丞说："戴牧并没有甚么病。听说大人前头要委他署事，后来又委了别人，他心上不高兴，所以请假在家养病。卑职想此番不放他出去，原是大人看重他的意思，为的年下公事多，他总算这里熟手，所以留他在里头多顿两个月。卑职伺候上司也伺候过好几位了，像大人这样体恤人，晓得人家甘苦，只要有本事能报效，还怕后来没有提拔吗？戴牧却看不透这个道理，反误会了大人的一番美意，将来总是自己吃亏。"

刘中丞一听这话，心上好生不悦，道："我委他缺，又没有当面同他讲过，他若一直在我这里当差，还怕将来没有调剂？怎么我要他多帮我几个月就不能够吗？有病请假，没病也请假，他还是拿把我，除了他我就没有人办事吗？"周老爷听了，并不言语。谁知刘中丞倒越想越气。过了五天，戴大理假期已满，上去禀见，刘中丞虽没有见他，幸亏还没有撤他的委。他仍旧逐日上院办公事。毕竟他是老公事，刘中丞少不得他，所以虽然不欢喜他，然而有些公事还得同他商量。他一见宪眷比从前差了许多，晓得其中一定有人下井投石，说他的坏话。他也不动声色，勤勤慎慎办他的公事，一句话也不多说，一步路亦不多走。见了同事周老爷一班人，格外显得殷勤，称兄道弟，好不闹热，并且有时还称周老爷为老夫子，说："周老爷是中丞从前请的西宾，中丞尚且另眼看待，我等岂可怠慢于他。"周老爷一帮人见他如此随和，大家也愿意同他亲近。周老爷没有家眷，是住在院上的，他不时要到周老爷屋子里坐坐谈谈天，还时常从公馆里做好几件家常小菜，自己带来给周老爷吃，说是小妾亲手做的。如此者两个多月，大家只见他好，不见他坏。偶然中丞提起，大伙儿一齐替他说好话，因此宪眷又渐渐的复转来。况且他在院上当差已久，不要说外面人头熟，就是里头的甚么跟班、门上跑上房的，还有抱小少爷的奶妈子，统通都认得。戴大老爷自从在周老爷面上摆了一会老前辈，就碰了这们一个钉子，吃过这一转亏，以后便事事留心。这是他阅历有得，也是他聪明过人之处。

闲话休题。且说此时浙东严州一带地方，时常有土匪作乱，抗官拒捕，打家劫舍，甚不安静。浙江省城本有几个营头，一向是委一位候补道台做统领。现在这当统领的，姓胡号华若，是湖南人氏，同戴大理同乡同年，因此他俩交情比别人更厚。却说这班土匪正在桐庐一带啸聚，虽是乌合之众，无奈官兵见了，不要说是打仗，只要望见土匪的影子，早已闻风而逃。官兵有两种，一种是绿营，便是本城额设的营泛。太平时节，十额九空，都

被营官、哨官、千爷、副爷之类，通同吃饱。遇见抚台下来大阅，他便临期招募，暂时弥缝，只等抚台一走，依然是故态复萌。这番土匪作乱，虽也奉到省台密札，叫他们竭力防御，保守城池。无奈旧有的兵，大概是老羸疲弱，新招的队，又多是土棍青皮，平时鱼肉乡愚，无恶不作，到这时候有了护符，更是任所欲为的了。至于那些营官、哨官、千爷、副爷，他的功名大都从钻营奔竞而来，除了接差、送差、吃大烟、抱孩子之外，更有何事能为。平日要捉个小贼尚且不能，更不用说身临大敌了。一种是防营。从前打“粤匪”，打“捻匪”，甚么淮军、湘军，却也很立下功劳。等到事平之后，裁的裁，撤的撤，一省之内总还留得几营，以为防守地方起见。当初裁撤的时候，原说留其精锐、汰其软弱，所以这里头很有些打过前敌，杀过“长毛”的人。就是营、哨各官，也都是当时立过汗马功劳，甚么“黄马褂”[1]、“巴图鲁”[2]、“提督军门头品顶戴”，一个个保至无可再保。事平之后，那里有这许多缺应付他们，于是有此一个防营，就可安顿这一班人不少。又过了二十年，那些打过前敌，杀过“长毛”的人，早已老的老了，死的死了，又招了这些新的，还怕不与绿营一样。这防营的统领帮带，无论甚么人，只要有大帽子八行书，就可当得，真正打过仗，立过功的人，反都搁起来没有饭吃。就有几个上头有照应，差使十几年不动，到了这种世界，入了这种官场，他若不随和，不通融，便叫他立脚不稳，而且暮气已深，嗜好渐染，就是再叫他出去杀贼也杀不动了。至于那些谋挖这个差使的，无非为克扣军饷起见，其积弊更与绿营相等。这回所说的胡华若胡统领，正坐在这个毛病。

这时候严州一带地方文武官员，雪片的文书到省告急。上司也晓得该处营汛兵力单弱，不足防御，就委胡华若统带六营防军，前往剿捕。胡华若的这个统领，本是弄了京里甚么大帽子信得来的，胸中既无韬略，平时又无纪律。太平无事，尚可优游自在，一旦有警，早已吓得意乱心慌，等到上头派了下来，更把他急的走投无路。只因戴大理交情顶厚，未曾奉札之前，偏偏又是戴大理头一个赶来送信道喜，请安归坐，便说：“蠢尔小丑，大兵一到，不难克日荡平，指日报到捷音，便是超升不次。所以卑职前来叩喜。”胡华若道：“老同年休要取笑！你我彼此知己，更有何话不谈。你想，我从前谋挖这个差使的时候，花的银子你是晓得的，通共只当得半年，从前的亏空还没弥补，就出了这个岔子，你说我心上是甚么滋味！况且这出兵打仗的事情，岂是你我所做得来的？钱倒没有弄到，白白的把命送掉，却是有点划算不来。至于立功得保举的话，等别人去做罢，这种好处我是不敢妄想的了。”

戴大理道：“上头委了下来，大人总得辛苦一趟。”胡华若道：“我不去！我这身子是吃不来苦的，倘若送了命，岂不是白填在里头！甚么封荫恤典，我是不贪图的。等到札子下来，我拼着这官不做，一定交还上头，请他另委别人。”戴大理道：“这个倒不好退的。好在那里是乌合之众，没有甚么大不了的事情。大人不过只想不担这个沉重，其实卑职倒有一条主意：大人上院禀请一个人同去，各式事情只要委了他，无论办好办丑，都可不与大人相干。”胡华若忙问：“何人？”戴大理道：“就是同卑职在一块办文案的周某人。”胡华若道：“我也晓得这个人，听说他做过中丞的西席的。”戴大理道：“正是为此，所以他在中丞跟前，言听计从，竟没有一人赶得上他。现在上头委了大人到严州剿办土匪，大人要说下去，以卑职愚见，那是万万使不得的，被上头看了，倒像我们有心规避，恐怕差使辞不掉，还要叫上头心上不舒服。”胡华若道：“依你老同年的意思怎么样？”戴大理道：“现在只等公事一下，大人就上院回中丞，禀请几个得力随员一同前去，头一个就把周某人名字开上，上头是没有不答应的。周某人想在中丞跟前当红差使，好意思说不去。等他前来禀见之时，大人就把一切剿捕事宜，竭力重托在他身上。将来设或事情办得顺手，大家有面子；倘若办得不好，大人只须往周某人身上一推。中丞见是周某人办的，就是要说甚么，

也不好说甚么了。到这时候，大人再去求交卸，求上头另委他人，上头就是怪大人办的不好，譬如有十分不是，到此亦减去七分了。大人明鉴，卑职这个条陈可否使得？”胡华若一听他言，不禁恍然大悟。连忙满脸的堆着笑，说道：“老同年此计甚妙，兄弟一定照办。”

说到这里，戴大理又请一个安，说道：“将来大人得胜回来，保案里头，务求大人在中丞跟前栽培几句，替卑职插个名字在内。”胡华若道：“只个自然。但怕办的不好回来，叫老同年打嘴。”戴大理尚未及回答，忽见一个差官来禀：“院上有要事立刻传见。”戴大理只好起身相辞。胡华若立刻坐轿上院。走进官厅，手本刚才上去，里头已叫“请见”。当下刘中丞同他讲的就是严州府的事情，叫他连夜前去剿办土匪，并说：“那里的事情十分紧急。老兄带了六个营头先去。如果不敷调遣，赶紧打个电报给兄弟，再调几营来接应。今天因为事情太急，所以先请老兄来此一谈，随后补了公事送过来。”

胡华若连连答应，等中丞说完，接着回道：“职道的阅历浅，恐怕办不好，辜负大人的委任。况且手下办事的人得力的也很少，现在想求大人赏派几个人同去。”刘中丞道：“你要调谁，就叫谁去。”胡华若道：“大人这里文案上的周令，职道晓得这人很有阅历，从前在大营里顿过，有了他去，职道各事就可靠托在他一人身上。”刘中丞道：“他吃的了吗？”胡华若道：“这人职道很晓得的。”刘中丞道：“他能够吃的了，最好。好在我这里没有甚么大事情，就叫他跟了你去。还要谁？”胡华若又禀了一个候补同知，姓黄号仲皆，一个候补知县，姓文号西山，连着周老爷一共是三个人。刘中丞统通答应，立刻就叫人去传三个人来见。

三个之中，周老爷是在院上当差的，一传就到。见面之后，刘中丞告诉他缘故，要他同去剿办土匪。周老爷听了，不免自己谦让了两句。后见胡华若在旁极力的恭维，说了些“久仰大才，这回的事一定要借重”的话。周老爷一见如此抬举他，又想倘若得胜回来，倒是升官的捷径。想到这里，早已心花都开，便不由自主的答应了下来。胡华若自然欢喜。不多一会子，那两个也都来了。中丞面谕他们，没有一个不去的。胡华若便先起身告辞，又叫他三位各人赶紧预备预备，今天夜里就要动身，公事停刻补过来。三个人站起来答应着。刘中丞便送胡华若出来，一头走，一头问他：“三个人派甚么差事？”胡华若回道：“黄丞总办粮台，文令人甚精细，可以随营差遣，周令阅历最深，想委他总理营务。”刘中丞听了无话，送到二门，一呵腰进去了。那周、黄、文三个不等中丞送客趁空，溜了出来，在外头候着替统领站了一个班。胡华若吩咐他们赶紧收拾行李，应领薪水，各付三个月，立刻叫人送到。三个人听了这话，又一齐请安禀谢，送过胡华若上轿不题。

且说周老爷回到文案上，众同寅是早已得信的了，大伙儿过来道喜，齐说：“上马杀贼，乃是千载罕逢之机会。班生此去，何异登仙！指日红旗报捷，甚么司马、黄堂，都是指顾间事。那时扶摇直上，便与弟辈分隔云泥，真令人又羡又妒！”周老爷道：“此乃中丞的栽培，统领的抬举，与各位老同寅的见爱。此去但能不负期望，侥幸成功，便是莫大幸事，何敢多存妄想。”众人道：“说那里话来！”正在那里谦让的时候，忽然戴大理走过来，拿他一把袖子，拖到隔壁一间堆公事的屋里，说道：“我有一句话关照你。”周老爷道：“极蒙指教！但不知是甚么事情？”戴大理道：“就是禀请你的那位胡统领，他这人同兄弟不但同乡，而且同年，从前又同过事。虽说他已经过了道班，兄弟却与他很熟，极知道他的脾气。老哥现在跟了他去，所以兄弟特地关照一声，所谓知无不言，方合了我们做朋友的道理。”周老爷道：“老前辈如有关照，实在感激得很？”戴大理道：“客气。这位胡统领最是小胆，凡百事情，优柔寡断。你在他手下办事，只可以独断独行，倘若都要请教过他再做，那是一百年也不会成功的。而且军情一息万变，不是可以捱时捱刻的事。你切记我的说话，到那时候该剿者剿，该抚者抚。他虽然是个统领，既

然大权交代与你，你就得便宜行事，所谓‘将在外，君命有所不受’。你能如此，他格外敬重你，说你能办事；倘或事事让他，他一定拿你看得半文不值。我同他顿在一块儿这许多年，还有甚么不知道的。”

周老爷听了他的言语，果真感激的了不得，而且是心上发出来的感激，并不是嘴里空谈。当下两个人又谈了一会别的。周老爷赶着回家，收拾行李。未到天黑，胡华若派人把公事送到，又送了三个月的薪水，因为出兵打仗，格外从丰，每月共总二百两银子，三个月是六百两。周老爷开销过来人，收拾好行李，一直挑到候潮门外江头下船。那黄、文二位亦刚刚才到。又等了一会子，方见胡统领打着灯笼火把，一路蜂拥而来，到了船上，一同会着。胡华若吩咐立刻开船。船家回道：“现在夜里不好走，就是开了船，也走不上多少路。不如等到下半夜月亮上来，潮水来的时候，趁着潮水的势头，一穿就是多远，走的又快，伙计们又省力，岂不两得其便？”船头上的差官进来把这话回过，胡华若无甚说得，差官退了出去。

原来这钱塘江里有一种大船，专门承值差使的，其名叫作“江山船”。这船上的女儿、媳妇，一个个都擦脂抹粉，插花带朵。平时无事的时候，天天坐在船头上，勾引那些王孙公子上船玩耍；一旦有了差使，他们都在舱里伺候。他们船上有个口号，把这些女人叫作“招牌主”：无非说是一扇活招牌，可以招徕主顾的意思。这一种船是从来单装差使，不装货的。还有一种可以装得货的，不过舱深些，至舱面上的规矩，仍同“江山船”一样，其名亦叫“茭白船”。除此之外，只有两头通的“义乌船”。这“义乌船”也搭客人也装货，不过没有女人伺候罢了。此时胡统领手下的兵丁坐的全是“炮划子”。因为他自己贪舒服，所以特地叫县里替他封了一只“江山船”。县里要好，知道他还有随员、师爷，一只船不够，又封了两只“茭白船”。当下胡统领坐的是“江山船”，周、黄、文三位随员老爷，还有胡统领两位老夫子，一共五个人，分坐了两只“茭白船”。有人说起这“江山船”名字又叫作“九姓渔船”。只因前朝朱洪武得了天下，把陈友谅一帮人的家小统通贬在船上，犹如官妓一般，所以现在船上的人还是陈友谅一帮人的子孙，别人是不能冒充的。

闲话休题。且说当日胡华若上了“江山船”，各随员回避之后，便有船上的“招牌主”上来，孝敬了一碗燕菜。胡统领是久在江头玩耍惯的，上船之后，横竖用的是皇上家的钱，乐得任意开销，一应规矩，应有尽有，倒也不必表他。却说三位随员，两位幕宾，分坐了两只“茭白船”。五人之中，黄仲皆黄老爷是有家眷，一直在杭州的。一位老夫子姓王，表字仲循，是上了年纪的人，而且鸦片瘾又来得大，一天吃到晚，一夜吃到天亮，还不过瘾，那里再有工夫去嫖呢。所以这两个须提开，不必去算。下余的三个人：第一个文西山文老爷是旗人，年纪又轻，脸蛋儿又标致，穿两件衣裳，又干净，又俏僻。不要说女人见了欢喜，就是男人见了也舍他不得。因为他排行第七，大家都尊他为文七爷。还有一个老夫子，姓赵。他的号本来叫作补蓼，后来被人家叫浑了，竟变成“不了”两字。年纪也只有二十来岁，抛撇了家小，离乡背井，二千多里来就这个馆，真真合了一句话，“三年不见女人面，见了水牛也觉得弯眉细眼。”这赵不了确实实在在有此情景。末了说到周老爷。他这人上回已经表过，业已知其大略。他的为人，却合了新学家所说的“骑墙党”一派：遇见正经人，他便正经；碰着了好玩的朋友，他便叫局吃酒，样样都来。外面极其圆通，所以人人都欢喜他。但有一件毛病，乃先天带了来，一世也不会改的，是把铜钱看的太重，除掉送给女人之外，一钱不落虚空地。临走的时候，胡华若送他三百银子，他分文不曾带上船，一齐托朋友替他放在外头，预备将来收利钱用。他的意思，这回跟着出门打土匪，少不得胡统领总要派两个营头给他带，有兵就有饷，有饷就好由我克扣。倘或短了一千、八百，还可以向胡统领硬借。戴大理说他吃硬不吃软，他们是熟人，说的话一定是不会错的。

此刻单表文、赵二位，他俩齐巧顿在一只船上。文七爷早已存心，未曾上船之前，已经吩咐水手，把他这只船开的远远的，不要同统领的船紧靠隔壁。船上人会意，知道接到了大财神了。等到一上船，齐巧这船上有个“招牌主”叫作玉仙，是文七爷叫过局的，此刻碰见了熟人，格外要好。文七爷从统领船上回话回来，玉仙忙过来替他接帽子，解带子，换衣服，脱靴子，连管家都不要用了。跟手玉仙又亲自端着燕窝汤，叫文七爷就着他手里喝汤。两个人手拉手儿，一并排坐在炕沿上，赵不了见了眼热，心上想：“到底这些人势利，见了做官的就巴结。”正在盘算的时候，不提防一个人，也拿了一个盖碗往他面前一放，把他吓了一跳，定睛看时，不是别人，却是玉仙的妹妹，名字叫兰仙的，亦端了一碗燕菜汤给他。你道为何？原来这船上的人起先看见他穿的朴素，不及文七爷穿的体面，还当他是底下人。后来文七爷的管家到后头冲水说起来，船家才晓得他是总领大人的师爷，所以连忙补了碗燕窝汤。但是罐子里的燕窝早都倒给文七爷了，剩得一点燕窝滓了。船家正在踌躇，冲水的二爷道：“冲上些开水，再加点白糖，不就结了吗。”一言提醒了船家，如法炮制，叫兰仙端了进去。赵不了一见，直把他喜的了不得。又幸亏他生平没有吃过燕菜，如今吃得甜蜜蜜的，又加兰仙朝着他挤眉弄眼，弄得他魂不附体，那里还辨得出是燕菜是糖水。

列位看官：你可晓得文七爷的嫖是有钱的阔嫖。前头书上说的陶子尧的嫖，是赚了钱才去嫖的，也要算得阔嫖。单是这位赵不了，他一个做朋友的人，此番跟了东家出门，不过赚上十两八两银子的薪水，那里来的钱能供他嫖呢。所以他这嫖，只好算是穷嫖。把话说清，列位便知这篇文字不是重复文章了。

闲话休题。且说赵不了当时把碗糖汤吃完，一口也不剩。吃完之后，也不睡觉，便同兰仙两个人尽着在舱里胡吵。此时文七爷却同玉仙静悄悄的在耳房里，一点声息也听不见。一直等到下半夜，齐说潮水来了。船上的伙计一齐站在船头上候着。只听老远的同锣鼓声音一般，由远而近，声音亦渐渐的大了，及至到了跟前，竟像千军万马一样，一冲冲了过来。一个回身，把船头顿了两顿。伙计们用篙把船头一拨就转，趁着潮水，一穿多远，已经离开江头十几里了。其时大众都被潮水惊醒。不多一刻，天已大亮，船家照例行船。文七爷已经起来的了，看看天色尚早，依旧到耳房里去睡，玉仙仍旧跟着进去伺候。起先还听见文七爷同玉仙说话的声音，后来也不听见了。赵不了自从同兰仙鬼混了半夜，等到开船之后，兰仙却被船家叫到后稍头去睡觉，一直不曾出来。中舱只剩得赵不了一个，举目无亲，好不凄凉可惨。一回想到玉仙待文七爷的情形，一回又想到兰仙的模样儿，真正心上好像有十五个吊桶一般，七上八下。

到了次日停船之后，文七爷照例替玉仙摆了一桌八大八小的饭，请的客便是两船上几个同事，只是没有请统领。王、黄二位没有叫陪花[3]，周老爷也想不叫。文七爷说：“你不带局，太冷清了。”周老爷无法，便带了他坐船上一个小“招牌主”，名字叫招弟的。赵不了不用说，刚才入座，兰仙已经跟在身后坐下了。文七爷还嫌冷清，又偷偷的叫人把统领船上的两个“招牌主”一齐叫了来，坐在身旁。等到大碗小碗一齐上齐，通桌的陪花，从主人起，五啊六啊，每人豁了一个通关。把拳豁完，便是玉仙抱着琵琶，唱一支“先帝爷”。文七爷自己点鼓板。玉仙唱完，兰仙接着唱了一支小调。一面唱，一面同赵不了做眉眼。赵不了不时回头去看他，又被人家看出来，一齐喝彩。文七爷吵着要赵不了替他摆饭。赵不了算算自己腰包里的钱，只够摆酒，不够摆饭，便一口咬定不肯摆饭。兰仙拗他不过，只得替他交代了一台酒。

文七爷晓得赵不了还要翻台[4]，便催着上饭。吃过之后，撤去残席。黄、王二位要过

船过瘾，赵不了不放，说："我是难得摆酒的，怎么二位就不赏脸？"王、黄二位无奈，只得就在这边船上过瘾。"江山船"上的规矩，摆饭是八块洋钱，便饭六块，摆酒只要四块。赵不了搭连袋里只剩得三块洋钱，八个角子，还有十几个铜钱。趁空向他同事王仲循借了三个角子，一共十一个角子，又同文七爷管家掉到一块大洋钱。钱换停当，席面已经摆好了。赵不了坐了主位，好不兴头。黄、王二位还是不叫陪花。周老爷依旧叫的是招弟。因为招弟年纪只有十一岁，一上船时，船家老板奶奶就同周老爷说过："只要老爷肯照顾，多少请老爷赏赐，断乎不敢计较。"所以周老爷打了这个算盘，认定主意，一直叫他。文七爷是不用说，自家一个玉仙，还有统领船上的两个"招牌主"，一共三个。文七爷摆饭的时候，听说统领大人正在船上打瞌铳⑤，所以敢把他船上的"招牌主"叫了来。起先原关照过的，等到统领一醒，叫他们来知会，姊妹两个分一个过去伺候大人，免得大人寂寞。谁知胡统领这个磕铳竟打了三个钟头，方才睡醒。这边文七爷连吃两台，酒落欢肠，不知不觉宽饮了几杯，竟其大有醉意。等到统领船上的人前来关照说"大人已醒"，叫他姊妹们过去一个，谁知被文七爷扣牢不放。

原来统领船上的"招牌主"是姊妹两个：姊姊叫龙珠，现在十八岁；妹妹叫凤珠，现在十六岁。他二人长的一个是沉鱼落雁之容，一个是闭月羞花之貌，真正数一数二的人才。凡有官场来往，都指定要他家的船。其实胡统领同龙珠的交情，也非寻常泛泛可比。首县大老爷会走心境，所以在江头就替他封了这只船。胡统领上船之后，要茶要水，全是龙珠一人承值，龙珠偶然有事，便是凤珠替代。因为凤珠也是十六岁的人了，胡统领早存了个得陇望蜀的心思，想慢慢施展他一箭双雕的手段。所以姊妹两个，都是他心坎上的人，除掉打盹之外，总得有一个常在跟前。

这回一觉醒来，不见他姊妹的影子，叫了两声，也没人答应。一个人起来坐了一回，又背着手踱来踱去，走了两趟，心内好不耐烦。侧着耳朵一听，恍惚老远的有豁拳的声音。又听了一听，有个大嗓在那里唱京调，唱的是"乌龙院"，刚唱到"我为你盖了乌龙院，我为你化了许多银"两句，一时辨不出谁的声音。又侧耳一听，忽然一阵笑声，却是龙珠，不是别人。胡统领满腹狐疑，到底是谁在那里唱呢？又听那船上唱道："举手抡拳将尔打。"唱完此句，大众一齐喝彩，这里头却明明白白夹着赵不了的声音。胡统领至此方才大悟，刚才唱的不是别人，一定文七爷，不由怒从心上起，火向耳边生，把桌子上一只茶碗，豁琅一声，向地下摔了个粉碎。又停了半晌，还没有人过来。原来这边大船上的人，甚么老板、伙计，连着大人的跟班、差官，一齐都赶到那边船上去瞧热闹，这边却未剩得一人。胡统领此时大发雷霆，真按捺不住了，顺手取过一张椅子，从船窗洞里丢了出来。幸亏隔壁船上听见响动，赶出来一看，才晓得统领动气。他们船帮里，本是互相关照的，赶忙跑到文七爷船上，如此这般，说了一遍。大家都吓昏了。赵不了平时畏东家如虎，一听此信，忙着叫撤台面。无奈文七爷多吃了几杯，便嚷着说："我是不受他节制的。他们当统领的好玩，难道我们当随员的不好玩么。"一面说，一面伸着两只手把龙珠姊妹两个的衣裳按住。后来被龙珠说了多少好话，把凤珠留下，才算放他。文七爷还发脾气，说龙珠是统领心上的人，"你们这些烂婊子，只知道巴结大人，把我们不放在眼里！"

龙珠也不敢回嘴，急忙忙赶回自己船上。只见统领大人面孔已发青了。一个船老板，三四个伙计，跪在地下磕响头。胡统领骂了船家，又问："这里是那一县该管？"吩咐差官："拿片子，把这些混账王八蛋一齐送到县里去！"此时龙珠过来，巴结又不好，分辩又不好。他们在文七爷船上做的事，及文七爷醉后之言，又全被统领听在耳朵里，所以又是气，又是醋，并在一处，一发而不可收拾。后来幸亏一个伶俐差官见此事没有收场，于是心生一计，跑了进来，帮着统领把船家踢了几脚，嘴里说道："有话到县里讲去，大人

没有工夫同你们噜苏。”说着，便把一干人带到船头上，好让龙珠一个人在舱里伺候大人，慢慢的替大人消气。起先胡统领板着面孔不去理他，禁不住龙珠媚言柔语，大人也就软了下来。大人躺在烟铺上吃烟，龙珠在一旁烧烟。统领便问起他来：“怎么在那船上同文老爷要好，一直不过来？想是讨厌我老胡子不如文老爷长得标致？既然如此，我也不要你装烟了。”龙珠闻言，忙忙的分辩道：“他们船上的‘招牌主’叫我去玩，所以误了大人的差使，并没有看见姓文的影子。”胡统领道：“你不要赖。都被我听见了，还想赖呢。”一面同龙珠说话，又勾起刚才吃醋的心，把文老爷恨如切骨，还说：“是甚么时候，当的甚么差使，他们竟其一味的吃酒作乐，这还了得！”只因这一番，胡统领同文老爷竟因龙珠生出无数的风波来，连周老爷、赵不了统通有份在内。

要知端的，且听续编分解。

[注释]

①黄马褂：皇帝赏给有功臣子的黄色外衣，是荣耀的象征。

②巴图鲁：满语，武勇之意，是皇帝赐给有军功的臣子的称号。

③陪花：陪酒的妓女。

④翻台：旧时妓院酒宴，狎客再摆一次台面或另到一家再设一席。

⑤瞌铳：瞌睡。

第十三回

听申饬随员忍气　受委屈妓女轻生

上回书所说的胡统领，因为争夺“江山船”妓女龙珠，同随员文老爷吃醋。当下胡统领足足问了龙珠半夜的话，盘来盘去，问他同文老爷认得了几年，有无深交。龙珠一口咬定：非但吃酒叫局的事从来没有，并且连文老爷是个胖子、瘦子，高个、矮个，全然不知，全然不晓。胡统领见他赖得净光，格外动了疑心，不但怪文老爷不该割我上司的靴腰子，并怪龙珠不该不念我往日之情，私底下同别人要好。“不要说别的，就是拿官而论，我是道台，他是知县，他要爬到我的份上，只怕也就烦难。可恨这贱人不识高低，只拣着好脸蛋儿的去赶着巴结。”一面想，一面把他恨的牙痒痒。又想：“这件事须得明天发落一番，要他们晓得这些老爷是不中用的，总不能挑过我的头去。”主意打定，这夜竟不要龙珠伺候，逼他出去，独自一个冷冷清清的躺下，却是翻来覆去，一直不曾合眼。龙珠见大人动了真气，不要他伺候，恐怕船上老鸨婆晓得之后要打他骂他，急的在中舱坐着哭：既不敢到大人耳舱里去，又不敢到后梢头睡。有时想到自己的苦处，不由自言自语的说道：“这碗饭真正不是人吃的！宁可剃掉头发当姑子，不然，跳下河去寻个死，也不吃这碗饭了！”到了五更头，船家照例一早起来开船。恍惚听得大人起来，自己倒茶吃。龙珠赶着进舱伺候。胡统领不要他动手，自己喝了半杯茶，重新躺下。龙珠坐在床前一张小凳子上，胡统领既不理他，他也不敢去睡。

一等等到九点多钟，到了一个甚么镇市上，船家拢船上岸买菜。那两船上的随员老爷都起来了。文老爷昨日虽然吃醉，因被管家唤醒，也只好挣扎起来，随了大众过来请安。想起昨夜的事情，自己也觉得脸上很难为情。走进统领中舱一看，幸喜统领大人还未升帐，已经听得咳嗽之声，知道离着起身已不远了。等了一刻，管家进去打洗脸水，拿漱口盂子、牙刷、牙粉，拿了这样，又缺那样。龙珠也忙着张罗，但没听见统领同龙珠说话的声音。统领有个毛病，清晨起来，一定要出一个早恭[①]的，急嗓子喊了一声“来”，三四个管家一齐赶了进去。又接着听见吩咐了一句“拿马桶”，只见一个黑苍苍的脸，当惯这差使的一个二爷，奔到后舱，拎了马桶到耳舱里去。别的管家一齐退出，龙珠也跟了出来。人家都认得这拎马桶的二爷，是每逢大人出门，他一定要穿着外套，骑着马，雄赳赳气昂昂，跟在轿子后头的，大人回了公馆，他便卸了装，把脚一跷，坐在门房里。有些小老爷们来禀见，人家见了他，二太爷长，二太爷短，他还爱理不理的。此时却在这里替大人拎马桶：真正人不可以貌相了。

且说龙珠走进中舱之后，别人还不关心，只有文七爷的眼尖，头一个先望见。陡见龙珠两只眼睛哭的肿肿的，不觉心上“毕拍”一跳，想不出甚么道理来。还疑心昨天自己在台面上冲撞了他，给了他没脸，叫他受了委屈：“此乃是我醉后之事，他也不好同我作仇，就哭到这步田地？又论不定他把我骂他的话竟来哭诉了统领，所以刚才统领的声气不大好听，但是龙珠这人何等聪明，何至于呆到如此？他究竟为了甚么事情，哭得眼睛都肿了？真正令人难解。”意思想赶上前去问他，“周、黄二位同寅是不要紧，倘若被统领听见了，

岂不要格外疑心？却也作怪，可恨这丫头自从耳房里出来，非但不同我答腔，眼皮也不朝我望一望，其中必有缘故。”正想到这里，又听得耳舱里统领又喊得一声“来”。只见前头那个拎惯马桶的二爷，推门进去，霎时右手拎着马桶出来，却拿左手掩着鼻子。大家都看着好笑，又听得统领骂一个小跟班的，说他也偷懒不进来装水烟。小跟班的道：“不是一上船，老爷就吩咐过的吗，不奉呼唤，不许进舱，小的怎么敢进来！”统领道：“放你妈的狗臭大驴屁！我不叫你，你就不该进来伺候吗？好个大胆的王八蛋，你仗着谁的势，敢同我来斗嘴？我晓得你们这些没良心的混账王八羔子，我好意带了你们出来，就要作怪，背了我好去吃酒作乐，嫖女人，唱曲子。那桩事情能瞒得过我？你们当我老爷糊涂。老爷并不糊涂，也没有睡觉，我样样事情都知道，还来蒙我呢。我此番出来，是替皇上家打土匪的，并不是出来玩的。你们不要发昏！”统领这番骂跟班的话，别人听了都不在意，文七爷听了倒着实有点难过，心想：“统领骂的是那一个？很像指的是自己，难道昨夜的事情发作了吗？”一个人肚里寻思，一阵阵脸上红出来，止不住心上十五个吊桶，七上八落。等了一会子，听见里面水烟袋响。小跟班的装完了烟，撅着嘴走到外舱，见了各位老爷，面子上落不下去，只听他叽哩咕噜的说道：“皇上家要你这样的官来打土匪，还不是来替皇上家造百姓的。这样龙珠，那样龙珠，有了龙珠，还想着我们吗？”一头说，一头走到后舱去了。大家都听了好笑。

随后方见龙珠进去，帮着替大人换衣裳，打腰折，扎扮停当，咳嗽一声，大人踱了出来。众人上前请安相见。胡统领见面之下，甚么“天气很好”，“船走的不慢”，随口敷衍了两句，一句正经话亦没有。倒是周老爷国事关心，问了一声：“大人得严州的信息没有？”统领听了一惊，回说：“没有。老哥可听见有甚么紧信？”周老爷道：“的确的消息也没有，不过他们船帮里传来的话。”胡统领战战兢兢地道：“阿弥陀佛！总要望他好才好！”周老爷道：“听说土匪虽有，并不怎么十二分利害，而且枪炮不灵，只等大兵一到，就可指日平定的。”胡统领顿时又扬扬得意道：“本来这些幺么小丑，算不得甚么，连土匪都打不下，还算得人吗？但是兄弟有一句过虑的话：‘兄弟在省里的时候，常常听见中丞说起，浙东的吏治，比起那浙西来更其不如。这句话怎么讲呢？只因浙东有了“江山船”，所有的官员大半被这船上女人迷住，所以办起公事来格外糊涂。照着大清律例，狎妓饮酒就该革职，叫兄弟一时也参不了许多。总得诸位老兄替兄弟当点心，随时劝戒劝戒他们。倘若闹点事情出来，或者办错了公事，那时候白简无情，岂不枉送了前程，还要惹人家笑话？’中丞的话如此说法，但是兄弟不能不把这话转述一番。”说完，不住的拿眼睛瞧文老爷。只见文老爷坐在那里，脸上红一阵，白一阵，很觉得局促不安。就是黄老爷、周老爷，晓得统领这话不是说的自己，但是昨天都同在台面上，不免总有点虚心，静悄悄的一声也不敢言语。胡统领停了一会，见大家都没有话说，只好端茶送客。他三位走到船头上，一字儿站齐，等统领走出舱门，朝他们把腰一呵，仍旧缩了进去，然后三个人自回本船。

三人之中，别人犹可，只有文七爷见了统领，听了隔壁闲话，知道统领是指桑骂槐，已经受了一肚皮的气。刚才统领出来，又一直没有睬他，因此更把他气的了不得。回到自己船上没有地方出气，齐巧一个贴身的小二爷，一向是寸步不离的，这会子因见主人到大船上禀见统领，约摸一时不得回来，他就跟了船家到岸上玩耍去了。谁知文七爷回来，叫他不到，生气骂船家。幸亏玉仙出来张罗了半天，方才把气平下。一霎小二爷回来了，文七爷不免把他叫上来教训几句。偏偏这小二爷不服教训，撅着张嘴，在中舱里叽哩咕噜的说闲话，齐巧又被文七爷听见。本来不动气的了，因此又动了气，骂小二爷道：“我老爷到省才几年，倒抓过五回印把子，甚么好缺都做过，甚么好差都当过，就是参了官不准我做，也未必就会把我饿死。现在看了上司的脸嘴还不算，还要看奴才的脸嘴！我老爷也太好说话了！”骂着，就立刻逼他打铺盖，叫他搭船回省去。别位二爷齐来劝这小二爷道：“老爷待你是与我们不同的，你怎么好撇了他走呢？我们带你到老爷跟前下个礼，服个软，把气一平，就无话说了。”小二爷道：“他要我，他自然要来找我的，我不去！”说着，躲在后梢头去了。这里文七爷动了半天的气，好容易又被玉仙劝住。

如是晓行夜泊，已非一日。有天傍晚，刚正靠定了船，问了问，到严州只有几十里路了。下来的人都说：“没有甚么土匪。有天半夜里，不晓得那里来的强盗，明火执仗，一连抢了两家当铺，一家钱庄，因此闭了城门，挨家搜捕。”其实闭了一天一夜的城，一个小毛贼也没有捉到，倒生出无数谣言。官府愈觉害怕，他们谣言愈觉造得凶。还说甚么“这回抢当铺、钱庄的人，并不是甚么寻常小强盗，是城外一座山里的大王出来借粮的，所以只抢东西不伤人。这大王现在有了粮草，不久就要起事了。”地方文武官听了这个诳报，居然信以为真，雪片文书到省告急。所以省里大宪特地派了防营统领胡大人，率领大小三军，随带员弁前来剿捕。

从杭州到严州，不过只有两天多路，倒被这些“江山船”“茭白船”，一走走了五六天还没有到。虽说是水浅沙涨，行走烦难，究竟这两程还有潮水，无论如何，总不会耽搁至如许之久。其中恰有一个缘故：只因这几只船上的“招牌主”，一个个都抓住了好户头，多在路上走一天，多摆台把酒，他们就多寻两个钱；倘若早到地头一天，少在船上住一夜，他们就少赚两个钱。如今头一个胡统领就不用说，龙珠本是旧交，虽不便公然摆酒，他早同王师爷等说过：“等我们得胜回来，原坐这只船进省。那时候必须脱略一切，免去仪注，与诸公痛饮一番。”这几天龙珠身上，明的虽没有，暗底下早已五六百用去了。第二个文七爷，比统领还阔：他这趟出来，却是从家里带钱来用，并不是克扣军饷。一赏玉仙就是一对金镯子；开开箱子，就是四匹衣料；连着赵不了赵师爷的新相好兰仙，赵不了还没有给他甚么，文七爷看了他姊妹份上，也顺手给了他两件。这种阔老，怎么叫人不巴结呢。第三个是兰仙同赵不了要好。虽然赵不了拿不出甚么，总得想他两个；做妓女的人，好歹总没有脱空的。第四个周老爷，他这船上一位王师爷，一位黄老爷，都是绝欲多年的，剩得个周老爷。碰着吃酒，他却总带招弟，一直不曾跳过槽。小虽小，也是生意。还有大人跟前的几位大爷、二爷同着营官老爷，晚上停了船，同到后梢头坐坐，呼两筒鸦片烟，还要摸索摸索。大爷、二爷白叨了光，营官老爷有回把不免破费几块。他们有这些生意，就是有水可以走快，也决计不走快了。往往白天走了七十里，晚上一定要退回三十里。所以两天多的路程，走了六天还不曾走到。

单说赵不了自从上船兰仙送燕菜给他吃过之后，两个人就从此要好起来。赵不了又摆了一台酒，替他做了一个面子，又把裤腰带上常常挂着的，祖传下来的一块汉玉件头解了下来，送给了兰仙。兰仙嫌他像块石头似的，不要，赵不了只得自己拿回，仍旧拴在裤腰带上。一时面子上落不下，就说：“现在路上没有好东西给你。将来回省之后，一定打副金镯子送你，几百块钱算不了甚么。”“江山船”上的女人眼眶子浅，听了他话，当他是真正好户头了，就是一天不晓得兰仙给了他些甚么利益，害得他越发五体投地，竟把兰仙当作了生平第一个知己，就是他自己的家小还要打第二。兰仙问他要五十声洋钱，他自己没有，这几天看见文七爷用的钱像水淌，晓得他有钱，想问他借，怕他见笑。后来被兰仙催不过了，只好硬硬头皮，老老脸皮，同文七爷商量。不料文七爷一口答应，立刻开开枕箱，取出一封一百洋钱，分了一半给他。赵不了看着眼热，心上懊悔，说道：“早知如此，应该向他借一百，也是一借，如今只有五十，统通被兰仙拿了去，我还是没有。”一面想的时候，文七爷早把那剩下的五十块洋钱包好，仍旧锁入枕箱去了。赵不了不好再说别的，谢了一声，两只手捧了出来。不到一刻工夫，已经到了兰仙手里了。

这日饭后，太阳还很高的，船家已经拢了船，问了问，到严州只有十里路了。问他“为甚么不走”，回道：“大船上统领吩咐过：‘明天交立冬节，今天是个四离四绝的日子[2]。这趟出门是出兵打仗，是要取个吉利的。’所以吩咐今日停船。明天饭后，等到未正二刻，交过了节气，然后动身，一直顶码头。”别人听了还可，只有一个赵不了喜欢的了不得。因为在船上同兰仙热闹惯了，一时一刻也拆不开，恐怕早到码头一天，他二人早分离一天。如今得了这个信，先赶进舱来告诉文七爷。文七爷知道他腰包里有了五十块钱了，便敲他吃酒。赵不了愣了一愣。兰仙已经替他交代下去了，还说：“明天上了岸，大人们一齐要高升了，一杯送行酒是万不可少的。”

文七爷自从那天听了统领的说话，一直也没有再到统领坐船上禀安，心上想：“横竖事已如此，也不想他甚么好处，我且乐我的再说。”跟手又吩咐玉仙：“今天晚上赵师爷的酒吃过之后，再替我预备一桌饭。”玉仙答应着。他又去约了那船上的王、黄、周三位，索性又把炮船上的统带，甚么赵大人、鲁总爷，又约了两位，连自己同着赵不了，一共是七位，整整一桌。当下王、黄二位答应说来，只有周老爷忽然胆小起来，说：“恐怕统领晓得说话。”赵、鲁二位也再三推辞。文七爷道：“这里头的事情，难道你们诸位还不晓得？统领那天生气，并不是为着我摆酒生气，为的是我带了龙珠的局，割了他靴腰子[3]，所以生气。我今天不叫龙珠的局，那就一定没事的了。况且统领还说过到了严州，打退了土匪，还要自己摆酒同大家痛饮一番。这是你们诸公亲耳听见的。他做大人的好摆得酒，怎么能够禁止我们呢。又况严州并没有甚么土匪，这趟还怕不是白走。我们也不望甚么保举，他也不好说我们甚么不是。等摆好台面，叫船家把船开远些，叫他听不见就是了。”

原来这几天统领船上，王、黄二位只顾抽鸦片烟，没有工夫过去。文七爷因为碰了钉子，也不好意思过去。赵不了虽然东家带了他来，有时候写封把信，当当杂差才叫着他，平时东家并不拿他放在眼里，他也怕见东家的面。这几天被兰仙缠昏了，自己又怀着鬼胎，所以东家不叫他，他也乐得退后，不敢上前。这个空挡里，只有一个周老爷，一天三四趟往统领坐船上跑。他本是中丞的红人，统领自然同他客气。偏偏又得到严州信息，晓得没有甚么土匪，统领自然高兴，他也帮着高兴，虽然他临走的时候，戴大理交代过他，说：“统领的为人，吃硬不吃软。”及至见过几面，才晓得统领并不是这样的人，戴大理的话有点不确，须得见机行事，幸亏没有造次。连日统领见了他，着实灌米汤，他亦顺水推船，一天到晚，制造了无数的高帽子给统领戴，说甚么：“严州一带全是个山，本是盗贼出没之所，土匪亦是一年到头有的，如今是被统领的威名震压住了，吓得他们一个也不敢出来。将来到了严州，少不得惩办几个，给他们一个利害，叫他们下次不敢再反。回来再在四乡八镇，各处搜寻一回，然后禀报肃清，也好叫上头晓得大人这一趟辛苦不是轻容易的，将来一定还好开个保案，提拔提拔卑职们。”

胡统领道：“不是你老哥说，我正想先把严州没有土匪的消息连夜禀报上头，好叫上头放心。”周老爷道：“使不得！使不得！如此一办，叫上头把事情看轻，将来用多了钱也不好报销，保举也没有了。如今禀上去，越说得凶越好。”胡统领一听此言，恍然大悟，连说：“老哥指教的极是，兄弟一准照办。”当下就关照龙珠，另外叫他多备几样菜，留周老爷在这边船上吃晚饭。周老爷有了这个好处，所以文七爷请他，执定不肯奉扰。文七爷见请他不到，也只好随他。等到上火之后，船家果然把他们两只坐船撑到对岸停泊。其时，周老爷早已跳在统领大船上去了。

赵不了台面摆好，数了数人头，就是不见周老爷，忙着要叫人去找。文七爷道：“现在他做了统领的红人儿了，统领一时一刻不能离开他。他眼睛里那里有我们，我们也不必去仰攀他了。”赵不了道：“不请他，恐怕他在东家跟前要说我们甚么。”王师爷道：“周某

人同你往日无仇，他为甚么要挤你？这倒可以无虑的。”赵不了只得罢手，不过心上总有点疑疑惑惑，觉着总不舒服。一台酒敷衍吃完，拳也没有豁，酒也没有多吃。幸亏一个文七爷兴高采烈，一台吃完，忙吩咐摆他那一台。又去请赵大人、鲁总爷，一个个坐了小划子都来了。赵大人并且把他的一个相好名字叫爱珠的带了来。文七爷见了非常之喜，连说：“到底赵大人脾气爽快。”又催着替鲁总爷带局。鲁总爷没有相好，文七爷就把周老爷叫的招弟的一个姊妹，名字叫翠林的荐给他。一时宾主六人，团团入座。文七爷因为刚才在赵不了台面上没有吃得痛快，连命拿大碗来。王、黄二位是不大吃酒的，赵不了量也有限。幸亏炮船上统带赵大人是行伍出身，天生海量：年轻的时候，一晚上一个人能够吃三大坛子的绍兴酒，吐了再吃，吃了再吐，从不作兴讨饶的。如今上了年纪，酒兴比前大减，然而还有五六十斤的酒量。就以现在而论，文七爷还不是他的对手。但是文七爷亦是个好汉，人家喝一碗，他一定也要陪一碗，人家喝十碗，他一定也要陪十碗。喝酒喝的吐血，如今又得了痰喘的病，他还是要喝。见了酒没命的喝，见了女人，那酒更是没命的喝。先是抢三，三拳一碗，后来还嫌不爽快，改了一拳一碗。赵大人吃酒吃的火上来了，把小帽子、皮袍子一齐脱掉。文七爷也光穿着一件枣儿红的小紧身，映着雪白的白脸蛋，格外好看。王、黄二位吃了一半，到后舱里躺下抽烟，赵不了趁空便同兰仙胡缠。

台面上只剩得一个鲁总爷。这鲁总爷，是江南徐州府人氏，本是个盐枭投诚过来的，两只眼睛乌溜溜，东也张张，西也望望，忽而坐下，忽而站起，没有一霎安稳，好像有甚么心事似的。幸亏大家并不留意。后来大家吃稀饭，让他吃，他一定不吃，说是“酒吃多了，头里晕得慌，要紧回去睡觉。”文七爷还同他辩道：“你何尝吃甚么酒？”鲁总爷道：“兄弟只有三杯酒量，吃到第四杯，头里就要发晕的。”众人见他如此说，只好随他先走，吩咐船上搭好扶手，眼望他上了划子。文、赵二位，依旧进舱对垒。

赵大人赶着赵不了叫老宗台[4]：“只顾同相好说话，不理我们，应该罚三大碗。”赵不了再三讨饶，只吃得一杯，兰仙抢过去吃了一大半，只剩得一点点酒脚，才递给赵师爷吃过。文、赵二位又喝了几碗。文七爷有点撑不住了，方才罢手。赵大人也有点东倒西歪，众人架着，趔趔趄趄，跳上划子，回到自己炮船上睡觉。黄、王二位也回本船。周老爷从大船上回来睡着了。这里文七爷的酒越发涌了出来，不能再坐，连玉仙来同他说话，替他宽马褂，倒茶替他润嘴，他一概不知道，扶到床上，倒头便睡。玉仙自到后面歇息。赵不了自有兰仙相陪，不必提他。却说玉仙这夜不时起来听信，怕的是七爷酒醒，要汤要水，没人伺候。谁晓得他老这一觉，一直困了一夜零半天，约摸有一点钟，统领船上闹着未时已过，要开船了，他这里才慢慢的醒来。玉仙先送上一碗燕窝汤，呷了一口，然后披衣起身下床，洗脸刷牙，吃早饭，一头吃着，船已开动。

文七爷伸手往自己袍子袋里一摸，谁知一个金表不见了。当时以为不在袋里，一定在床上，就叫玉仙：“到床上把我的表拿来。”谁知玉仙到床上找了半天，竟找不到；后来连枕头底下，褥子底下，统通翻到，竟没有一点点影子花。文七爷还在外头嚷，问他：“怎么拿不来。”后来玉仙回报了没有，文七爷亲自到耳舱里来寻，也找不到。自己疑心，或者昨天酒醉的时候锁在枕箱里也未可知，连忙拿出钥匙，想去开枕箱，谁知枕箱并没有锁。文七爷一看大惊，再仔细一看，铜鼻子也断了，一定锁被人家裂掉无疑了。赶忙打开一看，一封整百的洋钱，还有给赵不了剩下的五十块洋钱，还有一只金镶藤镯，金子虽不多，也有八钱金子在上头，都不见了。还有一个翡翠扳指[5]、两个鼻烟壶，都是文七爷心爱之物，连着衣袋里的一只打璜金表、一条金链条，统通不见。文七爷脾气是毛躁的，立刻嚷了起来，说：“船上有了贼了，还了得！”玉仙吓得面无人色。后舱里人一齐哄到前舱里来。船老板道：“我们的船，在这江里上上下下一年总得走上几十趟，只要东西在船上，一个绣花针也不会少的。总是忘记搁在那里了，求老爷再叫他们仔仔细细找一找。”文七爷道：“一个舱里都找遍了，那里有个影儿。”船老板不相信，亲自到耳舱里看了一遍，又掀开地板找了一会，统通没有，连称奇怪。

文七爷疑心船上伙计不老实，船老板道：“我这些伙计，都是有根脚的，偷偷摸摸的事情是从来没有的。”文七爷发火道：“难道我冤枉你们不成！既然东西在你们船上失落掉的，就得问你要。”船老板不敢多言，船头上一个伙计说道：“昨天喝酒的时候，人多手杂，保得住谁是贼，谁不是贼？”文七爷一听这话，越发生气，一跳跳得三丈高，骂道：“喝酒的人都是我的朋友，你们想赖我的朋友做贼吗？况且昨天晚上，除掉客人，就是叫的局，一个局来了，总有两三个乌龟王八跟了来，一齐顿在船头上，推开耳舱门伸手摸了去，论不定就是这般乌龟偷的。如今倒怪起我的客人来了，真是混账王八蛋！等等到了严州，一齐送到县里去打着问他。”船老板见文七爷动了真火，立刻到船头上知会伙计，叫他不要多嘴。又回到舱里，叫玉仙倒茶给文老爷喝。文七爷也不理他。此时船在江中行走，别船上的人不能过来，只有本船上的，人人诧异，个个称奇。赵不了也帮着找了半天，那里有点影子。大家总疑心是船上伙计偷的，决非他人。

文七爷统计所失：一个扳指顶值钱，是九百两银子买的；两个鼻烟壶，四百两一个；打璜金表连着金链条，值二百多块；一只金镶藤镯，不过四十块；其余现洋钱是有数的了。一面算，一面托赵不了替他开了一张失单。霎时间船抵码头，便有本城文武大小官员前来迎接。文七爷是随员，只得穿了衣帽，到统领船上请安禀见，怕的是有甚么差遣。这个档里，见了严州府首县建德县知县庄大老爷，他们本是同寅，又是熟人，便把船上失窃的事告诉了他，随手又把一张失单递了过去。庄大老爷立刻吩咐出来，把这船上的老板、伙计统通锁起，带回衙门审讯；其余几只船上，责成船老板不准放走一个伙计，将来回明统领，一齐要带到城里对质的。果然现任县太爷一呼百诺，令出如山，只吩咐得一句，便有一个门上，带了好几个衙役，拿着铁链子，把这船上的老板、伙计一齐锁了带上岸去了。

且说统领船上把各官传了几位上来，盘问土匪情形。一个府里，一个营里，都是预先商量就的，见了统领，一齐禀称，起先土匪如何猖獗，人心如何惊慌，“后来被卑府们协办擒拿，早把他们吓跑，现在是一律肃清的了”。他二人的意思原想借此可以冒功，谁知胡统领听了周老爷上的计策，意思同他一样。船到码头时候，胡统领还捏着一把汗，生怕路上听来的信息不确，到了严州被土匪把他宰了，及至听了府里、营里的言语，胆子立刻壮起来，便说：“这些伏莽为患已久，现在他们打听得大兵前来，所以暂时解散，等到兄弟去后，依旧是出来搅扰。两位老兄虽说已经肃清，据兄弟看来，后患方长，不可不虑。且等明天兄弟上岸察看情形，再作计较。”当下又说了些别的闲话，端茶送客，众官别去。不在话下。

单说文七爷船上的老板、伙计被县里锁了去，吓得一船的女人哭哭啼啼，跪着向文老爷讨情，文老爷不理，又替赵师爷磕头，赵师爷也作不得主。后来文七爷被玉仙缠不过，只好答应他。且等县里问过一堂再去说情。未到天黑，县里的办差门上进来回文七爷的话，说道：“已经替大老爷同师爷另外封了一只船，就请今天搬过去。这只船是贼船，我们敝上要重重的办他们一办。”文七爷道：“很好。”船上的女人，听说老爷要过船，更没有依靠了，一齐跪在舱板上不起来。玉仙拉着文七爷，兰仙拉着赵师爷，更是哭个不了。文七爷没法，只好安慰玉仙道：“我决不难为你的。”玉仙没法，只好让文七爷过船，行李刚搬得一半，县里庄大老爷派的捕快也就来了。先到船上请示失去的扳指、鼻烟壶是甚么样子，听说有一百五十块现洋钱，有无图书。文七爷说：“洋钱全是鼎记拿来的，一律是本庄图章。”齐巧身边还有一块，就拿出来给他们看，好拿着比样子去找。捕快说：“城里大小当

铺都找过，没有，想来还不曾出手。洋钱论不定要先出挡。昨天喝酒的那些老爷们共是几位？小的们不敢疑心到老爷，怕的是带来的管家手脚不好。虽不敢明查他们，也得暗里留心，就是拿住之后，不替他们声张出来，也有个水落石出。至于这几只船上的伙计，将来禀过大人，一齐要好好的搜一搜。”文七爷见这捕快说话在行，就统通告诉了他，还着实夸赞他几句，说他能办事。

等到文七爷、赵师爷才把船过停当，捕快就进了中舱坐下，勒令别家船上的伙计把船替他撑开码头，靠在一爿茶馆底下。捕快向这茶馆里一招手，又上来好几个，是他同伙的人，一齐到了中舱，就叫船家的女人帮着把舱板掀开，大约看了一遍，没有。又到后舱。起先玉仙姊妹是一直在前舱的，一个个哭的同泪人一般，也不像甚么美人了。谁知兰仙看见一帮人往后头去，他也赶到后头去。被一个捕快把他一拦道：“小姑娘，你别往这里瞎跑！”兰仙道：“我们女人有些东西不好给你们男人看的，我得收拾收拾。”捕快道：“慢着，不好看的东西也要看看的了。”一面说，一面伙计们已在后舱翻的不成样儿了。后首不知怎样，在兰仙床上搜出一封洋钱，立刻打开来一看，一对图章，丝毫不错。捕快道：“赃在这里了！”众人听了一惊。兰仙急攘攘的说道：“这是赵师爷交给我，托我替他买东西的。”捕快道：“赵师爷没人托了，会托到你！这话只好骗三岁孩子。”兰仙道：“如果不相信，好去请了赵师爷来对的。”捕快道：“真赃实据，你还要赖！”一面说，一伸手就是一个巴掌。船上的女人，统通认是兰仙做贼，一个个都吓昏了。原来赵不了从文七爷手里借了五十块洋钱给了兰仙，兰仙却瞒住他娘，不曾被他知道，等到抄了出来，所以他娘也摸不着头脑。兰仙又不是亲生女儿，是买来做媳妇的，一时气头上，也不分青红皂白，赶过来狠命的帮着把兰仙一顿的打，嘴里还骂道：“不要脸的小娼妇！偷人家的钱，带累别人！不等上堂老爷打你，我先要了你的命！”捕快道：“有了洋钱，别的东西就好找了。”忙着翻了一大阵，却是一毫影子没有。又赶过来问兰仙。其时兰仙已被他娘打的不成样子了。捕快连忙喝阻道：“他今犯了官罪，有老爷管他，你须管他不到了。你自己的人作贼，连你自家都有罪，还有面孔打人呢！”老板奶奶被捕快埋怨了一顿，一声也不敢响。捕快催问兰仙别的东西。兰仙只是哭，没有话。大众格外疑心。他娘也催着他说道：“多偷只有一个罪，少偷亦只有一个罪。小祖宗！你快招认罢，省得再害别人了！”兰仙还是哭，没有话。捕快道：“他不说，亦不要他说了，且把他带到城里再讲。”于是拖了就走。那捕快还拉着老板奶奶同着一块儿去。老板奶奶吓的索索抖，不敢去，又被他们骂了两句，只好跟着同去。一头走，一头骂兰仙。兰仙此时被众人拖了就走。上岸之后，在茶馆里略坐片刻，一同押着进城。可怜他小脚难行，走三步，捱一步，捕役还不时的催，恨的他娘一路拿巴掌打他。好容易捱到衙门口，在二门外头台阶上坐了一会。捕快进去禀报，传话出来：“老爷此刻就要上府，晚上统领大人还要传去问话，吩咐把船上两个女人先交官媒看管，明天再审。”众人听了，便去传到官媒婆，把两个女人交给他，官媒婆领了就走，一走走到他家。

这时候他娘儿两个头上的金簪子、银耳挖子，统通被差上拿去，说是贼赃，要交给老爷的。娘儿俩也不敢做声。到了官媒那里，头上的首饰已经一丝一毫都没有了。官媒还不死心，又拿他二人细细的一搜，兰仙手上还有一副镀金银镯子，也被他探了下来，说明天要交案的。其时初冬天气，他娘儿们都穿着大厚棉袄，官媒婆一定说是偷来的贼赃，要他脱了下来。他二人不敢不遵。每人只穿两件布衫，冻的索索的抖。凡初到官媒婆那里的人，总得服他的规矩，先饿上两天，再捱上几顿打，晚上不准睡；没有把你吊起来，还算是便宜你的。至于做贼的女犯，他们相待更是与众不同：白天把你拴在床腿上，叫你看马桶，闻臭气，等到晚上，还要把你捆在一扇板门上，要动不能动，搁在一间空屋子里，明天再

放你出来。可怜兰仙虽然落在船上，做了这卖笑生涯，一样玉食锦衣，那里受过这样的苦楚。只因他生性好强，又极有情义，赵不了给他钱的时候，曾对他说过：“不要同你妈说起是我送的，怕传在统领耳朵里去。”所以他牢记在心。等到捕役搜到之后，他一时情急，只说得一句是“赵师爷托我买东西的”。后来被他们拉了上岸，早已知道此去没有活路，与其零碎受苦，何如自己寻个下场。就是不死，这碗船上的饭也不是好吃的。所以听说要将他拖上岸去，他早已萌了死志，顺手把炕上烟盘里的一个烟盒拿在手中。等到官媒婆搜的时候，要藏没处藏，就往嘴里一送，熬熬苦，吞了下去，趁空把匣子丢掉。一时官媒搜过，他便对他娘说道：“妈！你亦不必埋怨我，亦不必想我，这个苦，我是受不来的。早也是一死，晚也是一死，倒不如早死干净。我死之后，你老人家到堂上，只要一口咬定请赵师爷对审，我的冤就可以伸，你老人家也不至于受苦了。”他娘此时又气又吓，又冻又饿，早已糊里糊涂，他媳妇说的话始终未曾听得一句。等到上灯，官媒婆因他二人是贼，便将板门抬了进来，如法炮制，锁入空房。谁知次日一早推门，这一吓非同小可！

欲知后事如何，且听下回分解。

［注释］

①出一个早恭：早上要上一次厕所。

②四离四绝的日子：旧时把农历立春、立夏、立秋和立冬的前一天叫作绝日；以春分、夏至、秋分、冬至的前一天叫作离日，统称四绝四离。在这个日子里，做事情会是不吉利的。

③割靴腰子：旧谓嫖客夺朋友所爱的妓女。

④老宗台：同一族的意思。

⑤扳指：一种饰品。

第十四回

剿土匪鱼龙曼衍　开保案鸡犬飞升

却说兰仙既死之后，次早官媒推门进去一看，这一吓非同小可，立刻张皇起来。老板奶奶见媳妇已死，抢地呼天，哭个不了，官媒到此却也奈何他不得。又因他年纪已老，料想不会逃走，也就不把他拴在床腿上了。奉官看守的女犯，一旦自尽，何敢隐瞒，只好拼着不要命，立时禀报县太爷知晓。

庄大老爷一听人命关天，虽然有点惊慌，幸亏他是老州县出身，心上有的是主意，便立时升堂，把死者的婆婆带了上来，问过几句。老婆子只是哭求伸冤，老爷不理他，特地把捕快叫了上去，问他："兰仙做贼，是谁证见？"捕快回称："是他婆婆的证见。"老爷喝道："他同他婆婆还有不是一气的？怎么说他是证见呢？"捕快回道："文大老爷的洋钱，块块上头都有鼎记图章；小的在这死的兰仙床上搜到了一封，一看图章正对，他妈也不知这洋钱是那里来的，还打着问他。大老爷不相信，问这船上的老婆子可是不是。"老爷便问老板奶奶道："你媳妇这洋钱是那里来的？"老婆子回："不知。"老爷道："我亦晓得你不知情，倘若知情，岂不是你也同他统通一气，都做了贼吗？"老婆子道："我的青天大老爷！我实情不知道！"老爷道："捕快搜的时候，你看见没有，还是在死的兰仙床上搜着的呢？还是在你同你别的女儿床上搜着的呢？"老婆子一听这话，恐怕又拖累到自己连着玉仙，连忙哭诉道："实实在在是兰仙偷的，是在他床上翻着的。"老爷道："可是你亲眼所见？"婆子道："是我亲眼所见。"老爷道："这是你死的媳妇不好。我老爷比镜子还亮，你放心罢，我决不连累你的。"老婆子道："真真青天大老爷！"老爷这里又把官媒婆传了上去，把惊堂木一拍，骂了声："好个混账王八蛋！我老爷把重要贼犯交你看管，你胆敢将他凌虐至死！到我这里，谅你也无可抵赖。我今天将你活活打死，好替兰仙偿命！"说罢，便吩咐差役将他衣服剥去，拿藤条来，替我着实的抽。两边衙役答应一声，立刻走过七八个似狼如虎的人，伸手将媒婆衣服剥去，只剩得一件布衫，跪在地下，瑟瑟抖个不了。老爷又喊一声"打"，便有一个人提着头发，两个人一边一个，架着他的两只膀子，一个拎着一根指头粗的藤条，一五一十，一下下都打在媒婆身上。五十一换班，打的媒婆"啊呀皇天"的乱叫，不住的喊"大老爷开恩"。老爷也不理他，看看一口气打了整整五百下，方才住手。老爷又问船上老婆子道："你的媳妇可是官媒婆弄死他的不是？如果是他弄死的，我今天立刻就弄死他，好替你媳妇偿命。"老婆子跪在一旁，看见老爷打人，早已吓昏的了，虽有吩咐下来，他却一句不曾听见，只是在地下发愣。老爷又指着船上老婆子同官媒说："你的死活在他嘴里，他要你活就活，他叫你死就死。我老爷只能公断。"官媒一听这话，便哭着求老婆子道："老奶奶！头上有天！你媳妇可是自己寻的死，并不与我甚么相干。现在老爷打死我，这要你老人家说一句良心话，你媳妇是我弄死的不是？果若是我弄死的，我死而无怨。我的老奶奶！我的命现在吊在你嘴里，你要冤枉死我，我做了鬼也不同你干休！"

老婆子心上本来是恨官媒婆的，今见老爷已经打了他一顿，"倘若我再说了些甚么，老爷一定要将他打死，这条人命岂不是我害的。别的不怕，倘若冤魂不散，与我缠绕起来，那可不是玩的！现在这一顿打已经够他受用的了，况且兰仙又实实在在不是他弄死的，我又何必一定要他的命呢？”想罢，便回老爷道：“大老爷，我们兰仙是自己死的，不与他相干，求老爷饶了他罢！”老爷听了这话，便道：“既然是你替他求情，我老爷今天就饶他一条狗命。”官媒又在堂上替老婆子磕头，谢过老奶奶。老爷又对老婆子道：“昨天船上的事情，我也知道是兰仙一个人做的，与你并不相干，我本来今天想放你的。既然如此，你赶紧下去，具张结上来，好领你媳妇尸首去盛殓。”老婆子巴不得这一声，老爷开恩放他，立刻下去具结，无非是“媳妇羞愤自尽，并无凌虐情事”等话头。写好之后，送上老爷过目。又拿下去，叫老婆子画了十字。诸事停当，老爷又把船上的一般男人，甚么老板、伙计，通同提了上去，告诉他们：“现在文大老爷少的东西，查明白了，是兰仙偷的，藏在床上，是他婆婆亲眼为证，看着捕快搜出来的。现在兰仙已经畏罪自尽，千个罪并成一个罪，等他死的一个人承当了去。余下少的东西，我去替你们求求文大老爷，请他不必追究，可以开脱你们。”众人听了，自然感激不尽。老爷便命仍把一干人还押，等禀过本府大人，请邻封[1]验过尸首回来，再行取保释放。众人叩谢下去。老爷便立刻上府，将情禀知本府，请派邻封相验。他们堂属本来接洽，自然帮着了事，那里还有挑剔之理。邻封相验，是照例文章，无庸细述。

庄大老爷又赶到船上向文七爷叨情：“失落的东西该价若干，由兄弟送过来。现在做贼的人已经畏罪自尽，免其拖累家属。”文七爷忙问：“东西是那个偷的？”庄大老爷回说：“是本船上的‘招牌主’兰仙偷的。”文七爷听了，好生诧异。本来还想盘问，因为庄大老爷是要好朋友，知道他是借此开脱自己的干系，同寅面上不好为难，只得应允，还说：“东西失已失了，做贼的人已经死了，那有叫老哥赔的道理。”庄大老爷道：“老同寅面上，怎敢说赔，但是老哥也等着钱用，兄弟是知道的，停会就送过来。”文七爷见他如此，也不好说别的。当时又说了几句闲话，彼此别过。走到船头上，庄大老爷又同文七爷咬个耳朵，托他在统领面前善言一声。文七爷也答应。庄大老爷回去之后，当晚先送了三百银子给文七爷。次日邻封验过尸，尸亲具过结，没有话说，庄大老爷将一干人释放。这班人倒反感颂县太爷不置：一条人命大事，轻轻被他瞒过，这便是老州县的手段。

闲话休题。且说当庄大老爷同文七爷讲话之时，都被赵不了听去。先听见兰仙做贼，已吃一惊，后来听话他畏罪自尽，这一吓更非同小可！想起两个人要好的情意，止不住扑簌簌掉下泪来。然而还当他果真是贼，却想不到是自己五十块洋钱将他害的。当夜一宵没生合眼。后来打听到船上人俱已释放，兰仙已经掩埋。他常常写四六信写惯的，便抽空做了一篇祭文，偷着到岸上空地方望空拜奠了一番。回得船来，又是一夜不睡，替兰仙做了一篇小传，还诌了几首七言四句的诗。自己想着：“将来刻在文稿里，叫他留名万载，也算以报知己了。”幸亏这两天，文七爷公事忙，时时刻刻被统领差遣出去，所以由他一个尽着去干，也没人来管他。

单说胡统领自从船靠码头，本城文武禀见之后，他听了周老爷的计策，便一心一意想无中生有，以小化大。次日一早排齐队伍，先独自一个坐了绿呢大轿，进城回拜了文武官员。首县替他在城里备了一个公馆。他心上实在舍不得龙珠，面子上只说：“船上办事很便，不消老哥费心。”所以预备的那个公馆，他竟不到。是日就在府衙门里吃的中饭。一面吃饭，一面同府里、营里说道：“据兄弟看来，土匪一定是听见大兵来了，所以一齐逃走，大约总在这四面山坳子里，等到大兵一去，依旧要出来为非作歹。斩草不除根，来春又发芽。兄弟此来，决计不能够养痈贻患，定要去绝根株。今天晚上，就请贵营把人马调齐，驻扎城外，兄弟自有办法。”营官诺诺连声，不敢违拗。本府意思还想冒功，遂又禀

道："土匪初起的时候，本甚猖獗；后来卑府会同营里同他们打了两仗，都已杀败，四处逃生，现在是一个贼的影子也没有了。大人可以不必过虑。"胡统领道："贵府退贼之功，兄弟亦早有所闻。但兄弟总恐怕不能斩尽杀绝，将来一发而不可收拾，不但上宪跟前兄弟无以交代，就连着老哥们也不好看，好像我们敷衍了事，不肯出力似的。"本府听了此话，面上一红。一霎吃完饭，胡统领回船。营官回去传令，不到天黑，早已传齐三军人马，打着旗，掌着号，一班副爷们，一个个骑着马，挂着刀，赛如迎喜神一般，到了城外，择到一个空地方把营扎下。本营参将到船上禀过统领。此时统领真同做了大元帅一样：自己坐船在当中，两边两只，便是三个随员，两位老夫子的坐船。此外还有家人们的船、差官们的船、伙食船、行李船、轿子船。又有县里预备的吹手船：一天吃三顿，吹打三次。统领出门回来，还要升炮。到了晚上，一更二更，顶到放天明炮，船上擂鼓，亲兵掌号，呜都都，呜都都，吹的真正好听。放过炮之后，还要细吹细打一次，都是照例的规矩。吹手船之外，便是统领带来的兵船，有陆军，有水师，水师坐的都是炮划子，桅杆上都扯着白镶边的红旗子，写着某营、某哨。旗子当中写的便是本船统带的姓。船头上，船尾巴上，统通插着五色旗子，也有画八卦的，也有画一条龙的，五颜六色，映在水里，着实耀眼。

胡统领等到吃过晚饭，便同军师周老爷商量发兵之事。当下周老爷过来，附着胡统领的耳朵，如此如此，这般这般，说了一遍。胡统领称谢不迭，赶紧躺下抽烟，抽了二十多筒，他的瘾也过足了，一翻身在炕上爬起，传令发兵。这个时候差不多已有三更多天了，岸上的参将、守备、千总、把总，船上的营头、哨官，都静悄悄的候着。胡统领走到中舱一坐，差官们雁翅般的排列着，两边明晃晃的点着一对手照，一边架上插着子丑寅卯辰巳午未申酉戌亥十二支令箭，还有黄绸做的小旗子。胡统领拔了一支令箭，传参将上来，叫他带五百人作为先锋，一路上逢山开道，遇水叠桥。参将答应一声"得令"。又传守备上来，叫他也带五百人，作为接应。一个千总，一个把总，各带三百人，作为卫队。一干人都答应一声"得令"，拿了令箭站在一旁。

看官须知道：武营里的规矩，碰着开仗，顶多出个七成队，有时还只出得个三成队、四成队的，从没有出过十成队的。今番胡统领明知道地面上一个土匪都没有，乐是阔他一阔，出个十成队，叫人家看着热闹热闹。按下不提。他还不知道从那里找得一张地理图，画得极其工细，灯光之下，瞧了半天瞧不清楚，亏得小跟班递上老花眼镜来戴着，歪了头瞧了半天，按着周老爷的话，打甚么地方进兵，打甚么地方退兵，甚么地方可以安营扎寨，甚么地方可以埋伏，指手画脚的讲了一遍。参将、守备、千总、把总诺诺连声，嘴里都说"遵大人吩咐"。说时迟，那时快，岸上两个号筒手早已掌起号来，"出队，出队"的吹个不了。这些兵勇们打大旗的，扛洋枪的，扛刀叉的，这种刀叉名字叫作"南阳技业"。扛苗子[2]的，装着白蜡杆，足足有八尺多长。扛马刀的，马刀上都捆着红布。滚藤牌的，穿的老虎衣。一面灯球火把，照耀如同白昼，单等参将、守备、千总、把总下来，指明方向，他们就可分头进发。

这个时候，偏偏有个都司叫作柏铜士的，跄跄踉踉上来回道："刚才大人所说的进兵的地方，标下的船曾经摇过，厨子上去买菜，标下上去出恭，四面儿瞧过一瞧，一点动静都没有。"胡统领正在兴头上，突然被他阻住，不觉心中发火，大声喝道："我正在这里指授进兵的方略，胆敢摇唇鼓舌，煽惑军心！本该将你斩首，姑念用人之际，从宽发落。"一面喝："拖下去！跟我结实的打！"只见四个亲兵，如狼似虎，早把柏都司按下，举起军棍，一声吆喝，那军棍就从柏都司身上落下。看看打到二百，胡统领还不叫住手，棍子又来的结实，柏都司实实熬不得了。于是一众官员，自参将起，至外委止，一齐朝着胡统领跪下求情，舱里容不下，连着岸上跪的都是人。胡统领还拿腔做势，申饬了一大顿，方

命把柏都司放起，将众官斥退。

大队人马，都已分派齐全。又传下令来：“五更造饭，天明起马。”胡统领自己在后押住队伍，督率前进。所有的随员，除两位老夫子及黄同知留守大船外，周、文二位一概随同前去。吩咐已毕，其时已有四更多天，胡统领又急急的横在铺上呼了二十四筒鸦片烟，把瘾过足，又传早点心。这个空当里头，周老爷、文七爷一班人便也回到自己船上，料理一切。

且说本营参将奉了将令，点齐人马，正待起身，手下有个老将前来禀道：“统领叫大人打前敌，现在土匪一个影子都没有，到底去干甚么事呢？”一句话把参将提醒，意思想上船请统领的示；见了刚才柏都司挨打的情形，恐防又碰在统领气头上，讨个没趣：因此要去又不敢去。亏得这个老将聪明，便说：“统领跟前不好请示，好在几位随员老爷已经下来，大人何不到他们船上问一声儿？”参将正在没得主意，一闻此言大喜，立刻叫伴当拿了名片，赶到随员船上，因与文七爷相熟，指名拜文大老爷。文七爷见了名片，就说：“立时就要动身，那里还有工夫会客。”周老爷道：“你别管，姑且先叫他进来。你没工夫，等我陪他。”便命手下“快请”。参将进得舱中，朝着诸位一一打恭。归坐之后，周老爷劈口问他：“半夜惠顾，有何赐教？”参将凑近一步，将来意陈明：“请教统领大人是何用意？此地实实在在一个土匪没有，如今带了大兵前去，到底干吗呢？”

周老他听了这话，笑而不答。参将一定要请教。周老爷道：“此事须问统领方知，兄弟同老哥一样，大家都是奉令差遣，别事一概不知。”参将急了，细想这事一定要问文七爷。文七爷因为这几天一直没有好生睡觉，刚才从统领船上站班回来，意思想横在床上打个盹就起身，不料参将缠不清爽，一定要见他。他身无奈，只得起来相陪。参将便把他拉在一旁，同他细说，问他怎样办法可以不叫统领生气。文七爷的脾气一向是马马虎虎的，一句话便把他问住。周老爷见文七爷回答不出，忽然心生一计，仍旧自己出来同他讲，说这件事须问统领的跟班曹二爷才晓得。参将道：“那里去找他呢？”周公爷道：“容易。”立刻叫他自己管家：“到大人船上看曹二爷空不空，倘若无事，请他过来一趟。”

一霎曹二爷来了，站在船头上不肯进来。周老爷赶出去同他咕唧了一回，又转身进来同参将说，无非说他们这趟跟着统领出门，怎样吃苦，总想你老哥栽培他们的意思。参将一听明白，知道这事情非钱不应，立刻答应了一百银子；还说：“兄弟的缺是著名的苦缺，列位是知道的。这一点点不成个意思，不过请诸位吃杯茶罢。”周老爷又赶到船头上同曹二爷说，曹二爷嫌少，一定要五百。周老爷舱里舱外跑了好几趟，好容易讲明白三百银子：明天回来先付一百两，下余的二百，在大人动身之前一齐付清。又恐怕口说无凭，因为文七爷同他相好，周老爷一定要拉文七爷担保。文七爷见周老爷向参将要钱，心上已经不高兴，后来又见他跑出跑进，做出多少鬼串，愈觉瞧他不起。周老爷还不觉得，郑重其事的把统领的意思无非是虚张声势，将来可以开保的缘故，统通告诉了参将。参将到此，方才恍然大悟。立刻起身相辞，舍舟登岸，料理出队的事情。

说时迟，那时快，一霎时分拨停当，统领船上传令起身，便见参将身骑战马，督率大队，按照统领所指的地图，滔滔而去。等到大队人马都已动身，其时太阳已经落地，统领船上方传伺候。胡统领坐的仍旧是绿呢大轿，轿子跟前一把红伞，一斩齐十六名亲兵，掮着的雪亮的刀叉，左右护卫。再前头便是在船上替他拎马桶的那个二爷，戴着五品功牌，拖着蓝翎，腰里插着一枝令箭，骑在马上，好不威武。再前头，全是中军队伍，只见五颜六色的旗子，迎风招展，挖云镶边的号褂，映日争辉。亏得周老爷是打大营出身，文七爷是在旗，他二人都还能够骑马，不曾再坐县里的轿子。

自从动身之后，胡统领一直在轿子里打瞌铳，并没有别的事情。渐渐离城已远，偶然

走到一个村庄，他一定总要自己下轿踏勘一回，有无土匪踪迹。乡下人眼眶子浅，那里见过这种场面，胆大的藏在屋后头，等他们走过再出来，胆小的一见这些人马，早已吓得东跳西走，十室九空。起先走过几个村庄，胡统领因不见人的踪影，疑心他们都是土匪，大兵一到，一齐逃走，定要拿火烧他们的房子。这话才传出去，便有无数兵丁跳到人家屋里四处搜寻，有些孩子、女人都从床后头拖了出来。胡统领定要将他们正法。幸亏周老爷明白，连忙劝阻。胡统领吩咐带在轿子后头，回城审问口供再办。正在说话之间，前面庄子里头已经起了火了。不到一刻，前面先锋大队都得了信，一齐纵容兵丁搜掠抢劫起来，甚至洗灭村庄，奸淫妇女，无所不至。胡统领再要传令下去阻止他们，已经来不及了。当下统率大队走到乡下，东南西北，四乡八镇，整整兜了一个大圈子。胡统领因见没有一个人出来同他抵敌，自以为得了胜仗，奏凯班师。将到城门的时候，传令军士们一律摆齐队伍，鸣金击鼓，穿城而过。当他轿子离城还有十里路的光景，府、县俱已得了捷报，一概出城迎接。此时胡统领满脸精神，自以为曾九帅克复南京也不过同我一样。见了府、县各官，他老亦只得下轿，走到接官亭里，把自己战功叙述两句。本府意思想请统领大人到本府大堂，摆宴庆功。胡统领意思一定要回到船上，本府拗他不过，只得跟他又兜了一个大圈子，仍送他到城外下船。所有的队伍统通摆齐在岸滩上，足足摆了好几里路的远，统领轿子一到，一齐跪倒在地，呐喊作威。少停升炮作乐，把统领送到船上，下轿进舱。接连着文武大小官员，前来请安禀见。统领送客之后，一面过瘾，一面吩咐打电报给抚台：先把土匪猖獗情形，略述数语；后面便报一律肃清，好为将来开保地步。电报发过，他老的烟瘾亦已过足，先在岸滩上席棚底下摆设香案，自己当先穿着行装，率领随征将弁望阙叩头谢恩已毕，然后回船受贺。诸事停当，先传令："每棚兵丁赏羊一腔、猪一头、酒两坛、馒头一百个。"各兵丁由哨官带领着在岸上叩头谢赏。一面船上吩咐摆席，一切早由首县办差家人办理停当。一溜十二只"江山船"，整整摆了十二桌整饭，仍旧是统领坐船居中，随员及老夫子的船夹在两旁，余外全是首县办的。其时已有初更时分，船头上舱里头，点的灯烛辉煌，照耀如同白昼。"江山船"的窗户是可以挂起来的，十二只船统通可以望见，灯红酒绿，甚是好看。一声摆席，一个知府，一个参将，一齐换了吉服进舱，替统领定席。吹手船上吹打细乐。胡统领见各官进来，不免谦让了一回，口称："今日之事，我们仰托着朝廷洪福，得以成此大功，极应该脱略仪注，上下快乐一宵。况且这船又是兄弟的坐船，诸位是客，兄弟是主，只有兄弟敬诸位的酒，那有反劳诸位的道理。"知府道："今日是替大人庆功，理应大人首座，卑府们陪坐。"胡统领一定不肯。又要诸位宽章③，诸位只好遵命。于是又请了两位老夫子过来。原定五个人一席，胡统领又叫请周老爷，说一切调度都是他一人之功，一定要他坐首位。周老爷见本府在座，不敢僭越，仍旧坐了第五位。余下黄、文二位随员亦在隔壁船上坐定。一霎时十二只船都已坐满，不必细述。

单说当中一只船上，六个人刚刚坐定，胡统领已急不可耐，头一个开口就说："我们今日非往常可比，须大家尽兴一乐。"府里、营里只答应"是，是"。统领眼睛望好了赵不了，知道他年轻好玩，意思想要他开端，齐巧碰着他一肚皮的心事。他此刻身子虽然陪着东家吃酒，一心想到兰仙，又想到兰仙死的冤枉，心上好不凄惨，肚皮里寻思："倘若此时兰仙尚在，如今陪了东家一块吃酒，是走了明路的，何等快活，何等有趣！偏偏他又死了！"想到这里，不禁掉下泪来，又怕人看见，只好装作眼睛被灰迷住了，不住的把手去揉，幸而未被众人看破。当下胡统领张罗了半天，无人答腔，觉着很没意思。还亏周老爷聪明，看出苗头，暗地里把黄老夫子拉了一把，为他年纪大些，脸皮厚些，人家讲不出的话他都讲得出，所以要他先开口。他果然会意，正待发言，齐巧龙珠在中舱门口招呼伙计们上菜，黄老夫子便趁势说道："龙珠姑娘弹的一手好琵琶，钱塘江里没有比得过他的。"

胡统领道："不错，不错，你老夫子是爱听琵琶的。"黄老夫子道："好琵琶人人爱听。今天不比往常，极应该脱略形迹，烦龙珠姑娘多弹两套，替统领大人多消几杯酒。"胡统领道："今日是与民同乐。兄弟头一个破例，叫龙珠上来弹两套给诸位大人、师爷下酒。"龙珠巴不得一声，赶忙走过来坐下，跟手凤珠亦跟了进来。胡统领一定要在席人统通叫局。本府、参将各人叫了各人相好。周老爷仍旧叫了小把戏招弟，黄老夫子不叫局，胡统领倒也不勉强他一定要叫。末了临到赵不了，胡统领道："今天是先生放学生，准你开心一次，你叫那个？"赵不了回说："没有。"胡统领一定要他叫。他一定不叫。胡统领心上很怪他："背地里作乐，当面假撇清，这种不配抬举的，不该叫他上台盘。"心上如此想，面色就很不好看。那里晓得他一腔心事，满腹牢骚，他正在那里难过，那里还有心肠再叫别人呢。当下胡统领便不去睬他，忙着招呼隔壁船上文七爷等统通叫局。此时兰仙已死，玉仙无事，仍旧做他的生意，文七爷于是仍把他叫了来。赵不了隔着窗户看见了玉仙，想起他妹妹，他心上更是说不出的难过。一霎时局都叫齐，豁过了拳，龙珠便抱着琵琶，过来请示弹甚么调头。本府大人在行，说道："今天是统领大人得胜回来，应该弹两套吉利曲子。"众人齐说一声"是"。本府便点了一套"将军令"，一套"卸甲封王"。胡统领果然非常之喜。一霎时琵琶弹完，本府、参将一齐离座前来敬统领的酒，齐说："大人卸甲之后，指日就要高升，这杯喜酒是一定要吃的。"胡统领道："要喜大家喜，兄弟回来就要把今天出力的人员，禀请中丞结结实实保举一次，几位老兄忙了这许多天，都是应该得保的。"本府、参将听到此言，又一齐离位请安，谢大人的栽培。

这里只图说的高兴，不提防右首文七爷船上首县庄大老爷正在那里吃酒，看见大船上本府、参将一个个离座替统领把盏，庄大老爷也想讨好，便约会了在桌的几个人，正待过船敬统领的酒。一只脚才跨出舱门，忽见衙门里一个二爷，气吁吁的，跑的满头是汗，跨上跳板，告诉他主人说道："老爷不好了！"庄大老爷一听大惊，忙问："姨太太怎么样了？"那二爷道："不是姨太太的事。西北乡里来了多多少少的男人、女人，有的头已打破，浑身是血，还有女人扛了上来，要求老爷伸冤。"庄大老爷道："甚么事情，难道又被土匪打劫了不成？"二爷道："并不是土匪，是统领大人带下来的兵勇，也不知那一位老爷带的，把人家的人也杀了，东西也抢了，女人也强奸了，房子也烧完了，所以他们赶来告状。"庄大老爷一听这话，很觉为难。刚巧这两天姨太太已经达月，所以一见二爷赶来，还当是姨太太养孩了出了甚么岔了，后来听说不是，才把一条心放下。但是乡下来了这许多人，怎么发付？统领正在高兴头上，也不便去回。到底他是老州县，见多识广，早有成竹在胸，便问二爷道："究竟来了多少人？"二爷道："看上去好像有四五十个。"庄大老爷道："你先回去传我的话：他们的冤枉我统通知道，等我回过统领大人，一定替他们伸冤，叫他们不要罗唣。"

二爷去后，庄大老爷才同文七爷等跨到统领船上，挨排敬酒。胡统领还说了许多灌米汤的话。庄大老爷答应着，又谢过统领，仍回到隔壁船上，却把二爷来说的话，一句未向统领说起。等到席散，在席的官员一个个过来谢酒，千、把、外委们一齐站在船头上摆齐了请安，两位老夫子只作了一个揖。胡统领送罢各官，转回舱内，便见贴身曹二爷走上来，把乡下人来城告状的话说了一遍。胡统领道："怕他甚么！如果事情要紧，首县又不是木头，为甚么刚才台面上一声不言语？要你们大惊小怪！"曹二爷碰了钉子，不敢做声，趔趄着退了出去。此时周老爷已回本船，胡统领又叫人把他请了过来，告诉他刚才曹二爷的话。周老爷心中明白，听了着实担心，不敢言语。

胡统领又要同他商量开保案的事，谁是"寻常"，谁是"异常"，谁该"随折"，谁归"大案"，斟酌定了，好禀给中丞知道。当下周老爷自然谦让了一回，说道："这个恩出自

上，卑职何敢参预。”胡统领道：“你老哥自然是异常，一定要求中丞随折奏保存，这是不用说的了，其余的呢？”周老爷见统领如此器重，赶忙谢过栽培之恩，不便过于推辞，肚皮里略为想了一想，便保举了本府、参将、首县、黄丞、文令、赵管带、鲁帮带，统通是异常劳绩。胡统领看了别人的名字还可，独独提到文七爷，他心上总还有点不舒服，便说：“自己带来的人一概是异常，未免有招物议。我想文令年纪还轻，不大老练，等他得个寻常罢。本地文武没有出甚么大力，何必也要异常？”周老爷同文七爷交情本来不甚厚，听了统领的话，只答应了一声“是”。后来见统领又要把当地文武抹去，他便献策道：“大人明鉴：这件事情是瞒不过他们的。他们倒比不得文令可以随随便便，总求大人格外赏他们个体面，堵堵他们的嘴。这是卑职顾全大局的意思。”胡统领一听这话不错，便说：“老哥所见极是，兄弟照办。有这几个随折的，也尽够了。随折不比别的，似乎不宜过多。倘若我们开上去被中丞驳了下来，倒弄得没有意思，所以要斟酌尽善。”周老爷连忙答应几声“是”。又接着说道：“别人呢，卑职也不敢滥保，但是同来的两位老夫子，辛苦了一趟，齐巧碰着这个机会，也好趁便等他们弄个功名。这里头应该怎样，但凭大人作主，卑职也不敢妄言。此外还有大人跟前几个得力的管家，卑职问过他们，功牌、奖札，也统通得过的了。此番或者外委、千、把，求大人赏他们一个功名，也不枉大人提拔他们一番的盛意。”胡统领道：“老夫子呢，再谈。至于我这些当差的，就是有保举，也只好随着大案一块儿出去。兄弟现在要紧过瘾，就请老哥今天住在兄弟这边船上，替兄弟把应保人员，照刚才的话，先起一个稿，等明天我们再斟酌。”说完之后，龙珠便上前替统领烧烟。

周老爷退到中舱，取出笔砚，独自坐在灯下拟稿。一头写，一头肚里寻思，自己还有一个兄弟，一个内弟，兄弟已经捐有县丞底子，内弟连底子都没有，意思想趁这个挡口弄个保举，谅来统领一定答应的。只要他答应，虽说内弟没有功名，就是连忙去上兑，倒填年月，填张实收出来，也还容易。正在寻思，龙珠因见统领在烟铺上睡着了，便轻轻的走到中舱，看见周老爷正在那里写字呢，龙珠趁便倒了碗茶给他。周老爷一见龙珠，晓得他是统领心上人，连忙站起来说了声：“劳动姑娘，怎么当得起呢！”龙珠付之一笑，便问周老爷还不睡觉，在这里写甚么。周老爷便趁势自己摆阔，说道：“我写的是各位大人、老爷的功名，他们的功名都要在我手里经过。”龙珠便问：“为甚么要在你手里经过？”周老爷道：“今天统领到这里打土匪，他们这些官跟着一块出征打仗，现在土匪都杀完了，所以一齐要保举他们一下子。”龙珠道：“甚么叫土匪？”周老爷道：“同从前‘长毛’一样。”龙珠道：“我们在路上不是听见船上人说，并没有甚么‘长毛’吗？”周老爷道：“怎么没有，一齐藏在山洞子里，如果不去灭了他们，将来我们走后，一定就要出来杀人放火的。”龙珠听了，信以为真。又问道：“府大人、县里老爷不统通都是官吗？还要升到那里去？”周老爷道：“县里升府里，府里升道台，升了道台就同统领一样。”龙珠道：“刚才我听见你同大人说甚么曹二爷也要做官。他做甚么官？”周老爷道：“这些人也没有甚么大官给他们做，不过一家给他们一个副爷罢了。”龙珠道：“你不要看轻副爷，小虽小，到底是皇上家的官，势力是大的。我们在江头的时候，有天晚上，候潮门外的卢副爷上船来摆酒，一个钱不开销还罢了，又说是嫌菜不好，一定要拿片子拿我爸爸往城里送。后来我们一船的人都跪着向他磕头求情，又叫我妹妹凤珠陪了他两天，才算消了气：真正是做官的利害！”

周老爷道：“统领大人常常说凤珠还是个清的，照你的话，不是也有点靠不住吗？”龙珠道：“我们吃了这碗饭，老实说，那有甚么清的！我十五岁上跟着我娘到过上海一趟，人家都叫我清倌人。我肚里好笑。我想我们的清倌人也同你们老爷们一样。”周老爷听了诧异道：“怎么说我们做官的同你们清倌人一样？你也太糟蹋我们做官的了！”龙珠道：“周老爷不要动气，我的话还没有说完，你听我说：只因去年八月里，江山县钱大老爷在江头雇了我们的船，同了太太去上任。听说这钱大老爷在杭州等缺等了二十几年，穷的了不得，连甚么都当了，好容易才熬到去上任。他一共一个太太，两个少爷，倒有九个小姐。大少爷已经三十多岁，没有娶媳妇。从杭州动身的时候，一家门的行李不上五担，箱子都很轻的。到了今年八月里，预先写信叫我们的船上来接他回杭州。等到上船那一天，红皮衣箱一多就多了五十几只，别的还不算。上任的时候，太太戴的是镀金簪子，等到走，连奶小少爷的奶妈，一个个都是金耳坠子了，钱大老爷走的那一天，还有人送了他好几把万民伞，大家一齐说老爷是清官，不要钱，所以人家才肯送他这些东西，我肚皮里好笑：老爷不要钱，这些箱子是那里来的呢？来是甚么样子，走是甚么样子，能够瞒得过我吗？做官的人得了钱，自己还要说是清官，同我们吃了这碗饭，一定要说清倌人，岂不是一样的吗？周老爷，我是拿钱大老爷做个比方，不是说的你，你老人家千万不要动气！”周老爷听了他的话，气的一句话也说不出，倒反朝着他笑。歇了半天，才说得一句：“你比方的不错。”龙珠又问道：“周老爷，这些人的功名都要在你手里经过，我有一件事情拜托你。我想我吃了这碗饭，也不曾有甚么好处到我的爸爸。我想求求你老人家替我爸爸写个名字在里头，只想同曹二爷一样也就好了。将来我爸爸做了副爷，到了江头，城门上的卢副爷再到我们船上，我也不怕他了。”周老爷听了此言，不觉好笑，一回又皱皱眉头。龙珠又钉着问他：“到底行不行？”一定要周老爷答应。周老爷拿嘴朝着耳舱里努，意思想叫他同统领去说。龙珠尚未答话，只听得耳舱里胡统领一连咳嗽了几声，龙珠立刻赶着进去。

欲知后事如何，且听下回分解。

［注释］

①邻封：邻县。

②苗子：指长矛。

③宽章：宽大的衣服。

第十五回

老吏断狱着着争先　捕快查赃头头是道

话说龙珠走进耳舱，看见胡统领已醒，连忙倒了一碗茶。胡统领喝过之后，龙珠又拿了一支烟袋，坐在床沿上替他装烟。一面装烟，一面闲谈，就讲到保举一事。龙珠撒娇撒痴，一定要大人保他爸爸做副爷。胡统领恐怕人家说闲话，不肯答应，禁不住龙珠一再软求，统领弄得没法，便指引他叫他去求周老爷。龙珠道："周老爷不答应，才叫我来找你的。"胡统领道："刚才他不答应，包管你再去找他，他一定答应。"龙珠道："我不管，我见了周老爷，我只说是你叫我说的。"胡统领把脸一沉道："你别瞎闹！"说完这句，他老人家仍旧睡下。

龙珠恐怕耽误他爸爸的功名大事，仍旧走到外舱找周老爷，谁知这个档口，一个中舱人都挤满的了：有几个是船上的哨官、帮带，其余的便是统领的跟班、厨子，一齐在那里围着周老爷讲话。因为统领睡了觉，不敢高声，都凑上去同周老爷咬耳朵，只见周老爷有的点点头，有的摇摇头，也不知说些甚么。又见厨子给周老爷打千。等到这些人退去，船头上又站了不少的人。周老爷摇手，叫他们不要进来，怕惊了统领的驾。他们虽然不敢进来，却是不肯散去。周老爷叫把舱门关上，龙珠方又上来求他。周老爷也懂得这里头的机关，乐得在统领面上讨好，便应允了。等到稿子拟好，天已大亮了。船上的乌龟格外巴结，特地熬了一锅稀饭，备了四碟小菜，请他到后梢头去吃。龙珠又到前舱里，听了听统领正在好睡的时候，便回来同周老爷说道："大人一时还不会醒。周老爷你整整辛苦了两天两夜，就在这船上歇歇，打个盹罢。"周老爷道："我真的熬不住了！"说完此句，果然就在船老板床上躺下了。龙珠替他拿被盖好。老板说是天冷得很，自己又从柜子里取出一条毯子，给他盖上。周老爷连忙客气，还说："你如今保举了官了，我们就是同寅了，怎么好劳动你呢？"老板道："老爷说那里话来！小人不是托着你老人家的福，那里来的官做呢。"周老爷到底辛苦了两天两夜，实在撑不住，一上床就朦胧睡去。等到一觉困醒，已经是一点钟了。赶紧起身，洗了一把脸，就拿拟的稿子送给胡统领瞧。胡统领正躺在被窝里过瘾，一手接过稿子，一面嘴里说："费心得很！"等到过足了瘾，打开稿子一看，头一张便是办剿土匪，一律肃清的详细禀稿；连着禀请随折奏保的几个衔名；其余的只开了几张横单，等到善后办好再禀上去，此时不过先把大概应保人员斟酌出一个底子，以便随后增添。胡统领看过无话，便命先将禀帖缮发，又叫把周老爷的名字摆在头一个。周老爷答应着，出来照办不题。

且说建德县知县庄大老爷自在统领船上赴宴之后，辞别进城。一到衙前，果见人头拥挤。刚才进得大门，便有无数乡民跪在轿旁，叩求伸冤。庄大老爷一见这个样子，立刻下轿，亲自去搀扶为首的两个耆民。不等他们开口，自己先说："这些兵勇实在可恶得很！我已经禀过统领，一定要正法几个，把人头号令在你们庄子上，才好替你们出这口气。"庄大老爷一头走，一头说，走到大堂，随即坐下。此时通班衙役两旁站齐，大堂上灯笼火把照耀如同白昼。庄大老爷坐定之后，告状的一班乡民，把个大堂跪的实实足足。庄大老爷皱着眉头，哭丧着脸，向底下说道："我想你们这些百姓真可怜呀！本县是一县的父母，你们都是本县的子民：天下做儿子的受了人家欺负，那做父母的心上焉有不痛之理！今日之事，不要说你们来到这里哀求我替你们伸冤，就是你们不来，本县亦是一定要办人的。"庄大老爷的话还未说完，堂下跪的一班人一齐都叫："青天大老爷，真正是小人们的父母！晓得众子民的苦处！你老吩咐的话，都是众子民心上的话，真正是青天老爷！也不用小人们再说别的了。"庄大老爷听到这里，晓得这事容易了结，便说："你们先下去商量商量，谁人被杀，谁家被抢，谁家妇女被人强奸，谁家房子被火烧掉，细细的补个状子上来。明日一早，本县好据你们的状子到船上问统领要人，立刻正法，当面办给你们看。"众乡民又一齐叩头谢大老爷的恩典，一齐下来，歌功颂德不置。庄大老爷退堂之后，不做别的，立刻拟就一道招告的告示，连夜写好发贴。告示上写的是：

统领军令森严。此番带兵剿办土匪，原为除暴安良起见。深恐不法勇丁，骚扰百姓，所以面谕本县：倘有前项情事，证据确凿，准其到县指控。审明之后，即以军法从事，决不宽贷。

各等语。等到告示发出，庄大老爷方才回到上房打了一个盹。次日一早，先上府禀明此事。府大人听了甚是踌躇，想了一回，叫他先到城外面回统领。其时统领正在好睡的时候，管家又不敢喊他。庄大老爷在官厅里，一直等到一点半钟，肚里饿的难过，意思想转回衙门，吃过饭再来。偏偏又有人来说，统领已经睡醒，只好等着传见。一等等到两点多钟，船上传话下来，吩咐说"请"。庄大老爷上船见了统领，先行礼谢过昨天的酒，然后归坐，慢慢的谈到公事。庄大老爷便把昨天晚上的事，禀陈了一遍，又说："昨天晚上卑职在船上，就得到这个信息，恐怕不确，所以没有敢回。"胡统领一听他言，方想起昨日家人曹升来说的话并不是假，心上甚不快活，半天没有言语。庄大老爷见统领为难，乐得趁势卖好，便说："这件事情卑职已有办法，包管乡下人告不出。大人这里也不用办一个人，自然可以无事。"胡统领忙问："有何办法？"庄大老爷便如此如此，这般这般，说了一遍。起先统领只是拉长着耳朵听他讲话，后来渐渐的面有喜色，临到末了，不禁大笑起来，连说："甚好，甚好！老哥如此费心，兄弟感激得很！"说完之后，又告诉他："老哥的衔名已经禀请中丞随折奏奖。"庄大老爷立刻又请安谢过保举，然后辞别。

坐轿回到衙中，传齐二班[1]衙役，立刻就要升堂理事。又叫人知会城守营，摆齐队伍，前来助威。诸事停当，然后庄大老爷升坐公案，把一干人提到案前审问。庄大老爷一见这班人，仍旧做出一副愁眉苦脸的情形，对这些人说道："本县想这些兵勇真正可恶！一定今天要正法两个，好替你们伸冤。所有被害的人家，本县已经禀明统领，一概捐廉从丰抚恤。你们的状纸想都已写好的了，先拿来我看，好拿钱分给你们。"众人一听，又有钱给他们，又替他们伸冤，真正是个青天大老爷，又连连磕头称颂不迭。于是齐把那状子呈上。庄大老爷看过之后，便吩咐左右道："照这状子上，赵大房子烧掉，又打死一个小工，顶顶吃亏，应该抚恤银五十两。"立刻堂上发下一锭大元宝。赵大拿着欢喜，众人望着眼热。下余钱二、孙三、李四、周五、吴六、郑七、王八，也有三四十两的，也有十两、八两的。

庄大老爷见几个顶吃亏的都已敷衍完毕，便指着一个人说道："你说你的老婆、女儿被人强奸，这件事情顶大，审问明白，立刻当面拿人杀给你看。但是一样：这事情人命关天，究竟那一个强奸你的老婆，那一个强奸你的女儿，你须认明，不可乱指。你老婆、女儿带来了没有？"这人道"昨天就同了来的。"庄大老爷道："很好。你老婆不用说，等到把你女儿验过，我就立刻办人。"那人听了无话，庄大老爷道："从来打官司顶要紧的是证见，有了证见，就可办人。你们的状子已在这里，谁是证见，快去想来。不但这个须得证

见，赵大的小工被兵打死，究竟是谁的凶手，亦要查个明白；房子被烧，亦得有人放火。你们快快查出人头，我老爷立刻等着办呢。”众人听了，面面相觑，一句对答不上。老爷便说：“你们暂且下去，想想再来，或者一时忘记也论不定。”众人退下，七嘴八舌，议了半天，毕竟未曾说出一个人来。那个女儿被人家强奸的，听说要验，尤其不肯。因此闹了半天，竟不能重新上堂禀复。

且说庄大老爷所拟的招告告示贴出之后，四乡八镇得了这个风声，那些被害人家谁不想来告状，半日之间，衙前聚了好几百人，为首的还是两个武秀才，闹哄哄的一齐要见本官。庄大老爷得信之后，知道人多难以理喻，便吩咐开了中门，请这两位武秀才内庭相见。起先这两个武秀才仗着人多，都是雄赳赳，气昂昂，好像有万夫不当之勇，及至听到一声“请”，又见本府衣冠迎接出来，大堂两边，自外至内，重重叠叠，站立着无数营兵、衙役，到了此时，不觉威风矮了一半。众人见他两位尚且如此，大家也无甚说得。跟了进来，一齐站在大堂院子里，不敢多说一句话。庄大老爷把两个武秀才迎了进去。他两个见了父母官，不敢不下跪磕头，起来又作了一个揖。庄大老爷奉他两位炕上一边一个坐下，茶房又奉上茶来，弄得他二人坐立不安，手足无措，不知如何是好，想要说话，不知从那里说起。那个坐首座的，不觉索索的抖了起来。庄大老爷不等他开口，依旧做出他那副老手段来，咬牙切齿，骂这些兵丁伤天害理，又咳声叹气，替百姓呼冤。两个武秀才听了，直觉他俩心上要说的话，都被大老爷替他们说了出来，除掉诺诺称是之外，更无一句可以说得。庄大老爷立刻逼着：“快快出去查明受害的百姓，赶紧指出真凶实犯，本县立刻就要办人！”两个武秀才坐在上面实在难过，巴不得一声，马上辞别下来。庄大老爷仍旧送到二门。他俩会到众人，正在商议办法；又会见刚才过堂下来的一班人，彼此见面，提及前事，亦因不能指出人名，不能回复。正在为难的时候，里头知县又挂出一扇牌来。众人拥上去看，无非又是催促他们赶紧查齐人证，以便从严惩办的一派话语。众人看了，真正满肚皮冤枉，却是寻不着对头。而且人命关天，非同儿戏；倘若冤枉了人，做了鬼要来讨命，那却更不是玩的，因此又议了半天，仍旧是一无头绪。

一霎时又听得里面传呼伺候老爷升坐，要提先来的一帮人审问。众人无奈，只得仍到堂上跪下。庄大老爷便换了一副严厉之色，催问他们：“查出人头没有？有无证见？”众人你看看我，我看看你，仍然是无辞以对。庄大老爷便发话道：“本县爱民如子，有意要替你们伸冤，怎么倒来欺瞒本县？这还了得！现在你们的状子都在本县手里，已经禀过统领。统领问本县要证见，本县就得问你们要人。你们还不出人来，非但退回刚才发给你们的抚恤银子，还要办你们反告的罪。你们想想：杀人放火，强奸妇女，是个甚么罪名！你们有几个脑袋？已经有冤没处伸，如今还经得起再添这们一个罪名吗？本县看你们实在可怜得很，怎么不弄明白就来告状？”众人一齐磕头，没有话说。庄大老爷只是逼着他们快说，叫他们赶紧指出人头，无奈众人只是说不出。庄大老爷发狠道：“你们到底怎样？若照这个样子，叫本县怎么回复统领呢！现在只有一条路，要你们指出人头，立时三刻正法；除了这一条，就得办你们诬告。”众人听得如此说，一齐跪在地下求饶。庄大老爷见他们害怕，越发得计。一回说，要解他们到统领船上去，一回又说，既然没有凭据，刚才的银子都不该领，要他们一齐退出来。众人不肯，只是哭哭啼啼的在地下磕头。庄大老爷道：“我想你们这些人，可怜呢果然可怜，然而又可恨之极！既要伸冤，为甚么不指出真凶实犯，等我办给你看？现在弄得有冤没处伸，还落一个诬告的罪名！幸而本县晓得你们的苦处，若是换了别人，你们今天闯的这个乱子可不小！现在你们想怎么样？说了出来，本县替你作主。”众人道：“小的们还有甚么说得！小的是大老爷的子民，只要大老爷痛顾小的们一点，就是小人们重生父母了。”庄大老爷听了，也不言语，皱了一回眉头，方说道：

"这事叫我也为难。现在放你们容易，但是统领跟前我要为你们受不是的。"众人只是磕头无话。

庄大老爷又问："房子烧掉，小工杀掉，东西抢掉，可是真的？"众人道："是真。"又问："强奸妇女可是真的？"那个老婆、女儿被兵强奸的人，只是淌眼泪，不敢回答。庄大老爷道："现在我只有一个法子，给你们开一条生路，非但不办反告的罪，还可以安安稳稳得几两抚恤银子。"众人一听大老爷如此开恩，又一齐磕头。庄大老爷道："这些事情本县知道全是兵勇做的，但是没有凭据怎么可以办人？现在要替你们开脱罪名，除非把这些事情一齐推在土匪身上，你们一家换一张呈子，只说如何受土匪糟蹋，来求本县替你们伸冤的话。再各人具一张领纸，写明领到本县抚恤银子若干两，本县就拿着你们这个到统领跟前替你们求情。倘若求得下来，是你们的造化，求不不来，亦是没法的事。"众人说："大老爷替我们去求统领大人，是没有不准的。"庄大老爷道："那亦看罢了。但是一桩：你们遭了土匪的害，统领替你们打平了土匪，你们做百姓的也总得有点道理。"众人还当是统领要钱，一齐哭着说道："小人们遭了土匪，一家家家破人亡，那里还有钱孝敬统领大人！求大老爷开恩！"庄大老爷道："统领大人那里稀罕你们的钱！临走的时候孝敬几把万民伞，不就结了吗？一个人能出几文钱？"众人听了，又一齐叩头，谢过大老爷的恩典，下去改换呈子，并补领状。

头一帮人发落已毕，再发落后头一帮人。后头一帮人也是没有真凭实据的，看见前头的样子早已胆寒。庄大老爷本来也想当堂发落的，因见人多，恐怕滋事，仍旧退堂，叫人把两位为首的武秀才叫了进来；又叫这两个秀才转邀了十几个耆民，一齐到大厅相见。两个秀才见过官的了，几个耆民见了官都瑟瑟的抖。庄大老爷安慰他们，让他们坐了讲话。当下先对两个秀才说道："今天简直把本县气死！可恨这些人，既要伸冤，又指不出真凭实据。不问张三、李四，你想本县能够乱杀人吗？就是本县肯帮着他们，替他伸冤，怕上头也不答应，非但不答应，一定还要本县拿人，办他们的诬告。你说冤不冤！本县实在可怜他们，所以才替他们想出一个法子，非但不办罪，而且每人反可落几两抚恤银子。我亦总算对得住你们建德的百姓了。"两个秀才齐道："蒙老父台这样，真正是爱民如子。"众耆民亦不住的称颂青天大老爷。

庄大老爷方才言归正传，问两个秀才道："你二位身入黉门，是懂得皇上家法度的。今番来到这里，一定拿到了真凶实犯，非但替你们乡邻伸冤，还可替本县出出这口气。"两个秀才涨红了面，一句回答不出，坐在那里着实局促不安。庄大老爷又向几个耆民说道："你们几位都是上了岁数的人，俗语说道，'嘴上无毛，办事不牢'，像你诸位一定是靠得住，不会冤枉人的了？"岂知几个耆民，在乡下时，虽然众人见了他们惟命是听，及至他们见了官，亦变成了没嘴葫芦。庄大老爷说一句，他们答应一句。及至问他究竟，依然是面面相觑，默无声息。庄大老爷诧异道："怎么诸位一声不响呢？本县是个性急的人，只要诸位说出人头，本县恨不得立时立刻办人。"众人依然无语。庄大老爷故意踌躇了半天，又问了好几遍，见他们始终不说，庄大老爷才把脸一板道："这是甚么事情，也可以闹着玩的？他人犹可，你二位是有功名的人，诬告一个罪、硬出头一个罪、聚众一个罪、吵闹衙门一个罪。知法犯法，这还了得！"两个秀才听到这里，早已吓死了，连忙拍落托跪在地下："求老父台高抬贵手！武生们是不识字的，不懂得道理。此番回去，一定安分用功；倘有不好事情传在老父台耳朵里，两桩罪一块儿办。"说着，又迭连绷冬绷冬的磕响头，连着几个耆民也都跪下了，齐说："情愿叫来的人都回去，求大老爷别动气！"

庄大老爷看了，肚皮里着实好笑，却忍住不笑，忙用手扶起两个秀才，叫众人一齐归坐。又拿腔做势，扳谈了好半天，准把几个耆民开释无事；两位秀才暂时留在城里，听候统领的示下，众人感激不尽，却把两个秀才活活吓死！庄大老爷又会卖好，向众人说道：“你们出去先传谕众百姓，叫他们各自回家。不日本县亲自下乡踏勘，果然受了糟蹋，还要抚恤他们。”众人听了越发感激。两个秀才却吓的面色都发了白了，不觉又一同跪下叩头求饶。庄大老爷只是头朝上仰着天，一手拈着胡须，慢慢的说道：“诬告大事，本县担不起这个沉重。”众人见大老爷如此说法，以为这事不妙，连忙又一齐跪下，磕头如捣蒜一般。庄大老爷道：“你们众位是无知愚民，情有可恕，他二人身入黉门，那有不知王法的道理。本县并不难为于他，把他送到学里，交待老师，且等本县见过学宪[2]再作道理。”两个秀才一听要禀学宪，更吓得魄散魂飞，恐斥革功名，失了饭碗，因此更哀求不已，众人又再四环求。庄大老爷一想，架子已经摆足，乐得顺水推船，便对几个耆民道：“百姓的苦处，本县一概知道，早晚自有抚恤。他们做秀才的人，亟应谨守卧碑[3]，安分守己，现在事不干己，胆敢硬来出头。他在本县面前尚且如此，若在乡下，更不知如何鱼肉小民了。所以本县也要留他在这里，访问访问平时有无劣迹再办。现在既然是你们一再替他求情，本县就给你们个面子，暂时交你们带去。以后本县要人，必须随时交到，倘若不交，惟你们是问。但不知你们可能替他做个保人不能？”众人齐说：“愿代具保。”庄大老爷听了无话。两个秀才同了众人又一齐谢过，方才起来。

代书早已伺候现成，立刻就在厢房里把保状先写好。又补了两个公呈：一个是禀告土匪作乱，环求请兵剿捕；一个是感颂统领督兵剿匪，除暴安良，带述百姓们的苦处，顺便禀求赈抚的话头。起先几个乡下人还不肯如此写，齐说：“我们大老爷是好的，很体恤我们子民。统领的兵一个个无法无天，我们的苦头也吃够了，实在说不出一个‘好’字。”庄大老爷又私底下叫人开导他们道：“你们众人呈子上不把统领恭维好，这抚恤银子他如何肯发？你们既然没有凭据，伸不出冤，何如每人先拿他几个现的呢？你不如此写，老爷到统领跟前也不好替你们说话。若把老爷弄毛了，他一动气，要顶真办起来，你们吃得住吗？”众人听了方才无话，只得忍气吞声，由着代书写了出来，又一个个打了手印，然后送庄大老爷过目。庄大老爷见两帮人俱已无话，然后一并释放他们回去。

一天大事，瓦解冰销，心上好不自在，立刻袖了禀词、结状，出城来见统领。统领问知端的，不胜感激，便说：“应该赈抚多少银子，老兄只管禀请，兄弟立刻核放。这个将来可以报销的。”当时就留他吃饭。一头吃着饭，问他：“到任有几年了？”庄大老爷回称：“两年多了。”又问：“老兄做了这许多年实缺，总该应多两个？”庄大老爷回道：“卑职前头的空子太大了，人口又多，虽然蒙上宪栽培，做了二十三年实缺，非但不能剩钱，而且还有三万多银子的亏空。不过有个缺照在那里，拖得动罢了。”胡统领道：“做了二十三年实缺尚且不能剩钱，这就难了！”庄大老爷道：“有些钱卑职又不肯要，所以有几个缺，人家好赚一万的，到了卑职手里只好打个七折。而且卑职应酬又大，有些事情，该垫的，该化的，卑职多先垫的垫了，化的化了，将来人家还不还，一概置之脑后，所以空子就越弄越大了。”胡统领道：“我这回事极承老哥费心，断不好再叫你垫钱，总共发了多少抚恤银子，你尽管到我这里来领。倘你若要用，或者多支一万、八千都使得，将来总是这一笔报销罢了。”庄大老爷道：“蒙大人体恤，卑职感激得很！抚恤乡下人不过三两吊银子，卑职情愿报效。至于大人这里，卑职已经受恩深重，额外的赏赐断不敢领。既蒙大人栽培，卑职自己年纪已不小了，也不能做甚么事情，卑职有两个儿子，一个兄弟，一个女婿，将来大案里头倘蒙大人赏个保举，叫他们小孩子们日后有个进身，总是大人所赐。”说毕，请了一个安。胡统领一面还礼，一面说道：“这事容易得很，立刻叫他开履历。”庄大老爷回称：“明天开好再呈上来。”

列位看官须知：胡统领身为统兵大员，不能约束兵丁，以致骚害百姓，倘被百姓告发，他的罪名可就不小。现在被庄大老爷施了小小手段，乡下人非但不来告状，不求伸冤，而且还要称颂统领的好处，具了甘结，从此冤沉海底，铁案如山，就使包老爷复生，亦翻不过。这便是老州县作用，胡统领怎么能够不感激！在他的意思，原想借着抚恤为名，叫庄大老爷多支一万、八千，横竖是皇上家的国帑，用了不心疼的，乐得借此补报庄大老爷的情。谁知庄大老爷这笔款项情愿报效，只代子弟们求几个保举，更是惠而不费之事。将来造起报效来，还可同庄大老爷说通，叫他出张印领，仍可任意开支，收入自己私囊，所以愈觉欢喜，立时满口答应。又问他如要随折，一个名字尚可安放。庄大老爷重新请安谢过。想想两个儿子，二少爷是姨太太养的，未免心上偏爱些。今年虽只有十二岁，幸亏捐官的时候多报了几年年纪，细算起来，照官照上已有十七岁了，当下便把他保了上去。统领应允，又说了些别的闲话，方才辞别回城。

刚刚走进衙门下轿，只见门上拿着帖子来回，说是："船上鲁总爷派了两个兵押着一个伴当到此，请老爷审办，说是伴当做贼，偷了总爷二十块洋钱。"庄大老爷道："我今天忙了一天，那里还有工夫管这些小事情。但是鲁总爷的面子，又不好回头他，且收下押起来再讲。"二爷答应了一声"是"，出来吩咐过，拿一张回片交给来人。因为送来的人是要当贼办的，所以就交代给捕快看管。

原来鲁总爷这个伴当姓王名长贵，是淮安府山阳县人，同鲁总爷还沾点亲。总爷做了炮船上的帮带，照应亲戚，就把他提拔做了伴当，吃了一份口粮。只因这王长贵生性好赌，在炮船上空闲下来就同水手、兵丁们耍钱。无奈他赌运不佳，输的当光卖绝，只剩得一条裤子，一件长衫没有进当。现在十月天气，在河底下北风吹着，冻得索索的抖，他还是不改脾气，依然见了赌就没有命。他总爷虽是当了帮带，究竟进项有限，手底下不甚宽余。自从到了严州以后，忽然阔绰起来，腰包里时常叮铃当啷的洋钱声响，今天买这个，明天买那个。有天晚上，还要偷到"江山船"上摆台把整饭，请请朋友。王长贵就疑心他："怎么到了严州，忽然就有了钱了？"留心观看，才见他时常在随身一只小衣箱里头去拿洋钱。合当有事：一天总爷不在船上，王长贵同水手们推牌九，又赌输了钱。人家逼着他讨，他一时拿不出，很被赢他的人糟蹋了两句。他不肯失这一口气，便趁众人上岸玩耍的时候，他托名肚子疼，不能上岸，情愿睡在舱里看船，让别人出去玩耍。别人自然愿意。他等人去之后，便悄悄的想法把锁开了，又怕被人看见，胡乱用手摸了半天，摸到这封洋钱，顺手往怀里一揣，连忙把锁锁好。等到众人回来，忙将赌账两元二角还清。船的人都是粗人，只要欠账还清，谁还问他这钱是那里来的。然而他自己心上明白："停刻总爷回来，查了出来，岂不要问？"想了半天："横竖身边还有十七块多钱，不如请个假回省住上两天，就是将来查出来，也不至于疑心到我身上了。只要探听将来没甚话说，我过了两天仍旧好来。"主意打定，等了一会，总爷回船，他便上来告假，说是他娘病在杭州，想要连夜搭船回省探母，总爷应允。好在他无甚行李，身上除掉几张当票之外，便是方才新偷的十七块多钱，所以走的甚是爽快。这种人军营里是看惯了的，自来自去，随随便便，倒也并不在意。却不凑巧，这天晚上鲁总爷又有甚么用头，开开箱子拿洋钱，找不着这二十块钱的一封，登时发了毛暴，满船的搜查起来，搜了一回没有，才想到王长贵身上，马上派了人四下里去寻，寻了半天，居然在一爿烟馆里寻着，还没有动身呢。当下簇拥到船上，谁料一搜便已搜着，恨得鲁总爷了不得，伸手打了他五六个嘴巴，立时立刻派人送到庄大老爷那里请办，所以才会到衙门里来的。

当下捕快拿他一带带到下处。从来贼见捕快，犹如老鼠见猫一般，捕快问他，不敢不说实话，先把怎样输钱，怎么偷钱，自始至终说了一遍。虽说他是总爷的伴当，到了此时竟其不徇情面，捕快头儿却是拿他当贼看待。一到下处，便喝令叫他自己脱去衣服。幸亏

没有甚么穿着，脱去长衫，只剩得一衫一裤。捕快又叫他除去帽子，脱去鞋袜，不提防豁琅一响，有两块几角钱落地。捕快看了奇怪，连说："怎么你身上还有洋钱？……"王长贵道："头儿明鉴。"捕快伸手一个巴掌，骂道："谁是你的头儿？头儿是你乱叫得的？"王长贵立刻改口，称他老爷，方才无话。捕快问道："你偷总爷的钱不是已经被他搜了去吗？怎么你身边还有？这是那里偷来的？"王长贵道："这亦是总爷的洋钱。"捕快道："你到底偷了他多少？"王长贵道："一共拿他二十块钱，还了两块二角钱的赌账，下余十七块八角。我告假之后，到了烟馆里数了数，把十五块包了一包，揣在腰里，这两块八角，正想付过烟账，上街买一件棉马褂，想不到他们众人就找了来，把我一找，找到船上，我这两块多钱还捏在手里。我一见总老爷脸色不对，就顺手往袜子筒里一放，所以没有被他们搜去。不瞒老爷说：总爷还是我的姑表哥哥哩。他的钱我就用他两个，大家亲戚，也不好说我是贼。他忘记他从前穷的时候了，空在省里，一点事情没有，东也借钱，西也借当，我妈的褂子也被他当了，至今没有赎出来。如今做了总爷，算他运气好，就这一趟差使就弄了不少的钱。有福同享，有难同当，我用他这两文，要拿咱当贼办，真正岂有此理！"

捕快听到这里，忽然意有所触，便说："你们总爷是几时得的差使？"王长贵道："是今年五月里才得的。"捕快道："他这差使一年有多少钱？你一个月赚几块钱？"王长贵道："我只吃一份口粮，那里会有多少钱。就是我们总爷也是寅吃卯粮，先缺后空。太平的时候，听说还过得去，现在有了军务，就是要赚也就有限了。"捕快道："他的差使既然不好，那里还有钱供你偷呢？"王长贵道："就是这个奇怪。没有来的时候，一直闹着说差使不好，一到这里，他老就阔起来了。而且他的钱是在下乡巡哨的前头有的，如果在下乡的后头，一定要说他是打劫来的了。"捕快一面听他讲，便把那两块大洋钱重新取出来一看，无奈图章已经糊涂，不能辨认，就问："你那两块二角钱是输给那一个的？"王长贵道："输给本船上拿舵的老大，姓徐名字叫得胜，是他赢的。"

捕快听说，心上已经了了，便把王长贵交代伙计看管，自己走进衙门，找到稿案上二爷，托他去回本官，先把王长贵的话，一五一十，述了一遍；自己方说，"据小的看起来，上回文大老爷少的那一注洋钱，虽说是死的婊子偷的，后来蒙大老爷恩典，并不追比[4]。但是死的婊子床上只翻出来五十块，那死的婊子还说是那位师爷托他买东西的，小的不相信，就把他锁了来。现在婊子死了，没有对证。但是文大老爷一共失窃一百五十块钱，还有别的东西。纵然有了五十，到底还有一百，连别的东西没有下落。虽说大老爷不向小的们要贼要赃，小的当的甚么差使，有得破案，总得破案。今番船上总爷送来的那个贼，已由小的仔细问过，据他说，他总爷这个钱来路很不明白。如今这人身上还藏着两块几角钱，可惜图章不大清楚，辨认不出。小的想求大老爷把鲁总爷在这贼身上搜出来的十五块钱要了来查对查对。这贼还有两元二角钱输给本船掌舵的徐得胜，小的意思，亦想求大老爷拿片子把这徐得胜要了来，看看图书对不对。小的是如此想，求大老爷明鉴。"

庄大老爷道："上回的事，我不来比你们就是了。现在鲁总爷为着他伴当作贼，送到我这里来托我办，轻则打两板子开释，重则押上几个月，递解回籍，前头的事还去翻腾他做甚么！"捕快道："小的当的甚么差使，总得弄弄明白。就是查了出来，顾了总爷的面子，不去说穿就是了。"说来说去，庄大老爷只答应拿片子要徐得胜到案质讯，不再去追问别的。等到把人传到，捕快先问他："王某人还你的那两块洋钱尚在身边不在？"谁料徐得胜恐怕老爷办他赌钱，不敢说实话。禁不住捕快连吓带骗，好容易说了出来，还说："洋钱已经化去一半了，只有一块在身边。"捕快记得前头鼎记的图书，叫他取了出来一看，果然不错。捕快非常之喜，立刻就托二爷上去禀知庄大老爷。庄大老爷道："这件案子早已结好的了，他又不是死的婊子甚么亲人，要他来翻甚么案！"

捕快讨了没趣下来，心上闷闷。回家吃了几杯烧酒，心上寻思：“出了窃案，一准要问我们当捕快的；捉不着人，我们屁股赔在里头遭殃。现在是戴顶子的老爷也入了我们的行了。不料我们大老爷先护在里头，连问也不叫我问一声儿，可见他们官官相护，这才是‘只准州官放火，不许百姓点灯’，古人说的话是再不得错的。我倒有点不相信，一定要问个明白。”想罢，换了一身衣服，回到衙门，从门房里偷到一张本官的片子，把他自己荐到鲁总爷船上，就说是本官听见船上少了一个伴当，恐怕缺人使唤，所以把他荐了来，总爷是断乎不会疑心的。“只要他肯收留，将来总有法子好想。现在洋钱上的图章已对，看上去已十有八九。但是鼎记图章并非文大老爷一个人独有的，必须拿到别的东西方能作准。”主意打定，立刻瞒了本官，依计而行。走到船上，见了总爷，说明来意。鲁总爷因为是庄大老爷的面子，不好回头，暂时留用。当差异常敏捷，总爷甚是喜他，他还不时抽空回到城里，承值他公事。

过了两天，庄大老爷过堂，顺便提王长贵到堂，打了二百板子，递解回籍。那个掌舵的本来无事，捕快说他“擅受贼赃，而且在船赌博，决非安分之人。纵不责打，不如一并递解回籍，免得在外滋事。”庄大老爷听了他话，照样判断，回复了鲁总爷。虽然多办一个人，他却并不在意。捕快的意思，是恐怕这掌舵的回到船上，识破他的机关，所以加了他一个小小罪名，将他赶去，这都是老公事的作用。

要知以后如何，且听下回分解。

［注释］

①三班：清代指州、县官署里的皂、壮、快三班，分别担负内勤、捕盗、警卫之责。

②学宪：又称“学政”，主管古代教育科举。

③卧碑：清代在各地学官的明伦堂旁立碑，上面刻有皇帝对秀才的戒条八项，不许秀才谈论国事，批评时政，叫作卧碑。

④追比：官府限令下层的人民，在规定的期限内完成某项工作，如果不能完成，就打板子以示警戒，每超过期限，就传来打一顿，这叫作追比。

第十六回

瞒贼赃知县吃情　驳保案同寅报怨

却说建德县捕快头儿，自从荐在船上充当一名伴当，又自己改了名字，叫作高升。从来做官的人没有不巴结升官的，所以他就取了这个名字。果然合了鲁总爷之意，甚是欢喜。但是胡统领虽然平定了土匪，仍旧驻扎此地，办理善后事宜，究竟没有甚么大事情，多则一月，少则半月，只等上头公事下来叫他回省，他就得动身。鲁总爷自然也跟了同去。高升是新来的人，纵然办事勤能，主人欢喜，然未必就肯以心腹相待。捕快职司拿贼，乃是自己分内之事，在这几天里头如何就能破案。心内好不踌躇！却喜这鲁老爷是粗卤一流，并有个脾气，是最喜欢戴炭篓子，只要人家拿他一派臭恭维，就是牛头不对马嘴，他亦快乐。高升是何等样人，上船一天，就被他看出苗头，因此就拿个主人一顶顶到天上去：主人想喝茶，只要把舌头舐两舐嘴唇皮，他的茶已经倒上来了；主人想吃烟，只要打两个呵欠，他已经点了灯，并打好两袋烟，装好伺候下了。诸如此类，总不要主人说话，他都样样想到，样样做到。试问这种当差的，主人怎么不欢喜呢？

一等等了三天。这天晚上，高升正在舱内替总爷打烟。总爷同他闲谈，问起："庄大老爷衙门里有多少人？你从前跟谁的？他怎么拿你荐给我呢？"高升见问，即景生情，便一一答道："庄大老爷的人口，叫多不多：一个二老爷管理账房，是顶有钱的。两个少爷，大的是太太养的，小的是姨太太养的。一个小姐，是前头大太太养的，去年出的阁；姑爷就招在衙门里，小的本来是伺候二老爷的；因为同姨太太的老妈拌了嘴，姨太太在老爷跟前说了话，因此老爷不叫二老爷用小的。小的伺候二老爷已经六七年了，并没有一点错处，二老爷心上过不去，所以同老爷说了，荐小的来伺候总爷的。"鲁总爷道："用熟了一个人，走掉了是很不便的。"高升道："正是这句话，做家人的伺候熟了一个主人，也不愿意时常换新鲜。所以二老爷说过，倘若小的找不到好地方，过上一两月，等老爷消消气，仍旧叫小的进去。现在小的伺候了总爷，有了安身之处，也就不想别的了。"鲁总爷道："二老爷管账房，他一年能有几个钱？"高升道："少则一二千，多则三四千。"鲁总爷道："据你说来，他管上十年账房，手里不要有两三万吗？"高升道："进账是好，只可惜来的多，去的多，不会剩钱。"鲁总爷道："这是甚么缘故？"高升道："我们这位二老爷顶欢喜的是买翡翠玉器。一个翡翠扳指三百两，他老人家还说'价钱便宜无好货'。只要东西好，他却肯花钱。又最喜的是买钟表，金表、银表、座钟、挂钟，一共值八千多两银子。你只要有表卖给他，就是旧货摊不要的，他亦收了去。他自己又会修表，修好了永世不会坏的，所以他要这个。若不是为这两桩，他一年到头，老大要多两个钱哩。"鲁总爷听了他话，不觉心上一动，仍旧按下。高升亦不再提。打完了烟，睡觉歇息，一夜无话。

到了次日，高升叫他伙计拿了五件细毛的衣服到船上来兜卖。价钱很公道，估了估足值四百多块钱，卖主只讨二百两银子。鲁总爷一还价，一百六十块钱，后来添到二百十块钱买成。鲁总爷箱子里只剩了五十几块钱，因钱不够，同高升商量，先付他五十块，其余等月底关了饷来补还他。那人答应，把东西留下，但是五天之内，必须算钱，等不到月

底。鲁总爷一想，横竖有别的东西可以抵钱，看来断不止此数，于是答应他五天来取钱。五十块钱由高升点给他。高升留心观看，又与文大老爷失去的洋钱图书一样。当下也不作声，交付来人而去。这天鲁总爷买着便宜货，心上非常之喜，颠来倒去看了几遍，连说便宜。高升道："这个人我认得他的。他家里从前很有钱，有的是东西。一百钱的东西，时常十个、二十个钱就卖了。如今被他尝着了甜头，包管他明天还要来。等他明天再来的时候，大大的杀杀他的价钱，买他些便宜东西。"鲁总爷道："要买便宜货，要有现钱方好。"高升道："他认得我，不要紧，刚才不是小的同他熟识，他肯把衣服留下，拿了五十块钱就走吗？"

鲁总爷不语，心上思量。过了一会子，躺下吃烟，趁着高升替他烧烟的时候，就同他商量道："我有一件事情要托你去办。"高升忙问："有甚么事情着小的去办？"鲁总爷道："不是你说的，你们庄二老爷欢喜买翡翠玉器，还有甚么洋货钟表吗？"高升道："是。可惜没有这些东西；如果有在这里，我拿了去包管一定成功。只要东西好，而且可以卖他大价钱。"鲁总爷听了，非常之喜，低声向他说道："这些东西现在我有。"高升道："总爷既有这些东西，何不早说？"鲁总爷道："你来了能有几天？我以前何曾晓得你们二老爷喜欢这个？"高升道："有了这个，包管拿去就换了钱来。"鲁总爷道："但是我的东西好，不晓得他识货不识货。"高升道："你先拿出来瞧瞧。说个价，少到甚么数目不卖。"鲁总爷道："你识货吗？"高升道："跟二老爷时候久了，这些东西天天在眼里经过，虽不全懂，也还晓得一二。"鲁总爷道："如此更好了。我于这上头也有限。这些东西是个亲戚托我替他销的，且拿出来替他估估价钱，免得吃亏。"

一头说，一头便取出钥匙，开了箱子，搬出那几件东西来：一个扳指，一个金表。鲁总爷开箱子的时候，像怕众人看见似的，先把众人一齐差了出去，只把高升留下。等到东西取出，高升拿到手里一看，恰恰与文大老爷失单上开的一样。他看了又是喜，又是气；喜的是真赃实犯，果不出我之所料；气的是这班不长进的老爷，干此下作营生，偏会偷偷摸摸。现在东西已经被我拿到，意思就要想声张起来。后来一想："本官前头如何吩咐，设或闹的不得下台，大家的面子不好，不如且隐忍起来，等到回过本官再作道理。"当下不动声色。等鲁总爷把东西拿齐，仍旧把箱子锁好。只见他拿个扳指套在大拇指头上，对着高升说道："这个绿玉的颜色倒很好看，同这只金表，你估估看，能值多少钱？"高升肚里好笑，笑他不认得翡翠，当作绿玉。又把表擎在手里，转动表把，旋紧了砝条，又揿住关捩，当当的敲了几下。鲁总爷听见金表会打得有响声，心上觉得诧异，肚里寻思："怎么金表会打得响呢？不要是个小钟罢？"高升拿东西翻来覆去看了两遍，因问总爷："要个甚么价？"鲁总爷道："你说罢。"高升道："据小的看起来，一个扳指要他一千五。"鲁总爷道："一千五百块？"高升道："一千五百两。"鲁总爷把舌头一伸道："要的太多了！不要吓退他不敢买，弄得生意不成功，就是少些也不妨，好歹由你去做。这个表呢？"高升道："这个表是大西洋来的，在这里总得卖他三百块。"鲁总爷道："不要亦嫌多罢？"高升道："多甚么！小的此刻拿了去，包管总有一样成功。"鲁总爷听了他言，心上虽非常之喜，然而总不免"毕卜毕卜"的乱跳。把两件东西郑重其事的交代了高升。

高升接过，用手巾包好，揣在怀里。又伺候总爷过足了瘾，然后辞别上岸，先寻到文七爷船上，托管家舱里去回说："县里上回派来查东西的捕快，有话要面禀大老爷。"文七爷吩咐叫他进来。捕快进舱，先替文七爷请过安，垂手站立一旁。文七爷就问："东西查着了没有？"捕快道："回大老爷的话：小的自蒙本县大老爷派了这件差使，日夜在心，城里城外统通查到，一点影子都没有。好容易今天才查到。"文七爷一听大喜，忙问："东西在那里寻着的？"捕快暂时不肯说出，但回得一声是："在船上拿到的。请大老爷看过

是与不是，小的再回去禀知本县大老爷。”一面说，一面将东西取出，送到文七爷手里。文七爷道：“别的尚在其次，就是这个扳指是我心爱之物。你看这个绿有多好！如今化上三二千块钱没有地方去买。你居然能替我查到，这个本事不小！停刻我同你们庄大老爷说过，还要酬你的劳。这个贼现在那里？”捕快道：“这个贼就在这里。赃虽拿到，然而这个贼小的不敢拿，等回过本官，还要回过统领，才好去拿他。”文七爷道：“想是这个贼本事很大，你吃他不了？”捕快但笑不言。文七爷将东西看了一遍，仍旧拿手巾包好。捕快接了过来，又回道：“小的此刻就要进城到本县大老爷前去报信，明天再来回大老爷的话。”文七爷点点头儿。

捕快辞别进城，禀知门稿，转禀本官。庄大老爷一听是鲁总爷做贼，甚为诧异，便说：“真赃实犯，难为他查着。但是这事情怎么办呢？”当时先把捕快传了进去，问他怎么查到的。捕快据实供了一遍，又说：“原赃已送到文大老爷那里看过，的的确确是原物。现在请大老爷的示，怎么想个法子办人？”庄大老爷听了无话，满腹踌躇，便问：“你同文大老爷说出偷的人头没有？”捕快道：“小的没有禀过大老爷，所以没把人头说给文大老爷知道。”庄大老爷道：“好好好，幸亏你没有说给他。毁了一个鲁总爷事小，为的是统领面子上不好看，而且也不好去回。倘或被他说两声‘我带来的人都是贼’，请问你还是办的好，还是不办的好？依我意思，先把文大老爷请了过来，拿话告诉了他，大家商量一个办法。你先下去，回来我同文大老爷说过，自然有赏的。至于那个姓鲁的，也不能如此便宜，且给他点心事担担。就是东西拿了出来，难道一百五十块钱就给他白用吗？”捕快诺诺称是，又谢过大老爷的恩典，方才退了下去。

这里庄大老爷便差人拿片子到城外去请文大老爷，说是东西查到，请他进城谈谈。不多一会，文七爷果然坐着轿子进城。才跨下轿，便对庄大老爷说道：“你们建德县的捕役本事真大，我的东西居然查到。”庄大老爷道：“你老棣台的东西，敢查不到吗？”一头说，一头坐下。文七爷道：“老把兄，你又取笑了。东西有了，我得还你的钱。”庄大老爷道：“我的钱，老棣台尽管用，还说甚么还不还。”文七爷道：“我的东西有了，自然要还你的钱。”庄大老爷道：“你的东西虽然有了，但是那一百五十块钱还无着落。”文七爷道：“这两件有了，我已心满意足了。百把块钱算不了事，注着破财，譬如多吃十来台花酒，就有在里头了。倒是这个捕快本事真好，我想赏他一百银子，回来就送过来。现在贼在那里？据捕快说起来，东西虽然有了，然而人不好办。这是甚么缘故？我们总得办人才好。”庄大老爷道：“正是为此，所以要请你老弟过来谈谈。现在这做贼的人，你猜那个？”文七爷道：“那天那位赵不了赵师爷，的的确确在我手里借去五十块钱，送他相好兰仙。后来都说是兰仙作贼，就此冤枉死了！那两天我的事情很忙，所以没理会到这上头，等到事过之后，我才知道。这位赵老夫子，可怜他爱莫能助，整整哭了三天三夜。现在有了真赃，就有实犯，等到把贼拿到，也好替死者明冤。”庄大老爷道：“老弟，那死的婊子也顾他不得了，如今我们且说活的。”文七爷道：“人命官司，救生不救死，这是我们做州县官的秘诀。但是这件事情既不是人命官司，怎么说到这个？到底是甚么人做贼？你快说了罢！”庄大老爷到此，方把捕快如何改扮，鲁某人如何托他销东西，因之破案，并自己的意思，说了一遍。又说：“如今愚兄的意思，不要他们声张出来。姓鲁的交情有限，为的是统领面子上不好看。”文七爷一听说是鲁某人做贼，嘴里连连说道：“他会做贼？我是一辈子也想不到的了！实在看他不出！”庄大老爷道：“当过捻子的人，你知道他是甚么出身？你当他做了官就换了人，其实这里头的人，人面兽心的多得很哩！”文七爷听了无话，歇了半晌，方说道：“老哥叫他们不要声张，这主意很是。一来关于统领面子，二来我们同寅也不好看。我只要东西寻着就是了，少了百把块钱也不必追他了。但是老哥要叫了他来说

破这件事情。兄弟同他是同事，当着面难为情，等兄弟走了，你去叫他。”庄大老爷道：“不把他弄了来，叫他担点心事，亦未免太便宜他了。”文七爷道：“正是。”当下又说了些别的，方才告辞出城。这里庄大老爷果然等他去后，才差人拿片子请鲁总爷进城。

且说鲁总爷，自从高升拿着东西上岸，约摸已有三个时辰，不见回来，心上正是疑惑。忽见建德县差人拿片子来请他进城。说是有话面谈，究竟贼人心虚，不觉吓了一跳，忽然想到：“文某人东西失窃，曾在县里报过，现有失单。不该自不检点，听凭高升一面之言，将东西送到他兄弟那里。设或被他们看出，如何是好！”想到这里，心上一似滚油煎的，直往上冲，急的搔头抓耳，走投无路。既而一想：“文老七少掉的洋钱，大众都说是兰仙偷的。如今兰仙已死，当了灾去，没有对证，案子已了，人家未必再疑心到我身上。东西送去，人家只顾辩论好丑，或者不至于理会到这上头，也论不定。”想到这里，心上似乎一松，又想：“我同县里，却同他见过几面。他请我吃饭，我亦扰过他。彼此总算认得，或者有别的事情，也未可知。”一面想，一面换了衣服，坐了首县替统领二爷办差的小轿，一路心上盘算。

进了城门，到得县衙，轿子歇在大堂底下。一个兵把名帖投了进去，半天不见出来。他在轿子里急的了不得，又叫一个兵进去探信。谁知只有进去的人，不见出来的人，这真把他急死了！自想：“早知如此，极应该托病不来。如今懊悔已迟！”于是自己下轿，踱进宅门，探听光景。谁知劈面遇见一人。你道这人是谁？却是建德县的门政大爷。鲁总爷不认得他，他却认得鲁总爷。见面之后，便说：“总爷来了。我们敝上现有要紧公事同师爷商量，请总爷先在外头坐一会再进去。”一面说，一面便在前头引路。鲁总爷摸不着头脑，只得跟了就走。一走走到门房里坐下，那位大爷就进去了。亏得鲁总爷门房是坐惯的，倒也并不在意。谁知等了好半天，不见有人来请，心中疑惑不定。又等了一会，只见那个门政大爷从里头出来，吩咐：“传伺候，老爷坐堂。”鲁总爷愈觉惊疑。停了一刻，又见催问：“城外文大老爷的爷们，还有船上死的婊子的尸亲，来了没来？”底下回称：“已经催去了。”鲁总爷听了，直吓得汗流满体！只听门政大爷又说：“老爷传捕快上去问话，叫他把那查着的翡翠扳指、打璜金表一齐带上来。”话言未了，随在玻璃窗内看见一个人，头戴红缨帽子，走了进去。起先鲁总爷听见里头要扳指、金表，已经魂不附体，及至看见进来的这一个人，不觉魂飞天外，头晕眼花，四肢气力毫无，咕咚一声，就坐在一张凳子上，心上恍恍惚惚，也不知是醉是梦，又不知世界上到底有我这个人没有。你道为何？只因这个进来的戴红缨帽子的捕快，不是别人，正是他自己托销东西的高升。到此方悟：他们串通一气，冒充伴当，骗出赃物，自不小心，落了他们的圈套。回想转来，直觉无地自容，恨无地缝可以钻入。

坐了半天，刚正有点明白，门政大爷也进来了。只见他陪着笑脸说道：“敝上公事未完，又有堂事，倒教总爷老等了！”说完了话，却朝着他笑。鲁总爷呆呆地望着他，也不知说甚么方好。想了半天，才说得一句：“你们老爷坐堂，为件甚么事？”门政大爷道：“总爷是做官的人，还有甚么不明白的，我那里晓得？”说完了，又朝着他笑。鲁总爷到此，知道事情已破，有点熬不住，只得苦了他那副老脸，从凳子一站就起，跟手爬在地下，绷冬绷冬的乱磕头，嘴里不住的说道：“大爷救我！大爷救我！”那门政大爷本来是朝着他笑的，不提防他忽然跪下磕头，还是回磕的好，还是扶他起来的好？一时不得主意，忙了手脚，只得也跪在地下，双手去扶他，嘴里说：“我是甚么人，怎么当得起总爷下跪！快快请起，有话好讲。”鲁总爷只是不肯起，一定要他答应。

两人正在相持的时候，忽然又有一个人手掀帘子进来。一进门，便哈哈大笑道：“这是那一回子的事，在这里下跪！”那一个门政大爷一见这人，赶忙起来站在一旁，垂手侍

立。鲁总爷抬头一望，见是庄大老爷，真羞得满脸通红，亦站了起来，低头不语。庄大老爷道：“你来了这半天，他们为我有公事，亦没有进来回，倒叫你老兄好等。”一面说，一面把鲁总爷拉了就走。谁知鲁总爷的两条腿犹如棉花一般，一步捱不上三寸。庄大老爷便叫跟班的搀着他走。一搀搀到花厅上，分宾坐下。先同他说了半天的闲话，鲁总爷方才渐渐的醒转来，但是除掉诺诺称是之外，其他的话一句也说不出。又歇了半天，心上转念头，要探探庄大老爷的口气。无奈庄大老爷总不提及此事，但一味的敷衍。鲁总爷急了，想来想去，别无法想，只得仍旧跪下，口称：“兄弟该死！求你老爷高抬贵手！”庄大老爷假作不知，忙问：“甚么事情要行此大礼？快请起来！”鲁总爷道：“你老爷不答应，兄弟就跪在这里，一世不起来！”庄大老爷道：“到底甚么事情？我竟其一点也不明白。”鲁总爷道：“你老爷差了捕快来私访我的，你老人家还有甚么不晓得。”庄大老爷道：“这更奇了。我何曾叫捕快来私访你？你老爷有甚么事怕捕快？你越说我越糊涂了！”鲁总爷只是跪在地下，不肯起来。庄大老爷只是催他起来，催他快说。鲁总爷道：“丑媳妇总得要见公婆的，索性我自己招罢。这事情原是我一时不好，不该拿文某人的东西。如今东西呢，已经在你老人家这里了：我自己知道错处，只求你老爷替我留脸，我情愿拿东西还他。一辈子供你老爷的长生禄位，也不敢忘记了你！”说罢，又连连磕头。

庄大老爷听到这里，便也直立不动，等他磕完了头，故意板着面孔，说道：“我当是谁做贼，船上人是没有怎么大的胆子，原来就是你阁下。——你阁下也不至于偷偷摸摸。自从姓文的失了东西，统领以为是他带来的人，一定要我办贼；我办贼不到，统领跟前不知受了多少申饬。姓文的又时时刻刻来问我要钱。我弄得没有法子想，私底下已经送过他五百两，他还嫌少。现在既然是你阁下拿的，这话更好说了。你是统领带来的人，同姓文的又是同事，他们没有不照顾你的。我只要把你送到统领跟前，卸了我的干系。我们都是熟人，我又何必同你为难呢。你快快起来，我们一齐出城。”鲁总爷听了这话，真正急得要死，只是跪着哭，不肯起来。庄大老爷道：“这桩事说起来我也不相信。你阁下还怕少了钱用，要干这营生？现在是被他们捕快拿着的。我肯照应你，替你瞒起来不说破，他们一般小人，为你这桩事情，每人至少也捱过二三千板子，现在真赃实犯，倒被我不声不响的放掉，我于他们脸上怎么交代得过？如此下去，以后还要办案不要办案？你也是做官的人，应该晓得兄弟的苦处。”

鲁总爷见庄大老爷不肯答应，急得两泪交流，口称：“家里还有八十三岁的老娘，晓得我做了贼，丢掉官是小事，他老人家一定要气死的，岂不是罪上加罪！现在没有别的好说，总求你大老爷格外施恩，我将来为牛为马，做你的儿子孙子也来报答你的！”庄大老爷见他说得可怜，心上想：“这半天也够他受用的了。有娘无娘，不必信他，从来犯了罪的人都是如此说法。因为还有公事，倘若耽搁下去，外面张扬起来，反不好办；不如趁此收篷，算他运气好，便宜他这遭就是了。”想了半天，便长叹一声道：“唉！既有今日，悔不当初。我本来不要难为你的，但是文某人少的钱总得补上，我已经替你送过他五百两银子。还有捕快，他们辛苦了一番，不能不赏他几个钱，至少一百两。难道这个钱真果要姓文的出吗？”鲁总爷道：“实实在在只拿他一百五十块钱，那里得五百两。”庄大老爷道：“这个我也不知道，你去同他当面辩个明白也好。”鲁总爷道：“承你老爷恩典，我还有甚么辩头。只求宽限几个月，等我关了饷来拔还就是了。”庄大老爷又叹一口气道：“说来说去，总是皇上家的钱晦气，你欠人家的钱，一定要关了饷来拔还，这几个月的兵吃甚么？不是我说句得罪你的话：你们这些做武官的，直结儿没有一个好东西在里头！一旦国家有事，怎么不一败涂地呢！我好人做到底，也不管你这些闲事。但是我付出的五百两，口说无凭，须得写张字给我。文七爷跟前我去替你抗，说得下，说不下，碰你运气。这赏捕快的一百两你今天要拿来的，叫他们多少赚两个，也好堵堵他们的嘴，免得替你在外头声张。”鲁总爷为这一百银子虽是为难，听了庄大老爷的话，不得不唯唯遵命。又重新叩头谢过恩典。庄大老爷叫签稿替他起了一张稿子，叫他亲自照写。只见他捧笔在手，比千斤石还重，半天写不上三个字，急得满头是汗。庄大老爷等的不耐烦，叫签稿代写，叫他画了十字。庄大老爷收起，就叫签稿送他出去。

鲁总爷谢了又谢，跟着签稿出来，又朝着签稿作揖。一出宅门，瞥面遇见捕快，赶上来叫了一声“总爷”，又笑着说道：“高升是来伺候总爷的。总爷还是坐轿回去，还是骑马回去？”这一声，更把他羞的了不得，赶忙又替捕快作揖，说：“诸位老兄休得取笑了！”捕快又道：“总爷可到小的家里坐一回去？”总爷道：“不消费心了。停刻我就叫人送来。还有那天的皮货，一块儿拿过来。”一面说，一面朝诸人拱拱手，匆匆忙忙上轿而去。庄大老爷便写一封信，随着起出来的赃送给文七爷，告诉他办法。文七爷自是欢喜。因为鲁总爷是同寅，也就和平了事。当赏捕快一百两银子，就交来人带回。又另外赏了来人四块洋钱。庄大老爷接到回信，又叫捕快到船上叩谢过文大老爷。鲁总爷回船之后，东拼西凑，除掉号褂、旗子典当里不要，其他之物，连船上的帐篷，通同进了典当，好容易凑了六十块钱。自己送到县衙，苦苦的向门政大爷哀求，托他转禀庄大老爷，请把六十块钱先收下，其余约期再付。庄大老爷听说，也只好一笑置之。鲁总爷又叫跟来的人把皮统子送还了捕快。又当面约捕快吃饭，过天在那里叙叙，说：“我们那里不拉个朋友。”捕快道：“我的总爷，只求你老人家照顾俺，不要出难题目给俺做，本官面前少捱两顿板子，就有在里头了！甚么请酒，请饭，倒不消多费的。”鲁总爷一听这话，明明是奚落他的，脸上不觉一红。彼此无话而别。

自此以后，鲁总爷总躲着不敢见文七爷的面，倒是文七爷宽洪大量，等到没有人的时候，把他叫了来，反把好话安慰他。当下鲁总爷虽不免感激涕零，但是转背之后，心上总觉得同他有点心病似的，此乃晚近人情之薄，不足为奇。按下不表。

且说浙江巡抚刘中丞，自从委派胡统领带了随员，统率水陆各军，前往严州剿办土匪，一心生怕土匪造反，事情越弄越大，叫他不安于位，终日愁眉不展，自怨自艾。心想：“怎么我的运气不好，到了任就出乱子！”不时电信来报，今日派的兵到了那里，计算日子，某日可到严州。胡统领未到严州的头一天，又有急电打来：“访得匪势猖狂，不易措手。”他老听了格外愁闷。随后忽听得说，大兵一到严州，把土匪都吓跑了。他老还不相信，后来接到胡统领具报出师搜剿土匪日期电报，方把一块石头放下。过了一天，又得“一律肃清”的捷电，中丞非常之喜。藩、臬以下，齐来禀贺。中丞随发一电奖励胡统领，允他破格奏保。歇了两天，齐巧胡统领把剿办土匪详细情形禀了上来，附有禀请随折奏保异常出力人员折子一扣。中丞看过无话，就把文案老总戴大理传了来，叫他速拟折稿，告诉他说，无非是叙述土匪如何狂獗，“经臣遴派胡某人前往剿捕，刻幸仰仗天威，一律肃清。所有在事员弁，实属异常奋勇，得以迅奏肤功，相应请旨将该员等照单奖励”各等语。随手就把胡统领开来的单子也交给戴大理，叫他照写。戴大理接在手里一看，单子上头一个就是周老爷的名字，心上便觉得一个刺。一时想不出主意，也不便说甚么，只得退了下来。回到文案处，一面提笔在手，一面想摆布周老爷的法子，心想：“不料这件事倒便易他了。然而我的心上总不甘愿。但是现在这人是胡统领保的，要顾统领的面子，就不好批驳他；若要批驳他，就于统领的面子不好看。”想来想去，甚是为难。等到奏折做好一半，烟瘾上来，躺下过瘾。拿过稿子复看一遍，起先无非把土匪作乱，叙得天花乱坠，好像当年“长毛”造反，蹂躏十三省也不过如此。折中又叙：“经臣遴委得候补道胡统领，统带水陆各军，面授机宜，督师往剿，幸而士卒用命，得以一扫而平。”隐隐间把自己“调

度有方”四个字的考语隐含在内。看到此间，忽想起：“这件事情应得侧重中丞身上着笔，方为得体。中丞不能自己保自己，只要把话说明，叫上头看得出，至少一定有个‘交部从优议叙’。如此一做，胡统领便是中丞手下之人，随折只保他一个，其余的统归大案，方为合体。大案总得善后办好方可出奏，多宽几天日期，我就可以摆布姓周的了。”

主意打定，便拢了做好的一半折稿，离开文案处，径至签押房。晓得中丞还在签押房里看公事，他是多年老文案，便衣见惯的，便乃掀帘进去。刘中丞叫他在公事案桌对面一张椅子上坐下，问他甚么事情。他便回道：“卑职想这严州肃清一案，实实在在是大人一人之功。胡道若不是大人调度，也不能办的如此顺手。现在大人的意思把功劳都推在胡道身上，虽是大人栽培属员的盛意，然而依卑职愚见，大人调度之功，亦不可以埋没。”刘中丞道：“你话固然不错，然而我总不能自己保自己。”戴大理听到此间，便把折底双手奉上，说：“请大人过目，卑职拟的可对？从前古人有个功狗功人的比方：出兵打仗的人就比方他是只狗，这发号令的却是个人。这件事情，胡道的功劳实实在在在大人之下，胡道带去的随员更差了一层。倘若一齐保了上去，论不定就要驳下来，倒不如我们斟酌妥当再出奏的好。一来大人的功勋不致淹没；二来上头见我们一无冒滥，不但胡道保举不遭批驳，感激大人的栽培，就叫上头看着，也显得大人办事顶真。将来大案上去，就是多保两个，那班爱说话的都老爷也不能派我们的不是。”此时，刘中丞一心只在奏折上头，他说的故典究竟未曾听见。后来听到他后半截的话甚是入耳，连连点头，但说：“跟胡道同去的人，不给他们两个好处，恐怕人家寒心。”戴大理道：“此番保的太多，奏了进去，倘若驳了下来，以后事情弄僵倒不好办。如今拿他们一齐归入大案，各人有本事，各人有手面，只要到部里招呼一声，是没有不核准的。虽然面子差些，究竟事有把握，倒是大人成全他们的盛意，他们反得实惠。有像大人这样的上司还要寒心，也不成个人了。”刘中丞听了甚是喜欢，连说：“你话不错。……你就照这样子把稿拟好。胡道那里，你去写个信给他，把我的这个意思说明：不是我一定要撤他们的保案，为的是要成全他们，所以暂时从缓；将来大案里一定保举他们的。”

戴大理见计已行，非常之喜，连答应了几声“是”，退了下来。等到把底子拟好，赶忙写了一封信给胡统领，隐隐的说他上来的禀帖不该应只夸奖自己手下人好，把中丞调度之功，反行抹煞。中丞见了甚是不乐，意思想把这事搁起，不肯出奏，后经卑职从旁再三出力，方才随折保了宪台一位，其余随员暂时从缓。胡统领接到此信，甚是担惊；及至看到后一半，才晓得此事全亏得老同年戴大理一人之力，立刻具禀叩谢中丞，又写一封信给戴大理，说了些感激他的话。因为上次禀帖是周老爷拟的底子，就疑心周老爷“有心卖弄自己的好处，并不归功于上，险些把我的保案弄僵。看来此人也不是个可靠的。”从此以后，就同周老爷冷淡下来，不如先前的信任了。

欲知后事如何，且听下回分解。

第十七回

三万金借公敲诈　五十两买折弹参

却说胡统领同周老爷虽然比前冷淡了许多，然而有些事情终究不能不请教他，所以心上虽不舒服，面子上还下得去。周老爷虽也觉得，也不好说甚么。

一日接到省宪批禀，叫胡统领酌留兵丁，以防余孽，其余概行撤回，各赴防次；并饬胡统领赶把善后事宜，一一办妥，率同回省。胡统领一得此信，别的都不在意，只有开造报销是第一件大事。出兵一次，共需军装若干，枪炮子药若干，兵勇们口粮若干；土匪抗官拒捕，共失去军装若干，用去枪炮子药若干，兵勇受伤津贴若干；无辜乡村被累，抚恤若干；打了胜仗，犒赏若干；办理善后，预备若干。先扎了一篇底账。想了半天，没有一个人可以办得此事，只得仍把周老爷请来，同他商量。周老爷道：“容易。有些事情叫首县庄令去办，其余的由我们自己斟酌一个数目。等卑职商同粮台黄丞，传知各营官一声，叫他们具个领纸上来，要开多少就多少，还有甚么不成功的。”胡统领道：“不瞒老兄说：兄弟这个差使，耽了许多惊，受了许多怕，虽然得了个随折，其实也有名无实。总得老哥费心，替兄弟留个后手，帮兄弟出把力，将来兄弟另图厚报。”周老爷道：“大人委办的事，卑职应得效劳，况是大人分内应得的好处。”嘴里如此说，心上早已打了主意。等到退了下来，一切费用，任意乱开，约摸总在六七十万之谱。先送上胡统领过目。胡统领道：“太开多了，怕上头要驳。”周老爷道：“卑职的事，别人好瞒，瞒不过大人。卑职自从过班到如今，还没有引见，已经背了一万多银子亏空。现在蒙大人栽培，趁着这个机会，一来想把前头的空子弥补弥补，二来弄个引见盘缠，就是引见之后，一到省也不会就得甚么差使，总得空上二三年，免得再去拖空子，这个都是大人栽培卑职的。至于大人的事，卑职感恩知己，自当知无不言。这桩事情下来，虽瞒得一时耳目，终究一定有人晓得，既然晓得，保不住就要说话。多开少开，总是一样。将来回省之后，幕府里面，同寅当中，应该应酬的地方，少不得还要点缀点缀。所以卑职也要商通了首县庄令、粮台黄丞，方可办得。”胡统领一听他口气，虽然推在别人身上，知道他已经存了分肥[1]念头，心上老大不愿，忙道：“老兄要引见，兄弟另外借给老兄。现在的事，只要切实替兄弟帮忙，兄弟没有不知道的，将来一定另图厚报。就是黄、庄两人，兄弟亦自有帮他们忙的地方。总之，报销上去的数目还要斟酌。”周老爷明晓得胡统领心上不愿意他分肥。忽然想到从省里临来的时候，戴大理嘱咐他的一番话，说胡统领的为人，吃硬不吃软。“我今同他商量，他竟其不答应。现在忙了这多天，连个随折[2]都没弄到，看他样子还像怪我不替他出力似的。出了好心没有好报，看来为人也有限。若不趁此赚两个，将来还望有别的好处吗。至于他说将来怎样帮忙，也不过嘴上好看。现在的人都是过桥拆桥的，到了那个时候，你去朝他张口，他理都不理你呢。为今之计，只有用强横手段，要作弊大家作弊，看他拿我怎么样。”主意打定，正待发作，忽又转念一想道：“且慢。我今同他硬做，倘或彼此把话说僵，以后事情倒不好办。现在这里的人又没一个可以打得圆场的。我看此事须得如此如此，方能如愿。”一面打算，一面答应了几声“是”，说：“大

人吩咐的话，实在叫卑职刻骨铭心。卑职蒙大人始终成全，还有甚么不替大人出力的。”胡统领道：“如此甚好，将来兄弟自有厚报。”

周老爷见话说完，退了下来，回到自己船上。此时主意早经打定，便命跟班的拿了帖子，跟着进城，去拜县丞单太爷。原来这里的县丞姓单名逢玉，大家都尊他为单太爷。自从到任至今，已有二十多年。平时同绅士们还说得来。只因他为人骗功最好，无论见了甚么人，一张嘴竟像蜜炙过的，比糖还甜，说得人家心上发痒，不能不同他要好。

严州虽然是座府城，并没有甚么大绅士，顶大的一个进士底子的主事。因为发达的晚，上了年纪，所以不到京里去做官，只在家里管管闲事，同地方官往来往来，包揽两件词讼，生发生发，借此过过日子。虽然也没有甚么大进项，比起没有发达的时候，在人家坐冷板凳，做猢狲大王，已经天悬地隔了。这位主事老爷姓魏名翘，表字竹冈，就住在本城南门里头。只因本年十月十二是他亲家生日，他亲家是屯溪有名的茶商，姓汪名本仁，他所以特地预早一个月奔了前去：一来拜亲家的寿，二来顺便看看女儿，三来再打两百块钱的秋风[3]，回来好做过冬盘缠。后来严州信息不好，家里写信给他，催他回去，汪本仁说：“亲家，现在正是乱信头上，你年纪大了，犯不着碰在刀头上，我这里专人去打听，如果势头来得凶，连你宝眷一块接了来，就在我这里权且顿身。倘若没有甚么事情呢，你再回去不迟。”魏竹冈听了亲家的话，只得权时忍耐。等到胡统领大兵一到，土匪平静，他儿子又赶了信去，连着前头他亲家汪本仁派往严州的人也就回来了。魏竹冈晓得家乡无事，把心放下。其时，亲家的生日早经做过。他又住了几时，辞别起身。亲家知道他是靠抽丰过日子的，于盘缠之外，加送了他二百块钱的年敬[4]。女儿又在自己私房当中，贴了他二百块钱，总共得了四百块钱回家度岁，倒也心满意足。冬天水干，船行极慢，一路上滩下滩，足足走了十几天，方到严州。

其时胡统领已奉到省宪催他回去的公事，同周老爷商量开造报销的数目。周老爷因为胡统领不能遂他的心愿，晓得这里县丞单太爷神通广大，他二人从前在那里又同过事，交情自与别人不同，所以特地进城拜望他，同他商酌一个借刀杀人的办法。单太爷听了会意，便说：“这事情你老堂台出不得面：一来关系名声；二来同统领闹翻之后，也没人打得圆场。依晚生愚见，不如找个人出来教给他去做，等他做好之后，稍些分点好处与他。等他做恶人，我们做好人。应得帮腔的地方，我们就在里头帮两句，岂不更有把握？”周老爷道：“兄弟此来，正是这个意思，但是此人甚不好找。”

单太爷便把魏竹冈保了上去，说道此人如何能干，“无论甚么事情都做得出。他一年帮晚生忙的地方很不少，晚生一年帮他忙的地方也不少。托了他，保管成功。但是此人两月头前就到屯溪去拜他亲家的寿，目下不知道已经回来没有。”说罢，便叫跟班：“拿我的片子，到南门里魏府上打听魏大老爷屯溪回来没有。立等回信。”跟班的去不多时，回来禀报：“魏大老爷是刚刚昨天夜里转的。回为路上受了一点风寒，在家里养病，所以还没有过来，叫小的回来先替老爷请安，说有甚么事情就请过去谈谈。”单太爷点点头，跟班的退了下去。周老爷便催他立刻去看魏竹冈，“好歹今晚给我一个回信”。单太爷满口答应。

等送过周老爷，他也不坐轿，便衣出得衙门，只带一个小跟班的，拿了一根长旱烟袋，一直走到魏家门口，通报进去。魏竹冈请他书房相见。进得门来，作揖问好，那副亲热情形画亦画不出。一时分宾归坐，端上茶来。两个人先寒暄了几句，随后讲到土匪闹事。魏竹冈一向是以趋奉官场为宗旨的，先开口说道：“这位统领同兄弟乡榜先后只隔一科。他中举人的座师[5]，就是兄弟会试的房师[6]。他的朱卷我看见过，笔路同我一样，只可惜单薄些，所以不会中进士。我二人叙起来还是个同门，难得他到我们这里办了这们一件事。等我的病好些，我得去拜他一趟，一来叙叙同门之谊，二来我们地方上的绅士应得前去谢谢

他。将来等他回省的时候，我还要齐个公分，做几把万民伞送他，同他拉拢拉拢。将来等他回省之后，省里有甚么事情，也好借他通通声气。老哥是自己人，我的事是不瞒你的。你说我这个主意可好不好？”单太爷道：“好是好的。但是现在的人总是过桥拆桥，转过脸就不认得人的。等到你有事去请教他，他又跳到架子上去了。依我之见，现在倒不如趁此机会想个法子，弄他点好处，我们现到手为妙。等到好处到手，我们再送他万民伞。那是大家光光脸的事情，有也罢，没有也罢。好在是众人的钱，又不要你自己掏腰，倒也无甚出入。”魏竹冈听了诧异道：“怎么这件事情还有甚么好处在内？兄弟敲竹杠也算会敲的了，难道这里头还有竹杠不成？”单太爷道：“不是我说，你几乎错过。我晓得你从屯溪回来，一路受了些辛苦，所以特地备下这分厚礼替你接风。”魏竹冈听了，心痒难抓，忙问：“到底是个甚么缘故？”单太爷道：“你出门两个月，刚刚回来，也不曾出过大门，无怪乎你不晓得。等我来告诉你。”说着，便把此事始末，说了一遍，又道：“当初并没有甚么土匪，不过城厢里出了两起盗案。地方文武张大其词，禀报到省，上头为所蒙蔽，派了胡统领下来。其时地方上早经平安无事。偏偏又碰着这位胡统领好大喜功，定要打草惊蛇，下乡搜捕。土匪没有办到一个，百姓倒大受其累。统领自以为得计，竟把剿办土匪，地方肃清禀报上去，希图得保。现在又叫他手下的人开办报销，听说竟其浮开到一百多万。害了百姓不算数，还要昧着天良，赚皇上家的钱。这样的人，亏你认作同门[7]，还要去拜谢他呢！”魏竹冈道：“据你说来，真正岂有此理！他下乡骚扰百姓，百姓吃了他的苦，为甚么不来告呢？”单太爷道：“这是我们这位堂翁办的好事。百姓起初原来告的，不知道怎么一来，一个个都乖乖的回去，后来一点动静都没有了。”魏竹冈道：“这事情我不相信，我倒要去问问他。一个地方官有多大，只知谄媚上官，罔恤民隐，这还了得吗！”说罢，立刻亲自下座，到书案桌上取出信笺笔砚，先写一封信给本县庄大老爷。单太爷劝他不要写，他一定要写，信上隐隐间责他办事颟顸[8]，帮着上司，不替百姓伸冤“兄弟刚从屯溪回来，就有许多乡亲前来哭诉，一齐想要进省上控，是兄弟暂将他们压住。到底这件事老公祖是怎么办的？即望详示。”云云。写完立刻差人送去，并说立等回信。一面仍同单太爷商量敲竹杠的法子。不多一刻，庄大老爷回信已到。魏竹冈拆开看时，不料上面写的甚是义正词严，还说甚么：“百姓果有冤枉，何以敝县屡次出示招告，他们并不来告？虽然来了几起人，都是受土匪骚扰的，并没有受过官兵骚扰，现有他们甘结为凭。况且被害之人，敝县早经一一抚恤，领去的银子，都有领状可以查考。敝县忝为民上，时时以民事为念，这不替百姓伸冤的话是那里来的？还求详细指教。”各等语。魏竹冈看完之后，把舌头一伸，道：“好利害！如今倒变了他的一篇大理信了。”单太爷道：“我们这位堂翁是不好缠的，劝你不必同他罗苏，还是想想你们贵同门胡统领的法子罢。”

魏竹冈听了踌躇道：“不瞒老哥说，下头的竹杠小弟倒是敲惯的。我们这些敝乡亲见了小弟都有点害怕，还有乡下人，也是一敲就来。人家骂小弟鱼肉乡愚，这句话仔细想来，在小弟却是‘当仁不让’，倒是这上头的竹杠兄弟却从来没有敲过，应得用个甚么法子？”单太爷道：“只要有本事会敲，一敲下去，十万、八万也论不定，三万、二万也论不定，再少一万、八千也论不定：看甚么事情去做，要敲敲大的。至于今天说官司，明天包漕米，甚么零零碎碎，三块、五块，十块、八块，弄得不吃羊肉空惹一身骚，那是要坏名气的，这种竹杠我劝你还是不敲的好。要弄弄一笔大的。就是人家说我们敲竹杠，不错，是我的本事敲来的，尔其将奈我何，就是因此被人家说坏名气，也还值得。”魏竹冈听了，心上欢喜，张开胡子嘴，笑的合不拢来。笑了一会，说道：“我也不想十万、八万,二万、两万，只弄他一万、八千，拿来放放利钱，够了我的养老盘缠，我也心满意足了。如今倒是怎么样敲法的好？还是写信，还是当面？”单太爷想了半天，道：“当面怕弄僵，还是写信的

好。你写信只管打官话，是不怕他出首的。有甚么事情，里头我有一个至好朋友替我做内线。见事论事，随机应变，依我看来，断没有不来的。”

说到这里，伺候他的小厮上来请吃饭。魏竹冈不答应，看他意思，想要把信写好再吃饭。只见他走到书桌跟前坐下，开了墨盒子，顺手取过信笺，一只手摸着笺纸，一只手拿了一支笔，将笔头含在嘴里，闭着眼睛出神。却不料单太爷自从下午到此，已经坐了大半天，腹中老大有点饥饿，又不便一人先吃，只得催他吃过晚饭再写。魏竹冈至此方悟客人未曾吃饭，连忙吩咐小厮进去说：“今天有客在此，菜不够吃，快去添样菜来。”小厮进去多时，方见捧了一小碟炒鸡蛋出来。安排匙箸都已停当，二人一同入座。单太爷举眼看时，只见桌上的菜一共三碟一碗：一碟炒蚕豆，一碟豆腐乳，一碟就是刚才添出来的鸡蛋，一碗雪里红虾米酱油汤。等到将饭摆上，乃是开水泡的干饭。魏竹冈举箸相让，谦称“没有菜。”单太爷道：“好说。彼此知己，只要家常便饭，本来无须客气。”一面吃着，魏竹冈又拿筷子夹了一小块豆腐乳送到单太爷碗上，说道：“此乃贱内亲手做的，老哥尝尝滋味如何。”单太爷连称：“很好。”说话间，魏竹冈已吃了三碗泡饭，单太爷一碗未完，只听他说了声“慢请”，立起身来，走过去拔起笔来写信。幸而他是两榜[9]出身，又兼历年在家包揽词讼，就是刀笔也还来得，所以写封把信并不烦难。等到单太爷吃完了饭过来看时，已经写成三四张了。

他一头写，单太爷一头看；等到看完，他亦写完。只见上头先写些仰慕的话，接着又写了些自己谦虚的话，末后才说到：

> 本城并无土匪作乱。先前不过几个强盗，打劫了两家当典、钱庄。城厢重地，迭出抢案，地方官例有处分；乃地方官为规避处分起见，索性张大其词，托言土匪造反，非地方官所能抵御，以冀宽免处分。上宪不察，特派重兵前来剿捕。议者皆谓阁下到此，亟应察访虚实，镇抚闾阎[10]。乃计不出此，而亦偏听地方文武蒙蔽之言，以搜捕遗孽为名，纵所部兵四出劫掠，焚戮淫暴，无所不为。合境蒙冤，神人共愤。现在梓里士民，争欲联名赴省上控。幸鄙人与执事谊属同门，交非泛泛，稔知此等举动皆不肖将弁所为，阁下决不出此。惟探闻上控呈词，业经拟定，共计八款，子目未详。叨在知交，曷敢不以实告。应如何预为抵制之处，尚祈大才斟酌，并望示复为盼。

各等语。单太爷看了，连连拍手称妙。魏竹冈道：“我只同他拉交情，招呼他，看他如何回答我。”单太爷道：“听里头朋友说，他还有朦开保案、浮开报销几条大劣迹，为甚么不一同叙进？”魏竹冈拿手指着“共计八款”四个字，说道：“一齐包括在内，给他个糊里糊涂的好。等他来问我，我再一样一样的告诉他。我的信只算要好通个信，我犯不着派他不是，所以信上有些话一齐托了别人的口气，不说是我说的，只要他觉着就是了。”单太爷听了甚为佩服，连说：“到底竹翁先生是做八股做通的人，一通而无不通。小弟是没有读过书，主意虽有，提起笔来就要现原形的。”魏竹冈道：“这也怪不得你。你若八股做通，你早已上去，也不在这里做县丞了。”正说着，将信封好，开了信面。怕自己的跟人不在行，交给单太爷的小跟班即刻去送，叫他到船上说是魏家来的，守候回信，千万不可说明是单太爷的家人。小跟班的答应着去了。约摸两个钟头，方才拿了一张回片回来，说：“有信明天送过来。”魏竹冈道：“我这个信不是甚么容易复的，定要斟酌斟酌，且看他明日回信如何写法，再作道理。倘若没有回信，好在你有位朋友在里头，就托他探个信，告诉我们一声。或者再写一封信去，或者商量别的办法。”单太爷答应着，又说了些别的闲话，方才回去。按下不表。

且说周老爷自从辞别单太爷出城之后，一直回到船上。毕竟心怀鬼胎，见了胡统领比前反觉殷勤。胡统领本是个随随便便的人，倒也并不在意。等到晚上吃过夜饭，正是几个随员在大船上趋奉统领的时候，忽见船头上传进一封信来，说是本地绅衿魏大老爷那里写来的。胡统领听了诧异，连忙接在手中一看，只见上面写明“内要信送呈胡大人勋启”，下面只写着“魏缄”两个字，还有“守候福音”四个小字。一头拆信，一头心上转念：“我并不认得此人，这是那里来的？”信封拆破，掏出来一看，先是一张名片，刻着“魏翘”两个大字，后面注着“拜谒留名，不作别用”八个红字。另用墨笔填写“号竹冈，某科举人、某科进士、兵部主事、会试出某某先生之门。”胡统领看了明白：“是要我晓得他与我同门的意思。看来总是拉拢交情，为借贷说项地步。”因此并不在意，从从容容将信取阅。及至看到一半，说着“并无土匪”的事，心中始觉慌张；兼之一路看来，无非责备他的话头，因此心上很不舒服；及至临了，叙到他两个本是同门，因此特地前来关照，以及“鹄候回信”等语。他翻来覆去看了两遍，一声不响。众随员瞧看也摸不着头脑。周老爷虽已猜着九分九，也只好装作不知，一傍动问：“是那里来信？为的甚么事情？”胡统领不说甚么，但把信交在周老爷手中，说了声“你去看”，自己躺下吃烟。周老爷接信在手，从头至尾看了一遍，心内早已了然，口中不便说出。只说：“奇怪得很！看他来信倒着实同大人要好，所以特地前来关照。”胡统领道：“他虽然与我同门，我又何曾认得他？你说他同我要好，所以特来关照，据我看来，只怕不是好意思呢！”周老爷道：“这也不见得。倘若他不同大人同门，或者难保，既然同大人有此一层交情，借此拉拢，或者有之。倒是他信面上写明白守候回信，现在怎样回他？”胡统领道：“给他个回片，先叫来人转去，等明天访明实在，有回信再给他送去。”家人们答应一声，取出名片交给来人，叫他回去销差。

这里胡统领抽了几口烟，一声不响，等到过足了瘾，坐起来对周老爷说道：“我看这件事情不妙。好在眼前都是自己人。这件事情倘若闹了出来，终究有点不便。怎么想个法子预先布置布置的好。事不宜迟，办事越慢，花钱越多。就是我从前谋这个差使的时候，军机王大人跟前经手的朋友是他的内侄，这条路原是再好没有。他只叫我送三千银子的贽见[11]，包我得这个差使。我嫌多没有理他。后来托了别人，一花花了五千，经手的还要谢仪，一共花了六千，足足的耽搁了半年事情才成功。兄弟是过来人，这点机关我还懂得。诸位替我想想看，可是不是？”文七爷接口道：“大人这事怕甚么！大人是上头派了来的，无论事情办的错不错，一来上头总得护着大人，断不肯自己认错；二来县里有他们乡下人的甘结、领状，都是真凭实据。他们有多大胆子敢上控！直捷可以不理他。”胡统领尚未开言，周老爷道：“怕呢原是没有甚么怕他，但是等到事情闹出来，大家没有味，这种人直捷是地方上的无赖，胜之不足为荣，败之反足为辱。还是大人的明鉴，预先布置的好。”文七爷道：“只要我们理直气壮，怕他怎的！”胡统领道：“文大哥，周某人话不错。兄弟的脾气，宁可息事，花两钱算甚么，只要小的去，大的来，就有在里头了。但是总得有个人先去探探口气，我们才好商量。”周老爷道：“是。先去探探口气，果然是美意，我们也乐得同他拉拢拉拢。大人就给他一角公事，或者请他清查本地被土匪扰害的灾户，借此为名，等他开支几两银子的薪水，这是好的一面说法。倘若存了别的主意，大人跟前卑职要直谈的，那是他一定存了敲竹杠的意思。但是现在先写信，看来事情一定还可挽回，大人也不必烦心。这里的捕厅姓单，同卑职是十几年的相好，听说他同本地这些人还联络得来，卑职就去找他当中疏通疏通，将来事成之后，大案里头，求大人赏他一个保举就是了。”胡统领道：“这是惠而不费的，我又何乐而不为呢。但是你老哥见了单县丞，只说你托他，不必提出我来。各式事情，我们心照就是了。”周老爷答应着说：“明天一早就进城去。事

情要办的快，总要明天一天里头了结才好。”胡统领道：“是啊。如此我也不留你们多坐了。你们各自回船歇息，明天好办正经。”于是各随员一齐辞别退去。

到了次日，周老爷果然起了一个早，坐轿进城会见单太爷，讲起昨夜统领的情形，知道事有把握。单太爷帮着敲了竹杠，统领还要保举他，真是名利兼收，非常之喜，连说：“晚生倘能因此过班，已是老堂翁的提拔。至于银钱里头，用着晚生出力的地方，晚生无不竭力，无论多少好处，一齐都是你堂翁的。至于魏老朋友那里，有兄弟去抗，少则一头二千，多则三五六千，随你堂翁的便。他坐在家里那里来得这些银子，多了岂不是白便易他呢。”周老爷听了，自然也自欢喜。又商量了一回，仍旧出城禀见统领，说起这魏竹冈的为人：“据单县丞说，竟其不是个好东西，而且同京里张昌言张御史是姑表兄弟，所以在地方上很不安分。地方官看他表弟面上，有些事情都让他，不同他计较。单县丞虽然同他要好，晓得他利心太重，有些话也只好说起来看。总之，想敲一个大竹杠是实情。”胡统领听了踌躇道：“少呢，我们那里不花两钱，如果要的多，也只好听他的便了。”周老爷道：“据单县丞说，只怕开出口来不会少呢！”胡统领听了诧异道：“怎么单县丞晓得他要敲我的竹杠？”周老爷连忙分辨道：“他如何会晓得，也不过外头听来的传言，他听见大人肯赏他保举，他感激的了不得，立刻就到姓魏的那里探听去了。”

周老爷正同统领说话的时候，忽然船头上有人来回说：“有客到隔壁船上拜周老爷。”周老爷道：“只怕是单县丞探了口气来了。”统领道：“论不定就是他，你快过去看看罢。”周老爷辞别出来，回到自己船上，果然是单太爷。当时因人多不便说话，便把他拉到耳舱里，两个人鬼鬼祟祟的半天。周老爷送客出来，一直仍回到统领船上，一进门见了统领，便嚷道：“真正想不到的事情，简捷要把卑职气死！怎么不做一个好人，一定要敲竹杠！”胡统领忙问：“怎的？”周老爷只顾说他自己的话，说道：“他上天讨价，不能不由我落地还钱。且看单太爷去说，他能听不能听，再作道理。”胡统领忙问：“到底他要多少数目？”周老爷道：“大人估量他要多少？”胡统领道：“多则五千，少则三千。”周老爷道：“三千再加一百倍！”胡统领愣了一愣，舌头一伸，道：“怎么一百倍？”周老爷道：“他开口就是三十万，岂不是一百倍。”胡统领道：“他的心比谁还狠！咱们辛苦了一趟，所为何事，他竟要一网打尽，我们还要吃甚么呢。你怎么回头他的？”周老爷道：“回头了他恐防生变。卑职总想着大人‘宁可息事’的一句话，只同他讲价钱，不同他翻脸。”胡统领道：“你到底同他讲多少？”周老爷道：“他开的盘子太大了，过少不好出口，卑职还了他三万。”胡统领听了，默默无语。停了好半天，又问道：“你还他三万，他答应不答应呢？”周老爷道：“他要三十万，是单县丞传来的。卑职只还个数目给他，不晓得他答应不答应。”胡统领听了摇摇头，说道：“都要像这样敲起来，一个三万，十个就是三十万。我的钱有完的时候，他们的竹杠没有完的时候。这个我吃不了！你替我回头他：有甚么本事只管施来，我不怕；如若要钱，我没有。”

周老爷听了，陡的吃了一惊，心上思量道：“怎么这件事他倒变起卦来？而且也不像他平日为人。”但是碰了下来，也不好说别的，只搭讪着说道：“卑职这事是仰体大人意思做的，所以敢还他一个价，横竖这点数目总还开销得出。”胡统领一听话中有因，明明说他的钱是赚来的，揭着他的痛疮，心上越发生气。其时天气已交小寒，胡统领穿着一件枣儿红的大毛袍子，没有扎腰，也没有穿马褂，头上戴着“皮困秋”[12]，脚下登着薄底京靴，因为烘眼，戴了一付又大又圆的墨晶眼镜，一手捧着水烟袋，一手绺着老鼠胡子，坐在床边上，摇来摇去，床上点着烟灯。只见他的面孔比铁还青，坐了老半天，一声不响。周老爷也只好相对无言。又歇了一会，说道：“我替他们地方上办了这么大的一件事，一把万民伞都没有，还来敲我的竹杠！”周老爷道：“等卑职出去通个风给他们，一定有得来的。”

胡统领道："算了罢！我省得三万银子，至少几千把万民伞好做。这个虚体面，我如今亦不在乎了？"周老爷一连碰了几个钉子，满肚皮不愿意，瘪在肚里不敢响。听他的口音，三万头还赖着不肯出。一时不敢多说，只得随便敷衍了几句，搭讪着出去。

回到自己船上，踱来踱去，一时想不出主意。想了半天，忽然想到建德县庄某人，统领同他还说得来，只好请他来打个圆场，或者有个挽回，到底捞他两个。主意打定，便去拜见庄大老爷，言明来意，只说："外头风声甚是不好，虽然乡下人都有真凭实据在我们手里，到底闹出来总不好看。魏竹冈是著名的无赖，送他两个，堵堵他的嘴，我们省听多少闲话。"庄大老爷听了，心想："上回乡下人的事情，虽然我替统领竭力的做了下来，然而对得住上司，毕竟对不住百姓，早晚总有一个反复。倒不如等他们出两个钱，我也免得后患。"想罢，便连声称"是"。又道："统领脾气，兄弟是晓得的，等兄弟去劝他，应该总答应。"周老爷感激不尽，辞别出门。不多时候，庄大老爷也就来了。见了统领，闲谈了几句，慢慢讲到此事。胡统领咬定一口不答应，还说了许多闲话，总怪周老爷帮着外头人。又说："兄弟这趟差使是苦差使，瞒不过诸公的。周某人总想多开销兄弟两个他才高兴，不晓得他存着一个甚么心。像你老哥才算得真能办事情的人。"庄大老爷随便替周老爷分辩了两句，把嘴凑在统领耳朵上，咕咕唧唧了半天。称见统领皱一回眉，摇一回头；后来渐渐有了笑容，一连把头点了几点，方才高声说道："这件事，兄弟总看你老哥的面子，如果是别人，兄弟一定不能答应。"庄大老爷又重新谢过，辞别回去不题。

单说胡统领此番虽然听了庄大老爷的话，答应送魏竹冈三万银子，托为布置一切。他的初意，因为不放心周老爷，一定要庄大老爷经手。庄大老爷明晓得这里头周某人有好处，而且当面又托过，犯不着做甚么恶人，所以求了统领，仍交周某人经手。统领面子上虽然答应，等周老爷上来请示要划这笔银子，他老人家总是推三阻四，一连耽搁了好几天亦没有吩咐下来。周老爷心上着急，又不好十分催他。而且胡统领有意为难，过了两天，竟其推病不见客，连周老爷来见也是不见。等到病好，周老爷再上去请示，倒说："兄弟那里来的钱？还是老兄外头面子大，交情多，无论那里先替兄弟拉三万银子；随后等兄弟有了缺，本利一个不少他的就是了。"周老爷听了，气得半天说不出话来。意思待要发作两句，既而一想："好汉不吃眼前亏。且让他一步，再作道理。"回到自己船上，越想越气。忽又想到："戴大理的话真是一点不错。横竖总不落好，碰见这种人只好同他硬做。但是一件：银钱是黄仲皆经管，我今同他商量，他是个胆小人，一定不肯答应，与其碰了回来，不如不张口为妙。"想来想去，一夜未眠。

次日一早起身，正在一个人盘算主意的时候，齐巧单太爷前来探信。周老爷一想："他来得凑巧，我今姑且同他商量。"当下请进，见面叙坐。周老爷先开口道："一连接到老哥三张条子，为着事情大有反复，所以一直未能报命。"单太爷道："晚生并不能来催堂翁，只因魏竹冈天天派人到晚生那里来讨回信，赛如欠了他的债一般。这种人真正可恶！晚生想不去理他，又怕耽误了堂翁这边的事，统领跟前无以交代，所以急于两面圆场。也晓得堂翁这里事情多，不好为着这点小事情时来絮聒，为的实系被催不过，所以写过几封信，意思想讨堂翁一个回信，晚生也好回复前途。一连几日，既未见堂翁进城，事情如何又未蒙台谕，所以晚生只得自己过来，一来请请安，二来请个示，到底这事如何办法？"周老爷听了，皱了一皱眉头，说道："兄弟亦正因此事为难，正想进城同老哥商量，现在老哥来此甚好。"单太爷道："怎么说？"周老爷把嘴凑在他耳朵边，将此事始末缘由，他如何为难，统领如何蛮横，现在想赖这笔银子的话，说了一遍。

单太爷听了，想了一回，说道："堂翁现在意下如何？"周老爷道："这种人不到黄河心不死。现在横竖我们总不落好，索性给他一个一不做，二不休。你看如何？"单太爷道：

"任凭他们去上控？"周老爷道："犹不止此。"单太爷诧异道："还要怎样？"周老爷愣了半天，方说道："论理呢，我们原不应该下此毒手，但是他这人横竖拿着好人当坏人的，出了好心没有好报，我也犯不着替他了事。依我的意思，单叫人去上控还是便易他，最好弄个人从里头参出来，给他一个迅雷不及掩耳。要赚大家赚，要漂大家漂，何苦单单便易他一个。我上回恍惚听你老哥说起，张昌言张御史同魏竹冈是表兄弟，可有这个话？"单太爷道："他俩不错是表兄弟。但是他如今通信不通信，须得问问魏竹冈方晓得。"周老爷道："我想托你去找找他，通个信到京里干他一下子，你看怎样？"单太爷道："只要他肯写信，那是没有不成功的。但是一件，事情越闹越大，将来怎么收功？于他固然有损，于我们亦何尝有益呢？"周老爷道："我不为别的，我定要出这一口气，就是张都老爷那里稍须要点缀点缀，这个钱我也肯拿。"

单太爷一听他肯拿钱，便也心中一动，辞别起身，去找魏竹冈。两人见面之下，魏竹冈晓得事情不成功，这一气也非同小可，大骂胡统领不止，立刻要亲自进省去上控，不怕弄他不倒。单太爷道："现在县里有了凭据，所以他们有恃无恐。他是省里委下来的，抚台一定帮好了他。官司打不赢，徒然讨场没趣。"魏竹冈道："省控不准就京控。"单太爷道："你有闲工夫同他去打，这笔打官司的钱那里来呢？"魏竹冈一听这话有理，半天不语。单太爷道："你令亲在京里，不好托托他想个法子吗？"魏竹冈道："再不要提起我们那位舍表弟。他自从补了御史，时常写信来托我替他拉买卖。我这趟在屯溪替他拉到一注，人家送了五百两。我不想赚他的，同他好商量，在里头挪出二百我用，谁知他来信一定不肯，说年底下空子多，好歹叫我汇给他。还说明：'将来你表兄有甚么事情，小弟无不竭力帮忙，应该要一百的，打个对折就够了。'老父台，你想想看，我老表兄的事情，他不肯说不要钱，只肯打个对折，你说他这要钱的心可多狠！"单太爷道："不管他心狠不心狠，'千里为官只为财'，这个钱也是他们做都老爷的人应该要的。不然，他们在京里，难道叫他喝西北风不成？"魏竹冈道："闲话少说，现在我就写信去托。但是一件，空口说白话，恐怕不着力，前途要有点说法方好。"单太爷道："看上去不至于落空。至于一定要若干，我却不敢包场。"魏竹冈道："到底肯出若干买他这个折子？"单太爷道："现在已到年下了，送点小意思，总算个炭敬罢了。"魏竹冈道："炭敬亦有多少：一万、八万也是，三十、二十亦是。到底若干，说明白了我好去托他。你不知道他们这些都老爷卖折参人，同大老官们写信，都与做买卖一样，一两银子，就还你一两银子的货；十两银子，就还你十两银子的货，却最为公气，一点不肯骗人的。所以叫人家相信，肯拿银子送给他用。我看这件事情总算兄弟家乡的事情，于兄弟也有关系，你也一定有人托你。你就同前途说，叫他拿五百两银子，我替他包办。"单太爷道："五百太多罢？"魏竹冈道："论起这件事来，五千也不为多。现在一来是你老哥来托我，二来舍表弟那里我也好措辞。总而言之：这件事参出去，胡统领一面多少总可以生法，还可以'树上开花'。不过借我们这点当作药钱，好处在后头，所以不必叫他多要。你如今连个'名世之数'[13]都不肯出，真正大才小用了。"单太爷道："这钱也不是我出，等我同前途商量好了再来复你。"魏竹冈道："要写信，早给兄弟一个回头。"单太爷道："这个自然。"说完别去。

当晚出城，找到周老爷说："姓魏的答应写信，言明一千银子包办。"周老爷听了嫌多。当下同单太爷再三斟酌，只出六百银子。单太爷无奈，只得拿了三百银子去托魏竹冈说："前途实在拿不出。大小是件生意，你就贱卖一次，以后补你的情便了。"魏竹冈起先还不答应，禁不住单太爷涎脸相求，魏竹冈只得应允。等到单太爷去后，写了一封信，只封得五十银子给他表弟，托他奏参出去。

以后如何，且听下回分解。

［注释］

①分肥：分取利益，多指分赃。

②随折：指随牒，据以授官的委任状。

③秋风：也称打秋风，利用各种名目和借口敲诈索取财物。

④年敬：年礼。逢年敬送的礼物。

⑤座师：明、清两代举人、进士对主考官的尊称。

⑥房师：明清乡、会试中式者对分房阅卷的某一房同考官的尊称。

⑦同门：指授业于同一个老师。

⑧颟顸：糊涂。

⑨两榜：唐朝时期，进士会试分甲、乙两科，即称为“两榜”。到了清朝，会试即进士会试，乡试即举人试，分别为甲榜、乙榜，合称两榜。

⑩闾阎：本指里巷的小门，这里指平民百姓。

⑪贽见：执持礼物以求见。

⑫皮困秋：一种帽子的俗称。

⑬名世之数：五百年，见《孟子·公孙丑下》：“五百年必有王者兴，其间必有名世者。”此代指数目“五百”。

第十八回

颂德政大令挖腰包　查参案随员卖关节

却说胡统领自从到了严州，本地地方官备了行辕①，屡次请他上岸去住，无奈他迷恋龙珠，为色所困，难舍难分，所以一直就在船上打了“水公馆”。后来接到上宪来文，叫他回省，他便把经手未完事件赶办清楚，定期动身。此番出省剿匪，共计浮开报销三十八万之谱：有些已经开支，有的尚待回省补领。胡统领心满意足。自己想想，总觉有点过意不去，便于其中提出二万：一万派给众位文武随员，以及老夫子、家人等众，一来叫他们感激，二来也好堵堵他他的嘴。周老爷虽非统领所喜，因为一切事情都是他经手，特地分给他三千。下余的一千、八百，三百、五百，大小不等。赵不了顶没用，也分到一百五十两银子，比起统领顶得意的门上曹二爷虽觉不如，在他已经乐的不可收拾了。

尚有一万，由统领交托周老爷，说道：“本地绅士魏竹冈，他要敲兄弟三万，他的心未免太狠，我一时那里来得及。现在把这一万银子，托老兄替兄弟去安排安排，免得他们说话，大家不干净。倘若不够，只得请老兄替兄弟代挪数千金补上，再要多，我可没有了。”周老爷听了，心下寻思道：“我的妈！你这钱若肯早拿几天，我也不至于托姓魏的写信到京里去了。现在事已如此，再出多些也无益，我乐得自己上腰，也犯不着再给姓魏的。我有了这个钱，回省之后另打主意，或者仍往山东一跑，将来就是他们参了出来，弄到放钦差查办，也与我不相干涉。”主意打定，仍旧恭而且敬的回答统领道：“大人委办的事，卑职没有不尽心的。齐巧这两天他们那边也松了下来，大约一万就可了事。”胡统领道：“可见这些人是贱的。你不理他，一万也就好了，你若是依着他，只怕三万也不会了事。”周老爷心里好笑，嘴里不作声。

胡统领道：“现在钱也出了，我的万民伞呢？这点虚面子，他们总不好少我的罢？”周老爷道：“这个自然。”胡统领道：“一万银子买几把布伞，我还是不要的好。”周老爷道：“叫他们送缎子的。城里一把，四乡四把，至少也得五把。”胡统领道：“我不是稀罕这个，为的是面子，被上司晓得，还说我替地方上出了怎么大一把力，连把万民伞还没有，面子上说不下去。”周老爷答应着，见话说完，退了下去。一头走，一头想，心想：这送万民伞的事情须得同本地绅士商量。现在这些人一齐把统领恨如切骨，说上去非但不听，而且还要受他们的句子②，不如且到县里同庄某人斟酌斟酌再说。”主意打定，立刻坐了轿子到县里拜会庄大老爷，说明来意。

庄大老爷道：“我虽是地方官，这件事也不好勉强他们，须得他们愿意。而且我也不好同他们去谈这个。你去找找捕厅单某人，他与本地绅士还联络，不如叫他去说说看。说成了固然是好，倘若不成功，他的主意多，叫他想个法子弄几把伞，有几个人送了去，统领面子上糊得过，不就结了吗？”周老爷道：“单某人是我认得的，如此即刻我去找他。”说完辞了出来。捕厅就在县衙东面，也不用坐轿子，踱了过来。单太爷接着，寒暄之后，便问：“老堂台同统领几时动身？晚生明日要还请老堂台叙叙，一定要赏光的。”周老爷自然谦了几句，便将来意告知。单太爷道：“绅士、商人于统领的口碑都有限，如今叫他们

送万民伞，就是贴了钱也万万不会成功，不如不去的好。老堂台如果怕统领面子上难以交代，晚生有句老实话：除非统领大人自己挖腰包不可。若以现在外面口碑而论，就是统领大人自己把牌、伞做好交给他们，他们也未必就肯送来，因为来了就要磕头的。老堂台如今要办这个，依晚生愚见，这笔钱是没有人肯出的。果然自己挖腰包把伞做好，由晚生这里雇几个人替你掮了去，也还容易。但是这些戴顶子送的人那里去找？”周老爷听了不语，心下寻思道：“好在我已拿着他一万银子，拚出一二百块钱，做几把伞、四扇牌应酬他也不打紧。”想罢，便对单太爷道：“这个钱现在归兄弟拿出来，你不必愁。但是请几位朋友去送，总得你老哥想个法子，到底你老哥在这里做官做久了，外面人头熟，说出去的话，人家总得还你个面子。”单太爷道：“人头果然熟，然而也要看甚么事情。我替老堂台想，你们带来的营头，还有炮船那些统领、帮带、哨官、什长，那一个不是颜色顶子。去同他们商量，到了那天检几个永远见不着统领面的，叫他们穿着衣帽来送，就说是本地绅衿。横竖进来磕过头就出去的，谁能辨他是真假呢？”

周老爷一听不错，连称：“老哥所说极是，兄弟一定照办。”又把做万民牌、伞的事托单太爷代办。单太爷问：“做甚么样子的？”周老爷说：“要缎子的。”单太爷愣了一愣道：“缎子的太费罢？”周老爷道：“不用缎子，至少也得绫子。你老哥瞧着看，怎么省钱，怎么好看怎么办。兄弟的事情，你老哥还肯叫我多花钱吗。”说着又问：“几天做好？何日去送？”单太爷屈指一算，说：“今天不算，总得两天做成，一准第三天送就是了。”周老爷回到城外，先去找了赵大人、鲁总爷一帮人，商量妥当，把人头派齐。然后回到大船上禀知统领，统领自然无话。预备第三天早上收过万民伞、德政牌之后，饭后开船回省。

正是光阴迅速，转瞬间已到了第二天了。这天合城文武在本府衙门备了满、汉全席，公饯统领，并请了周老爷、赵不了等一班随员、老夫子作陪，又传了一班戏在厅上唱着。当下自然是胡统领坐了居中第一位，众官左右相陪。胡统领穿的是吉祥狲缺衿袍子，反穿金丝猴马褂。台子面前放着一个大火盆，烧着通红的炭。十多个穿袍套的管家，左右分班上菜斟酒。从午后两点钟入座，一直吃到上灯还没有完。胡统领嘴里喝着酒，眼里看着戏，正在出神时候，不提防一阵风来，把戏台上一幅彩绸吹在蜡烛上，登时烧将起来。虽然当时就被人瞧见，赶紧上前扑救；无奈风大得很，早已轰轰烈烈，把檐上挂的彩绸一齐烧着。大众这一惊非同小可！一时七手八脚，异常忙乱：有些人取水泼救，有些人想拿竹杆子去挑。其时戏台上已经停锣，众戏子一齐站在台口上帮着出力。幸亏其中有一个唱“开口跳”[3]的小丑，本事高强，攀着柱子爬了上去，左一拉，右一扯，总算把彩绸扯下，余火扑灭。一场大祸，顿归乌有，众人方才把心放下。回看地上，业已满地是水，当差的拿扫帚扫过，重新入席，开锣唱戏。

当火起的时候，胡统领面色都吓白了，就叫打轿子说要回去。后见无事，众官又过来一再挽留，请大人宽用几杯，替大人压惊。谁知这位统领大人是忌讳最多的，见了这个样子，心上狠不高兴，勉强喝过几杯，未及传饭，首先回船。众人亦纷纷相继告辞。胡统领回到船上，开口就说：“今日好端端的人家替我饯行，几乎失火，不晓得是甚么兆头！”众人不敢回答。亏得文七爷能言惯道，便说：“火是旺相。这是大人升官的预兆，一定是好兆头。”一句话把他老人家提醒，说说笑笑，依旧欢天喜地起来。

到了第三天，手下之人一齐起早伺候。码头上本有彩棚，因为统领定于今日动身回省，首县办差家人重将彩绸灯笼更换一新。大小炮船，一律旌旆鲜明，迎风招展。码头左右，全是水陆大小将官，行装跨刀，左右鹄立。将官之下，便是全军队伍，足足站有三四里路之遥，或执刀叉，或擎洋枪。每五十人，便有一员哨官，手拿马棒，往来弹压。德政牌、伞言明是日十点钟由城里送到船上。赵大人、鲁总爷所派武职人员，一早穿了衣帽，同到

单太爷那里，预备冒充本城绅衿，遮掩统领耳目。单太爷又嫌人数太少，不足壮观，另把自己素有往来的几个买卖人，甚么米店老板、南货铺里掌柜的，还有两个当书办的，一齐穿了顶帽，坐了单太爷预备的小轿。单太爷办事精细，恐怕惹人议论，叫人悄悄的到伞、牌店里，把五把伞、四扇牌取来，送到城门洞子里会齐。又预先传了一班鼓手在那里候着。等到诸位副爷、老板轿子一到，然后将伞撑起，随着鼓手、德政牌，吹打着一同出城。出城不远，两旁便有兵勇站街，有人保护，不怕滋事了。分派停当，已经九下钟。合城文武官员络续奔至城外官厅伺候。

约摸有十点半钟，只听岸滩上三声大炮，两旁吹鼓亭吹打起来。胡统领赶忙更换衣冠：头戴红顶貂帽，后拖一支蓝扎大披肩的花翎；身穿枣儿红猞猁狲缺襟开气袍，上罩一件寿桃貂马褂，下垂对子荷包；脚登绿皮挖如意行靴。几个管家，一个个都是灰色搭连布[4]袍子，天青哈喇呢马褂，头戴白顶水晶顶，后拖貂尾，脚踏快靴。其时德政牌、伞已到岸上彩棚底下，一众送伞的人齐上手本。执帖门上呈上统领过目之后，便吩咐伺候。岸上又升三声大炮。只见十六名亲兵，穿着红羽毛、黑绒镶滚的号褂战裙，手执雪亮钢叉，钢叉之上，一齐缠着红绸。亲兵后头，挨排八个差官。由船到岸虽只一箭之遥，只因体制所关，所以胡统领仍旧坐了四人绿呢大轿。轿前一把行伞，轿后一群跟班。到了岸上彩棚底下下轿，朝着众位送伞的人谦逊了见句。其时地上红毡官垫都已铺齐，众人纷纷磕头下去。统领一旁还礼不迭。起来又谢过众人，又留诸位到船上吃茶。众人再三辞谢。统领送过众人。其时各炮船船头上齐开大炮，轰轰隆隆，闹的镇天价响。两旁兵勇掌号，吹鼓亭吹打细乐。统领依旧坐着轿子，由差官、亲兵等簇拥回船。

不提防轿子刚才抬上跳板，忽见一群披麻带孝的人，手拿纸锭，一齐奔到河滩，朝着大船放声号啕痛哭起来。其时统领手下的亲兵，县城派来的差役，见了这个样子，拿马棒的拿马棒，拿鞭子的拿鞭子，一齐上前吆喝。谁料这些人丝毫不怕，起先是哭，后来带哭带骂。骂的话虽然听不清楚，隐隐间也有一二句可以辨得，说甚么“官兵就是强盗，害的我们好苦呀！”一派话头。这些人听了，愈加生气，打骂的更凶。那些人只是哭他的，伏在地下，慢慢化锭，慢慢诉说，只是不动。四面弹压的人及码头上瞧热闹的人，早已聚了无数。哭骂的话，胡统领也并非一无所闻，幸亏他宽宏大量，装作不知。上船之后，就命立刻开船，离了码头。

再说府、县各官听说统领就要开船，一齐蹿出官厅，上船叩送。走至岸滩，见了许多人围聚一处，问起根由，众人不敢隐瞒，只得依实直说。本府不语。首县庄大老爷便骂当差的，问他：“为甚么不早驱逐闲人？现在围了多少人在这里，叫统领大人瞧着像个甚么样子呢？”办差的不敢回嘴。庄大老爷又吩咐：“把地保锁起来！”地保一听老爷动气，立刻分开众人，要想把一个身穿重孝，哭的最利害的人，扭了来禀见本官。谁知这个人并不畏惧，反拿了哭丧棒打地保的头，嘴里还说：“我的妈，我的哥，都死在他们手里，我的房子亦烧掉了，我还要命吗！他是甚么大人！我见了他，我拼着命不要，我定要同他拼拼！”其时庄大老爷站在码头上，这些话都听得明白，晓得骂的不是自己，虽然生气，似乎可以宽些，忙传话下去，叫地保不要同他啰嗦，把他们赶掉就是了。地保得令，同着七八个差役，两个拖一个，把他们拖走。这些人依旧破口骂个不了。但是相去已远，统领听不见，庄大老爷也听不见，就作为如无其事，不去提他了。

且说各官挨排见过了统领，各人有各人坐船，一齐各回本船，跟着统领的船走了有十几里。统领再三相辞，方才回去。至各武官一齐在江边排队，鸣枪跪送，更不消说得。本道驻扎衢州，自从九月生病，请了三个多月的假。上头因为他京里有照应，所以并不动他。地方上虽有事，竟于他丝毫不相干涉似的。自从胡统领到严州，一直等到回省，始终未见一面。胡统领也晓得他的来头，所以也并不追求。

正是有话便长，无话便短。胡统领在船上走了几天，顶到回省已经是年下。照例上院禀见，一则禀陈剿办情形，二则叩谢随折保奖。照例公事，敷衍过去。下来之后，便是同寅接风，僚属贺喜。过年之时，另有一番忙碌。官样文章，不必细述。单说同去的随员，黄、文两位，各自回家。周老爷原有抚院文案差使，抚宪同他要好，一直未曾开去，他回省之后，原旧可以当他的差使。无奈他在严州因与胡统领屡屡龃龉，非但托人到京买折奏参，而且还赚了他一万银子，将来这事总要发作，浙江终究不能立足。与其将来弄得不好，不如趁此囊橐[5]充盈，见机而作。所以自从回省之后，一直请假，在朋友家中借住。等到捱过元宵，他又借着探亲为名，上院禀见抚宪，口称："亲老多病，倚闾望切，屡屡寄信前来叫卑职回去。今幸严州土匪一律剿平，卑职并无经手未完事件，意欲请假半载，回籍省亲。假满之后，一定仍来报效。"刘中丞是同他有交情的，听了此言，甚为关切，不得不允。但嫌半年日子太长，只给了三个月的假，还说："随折只保得胡道一人，早奉批折允准。旨意上并准兄弟择尤保奖，不日就要出奏，老哥的事情，是用不着嘱咐的。"周老爷又请安谢过。然后下去禀辞各上司，辞别各同寅，卷卷行李，搭上了小火轮，先到上海，再图行止。按下慢表。

再说戴大理听见胡统领回省，先到公馆禀见。见面之后，寒暄几句，胡统领先谢他从中斡旋之事，又提到周老爷，竟其甚不满意。戴大理便趁势说了他许多坏话，又说："这番不给他随折，也是卑职做的手脚。"胡统领道："非但不给他随折，而且等到大案上去的时候，兄弟还要禀明中丞，把他名字撤去才好。"戴大理听了甚喜。

正是光阴似箭，日月如梭，周老爷去不多时，这里大案也就出去。胡统领虽与周老爷不对，屡次在中丞面前说他的坏话，戴大理也帮着在内运动，无奈中丞念他往日交情与这一番辛苦，不肯撤去他的名字，依旧保了进去。当经奉旨交部议奏。随手就有部里书办写信出来，叫人招呼：无非以官职之大小，定送钱之多少；有钱的核准，无钱的批驳。往返函商，不免耽误时日，所以奉旨已经三月，而部复尚未出来。此乃部办常情，不足为怪。

看看一年容易，早已是五月初旬。一日，刘中丞正在传见一般司、道，忽然电报局送进一封电传阁抄。拆开看时，原来是钦派两位大员，随带司员，驰驿前赴福建查办事件。当下中丞看过，便说与众人知道。藩台回称："现在福建并没有甚么事情被人参奏，何以要派钦差查办？"到底臬台是当小军机出身，成案最熟，想了一回，说道："据司里看起来，只怕查的不是福建。向来简放钦差，查办的是山东，上谕上一定说是山西，好叫人不防备；等到到了山东，这钦差可就不走了。然而决计等不到钦差来到，一定亦预先得信，里头有熟人，没有不写信关照的。"刘中丞道："我们浙江不至于有甚么事情叫人说话。"司、道听了无话。送客之后，歇了两三天，刘中丞接到京信也是一个要好的小军机写给他的，上头写的明明白白，是中丞被三个御史一连参了三个折子，所以放了钦差查办。刘中丞至此方才吃了一惊。到了次日，又奉上谕，已将省分指明，着派两钦差来浙查办。但是只说有人奏，没有提出御史的名字。此亦照例文章，无庸琐述。至于所参的是那几款，上谕未曾宣明。合省官员，虽有几位自己心上明白，究竟一时也不得主脑。过了几日，京里的那个小军机又写了一封信来，才把被参的大概情形约略通知，虽还不能详细，大略情形已得六七。列位看官须知：大凡在外省做督、抚的人，里头军机大臣上，如果有人关切，自然是极好的事，即使没有，甚么达拉密章京，就是所称为小军机的那帮人，总得结交一两位，每年馈送些炭敬、冰敬，凡事预先关照，便是有了防备了。京城里面刘中丞虽然不少相好，无奈这些人听见他被参，恐怕事情不妙，都有点退后，不敢同他来往。又有人心上很想通知他，又打听不出被参的根由，因此不敢多言。本城司、道当中有几个虽得实信，

但是有碍中丞面子，横竖将来总会水落石出，此时也不便多谈。有此三层，所以钦差已经请训南下一月有余，所参各节，刘中丞反不能全然知道，却是这个缘故。

闲话休题，言归正传。且说到了六月底接着电报，晓得钦差已经行抵清江，这边浙江省城便委了文武巡捕前往迎接。赶到七月中名，业已顶到杭州。探马来报，听说离城不远。文自巡抚以下，武自将军以下，一齐到接官厅，预备恭请圣安。出城不到一刻，远远听得河中小火轮的气筒呜呜的响了两声。两岸接差的营兵，一阵排枪放过，便见两只小火轮，拖带钦差及随员大小坐船二十余只，一路冲风破浪而来。船泊码头，三声大炮，随见两位钦差，身着行装，坐了大轿，抬到岸上，一同出轿，走至香案旁边，东西站定。将军、巡抚以下，都统、臬司以上，凡够得着请圣安的，一齐跪定。巡抚、将军居首，口报："某官某臣某人，率领某某人，恭请圣安。"然后叩头下去。钦差照例回答过。一时礼毕。两位钦差只同将军、学台寒暄了两句，见了其余各官，只是脸仰着天，一言不发，便命打轿进城。其时内城早经预备，把个总督行台做了钦差行辕。此番办差非同小可，为的是查办本省事件，所以首县格外当心。藩台又怕首县照顾不到，另派了一个同知、两个知县，帮同仁、钱二县料理此事。钦差到了行辕，因为请训的时候面奉谕旨，叫他破除情面，彻底根查，所以关防非常严密：各官来拜，一概不见。又禁阻随员人等，不准出门，也不准会客。大门内派了一员巡捕官同一位亲信师爷，一天到晚，坐在那里稽查：有人出入，都要挂号。这个风声一出，直把合省官员吓的不得主意。

到了第二天，钦差又传出话来，叫首县预备十付新刑具，链子、杆子、板子、夹棍，一样不得少。随后又叫添办三十付手铐、脚镣，十付木钩子、四个站笼[6]。首县奉命去办，连夜做好，次日一早送到行辕。各员闻知，更觉魂不附体。刑具造齐之后，一连两日不见动静，合城官员越发摸不着头脑。凡钦差一举一动，首县及本省所派的文武巡捕均随时禀知抚院，今因不见动静，自然格外惊疑。

到了第三天，钦差行辕忽然发出一角公文，咨给本省巡抚。刘中丞拆出看时，上面写的大略是：

> 本大臣钦奉谕旨，来此查办事件。凡与案内牵涉各员，相应咨请贵抚院，按照另开各员，分别撤任、撤差、看管。

各等语。另外一张名单，共是两个实缺道，是宁绍台一个，金衢严一个，均先撤任；两个候补道，一个是支应局的老总，一个便是防军统领胡道台，均先撤差；五个知府，十四个同、通、州、县，建德县庄大老爷亦在其内，得的处分是先行撤任，发交首县看管。此外是全撤任、撤差，发县看管的，共有三个；佐杂班子里，撤任、撤差的共有八个；此外武官当中也不少。另有一篇名字，是捉拿劣幕二人，一个还是现在抚院的幕府；三个门丁，两个是跟藩台的，一个是运司的；又有某处绅士某人；某县书办某人……足足有一百五十多个，一时也记不清爽。刘中丞一看，别的还好，偏偏自己幕友也在其内。乃是第一扫脸之事。而且司、道大员，统通有分，便知事情不小。但是来文当中但叫撤任、撤差，拿人看管，并不指出所犯案情。惟因事关钦案，既不敢驳，又不敢问，只好一一遵照去办。这个信息一出，真正吓昏了全省的官，人人手中捏着一把汗。欲待打听，又打听不出，这一急尤其非同小可！不在话下。

且说两位钦差大人自从行文之后，行辕关防忽然松了许多。就有几位随来的司官老爷，偶尔晚上出门找找朋友，拜拜客。但是出门总在天黑上火之后，日间仍旧顿在家里。钦差的随员谁不巴结，他既出来拜客，人家自然赶着亲近，有的是亲戚、年谊，叙起来总比寻常分外亲热。起先只约会吃饭接风，后来送东送西，行辕里面来往的人也就渐渐的多了。

两位钦差只装作不闻不知，任他们去干。这随带司员中有一个旗人，名唤拉达，官居刑部员外郎，是正钦差的门生。师生之间，平时极其水乳。杭州候补道里头有一个管城门保甲的，也是个一榜出身，姓过名富，同拉达是同榜举人，也中在正钦差门下。却说这位正钦差，他是个旗员出身，现官兵部大堂，又兼内务府大臣之职。这趟差使原是上头有意照应他，说："某人当差谨慎，在里头苦了这多少年，如今派了他去，也好叫他捞回两个。"等到圣旨一下，还未请训，他先到老公[7]屋里，打听上头派他这个差使是个甚么意思。老公说道："这差使上头原先要派某某人去的，我们是自己人，有了好事情肯叫别人去吗？所以就在佛爷跟前，替你把这差使求了下来。"正钦差听了，自然异常感激，随手说道："这件事情闹的很不小，看来很不好办。要请请示，上头是个甚么意思？"老公鼻子里噗嗤一笑道："现在还有难办的事情吗？佛爷早有话：'通天底下一十八省，那里来的清官？但是御史不说，我也装做糊涂罢了。就是御史参过，派了大臣查过，办掉几个人，还不是这们一件事。前者已去，后者又来，真正能够惩一儆百吗？'这才是明鉴万里呢！你如今到浙江，事情虽然不好办，我教给你一个好法子，叫作'只拉弓，不放箭'：一来不辜负佛爷栽培你的这番恩典；二来落个好名声，省得背后人家咒骂；三来你自己也落得实惠。你如今也有了岁数了，少爷又多，上头有恩典给你，还不趁此捞回两个吗？"正钦差听了，别的还不在意，倒于这个"只拉弓，不放箭"两句话，着实心领神会。

等到辞别出京，顶到杭州，一直恪守这老公的一番议论。外面风声虽然利害，甚么拿人、造刑具，闹得一天星斗；其实他老人家天天坐在行辕里面，除掉闻鼻烟、抽鸦片之外，一无所事。空闲之时，便同几个跟班的唱唱二黄莲花落，消遣消遣。不但提来的人，他一个不审，一个不问；就是调来的案卷，他老人家始终没有瞧过一个字，只吩咐交给司员们看。同来的副钦差虽是个汉人，他的官不过是个副宪[8]，顶子还没有红，各式事情都让正钦差在头里，总不肯越过他去。至于带来的司员，很有几个懂得例案，留心公事的；无奈见了钦差如此举动，一齐没了主意。其中只有员外郎拉达，因是正钦差的门生，他二人做了一气，正钦差拿他当心腹人看待。他又同他同年过道台做了联手。

这位过富过道台，本是个一榜，上代也很有交情。自从到省以来，足足一十七载。从前几任巡抚看他上代的面子，也很委过他几趟差使。无奈他太无能耐，不是办的不好，就是闹了乱子回来。所以近来七八年，历任巡抚都引以为戒，不敢委他事情，只叫他看看城门，每月支领一百块洋钱的薪水。每逢牌期、朔、望，虽然跟了许多司、道上院，不过照例挂号，永无传见之期，真正黑的比煤炭还黑。不料天无绝人之路，偏偏本省出了乱子，接二连三被都老爷参上几本。事情闹大了，以致放钦差查办，刚巧是他中举的老师。头一天去禀见，巡捕传出话来，说是钦差不见客。起初他还不晓得老同年拉达同来，过了几天，拉达先拿着"年愚弟"帖子前来拜望，叙起来知道是同榜、同门，因此非常亲热。拉达受了钦差的吩咐，有心要叫过道台做拉马，他二人竟其没有一天不碰头两三次。凡钦差行辕一举一动，本省大宪是没有不知道的。自从他二人要好，一班耳报神早已飞奔的报到抚台跟前了。

这几天抚台正为这事茫无头绪，得了这个信，便传两司来商议。还是臬台老练有主意，说道："既然过道是钦差的门生，少不得将来要照应他的。大人不如先送个人情给他，一来过道感激大人的栽培，各色事情没有不竭力报效的；二来叫钦差瞧着大人诸事都有他脸上，他也不好不念人人这点情分；三则过道既同钦差随员相好，也可以借他通通气。好在目下支应局、营务处、防军统领出了几个差使都没有委人，大人何不先委他一两桩？这个人情是乐得做的。"抚院听了甚以为然，立刻应允。等到两司回去，未到天黑，札子已经写好，送到过道台的公馆里去了。

且说过道台自从黑了许多年，手中也着实拮据。现在老同年到了，总得些微应酬点，而且还想他在老师跟前吹嘘吹嘘，再托本省抚宪另外委他个好点的差使。幸喜他秉性忠厚，只想老同年替他说两句好话，至于借名招摇的事确丝毫没有。这天正在公馆里打算：“明天请老同年逛西湖，只要一只船，到了西湖，随便到岸上小酌一顿，化上头两块钱，便算请过了他，尽了东道之谊。”穷候补了多年，饭馆子上都欠不动了，只好打这个小算盘，这正是他的苦处。

不料正在打主意的时候，忽然院上送了两个札子来。过道台是多年不见红点子的人，忽然院上送来两个札子，还不知道甚么事情，甚是惊讶不定。等到拆开一看，才晓得是委了两个差使：一个支应局，一个营务处。这一喜非同小可！第二天上院谢委，磕头起来，说了许多感激的话。刘中丞也着实拿他灌米汤，还说：“老兄的大才，兄弟是素来知道的。一向没有机会，所以拿你搁到如今，以后借重的地方还不少。”过道台的底子毕竟忠厚，从此以后，便一心一意帮着刘中丞，替他出力。都是后话不提。

单说他上院下来，次日会见老同年，忙把此事告知。拉达心上明白，回到行辕，亦禀知了老师。钦差会意，等到晚上无人的时候，请了拉达过来，面授机宜，如此如此，这般这般的，吩咐了一番。拉达道：“老师的事情，门生还有不竭力的吗。但是一件，我们也只可以逸待劳，以静待动，等他们来请教我们。若是我去俯就他，这就不值钱了。”钦差道：“是呀，你老弟的话一些儿不错。听凭你老弟去办，我没有不好商量的。”拉达次日一早便去拜望过道台。门上人说：“我们大人一早就被院上传了去，下来还要拜客，一时间怕不得转来。”拉达听说，只好回去。

且说过道台是日一早果然是被刘中丞传到院上。这日刘中丞托称感冒，吩咐巡捕官止了辕门，凡官员来见的一概道乏，单传了过道台进去，又叫把他请进内签押房，以示要好之意。等到过道台进来，刘中丞已站在那里等候许久了。二人相见，打躬归坐。中丞穿的是件接衫[9]，也没有戴大帽子。见面先让升冠，又问：“便衣带来没有？”过道台回称“没带”。中丞便同自己跟班的说道：“我的衣服过大人穿着还对，快去把我新做的那件实地纱大褂拿来给过大人穿。”跟班的答应着。去不多时，取了出来给过道台穿上。尚未坐定，中丞又说：“今儿天早得很，只怕没有吃点心。”又叫跟班的上去拿点心，“我同过大人一块儿吃”。少刻点心摆上，二人对吃。一头吃，一头说，无非说些闲话，还没有提到正经。一霎点心吃完。刘中丞见过道台头上汗珠有黄豆大小，滚了下来，又赶着叫他宽大褂，又叫他把小褂一齐脱掉，吩咐管家绞手巾，“替过大人擦背”。正闹着，巡捕拿着手本来回道：“已撤防军统领胡道禀见。”中丞把眼一瞪道：“我有工夫会他吗！我说过今天不见客，你们没有耳朵吗？”巡捕道：“胡道说有要紧公事面回。”刘中丞道：“甚么要紧公事，叫他去找戴某人。”巡捕碰了钉子下来，不敢做声，只好通知胡统领，叫他去找戴大理。胡统领无奈，低头忍气而去。

且说过道台承中丞这一番优待，不禁受宠若惊，坐立不稳，正不知如何是好。一时擦背已毕，归坐奉茶。刘中丞慢慢的同他讲到：“钦差来到这里查办事件，到底不晓得几时可了。事了之后，还得请他叙叙。兄弟那年上京陛见的时候，同他二位很会过几次。听说正钦差还是老兄的座主。”过道台忙答应了一声“是”。又回：“查办的事这两天虽然不见动静。随员当中，职道有个同年，天天到职道那里来的。大人有甚么事情，职道可以问他。”刘中丞道：“我有甚么事怕人说话？老夫子呢，是历任请下来的，又不是我的亲戚故旧；好便好，不好驱逐回籍也与我毫不相干。我怕的是事情闹的太大了，未免牵动全局；全局一坏，将来杭州的官不好做，差事也不好当了。我为的是大众，并非是我一人之事。”

过道台听了，心上甚是钦佩；又想起刚才相待的情形，竟是感深肺腑，一心一意想要竭力报效，便一口答应，说道：“钦差是职道的座师，随员拉某人是职道的同门、同年。现在查办的事乃是关系大局的事。大人是个甚么意思，职道能够出力，没有不竭力的。就是拉某人那里，职道把大人盛意通知了他，料想他亦是一定肯帮忙的。”刘中丞道：“果然承他费了心，也没有叫他白费心的道理。说句老实话：只要我开出口，难道还要我掏腰吗？查是查的浙江省的事，用是用的浙江省的钱，多两个，少两个，倒不在乎，只要大家能把面子光过就算完了。第一老兄见了贵同年，先把原折抄个底子看看，也好有个把握，就是他们查不到的事情，我也好帮着他们去查。”过道台诺诺连声。见中丞无甚说得，方始告辞。他的意思一定还要换了衣帽出去，中丞不允，叫他穿了大褂出去。又说：“就把这件大褂送与老兄穿罢。”过道台又请安谢赐。中丞道：“将来借重的地方多着哩，一件大褂值得甚么！”言罢，吩咐跟班的替过大人拿衣帽送了出去。

过道台下院之后，也不及回公馆，一直奔到钦差行辕，会着老同年拉达。拉达把“刚才奉访不见”的话说了，过道台忙说：“失迎。”二人言来语去，过道台便将刘中丞的话一一转达。拉达听了，笑了一笑道：“他身任封疆，凡百事情都要惟他是问，怎么好说与他毫不相干呢？”过道台道：“并不是说各色事情都与他毫不相干，指的单是这位被参的老夫子，是前任一直请下来的。”拉达道：“既然不好，就不该联下去，为甚么不早些把他辞掉？现在动了参案，纵然没有通同作弊，过失察处分也难免的。”过道台道：“我们这位中丞是忠厚人，你又何必如此顶真？常言说的好：‘得罢手时且罢手。’总之，你替他出了力，他总不辜负你就是了。”拉达道：“老同年，这也不能怪你，你同他是感恩知己，自然要盼他无事才好。但是煌煌天使，奉旨而来，难道就此偃旗息鼓，一问不问吗？”

过道台起先听见拉达直揭他的心病，不免脸上红了一阵，半天回答不出，等到听见后来几句话，才说道：“事关钦案，也没有偃旗息鼓，一问不问的道理。将来终究有个交代，或者把要紧的人坏掉几个，还怕搪塞不了吗？”拉达道：“闹来闹去，终是位分越小的越晦气，这点机关难道我还不懂。总之，这件事不是看你同年面上，我兄弟一定不答应，定要回过钦差，给他一个水落石出。现在一来是你老同年一力担当，难道我们这点交情还没有。二来你老同年才得了这个美差，生怕再换一个上司，差使不牢，可是这个缘故？”过道台又把脸一红道：“我有你老同年照应，要署缺也容易，当个把差使算不得甚么。”拉达道：“我是说顽话，你别生气。”过道台道：“你真正把我当作傻子了。彼此说说笑笑，那有当作真的道理。”拉达道：“真是真，假是假，这事情也不是我一个人能作得主的。果然他们有甚么意思，等我回过上头，再通知你罢。”

过道台道：“这个自然。但是原参的底子你不妨先给我知道。”拉达道：“这个底子我虽然不妨拿给你看，我同你还分甚彼此，不过我们这几个同事有两个很疙瘩的，我给你看了，他们不晓得我二人的交情，还当我得了你几多银子似的。想起来真正可恨！”过道台道：“只要肯拿出来，这点小意思，中丞吩咐过，原应得尽心的。”拉达见说的话渐渐合拍，便让过道台到自己住的房间里坐，又让过道台在床沿上坐了，把嘴凑在过道台耳朵上，同他低低说道：“这事我好瞒别人，瞒不得你老同年。老师早有过话的了，一齐在内，总得这个数。”一面说，一面伸了两个指头。

过道台道：“二万？”拉达道：“差的天上地下哩！”过道台道：“二十万？”拉达把头一摇道：“止有一折。”过道台道：“怎么只有一折！”拉达道：“老师说过，总要二百万，二十万岂不是才有一折。”过道台听了，半天无话。拉达晓得他意思嫌多，便说：“事情又不是我的事情，你也不过做个当中人。这一个要得出，只要那一个答应得下，要你替古人担忧做甚么呢？”过道台道：“你既开了盘子，我总替你达到。但是底子你可先给我瞧瞧。”拉达道：“这是我们同事里的好处，我一人实实做不得主；但是你老同年既然

如此说了，我再不给你瞧，朋友面上也难为情。如今我硬作主，你能答应五万银子，我就抄给你瞧。同事里头有甚么说的，等我替你去抗。”过道台听了还以为多，后来讲来讲去，让到二万银子，再少一个，断断办不到。过道台只得一力担承。拉达又叫他写个欠银字据，嘴里说道：“并不是不放心你。人家晓得咱俩是同年，你不写这个，别人还要疑心我得了你若干，你写这个，总算是照应我的。”过道台无奈，只得提笔在手，写了一张字据交与拉达。然后拉达从拜盒里取出参案的底子来。过道台见了，舌头一伸，几乎缩不下去。

欲知后事如何，且听下回分解。

[注释]

①行辕：旧时高级官吏的行馆，亦指在暂住之地所设的办事处所。

②句子：冷言冷语。

③开口跳：京剧里武丑的别称，是武功和滑稽并重的一种角色。

④搭连布：质地粗厚的布。

⑤囊橐：袋子，借指粮仓、粮库。

⑥站笼：也称立枷，古时候的一种酷刑。把囚犯放在笼子里，上面用枷子夹住囚犯的脖子，让其无法移动，最终不堪之痛而死去。

⑦老公：太监的俗称。

⑧副宪：指都察院副都御史。

⑨接衫：旧时一种服装，用大褂的下半截儿接在马褂的下摆上制成，取其经济而凉快。

第十九回

重正途宦海尚科名　讲理学官场崇节俭

却说拉达将参案底稿取出，过道台接在手中一看，只见上面自从抚院起，一直到佐杂以及幕友、绅士、书吏、家丁人等，一共有二十多款，牵连到二百多人。一时也看不清楚，只好拿在手中，告辞回去，约明过日再送回信。出门上轿，并不及回公馆，一直上院，见了中丞，禀知一切，将底子呈上。刘中丞也不及细阅，单拣与自己关系的事，细细注目看了一回，其余只看一个大略。看罢，随手往桌上一撩，说道："到底他们定个甚么意思？"过道台又把钦差意思想要二百万的话说了一遍。刘中丞道："我情愿同他到京里打官司去！他要这许多，难道浙江的饭都被他一个吃完，就不留点给别人吗？他既会要钱，我自然有我的法子，暂且把他搁起来，不要理他。至于底下的花费，头两万银子，尚在情理之中，明天你到善后局去领就是了。"说完送客。过道台不得头脑，只得回家，幸喜"写了凭据的二万头，中丞已允，卸了我的干系。别事'见风使帆'，再作道理"。

谁知一歇三天，拉达听听无信，只得自己过来拜访过道台，探听消息。过道台无奈，又把中丞的话说了。拉达赛如顶上打了一个闷雷似的，歇了半天，无精打采而去。回到行辕，正钦差亦在那时眼巴巴的望信哩。拉达只得据实告诉。正钦差发了脾气，一定一个钱不要，吵着行文给巡抚，问他办的人怎么样了，立刻就要提审。这个风声一出，合省的官吓毛了。司、道上院商量办法。刘中丞道："不要说只参得二十来款，就是再多些，既然开了盘子肯要钱，那事就好办了。现在查办的事，兄弟不必说，一省之主，样样都关到的，就是诸位也有一大半在内。这个兄弟都不着急，横竖有钱替我们说话，替我们弥补。但是要的少些，我们还好应酬；如今一开口就是二百万，我们答应了他，设或他没有替我们弄好，再被御史一参，又派上两个钦差，倒要我们二千万，难道亦应酬他吗？为今之计，只好搁起他们来。有甚么话，我同他几个一块儿到京里去讲。"

列位看官须知：刘中丞的意思，原想借着不理他，等他自己收篷[1]，可以少拿几个。谁知钦差不认这笔账，仍旧用他的"只拉弓，不放箭"的手段。众官一齐着急。刘中丞也知事情弄僵，但是面子上不能不做好汉，嘴里虽如此说，心上甚是盼望事情早了。藩、臬两司仰体宪意，面子上再三解劝，连称："求大人息怒。……顾全大局要紧。钦差那边，就托过道台前去磋磨，能得少些，自然极好；倘若不能，由司里出去传谕他们被参的，这笔钱应得大众公认，断无要大人操心之理。"刘中丞道："既然你们诸位胆子小，一定要如此办，我又何必从中阻挠，叫你们为难。如今让你们去办，办好办歹，统通与我无干。现在的世界，这个官还好做吗！等到事情一了，那个不告病的？"司、道一齐说道："司里、职道见识有限，凡事总还求大人教训。"中丞也不答言。藩台又回道："等司里下去通知过道，就好开议。听说钦差要紧回京，我们也乐得早了一天好一天。"刘中丞道："你们斟酌去办罢。"于是司、道一齐退出。

当时藩台便亲自拜会过道台，把个担子统通交付了他，又把自己的事情再三相托。过道台听了非常之喜，立刻去关照拉达。拉达又禀知钦差。钦差巴不得事情有了挽回，登时

应允，限五天之内禀复。拉达出来又说给过道台，说："老师叫你赶紧去办。"等到过道台到家，官场早已得信，门口的轿子已经排满了。有些府、厅、州、县老爷们都落了门房；几个佐杂都朝着门政大爷作揖磕头，求他在大人跟前吹嘘。其时巡抚檄调的都已到齐，也有撤任的，也有撤差的，有的已交首县看管，自己不能来，只好托了人来说情的。所以这天自下午到半夜，过道台公馆里一直没有断客；而且有些人见不到，第二天起早再来的。真正合了古人一句话，叫作"臣门如市"。还有些接连来了好几天，过道台不见他，弄的没法，只好托了别位道台写信代为说项。又过上两天，外省的电报信也打来了，连信连电报，足足积了一尺多高。这两天过道台请假，不上院，也不到局里办公，专门清理此事。趁空便去同拉达商量。他的人虽忠厚，要钱的本事是有的。譬如钦差要这人八万，拉达传话出来，必说十万，过道台同人家讲，必说十二万，他俩已经各有二万好赚了。诸如此类，不胜枚举。一连闹了几天，钦差限期已到，拉达来讨回信。他说："头绪纷繁，断非一时能了，务托代求展限数天。"拉达回去，钦差应允。这几日把个过道台忙的昼夜不宁，茶饭无定。有的应得硬做，有的应得软商，面子上全是他一个，暗里却是拉达，又添了副钦差的一个心腹，两人作主。

正是光阴似箭，又过了好几天，过道台这里大致方才就绪。有些拿得出钱的，早已放心胆大，晓得可以无事；就是得点处分，也不过风流罪过，不至于罣误功名。撤差的就可得差，撤任的还可回任。这都是拉达所说，由过道台传话出来的。至于那些拿不出钱的人，钦差自然不肯拿他放松，他自己也预备参官问罪。到了期满的这一天，大家早已死心塌地的了。

大致停当，拉达回过正钦差，来的时候如何办法。正钦差早把打好的主意告诉了副钦差。副钦差的官虽然比正钦差小些，然而论起科分来，他入翰林比正钦差早十年，的的确确是位老前辈。做京官的最讲究这个。他面子上虽然处处让正钦差在前头，然而正钦差遇事还得同他商量，不敢僭越一点，恐怕他摆出老前辈的架子来，那是大干物议的。且说这副钦差连日看见拉达鬼鬼祟祟的到正钦差屋里回话，他便赶过来听，等到他来了，师生二人又不说了，因此心上大为疑惑，便向正钦差发话道："怎么这些随员当中，只有拉某人会办事？"正钦差支吾道："不过为他还活动些，二来人头也熟。"副钦差道："事情太多，怕他一个人忙不了，我明天再派一个人帮他去办。公事大家都得做，还好分彼此吗？"正钦差不便驳他，只得答应着，说："如此甚好。"这派的却就是他的心腹。因此内里有了他二人作主。

闲话休题，言归正传。单说正、副两钦差晓得大致已妥，便传谕随员们，把不出钱的人，甚么候补知县、佐贰太爷们，以及绅士、书吏，提了几十个到钦差行辕，叫这些随员老爷们逐日分班问案。有该用刑的地方，丝毫不徇情面，该打的打，该收监的收监，好遮掩人家的耳目。如此者又有七八天。等到这边的人证问齐，那边过道台经手的银子也就送到了。正、副两位钦差，一面督率随员，查照原参各款，分别清理。那个应该开脱，那个应该参办，虽早有成竹在胸，只因头绪纷繁，断非一二天所能了事，因此又拟议了七八天，方才定案。等到案定之后，他二人的赃款也就分完了。面子上虽然一样，毕竟正钦差有两位门生帮忙，自然要多沾光些；副钦差要钱的心虽亦难免，幸亏他素以道学自命，面子上总要做得十二分清廉，而且拿不着人家的破绽，也只得罢手。公事完毕，方才出门拜客，便是将军请，巡抚请，学台请，司、道公请。又逛了两天西湖，接连忙了几日，却也不得空闲。

一日，副钦差坐在行辕内，忽然巡捕官上来回，说是府学老师禀见。副钦差一看名字，幸亏记得这老师不是别人，乃是老太爷当年北闱[2]中举一个乡榜同年。老太爷中的第九名，

这老师中的第八名。副钦差是幼秉庭训，由老太爷自己手里教大的。老太爷发解[3]之后，就把这科的文章，从第一名起，一直顶到第十八名，所有的闱墨，统通教儿子念熟，还说：“应试正宗，莫妙于此！”后来老太爷会试多次，始终没有会上，在家里教教馆，遂以举人而终。等到副钦差服满应试，年纪不过二十岁。头场首艺，全亏套了这位老年伯的墨卷调头，居然也中乡魁。次年连捷中进士，钦点主事，签分吏部；吏部人少，容易补缺。后又考取御史，传补到班。过了几年，升给事中，由给事中内转九卿[4]。从中进士至今，不上二三十年，就做到副宪，也算得是一帆风顺了。是年这位做杭州府学的老师的老年伯，年纪已有七十多岁，甚是龙钟得很。每逢书院月课点名，抚台见了他，必定问他高寿，还说：“像你这一把年纪，也可以回家享福了。”后来又叫本府传出话来，叫他自己告病，免得等到年下甄别折内，对不住，就要送他的终了。因此这位老师两手常常捏着一把汗。想要告病，无奈膝下有五个儿子，有两个尚未成婚，十个女儿嫁掉四个，第五个今年也有三十多岁。如此儿女一大群，一告病就绝了指望。深悔当年不该养这许多儿女。倘若不告病，抚宪大人已经有过话，如不见机，将来名登白简[5]，更将此半世虚名，付诸东洋大海。想来想去，除了终日淌眼泪之外，无一良策。

正在为难的时候，却不料老年侄放了本省钦差。钦差初到的时候，照例不得见客。好容易等到事完开门，又在辕门外伺候了七八天。巡捕官因为他只送得两块洋钱的门包，不肯替他去回，累得他托了多少人情，作了多少揖，方才上去回的。不料副钦差一见手本，立刻叫请。见面之后，府老师战战兢兢的，照例磕头打躬，还他的规矩。副钦差一旁还过礼，口称老年伯。请老年伯上坐；自己并不敢对面相坐，却坐在下面一张椅子上。言谈之间，着实亲热，着实恭敬。后来提到近年宦况，府老师止不住两泪交流，把抚台预先关照的话详述一遍，总求钦差大人成全。副钦差听了，甚是代为叹息，立刻拍胸脯，说：“刘某人那里，小侄去同他说，保老年伯无事。但是小侄替老年伯想，照此冷落一官，就是再做上几年，也是无补于事。”府老师道：“这亦不过做到那里说到那里，以后的事何堪设想！”副钦差道：“老年伯且请宽心，容小侄慢慢的替你打个主意。”

府老师听说，谢了又谢。副钦差又留他吃饭，叫他升冠宽衣。做老师的是一向吃豆腐把嘴吃淡的了，以为今天钦差留他吃饭，一定可以痛痛快快的饱餐一顿鱼肉荤腥。谁知端上菜来，只有四碟两碗：当中只有一碟韭菜炒肉丝，其余全是素菜，心中大为失望。勉强吃罢，又闲谈了几句，方才告辞退去。副钦差还要一定请轿。府老师说：“体制所关，断断不敢！”副钦差说：“老年伯非他人可比。”一手拖着，等把轿子打进。先前不肯替他上来回的那个巡捕，这番见钦差如此把他看重，也和在里头，帮着下轿帘，扶轿杠，弄得这老头儿心神不定。直待轿子抬出大门，方才把心放下。

副钦差得空，便写了一封信给刘中丞，替他缓颊。自然一说便允。后来又吹了个风声在中丞耳朵里，说：“这人本是个八股名家，可惜遭逢不偶，潦倒终身。现在儿女一大群，大半曾婚嫁。意思想要替他张罗几千银子。”中丞便把此意说给藩台，藩台又出来晓谕了众人。次日一早，在官厅上，便是藩台居首，帮银一百两；臬台、运台，也各一百两；以下也有七十的，也有五十的：不到一霎工夫，已凑了二千几百两。藩台又叫首府、首县写信出去，向外府、县替他张罗，大约一二千金，易如反掌。议定之后，面回中丞。中丞自己又额外帮了二百两。又吩咐司里，某处书院今年年底如果换人，可以请他掌教。安排妥当，方才函复副钦差。钦差通知了老年伯。直把个老年伯喜的晚上睡不着觉。真正是老运亨通，转祸为福，万万梦想不到之事。这个风声传播出来，大家晓得副钦差讲究年谊，就有些人转着湾子前来仰攀。有些的的确确自与钦差同年，自然蒙另眼看待，还有些仗着叔伯兄弟的年谊，也来倚附，副钦差亦一概照应。其中又有一个穷知县，是钦差嫡亲同年，因为纵容家丁，私和人命，被都老爷顺笔带了一句，朝廷就叫这两位钦差一同查办。可怜他半世为官，清风两袖，只因没有银两孝敬，致被罣误在内，大约至少也要得个革职处分。后首被他探得这个风声，就去求见首府，托为斡旋。首府应允，就替他回过藩台，藩台趁便面求钦差。副钦差听了这话，立刻翻出同年齿录[6]一看，果然不错，满口答应替他开脱。等到藩台退去，副钦差便同正钦差商量，意欲开除他的名字，随便以“查无实据”四个字含混入奏。正钦差却不过副钦差的情面，只得应允，吩咐司员叙稿将他情节改轻。这人感激自不必说。只苦了那些无钱无势的人，只好静等着参官罢职。虽是人生不平之事，事到其间，也说不得了。

正是光阴似箭，日月如梭，两位钦差事完之后，倏已多日。正待回京复命，却不料中丞又被都老爷参了一本。他里头人缘本极平常，朝廷同他开心，就下了一道旨意，教他开缺来京，另候简用，所遗巡抚一缺，即着副钦差暂行署理。有了电报，得信最早，合省官员齐赴行辕禀安叩贺。副钦差等部文递到方才择吉上任，刘中丞即于是日交卸。怕里头说他规避，不敢骤然告病，交卸次日，带领家眷上船，用小轮船拖到上海，然后取道天津，遵旨北上。正钦差等副钦差接过印，他却按照驿站大道回京复命。等到动身的那一天，署院率同两司以及将军、织造、学政等官，照例寄请圣安。文武官员，出境恭送。不在话下。单说署院接印的头一天，便颁出朱谕一道，贴在官厅之内，上面写的无非说：

> 浙江吏治之坏，甲于天下。推原其故，实由于仕途之杂；仕途之杂，实由于捐纳之繁。无论市井之夫，纨绔之子，朝输白镪，夕绾青绫；口未诵夫诗书，目不辨乎菽麦。其尤甚者，方倚官为孤注，俨有道以生财；民脂民膏，任情剥削。如此而欲澄清吏治，整饬官方，其可得乎！本署院莅任伊始，首以严核捐职人员为急务：自候补道以至通、同、州、县，凡系捐纳出身者，无论有缺无缺，有差无差，统限三个月逐一面加考试一次。取列高等，方许得差；倘系不通，定行撤委。其佐杂各官，则委正途出身之道、府代为考试，一律办理。

各等语。次日又通饬各属办保甲，办积谷。办清讼。又传谕巡捕官：嗣后凡遇年、节、生日，文武属官来送礼的，一概不收。又传谕两首县：从本署院起，以及各司、道衙门，都不许办差，又传谕各官道：

> 吏治之坏，由于操守不廉；操守不廉，由于奢侈无度。今本署院力祛积弊，冀挽浇风，豁免办差，永除供亿。凡所属官吏，有仍蹈故辙，以及有意逢迎，希图尝试者，一经察觉，白简无情，勿谓言之不预也。

云云。各官看见，俱为咋舌。一日辕期[7]，司、道上去禀见。只见署院穿的是灰色搭连布袍子，天青哈喇呢外褂，挂了一串木头朝珠，补子[8]虽是画的，如今颜色也不大鲜明了，脚下一双破靴，头上一顶帽子，还是多年的老式，帽缨子都发了黄了。各官进去打躬归坐。左右伺候的人，身上都是打补钉的。端上茶来，署院揭开盖子一看，就骂茶房糟蹋茶叶，说道：“我怎样嘱咐过，每天只要一把茶叶，浓浓的泡上一碗，等到客来，先冲一碗开水，再镶一点茶卤子，不就结了吗。如今一碗茶要一把叶子，照这样子，只怕喝茶就要喝穷了人家。真正岂有此理！”说罢，恨恨之声，不绝于口。

这会上来禀见的各位道台，当中科甲出身的也有，捐班的也有，齐巧两司都不是正途。署院便检了一个翰林底子的候补道，同他讲道：“孔夫子有句话，叫作‘节用而爱人’。甚么叫‘节用’？就是说为人在世，不可浪费。又说道：‘与其奢也宁俭。’可见这‘俭朴’二字，最是人生之美德。没有德行的人，是断断不肯省俭的，一天到晚，只讲究穿的阔，

吃的阔，于政事上毫不讲究。试问他这些钱是从那里来的呢？无非是敲剥百姓而来。所以这种人，他的存心竟同强盗一样！兄弟从通籍[9]到如今，不瞒老哥讲，顶戴换过多次，一顶帽子，却足足戴了三十多年。有天召见，皇上看见我的缨子旧了，就叫太监赏了我一挂缨子。我想皇上赏的东西，一定是御用的东西，臣下何敢僭用。过天召见，皇上问我为甚么不戴，兄弟就把这个意思回了上去。皇上点点头。等我下来，皇上就同军机大臣贾中堂说道：'看不出某人，倒着实谨慎。'诸位想想看，《三国志》上诸葛先生，一生谨慎，兄弟是何等样人，能担当得这两个字的考语！不过我们老太爷一生讲究理学，兄弟是自小谨守庭训，不敢乱走一步，如今一举一动总还是老太爷的教训。不过这些话同几位读过书的人去讲，或者懂得一二。至于他们捐纳诸公，只怕兄弟说破了嘴，他们还是不懂。"几句话说的两司及几个捐班道台，脸上都一阵阵的红起来。署院也觉着自己失言，便对两司道："两位都是军功出身，一直保举到这个分位，所谓'简在帝心'，同那捐班的到底要高一层。"这几句更把那几个捐班道台，羞的无地自容了！署院又说道："不是兄弟瞧不起捐班，实实在在有叫我瞧不起的道理。譬如当窑姐的，张三出了银子也好去嫖，李四出了银子也好去嫖。以官而论：自从朝廷开了捐，张三有钱也好捐，李四有钱也好捐，谁有钱，谁就是个官。这个官，还不同窑姐儿一样吗？至于正途毕竟不同：不要管他文章怎样好，学问怎样深，他能够下得场，中得举，肚子里总是通通儿的。举人、进士，是不用说的了；就以五贡[10]而论，那一个不是羊毛笔换得来的？捐班的何尝吃过这种苦呢？"他只顾自己说得高兴，不提防藩台插嘴道："回大人的话：属员当中，亦很有些屡试不第，不得已才就这异途的。"署院晓得藩台这句话是驳他的，便打住话头，不往底下再说。坐了一回，端茶送客。

各位司、道下来之后，齐巧有两个新到的候补道上来禀见。这两个候补道，一个姓刘，是南京人。他父亲从前做过关道，手里着实有钱。他本是少爷出身，自小到大，各事不知，只知道闹阔，人家都叫他为刘大侉子。去年秦、晋赈捐案内，新过道班，入京引见，住在店里，结交到一个朋友。这朋友姓黄，是扬州人。他祖上一直办盐，也是很有银钱。到他手里，官兴发作，一心一意的只想做官。没有事在家里，朝着几个家人还要"来啊来"的闹官派。只因他好嫖，到京引见的时候，每日总要到相公下处溜一趟。他排行第三，因此就有他的一个相好替他起了一个诨名，尊他为黄三溜子。他同刘大侉子偏偏住在一店，一问又是同乡、同班、同省。黄三溜子大喜，次日便拿了"寅乡愚弟"的帖子，到刘大侉子房间里来拜会。刘大侉子也是最爱结交朋友的，便也来回拜。自此二人臭味相投，相与很厚。凑巧同天引见，同时领凭，便互相约好，同日起身。到得上海，两个人住下烂玩子好几个月，看看凭限已到，方才坐了小火轮来省禀到。

其时正值副钦差署院之始，他二人是约就约，一同上院禀见。一齐穿着簇新平金的蟒袍，平金补服，金珀朝珠，珊瑚记念。一个个都是捐现成的二品顶戴，大红顶子，翡翠翎管，手指头上翡翠扳指，金刚钻戒指，腰里挂着打璜金表，金丝眼镜袋，甚么汉玉件头，滴里答腊东西，着实带得不少。两人都是大爷身份，又是鸦片烟大瘾，晚上不睡，早晨不起。这日总算赶了一个大早上院，一齐坐着簇新的绿呢大轿，前头顶马、红伞，后头跟班，好不荣耀。在他二人以为再要早没有的了，谁知等到赶到院上，司、道已经上去。他二人便发脾气，骂跟班的："为甚么不早叫我们起来？"又嫌轿夫走得慢，回来一定拿片子送他们到仁和县里去打屁股。自从进了官厅，一直没有住嘴的骂人。一家一个跟班，拿着水烟袋装烟，左一袋，右一袋，吃个不了。又因外头传说，署院做官严厉，做属员的常常要碰钉子，便又不时从袖筒里拿出一张又像条陈又像说帖的一张纸头，翻来覆去的看，惟恐上头问了下来无以回答。正在神志昏迷的时候，忽见巡捕官拿着手本邀他们上去。

当下刘大侉子在前，黄三溜子在后，一同进去。只因署院穿的朴素，都不当他是抚台。刘大侉子悄悄地问巡捕道："大人下来没有？"巡捕不便答话，朝上努嘴给他看。刘大侉子立刻跪下磕头。黄三溜子站着不动。巡捕在旁做手势，叫他一块儿磕，省得署院重新还礼。无奈黄三溜子不懂，定要等刘大侉子起来他方才磕下去。署院心上已经不愿意。等到行礼完毕，署院举目一看，见他二人都是穿的簇新袍褂，手指头上耀目晶光，也不晓得是些甚么东西，便知他二人是阔少出身。当下也不问话，先拿眼睛盯往他俩，从头上直看到脚下，看来看去，看个不了。

刘大侉子究竟是宦家子弟，还晓得一点规矩，大人不问，不敢开口。黄三溜子急了，满肚皮的想要搜寻出几句话来应酬应酬大人才好，想了半天，熬不住，先开口道："大人贵姓是傅，台甫没有请教？"署院一听他问这两句话，便知道他是初出茅庐，不懂得甚么，也不同他生气，笑了一笑，说道："不错，我姓傅，我的号叫作理堂。你老哥一向在家里做甚么的？"黄三溜子不提防署院有此一问，红涨了脸，不知道怎样回答方好，吱吱了好半天，一句说不出来。署院拿两只眼只是瞅紧了他，也不说别的。又迸了半天，黄三溜子才说得一句："职道家里办盐。"署院道："原来是位盐商，失敬得很！"回过头去，叫人拿个笔砚来。跟班的立刻送上。署院提笔在手，说道："兄弟记性不好，说过的话要忘记的，请老兄替我记一记。"

黄三溜子是从来不会写字的，一见这个，早吓毛了，迸在那里做声不得。署院道："不多几个字：不过写个名字，连着一个号，住在那里，一向在家做甚么事情，就完了。"黄三溜子急的汗流满面，又吱吱了半天，站起来回道："职道在路上吹了点风，这两天手上有毛病，不能拿笔。大人要写，我们这位刘大哥，他的书法极好，他在京里的时候，对子也都写过。"刘大侉子见抚院要他写字，便想卖弄自己的才学，于是提笔在手，先把自己练就的履历上几个字，写得明明白白。署院看了，只有一个错字，是二品顶戴的"戴"字，先定了一个"载"字，底下又加两点，弄得"戴"不像"戴"，"载"不像"载"。

署院笑了一笑，说道："刘大哥，你这双靴子价钱倒不便宜，想是同红顶子一块儿捐得来的？"刘大侉子还不知道是自己写错，听了这话，忙回道："职道这靴子是在京里内兴隆定做的。齐巧那天领了部照出来，靴子刚刚亦是那天送到，所以同是一天换的。"署院听了，哈哈一笑。随手又托他"把黄大哥的履历开开"。别的还好，后来写到盐商的"盐"字，写了半天，竟写不成个字了："盐"字肚里一个"卤"字，卤字当中是一个"×"，四"点"[11]。他老人家忘记怎么写，左点又不是，右点又不是，一点点了十几点，越点越不像。署院看了笑道："黄大哥倒是个小白脸，你何苦替他装出这许多麻子呢？"刘大侉子涨红了脸，不敢则声。一霎写完，署院接过。因他二人烟气冲天，无话可说，只得端茶送客。

等到署院把茶碗放下，刘大侉子晓得规矩，早已站了起来。不料黄三溜子依旧坐着不动，低声对刘大侉子说道："刘大哥，时候还早，再坐一回去。"刘大侉子不理他。后来见署院也站了起来，手下的人，一叠连声的喊"送客"，他只得起身跟着出来。走上几步，一定要回过身去推两推，口称："请大人留步，大人送不敢当！"署院见他处处外行，便也不愿意送他，走到半路上，把头一点，进去了。他二人方才摇摇摆摆的退了下来。

刘大侉子看出今日抚台的气色不好，心上不住的乱跳。黄三溜子不晓得，一定要拉他上馆子吃饭，饭后又要逛西湖。刘大侉子道："算了罢，我们回去过瘾要紧。"黄三溜子无奈，只得一同赶到公馆，吃过饭，过足瘾，又困了一觉中觉，以补早晨之不足。等到醒来，便见管家来回："藩台衙门里卢师爷送一封紧要信来。"刘大侉子晓得这卢师爷名字叫卢维义，是他嫡堂娘舅，现在浙江藩幕充当钱谷老夫子。他今有信来，一定有关切之事。赶紧拆开一看，才晓得"今日下午，抚台因事传见藩台，告诉藩台说：'今天新到省的两个试

用道，一个刘某人，一个黄某人，一个是纨绔，一个是市井。本院看这两个人不能做官’，意思想要出奏，把他二人咨回原籍。幸亏藩台再三的求情，说是监司大员总求大人格外赏他们个面子。抚台听了无话。虽无后命，尚不知以后如何办法。望老贤甥赶紧设法挽回为要。”云云。刘大侉子看了，甚是着急。黄三溜子不认得字，还不晓得信上说些甚么。后来刘大侉子一五一十的统通告诉了他，才把他急得抓耳搔腮，走投无路。刘大侉子此时也顾不得他，自己坐了轿子去找娘舅，托他转求藩台设法。

黄三溜子虽然有钱，但是官场上并无熟人，只好把他一向存放银子，有往来的裕记票号里二掌柜的请了来，和他商议，请他画策。二掌柜的道：“这事情幸亏观察请教到做晚的，做晚的早留好一条门路，预备替你去走。”黄三溜子忙问：“有甚么门路？”二掌柜的道：“现在的这位中丞，面子上虽然清廉，骨底子也是个见钱眼开的人。前个月里放钦差下来，都是小号一家经手，替他汇进京的足有五十多万。后来奉旨署任，又把银子追转来，现在存在小号里。为今之计，观察能够泼出头两万银子，做晚的替你去打点打点，大约可保无事。”黄三溜子道：“太多太多！我捐这个官还不消这许多。”二掌柜的道：“少了人家不在眼里，就是多送，而且还不好公然送去，他是个清廉的人，肯落这个要钱的名气吗？”黄三溜子道：“就依了你，你有甚么法子？”二掌柜的想了一回道：“有了，有了！凑巧他有一个姨太太，一个少爷，明天可到。等到了的时候，你化上一万银子，我替你打两张票子，每张五千，用红封套装好，一张送少爷，一张送姨太太。送姨太太的签条上写‘陪敬’，送少爷的签条上写‘文仪’。现在北京城里，官场孝敬，大行大市都是如此，我们就照着他办。昨日上海《新闻报》上的明明白白，是不会错的。”

黄三溜子想来想去，别无他法，只好依着他办。二掌柜的道：“阎王好见，小鬼难当。旁边若有人帮衬，敲敲边鼓，用一个钱可得两钱之益。倒是送这一万银子的门包，少了拿不出去，总得五千起码。”黄三溜子嫌多。争来争去，争到三千。二掌柜的去后，到了次日，打听署院姨太太、少爷进了衙门，他便拿了银票，人不知，鬼不觉，打到得常到号里来替署院存银子的那个心腹，托他把银票递进。果然赏收。当天便传出话来，叫他明日穿了极破极旧的袍套再来上衙门，一定还有好消息。二掌柜的出来告诉了黄三溜子。

黄三溜子非常之喜。但是自己一向是阔惯的，一套新衣裳穿不满一季就要赏管家的，如今指明要极旧的，那里去找。当差的劝他到估衣铺里去挑选。黄三溜子道：“估衣铺里卖的衣服，是我们这种人穿得的吗？”后来又跑到裕记请教二掌柜的。二掌柜的道：“上头吩咐越旧越好，观察万万不可拘泥。如嫌买的衣服龌龊，做晚的倒有一身可以奉借。”黄三溜子道：“必不得已，还是借你的穿穿罢。”二掌柜的道：“我这副行头还是我们先祖创的，一年到头，拜年敬财神，朋友家吃喜酒，衙门里有甚么应酬，用着他的地方很不少。”一面说，一面开箱子取了出来。又自己爬到厨顶上拿帽盒，房门背后挂着一双靴，亦一同拿了出来。黄三溜子一看，比起署院身上穿的戴的还要破旧，见了心上腻烦，不住的皱眉头。二掌柜的道：“观察穿了这个上去，恭喜之后，非但要你赔还做晚的一身新的，而且还要好好的敲你一个竹杠。”黄三溜子道：“做副把袍套算得甚么！只要我有差使，你一年四季都穿我的也有限。”说完，便叫当差的把靴、帽、袍套包了一包，拿着跟了回去。回到自己公馆，连忙找一个裁缝钉补子；但是补子一时找不到旧的，只好仍把簇新平金的钉了上去。管家帮着换顶珠，装花翎。偏偏顶襻又断了，亏得裁缝现成，立刻拿红丝线连了两针。翡翠翎管不敢用，就把管家的一个料烟嘴了当作翎管，安了上去。

收拾停当，齐巧刘大侉子回来。黄三溜子赶着问他：“事情怎么样了？怎么一去三天，也不回来吃饭，也不回来睡觉？这两天是住在那里的？”刘大侉子道：“住在家母舅那里。兄弟的事情，藩台已允帮忙，大约可以挽回。但是藩台再三叮嘱，叫我们不要穿新衣裳去

禀见，所以我就把我们家母舅的袍套借了回来，明日穿着上院。”又问黄三溜子事情如何。黄三溜子只说事已托人代为吹嘘，但把行贿的话瞒住不提。一宵易过，次日天明，二人都换了旧衣裳上院禀见。

欲知此番署院见面后如何情形，且听下回分解。

［注释］

①收篷：收落船帆。喻收场，结束。

②北闱：清代在顺天府（今北京）举行的乡试。

③发解：明清时乡试举人第一名为解元，考中举人第一名为“发解”。这里泛指乡试考中的举人。

④九卿：指都察院、通政司、大理寺、太常寺、光禄寺、鸿胪寺、太仆寺、宗人府、銮仪卫九官署的正副主官。

⑤白简：古时弹劾官员的奏章。

⑥同年齿录：同一年中举人、进士的题名录，一般按照年龄大小为顺序进行排列。所以称作同年齿录。

⑦辕期：辕，官署的外门。辕期，指官吏接见属员的时期。

⑧补子：补服，旧时在官服的前胸和后背上所绣成的各种图案，是衡量官员品级的重要的标识。

⑨通籍：初次出来作官。

⑩五贡：清代科举制度中对五类贡生的总称。包括：恩贡、拔贡、副贡、岁贡、优贡。这五类都是正途出身资格。

⑪古时“盐”写作“鹽”。

第二十回

巧逢迎争制羊皮褂　思振作劝除鸦片烟

话说次日大早，刘大侉子同了黄三溜子两个人穿了极旧的袍套上院。刚才跨进官厅，只见各位司、道大人都是素褂，不钉补服，亦不挂珠。刘大侉子留心，便晓得今天是忌辰，说了一声：“啊呀！我连这个都忘记了。”吩咐管家赶紧回去拿来，重行更换。黄三溜子还不晓得甚么事情，刘大侉子告诉他方才明白。急得他一叠连声的喊“来”，偏偏管家又不在跟前，把他气的了不得，在官厅子里跺着脚骂“王八蛋”。各位司、道大人都瞧着他好笑。骂了一回，管家来了，他就伸手上去给他两个耳刮子。管家不服，口里叽哩咕噜，也不知说些甚么，把黄三溜子气伤了，立时立刻，就要叫号房拿片子，把这混账王八蛋交给仁和县打屁股，办他递解。刘大侉子毕竟懂得道理，恐怕别位司、道大人瞧着不雅，走上前去竭力解劝。不提防黄三溜子所借的那件外褂太不牢了，豁扯一声，拉了一条大缝。管家趁空也跑掉了。黄三溜子还在那里生气。齐巧巡捕拿着手本邀各位大人进见。刘大侉子急了，就是叫人回去拿衣服一时也拿不来。俗语说的好，“情急智生”，还是刘大侉子有主意，赶忙把朝珠探掉，拿个外褂反过来穿，跟了众人一块进去，或者抚台不会看出。黄三溜子到此无法，只得学他的样，亦是把个外褂反穿了进去。但是袖子上一条大缝，还有一片绸子掉了下来，被风吹着，飘飘荡荡，实不雅观。无奈事到其间，也说不得了。一霎见了署院，打躬归坐。署院先同藩、臬两司及几个有差使的红道台，闲谈了一回公事。黄三溜子是有内线的，刘大侉子亦有藩台先入之言，署院便有意留心看他二人。见他二人穿的衣裳与前大不相同，但是外褂一概反穿，却是莫明其故。要问又不好问，只得闷在肚里。他两人当中，黄三溜子的穿戴尤其破旧，浑身上下，竟找不出一毫新的，而且袖子上还有一大块破的。署院看了一回，便掉文说道：“人孰无过？你两位老兄亦可谓善于补过的了。”黄三溜子不懂署院说的甚么，私底下拉拉刘大侉子的袖子，刘大侉子把身子一晃不理他，更把他急的了不得。又听署院说道：“你们两位老兄，能够从今日起，事事节俭下来，一反从前所为，兄弟极为佩服，极为欢喜。但是见了兄弟要如此，就是不见兄弟也要如此。我们讲理学的人，最讲究的是‘慎独’工夫，总要能够衾影无惭，屋漏不愧。倘若见了兄弟一个样子，背转兄弟又是一个样子，不能‘慎独’，便于行止有亏。兄弟天天派人在外察访，老兄们一举一动都是晓得的。”

刘大侉子听了，汗流浃背。黄三溜子依然不懂。署院又说道：“我们先君一生讲理学，讲的就是这‘慎独’工夫。自从生了兄弟之后，顶到下世，一直是吃的‘独睡丸’，一个人住在书房里，从不到上房一步。有时先母叫丫头送茶送点心给先君吃，先君从不拿正眼看丫头一眼，怕的是因人欲之私，夺其天理之正，这才算得实做‘慎独’二字。”各位司、道大人听到这里，因为署院说的是他老大人，一齐肃然起敬。后来署院又勉励了大众几句，方才端茶送客。黄三溜子回去，又把小当差的骂了一顿，定要叫他卷铺盖，后来幸亏刘大侉子讲情，方才罢手。又过了两天，抚台便同两司说：“候补道当中新到省的黄某人，虽然是个捐班，然而勇于改过，着实可嘉！第二会来见我，竟其浑身上下找不出一丝一毫新

东西。同他同来的刘某人，袍套果然亦是极旧，然而靴帽还嫌时派。我们要做一个顶天立地的人，总得自己有个主意，不能随了大众，与世浮沉，所以黄道比起刘道来，似乎还高一层。兄弟今日不能不破例拿他做个榜样，回来给他一个事情，奖励奖励他，也好劝化劝化别人。两兄以为如何？”藩、臬两司，连连称“是”。等到下来，抚院立刻下了一个札子，先叫他会办营务处。黄三溜子得信，这一喜竟是梦想不到！次日一早上院见了抚台，叩头谢委，竟不知要说些甚么方好，吱吱了老半天，仍旧一个字未曾说。署院无非拿他勉励了几句。他除掉诺诺称是之外，一无他语。自此黄三溜子得了差使，气焰便与别人不同，同朋友说起话来，三句不脱署院，两句不离营务处，赛如统省候补道当中，没有一个在他眼里的，刘大侉子更不消说得了。

但是从此以后，浙江官场风气为之大变。官厅子上，大大小小官员，每日总得好两百人出进，不是拖一爿，就是挂一块，赛如一群叫化子似的。从前的风气，无论一靴一帽，以及穿的衣服花头、颜色，大家都要比赛谁比谁的时样，事到如今，谁比谁穿的破烂，那个穿的顶顶破烂的人，大家都朝他恭喜，说：“老哥不久一定得差得缺的了！”过了一两天，果然委了出来。大家得了这个捷径，索性于公事上全不过问，但一心一意穿破衣服。所有杭州城里的估衣铺，破烂袍褂一概卖完；古董摊上的旧靴旧帽，亦一律搜买净尽。大家都知道官场上的人专门搜罗旧货，因此价钱飞涨，竟比新货还要价昂一倍。过了些时，有些外府州、县来省禀到，晓得中丞这个脾气，不敢穿着新衣禀见，只得赶买旧的；无奈估衣铺通通走遍，旧货无存，甚至捏着两三倍的钱还没处去买一件。有些同寅当中有交情的，只得互相借用。

后来处州府底下有一个老知县，已经多年不进省了，这番因新抚到任，不得不来一次。到省之后，听得这个风声，无奈为时已迟，没处去买；而且同寅当中久不来往，无处告贷。这位县太爷情急智生，只得穿了新衣前去上院。这时候新署院令出惟行，文自藩、臬以下，武自镇、副以下，没有一个不遵他的号令。他不欢喜新衣服，一时风气大变，没有一个不是穿的极破烂不堪的。不料这位县太爷，这天竟着了簇新袍褂前来禀见。同时禀见的人，一班有五六个，独他一个与众不同。大众都瞧着奇怪，就是署院见了也以为稀奇。

等到坐定之后，谈了两句公事，署院熬不住，板着面孔先发话道：“某老兄，你在外任久了，一直还是从前的打扮！兄弟到任之后，早已有个新章，而且还叫巡捕传知你们各位，谅你老兄现在也该晓得的了？”这位知县连忙拿身子一斜，腰背一挺，说道：“回大人的话：卑职昨日一到省，就听得人说大人这个章程。卑职何敢故违禁令，自外生成？因此急急要去找一套旧的穿了来见大人。谁知这旧衣服非但找不到，就是有了，卑职也买他不起。”署院道：“这是甚么缘故呢？”知县道：“自从大人下了这个号令，通城的官都要遵大人的吩咐，不敢穿新衣裳来禀见，因此不得不买旧的。估衣铺里晓得大众都要这个，所以旧的价钱比新的反贵得一两倍不等。卑职这身袍褂还是到任的那年做的。倘在别人，早已穿旧的了，卑职深知物力艰难，每逢穿到身上，格外爱惜，格外当心，所以到如今还同新的一样。《朱子家训》[1]上有句话：‘一丝一缕，当思来处不易。’卑职一生最佩服是这两句。”

署院听到这里，心中甚为高兴，面孔上渐渐的换了一副和颜悦色，又说道：“其实旧衣裳何必定要自己去买呢，朋友家有的，借一身穿穿也不妨。古人云：‘乘肥马，衣轻裘，与朋友共，敝之而无憾。’何况又是旧的呢。”知县更正言厉色的答道：“大人明鉴：朋友的衣服原可以借得，但是借了来只穿着来见大人，下去仍得送还人家。既把旧的还了人家，将来不免总要再穿新的。这便是卑职穿了旧的专门来哄骗大人的了。卑职虽不才，要欺骗大人，卑职实实不敢！今日卑职故违大人禁令，自知罪有应得。大人若把卑职撤任、参官，卑职都死而无怨；若要卑职欺瞒大人，便是行止有亏，卑职宁死不从！”

署院听了，心上盘算道：“想不到这人倒如此硬绷，说的话句句有理，不好怎么样他。”立刻满面堆着笑，说道：“你老兄真是个诚笃君子，兄弟失敬得很！通浙江做官的人都能像你老兄这样，吏治还怕没有起色吗？”随手又问了几句民情怎样，年岁怎样，方才端茶送客。这知县后来又穿着新衣裳上辕禀见过几次。署院很拿他灌米汤，叫他先行回任，将来出个大点的缺还要借重。知县禀辞回任去后，胆小的仍然穿着破烂不堪的衣服来见。有两个胆子稍些大点的，半新不旧的衣服有时候也穿件把。问起来，便说旧衣服价钱大，实在买不起。如此者，署院被人家顶过两次，也渐渐的不来责备这个了。

署院来此查办事件的时候是夏天事情，查完以至署缺上任，其中约摸耽搁了一两个月，自从接印之后，传见属员，清理公事，转眼又有两个多月，已是十一月天气了。他自己要装清俭，不穿皮衣，一众官员都进着穿了棉袍褂上院。齐巧这年又冷的早，已下过一场大雪。有些该钱的老爷，外面虽穿棉袍褂，里面都穿丝棉小棉袄，狐皮紧身，所以尚不觉冷，不过面子上太单薄些罢了。至于一般穷候补老爷们：因为署院不喜这个，齐巧没得钱用，乐得早早把他当在当铺里去了。谁知天气一变，每天清早起来上衙门，可怜直冻得索索的抖。起初藩台还遵他的功令，后来熬不住了，便说：“我们出来做官，主子原是叫我们出来享福的，不是叫我们来做化子的。官场上的人都寒酸到这个地位，明明是丢主子的脸。我从明天可不受他的管了。”第二天便穿了狐皮袍子，貂外褂，并戴了貂帽子，前去上院。抚台见了，很不为然，拿眼睛瞅了藩台半天，始终为他位分大了，也不好说别的。后来藩台去后，他便同师爷们谈起这事，说：“藩司某人，今日何以忽然改常？”便有个晓得藩台底细的，回说道：“现在某人进了军机，该应他阔起来了。”署院闻言，恍然大悟。原来这位藩台是旗人，是现今吏部满尚书某协办的私人。昨儿奉上谕，这位协办进了军机，所以他的腰把子亦登时硬绷起来，连抚台都不在他眼里了。

抚台晓得了这个缘故，虽然奈何他不得，然而心上总不高兴。第二天便自己写了一道手谕，叫刻字匠替他刻了板，刷成功几千分，折成手折一样，除通饬各属分派外，一个官厅子上一定要摆上几百本，每一个官发一本。手谕上写的大致是：

> 本部院以廉勤率属，不尚酬酢周旋。于接见僚属之时，一再告以勤修己职，俯恤民艰，勿饰虚文，勿习奔竞，严切通饬各在案。至于衣服奢华，酒食征逐，尤宜切戒。夏葛冬裘，但求适体御寒足矣，何须争新炫富，必合时趋。本署院任京秩时，伏见朝廷崇尚节俭，宵旰忧勤，属在臣工，尤宜惕厉。近三年来，非朝会大典，不着貂裘，当为同官所共谅。若夫宴饮流连，最易惕时废事；况屡奉诏旨，停止筵宴，饬戒浮靡，圣谕煌煌，尤当恪守。为此申明前义，特启寅僚，无论实缺、候补，在任、在差，一体遵照。如竟视为故事，日久渐忘，即系罔识良箴，甘冒不韪。希恕戆直！此启。

云云。等到这张手谕印了出来，署院有意特特为为拿红封套封了一分，叫人送给藩台去看。藩台看了一遍，哈哈的笑了两声，搁在一旁，不去理会。

第二天仍然穿着他的贵重细毛衣服去上院。一走走到官厅子上，等各位司、道大人到齐之后，他老人家先发话道：“中丞的手谕，料想诸位都见过了？”各位大人齐说：“见过。”藩台道：“像我们这样做官，　定发不了财。”众人听他说的诧异，一齐要请教。藩台道：“像我们这位中丞大人，吃亦不要，穿亦不要，整几十万两银子存在钱庄上生利，银子怎么不要多出来呢。我们呢，穿又讲究，吃又讲究，缺好亦不会剩钱，缺不好更不用说了。但是我们自己丢脸不要紧，如此堂堂大国一个方面大员[2]，连着衣裳都穿不起，叫外国人

瞧着还成个甚么样儿呢？如今正闹着借洋债开铁路，你穷到这步田地，外国人谁相信你，谁肯借钱给你用？”藩台这话，一半是庄论，一半是戏言。他原仗着他自己腰把子硬，所以才敢如此。其余的官只有相对无言，不敢回答一语。有些人故意走走开，怕风声传到抚院跟前，致干未便。那知这位署院小耳朵极多，藩台议论的话，不到晚上，就有人上去告诉了他，把他气的了不得，满肚皮要想找藩台的岔子，好动他的手。

齐巧有借钱给中国要包办浙江铁路的一个洋商前来拜见，谈完公事，洋商见他这个寒酸样子，便拿他开心道：“贵抚台做官实在清廉，我们佩服得很！”署院道：“兄弟做了这几十年的官，一个钱都不剩。”洋商道：“你们贵国，这几年为了赔款，国家也弄穷了，百姓也弄穷了。我们的意思，总以为你贵抚台是有钱的；如今听你的话，看你的这个样子，才晓得你贵抚台也是一个钱没有。我还记忆得两年前头，我曾到过你们贵省一趟，齐巧亦是冬天，天气冷得很，你们洋务局里的老爷们，一个个都穿着很好的皮袍子；这趟来看看，竟其穿不起了，可见得你们贵国的现在情形，实在穷得很！”署院道：“为此，所以要赶紧的想把铁路开通。能够商务一兴旺，或者有个挽回。”洋商道：“贵省的官都穷到这步田地，我们有点不放心。我们的钱，要回去商量商量再借给你们。只要我们把钱借给你们，你们贵省的官就有了皮衣服穿了。”洋商说完这两句话，拿眼瞅着署院只是笑。

署院这时候正为着铁路借款的事要与洋商磋磨，今听他如此一番言语，不觉大惊失色。又想起藩台背后的话果然不错，他倒有点先见。现在事情弄僵了，不得不想个法子把事情挽回转来。想了一想，便对洋商道：“你嫌他们穷，老实对你说，他们其实不是真穷，是我兄弟嫌他们穿的衣服太华丽，不准他们穿，所以他们不能不遵我的吩咐。你如不信，你过天来看，包管另换一个样儿。但是穿的过于怎么讲究，兄弟亦不能自相矛盾，总叫他一个适中便了。”洋商道：“正是，我也奇怪，你们贵省里的厘金[3]又好，贵国官声上又是中饱惯的，怎么一时就会穷起来？真正叫人不相信。贵抚台不说清楚，我是一辈子不明白的。”署院又把脸一红，淡淡地说了几句闲话，洋商方才辞去。署院回来心上甚是闷闷，因为大局所关，不得不委屈相从。次日接见司、道的时候，他便发言道：“兄弟的脾气是古板一路。兄弟总恨这江、浙两省近来奢侈太盛，所以到任之后，事事以撙节为先。现在几个月下来，居然上行下效，草偃风行，兄弟心上甚是高兴。但是兄弟一个人是省俭惯的，到了冬天，皮衣服穿也罢，不穿也罢，诸位衣服虽然不必过于奢靡，然而体制所关，也不可过于寒俭。诸公出去可传谕他们：直毛头细衣服价钱很贵，倘然制不起，还是以不制为是；羊皮褂子价钱不大，似乎不即不离，酌乎中道，每人不妨制办一身。兄弟当了几十年的京官，不瞒诸位老兄说，止有一件羊皮褂子，现在穿的毛都没有了，只剩得光板子，面子上还打了几个补钉，实在穿不出去。倘然另做一件，不免又要花钱，所以一直迸到如今，还是棉袍棉褂。唉！像兄弟这样的做官，也总算对得住皇上了。”司、道大人听了，俱各答应着。等到出去上轿，齐巧首府、县都赶出来站班。藩台就拿这话当面传知了首府。首府挺着胸脯，笔直地站在那里，答应了几声“是”。藩台又笑道：“以后你们倒要大大的巴结巴结洋人才是，不然可就要冻死了。”一头说，一头笑着上轿而去。

霎时间，把这话官厅子上都传遍。有些老爷们同估衣铺熟的，等不到回家，就赶去制办羊皮褂子，有些回家拿羊皮袍子改做的也不少，还有些该钱的，为着天气冷，毛头小了穿着不暖和，就出了大价钱，买了滩皮回来叫裁缝做：统计几天里头，杭州城里的羊皮卖掉了好几千件，价钱顿时飞涨。成衣匠忙的做夜工都来不及。过了五天，等下一期辕期，居然大小官员一个个身上都长了毛了，就是抚院瞧着也觉得比前头体面了许多。从此以后，于属员穿衣服一事就不大理会了，却把个藩台恨如切骨，常要动他的手，而又不敢动他的手，为他里头有照应，腰把子硬的缘故，怕动他不倒，反为不妙，因为隐忍在心，迟疑不发。但是拿他无可奈何，只好拿他的同乡、亲戚来出气，凡是藩台的私人，以及被藩台保举过的人，抚台都要寻点错处，拿他撤差、撤委。他却有一件好处，这些差缺并不安置自己的私人，先检着正途出身人员，按照次序委派。藩台拿他无法，也只好遵他的教。

过了些时，齐巧辕期，刘大侉子跟了一班候补道上院禀见。署院一看名字，忽然想起："这人是个纨绔出身，专会写白字。我从前要拿他咨回原籍，是藩台替他求下来的，大约他俩有甚么渊源，今天且拿他发挥几句再讲。"想完，便叫请见。刘大侉子进来坐定之后，署院先同别位候补道闲谈了几句，回过脸来看看刘大侉子浑身上下，倒也无可指摘，即淡淡地说道："刘大哥，委屈了你了！你要到省，那一省不好指，横竖是元宝捐来的，何苦偏偏要指个浙江呢？"此时刘大侉子见黄三溜子因穿破衣服早经得意，自己思量："我是同他一样的，而且一天到的省。他已经得了差使，料想我也不会久空的。"所以这一阵上衙门格外上得勤，满心指望："无论大小，叫我得个把差使，也好光光面子，免得被黄三溜子瞧不起。"不料平空里今日上院，被署院似讥似讽的埋怨这们上两句，一时摸不着头脑，又不好回甚么，又不好答应是，愣在那里不响。

署院又说道："凡是捐官出来做的人有三等：头一等是大员子弟，世受国恩，自己又有材干，不肯暴弃，总想着出来报效国家；而又屡试不售，不得正途，于是才走了这捐班一路。这是头一等。第二等是生意买卖人，或是当商，或是盐商，平时报效国家已经不少；奖叙得个把功名，出来阅历阅历，一来显亲扬名，二来也免受人家欺负，这种人也还可恕。第三等最是不堪的了，是自己一无本事，仗着老人家手里有几个臭钱，书既不读，文章亦不会做；写起字来，白字连篇。在老子任上当少爷的时候，一派的纨绔习气；老子死了，渐渐的把家业败完，没有事干了，然后出来做官，不是府，就是道。你们列位想想看，这种人出来做了官，这吏治怎么会有起色呢？"

署院说到这里，又把脸回过来朝着刘大侉子说道："刘大哥，我这话可错不错？"刘大侉子听说，晓得署院这话明明说的是他，把脸羞得绯红，一句话也回答不上。署院又说道："刘大哥，从前你们老太爷，我同他很会过几面。他做了一任关道，很弄得两文回去。到你老哥手里，日子一定着实好过。你有这种好日子，大可在家里享福，何必一定要出来做这个官呢？"刘大侉子道："自从职道父亲去世，也有靠十年了。家里人口又多，累重得很，所以职道不得不出来。"署院道："做官做官！有了官，就得有本事去做，不是马上可以发得财的。况且你们老太爷有这许多钱，怎么现在一个也没有了？你老哥也算得会用的了，真正阔手笔！看你不出，倒是个大处落墨的！"

刘大侉子见署院说的话句句都戳他的心，弄的坐立不安。齐巧今天赶上衙门，又起了一个大早，鸦片烟瘾没有过足，坐在那里，不知不觉打了一个呵欠。署院一见，得了这个题目，又有文章好做了，便又说道："刘大哥，你们一定要出来做官，我总不解。我们是没有法子想，上了马下不得马，比不得你，有了偌大的家私，何犯着再出来吃这个苦呢？譬如我如今幸亏没有吃上鸦片烟；如果也学别人似的，抽上了瘾，到如今一天到晚只好躺在烟铺上过日子，那里还有工夫又要会客，又要办公事呢？自从鸦片烟进了中国，害了我们多少人，弄得一个个痿倒疲倦，还成个世界吗？诸位老兄可以把我的话传谕大家一齐知道，限他们三个月一齐戒除；如果不戒，到那时候却是不要怪我兄弟！"刘大侉子一想："自己烟瘾是大的。如今署院的话虽不是专为我一人而言，然而我听了总不免担心。"越想越觉可危。

正在为难的时候，忽然商务局的老总，也是一个候补道，把身子一斜，插嘴说道："回大人的话：大人限他们三个月叫他们戒烟，宽之以期限，动之以利害，不忍不教而诛；做属员的人再不振作精神，屏除嗜好，也就不成个人了。昨日有个新到省的试用知县胡镜孙

胡令，在职道局里递了一个禀帖，说是自己报效，开办一个甚么‘贫弱戒烟善会’，求职道局里给张告示。禀帖上写明白，大人跟前另外具禀。”署院道：“是啊，禀贴是有一个，我看了还没有批。这胡令他一向是做甚么的？戒烟原是好事情，既然开善会，为甚么不取个吉祥点的名字咧？又‘贫’又‘弱’，这两个字实在不好听。”商务局老总道：“听说这胡令从前是在梅花碑开丸药铺的。虽然捐了官已经禀到，一直还没有引见。为甚么题这个名字，职道也问过他。他说：‘人生在世，譬如家业本是富的，吃了烟就会贫穷；身子本是强壮的，吃了烟就会瘦弱；因此题这两字，无非是劝醒人的意思。’”署院道：“果然办得见效呢，叫这些官场上的人去戒戒也好。但他究竟是个市井，能够靠得住靠不住，总得查查明白，才好给他告示。”商务局老总答应着。

等到退了下来，头一个刘大侉子，听了署院一番话，又是心上发急，又是烟瘾上来，出了一身大汗，连小棉袄都湿透了。走到大堂底下，还没有上轿，一把袖子拖住商务局的老总，问他胡镜孙这个会已经开办没有，开在那条街上。商务局老总道：“据他禀帖上说，就在梅花碑，大约同他丸药铺在一块。自从今年二月起，已将近一年了。他自家说，每天总得戒上几十个人。每天来戒的人，他都天天抄了名字，托人到上海去上报。现在的局面被他弄得着实不小。”刘大侉子道：“果然灵验，我头一个就要去戒。怎么我来了几个月，一直不曾晓得呢。”说罢，各自上轿而去。一霎到得公馆，先过瘾，再吃饭。一头吃饭，一头想起署院的一番话，老大担心。

吃过了饭，立刻吩咐打轿，向梅花碑胡镜孙丸药铺而来。刘大侉子自己思量：“现在各事都丢在脑后，且把这捞什子戒掉再想别的法子。”轿子未到梅花碑，总以为这爿丸药铺连着戒烟善会，不晓得有多大。及至下轿一看，原来这药铺只有小小一间门面，旁边挂着一扇戒烟会的招牌，就算是善会了。但是药铺门里门外，足足挂着二三十块匾额：甚么“功同良相”，甚么“扁鹊复生”，甚么“妙手回春”，甚么“是乃仁术”，匾上的字句，一时也记不清楚。旁边落的款，不是某中堂，就是某督、抚，都是些阔人。刘大侉子看了，心上着实钦敬。正在看匾的时候，这善会里的老板，就是胡镜孙，早已得信，顺手取过一顶大帽子合在头上，赶着出来迎接宪驾。一见刘大侉子，就在街上迎面先打一个千。刘大侉子还礼不迭。跨进店来，胡镜孙把他一领，领到店后头一间披屋，只容得三四个人。刘大侉子举目观看，房间虽小，摆设俱全。墙上挂的对子写着“某某司马大人雅属”，再一看，这胡镜孙头上戴的是料球[4]，便知道他是捐过同知衔的知县了。

少停学徒弟的送上茶来。刘大侉子一面吃茶，一面问他：“丸药店里生意可好？戒烟的人，一天到晚，一定不会少的了？”胡镜孙道：“大人明鉴：这丸药店本是卑职祖父手里创的。自从卑职入了仕途，把丸药铺改了公司，为的是做官的人不便再做生意买卖，叫上头晓得了说话。”慢慢的两个人讲到戒烟的一事。胡镜孙竭力称赞他的戒烟丸药如何灵验，又说：“一天到晚，总得有一二十号人来戒，实在来不及。”正说着话，齐巧学徒弟的进来拿东西。胡镜孙故意问他道：“现在戒烟的人，已经有多少号了？”这个徒弟不提防他问，一时顺嘴说了出来，说道：“只有大前天有个人买了一包丸药去，这两天一直没有人来问过信。”胡镜孙听了这两句话，急得脸上绯红，连忙说道：“你不懂的，快替我走！”又自己埋怨自己道：“是我糊涂。他是丸药店里的徒弟，戒烟会另有司事承管，这事须得问司事才知道，问他是不晓得的。”刘大侉子道：“我不管戒烟的人多人少，我只问你这丸药吃了可灵不灵？”胡镜孙道：“卑职这丸药，比如有一钱的瘾，只消吃两粒丸药，等到烟瘾上来时候，一吃下去就抵当得住，比仙丹还灵。二钱瘾，吃四粒，四钱瘾，吃八粒。弄到后来，只要吃丸药就够了，用不着吃烟了。”

刘大侉子道：“我从京里来的时候，路过上海，听说上海也有一种甚么戒烟丸药，是咖啡做的。虽然能够抵得烟瘾，然而吃了下去，受累无穷，一世戒不脱的。不要你这丸药亦是那个东西做的？”胡镜孙听了诧异道：“咖啡只好当茶吃，从来没有听说可以抵得烟瘾的。想必外国人又出了甚么新法了？”刘大侉子道：“外国人想赚钱的法子本来很多。”胡镜孙想了一回，恍然大悟道：“不要是吗啡罢？”刘大侉子听他一提，心上亦明白过来是吗啡，但是不肯自己认错，怕人家笑他外行，也把脸一红道：“不管他是咖啡是吗啡，横竖是外国来的就是了。”胡镜孙道：“卑职开办这个善会是发过誓的，如今封袋上都刻明白：‘如以吗啡害人，雷殛火焚’。大人不信，请验。”说着，顺手在抽屉里取出一包戒烟丸药。刘大侉子接过一看，果然不错，有此十字，一头看，又一头念了一遍。

刚刚念到“火焚”二字，忽然隔壁人家大声呼唤起来，登时合店的人都赶到后头来看。再一听，不是别事，原来为这边厨房里有个学徒的烧开水泡饭吃，烧的稻柴太多了，火焰上冲，轰了烟筒，火星直冒，隔壁人家当是起火，登时声张起来。亏得这边人手众多，上屋的上屋，打水的打水，灌了几桶的水，弄得灶肚里开了河，灶也坏了，火也灭了。胡镜孙才把心放下。他堂客此刻也顾不得店堂内有客无客，手里拿了一串佛珠，站在天井里，举头朝上，不住地念：“阿弥陀佛！救苦救难白衣观世音菩萨！”刘大侉子见他家有事，只得辞别回去。胡镜孙还要再三的相留，刘大侉子不肯，只得送了出来。胡镜孙道：“大人如要戒烟，卑职立刻就送一百包丸药过来。”刘大侉子道：“用不着这许多，吃了有效验再来取。”说罢，上轿而去。胡镜孙赶到街上站了一个班，还他做卑职的规矩，方才进店。

要知刘大侉子此番能否把烟戒去，且听下回分解。

[注释]

①《朱子家训》：指明末理学家朱柏庐所著的一部书，也叫作《治家格言》。

②方面大员：指能够独当一面的官吏。

③厘金：也叫厘捐，清时在水陆交通要道对过往货物所征收的税。

④料球：指清朝官员帽顶上所缀的料质圆球。

第二十一回

反本透赢当场出彩　弄巧成拙蓦地撤差

却说刘大侉子从戒烟善会回来，刚才下轿，胡镜孙已经派人把戒烟丸药送到，共计丸药一百包，一张小字的官衔名片。刘大侉子吩咐收下。打发来人去后，从此以后，果然立志戒烟，天天吃丸药，不敢间断。说也不信：丸药果然灵验，吃了丸药，便也不想吃烟。只可惜有一件，谁知这丸药也会上瘾的，一天不吃，亦是一天难过，比起鸦片烟瘾不相上下。但是吃丸药的名声总比吃大烟好听，所以这刘大侉子便一心一意地吃丸药，不敢再尝大烟了。

正是光阴如箭，转眼间腊尽春来。官场正月一无事情，除掉拜年应酬之外，便是赌钱吃酒。此时黄三溜子晓得自己有了内线，署院于他决不苛求；而且较之寻常候补道格外垂青，一差之外，又添一差。黄三溜子也知感激，便借年敬为名，私下又馈送八千银票，也是裕记号二掌柜的替他过付，意思想求署院委他署缺一次，不论司、道，也不论缺分好坏，但求有个面子。署院答应他徐图机会，不可性急，防人议论。二掌柜的出来把这话传谕黄三溜子，黄三溜子自然欢喜，晓得署院已允，将来总有指望，从此更意满心高，任情玩耍。

齐巧正月有些外府州、县实缺人员上省贺岁。这些老爷们，平时刮地皮，都是发财发足的了。有些候补同寅新年无事，便借请春酒为名，请了这些实缺老爷们来家，吃过一顿饭，不是摇摊，便是牌九，纵然不能赢钱，弄他们两个头钱，贴补贴补候补之用也是好的。大家都晓得黄三溜子的脾气，顶爱的是耍钱，只要有得赌，甚么大人卑职，上司下属，统通不管。而且逢场必到，一请就来。赢了钱，便大把的赏人；输了钱，无论上千上万，从不兴皱皱眉头，真要算得独一无二的好赌品了。因此大众更舍他不得。

这日是正月十三，俗例十三夜上灯，十八落灯。官场上一到二十又要开印[1]，各官有事，便不能任情玩耍了。且说这日是住在焦旗杆的一位候补知府请客。这位太尊[2]姓双名福，表字晋才，是镶红旗满洲人氏。他爸爸在浙江做过一任乍浦副都统，他一直在任上当少大人。因他行二，大家都尊他为双二爷。后来他爸爸死了，他本是一个京官，起服之后，就改捐知府，指分浙江，在省候补也有五六年了。他虽为官，总不脱做阔少爷的脾气：赁的极大的公馆，家里用的好厨子，烹调的好菜。他自己爱的是赌，时常邀几个相好朋友到家叉麻雀，不是五百块钱一底，就是一千块钱一底。黄三溜子也同他着实来往。虽然署院力崇节俭，也只好外面上遵他的教，其实人家公馆里那能件件依他。

自交正月，例不禁赌。双二爷天天在公馆里请朋友吃喝。吃完之后，前两天还是摇摊，后因摇摊气闷，就改为牌九。已经痛痛快快的赌过几夜。过了几天，齐巧一个实缺金华府知府彭子和彭太尊，一个实缺山阴县知县萧添爵萧大令[3]，两人同天到省贺岁，却都是这双二爷的拜把子兄弟，从前常常在一处玩耍惯的。因此双二爷兴致格外好。头一天，双二爷上院，彼此在官厅上碰着，依双二爷的意思，就要把他俩拉回公馆吃便饭，先玩一夜。他俩因为要到别处上衙门拜客，所以改了次日，就是十三这一天了。头天晚上，双二爷吩咐管厨的预备上等筵席。别的朋友横竖天天来耍钱耍惯的，用不着预邀。到了次日，中饭

吃过，双二爷为着来的人还不多，不能成局，先打八圈麻雀。在座的人都是些阔手笔，言明一千块一底，还说是小玩意儿。当下管家们调排桌椅，扳位归座，立时间劈劈啪啪，打了起来，一打打了两个钟头，四圈已毕，重复扳位掷点。当时算了算，双二爷输了半底。说是这样小麻雀打的不高兴，自己站起身来要去过瘾，就把自己的筹码让给一个人代碰。

双二爷正过着瘾，人报彭大人来了。彭大人刚从别处拜客而来，依旧穿着衣帽，走到厅上，磕头拜年，自不必说。磕头起来，朝着众人一个个作揖，大半都不认得。正待归坐，只见黄三溜子从院子里一路嚷了进来，嘴里喊着说道："你们不等我，这早的就上局！"才跨进门槛，迎面瞧见彭知府穿了衣帽，黄三溜子一呆。双二爷便告诉他是金华府彭守，昨儿才到的。又告诉彭知府说："这位就是黄观察黄大人。"彭知府是久仰大名的，究竟他是本省上司，不敢怠慢，立刻放下袖子，走上一步，请了一个安，口称："卑府今天早上到大人公馆里禀安。"黄三溜子也不知回答甚么方好，想了半天，才回了声："兄弟还没有过来回拜。"当由双二爷忙着叫宽章，让座奉茶。正在张罗的时候，山阴县萧大老爷也来了。无非又是双二爷代通名姓。黄三溜子为他是知县，到底品极差了几层，就不同他多说话，坐在炕上也不动，只同彭知府扳谈，满嘴的甚么"天气好呀，你老哥几时来的，住在那里，难得到省，可以盘桓几天。"颠来倒去，只有这几句说话。

顷刻间，打麻雀的已完，别的赌友也来的多了。双二爷一一引见，无非某太守、某观察，官职比他小的便是某翁，当中还有几个盐商的子弟、参店的老板、票号钱庄的挡手，一时也数他不清。头一个黄三溜子高兴说："我们肚子很饱，赌一场再吃。"其中有几个人说："吃过再赌。"黄三溜子不肯。双二爷为他是老宪台，不便违他的教，只得依他。当下入局的人共有三四十个。黄三溜子不喜欢摇摊，一定要推牌九。无奈彭太尊说："白天打牌九不雅相，天色早得很，不如摇四十摊，吃过饭再推牌九。"黄三溜子道："我打摊打得气闷，既然要打摊，须得让我做皇帝④。"

其时正有个票号里挡手抢着做上手，听说摇摊，已经坐了上去。主人家要巴结老宪台，千对不住，万对不住，把那人请了下来。黄三溜子一屁股坐定，也不管大众齐与未齐，拿起摊盆摇了三摇，开盆看点。旁边记路的人，拿着笔一齐记下。霎时亮过三摊。黄三溜子又把宝盆摇了三摇，等人来押。头几下大家看不出路，押的注码还少。黄三溜子赢了几千，把他高兴的了不得。双二爷道："为着老宪台总不喜欢摇摊，叫你老人家赢两个，以后也就相信这个了。"黄三溜子道："所以我除了做皇帝，下手是不做的，皇帝还好赢几个，下手只有输无赢。"双二爷道："那也不见得。"正说着话，黄三溜子又摇过几摊，台面上的筹码、洋钱、票子，渐渐的多了起来。黄三溜子一连赔了两摊，数了数，但将赢来的钱输去八九，幸喜不曾动本。后来越押越大，他老人家亦就越输越多，统算起来，至少也有四万光景。霎时间已开过三十六摊，再摇四摊便已了局。黄三溜子急于返本，嫌人家押的少，还说人家赢钱的都藏着不肯拿出来。

众人气他不过。内中有几个老赌手取过宝路一看，大小路都在"二"上，于是满台的人倒有一大半去押"白虎"。还有些不相信宝路的，亦有专押老宝的，亦有烧惯冷灶的，亦有专赶热门的，于是么、三、四三门亦押了不少。彭太守年轻时很欢喜摇摊。摇摊的别号又叫作"听自鸣钟"。他自己常说："我因为听自鸣钟，曾经听掉两爿当铺、三爿钱铺子，也算得老资格了。"到这第三十七摊上，他亦看准一定是"二"，自己押了"二"还不算，又把进、出两门上的注码，一齐改在"二"上。有个押"四"的钱庄里挡手，独他不相信，说一定是"四"。彭太尊要同他赌个东道。他理也不埋，拉着嗓子喊了一声："二翻四。"彭太尊气他不过，跟手喊了一声："四翻二。"

钱庄里挡手又喊一声："再翻在四上。"彭太尊亦喊一声："再翻在二上。"钱庄里挡

手还要再喊，主人双二爷把手一摆，道：“慢着，你们算算看。”黄三溜子道：“算甚么！”双二爷道：“别说算甚么。彭子翁先把进、出两门的注码吃到‘二’上，现在又同对门翻了两番。这一下开出来，设如是个‘二’，你想他要赔多少！就是个‘四’，彭子翁也不轻。”付档的人正待举起算盘来算，黄三溜子急于下庄好去过瘾，便朝着双二爷嚷道：“人家输得起，要你担心！我可等不及了。”一面说，一面掀开宝盆一看，大家齐喊一声“四”。黄三溜子道：“‘四’也好，不是‘四’也好，横竖你们自己去做输赢，我只管我的就是了。”

钱庄里老板一团高兴，嘴里说道：“怎么样！我赌了几十年，最不相信的是甚么路不路，如果猜得着，这宝也没人打了。”此时只有他一个咂嘴弄舌，众人也不睬他。把个彭太尊气昏了，拿着手里的筹码往桌子上一掼，说道：“输钱事小，我走了几十年的大小路，向来没有失过，真正岂有此理！”当时付档的人，按照所翻的数目，一一付清。黄三溜子赶着把余下三摊摇完。算了算，通台的人只有彭太尊顶输，大约有五万光景。黄三溜子后三下赢些回来，只有三万多了。

钱庄里老板是头一个大赢家。四十摊之后，别的人过瘾的过瘾，谈天的谈天，独他一个穿穿马褂，说：“号里有事，不能不回去。”彭太尊嚷着不放他走；双二爷、黄三溜子亦赶过来帮着挽留。黄三溜子道：“通台就是你一个大赢家，怎么你好走？就是真有事也不放你。我们熟人不要紧，你同彭大人是初次相会，你走了，他心下要不高兴的。”钱庄里老板却不过众人的情，只好仍旧脱去马褂，陪着大众一块儿吃饭。虽然是双二爷专程备了好菜请彭太尊，无奈他赌输了钱，吃着总没有味儿。一时饭罢，黄三溜子赶着推牌九。彭太尊一定还要打摊。

主人双二爷左右为难。幸亏是夜里，来赶赌的人比白天又多了二十几位，只好分一局为两局：是一局摊，一局牌九，各从其便。黄三溜子齐了一帮人专打牌九，彭太尊齐了一帮人专打摊。吃饭的时候已是二更多天，比及上局，约摸已有三更了。这一夜，竟其顶到第二天大天白亮还没有完，后来有些人渐渐熬不住，赢钱的都已溜回家去睡觉，只剩些输钱的还守着不肯散，想返本。黄三溜子一见人少了，便要并两局为一局。彼此问了问，彭太尊只翻回来几千银子，黄三溜子却又下去一万。主人双二爷亲自过来，让众位用些点心，又说：“今天是十四，不是辕期，没有甚么事情。不如此刻大家睡一会儿，等到饭后，邀齐了人再图恢复何如？”黄三溜子道：“赌一夜算甚么！只要有赌，我可以十天十夜不回头。”彭太尊道：“卑府在金华的时候，同朋友在‘江山船’上打过三天三夜麻雀没有歇一歇，这天把算得甚么！”于是大众就此鼓起兴来。这时候彭太尊摊也不摇了，亦过来推牌九。

这天自从早晨八点钟入局，轮流做庄，一直到晚未曾住手。黄三溜子连躺下过瘾的工夫都没有。幸亏一心只恋着赌，肚里并不觉得饥饿。虽说双二爷应酬周到，时常叫厨子备了点心送到赌台上，他并不沾唇。有时想吃烟，全是管家打好了装在象皮枪上。这象皮枪有好几尺长，赛如根软皮条，管家在炕上替他对准了火，他坐在那里就可以呼呼的抽，可以坐着不动，再要便当没有。但是玩了一天，没有甚么上下。等到上火之后，来的人比起昨天来还要多。此刻他老人家的手气居然渐渐的复转来，一连吃了三条。下手的人一看风色不对，注码就不肯多下了。黄三溜子只顾推他的，一连又吃过七八条，弄得他非凡得意。

正在高兴头上，不提防自己公馆里的一个家人找了来，附在他耳朵上请示，说：“明天各位司、道大人统通一齐上院，庆贺元宵。请老爷今天早些回公馆，歇息歇息，明天好起早上院。”黄三溜子道：“忙甚么！我今天要在这里玩一夜，把该应穿的衣服拿了来，等到明天时候，叫轿班到这里来伺候。我今天不回去，明天就在这里起身上院，等院上下来

再回家睡觉。”家人是懂得他的脾气的，只得退了出去，依他办事。

他这里上上下下，总算手气还好，进多出少。后来见大众不肯打了，他亦只好下庄，让别人去推。自己数了数，一共赢进二万多，连昨夜的扯起来，还差一半光景。自己懊悔昨天不该应摇摊。又连连说道：“如果再推下去，这头两万银子算不得甚么，多进三五万，亦论不定。”此时是别人做庄，他做下手，弄了半天，做上手的输了几条就干了。他虽然赢钱，总嫌打的气闷。众人只得重新让他上去做庄。几个轮流，到他已有四更天了。谁知到了他手，庄风大好，押一千吃一千，押五百吃半千。此时台面上现银子、洋钱，都没有了，全是用筹码。他自己身边筹码堆了一大堆，约摸又有二三万光景。

众人正在着急的时候，忽然庄上掷出一副“五在手”，自己掀出来一看，是一张天牌，一张红九，是个一点。自以为必输了的，仍旧把牌合在桌上，默然无语，回过头去抽烟。谁知三家把牌打开，上门是一张人牌，一张么丁；天门是一张地牌，一张三六；下门是一张和牌，一张么六：统算起来都是一点，大家面面相觑，做声不得。黄三溜子把一筒烟抽完，回过脸来，举目一看，都是一点。这一喜非同小可！把自己两扇牌翻过来，用力在桌上一拍，道了声“对不住”，顺手向桌上一捞。当时台面上几个赢家并不说话；有几个输急的人，嘴里就不免叽哩咕噜起来。一个说：“牌里有毛病，不然，怎么会四门都是一点？齐巧又是天、地、人、和配好了的？”一个说：“一定骰子里有毛病，何以不掷‘二上庄’，何以不掷‘四到底’，偏偏掷个‘五在手’？庄家何拿个‘天九一’吃三门，这里头总有个缘故。”又有人说：“毛病是没有，一定有了鬼了，很该应买些冥锭来烧烧，不然，为甚么不出别的一点，单出这天、地、人、和四个一点呢？”当下你一句，我一句，大家都住手不打。黄三溜子起先还怕扰乱众心，拆了赌局，连说：“赌场上鬼是有的，应得多买些锭烧烧。从前是我在家乡开赌，每天烧锭的钱总得好几块。老一辈子的人常说道：‘鬼在黑暗地下，看着我们阳世人间赌得高兴，他的手也在那里痒痒。自己没有本钱，就来捉弄我们，烧点锭给他就好了。’”双二爷闻言，连说“不错。”立刻吩咐管家去买银锭来烧。锭已烧过，黄三溜子洗过牌，重新做庄。无奈内中有个输钱顶多的人，心上气不服，一口咬定牌里有讲究，骰子也靠不住。黄三溜子气极了，就同他拌起嘴来。那人也不肯相让。便是你一句，我一句，吵个不了。主人双二爷立刻过来劝解，用手把那个输钱的人拉出大门。那人一路骂了出去。彭太尊也竭力劝黄三溜子，连说：“大人息怒。”又说：“他算甚么！请大人不必同他计较。”一番吵闹，登时把场子拆散了。当他二人拌嘴的时候，早已溜掉一大半。黄三溜子见赌不成功，便把筹码往衣裳袋时一袋，躺下吃烟。说话间，东方已将发亮了。黄三溜子的管家、轿班都已前来伺候主人上院。彭太尊之外，还有几位候补道、府，都说一块儿同去。主人一面搬出点心请众位用，一面检点筹码，要他们把账算一算清。黄三溜子道：“忙甚么！那王八羔子不来，我们今天就不赌了吗？筹码各人带在身上，上院下来赌过再算。”主人连说：“使得。”当初入局的时候，都用现银子、洋钱买的筹码。而且这位双二爷，历年开赌的牌子极为硬绷。这副筹码异常考究，怕的是有人做假，根根上头都刻了自己的别号；所以筹码出去，人家既不怕他少钱，他也不怕人家做假。此刻黄三溜子不要人家算账，说上院回来重新入局，他做主人的自然高兴，有何不允之理。霎时点心吃过，一众大人们一齐扎扮起来。黄三溜子等把蟒袍穿好，不及穿外褂，就把赢来的筹码数了数，除弥补两天输头之外，足足又赢了一万多，满心欢喜，便把筹码抓在手里，也不用纸包，也不用手巾包，一把一把的只往怀里来塞。管家说：“不妥当，怕掉出来，等家人们替老爷拿着罢。”黄三溜子道：“这都是赢来的钱，今天大十五，揣着上院，也是一点彩头。”家人不敢多说。

一时扎扮停当，忽然轿班头上来回道：“有一个轿夫没有来，请大人等一刻。”黄三溜

子急地跺脚骂王八蛋。当时就有一个同赌的武官，是个记名副将，借署抚标右营都司，晓得黄三溜子在署院前还站得起，又是营务处，便说："标下的轿子不妨先让给大人坐。大人司、道一班，传见在前；标下雇肩小轿随后赶来，是不妨事的。"黄三溜子见他要好，便同他扳谈，说："老兄很面善，我们好像在那里会过似的。"那武官还没有回答，双二爷忙过来替他报履历。黄三溜子连说："久仰。"又说："老兄训练兵丁，步伐整齐，兄弟是极佩服的。"那武官道："大人在营务处，是标下的顶门上司，总得求大人格外照应。"黄三溜子道："这还要说吗。"一面说着话，一面又嚷道："我记起来了，还是去年十二月初七，一个甚么人家出殡，执事当中，我看见有你，骑了一匹马，押着队伍，好不威武！你手下的兵打的锣鼓同闹元宵一样，很有板眼。我们快去，等院上下来，我们亦来闹一套玩玩。"说完了话，赶出大门上轿。那武官连忙跟着出来，招呼自己的轿班，谁知走出大门，黄三溜子的轿夫也来了，被黄三溜子骂了两句，仍旧坐着自己的轿子而去。

霎时到得院上，会着各位司、道大人，上过手本，随蒙传见。见了署院，一齐爬在地下磕头贺节。等到磕完了头，黄三溜子正要爬起来的时候，不料右边有他一个同班，一只脚不留心，踏住了黄三溜子的蟒袍，黄三溜子起来的匆忙，也是一个不当心，被衣服一顿，身子一歪。究竟两夜未睡，人是虚的，一个斤斗，就跌在踏他蟒袍的那人身上，连那个人也栽倒了。署院看见，连说："怎么样了？"他俩困在地下，羞得面孔绯红，挣扎着爬起来。刚起得一半，不料黄三溜子跌的时候势头太猛，竟把怀里的筹码从大襟里滑了出来，滑在外褂子里头，等到站起，早已豁喇喇的掉在地下了。

署院起先但听得声音响，还不晓得是甚么东西，连说："你们两位，有甚么东西掉在地下，还不拾起来？"一面说，一面招呼巡捕帮着去拾。黄三溜子毕竟自己虚心，连忙又往地下一蹲，用两只马蹄袖在地毯上乱掳。幸亏筹码滑出来的不多，捡了起来，不便再望怀里来塞，只得握在手中。掸掸衣服，跟着各位司、道大人归座。却不料地下还有抵得一百两银子的一根大筹码未曾拾起，落在地毯上。黄三溜子瞧着实在难过，又不敢再去拾，只是脸上一阵阵发红。其实署院已经看见，也晓得是黄三溜子这宝贝带来的。署院生平顶恨的是赌，意思想要发作两句，转念一想，隐忍着不响。齐巧那根筹码被巡捕看见，走上去拾了起来，袖了出去。署院也装做没事人一样。等到送客之后，署院问巡捕把那根筹码要了来，封在信里，叫先前替黄三溜子过付的那个人仍旧送还了他。传谕他："下次不可如此，再要这样，本院就不能回护他了，叫他各人自己心上放明白些。"

黄三溜子这日下得院来，晓得自己做错了事，手里捏着一把汗，便无精打采的，一直回到自己公馆，不到双二爷家赌钱了。双二爷等他不来，便叫管家来请他。他便打发当差的同了双二爷的管家到双家把账算清，说是自己身上不爽快，改天再过来。此时大众已晓得他今天上院跌出筹码之事，官场上传为笑话，他不肯再来，一定是脸上害臊，因此也不再来勉强他。过了一天，黄三溜子接到署院的手札，并附还筹码一根，又是感激，又是羞愤。恐怕以后不妥，又托原经手替他送了三千银子的票子，一直等到回信，说署院大人赏收了，然后把心放下，照旧当差不题。

且说刘大侉子自从吃胡镜孙的丸药，三个月下来，烟瘾居然挡住，但是脸色发青，好像病过一场似的。且有天不吃丸药，竟比烟瘾上来的时候还难过。刘大侉子便去请教胡镜孙。胡镜孙道："大人要戒的是烟，只要烟戒掉就是了，别的卑职亦不能管。"刘大侉子见他说得有理，难以驳他，只好请医生自去医治。不在话下。但是他自从到省以来，署院一直没有给他好嘴脸，差使更不消说得。后来署院见他面色碧青，便说他嗜好太深，难期振作。每见一面，一定要唠唠叨叨的申饬一次，还说甚么是"我认得你老人家的。他的子侄不好，我做父执的应该替他教训才是。"刘大侉子被他弄得走投无路，便去找藩台，托藩台替他想法子，说：“照这种样儿，晚生的日子一天不能过了。”藩台说：“他同兄弟不对，兄弟说的话未必听。我劝老兄忍耐几时，再作道理。”

刘大侉子无法，又打他娘舅。娘舅久充宪幕，见的什面多了，很有随机应变的工夫。听了外甥的话，闭目养神了半天，一声也不响，想了一想，说道：“他时常教训你，都是些甚么话？”刘大侉子便大概的述了一遍。娘舅道：“他同老人家真有交情吗？”刘大侉子道：“不过会过几面，就是有交情也有限。”娘舅道：“有了。道学朋友，只有拿着他的法子治他，所谓‘君子可欺以方’，只有这一功他还受。”又说甚么“即以其人之道，还治其人之身”。刘大侉子忙问：“是用甚么法子？”娘舅便附在他耳朵上，如此如此的嘱咐一番。刘大侉子将信将疑，恐怕不妥，但是事已至此，只可做到那里，说到那里。

到了第二天又去禀见。他是一个没有差使的黑道台，抚台原可以不见他的，只因他脾气好说话，署院把他训饬惯了，好借着他发落别人，所以他十次上院，倒有九次传见。这日见面坐定之后，署院闲谈了几句，便渐渐的说到他身上来，先问他：“现在的烟瘾比起从前又大得多少？”他回道：“职道现在戒烟，已经有好两个月不抽了。”署院鼻子里哼的一声。他又回道：“职道自从吃了胡镜孙胡令‘贫弱戒烟善会’里的丸药，倒很见效。”署院道：“抽与不抽，我也不来问你。你自己拿把镜子照照你的脸，随便给谁看，说你不吃烟，谁能相信。当初你们老太爷我是见过的，他并不抽烟。怎么到你老兄手里，好样子不学，倒弄上了这个？真正我替你们老太爷怄气！”刘大侉子听到这里，一声不响，只顾拿着马蹄袖擦眼泪。署院又道：“出来做官，说甚么显亲扬名，都是假的，只要不替先人丢脸，就算得孝子了。”

刘大侉子听到这里，一半自己的委屈，一半是娘舅的教训，一不做，二不休，索性呜呜咽咽哭将起来。各位司、道大人见都为诧异，一齐替他捏着一把汗。谁知署院并不见怪，停了一回，朝他说道：“我教导你的几句话并不是坏话，用不着哭啊。”刘大侉子擦了一擦眼泪，又擤了一把鼻涕，说道，“职道何尝不知道大人的教训都是好话。职道听了大人的教训，想起从前职道父亲在日也常是拿这话教训职道；如今职道父亲病故已经多年，职道听了大人的教训，一来恨自己不长进，二来感念职道父亲去世的早。听了大人的话，不觉有感于中，屡次三番的要哭不敢哭出，怕的是失仪。今天实实在在熬不住了！”说完了话，立起身来，爬在地下朝着署院磕了三个头，长跪不起。署院赶紧下座拉他。众官亦一起站立。署院道：“这从那里说起！有话起来说。”刘大侉子哭着回道：“大人教训的话，都同职道父亲的话一样。总怪职道不长进，职道该死！求大人今天就参掉职道的官，也好替职道消点罪孽，就是职道父亲在九泉之下也是感激大人的。”说完了这两句，便从头上把自己大帽子抓了下来，亲自动手，把个二品顶戴旋了下来，嘴里说道：“职道把这个官交还了大人。大人是职道父执一辈子的人，职道就同大人子侄一样。职道情愿不做官，跟着大人，伺候大人，可以常常听大人的教训。将来磨炼出来，或者还可以做得一个人，不至于辱没先人，便是职道的万幸了。”说完了，直挺挺地跪着。

署院一定要他起，众官又帮着相劝，他只是不肯起，嘴里又说道：“总得大人答应了职道，职道方才起来。”署院道：“你果然能听我话，想做好人，我还要保举你鼓励别人，何必一定要参你的官呢？”说着，便叫巡捕过来，替他把顶子旋好，仍旧合在头上。署院又亲自拉了他一把。刘大侉子见署院如此赏脸[5]，便趁势又替署院磕了三个头，然后起立归坐。署院道：“人孰无过？过而能改，就不失其为好人了。兄弟生平最恨的是抽大烟一桩事，好好一个人，生生的被烟困住，以后还能做甚么事业呢！”说到这里，回转头去一看，见商务局老总也在坐，便同他说道：“从前你们所说那个姓胡的办的那个戒烟善会，到底靠得住靠不住？”商务局老总道：“他的丸药外头倒很销，而且分会也不少。”署院道：

"销场虽好，不足为凭。你们只要看这位刘大哥脸的颜色，怎么越吃越难看呢？不要丸药里搀了甚么东西害人罢？"商务局老总道："职道也问过胡令，据称用的是林文忠公的遗方。既然刘道吃了不好，等职道下去查访查访，果然不好，就撤去前头给的告示，勒令停办，免得害人。"署院道："正该如此。"说完送客。

刘大侉子下来仍旧去找娘舅。娘舅问他怎么样，刘大侉子便一五一十，述了一遍。娘舅道："此计已行，以后包你上院，永远不会再碰钉子。但是想他的差使还不在里头，等我慢慢的再替你想个法子，包你得一个顶好的事情。"刘大侉子一定要请教。娘舅发急道："你别性急！早则十天，迟则半月，总给你颜色看就是了。怎么性急到这步田地？也得容我想想看呀！"刘大侉子见娘舅动气，只好无言而罢。

且说官场上信息顶灵，署院放一屁，外头都会晓得的。这日说了胡镜孙丸药不好，当天就有人传话给他，叫他当心点。他这人生平最会拍马屁，新近又不知道走了甚么路子，弄到山东赈捐总局的札子，委他兼办劝捐事宜。他得了这个差使，便兴头的了不得，东也拜客，西也拉拢，怀里揣着章程，手里拿着实收，一处处向人劝募。居然劝了一个月下来，也捐到一个五品衔，两个封典，五六个贡、监[6]。论他的场面，能够如此已经很不容易了。这日听得人家传来的话，赛如兜头一盆冷水，在店里盘算了半夜，踱来踱去，走投无路。后来忽然想到本省藩台，曾经见过两面，前头开办善会的时候，托人求他写过一块匾，有此渊源，或者不至忘记。事到其间，只得拼着老脸去做。是日，一夜未睡。次天大早，便穿了衣帽赶上藩台衙门。手本进去，藩台不见。胡镜孙说有公事面回，然后勉勉强强见的。见面之后，藩台心上本不高兴，胡镜孙又嚅嚅嗫嗫的说了些不相干话。藩台气极了，便说："老兄有甚么公事快些说。兄弟事情忙，没有工夫陪着你闲谈。"胡镜孙碰了这个钉子，面孔一红，咳嗽了一声，然后硬着胆子说出话来，才说得："卑职前头办的那个戒烟善会"一句话，藩台已把茶碗端在手中，说了声"我知道了"，端茶送客。胡镜孙不好再说下去，只得退了出来。一场没趣，愈加气闷。回到店里，茶也不喝，饭也不吃，如同发了痴的一般。

幸亏太太是个才女，出来问知究竟，便说："现在世路上的事，非钱不行。藩台不理你，你化上两个，他就理你了。"胡镜孙道："去年我开办这个善会的时候，问你借的当头，如今还没有替你赎出来，那里还有钱去孝敬上司呢？"太太道："有得赎没有得赎，自己夫妻，有甚么不明白的，只要你不替我没掉就是了。至于你如今孝敬上司，没有现钱，依我想，东西也是好的。"胡镜孙道："你看我这店里，除掉几包丸药，几瓶药酒之外，还有甚么东西可以送得人的？"太太道："只要值钱，怎么送不得？如果不好送，为甚么你的仿单上要说'官礼相宜'呢？"胡镜孙道："话虽如此讲，你晓得我十块钱的药，本钱只有几块？自己人，同你老实说，两块钱的本钱也没有，不过骗碗饭吃吃罢了，那里值得甚么钱呢。"太太道："时常见你替人家捐官，从前你得这个差使的时候，你自己说过有多少的扣头，如今这笔钱那里去了呢？"一句话提醒了胡镜孙，心上一想："横竖空白实收在自己手里，与其张罗了钱去孝敬上司，何如填两张监生实收去送藩台的少爷。像他们这样宦家子弟，这一点点的底子总要有的。如果收了我的实收，他自然照应我。彼时间骑马寻马，只要弄到一笔大大的银款，赚上百十两扣头，就有在里头了。他若不肯照应我，一定还我实收；实收已经填了字，不能还，只好还我银子。如此一来，我赈捐内又多了两个监生，将来报销上去也好看。"主意打定，告诉了自己妻子。太太点头无话。胡镜孙方才胡乱吃了一碗饭，连忙取出实收，想要取笔填写履历，无奈又不晓得少爷的年、貌、三代，只好搁笔。想来想去，没有他法，只好封了两张实收，托人替他写了一禀帖给藩台，说明白："卑职目下办捐，情愿报效宪少大人两个监生，务示大人赏收。"另外又附一张夹单，

是求藩台替他斡旋那戒烟善会的事情。禀帖写完，他便冒冒失失交给藩台号房替他递了进去，自己坐在官厅上等传见。以为这一功他总受的了。谁知等了半天，里头传出话来，问他这个办捐差使是谁委的。他只得照实而说。那人进去，等到天黑，也没见藩台传见。后来向号房打听，亦打听不出。号房劝他明天再来，只好回家。

谁知一连上了三天藩台衙门，始终未见。第四天上，接到委他办捐那个老总的札子，上写："接准浙江布政司函开"，说他如何"借差招摇，钻营无耻"，又"附还实收两张，希即查办"云云。后面写明将他撤委，限他"即日将经手已捐未捐各实收，造册报销，不得含混"各等语。他得了这个札子，犹如青天霹雳一样，善会尚未保全，差使已经撤去。还算他自己顾全场面，次日即把捐务及收到的银子一律交割清楚。后来又费九牛二虎之力，把个戒烟会保住，依旧做他的买卖。都是后话不题。

要知官场上又出甚么新鲜事情，且听下回分解。

［注释］

①开印：清代官署在过年放假的时候，把官印暂时封存下来，停止办公，叫作封印，待到恢复办公的时候，叫作开印。

②太尊：明清时对知府的尊称。

③大令：古时县官多称令，后以大令为对县官的敬称。

④皇帝：指庄家。

⑤赏脸：给面子。

⑥贡、监：国子监的贡生和监生。

第二十二回

叩辕门荡妇觅情郎　奉板舆[1]慈亲勖孝子

却说浙江吏治，自从傅署院到任以来，竭力整顿，虽然不能有十二分起色，然而局面已为之一变。若从外面子上看他，却是真正的一个清官：照壁[2]旧了也不彩画；辕门倒了也不收拾；暖阁破了也不裱糊。首县奉了他的命，不敢前来办差。一个堂堂抚台衙门，竟弄得像破窑一样：大堂底下，草长没胫，无人剪除；马粪堆了几尺高，也无人打扫。人家都说碰到这位上司，自己不要办差，又不准别人办差，做首县的应该大发财源。谁知外面花费虽无，里面孝敬却不能少，不过折成现的罢了。所以但就情形而论，只有比起从前俭朴了许多，不能不说是他的好处，至于要钱的风气，却还未能改除。俗语说的好："千里为官只为财。"做书的人实实在在没有瞧见真不要钱的人，所以也无从捏造了。

闲话休题。且说署院自从到任至今，正是光阴似水，日月如梭，弹指间已过半载。朝廷因他居官清正，声名尚好，就下了一道上谕，命他补授是缺。他出京的时候是一个三品京堂，如今半年之间，已做到封疆大吏，自然是感激天恩，力图报称，立刻具折谢恩。合属官员得信之余，一齐上院叩贺，不消细说。从此以后，他老人家更打起精神，励精图治。闲下来还要课小少爷读书。他太太早已去世，小少爷是姨太太养的，年方一十二岁，居然开笔能做"破承"[3]。傅抚院更是得意非凡。拿了一本"文法启蒙"，天天讲给小少爷听。还说："我们这种人家世受国恩，除了做八股考功名，将来报效国家，并没有第二条路可以走得。"他一家骨肉，只有亲丁三口，并无别的拖累，所以他于做官课子之外，一无他事。今见天恩高厚，将他补授斯缺，心中更为快乐。

一天，适当辕期，会客之后，回到上房吃饭。正想吃过饭考问儿子的功课。他一向吃饭，因为人少，都是姨太太陪着吃的。这日等了半天，姨太太竟未出来。他总以为姨太太另有别的事情，偶然迟到，不以为意，谁知等到吃完，姨太太始终不见。问问老妈，都不肯说话。后来又问儿子。毕竟儿子年轻嘴快，回称："我娘困在床上，从早上哭到此刻，还没有梳头。"傅抚院听了诧异，一时摸不着头脑，只得又问儿子。旁边伺候的老妈一齐做眉眼给少爷，叫他不要说。被傅抚院瞧见，骂了老妈两句说："你们偏会鬼鬼祟祟，有甚么事情要瞒我？"一定追着儿子要问个明白。少爷无法，只得说道："我亦不知道甚么。今儿早上，门上汤二爷来说，有个媳妇长的很标致，还带了一个孩子，说是来找爸爸的。我娘就为着这个生气。"傅抚院一听这话，心上老大吃惊，盘算了半天，一声不响。歇了一会，问道："现在这女人在那里？"少爷道："他要来，汤二爷叫把门的看好了门，不许他进来。我娘嘱咐汤二爷，等他来的时候打他出去。"傅抚院着急道："此刻到底这人在那里？"少爷道："连我不知道。"老妈见主人发急，晓得事情瞒不住，只得回道："这女人，据他自己说是北京下来的，现住在衙门西边一爿小客栈里。来了好两天了。他说他认得老爷有靠十年光景，从前老爷许过他甚么，他所以找了来的。"傅抚院道："那里有这回事！我也不认得甚么女人。"老妈道："他是这们说呢，我们也不晓得。"傅抚院道："我不问你这个，到底他到衙门里来过没有？"老妈道："这个不知道。我们亦是听见汤二爷说的。"

傅抚院便吩咐："叫汤升来，我问他。"原来这汤升是傅抚院的心腹门上。他家的规矩：凡老人家手里用的人，儿子都不能直呼名字，所以少爷也称他为汤二爷。

闲话休题。且说姨太太先前也是听见丫头们咕咕唧唧，说甚么有个女人来找老爷。姨太太醋性是最大不过的，听了生疑，便向丫头追究。丫头说是汤二爷说的。姨太太便把汤二爷叫上来，拷问此事。没了大太太，姨太太便做了中官，当家人的那里还有不巴结他的，便一五一十说了一遍。当时姨太太便气的几乎发厥。这时候傅抚院正在厅上会客，老妈们屡次三番要出来报信，因为会的是些正经客，恐怕不便，所以没有敢回。等到傅抚院送客回来吃饭，姨太太肝厥已平下去了，只是还躺在床上不肯起来。傅抚院向儿子追问此事，以及传唤汤二爷，他都听在耳朵里，装作不听见，不作声，看他们怎样。

停了一刻，汤升穿了长褂子上来。傅抚院正要问他，一想守着多少人，说出来不便，便起身要带汤升到签押房里去盘问。刚刚走到廊檐底下，已经被姨太太听见，直着嗓子大喊起来，又像拿头在板壁上碰的砰砰冬冬的响。傅抚院一听声音不对，立刻缩住了脚。再一细听，姨太太已经放声大哭起来，说甚么："老不死的！面子上假正经，倒会在外头骗人家的女人，还养了杂种的儿子！你们带声信给那老不死的：他要去会那不要脸的婊子，叫他先拿绳子来勒死我，再去拿八抬轿抬那婊子进来！"一面骂，一面又问少爷在那里。先是少爷听见娘生气，丢掉饭碗，早已溜在后院去了。好容易被丫头、老婆子找着，一齐说："我的小祖宗，你快上去罢！姨太太要同老爷拚命，现在不知道怎么样了！"小少爷起先还不肯去，后来被丫头、老婆子连哄带骗的，才骗到上房。他娘一看见了他，就下死的打了两拳头。手里打的儿子，嘴里却骂的老爷，说："我们娘儿俩今儿一齐死给他看！替他拔去眼中钉，肉中刺，好等他们来过现成日子！横竖你老子有了那个杂种，也可以不要你了！"说着，又叫："拿绳子来，我先勒死了你，我再死！"儿子捱了两拳头，早已哇的哭了。

傅抚院本来站在廊檐底下的，后来听见姨太太要找少爷，知道事情闹大了，只得回转上房，到套间里，在靠窗一张椅子上坐下叹气。姨太太也不睬他。后来看见小婆打儿子，又要勒死儿子，他老人家也动了真气，便气愤愤站起来说道："儿子是我养的。你们做妾妇的人不懂得道理，好歹有我管教，你须打他不得！"姨太太一听这话，格外生气，便使劲唾了傅抚院一口道："你说儿子是你养的，难道不是我十月怀胎怀出来的？我是他的娘，我就可以打得他！"说着，须手又打了儿子几巴掌。儿子又哭又跳。傅抚院道："岂有此理！我们这种诗礼人家，一个做小老婆的都要如此癫狂起来，还了得！"姨太太道："小老婆不是人？"傅抚院道："人家纵容小老婆，把小老婆顶在头上，我这个老爷不比别人，我要照我的家教。从前老太爷临终的时候有过遗嘱的，不好我就要……"话未说完，姨太太逼着问道："你要怎么样？"傅抚院又缩住了嘴，不肯说出来。姨太太道："开口老太爷遗嘱，闭口老太爷遗嘱，难道你在外头相与那不成器的女人，也是老太爷的遗嘱上有的吗！既然家教好，从前就不该应同那臭婊子来往！也不晓得姓张的、姓王的养了杂种，一定要拉到自己身上。"傅抚院被他顶的无话说，连连冷笑道："你们听听，他这话说的奇怪不奇怪！来的女人是个甚么人也没有问个明白，一定要栽在我身上。等弄明白了，再同我闹也不迟。"

姨太太正还要说，人报"表太太来了"。傅抚院立刻起身迎了出去，朝着进来的那个老妇人叫了一声"表嫂"，连说："岂有此理！请表嫂开导开导他。表嫂在这里吃了晚饭去；我有公事，不能陪了。"原来傅抚院请的账房就是他的表兄，这表太太便是表兄的家小。傅抚院因为自己人少，就叫表兄、表嫂一齐住在衙门内，乐得有个照应。这天家人、丫头们看见姨太太同老爷怄气，就连忙的送信给表太太，请他过来劝解劝解。傅抚院此时心挂两头，正在进退两难的时候，一见表嫂到来，便借此为由，推头有公事，到外边去了。

汤升一直站在廊檐底下伺候着，看见老爷出来，亦就跟了出来，一走走进签押房，傅抚院坐着，汤升站着。傅抚院问汤升道："那女人是几时来的？共总来过几次？现在住在那里？他来是个甚么意思？"汤升回道："这女人来了整整有五六天了，住在衙门西边一爿小客栈里。来的那一天，先叫人来找小的，小的没有去。第二天晚上，他就同了孩子一齐跑了来。把门的没有叫他进来，送个信给小的。小的赶出去一看，那妇人倒也穿的干干净净，小孩子看上去有七八岁光景，倒生的肥头大耳。"傅抚院道："我不问你这个，问他到这里是个甚么意思？"汤升凑前一步，低声回道："小的出去见了他，就问他来干甚么的。他说八年前就同老爷在京里认识，后来有了肚子。没有养，老爷曾经有过话给他，说将来无论生男生女，连大人孩子都是老爷的。但是家里不便张扬，将来只好住在外头。后来十月临盆，果然养了个儿子，就是现在带来的那个孩子了。"

傅抚院道："既然孩子是我养的，我又有过话，他为甚么一养之后不来找我，要到这七八年呢？"汤升道："小的何尝不是如此说。况且这七八年老爷一直在京里，又没有出门，为甚么不来找呢？"傅抚院道："是啊。他怎么说？"汤升道："他说他还没有养，他娘就把他带到天津卫，孩子是在天津卫养的。养过孩子之后，一直想守着老爷；老鸨不肯，一定要他做生意。顶到大前年才赎的身。因为手里没有钱，又在天津卫做了两年生意。今年二月上京，意思就想找老爷。不料老爷已放了外任，他所以赶了来的。"傅抚院听了，皱皱眉头，又摇摇头，半晌不说话。歇了一回，自言自语道："他在天津赎身，是那个花的钱？他怎么会知道我在这里？"汤升道："在窑子里做生意，怕少了冤桶花钱。老爷是一省巡抚，能够瞒得了人吗？"傅抚院道："你不要听他胡说。我也不认得这种人。你去吓吓他，如果再来，我就要拿他发到首县里重办，立刻打他的递解[4]。"汤升道："这些话小的都说过了。他自从来过一次之后，以后天天晚上坐在二门外头，顶到关宅门才走。头三天还讲情理，说他此来并不要老爷为难，只要老爷出去会他一面，给他一个下落，他就走的。而且不要老爷难为钱，他出去做做生意，自己还可以过得。他还说这七八年没见老爷寄过一个钱，他亦过到如今了，儿子亦这们大了。大家有情义，何必叫老爷一时为难呢。但是树高千丈，叶落归根，将来总得有个着落，不能不说说明白。"

傅抚院道："越发胡说了！再怎么说，打他两个耳刮子。"汤升道："小的亦是这怎么说，叫他把嘴里放干净些。那知他不服，就同小的拌嘴。到昨天晚上，越发闹的凶，一定要进来。幸亏被把门的拦着，没有被他闯进宅门。齐巧丫头们出来有事情，看见这个样子，进去对姨太太说了。小的就晓得被他们瞧见不得，起先还拦他们不要说，怕的是闹口舌是非。他们不听，今儿果然几乎闹出事来。"傅抚院说："我家里的事情还闹不了，那里又跑出来这个女人。你叫人去同他说，叫他放明白些，快些离开杭州，如果再在这里缠不清，将来送他到县里去，他可没有便宜的。"

傅抚院把话说完，汤升虽然答应了几声"是"，却是站着不走。傅抚院问他："还站在这里做甚么？"汤升回道："老爷明鉴：那女人实在利害得很，说出来的话，句句斩钉截铁。起先小的有些话不敢回老爷，现在却不能不回明一声，好商量想个法子对付他。"傅抚院道："奇怪，你倒怕起他来了？"汤升道："小的不是怕他，怕的是这种女人。他既然泼出来赶到这里，他还顾甚么脸面。生怕被他张扬出去，外头的名声不好听。"傅抚院道："送到县里去，打他的嘴巴，办他的递解就是了。"汤升道："不瞒老爷说：这结话小的都同他讲过了。他非但不怕，而且笑嘻嘻地说：'你们不去替我回，你家老爷再不出来会我，我为他守了这许多年，吃了多少苦，真正有冤没处伸，我可要到钱塘县里去告了。'"傅抚院道："告那个？"汤升道："小的也不晓得告的是那个。"傅抚院道："等他告呢，我看钱塘县有多大的胆量，敢收他的垦子！”汤升道：“小的亦是怎么想。后来他亦料到这一层，他说县里不准到府里，府里不准到道里，道里不准到司里。杭州打不赢官司，索性赶到北京告御状。”

傅抚院听了这话，气的胡子一根根笔直，连连说道：“好个泼辣的女人！汤升，你可晓得老爷是讲理学的人，凡事有则有，无则无，从不作欺人之谈的。这女人还是那年我们中国同西洋打仗，京里信息不好，家眷在里头住着不放心，一齐搬了回去，是国子监孙老爷高兴，约我出去吃过几回酒，就此认得了他。后来他有了身孕，一定栽在我身上，说是我的。当初我想儿子的事，多一个好一个，因此就答应了下来。谁知后来我有事情出京，等到回去不上两个月，再去访访，已经找不着了。当时我一直记挂他，不知所生的是男是女。倘若是个女儿呢，落在他们门头人家，将来长大之后，无非还做老本行，那如何使得呢。所以我今天听说是个男孩子，我这条心已放了一大半，好歹由他去，不与我相干。不是我心狠，肯把儿子流落在外头，你瞧我家里闹的这个样子，以后有得是饥荒！况且这女人也不是个好惹的。我如今多一事不如省一事，谢谢罢，我不敢请教了！”

汤升道：“既然老爷不收留他，或者想个甚么法子打发他走。不要被他天天上门，弄得外头名声不好听，里头姨太太晓得了，还要怄气。”傅抚院道：“你这人好糊涂！你把他送到钱塘县去，叫陆大老爷安放他，不就结了吗。”汤升道：“一到首县，外头就一齐知道了。”傅抚院道：“陆某人不比别人，我的事情他一定出力的。他这些本事很大，等他去连骗带吓，再给上几个钱，还有大不了的事。”汤升道：“横竖是要给他钱他才肯走路。小的出去就同他讲，有了钱，他自然会走，何必又要发县，多一周折呢？”傅抚院发急道：“你这个人好糊涂！钱虽是一样给他，你为甚么定要老爷自己掏腰，你才高兴？”汤升至此，方才明白老爷的意思，这笔钱是要首县替他出，他自己不肯掏腰的缘故，只得一声不响，退了下来。

刚走到门房里，三小子来回道：“大爷，那个女人又来了。”汤升摇了一摇头，说道：“自己做的事却要别人出钱替他了，通天底上那有这样便宜事情！说不得，吃了他的饭，只好苦着这副老脸去替他干，还有甚么说的！”一面自言自语，一面走出门房，到了宅门外头。那女人正在那里，一手拉着孩子，一手指着把门的骂呢。那女人穿的是浅蓝竹布褂，底下扎着腿，外面加了一条元色裙子，头上戴着金簪子，金耳圈，却也梳的是圆头。瘦伶伶的脸，爆眼睛，长眉毛，一根鼻梁笔直，不过有点翘嘴唇。虽然不施脂粉，皮肤倒也雪雪白。手上戴了一副绞丝银镯子，一对金莲，叫大不大，叫小不小，穿着印花布的红鞋。只因他来过几次都是晚上，所以汤升未曾看得清楚，今番是白天，特地看了一个饱。至于他那个儿子，虽然肥头大耳，却甚聪明伶俐，叫他喊汤升大爷，他听说话，就喊他为大爷。这时候因为女人要进来，把门的不准他进来，嘴里还不干不净的乱说，所以女人动了气，拿手指着他骂。齐巧被汤升看见，呵斥了把门的两句。因为白天在宅门外头，倘或被人看见不雅，就让女人到门房里坐，叫三小子泡茶让女人喝，又叫买点心给孩子吃。张罗了半天，方才坐定。女人问道：“我的事情怎么样了？托了你汤大爷，料想总替我回过的了？我也不想赖到这里，在这里多住一天，多一天浇裹。说明白了，也好早些打发我们走。我不是那不开眼的人，银子元宝再多些都见过，只要他会我一面，说掉两句，我立刻就走。不走不是人！他若是不会我，叫他写张字据给我也使得。他做大官大府的人，三妻四妾，不能保住他不讨。他给我一张字，将来我也好留着做个凭据。”汤升道：“这些话都不用说了，倒是你有甚么过不去的事情，告诉我们，替你想个法子，打发你动身是正经。这些话都是白说的。”女人道：“我不稀罕钱，我只要同他见一面，他一天不见我，我一天不走！”后来被汤升好骗歹骗，好说歹说，女人方才应允，笑着说道：“送我到钱塘县我是不怕的。

但是我既然同他要好，我为甚么一定要闹到钱塘县去，出他的坏名声呢。现在是你出来打圆场，我决不敲他的竹杠，只要他把从前七八年的用度算还不了我，另外再找补我几吊银子，我也是个爽快人，说一句，是一句，无论穷到讨饭，也决计不来累他，汤大爷，你是明白人，你老爷不肯写凭据给我，却要我同他一刀两断，自己评评良心，这一点子是不好再少的了。”

汤升听了他话，又是喜，又是愁：喜的是女人肯走，愁的是数目太大，老爷自己又不肯往外拿，却要叫我同钱塘县陆大老爷商量，得知人家肯与不肯呢？想了一会，总觉数目太大，再三的磋磨，好容易讲明白，一共六千银子。女人在门房里坐等。汤升想来想去，总不便向首县开口，只得又上去回老爷。其时傅抚院正在上房里同姨太太讲和。傅抚院同姨太太说道：“那个混账女人已经送到首县里去了，叫他连夜办递解，大约明天就离杭州了。”姨太太听了方才无话。汤升上来一见这个样子，不便说甚么，只好回了两件别的公事，支吾过去，却出去在签押房里等候。傅抚院会意，便亦踱了出来，劈口便问：“怎么样了？”汤升把刚才的话说了一遍，又回道：“这女人很讲情理，似乎不便拿他发县。请老爷的示，这笔银子怎么说？据小的意思，还是早把他打发走的干净。”傅抚院道：“话虽如此说，六千数目总太大。”汤升道：“像这样的事，从前那位大人也有过的，听说化到头两万事情才了。”傅抚院听说，半天不言语，意思总不肯自己掏腰。

汤升情急智生，忽然想出一条主意，道：“外头有个人想求老爷密保他一下，为的老爷不要钱，他不敢来送。等小的透个风给他，把这事承当了去。横竖只做一次，也累不到老爷的清名。就是将来外面有点风声，好在这钱不是老爷自己得的，自可以问心无愧。”傅抚院道：“是啊。只要这钱不是我拿的，随你们去做就是了。但是也只好问人家要六千，多要一个便是欺人，欺人自欺，那里断断不可！”汤升听了这话，心上要笑又不敢笑，只得答应着退下。不到三天把事办妥，女人离了杭州。汤升亦赚着不少。

那个想保举的人，你说是谁？就是本省的粮道。他同汤升说明，想中丞给他一个密保，他肯出这笔银子。中丞应允，他就立刻垫了出来。且说这粮道姓贾字筱芝，是个孝廉方正[5]出身，由知县直爬到道员。生平长于逢迎，一举一动，甚合傅抚院的脾气。新近又有此一功，因此傅抚院就保了他一本。适遇河南臬司出缺，朝廷就升他为河南按察使。辞别同寅，北上请训，都不用细述。

单说他此次本是奉了老太太，同了家眷一块儿去的。将到省城时候，有天落了店，他便上去同老太太商量道：“再走三天，就要到省城了。请老太太把从前儿子到浙江粮道上任的时候，教训儿子的话，拿出来操演操演。倘若有忘记的，儿子好告诉老太太，省得临时说不出口。”老太太道：“那些话我都记得。”

贾臬台便从下一站打尖为始，约摸离着店还有头二里路，一定叫轿夫赶到前头，在店门外下轿，站立街旁。有些地方官来接差的，也只好陪他站着。老远的望见老太太轿子的影子，他早已跪下了。等到轿子到了跟前，他还要嘴里报一句“儿子某人，接老太太的慈驾”，老太太在轿子里点一点头，他方从地上爬了起来，扶着轿杠，慢慢的扶进店门。老太太在轿子里吩咐道：“你现在是朝廷的三品大员了，一省刑名，都归你管。你须得忠心办事，报效朝廷，不要辜负我这一番教训。”贾臬台听到这里，一定要回过身来，脸朝轿门，答应一声“是”，再说一句“儿子谨遵老太太的教训”。说话间，老太太下轿，他赶着自己上来，搀扶着老太太进屋，又张罗了一番，然后出来会客。惹得接差的官员，看热闹的百姓一齐都说：“这位大人真正是个孝子咧！”谁知他午上打尖是如此，晚上住店亦是如此，到了出店的时候，一定还要跪送。所有沿途地方官止见得一遭，觉得稀奇；倒是省里派出接他老人家的差官，一路看了几天，甚为诧异，私底下同人讲道：“大人每天几次跪着接老太太，乃是他的礼信得如此。何以老太太教训他的话，颠来倒去，总是这两句，从来没有换过，是个甚么缘故？”大众听了他言，一想果然不错。

到了第三天，将到开封，这天更把他忙的了不得：早上从店里出来送一次，打尖迎一次，打尖完又送一次，离城五里，又下来禀安一次。顶到城门，合省官员出城接他的，除照例仪注行过后，他便一直扶了老太太的轿子，从城外走到城里，顶到行辕门口，又下来跪一次。一路上老太太又吩咐了许多话，忙得他不时躬身称是。等到安顿了老太太，方才出来禀见中丞。大家晓得他是个孝子，都拿他十分敬重。

等到接印的那一天，他自己望阙[6]谢恩，拜过印，磕过头还不算，一定还要到里头请老太太出来行礼。老太太穿了补褂，由两个管家拿竹椅子从里头抬了出来。贾臬台亲自搀老太太下来行礼。老太太磕头的时候，他亦跪在老太太身后，等老太太行完了礼，他才跟着起来，躬身向老太太说道：“儿子蒙皇上天恩，补授河南按察使。今儿是接印的头一天，凡百事情，总得求老太太教训。”老太太正待坐下说话，忽然一口痰涌了上来，咳个不了，急的贾臬台忙把老太太搀扶坐下，自己拿拳头替老太太捶背。管家们又端上茶来。老太太坐了一回，好容易不咳了，少停又哇的吐了一口痰，但是觉得头昏眼花，有些坐不住。一众官员齐说：“老太太年纪大了，不可劳动，还是拿椅子抬到上房歇息的好。”老太太也晓得自己撑持不住，只得由人拿他送了进去。贾臬台跟到上房，又张罗了半天，方才出来，把照例文章做过，上院拜客，不用细述。

且说他自从到任之后，事必亲理，轻易不肯假手于人。凡遇外府州、县上来的案件，须要臬司过堂的，他一定要亲自提审。见了犯人的面，劈口先问：“你有冤枉没有？”碰着老实的犯人，不敢说冤枉，依着口供顺过一遍，自无话说。倘若是个狡猾的，板子打着，夹棍夹着，还要满嘴的喊冤枉。做州、县的好容易把他审实了，定成罪名，叠成案卷，解到司里过堂；被这位大人轻轻的挑上一句，就是不冤枉，那犯人也就乐得借此可以迁延时日。贾臬台一见犯人呼冤，便立刻将此案停审，行文到本县，传齐一干原告、见证，提省再问。他说这都是老太太的教训。老太太说：“人命关天，不可草率。倘若冤屈了一个人，那人死后见了阎王，一定要讨命的。”贾臬台最怕的是冤鬼来讨命，所以听了老太太的教训，特地分外谨慎。无奈各州、县解上来的犯人，十个里头倒有九个喊冤枉。贾臬台没法，只得一面将犯人收监，一面行文各州、县去。不到一月，司里、府里、县里三处监牢，都已填满。重新提审的案件，一百起当中，倒有九十九起不能断结。各处提来的尸亲、苦主、见证、邻右，省城里大小各店，亦都住的实实窒窒。有些带的盘缠不足，等的日子又久了，当光卖绝，不能回家的，亦所在皆是。

老太太又看过小书，提起从前有个甚么包大人、施大人，每每自己出外私访，好替百姓伸冤。贾臬台听在肚里，亦不时换了便服，溜出衙门，在大街小巷各处察听。歇了半年，有天晚上，独自一个出来，走了一回，觉得有点吃力。忽见路旁有个相面先生，一张桌子，一张椅子，那相士独自坐在灯光底下看书，旁边摆着几张板凳，原是预备人来坐的。贾臬台走的乏了，一看有现成板凳，便一屁股坐下。相士赶着招呼，以为是来相面的了。贾臬台道：“不敢劳动，我是因为走乏了歇歇脚的。”相士一见没有生意，仍旧看他的书，不来理会。贾臬台坐了一会，便搭讪着问道：“先生贵府那里？一天到晚在这里生意可好？家里还有甚么人？”

相士见问，方把贾臬台看了两眼，叹了一口气，顺手拿书往桌上一撩，说道：“客人不要提起，提起来恨的我要三天三夜睡不着觉！”贾臬台听了诧异道：“这是甚么缘故？”相士道：“我是陈州府人。客人，你想想陈州到省里是几天的路程！我家里虽不算得有钱，日子也很好过得。五年前，还是赵大人岁考的那一年，在下在他手里侥幸进了个学。每年

坐坐馆，也有二十几吊钱的束脩。谁知去年隔壁邻舍打死了人。地保、乡约，上上下下，赶着有辫子的抓，因此硬拖我出来做干证。本县做做也罢了，然而已经害掉我几十吊钱。后来又碰着这个无杀的臬台，真正混账王八蛋，害得我家破人亡，一门星散！”贾臬台听到这里，陡吃一惊，又问道：“是那个臬台？还是前任的，还是现在的？”相士道：“就是现在姓贾的这个杂种了！”

贾臬台一听当面骂他，心上拍笃一跳，要发作又不好发作，只得忍着气问他道：“你好好的在家里，怎么会到省城来呢？”相士道：“因为姓贾的这杂种，面子上说要做好官，其实暗地里想人家的钱。无论甚么案件，县里口供已经招的了，到他手里，一定要挑唆犯人翻供，他好行文到本县，把原告、邻舍、干证，一齐提到；提了来，又不立时断结，把这些人搁在省里。省里浇裹很大，如何支持得住！杂种一天不问，这些人一天不能走。就以我们这一案而论，还是五个月前头提了来的，一搁搁到如今。他这样的狗官真正是害人！我想这人一定不得好死，将来还要绝子绝孙哩！”贾臬台听了他话，气的顿口无言。歇了一歇，就道：“你不要看轻这位臬台大人，人家都说他是孝子哩。”相士鼻子里哼了一声道：“你们说他是孝子，你可知道他这孝子是假的呢！”贾臬台欲问究竟，相士道：“等他绝子绝孙之后，他祖宗的香烟都要断了，还充那一门子孝子！”贾臬台见他愈骂愈毒，不好发作甚么，只得忍着气走开，仍旧独自一人踱入衙内而去。

欲知后事如何，且听下回分解。

［注释］

①板舆：原指老人乘坐的一种车子，后来就用来指代官吏迎养父母。

②照壁：中国传统建筑特有的部分，是大门内的屏蔽物。

③破承：八股文的一种格式，开头两句要点破全题，称作破题；接下来的三句到五句，对此加以解释，叫作承题；破题和承题合在一起，简称之为破承。

④递解：封建时代的法制名称，指押往远处的犯人，由沿途各官官衙派差役，一站转一站地轮番押送。

⑤孝廉方正：清代科举制度中，对那些品行端正、知礼义、有孝道的人，可由地方长官推荐、察看合格后，担任州、县、教职一类的官职。

⑥望阙：仰望官阙，喻感怀天子的意思。

第二十三回

讯奸情臬司惹笑柄　造假信观察赚优差

却说贾臬司听了相士当面骂他的话，愤愤而归。到了次日，一心想把相士提到衙中，将他重重的惩处一番，以泄心头之恨。但是一件，昨日忘却讯问这相士姓什名谁，票子上不好写；而且连他摆摊的地方地名亦不晓得，更不能凭空拿人。想了半天，只好搁手，然而心上总不免生气。

齐巧这日有起上控案件，他老人家正在火头上，立刻坐堂亲自提问。这上控的人姓孔，乃是山东曲阜人氏。他父亲一向在归德府做买卖。因为归德府奉了上头的公事，要在本地开一个中学堂，款项无出，就向生意人硬捐。这姓孔的父亲只开得一个小小布店，本钱不过一千多吊，不料府大人定要派他每年捐三百吊。他一爿小铺如何捐得起。府大人见他不肯，便说他有意抗捐，立刻将他锁押起来。他的儿子东也求人，西也求人，想求府大人将他父亲释放。府大人道："如要释放他父亲也甚容易，除每年捐钱三百吊之外，另外叫他再捐二千吊，立刻缴进来为修理衙署之费。"他儿子一时那里拿得出许多。府大人便将他父亲打了二百手心，一百嘴巴，打完之后，仍押班房，尚算留情，未曾打得屁股。儿子急了，只得到省上控。

贾臬司正是一天怒气无可发泄，把呈子[1]大约看了一遍，便拍着惊堂木骂道："天底下的百姓，刁到你们河南也没有再刁的了！开学堂是奉过上谕的，原是替你们地方上培植人材，多捐两个有甚么要紧，也值得上控！这一点事情都要上控，我这个臬台只好替你们白忙的了。"姓孔的儿子说道："小的本来不敢到大人这里来上控的，实在被本府大人逼的没有法儿，所以只得来求大人伸冤。"贾臬台道："混账！自己抗了捐不算，还敢上控！你们河南人真正不是好东西！"姓孔的儿子道："小的是山东兖州府曲阜县人，是在河南做生意的。老圣人传下来我们姓孔的人，虽然各省都有，然而小的实实在在不是河南人。"贾臬台见他顶嘴，犹如火上添油，那气格外来的大，拍着惊堂木，连连骂道："放屁，胡说！就是你们孔家门里没有一个好东西！"姓孔的儿子道："大人，你这话怎么讲？你老读谁的书长大了的？姓孔的没有好人，还有老圣人呢，怎么连他老人家都忘记了？"

贾臬台被他这一顶，立时顿口无言，面孔涨得绯红，歇了一会，又骂道："你有多大胆子，敢同本司顶撞！替我打，打他个藐视官长，咆哮公堂！"两旁差役吆喝一声，正待动手，姓孔的儿子一站就起，嘴里说道："大人打不得！打不得！"一头说，一头往外就走。贾臬台气的要再发作。他背后有个老管家，还是跟着老太太当年陪嫁过来的，凡遇贾臬台审案，老太太都命他在旁监视。设如贾臬台要打人，他说不打，贾臬台便不敢打，真是他的话犹如母命一般。如今他见贾臬台要打姓孔的儿子，他知道是打错了，便把主人的袖子一拉，道："这个人打不得；打错了，老太太要说话的。"贾臬台听了老管家的话，立刻站起来答应了一声"是"。回头叫差役把姓孔的儿子拉回来，对他说道："依本司的意思，定要办你个罪名；是我老太太吩咐，念你是生意人，不懂得规矩，暂且饶你一次。二次不可！下去！"姓孔的儿子道："到底小的告的状，大人准与不准？"贾臬台道："下去候批！

大正月里，我那里有许多工夫同你讲话！”姓孔的儿子无奈，退了下去。

值堂的门上回道：“河南府解来的那起谋杀亲夫一案的人证，是去年腊月二十四都解齐了，犯人寄在监里，人证住在店里。老爷当初原说是就审的，如今一个年一过，又是多少天了。大家都望老爷早点把案断开，好等那些见证早点回去，乡下人是耽误不起的。”贾臬台道：“我一年到头，只有封了印空两天，你们还不叫我闲。甚么要紧事情就等不及！你们晓得我这几天里头，又要过年，又要拜客，那里有一天空。我做官也算得做得勤的了，今天还是大年初五，不等开印，我就出来问案，还说我耽误百姓。你们这些人良心是甚么做的！况且大年初五，就要问案，也要取个吉利，怎么就叫我问这奸情案呢？你们叫我问，我偏不问！退堂明天审。”

到了明天，便是新年初六，他老人家饭后无事，吩咐把河南府解到的谋杀亲夫一案提司过堂。霎时男女两犯，以及全案人证统通提到。他老人家便升坐大堂，一一点名，先问原告，再回见证，然后提审奸妇，一齐录有口供，都与县里所供的不相上下。贾臬台审了半天，也审不出一毫道理。原来告状的是本夫的亲侄儿。这奸夫就是本夫的姑表兄弟，算起来是表叔同表嫂通奸。后来陡起不良，将本夫用药毒死，被他亲侄儿看出，举发到官。县官亲临检验，填明尸格，委系服毒身亡。随把邻右、奸妇提案审问。奸妇熬刑不过，供出奸情。然后补提奸夫，一见人证俱齐，晓得赖不到那里，亦就招认不讳。当时由县拟定罪名，叠成案卷，送府过堂，转道解省。当时本县出了这种案件，问明之后，照例先行申详各宪，所以人犯尚未解省，臬司衙门早经得知。贾臬台一见是谋杀亲夫的重案，恐怕本县审得容有不实不尽，所以格外关心，预先传谕，一俟此案解到，定须亲自过堂。又因受了老太太的教训，说是臬司乃刑名总汇，人命关天，非同儿戏，所以虽在封印期内，向例不理刑名，他以堂堂臬司，却依旧逐日升堂理事，也算是他的好处。

闲话休题。单说他的本意，自因恐怕案中容有冤情，所以定要亲自提讯。及至问过原告、见证、奸夫，都是照实直陈，没有翻动。他心上闷闷不乐，便叫把奸妇提上堂来。这奸妇年纪不过二十岁，虽然是蓬首垢面，然而模样却是生得标致，一双水汪汪的眼睛，更为勾魂摄魄。贾臬台见了这种女人，虽不至魂不守舍，然而坐在上头，就觉得有点摇幌起来。自知不妙，赶紧收了一收神，照例问过几句口供。他老人家是奉过老太太教训的，道是女人最重的是名节，最要紧的是脸面。如今公堂之上，站了许多书差，还有许多看审的人，叫他一个年轻妇女如何说得出话来。况且这通奸事情也不是冠冠冕冕可以说的。想罢，便吩咐把女人带进花厅细问。

当时选了一个白胡子的书办，四个年老的差役跟了进去，其余的都留在外面。贾臬台走进花厅，就在炕上盘膝打坐，叫人把女人带到炕前跪下。贾臬台又叫他仰起头来。贾臬台的脸正对准了女人的脸，看了一回，先说得一声道：“看你的模样，也不像是个谋杀人的。”女人一听这话，正中下怀，连忙喊了一声：“大人，冤枉！”贾臬台道：“本司这里不比别的衙门。你若是真有冤枉，不妨照实的诉；倘若没有冤枉，也决计瞒不过我的眼睛。你但从实招来，可以救你的地方，本司没有不成全你的。平时我们老太太还常常叫我买这些鲤鱼、乌龟、甲鱼、黄鳝到黄河里放生，那有好好一个人，无缘无故，拿他大切八块的道理呢。你快说！”

女人一见大人如此慈悲，自然乐得翻供，便说道：“小女人自从十六岁上嫁了这个死的男人，到今年已经第五个年头了。咱两口子再要好是没有的。上年九月，他犯了伤寒病，请城里南街上张先生来家替他看。谁知他的药吃错了，第二天他就跷了辫子了。青天大人！你想咱们年纪轻轻的夫妻，生生被他拆开，你说我这以后的日子怎么过呢！”说罢，呜呜咽咽的哭起来了，贾臬台瞧着也觉得伤心。停了一会，问道：“庸医杀人亦是有

的，怎么他们咬定是你毒死的呢？”女人道：“小女人的男人被张先生看死了，小女人自然不答应，闹到姓张的家里，叫他还我的丈夫。他被小女人缠不过，他不说是他把药下错了，倒说是小女人毒死的。我的青天大人，他这话可就坑死了小女人了！”

贾臬台听了，点头叹息，又问道：“这姓张的医生同来没有？”书办回道：“点单上张大纯就是他，刚才大人已经问过了。”贾臬台道：“刚才他跟着大众上来，说的话都是一样，我却没有仔细问他。如今看起来，倒是这里头顶要紧的一个人了。你们去把他提来，等我再细细的问他一问。”差役遵命，立时出去把张大纯带了进来，就跪在女人旁边。贾臬台问了名姓，复问：“死者究竟身犯何症？”张大纯道：“犯的是伤寒症，一起手病在太阳经。职员下的是‘桂枝汤’。大人明签：这‘桂枝汤’是职员远祖仲景先生传下来的秘方，自从汉朝到今日，也不知医好了多少人。不瞒大人说：“不是职员家学渊源，寻常悬壶行道的人，像这种方子，他们肚皮里就没有。”

贾臬台道：“我不来考查你的学问，要你多嘴！”张大纯不敢做声。贾臬台又问道：“你看过几次？”张大纯道：“职员只看过一次。以为这帖药下去，一定见效的。谁知后来说是死了。职员正在疑心，倒说他女人找到职员家里，要职员赔他的男人。”刚说到这里，女人插嘴道：“你看一趟病，要人家二十四吊钱，挂号要钱，过桥要钱，还不好生替人家看，把病人吃死了，怎么不问你要人呢？”贾臬台道：“看病用不了这许多钱。”女人道：“大人你不知道，咱那里的先生都是些黑良心的。随常的先生，起码要四吊钱一趟；这位张先生与众不同，看一回要二十四吊。每到一个人家，进了大门，多走一重院子，要加倍四十八吊，他住城南，咱住城北，他穿城走过，要走两道吊桥，每一顶桥加两吊。大人，你说他的良心可狠不狠！”

贾臬台道：“从前我到过上海，上海的先生有个把心狠的，是有这许多名目。你们河南地方不至于如此。像这们要起钱来，不要绝子绝孙吗？”女人道：“可不是呢！”贾臬台又对张大纯道：“多要少要，我也不来问你。但是你怎么晓得是服毒死的？”张大纯道：“职员被这女人缠不过，职员说：‘你的男人吃了我的药，只会好，不会死的，认不定吃了别人的药了。’他说没有。职员不相信，赶到他家，定要看看死人是个甚么样子。那时他男人还未盛殓[2]，被职员这一看，可就看出破绽来了。”说到这里，贾臬台连忙拦住道：“不用说了。你这些话刚才都说过了，还不是同大家一样的。你的话也不能为凭。”张大纯着急道：“县主大老爷验过尸，验出来是毒死的。毒死的同病死的，差着天悬地隔呢。”贾臬台发狠道：“不管他是毒死是病死，你们做医生的，人家有了危急的病来请教到你，你总不该应同人家狠命的要钱。古人说：‘医生有割股之心。’你们这些医生，恨不得把人家的肉割下来送到你嘴里方好，真正好良心！”言罢，喝令左右：“替我把他拉下去发首县。等到事情完结之后，我要重重的办他一办，做个榜样！”左右一声答应，顿时张大纯颈脖子上，拿了链子拉着，送到祥符县去了。

医生去后，贾臬台重新再问女人。女人咬定一口：“男人是病死，不是毒死。这个侄儿想家当，抢过继，家当想不到手，所以勾通了张先生同衙门里的人，串成一气，陷害小女人的。县里大老爷被他们蒙住了，所以拿小女人屈打成招。我的青天大人！再不替小女人伸冤，小女人没有活命了！”贾臬台听了，点头不语。翻出原卷看了一回，问道：“谋杀一层搁在后头。我且问你：你同你男人的表弟通奸，可有此事？”女人道：“王家表弟同小女人的男人生来是不对的，咱们家里他并不常来，面长面短小女人还不认得，那里会与他通奸。这话可屈死小女人了！”贾臬台听了，微微地一笑道：“通奸原不是要紧事情，律例上是没有死罪的，你怕的那一门？现在堂上并没有别人，不妨慢慢的同我讲。”女人仍是低头无语。贾臬台道：“现在我索性把值堂书役一概指使出去，省得你害羞不肯说。”

说罢，便叫书役退至廊下。

此时花厅之内，只有贾臬台一位，犯妇一口。贾臬台道："如今这屋里没有人了，你可以从实招了。"女人还是不说，时时抬头偷眼瞧看大人。只见大人闭目凝神，坐在炕上。此时女人跪在地下，见大人如此举动，丝毫摸不着头脑，以为大人转了甚么念头。无奈他只是闭着眼睛出神，颇有庄敬之容，而无猥亵之意。停了一会，但听得大人吩咐道："你快招啊！这屋里没有人，还有甚么话说不得的！"女人心上想道："事已到此，乐得翻供翻到底，看他将奈我何。瞧他的样子，决计没有甚么苦头给我吃的。"主意想好，仍是一口咬定，是人家设了圈套陷害他的。贾臬台问来问去，依然一句口供没有。贾臬台发急道："我现在还没问你谋杀，你连通奸的事情都不肯认，你这个人也太不懂得好歹了！唉！这总怪本司不能以德化人，所以地方上生了你这样的刁妇！现在说不得，只好惊动我们老太太了，我们老太太，至诚所感，人不忍欺。等你见了我们老太太那时不打自招，不愁你不认。"说罢，便起身从炕上走了下来，行近女人身旁，卷卷袖子，要去拉女人的膀子。谁知贾臬台是安徽人，所说的话说慢些还可以懂，若是说快了，倒有一大半不能明白，所以女人听了半天，他这一篇话，只听清"老太太"三个字，其余的一概是糊里糊涂。忽然看见大人下来拉他的膀子，不晓得是甚么事情，陡然吃了一惊。在贾臬台的意思，是要拉他到上房里去，请老太太审问；女人不知道，反疑大人有了甚么意思了，一时不得主意，蹲在地下。大人要他站起，他偏不站起。

贾臬台见拉他不起，便用两只手去拖他。女人一时情急，随口喊了一声："大人，你这是甚么样子！"谁知这一喊，惊动廊下的书差，不知道里面甚么事情，还当是大人呼唤他们，立刻三步做两步闯了进来，一看大人正在地下拿两只手拉着女人不放哩。大家见此情形，均吃一惊，连忙退去不迭。贾臬台一见女人不肯跟到上房听老太太审问，这一气非同小可！立刻放手，回到炕上坐下，骂道："像你这种贱人，真正少有！我们老太太如此仁德，你还怕见他的面，你这人还可以造就吗！这种不知好歹的东西，本司也决计不来顾恋你了。"说罢，喊一声"人来"。书差踉跟奔进。贾臬台吩咐："把女人交给发审委员老爷们去问，限他们尽今天问出口供。"众人遵命，立刻带了女人出去。贾臬台方才退堂。

刚刚回到上房，老太太问起"今天有甚么事情，坐堂坐得如此之久？"贾臬台躬身回了一遍。老太太道："这些事情，你们男人问他，他如此肯说，把他叫上来，等我问给你看，包你不消费事，统通都招了出来。"贾臬台道："儿子的意思也是如此，无奈他不肯上来。"老太太道："你领他上来，他自然不肯，等我叫老妈去叫他。也不用一个衙役，他是个女人，不会逃到那里去的。"说完，吩咐一个贴身老妈出去提人。这老妈姓费，跟着老太太也有四十多年了。满衙门的丫环、仆妇都归他总管。合衙门上下都称他为费大娘。宅门以外，三小子、茶房、把门的、差役人等，都尊他为总管奶奶。这总管奶奶传出话来，没有一个不奉命如神的。而且老太太时常提问案件，大家亦都见惯，不以为奇。凡经老太太提讯过的人，无论甚么人，有罪都可以改成无罪，十起当中，总要平反八九起。此番这女人听说老太太派人提他到上房，他心上还不得主意。一应差役、官媒人等，都朝他恭喜，齐说："我们这位老太太是慈悲不过的，到了他手里，你就有了活命了，快快跟着总管奶奶上去罢。"女人至此，喜出望外，登时跟着到了上房，见了老太太，跪下磕头。

其时老太太坐在上房中间上首一张椅子上，贾臬台站在后头替老太太捶背，还不时过来倒茶装水烟。老太太当下问了女人几句话，还没有问到奸情，女人已在地下极口呼冤。老太太听了点头，复叹一口气，说道："蝼蚁尚且贪生，为人岂不惜命。死的我亦不去管他了，现在活活的要拿你大切八块，虽说皇上家的王法，该应如此，但是有一线可以救得你的地方，在我手里决计不来要你命的。"说罢，回转头来对儿子说道："你做官总要记好我一句话，叫作‘救生不救死’：死者不可复生，活的总得想法替他开脱。”贾臬台连忙走过来，答应了一声“是”，又跪下叩谢老太太的教训，起来站立一旁。然后老太太又细细盘问女人。无奈仍是连连呼冤，一句口供没有。

老太太发急道：“无论甚么人，到我这里没有不说真话的。我现在有恩典给你，想是你还不知道。费妈，你把他带到厢房里，叫大厨房做碗面给他吃，你们好好的开导开导他。”费大娘领命，把女人带下，两个人在厢房里咕唧了好一回。一霎点心吃过，费大娘仍把他带到老太太跟前，老太太又拿他盘问了半天。无奈女人总不肯吐真言，气的老太太喘病发作，连连咳嗽不止，急的贾臬台忙跑到老太太身后，又捶了一回背，方渐渐的平复下来。只听得老太太喘吁吁的说道：“我从小到大，没有见过你这样牛性子的人！我好意开导你，你不说，我也不要你说了。等我晚上佛菩萨面前上了香，我把你的事情统通告诉了佛菩萨，到那时候，自然神差鬼使的叫你说，不怕你不说！”老太太还要说下去，无奈又咳了起来。霎时间喘成一堆。贾臬台只好叫人仍旧把那女人带出去，交给发审老爷们审问。自己在上房伺候老太太，把老太太搀进里房，睡了一会亦就好了。贾臬台方才把心放下，出来吃晚饭。

刚刚坐定，人报大少爷进来。他这位大少爷，是前年赈捐便宜的时候，报捐分省知府，就在劝捐案内得了个异常劳绩，保了个免补本班，以道员补用，并加三品衔。少爷的意思，一心只羡慕二品顶戴，要想戴个红顶子。又因他这个道台虽然是候补班，将来归部掣签，保不定要掣那一省；况且到省之后还要候补，一省之中，候补道台论不定只有一缺半缺，若非化了大本钱到京里走门路，就是候补一辈子也不会得实缺的。他的主意最牢靠没有：虽然道台核准了已经一年有余，他却一直不引见、不到省，仍旧在老子任上当少爷，吃现成饭，静候机缘。

这天因在电报局得了电报，说是郑州底下黄河又开了口子，蔓延十余州、县，一片汪洋，尽成泽国。至于劝捐办赈，自有借此营生的一般大善士钻着去办。他一心一意，却想靠老人家的面子，弄一个河工上总办当当：一来办工办料，老大可以赚两个钱；二来合龙之后，一个异常劳绩又是稳的。已经做了道台，虽然官阶无可再保，但求保一个送部引见，下来发一道上谕，某人发往某省，就变成了“特旨道”。至于二品顶戴，赛如自家荷包里的东西，更不消多虑了。河工上赚的银子，水里来，水里去，就拿他到京里，拜上两个老师，再走走老公的路子，放一个缺也在掌握之中。所以黄河决口，百姓遭殃，却是他升官发财的第一捷径。他既得了这个消息，连忙奔回衙门，告诉他老子，求他老子替他到河督跟前谋这个差使。

贾臬台听了儿子的话，自然也是欢喜，说道：“既然郑州黄河决口，院上就要来知会的。”大少爷道：“刚刚来的电报，只怕此时已经送到院上去了。”话言未了，果然院上打发人来，说是郑州决口，灾区甚广。一切工程虽有河督担任，究竟在河南省治，是巡抚管辖的地方，所以抚台急急传见司、道，商议赈抚事宜。贾臬台得信，立刻起身上院，会同各司、道一同进见。抚院大人接着，先把郑州来的电报拿出来叫大众瞧了一遍，说道：“近来二十多年，我们河南从来没有开过这么大的口子。这是兄弟运气不好，偏偏碰着了这倒楣的事情。”司、道一齐回道：“我们河南不比山东，山东自从丁宫保[③]把河工揽在自己身上，倒被河督卸了一半干系；我们河南却是责成河督，与大人并不相干。”抚院道：“担子在身上，有好有坏。开了口子就有处分，办起工程来，多少有点好处。如今归了河督，好处沾不到，只怕处分倒不能免的。为的是在你属下，总是你该管地方，怎么能够便宜你呢。如今不要说别的，十几处州、县就有几十万灾民。我们河南是个苦地方，那里捐这许多钱去养活他们。兄弟头一个就捐不起。现在兄弟请你们诸公到此，不为别事，先商量打个电

报给上海的善堂董事，劝他们弄几个钱来做好事，将来奏出去也有个交代。”司、道俱各称“是”。正说着，河督也有信来了，是咨照会衔电奏的事情。抚台道：“不用说来了。他是不肯饶我的，一定要拿我拖在里头，好替他卸一半干系。我是早已看穿，彼此都不能免的。”便亲自动手，拟好复电，是彼此会衔电奏，并声明已经电托上海办捐官商筹款赈抚，以顾自己的面子。河督那面亦声明业已遴派委员，驰赴上下游查勘形势，以便兴工筑堵。一面两个人并自行检举，又将决口地方员弁统通撤参，候旨惩处。这都是照例文章，不用细述。

过了一日，奉到电谕，以：

该督、抚疏于防范，酿此巨灾，非寻常决口可比，河道总督、河南巡抚，均着革职留任；其他员弁，一概革职，戴罪自赎，还有几个枷号河干的，朝廷轸念灾民，发下内帑银二十万，着河南巡抚遴委妥员，驰赴灾区，核实散放，毋任流离失所。所有此次工程浩大，仍着该督、抚督率在工员弁，无分昼夜，设法防堵，以期早日合龙。

各等语。贾臬台得了这个消息，这日午后，便独自到抚台跟前，替儿子求谋河工上总办差使。抚台说道：“你老哥的世兄，还有甚么说的，派了出去，兄弟再放心没有了。但是这个工程须得河台作主，兄弟犯不着僭他的面子。因为我们河南比不得山东，巡抚可以拿得权的。既然是老哥嘱托，兄弟总竭力的同河台去说就是了。”贾臬台替儿子谢过了栽培，退回本衙，告诉了大少爷。大少爷皱眉道：“这样说起来，恐防要漂！”贾臬台道：“何以见得？”大少爷道：“抚台作不得主，到了河台手里，一定要委他的私人，我们还有指望吗。”贾臬台道：“既然你怕抚台说话不中用，不如打个电报给周老夫子，等他打个电报出来托托河台。里外有人帮忙，他总得顾这个面子。”

列位看官：你晓得贾臬台说的周老夫子是谁？原来就是现在军机大臣上的周中堂。贾臬台此番升臬台，进京陛见[④]的时候，化了三千银子新拜的门，遇事甚为关照。所以如今想到了他，要打电报给他，求他助一臂之力。大少爷听了父亲的说话，一想这条门路果然不错，立刻拟好电报，亲自赴到电局里打报。省城里公事忙，电报学生是一天到晚不得空的。大少爷特地打了一个加急的三等报，化了三倍报费，眼看着打了去。又托本局委员私下传个电报给那边委员，此电送到，先打一个回电。不消一刻，那边回电过来，说周中堂不在宅中。电报局委员巴结大少爷，忙说一得回电立刻就送过来。大少爷只得怅怅而归。等到天黑，周中堂的回电来了。赶忙译出来一看，只见上面写的是：

河南贾臬台：弟与某素无往来，前荐某丞未收。工程浩大，恐非某能胜任。世兄事当另图。

下面注着一个“隐”字，贾臬台父子便知是周中堂的别号了。贾臬台看过电报无语，口中说道：“既然周老夫子如此吩咐，你权且等他几天再作道理。”大少爷听了并不答应，自己肚里打主意，寻思了好半天，忽然想出一个计策，急忙忙奔到自己书房。他虽是捐班出身，幸亏肚才还好，提起笔来就写，登时写成功一封信。写完，自己又看了一遍。看他脸上甚是高兴，但不知这信是写给谁的。看完之后，封入信封，填好信面，忽又重新拆开，取了出来，又随便叠了一叠，套入信封里去，跟手往靴页子里一夹，怡然自得。

当晚，睡觉歇息无话。到了次日，见了父亲，也不说别的，但说：“今天爸爸上院见着抚台，请问一声，到底托他的事情，河台那里可曾有过信去？倘若已经提过，无论事情成与不成，似乎应得前去禀见一趟。天下断没有坐在家里可以得差使的。”贾臬台道：“你话不错。”这天上院见了抚台，未及开言，倒是抚台先提起，说：“世兄的事情，昨天兄弟已有信给河台了。听说河台这几天里头，就得动身到下游去踏勘，世兄可以先去见他一趟，就是工上的事情派不到，好歹总不会落空。”贾臬台听了着实感激，回来同儿子说知。大少爷道：“只要抚台有过信，我去见他就有了底子了。”

这时候河台已经驻扎工上，不能像从前整天闲着无事。大少爷就于这日饭后动身，坐的是自己的双套车，后头跟着行李车、家人车，还有骡马一大群。在路无分昼夜，兼程而进。这天到了工上，在河台行辕旁边一个相好朋友的下处暂且住下。这相好也是新委的河工差使，姓萧号二多，是个候选知府，乃是河台的红人，天天见着河台的。贾大少爷有了这条好内线，更可以显他的作用。先打听河台这两天还不动身，他并不忙着禀见，说在路上辛苦了，要养息两天，方能出门。后来倒是萧知府关切，说：“你既然来了，应该先去见他老人家一面。这两天各省投效的人，一天总有好几起来禀见，都是大帽子的信。你再不去，将来好差使都被人家占了去，你就没有指望了。”贾大少爷道：“你别替我着急。我来虽来了，然而心上懊悔的了不得，这一趟很不该来，很该应在省里听听消息再来。”萧知府道：“省城里有甚么消息？”贾大少爷道：“省城里有甚么消息！怕的是京里有甚么事情。他老人家倘或有点风吹草动，我们这个大局就有变动。所以兄弟甚是懊悔，早知如此，实实在在不该应来的。”萧知府说：“难道你得了甚么确实信息不成？”贾大少爷道：“真实信息虽然没有，然而终究不妥。知己之间，我也不用瞒你，就是我动身的那一天，动身之后不到三个时辰，老人家接到京城里一封信，立刻派了三匹马一路追了下来，要追我回去。老哥，你想兄弟是何等性子躁的人，上了路，白天晚上那里歇一歇，三步路并做两步走，一口气赶到这里。我刚下车，他的马也赶到了。我看了信，真把我气的了不得！早知如此，我不会顿在省里候信，何必定要吃这一趟辛苦呢。所以我这两天不去上院，为的是等等信息再说。老哥，你不问我，亦不便告诉你，好在你也不是外人，告诉了你也不要紧。”萧知府听了，赛如顶上打了个闷雷一样，愣了好半天，才说道：“到底老大人接到京里那一个的信？这个消息究竟确不确？”贾大少爷听说，也不答言，从自己枕箱里找了一回，找出一封信来，随手递与萧知府，说道：“我们自己人，这个你拿去瞧了就明白。只要你外头不提起，我们自己晓得就是了。”萧知府接到手中一看，信上的字足有核桃大小，共只有三张信纸，信上说的话，除寒暄之外，就说：

> 令亲某人，拟改同知，分发河南。承嘱函托某人照拂。某办事不近人情，朝议咸薄其为人。仆前以舍亲某丞相属，至今亦未位置。令亲事容代缓图。

各等语。萧知府看了，意思似乎不甚明白，又翻来倒去的看。贾大少爷忙解说与他听道：“这是军机大臣周中堂给老人家的信。老人家是周中堂的门生。这件事情，还是三个月头里托他的，想不到如今才接到他老人家的回信。这信上的事情虽与兄弟毫不相干，然而照他这封信上，他老人家同河帅意思着实有点不对。他写这封回信的时候，黄河还没有开口子；如今出了这个岔子，我们私底下讲讲不妨——若照这封信上，河帅的事情恐怕不妙。所以老人家一得这封信，就要追我回去，叫我不要来。我所以到了这里一直不去见他，就是这个缘故。”

萧知府听了，心上老大不高兴。然而他是河台的红人，更比别人休戚相关，听了那有不着急的。贾大少爷虽然再三嘱咐他不要提起，他见了河台，一心想献殷勤，难保不露出一言半语。齐巧这两日河台接到军机大臣上字寄[⑤]，屡奉严旨切责，说他“调度乖方，办理不善，若不克期合龙，定降严谴”各语。河台自从奉到这些谕旨，正在茶饭无心，走投无路，不知如何是好；再听了萧知府传来的话，焉有不关心之理。当向萧知府详细追问。萧知府

也只得详陈无隐，把贾大少爷的话说了一遍，又把周中堂的信，大略念了一遍。河督听了，尤为毛发悚然，一想：“事情不妙！保不定这几天之内，里头还要动我的手！”想来想去，一筹莫展。只得与萧知府商量。又问他：“周中堂与贾臬台是个甚么交情？抚台曾有信给我，说贾臬台的世兄如何老练，要我派他总办差使。何以他来了一直不来见我？”

萧知府见问，只得把贾臬台拜门⑥的一节说明，又说：“若照周中堂的信看起来，他二人的交情很不浅。至于贾道虽然来了几天，却因为路上感冒，所以一直还没有上来禀见。”河台又想了半天，说道：“若论工上的差使，总得熟手才可以委。现在说不得了，一来要看周中堂的分上，二则抚台又有过信来。好在下游地方很大，一个人也顾不来；贾某人现已来了，不如先把他添上，给他一个下游总办。将来里头的事，就托他老人家帮着疏通疏通。”萧知府连连称“是”。又说：“卑府下去，就叫贾道来禀见。”河台道：“他既然在路上感冒，不妨叫他多养息两天再来见我，河工上风大，吹着不是玩的。你就去把我的话传谕给他。我这里不妨先下札子，叫他请两天假就是了。”萧知府唯唯遵命。一到下处，立刻把这话告诉了贾大少爷。贾大少爷听了自然欢喜，心上想道：“他如今可上了我的当了。”未到天黑，札子已经送来。贾大少爷差使既已到手，病也没有了，并不请假，第二天便赴河督行辕禀见谢委。

欲知后事如何，且听下回分解。

[注释]

①呈子：呈文，折子。

②盛殓：把尸体装入棺材。

③官保：太子少保的简称。

④陛见：臣下谒见皇帝。

⑤字寄：由内阁传递的皇帝的谕旨，叫作字寄。

⑥拜门：登门拜谢。

第二十四回

摆花酒大闹喜春堂　撞木钟[1]初访文殊院

话说贾臬台的大少爷，自从造了一封周中堂的假信，吹了个风声到河台耳朵里，竟把河台瞒过，信以为真，立刻委他当了河工下游的总办。他心十分欢喜，立刻上辕禀见谢委禀辞。河台见面之后，不免又着实灌些米汤。他到工之后，自己一个人盘算：“将来大工合龙，随折保个送部引见，已在掌握之中。虽然免了指省、保举一切费用，然而必得放个实缺出来，方满我的心愿。”又想：要放实缺，非走门路不可，要走门路，又非花钱不可。”因此他一到工上，先把前头委的几个办料委员，抓个错，一齐撤差，统通换了自己的私人，以便上下其手。下游原有一个总办，见他如此作威作福，心上老大不高兴，屡次到河台面前说姓贾的坏话。河台碍于情面，不好将他如何。后来又被贾总办晓得了，反说他有意霸持，遇事掣肘，递了个禀帖给河台，请河台撤他的差使，以便事权归一：“大人若不将他撤去，职道情愿辞差。”河台无法，只得又把前头的一个总办调往别处，这里归了他一人独办，更可以肆无忌惮，任所欲为。

诸公要晓得：凡是黄河开口子，总在三汛。到了这时候，水势一定加涨，一个防堵不及，把堤岸冲开，就出了岔子。等到过了这个汛，水势一退，这开口子的地方，竟可以一点水没有。所以无论开了多大的口门，到后来没有不合龙[2]的。故而河工报效人员，只要上头肯收留，虽然辛苦一两个月，将来保举是断乎不会漂的。此番贾大少爷既然委了这个差使，任凭他如何赚钱，只要他肯拿土拿木头把他该管的一段填满，挨过来年三汛不出乱子，他便可告无罪。就是出了乱子，上头也不肯为人受过，但把地名换上一个，譬如张家庄改作李家庄，将朝廷蒙过去，也就没有处分了。自来办大工的人都守着这一个诀窍，所以这回贾大少爷的保举竟其十拿九稳。

有话便长，无话便短。过了几日，决口地方虽不能如上文所说的点水俱无，然而水热渐平，防堵易于为力，又加以河帅恐遭严谴，昼夜督催。贾大少爷本是个娇生惯养的人，到了此时，也只好跟在工上吃辛吃苦，亦总算难为他了。等到工程十成八九，大众方才把心放下。下游工程统归总办作主，当由他选择吉日吉时合龙。到了那天四更头里，贾大少爷换了一身簇新的行装，摆齐亲兵小队，跨了一匹高头大马，亲到工上督率。等着吉时报到，大工告成，总办又统率在工大小文武员弁，上香行礼，叩谢河神。文武员弁，又一齐向总办贺喜。总办又赴河帅行辕禀知合龙。当蒙河帅传见，允为从优保奖。

照例文章，不用细述。贾大少爷事完之后，当即回省，仍在父亲衙内居住。过了些时，电报局得了阁抄上谕，晓得贾大少爷蒙河督于奏报合龙折内，另片奏保，奉旨送部引见，先赏加布政使衔。得信之下，自然欢喜。河督因他是贾臬台的少爷，乃是同寅之子，虽未接到部文，业奉圣旨允准，特地先写信来关照。贾臬台便叫儿子先赴河督、巡抚两院叩谢。此时督、抚两宪俱已开复处分，而且一齐又交部从优议叙，自然也是高兴的。等到大案出奏的时候，贾大少爷除将在工员弁分别异常、寻常请奖外，又趁势把自己的兄弟侄儿，亲戚故旧，蒙保了十几个在里头。河督一时不及细察，统通保了进去。这是河工上的积弊如

此，也无从整顿的。

闲话休题。单说贾大少爷这一趟差使，钱也赚饱了，红顶子也戴上了，送部引见也保到手了，正是志满心高，十分得意。在家里将息了两个月，他便想进京引见，谋干他的前程。禀告父亲，贾臬台自然无甚说得，随向原保大臣那里请了咨文，择日登程北发。预先把赚来的银子，托票号里替他汇十万进京。又托京里朋友预为代赁高大公馆一所，以便到京居住。诸事办妥，然后自己带了一个姨太太，一个代笔师爷，又一个管账的，并男女大小仆人、厨子、车夫人等，数了数足足有三十来个。贾大少爷同姨太太坐的都是自己的车，其余全是祥符县办的官车。

在路晓行夜宿，非止一日。一日到得北京城，在顺治门外南横街，朋友替他预先找好的一座公馆暂时住下。贾大少爷此番进京原是为广通声气起见，所以打定主意，极力拉拢。到京之后，凡是寅、年、世、戚、乡谊，无不亲自登门奉拜，足足拜了七八天的客方才拜完。他每日出门，坐的是自己的坐车。骡子是在河南五百两银子买的。赶车的一齐头戴羽缨凉帽，身穿葛布袍子，腰挂荷包，足登抓地虎，跨在车沿上，脊梁笔直，连帽缨子都不作兴动一动。这个名堂叫作“朝天一炷香”。京城里顶讲究这个，所以贾大少爷竭力摹仿。坐车之外，前顶马，后跟骡，每到一处，管家赶忙下马，跑在前头投帖。所拜的客，也有见得着的，也有见不着的，也有发帖子请吃饭的，也有过天来回拜的。贾大少爷都不在意，顶要紧的是太老师周中堂同着寄顿银子一个钱店掌柜，外号叫作黄胖姑的，到京的第二天，就去奉拜。

齐巧这天周中堂请假在家，一见大片子名字上头写着“小门生”三个字，另外粘着一张签条，写明“河南按察使贾某之子”，周中堂便晓得是他了。这位老中堂一直做京官，没有放过外任，一年四季，甚么炭敬、冰敬、贽见、别仪，全靠这班门生故吏接济他些，以资浇裹[3]。如今听说是他，心上早打了底子，立刻请见。贾大少爷进去了好一回，只觉得冷冷清清，不见动静。约摸坐了半个钟头，中堂方才出来。贾大少爷朝他拜了几拜，中堂只还了半个揖，让他坐。他晓得中堂的炕不是寻常人可以坐得的，就在帝边一张椅子上坐下。中堂见了他，气吁吁的，只问得他父亲一声“好”，跟手自己就发了一顿牢骚，随后方问：“你来京干吗？”贾大少爷一一回答。中堂见话说完，就此送客。贾大少爷出来，忙赶到前门外大栅栏去找黄胖姑。黄胖姑是绍兴人，因为在京年久，说的一口好京话，京城上下三等人都认得，外省官场也很同他拉拢。大家为他养的肥胖，做起事来又有些婆婆妈妈的腔调，所以大家就送他一个表号，叫他做黄胖姑。他这表号是没有一个人不晓得的。贾大少爷到他店门口下了车，不等通报，闯进了门就嚷着问道：“胖姑在家没有？”惹得一班伙计们都抿着嘴笑。一个伙计把他领到客座里。只听得嘻嘻哈哈一阵笑声，从里头笑到外头，一看不是别人，正是黄胖姑。黄胖姑一见贾大少爷，嘴里嚷道：“我的大爷，你是几时来的？可把我想坏了！”贾大少爷要同他行礼，他双手拉住贾大少爷的手，不准他下礼，那股要好的劲，画亦画不出，两人分宾叙坐。才坐下，黄胖姑又站起来问：“老大人好？”贾大少爷亦站起来回答说：“好。”然后仍旧坐下对谈。黄胖姑要留贾大少爷吃便饭。贾大少爷道：“今天要拜客，过天再扰罢。”黄胖姑便问：“今天拜了些甚么客？”贾大少爷回称：“刚从周中堂那里来。”黄胖姑道：“这位老中堂现在背时的了，你去找他做啥？”贾大少爷一听大惊，急于要问。黄胖姑道：“新近他老人家因为误保了一个人，上头很不喜欢，着实拿他申饬，几乎把官送掉，亏了一位王爷替他求情，官虽没有坏，恐怕要去军机，所以他这两天请假躲在家里。你想，出了军机，还有甚么捞呢？”贾大少爷听说，心上沉思道：“怪不得走上大门冷清清，见了他老人家面色很不对，又发了半天牢骚，原来就是这个讲究。”想罢问道：“保着一个甚么人保举错了？”黄胖姑道：“本来老中堂也太糊

涂了！甚么人保不得，偏偏保举个维新党，怎么不要坏官呢！赶出军机还是便宜他的。”贾大少爷顿脚说道：“糟了，糟了！里头顶恨这个，他老人家怎么糊涂到这步地位！他保举维新党，人家就要疑心他，连他亦是个维新党。”黄胖姑道：“对啊，正是为此。”贾大少爷道：“既然如此，以后他那里我亦不便常去走动，省得叫人家疑心，说我也是他们同党。”黄胖姑把大拇指头一伸道：“我的大爷，你真是个明白人，有见识！我佩服你！况且这种背时的人，你巴结他也没用。”

贾大少爷听了，半天不语。黄胖姑何等刁钻，早已瞧出他是因为断了一条门路，心上可惜的意思，便说道：“他的事是自己找的，我们也不必顾恋他。大爷，咱是自己人，你的事情我总可以效力。我有几个朋友在里头，大家都还说得来，你委了我，我去托他们，包你成功就是了。”贾大少爷一听这话，句句打入他的心坎，霎时转忧为喜，连说：“本来有许多事要拜托费心。过天细细的再谈。”说完起身，要往别处拜客。黄胖姑又恐怕买卖被人家分做了去，不肯放松一步，先约他明天到便宜坊吃中饭，又道：“大爷早晨出门拜客，可以到馆子里去换便衣，咱们尽兴乐一乐。”贾大少爷立时应允。临时出来上车，忽然又笑着问黄胖姑道：“近来有甚么好‘条子’没有？”黄胖姑道：“有有有，明天我荐给你。”说完各自分手。

黄胖姑回转店内，立刻写帖子请客。所请的客：一位是新科翰林钱运通钱太史[4]，一位是甲班[5]主事王占科王老爷。一位是个宗室[6]老爷，名字叫作溥化，排行第四，人家都尊他为溥四爷。一位是银炉老板，姓白号韬光。一位是琉璃厂书铺掌柜的，姓黑，名字叫作黑伯果，天生一张嘴，能言惯道，一到席面上，咭咭呱呱，只有分一个人说的话，大家叫顺了嘴，把黑伯果三个字竟变为“黑八哥”了。还有一位，是在前门外开古董铺的，姓刘名厚守，新近捐了一个光禄寺署正，常常带着白顶子同大人先生们来往。这些人除去钱、王二位是带还东的，其余全是黄胖姑的好友，而且广通内线，专拉皮条。黄胖姑看准了，想做贾大少爷一注生意，所以把这些人一齐邀来。当下数了数，连贾大少爷一共是七个客人。帖子写好，派人一面到便宜坊定座，一面分头请客。不在话下。

到了次日，看看自鸣钟上刚正打过十一点，黄胖姑吩咐套车，自己先到便宜坊等候。约摸有三刻工夫，黑八哥头一个先来。第二个便是宗室溥四爷，一进门就同黄胖姑请安拉手，说不出那副亲热样子。贾大少爷虽然沿途拜客，倒也未曾耽搁，接着也就来了。一个个问“贵姓、台甫”，黄胖姑替他们三个彼此通姓报名，大家无非说了些“久仰”的客气话。后来说到溥四爷，黄胖姑说：“贾大哥！我们这位溥老弟乃是宗室当中第一位博学。”说罢，又哈哈一笑道：“谁不晓得北京城里有名的才子溥四爷呢！我从前考过他的学问：我拿笔在纸上写一竖两点，他认得是个小的‘小’字，后来我又在小字上头加了两横，难为他亦认得，说是出告示的‘示’字，跟手我又在示字上加了一个宝盖头，他说这是我们宗室的‘宗’字。这些都不稀奇，末后来又在宗字头上加一个山字，这却难为他了，你说他念个甚么字？”贾大少爷尚未接言，黄胖姑道：“他说是哈哒门的‘哈’字。大爷，你瞧，亏他好记性，记得这字是哈哒门的‘哈’字。”贾大少爷也明白，北京城的崇文门俗名叫作哈哒门，想是溥四爷念惯了“哈”字，看惯了“崇”字，所以拿“崇”字当作“哈”字读了。晓得这话是黄胖姑奚落溥四爷的，但系初次相会，不便说甚么，只好笑而不答。及至回头再看，溥四爷却是眉头一掀，脖子一挺，欲笑不笑的满面孔得意之色。

大家言来语去，正谈论间，白韬光、刘厚守、钱太史三个人亦都来到。其时已有四点多钟，只差王主事一个人。黄胖姑道：“时候不早了，我们先坐罢，空了首席等他。”刚才入座停当，人报王老爷来，大家一齐站起，主人出位相迎。只见王主事穿着衣帽进来，先朝主人作了一个揖，又朝台面上作了一个总揖。黄胖姑让他换了便衣入座。在席的人，王主事只认得钱太史及古董铺老板刘厚守两个人。钱太史发达比他迟两科，乃是后辈，并不在意。倒是这刘厚守，乃是一直充当现任满大学士、又兼军机大臣华中堂的门上。跟了中堂几年，着实发了几十万银子的家私，因此就在前门外开了一爿古董铺。如今虽然捐了官，却还常到中堂宅内当差。王主事还是那年朝考，中堂派了阅卷大臣，照例拜门去过几趟，没有得见，只好在刘厚守门房里坐坐。刘厚守虽不认得他，他却记得刘厚守的面孔。自古道："宰相家奴七品官。"况且他现在又捐了署正，同是六品，一样分印结，而且又是中堂老师的门口，寻常人那里巴结得上。如今反见他坐在下首，自己坐了首坐，心上着实不安，一定要同刘厚守换坐。刘厚守不肯道："你别光让我，还有别人呢。"王主事只得又让别人，别人都不肯，只得自己扭扭捏捏的坐了。然后同不认得的人，一一问"贵姓、台甫"，"贵科、贵班、贵衙门"。一问问到贾大少爷，贾大少爷回称"姓贾，号润孙"。黄胖姑插口说道："这位便是河南臬台贾筱芝贾大人的少爷，我们至好。"王主事道："原来是孝子顺孙，聚在一门，难得难得！"跟手又问："贵科？"贾大少爷涨红了脸，回答不出。黄胖姑只得又替他说道："这位贾观察乃是去年赈捐案内保过道班，今年河工合龙，又蒙河台保了送部引见。他老大人官声甚好，早已简在帝心，将来润翁引见之后，指日就要放缺的。"王主事一听他不是科甲出身，立刻回转了脸不同他说话。在座的人只有同钱太史还说得来。王占科乃是"庶常散"[7]的主事，钱运能乃是新庶常，所以钱运通见了王占科竟其口口声声"老前辈"，自称"晚生"。王主事却是直受不辞，非凡得意。不料谈了半天，刘厚守忽然问王主事道："王老爷你好面善，我们好像在那里会过？"一句话问住了。王主事羞得满脸通红，歇了半天才答道："厚翁，你真是贵人多忘事。兄弟那年朝考下来，三次到中堂老师那里去叩见，回回都坐在厚翁的屋子里，怎么就忘记了？"刘厚守道："莫怪，莫怪！我们中堂，每日找他的人可不少，咱那里记得许多。不要说别的，外省实缺藩、臬来过几次，我还记不清他的名字，何况……"说到这里，不往下说了。黄胖姑赶忙打岔道："这位王大哥，乃是刑部主事，贵州司行走[8]，当差很勤。将来老中堂跟前，还得你老哥保举保举他，常常提提他名字，拜托拜托！"刘厚守听了一笑。王主事更觉难以为情，坐立不定。

这个档口里，贾大少爷坐着无味，便做眉眼与黄胖姑。黄胖姑会意，晓得他要叫"条子"，本来也觉着大家闷吃不高兴，遂把这话问众人。众人都愿意。黄胖姑便吩咐堂倌拿纸片。当下纸笔拿齐，溥四爷头一个抢着要写，先问："王老爷叫那一个？"王老爷说："二丽。"无奈溥四爷提笔在手，欲写而力不从心，半天画了两画，一个"丽"字写死写不对，后来还是王老爷提过笔来自己写好。当下检熟人先写，于是刘厚守叫了一个景芬堂的小芬。黑伯果叫了一个老相公，名字叫绮云。白韬光说："我没有熟人，我免了罢。"主人黄胖姑倒也随随便便。不料溥四爷反不答应，拉着他一定要叫。白韬光道："如要我破例叫条子，对不住，我只好失陪了。"大家见他要走，只得随他。钱运通说："老前辈在这里，不敢放肆。"王老爷不去理他，早已替他写好了。溥四爷最高兴，叫了两个：一个叫顺泉，一个叫顺利。末后轮到贾大少爷。王老爷因为他是捐班，瞧他不起，不同他说话，只问得黄胖姑一声说："你这位朋友叫谁？"贾大少爷叫黄胖姑荐个条子。黄胖姑想了一回，忽然想到韩家潭喜春堂有个相公名叫奎官。他虽不叫这相公的条子，然而见面总请安，说："老爷有甚么朋友，求你老赏荐赏荐！"因此常常记在心上。当时就把这人荐与贾大少爷。主人见在台的人都已写好，然后自己叫了一个小相公红喜作陪。霎时条子发齐，主人让菜敬酒。

不多一会，跑堂的把门帘一掀，走了进来，低着头回了一声道："老爷们条子到了。"众人留心观看，倒是钱太史的相好头一个来。这小子长的雪白粉嫩，见了人叫爷请安，在

席的人倒有一大半不认得他。问起名字，王老爷代说："他是庄儿的徒弟，今年六月才来的。头一个条子就是我们这位钱运翁破的例。你们没瞧见，运翁新近送他八张泥金炕屏，都是楷书，足足写了两天工夫，另外还有一副对子，都是他一手报效的。送去之后，齐巧第二天徐尚书在他家请客。他写的八张屏挂在屋里，不晓得被那位王爷瞧见了，很赏识。"说至此，钱太史连连自谦道："晚生写的字，何足以污大人先生之目！不过积习未除，玩玩罢了。"王占科道："这是他师傅庄儿亲口对我讲的，并不假。照庄儿说起来，运翁明年放差[9]，大有可望。"大众又一齐向钱太史说"恭喜"。

正闹着，在席的条子都络续来到，只差得贾大少爷的奎官没来。这时候贾大少爷见人家的条子都已到齐，瞧着眼热，自己一个人坐在那里，甚觉没精打采。黄胖姑看出苗头，便说："奎官的条子并不忙，怎么还不来？"正待叫人去催，奎官已进来了。黄胖姑便把贾大少爷指给他。奎官过来请安坐下，说："今日是我妈过生日，在家里陪客，所以来的迟了些，求老爷不要动气！"溥四爷说道："你再不来，可把他急死了。"一头说话，一头喝酒。叫来的相公搳拳打通关，五魁、八马，早已闹的烟雾尘天。贾大少爷便趁空同奎官咬耳朵，问他："现在多大年纪？唱的甚么角色？出师没有？住在那一条胡同里？家里有甚么人？"奎官一一的告诉他："今年二十岁了。一直是唱大花脸的。十八岁上出的师，现在自己住家。家里止有一个老娘，去年腊月娶的媳妇，今年上春三死了。住在韩家潭，同小叫天谭老板斜对过。老爷吃完饭，就请过去坐坐。"贾大少爷满口答应。奎官从腰里摸出鼻烟壶来请老爷闻，又在怀里掏出一杆"京八寸"[10]，装上兰花烟，自己抽着了，从嘴里掏出来，递给贾大少爷抽。贾大少爷又要闻鼻烟，又要抽旱烟，一张嘴来不及，把他忙的了不得。一头吃烟，举目四下一看，只见合席叫来的条子，都没有像奎官如此亲热巴结的，自己便觉着得意，更把他兴头的了不得。

黄胖姑都看在眼中，朝着贾大少爷点点头，又朝着奎官挤挤眼。奎官会意，等到大家散的时候，他偏落后迟走一步。黄胖姑连忙帮腔道："大爷，怎么样？可对劲？"贾大少爷笑而不答。溥四爷嚷着，一定要贾大少爷请他吃酒："齐巧今儿是奎官妈的生日，你俩如此要好，你不看朋友情分，你看他面上，今儿这一局还好意思不去应酬他吗？"白韬光道："润翁赏酒吃，兄弟一定奉陪。"黑伯果拍他一下道："不害臊的，条子不叫，酒倒会要着吃。"说的大家都笑了。贾大少爷却不过情，只得答应同到奎官家去。又托黄胖姑代邀在席诸公。王老爷头一个回头说："明天有公事，要起早上衙门，谢谢罢！"刘厚守说："我不能磨夜，有时候的，九点钟总得回家。"黄胖姑道："不错，厚翁嫂夫人阃令[11]极严，我不敢勉强。回来叫他顶灯吃苦头，是对他不住的。"又朝着钱太史说道："运翁明天没有甚么事情，可以同去走走。"贾大少爷因为他是翰林，要借他撑场面，便道："运翁是最好没有，我们一见如故，今天一定赏光的。"钱太史无奈，只得应允。王老爷起先还想拉住钱太史，做眼色给他，叫他不要去，后来见他答应，便也无法。他自己只得跟了刘厚守，先辞别众人，上车而去。

这里大家席散，约摸已有八点多钟。等到主人看过账，大众作过揖，然后一齐坐了车，同往韩家潭而来。便宜坊到韩家潭有限的路，不多一会就到了。下车之后，贾大少爷留心观看：门口钉着一块黑漆底子金字的小牌子，上写着"喜春堂"三个字；大门底下悬了一盏门灯。有几个"跟兔"，一个个垂手侍立，口称"大爷来啦"。走进门来，虽是夜里，还看得清爽，仿佛是座四合厅的房子，沿大门一并排三间，便是客座书房，院子里隔着一道竹篱，地下摆着大大小小的花盆，种了若干的花。

这一天是奎官妈的生日，隔着篱笆，瞧见里面设了寿堂，点了一对蜡烛，却不甚亮。有几个穿红着绿的女人，想是奎官的亲戚，此外并无别的客人，甚是冷冷清清。当下奎官

出来，把众人让进客堂。贾大少爷举目四看：字画虽然挂了几条，但是破旧不堪；烟榻床铺一切陈设，有虽有，然亦不甚漂亮。一面看，一面坐下。溥四爷、白韬光两个先吵着："快摆，让我们吃了好走。"主人无奈，只得吩咐预备酒。一声令下，把几个跟兔乐不可支，连爬带滚的，嚷到后面厨房里去了。霎时台面摆齐，主人让坐，拿纸片叫条子，以有条子到，揎拳敬酒，照例文章，不用细述。

这时候贾大少爷酒入欢肠，渐渐的兴致发作，先同朋友揸通关，又自己摆了十大碗的庄。不知不觉，有了酒意，浑身躁热起来，头上的汗珠子有绿豆大小。奎官让他脱去上身衣服，打赤了膊，又把辫子盘了两盘。谁知这位大爷有个毛病，是有狐骚气的，而且很利害，人家闻了都要呕的。当下在席的人都渐渐觉得，于是闻鼻烟的闻鼻烟，吃旱烟的吃旱烟。奎官更点了一把安息香，想要解解臭气。不料贾大少爷汗出多了，那股臭味格外难闻。在席的人被熏不过，不等席散，相率告辞；转眼间只剩得黄胖姑一个。奎官怕近贾大少爷的身旁。贾大少爷一定要奎官靠着他坐，奎官不肯。贾大少爷伸出手去拖他，奎官无法，只得一只手拿袖子掩着鼻子。

贾大少爷是懂得相公堂子规矩的，此时倚酒三分醉，竟握住了奎官的手，拿自己的手指头在奎官手心里一连掏了两下。奎官为他骚味难闻，心上不高兴，然而又要顾黄胖姑的面子，不好直绝回复他不留他，只好装作不知，同他说别的闲话。贾大少爷一时心上抓拿不定。黄胖姑都已明白，只得起身告别。贾大少爷并不挽留。奎官一见黄老爷要走，怕他走掉，贾大少爷更要缠绕不清，便说："求黄老爷等一等，我们大爷吃醉了，还是把车套好，一块儿把他送回家去的好。"

贾大少爷听说套车，这一气非同小可！他手里正拿着一把酒壶，还在那里让黄胖姑吃酒，忽听这话，但听得"拍秃"一声，一个酒壶已朝奎官打来。虽然没有打着，已经洒了浑身的酒。又听得"拍"的一声，桌子上的菜碗，乒乒乓乓，把吃剩的残羹冷炙，翻的各处都是。幸亏台面没有翻转。奎官一看情形不对，便说道："大爷，你可醉啦！"贾大少爷气的脸红筋涨，指着奎官大骂道："我毁你这小王八羔子！我大爷那一样不如人！你叫套车，你要赶着我走！还亏是黄老爷的面子，你不看僧面看佛面，如果不是黄老爷荐的，你们这起王八羔子，没良心的东西，还要吃掉我呢！"一头骂，一头在屋里踱来踱去。黄胖姑竭力的相劝，他也不听。奎官只得坐在底下不做声。歇了半天，熬不住，只得说道："黄老爷，你想这是那里来的话！我怕的大爷吃醉，所以才叫人套车，想送大爷回去，睡得安稳些，为的是好意。"贾大少爷道："你这个好意我不领情！"奎官又道："不是我说句不害臊的话，就是有甚么意思，也得两相情愿才好。"贾大少爷听到这里，越发生气道："放你妈的狗臭大驴屁！你拿镜子照照你的脑袋，一个冬瓜脸，一片大麻子，这副模样还要拿腔做势，我不稀罕！"奎官道："老爷叫条子，原是老爷自己情愿，我总不能捱上门来。"贾大少爷气的要动手打他。

黄胖姑因怕闹的不得下台，只得奔过来，双手把贾大少爷捺住，说道："我的老弟！你凡事总看老哥哥脸上。他算得甚么！你自己气着了倒不值得！你我一块儿走。"贾大少爷道："时候还早得很，我回去了没有事情做。"黄胖姑道："我们去打个茶围好不好？"贾大少爷无奈，只得把小褂、大褂一齐穿好。奎官拗不过黄胖姑的面子，也只得亲自过来帮着张罗。又让大爷同黄老爷吃了稀饭再去。贾大少爷不理，黄胖姑说："吃不下。"因为路近，黄胖姑说："不用坐车，我们走了去。"于是奎官又叫跟兔点了一盏灯笼，亲自送出大门，照例敷衍了两句，方才回去。

当下二人走出门来，向南转弯，走了一截路，出得外南营，一直向东，又朝北方进陕西巷，一走走到赛金花家。黄胖姑一进门便问："赛二爷在家没有？"人回："赛二爷今儿

早上肚子疼，请大夫吃了药，刚刚睡着了。”黄胖姑道：“既然他睡了，我们不必惊动他，到别的屋子里坐坐，就要走的。”当下就有人把他俩一领，领到一个房间里坐了。黄胖姑问：“姑娘呢？”人回：“花宝宝家应条子去了。”黄胖姑无甚说得。于是二人相对，躺在烟铺上谈心。贾大少爷一直把个奎官恨的了不得。黄胖姑因为是自己所荐，也不好同他争论甚么，只说道：“论理呢，这事情奎官太固执些，你大爷也太情急了些，才摆一台酒就同他如此要好，莫怪他要生疑心。过天你再摆台饭试试如何？”贾大少爷道：“算了罢，那副嘴脸我不稀罕。我有钱那里不好使，一定要送给他！”黄胖姑道：“你的话原不错。这种事情，丢开就完了，有甚么一直放在心上的。好便好，不好就再换一个，十个八个，听凭你大爷挑选，谁能够管住你呢。”贾大少爷道：“你这话很明白。我今天要不是看你的面子，早把那小鳖蛋的窠毁掉了。”

黄胖姑道：“这些话不用说了，我们谈正经要紧。你这趟到京城，到底打个甚么主意？”贾大少爷便凑近一步，附耳低声，把要走门子的话说了一遍。又说：“在河南的时候，常常听见老人家谈起，前门内有个甚么庵里的姑子，现在很有势力，并且有一位公主拜在他门下为徒。老人家说过他的名字，我一时记不清楚。这姑子常常到里头去，说一是一，说二是二。上头总说他们出家人以慈悲为主，方便为门，他们来说甚么，总得比大概要赏他们一个脸。其实这姑子也是非钱不应的。不过走他的门路，比大概总要近便些，譬如别人要二十万，到他十万也就好了；人家要十万，到他五万也就好了。只要认得了他，是一个冤枉钱不会化的。倘若不认得他，再要别人经手，那就化的大了。”

黄胖姑一听这话，心上“毕拍”一跳，心想：“被他晓得了这条门路，我的买卖就不成了！”其实黄胖姑心上很晓得这个姑子的来历，而且同他也有往来；因为想嫌贾大少爷的钱，只得装作不知。又假意说道：“大爷你既有这条门路，那是顶近便没有了，为甚么不去找找他呢？”贾大少爷道：“动身的时候原问过老人家。老人家说：‘你一到京打听人家，像他这样大名鼎鼎，还怕有不晓得的。’所以我来问你，到底他如今怎么样？”黄胖姑假作踌躇道：“你这问可把我问住了。不是我说句大话：北京城里上下三等，九流三教，只要些微有点名气的人，谁不认得我黄胖姑？倒没听说有甚么姑子同里头来往。你不要记错，不是姑子，是和尚、道士罢？”贾大少爷道：“的的确确是姑子。老人家说过，我忘记了。”说罢，甚是懊悔。黄胖姑道：“既然说是住在前门里头，你何妨去找找，有了这条门路，也省得东奔西波。咱们是自己人，我也帮着替你打听打听。”贾大少爷道：“如此，费心得很！”坐了一回，又抽了两袋烟，姑娘出条子还没有回来。贾大少爷摸出表来一看，说：“天不早了，我们回去罢。”赛金花始终也没有见面，只有几个老妈送了出来。二人一拱手，各自上车而去。

贾大少爷回到寓处，一宵无话。到了次日，仍旧出门拜客，顺便去访问他老人家所说的那个姑子。一连问了几个朋友，也有略知一二的，也有丝毫不知的。只因这些朋友不是穷京官，就是流寓在京的，一向无事同这姑子往来，难怪他们不晓得，弄得贾大少爷甚为闷闷。一心思想：“我若是把各式事情交托黄胖姑，原无不可；但是经了他手，其中必有几个转折，未免要化冤钱。倘若我找着这个姑子，托他经手，一定事半功倍。老人家总不会给我当上的。只恨动身的匆忙，未曾问得仔细，只好慢慢的寻找。”一个人坐在车中往来盘算。一走走到他老人家拜把子的一个都老爷家。这都老爷姓胡名周，为人甚是四海[12]。见了面，居然以世侄相待，问长问短，甚为关切。贾大少爷急不待择，言谈之间，讲及朝政，不说自己想走门路，但说：“如今里头的情形，竟其江河日下了。听说甚么当姑子的，胆敢出入权门，替人关说，这还了得！”胡都老爷道：“是啊，越是他们出家人，里头越相信。时事如此，无法挽回，也只得付之一叹的了。”贾大少爷道：“老世伯现居言职，何

不具折纠参，那倒是名传不朽的。想是不晓得那个庵里的姑子叫个甚么名字，所以未曾动手？”胡都老爷道：“名字倒有点晓得，不过现在里头阉寺当权，都成了他们的世界，说了非但无益，反怕贾祸，所以兄弟只得谨守金人之箴，不敢多事。”贾大少爷道：“老世伯身居台谏，尚然如此见机，无怪乎朝政日非了。现在京城地面既有这种人，倒不可不请教请教他的名字，将来当作一件新闻谈谈亦好。”胡都老爷想了一回，说道：“这姑子的名字叫镜空。这种人你找他去做啥？如果一定要找他访问个实在，你只要进了前门，沿城脚去问，有几个转湾，我听人家说过，如今也记不得了。

贾大少爷问到了地方名字，心中暗暗欢喜，同老世伯无甚说得，只得兴辞出来。一见天色尚早，就命车夫替他把车赶进前门。车夫请示进前门到那一家拜客。贾大少爷便按胡都老爷的话，一一告诉了车夫。车夫道声“晓得”，于是把鞭子一洒，展起双轮，不多一刻，捱进前门。约摸转了七八个湾，到得一个所在：只见一道红墙，门前有几棵合抱的大槐树。山门上悬挂着一方匾额，上写“文殊道院”四个大字。山门紧闭不开，却从左首一个侧门内出入。但是门前甚是冷清，并无车马的踪迹。贾大少爷下得车来，车夫在前引路，把他领进了门，乃是一个小小院落，当头一个藤萝架，其时绿叶正茂，赛如搭的凉棚一般，不见天日。院之西面，另有一个小门，进去就是大殿的院子了。南面三间，开出去便是山门；北面为大殿，左为客堂，右为观音殿：一共是十二间。院子里上首两个砖砌的花台，下首两棵龙爪槐。房子虽不大，倒也清静幽雅。

贾大少爷一路观看，踱进客堂，就有执事的道婆前来打个问讯。贾大少爷便说是专程来拜镜空师父的。道婆道：“老爷请坐，等我进去通报。”不到一刻，只见道婆引了一个老年尼姑出来。老尼见了贾大少爷，两手合十，念了一句“阿弥陀佛”，动问：“老爷贵姓？是甚么风吹到此地？”贾大少爷便把自己的姓名、履历背了几句。又道：“是进京引见，久仰师傅大名，所以特来拜访。”老尼一听他是道台，不觉肃然起敬，连称：“不知大人光降，亵渎得很！”贾大少爷回称：“说那里话！”又问：“师傅出家几年？是几时到的京城？这庵里香火必盛，来往的人可多？”老尼道：“不瞒大人说，老身原是本京人，出家就在这庵里。是二十五岁上削的发，今年六十五岁了。京城地面乃是红尘世界，老身师徒三众一直是清修，所以这庵里除掉几位施主家的太太、小姐前来做佛事，吃顿把素斋，此外并无杂人来往。大人今天忽然下降，乃是难得之事。”贾大少爷一听不对，沉吟了一会，便问：“师傅的法号，上一个字可是‘水月镜花’的‘镜’字，下一个字可是‘四大皆空’的‘空’字？”老尼道：“下一字不错，上一字乃是清静的‘静’字，并不是镜子的‘镜’字。”贾大少爷便知其中必有错误，忙问：“有位与师傅名字同音的，但是换了一个‘镜’字，这人师傅可认得？”老尼道：“一个北京城，几十里地面，庵观寺院，不计其数，那里一一都能认得。”贾大少爷知道走错了路，只得说了些闲话，搭讪着辞了出来。老尼又要留吃素面。贾大少爷随手在身上摸了一锭银子送与老尼，作为香金，方才拱手出门，匆匆上车而去。

贾大少爷一面上车，一面问车夫道：“不对啊，你从那儿认得这姑子的？”车夫道：“小的从前伺候过顺治门外南横街户部谢老爷，跟着谢老爷来过两趟，所以才认得的。他庵里很有两个年轻的姑子，长的很俊。谢老爷上年在这里请过客，小姑子出来陪着一块儿吃酒。今天想是为着老爷头一趟来，所以小的不出来陪。这庵里很靠不住。”贾大少爷听说，心上一动，把头伸到车子外头往后一瞧，只见刚才替他通报的那个道婆在那里探头探脑的望。此时贾大少爷弄得六神无主：意思想要出城，因听了车夫的话，想要会会那年轻的姑子；待要下车，又见天色渐晚，恐怕赶不出城。车夫见他踌躇，也就停鞭以待。贾大少爷沉吟了一会，道：“今天镜空会不着，倒想不着走到这们一个好地方来。姑且回去通知了黄胖姑，过天同他一块来。他在京里久了，人家不敢欺负他。甚么相公、婊子，我都玩过的了，倒要请教请教这尼姑的风味。”说罢，便命车夫赶车出城，过天再来。车夫遵谕，鞭子一洒，骡子已得得而去。贾大少爷又不住的把头伸出来往后探望，一直等到转过湾方才缩进。霎时到得寓所，下车宽衣。只见管家拿了两副帖子上来，当中还夹着一封信。贾大少爷看那帖子，一副是黑伯果，请在致美斋吃午饭；一副是溥四爷，请在他叫的相公顺泉家吃夜饭，都是明日的日期。另外那封信，乃是黄胖姑给他的。贾大少爷看得一半，不觉脸上的颜色改变，等到看完，这一吓更非同小可！

欲知信中所言何事，以及贾大少爷明天曾否赴黑、溥二人之约，并后来曾否再去访那姑子，且听三续书中分解。

[注释]

①撞木钟：比喻做没有效果的事。这里指瞎碰，偶然撞见。

②合龙：桥梁、堤、坝等从两端施工的工程在中间接合。

③浇裹：旧时称日常开支。浇，指饮食；裹，指衣服。

④太史：清代由翰林院负责修撰史书，也就把里面的翰林们称之为太史。

⑤甲班：指进士出身。

⑥宗室：历代皇族称宗室。

⑦庶常散：庶常，指庶常馆，翰林院里的一个机构，庶吉士们在其中读书、学习，所以习惯上把庶吉士称之为庶常。散，指散馆。

⑧行走：清代把不设专官的机构或非专任的官职称为行走。

⑨放差：差指学差，指出任地方主考官。

⑩京八寸：长烟袋杆。

⑪阃令：阃，指门槛。阃令，指妻子的命令。

⑫四海：豪爽、大度，爱广交朋友。

第二十五回

买古董借径谒权门　献巨金痴心放实缺

却说贾大少爷自从城里出来，回到下处，正想拜访黄胖姑，告诉他文殊道院会见姑子的事，不料黄胖姑先有信来。拆开看时，不知信上说些甚么，但见贾大少爷脸色一阵阵改变，看完之后，顺手拿信往衣裳袋里一塞，也不说甚么。当夜无精打采，坐立不宁。他本有一个小老婆同来的，见了这样，忙问缘故，他也不说。

到了次日一早便即起身，吩咐套车，赶到黄胖姑店里。打门进去，叫人把胖姑唤醒。彼此见了面，胖姑便问："大爷为何起得怎般早？"贾大少爷道："依着我，昨儿接到你信之后，就要来的。为的是常常听见你说，你的应酬很忙，一吃中饭，就找不着你了，所以我今儿特地起个早赶了来。我问你到底这个信息是那里来的？现在有这个风声，料想东西还没出去？"黄胖姑道："本来前天夜里的事情，他昨儿才晓得。就是要出去，也决计不会如此之快。不过我写信给你，叫你以后当心点，这是我们朋友要好的意思，并没有别的。"

贾大少爷道："看来奎官竟不是个东西！我看他也并不红，前天晚上也没有见他有过第二张条子，却不料倒有这们一位仗腰的人！"黄胖姑道："说起来也好笑。就是打听你的这位卢给事[1]，五年前头，也是一天到晚长在相公堂子里的。他老人家在广东做官，历任好缺。自从他点了翰林当京官，连着应酬连着玩，三年头里，足足挥霍过二十万银子。奎官就是他赎的身。等到奎官赎身的时候，他已经不大玩了。因为他一向最欢喜唱大花脸，所以就爱上了奎官。然而论起奎官来，也亏得有此一个老斗[2]帮扶帮扶；如果不是他，现在奎官也不晓得到那里去了。"贾大少爷道："他问我是个甚么意思呢？"黄胖姑道："你别忙，我同你讲：这位卢给事名字叫卢朝宾，号叫芝侯，还是癸未的庶常[3]，后来留了馆。那年考取御史，引见下来，头一个就圈了他。不久补了都老爷，混了这几年，今年新转的给事中。他同奎官要好，他替他赎身，他替他娶媳妇，他替他买房子，吃他用他都不算。奎官两口子同他赛如一个人。如今是奎官媳妇死了，他去的也渐渐的少了。齐巧那天是奎官妈生日，他晚上高兴跑了去，刚碰着你在那里闹脾气。等你出门，他就问奎官，叫奎官告诉他。昨儿奎官为着得罪了你，怕我脸上下不去，到我这儿来赔不是。我问起奎官：'昨儿有些甚么人到你那里？'他就提起这卢芝侯。我问他：'贾大人生气，卢都老爷晓得不晓得？'他说：'卢都老爷来的时候，正是贾大人摔酒壶的时候，后来的事情统通被他老人家都晓得了。'我当时就怪奎官，说：'贾大人是来引见的，怎么好把他的事情告诉他们都老爷呢？'奎官说：'我见贾大人生气，我一步没离，我并没有告诉他。又问我们家里，也不晓得那一个告诉他的'。所以我昨儿得了这个风声，立刻写信通知你。你是就要放缺[4]的人，名声是要紧的，既然大家相好，我所以关照。"

贾大少爷道："费心得很！你看上去，不至于有别的事情罢？"黄胖姑道："那亦难说。他们做都老爷的，听见风就是雨，皇上原许他风闻奏事，说错了又没有不是的。"贾大少爷一听，不免愁上心来，低首沉吟，不知如何是好。歇了一会，说道："千不该，万不该，

前天吃醉了酒，在你荐的人那里撒酒风[⑤]，叫你下不去！真正对你不住！大哥，我替你赔个罪。”说道，便作揖下去。黄胖姑连连还礼，连连说道：“笑话笑话！咱们兄弟，那个怪你！”贾大少爷道：“大哥，你京里人头熟，趁着折子还没有出去，想个法儿，你替我疏通疏通，出两个钱倒不要紧。”

黄胖姑听了欢喜，又故作踌躇，说道：“虽说现在之事，非钱不行，然而要看甚么人。钱用在刀口上才好，若用在刀背上，岂不是白填在里头？幸亏这位都老爷，这两年同奎官交情有限，若是三年头里，你敢碰他一碰！但是这位都老爷是有家，见过钱的，你就送他几吊银子，也不在他眼里。不比那些穷都见钱眼开，不要说十两、八两，就是一两、八钱，他们也没命的去干。我们自己人，还有甚么不同你讲真话的。前儿的事情，也是你大爷过于脱略了些，京城说话的人多，不比外面可以随随便便的。至于卢芝侯那里，我不敢说他一定要动你的手，然而我也不敢保你一定无事。既然承你老弟的情，瞧得起我，不把我当作外人，我还有不尽心竭力的吗。”说着，贾大少爷又替他请了一个安，说了声：“多谢大哥。”

黄胖姑一面还礼，一面又自己沉吟了半天，说道：“芝侯那里，愚兄想来想去，虽然同他认得多年，总不便向他开口，碰了钉子回来，大家没味。我替你想，你若能拼着多出几文，索性走他一条大路子，到那时候，不疏通自疏通，你看可好？”贾大少爷摸不着头脑，愣住不语。黄胖姑又说道：“算起来，你并不吃亏。你这趟来本来想要结交结交的，如今一当两便，岂不省事。依我意思：你说的那些甚么姑子、道士，都是小路，我劝你不必走。你要走还是军机大臣上结交一两位，凡是总逃不过他们的手；你就是有内线，事情弄好了，也总得他们拟旨。再不然，黑八哥的叔叔在里头当总管，真正头一分的红人，说一是一，说二是二，同军机上他们都是连手。你若是认得了这位大叔，不要说是一个卢都老爷，就是十个卢都老爷也弄你不动。何以见得？他们折子上去，不等上头作主，他们就替你留中了。至于那些姑子，你认得他，他们就是真能够替你出力，他们到里头还得求人，他们求的无非仍旧还是黑大叔几个。有些位分还不及黑大叔的，他们也去求他。在你以为这当中就是他一个转手，化不了多少钱，何如我叫八哥带着你一直去见他叔叔，岂不更为省事？前天我见你一团高兴要去找姑子，我不便拦你。究竟我们自己弟兄，有近路好走，我肯叫你多转弯吗？”

贾大少爷道：“本来我要同你说，我昨儿好容易问了我们老世伯，才晓得这姑子的名字住处，谁知奔了去并不是那个姑子。还有好笑的事要同你讲。”黄胖姑道：“甚么好笑的事？”贾大少爷把车夫说姑子不正经的话述了一遍。黄胖姑道：“本来这些人不是好东西，你去找他做甚么呢？但是愚兄还有一言奉劝你老弟：现在正是疑谤交集的时候，这种地方少去为妙。一个奎官玩不了，还禁得住再闹姑子？倘或传到都老爷耳朵里，又替他们添作料了。”

贾大少爷一团高兴，做声不得，只得权时忍耐，谈论正经，连连陪着笑说道：“大哥的话不错，指教的极是。小弟的事全仗大哥费心，还有甚么不遵教的。但是走那条路，还得大哥指引。”黄胖姑道：“你别忙。今天黑八哥请你致美斋，一定少不了刘厚守的。到了那里，你俩是会过的，你先拿话笼住他，私底下我再同他替你讲盘子。你晓得厚守是个甚么人？”贾大少爷道：“他是古董铺的老板。”黄胖姑哼的一笑道：“古董铺的老板！你也忒小看他了！你初到京，也难怪你不晓得。你说这古董铺是谁的本钱？”贾大少爷一听话内有因，不便置辞。黄胖姑又道：“这是他的东家华中堂的本钱！”贾大少爷道：“他有这个绷硬东家，自然开得起大古董铺了。”黄胖姑道：“你这人好不明白！到如今你还拿他当古董铺老板看待，真正‘有眼不识泰山’了！”贾大少爷听了诧异，定要追问。黄胖姑道：

"你也不必问我。你既当他是开古董铺的，你就去照顾照顾，至少头二万两银子起码，再多更好。无论甚么烂铜破瓦，他要一万，你给一万，他要八千，你给八千，你也不必同他还价。你把古董买回来，自然还你效验。"贾大少爷听说，格外糊涂，心上思想："一定是我买了他的古董，便算照顾了他，他才肯到中堂跟前替我说好话。"便把这话问黄胖姑道："可是不是？"黄胖姑道："天机不可泄漏！到时还你分晓。"

贾大少爷将信将疑，自以为心上想的一定不错，便也不复追问，停了一刻，说道："华中堂这条路是一定要走的了。还有别人呢？黑大叔那里几时去？"黄胖姑道："你别忙。华中堂的路要走；军机上不止他一个，别人那里自然也要去的。你不要可惜钱，包你总占便宜就是了。"贾大少爷道："你老哥费了心，小弟还有甚么不晓得。"黄胖姑道："事不宜迟，要去今天就去。你在我这里坐一会儿，等我替人家办掉两桩事情，等到一点钟我们一块儿上致美斋。"贾大少爷道："既然你有事情，我也不来打搅你，我到别处去转一转来，等到打过十二点钟我来同你去。"说罢，拱拱手别去。

这里黄胖姑果然替人家办了若干事，无非替人家捐官上兑，部里书办打招呼，以及写回信，打电报，大小事情，足足办了十几件。真正是"能者多劳"。幸亏他自己以此为生，倒也不觉辛苦。等到事情办完，恰恰打过十二点，贾大少爷已经来了，约他一同去赴黑八哥的约，饭后同到刘厚守铺子里买古董。说罢同出上车。

霎时到得致美斋，客人络续来齐，亦无非是昨天几个，但是没有钱、王二位。却添了一位，也是进京引见的试用知府。这位知府姓时，号筱仁，乃山西人氏。贾大少爷叙起来，还有点世谊。贾大少爷到了台面上，竭力的敷衍刘厚守，黑八哥两个，很露殷勤。刘厚守因预先听了黄胖姑先入之言，词色之间也就和平了许多，不像前天拒人于千里之外了。一霎席散，天色还早。刘厚守要回店，贾大少爷便约了黄胖姑跟他同走。溥四爷又再三叮嘱晚上同到顺泉家吃饭。贾大少爷因为奎官之事，面有难色，尚未回答得出。黄胖姑道："你跟着我们一块儿玩，只要不撒酒风，包你无事。"究竟他是贪玩的人，也就答应下来，分别上车，各自回去。

霎时黄、贾两人到了大栅栏刘厚守古董铺，下车进去。刘厚守已先回一步，接着让了进去，请坐奉茶。贾大少爷是初到，不免又说了些客气话。刘厚守虽同他客气，究竟还有点骄傲之容，不能不使贾大少爷格外恭敬。当下黄胖姑先把贾大少爷的来意言明，说要选买几件古董孝敬华中堂的。刘厚守四面一看，道："这摆着的都是，请挑就是了。"贾大少爷当下四下里看了一遍，选中一对鼻烟壶、一个大鼎、一个玉磬，还有十六扇珠玉嵌的挂屏。刘厚守道："这对烟壶倒亏润翁法眼挑着的。这位老中堂别的不稀罕，只有这样东西收藏的最多。他有一本谱，是专门考究这烟壶的。上个月底结账，总共收到了八千零六十三个，而且个个都好，没有一个坏的，拿这样东西送他顶中意。"贾大少爷听了非常之喜。刘厚守道："这位老中堂，他的脾气我是晓得的，最恨人家孝敬他钱。你若是拿钱送他，一定要生气，说：'我又不是钻钱眼的人，你们也太瞧我不起了！'本来他老人家做到这们大的官，还怕少了钱用？你们送他钱，岂不是明明骂他要钱，怎么能够不碰钉子呢？所以他爱古董，你送他古董顶欢喜。"

贾大少爷便托黄胖姑问一共多少价钱。刘厚守说："烟壶二千两，古鼎三千六，玉磬一千三，挂屏三千二，一共一万零一百两。"贾大少爷意思嫌多，说："可能让些？"黄胖姑急忙从他身后把他衣裳一位，意思想叫他不要同刘厚守讲价钱。贾大少爷尚未觉得，刘厚守早已一声不响，仰着头，眼望到别处去了。黄胖姑赶忙打圆场，朝着贾大少爷说道："彼此知己，刘厚翁还肯问你多要吗？"贾大少爷亦恍然大悟道："既然如此，就托大哥替我划过来就是了。"刘厚守道："如果不是胖姑的面子，我这一对烟壶，任你出甚么大价钱

我不卖。不瞒你二位说：我有个盟弟，亦在河南候补。上年有信来，说是也要拜在我们这位老中堂门下，托我替他留心几件礼物。这对烟壶我本要留给他的。如今被贾润翁买了去，中堂见了一定欢喜。不过我有点对不住我那个盟弟。”

黄胖姑同贾大少爷连连称谢不置。黄胖姑又道：“厚翁肯替人家帮忙说两句好话，一句话就值一万银子，个把烟壶算得甚么！将来润孙的事，总还要借重厚翁大力。”刘厚守道：“我们一句话算得甚么！胖姑，你是知道的，我如今也捐了官了，老中堂跟前我也不大去，就觉着生疏了。而且现在做了官，官有官体，倒比不得从前可以随随便便了。但是一样，从前我跟他老人家这几多年，总算缘分还好，他待我很不错。不是我自己胡吹，我跟他这十几年，可没有误过事。所以偶尔说两句话，或者替人家吹嘘吹嘘，他老人家还相信，总还给个面子。”黄胖姑道：“能够叫他老人家相信，谈何容易！像你厚翁这样的老成练达，爱惜声名，真正难得！”刘厚守听了，怡然自得，坐在椅子上，尽兴的把身子乱摆，一声儿也不响。

歇了一会，黄胖姑又叮咛一句道：“如此，东西算买定，少停兄弟把钱划过来。中堂跟前怎么送上去，索性奉托厚翁代办一办。”刘厚守踌躇道：“这件事倒要讲起来看。兄弟自从上兑[6]之后，里头的事一直不大问信。门口另外派了人，不去找他们，中堂虽然也见得着，但是将来事情多，终究不能越过他们的手。如果去找他们，我兄弟现在是有官人员，不好再同他们去讲这个，怕的是自己亵渎自己。胖姑，我看这件事你还是托了别人罢。”黄胖姑道：“你的事情我晓得的，并不是要你去同他们讲价钱，只要你吩咐他们一句，他们还敢不遵吗。”刘厚守道：“这几年我替人家经手，实在经手的怕了。你偏偏要来找我，没法，你老哥的事，做兄弟的怎么好意思推头不给你个面子。”黄胖姑立刻站起身来，请安相谢。贾大少爷也跟着请了一个安。

刘厚守道：“事情准定我去办，但是我说个数目，你不要驳我。”贾大少爷正在沉吟，黄胖姑把身子一挺，拿手把胸脯一拍道：“你说，我依你！”刘厚守道：“上头不要钱，底下不好白难为他们。依兄弟的愚见：这分礼足值一万，我们自己人，我亦不准他们多要，我们一底一面罢。”黄胖姑看看贾大少爷，贾大少爷看看黄胖姑。贾大少爷道：“一底一面是多少？”黄胖姑道：“亏你一位观察公，一底一面还不晓得。你送的东西面子上值一万，这零零碎碎用的钱也得一万。”贾大少爷意思嫌多，黄胖姑好劝歹劝，两面竭力的磋磨。刘厚守忽然又拿起乔[7]来说：“我那里有工夫替人家办这些事！”又禁不住黄胖姑再三相求，方才讲明八千银子的门包，说明当晚就把礼物连门包送了进去，约贾大少爷明天下午去叩见。

黄胖姑同贾大少爷见诸事俱妥，方才别去。晚上又去赴了溥四爷的约会。席散之后，黄胖姑又赶到贾大少爷寓处，同做说客一样，又叫他拿出几千银子，为的军机上不止华中堂一位，此外尚有三位，别处也得点缀点缀才好。贾大少爷见他说得有理，只得应允。事情概托黄胖姑代办。黄胖姑亦就勇于任事，自己一力承当，绝不推托。当下议定明天头一处先到华中堂那里，回来依着路再到那三家去。这四处见过之后，再托黑八哥带领着去见他叔子。目下一面先托八哥同他叔子讲起价钱来。一切事情都托了黄胖姑作主。贾大少爷又托胖姑另外划出几百银子送一班穷都，免得他们说话。又敦嘱送奎官老斗卢都老爷格外从丰。黄胖姑会意，一一允诺。因为一应大事都已托他经手，所以也不在这小头节目上剥削他了。

贾大少爷等胖姑回去，方才歇息。一宵易过，次日起来，贾大少爷性子急，不等下车，忙着就去叩见华中堂。到了门上，刘厚守早已安排好的了。其时中堂上朝未回，就留他在门房里坐着等候，好容易等到正午，中堂从军机上回来，便有几个部里的司官跟着来找中

堂画稿。公事办过，家人们赶着上去替他回。又等中堂吃过饭，方才请见。贾大少爷晓是这位华中堂乃是军机上头一个拿权的人，当今圣眷又好，不晓得见了面要拿多么大的架子，手里早捏着一把汗。谁知及至见面，异常谦和。朝他磕头，居然还了一揖。因为贾大少爷送这四样礼物，说明白是拜门的贽见，所以他口口声声叫"老弟"。当时坐下，先问："老弟几时到京的？"又问："老人家可好？"又问："老弟这个月里可来得及引见？"贾大少爷一一回答。末后华中堂又说到自己："从半夜里忙到如今，一霎没得空；如今上了年纪了，有点来不及了。我想搁下不做，上头又不准我告病。"贾大少爷回道："中堂是朝廷柱石，怎么能容得中堂告病呢。"中堂道："留着我中甚么用！也不过像俗语说的，'做一日和尚撞一日钟'罢了！就是拚性命去干，现在的事也是弄不好的。"贾大少爷见提到国家大事，恐怕说错了话，便也不敢多讲。中堂见他无话，方才端茶送客。

贾大少爷出来，又赶着去见第二家。这位军机大臣姓黄，乃是才补的。他补的这个缺，就是周中堂让给他的。周中堂因为自己做错了事，保举了维新党，上头不喜欢他，就上折子说是自己有病，请开去各项差使。总算上头念他多年老臣，赏他面子，准其所奏，就叫他入阁办事。大学士虽然不曾开缺，然而声光总比前头差得远了。闲话休题。单说这位黄大军机资格虽浅，办事却甚为老练。见了贾大少爷，先问贵庚[8]。贾大少爷回称："三十五岁。"黄大军机道："'英雄出少年'，将来老兄一定要发达的。"说完了，也就送客。

第三家拜的这位军机姓徐。见面之后，倒问了半天河南的情形。所问的话，无非是抚台的缺怎么样，藩台的缺怎么样，一年开销若干，可余若干，没有一句要紧话。贾大少爷因为他是户部尚书，现在正是府库空虚，急于筹款之时，便说道："职道有一个理财条陈，尚未写好，过天要送过来求大人的教训。"徐尚书道："现在有钱也要过，没钱也要过。巧媳妇做不出没米的饭。上头催部里，部里催各省。他们有得解来，无非左手来，右手去，他们不解来，横竖其过并不在我。至于条陈，我这里也不少了，空了拿过来消消闲。至于一定要说怎么样，我没有这样才情，等别人来办罢。"说完，亦就送客。

贾大少爷又赶到第四家，门上人回报："大人今天不见客。"叫他过天再来。第二天去又未见着，第三天才见的。贾大少爷因四处已用去银子三万两，虽然都得见面，然而都是浮飘飘的，究竟如何栽培，毫无把握。心上着急，只得又去请教黄胖姑。胖姑道："老弟，你这是急的那一门？等你引过见，你是明保人员，定要召见的。要有甚么好处，总在召见之后。等到召见之后，自然给你凭据。你不要嫌我多事，黑八哥叔叔那里，他侄儿已经同他讲好了，先送二万银子去见一面。如要放缺再议。"贾太少爷道："多化几万银子算不得甚么，我这钱带了来原是预备化的。但是马上总要给我一点好处，就是再多两个，我也拚得。"黄胖姑道："老实对你讲，要放缺，这两个是不够的。你要效验，我同你说过的了，总要等到召见之后。想甚么好处，预先打定主意，去同黑大叔讲妥。只要一召见，上谕下来，里应外合，那是最便没有。你如今听我的话，包你一点冤枉路不会走。不是你老弟的事，我也没有这大工夫去管他，叫他去撞撞木钟，化了钱没有用，碰两个钉子再讲。"

贾大少爷道："老哥，你说的话我是知道的。我的事情托了你。这个月里就要引见，日子很快，亦没有几天了。我看倒是黑大叔这条门路顶靠得住。"胖姑道："我的门路是没有一条靠不住。设或靠不住，第二三遭谁来相信我，谁来找我。就是你老弟，我同你交情再好些，你见我靠不住，你也不来找我了。"贾大少爷道："这些话不用讲了，我相信你。倒是黑大叔那里几时去？"黄胖姑道："这事说办就办，没有甚么耽误几天的。八哥一霎来讨回信，只要你定了主意，明天就叫他带了你去见他叔子。"贾大少爷道："横竖你替我把银子预备现成就是了，还有别的主意么。"

正说着，黑八哥也来了。黄胖姑把他拉在一旁，告知详细。黑八哥过来说道："不瞒润翁说，我们家叔原是一个钱不要的。这二万银子，不过赏赏他的那些徒弟们。你不要疑心他老人家要钱。就是我兄弟替人家经手，我们家叔亦早吩咐过，不准得人家一个钱。我们是知己，又是黄胖姑托了我，我就带你去见见。等我今天先把银子拿了去。你明天不要过早，约摸一点之后，你到我家里，我同你去见。”贾大少爷再三称谢，自不必说。

到了次日，贾大少爷如期而往。黑八哥忙叫套车，说是：“家叔不能出来，只有到宫里去见他。”贾大少爷只好跟着他走。他叫下车就下车，他叫站住就站住。下车之后，一转转了几十个湾，约摸走了十几个院子，过了十几重门，高高低低的台阶，也不知走了多少。他此刻战战兢兢，并无心观看院子里的景致，只有低着头闷走。一走走到一个所在，黑八哥叫他站在廊檐底下等候，八哥自己到里面院子里。伺候的人却不少，都是静悄悄的一些声息都没有。八哥进去了半天，也不见出来。

忽听得里头吩咐了一句“传饭”，但见有几十个人一齐穿着袍子，戴着帽子，一个端着一个盒子，也不知盒子里装的是些甚么，只见雁翅似的，一个个挨排上去。又停了一会，里头传“洗脸水”，那些人又把盒子一个个端了下来。贾大少爷晓得是上头才用过膳，但不知这用膳的是那一位。

又停一刻，才见黑八哥从里头出来，招呼他上去。贾大少爷头也不敢抬，跟了就走。黑八哥把他一领领到堂屋里。只见居中摆着一张桌子，桌子上面坐了一个人。桌子上并无东西，只有一把小茶壶，一个茶盅。上面那个人坐在那里，自斟自喝，眼皮也不掀一掀。贾大少爷进来已经多时，他那里还没有瞧见。一面喝茶，一面慢慢的说道：“怎么还不进来？”只见八哥躬身回道：“贾某人在这里叩见大叔。”一面又使眼色给贾大少爷，叫他行礼。贾大少爷赶忙跪下磕头。黑大叔到此方拿眼睛往底下瞧了一瞧，连说：“请起。恕我年纪大了，还不动礼。老大，给他个座位，坐下好说话。”贾大少爷还不敢坐。黑大叔又让了一次，方才扭扭捏捏的斜签[9]着身子，脸朝上，坐了半个屁股在椅子上。

黑大叔便问他父亲好。贾大少爷连忙站起来回答，又说：“父亲给大叔请安。”黑大叔听了不自在，对他侄儿说道：“他可是贾筱芝的少爷不是？”八哥回称一声“是”。黑大叔又回过脸儿朝贾大少爷说道：“你父亲叫我大叔，你是他儿子，怎么也叫我大叔？只怕辈分有点儿不对罢？”说完，哈哈大笑。贾大少爷一听此言，惶恐无地，回答也不好，不回答也不好，愣了半天，刚要开口，黑大叔又同他侄儿说道：“你领他到外头去歇歇，没有事情，可叫他常来走走。都是自己孩子们，咱亦不同他客气了。”贾大少爷听说，只好跟了黑八哥退了出来。他退出去的时候，还一步步的慢走，意思以为大叔总得起身送他。岂知黑大叔坐在那里动也不动。贾大少爷报着自己的名字，告别了一声，只见大叔把头点了一点，一面低了下去，连屁股并没有抬起，在他已经算是送过客的了。

贾大少爷出来，也不知黑大叔待他是好是歹，心上不得主意，兀自小鹿儿心头乱撞。仍旧无心观看里头的景致，跟着黑八哥一路出来，曲曲湾湾，又走了好半天，方到停车的所在，仍旧坐了车，电掣风驰的一直出城，到得黄胖姑钱庄门口，下车进去。此时黑八哥因有他事，并未同来。黄胖姑接着，忙问：“今天去见着没有？”贾大少爷回称：“见着的。”黄胖姑立刻深深作了一个揖，说道：“恭喜恭喜！”贾大少爷一面还礼，一面问道：“见他一面有甚么喜在里头？”黄胖姑道：“你引见见皇上倒有限，你能够见得他老人家一面，谈何容易，谈何容易！见皇上未必就有好处，他老人家肯见你，你试试看，等到召见下来，你才服我姓黄的不是说的假话！”贾大少爷依旧将信将疑的辞别回去。

这时候离着引见的日期很近了，一天到晚，除掉坐车拜客，朋友请吃饭，此外并无别事。

一天正从拜客回来，顺便拢到黄胖姑店里。黄胖姑劈面说道：“我正想来找你，你来

的很好，省得我多走一趟。”贾大少爷忙问：“何事？”黄胖姑道：“有个机会在这里，不知道你肯不肯？”贾大少爷又问：“是甚么机会？”黄胖姑伸手把他一把拖到账房里面，低低的同他讲道：“不是别的，为的是上头现在有一个园子已经修得有一半工程了，但是款项还缺不少。这个原是八哥他叔叔关照：说有甚么外省引见人员，以及巨富豪商，只要报效，他都可以奏明上头，给他好处。朝廷还怕少了钱盖不起个园子？不过上头的意思，为的是游玩所在，不肯开支正帑[10]，这也是黑大叔上的条陈，开这一条路，准人家报效。我想你老弟不是想放实缺吗？趁这机会报效上去，黑大叔那里，我们是熟门熟路，他自然格外替我们说好话。你自己盘算盘算。依我看起来，这个机会是万万不好错过！”

贾大少爷听了，心上喜的发痒痒，又问道：“你包得住一定放缺吗？”黄胖姑道：“这个自然！拿不稳，也不来关照你了。你引见之后，第二天召见下来，头一条上谕[11]，军机处存记，那是坐稳的。只要第三天有甚么缺出，军机把单子开上去，单子上有你的名字，里头有了这个底子，黑大叔再在旁边一带衬，这个缺还会给别人吗。”贾大少爷道：“设或是个苦缺，怎么样呢？”黄胖姑道：“一分行钱一分货。你拼得出大价钱，他肯拿行货[12]给你吗？这个买卖我们经手也不止一次了，如果是骗人，以后还望别人来上钩吗。”一席话更把个贾大少爷说的快活起来，赛如已经得了实缺似的，便问：“大约要报效多少银子？这银子几时要缴？”黄胖姑道：“银子缴的越快越好，早缴早放缺。至于数目，看你要得个甚么缺，自然好缺多些，坏缺少些。”

贾大少爷道：“像上海道这们一个缺，要报效多少银子呢？”黄胖姑把头摇了两摇道：“怎么你想到这个缺？这是海关道，要有人保过记名以海关道简放[13]才轮得着。然而有了钱呢，亦办得到，随便弄个甚么人保上一保，好在里头明白，没有不准的。今天记名，明天就放缺，谁能说我们不是。至于报效的钱，面子上倒也有限。不过这个缺，里头一向当他一块肥肉：从前定的价钱，多则十几万，少则十万也来了；现在这两年，听说出息比前头好，所以价钱也就放大了。新近有个甚么人要谋这个缺，里头一定要他五十万，他出到三十五万里头还不答应。”贾大少爷听说，把舌头一伸道：“要报效这许多么？”黄胖姑道：“你怎么越说越糊涂！我不是同你说过面子上有限吗？报效的钱是面子上的钱，就是盖造园子用的；你多报效也好，少报效也好，不过借此为名，总管好替你说话。至于所说的五十万，那是里头大众分的。你倘若不要上海道，再次一肩的缺，价钱自然也会便宜些。”贾大少爷愣了半天，说道：“钱来不及，亦是没有法想。但是使了这许多钱，总得弄个好点的缺，可以捞回两个。”黄胖姑道：“五十万呢，本来太多，而且人家一个上海道做得好好的，你会花钱，难道人家就不会花钱。你就是要，人家也未必肯让。现在我替你想，随便化上十几万，弄他一个别的实缺。只要有钱，倒也并不在乎关道。你道如何？”

贾大少爷道：“你是知道的，我一共汇来十万银子，已经用去一大半了。现在再要打电报给老人家。你晓得我们老人家的脾气，我的事他是不管的。现在至少再凑个十万才够使，而且还要报效。”黄胖姑道：“报效有了一万尽够的了。光安置里头，再有十万也好了。现在只要你再凑十万，我替你想法子，包你实缺到手。”贾大少爷道：“这个我知道。但是十万银子从那里去筹呢？”意思想要黄胖姑担保替他去借。同黄胖姑商量，黄胖姑道：“借是有处借，但是利钱大些。我们自己人，不好叫你吃这个亏。”贾大少爷道：“横竖几天就有实缺的，等到有了缺，还怕出不起利钱吗？只求早点放缺，就有在里头了。”黄胖姑听罢，便不慌不忙，说出一个人来。

你道这人是谁？且听下回分解。

［注释］

①给事：给事中的简称。

②老斗：古代一些达官贵人经常豢有男妓，而这些男妓经常无所事事，投其所好，专以色事为生，他们就以这些人为靠山，这些人也就被称之为老斗。

③庶常：庶吉士的代称，是明清两朝时翰林院内的短期职位。

④放缺：授以官职。

⑤撒酒风：喝醉酒后任性胡闹。

⑥上兑：指旧时向政府交纳捐官银两。

⑦乔：假装。

⑧贵庚：动问中青年人年龄的敬语。

⑨斜签：侧斜着身子。

⑩正帑：国库里的钱财。

⑪上谕：军机处根据皇帝所拟的谕旨。

⑫行货：不好的货物。

⑬简放：清代指经铨选派任道府以上的外官。

第二十六回

模棱人惯说模棱话　势利鬼偏逢势利交

却说贾大少爷因为要报效园子的工程，又想走门子放实缺，两路夹攻，尚短少十万银子之谱，托黄胖姑替他担保，暂时挪借。黄胖姑忽有所触，想着了一个人。你道是谁？就是上回书所说黑八哥请吃饭，在座的那个时筱仁时太守。

这位时太守本来广有家财，此番进京引见，也汇来十几万银子，预备过班[①]上兑之后，带着谋干。只因他这个知府是在广西边防案内保举来的，虽然他自己并没有到过广西，然而仗着钱多，上代又有些交情，因此就把他的名字保举在内。其实这种事情各省皆有，并不稀奇。至于他那位原保大臣是一位提督军门，一直在边界上带兵防堵。近来为着克扣军饷，保举不实，被都老爷一连参了几本，奉旨革职，押解来京治罪。这道圣旨一下，早把时筱仁吓毛了。这时筱仁初进京的时候，拉拢黑八哥，拜把子，送东西，意思想拼命的干一干；等到得着这个风声，吓得他把头一缩，非但不敢引见，并且不敢拜客，终日躲在店里，惟恐怕都老爷出他的花样。等到夜里人静的时候，一个人溜到黑八哥宅里同八哥商量，托八哥替他想法子。八哥道："现在是你原保大臣出了这个岔子，连你都带累的不好，我看你还是避避风头，过一阵再出来的为是。就是我们家叔虽然不怕甚么都老爷，然而你是一个知府，还够不上他老人家替你到上头去说话。"时筱仁听了这话觉着没趣，因此便同黑八哥生疏了许多。

黄胖姑的消息是顶灵不过的，晓得他有银子存在京里，一时不便拿出来使用，便想把他拉来，叫他借钱与贾大少爷，自己于中取利。主意打定，便说道："人是有一个，不过人家晓得你办这种事情，利钱是大的。"贾大少爷问："要多少利钱？"黄胖姑道："总得三分起码。"贾大少爷嫌多。黄胖姑道："你别嫌多，且等我找到那个人来，问他愿意不愿意再讲。"贾大少爷道："如此，拜托费心了。"当时别去，说明明日一早来听回音。等他去后，黄胖姑果然去把时筱仁找了来，先宽慰他几句，又替他出主意，劝他忍耐几时，所说的话无非同黑八哥一样，慢慢的才说到他的钱："放在京里钱庄上，以前为着就要提用，谅来是没有利钱的。现在一时既然用不着，何如提了出来，到底可以寻两个利钱，总比干放着好。不比钱少，十几万银子果然放起来，就以五六厘钱一月而论，却也不在少处，大约你一个月在京里的浇裹连着挥霍也尽够了。"一句话提醒了时筱仁，心中甚以为是，不过五六厘钱一个月还嫌少，一定要七厘。黄胖姑暂时不答应他。等到第二天贾大少爷来讨回信，便同他说："银子人家肯借，利钱好容易讲到二分半，一丝一毫不能少，订期三个月。人家不相信你，要我出立凭据，必须由我手里借给你，将来你不还钱，人家只问我要。老弟，这事情是我劝你办的，好处你得，这副十万银子的重担却在愚兄身上。但是小号里股东并不是愚兄一个，如今要小号出这张票子，你得找个保人。不是做愚兄的不相信你，为的是几个股东跟前有个交代。"贾大少爷一听利钱只要他二分半，已比昨天宽了半条心。幸亏他会拉拢，亲戚世谊当中很有几个有名望的在京，出钱买缺又是当今通行之事，因此大家不以为奇，倒反极力怂恿。当时就有几位出来作保。黄胖姑又把时筱仁找了来，由本

店出立存折给他，时筱仁更觉放心。但是黄胖姑一口咬定，利钱只有五厘半。时筱仁只好由他。闲话休题。且说贾大少爷钱已借到，又会过八哥几面。八哥满口答应说："一切事情都在兄弟身上。"

看看已到了引见之期，头天赴部演礼，一切照例仪注，不容细述。这天贾大少爷起了一个半夜，坐车进城。同班引见的会着了好几位。在外头等了三四个钟头，一直等到八点钟，才由带领引见的司官老爷把他们带了进去。不知道走到一个甚么殿上，司官把袖子一摔，他们一班几个人在台阶上一溜跪下。离着上头约摸有二丈远，晓得坐在上头的就是当今了。当下逐一背过履历，交代过排场，司官又带他们从西首走了下来。他是道班，又是明保的人员，当天就有旨叫他第二天预备召见，又要谢恩，又要到各位军机大人前禀安，真是忙个不了。

贾大少爷虽是世家子弟，然而今番乃是第一遭见皇上，虽然请教过多人，究竟放心不下。当时引见了下来，先见着华中堂。华中堂是收过他一万银子古董的，见了面问长问短，甚是关切。后来贾大少爷请教他道："明日召见，门生[2]的父亲是现任臬司，门生见了上头要碰头不要碰头？"华中堂没有听见上文，只听得"碰头"二字，连连回答道："多碰头，少说话，是做官的秘诀。"贾大少爷忙分辩道："门生说的是，上头问着门生的父亲，自然要碰头；倘若问不着，也要碰头不要碰头？"华中堂道："上头不问你，你千万不要多说话。应该碰头的地方又万万不要忘记不碰；就是不该碰，你多磕头总没有处分的。"一席话说的贾大少爷格外糊涂，意思还要问，中堂已起身送客了。

贾大少爷只好出来，心想："华中堂事情忙，不便烦他，不如去找黄大军机。黄大人是才进军机的，你去请教他，或者肯赐教一二。"谁知见了面，贾大少爷把话才说完，黄大人先问："你见过华中堂没有？他怎么说的？"贾大少爷照述一遍。黄大人道："华中堂阅历深，他叫你多碰头，少说话，老成人之见，这是一点儿不错的。"两名话亦没有说出个道理。

贾大少爷无法，只得又去找徐大军机。这位徐大人上了年纪，两耳重听[3]，就是有时候听得两句也装作不知。他生平最讲究养心之学，有两个诀窍：一个是不动心，一个是不操心。那上头见他不动心？无论朝廷有甚么急难的事请教到他，他丝毫不乱，跟着众人随随便便把事情敷衍过去；回他家里依旧吃他的酒，抱他的孩子。那上头见他不操心？无论朝廷有甚么难办的事，他到此时只有退后，并不向前，口口声声反说："年纪大了，不如你们年轻人办的细到，让我老头子休息休息罢！"他当军机，上头是天天召见的。他见了上头，上头说东，他也东；上头说西，他也西。每逢见面，无非"是是是"，"者者者"。倘若碰着上头要他出主意，他怕用心，便推头听不见，只在地下乱碰头。上头见他年纪果然大了，胡须也白了，也不来苛求他，往往把事情交给别人去办。后来他这个诀窍被同寅中都看穿了，大家就送他一个外号，叫他作"琉璃蛋"。他到此更乐得不管闲事。大众也正喜欢他不管闲事，好让别人专权，因此反没有人挤他。表过不题。

这日贾大少爷因为明天召见不懂规矩，虽然请教过华中堂、黄大军机，都说不出一个实在，只得又去求教他。见面之后，寒暄了两句，便提到此事。徐大人道："本来多碰头是顶好的事，就是不碰头也使得。你还是应得碰头的时候你碰头，不应得碰头的时候，还是不必碰的为妙。"贾大少爷又把华、黄二位的话述了一遍。徐大人道："他两位说的话都不错，你便照他二位的话看事行事最妥。"说了半天，仍旧说不出一毫道理，又只得退了下来。

后来一直找到一位小军机，也是他老人家的好友，才把仪注说清。第二天召见上去，居然没有出岔子。等到下来，当天奉旨是发往直隶补用，并交军机处存记。

这几天黑八哥一天好几趟来找他。黄胖姑也劝他："上紧把银子，该报效的，该孝敬的，早些送进去。倘或出了缺，黑大叔在里头就好替你招呼。"贾大少爷亦以他二人之言为然。当时算了算，连前头用剩的以及新借的，总共有十三万五千银子。当下黄胖姑替他分派：报效二万两；孝敬黑大叔七万两；再孝敬四位军机二万两。余下二万五千两，以二万作为一切门包使费，经手谢仪，以五千作为在京用度。贾大少爷听了甚为入耳，满心满意以为这十几万银子用了进去，不到三个月，一定可以得缺的了。

且说此时周中堂虽然告退出了军机，接连请假在家，不问外边之事，然而京报是天天看的。一日看见奉旨叫贾某人预备召见；召见之后，又奉旨发往直隶补用，又交军机处存记。忽然想着了他，说道："贾筱芝的儿子乃是我的小门生。他自从到京之后，我这里只来过一趟，以后没有见他再来。明天要请几个门生吃饭，顺便请请他。他这趟进京总算得意，同他联络联络，临走的时候还好问他借两百银子。"主意打定，就顺便多发了一副帖子，约他到宅中吃饭。贾大少爷于这位太老师跟前久已绝迹的了。齐头帖子来的时候，正因为得了军机处存记，晓得是黑大叔同几位军机大人的栽培，意思正想要请请八哥，托他约个日子带领进宫谢大叔恩典。忽然见管家拿了周中堂的帖子进来，贾大少爷看过，是约明午吃饭。心上一个不高兴，随嘴说了一句道："明午我自己要请客，我那里有工夫去扰他！"管家问："怎么回复来人？"贾大少爷道："帖子留下，明天推头有病不去就是了。"管家自去回复来人不题。

这里贾大少爷忙写信约黑八哥明午馆子里一叙，叫管家即刻送去。管家到黑宅的时候，刚刚黄胖姑拿了七万银子的银票，又二万银子的报效连费用交代八哥，托八哥替他去求大叔。八哥一算，银子一共只有九万，忙问道："不是他专为此事问时某人借过十万，怎么你只拿九万来呢？家叔跟前为得要个整数，少了拿不出手。咱们自己人，我不瞒你，有了他，还有咱呢！"黄胖姑一听口音不对，连忙替贾大少爷分辨，说道："实在没有钱，好容易借了十万，拿一万替他老太爷还了八千银子的账，余下二千做京里的浇裹。好在他多孝敬，少孝敬，大叔肚子里总有分寸就是了。"黑八哥听了甚为失望，面子上顿时露出悻悻之色。

正说话间，门上人传进贾大少爷约明午吃饭的信。黑八哥正是满肚皮不愿意，看了信，随手把信一摔，道："我那里有工夫去扰他！"黄胖姑见黑八哥动了真气，于是左一个揖，右一个揖，连连说道："这一遭是兄弟效力不周，总求你担代一二，以后补你的情就是了。"黑八哥一时虽不愿意，究竟因为他经手的买卖多，少他不得，一时也不便过于回绝他。歇了半天才说道："胖姑，这遭事亏得是你经手，叫咱也不好意思的同你翻脸；若是换了别人，我早把这九万银子摔在大门外头去了，看你还有脸再到我的门上来！"黄胖姑听说，连忙又作一个揖，道："多谢八哥栽培！你老人家同我闹着玩，我是禁不起吓的，早已吓了一身大汗，连小褂都汗透了。倒是贾润孙他请你吃饭，也是他一番盛意，总还求你赏他一个脸，去扰他一顿，等他也好放心。"黑八哥至此方叫把信留下，叫手下人回复来人："同他说，我明天一准到就是了。"

黄胖姑从黑宅出来，先去拜贾大少爷。见面之后，不好说黑八哥同他起初翻脸，怕的是贾大少爷笑他，只好说："现在里头开销很大，黑大叔拿了你这个钱通通要开销给别人。如今七万银子不够，黑八哥一定不肯收。后来亏了我好说歹说，又私下许了他些好处，他才答应替我们竭力去干。你道办事烦难不烦难？老弟，你幸亏这事是托愚兄经手，倘若是别人，还不晓得如何烦难呢！"贾大少爷自然连称"费心感激"不题。

一宵易过，便是天明。贾大少爷清晨起来，先写一封信给周中堂，推头感冒不能趋陪，等到病好即来请安。把信写好叫人送去。周中堂本来很有心于他，见他不来，不免失望。然又想拉扰他，随手交来人带回一信，说："世兄既然欠安，不好屈驾。等到清恙痊愈，就请便衣过来谈谈。"贾大少爷拆开看过，鼻子里嗤的一笑，道："我自己事情还忙不了，那里有工夫去会他！"说完，把信丢在一旁，自己却到馆子里去请黑八哥吃饭。等到黑八哥来到，贾大少爷先提起："这番记名全是大叔栽培，心上感激得很！意思想求老哥带领进去当面叩谢。"黑八哥道："家叔事情忙，等我进去说明白了，约好日子再来关照。"贾大少爷不免又是连连称谢。

八哥这天吃饭下来，因事进宫，顺便把贾大少爷要进来叩谢的意思说了。黑大叔道："贾筱芝的儿子也过于罗苏了。有了机会咱自然照应他。咱一天到晚事情忙不了，那里有工夫去会他！"黑八哥见他叔叔推头没有工夫见贾大少爷，生怕出来被贾大少爷瞧他不起，说他连这点手面都没有，面子上落不下去。但是他叔子的脾气一向是知道的，既然说过没有工夫，也不便一定逼着他见。只好一声不响，垂手侍立，一站站了约摸有半点多钟。他叔子见他不走，又不言语，便说道："你得了姓贾的多少钱，这样的替他帮忙？"八哥走上两步，朝他叔叔打了一个千，说道："侄儿替人家经手事情，一向不敢问人家多要一个钱。大叔只管查问，倘然侄儿多拿了一个钱，听凭大叔要拿侄儿怎么办就怎么办，侄儿是死而无怨。现在贾筱芝的儿子，他这银子是的的确确的借来的。如今侄儿把他带进来，叫他见过大叔一面，非但他自己放心，就是那借银子给他的那个人听见了也放心，晓得他这银子已经交了进来，不久总要得好处的。"黑大叔道："难道银子放在我这里，他们还不放心吗？"八哥道："放心还有甚么不放心，就是侄儿替人家经手，至今也不止一次了，何曾误过人家的事。但是咱们的买卖是一年到头做的，来京引见的人，有几个腰里常常带着几十万银子？不过也是东挪西借，得了缺再去还人家。如今并不是要大叔马上给他好处，只求大叔赏他个脸，再见他一面，人家出了银子，心上也就安稳了。

黑大叔一听这话不错，但是一时自己又掉不过脸来，只好说道："你们这些孩子真正没有经过事！七八万银子算得甚么，只顾来同我缠！我若是不答应你，怕的你今天没有脸出去；就是出去了，也见不得姓贾的。现在你去同他说罢，叫他后天来见我。"说完，黑大叔踱了进去。八哥到此正如奉了圣旨一般，出来之后，立刻叫人去通知黄胖姑，叫黄胖姑转谕贾某人，叫他后天一早前来伺候，一同进去，不得有误。黄胖姑也不敢怠慢，自己不得空，又怕传话的人说不清楚，特地叫人把个贾大少爷找了来，郑重其事的把黑八哥的话传给了他。

贾大少爷自然感激不尽。等到回家，刚跨进门，只见管家拿了一张大名片进来，上面写着："候选知县包信"六个小字。贾大少爷看过，连说："我并不认得此人，他为甚么要来找我？"管家道："家人也问过他。他说他的胞兄是华中堂那里的西席。他晓得老爷不久就有喜信，本已求过中堂，要荐到老爷这里来，是中堂叫他今儿先来的。"贾大少爷道："有信没有？"管家道："家人亦问过他：'既然是中堂荐来的，应得有中堂的荐信。'他说：'没有。'又说：'等你们大人见了面，他自然晓得的。'"贾大少爷道："不要是撞木钟罢！既然是华中堂荐来的，多少一个条子总有，为甚么空着手来见我呢？"既而一想："他说我不久就有甚么喜信，或者果是他们老夫子的兄弟，打着中堂的旗号前来找我，也未可定。我不如请他进来，见机行事。"主意打定，就吩咐得一声"请"。

一霎管家引了那人进来，却是靴帽袍套。贾大少爷先想穿了便衣出去相会，惟恐他果是华中堂荐来的，或者中堂真有甚么吩咐，生怕简慢了他便是简慢中堂，又想："倘然穿了官服去会他，设或他并不是中堂甚么世交故谊，岂不是我自己亵渎自己。而且他是知县，我是观察，毕竟体制所关。"想了一会，于是仍旧穿着便衣，叫家人取过一顶大帽子戴上，然后出来相见。那姓包的见面之后，立刻爬下行礼。贾大少爷虽然一旁还礼，却先爬起来。

等到坐定，动问“台甫、履历”。姓包的自称：“贱号松明。敝省山东，济宁州人。卑职的胞兄号叫松忠，是前科的举人，上年就在老中堂家坐馆[4]。卑职原先也在京城坐馆，去年由五城获盗案内保举了候选知县。往常听见家兄说起，大人不日就要高升，马上得实缺的，所以卑职就托了卑职的胞兄求了中堂，想来伺候大人，求大人的栽培。”

贾大少爷道：“你见过中堂没有？”包松明道：“见是见过几面。”贾大少爷道：“中堂有信没有？”包松明道：“卑职原想求中堂赏封信。昨天见着中堂，中堂说：‘你先去见他，我随后写信送来。’所以卑职今天来的。后来卑职出来的时候，中堂叫带个信给大人。”贾大少爷一听中堂托他带信，不禁又惊又喜，忙问：“中堂有甚么见谕？”包松明道：“中堂说大人上回送的那对烟壶，中堂很喜欢，把自己所有的拿出来比了一比，竟没有比过这一对的。但是中堂的意思，很想照样再弄这们一对才好，该多少钱他老人家都不可惜。”贾大少爷一听中堂赏识他的烟壶，立刻眉开眼笑，晓得包松明与中堂交非泛泛，所以才把这话交代于他。于是同包松明言长言短，又要留他在寓里吃饭。又说：“本来兄弟久慕得很，极想常常请教一切。”又说：“现在兄弟还未得缺，一切简慢，将来外放之后，另外尽情。”又问：“贵寓在那里？宝眷在京不在京？可以搬在兄弟这儿一块住。”包松明巴不得如此，一一答应，连说：“家眷不在这里。”贾大少爷便吩咐管家：“立刻把西厢房王师爷的床移在下首你们门房里，王师爷住的地方另外摆张床，去把包大老爷的行李搬了来。即刻就去，不准躲懒。要是误了包大老爷的差事，你们这些王八蛋一齐替我滚出去！”张罗了半天。包松明起身告别，说：“要先到中堂跟前去复过命，回来就搬过来。”贾大少爷又再三叮咛了几句，方才进来。

他一心只想着包松明说中堂赏识他的烟壶，晓得银子没有白化，不久必有好处，却忘记把“中堂还要照样再弄一对”的话味一味。一团高兴，便想去告诉黄胖姑。忙唤套车，到了前门大栅栏黄胖姑开的钱庄上，会着了胖姑，按照包松明的话述了一遍。黄胖姑听了，只是拿手摸着下巴颏，一言不发。贾大少爷莫明其妙，忙又问道：“包松明说的话很有道理，的确是中堂荐来的，但是怎么连个荐条都没有呢？”黄胖姑微微笑道：“大人先生这些事情岂肯轻容易落笔。你送他烟壶，他都肯同姓包的说，这姓包的来历就不小。你如何发付那姓包的呢？”贾大少爷便把留他住的话说了。黄胖姑道：“很好。倒是姓包的后头那句话，你懂不懂？”贾大少爷茫然。黄胖姑道：“中堂的意思，还要你报効他一对呢！”贾大少爷道：“我报效过了。”黄胖姑道：“我也晓得你报效过了。他说中堂心上还想照样再弄这们一对，他不是点着了你仍旧要你孝敬他？倘若不想到了你，他为甚么要把这话叫姓包的来传给你呢？”贾大少爷听了这话，手摸着脖子一想，不错，踌躇了半天，说道：“银子多也化了，就是再报效一对也有限。但是到那里照样再找这们一对呢？”黄胖姑沉思了一会，道：“你姑且再到刘厚守铺子里瞧瞧看。”贾大少爷一听他话不错，好在相去路不多远，立刻坐了车去找刘厚守。见面寒暄之后，提起要照前样再买一对烟壶。刘厚守故作踌躇道：“我的大爷，前一对还是彼此交情让给你的，叫我那里去照样替你去找呢？现在的几个阔人，除掉这位老中堂，你又要去送谁？”贾大少爷正想告诉他原是华中堂所要，既而一想，怕他借此敲竹杠，话在口头仍旧缩住，慢慢的道：“是我自己见了心爱，所以要照样买这们一对。”刘厚守是何等样人，而且他这店就是华中堂的本钱，他们里头息息相通，岂有不晓得之理。他既不谈，也不追问，歇了一会，说道：“有是还有一对，是兄弟留心了二十几年才弄得这们一对，原想留着自己玩，不卖给人的，如今彼此相好，也说不得了。”贾大少爷一听他还有，不禁高兴之极，连说：“如蒙厚翁割爱，要多少价钱，兄弟送过来就是了。”刘厚守只要他一句话，立刻走到自己常坐的一间屋里，开开抽屉，取了出来，交给贾大少爷。

贾大少爷托在手中一看，谁知竟与前头的一对丝毫无二。看了半天，连说：“奇怪！怎么与前头买的一对一式一样，竟其丝毫没有两样呢？”刘厚守立刻分辨道：“这一对比那对好，怎么是一样？前头一对你是二千两买的，这一对你就是再加两倍我亦不卖给你。”贾大少爷道：“依你要多少？”刘厚守道：“一个不问你多要，一文也不能少我的，你拿八千银子来，我卖给你。”贾大少爷道：“倘然是另外一对，果然比前头的一对好，不要说是八千，连一万我都肯出。现在仍旧是前头的一对，怎么要我八千呢？”刘厚守道：“你一定说他是前头的一对，我也不来同你分辩。你相信就买，不相信，我留着自己玩。”说着，把对烟壶收了进去。

贾大少爷坐着无趣，遂亦辞了出来，仍旧赶到黄胖姑店里。黄胖姑见面就问：“烟壶可有？”贾大少爷道：“有是有一对，同前头的丝毫无二。据我看起来，很疑心就是前头的一对。”黄胖姑不等他说完，忙插嘴道：“既然有此一对，就该买了下来。”贾大少爷道：“价钱不对。”黄胖姑问：“多少价钱？”贾大少爷道：“他问我要八千。”黄胖姑便道：“八千不算多，就是八万你亦要买的。”贾大少爷忙问其故。黄胖姑叹一口气道：“咳！你们只晓得走门子送钱给人家用，连这一点点精微奥妙还不懂得！”贾大少爷听了诧异，一定要请教。黄胖姑便告诉他道：“你既然认得就是前头的一对，人家拿你当傻子，重新拿来卖给与你，你就以傻子自居，买了下来再去孝敬，包你一定得法就是了。”

说到这里，贾大少爷也就恍然大悟，想了一想，说道：“仍旧要我二千也够了，一定要我八千，未免太贵了些。”黄胖姑把头一摇，道：“不算多。他肯说价钱，这事情总好商量。”贾大少爷还要再问。黄胖姑道：“你也不必多问，我们快去买了下来，再配上几样别的古董，仍旧托刘厚守替我们送了进去。老弟，不是愚兄夸口，若非愚兄替你开这一条路，你这路那里去找呢？”说着，两人一块儿坐车，又去找到刘厚守，把来意言明。刘厚守嘻开嘴笑道：“我早晓得润翁去了一定要回来的，如今连别的东西我都替你配好了。”取出看时，乃是一个扳指、一个翎管[5]、一串汉玉件头，总共二千银子，连着烟壶，一共一万。贾大少爷连称“费心。”黄胖姑便说：“银子由我那里划过来。”当下又议定三千两银子的门包，仍托刘厚守一人经手。

诸事就绪，贾大少爷方才回寓，下车进门便问：“包大老爷的行李搬了来没有？”管家回道：“搬了来了。”又问：“床铺好了没有？”管家回道：“王师爷出去了，家人们不好拆他的床，等他回来才好动他的。”贾大少爷便骂：“混账王八蛋！你们吃我的饭，还是吃姓王的饭！”管家们不敢做声。贾大少爷又问：“包大老爷来过没有？”管家们回：“来过一次，又去了。”贾大少爷又骂管家：“不会办事！替我得罪人！姓王的是你们那一门的祖宗，不敢得罪他！”一头说，一头走到师爷住的屋里，亲自动手去掀王师爷的铺盖。管家们也只好帮着下帐子，卷铺盖。贾大少爷直等看着把包老爷的帐子挂好，被褥铺好，方才走去。

列位晓得这位王师爷是个甚么人？他原是浙江杭州秀才，乃是贾臬台做浙江粮道时，书院取过高等的，因此就拜了门，也无非竭力仰攀，以图后来提拔的意思。贾臬台倒也很赏识他，就把他带到河南，一直留住在衙门里。齐巧[6]儿子得了保举进京。贾臬台就把这人交代儿子道：“你把他带了去，有甚么往来信札，请客帖子，可以叫他写写。”因此，他所以才跟了贾大少爷进京，上文说的一位代笔师爷就是他了。只因他的为人过于拘执了些，所以东家不大喜欢。他是杭州人，说起话来，“姐的姐的”全是土音，有点上不得台盘，所以东家更觉犯他的恶，意思想辞他馆，打发他回去，已非止一日了。

这天贾大少爷因他不在家，又急于要巴结包老爷，所以趁空自己动手掀他的铺盖。谁知掀到一半，他刚刚从外头回来，在门帘缝里张了一张，见是如此，这一气非同小可！

要知后事如何，且听下回分解。

［注释］

①过班：因保举或捐纳迁升官阶。

②门生：汉人称亲受业者为弟子，相传受业者为门生，后世则无分别，此处依附名世者也自称门生。

③重听：听觉迟钝，耳聋。

④坐馆：旧时指担任塾师或幕僚。

⑤翎管：清代官吏礼帽上用来固定翎子的管子。

⑥齐巧：恰巧，正好。

第二十七回

假公济私司员设计　因祸得福寒士捐官

却说贾大少爷正在自己动手掀王师爷的铺盖，被王师爷回来从门缝里瞧见了，顿时气愤填膺，怒不可遏。但是他的为人一向是忠信惯的，要发作一时又发作不出。他是杭州人，别处朋友又说不来，每日没有事的时候，一定要到仁钱会馆里走走，同两个同乡亲戚谈谈讲讲，吃两顿饭，借此消闷。这天也正从会馆回寓，一见东家如此待他，晓得此处不能存身，便独自一人踱出了门，在街上转了几个圈子。意思想把行李搬到会馆里住，一来怕失脱馆地，二来又怕同乡耻笑。倘若仍旧缩转来，想起东家的气焰，实在令人难堪，而且叫他与管家同房，尤其逼人太甚：想来想去，一筹莫展。

正在为难的时候，不提防背后有人拿手轻轻的在他肩膀上拍了一下。王师爷陡吃一惊，回头一看，不是别人，正是他同乡同宗王博高。这王博高乃是户部额外主事，没有家眷在京，因此住在会馆之中，王师爷是天天同他见面的。王博高这天傍晚无事，偶到骡马市大街一条胡同里看朋友，不提防遇着王师爷，低头着，一个人在街上乱碰，等到拍了他一下，又见他这般吃惊的样子，便也疑心起来。

王博高是个心直口快的，劈口便问："你有甚么心事，一个人在街上乱碰？"王师爷见他问到这句，不禁两只眼直勾勾的朝他望了半天，一句话也说不出。王博高性子素来躁急，见了这样心上更为诧异，便道："你这样子不要是中了邪罢？快跟我到会馆里去，请个医生替你看看。"王师爷也一声不响。于是王博高雇了一辆站街口的轿车，扶他上车，自己跨沿，一拉拉到仁钱会馆，扶他下车，走到自己房间，开门进去。王师爷一见了床，倒头便睡。王博高去问他，只见他呼嗤呼嗤的哭个不了。王博高顶住问为甚么哭，死也不肯说。再问问，他只怪自己的命运不好。王博高道："你再不说，你快请罢，我这床上不准你困了！"如此一逼，王师爷才一五一十地说了出来，还再三叮嘱王博高，叫他不要做声，怕同乡听见笑话。

王博高不等他说完，早已气得三尸神[1]暴躁，七窍内生烟，连说："这还了得！他有多大的一个官，竟其拿朋友不当朋友，与奴才一样看待！这还了得！眼睛里也太没有人了！我头一个不答应！明天倒要约齐了同乡，叫了他来，同他评评理！"王师爷一见王博高动气，马上伏在床上哀求道："你快别嚷了！总是我嘴快的不好。我告诉了你，你就嚷了出来，无非我的馆地更辞的快些，眼望着要流落在京里。你又不是宽裕的，谁借盘川给我回杭州呢？"王博高道："这种馆地你还要恋着，怕得罪东家，无怪乎被东家看不起！如今这事情既然被我们晓得了，我一定要打一个抱不平。你怕失馆，我们大家凑出钱来送你回杭州。"

王博高一面说，一面叫自己的管家去到贾大人寓处替王老爷把铺盖行李搬了出来，一面又把这话统通告诉了在会馆住的几个同乡。大家都抱不平。一霎时王博高的管家取了行李铺盖回家。王博高问管家："瞧见贾大人没有？"管家回道："小的走到贾大人门上，把话告诉了他门口。他的门口上去回了。贾大人把小的叫了上去，朝着小的说：'这是姓王的自己辞我的，并不是我辞他的。我辞他，我得送他盘川，打发他回去；他辞我，一定另有高就，我也不同他客气了。'”王博高道：“你说甚么呢？”管家道：“小的同他辨甚么，拿着铺盖行李回来就是了。”王博高听了愈加生气，说：“他太瞧不起我们杭州人了！明天上衙门，倒要把这话告诉告诉徐老夫子，叫个人去问问他，看他在京里还站得住站不住！”

列位看官：你道王博高说的徐老夫子是谁？就是上文所说绰号琉璃蛋那位徐大军机。他正是杭州人，现为户部尚书。王博高齐巧是他部里的司官。王博高中进士时，却又是他的副总裁，所以称他为徐老夫子。但是这位徐大人胆子最小，从不肯多管闲事，连着他老太爷的事情他还要推三阻四，不要说是同乡了。然而杭州人总靠他为泰山北斗，有了事不能不告诉他，其实他除掉要钱之外，其余之事是一概不肯管的。

这一夜把王博高气的直截未曾合眼，问了王师爷一夜的话，打了几条主意。到了次日，照例上衙门。齐巧这日尚书徐大人没有到部。王博高从衙门里下来，便一直坐车到徐大军机宅内，告诉门上人说：“有要紧事情面回大人。”徐大军机无奈，只得把他请了进去。问及所以，王博高便把同乡王某人受他东家贾润孙糟蹋的话说了一遍，又道：“贾润孙把王某人铺盖掀到门房里去，明明拿他当奴才看待，直截拿我们杭州人不当人，瞧我们杭州人不起；所以门生气他不过，昨天就叫王某人搬到会馆里住。今儿特地来请老师的示，总得想个法儿惩治惩治姓贾的才好。”

徐大军机听了，半天不言语，拿手拈着胡子，又歇了半天才说道：“说起来呢，同乡的人也多得很，一个个都要我照应，我也照应不来。大凡一个人出来处馆，凡百事情总得忍耐些，做东家的也有做东家的难处。为着一点点事情就闹脾气辞馆不干，等到歇了下来，只怕再要找这么一个馆地亦很不容易呢。”王博高道：“这回倒不是他自己辞的馆，是门生气不过，叫他搬出来住的。”徐大军机道：“老弟，这就是你的不是了。‘是非只为多开口，祸乱都因硬出头。’你难道连这两句俗话还不晓得吗？现在世界最忌的是硬出头。不要说是你，就像愚兄如今当了军机大臣，甚么事情能够逃得过我的手？然而我但凡可以不必问信的事，生来决不操心。如今为了王某人的事情，你要硬出头替他管这个闲账，现在王某人的馆地已经不成功了。京城地面，没有事情的人岂可以长住的吗？倘或王某人因此流落下来，我们何苦丧这阴骘[2]呢。”王博高道：“姓王的一面，门生早已同他说过，由同乡凑几文送他回杭州去。”徐大军机不等说完，连连摇头道：“同乡人在京城的很多，倘若要帮忙，我这儿两俸银不够帮同乡忙的。我头一个不来管这闲账。就是你老弟，每月印结[3]分的好，也不过几十两银子，还没有到那‘博施济众’的时候，我也劝你不必出这种冤钱。至于姓贾的虽然也不是甚么有道理的人，但是我们犯不着为了别人的事同他过不去。老弟，你以我言为何如？”

王博高听了，又添了一肚皮的气，心里想：“他不肯出力，这事岂不弄僵？现在坍在姓贾的手里，心上总不甘愿！”默默的盘算了一回。幸亏晓得徐老夫子有个脾气，除掉银钱二字，其余都不在他心上。贾润孙同华中堂如何往来，如何孝敬，都已打听明白。他所孝敬徐老夫子的数目，实实不及华中堂十分之二，至于黑大叔一面更不能比。现在除非把这事和盘托出，再添上些枝叶，或者可以激怒于他，稍助一臂之力。主意打定，便道：“不瞒老师说，姓贾的非但瞧不起杭州人，而且连老师都不在他眼里。”一句话戳醒了徐大军机，忙问：“他怎样瞧我不起？但是背后的话谁不被人家骂两句，也不能作他的准。”王博高道：“空口无凭的话，门生也不敢朝着老师来说。但是贾润孙这个人实在可恶！他的眼睛里除掉黑总管、华中堂之外，并没有第三个人。他自以为靠着这两个人就保他马上可以放缺，再用不着别人的了。”徐大军机道：“论起来，放缺不放缺，原应得我们军机上作主。如今我们的买卖已经一大半被里头太监们抢了去。这也不必说他了，他离着上头近，说话比我们说得响，所以我们也只好让他三分。至于华中堂，他虽是中堂，但是我进军机的时候，不晓得他还在那里做副都统；就是论起科分来，他也不能越过我去。怎么倒拿我看得不如他呢？”

王博高道：“正是为此，所以门生气不过，要来告诉老师一声。”说着，便把贾大少爷如何走刘厚守门路，一回回买古董拜在华中堂门下，所有的钱都是前门外一爿[4]钱庄的掌柜，名字叫黄胖姑替他过付的。贾润孙的钱不够，又托黄胖姑替他借了十来万，听说就是送黑总管、华中堂两个人的，大约一边总有好几万。徐大军机道：“你这话听谁讲的？可是真的？”王博高道：“怎么不真！门生的意思也同老师一样，黑总管那里倒也不必说他了，但是华中堂同老师两下里同是一样的军机，他偏两样看待，真正岂有此理！”

徐大军机一听此言，愣了半天不响。心上盘算了一回，越想越气，霎时间面色都发了青了。王博高见他生气，便又说道：“姓贾的劣迹听说不少，他在河工上并没有当甚么差使，就得了送部引见的保举，明明是河督照应他的。而且在工上很赚了些钱。来京引见，大老婆、小老婆，带的人可不少。就是到京之后，闹相公，逛窑子，嫖师姑，还同人家吃醋，打相公堂子，实在是个不安分的人。倘若这样人得了实缺，做了监司大员，那一省的吏治真正不可问了？”徐大军机道：“别的我不管他，倒是他究竟孝敬华中堂多少钱，老弟，你务必替我打听一个实数。他送华中堂多少，能少我一个，叫他试试看！”说完送客，王博高自回会馆不题。

这里徐大军机气了一夜未曾合眼。次日一早到了军机处，会见了华中堂，气吁吁的不说别话，兜头便问道：“恭喜你收了一位财主门生了！”华中堂听了诧异，不知所对，一定要请教老前辈说的是那个。徐大军机又微微的冷笑了一声，说道：“河南臬司贾筱芝的儿子，不是他才拜在你的门下吗？”华中堂气愤愤地道：“我们收两个门生算得甚么！我说穿了，我们几个人谁不靠着门生孝敬过日子。各人有本事，谁能管得谁！”徐大军机道：“我不是禁住你不收门生，但是贾筱芝的儿子漂亮虽然漂亮，然而过于滑溜，这种人我就不取！”华中堂道：“天底下那里有真好人！老前辈，你我也不过担待他们些就是了。”徐大军机道：“我见了不好的人，我心上就要生气。我不如你有担待。你做中堂的是‘宰相肚里好撑船’，我生来就是这个脾气不好？”华中堂道：“既然老前辈不喜他，等他来的时候关照他，以后不要叫他上徐大人的门就是了。甚么财主门生不财主门生！门生不财主，岂不要老师一齐喝了‘西北风’吗？”华中堂还要再说，别位军机大人恐怕他俩闹起来，叫上头晓得了不好看，好容易总算极力劝住。徐大军机还说：“你们传个信给姓贾的，叫他候着，再歇一个月，实缺包他到手。”华中堂听了又生气，说道：“放缺不放缺，恩出自上，谁亦作不了谁的主！”正闹着，上头传出话来召见军机，几个人一齐进去，方才把话打住。

但是王博高自己拍胸脯，在王师爷面前做了这们一回好汉，虽然把徐老夫子说恼了，已同华中堂反过脸，然而贾大少爷那里一点没有叫他觉着，心上总不满意。想来想去，总得再去撺掇徐老夫子，或者叫了姓贾的来当面坍他个台；否则亦总得叫他破费两个，大家沾光两个，这事方好过去。想了一回，主意打定。第二天又去拜见徐大军机。只见徐大军机气色还不好看，晓得是昨夜余怒未消。寒暄了两句，王博高又趁空提到贾大少爷的话。徐大军机道：“为了这个人，我昨儿几乎同华老二打起来。”王博高愕然。徐大军机道：“可恨华老二倚老卖老，不晓得果真得了姓贾的多少钱，竟其一力帮他，连个面子都不顾了！”

王博高一听，晓得有机会可乘，便趁势说道：“回老师的话：他孝敬华中堂的钱比大概的都多，所以难怪华中堂。倒是姓贾的这小子，自从走上了黑总管、华中堂两条路，竟其拿别人不放在眼里；非但不把老师放在眼里，而且背后还有糟蹋老师的话。都是他自己

朋友出来说的，现有活口可以对证。”徐大军机听说贾大少爷背后有糟蹋他的话，虽然平时不动心惯了的，至此也不能不动心，便问：“他背后糟蹋我甚么？”王博高道：“他虽骂得出，门生却说不出。”徐大军机道：“这小子他还骂我吗？”王博高道：“真正岂有此理！门生听着也气得一天没有吃饭！”徐大军机道：“他骂我甚么？你说！”王博高又愣了半天。徐大军机又催了两遍，王博高才说道：“说说也气人！他背后说老师是个‘金漆饭桶’。”徐大军机听了不懂，便问：“甚么叫‘饭桶’？王博高道：“一个人只会吃饭，不会做别的，就叫作‘饭桶’。‘金漆饭桶’，大约说徒有其表，面子上好看，其实内骨子一无所有。”

徐大军机至此方动了真气，说道：“怎么他说我没用！我倒要做点手面给他瞧，看我到底是饭桶不是饭桶！真正岂有此理！”说着，那气色更觉不对了，两只手气得冰冷，两撇鼠须一根根都跷了起来，坐在椅子上不声不响。王博高晓得他年高的人，恐怕他气的痰涌上来，厥了过去，忙解劝道：“老师也犯不着同这小子怄气。他算得甚么！老师为国柱石，气坏了倒不是玩的。将来给他个厉害，叫他服个罪就是了。”徐大军机便问：“怎么给他个厉害？说的好容易！光叫他服个罪，我这口气就平了吗！”

此时王博高已想好一条主意，走近徐大军机身前，附耳说了一遍。徐大军机平时虽然装痴做聋，此时忽然聪明了许多。王博高说一句，他应一句。等到王博高说完，他统通记得，一句没有遗漏，便笑嘻嘻地道：“准其照老弟说的话去办。折稿还是就在我这里起，还是老弟带回去起？依我的意思，会馆里人多，带回去恐怕不便，还是在我这里隐瞒些。”王博高因为要在老师跟前献殷勤，忙说：“老师吩咐的极是，门生就在老师这里把底子打好了再出去。”徐大军机忙叫人把他带到自己的一间小书房里，等他把折稿拟定，彼此又斟酌了一番，王博高方才辞别徐大军机，拢了稿底出来，也不回会馆，竟往前门大栅栏黄胖姑钱庄而来。

到门不及投帖，下了车就一直奔了进去。店里伙计见他来的奇怪，就有几个人出来招呼，问他贵姓，找那一个。王博高说：“我姓王，找你们黄掌柜的。”伙计们便让他在客位坐了，进去告诉了黄胖姑。黄胖姑走到门帘缝里一张，是个不认得的人，便叫伙计出去探问车夫，才晓得他是户部王老爷，刚打军机徐大人那里来的。黄胖姑便知道他来历不小，肚里寻思：“或者有甚么买卖上门，也未可知。”连忙亲自出来相陪。一揖之后，归坐奉茶。彼此寒暄了两句，王博高先问道：“有个贾润孙贾观察，阁下可是一向同他相好的？”黄胖姑是何等样人，一听这话，便知话内有因，就不肯说真话，慢慢的回答道：“认虽认得，也是一个朋友介绍的，一向并没有甚么深交；就是小号里他也不常来。”王博高道：“他可托过宝号里经手过事情没有？”黄胖姑不好说没有，只得答道：“经手的事情也有，但是不多，也是朋友转托的。”王博高道：“既然如此，就是了。”说完，便问胖姑：“有空屋子没有？我们谈句天。”胖姑道：“有有有。”便把他拉到顶后头一间屋里去坐。

这间屋本来是间密室，原预备谈秘密事的。两人坐定，王博高就从袖筒管里把折稿拿了出来，说：“有一件东西，是从敝老师徐大军机那里得来的。小弟自从到京以来，也很仰慕大名，无缘相见；所以特地从敝老师那里抽了出来，到宝号里来送个信。敝老师的为人诸公是知道的：凡事但求过得去，决计不为已甚。这折稿原是敝同门周都老爷拟好了来请教敝老师的，老兄看了自然明白。”此时黄胖姑把折稿接在手中，早已仔仔细细看了一遍。原来是位都老爷参贾润孙的，并且带着他自己。折子上先参：

> 贾某总办河工，浮开报销，滥得保举。到京之后，又复花天酒地，任意招摇；并串通市侩[5]黄某，到处钻营，卑鄙无耻。相应请旨将贾某革职，同黄某一并归案讯办，彻底根究，以儆官邪而饬吏治。

各等语。另外还粘了一张单子，是送总管太监某人若干，送某中堂若干，送某军机若干，都是黄胖姑一人经手，不过数目多少不甚相符。

黄胖姑看过之后，他是“老京城”了，这种风浪也经过非止上一次，往往有些穷都借此为由，想敲竹杠，在他眼里实已见过不少。此番王博高前来，明明又是那副圈套。心上虽不介意，但念：“自己代贾润孙经手本是有的，王某人又是从徐大军机那里来的，看来事情瞒不过他。”又念：“凡事总要大化小，小化无。羊毛出在羊身上，等姓贾的再出两个，把这件事平平安安过去，不就结了吗。”想罢，便说道：“此事承博翁费心，晚生感激得很！晚生经手虽有，但是甚么中堂、总管跟前，晚生也够不上同他们拉拢，折子上说的未免言过其实。不过既承博翁关照，事情料可挽回，索性就托博翁照应到底。徐大人跟前，以及博翁跟前，还有周都老爷那里，该应如何之处。晚生心上都有个数。晚生是个做卖买的人，全靠东家照应开这个店，那里有甚么钱。打破鼻子说亮话，还不是等姓贾的过来尽点心。只要晚生出把力，你们老爷还有甚么不明白的。”一席话说得王博高也不觉好笑，连说：“老兄真是个爽快人，闻名不如见面。兄弟以后倒要常常过来请教。”当时黄胖姑订明明日回音。王博高答应。黄胖姑又把折稿择要录了几句下来，就把带参自己的几句话抹去未写。等到写好，王博高带了原稿忙回去。黄胖姑等他去后，便叫人把贾大少爷找了来。先拉他到密室里同他说知详细，又拿折略与他阅过。贾大少爷这几天正因各处安排停当，早晚就要放缺，心中无所事事，终日终夜嫖姑娘，闹相公，正在发昏的时候，不提防有此一个岔子，赛如兜头被人打了一下闷棍一般，一时头晕眼花，半句话回答不出。黄胖姑道：“老弟，这事情幸亏是愚兄禁得起风浪的，若是别人早已吓毛了。”说着，便把托王博高暂时替他按住，将来三处都得尽心。等商量定了，明天给他回去等话，一齐告诉了贾大少爷。贾大少爷道：“怎么个尽心呢？”黄胖姑道：“军机徐大人跟前你是拜过门的，我想你可再孝敬三千，博高费了一番心，至少送他一千道乏，至于周都老爷那里，不过托博高送他两百银子就结了，一共不过五千银子，大事全消。”贾大少爷看看银子存的不多，如今又要去掉五千两，不免肉痛，只因功名大事，无奈只得听从。

到了次日，王博高来讨回音，先说：“敝老师徐大军机跟前已经说明，并不计较。就是周都老爷那里，亦是多少唯命。不过现在打听出这件事是他自己朋友，杭州人姓王的起的。贾某人瞧不起朋友，所以姓王的串出都老爷来参他，倘若参不成，姓王的还要叩阍[6]。目下倒是安排姓王的顶要紧。姓王的空在京里没有事情做，终非了局；亦是敝老师的吩咐，劝贾某人拿出两吊银子，我们大家做中人，算他借给姓王的捐个京官，再由敝老师替他说个差使。等他有了事，便不至于同贾某人为难了。”黄胖姑只得回称：“商量起来看。”王博高随又告辞回去。黄胖姑又去找了贾大少爷来同他商议。贾大少爷一听还要叫他添银子，执定不肯。又是黄胖姑做好做歹，劝他添一千银子。仍旧孝敬徐大军机三千两，不敢少；送王博高的改为五百；送周都老爷及上下门包，一共五百；提出二千，作为帮王师爷捐官之费。一齐打了银票，等第三天王博高来，统通交代清楚。王博高带了贾大少爷又去见了徐大军机一面；另外备了一席酒，替贾大少爷及王师爷解和。

又过了两天，徐大军机又把王博高叫了去，拿几百银子交代他替王师爷捐了一个起码的京官；又给他二百现银子，以为到衙门创衣服一切使用。下余一千多两，徐大军机便同王博高说：“老弟，你费了多少心，姓贾的又送了我三千金，我也不同你客气了。这是王某人捐官剩下来的一千多银子，你拿了去，就算替你道乏罢。”王博高偶然打了一个抱不平，居然连底连面弄到一千几百两银子，心上着实高兴，心想好人是做得过。闲话少题。且说华中堂自与徐大军机冲突之后，彼此意见甚深，便是有心要照应贾大少爷，也不好公然照应。因此，贾大少爷倒反搁了下来。一搁搁了两个多月，连着一点放缺的消息都没有

了。幸亏他这一阵子自以为门路已经走好，里头有黑总管，外头有华中堂，赛如泰山之靠，就是都老爷说他两句闲话，他也不怕。但是胆子越弄越大，闹相公，闯窑子，同了黑八哥一般人终日厮混，比前头玩得更凶。

一玩玩了两个月，看看前头存在黄胖姑那里的银子渐渐化完，只剩得千把两银子，而放缺又遥遥无期。黄胖姑又来同他说："再歇一个月，时筱仁的十万银子就要到期，该应怎么，他好预先打算。"贾大少爷一听，心上不免着急，便同黄胖姑说起放缺一事："如今银子都用了下去了，怎么出了这们许多缺，一个轮不到我？请你找找刘厚守，托他里头替我上点劲才好。"黄胖姑道："这两年记名的道员足足有一千多个。你说你花钱，人家还有比你花钱多的在你头里；总得一个个挨下来，早晚不叫你落空就是了。"贾大少爷到此也无法想，只有在京守候。只是黄胖姑经手的那笔十万两头，看看就要期满。黄胖姑自己不见面，每天必叫伙计前来关照一次，说："日子一天一天的近了，请请贾大人的示，预先筹划筹划。到期之后，贾大人还了小号，小号跟手就要还给时大人的；若是误了期，小号里被时大人追起来，那是关系小号几十年的名声，不是玩的！"贾大少爷被他天天来罗苏，实在讨厌之极，而又奈他何不得。等到满期的头一天，黄胖姑又把他用剩的几百两银子结了一结，打了一张银票，叫伙计送过来；跟手就把往来的折子要了回去，说要涂销。贾大少爷听了，这一气非同小可！急的踱来踱去，走投无路。几天里头，河南老太爷任上，以及相好的亲友那里，都打了电报去筹款。到了这日，只有一个把兄弟寄来五百两银子，也无济于事，其余各处杳无回音。真把他急的要死，恨不得找个地方躲两天才好。

到了第二天，便是该应还钱的那一天了。大清早上，黄胖姑就派了人来拿他看守住了。来看他的人，轮流回店吃饭。但是黄胖姑所派来的人，只在贾大少爷寓处静候，并不多说一句话。到得天黑，贾大少爷叫套车要出门，黄胖姑派来的人怕他要溜，也就雇了一辆车跟在他的车后头；贾大少爷到了朋友家下车进去，黄胖姑派的人也下车在门口守候；贾大少爷出来上车，他也跟着出来上车：真是一步不肯放松。等到晚上十一点钟，黄胖姑又加派两个人来，但亦是跟进跟出，并不多说一句话。贾大少爷见溜不掉，自己赶到黄胖姑铺子里想要同他商量，黄胖姑只是藏着不见面。店里别的伙计见了他也是淡淡的。贾大少爷在那里无趣，仍旧坐车回来，看守他的人也仍旧跟了回来。其时已有头两点钟了。

贾大少爷回家，刚才下车跨进大门，便见黄胖姑同了前头替他做保人的一个同乡，一个世交，一齐进来，见面也不寒暄，只是板着面孔坐着要钱。贾大少爷无法，只好左打一恭，右请一安，求黄胖姑替他担代，展限两个月。黄胖姑执定不允，说："并不是我来逼你老弟，实在我被别人逼不过。你不还我，我要还人；倘若不还，以后我京里就站不住，还想做别的买卖吗。"禁不住贾大少爷一再哀求，两个保人也再三替他说法，黄胖姑连着两个保人都一家埋怨一顿。

看看闹到天快亮了，黄胖姑见他实在无法，便道："两个月太远，小店里耽搁不起。既然你们二位作保，我就再宽他一个月。但是现在利钱很重，至少总得再加二分，共是四分五厘利息。"贾大少爷无奈，只得应允；又立了字据，由中人画了押，交给了黄胖姑。贾大少爷又说："京里无可生法，总得自己往河南去走一遭。"黄胖姑也明晓得他出京方有生路，面子上却不答应。说："你这一走，我的钱问谁要呢？"后来仍由两个保人出主意，请黄胖姑派一个人，两个保人当中一个留京，一个跟他到河南取银子，言明后天就动身。黄胖姑方才答应，相辞回去。

欲知后事如何，且听下回分解。

［注释］

①三尸神：道家称在人体内作祟的神有三个，叫“三尸”。他们每逢庚申日向天帝呈奏人的过恶。

②阴骘：阴德。

③印结：印结是盖有印章的保证文书，此处指出具印结所得的酬金。

④爿：商店、工厂等一家叫一爿。

⑤市侩：指买卖的中间人，也泛指唯利是图的人。

⑥叩阍：吏民因冤屈等直接向朝廷申诉。

第二十八回

待罪天牢有心下石　趋公郎署无意分金

做书的人一支笔不能写两桩事，一张嘴不能说两处话，总得有个先后次序。如今暂把贾大少爷赴河南筹款一事搁下慢表，再把借十万银子与他的那个时筱仁重提一提。

且说时筱仁自从拿十万银子交给黄胖姑生息之后，一个月倒很得几百两银子的利息。他此时因为躲避风头，不敢出面，既不拜客，亦不应酬，倒也用度甚省，每月很可多余几文。黄胖姑同贾大少爷虽然打了三个月的期限，他同黄胖姑却是能够多放一天便多得一天利息。只要黄胖姑不来退还他，他此时没有正用，决计不来讨回的。但是他的为人，原是功名热中的人，自己虽没有到广西同土匪打仗，靠了上代的交情，居然也保举到一个候补知府。这番上京引见，带了十几万银子进来，又想谋干，又想过班。正在兴头的时候，忽被都老爷一连参了几本，说他的那个原保大臣舒军门[1]克扣军饷，纵兵为匪，误剿良民，捏报胜仗以及滥保匪类，浮开报销，……足足参有二十多款。朝廷得奏，龙心大怒，立刻下了一道旨意，叫两广总督按照所参各款，查明复奏，不得徇隐。齐巧碰着这位两广总督年少精明，勇于任事，不怕招怨；竟其丝毫不为隐瞒，一齐和盘托出，奏了上去，上头说他"溺职辜恩""养痈[2]贻患"，立刻降旨将他革职，拿解来京，交与刑部治罪。广西防务另派别人接办。时筱仁因为原参折内有滥保一条，恐干查究；就是查不出，倘若在京闹的声名大了，亦怕都老爷没有事情之时拿他填空，总为不妙。黑八哥一干人也劝他，叫他暂时匿迹销声，等避过风头再作道理，这也是照应他的意思。

有天外边传说舒军门业已押解来京，送交刑部，当由刑部签掣山西司审讯。听说已经问过一堂，收入天牢之内。时筱仁当初保此官时，原是靠着上代交情，自己却未见过那舒军门一面。自从舒军门解交刑部之后，虽然亦有几个受过他的恩惠的人前去看他，同他招呼一切，时筱仁因彼此素昧生平，也乐得装作不知，求免拖累。

单说这位舒军门历年带兵，在广西边界上克扣的军饷，每年足有一百万。无奈他交游极广，应酬又大。京官老爷们每年总得他头二十万银子，大家分润；至于里头的甚么总管太监、军机大臣，以及各项御前有差使的人，至少一年也得结交三四十万；此外还有世交故旧，沾他光的也不少：所以他进款虽多，出款亦足相抵。等到革职交卸，依然是两手空空。由广西押解进京，尚在半路，业已借贷度日。门生故吏当中，有两个天良未泯的，少不得各凭良心，帮助他几个；其在一班势利小人，早已溜之大吉。舒军门是湖南衡州人。他自己历年在广西，家小却一直住在原籍。等到奉着革拿上谕，家眷立刻赶到京城。舒军门家内并无他人，只有一个太太，一个小少爷，年纪不过十二三岁。他外面用钱虽然挥霍，只因一向不大顾家，所以太太手里并不曾有甚积蓄。到京之后，住在店里，已经是当卖度日，坐吃山空。他今乃是失势之人，那里还有人来问信。

一天舒军门押解来京，一直送交刑部，照例审过一堂，立时将他收禁。他做官做久了，岂有不懂得规矩之理？这个刑部天牢并不是空手可以进得的，况他又是阔绰惯的人，更非寻常官犯可比。当他在半路上，早已东拼西凑，凑得三千银子，专为监中打点之用。及至

到监打听，才晓得现在做提牢厅的这位司官老爷是他老把兄、前任山东臬台史达仁之子，本部主事史耀全。这史耀全年年在京充当京官，亦很得这老世叔的接济不少。所以舒军门一打听是他，不禁把心宽了一大半。及至进监不多时候，史耀全便走来看他，口称："老世叔暂时委屈。老世叔平日上头圣眷很好，不过借此堵堵人家的嘴，料想不日就有恩诏，一定还要起用的。至于这里的一切事情，都有小侄招呼，请老世叔尽管宽心罢了。"舒军门听他如此说法，虽然欢喜，但是"阎王好见，小鬼难当"，老世侄虽然不要钱，还有禁卒人等，未必可以通融的，便把凑到的三千银子取出来交与史耀全，托他上下代为招呼。史耀全嘴里虽说不要，却早已伸手接了过来，顺手点了一点，大大小小的银票，一共只有三千银子。数完之后，仍旧交还了舒军门，说道："老世叔的事小侄自可效劳，何必定要这个。况且老世叔在这里头，至多不过三五日，一定就要出去的，尽管放心就是了。"说罢，扬长而去。舒军门听他说话，不觉信以为真。

列位看官，要晓得刑部羁禁官犯的所在，就在狱神堂旁边，另外有几间房子。当下史耀全去后，禁卒便把他领到一个所在，乃是三间敞厅。房子虽然轩敞，却是空空洞洞的，其中一无所有，不但睡觉的床没有，连着一张桌子、一张椅子也没有。舒军门走了进去之后，只好一个人在地下踱来踱去，连个坐处都没处寻。他老人家生平烟瘾最大，从前在大营时候，三四个差官轮流替他打烟还来不及，此时把他一个人丢在这里，不但烟具不来，而且连着铺盖亦不送进。歇了一回，烟瘾上来，直把他难过的了不得。没有进监的时候，早同手下人讲明，应用物件，无不立时送进。那知等了三个时辰，还是杳无音信。此时他老人家的眼泪鼻涕一齐发作，渐渐的支持不住，只好暂在墙根底下权坐一回，后来等到天黑，依然不见手下人进来，便晓其中必有缘故。又拜求禁卒把个史耀全找了来，同他商议。史耀全说："小侄因为老世叔两三天就要出去的，生怕老世叔一时看不开，或者寻个自尽，小侄担当不起，所以就吩咐这屋里不准多放东西。这也是小侄一片苦心，务求老世叔原谅一二！小侄事情多，容明天再来请安罢。"说完，掉头不顾的走了。舒军门情知不妙，然又无计可施，只得罢手。此时烟瘾大发，加以饥火上蒸，更觉愁苦万状。搁下慢表。

且说舒军门由广西押解来京，手下只有一个老伴当[3]，现在也保举了武官两个差官，都是在跟前当差当久了的。军门平时待他们还好，所以他三个不得不跟了军门吃这一趟苦。然而三个当中，只有一个老伴当，名唤孔长胜，一个差官，名唤王得标，这二人还肯掏出一点忠心，替军门谋干。此外还有一个差官，名唤夏武义，因他排行第十，大家都叫他夏十。他为人却与那两个不同：自从军门坏事之后，他一直就想另觅枝栖；因被孔、王两个再三相劝，方才一路同来。到京之后，也不问军门死活，把一应事务统通卸在孔、王二人身上，他却早已访亲觅友，干他自己的去了。孔、王两个奈何他不得，只好听其所为。后文再叙。

且说孔、王两个送舒军门进了刑部监，以为军门身边有三千两银票，大约上下可以敷衍，他两人便把烟具、行李收拾齐整，预备跟着送到里边。岂知走到门前，为禁卒们所阻，口称："提牢史老爷吩咐：军门所犯案情重大，既不容跟随人等进监探视，亦不准将行李、食物私相传递。倘有不遵，一概重办。"舒军门将要进监的时候，晓得自己三千两一定不够，满腹盘算："京官当中受过我接济的人虽然不少，然而京官穷的居多，不可前去开口。至于大员当中虽然也有些用我钱的，但念我此时业已身犯重罪，死活未知，只盼他们顾念前情，肯替我在上头说一两句好话帮扶我叫我不死，便已尽够，那里还有向他们借贷之理。"想来想去，一筹莫展。后来忽然想到顺治门外有个开镖局的涿州卢五。这卢五从前本是马贩子出身。舒军门历年统带营头，营里用马都是他贩卖前去。营盘里的钱比别处赚的容易，他就此兴家立业，手内着实有钱。他为人又爱交朋友，最有义气。使的一手好双刀，因此江湖上又送他一个表号，叫他为“双刀卢五”。卢五从前为了一件甚么案件也曾下过刑部监，后来遇赦得放。他在刑部监时，禁卒人等着实得过他的好处，因此刑部里面没有一个不晓得他的。舒军门既然想着了他，便同孔、王两个说知。

孔、王两个这日见军门进监之后，内外膜不通气，谅系人情未曾托到，一时走投无路，便急急奔到顺治门外去找双刀卢五。谁知奔到那里，卢五已于五天前头因事出京，直把他二人急得要死，恨不得哭出来。镖局里人问起根由，才晓得是舒军门派来的差官。登时镖局里的人异常殷勤，连说：“五爷几天头里就提起军门不日可到，齐巧有事，他老人家回家去了。五爷临走的时候曾经有过话：倘或军门到京，短了一万、八千使费，尽管来取。又叫局里伙计们帮着招呼。”说罢，便吩咐备饭，款待二位。孔、王两个道：“现在不拘你们那一位赶紧帮着到部里替军门招呼招呼就够了！军门从午刻进监，到如今鸦片烟还没送进去，不晓得在里边怎样吃苦哩！”卢五的伙计一听这话，便有一个瘦长条子挺身而出，道：“既然如此，我陪二位一同前去。”说罢，便到后面牵出一匹马。孔、王两个自有牲口。当时三人同时上马，一个辔头[④]到得刑部监。这卢五的伙计名唤耿二，本是卢五结义的朋友。卢五那年犯案下刑部监，一应都是耿二替他跑腿。

当下刑部监里的人一见是他，一齐赶着叫“二爷”。耿二道：“现在舒军门舒大人到这里，诸位有甚么说话，一齐在小弟身上。舒大人虽然带了这多年的营头[⑤]，但他是个清官，诸位得原谅他一二！”一干人道：“二爷一句话，比一万两银子还重！二爷到这里，不用吩咐，我们一齐明白。不过提牢老爷跟前，须得二爷自己去同他言明一声，现在的事情倒不是我们下头为难。”耿二便问：“提牢是那一位老爷？”众人说：“是史耀全史老爷。”耿二说：“不认得。”当下便有一个老禁卒说：“我带你去。我先替你通报，你俩好说话。”耿二应允。老禁卒果然上去同史耀全唧唧哝哝的半天，然后下来招呼耿二。

耿二见了史耀全，叫了一声：“老爷”，又打了一个千。史耀全也把身子呵了一呵。史耀全听了老禁卒先入之言，心上早有了底子。耿二说不满三句，他便笑嘻嘻的说道：“舒大人没有钱，我们是世交，岂有不晓得的。但是我们这些同寅当中，当他是块肥肉；我们又是世交，我倘若拿他少了，人家一定要说我用情在他身上。真正说不出的冤枉！舒大人一进来就交给我三千票子。你想，这们大的一个衙门，加上他老人家的身分，叫我拿他这三千两派给那一个好？幸亏你来了，这事情我们就有了商量了。”耿二道：“三千两不够，小的亦知道。但是舒大人亦是实在没有钱，各位大人跟前，少不得总求老爷替他担代一二。现在小的既求老爷替他周全，断乎不能再叫老爷为难。准定小的回去，明天再凑三千银子送过来。至于下头的这些伙计们，由小的去同他们商量，不敢再要老爷操心。”史耀全听了方才无话。但是三千两头要当天交进来。耿二说：“天已黑了，那里去打票子！就是有现元宝也不能抬了进来，叫人看着算个甚么样子呢！”复由老禁卒从中作保，准他明日一早交进，此事方才过去。

且说舒军门这日在监里足足等到二更多天，方见手下人拿了烟具、铺盖进来，犹如绝处逢生，说不尽他那种苦恼情形。当下急急开灯，先呼了十几口烟，方慢慢的问起情由。差官就把前后情形统通告诉了他。舒军门听到耿二又答应史耀全三千银子，不禁大为诧异道：“他这人还算人吗！他同我拉交情，说明不要我一个大钱！怪道我左等右等总不见你们进来，原来是嫌三千太少！既然嫌少，当时何不与我言明？一定要磨折我，这是甚么道理呢？”差官道：“到了这地方还有甚么道理好讲，不全是他们的世界吗！”舒军门叹了一口气，差官又说：“别的有限，倒是这一罐子鸦片烟可就值了钱了。”军门问：“多少？”差官回：“一应上下，都是卢五的伙计耿二担在身上，也不晓得是多少。但是这罐鸦片烟拿进来，另外是三百两。”舒军门听了吐舌头。自此以后，舒军门的差官便时常进监探望，送东西，一应使费都是卢五局里担付。过了几天，卢五回京，又亲自进监问候。不在话下。

目下再说时筱仁时太守因为舒军门获咎，暂避风头，不敢出面。他生平最是趋炎附势的，如何肯销声匿迹。如今接连把他闷了好几个月，直把他急得要死，心想："我这个人总得想个出头之日方好！"

合当有事：舒军门押解到京，收入刑部，太太闻信，亦来探望。三个差官晓得太太已从原籍到京，大家便搬在一块儿住，以便商量办事。家里的人都晓得军门外面交情很不少。孔、王两个又趁进监探望的时候细问军门，某人有甚么交情，某处有银钱来往，一一问明，以便代为设法。时筱仁到京已久，毕竟有晓得他的踪迹的，就将他的住处、履历，详细通知舒军门一边。军门的儿子小，一切都是孔、王两个架着太太亲自出去向人讨情。这天得知时筱仁在京，又探明这时筱仁的官乃是军门所保；一来彼此本有渊源，二来也晓得这时筱仁手头素裕，当下便由舒太太带着儿子同了孔、王两个赶到时筱仁寓处求他帮忙。时筱仁见面之后，着实拿舒太太安慰，连说："小侄这个官儿还是军门所保，小侄饮水思源，岂有坐视之理？老伯母尽管放心！"舒太太听他此言，以为总有照应，便也不往下说，带了儿子欣然而去。

那知过了两天，杳无消息。不得已写上一信，差人送去，写明暂时借银五千两。谁知时筱仁接信之后，立刻回复一封信来，上说：

> 小侄此番北上，只凑得引见费一千余金。原为亲老家贫，亟谋禄养；讵料军门获咎，人言藉藉，小侄转为所误，避匿至今，不特将引见费全数用完，此外复增亏累不少。若论上代交情，以及小侄知遇，析应勉力图报，聊尽寸心；无如小侄此时实系进退两难，一筹莫展。效力不周之处，伏乞格外海涵，不胜感荷。

云云。舒太太得信，大为失望，不免背后就有不满意于他的话，说他"不是无钱，明明是负义忘恩，坐视不救"。不料舒太太只顾恨骂时筱仁。旁边倒触动了一个人。你道这人是谁？就是跟着舒军门进京的差官，夏十夏武义便是。

这夏十自从跟随军门进京，一路上怨天恨人，没有一些些好声气。军门现是失势之人，也不同他计较。自从军门进了监，他镇日在寓处，除掉吃饭睡觉之外，一无事事，有时还要吃两杯酒，吃醉了借酒骂人。起先孔、王两个还将他好言相劝，后来人家一开口，他的两只眼睛已竖了起来，因此孔、王两个也就相戒不言。舒军门的太太本是个好人，更不消说得了。

这夏十京城之内也很有几个朋友。无奈同他来往的都是混混一流。晓得夏十在外边久了，一定发了大财，那些朋友起初都来想他好处；等到想不着，也就渐渐的疏远了。所以夏十自从到京，转眼已是三个月。除了这里，另外总弄不到一条出路，因此便闷在家，也不出去。这两日无意之中晓得军门太太去找时筱仁，偶然听人说起"时筱仁官居知府，广有钱财"，他便动了"择木"之思[6]。后来舒太太向时筱仁借钱不遂，背后骂时筱仁如何忘恩，如何负义，他一一听在耳中。忽然意有所触，于无事时向孔、王两个把时筱仁的履历、住处一一问明，等到黄昏时候，便借探友为名，一直径到时筱仁寓处，打门求见。

连日时筱仁正为舒军门信息不好，朝廷有严办的意思，他恐怕牵边，终日躲避在家，不敢出外。正在一个人自怨自艾，连说："我有了这许多钱，早知如此，一个实缺道台都可以到手了。只为捐班不及保的体面，所以才走了他的门路。谁知如今反为所害，弄得不敢出头。今天又有人来说：这老头子在广西时节，部下兵勇暗中都与会党私通，所以都老爷才参他纵兵为匪，养痈成患。现在又有廷寄[7]给广西巡抚，说他手下办事的人难保无会党头目混迹在内，叫广西巡抚严密查办，务绝根株。我虽不在他手下办事，然而是他所保，

不免总有人疑心我们都是一党。我今总得想个法儿，洗清身子才好，否则便是一辈子也无出头之日！”

时筱仁正在一个人自思自想，不得主意的时候，忽然管家来回：“舒军门跟来的差官夏某人前来求见。”时筱仁一听“舒军门”三个字，还当又是来借钱的，想要回头不见。管家道：“这姓夏的说过，他虽在军门公馆里当差，此来却非为军门之事。”时筱仁听了这句，不觉得心上一动，便道：“你去领他进来。”霎时夏武义进来，叩头请安。时筱仁摸不着他的底细，急忙弯着腰去扶他。又像还礼又像不还的同他谦逊了一回。时筱仁叫他坐，他不敢坐，口称：“标下理当伺候大人，大人眼前那有标下的坐位。”时筱仁还不晓得他是个甚么来意，又道：“你是军门跟前的人，我也是军门保举的，我们自己一家人，你还同我闹这个吗？”夏十听了，方斜签着身子坐下。当下言来语去，无非一派寒暄之词。两人虽都有心，然而谁摸不着谁的心思，总觉得不便造次。

后来还是时筱仁熬不住，先试探一句道：“这两天军门的信息很不好，你晓得不晓得？”夏十道：“说是亦听见人家说起，但是上头究竟是个甚么意思？依大人看起来，军门到底几时可以出来？”时筱仁道：“放出来的话，如今还说不到哩。能够不要他老人家的命，已经是他的造化。”夏十忙问道：“这话怎讲？”时筱仁便把都老爷又参，以及重派广西巡抚密查的话说了出来。夏十半天不言语。

时筱仁把身子凑前一步，道：“我请教你一桩事情。”夏十一听“请教”二字，不觉肃然起敬，忙说：“大人有话请吩咐。”时筱仁道：“我的官虽是军门所保，但是我并没有在他手下当过差使。像你是跟军门年代久了，军门所办的事究竟如何？都老爷所参的到底冤枉不冤枉？你我是自己人，私下说说不妨事的。”夏十听到此话，觉得意思近了一层，也把身子向前凑了一凑，道：“这话大人不问，标下也不敢说。论理，标下跟了他十几年，受了他老人家十几年好处，这话亦是不该应说的；但是大人是自家人，标下亦断无欺瞒大人之理。”时筱仁道：“我这里你说了不要紧的。”

夏十又叹一口气道：“唉！说起这位军门来，在广西办的事，论起他的罪名来，莫说一个头不够杀，就有十个八个头也不够杀！”时筱仁忙问：“这是怎么说？”夏十道：“国家‘养兵千日，用在一朝’，别的不要讲，这两句话是人所共知的。这位军门自从到广西的那一年，手下就有四十个营头。大人，你想，四十营头，一年要多少饷？你猜实实在在有多少人？”时筱仁道：“六七成总有。吃上三四成，也就不在少处了。”夏十道：“只有倒六折！——这也不必去说他。初到的两年，地方上平静，没有土匪，虽然只有四成人，倒也可以敷衍过去。近来四五年年成不好，遍地土匪，他老人家还是同前头一样。你说怎么办得了呢？标下听得人家说，那老爷折子上还有一句叫作甚么‘纵兵为匪’，标下起先听了还不懂，到后来才明白。说他叫兵为匪，这句话是假的；但是兵匪串通一气，这句话却是实在不冤枉他。”时筱仁道：“照你说来，军门该应着实发财了，怎么如今还要借账呢？”夏十道：“钱虽赚的多，无奈做不了肉。大人，你想，光京城里面，甚么军机处、内阁、六部，还有里头老公们，那一处不要钱孝敬？东手来西手去，也不过替人家帮忙。事到如今，钱也完了，人情也没有了，还不同没有用过钱的一样。平心而论：我们军门倘若不把钱送给人用，那里能够叫你享用到十几年，如今才出你的手呢。”

时筱仁道：“都老爷参他还有些别的事情，可确不确？他手下办事的人，到底有甚么会党没有？”夏十道：“标下前后在大营顿过二十来年，有甚么不晓得的。从前还是打‘长毛’，打‘捻子’的时候，营盘的人叙起来都是同乡；这里头又多半是无家无室的，故尔把同乡都当作亲人一样。因此就立下一个会，无非是有福同享，有难同当的意思。有了事情，大家可以照顾。彼此只当作哥儿兄弟看待，同拜把子的一样，并不论官职大小，亦没有为非作歹的意思。打起仗来，一鼓作气，说声‘上前’，一齐上前，所以从前打‘长毛’，打‘捻子’屡次打赢，就是这个缘故。到后来上头一定要拿他当坏人看待。大人，你想，吃粮当兵的人有几个好的？当他坏人，他就做了坏人了。非但当他坏人，而且还要克扣他，怎么能彀叫他心服呢？至于我们这位军门，他手下的人未必真有这帮人在内；有了这帮人，肯叫他如此克扣吗？广西事情一半亦是官逼民反。正经说起来，三天亦说不完。”时筱仁道：“闲话少讲。我只问都老爷所参的事情，可样样都有？”夏十道：“总而言之一句话：只有些事情都老爷摸不着，所以参的不的当。至所参的乃是带营头的通病，人人都有的。说起来那一位统领不该应拿问，不该应正法？如今独独叫他一个人当了灾去，还算是他晦气呢！”

时筱仁道：“别的不要说，但是像你跟了军门这许多年，吃了多少苦，总望军门烈烈轰轰带你们上去，如今凭空出了这们一个岔子，真是意想不到之事。”夏十道：“军门一面不用去说他了，倒是旁人的气难受。”时筱仁道：“军门现在是失势之人，你还跟了他进京，也算得赤心忠良了，怎么旁边人能够给你气受？”夏十又叹了一口气，随口编了多少假话，说孔、王二差官如何霸持，借着军门的事，如何在外头弄钱；太太又如何糊涂，连着背后骂时筱仁“忘恩负义”的话，统通说了出来。说完了，起来替时筱仁请了一个安，说：“标下情愿变牛变马，过来伺候大人，姓舒的饭一定不要吃了！”

时筱仁听了他一番言语，别的都不在意；但是他说军门还有许多事情连都老爷都不晓得，倒要问问他。“人家说我同他一党，害得我永无出头之日。如今借他做个证见，等我洗清身子也好。”主意打定，便道：“我用你的地方是有，但是你暂且不要搬到我这里来住，以免旁人耳目。你若是缺钱用，我这里不妨每月先送你几两银子使用。等到我的事情停当，咱们一块儿出京，到那时候你的事情都包在我的身上。”夏十见时筱仁应允，而且每月还先送他银子，立刻爬在地下叩头谢赏。那副感激涕零的样子，真是一言难尽。

叩头起来，时筱仁又问了许多话，无非是舒军门在广西时候的劣迹。等到夏十去后，他恐怕忘记，随手又拿纸笔录了出来。写好之后，看了又看，改了又改，整整盘算了一夜。改到一半，忽然搁笔，道：“他现在已是掉在井里的人，我怕他不死，还要放块石头下去，究于良心有亏。”想到这里，意思想要就此歇手。忽然看见桌子上一本《京报》，头一张便是验看之后分发人员的谕旨。前两个就是同自己一块儿进京的，内中还有两个同时进京，目下已经选缺出去了。时筱仁看了这个，不觉心上又为一动。又想到朋友们叫我暂时避避风头的话，“照此下去，我要躲到何年何月方有出头之日！”又一转念道：“‘识时务者为俊杰。’他本来不认得我，虽然他保举我过班，毕竟是老人家的面子。他受过老人家的好处，他保举我，只算是补老人家的情。他与我并无来往，我又何必为他耽误了自己功名。况且他在广西所做的事情，亦实实在在对不住皇上，我现在就是告发他，也不为过。”想到这里，忽又转一念，道：“我去出首，又要证见，又要对质：有了夏十，不愁没有证见；但是我何犯着同他对质呢？”想来想去，总不妥当。

于是又盘算了一回，想要找个朋友谈谈心，想：“这些朋友当中，一向只有黄胖姑、黑八哥两个遇事还算关切。我明天先找他两个商量商量再说。”主意打定，上床安置，未及睡着，天已大亮了。他恐怕误了正事，立刻起身去找黄胖姑。胖姑被他闹起，还当他是来提银子的，心上倒捏了一把汗。及至见面问起来意，时筱仁低低的同他说过，又说：“现在并不求别的，只求我自己洗清身子，好干我的事业去。”

黄胖姑踌躇了一回，道：“你要洗清身子，目下先要得罪两个人。”时筱仁请教那两个。黄胖姑道：“里头一个黑总管，外头一个华老爷。他俩从前着实受过姓舒的孝敬，所以到如今一直还是护庇他。依他俩的意思，本来没有这回事的，都是琉璃蛋架在头里，所以

才把他拿问。”时筱仁也晓得他说的琉璃蛋就是现在的徐大军机了，便问：“他怎么架在头里？”黄胖姑道：“琉璃蛋一定要办，华老爷一定不要办，他俩天天在那里为着这件事抬杠子，有天几乎打起架来。至于黑总管，听说他常常在佛爷前替军门求情，说好话，说甚么‘舒某人有罪，佛爷很可以革掉他的功名，叫他戴罪立功，以观后效。御史们的话，奴才不敢说他是假；然而风闻奏事，一半亦是有影无形。舒某人果然不好，为甚么不在广西造反，倒乖乖地等上头拿问呢？’这都是黑大叔的话，是他侄儿亲口说给我听的。照这样儿，亏你还想出首[8]告他。”时筱仁道：“不是这两天又被都老爷参的很不好听，有廷寄叫广西巡抚查办吗？”黄胖姑道：“你这话听那个讲的？这班穷都同一群疯狗似的，没有事情说了，大家一窝风打死老虎。倘碰着胆子小的，禁不起参，私底下送他们两个，也是乐得。至于廷寄查办，还不是照例文章。他的人已经进了刑部，不好提出来问他，何犯着到广西去查呢？大约又是华老爷敷衍琉璃蛋的。这些话都是人家吓你的，你当了真，又混出主意了。”

时筱仁被黄胖姑一席话说的顿口无言，心想：“到底我走那一条路才好？现在我若是去出首，只好走徐大军机一路。但是听胖姑所讲，里头黑大叔，外面华中堂，都帮着军门这边。何以军门一出了事，八哥反叫我不要出面，避避风头？这是甚么用意呢？”随又把这话详详细细的请教黄胖姑。胖姑听了哈哈一笑，顿时又收住了笑，做出一副正言厉色的样子，说道：“总而言之一句话：凡百事情，都是官小的晦气。你瞧，一省之中，督、抚被参，弄到后来还不是坏掉一两个道、府了事。道府被参，弄到后来还不是坏掉一两个州、县、佐杂了事。舒军门的事情虽比不上这些，你也不是他手下的人，然而他总是你的原保大臣。他正在信息不好的时候，你何苦自己去碰在刀上？不要多，只要被都老爷轻轻的带上一句，你就吃不了。这无非八哥关照你的意思，有甚么别的用意呢。”

时筱仁道：“八哥照应我，总得替我想个出头的路才好。”黄胖姑又哈哈笑了一声，道：“有甚么出头不出头？你连‘财去身安乐’一句话还不晓得吗？”时筱仁道：“我带了银子进京，为的那回事？既然想钱，为甚么不说明，叫我瘪了这两三个月呢？”黄胖姑一句话在口头没有说出，是：“早要你出，你一定不肯多出；必须逼你到这条路上来，然后你方心服情愿的多出！”但是这句话又不便向时筱仁说明。只得支吾其词道：“这不过我想情度理是如此。究竟他们心上想要我多少，他们不说明，我也不会晓得。或者真心照应你，不要你钱也未可定。”时筱仁道：“胖姑，你又要自谦了。这些朋友当中，还有高明过你的？你说的话是决计不会错的。现在我也不东奔西波了，只要你肯照应我，替我出个主意。徐大人既同军门不对，他那里有甚么路，你替我疏通疏通。至于八哥他叔叔，还有华中堂那里，既然都是帮着这一边的，那话自然更容易说了。”

黄胖姑此时心中其实路道早已安排停当。但是一时不肯说出，恐怕时筱仁看着事情容易，回称：“你歇两日再来候信。”至时筱仁此时心上已经明白：“华、黑两个是不妨事的，只要有银子就会说话。惟现在急于打听徐大军机这一条路，只要有人代为介绍，等我认得了这个人，彼时舒军门的事不妨见机而行：能够替他解开无事，也是我阴功积德；倘然不能，我就顺了这边放上一把火，只要徐大军机不来恨我，横竖是没有人晓得的。”主意打定，因见黄胖姑有叫他“歇两天来候信”的话，只得暂时起身相辞，又在寓中闷守了两日。

到第三天早上，又来找黄胖姑。黄胖姑便告诉他说：“人是有一个，这人是徐大军机的嫡亲同乡，而且还是师生，偏偏又是他部里的司官老爷。一天没有事，徐大军机宅子里也得去上两趟。所以徐大军机很欢喜他，有些事情都同他商量，叫他经手。但就本部而论，就有好几个差使，此外还有几处，都是吃粮不管事的。如今徐大军机跟前，除非托他疏通，更没有第二个。”

时筱仁忙问："是谁？"黄胖姑便说出王博高来。又道："这位王公，宦途着实得意得很。新近又被顺天府辛大京兆[9]保荐了人材，召见过一次。他的头又会钻，不晓得怎么，弄的军机处几位都同他合式起来。召见的那一天，佛爷问军机给他点甚么好处。军机拟了三条旨意。佛爷圈了头一条，是'免补主事，以员外郎升用'，目下有缺就是他的了。我们也是新近为着别人家一件事相识起来的。但是他的为人，明送是不肯受的；只好说是你要拜徐大军机的门，一切贽见、门包，总共多少银子，统通拜托了他，托他替你去包办。他外面做的却是方正的了不得；你交给他几千银子，他事情办完之后，一定要开一篇细账，不拘十两、八两，五钱、六钱，多少总要还你点，以明无欺。你不必另外送他，他也尽够的了。我现在把这个人说给你。你果然要办这一手，我们就去办了来。"时筱仁道："银子呢？"黄胖姑道："十万头非预先说明，一时提不出。你要银子用，我替你借，你认利钱就是了。"时筱仁明晓得他无非又要借此敲他的重利，然而事已至此，也只好听其所为。当下只得满口应允，连称"费心感谢"不置，"一切准照老兄吩咐的办理"。

于是胖姑留他吃过中饭，一同出门，找到博高新搬的房子。家人通报，博高出来。彼此见礼之后，尚未归坐，博高忽拉胖姑到一旁，咕咕哝哝了一回。胖姑走过来，对了时筱仁连连拿手拍着胸脯，说道："险呀！险呀！我们还算运气！"时筱仁急问："怎的？"胖姑慢慢的说道："因为你要拜徐大人的门，你那天托我之后，我跟手就来看博翁。博翁替朋友做事，那是天下第一个热心肠的人，他便当天出去替你去回徐大人，徐大人跟前倒替你说好了。谁知今天一早博翁上衙门，看见他同寅傅理堂的侄少爷傅子平，也是本部郎中，两个人闲谈，子平就提起他亲家毕都老爷已经有个折子做好，一连参了十几个人：有的是军门手下办事的，也有得过军门保举的。听说你筱翁的名字也在内。子平同博翁要好，博翁要替你介绍去见徐大人，这话两天头里也同子平谈过，所以子平肚里有了底子。当时见他亲家有此一番举动，便拦住他亲家，叫他不要动手，三日之后复音。子平今日到衙门，会见了博翁，就告诉了博翁。博翁也托他去拦住他的亲家，说：'大家那里不结交一个朋友，有话彼此可以商量。'博翁晓得你今朝要来，所以约子平一准后天给他回音，叫他亲家折子千万不要出去。刚刚博翁同我讲的就是这个话。"

时筱仁听了这个话，一时不得主意，便请黄胖姑及王博高两个替他斟酌办理。当下议定：拜徐大军机的门，贽见连上下包，一共五千银子，统通交给王博高经手；将来共用若干，等事情过后，再由王博高开出账来。傅子平的亲家毕都老爷那里先送三百两。傅子平经手，送五十两。说到这里，王博高便吩咐管家到隔壁把傅老爷请过来。霎时来了，穿的甚是破旧。彼此见面一揖之后，也不及动问姓名，王博高便把他拉到一旁，鬼鬼祟祟了半天，那人便起身告辞。只听得王博高说了声"等会四数统由兄弟交过来"。那人道："舍亲那里有兄弟，请放心就是了。"说罢自去。这里时筱仁见事情已办得千妥万当，便亦起身告辞，同到黄胖姑店里，把借银子的笔据写好。黄胖姑又跟手替他把银票送到王博高宅中。博高接着，就叫人在隔壁把个傅子平找来。

诸公要晓得：隔壁这位傅子平虽然姓傅，何尝是浙江巡抚傅理堂的侄儿！不过说是傅某人的侄儿，人家格外相信些。至于他的官，却实实在在是个郎中。京城里的穷司员比狗还多，候补到胡子白尚不得一差一缺的不计其数，这位傅子平正吃了这个苦处。因他认得王博高，又是新邻居，所以时时刻刻来告帮。齐巧这天有了时筱仁的事情，王博高要假撇清，随借他用了一用，做了一个证见。等到王博高银子到手，只叫人送过来四两。然而在他已经饿了好几天，穷的当卖俱无，虽只区区四金，倒也不无小补，又可以苟延残喘得好几日了。这正是当京官的苦处。

要知后事如何，且听下回分解。

[注释]

①军门：提督的尊称。

②痈：皮肤上长的毒疮。

③伴当：指陪同主人出门的仆人。

④辔头：马笼头。

⑤营头：清代的低级武官。

⑥“择木”之思：鸟兽选择树木栖息，常用以比喻择主而事。

⑦廷寄：当时朝廷给地方高级官吏的谕旨，不由内阁明寄而由军机处密封交兵部捷报处交驿站递寄。

⑧出首：告发别人。

⑨京兆：指京兆尹，即京师的地方长官。

第二十九回

傻道台访艳秦淮河　阔统领宴宾番菜馆

却说时筱仁自从结交了王博高，得拜在徐大军机门下。徐大军机本来是最恨舒军门的，屡次三番请上头拿他正法。无奈上头天恩高厚，不肯轻易加罪大臣，又加以外面华老爷，里面黑大叔，替他一力斡旋，所以但把他羁禁在刑部天牢，从缓发落。徐大军机因扳他不动，心上自不免格外生气。不但深恨舒军门，连着舒军门保举的人亦一块儿不喜欢；只要人提起这人是舒某人保过的，或者是在广西当过差的，他都拿他当坏人看待。此番时筱仁幸亏走了王博高的路。博高是徐大人得意门生，晓得老师脾气，预先进去替时筱仁说了多少话，又道："时某人虽是舒某人所保，但时某人着实漂亮，有能耐，而且并没有在广西当过差使。"徐大军机一听是舒某人所保，任你说的如何天花乱坠，心上已有三分不愿意。后来又亏得王博高把时筱仁的贽见呈了进来，徐大军机一看，数目却比别的门生不同，因此方转嗔为喜，解释前嫌，不向他再追究前事了。黄胖姑又趁这个挡口劝时筱仁在华、黑二位面前大大的送了两分礼，一处见了一面。从此这时筱仁赛如拨云雾而见青天，在京城里面着实有点声光，不像从前的销声匿迹了。

时筱仁又托黄胖姑替他捐过了班。他生平志向很不小，意思想弄一个人拿他保荐使才，充当一任出使大臣，以为后来升官地步。主意打定，先去请教老师徐大军机。无奈琉璃蛋生平为人，到处总是净光的滑，不肯担一点干系，而且又极其守旧。听了他话，连连摇头，道："不妥，不妥！做出使大臣要到外洋，到外洋就要坐火轮船，火轮船在海里走，几天几夜不靠岸，设或闹点事情出来，那时候上天无路，入地无门，我老师救不了你。我不能救你还是小事，你家里还有妻儿老小，将来设或问我要起人来，我拿甚么还他呢？我看你还是先去到省，等到历练几年，弄个送部引见，保举放任实缺做做，倒是顶稳当的一条路。老弟，你万万不可错打主意，那时悔之无及！"时筱仁道："门生本来已经指省江苏。此番到省，总求老师格外栽培，赏两封信，不要说是署缺，就是得个差使，也可以贴补贴补旅费。"徐大军机无奈，只得应允。

正是光阴似箭，日月如梭。时筱仁又在京城里面鬼混了半个多月，等把各式事情料理清楚，然后坐了火车出京。他老先生到了天津，又去禀见直隶制台[1]。这位制台是在旗，很讲究玩耍的。因为他是别省的官，而且又有世谊，便不同他客气。等他见过出去之后，当天就叫差官拿片子到他栈房里去谢步[2]，并且约他次日吃饭。他本想第二天趁了招商局安平轮船往上海去的，因此只得耽搁下来。

到了第二天，席面上同座的有两个京官：一个是主考，请假期满；一个是都老爷，丁艰起服，都由原籍进京过天津的。还有两个：一个客官，是才放出来的镇台，刚从北京下来；一个也是江南记名道，前去到省的。连时筱仁宾主共六个人。未曾入座，制台已替那位记名道通过姓名，时筱仁于是晓得他叫余小观。一时酒要三巡，菜上六道。制台便脱略形迹，问起北京情形。在制台的意思不过问问北京现在热闹不热闹，有甚么新鲜事情。时筱仁尚未开口，不料余小观错会了宗旨，又吃了两杯酒，忘其所以，竟畅谈起国事来，连

连说道："不瞒大帅说，现在的时势，实在是江河日下了！"制台听了诧异，愣住不响，听他往底下讲。他又说道："不要说别的，外头一位华中堂，里头一位黑总管，这他两个人无钱不要，只要有钱就是好人。有这两个人，国事还可以问吗！"这位制台从前能够实授这个缺，以及做了几多年一直太平无事，全亏华、黑二人之力居多，现在听见佘小观骂他，心上老大不高兴。停了一会，慢慢的问道："老兄在京里可曾见过他二位？"佘小观趁着酒兴，正说得得意，听了这问，不禁叹一口气道："'在他檐下走，怎敢不低头！'大帅连这句俗语还不知道吗？上头纵容他们，他们才敢如此，还有甚么说的！"制台是旗人，另有一副忠君爱国的心肠，一见佘小观说出这犯上的话来，连连拿话打断他的话头，怕他再说出些不中听的来，被旁人灌在耳朵里，传了进去，连自己都落不是的。

一霎时酒阑人散。时筱仁回到客栈，晓得这佘小观是自己同省同寅，而且直隶制台请他吃饭，谅来根基不浅，便想同他结识，一路同行，以便到省有得照应。谁料见面问起，佘小观还要在天津盘桓几日，恋着侯家后一个相好，名字叫花小红的，不肯就走。时筱仁却因放给黄胖姑的十万头在京城里只取得一半，连过班连拜门早已用得干干净净，下余五万，胖姑给他一张汇票，叫他到南京去取。他所以急于到省，不及候佘小观了。

单说佘小观佘道台在天津一连盘桓了几日。直隶制台那里虽然早已禀辞，却只是恋着相好，不肯就走。他今天请客，明天打牌，竟其把窑子当作了公馆。后来耽搁的时候太长久了。朋友们都来相劝，说："小翁既然欢喜小红，何妨就娶了他做个姨太太呢？"那知这佘道台的正太太非凡之凶，那里能容他纳妾，佘道台也只是有怀莫遂，抱恨终天而已。又过了两日，挨不过了，方与花小红挥泪而别。花小红又亲自送到塘沽上火轮船，做出一副难分难舍的样子，害的佘道台格外难过。

等到轮船开出了口，就碰着了大风，霎时颠播起来，坐立不稳。在船的人，十成之中倒有九成是呕吐的。佘道台脾虚胃弱，撑持不住，早躺下了，睡又睡不着，吃又吃不进。幸亏有花小红送的水果拿来润口。好容易熬了三天三夜，进了吴淞口，风浪渐息，他老人家挣扎起来。又停了一会，船拢码头，住了长发栈。当天歇息了一夜，没有出门。次日坐车拜了一天客。当天就有人请他吃馆子，吃大菜，吃花酒，听戏。他一概辞谢。后来被朋友亲自来拖了出去。到了席面上，叫他带局，他又不肯，面子上说"恐怕不便"，其实心上恋着天津的相好，说："他待我如此之厚，我不便辜负他！"所以进住不叫别人。

过了两天，就坐了江裕轮船一直往南京而去。第三天大早，轮船到了下关，预先有朋友替他写信招呼，晓得他是本省的观察，下船之后，就有一爿甚么局派来四名亲兵，替他搬运行李。他是湖南人，因为未带家眷，暂时先借会馆住下，随后再寻公馆。一连几天，上衙门拜客，接着同寅接风，请吃饭，整整忙了一个月方才停当。

列位看官：要晓得江南地方虽经当年"洪逆"[3]蹂躏，幸喜克复已久，六朝金粉，不减昔日繁华。又因江南地大物博，差使很多，大非别省可比。加以从前克复金陵立功的人，尽有在这里置立房产，购买田地，以作久远之计。目下老成虽已凋谢，而一班勋旧子弟，承祖父余荫，文不能拈笔，武不能拉弓，娇生惯养，无事可为，幸遇朝廷捐例大开，上代有得元宝，只要抬了出去上兑，除掉督、抚、藩、臬例不能捐，所以一个个都捐到道台为止。倘若舍不得出钱捐，好在他们亲戚故旧各省都有，一个保举总得好几百人，只要附个名字在内，官小不要，起码亦是一位观察。至于襁褓孩提，预先捐个官放在那里，等候将来长大去做，却也不计其数。此外还有因为同乡、亲戚做总督奏调来的；亦在羡慕江南好地方，差使多，指省来的：有此数层，所以这江南道台竟愈聚愈众。

闲话少叙。却说佘小观佘道台，他父亲却也是个有名的人，曾经做过一任提督。他自己中过一个举人，本来是个候选知府，老太爷过世，朝廷眷念功勋，就赏了他个道台，已经是“特旨道”。毕竟他是孝廉出身，比众不同，平时看了几本新书，胸中老大有点学问，欢喜谈论谈论时务。有些胸无墨汁的督、抚，见他如此，便以天人相待。就有一省督、抚保举人材，把他的名字附了进去，送部引见，又交军机处记名。若论他的资格，早可以放实缺了，无奈他老人家虽是官居提督，死下来却没有甚么钱。无钱花费，如何便能得缺。齐巧此时做两江总督的这一位是他同乡，同他父亲也有交情，便叫他指分江南，到省候补。

他自从到省之后，同寅当中不多几日已经很结识得几个人：不是世谊，便是乡谊，就是一无瓜葛的人，到了此时，一经拉拢，彼此亦就要好起来。所谓“臭味相投”，正是这个道理。却说他结识的几个候补道：一个姓余，号荩臣，云南人氏；现当牙厘局总办。一个姓孙，号国英，是直隶人；现充学堂总办。这两个都是甲班出身。一个姓藩，号金士，是安徽人，现当洋务局会办。一个姓唐，号六轩，是个汉军旗人，现充保甲局会办。还有旗人叫乌额拉布，差使顶多，上头亦顶红。这五个人，连着佘小观，一共六位候补道，是常常在一起的。六个人每日下午，或从局里，或从衙门里，办完公事下来，一定要会在一处。

江南此时麻雀牌盛行，各位大人闲空无事，总借此为消遣之计。有了六个人，不论谁来凑上两个，便成两局。他们的麻雀，除掉上衙门办公事，是整日整夜打的。六人之中算余荩臣公馆顶大，又有家眷，饮食一切，无一不便，因此大众都在这余公馆会齐的时候顶多。他们打起麻雀来，至少五百块一底起码。后来他们打麻雀④的名声出了，连着上头制台都知道。有天要传见唐六轩，制台便说：“你们要找唐某人，不必到他自己公馆里去，只要到余荩臣那里，包你一找就到。”制台年纪大了，有些事情不能烦心，生平最相信的是“养气修道”，每日总得打坐三点钟，这三点钟里头，无论谁来是不见的。空了下来，签押房后面有一间黑房，供着吕洞宾，设着乩坛，遇有疑难的事，他就要扶鸾⑤。等到坛上判断下来，他一定要依着仙人所指示的去办。倘若没有要紧事情，他一天也要到坛好几次，与仙人谈诗为乐。一年三百六十日，日日如此，倒也乐此不疲。所以朝廷虽以三省地方叫他总制，他竟其行所无事，如同卧治⑥的一般。所属的官员们见他如此，也乐得逍遥自在。横竖照例公事不错，余下工夫，不是要钱便是玩女人，乐得自便私图，能够顾顾大局的有几个呢？

佘小观又有三件脾气是一世改不掉的。头一件打麻雀。自到江南，结识了余荩臣，投其所好，自然没有一天肯不打。而且他赌品甚高，输得越多心越定，脸上神色丝毫不动。又欢喜做“清一色”。所以同赌的人更拿他当财神看待。第二件讲时务。起先讲的不过是如何变法，如何改良。大人先生见他说话之间总带着些维新习气，就不免有点讨厌他。他自己已经为人所厌尚不晓得，而又没有钱内外打点，自然人家更不喜欢他了。他这个道台虽然是特旨，是记名，在京里一等等了两年多没有得缺，心上一气，于是又变为满腹牢骚，平时同人谈天，不是骂军机，就是骂督、抚。大众听了，都说他是“痰迷心窍”。因此格外不合时宜。第三件是嫖婆娘。他为人最深于情，只要同这个姑娘要好了，连自己的心都肯掏出来给人家。在京的时候，北班子里有个叫金桂的，他俩弄上了，银子用了二千多，自己没有钱，又拉了一千多银子亏空。一个要嫁，一个要娶，赛如从盘古到如今，世界上一男一女，没有好过他俩的。谁知后来金桂又结识了一个阔人，银子又多，脸蛋儿又好，又有势力。佘道台抵他不过，于是赌气不去，并且发下重誓，说：“从今以后，再不来上当了！”在京又守了好几个月，分发出京，碰着一位老世伯帮了他一千银子。到了天津，手里有了钱，心思就活动了。人家请他吃花酒，又相与个花小红，几乎把银子用完。被朋友催不过，方才硬硬心肠同小红分手的。路过上海，因为感念小红的情义，所以没有去嫖。到了南京之后，住了两个月，寄过两件织现成花头的缎子送给小红作衣服穿。后来同寅当

中亦很有人请他在秦淮河船上吃过几台花酒，他只是进着不肯带局。后来时候久了，同秦淮河钓鱼巷的女人渐渐熟了，不免就把思念小红的心肠淡了下来。

一天余荩臣请他在六八子家吃酒。台面上唐六轩带了一个局，余小观见面之后，不禁陡吃一惊。原来这唐六轩唐观察为人极其和蔼可亲，见了人总是笑嘻嘻的，说起话来，一张嘴比蜜糖还甜，真正叫人听了又喜又爱。因此南京官场中就送他一个表号，叫他“糖葫芦”。这糖葫芦到省之后，一直就相与了三和堂一个姑娘，名字叫王小四子的。这王小四子原籍扬州人氏，瘦括括的一张脸，两条弯溜溜的细眉毛，一个直鼻梁，一张小嘴，高高的人材，小小的一双脚。近来南京打扮已渐渐的仿照苏州款式，梳的是圆头，前面亦有一寸多长的前刘海。此时初秋天气，身上穿一件大袖子三尺八寸长的浅蓝竹布衫，拖拖拉拉，底下已遮过膝盖，紧与裤脚管上沿条相连，亦瞧不出穿的裤子是甚么颜色了。余道台因见他面貌很像天津的花小红，所以心上欻地一动。

当下王小四子走到台面上，往糖葫芦身后一坐。糖葫芦只顾低着头吃菜，未曾晓得。对面坐的是孙国英孙观察，绰号叫孙大胡子的，见了王小四子，拿手指指糖葫芦，又拿手摆了两摆。王小四子误会了意，齐巧这两天糖葫芦又没有去，王小四子便打情骂俏起来，伸手把糖葫芦小辫一拖，把个糖葫芦的脑袋掀到自己怀里，举起粉嫩的手打他的嘴巴。此时糖葫芦嘴里正衔着一块荷叶卷子，一片烧鸭，嘴唇皮上油晃晃的，回头一看，见是相好来拖他，亦就撒娇撒痴，趁势把脑袋困在王小四子怀里，任凭打骂。只听得王小四子说道：“你这两天死到那里去了？我那里一趟不来！叫你打的东西怎么样了？到底还有没有？”糖葫芦嘻皮涎脸的答道：“我不到你那里去，我到我相好的家里去！”他说的是玩话，谁知王小四子倒认以为真，立刻眉毛一竖，面孔一板，说道：“我早晓得我仰攀你大人不上！那个姑娘不比我长的俊！你要同别人‘结线头’[7]，你又何必再来带我呢！”一头说话，那副神形就要掉下泪来，慌忙又拿手帕子去擦。糖葫芦只是仰着脸朝着他笑。王小四子瞧着格外生气，抡起拳头，照准了头，又是两下子。打的他不由的喊“阿唷”。孙大胡子哈哈大笑道：“打不得了！再打两下子，糖葫芦就要变成‘扁山楂’了！”王小四子听了这话，忽然噗嗤的一笑，又赶紧合拢了嘴，做出一副怒容。余道台见了这副神气，更觉得同花小红一式一样，毫无二致。因为他是糖葫芦带的人，不便问他芳名、住处，只得暗底下拉孙大胡子一把，想要问他。孙大胡子又只顾同糖葫芦、王小四子说话，没有听见，余道台只得罢休。

此时王小四子、糖葫芦正扭在一处。孙大胡子见王小四子认了真，恐怕闹出笑话来，连忙劝王小四子放手：“不要打了，凡百事情有我。你要怎么罚他，告诉了我，我替你作主。你倘若把他的脸打肿了，怎么叫他明天上衙门呢？这岂不是你害了他么？”王小四子道：“我现在不问他别的，他许我的金镯子，有头两个月了，问问还没有打好。我晓得的，一定送给别个相好了！”糖葫芦道：“真正冤枉！我为着南京的样子不好，特地写信到上海托朋友替我打一付。前个月有信来，说是打的八两三钱七分重。后首等等不来，我又写信去问，还没有接到回信。昨儿来了一个上海朋友，说起这付镯子，那个朋友已经自己留下送给相好了，现在替我重打，包管一礼拜准定寄来。如果没有，加倍罚我！”王小四子道：“孙大人，请你做个证见。一礼拜没有，加倍罚他！前头打的是八两三钱七分重，加一倍，要十六两七钱四了。”

孙大胡子正要回言，不提防他的胡子又长又多，他的相好双喜坐在旁边无事，嫌他胡子不好看，却替他把左边的一半分为三绺，辫成功一条辫子。孙大胡子的胡子是一向被相好玩惯的，起初并不在意，后来因为要站起来去拉糖葫芦，不料被双喜拉住不放，低头一看，才晓得变成一条辫子。把他气的开不出口。歇了一回，说道：“真正你们这些人会淘气！没有东西玩了，玩我的胡子！”双喜道：“一团毛围在嘴上，像个刺猬似的，真正难看，所以替你辫起来，让你清爽清爽，还不好？”孙大胡子道：“你嫌我不好看！你不晓得我这个大胡子是上过东洋新闻纸，天下闻名的，没有人嫌我不好。你嫌我不好，真正岂有此理！”

说着，有人来招呼王小四子、双喜到刘河厅去出局，于是二人匆匆告假而去。佘莜臣便问：“刘河厅是谁请客？”人回：“羊统领羊大人请客，请的是湖北来的章统领章大人。因为章统领初到南京，没有相好，所以今天羊大人请他在刘河厅吃饭，把钓鱼巷所有的姑娘都叫了去看。”其时潘金士潘观察亦在座，听了接口道：“不错，章豹臣刚刚从武昌来，听说老帅要在两江安置他一个事情。羊紫辰恐怕占了他的位子，所以竭力的拉拢他，同他拜把子。听说还托人做媒，要拿他第二位小姐许给章豹臣的大少君。明天请章豹臣在金林春吃番菜。今儿兄弟出门出的晚，齐巧他的知单送了来，诸位都是陪客，单是没有佘小翁。想是小翁初到省，彼此还没有会过？”佘小观答应了一声“是”。其实他此时一心只恋着王小四子一个人，默默的暗想：“怎么他同花小红赛如一块印板印出来的？可惜此人已为唐六轩所带，不然，我倒要叫叫他哩。现在且不要管他，等到散过席，拉着六轩去打茶围再讲。”

说话之间，席面上的局已经来齐，又喊先生来唱过曲子。渐渐的把菜上完，大家吃过稀饭。佘小观便把前意通知了唐六轩。这几天糖葫芦也因为公私交迫，没有到王小四子家续旧，以致台面上受了他一番埋怨，心中正抱不安，现在又趁着酒兴，一听佘小观之言，立刻应允。等到抹过了脸，除主人佘莜臣还要小坐不去外，其余的各位大人，一齐相辞。走出大门，只见一并排摆着十几顶轿子，绿呢、蓝呢都有。亲兵们一齐穿着号褂，手里拿着官衔洋纱灯，还夹着些火把，点的通明透亮，好不威武！其间孙大胡子因为太太阃令森严，不敢迟归，首先上轿，由亲兵们簇拥而去。此外也有两个先回家的，也有两个自去看相好的。只有佘小观无家无室，又无相知，便跟了糖葫芦去到王小四子家打茶围。一进了三和堂，几个男班子一齐认得唐大人的，统通站起来招呼，领到王小四子屋里。

其时王小四子出局未归，等了一回，姑娘回来了，跨进房门见了糖葫芦，一屁股就坐在他的怀里，又着实拿他打骂了一顿，一直等到糖葫芦讨了饶方才住手。王小四子因为他好几天没有来，把他脱下的长衫、马褂一齐藏起，以示不准他走的意思。又敲他明日七月初七是“乞巧日”[8]，一定要他吃酒。糖葫芦也答应了，又面约佘小观明夜八点钟到这里来吃酒。

佘小观自从走进了房，一直呆呆地坐着，不言不语。王小四子自从进门问过了“贵姓”，敬过瓜子，转身便同糖葫芦瞎吵着玩，亦没有理会他。后来听见自鸣钟当当的敲了两声。糖葫芦急摸出表来一看，说声“不早了，明天还有公事，我们去罢。”王小四子把眉毛一竖，眼睛一斜，道：“不准走！”糖葫芦只得嘻皮笑脸的仍旧坐下。说话间，佘小观却早把长衫、马褂穿好。王小四子一直没理他，坐着没趣，所以要走。今忽见他挽留，不觉信以为真，连忙又从身上把马褂脱了，重新坐下。这一坐又坐了一个钟头，害得糖葫芦同王小四子两个人只好陪他坐着，不得安睡。起先彼此还谈些闲话，到得后来，糖葫芦、王小四子恨他不迭，那个还高兴理他。佘小观坐着无趣，于是又要穿马褂先走。偏偏有个不懂事的老婆子，见他要走，连忙拦住，说道：“天已快亮了，只怕轿夫已经回去了，大人何不坐一回，等到天亮了再走？”佘小观起身朝窗户外头一看，说了声“果然不早了”。糖葫芦、王小四子二人只是不理他。老婆子只是挽留，气得糖葫芦、王小四子暗底下骂：“老东西，真正可恶！”因为当着佘小观的面，又不便拿他怎样。

歇了一歇，糖葫芦在烟榻上装做困着。王小四子故意说道：“烟铺上睡着冷，不要着

了凉！”于是硬把他拉起来，扶到大床上睡下。糖葫芦装作不知，任他摆布。等到扶上大床，王小四子便亦没有下来。佘小观一人觉得乏味，而又瞌铳上来，便在糖葫芦所躺的地方睡下了。毕竟夜深人倦，不多时便已鼻息如雷。直先挽留他的那个老婆子还说：“现在已经交秋，寒气是受不得的；受了寒气，秋天要打疟疾的。”一头说，一头想去找条毯子给他盖。谁知王小四子在大床上还没有睡着，骂老婆子道：“他病他的，管你甚么事！他又不是你那一门子的亲人，要你顾恋他做甚么！”老婆子捱了一顿骂，便蹑手蹑脚的出去，自去睡觉了。

却说屋里三个人一直睡到第二天七点钟。头一个佘小观先醒，睁眼一看，看见太阳已经晒在身上，不能再睡，便一骨碌爬起，披好马褂，竟独自拔关而去。此时男女班子亦有几个起来的，留他洗脸吃点心，一概摇头，只见他匆匆出门，唤了辆东洋车，一直回公馆去了。这里糖葫芦不久亦即起身。因为现在这位制台大人相信修道，近来又添了功课，每日清晨定要在吕祖面前跪了一枝香方才出来会客，所以各位司、道以及所属官员挨到九点钟上院，还不算晚。当下糖葫芦轿班、跟人到来，也不及回公馆，就在三和堂换了衣帽，一直坐了轿子上院。走到官厅上，会见了各位司、道大人。昨儿同席的几个统通到齐，佘小观也早来了。

此时还穿着纱袍褂，是不戴领子的。有几个同寅望着他好笑。大家奇怪。及至问及所以，那位同寅便把糖葫芦的汗衫领子一提，却原来袍子衬衣里面穿的乃是一件粉红汗衫，也不知是几时同相好换错的。大家俱哈哈一笑。糖葫芦不以为奇，反觉得意。

正闹着，齐巧余荩臣出去解手，走进来松去扣带，提起衣裳，两只手重行在那里扎裤腰带。孙大胡子眼尖，忙问：“余荩翁，你腰里是条甚么带子？怎么花花绿绿的？”大众又赶上前去一看，谁知竟是一条女人家结的汗巾，大约亦是同相好换错的。余荩臣自己瞧着亦觉好笑。等把裤子扎好，巡捕已经出来招呼。几个有差使的红道台跟了藩司，盐、粮二道一齐上去禀见，照例谈了几句公事。

制台发话道：“兄弟昨儿晚上很蒙老祖奖盛，说兄弟居官清正，修道诚心，已把兄弟收在弟子之列。老祖的意思还要托兄弟替他再找两位仙童，以便朝晚在坛伺候。有一位是在下关开杂货铺的，这人很孝顺父母，老祖晓得他的名字，就在坛上批了下来，吩咐兄弟立刻去把这人唤到；兄弟今天五更头就叫戈什按照老祖所指示的方向，居然一找拢着。如今已在坛前，蒙老祖封他为‘净水仙童’。甚么叫作净水仙童呢？只因老祖跟前一向有两个童子是不离左右的，一个手捧花瓶，一个手拿拂帚。拿花瓶的，瓶内满贮清水，设遇天干不雨，只要老祖把瓶里的水滴上一滴，这江南一省就统通有了雨了。佛经上说的‘杨枝一滴，洒遍大千’，正是这个道理。”制台说到这里，有一位候补道插嘴道：“这个职道晓得的，是观音大士的故典。”制台道：“你别管他是观音是吕祖，成仙成佛都是一样。佛爷、仙爷修成了都在天上，他俩的道行看来是差不多的。但是现在捧花瓶的一位有了，还差一位拿拂帚的。这位仙童倒很不好找呢！”说到这里，举眼把各位司、道大人周围一个个的看过来，看到孙大胡子，便道：“孙大哥，兄弟看你这一嘴好胡子，飘飘有神仙之概，又合了古人‘童颜鹤发’的一句话，我看你倒着实有点根基。等我到老祖面前保举你一下子，等他封你为‘拂尘仙童’，也不用候补了。我们天天在一块儿跟着老祖学道，学成了一同升天。你道可好？”

孙大胡子是天天打麻雀，嫖姑娘，玩惯了的，而且公馆里太太又凶，不能一天不回去，如何能当这苦差！听了制台的吩咐，想了一会，吞吞吐吐的回道：“实不瞒大帅说：职道虽然上了年纪，但是根基浅薄，尘根未断，恐怕不能胜任这个差使，还求大帅另简贤能罢。”制台听了，似有不悦之意，也愣了一会，说道：“你有了这们一把胡子，还说尘根未断，你叫我委那一个呢？”说罢，甚觉踌躇。再仔细观看别位候补道，不是烟气冲天，就是色欲过度，又实实在在无人可委。只得端茶送客。走出大堂，孙大胡子把头上的汗一摸，道：“险呀！今天若是答应了他，还能够去扰羊紫辰的金林春吗！”说罢，各自上轿，也不及回公馆脱衣服，径奔金林春而来。其时主人羊紫辰同特客章豹臣，还有几位陪客，一齐在那里了。

羊紫辰本来说是这天晚上请吃番菜的。因为这天是“乞巧日”，南京钓鱼巷规矩，到了这一天，个个姑娘屋里都得有酒，有了酒，才算有面子。章豹臣昨天晚上在刘河厅选中了一个姑娘，是韩起发家的，名字叫小金红，当夜就到他家去“结线头”。章统领是阔人，少了拿不出手。羊统领替他代付了一百二十块洋钱。第二天统领吩咐预备一桌满、汉酒席，又叫了戴老四的洋派船：一来应酬相好，二来谢媒人，三来请朋友。戴老四的船已经有人预先定去，因为章统领一定指名要，羊统领只得叫他回复前途。戴老四不愿意。羊统领发脾气，要叫县里封他的船，还要送他到县里办他。戴老四无奈允了。

是日各位候补道大人，凡是与钓鱼巷姑娘有相好的，一齐都有台面，就是羊统领自己也要应酬相好，所以特地把金林春一局改早，以便腾出工夫好做别事。当下主客到齐，一共也有十来位。主人叫细崽让各位大人点菜。合席只有孙大胡子吃量顶好，一点点了十二三样。席间各人又把自己的相好叫了来。这天不比往日，凡有来的局，大约只坐一坐就告假走了。羊统领见章豹臣的新相知小金红也要走，便朝着他努努嘴，叫他再多坐一会儿。小金红果然末了一个去的。章豹臣非凡得意，大众都朝他恭喜。

说话间，各人点的菜都已上齐。问问孙大胡子，才吃得一小半，还有六七样没有来。于是叫细崽去催菜，细崽答应着去了。席面上，乌额拉布乌道台晓得这爿番菜馆是羊统领的大老板，孙大胡子及余荩臣一干人亦都有股分在内，便说笑话道：“国翁，你少吃些：多吃了羊大人要心疼的。”羊统领道：“你让他吃罢，横竖是‘蜻蜓吃尾巴’，多吃了他自己也有分的。”章豹臣道：“原来这爿番菜馆就是诸位的主人，生意是一定发财的了？”羊紫辰道：“也不过玩玩罢了，那里就能够靠着这个发财呢。”

正说着，窗户外头河下一只“七板子”，坐着一位小姑娘，听见里面热闹，便把船紧靠栏杆，用手把着栏杆朝里一望，一见羊大人坐了主位在那里请客，便提高嗓子叫了一声“干爷”。羊紫辰亦逼紧喉咙答应了一声“嗳”。大家一齐笑起来。章豹臣道：“我倒不晓得羊大人有这们一位好令爱，早晓得你有这们一位好令爱，我情愿做你的女婿了。”糖葫芦也接口道：“不但章大人愿意，就是我们谁不愿意做羊大人女婿呢。”羊紫辰道：“我的女儿有了你们这些好女婿，真要把我乐死了！”说着，那个小姑娘已经在他身旁坐下了。大家又鬼混了一阵。孙大胡子点的菜亦已吃完。只因今日应酬多，大家不敢耽误。差官们进来请示：“还是坐轿去坐船去？”其时戴老四的船已经撑到金林春窗外，章豹臣便让众位大人上船。正闹着，章豹臣新结的线头小金红亦回来了。当天章豹臣在席面上又赏识了一个姑娘，名字叫作大乔。这大乔见章豹臣挥霍甚豪，晓得他一定是个阔老，便用尽心机，拿他十二分巴结。章豹臣亦非常之喜。小金红坐在一旁，瞧着甚不高兴。这一席酒定价是五十块，加开销三十块；戴老四的船价一天是十块，章豹臣还要另外赏犒：一齐有一百多块。章豹臣的席面散后，接着孙大胡子、余荩臣、糖葫芦、羊紫辰、乌额拉布统通有酒。虽说一处处都是草草了事，然从两点钟吃起，吃了六七台，等到吃完，已是半夜里三点钟了。孙大胡子怕太太，仍旧头一个回去。

章豹臣赏识了大乔，吃到三点钟，便假装吃醉，说了声“失陪”，一直到大乔家去了，这夜大乔异常之忙，等到第二天大天白亮才回来。章豹臣会着，自然异常恩爱，问长问短。大乔就把自己的身世统通告诉了他。到底做统领的人，银钱来的容易，第二天就托羊紫辰

同鸨儿说："章大人要替大乔赎身。"鸨儿听得人说，也晓得章大人的来历非同小可，况且又是羊统领的吩咐，敢道得一个"不"字！当天定议，共总一千块钱。章豹臣自己挖腰包付给了他。大乔自然分外感激章大人不尽。

又混了两天，章豹臣奉到上头公事，派他到别处出差，约摸一时不得回来。动身的头一天，叫差官拿着洋钱一家家去开销。他叫的局本来多，连他自己还记不清楚。差官一家家去问。谁知问到东，东家说："章大人的局包，羊大人已经开销了。"问到西，西家说："章大人的账，羊大人已经代惠了。"后来接连问了几处，都是如此，连小金红"结线头"的钱亦是羊大人的东道。差官无奈，只得回家据情禀知章豹臣。章豹臣道："别的钱他替我付，我可以不同他客气，怎么好叫他替我出嫖账呢？这个钱都要他出，岂不是我玩了他家的人吗？"说罢，哈哈大笑。后来章豹臣要拿这钱算还羊紫辰。羊紫辰执定不肯收，说道："这几个钱算甚么，连这一点点还不赏脸，便是瞧不起兄弟了。"章豹臣听他如此说法，只得罢手。只因这一闹，直闹得南京城里声名洋溢，没有一个不晓得的。

要知后事如何，且听下回分解。

[注释]

①制台：清称总督为制军，尊称为制宪，别称为制台。"台"与"宪"一样，是对高级官长的称呼。

②谢步：亲友前来拜访或庆吊，事后赴其家回拜表示感谢。

③"洪逆"：洪秀全领导的太平天国。此为蔑称。

④打麻雀：打麻将。

⑤扶鸾：扶乩。一种迷信活动，一般是在架子上吊一根棍，两个人扶着架子，棍子就在沙盘上画出字句来作为神的指示。

⑥卧治：指政事清简。汉汲黯为东海太守，"多病，卧闺阁内不出，岁余，东海大治"，后召为淮阳太守，不受。武帝曰："吾徒得君之重，卧而治之。"

⑦结线头：也称攀相好，指狎客和妓女发生肉体关系。

⑧乞巧日：乞巧节。七夕乞巧，起源于汉代，这一习俗在民间在经久不衰，代代延续。

第三十回

认娘舅当场露马脚　饰娇女背地结鸳盟

话说羊紫辰羊统领本是别省的一位实缺镇台，只因他本缺十分清苦，便走了门路，由两江总督出奏，奏留他在南京统带防营。这便是上头有心调剂他。自从接事之后，因见地方平静，所有的兵丁大半是吃粮不管事。他的前任已经有两成缺额，到他接手便借裁汰老弱为名，又一去去了两三成。却是旧的虽去，新的却没有补进一个。歇上三年，制台阅操一次，有的是临时招人，有的还是前后接应。怎么叫作“前后接应”呢？譬如一营之中本是五百个人，他倒吃了三百名的额子，实实在在只有二百个人。等到制台阅操的时候，前头一排点过名，赶紧退了下来。改换衣服军械，跟着后头的人再上去应名。如此一排排的上来下去，轮流倒换，不要说是一营五百人他吃三百个，就是再吃多些，有此妙法，也容易弥补。况且制台年纪大了，又要修道养心，大半是派营务处上的道台替他校阅。这般营务处上的人，那一个不是羊统领的朋友，天天吃花酒，嫖婊子，同在一处玩惯了的？等到派了这个差使下来，并不要羊统领前去嘱托，他们早已彼此心照，马马糊糊，把制台敷衍过去就算了事。统领如此，营官自然亦是如此。调换营官更是统领一件生财之道，倘然出了一个缺，一定预先就有人钻门路，送银子。不是走姨太太的门路，就是走天天同统领在一块儿玩的人的门路，甚至于统领的相好，甚么私门子，钓鱼巷的婊子，这种门路亦都有人走。统领是非钱不行，替他经手过付的人所赚的钱亦都不在少处。

闲话休题。且说归羊统领管辖的甚么护军正营、护军副营、新兵营、常备军、续备军，一共有好几个名目。每一营之中，有营官，有哨官。营官都是记名提、镇；哨官则自副、参、游以下以至千、把、外委都有在内。

其时有一个在江阴带炮划子的哨官，据他自己说是一个副将衔的游击，就是人家谈起来，说他的官亦并不是假的。他在江阴炮船上当了两年零三个月的差使，因为克扣兵饷，被上头查了出来，拿他的差使撤去，他就跑到南京来另觅生路。

却说这人姓冒，名字叫得官，本来是在江北泰兴县跟官当长随的。后来攒聚了几十吊钱。有天为着做错了一件事，被主人将他骂了一顿，正在闷极无聊的时候，便到烟馆里吃烟。合该他官星透露。其时正值江南裁撤营头，所有前头打“长毛”得过保举的人一齐歇了下来，谋生无路。很有些提、镇、副、参，个个弄到穷极不堪，便拿了饬知、奖札沿门兜卖。这时候只要有人出上百十吊钱，便可得个一二品的功名，亦要算得不值钱了。这日冒得官走到烟馆里面，值堂的是认得他的，连忙让出一张烟铺，请冒大爷这边来坐。冒得官有事在心，闷闷不乐，便没精打采的躺了下去。值堂的又赶过来替他烧烟。抽不上三四口，忽然烟榻前来了一个彪形大汉，虽然是面目黧黑，形容枯槁，却显出一副雄赳赳、气昂昂的神情。冒得官亦不理他。值堂的见了，倒摆出满脸的悻悻之色，朝他哼儿哈儿的赶他走开。只听得那人叹一口气道：“你不要朝着我这个样儿！我也不是甚么好欺负的！你认得我是谁？你们江南若是没有我们，你们那里来的这种好日子过呢！不过是我运气不好，以至落拓到这步田地。如果要讲起身分来，不要说是你一个做跑堂的算得甚么，就是泰兴县县大老爷，比比顶子，要比我差着好几级呢！”值堂的见他出言无状，便把眉毛一竖，眼皮一掀，一骨碌爬起，想要动手赶他走开。谁知那个大汉哈哈大笑。值堂的非但推他不动，反被大汉摔了一个筋斗。值堂的气的了不得，愤愤的要出去叫地保。大汉冷笑道：“我正苦没有饭吃，这个样儿又见不得官。你今送我前去，好好好，我就跟了你去。见了你们大老爷，只要他肯把我收留下来，等我吃两天饱饭，省得在外头挨饿，我就感激不尽了！”值堂的见他如此，更是火上添油。

这些话冒得官都听得明明白白，心上甚是诧异，暗想：“此人必定有点来历。”又看他的样子，决不是等闲之辈。便叫值堂的：“不要同他多讲，等我问他。”一面说，一面把烟枪一丢，坐了起来，慢慢的问他：“你贵姓？听你口音不像本地人氏，怎么会到得此地来的？”那大汉见冒得官说话讲理，便亦改换了一副神情，先叹了一口气道：“一言难尽！”冒得官又让他在烟榻前一张杌子上坐了。谁知这大汉后头还跟着一个人。冒得官问是谁，那大汉回称是他外甥。冒得官并不在意。那大汉坐定之后，自己说了姓名：“是湖南人氏。从前打‘长毛’，身当前敌，克复城池；后来叙功，历保至花翎副将衔，尽先候补游击。”当时保虽保了，等到平定之后，那里有这些缺安置他们。记名提、镇能够借补个游击、都司，已经是十不获一；何况是内无支援，外无帮助，一旦裁撤归农，无家可归，焉有不流落之理。“在营盘的时候，大注钱财也曾在手里经过；无奈彼时心高气傲，挥金如土，直把钱财看得不当东西。就是出营之后，身边也还带得几文，有的是坐吃山空，有的是同人合股做个小买卖，到得后来亦总是关门。即以在下而论，正坐着这个毛病。一身之外，除掉两件破旧衣裳，还有几张破纸头，便是当年所得的奖札、饬知了。这种破纸头，饥不可为食，寒不可为衣，直正穷到极处！可惜这个东西没得人要，如有人要，我情愿得几文钱就卖了他。”冒得官听到这里，不觉心上一动，便问：“你这东西带在身边没有？”那大汉道：“我孑然一身，无家无室，又无行李，除掉带在身边，更把他放在何处。”冒得官道：“你拿出来我瞧瞧。”那大汉正在解衣取出之时，值堂的走过来说道：“大爷，你别上他的当。他天天拿着这个到这里骗人。”大汉见值堂的打散他的买卖，抡起拳头便要打值堂的，被冒得官吆喝了值堂的两句，彼此方才罢休。

冒得官是在衙门里顿过的，认得奖札、饬知，知道不是假。此时忽动了做官之念，便问他要几多钱。那大汉起初不肯说，后来冒得官顶住问他，才说得一百五十块。禁不住冒得官再四磋磨，说明三十块钱。当天先付三块钱定洋，先拿他一个奖札，下余的约明次日两点钟仍到这爿烟馆里交割。大汉拿到洋钱，欢欣鼓舞的而去。值堂的又要问他拿扣头，大汉不肯，值堂的一定要，彼此争论起来。又幸亏冒得官呼喝了两声，方才住手。大汉已去，冒得官亦即回衙。到了次日，冒得官带了二十七块钱仍到烟馆里来交割。等得饬知、奖札统通拿到了手，冒得官揣回家中，在灯下取出观看，见饬知上的名字乃是“毛长胜”三个字，虽然名字不同，幸喜姓的声音还是一样。

过了一天，这冒得官便上去到主人跟前告假，另外走了门路，一心想去投效提标[1]。其时提台[2]驻扎江阴。既有门路，自然收留，不上两个月，便委了他炮船管带。从此这冒得官便真正做了“冒得官”了。在江阴炮船上当了三年多的管带。船上不比岸上，来往的人少，一直没有人看出他的破绽。

有日提台传令看操。许多炮划子正在操演的时候，人家当管带的一齐站在船头上指挥兵丁们，不想他老人家在舱板上滑了一脚，一滑就滑到水里去。一众兵丁慌了手脚。亏得有两个会泅水的，脱去衣服，好容易把他捞了上来。提台在长龙船上瞧着，吩咐戈什坐了小划子过去问信，问他还有气没有。其时兵丁们已把他救起，拖过三条板凳，把他背朝上，脸朝下，悬空着伏在板凳上，好等他把嘴里喝进去的水淌出来，淌了半天，水也少了，肚

子也瘪了，然后拿他抬到舱里去睡，又灌了两碗姜汤，才慢慢的回醒过来。戈什回去禀复提台，提台道：“阿弥陀佛！我心上一块石头才放下。他这个差使是某人保荐的，倘若他死了，我怎么对得住朋友呢。”

到了第二天，冒得官请了三天假，一直到第四天才上去叩谢提台，口称：“沐恩[3]自不小心，走滑了脚，倒叫老帅操心，沐恩实在感激得很！沐恩家里还有八十岁的老娘，孩子年纪小，都不会挣饭吃。沐恩跌下去的时候，自己也还明白，肚皮里想道：‘我这下子可完了！’如今总算托赖着老帅的洪福没有死，还能够来伺候老帅。所以沐恩当时就许下愿，拜三天龙王忏，超度超度水里的这些冤魂。老帅请放心，以后就没有事了。”提台道：“你跌下去的时候，我替你捏着一把汗。倘若被水淹死了，虽然是你命该如此，总要算是没于王事，我已经打算替你打咨文给制台，奏明上头，请个恤典，将来你的儿子倒可无庸多虑。现在你既未曾死，这些话也不必题他了。”冒得官又重新下了半跪，叩谢老帅的恩典。

提台又道：“你跌下去的地方，水有多们深？想来一定是浅的，所以你没有送命。”冒得官道：“回老帅的话，现在水陆营头一齐改了洋操，最讲究的是测量之学。沐恩测虽不会测，要说单是量还办得来。即以沐恩自己而论，那天跌下去的地方，大约那里的水只有五尺多深。何以见得？沐恩常常听见老一辈子的人讲：‘大凡跳河自尽的人，一定是站在水里的。’那天沐恩的嘴里水都灌得进，一定这水已经没过头顶。到了第二天，沐恩又拿起靴子来一看，果然满靴的泥，可见是已经到底。沐恩穿的是三尺八寸的袍子，上头再加脑袋、顶帽，下头再加靴子，统算起来，这水不过五尺多深。”提台道：“就不会六七尺吗？你在水里那里量得这们清楚？”冒得官凑前一步，道：“大帅明鉴：沐恩手下的那些兵丁，五尺深的水他们还敢下去，所以还救得沐恩上来；若是再深些，他们就不敢跳了。这是沐恩亲身试验的，不敢撒一字谎。大帅不信，不妨派个人去查查看，也可以显显沐恩量的到底准不准。”提台道：“你量过就是了，亦不用查得的。”说完了话，冒得官退了下来。

又过了两个月，上头调他们到别处去拿盐枭。有天晚上，满船上的人都睡着了，反被盐枭跳上了他的船，把船上的帐篷、军器拿了一个干净。他从睡梦中惊醒，提着裤子出来探望。有个盐枭照着他的脸放了一声空枪，直把他吓的跪在船板上磕头如捣蒜，口称“大王饶命”。后来盐枭跑了，他便闹到县里去，怪地方官缉捕不力，又开了一篇假账，说共总被强盗打劫去许多东西，一定要知县认赔。

知县说道：“清平世界，那里来的强盗？兄弟到任之后，严加整顿，窃案尚且没有，怎么会有盗案呢？”当被冒得官顶住不走，知县不得已，答应替他查办，方才走的。过了两天，又来催讨。其时知县已派人查过，晓得是盐枭所为，见了冒得官，便分辨说是盐枭，不是强盗。冒得官道：“说强盗打劫也好，说盐枭打劫也好，横竖总在你贵境里出的抢案。”知县发急道：“这倒不可以胡乱说说的。强盗是强盗，盐枭是盐枭。强盗打劫了人家，自然是地方官之事；至于盐枭，一定是怀恨你们前来报仇的。如说不是报仇而来，何以不抢岸上的居民，专抢你们河里的炮船呢？况且你们炮船上又有兵勇，又有军器，你老哥为一船之主，又是有本事的人，怎么不去打退他们，倒反吃了他们的亏？此乃决无之事，兄弟一定不能相信。”冒得官道：“如果是白天呢，兄弟一定同他打一仗，无奈是半夜里，一齐睡着了，所以上了他的算。”知县道：“等你睡着了他才动手，这明明是偷，怎么好说是抢呢？地方上出了窃案，亦是兄弟的事。来啊！”跟班的答应了一声“着”。知县道：“冒大人船上失窃东西，限捕快三天替我破案，拿不到人打断他的狗腿！”跟班的答应下去。冒得官至此方无话说，只好告退。

过了两日，心还不死，又催逼知县。知县恨极了，上去求了本府。齐巧这时候新换了一个提台，本府同他有点渊源，便按照知县的话写信告诉了提台。提台新到任，正要借他立个下马威，便道："他自己被贼偷了，还说是强盗打劫，要知县赔他东西，岂非是无赖！就说是强盗打劫，派他出去，原是要他拿强盗，如今倒反被强盗打劫了去，他管的甚么事情？这种东西要他何用！"一角公事，便撤了他的差使，另派了别人接管。他被撤之后，无颜再到江阴，所以才到南京来的。

他在炮船上的时候，亦很赚得几个钱；一到南京，便钻头觅缝的寻觅事情。就有人对他说："现在只有羊紫辰羊统领上头的面子顶好，手下的营头又多，只要走上他的门路，弄个营官当当，那是很容易的事。然而走统领的路，还不如走他姨太太的路：统领事情多，怕有忘记；走了姨太太的路，姨太太朝晚在一旁替你加死力的催差使，又好又快，比走统领的路要好得几倍呢！"冒得官问道："姨太太在里头，我们又见不着，怎么会巴结得上呢？"那人道："你又呆了。要做这种事情，总得下水磨工夫。头一个离不掉门房、门口拿权的，或是戈什、差官之类，你总得先把他弄好。以后有了机会，或者是姨太太做生日了，或者是姨太太想吃甚么，想穿甚么，你巴结好了门口，他们就通信给你，等你去办了来。头两次你不好自己居功，要算是替他们门上的人代办的。等他们自己人先得了好处，以后你再求他们提拔提拔你。人心是肉做的，受了你的好处，总得替你说两句好话补报补报你。到这时候，一句话总抵得十句。只要姨太太跟前有他们一帮人替你说话，统领跟前又有姨太太替你说话，这事情岂有不成之理。但是你要先笼络他门口的人，不但底下要笼络，就是上房的老妈子、丫头亦得弄好。这是甚么缘故呢？戈什、差官到上房是有数的，不能一天到晚守着姨太太，伺候姨太太；老妈子、丫头却是一天到晚守好了姨太太，一步不离的。姨太太又相信他们的话，所以他们说的话更比别人说得灵。"冒得官听了，心上寻思："原来求差使有这许多经络。"连忙谢了又谢。又问："统领跟前总得见一面才好？"那人道："统领见不见倒不在乎此。见了统领，没有差使亦是枉然。只要到过一次，上过一回手本，做个引子，以后便好常常同他门口来往，相机行事。"冒得官连称"领教"，牢记在心。后来如法炮制，先从门口结识起；又送了多少东西，天天路来厮混。后来跑的时候久了，羊统领共有八个姨太太，他又打听得那一个最得宠。遇见这一位姨太太有甚么差使派了下来，他便赶着替门口上这班人去做。有时候垫了钱亦不要他们还。他办的差事，又讨好，又快当，又省钱，所以门口上这班人都同他要好的了不得。后来大家交情深了，他便把谋差的意思说了。众人俱各应允，得便就替他竭力上头去求。齐巧这日姨太太要裱糊一间房子，自己想中了一种有颜色花头的洋纸，派了多少差官去买，总办不来。就有人说给冒得官。冒得官便化了三天工夫，把个南京城里的大小洋货店，城外下关的洋行，统通跑遍，居然照样办到。差官拿进去给姨太太看了，正对意思，连夜就叫裱糊匠把房子糊好，搬了进去。不料这差官正是姨太太的大红人，姨太太一见之后，就着实拿他夸奖，说他有能耐，会办事。此番这差官有心要替冒得官说好话，便说："这纸是一个来营投效的冒某人弄得来的。南京城里城外，足足跑了三天，才弄得来孝敬姨太太的。"姨太太道："我倒不晓得是他背地里替我出力。他是个甚么功名？"差官道："他是个副将衔的游击，在江阴带过炮船。如今没有事，所以来到这里，想要求统领赏派个差使，跑了好几个月，还没有见着呢。"姨太太道："要差使，你为甚么不来跟我说？你去关照他，叫他明天来见统领，包他见面之后就有差使。"差官出去，把话传给了冒得官。冒得官自然感激。当夜姨太太告诉了统领。有了内线，还有甚么不灵的，而且他这条内线更与别人不同。

到了第二天，冒得官又来上手本。自然羊统领立刻见他，而且问长问短，着实关切，

当面许他派他差使。冒得官退了下来，一等等了三天没有动静。那个差官又去同姨太太说了。姨太太想卖弄自己的手段，便把统领请了来，撒娇撒痴把统领的胡子拉住不放，一定要统领立刻答应派冒得官一个好差使方肯放手，统领答应三天还不算，一定等统领应允当天下委札，方才放手。统领一手拿出小木梳来梳胡子，已经有好两根弄断掉了下来了。只因这位姨太太又是一向纵容惯的，因爱生惧，非但拉掉胡子不敢做声，并且立刻出来替他对付差使。无可奈何，硬把护军右营的一个管带，说他“营务废弛”，登时撤掉差使，就委冒得官接管。札子写好了，用过关防，标过朱，羊统领又拿进去给姨太太瞧过了，然后交到门口。不用等到派人去送，冒得官早在外头伺候好了。立刻上来叩谢统领。统领照例敷衍了两句面子上的话，无非是“修明纪律，勤加训练”的话头。冒得官一迭连声的答应“者者”，下来又托人带他上去叩谢姨太太，姨太太却没有见。次日又办了几分重礼，把羊统领公馆里的人，上上下下，择要打点了一番。然后择了吉日去到差。接差的头一天，照例要点卯。忽然内中有个哨官，带着水晶顶子，上来应名。冒得官看了他一眼，甚是面善，那哨官亦不住的抬头看冒得官：四目相注，彼此分明打了一个照面。当时冒得官想他不起，亦就撩开。不料这哨官却记好了他，等到事完之后，使独自一个拿了手本跑到冒得官下处求见。冒得官一看手本，知是本营的人，心里寻思道：“我今天头一天接差，他有甚么事情来找我？”先回报不见，后来这哨官一定要见，只得吩咐叫他进来。

那哨官进来之后，见了营官，自然先要行还他的官礼。冒得官因为初接差，见了他格外谦和，问他有甚么事情。毕竟当武官的心粗气浮，也不管跟前有人没人，开口便说：“大人，你怎么连标下都不认得了？你老的这个官，不是某年某月在某处烟馆里，俺娘舅拿你三十块钱卖给你的吗？你这个官，有人说起要值好几千银子哩。标下就是他的外甥。那天不是同在烟馆里，你还问俺娘舅，问我是谁，我娘舅说：‘他叫朱得贵，是我外甥。’怎样你老忘记了？真正是贵人多忘事了！”

冒得官一见他守着众人揭破他的底细，心上这一气非同小可！立刻把脸一沉，道：“混账！胡说！我的官是张宫保保的，怎么说是你舅舅卖给我的！你是谁？你舅舅又是谁？你不要认错了人，在此胡说！快些回去！好端端的说出这种话来，岂非是无赖！再要这样的胡说，你却不要怪我翻脸是不认人的！”朱得贵还强辨道：“我何曾记错！你老左边耳朵后头有一块红记，我记得明明白白，不信你们大家来看，怎么说我胡说？我现在也不想你别的好处。但是我的娘舅上个月里得了病死了，棺材虽然有了，还寄在庙里，没有找到地方去埋他。只要你老松松手，随便拿出几个钱来，弄块地殡葬了他，你也对得住死的，我也对得住死的。以后我在这里当差，你老看我娘舅面上，能够另眼拿我看待，那是你的恩典，就是我死的娘舅在阴间里亦是感激你的。”冒得官听了，又气又恨，而又无可奈何他，只得连连冷笑，对旁边人说道：“你们听听，他这话越发胡说了！他这人想是有点痰气病，你们快些拉他出去，叫他去歇歇。”左右的人便想拖他出去。朱得贵越发怒道：“我说的是真话。我那里来的病！你老爱帮钱就帮，不爱帮钱就不帮！天在头上，各人凭良心说话。要说你的官不是我娘舅卖给你的，割掉我的头我也不能附和你的！”冒得官见他如此的说法，不禁恼羞变怒，喝令左右：“替我赶他出去！”又说：“这个样子，明明是个疯子！明日一定撤他的差使，换派别人！”朱得贵至此亦不相让，嘴里一面嚷着回骂，一面已被众人连推带拉的拉出来了。冒得官还是恨恨不已，心上想要立刻撤掉他的差使，赶他出去，既而一想：“就此撤他的事，他一定心上不服，徒然闹出些口舌是非，反于声名有碍，不如隐忍不发，朝晚找他一个错，办他一个永远不得翻身！”主意打定，使作没事人一般。

冒得官在江阴时，本有两个太太，分两下里住，一个是结发夫妻，生得一儿一女，小姐年十七岁，少爷才十一岁。那一个听说还是人家的一个“二婚头”，不知怎样，冒得官

同他相与上的。冒得官到南京谋事，只带得这个二婚头同来，那个正太太同着儿女仍在江阴居住，冒得官好容易走了羊统领姨太太的门路，得了差使，便亦不忘夫妻之情，派个差官带了盘川，把他娘儿接了上来。轮船上下，甚是简便，不消三四天便已接到。另外赁的公馆，齐巧正对着羊统领公馆的后门，为的是早晚到统领公馆里请安便当之故。

闲话休题。且说大营的规矩，每逢初一、十五，营官一定要升帐约齐了手下大小将官，团团坐定，谈论一回闲话，彼此一哄而散：其名谓之“讲公事”。从前所讲的无非是些用兵之道，杀敌之方，同戏台上“取帅印”陈叔宝教导尉迟恭的话大致仿佛。到得后来，当营官的有几个懂得韬略，也不过是个具文罢了。

这天刚正初一，冒得官率领大小将官升帐坐定，才谈得一句“今天天气很好”。众人尚未接谈，不料那个朱得贵在众人中忽然挺身而出，朝着冒得官恭恭敬敬叫了一声“娘舅”，遂称：“外甥在这里替娘舅请安。”冒得官不提防他有此一来，直气得目瞪口呆，面色发紫，紫里转青，很不好看。朱得贵又在人丛中拉出一个头戴暗蓝顶子的人，拿手指指他，说道：“他是娘舅的把兄弟。娘舅是老把哥，他是老把弟。你俩叙叙旧。”众人举目看时，只见老把弟已经胡须雪白，老把兄不过三十多岁，这其间明明显出不对，只是顾着他营官面子，不好说破。

无奈冒得官的无明火早已按捺不住，也不管当着众人，拼命向前，扭住朱得贵拳脚交下，朱得贵亦不相让。登时两人就扭成一团。冒得官骂他：“好个撒野东西！眼睛里没有上司！你这东西，我打都打得！”叫人：“替我拿军棍来！”朱得贵道：“你这不要脸的东西！冒了人家的官还要打人！我就是不服你的管！你是个好的，你敢同我到统领跟前去评理！”冒得官道：“就同你去！”说着，两个人就从营盘里一路拉着辫子，拉到羊统领的公馆里来，足足走了三里多路。街上看热闹的，以及营盘里跟着劝解的，少说有上千的人，一哄哄到统领门口。

其时天色尚早，统领正从钓鱼巷住夜回家，在家里睡着养神。睡梦中忽听人声嘈杂，还当是克扣了他们的军饷，他们不服，鼓噪起来，禁不住瑟瑟的抖。屡次三番叫差官出去问信。大家一看都是熟人，一齐忙和着上前劝解，却忘记回报统领。直等他俩都放了手，才有人进来把详细情形一一禀闻。统领胆子登时就硬起来，骂他二人：“都不是东西！营官不像营官！哨官不像哨官！”又骂冒得官：“当初一来的时候，我看他就有点鬼鬼祟祟！原来他这个官是假的！这倒要仔仔细细的查查！”羊统领如此说，不料旁边惊动了一个人。你道这人是谁？就是替冒得官说好话的那位姨太太了。姨太太说：“天底下样样多好假，官末怎么好假？况且他从前在别处已经当过差使，为甚么从前没有人告发他？这明明是姓朱的想讹诈他。等他们出去劝劝就完了，用不着大惊小怪，要你统领自己出去。”羊统领一想，姨太太的话很有理，而且自己出去，事情反不容易落场，便亦听其自然。外面冒得官、朱得贵两个人，其时亦被众人劝住，各自回营无事。

却不料这一闹，风声竟传到制台耳朵里去。次日传见羊统领，便问起他来。羊统领已有姨太太先入之言，立刻回称没有。后来制台一定说有，要他查办。羊统领只得答应。下来先把冒得官传了来申饬了一番，又吊他从前所得的功牌、奖札、饬知，冒得官不敢隐瞒，统通呈了上去。谁知年纪竟其大相悬殊，若论他得功名的年纪，足足已有六十多岁；及看他的面貌，连四十都未满。羊统领看过，笑了一笑，心中早有成竹。也不说别的，但问得一声：“老兄本事倒不小！还没有养下来，已经替皇上家立了这许多功劳！令人可敬得很！”说完这句话，端茶送客。冒得官毕竟贼人心胆虚，一听话内有因，便涨红了脸，一句对答不上。后见统领端茶，只得退回家中，愁眉不展的终日在家里对了老婆孩子咳声叹气。

俗语说得好："一只碗不响，两只碗叮当。"冒得官自从娶了那个二婚头，常常家里搬口舌，挑是非。其实这个二婚头一直又没有同正太太在一块儿住，无奈他心里总多嫌他娘儿几个。正太太晓得冒得官相与了这种混账女人，心上也是不高兴，同冒得官吵闹已非止一次。因此两下里的冤仇就此越结越深。

冒得官自从当了羊统领的差使，回家谈天，开口闭口总是不离"统领"两个字。统领的好处虽然是着实表扬，就是统领的不好之处，甚么包婊子，相与女人，也都当作家常话说了出来。谁知言者无心，听者有意，早被那个二婚头记在肚里，待时而动。

齐巧这一天冒得官在统领前碰了钉子回家，心上没好气，开口就是骂人，一天到夜坐卧不定，茶饭无心，一个人走出走进，不是长吁，就是短叹，好像满肚皮心事似的。二婚头问他亦不响，一时摸不着头脑，后来问跟去的人，才晓得他同朱得贵的前后一本账。二婚头眉头一绉，计上心来。进得房中，先借别事开端，拿他软语温存了一番，然后慢慢的讲到："今日之事，虽说是上头制台的意思，然而统领实在亦是想拿我们的岔儿。这桩事情权柄还在统领手里，总得想个法儿修全修全才好。"冒得官道："我的意思何尝不是如此。但是我们初到差，那里来的钱去交结他呢？"二婚头鼻子里嗤的一笑，道："你们只晓得巴结上司非钱不行！"冒得官忙接嘴道："除了钱，你还有甚么法子？"二婚头道："法子是有，只怕你未见得能够做得到，于你的事无济，我反多添一层冤家，我想想不上算，还是不说罢。"冒得官道："我此时是一点点主意都没有了。你有主意，你说出来，我们大家商量。倘若事情弄好了，也是大家好。"二婚头道："你别忙，待我讲给你听。你不是说的统领专在女人身上用工夫吗？"冒得官道："不错，他在女人身上用工夫。你总不能够去陪他，好替我当面求情？"二婚头把嘴一披道："我不是那种混账女人！一个女人，好嫁几个男人的！"冒得官道："你是再要清节没有，生平只嫁我一个！现在这些闲话都不要讲，我们谈正经要紧。"二婚头把脸一板道："倒亦不是这样讲。只要于你老爷事情有益，就苦着我的身体去干也不打紧。我听见你常提起，后营里周老爷不是先把他太太孝敬了统领才得的差使吗？只要于你老爷事情有益，这亦算不了甚么大事。人家好做，我亦办得到。只可惜我是四十岁的人了，统领见了不欢喜，不如年轻的好。"

冒得官道："这个人那里去找呢？"二婚头道："人是现成的，只要你拼得；光你拼得也没用，还要一个人拼得，最好亦要他本人愿意。"冒得官道："你越说我越糊涂了。到底你说的是谁？"二婚头又故作沉吟道："究竟权柄还在你手里。你是一家之主，说出来的话，要行就行，谁能驳回你去。"冒得官道："你老实说罢，可急死我了！"二婚头又踌躇一回，道："其实事情是大家之事，又不是我一人之事。我说了出来也为的是众人，并不是老爷得了好处我一个人享福。"冒得官接着又顶住他问："所说的到底是那一个？"二婚头至此方说道："这件事不要来问我，你去同你令爱小姐商量。"

冒得官听了，顿口无言。二婚头道："男大须婚，女大须嫁。人家养了姑娘，早晚总得出阁的，出阁就成了人家的人，总不能拿他当儿子看待，留在家里一辈子。既然终须出阁，做大亦是做，做小亦是做。与其配了个中等人家做大，我看不如送给一个阔人做小。他自己丰衣足食，乐得受用，就是家里的人，也好跟着沾点光。为人在世，须图实在，为这虚名上也不知误了多少人，我的眼睛里着实见过不少了。"

冒得官听了摇头道："我如今总算是三品的职分，官也不算小了，我们这种人家也不算低微了，怎么好拿女儿送给人家做小老婆呢？这句话非但太太不答应，小姐不愿意，就是我也不以为然！"二婚头见他不允，又鼻子里嗤的一笑，道："我早晓得我这话是白说的，果不出我之所料。大家落拓大家穷，并不是我一人之事。从今以后，你们好歹都与我不相干涉，你们不必来问我，我也不来管你们的闲事！"说完，便自赌气先去睡觉去了。

冒得官也不言语，独自盘算了一夜，始终想不出一条修全的法子。慢慢的回想到二婚头的话，毕竟不错，除此之外，并没有第二条计策。于是又从床上把二婚头唤醒，称赞他的主意不错，同他商量怎样办法。此时二婚头惟恐不能报仇，一见冒得官从他之计，便亦欣然乐从，把嘴附在冒得官的耳朵上，如此如此，这般这般，传授了一个极好的办法。冒得官连连点头称“是”。

到了第二天绝早，也不及洗脸吃点心，急急奔到大太太住的公馆里敲门。手下人开了门，便一直跑到太太屋里，也不及说别的话，掀开太太的帐子，问太太“鸦片烟盒子在那里”。太太还当他起早到统领公馆里请安回来，没有过瘾，如今要鸦片烟过瘾，便说：“在抽屉里。”小姐就住在太太床背后。太太又忙唤女儿起来：“快替你爸爸打烟。”说时迟，那时快，小姐还没有下床，他这里已经从抽屉里找到烟盒子，顺后揭开盖，拿烟抹了一嘴唇，把烟盒往地下一丢，趁势咕咚一声，困在地板上，喊道：“我那里要吃烟！我是要寻死！我死了好等你们享福！”说完这句，便四脚朝天，一声不言语了。太太、小姐一听这话，都吓得魂不附体，连忙起来看时，果然老爷吞了烟躺在地下了。

连日老爷被朱得贵讹诈以及统领当面申饬的事情，他母女亦早有风闻，都道他假官之事发作，无脸见人，所以自尽。但天下断无看着丈夫、父亲自尽不去救他的道理。于是太太、小姐慌了手脚，连哭带喊，把合公馆的人都闹了起来，一面到善堂里差人去讨药，一面拿粪给他吃，说：“大烟吃下去的工夫还少，一吐就好了。”冒得官抵死不肯吃粪。太太、小姐亲自动手，要撬开他的嘴拿粪灌下去。

冒得官急了，拿手摆了两摆，挥退家里的众人，一骨碌坐起，就坐在地板上。太太、小姐也只得陪着他坐在地板上。他未曾开言，先叹一口气，停一停，说道：“我是要死的人了！但是此时鸦片烟毒还没有发出来，趁我有口气，交代你们几句话，等你们也好晓得我为甚么要寻死。”太太、小姐一迭连声的催他道：“你快说呀！”冒得官拿手指指小姐道：“我为的是你呀！”太太问：“怎么为了他呢？”冒得官道：“说说我的气就上来了！我想我们现在也不是甚么低微人家，可恨这位统领一定看上了他，要他！”太太道：“统领不是有太太、姨太太吗？怎么还要娶甚么太太？”冒得官道：“呸！他要他做小！你想，我的脸搁在那里去？所以想想只得寻死！这也怪我们小姐自己不好。我们前门紧对他的后门，我们这位小姐专爱站门子，他一夜到天亮，出进两次，不晓得那天被他看见了。齐巧前天姓朱的那杂种同我倒蛋，统领便借此为由，要出我的花样，撤差使、参官都不算，一定还要查办。太太，你是知道，我这官瞒不了你的。倘或查实在了，我的性命都没有！所以我想来想去，没有路走，只得走到这条路上去，一死为净！你们要一定救回我来，现在除掉把女儿孝敬统领做小，没有第二条路！你说我肯不肯！”太太、小姐听了，相对无言。

冒得官此时反有了精神，顶住太太、女儿问道：“你们还是要我自尽？还是等统领禀过制台，拿我参官拿问？论不定杀头、充军，还要看我的运气去碰！总而言之，同你们是不会再在一块儿了！”说罢，拿袖子装着擦眼泪，却不时偷瞧看女儿。太太听了这话，当时也不好说别的，一心挂念老爷要寻死，未知救得活救不活。要老爷不死，除非把女儿送给人家做小，又是心上舍不得。因此心上七上八下，也禁不住扑簌簌掉下泪来。至于小姐呢，平时爱站门子是有的，统领走出走进，也着实见过几面，又粗又蠢的一个大汉，实在心上有点不愿意，现在为了此事害的爸爸要寻死。想来想去，总怪自己命苦，所以会有这些磨难。一面想，一面哭，除哭之外，亦无别话可说。

冒得官看了气闷，发急说道：“我的命根子在你们手里！怎么说：还是要我活，要我死？”小姐一头哭，一头说道：“总是我这个祸害不好，害得爸爸要寻死！与其爸爸死，还不如等我寻个自尽罢！”说完了话，在地下拾起烟盒子就想去舐。却被太太一把抢过，说道：“一个还没有救活，怎禁得再加上你一个呢！”冒得官道：“罢罢罢！你们索性随我死，也不用来救我了！我自己养的女儿都不能救我一命，我还活在世界上做甚么人呢！”小姐也说道：“罢罢罢！你们既不容我死，一定要我做人家的小老婆，只要你老人家的脸搁得下，不要说是送给统领做姨太太，就是拿我给叫化子，我敢说得一个不字吗。现在我再不答应，这明明是我逼死你老人家，这个罪名我却担不起！横竖苦着我的身子去干！但愿从今以后，你老人家升官发财就是了！”

冒得官一见女儿应允，心上暗暗欢喜，便做出假欲呕吐之状，吊了几个干恶心，吐出了些白痰。太太、小姐忙着替他捶胸捶背，一面问他怎么样。只见他连连点头道：“好了，好了，如今一齐吐了出来，大约不妨事的了。”又忙爬下替女儿磕了一个头，说：“我这条老命全亏是你救的！将来我老两口子有了好处，决计不忘记你的！”小姐赶忙跪下，搀老子起来，满肚皮的委曲，只是说不出来，半天才挣得一句道：“这是女儿命里所招，也怨不得爸爸！”冒得官起来之后，在床上歇了一会，又吃了一点东西，便吩咐太太：“快把女儿收拾收拾，论不定一说妥就要过去的。”说完这两句，独自一个扬长出门而去。

走出大门，肚里寻思道：“现在这一头已经说好了，那一头还得寻人做媒。先前走的那条路，是姨太太手下的人，倘若被他晓得了，那时反好为仇，是不妥当的。后营周总爷，在统领跟前虽然也说得动话；但是他的太太也在里头，他靠着他太太得的差使，怎么还肯再把我的女儿弄进去呢。若是当面去求统领，又怕当面臊他，事情做不成，反讨一场没趣。”左右思量，都不妥当。后来忽然想到统领有个小戈什，每逢统领出来住夜，总是他拿着烟枪，跟来跟去；而且统领也很相信他的话。现在不如去走他的门路。主意已定，便去找到了他，送了几两银子，说明：“家里女孩子长的还下得去，今年刚正十七岁，常常站在大门口，料想统领是一定见过的。听说统领还要娶姨太太，我情愿把这个丫头孝敬了他。但是这个媒人我不好自己去做，所以要借重你老哥代言一声。但是也不便说出是我的女孩子，怕的是他老人家晓得了不肯来的缘故。我们知己之谈：现在我兄弟的功名在他手里。倘若他老人家不肯，我的事就要弄僵！如今且把他瞒住，等到生米煮成熟饭，他老人家也赖不到那里去了，我的事也好说了。只要我的差使不动，我们相会的日子长着哩。”小戈什得了他的银子，自然是满口应允。但说得一句道：“你倒会爬高，索性做起他的小丈人来了！我们倒要称你一声好听的呢！”冒得官把脸一红道：“为了吃饭，也叫作没法！老哥，你就去替我说。我此刻先回到家里安排安排，预备他老人家今夜好光降。”小戈什道：“慢着！说不说由我，来不来由他，你且候我的信再办事不迟。”冒得官道：“有你吹嘘，还怕事情不成功！”说着自去了。

这里小戈什果然暗底下替他回了统领，说：“我们后门对过新搬来的一个人家，就是母女两个，听说都不怎么正经。女儿今年十七岁，长的真是头挑人才。昨儿会见他的娘，他娘说女儿大了，有甚么对劲的媒人替他做做，就是给人家做小也愿意，亦不要甚么身价。统领如果中意，包管一说就成，而且不消另外赁公馆，等到晚上请过就去是了。”一派话说得天花乱坠。羊统领本是个好色之徒，在后门时常出出进进，也见过这女孩子几面，虽然不及小戈什说的好，然而总要算得出色的了。如今听了他的话，不禁动了垂涎之思，坐在那里半天不言语。小戈什是摸着脾气的，晓得是已经有了意思了，便说：“沐恩此刻就去招呼他娘，统领晚上过去就是了。”说着，也就出来去找冒得官通知了。冒得官听了非常之喜，便说：“家里都已交代好了，只等晚上请他老人家赏光就是了。我在这里不使，我得到别处去躲过一夜，等明儿一早再回来。”小戈什道：“明儿一早回来做丈人，可是不是？”冒得官又把脸一红，搭讪着自去。这里小戈什也就回去转禀统领，以便晚上成其好事。

以后如何，且听下回分解。

［注释］

①提标：绿营兵由提督统辖的叫提标。

②提台：对提督的敬称。

③沐恩：明清时官场中人阿谀上司时的自称。

第三十一回

改营规观察上条陈　说洋话哨官遭殴打

话说冒得官回家之后，嘱咐太太把女儿扎扮停当，又收拾了一间房屋，将家中上下人等统通交代清楚。他自己一路出来，先送信给统领的小戈什，托他务必将此事拉拢成功，感德匪浅。自己却躲在一个朋友家去过夜。

却说统领向例，每天这顿晚饭是从不在家吃的，托名在外面应酬，其实是天天在秦淮河里鬼混。这天到了下午，仍旧坐轿出门，先在船上打牌，又到钓鱼巷里吃酒。约摸应酬到十一点多钟，毕竟心上有事，便先吩咐打轿回去。小戈什的心上明白，预先叮嘱轿夫，叫他把轿子一直抬到冒得官的公馆跟前，打门进去。羊统领假充酒醉，跟了进来。此时冒家上下都是串通好的，当把他一领到小姐房中，众人一哄而出。统领等房中无人，才上前同小姐勾搭。听说这一夜总共问了冒小姐不少的话，冒小姐只是不答，赛同哑子一样。羊统领以为他是害羞，所以并不在意。

良宵易过，便是天明。羊统领正在好睡的时候，忽听得大门外有人敲门，打的震天价响，随后接着有人出来开门。这进来的人分明是个男人声气。羊统领虽然是个偷花的老手，到了此时，不禁心中害怕起来，生恐是小戈什误听人言，以致落了他们的圈套，连忙一骨碌从床上爬起，察看动静，听了听，只听得房间外面有人低低的说话。于是羊统领格外疑心，正想穿起长衣，轻轻拔去门闩，拿在手中，预备当作兵器，可以夺门而出。说时迟，那时快，羊统领在里面各事停当，走到门前，又侧着耳朵听了一听，谁知反无动静，于是心上更为惊疑不定。想要开门，一时又不敢去开，只得呆呆站立在门内，约摸站了有两刻钟之久。冒小姐业亦披衣下床。此时冒小姐棠睡初醒，花容愈媚。羊统领越看越爱，不禁看出了神，忘其所以，轻轻说得 句道："天还早得很为甚么不再睡一会儿？"冒小姐亦不理他。却不料这一问早被门外一个人听见，用手指头轻轻把门叩了两下，亦说道："天还早得很统领为甚么不再睡一会儿？"羊统领一听门外有男人说话，这一吓非同小可！但是说话的声音很熟，一时想不起是谁，怔在那里半天喘不出气来。还是冒小姐爽快，连忙迈步近门前，伸手将两扇门豁琅一声拉了开来，说了声："有话让你们当面讲。"羊统领起初还当是小姐过来拉他的却不料有此一番举动。房门开处，朝外一望，只见一个男人直僵僵的朝着房门跪着不动。那人低着头，亦看不出面貌。羊统领满腹狐疑更是摸不着头脑。正在两难的时候，幸亏门外跪的人先开口道："沐恩在这里伺候老帅。难得老帅赏脸，沐恩感恩匪浅！"说完这两句，抬起头来听统领吩咐话。羊统领仔细一看，认得他是冒得官，直弄得毫无主意。只听得冒得官又说道："丫头还不过来帮着我求求统领！"一言未了，他女儿亦跪下了。

羊统领至此方才恍然大悟，见他们跪着不起，知道没有歹意，急忙的一手去拉冒得官，一手去拉小姐，嘴里说道："你们这番好意我都晓得。此刻我要回去彼此心照就是了。"冒得官起来之后，又请一个安，说道："全仗老帅栽培！"其时脸水早点心都已齐备。羊统领只揩了一把脸，立刻要走，冒得官父女两个拉着，抵死不放，定要统领吃过点心再去。

羊统领无奈，只得每样夹了一点吃了方才走的。冒得官又赶出门外，站过出班，方才进来。

自此以后，羊统领便天天到他家走动。又过了两日，却把冒得官传了去问过仔细，见了制台，替他竭力的洗刷。制台一心修道还来不及，那里有工夫管这闲事，便也不去追问。统领回来，便借了一桩事，把朱得贵的差使撤掉还不算，又要斥革他的功名，办他的递解。朱得贵急了，到处托人替他求情。冒得官便挺身而出，说："我去替你求情。"见了统领鬼混了一阵，统领非但不革他的功名，并且还赏他一封信，叫他到四川良大人标下去当差。一个好人全做在冒得官身上。这朱得贵非但不恨他，而且还感激他，这便是狡猾人的作用。

话分两头。且说羊统领在江南久了，认识的人亦就渐渐的多了。而且他南京有买卖，上海有买卖都是同人家合股开的，便有他现在南京一爿字号里做挡手的一个人，其人姓田，号子密，是徽州人，生的又矮又胖，但是头发不多，只拖了一根极细极短的辫子，因此众人就适他一个表号叫"田小辫子"。这田小辫子做了十几年的挡手，手里着实有钱。近来忽然官兴发作，羊统领便劝他道："如要做官，捐个同、通到江南来，有我的面子，无论那个道台跟着托托，差使是一定有的。"无奈田小辫子在南京住久了，磕来碰去的官，道台居多；他便有心爬高，官小了不要做，一定要捐道台，他自己拿钱捐官，朋友是不好止住他的，只好听其所为。等到上兑之后，便把店中之事料理清楚，又替东家找了一个人接手，他便起身进京引见。

他东家往来的人都是官场，他在官场登久了，而且一心一意又酷慕的是官，官场的规矩应该是在行的了，谁知大谬不然。不要说别的，单说他进京引见的时候，有人请他上馆子吃饭，他到的晚了，大伙儿已入了座，还有叫的条子亦在那里。他进门之后，见了人就作揖。见了相公亦是作揖。后来人家问他："怎么你见了相公要如此恭敬？"他说："我看见他们穿着靴子，我想起我在南京的时候，那些局子里当差的老爷们都是天天穿着靴子的，我见了他们，疑心他们是部里的司官老爷才从衙门里下来。他们做京官的是不好得罪的。横竖'礼多人不怪'，多作两个揖算得甚么！"自己做错了事，人家说说他，他还不服。诸如此类的笑话，也不知闹出多少。

等他到省之后，齐巧这江南的藩司、粮道、盐道统通换了新人，他一个也不认得。这天大早，头一个上制台衙门，到了司、道官厅上。人家是晓得制台脾气的，总要打过九点钟才上衙门。他一进官厅，就在炕上头一位坐下。后来等等大家不来，他便不耐烦，独自一个坐在炕上打盹，穿首簇新的蟒袍补褂，身子一歪就睡着了。睡了一会，各位候补道也有有差使的，也有没有差使的，霎时间络络续续来了五六十位。号房看见别位大人来到，方才把他推醒。他一只手揉眼睛，却拿一只手满身的乱抓，说是炕上有臭虫，把他咬着了。说话间定睛一看，一见来了许多人，把他吓了一跳。幸亏全是候补道，其中也有认得的，也有不认得的。连忙下炕，一一招呼。招呼之后，正待归坐，却见一个人走了进来，也是红顶花翎，朝珠补褂。他却不认得这人是谁，见了面，一揖之后，忙问："贵姓？"那人说："姓齐。"接下来又问："台甫？"旁边走上来一位候补道，是羊统领的熟人，曾经托过他招呼田小辫子的；这位候补道忙把田小辫子一拉，说了声："这是方伯。"田小辫子连忙应声道："原来是方翁先生，失敬失敬！"藩台也不理他，径自坐下。

这个挡口，外面又进来一个人，大家都认得是两淮运使，新从扬州上省禀见的。众人见了，一齐都招呼过。独有田小辫子又顶住问"贵姓、台甫"，运司说了。接着又问"贵班"，运司亦看出他是外行，便回了声"兄弟是两淮运司"。谁知田小辫子不听则已，及至听了"运司"二字，那副又惊又喜的情形，真正描画不出。陡然把大拇指头一伸，说道："啊哟！还了得！财神爷来了！"大众听了他的话都为诧异，就是那位运司亦愣住了。只听得田小辫子说道："你们想想看：两淮运司的缺有名的是'一个钟头进来一个元宝'。一

个元宝五十两；一天一夜二十四个钟头，就是二十四个元宝，二十四个元宝就是一千二百两。十天一万二千两，一个月三十天，便是三万六千两。十个月三十六万，再加两个月七万二,一共是四十三万二。啊唷唷！还了得！这们一个缺，只要给我做上一年就尽够了！”他正说得高兴，忽然旁边有他一个同寅插嘴道：“有如此的好缺，怎么给人家做人家还不肯要呢？”众人忙问：“给谁谁不要？”那人说道：“就是那个唐甚么先生，不是有旨意放他这个缺，他一定要辞不做吗？”又一个人说道：“唐某人呢，本来是个大名士。做名士的人不免就把银钱看轻些，任你是甚么好缺也都不在他心上。而且现在的这个运司缺亦比前差了许多。”田小辫子道：“任他缺分如何坏，做官的利息总比做生意的好。”众人见他说的穷形尽致，也不理他。

停了一刻，约摸已有十点打过，制台在老祖前应做的功课一一停当，方才出外见客。头一班司、道进见。田小辫子是初次禀到的人，于是随着一同进去，见了制台。一切礼节全是隔夜操练好的，居然还没有大错，不过一件毛病不好，是爱抢说话，无论制台问到他不问到他，他都要抢着说。幸亏这位制台是位好好先生，倒也并不动气。见过一面之后，第二天藩司上院就说他的坏话，说他是生意人出身，官场上的规矩都不懂得。制台道：“还好，尚不失他的本色。这种人倒是老实人，是不会说假话的。而且他在南京年代多了，有些外头的事情我们不晓得，倒好问问他。究竟他还没有沾染官场习气，谅来不敢蒙蔽我们。”藩台见制台如此，亦没有别的说话。等到公事回完，只好退了下来。

第二天又一同上院。凑巧同见的有营务处上的一位道台。制台朝着这位道台道：“现在营制太不讲究。这以羊某人所带的几营而论：有一营一半是德国操，一半是英国操；又一营全是德国操，忽然当中又搀了些长苗子。这长苗子是我们中国原有的，如今搀在这德国操内，中又不中，外又不外，倒成了一个中外合璧。我兄弟年纪大了，有些事情怕心烦，总要诸位费心帮帮忙。羊某人也是马马糊糊的。你们总得说说他才好。还有此一件习气最不好：我每逢出门，看见街上有些兵都把洋枪倒掮在肩膀上，那一头也有拴一把雨伞的，也有挂一双钉鞋的，真正难看！”制台说到这里，那个营务处道台还没有答腔，田小辫子抢着说道：“不瞒大帅说：职道在敝居停羊某人营里看得多了，德国操的洋枪都是倒掮的，大帅倒不必怪他。”制台听了，也不去理他，只同那个营务处上的道台说话。

一会又说道：“新近有个大挑知县[1]上了一个条陈，其中有些话都是窒碍难行，毕竟书生之见，全是纸上谈兵。这些营务事情，如非亲身阅历，决不能言之中肯。”田小辫子又插嘴道：“职道跟敝居停羊某人相处久了，有年职道同敝居停谈起这件事，职道拟过几条条陈，很蒙敝居停说好。明天倒要抄出来送给大帅瞧瞧。”制台道：“你有甚么见解，尽管写出来。”田小辫子又答应了“是”。等到院上下来，便把从前在店里专管写信的一位朋友请了来，同他商议。他自己拿嘴说，那个朋友拿笔写。写了又写，改了又改，足足弄了十六个钟头，好容易写了一个手折；其中又打了几个补钉。

到了次日上院，齐巧这日制台感冒，止辕不见客。田小辫子扑了一个空，心中甚是怏怏，便同巡捕官说道：“我是来递条陈的，与别位司、道不同。老帅既不出来见客，可以带我到签押房里独见的。”巡捕官道：“老帅今天连老祖跟前的功课都没有做，此刻刚正吃过药，蒙着两条棉被在那里出汗。早有过吩咐，统通不见，请大人明天再过来罢。”田小辫子无奈，只得闷闷而回。谁知制台一连病了五天，就一连止了三天辕门。田小辫子要见不能见，真把他急得要死。

到了第六天，制台的病稍为好些。因为江南地方大，事情多，不好不出来理事，于是由两三个跟班的架着，勉强出来会客。田小辫子跟了一班司、道进见。自然是藩台同着盐、粮二道说话，问：“老帅今天可大安了？”制台道：“病是好了，不过觉着没有气力。到了

我这样的年纪，算算不大，怎么一病之后，竟其如此无用？”别人尚未开口，田小辫子先抢着说道：“老帅白天忙，晚上忙，早晨有早晨的公事，夜里有夜里的公事；人有多少精神，禁得起如此的磨呢！老帅总要保养保养才好！”他说的原是真话。不料这位制台上房里一共有十一个姨太太，听了他话，一时误会了意，沉吟了半天，忽然说道：“老兄的话很不错。但是兄弟姬妾虽多，这两年因为常常在老祖跟前当差，一直是斋戒的，怎么还会生病？”田小辫子连忙接口道：“职道说的公事是老帅天天办的公事，并不是……”说到这里，也咽住了。

制台见他说话莽撞，心上好不自在，半天不响，正想端茶送客，忽然田小辫子站起来，从袖筒管里掏出一个手折，双手奉上制台，说道：“这是上回老帅吩咐拟的条陈，职道已经写好了五六天了，带来请老帅过目。”制台说了半天的话，早已力倦神疲，恨不得他们即刻出去，好到上房歇息。偏偏田小辫子要他看条陈。他要待不看，无奈他是好好先生做惯的了，一时又放不下脸来。只好打起精神，把手折接了过来，挣扎着大略看了一遍；两手拿着手折，禁不住瑟瑟的乱抖。藩台怕他劳神，便说：“大帅新病之后，不可劳神，条陈上的事情过天再斟酌罢。”谁知田小辫子拉了藩台袖子一把，道：“兄弟这个条陈，是大帅五六天前头吩咐的。”一面说，一面又跑到制台面前，拿手指着条陈，说道：“大帅，条陈不多，只有四条。大帅请看这第一条。”此时制台正被他弄得头昏眼花，又见他自己离位指点，毫无官体；本来就要端茶送客的，如今见他这个样子，倒要看看他的条陈如何再讲。但是头里发晕，虽然带了眼镜，也是看不清楚，便道：“你说给我听罢。”田小辫子一听大喜，忙把手折接了过来，双手高捧，站在地当中，高声朗诵。未曾念满三行，已经念了好些破句：原来替他做手折的人，其中略为掉了几句文，所以田小辫子念不断句。制台听了不懂，便问大众：“诸公懂他的话不懂？”各位司、道都不言语。

制台道：“你老实讲给我听罢，不要念了。”田小辫子便解说道：“职道的第一条条陈是出兵打仗，所有的队伍都不准他们吃饱。”制台道：“还是要克扣军饷不是？俗语说的好，‘皇帝不差饿兵’，怎么叫他们饿着肚皮打仗呢？”田小辫子道：“大帅不知道，这里头有个比方：职道家里养了个猫，每天只给他一顿饭吃，到了晚上就不给他吃了，等他饿着肚皮。他要找食吃，就得捉耗子。倘或那天晚上给他东西吃了，他吃饱了肚皮就去睡觉，便不肯出力了。现在拿猫比我们的兵，拿耗子比外国人。要我们的兵去打外国，断断乎不可给他吃得个全饱，只好叫他吃个半饱，等到走了一截的路，他们饿了，自然要拼命赶到外国人营盘里抢东西吃。抢东西事小，那外国人的队伍，可被我们就吵乱了。”制台道：“不错，不错。外国人想是死的，随你到他营盘里抢东西吃。他们的炮火那里去了？我看倒是一个兵不养，等到有起事来，备角文书给阎王爷，请他把‘枉死城’里的饿鬼放出来打仗，岂不更为省事？”说完，哈哈一笑。田小辫子虽然听不出制台是奚落他的话，但见制台的笑，料想其中必有缘帮故，于是脸上一红，说道：“这个道理，是职道想了好几天悟出来的。”

制台听他说的话开味，便也不觉劳乏，反催他说，道：“第一条我已懂得了，你说第二条。”田小辫子见制台要听他条陈，更把他喜的了不得，连忙说道：“前头第一条讲的是陆师。这第二条讲的是炮台。现在我们江南顶吃重的是江防，要紧口子上都有炮台。这炮台上的大炮是专门打江里的船的。职道有一个好法子：是教这炮台的兵天天拿了大千里镜把这江里的路看清。譬如外国人的船是朝着西面来的，我们就架上大炮朝着东面打去；倘若是朝着东面来的，我们就朝着西面打去。这叫作‘迎头痛剿’、万无一失。至于或南或北，都是如此。”制台道：“炮台上的炮不打江里的敌船打那一个？难道拔转来打自己的人不成？至于炮台上的人，原该应懂得点测量的；等到看见了敌船，东西南北，对准水线，亦要算准时刻，约摸船还未到的前关一秒钟或两秒钟，三秒钟，就得把炮放出。等到炮子到那里，却好船亦走到那里，刚刚碰上，自然是百发百中，万无一失。天下那里有但辨方向，不论远近，向海阔天空的地方乱开炮的道理？况且放一个炮要多少钱，你也仔细算算没有？”田小辫子见制台正言厉色的驳他，又当着各位司、道面上，一时脸上落不下，只好强辩道：“职道所说的‘迎头痛剿’，原说的是对准了船头才好开炮。”制台道：“等到船头对准炮门已来不及了；等到炮子到跟前，那船早已走过，岂不又是落了空？总之，不懂得情形还是不要假充内行的好！”田小辫子被制台驳的无话可说，于是脸上红一阵，白一阵，一声也不敢响。

此时制台同他驳了半天，虚火[2]上来，也有了精神了，索性叫他再把后头两条逐一解说出来。田小辫子只得又吞吞吐吐的说道：“第三条是为整顿营规起见，怕的是临阵退缩，私自逃走，或者在外头闹乱子闯祸。照职道这个法子，就不怕他们了。”制台道：“有甚么高明法子？倒要请教请教。”田小辫子道：“职道也不过如此想，可行不可行，还求大帅的示下。”制台道：“快讲！不要说这些费话了！”田小辫子道：“凡是我们的兵，一概叫他们剃去一条眉毛。职道想这眉毛最是无用之物，剃了也不疼的。每个人只有一条眉毛，无论他走到那里，都容易辨认。倘若是逃走以及闹了乱子，随时拿到就可正法，是断乎不会冤枉的。”制台道：“从前汉朝有个‘赤眉贼’，如今本朝倒有了‘无眉兵’了，真正奇闻！你快一齐说了罢！”

田小辫子只得又说道：“这第四条是每逢出兵打仗的时候，或是出去打盐枭，拿强盗，所有我们的兵，一齐画了花脸出去。”制台道：“画了花脸，可是去唱戏？”田小辫子道：“兵的脸上画的花花绿绿的，好叫强盗看着害怕。他们老远的瞧着，一定当是天神天将来了，不要说是打强盗，就是去打外国人，外国人从来没有见过，见了也是害怕的。”制台道：“你的法子很好，倒又是一个义和团了！”田小辫子把脸一红道：“职道虽然没有见过义和团，常常听北边下来的朋友谈起团里的打扮，有些都学黄天霸的模样。职道现在乃是又换一个样儿，是照着戏台上打英雄的那些花脸去画，无论甚么人见了都害怕的。”

田小辫子只图自己说得高兴，不提防制台听了他的条陈，竟其大动肝火，顿时唾了一口道：“呸！这样放屁的话，也要当作条陈来上！你们诸公听听，传出去岂非笑谈！江南的道台都是如此，将来候补的一定还要多哩！”田小辫子还当制台有心说笑话，同他呕着玩耍，便亦笑嘻嘻的凑趣说道：“江南本来有个口号，是：‘婊子多，驴子多，候补道多。’”制台不等他说完，便接口道：“像你这样的候补道，本来只好比比驴子！婊子！再稍微上等点的人，你就比不上！”其时藩台等人见制台说话说的长远了，恐怕他累着又要犯毛病，上了年纪的人是经不起的。况且这位制台是忠厚惯的，今忽一旦动了真火，田小辫子又是个市井无赖，不晓得甚么轻重的，生恐他两个人把话说抢，将来不好收场。于是不等端茶碗，便一齐站立告辞。制台一面送他们，还一面数说田小辫子。此时田小辫要强辩也不敢强辩了，于是跟着大众一块儿出去。

走到外面，将要上轿，便有他的相好埋怨他这个条陈今天是不应该上的；劝他的人，就是他的同寅赵元常。他便拉了赵元常袖子，自己分辨道：“我那里有工夫上这捞什子！这原来是大帅他自己问我要的。他问我要，我怎么好说不给他？而且条陈上不上在我，用不用由他，他也犯不着生这么大气，拿人不当人！人家的官小虽小，到底也是个道台，银子一万多两呢！”赵元常见他的为人呆头呆脑，说的话不伦不类，又想到制台刚才待他的情形，恐怕事情不妙。赵元常本是羊统领的知交，田小辫子到省，羊统领曾托过他，说：“田小辫子是个生意人，一切规矩都不懂得，总得你老哥随时指点指点他才好。”所以这赵元常才肯埋怨他，劝他不要多讲话。后来他不服赵元常的话，赵元常也生气，便趁空回了

羊统领，说：“田某人太不懂事，总得统领自己把他叫来开导开导才好。”羊统领本来同他很关切的，当时一口应允，说：“等我马上关照他。”

齐巧这日阴天很有雨意，羊统领没有事情做，便叫差官拿了片子把一向同在一起的几个道台，甚么孙大胡子、余荩臣、藩金士、糖葫芦、乌额拉布、田小辫子一共六位，又面约了赵元常，通统宾主八位，同到钓鱼巷大乔家打牌吃酒。赵元常因另有事情，说明白去去再来。羊统领却自己坐了轿子先去吃烟。这大乔同羊统领也有三年多的交情了，见面之后，另有副肉麻情形，难描难画。一霎时亲热完了，所请的七位大人也陆续来了。当下先打牌，后吃酒。

却不料那田小辫子田大人新叫的一个姑娘，名字叫翠喜，是乌额拉布乌大人的旧交。乌额拉布同田小辫子今天是第一次相会，看见田小辫子同翠喜要好，心上着实吃醋。起初田小辫子还不觉得，后来乌大人的脸色渐渐的紫里发青，青里变白。他是旗下人，又是阔少出身，是有点脾气的。手里打的是麻雀牌，心上想的却是他二人。这一副牌齐巧是他做庄，一个不留神，发出一个中风，底家拍了下来。上家跟手发了一张白板，对面也拍出。其时田小辫子正坐对面，翠喜歪在他怀里替他发牌，一会劝田小辫子发这张牌，一会又说发那张牌。田小辫子听他说话，发出来一张八万，底家一摊就出。仔细看时，原来是北风暗克，二三四万一搭，三张七万一张八万等张。如今翠喜发出八万，底家数了数：中风四副，北风暗克八副，三张七万四副，八万吊头不算，连着和下来十副头，已有二十六副，一翻五十二，两翻一百零四,万字一色，三翻二百零八。乌额拉布做庄，打的是五百块洋钱一底的么二架，庄家单输这一副牌已经二百多块。乌额拉布输倒输得起，只因这张牌是翠喜发的，再加以醋意，不由得“怒从心上起，恶向胆边生”，顿时拿牌往前一推，涨红了脸，说道：“我们打牌四个人，如今倒多出一个人来了！看了两家的牌，发给人家和，原来你们是串通好了来做我一个的！”翠喜忙分辨道：“我又不晓得下家等的是八万。你庄家固然要输，田大人也要陪着你输。”乌额拉布道：“自然要输！你可晓得你们田大人不是庄，输的总要比我少些？”翠喜道：“一个老爷不是做一个姑娘，一个姑娘不是做一个老爷，甚么我的田大人！你们诸位大人听听，这话好笑不好笑！”

田小辫子看见乌额拉布同翠喜倒蛋，心上已经不愿意。他本是个“草包”，毫无知识的人，听了翠喜的话，便也发话道：“‘中正街的驴子，谁有钱谁骑！’乌大人，你不要这个样子！”乌额拉布见田小辫子说出这样的话来，便也恼羞成怒，伸手拿田小辫子兜胸一把，那一只手就想去拉他的辫子。幸亏糖葫芦眼睛快，说道：“别的好拉，他的辫子是拉不得的！共总只剩了这两根毛，拉了去就要当和尚了！”乌额拉布果然放手。说时迟，那时快，田小辫子也拉住乌额拉布的领口不放。只听得田小辫子骂乌额拉布“乌龟”；乌额拉布亦骂田小辫子“田鸡”。田小辫子说：“我做田鸡总比你当乌龟的好些！”当下你一句，我一句，两人对骂的话，记也记不清。这日打牌的人共是两桌，大众见他二人扭在一处，只得一齐住手，过来相劝。其时外边正下倾盆大雨，天井里雨声哗喇哗喇，闹的说话都听不清楚。大家劝了半天，无奈他二人总是揪着不放。乌额拉布脸上又被田小辫子拿手指甲挖破了好两处，虽然没有出血，早已一条条都发了红了。羊统领虽然是武官，无奈平时酒色过度，气力是一点没有的，上前拉了半天，丝毫拉不动二人。又想：“倘或被他二人一个不留神，误碰一下子，恐怕吃不住。”便自己度德量力，退了下来。后来好容易被孙大胡子、赵元常一干人将他俩劝住的。乌额拉布坐定之后，方觉得脸上火辣辣的发疼；及至立起走到穿衣镜跟前一看，才晓得被田小辫子挖伤了好几处，明天上不得衙门，见不得客，心上格外生气。一面告诉别人，一面立起身来想找田小辫子报复。其时田小辫子已被赵元常等拖到别的屋里去坐。乌额拉布见找他不到，于是又跺着脚骂个不了。羊统领道：

"乌大哥脸上的伤，可惜是田小辫子挖的；倘或换在相好身上，是相好拿他弄到这个样儿，乌大哥非但不骂他，而且还要得意呢。"说的大家嗤的一笑。

其时天已不早。外面雨势虽小了些，依旧淅淅沥沥下个不了。羊统领便吩咐摆席。正要叫人去请田、赵二位大人，只见赵元常独自一个进来，说田小辫子不肯吃酒，一个人溜回去了。羊统领只好随他。于是大家入座，商议着明天上院，叫人替乌额拉布请三天感冒假，好在钓鱼巷养伤。

席面上正说着话，忽见外面走进四五个人来。为首的浑身拖泥带水，用一块白手巾扎着头，手巾上还有许多鲜血。走进门来，一见统领，便拍托一声，双膝跪地，口称："军门救标下的命！"羊统领一见之下，不觉大惊失色，心上想："刚才他们打架的时候，并不见有他在内。怎么他的头会打破？"正在疑疑惑惑，又听那个人说道："标下伺候军门这多少年，从来没有误过差事；就是误了差事，军门要责罚标下，或打或骂，标下都是愿意的。如今凭空里添了个外国上司，靠着洋势，他都打起人来，这还了得！标下是天朝人，虽说都司不值钱，也是皇上家的官，怎么好被鬼子打！标下今年活到毛六十岁的人了，以后这个脸往那里摆！总得求求军门替标下作主！"说罢，又碰了几个头，跪着不起来。

羊统领还不明白他的说话，便问："你到底是做甚么的？你说在我这里当差，怎么我不认得你？你好好一个人，怎么会叫外国人打？总是你自己不好，得罪了他了。"那人道："标下在新军左营当了十八年的差。军门有时出门或者回来，标下跟着本营的营官接差送差，军门的面貌早已看熟的了；平时没有事，标下又够不上常到军门跟前伺候你老人家，军门那里会认得标下呢？至于外国人那里，标下算得忍耐的了。他说外国话，标下也学着说外国话对答他，并没有说错甚么，他抢过马棒就是一顿。现在头上已打破了两个大窟窿，淌了半碗的血。军门不替标下作主，标下拼着这条老命不要，一定同那鬼子拼一拼！"

其时台面上的人算孙大胡子公事顶明白，听了那人的话，没头没脑，心上气闷得很，急忙插嘴问道："你到底是谁？叫个甚么名字？怎么会同外国人在一块儿？说明白了好叫你军门大人替你作主。"羊统领到此，亦被孙大胡子一言提醒，帮着催他快说。又见那个人回道："标下叫龙占元，是两江尽先补用都司，现在新军左营当哨官。五天头里，标下奉了营官的差遣，同了本营的翻译到下关迎接本营的洋教习。那知一等等了五天，连个影子都没有。偏偏今天下大雨，标下以为下雨那外国人总不会来的了；正因等的不耐烦，就跑到一个朋友家去躲雨。那晓得正是下大雨的时候，轮船正拢码头。标下听见轮船上放气，赶紧跑到趸船上去看；只见外国人站在那里生气，说天下雨把他行李弄潮了。诸位大人想想看，是天下雨湿了他的行李，又不是人家弄潮他的。标下因为他是外国人，制台大人尚且另眼看待，标下算得甚么东西。当时就赶紧上前周旋他。他一连问了几句话，标下又赶紧的答应他。不料标下周旋他倒周旋坏了。他咭咧呱啦说的是些甚么话，标下还一句不懂，他已经动了气，拿起腿来朝着标下就是两脚。标下说：'有话好说，你犯不着踢人。'他也不听见，顺手就把标下手里的马棒抢了过去，一连拿标下打了十几下子，以致把头打破。标下说的句句真言。诸位大人不相信，现今翻译同了标下同来，他就是个见证。"

说到这里，跟他来的人当中，便有一个衣服穿的略为齐全的，走上来朝着羊统领打了一个千，自称他是营里的翻译："一向少来替军门请安。今天是被龙占元龙都司拉了来替他做见证的。"羊统领见他打千，也只把身子略欠了一欠，仍旧坐下，问他道："怎么好端端的会叫洋教习打他？洋教习说些甚么？他是怎么回答的？"那翻译便凑前一步，道："回统领的话，龙都司实实在在被洋人打的可不轻，头都打破。他说的话，一字儿不假。至于他为了甚么挨打，却要怪他自己不会说话。"羊统领道："是啊，外国人断乎不会凭空打他的，总是他自己不好。"此时龙占元跪在地下，听见翻译说他不是，统领怪他不好，直把

他气的脸红筋胀，昂着头，噘着嘴，一个人赌咒。

羊统领也不理他，便催翻译快说。翻译回道："千不是，万不是，总是老天爷今天下雨的不是。如果不下雨，洋人的行李不会弄潮，就没有这场事了。偏偏轮船拢码头，偏偏下大雨。那洋人的行李从轮船上搬到趸船上，虽然一跨就过，搬行李的人又没有拿伞，不免弄潮了些。洋人的脾气亦实在难说话，到了趸船上，就跳着脚骂人。等他骂过一会子，没有人在他跟前，他也只好罢手。齐巧龙都司要去讨好，上去同他拉手，周旋他。那洋人的脾气是越扶越醉的。不理他倒也罢了，理了他，他倒跳上架子了。龙都司同他拉手，他不同他拉，却把他的手一推，瞪着眼睛打着外国话问他。你不会外国话，不理他也就罢了，偏偏这位龙总爷又要充内行，不晓得从那里学会的，别的话一句不会说，单单会说'亦司'一句。洋人打着外国话问他：'你可是来接我的不是？'龙都司接了一声'亦司'。洋人又问：'既然派你来接我，为甚么不早来？你可是偷懒不来？'龙都司又答应了一声'亦司'。洋人听了他'亦司亦司'，心上愈觉不高兴。又问他道："你不来接我，如今天下雨，你可是有心要弄坏我的行李不是？'这时候，我们懂得外国话，都在旁边替他发急。谁知他不慌不忙又答应了一声'亦司'。洋人可就不答应了。他手里本来有根棍子的，举起棍子兜头就打，谁知用力过猛，棍子一碰就断。彼时洋人气不过，一面嘴里骂他，一面就伸手把他手里的马棒夺了过来，没头没脸就是一顿。等到头已打破，他嘴里还在那里'亦司亦司'。真正把我们旁边人气昏了！后来好容易把洋人劝开。等到雨下小些，叫了马车，连人连行李一齐替他送回家去。我们这里大家都怪龙都司说："你同洋人说话，怎么只管说'亦司亦司'一句？如今为这'亦司'上可就吃了苦了。我们说话，他还不服，说：'我们官场上向来是上头吩咐话，我们做下属的人总得"是是是"，"着着着"，如今我拿待上司的规矩待他，他还心上不高兴，伸出手来打人，真正是岂有此理！'现在洋人已经回家去了。龙都司因为捱了洋人的打，而且头亦打伤，心上不甘，特地奔到军门公馆里喊冤。到了公馆里，晓得军门在这里，所以又赶了来的。"

羊统领听完了一席话，不禁紧锁双眉，把头摇了两摇，说道："我就晓得你们这些人不安本分，专门替我惹乱子！好端端的，外国人那里，你又去得罪他做甚么？"龙占元道："标下怎敢得罪外国人。他打标下却是打得不在理。"羊统领道："你要怎样？"龙占元道："求大人伸冤。"羊统领尚未答言，毕竟孙大胡子老奸巨猾，忙替羊统领出主意道："人已经被外国人打了，你有甚么法子想，你去替他伸冤？终究是我们自己人不好。他不去躲雨，轮船一到，他就把外国人接了下来，自然没得话说。如今是他自己误了公事，反说外国人不讲情理，这场官司就怕打到制台跟前，非但打不赢，而且还要弄出交涉重案。我们现在是'今朝有酒今朝醉'，'做一天和尚撞一天钟'。人已打了，外国人不来问你的信，总算有你的脸了。如今反要生出是非来，我看很可不必！"一席话提醒了羊统领，立刻把脸一沉，朝着龙占元发落道："本营营官派你去接洋教习，没有叫你去躲雨；你偷着去躲雨，以致外国人的行李没人照应，自然要弄潮的了。这要怪你自己不好，外国人打你是应该的。以后当差使都这样的误事还了得！"一面说，一面回头吩咐同来的翻译，叫他回去同营官说："叫他另外派人。这龙哨官，我非但撤去他的差使，而且还要重办，以为妄言生事者戒！"翻译听了羊统领的吩咐，只好答应着。可把龙占元急死了，跪在地下磕头如捣蒜，口称："军门开恩！标下以后不敢生事了，如今也不求伸冤了。"羊统领道："你们众位请听，他到如今还说他自己冤枉。'不到黄河心不死'，我一定不能饶他！明天我还要把外国人请了来，叫他看我发落！"龙占元一听不妙，又连忙磕头，连忙改口，又求"诸位大人可怜标下，替标下好言一声罢！"羊统领又问他："冤枉不冤枉？"龙占元回称："不冤枉。"又问："该打不该打？"回称："实在该打。"羊统领见他自己认了不是，还不肯放

他，叫同来的翻译把他带回去交代给营官："倘或三天之内，外国人不来说话便罢；倘有一言半语，我是问他要人的！"龙占元至此方才无话可辩，又磕了一个头起来，含着眼泪，抱头而去。

欲知后事如何，且听下回分解。

［注释］

①大挑知县：清制，三科以上会试不中的举人，挑选一等的以知县，二等的以教职，六年举行一次，以使举人有较宽的出路，叫作大挑。

②虚火：这里指因身体虚弱而产生焦躁或发热的现象。

第三十二回

写保折筵前亲起草　谋厘局枕畔代求差

却说羊统领虽然喝退了龙占元，只因他凭空多事，得罪了洋教习，深怕洋教习前来理论，因此心上很不自在，又加以田小辫子同乌额拉布两个人吃醋打架，弄得合席大众，兴致索然。于是无精打采，草草吃完，各自回去。

第二天羊统领特地把田小辫子请来，先埋怨他不该到制台面前上条陈，弄得制台不高兴，又怪他不该同乌某人翻脸：“过天我替你俩和和事，不然，天天同在一个官厅子上，彼此见面不说话，算个甚么呢？”田小辫子毕竟是做过他的伙计，吃过他的饭的，听了他的话，心上虽然不服，嘴里不便说甚么，只好答应着。

又过了两天，羊统领见洋教习不来找他说甚么，于是才把心上一块石头放下。后来龙占元是本营营官又上来回过羊统领，求统领免其看管，并且不要撤他差使。当时又被羊统领着实说了他许多不好，看他本营营官面上，暂免撤差，只记大过三次，以儆将来。龙占元又亲自上来叩谢。羊统领吩咐他道：“现在的英文学堂满街都是，你既然有志学洋话，为甚么不去拜一个先生，好好的学上两年？一月只消化上一两块洋钱的束脩，等到洋话学好了，你也好去充当翻译，再不然，到上海洋行里做个‘康白度’，一年赚上几千银子，可比在我这里当哨官强得多哩。要照现在的样子，只学得一言半语，不零不落，反招人家的笑话，这是何苦来呢？”龙占元道：“回军门的话，标下从前总共读有三个月的洋书。通学堂里只有标下天分高强，一本‘泼辣买’，只剩得八页没有读。后来有了生意就不读了。过了两年，如今只有‘亦司’这一句话没有忘记，满打算借此应酬应酬外国人，不提防倒捱了一顿打。这一下子可把标下打苦了！到如今头上还没有好，以后标下再不敢说洋话了。倘若再学会两句，标下有几个脑袋，又是马棒，又是拳头，这不是性命相关吗？”羊统领听了，点点头道：“不会也罢了。完完全全做个中国人，总比那些做汉奸的好。”龙占元于是又答应了几声“是”，然后退了出来。

这里羊统领便想仍到钓鱼巷相好家摆一台酒，以便好替乌、田两个人和事。两天头里写了知单，叫差官分头去请。所请的无非仍旧是前天打牌吃酒的几个，其中却添了两位：一位是赵大人，号尧庄，乃广西人氏，说是制台衙门的幕府。还有人说，制台凡遇要做折子奏皇上，都得同他商量，制台自己不起稿，都是他代笔。合省的官员，文自藩司以下，武自提、镇以下，都愿意同他拉拢。然而他面子上极其不肯同人家来往，坐在那里总不肯同人说话。不晓得是架子大呢，亦不晓得是关防严密的缘故，望上去很像有脾气似的。他的官虽是知府，只有道台以上的官请他吃饭，他或者还肯赏光。就是道台，亦得要当红差使的；倘或是黑道台以及他同寅以下的官，都不在他心上。人家同他说话，他只是仰着头，脸朝天，眼睛望着别处。别人问三句，回答一句，有时候还冷笑笑，一声儿也不言语，因此大众都称他为“赵大架子”。这回羊统领请他，他晓得羊统领上头的声光极好，而且广有钱财，爱交朋友，所以请帖送去，答应肯来。又一个姓胡，号筱峰，行二，也是捐的道台班子。有人说他父亲曾经当过“长毛”，后来投降的，官亦做到镇台。胡筱峰一直在老

人家手里当少爷，脾气亦并非不好，不过他的为人，一天到晚，坐亦不是，站亦不是。人家要静，他偏要动。说起话来，没头没脑。到人家顶住问他，他又说到别处去了。知道他底细的人，都叫他“小长毛”。后来人家同他相处久了，摸着他的脾气，又送他一个表号，叫他为“胡二捣乱”。

且说胡二捣乱这天因为羊统领请他在钓鱼巷吃花酒，直把他乐的了不得。头天晚上就叫管家开箱子把衣服拿好。其时是四月天气，因为气节早，已经很热，拿出来的衣服是春纱长衫，单纱马褂。当天晚上忽下了两点雨，清晨起来，微微觉得有点凉飕飕的，他又叫管家替他拿夹纱袍子，夹纱马褂。扎扮停当，专等羊统领来催请。羊统领请的是晚饭，他忘记看帖子，以为请的是早饭，所以一早就把衣服穿好了。等了一回，不见来催，又把他急的了不得，动问管家：“羊统领请客可是今天不是？不要你们记错了！”管家回：“不错，是今天。”隔夜虽然下了几点雨，第二天仍旧很好的太阳。胡二捣乱在公馆里前院后院，前厅后厅跑了十几趟，一来心上烦躁，二来天气毕竟热，跑得他头上出汗，夹纱袍子，夹纱马褂穿不住了，于是又穿了件熟罗长衫，单纱马褂，里面又穿了件夹纱背心。此时已有晌午，还不见羊统领来催。又问管家：“到底是甚么时候？”当中有一个记得的，回了声：“请的是晚饭。”胡二捣乱骂了声：“王八蛋！为甚么不早说！”于是仍在自己家里吃中饭。

好容易捱到三点半钟，到这时候，熟罗长衫也有些不合景了，只得仍旧换了春纱长衫，单纱马褂。刚要出门，忽然又想起一件事来，于是仍旧回转上房，在抽屉里翻了半天，翻出一个鼻烟壶来，说道：“街上驴马粪把人熏的实在难受，有了这个就不怕了。”等到坐上轿子，谁知鼻烟壶是空的，又叫管家回去拿烟。管家拿不到，好容易自己下轿方才找到。走到半路上，又想起未曾带扇子，不及回家去取，幸亏街上有个扇子铺，就下轿买了一把。一回又想到早晚天气是凉的，晚上回去要添衣服，于是又吩咐管家回家去把小夹袄拿了来，预备晚上好穿。如此者往返耽搁，及至到钓鱼巷已经有五点多钟了。幸亏止到得一个主人，其余之客一个未到。胡二捣乱到处捣乱，人家同他没有甚么谈头的。同羊统领见面之后，略为寒暄了两句，便也无话可说。羊统领自去躺下吃烟。胡二捣乱便趁空找着姑娘捣乱，也不顾羊统领吃醋，只是捣乱他的。捣乱了半天，恨的那些姑娘们都骂他为“断命胡二”，胡二捣乱只得嘻着嘴笑。后来端上点心来，请他吃点心，方才住手。

又歇了一回，请的客人络络续续的来了。羊统领见田小辫子、乌额拉布二人到了，便拉了他俩的手，说了许多的话，又给他二人一家作了两个揖，说：“你二位千万不要闹了，大家都是好朋友，独有你二位见面不说话，好像有心病似的，叫人家瞧着算甚么呢！”其时田小辫子颇有愿和之意，无奈乌额拉布因为脸上挖的伤还没有好，一定不肯讲和。禁不起羊统领再三朝着他打拱作揖，后来又请了一个安，旁观那些客人亦帮着着实说，乌额拉布方才气平。大家都派田小辫子不是。羊统领叫他替乌大人送了一碗茶，两个人又彼此作了一个揖，各道歉意，方才了事。

其时已有七点半钟了，羊统领数了数所请的人却已到齐，只有制台幕府赵尧庄赵大架子没有到。后来想叫差官去请，又怕他正陪着制台说话，恐有不便，只好静等。谁知一直等到九点钟才见他来。他是制台衙门里的阔幕，人人都要巴结他的。大概的人，他不过略为把手拱了一拱，便一手拉了余荩臣到烟铺上说话，连主人都不在眼睛里。后来摆好席面，主人就来让坐，他方同主人谦了一谦。主人手执酒壶，又等了好半天，一直等他把话讲完，方才起身入座。主人连忙敬他第一位。他又让了一句道：“还有别位没有？”余荩臣道：“这里并没有第二个人僭你尧翁的。”赵大架子也不答言，昂然据首座而坐，其余的人亦就依次入座。

通台面上只有余荩臣当的差使顶阔，而且钱亦很多。新近制台又委了他学堂总办，常

常提起某人很能办事。余荩臣便趁这个机会托人关说，求大帅赏他一个明保，送部引见。制台虽然应允，但是折子尚未上去。余荩臣又打听得制台凡有折奏，都是这赵大架子拿权，因此余荩臣就极意的拉拢他。赵大架子的架子虽大，等到见了钱，架子亦就会小的。当初也不晓得余荩臣私底下馈送他若干，弄得这赵大架子竟同余荩臣非常知己。这时候到了台面上，赵大架子还只是同余荩臣扳谈，下来再同主人对答两句，余下的人，他既不屑理人，人家亦不敢仰攀他同他说话。在钓鱼巷吃酒是要叫局的，赵大架子恐怕有碍关防，一定不肯破例，主人只得随他。其他宾主每人只叫得一个，亦为着赵大架子在座，怕他说话的缘故。因此这一席酒人虽不少，颇觉冷清得很。

赵大架子吃了两样菜，仍旧离座躺在炕上吃烟。余荩臣是同他有密切关系的，便亦离座相陪。后来主人让他归位吃菜，他始终未再入席，摇摇头，对余荩臣说："这般人兄弟同他们谈不来的。"余荩臣得了这个风声，便偷偷的关照过主人，叫他们只管吃，不要等了。赵大架子吃烟，自己不会装。余荩臣虽然不吃烟，打烟倒是在行的，当下幸亏他替赵大架子连打了十几口，吃得满屋之中烟雾腾腾。霎时菜已上齐，主人又过来请吃稀饭。赵大架子又摇头，说："心上怪腻的慌，不能吃了。"余荩臣也陪着不吃。主人深抱不安。席散之后，又走过来道歉，又说："另外替赵大人、余大人留了饭。"赵大架子回称："谢谢。"说完这句，立起身来想要穿了马褂就走。余荩巨晓得他不愿久留，便让他同到自己相好王小五子那里去坐，赵大架子点头应允。两人一同出门。其时主人早已穿好了马褂，候着送了。一时别过主人，同到王小五子屋里。王小五子接着，自然另有一副场面。余荩臣立刻脱去马褂，横了下来，又赶着替赵大架子打烟。王小五子赶过来替他代打，余荩臣还不要。一连等赵大架子又抽过七八口，渐渐的有了精神，两手抱着水烟袋，坐在炕沿上想要吃烟。余荩臣忙叫王小五子过来替他装烟。此时余荩臣一见房内无人，便把身子凑前一步，想要同赵大架子说话。赵大架子忽然先问道："荩翁，托你安置的两个人，怎么样了？"余荩臣道："兄弟早同藩台说过，一有调动，就委他两人前去。"赵大架子道："还要等几个月？"余荩臣道："现在正在这里替他俩对付着看。有两处就在这几天里头期满，不过几天就要委他们的，那里用着几个月。你老先生委的事，岂有尽着耽搁的道理！"余荩臣这时候本来想请赵大架子过来商量自己事情的，不料赵大架子先同他说安置人的话，自己的事倒弄得一时不好开口，只得权时隐忍着，仍旧竭力的敷衍。又叫王小五子备了稀饭，留赵大架子吃。赵大架子推头有公事，还要到衙门里去，余荩臣不好挽留，自己的事始终未曾能够向他开口。临到出来上桥，便邀他明天晚上到这里吃晚饭。赵大架子道："看罢咧，如果没有公事，准来。"

赵大架子去后，余荩臣当夜便住在王小五子家。王小五子见余荩臣很巴结赵大架子，就问赵大架子的履历。余荩臣便告诉他说："赵大人是制台衙门的师爷，见了制台是并起并坐的，通南京城里没有再阔过他的。"王小五子便问："余大人，你当的甚么差使？一年有多钱进款？"余荩臣便说自己"当的是通省牙厘局总办。所有那些外府州、县，大小镇、市上的厘局，都是归我管的。这些局里的委员老爷，我要用就用，我不要用就换掉，他们不敢不依我的。"王小五子道："他们那些官都归你管，你的官有多么大？"余荩巨道："我的官是道台，所以才能够当这牙厘局总办。"王小五子鼻子里嗤的一笑，道："道台是甚么东西，就这们阔！"说到这里，又自言自语道："噢，原来如此！"忽然又问道："余大人，我问你：我听说现在的官拿钱都好买得来的，你这个官从前化过几个钱？"余荩臣起初听他骂道台"甚么东西"，心上老大不高兴；后来又见他问自己的官从前化过几个钱，便正言厉色道："我是正途两榜出身，是用不着花钱的。花钱的另是一起人，名字叫'捐班'。我们是瞧他不起的。"王小五子道："余大人，官好捐，你们的差事想亦是捐来的了？”余荩臣道：“呀呀呼！差事那里好捐！私下化了钱买差使的固然亦有，然而我得这个差使是本事换来的，一个钱没有化。就是人家在我手里当差使，我也是一文不要的，那是再要公正没有？”王小五子道：“照此说来，你余大人是一个钱不要的了？”余荩臣道：“这个自然。”

王小五子道：“我倒想起一件事来了：前个月里，有天春大人请你吃酒，我看见他当面送给你一张银票，说是六千两银子。春大人还再三的替你请安，求你把个甚么厘局给他。不是你接了他的银票，满口答应他的吗？不到十天，果然有人说起春大人升了厘局总办，上任去了。”余荩臣见王小五子揭出他的短处，只得支吾其词道：“他的差使本来要委的了。银子是他该我的，如今他还我，并不是化了钱买差使的。这种话你以后少说。”

王小五子道：“照这样说起来，没有银子的人也可以得差使了？”余荩臣道：“怎么不得。老实对你说，只要上头有照应，或者有人嘱托，看朋友面上，亦总要委他差使的。”王小五子道：“原来派差使也要看交情的。余大人，咱俩的交情怎么样？我要荐个人给你，你得好好的派他一桩事情。”余荩巨当他说笑话，并不在意，只答应了一声道：“这个自然。你荐给我的人，我总拿头一分的好差使给他。”王小五子默默无语的歇了半晌，起身收拾安寝。

一宵易过，又是天明。到了次日，余荩臣惦记着自己的事情，上院下来，随又写信给赵大架子，约他今天晚上同到王小五子家吃酒。赵大架子回说：“公事忙，不得脱身；等到事完出衙门，八点钟在自己相好贵宝那里吃晚饭，可以面谈一切。”余荩臣只得遵命。才打七点钟，便饿着肚皮先赶到贵宝房间里伺候。一等等到九点钟，赵大架子才从衙门里出来，余荩臣接着，赛如捧凤凰似的把他迎了进来。一进门先抽烟。堂子里晓得他的脾气的，早已替他预备下打好的烟二十来口，一齐都打在烟扦子上，赛如排枪一样，一排排的都放在烟盘里，只等赵大架子一到，便有三四根枪，两三个人替他轮流上烟对火门。此时，赵大架子来不及同余荩臣说话，只见他躺在炕上，“呼、呼”的拚性命的只管抽个不了。有时贵宝来不及，余荩臣还帮着替他对火，足足抽了一点钟。其时已有十点钟了，赵大架子要吃饭。饭菜是早已预备下的。当下只有他同余荩臣两个人对面吃。贵宝打横，伺候上菜添饭。赵大架子叫他同吃，他不肯吃。赵大架子还生气，说道：“陪我吃顿饭有甚么要紧的，就这样的不好意思起来？你们当窑姐的人，只怕不好的意思的事情尽多着哩！”说罢，便把面孔板起，做出一副生气的样了。余荩臣搭讪着替他们解和。

等到把饭吃完，赵大架子一面漱口，余荩臣又顺手点了一根纸吹给他。慢慢的谈了几句公事，然后趁势问他：“这两天大帅背后于兄弟有甚么话说？”赵大架子道：“不是荩翁提起，兄弟早在这里打算主意了。无奈兄弟公事实在忙，一天到晚，竟其没有动笔的时候。”余荩臣忙问：“甚么事一定要尧翁亲自动笔？”赵大架子道：“就是荩翁得明保的那句话了。”余荩臣一听“明保”二字，正是他心上最为关切之事，不禁眉飞色舞，仔细一想，又怕赵大架子拿他看轻，立刻又做出一副谨慎小心的样子，柔声下气的说道：“这都是大帅的恩典，尧翁的栽培！”赵大架子道：“岂敢！不过制军既有这个意思，我们做朋友的人，那里不替朋友帮句忙。说也好笑，前几天是兄弟催制军，这两天反了过来，倒是他催兄弟。”余荩臣道：“催甚么？”赵大架子道：“起先是制军虽然有了保举荩翁的意思，一直没有定规，是兄弟天天追着他问，同他说道：‘像余某人这样人，真要算是江南第一个出色人员；大帅既有恩典给他，折子可以早些进去，将来朝廷或者有甚么恩典，也好叫他及早自效。’制军听了兄弟的话，果然答应了，就立逼着兄弟替他起稿子。这两天兄弟一来因为事情忙，没有工夫动笔，二来，怎么保举法子，下个甚么考语，也得商量商量。”

余荩臣道：“正为这件事，兄弟要过来求教。承尧翁的吹嘘，又承尧翁替兄弟上劲，

真正感激得很！但是还望你尧翁成全到底，考语下得体面些，那就是感之不尽！”说罢，特地离位，深深一揖，又说得一句道：“全仗大力！”赵大架子两手捧着水烟袋，赶忙拱手还礼，却一面说道：“自家兄弟，说那里话来！今天既是荩翁提起，我们都是自己人，荩翁爱怎么说就怎么说，兄弟无不遵办。照样写了上去，制军看了，也不好挑剔甚么。”余荩臣道：“这是尧翁的格外成全，兄弟何敢妄参末议。而且又是自己的事，天下断无自称自赞的道理，只得仍请尧翁先生主裁。”赵大架子听了他这一路恭维，心上着实高兴。原想立刻就替他起稿，可以卖弄他的权力；无奈吃过了饭没有过瘾，霎时烟瘾上来，坐立不安，十分难过，便道：“你我不是外人，你来，我念你写，写了出来，彼此商议。”其时余荩臣还不肯写，后来又被赵大架子再三的相催，说：“你我自家人，有甚么怕人的。不是说句大话，现在南京城里，除了你我，余人都不在咱眼里！我念你写，这不同我写的一样吗？”

其实是余荩臣心上巴不得这个折子自己竭力的恭维自己，今见赵大架子一再让他自己写，遂也不便过于推辞，便向贵宝要了一副笔砚一张纸，让赵大架子炕上吃烟，他却自己坐在桌子边起稿。嫌挂的保险灯不亮，又叫人特地点了一支洋烛。贵宝晓得他要写字，忙着来替他磨墨。余荩臣不要，叫他到炕上替赵大架子装烟。贵宝去后，余荩臣便提笔在手，拿眼瞧着赵大架子，看他说甚么，好依着他写。足足等了七八袋大烟的时候，约摸赵大架子烟瘾已过得一半，随见赵大架子一骨碌从炕上爬起，却先歪着身子，提起茶壶，就着茶壶嘴抽了两口，方才坐起来说道：“兄弟的意思，折子上没有多少话说，还是夹片罢。”余荩臣道：“似乎折子郑重些，叫上头看得起些。”赵大架子道：“这倒不在乎。横竖保了上去，上头没有不准的，总还你一个‘着照所请’。依兄弟看来，其实是一样的。”余荩臣见他如此说，也不敢过于计较，只得跟着他说道：“既然如此，就是夹片亦好。”赵大架子见余荩臣擎笔在手只是不写，便道：“你写啊。”余荩臣道：“等尧翁念了好写。”赵大架子笑道：“荩翁的大才，还有甚么不晓得的。你别同我客气，你尽管写罢，写出来一定合式的。我要过瘾，你费点心罢。”说完，仍旧躺下，呼呼抽他的烟去了。

余荩臣至此，面子上只得勉强着自己起稿，心上却是十二分高兴，嘴里却不住的说道：“姑且等兄弟拟了出来再呈政。”此时赵大架子只顾抽烟，一声不响，幸喜余荩臣是正途出身，又在江南历练了这几多年，公事文理也还办得来。于是提笔在手，想了想，一口气便写了好几行。后来填到自己的考语，心上想：“还是空着十六个字的地步等赵某人去填。”既而一想：“又怕赵某人填的字眼不能如意，不如自己写好了同他去斟酌。他同我这样交情，谅来不致改我的。”主意打定，又斟酌了半天，结结实实自己下了十六个字的考语；后头带着叙他办厘金、办学堂如何成效，说得天花乱坠，又足足的写了几行。一霎写完，便自己离位，拿着底子踱到烟炕前请赵大架子过目。赵大架子接在手中，就在烟灯上看了一回，一声不言语，又心上盘算了一回。

余荩臣忍耐不住，急忙问他道：“尧翁看了，还好用不好用？兄弟于这上头不在行，总求尧翁的指教！”赵大架子道：“格式倒还不错，就是考语还得……”余荩臣不等他说完，接嘴问道：“考语怎么样？”赵大架子道：“若照荩翁的大才，这几句考语着实当之无愧。不过写到折子上，语气似乎总还要软些，叫上头看着也受用。如果说的过于好了，一来不像上司考核下属的口气，二来也不像折子上的话头。兄弟妄谈，荩翁高见以为何如？”说罢，仍把底稿递在余荩臣手里。

余荩臣一听他话，不禁面孔涨得绯红，半天说不出话来，楞了一回，仍旧踅到桌子跟前坐下，提起笔来想改。谁知改来改去，不是怕赵大架子说话，就是自己嫌不好，捱了半天，仍旧未曾改定，只得老着脸皮朝赵大架子说道：“这个考语还是请你尧翁代拟了罢。

'不是撑船手，休来弄竹竿'，兄弟实实在在有点来不得了。”赵大架子道：“我们知己之说，这考语虽只有几个字，轻了也不好，重了也不好。我兄弟拟了出来，还得送制军阅过。一向制军却没有改过兄弟的笔墨；如今倘若未能弄好，被他改上一两句，兄弟却坍台不下。所以要替你荩翁斟酌尽善，就是这个缘故。荩翁自己人，我兄弟不妨直说。”余荩臣听了愈为感激，当下便亲自蘸饱了笔，送到炕床边，请赵大架子动手。赵大架子道：“这个兄弟也得思量思量看。”于是亦不接他的笔，仍把身体横了下来，一声不言语，一口气又吃了五六口烟。吃完了烟，趿着鞋皮，走下炕来，把原稿略为改换了几句，却把十六个字考语统通换掉。余荩臣看了，似乎觉得还不能满意；但是恐怕赵大架子动气，只得连称“好极好极”。赵大架子改好之后，便往衣裳袋中一塞。因为堂子里的烟吃的不爽快，要回到公馆里过瘾。余荩臣只得穿了马褂，陪着一同出门。临时上轿，余荩臣又打了一拱，说了许多感激的话。又道：“大帅前深荷一力成全，明天过来叩谢。”说完，两人分手。

余荩臣仍往王小五子家而来。其时已有夜半十二点钟。余荩臣尚未走进王小五子家的大门，黑影里望见有个人先从他家里出来。灯光之下，虽不十分明白，然而神气还看得出，很像是个熟人似的。后来彼此又擦肩而过。这人没有看见余荩臣，余荩臣却看清这人，原来是认得的。但是官职比他差了几级，大人卑职，名分攸关。余荩臣怕他看出，不好意思，连忙拿头别了过去。等到这人去远，方一步步踱进了大门，霎时走到王小五子房中，他俩本是老相好，又兼余荩臣明保到手，心上便也十分高兴，见面之后，说不尽那副肉麻的情形，两个人鬼混了一阵。

王小五子忽然想起昨夜的话来，连忙说道：“余大人，我托你一桩事情，你可得答应我！”余荩臣道：“好答应的我自然答应。”王小五子道：“你别同我调脾。好答应也要你答应，不好答应也要你答应，你先答应了我才说。”余荩臣道：“到底甚么事要我答应？”王小五子道：“不是你昨儿说的，在你手下当差的人统通不用钱买，只要上头有面子，或者是朋友相好的交情荐来的都可以派得。这个话可有没有？”余荩臣道：“自然派差使一个钱不要，但是面子也得看甚么面子，就是相好也要看甚么相好，不能执一而论的。”王小五子道：“我不同你说这些。你但看咱俩的交情怎么样？”余荩臣道：“用不着提到咱俩的交情。难道你有甚么人荐给我不成？咱俩交情虽厚，你要荐人我却不收。”

王小五子见他说不收，登时把脸一沉，拿头睡在余荩臣的怀里，却拿两只粉嫩雪白的手抱住余荩臣的黑油津津的胖脸，撒娇撒痴的说道：“你不答应我，我定见不成功！”此时余荩臣穿了一件簇新的外国缎夹袍子，被王小五子拿头在他怀里腻了两腻，登时绉了一大片。余荩臣向来是吝啬惯的，见了肉痛，为的是相好面上，有些说不出口，只好往肚皮里咽。两个人揪了半天，毕竟余荩臣可惜那件衣服，连连说道：“有话起来说，不要这个样子，被别人看了要笑话的。”王小五子又把脸一板道：“谁不晓得我是余大人的相好？将来我还要嫁你哩！我嫁了你，我便是厘金局总办的太太，谁敢不巴结我，谁敢来笑我！”余荩臣又只得顺着他说道：“不错，你嫁了我，你就是我的太太。我有了你这位好太太，从此以后，钓鱼巷也不来了。”王小五子又把眼一眇，道：“这些话谁相信你！谁不晓得余大人的相好多！这些话快别同我客气！倒是我托你的事情怎么样？”

说话间，余荩臣接连打了几个呵欠，伸手摸出夹金表来一看，短针已过一点，长针却指在六点钟上。余荩臣道：“啊唷！不早了！我们快睡了，明天还要早起上院哩。”一面说，一面自己宽去衣服，躺在床上去了。王小五子道：“你不答应，我不许你睡觉。”于是也不及卸装，赶到床上同他缠个不了。余荩臣被他闹急了，便道：“你先把人头说给我，等我好替你对付着看。”王小五子见他已有允意，便不同他吵了，和衣歪着，拿头靠在枕头上，低声说道：“我说的不是别人，你们同在一处做官，还有甚么不认得的。”余荩臣道：“到底

是谁？”王小五子道：“就是候补同知黄大老爷，他托我的。”余荩臣道：“姓黄的天底下多得很没头没脑，叫我去找那一个？”王小五子道：“真个我记性不好，他有个条子在这里。”说着，便伸手从衣服小襟袋里把个名条摸了出来，跟手又叫房间里奶奶点了一支洋烛。余荩臣睡眼朦胧的拿起名条靠近烛光一看，只见上面写的是“知府用、试用同知黄在新，叩求宪恩赏委厘捐差事”两行小字。余荩臣不看则已，看了之时，不觉心上“毕拍”一跳，半天不言语。王小五子忙问：“看清楚了没有，这人可是认得的？”余荩臣还不响，又停了一大会，方问得一句道：“这人是几时来嫖你起的？这条子可是方才给你的？”王小五见问，也不由得脸上一红，愣了半天，回答不出话来。

列位看官：你道此人是谁？原来方才余荩臣在王小五子大门口碰见的那个人就是黄在新。这黄在新虽是江南的官，同余荩臣比起来，一个道台，一个同知，两人官阶不同，不在一个官厅子上，余荩臣如何偏会认识他？只因这黄在新最会钻营，凡在红点的道台，他没有一个不巴结，因此都同他认得。他此时身上虽有几个差使，无奈薪水不多，无济于事。因见余荩臣正当厘金局的老总，便想谋个厘局差事，托了几个人递了几张条子，余荩臣尚未给他下落。他心上着急。幸喜他平日也常到钓鱼巷走走，与余荩臣有同靴之谊。王小五子见他脸蛋儿长得标致，便同他十分要好，余荩臣反退后一步。黄在新在王小五子家走动，余荩臣却一字儿不知；余荩臣在王小五子玩耍，黄在新却尽知底里。即此一端，已可见王小五子待他二人的厚薄。

此时余荩臣看了名条，想起刚才齐巧碰见他在这里出去，不免心上一动。又接着问王小五子的话，王小五子又对答不出，自然格外疑心。疑心过重，便是吃醋的根苗。此时余荩臣看了王小五子的情形，心上早已懂得八九，接连哼哼冷笑两声，说道：“他的条子没有人替他递了，居然会想着了你，托你替他求差使！他这人真会钻！倒是你俩是几时认识起来的，你却同他如此关切？”王小五子见余荩臣生了疑心，毕竟他自己贼人胆虚，亦不敢撒娇撒痴，立刻拿两只手扳着余荩巨的脑袋，同他脸对脸的笑着说道：“这里头有个讲究，你不晓得，等我来告诉你：我是江西人，七岁上就卖在档子班里学唱戏。等到十五岁上才到的南京。这黄大老爷他也是江西人，同我是嫡亲同乡。他是我自己家里的人，有甚么不认得的。我替他求差使，也无非照应同乡的意思，有甚么动疑的。”余荩臣连连摇头，道：“算了罢！你们江西人我也请教过的了，做官的，读书的，于这乡谊上很有限。不信你一个做窑姐的倒比他们做官的、读书的有义气！这话不要来骗我！况且你七岁上就卖在档子班里，东飘西荡，这姓黄的果然是你的同乡，你也不会认得他的。这话越说越不对！倒是你俩有了多少时候的交情？你老实对我说罢。他不同你有交情，你为甚么要替他求差使呢？我晓得我们化了钱，无非做个大冤桶，替人家垫腰！如今竟其公然替恩客说人情求差使！我又不是三岁小孩子，被你们弄着玩！”

此时余荩臣越说越气，也不睡觉了，一骨碌从床上坐起，吩咐叫轿夫打轿子，又自己立誓道：“从今以后，再不到这里来了！倘若以后再到这里，你们看我左脚迈到这屋里来，你们拿刀砍我的左脚；右脚迈到这屋里来，你们拿刀砍我的右脚！”一面说，一面卷卷袖子，直把两个袖子卷到手弯子上头，两只眼睛睁的像铜铃似的，又拿两只手去盘辫子。辫子盘好，人家总以为他这个样子一定要打人了，谁知并不打人，却叉着两只臂膊，握紧了两个拳头，坐在床沿上生气。

再说王小五子起先听见余荩臣拿他数落，不禁脸上一阵阵的红上来，心头止不住“毕毕”的跳。后来又见他爬起，连忙和着身子去按捺他；无奈气力太小，当不住余荩臣的蛮力，按了半天按他不下，只得随他起来。后来见他盘好辫子，并不打人，方才把心放下，连忙和颜悦色的自己分辨道：“同乡有甚么好假冒的。天生同乡是同乡，我不能拿他当外

人看待。至于问我如何认得他，苏州来的洪大人，清江来的陆大人，每逢吃酒都有他在座，慢慢的我就认得了他。怎么没有交情我就不作兴认得他的？”余荩臣也不理他，只是坐在床沿上生气。闹得大了，连着房间里的奶奶都上来劝和，余荩臣只是不言语。一迸迸到五更鸡叫之后，天色微微的有点亮了，余荩臣也不等轿子了，要了长衣裳，扎扮停当，一直径去。王小五子抵死留他不住，只得听其自然。

余荩臣走到街上，尚是冷冷清清的一无所有。此时心上又气又闷，不知不觉忘记了东南西北，又走错了一大段。后来好容易雇了一部东洋车子，才把他拉到公馆。打门进去一路骂轿夫，骂跟班的，骂老妈，骂丫头，一直骂进了上房。惊动了上下人等，晓得大人在外头住夜回来，于是重新打洗脸水，拿漱口水、茂生肥皂、引见胰子，又叫厨子做点心，真正忙个不了。

齐巧这日是辕期，照例上院。点心未曾吃完，轿子已伺候好。等到走到院上，已有靠九点钟了，余荩臣还是气吁吁的。头一个会见了孙大胡子，便把黄在新托王小五子求差使的话统通告诉他；又说："黄在新的品行太觉不堪，甚么人不好托，单单会托到婊子，真正笑话！"孙大胡子笑道："这也难怪他，实在是你荩翁同王小五子的交情非他可比。朋友说的话不及贵相知说的灵，所以黄某人才走的这条路。出来做官为的是赚钱，只要有钱赚，也顾不得这些了。"余荩臣听了孙大胡子奚落他的话，不由的把脸一红，拿话分辨道："我们逛窑子也不过行去流水罢了，算是甚么交情！"孙大胡子忙接嘴道："又行去，又流水，还算不得交情？不晓得要弄到甚么分上才算得交情呢？"余荩臣发急道："人家同你说正经话，你偏拿人来取笑，真正岂有此理？老实对你讲罢：王小五子同黄某人都是江西人，他替他求差使，乃是照应同乡的意思。"孙大胡子道："一个当妓女的，居然肯照应同乡，贤于士大夫远矣！荩翁，你应该立刻委他一个上等的厘差：一来顾全贵相好的面子，二来也可以愧励愧励那般不顾乡情的士大夫。你们众位听听，我兄弟说的可是不是？"此时官厅子上的人已经来的不少了，天天在一起的几个熟人听了他言，都说："应得如此。"无奈余荩臣决计不答应，一定还要回制台撤去他的差使，拿他参办，以为卑鄙无耻，巧于钻营者戒。当时又被孙大胡子指驳了一句，余荩臣方始顿口无言。

欲知孙大胡子说的何话，且听下回分解。

第三十三回

查帐目奉札谒银行　借名头敛钱开书局

话说孙大胡子听见余荩臣一定要禀揭黄在新托妓谋差的事，一再劝他都不肯听。孙大胡子哼哼冷笑道：“他托妓谋差虽然是他的坏处，然而你做监司大员的人，你不到窑子里去怎么会晓是他托妓谋差呢？这桩事还怪你不是。”余荩臣被他这一驳，顿时闭口无言。歇了半天，才勉强说道：“我们嫖婊子不过是好玩罢了。他钻营差使竟走婊子的门路，这品行上总说不过去！我就是不到上头去说他坏话，这种人要在我手里得意，叫他一辈子不用想了！”说完，面子上虽把此事丢开，后来又着实到王小五子家发了几回脾气。经王小五子千赔不是，万赔不是，后来又把这话通知了黄在新，吓的黄在新有许多时不敢公然到钓鱼巷王小五子家住夜。余荩臣拿不到破绽，方才罢手。又过了两月，余荩臣的保折批了回来，所保送部引见，业已奉旨允准。等到奉到饬知，立刻上院叩谢。接着便是同寅前来道喜，下僚纷纷禀贺。余荩臣少不得置办酒席请这班同寅。同寅当中多半都是好玩的，家里请酒不算数，一定要在钓鱼巷摆酒请他们。余荩臣也乐得借花献佛，一来趁他们的心愿，二来又应酬了相好。回回吃酒都推赵大架子为首座，赵大架子便亦居之不疑。接连又是你一台，我一台，替他贺喜。如此者轮流吃过，足足有半个多月光景。

真正是光阴似箭，日月如梭。余荩臣便想请咨入都引见。制台答应，所有他的差事，一齐都委了别人暂行代管，为他不久就要回来的。一连几天，白天忙着料理交代，晚上又有一班相好轮流摆酒替他饯行。有天夜里，正在钓鱼巷吃的有点醉醺醺了，他忽然发议论道：“回想兄弟才到省头一天的光景，再想不到今日是这个样子。我还记得我到省头一天，其时正是黄制军第二次到江南来。我头一天上院，没有传见。其实上司见不见并不是甚么大不了的事，倒是那时候脸上总觉得搁不下去，从官厅子上走出去上轿，赛如对了跟班、轿夫都像没有脸见他们似的。此时得差得缺的心还没有，心上总想：‘我连上司都见不着，我还出来做甚么官呢！’到了第二次上院还没有见。因为别人见不着的很多，并不光我一个，那时心上便坦然了许多，见了轿夫、跟班也不难为情了。以至顶到如今，偏偏碰着这位制军是不轻易见客的，他见也好，不见也好，便也漠然无动于衷了。我还记得从前没有得事的时候，只指望能够得一个长差使，便已心满意足了。实因江南道台太多，得缺本非易事。谁料后来接二连三的竟其弄了好几个长差使在身上，一天到晚忙个不了。此时不以为乐，反以为苦，屡次三番想辞掉两个，无奈上头一定不放。现在凭空的又得了这个明保，索性不叫我过安安稳稳的日子，拿我送部引见，想是我命里注定的，今年流年犯了‘驿马星’，所以要叫我出这一趟远门。”众人道：“‘能者多劳’，像你荩翁的这样大才，怎么上头肯放你呢。至于这回明保乃是放缺的先声，光当当差使也显不出荩翁大才，所以制军一定要有此一举。从此简在帝心，陈臬开藩，都是意中之事，放个把实缺，小焉者也，算不得甚么。”余荩臣道：“承诸位老哥厚爱，放个把缺做做，兄弟也无庸多让。至于将来还有甚么好处，兄弟却不敢妄想。”说罢，那副得意扬扬之色早流露于不自知了。霎时席散。

又过了两天，上院禀辞。刚刚走到院上，齐巧昨日制台接到军机大臣上的字寄，说是一连有三个都老爷奏参江南吏治，大大小小共有二十几个官：甚么孙大胡子、田小辫子、乌额拉布、余荩臣，还有督幕赵大架子、统领羊紫辰等一干人统通在内。其中所参的劣迹，以余荩臣、赵大架子顶利害。说余荩臣总办厘金，非但出卖厘差，并且以剔除中饱为名，私向属员需索陋规。等到属员和盘托出，他又并不将此款归入公家，一律饱其私囊。某人馈送若干，某局缴进若干，那位参他的都老爷查的清清楚楚，折子上都声叙明白。还说他出卖厘差，并不在南京过付；上海有一爿钱庄，内中有他一个把弟挡手，专门替他经手。人家要送他银子，只要送到这爿钱庄上，由他把弟出封信给他，或者打个电报，南京这边马上就把差使委了出来，真正是再要灵验没有。折子上又说他所有赚来的银子，足有五十多万两，很在上海置买了些地皮产业，剩下的一齐存在一爿银行里。至于参赵大架子顶重的头一款，是说他霸持招摇；甚至某月某日，收某人贿赂若干，亦查的明明白白。又说两江总督保举道员余某一折，系赵某及余某在秦淮河妓女贵宝房中拟定折稿。折子后头归结到两江总督身上，说他年老多病，昏聩糊涂，日惟以扶鸾求仙为事，置吏治民生于不顾。此外孙大胡子、田小辫子、乌额拉布、羊紫辰不过都是带笔。在初入仕途的人见了，难免担惊受怕，至于历练惯的人，却也毫不在意。

闲话休题，言归正传。且说这日余荩臣刚把手本递了上去，制台一见是他，虽说是自己保举的人，究竟事关钦派查办之案，便也不敢回护，忙叫巡捕官传话给他，叫他不必动身，在省候信。巡捕出来说完这句，各自走开，也不说制台请见，也不说制台道乏。余荩臣摸不着头脑，在官厅子上呆了半天，有些不知底里的人还过来敷衍他，问他几时荣行，他也只好含含糊糊的回答。后来坐了一回，看见各位司、道上去，又见各位司、道下来。其时藩台、粮道都已得信，见了制台出来，朝着他都淡淡的，似招呼不招呼的，各自上轿而去。他甚为没趣，也只好搭讪着出来。这时候，他的差使都已交付别人替代，他已无公事可办，院上下来，一直径回公馆，一天未曾出门，却也无人前来拜他。

头天晚上，赵大架子还面约今日下午在贵宝房中摆酒送行，谁知等到天黑还不见来催请。自己却又为了早晨之事，好生委决不下，派了师爷、管家出去打听，独自无精打采的在家静等。谁知等到起更，一个管家从院上回来禀报说："赵大架子赵大人不知为了甚么事情，行李铺盖统通从院上搬了出来。后来小的又打听到孙大胡子孙大人门口，才晓得京城里有几位都老爷说了闲话，连制台都落了不是，总算仍旧派了制台查办，还算给还他的面子。"余荩臣急忙问道："这位都老爷是谁？但不知有几个人参在里头？孙大人在内不在内？"管家道："听说虽然在内，并不十二分要紧。赵大人参的却很不轻。"余荩臣又急忙说道："我呢？"家人不言语。余荩臣连连摇头，连连跺脚，道："完了！完了！怪不得赵大人他说今儿请我吃饭的，原来他自己遭了事，所以没有来催请。但是我自己被参，为的是那一件，连我自己也不明白，怎么好呢！"一回又想到自己平时所作所为，简直没有一件妥当的，一霎时万虑千愁，坐立不定。

正踌躇间，派出去打听消息的一位师爷也从外面回来了，手里还抄了制台新出的一张谕帖。余荩臣见面就问："打听的事怎么样了？"那位师爷有心在东家面前讨好，不肯直谈，只听他吞吞吐吐的说道："听说京城里有甚么消息，大约在省城候补的统通在内。这一定是都老爷想好处，我们不要理他！观察这样的宪眷，还怕甚么呢。"余荩臣道："不是怕甚么，为的是到底参的是那几件事。你手里拿的甚么？"那位师爷见问，索性把他所抄的那张谕帖往袖筒管里一藏说："没有甚么。"余荩臣道："明明白白的看见有张纸写的字，你瞒我做甚么呢？"师爷到此无奈，方把一张谕帖拿了出来。余荩臣取过看时，只见上面写的无非劝戒属员嗣后不准再到秦淮河吃酒住夜，倘若阳奉阴违，定行参办不贷各等语。这张谕帖是写了贴在官厅子上的，如今被这位师爷抄了回来。余荩臣看过后，就往旁边一

搁，说道："这种东西，那一任制台没有？我也看惯了。他下他的谕帖，我住我的夜，管他妈的事！这也值得遮遮掩掩的！"那师爷被东家抢白了两句，面孔涨得绯红，一声也不言语。余荩臣又问道："我叫你打听的事，有甚么瞒我的？你快老实说罢！"那师爷只是咳嗽了两声，一句话还是没有。余荩臣知道他是无能之辈，便跺着脚，说道："真正是甚么材料！这从那儿说起！"说完了这句，便背着手一个人在厅上踱来踱去。他不理师爷，师爷亦吓地不敢出气。

搁下余荩臣在家里候信不题。且说制台自接奉廷寄之后，却也不敢怠慢，立刻就派了藩司、粮道两个人，按照所参各款，逐一查办。因为幕友赵大架子被参在内，留住衙门恐怕不便，就叫自己兄弟二大人通信给他，叫他暂时搬出衙门，好遮人耳目。赵大架子无奈，只得依从。所以头天虽在相好贵宝家中定了酒席，并未前去请客。到了第二天，贵宝派了男女班子到石坝街赵大人公馆里请安，听见门上说起，才晓得大人出了岔子，如今在家里养病，生人一概不见。男女班子无奈，只得怅怅而回。

此时省城里面一齐晓得制台委了藩台、粮道查办此案。幸喜都是同寅，彼此大半认识，一个个便想打点人情，希图开脱。其中粮道为人却很爽快，有人来嘱托他，他便同人家说道："制台虽然拿这件事委了兄弟，其实也不过敷衍了账而已。现在的事情，那一桩那一件，不是上瞒下就是下瞒上？几时见查办参案，有坏掉一大票的？非但兄弟不肯做这个恶人，就是制台也不肯失他自己的面子。他手下的这些人虽然不好，难道他平时是聋子、瞎子，全无闻见，必要等到都老爷说了话，他才一个个的掀了出来？岂不愈显得他平时毫无觉察么？不过其中也总得有一两个当灾的人，好遮掩人家耳目。总算都老爷的话并非全假，等他平平气，以后也免得再开口了。兄弟说的句句真言，所以诸公尽管放心罢了。"众人听了他言，俱各把心放下。不料藩台自从奉到委札的那一天起，却是凡有客来，一概挡驾。今天调卷，明天提人，颇觉雷厉风行。大家都不免提心吊胆，然而想起粮道的话，晓得制台将来一定要顾自己的面子，决不会参掉多少人的；不过彼此难为几吊银子，没有甚么大不了事，便亦听其自然。

藩台见人家不来打点，他便有心公事公办，先从余荩臣下手，同制台说："原参余道出卖厘差，银子放在上海。别的虽然没有凭据，然而银子存在银行里是有簿子可查的；只要查明白了簿子上是余荩臣的花户，便一定是他的赃款了。现在是甚么时候！库款如此空虚，他们还要如此作弊，真正没有良心了！司里同余道虽是同寅，然而为大局起见，决计不敢回护的。"制台道："别的还好办，银行是外国人的，恐怕他不由你去查哩。"藩台道："银行虽是外国人开的，然而做的是中国人生意。既然做我们中国人生意，一年到头赚我们中国人的钱也不少了，难道这点交情还没有？我又不向他捐钱，看看账簿子有甚么不可的。"制台道："既然老哥说可以，料想没有甚么不可以的。本省的官虽多，能够办事的人究竟很少，还是老哥诸事谙练，这件事情就借重老哥辛苦一趟罢。早些去早些回来，也好早点复奏进去，免得再生枝节。"藩台一想，"话虽如此说，究竟自己做了这几年的官，从来未同外国人打过交道。外国人抠眼睛，高鼻子，虽然见过几个，但是上海地方，听说一共总有十几国的人，我是一省的藩台，到了那里总得一家家的都去拜望拜望。彼此言语不通，这个十几国的翻译倒不好找。一个弄得不得法，被翻译瞒着我做了手脚！"左思右想，总觉不好，只得回复制台道："司里的公事，承上宣下，一来忙的实在走不脱身，二来司里亦不会说外国话，不认得外国字，将来到了银行里查起外国账来，一个字不认得，还不是白去。这桩事关系很大，请大人委了别人罢。"制台道："好在总要带着翻译去的，只要带个明白点的翻译就是了。就是兄弟亦不会说外国话，不认得外国字，怎么也在这里办交涉呢？"藩台被制台顶的无话可说，只得又禀请了一位洋务局里的提调，乃是本省候补知

府，姓杨，名达仁；因为他从小在水师学堂里出身，认得鬼子多，而且也会说两句外国应酬话，同了他去，便借他做个靠山。他本任之事，当由制台札委盐道暂行兼理。

藩台无奈，只得回家部署行装。因系钦派案件，不敢耽误，次日有下水轮船，遂即携带随员、幕友径赴上海。一路上，两手很捏着一把汗，深悔自己多嘴，惹出这件事来。次日轮船到了上海，上海县接着迎入公馆。跟手进城去拜上海道。见面之后，叙及要到银行查账之事。上海道道：“但不知余某人的银子是放在那一爿银行里的？”藩台大惊道：“难道银行还有两家吗？”上海道道：“但只英国就有麦加利、汇丰两爿银行。此外俄国有道胜银行，日本有正金银行，以及荷兰国、法兰西统通有银行，共有十几家呢。”藩台听说，愣了半天，又说道：“我们在省里只晓得有汇丰银行汇丰洋票，几年头里，兄弟在上海的时候也曾使过几张，却不晓得有许多的银行。依兄弟想来，只有汇丰同我们中国人来往，余某人的这银子大约是放在汇丰，我们只消到汇丰去查就是了。”上海道道：“外国人银行开在上海的，原是为着做中国人生意来的，那一爿不好存银子，并不光汇丰一家是如此。但是汇丰两个字，人家说起来似乎熟些，或者余某人的银子就放在他家也未可知。方伯就先到他家去查查也不妨。”藩台听说称“是”。于是端茶告辞。

回到公馆，过了一夜。第二天一早，就想到汇丰家去查账。起身梳洗之后，便吩咐套马车。穿好行装，带了翻译，两个人同上了马车，一直往黄浦滩而来。未曾上车的时候，车夫就问：“到那里去？”藩台说：“汇丰银行。”马夫说：“今天礼拜，银行是不开门的。”那翻译因是省里带来的，在内地久了，也忘记礼拜不礼拜。被马夫一句话提醒，他亦恍然道：“不错，礼拜日外国人是不办公事的，去了也是白去。不如大人到别处拜客，明天一早再去不迟。”藩台道：“管他妈的礼拜不礼拜！我到他门口飞张片子，我总算到过的了。就是他不办公事，料想客人总好见的。我昨天就到此地，今天还不去拜他，被外国人瞧着也不好。况且我今天见了他，先把大概情形告诉了他，明天再去查账也就容易些。”翻译道：“礼拜关门，连客也是不见的，不如明儿一块去的好。”藩台道：“你们这些人，多走一步路都是怕的！横竖坐马车，又不要你跑了去，多走一趟也不难！”翻译也不敢说别的，只好跟了他走。

一霎时走到汇丰银行门口，果见两扇大门紧紧闭着。投帖的人叫唤了半天，亦没有一个人答应。投帖的无奈，只得走到马车跟前，据实回复。藩台道：“既然没有人，留张片子就是了。”投帖的又跑回去，拿张片子塞了半天亦没有塞进，只好蘸了点唾沫，拿片子贴在门上走的。藩台自己觉着无趣，又怕翻译笑他，说他不懂外国规矩，回到公馆，坐定之后，便对手下的人说道：“外国人礼拜不办事、不会客，我有甚么不晓得的。不过上头委了我这件事，照例文章总得做到。将来查账查得到，固然是有面子；即使查不到，我们这里到底来过两趟，总算是尽心的了。”他如此说，手下的人只好连连答应称“是”。

到了第二天，便是礼拜一，银行里开了门。他老人家仍旧坐了马车赶去。未曾到银行门口，投帖的已经老早的拿着名片想由前门闯进去，上了台阶，就挺着嗓子喊“接帖”。幸亏没有被外国人碰见，撞见一个细崽，连忙挥手叫他出去，又指引他叫他走后门到后头去。等到投帖的下了台阶，藩台也下了马车了。投帖的上前禀明原由。藩台心上很不高兴，自想：“我是客，我来拜他，怎么叫我走后门？”原来这汇丰银行做中国人的买卖，甚么取洋钱，兑汇票，账房、柜台统通都设在后面，所以那细崽指引他到后边去。当下藩台无奈，只得跟了投帖的号房走到后面。大众见他戴着大红顶子，都以为诧异：说他倘然是来兑银子的，用不着穿衣帽；如果是拜买办的，很可以穿便衣，也用不着如此恭敬。

其时柜台上收付洋钱，查对支票，正在忙个不了，也没人去招呼他。号房拿了名片，叫唤了几声“接帖”，没有人理他；便拉住一个人，问：“外国人在那间屋里住？”那人道：

“我是来支洋钱的，我不晓得。你去问他们柜上罢。”号房无奈，站在柜台边望了一望，都是忙忙碌碌的，不好插嘴，急的藩台骂：“没中用的王八蛋！连帖子都不会投，还当甚么号房！”号房急了，随检了柜台上一个鼻架铜丝眼镜的小伙子先生，问他：“外国人在那里？我们大人要拜他。”小伙子先生望了他一眼，并不理他，仍旧低下头，手摸算盘，跌跌挞挞算他的账去了。号房没法，只得又检了一个嘴上两撇鼠须的老头子先生，照前问了一句。毕竟老头子先生古道可风，回问了声：“你们是那里来的？要找外国人做甚么？”号房还没有回答他来的是藩台大人，那老头子先生手里早拿了一管笔，一叠支票，一张张的往簿子上自己去誊清，再问他话也听不见了。号房急得要死，藩台瞧着生气。

正在走投无路的时候，忽见里面走出一个中国人来，也不晓得是行里的甚么人。藩台便亲自上前向他询问，自称是江南藩司，奉了制台大人的差使，要找外国人说一句话，看一笔账。那人听说他是藩台，便把两只眼拿他上下估量了一番，回报了一声：“外国人忙着，在楼上，你要找他，他也没工夫会你的。”此时翻译跟在后头，便说：“不看洋人，先会会你们买办先生也好。”那人道：“买办也忙着哩。你有甚么事情？”藩台道：“有个姓余的道台在你们贵行里存了一笔银子，我要查查看到底是有没有。”那人道：“我们这里没有甚么姓余的道台，不晓得。我要到街上有事情去，你问别人罢。”扬长的竟出后门去了。

其时来支洋钱取银子的人越聚越多，看洋钱的叮呤当啷，都灌到藩台耳朵里去。洋钱都用大笸箩盛着，豁琅一掼，不晓得几千几万似的。整包的钞票，一叠一叠的数给人看，花花绿绿，都耀到藩台眼睛里去。此时藩台心上着实羡慕，想：我官居藩司，综理一省财政，也算得有钱了，然而总不敌人家的多。”正想着，忽听翻译说道：“啊唷，已经十二点半钟了！”藩台道：“十二点半钟便怎样？”翻译道：“一到十二点半，他们就要走了。”藩台道：“很好，我们就在这里候他。他总得出来的，等他们出来的时候，我们赶上去问他们一声，不就结了吗。”正说着，只见许多人一哄而出，纷纷都向后门出去，也分不出那个是买办，那个是账房，那个是跑街，那个是跑楼。一干人出去之后，却并不见一个外国人。你道为何？原来外国人都是从前门走的，所以藩台等了半天还是白等。直等到大众去净之后，静悄悄的鸦雀无声。

翻译明知就里，也不敢说别的，只好说：“请大人暂回公馆吃饭。过天托人找到他的买办，问他一声，或者就托他代查。大人犯不着亵尊，自己一趟趟往这里来。”藩台看此情形，也觉无味，只得搭讪着说道：“我同余某人并不是冤家，一定要来查他的账，不过我不来两趟，上头总说我不肯尽心。如今外国人不见我，这事便不与我相干，我回省也有得交代了。至于买办那里，你们明天顺便去问一声也好。我们的事情，凡是力量可以做到的，无不样样做到。他不理你，那却无法了。至于当差使，也说不到‘亵尊’二字。外国人瞧不起我们中国的官，也不自今日为始了。这件事我碰着了，倒还是心平气和的。”说罢，拉起衣裳一直出来上马车赶回公馆。

翻译当天果去托人找着了买办，提起前情。买办道：“不要说难查，就是容易查，他有银子尽着他存，他爱存那里就那里，总不能当他是赃款办。幸而你们大人没有来见外国人，倘若见了外国人，被外国人说笑上两句，那却难为情呢！”翻译听了无话，回来回了藩台。于是藩台才打断了查账的念头，只想拿话搪塞制台。不敢说洋人不见，他造了一篇谣言，说问过洋人，簿子上没有余某人的花户，所以无从查起。一面先行电禀，一面预备自行回省。

这日正想夜里趁招商局轮船动身。早晨还在栈房里默默自想：“深悔自己多事，凭空的要捉人家的错处。如今人家错处捉不着，自己倒弄了一场没趣。”越想越没味。正在出神的时候，忽然门上传进一个手本，又拎着好几部书，又有一个黄纸簿子，上面题着“万善同归”四个大字。藩台见了诧异。忙取手本看时，只见上面写着“总办上海善书局候选知县王慕善。”又看那几部书：一部是《太上感应篇详解》，一部是《圣谕广训图释》，一部是《阴骘文制艺》，一部是《戒淫宝鉴》，一部是《雷祖劝孝真言》。藩台看了，心上寻思道：“原来都是些善书。刻善书固是好事，但他忽然要来找我，却为何事？”心上正想回复不见。那个拿手本的二爷说道：“这位王老爷据他自己说起，真正是个好人。自从他开了这个书局之后，所有的淫书已经被他搜寻着七百八十三种，现在一齐存在局中，预备大人调查。有些书外头都没有板子，只有他那里一部。他随身带个手折，都开的明明白白，预备当面呈上来的。”藩台一听这话，心上便想：“姑且叫他进来问问再说。我生平淫书亦算看得多了，那时会有七百八十几种？他既然有，姑且调来看看。等到看过，再出示禁止不迟。”主意打定，便吩咐了一声“请”。

少停王慕善进来，磕头请安，自不必说。归坐之后，藩台先问他：“这个局子是几时开的？一共刻了多少书？”王慕善道：“回大人的话，从卑职曾祖手里以至传到如今，一直以行善为念。到卑职父亲晚年，就想创个‘善书会’；苦于力量不足，没有办得起来。卑职仰承先志，现在虽然粗具规模，然而经费总还不够，所刻的书亦有限得很，刚才呈上来的几部都是的。卑职此来，一来想求大人提倡提倡；二来还有一篇淫书目录，等大人寓目之后，求大人赏张告示，严行禁止，免得扰乱人心。”一面说，一面又站起来把呈上来的书检出二部，指着说道：“凡事以尊主为本，所以卑职特地注了这部《圣谕广训图释》，是专门预备将来进呈用的。这一部《太上感应篇详解》，是卑职仰体制台大人的意思做的。听说制台大人极信奉的是道教，这《太上感应篇》便是道教老祖李老子先生亲手著的救世真言，卑职足足费了三年零六个月工夫，方才解释得完。意思想要再求大人赏张告示，禁止书贾翻刻，只准卑局一家专利；如此卑局方能持久，以后有甚么善书，便可多刻几部。就是大人有甚么著作，卑局亦可效劳。”

藩台道：“能够多刻几部原是极好的事，不过专利一层，我们做大宪的人，只能禁人为非，那能禁人向善，至于提倡一节，亦是我人应尽之责。甚么《圣谕广训图释》《太上感应篇详解》，你明天可送几百部来，等我下个公事，派给各府、州、县去看。”王慕善道：“卑局里的书能得大人如此提倡，将来一定可以畅销。卑职回去就在每部书的面上加上‘奉宪鉴定’四个大字。明天每样先缴进两百部来。”藩台道：“很好。”王慕善道：“请大人的示：这笔书价，卑职还是具个领字由大人这里来领呢？还是等到大人回省之后再到大人库上来领呢？”藩台初意，以为他这些善书虽然卖钱，至于这一二百部一定是捐送给各府、州，县看的。今见他论到书价，心上便有点不高兴。愣了半天，说道：“既然想要劝人为善，最好把这些书捐送与人家，如果要人家拿钱，恐怕来买的就少了。”王慕善不禁一惊道：“回大人的话：三部、五部，卑职还捐送得起；再多，不要说是卑职捐不起，就是卑局里也难支持得住！”

藩台道：“这开书局的经费是那里来的？”王慕善道：“都是捐得来的。”说着，又把那本《万善同归》的簿子翻了出来，查给藩台瞧。一头指着，一头说道：“这是某军门捐洋银五十两，这是某中丞捐洋五十元，这是某方伯捐银三十两，这是某太守捐洋四十元。”随后又特地翻出一条给藩台看，道：“只是家兄王子密部郎，就是现在做小军机的，他也帮过二十四两。”藩台道：“原来老兄是子翁的令弟！兄弟同令兄很要好，兄弟去年陛见进京，我们两个很说得来。但是这些钱都是众人捐凑的，更不应该拿他卖钱。兄弟既同令兄相好，将来回省之后，替老兄想个法子，弄一笔永远经费。外府州、县有肯为善的，也等他们捐两个。”王慕善听了，特地离位请了一个安，又说了声“谢大人栽培”。藩台道：“这书同簿子你先带回去。我这里有甚么捐款随手就送来给你，不消得写簿子的。”王慕善于

是感激涕零而去。

藩台送客回来，对着同来的幕友相公说道："现在的时势，拿着王法吓唬人叫人做好人还没人听你的话；如今忽然拿着善书去劝化人，你送给他瞧他还不要瞧，还要叫人家拿钱，岂非是做梦！说句老实话，这些书我就不要瞧。倒是把他那七百多种淫书调来看看，一定有些新鲜东西在内。"藩台说到这里，便有个幕友插嘴道："方伯既然晓得他这些书没用，为甚么还劝他捐给人家看呢？"藩台道："劝人为善，一来名气好听；二来他是小军机王子密的令弟，把他敷衍过去就完了。我那里有这许多工夫去替他派书，替他敛钱呢。"众人听了，方才明白。到得晚上，便即搭了轮船回省销差。

次日，王慕善还痴心妄想，当他未走，把善书装了两板箱，叫人抬着，自己跟着送到行辕里来。到门一问，才晓得藩台大人昨儿夜里已经离了上海。王慕善至此，还不觉得藩台昨儿同他说的一番话是敷衍他的，还疑心有了甚么要紧公事，急于回省。仍旧把书箱抬了回来，同人商量，把书箱交轮船寄上去。自己又另外打了一个禀帖，随着书箱同寄南京。

藩台回省查的参案，预先请过制台的示，无非是"事出有因，查无实据"，大概的洗刷一个干干净净。再把官小的坏上一两个，甚么羊紫辰、孙大胡子、赵大架子一干人统通无事，禀复上去制台据详奏了出去。凡是被参的人，又私底下托人到京里打点，省得都老爷再说别的闲话，一天大事，竟如此瓦解冰销。这是中国官场办事一向大头小尾惯的，并不是做书的人先详后略，有始无终也。

闲话慢表。且说王慕善自经藩宪一番奖励，他果然于次日刻了一块戳记，凡他所刻的善书，每部之上都加了"奉宪鉴定"四个大字。又特地上了几家新闻纸的告白。又把自己书局门口原有的招牌重新写过，是"奉宪设立善书总局"。招牌之旁添了两扇虎头牌，写的是"书局重地，闲人免入"。一面又挂着一条军棍。据他自己说："现在我这爿书局既然改了由官经办，我应得按照总办体制，伙计们就是司事。"又吩咐手下的人："以后都得称我为总办。"看了日子，开局悬挂招牌。预先由账房在九华楼定了几桌酒，发了一张知单，凡认识的官绅两途，请了好几十位，单子上也有写"知"字的，也有写"代知"的，还有写"谢谢"的。有些不晓得他的根底的，还当他的确是小军机王某人的令弟，同藩台有多大的交情，一齐凑了分子来送礼。

吉期既到，书局门前悬灯结彩；堂屋正中桌围椅披，铺设一新；又点了一对大蜡烛，王慕善穿了行装，挂着一副忠孝带，先在堂中关圣帝君神像面前拈香行礼。磕头起来，手下的司事又一齐向他叩头贺喜。然后人来客往，足足闹了半日。王慕善生怕正经官绅来的不多，扫他的面子，预先托了人走了门路，处处说好。居然到了那日，大老绅衿也到得两位。王慕善便殷殷勤勤留住吃饭，当下居中一席，宾主六位，王慕善自己奉陪，五个客人统通都是道台：第一位姓宋，号子仁，广东人氏。官居分省试用道，乃是这里有名的绅董，常常要同上海道见面的。第二位姓申，号义甫，苏州人氏，乃是一爿善局里的总董。自从他爷爷手里创办善举，无论那一省有甚么赈捐，都是他家起头。有名的申大善人，没有一个不晓的，到这申义甫手里，也着实有几文了。申义甫每办一次赈捐，连捐带保，不到五六年，居然由知县也升到道台，指省浙江。因为近年光景甚好，过的日子很舒服，也就不去到省了。第三位新从京里引见出来，路过上海，尚未到省的一位湖南试用道，姓朱，号礼斋，山西人氏。王慕善因为他也是观察，借他来装场面的，偏偏这位朱礼斋最欢喜摆自己的观察架子，有人问他"贵姓、台甫"他对答之后，一定要赘上一句"兄弟是湖南候补道"。无论湖南人员，别省人员，也不论候选、候补，只要官比他小的，见了他面，无论在张园里，或者戏馆里，番菜馆里，尊他一声"大人"，他马上就替人家惠茶东，惠戏价，惠酒账。上海有爿票号，都说有他的本钱在内，手笔亦着实开阔：有人拿了手本到他公馆里请安，同他叙大人、卑职，他一定请见，倘或告帮，少则十块、八块，多则三十、二十，亦常常的给人家。王慕善晓得他这个脾气，便有心交结他，无论那里碰着，老远的就是一个安，高高朗朗叫一声“大人”。请起安来，眼睛望着鼻子，低下了头，拿两只手往屁股后头一瘪。倘或朱观察问长问短，他满嘴的“是是是，者者者”。因此朱观察很赏识他，肯同他来往。第四位是一位江西候补道，姓蔡，号智庵，乃浙江人氏。是聪明刁刻一路的人。曾经代理过三个月盐道。自以为拿过印把子的人，觉得比众不同，眼眶子里只有督、抚、藩、臬，别人都不在他心上了。因与王慕善稍微沾点亲戚，王慕善特地央他来陪客。他初意想要不来的，后来听说宋子仁、申义甫一干人统通在彼，晓得场面还好，所以赶得来的。还有一位姓翁，号信人，山东人氏。身上只捐了一个候选道，在上海做做生意。不知如何被王慕善请得来的，便把他屈坐了第五位。幸亏他为人颟颟顸顸，于这些上头倒也并不在意。

当下坐定之后，王慕善先开口问宋子仁、申义甫二位道：“宋老伯，申老伯，这两天的公事一定忙得很？”宋子仁皱着眉头，说道：“不要说别的，单是两江制台、苏州抚台托查的事件就有七八桩在身上。还有上海道托我出来调处的事情，还有地方官办不了的事情，亦一齐来找我。真是天天吃了人参，精神亦来不及！刚刚上海道还在兄弟那边。上海道前脚走，上海县跟着又来。并不是欺他官小，对不住他，只好挡驾；见面之后，有得同你缠，只怕到此刻还不得来。义翁，你这两天接到山东的电报没有？黄河怎么样了？”申义甫立刻摆出一副忧国忧民的面孔，道：“利津口子还没合龙，齐河的大堤又冲开了，山东抚台昨儿一天共总有九个电报给兄弟，托兄弟立刻替他汇十万银子去。子翁，现在市面银根如此之紧，一时那里提得到许多！后来又来一个电报，说叫二小儿到工上去当差，年终合龙，两个过班可得道员。因此面情难却，汇了五万银子给他。二小儿亦就这两天动身前去。子翁可有甚么信带？”宋子仁道：“恭喜，恭喜！二世兄不日也同义翁一样，真正是凤毛济美！兄弟有甚么信，回来写好再送过来。”

正谈论间，代理过江西盐道的蔡智庵因与朱礼斋、翁信人扳谈，彼此问起“贵姓、台甫”。朱礼斋回答之后，又从靴页子里掏出一张“申报”，上面刻着分发人员名单，便指着一行说道：“上月引见分发的这湖南道朱议孙就是兄弟。”蔡智庵自以为曾经拿过印把子的人，自然目空一切。谁知翁信人也只是不理他。只有王慕善替他乱吹说：“这位朱大人，学问经济，名重一时。这回晋京引见，上头圣眷极好，不日就要放缺的。”蔡智庵不等他说完，急于替自己表扬道：“现在皇上很留心吏治，所以我们敝省抚宪陆大中丞委派兄弟代理盐道的折子上头特地还加了四个字的考语。诸位要晓得，代理的时候虽短，有得代理就会署事，有得署事就会补缺。同是一样候补道，尽有候补了几十年，一回印把子拿不到的多着哩。”王慕善听了，不胜倾倒。这时候，朱礼斋已经问过翁信人的“贵班”，翁信人说是“候选道”。蔡智庵道：“信翁要做事情，何不分发到省？不要说补缺，就是像兄弟代理过一次，到底多了一副官衔牌，说起来名气也好听些。”翁信人道：“我不过在这里做做生意，本来算不得甚么，不过常常要同你们诸位在一块儿，所以不得不捐个道台装装场面。我这道台，名字叫作‘上场道台’：见了你们诸位道台在这里，我也是道台；如果见起生意人来，我还做我的一品大百姓。”翁信人一面说，一面端起酒杯来一连喝了五大盅，也微微的有了点酒意。蔡智庵被他说的顿口无言，朱礼斋也做声不得。

申义甫大善士便提起：“刷印善书一节，真是关系人心风俗的一件事情。明天小儿到北边，可以叫他带几十部去顺便送送人，也算得一桩善举。”王慕善道：“小侄这爿书局所出的书，有诸位老伯、诸位宪台提倡，不愁没有销路。但是吃本利害．小侄自己一个钱的薪水不支，以及天天到局里办公事，甚么马车钱，包车夫，还有吃的香烟、茶叶，都是小

侄自己贴的。真正是涓滴归公，一丝一毫不敢乱用。如此谨慎，每月还要垫得五六百块。甚么朋友薪水，刻板刷印的工钱，以及纸张等类，没有一项少得来的。上回南京藩台到这里，小侄前去叩见，承他老人家美意，允许各项善书每种要一千部，札派各府、州、县代为分销。将来这笔书价，就在他们养廉银子里扣回，却是再好没有。不过目下要垫本印书，至少非四五千金不办，所以小侄要求诸位老伯、诸位宪台替小侄想个法儿，支持过去。将来少则三月，多则五月，各府、州、县书价领到之后，一定本利同归。小侄是决不食言的。”

当下各位道台听了他的话，你望望我，我望望你，一句话也没有。到底朱礼斋慷慨，首先创议，助银五百两。王慕善立刻请安，“谢大人提倡。”跟手宋子仁说了声：“兄弟只好勉竭绵力，捐一百银子，附附骥的了。”蔡智庵是向来吝啬的，不肯自己拿钱，却替王慕善出主意，说道：“这件事情，我们尽力帮一千，帮八百，在我们已经出了一身大汗；然而缺少还多，于是仍属无济。兄弟有个愚见，不知申义翁以为如何？”申大善士忙要请教。蔡智庵道：“所有各省赈捐银子都在义翁手里，无非是存在庄上生息。现在兄弟做个中人，求义翁拨借王大哥五千，利钱或照庄拆，就是多点也不妨。将来书价领到，本利双还。一则成全了善举，二来义翁又可多收几个利钱，岂不公私两便？”宋子仁也帮着劝说，连称“智翁所言极是”。王慕善听得心花都开。只见申大善士连连摇头道：“使不得！使不得！这笔赈捐银子，自从先曾祖存到如今，已有八十多年，是从来没有人提过。如今五千金虽然为数不多，王大哥非荒唐之人，兄弟亦没有甚么不放心。但是此例一开，人人都好来借。借的多了，都像王大哥这样谨慎的人是不打紧；设有差池，这笔款子谁来归还？所以兄弟这个不能出借的苦衷，还求诸公原谅！”

正说话间，忽见外面来了一个人，急匆匆走到申义甫耳朵旁边说了两句话。登时申大善士面孔失色。大家正要问信，又见走进两个堂子里的娘姨、大姐直至筵前，朝着王慕善说道：“恭喜耐王大少！倪先来，倪先生也来哉。”一句话，又把个王慕善弄得置身无地。

欲知后事如何，且听下回分解。

第三十四回

办义赈善人是富　盗虚声廉吏难为

话说王慕善这日正在局里请客吃酒，忽然走进来两个堂子里的娘姨、大姐，笑嘻嘻的朝着他说："我们先生就来。"王慕善一看，来的不是别人，正是他相好西荟芳花媛媛的一个大姐，名叫阿金，一个娘姨，名唤阿巧的。便是前个月里过节，王慕善短欠这花媛媛十二台酒钱，九十六个局钱，节边正因转运不灵，没有送去。花媛媛的母亲平时因见这位王大少来往的很有几个大人老爷，谅非安心漂账的人，一时掉头不转也是有的，因此并未叫娘姨、大姐上门来讨，以为过节之后，只要王大少仍旧前来照应，这钱终究要还的。谁料自从节前顶到如今，王大少一趟未曾光降。到局里问问，总说在家里，到公馆里问问，又说在局里，打定主意，总不叫你见面。后来又听他同走的朋友讲起，说王某人节后又做了百花底的周宝宝，两人十分要好，不到一月，已经吃过三个双台，碰过八场和。

花媛媛的娘心上恨极了，几次三番的要去候他，总被他预先得信，不是从后门逃走便是赖在周宝宝房间进住不出来。因此，花媛媛的娘一连候了几日未曾候到，只得天天仍旧到书局里来跑。后来碰到过一次，花媛媛的娘本来要同他拼命的，禁不起他花言巧语，下气柔声，一味的软缠，央告花媛媛的娘道："姆妈不要动气，实因前账未付，没脸登门，并非不放在心上。"又道："姆妈，我的事情你是晓得的。目下我这爿书局，新马路宋子仁宋大人，铁马路做善举的申义甫申大人，都肯帮我银子，把局面着实还要撑大。目下他们几位都已答应，但是银子还未到手，等到他们把钱一送来，头一注就先拿来还你。非但酒钱、菜钱两三百块算不得甚么，并且我从前许过媛媛送他一副金钏臂如今也要了此心愿。请你今天先回去，我少则十天，多则半月，一定不会误你事的。"

花媛媛的娘道："大少，人心是肉做的！你春天来做我们媛媛的时候，还是个小先生；如今……"王慕善不等他说完，便道："你不要说了，我有甚么不晓得的。将来银子下来的多，我还要讨媛媛做姨太太哩。你就是我的丈母娘。我讨了媛媛，接你丈母娘一块同住。"花媛媛的娘道："大少，你只要把局钱、菜钱算还给我就够了！别的好处我亦不敢想了！"王慕善道："事情将来定规要如此办，你放心罢了。"花媛媛的娘只得权时隐忍而去，连他跳槽的事亦未揭穿。

谁知过了半个多月，仍无消息。花媛媛的娘一连又叫人来过两三趟，无奈总不见面。他这爿书局乃开在靶子路北面，来一趟非轻容易。花媛媛的娘急了，乃买通王慕善的车夫。车夫便告诉他："几时几日开局，我们东家一定在这里的，你们尽管来就是了。"花媛媛的娘记在肚里。谁知到了开局的那一天，王慕善早已防备，预先托了宋子仁替他到营里借了四名亲兵，穿着号褂子站在局门口，弹压闲人；又请巡捕房派了两个华捕，帮同禁阻，一切闲杂人等毋许擅入。

却说花媛媛的娘，这日有事在心，一早便唤女儿起身。收拾停当，已有十一点半钟，及至走到，不差亦有半点钟了。只见人来客往，马车包车，着实不少。花媛媛母女两个晓得此时不便，又在外面茶馆里等了点半钟，看看来的人已去大半，方同了阿金、阿巧踅至

门前。亲兵、巡捕拦阻不准进去。媛媛母女二人面孔究竟还嫩，禁不起呼喝，便退了出来。毕竟阿巧心机灵巧，便道：“既到此间，那有不见之理！”便让媛媛母女仍到茶馆里去坐，他就拉了阿金硬闯进去。巡捕喝问何人，阿巧便说是王老爷自己公馆的人。巡捕不便阻拦，任其扬长进去。王慕善一见，果然大吃一惊。台面上正是一班贵客，倘若闹穿，诸多不便。急能生巧，便道：“你们来得极好。我家大老爷本来有封信在这里，我因为有事，所以还没送来。如此，就托你二人带了去，省得我走一趟。”说罢，趁着到房取信为由，把阿金、阿巧一直领到账房，先埋怨他不该当着大众坍我的台，又说：“上下不过几天，怎的就急到这步田地？”阿巧道：“事情并不与我相干。他娘儿两个一定要来，同在茶馆里；大少，你自己同他去说罢。”

王慕善皱皱眉头，道：“我正在这里有事，他们偏偏要来同我胡缠！”阿巧道：“这是你自己不好，说话不当话，也怪不得别人。洋钱一时来不及，多少给他们几个，陆陆续续的开销点，他们也不来找你了。”王慕善晓得今天的事非钱不能了结，硬硬头皮，从账房柜子里取出昨儿新借来的一封洋钱，数了数，除用之外，只剩得六十多块了。于是把零头留下，先拿五十块钱给媛媛。又拿十块给阿金、阿巧平分，求他二人快快劝他母女回去，有话过天再说。阿巧、阿金见钱眼开，乐得做好人，拿着洋钱，倒反千恩万谢而去。

王慕善见他二人走出大门，方把一块石头放下，重新赶到客堂入席，连说：“对不住！”又道：“刚才来的两个人，说也好笑，他先生就是普庆里的洪如意。还是家兄去年路过上海的时候照应过他几十个局，碰过几场和，吃过两台酒。等到家兄进京之后，他俩常常通信，还带过东西，都是小侄替他们传递。”宋子仁道：“令兄大人真要算个风流才子了！洪如意是由苏州来的，一切气派到底两样。”当下你一句，我一句，竟把花媛媛一段故事，丝毫未曾揭穿。

王慕善于是把心放下，举箸让菜，忽然才觉得不见了上面第二位申大善士，忙问众人：“申老伯那里去了？”宋子仁对他说：“申义翁听说为着庄上存的一笔款子，也不晓得怎样，管家来送了个信给他，他就急忙忙的去了。不及关照你，托我们关照你。一打岔就忘记了。”王慕善听了，甚为气闷。只因蔡智庵有劝他代借五千银子的一句话，虽未答应，在王慕善却不能不痴心妄想。当下席散，众人告辞。

次日，朱礼斋果然送到五百银子。王慕善千恩万谢，自不必说。但是上节过节拖欠太多，五百银子换了六百几十块钱，还还局账，还还店账。大老官有了钱，腰把子就硬起来了，不免又要多摆几个双台以及吃大菜、叉麻雀、坐马车、看戏、制行头，都是跟着来的。不到十天，五百雪花银早花得干干净净。等到钱花完了，又想到：“宋子仁还答应过我一百银子，不免向他要来应用。”偏偏碰着这位老先生极其罗苏，又是极其小心，见面之后，问长问短，问：“局里一个月有多少开销？现在已刻了多少书？每年可趁几个钱？”王慕善于是随嘴乱编，只求搪塞过去，好拿他的银子。后来宋子仁又说了许多勉励他的话，然后拿出来一张月底的期票。王慕善钱既到手，如获至宝，便也不肯久坐，随意敷衍了几句，一溜烟辞了出来。回到局里，一看是张期票远水救不得近火，于欢喜之中不免稍为失望。踌躇了半天，只得托本局账房朋友，化了几块洋钱，到小钱庄上去贴现，贴了回来，又被账房扣下五十多块，说是工匠薪工，厨房伙食，再不付，人家都要散工了。王慕善因到手只有八十来块钱，急的朝着账房跺脚，心上虽不愿意，而又奈何他不得。八十来块钱禁不得大用，不到三天又完了。

没得钱用，只得另觅别法，又想：“钱少了，实在不够挥霍。现在不去找蔡智庵，前天承他美意，肯替我向申义甫设法。”主意打定，便去找蔡智庵。蔡智庵听出前天申义甫的口气，晓得他一定不肯挪借，恐怕自己去说不成功，要坍台的，便道：“这话须得你老哥自己去找他，我们旁边人只能敲敲边鼓。他同老哥交情厚，自然会替老哥想法子的。”王慕善不知他用意，便道：“卑职遵大人的示，且等卑职去过之后，看是如何说法，再来禀复大人，求大人替卑职想个法儿。”蔡智庵道：“就是如此。”王慕善从蔡智庵那里出来，果然去找申大善士。进门之后，托门上人通报。门上人说：“我们大人正接着山西电报，听说山西今年闹荒年，抚台有电报来托这里汇银子去，正请了阎二老爷来，在厅上商量呢。你老还是此刻见，还是停刻见？”王慕善一想：“我这趟来的真不凑巧！偏偏来找他，偏偏碰着他有事。但既来到此间，断无不见佛面之理。”便道：“不管是谁，你替我回就是了。”

门上人递上名片。申义甫一见是他，肚皮里就有点不愿意，心上想道：“那天蔡某人一开口就劝我借给他五千银子，好容易被我借端逃走。他今日又缠上门来，真正讨厌！”欲待不见，不料王慕善已到廊檐底下等请了。申大善士无法，只得叫“请”。见面之后，寒暄过去，申义甫不等他说话，先问他道：“你晓得了没有？”王慕善回称不知，又问：“老伯有甚么事情？”申义甫道：“山西荒年，草根树皮没得吃了，现在吃人肉。抚台有电报来托我替他捐一百万银子的款，立等散放。老兄，你是晓得我的光景的，不要说是一百、八十万，就是十万、八万，三千、五千，我也得一个个的在人头上捐下来，那里有这笔闲款来垫哩。”王慕善道：“‘救人一命，胜造七级浮屠。’老伯做的是好事，如果有钱垫，自然早解去一天可以把人早救活一天。”申义甫道：“呀呀乎！兄弟若不是办的顶真，都像这样东挪西借起来，那里还能撑得起这个局面。”阎二先生也帮着申义甫，说申大先生如何勤恳，如何为难，“现在赈捐已成强弩之末，那里能像从前来的容易。”滔滔汩汩，说个不了。

王慕善到此，方请教他姓字。申义甫道：“你连阎二先生阎大善人还不认得？也难为你这个老上海了！他姓阎，他的号叫阎佐之，新近由知州保举了直隶州。已经三次奉旨嘉奖，有两回上谕高头，兄弟名字底下一个总是他。”阎二先生听了，满面孔义形于色，便亦请教王慕善的名号，王慕善说了。申义甫道：“这位王大哥，就是我同你说过开办善书局的那一位。”阎二先生道：“我们中国人认得字的有限，要做善事，靠着善书教化人终究事倍功半。倘若拿善书送给人家，人家不看，这书岂不白丢？依兄弟愚见：总不如实事求是，做些眼前功德，到底实在些。申大先生以为何如？”申义甫未及开口，王慕善道：“兄弟力量不足，所以只好刻刻书，劝化劝化人。如果本钱大，力量足，像申老伯做的这些事我都要做的。”

阎二先生冷笑道：“做善事要本钱，任凭你一辈子都做不成！兄弟资格浅，说不着。即以我们这申大先生而论，当初他家太太老伯手里，何尝有钱。他家太太老伯起初处个小馆，一年不过十来吊钱。后来本乡里因他年高望重，就推他做了一位乡董。他老人家从此到处募捐，广行善事。俗语说：‘和尚吃八方。’他家太太老伯连着师姑庵里的钱都会募了来做好事，也总算神通广大了。他家太太老伯不在的时候，已经积聚下几百吊钱。到他太老伯，以至他老伯手里，齐巧那两年山东、河南接连决口，京、津一带，赤地千里。地方上晓得他家肯做善事，就把他推戴起来，凡有赈捐，一概由他家经手。所以等到他家老伯去世，庄上的银子已经存了好几十万了。申老伯去世的前头几年，记得那时候我只有十三岁。有天到申府上替申老伯请安，申老伯拉着我的手，说道：‘你们小孩子家，第一总要做好人；做了好人，终究有返本的。你想，我公公手里是甚么光景？连顿粗茶淡饭也吃不饱。自从做了善事，到我手里，如今房子也有了，田地也有了，官也有了，家里老婆孩子也有了，伺候的人也有了，那一桩不是做善事来的？‘皇天不负苦心人’，这句话是一点不错的。后来申老伯去世，就传到我们这位申大先生手里。申大先生更与众不同，非但场

面比前头来的大，如今他老人家的顶子已经亮蓝，指日就要红了。你不听见说他们世兄即日也要保道台？真正是凤毛济美，可钦，可敬！”

王慕善听了，不胜艳羡，随向阎二先生说道：“你佐翁先生虽然不及申老伯，照此下去，发财亦是意中之事。”阎二先生道：“说那里话！我那里比得上他！《大学》上说的‘心诚求之，虽不中，不远矣’。我现在正在这里求着哩。”申义甫道：“不用你求，山西这一趟，你亦跑不掉。现在算来算去与其我们捐了银子汇上去叫他们去做现成好人，何如我们自己去，也乐得叫他们地方上供应供应。我们吃辛吃苦，卖了许多面子，捐了许多银子，还不应该好好的巴结巴结我们吗？而且还可以多带几个人去，将来义赈出力，保案当中也乐得多提拔几个人。”阎二先生一迭连声的答应“是”，又问：“大约几时可以动身？”申义甫道：“至少亦得十来天。现在顶要紧的是刻捐册，刻好了，好托报馆里替我们一家家去分送。稿子我这里已经拟好了一张，你看看，还有要改的地方没有？”阎二先生大约看了一遍，说道：“好是好，但是还少了八个字。”申义甫忙问：“那八个字？”阎二先生道：“‘经手私肥，雷殛火焚’这八个字好少的吗？你若是不把这八个字刻上去，人家一定不相信。”申义甫道：“是极，是极！这是我一时忘记，这八个字本来是不能少的。”

其时王慕善亦站起来帮着看了捐册底稿一遍，楞在旁边，一声不敢言语。后来听了他二人攀谈，方晓得其中还有这许多讲究。随后申、阎二人又议论到名字。申义甫道：“兄弟是劝捐世家，居中头一个，兄弟也不消客气的人。其余的你斟酌去罢。”王慕善至此忽然动了附骥的念头，便朝着申义甫说道：“申老伯，小侄虽是财力浅薄，这劝捐的事，自分还办得来。可否这捐册后头附上小侄一个名字？一来等小侄附骥，叫人家瞧着小侄得与诸大善士在一块儿办事，也是莫大的荣幸。再则小侄也可以借此历练历练。小侄情愿报效，捐来的钱，涓滴归公，一个薪水也不敢领。”

申义甫听了他话，同阎二先生两个你看看我，我看看你。歇了半天，申义甫未及开言，阎二先生先发话道：“备个名字在里头，这样事倒不容易。你不要以为安个名字上去是小事，一个名字虽然只有三个字，一个字要有几百万银子的沉重。你自问你有这个肩膀担得起这个沉重不能？”王慕善道：“既然如此，我去找宋子仁宋老伯做个保人，可好不好？”申义甫一想：“他这来是为借钱来的，现在借钱的话说不出口，倒想帮着劝捐，只求附个名字，我不好不答应他。而且他所来往的都是几个观察，看上去场面还不错，乐得送个人情答应了他。”便道：“并不是兄弟不相信吾兄，一定要吾兄找保人，实因事情关系者大，并不是兄弟一人之事，兄弟也作不得主。有个保人，人家就不会批评到兄弟了。”王慕善道：“这个小侄都知道。”申义甫又道：“吾兄现在做了我们自己一家人了，但愿吾兄从此一帆风顺，升官发财，各式事情都在此中生发，真正是名利双收，再好没有。从前人说：‘为善最乐’，兄弟是过来人，难道还骗你吗？”王慕善听了，自然高兴。

阎二先生道：“现在捐册还没有刻，再一笔笔的捐起来，至快也要二十天才得动身。今年十月里乃是家慈的七十晋九的生日。上次广西赈捐请奖案内已经替他老人家请了二品封典。前月家表兄进京，顺便把诰命轴子领到。兄弟打算看个日子，借张园替他老人家热闹一天。十月里兄弟要出去放赈，不能在家里，也就借此预祝，以尽人子之心。大先生以为何如？”申义甫道：“是极，是极！显亲扬名，本该如此。佐兄不是这两年办赈，那里能够有此一番作为。如有知单公启，兄弟一定预名。”阎二先生道：“本要借重。”又闲谈了一回，彼此别去。

自从这天起，申义甫便拿红纸另写了一张“劝捐山西急赈总局”的条子贴在门口。王慕善便不时的到他家里鬼混。过了三天，捐册石印好了，下一排末了一个果然刻着王慕善的名字。王慕善看了，心上着实得意。所有捐册，除送报馆代为随报分送外，但止王慕善

一个人身上就揣了五六百张。每到一处，开口三句话不离本行，立刻从怀里掏出捐册来送给人看，又指着末一个名字，说道："这就是兄弟，现在也在这里头帮忙。诸公如要赈济，不妨交给兄弟，同送到局里都是一样的。再者兄弟是初进去，等兄弟名下多捐几个，也替兄弟撑撑面子。"人家见他说得如此恳切，有些抹不下脸的，不免都得应酬他几块，然而大注捐款一注没有。捐了三天，捐册送掉三百多分，只捐得一百八十几块洋钱，都是些零星碎户。王慕善便有些懒惰起来。及至回到局里一问，才晓得申大先生三天不出门，坐在家里已经捐了人家十几万了。王慕善才晓得这劝捐一事，竟同做官一样，非有资格不可。

正是有话便长，无话便短。过了几天，便是阎二先生替他老太太预祝的日子。到了几天头里，先把张园大洋房定下，隔夜带了家人前去铺设一新。又定了一班髦儿戏，发了一张知单，总共请了三百多客，都是上海有名的大人先生。到了次日，阎二先生一早起来，穿了袍褂，坐了马车，赶到张园。又把自己妾生的一个儿子带了来。这个儿子才有九岁，也扎扮着，穿着小袍套小靴帽，戴着五品顶子。说今天来的客多，好叫他帮着回拜。此外账房家人，一共去了十来个。

阎二先生是七点钟到的张园。八点钟头一位客到，乃是这里有名的一位道台，叫作"磕头道台"。这人年纪也有四十来岁了。据他自己说，他这个道台也捐了二十来年了，指省湖北一直没有当过差使。公馆住在上海，专候人家有喜庆等事，他便穿着衣帽前来摆阔，无论这家同他有无来往，只要是场面上的人，被他晓得了，到了这一天，一定是他头一个戴着大红顶子前来磕头的。后来大家看熟了，就送他这们一个美号，叫作"磕头道台"。人家见磕头道台无处不磕头，就有些不认得的人，偶遇家中有事，亦就发付帖子给他，等他来磕头。这位磕头道台吃量又好，每到一个人家，总要等到开过席吃过中饭才走，有时候并且连晚饭都吃了去。人家有事，人来客往，总得有人陪客。别位大人先生，就是发帖子请他光陪，来虽来，不过同点卯应名一般，一来就走，而且还有拿架子不来的；独有这位磕头道台，他一到之后，马上就替你陪客送客，一直忙碌到走，不消主人费心的。因此各家有事都要请他。

且说这天磕头道台到了大洋房里，拜过寿堂，见过主人，让座奉茶。此时为时尚早，大洋房内空落落的一个客没有。主人阎二先生因这位磕头道台没有甚么谈头，便把儿子唤过来，叫他替老伯请安。磕头道台一见，先问几岁，读甚么书。阎二先生一一回答过。磕头道台又见他戴着顶子，便问："世兄贵班？"阎二先生道："还是前年四川水灾赈捐案内买的捐票捐的一个同知职衔。小孩子年纪小，等他大些再替他弄实官。"磕头道台道："现在捐票甚么折头？兄弟想请一个三代一品封典。"阎二先生道："有有有。某翁是自己人，我老实说。若是别人，就是出了钱我也不同他讲的。某翁要办这件事，姑且再等一两个月。这回山西义赈，极少要捐七八十万。有些捐整千整万的人，他们各人会替自己请奖，或者移奖子弟，我们想不到他的好处；就是请奖之外，有点盈余，也为数有限。其次，当铺钱业虽然由各府各县传谕各帮首董勒令派捐，将来他们这些捐票仍旧要出卖与人，希冀捞回两个。这种捐票都跟着大行大市走的，我们也占不到便宜。要拾便宜倒在零碎捐款上头。人家捐了一百、八十,十块、八块，谁还想甚么好处。然而积少成多，这便是经手人的沾光。譬如有一百万银子的捐款，照例请奖，人所共知的也不过十万、二十万，其余的都要等到凑齐整数。将要奏报出去的时候，那一省的事就由那一省的督、抚同我们商量好了，定个折扣卖给人家，仍旧可以请奖。人家乐得便宜，谁不来买。而且这笔买卖多半还是我们经手。"磕头道台道："如此一来，就是打个六折、七折卖给人家，岂不是一百万银子的捐款又多出六七十万吗？倒可以救人不少！"阎二先生道："你这人好呆！再拿这银子去赈济，我们一年辛苦到头，为的甚么。果然如此，我为甚么不叫你买捐票，倒叫你等两天

呢？叫你等两天就有便宜给你。不过这里头也不是我兄弟一人之事。现在山西急等赈济，靠你观察的面子，只要能够经手募捐万把银子，于照例请奖之外，兄弟并且可以在别人名下想个法子再送你一个保举；不要说是一个三代一品封典，别的官还可以得好几个哩。”磕头道台听了，着实心动。不过要他募捐一万银子，尚待踌躇。

正谈论间，客人也陆陆续续地来了，于是打住话头。后来客人渐渐地多了，主人便吩咐开席。磕头道台抢着代做主人，让人喝酒。自从冷荤盘子吃起，以至吃到后四道，一直没有住嘴。末了上了一碗红烧蹄子，他先让众人吃。众人都说：“谢谢，实在吃不下了。”他见众人不吃，便拿筷子横着一卷，一张蹄子的皮统通被他卷来，放在饭碗上。只见他拿筷子把蹄子一块一块夹碎，有一寸见方大小，和在饭里，不上一刻工夫，狼吞虎咽，居然吃个精光。依他肚皮，还没有吃饱，因见众人都停了筷子，他亦只好罢休。这桌席散，齐巧有后来的客，多开一席。他又抢着代东，吃过第二顿方才吃饱。抹过脸，又着实替主人张罗了一回，看了一回堂戏，后来见客人都已散完，他才走的。

且说阎二先生等老太太生日做过，停了一日，出门谢过客，便预备起身。他说出去放赈是穿不得皮袍子的，山西天冷，叫家里人替他做了一身的丝棉袄裤穿在里头，将来外面就是罩件破棉袍子也很够了。因为要做大善士，面子上不能不装做十二分俭朴。银子可以由汇兑庄汇去，棉袄棉裤不能不自己带去。好在沿途都有地方官派人照料。大善士是前去救人的，皇上还要另眼看待，不要说是一个小小州县。一个不好，只要大善士一封信给抚台，立刻拿他撤任，就是参官亦容易。因此，谁敢不来巴结他！诸事停当，便带了师爷、二爷一块儿上了火轮船，取道京、津，径往山西。在路行走非止一日，他到那里，沿途都打电报给山西抚台；好在大善士打电报是不花钱的。

有天到了山西境界。山西抚台预先有滚单下来给沿途州、县，说是南方大善士阎某人带了银子，还有棉袄棉裤前来赈济，是救我们山西百姓来的，我们地方上不好不尽地主之谊，一路之上都要好好派人招呼。那些州、县接到本省上司公事，有甚么不尽心的。打尖住宿，一齐都预备公馆。有些还张灯结彩，地方官自己出来迎接，大善士到店之后，还送鱼翅酒席。阎二先生要做出清正的样子，一到店忙叫店家把灯彩一齐撤去，人家送来的酒席，一概不收。问店里伙计要一碗开水，把带来的馍馍泡上两个，吃了充饥；同人家说：“我们有干粮吃，还算过的天堂日子。将来走到太原那边，赤地千里，寸谷不收，草根树皮都没得吃，饿得吃人肉，那日子才不是人过的哩！”说到这里，恨不得就哭出来，说道：“我想到那些遭难人的苦楚，我连干粮都吃不下了！”人家看了他这个样子，都拿他十分敬重，齐说：“这才真正是好人哩！”这个风声一出，下站办差的便不敢替他张灯结彩送酒席了。谁知他见人家办差草率，便道人家有心怠慢他，说：“我费了千辛万苦，带了银子来到你们山西地方放赈，原来替你们地方上救百姓的，怎么连点供应都没有？吃的东西亦不预备？还是瞧不起我们拿我们不当人呢？还是多嫌我们不要我们来放赈？既然多嫌我们不要我们来放赈，我立刻写封信给抚台，等我们回去就是了。”地方官一见大善士生了气，那还了得！早吓得屁滚尿流。自己当面求情求不下，又托了绅士出来挽留，才算答应的。等到地方官赶把酒席做好送来，他又说不要了，又道：“我不是争他这点东西，为的是场面上下不去。况且我们办善举的人，自有干粮充饥，是从来不受人家酒席的。”决计不收，一定叫来人抬回去。地方官拿他无可奈何，只得忍气吞声而止。有些州、县还有意巴结大善士，连大善士的师爷、二爷都得好处，托他在大善士跟前吹嘘，将来大善士到省，好在抚、藩跟前替他说好话，调好缺。因此，这一路上，大善士甚有威风。

一日到了太原地界。这太原一府正是被灾顶重的地方。大善士见机，晓得善门难开；倘若再像从前耀武扬威，被乡下那些人瞧见，一拥而前，那时节，连他的肉都被人家吃掉

还不够。于是吩咐手下人，分做三四起，一齐扮做逃荒的样子，都不坐车，走了十几里。等到进了城，见了本城地方官，然后再声张起来，说是南边阎大善士到了。抚台得了信，不等他来拜，先自己去拜他，说了多少仰慕感激的话，一口一声“阎老先生”，又面谕首府、县好生款待，好生招呼。阎二先生的官阶虽然只有个知州，然而这一回乃是赈济而来，便摆出他大善士的架子，连抚台亦不放在眼里，竟称抚台为某翁，自己称兄弟。齐巧这位抚台乃是最讲究这些过节的，现在为着要银子赈济，不能不仰仗于他，虽然奈何他不得，心上却实在不高兴，面子上依旧竭力敷衍。

阎二先生头天到得太原，第二天就派了手下司事等众带了钱米，分往各处，稽查户口，核实散放；自己也穿了极破的衣服跟在里头做事。列位要晓得：这些做大善士的人，一年到头，捐了人家多少银钱，自己吃辛吃苦，毕竟那被灾户口也着实沾光；若无此辈更不知要死掉多少人，有了此辈到底救活性命不少。此乃做书人持平之论，若是一概抹杀，便不成为恕道了。但是办捐的人能够清白乃心，实事求是，不于此中想好处的虽然也有；至于像这回书上所说的各节，却亦不能全免。既然有了这种人这等事，做书的人拿他描画出来，也不算得刻薄了。

闲话少叙。且说阎二先生在太原足足放了两个多月的赈，又办了些善后事宜，功德做了不少，银子却也用去不少。不但山西百姓颂声载道，就是山西官员，从巡抚以下，也没有一个不感激他的。他到此更觉扬扬得意，目中无人。又他生平为人度量极小，天底下人，除他之外，没有一个好的。回省之后，见了抚台，便把他放赈所到的地方那些府、厅、州、县，某人如何不好，某人如何不好，一半公怨，一半私仇，竟说的没有一个好人。抚台听了，当时亦着实生气，吩咐藩台把情节较重的撤参了几个。

毕竟他的架子太大了，不满意于人的地方很多。起先是他到抚台面前说人不好，后来渐渐的有人到抚台面前说他不好。人众我寡，一张嘴如何说得过众人。抚台想起他的前情，见了人那副傲慢样子，心上很不舒服他。因此便将计就计，上了一个折子，上叙：

> 山西吏治，早已坏到极处。现当大旱之后，户口凋残，元气一时难以骤复，非得关心民瘼之员，竭力抚循，不足以资补救。兹查有南中义绅、分省补用知州阎某人，此次由上海捐集巨款，来晋赈济，急公好义，已堪嘉尚。自到太原后，臣屡次接见，见其才识宏通，性情朴实；每至一处放赈，往往恶衣菲食，与厮养同甘苦，奔驰于炎天烈日之中，实属坚忍耐劳，难能可贵。及试以他事，尤复刚毅果敢，不避嫌怨，实为当今不可多得之员。伏乞俯念晋省需才，允留该员在晋差遣委用之处，出自逾格鸿慈。

各等语。折子上去，朝廷自然没有不答应的。

有天批折回来，抚台也不声张，袖了折子前去拜他。见面之后，又着实拿他抬举，慢慢露出借重之意。阎二先生听了，只当是抚台敷衍他的话，不免拿腔做势，添了许多自抬身价的话，说甚么：“现在山东，直隶都等着我去放赈，我顾了你们便顾不了别处。现在除非有上谕留我在贵省帮忙，那是无可奈何之事。除此以外，无论是谁都留我不住。”抚台到此方微微的一笑，从袖筒管里取出批折，送到他的面前。此时也不称他为阎老先生，但说得一句道：“现在有上谕在此，老兄请看。”阎二先生一听大惊，赶忙接在手中看时，只见前是山西抚台的折子保举他，留他在山西的一派话；后面一行奉旨，是“阎某人着交某人差遣委用”十几个字。阎二先生看到这里，一时又惊又喜，两手拿着折子放不下来。惊的是：他在我面前，从未提过一声，凭空的一个折子竟其把我留下。喜的是：我本是一个没有省份的人，现在忽然归了特旨班，即日就可补缺。因此心上忐忑不定，但是既经留

在山西，同抚台便是堂属体制，不能再照前番称呼。一旦要我恭顺起来，并非心有不甘，实在面子上一时放不下去。前日是并起并坐，今日是“大人、卑职”，未免叫不出口，难以为情。仔细思量，踌躇不决。既而一想：“他既然能够晓得我的好处，保举我，他便是我的知己。古人云：‘感恩知己。’我既感他的恩，就是叫声大人，有何不可。”主意打定，于是放下折子，慌忙离座，恭恭敬敬朝抚台磕了个头。磕头之后，接着请了一个安，说了声：“卑职蒙大人提拔，谢大人栽培。卑职情愿伺候大人，替大人效力。”抚台仍旧照前同他客气：每逢禀见，无不立请，见了面总是灌米汤。有些实缺道、府都赶他不上。他说一是一，说二是二，抚台从没道过一个“不”字，因而官场上有些黑点的反去趋奉他，巴结他。他起初同人家还客气，到得后来，也就“居之不疑”了。

又过了些时，他带来的银钱已渐渐放完，因为要在抚台面前讨好，又打电报到上海汇了十几万来。起先银子都归他一人经手，除掉放赈之外，并无别用。自从改归山西差遣之后，上海二批汇来的钱，抚台渐渐也要干预；有时并借办理善后为名，向他支付。他碍于抚台情面，不敢不付。十几万银子，经不得几回也就完了。银子用完再打电报到上海，人家晓得他已经做了山西的官，而且银子已用掉不少，大约可以无须再行接济，以后的钱便来得不像前头容易了。

他此时正在热头上，为了一件甚么事到抚台面前说首府不好。抚台马上把首府撤任，就同藩台商量，派阎某人署理。藩台说：“阎某人乃是知州班次，署理知府，未免衔缺不甚相当。”抚台把脸一板，道：“现在是甚么时候，还拘甚么资格吗？我从前保举他，留他在山西，就想要重用他的。现在朝廷尚且破格用人，你我岂可拘守成例！”藩台被抚台驳得无话可说，只得诺诺称“是”。回到衙门里，立刻挂牌；然而为他碰了抚台一个钉子，心上总不高兴。第二天阎二先生上去谢委，独独藩台没有见他。

抚台又立逼催他接印。恰巧前任这几个月碰着天旱，一无进款，赔的也苦极了，也乐得收交卸一天早轻快一天，阎二先生择定第三天接印。他老先生向来是俭朴惯的，上任的那一天，坐了一乘破轿子，名为四轿。其实只有两个轿夫，一把红伞，一面锣，喝道的亦止有一个。问问那些人那里去，回称：“都饿跑了。”阎二先生不便挑剔。等到拜过印，升堂点卯，六房书吏只有三个人，差役亦只有五六个。点卯应名都是一个人轮流上来好几趟。及至看他们穿的衣裳，都同叫化子一样。阎二先生手里早捏着一把汗，晓得荒年没有收成，这个缺万无生发；只得将计就计，做个清官，还好蒙骗上司的耳目。等到接印之后，一连十几日，下属应送的到任规，一处没有，而且弄得是政简刑清，案无留牍，连下属申详的案件，半个月来，亦是一桩没有。并不是德化感人，实因太原一府的百姓都已死净逃光，所以接印以来，竟无一事可做。

他这时仍旧总办放赈事务。看看秋尽冬来，北方天气寒冷，未交十月，已下得一场大雪。上海一连去了几个电报，不见有银子汇来，心中正在愁闷，一日端坐衙中，忽然接到抚台一个札子，折阅之下，这一急非同小可！

要知所为何事，且听下回分解。

第三十五回

捐巨资纨绔得高官　吝小费貂珰发妙谑

话说阎二先生自从代理太原府以来，每日上院禀见抚台，以及抚台同他公事往来，外面甚是谦恭。虽然缺分苦些，幸而碰着这种上司，倒也相处甚安，怡然自得。不料一日正坐衙中，忽然院上发来一角公事，折阅之下，乃是抚台下给他的札子。前面叙说他集款放赈如何得力，接着又说：

> 现在已交冬令，不能布种；若待交春，又得好几个月光景。这几个月当中，百姓不能餐风饮雪，非再得巨款接济，何以延此残生？该员声望素孚，官绅信服。为此特札该员迅速多集款项，源源接济、幸勿始勤终惰，有负委任。

各等语。阎二先生接到札子，踌躇了半夜。次日上院，又要顾自己面子，不敢说上海不能接济的话，只说已经打了电报去催，大约不久就有回信的。抚台听了，无甚说得。过了三日，又下一个札子催他。

他弄急了，便和一个同来放赈的朋友，现在他衙门里做账房的一位何师爷商量。何师爷广有韬略，料事如神，想了一想，说道：“抚台一回回的札子，只怕为的自己，不是为的百姓罢！”阎二先生道：“何以见得？”何师爷道：“现在太原府的百姓都已完了。到了春天，雨水调匀，所有的田地，自然有人回来耕种。目下逃的逃，死的死，往往走出十里、八里，一点人烟都没有，那里还要这许多银子去赈济。所以晚生想来，一定是抚台自己想好处。他总觉着你太尊上海地方面子大，扯得动，一个电报去，自然有几十万汇下来，那里晓得今非昔比，呼应不灵！”阎二先生道：“如今上了他的圈套，要脱亦脱不掉。你有甚么好法子呢？”

何师爷此时虽然挂名管账，其实自从东家接任到今，一个进账没有。而且这位东家又极其啬刻，每日零用，连合衙门上下吃饭，不到一吊钱。就是要赚他两个，亦为数有限。这个账他正管得不耐烦。如今听了东家的话，他便将计就计，想好了一条计策，说道：“太尊明日上院，只消求抚台给晚生一个札子。晚生拼着辛苦，替太尊回上海去走一趟。”阎二先生道：“札子上怎么说法？”何师爷道：“劝捐。”阎二先生道：“目下捐务已成强弩之末，况且上海有申大先生一帮在那里，你人微言轻，怎么会做过他们？”何师爷听了，笑道：“劝捐是假，报效是真。”阎二先生听到“报效”二字，便晓得其中另有文章，连问：“报效如何办法？”何师爷道：“若照部定章程，开个捐局专替山西办捐，人家有了银子，不论那里都好上兑，何必定要跑到你们局里。此我所以不说劝捐，而说劝人报效：因为劝捐是呆的，报效是活的。我只要抚台上一个折子，先说本省灾区甚广，需款甚繁，倘有报捐在一万两以上者，准其专折奏请奖励。”阎二先生道：“能捐一万银子的有几个呢？”何师爷道：“晚生的话还没有说完。捐不捐在他，出奏的权柄在我。能捐一万银子的固然不多，只要他能够捐上六七千，我们同抚台说明，算他一万，给他一个便宜，人家谁不赶着来呢。合起捐官的钱来，所多有限，将来一奉旨就是特旨班，人家又何乐而不为呢。这笔款子叫名是山西赈济，赈济多少，有甚凭据？尽着抚台的便，随他爱怎么报销就怎么报销。

如此办法，抚台有了好处；一定没别的话说。你太尊就是要调好缺，过府班，都是容易之事。他还肯再叫你在这太原府喝西风吗？”

一席话说得阎二先生不觉恍然大悟，连连点头，连称“你话不错”。又道：“话虽如此说，明天我就上去照你的话回抚台，这个札子一定是一要就到。但是你一无官职，他下札子给你，称呼你甚么呢？”何师爷道：“太尊办了这几十万银子的捐款，还怕替晚生对付不出一个官来？起码至少一个同知总要叼光的了。”阎二先生笑了一笑，心上也明白：“将来一个官总得应酬他的，准其明日等把话同抚台说好，随后填张实收给他就是了。”

商量已定，次日上院，便把劝人报效的法子告诉了抚台。又道：“我们山西没有外销的款子，所以有些事情绌于经费，都不能办，现在开了这个大门，以后尽多尽用，部里头还能够再来挑剔我们吗？”抚台听了，果然甚喜，便问：“这件事仍旧要到上海去办，那里有钱的主儿多，款子好集，但是派谁去呢？”阎二先生便把何师爷保举上去，又说：“这何某就是在上海帮着卑府办捐，后来又同到此地放赈的。此人人头极熟，而且很靠得住。委他劝办一定可以得力。”抚台道：“你老哥想出来的法子就不错，保举的人亦是万无一失的。”说着，便叫人请了奏折师爷来，同他说知底细，一面拜折进京，一面就下公事给何师爷，委他到上海劝办。次日何师爷上辕谢委，一张嘴犹如蜜糖一般，说得抚台竟拿他十二分器重。

阎二先生又趁空求调好缺。抚台说：“我亦晓得你苦久了，要紧替你对付一个好缺，补补你前头的辛苦。你由知州保直隶州的部文已到。这回赈济案内，我同藩台说，单保一个‘过班’尚不足以酬劳；所以于‘免补’之外，又加一个‘俟补知府后，以道员用’。兄弟老实说：这山西太原府一府的百姓不全亏了你一个人，还有谁来救他们的命呢？就是再多给你点好处也不为过。”阎二先生听了，谢了又谢。不久抚台果然同藩台说了，另外委了他一个美缺。不在话下。

且说这位何师爷名顺，号孝先，乃是绍兴人氏。自从奉了委札，便也不肯耽搁，过了两日，遂即上院禀辞。又蒙抚台发下来二百银子的盘费，又有在省的上司、同寅托他到上海办洋货买东西的钱，倒也有二三百两，一共约有五百银子光景。他便留起二百两当盘缠，拿那三百两换了现钱带着。走到路上，遇见那些被灾的人鬻儿卖女的，他男的不要，专买女的；坏的不要，单检好的。那些人都饿昏了，只要还价就肯卖人。人家讨价，如十岁的人只要十吊，五岁的只要五吊。他还价，每一岁只肯出五百小钱。人家想钱用，没得法子，只好卖给他。于是被他这一买，不到三天，竟其买到五十多个女孩子。他一路之上为这五十多个女孩子倒也花得盘费不少。到了上海，捡了几个年纪大些，面孔长得标致些的留下，预备将来自己收用。其余的或是卖给亲戚，或是卖给朋友，总收人家好几倍钱。末后又剩下二十多个没有人要。幸亏他上海人头熟，找到一个熟识的媒婆，统通交代了他，贩了出去，大大的卖了一笔钱。后来这些女孩子也晓得被媒婆子一齐卖到一个何等所在。做书的人既非目睹，说说亦是罪过，也就付诸不论不议之列了。

且说何师爷回到上海，便自己另外赁了一座公馆，挂起“奉旨设立报效山西赈捐总局”的牌子。未到上海的前头，已吩咐手下人等不准再称何师爷，须改口称老爷。靠着山西巡抚的虚火，天天拜客，竭力同人家拉拢。有人请酒，一概亲到。如此者应酬了一个月下来，居然有些人上他的吊，报效一万银子的有三个，八千银子的有四个，六千银子的有十来个。一面上兑，一面就打电报给山西抚台，替人家专折奏请奖励。真正是信实通商，财源茂盛。等到三个月下来，居然捐到三十多万银子，他一齐作为六七千报销上去，下余的都是他自己所赚。山西抚台得了他这笔银子，究竟拿去做了甚么用度？曾否有一文好处到百姓没有？无人查考，不得而知。

单说何孝先自办此事以来，居然别开生路，与申大善士一帮旗鼓相当，彼此各不相下。毕竟他是山西抚台奏派的，却也拿他无可奈何。又过些时，何孝先私自打电报托山西抚台于赈捐案内两个保举，从同知上一直保到道台，又加了二品顶戴。从此摇摇摆摆，每逢官场有事，他竟充作大人大物了。偶然人家请他吃饭，帖子写错，或称他为“何老爷”、“何大老爷”，他一定不到。只要称他“大人”，那是顶高兴没有。从此以后，羡慕他的人更多，不是亲也是亲，不是友也是友，都愿意同他往来。就有他一个表弟，是从前瞧不起他的，如今见他已做了道台，居然他表弟到上海也就来拜他了。

他表弟姓唐，行二，湖州人，是他姑夫的儿子。他姑夫做过两任镇台，一任提台，手中广有钱财。他表弟当少爷出身，十八岁上由荫生连捐带保，虽然有个知府前程，一直却跟在老子任所，并没有出去做官。因他自小有个脾气，最欢喜吃鸦片烟，十二岁就上了瘾，一天要吃八九钱。人家都说吃烟的人心是静的，谁知他竟其大谬不然：往往问人家一句话，人家才回答得一半，他已经说到别处去了。他有年夏天穿了衣帽出门拜客，竟其忘记穿衬衫，同主人说说话，不知不觉会把茶碗打翻。诸如此类，不一而足。一天到晚，少说总得闹上两个乱子，因此大众送他一个美号，叫他做“唐二乱子”。

且说这唐二乱子二十一岁上丁父忧，三年服满，又在家里享了一年福。这年二十四，忽然想到上海去逛逛，预备化上一二万玩一下子，还想顺便在堂子里讨两个姨太太。到了上海，虽然同乡甚多，但因他一直是在外头随任，平时同这般同乡并没有甚么来往，所以彼此不大接洽。恰巧他表兄何孝先新过道班，总办山西捐输，场面很大，唐二乱子于是找到了他。当天何孝先就请他吃大菜，替他接风，跟手下来，又请他吃花酒，荐相好给他。唐二乱子毕竟无所不乱，席上朋友叫的局，他见一个爱一个，没有一个不转局。后来又把老表兄何孝先素来有交情的一个大先生，名字叫甄宝玉的，转了过去。何孝先心上虽不愿意，但念他同乱人一般，无理可讲，只好随他。好在他烟瘾过深，也不能再作别事，乐得听其所为，彼此不露痕迹。

唐二乱子又好买东西：不要说别的，但是香水，一买就是一百瓶；雪茄烟，一买就是二百匣。别的东西，以此类推，也可想而知了。一连乱了十几日。何孝先见他用的银子像水淌一般，趁空便兜揽他报效之事。他问报效是何规矩，何孝先一一告诉了他。因为他是有钱的人，冤桶是做惯的，乐得用他两个，于是把打折扣上兑的话藏起不说，反说：“正项是一万，正项之外，再送三千给抚台，包你一个‘特旨道’一定到手。你是大员之后，将来引见的时候，只得山西抚台折子上多加上两句，还怕没有另外恩典给你。有此一条路，就是要放缺也很容易的。”一席话说得唐二乱子心痒难抓，跃跃欲试。但是带来的银子，看看所剩无几，办不了这桩正经，忙同何孝先商量，要派人回家去汇银子。何孝先是晓得他底细的，便说：“一万几千银子，有你老表弟声光，那里借不出，何必一定要家里汇了来？”唐二乱子道：“本来我亦等用钱，索性派人回去多弄几文出来。”何孝先生怕过了几天有人打岔，事情不成功，况且上海办捐的人，钻头觅缝，无孔而入，设或耽搁下来，被人家弄了去，岂不是悔之不及。盘算了一会，道：“老表，你如果要办这件事，是耽误不得的。我昨天还接到山西抚台衙门里的信，恐怕这个局子早晚要撤，这种机会求亦求不到，失掉可惜！依我的意思：这万多银子，我来替你担，你不过出两个利钱，一个月、两个月还我不妨。你果然如此办，马上我就回局子，一面填给你收条，一面打电报知会山西。这事情办的很快，不到一个月就好奉旨的。一奉旨你就是‘特旨道’。赶着下个月进京，万寿庆典还赶得上。趁这挡口，我替你山西弄个差使。这里头事在人为，两三个月，只怕已经放了实缺也论不定。”一席话说得唐二乱子高兴非常，连说：“准其托老表兄代借银子。利钱照算，票子我写。”何孝先见买卖做成，乐得拿他拍马屁，今天看戏，明天吃酒。每

到一处，先替他向人报名，说这位就是唐观察，有些扯顺风旗的，亦就一口一声的观察。唐二乱子更觉乐不可支。何孝先便劝他道："老弟，你即日就要出去做官了，像你天天吃烟，总得睡到天黑才起来。倘若放实缺到外边呢，自由自便，倒也无甚要紧，但是初到省总得赶早上几天衙门。而且你要预先进京谋干谋干，京里那些大老，那一个不是三更多天就起来上朝的。老弟，别的事，我不劝你，这个起早，我总得劝你历练历练才好。"唐二乱子道："要说起早，我不能；要说磨晚，等到太阳出了再睡，我却办得到。我倘若到京城，拚着夜夜不睡，赶大早见他们就是了。"何孝先道："他们朝上下来还要上衙门办公事，等到回私宅见客总要顶到吃过中饭。你早去了，他们也不得见的。就是你到省之后，总算夜夜不睡，顶到天亮上院；难道见过抚台，别的客就一个不拜？人家来拜你，亦难道一概挡驾？倘若上头委件事情叫你立刻去办，你难道亦要等到回来睡醒了再去办？只怕有点不能罢。"唐二乱子想了一想道："老表兄，你说的话不错。我就明天起，遵你教，学着起早何如？"当时无话。

是夜唐二乱子果然早睡。临睡的时候又吩咐管家："明天起早喊我。"管家答应着。无奈他睡惯晚的人，早睡了睡不着，在床上翻来覆去，鸡叫了好几遍，两只眼一直睁到天亮。看看窗户角上有点太阳光射了下来，恰恰才有点朦胧，不提防管家来喊他了，一连叫了三声，把他唤醒。心上老大不自在，想要骂人，忽然想起"今天原是我要起早，叫他们喊我的"，于是隐忍不言，揉揉眼睛爬了起来。当下管家忙着打洗脸水，买早点心。众管家晓得少爷今天是起早，恐怕熬不住，只好拿鸦片来提精神，于是两个管家，一递一个装烟，足足吃了三十六口。刚坐起来，却又打了两个呵欠。正想再横下去睡睡，却好何孝先来了。一见他起早，不禁手舞足蹈，连连夸奖他有志气："能够如此奋发有为，将来甚么事不好做呢！"唐二乱子一笑不答。何孝先便说："你不是要买翡翠翎管吗？我替你找了好两天，如今好容易才找到一个，真正是满绿。你不相信，拿一大碗水来，把翎管放在里头，连一大碗水都是碧绿的。"唐二乱子道："要多少价钱？"何孝先晓得他大老官脾气，早同那卖翎管的掮客串通好的，叫他把价钱多报些。当时听见唐二乱子问价，便回称"三千块"。谁知唐二乱子听了，鼻子里嗤的一笑，道："三千块买得出甚么好东西！快快拿回去！看亦不要看！"那个卖翎管的掮客听他说了这两句，气的头也不回，提了东西，一掀帘子竟去了。

唐二乱子道："我想我这趟进京，齐巧赶上万寿，总得进几样贡才好。你替我想，这趟贡要预备多少银子？"何孝先道："少了拿不出手，我想总得两三万银子。你看够不够？"唐二乱子又嗤的一笑，道："两三万银子够甚么！至少也得十来万。"何孝先道："你正项要用十来万，你还预备多少去配他？你一个候补道，不走门子帮衬帮衬，你这东西谁替你孝敬上去呢？"唐二乱子道："自己端进去。"何孝先道："说得好容易！不经老公的手，他们肯叫你把东西送到佛爷面前吗？要他们经手，就得好好的一笔钱。你东西值十万，一切费用只怕连十万还不够！"唐二乱子道："我们是世家子弟，都要塞起狗洞来还了得！"何孝先道："你不信，你试试看。"唐二乱子道："这些闲话少说，这种钱我终究是不出的。如今且说办几样甚么贡。"何孝先先想了一桩是电气车。唐二乱子虽乱，此时忽福至心灵，连说："用不得！这个车在此地大马路我碰见过几次。大马路如此宽的街，我还嫌他走得太快，怕他闹乱子；若是宫里，那里容得这家伙。不妥！不妥！"何孝先又说电气灯，唐二乱子又嫌不新鲜。后来又说了几样，都不中意。还是他自己点对，想出四样东西，是：一个玛瑙瓶，一座翡翠假山，四粒大金刚钻，一串珍珠朝珠。好容易把东西配齐，忙着装潢停当。

看看又耽搁了半个月，唐二乱子要紧进京。齐巧山西电报亦来，说是已经保了出去。

得电之后，自然欢喜。过了一天，又接到家信，由家里托票号又汇来十多万银子。取到之后，算还何孝先的垫款，还了制办贡货的价钱，然后写了招商局丰顺轮船大餐间的票子，预备进京。

在路非止一日，已到北京。唐二乱子是自小娇生惯养，以至成人，今番受了轮船火车上下劳顿，早害得他叫苦连天。预先托人在顺治门外南半截胡同赁了一所房子，搬了进去，就一连睡了三天。又叫人请大夫替他看脉。大夫把了脉出来，同管家说："你们大人不过路上受了点辛苦，没有甚么大毛病，将息两天就好的。"管家连忙摇手，道："先生，你万万不可如此说！你要说他没病，你二遭就没有生意了。你一定要说他有病，而且说病的很利害。开的药味要多，价钱要大，顶好每剂药里都要有人参；他瞧了才欢喜，说你的本事不错，明日仍旧请你。"大夫道："人参是补货，无论甚么病可以吃的吗？"管家道："大老官吃药，不过呷上一口就吐掉的。本来没有甚么病，横竖药又吃不到肚皮里去，莫说是人参，就是再开上些别的亦不防。我们已同对过药铺里说明，方子上有人参，叫他不论甚么放上些，价钱尽管开大，赚了钱一家一半。先生，你若是要生意好，要我们敝上天天来请你，你医金不妨多要些，三十两，二十两，尽管开口；要的少了，他还瞧不起你。这个钱我们亦是一家一半。先生，我们讲的是真话，并不是玩话。他是有钱的人，不赚他的赚谁的。"那个医生唯唯遵教而去。

到了次日，唐二乱子果然又派人来请。那医生便同来人说："贵上的症候很不轻，而且不好耽误日子，一天最好要看三趟。"又说："我为着要替你们贵上看病，把别的主顾生意一齐回掉，专看你一家，总得二十四块钱一趟，再加四元六角挂号钱。"唐二乱子一一遵命。等到开出方子来，动不动人参五钱、珠粉二钱，一贴药总在好几十块。唐二乱子吃过之后，连称："大夫有本事！果然病已好了许多！"又过了几天，方才出门拜客。

此番来京，为的是万寿进贡，于是见人就打听进贡的规矩。也不管席面上戏馆里有人没人，一味信口胡吹，又道："我这分贡要值到十万银子，至少赏个三品京堂侍郎衔，才算化的不冤枉。"人家听了他，都说他是个痴子，这些话岂可在稠人广众地方说的。他并不以为意。

他有个内兄，姓查，号珊丹，大家叫顺了嘴，都叫他为"查三蛋"。这查三蛋现在居官刑部额外主事，在京城前后混了二十多年。幸亏他人头还熟，专门替人家拉拉皮条，经手经手事情，居然手里着实好过。如今听见妹夫来京，晓得妹夫是个阔少出身，手笔着实不小，早存心要弄他几个，便借至亲为名，天天跑到唐二乱子寓处替他办这样，弄那样，着实关切。不料唐二乱子是大爷脾气，只好人家巴结他，他却不会敷衍别人的。查三蛋见妹夫同他不甚亲热，便疑心妹夫瞧他不起，心上老大不自在，因此心上愈加想要算计他一下子。

唐二乱子是肚皮里存不下一句话的，把进贡的事天天朝着大众说。查三蛋立刻拉在身上，说："我里头极熟，宫门费一切等事，等我找个人进去替你讲，十万银子的贡，大约化上三万银子的使费也就够了。"无奈唐二乱子另有一个偏见，别的钱都肯花，单单这个"宫门费"不肯化，说："我有银子宁可报效皇上。他们是甚么东西，要我巴结他！我做皇上家的官，是天子奴才；他们伺候皇上，难道不是奴才？我为甚么要送钱给他用？我有三万银子，我大八成的道台都可捐得了。我为甚么拿钱塞狗洞！"查三蛋道："'阎王好见，小鬼难当。'他们这些人寨如就是些小鬼，你同他们缠些甚么？见上司还要门包，难道见皇上就不要门包么？这宫门费就同门包一样，从敬事房起，里里外外有四十八处，一千多人分这笔钱，怎么好少他们的呢？"唐二乱子一听内兄要他花钱，心上愈加不高兴，闭着眼睛，摇头不语。其实查三蛋说的都是真话，就是劝他出三万两，

也恰在分际，所谓‘不即不离’。无奈唐二乱子因为舅爷是穷京官，本来就瞧他不起的，如今见他想要经手，越发生了疑心，所以彼此更不投机。查三蛋一见妹夫有疑他的心思，就是要掏良心也不肯掏了。

此时趋奉唐二乱子的人真不少，大家一见查三蛋话不投机，就有个想讨好的私下同唐二乱子说：“我认得军机上某王爷，大约只消化得一万银子，这份贡礼就托王爷替我们带了进去。有王爷的面子，还怕上头不收？王爷又在军机上，这事情由他经手，将来上头有甚么恩典，少不得仍在王爷手里经过，他得了你一万银子，一定是替你尽心的。不要说京堂，论不定上头只肯给你一个京堂，王爷替你求求，变个侍郎，亦未可知。”唐二乱子信以为真，从此便不理他内兄，把这事全托了那个人。那个人又天天来候信，催着付银子，又道：“早进去一天，观察就早高升一天。”唐二乱子果然把一万银子给了他。谁知那人钱已到手，一连三日没有回复。

唐二乱子急了。幸亏他是直性子的人，等到没得主意的时候，仍旧请了舅爷来商量。查三蛋见妹夫又请教到他，便乃扬扬得意的说道：“你这人本来好糊涂！我们至亲，岂肯叫你上当。你不相信，偏要听人家的瞎话，拿我们不当人。如今怎么样？一万银子那里去了？事情到底办成没有？”唐二乱子道：“这些话不用说了。都是我不好，误听人言，丢掉一万银子算不了甚么！”查三蛋道：“我叫你只出三万银子的宫门费，你嫌多；如今又贴上一万，倒说算不得甚么。真正不晓得你们打的是甚么算盘！”唐二乱子一声不响，闷在那里吃烟。查三蛋又道：“京城里这种人，撞木钟的人很多，一个不留心就上了当去。等到骗了你的银子，你要找他，也就没有地方去找他了？我且请教你：那个人到底叫个甚么名字？你怎么会认得他的？”唐二乱子道：“那人没有姓，名字叫文明，是个在旗的。还是那天在志美斋席面上认得的。他说他是内务府的司员，现住城里石驸马大街。我想他既是内务府的官，一定里头的信息灵通的，所以就托他去办。谁知遭了他的骗！真正意想不到之事！”查三蛋道：“越发荒谬！他既是内务府的人员，不在里头走门路，倒走到外头来！岂有此理！岂有此理！也好，不经一事，不长一智。这已过去的事情，也不用谈他了，且商量现在我们怎么办法。”唐二乱子道：“我已经吃亏一万，现在你再要三万岂不是总共要化去四万？我总嫌太多。如今我只肯再出两万，连失撇的总共三万，也总算依你的数了。”查三蛋道：“一万银子是你自己愿意被人家骗去，与我何干？又不是我用的！这话可笑不可笑！”唐二乱子道：“我不管！我总在这个算盘上算。”查三蛋低头一想：“他的算盘如此打法。我如今按照三七叫他拿钱，并没有叫他多拿分文。无论那里，看他用钱用的很大方，独独于我至亲面上如此计较。而且我办的仍旧是他切己之事。他同我调脾，我也犯不着拿好良心待他。看来他上过一次当还不够，定要叫他再上一次，方能明白。”主意打定，便道：“既然你只肯两万，三成之中，不过少得一成，同前途去商量起来看。只要他们肯收，我又何苦要你多化呢。”唐二乱子听得此言入耳，方才说了声“费心”。

查三蛋退辞出去，便去找到素来同他做连手的一个老公，告诉他有这笔买卖。老公不等他提价钱，先说道：“三爷的事情，又是令亲，我们应得效力。”查三蛋道：“不是这等说。”便附耳如此这般，述了一遍，又道：“我们虽是亲戚，但是他太觉瞧人不起，只肯出一万银子的宫门费。他是有钱的人，不是拿不出，等他多化两个亦不打紧。”老公一听，他们至亲尚且如此，乐得多敲两个。连忙堆下笑来说道：“他是甚么东西！连着亲戚都不认，真正岂有此理！就是三爷不吩咐，咱也要打个抱不平的！我去招呼他，叫他把一万银子先交进来。就说上头统通替他回好，叫他后天十点钟把东西送上来。等他到了这里，咱们自然有法子摆布他。”查三蛋诺诺连声，连忙赶到唐二乱子寓所同他说：“准定二万银子的宫门费，由大总管替我们到上头去回过。叫你今天先把宫门费交代清楚，后天大早再自己押着东西进去。”唐二乱子道：“何如！我说这些人是个无底洞，多给他多要，少给他少要。不是我拦得紧，岂不又白填掉一万，如今二万银子我是情愿出的。”说着，便叫一个带来的朋友，拿着折子到钱庄上划二万银子交给查三蛋，替他料理各事。查三蛋银子到手之后，自己先扣下一半，只拿一半交代了老公。老公会意。

到了第三天，唐二乱子起了一个大早，把贡礼分作两台，叫人抬着。查三蛋在前引路，他自己却坐车跟在后头。由八点钟起身，一直走到九点半钟，约摸走了十来里，走到一个地方。查三蛋下车，说：“这里就是宫门了，闲杂人不准进去。”众人于是一齐歇下。查三蛋挥手，又叫众人退去。唐二乱子亦只得下车等候。等了一回，只见里头走出两个人来，穿着靴帽袍子。查三蛋便招呼唐二乱子，说：“门里出来的就是总管的手下徒弟，所有贡礼交代他俩一样的。”唐二乱子一听是里头的人，连忙走上前去，恭恭敬敬请了一个安，口称：“唐某人现有孝敬老佛爷的一点意思。相烦老爷们代呈上去。”谁料那两个老公见了他，大模大样，一声不响。后来听他说话，便拿眼瞧了他一瞧，说道：“你这人好大胆！佛爷有过上谕，说过今年庆典，不准报效。你又来进甚么贡！你是甚么官？”唐二乱子道：“道台。”老公道：“亏你是个道台，不是个戏台！咱问你：你这官是怎么来的？”唐二乱子道：“山西赈捐案内报效，蒙山西抚院保的。”老公道：“银子捐来的就是，拉甚么报效！名字倒好听！咱一见你，就晓得你不是羊毛笔换来的！如果是科甲出身，怎么连个字都不认得？佛爷不准报效，有过上谕，通天底下，谁不晓得，单单你不遵旨。今儿若不是看查老爷分上，一定拿你交慎刑司，办你个‘胆大钻营，卑鄙无耻’！下去候着罢！”那老公说完了这两句，扬长的走进去。

唐二乱子这一吓，早吓得浑身是汗，连烟瘾都吓回去了。歇了半天，问人道：“我这是在那里？”其时抬东西的人早已散去，身旁止有查三蛋一个。查三蛋一见他这个样子，晓得他是吓呆了，立刻就走过来替他把头上的汗擦干，对他说道：“当初我就说钱少了，你不听我。可恨这些人，我来同他说，他们连我都骗了。既然二万不够，何不当时就同我说明，却到今天拿我们开心！”

此时唐二乱子神志已清，回想刚才老公们的说话不好，又记起末后还叫他“下去候着”的一句话，看来凶多吉少，越发急的话都说不出。只听查三蛋附着他的耳朵说道：“老妹丈，今天的事情闹坏了！有我亦不中用！看这样子，若非大大的再破费两个不能下场！”唐二乱子一心只想免祸，多化两个钱是小事，立刻满口应允。查三蛋便留他一人在外看守东西，自己却跑上台阶，走到门里，找着刚才的那个老公。往来奔波，做神做鬼，又添了二万银子。先把贡礼留下做当头。二万银子交来，非但把贡礼赏收，而且还有好处，倘不交二万银子，非但不还东西，而且还要办“胆大钻营”的罪。三面言定，把贡礼交代清楚。唐二乱子方急急的跟了查三蛋出来。这天起得太早，烟瘾没有过足，再加此一吓，又跑了许多路，等到回寓，已经同死人一样了。

以后如何，且听下回分解。

第三十六回

骗中骗又逢鬼魅　强中强巧遇机缘

话说唐二乱子唐观察从宫门进贡回来，受了一肚皮的气，又惊又吓，又急又气。回到寓处，脱去衣裳，先吃鸦片烟过瘾。一面过瘾，一面追想："今日之事，明明是舅爷查三蛋混账！我想我待他也不算错，拿他当个人托他办事，不料他竟其如此靠不住！你早说办不来，我不好另托别人？何至于今天坍这一回台呢！"往来盘算，越想越气。然而现在的事情少他不得，明晓得他不好，又不敢拿他怎样发作，只好闷在肚里。过足了瘾，开饭吃饭。老爷一肚皮闷气无处发泄，只好拿着二爷来出气，自从进门之后骂人起，一直骂到吃过饭还未住口。

查三蛋见他骂的不耐烦，于是问他："许人家的二万头怎么样？"唐二乱子道："有甚么怎么样！不过是我晦气，注着破财就是了！"一面说，一面叫朋友拿折子再到钱庄里打二万银子的票子给查三蛋。临走的时候，却朝着查三蛋深深一揖，道："老哥，这遭你可照应照应愚妹丈罢！愚妹丈钱虽化得起，也不是偷来的！出的也不算少了！我也不敢想甚么好处，只图个'财去身安乐'罢！老哥，千万费心！"查三蛋听他的话内中含着有刺，毕竟自己心虚，不禁面上一红一白，想要回敬两句，也就无辞可说了。挣扎了半天，才说得一句道："我们至亲，我若是拿你弄着玩，还成个人吗。单是他们不答应，也是叫我没有法子！"唐二乱子并不理他。查三蛋同了那个朋友去划银子不题。约摸过了五个钟头的时候，其时已将天黑，唐二乱子见他没有回报，不免心中又生疑虑，便想派人去找他。正谈论间，只见他从外头兴兴头头的进来，连称"恭喜"。唐二乱子一听"恭喜"二字，不禁前嫌尽释，忙问："银子可曾交代？进的贡怎么样了？"查三蛋道："银子自然交代。贡都进上去了。听说上头佛爷很欢喜，总管又帮着替你说话，已有旨意下来，赏你个四品衔。"唐二乱子道："甚么四品衔！我自己现现成成的二品顶戴，进了这些东西，至少也赏我个头品顶戴，怎么还是四品衔？难道叫我缩回去戴蓝顶子不成？"查三蛋道："这个不晓得。但是，恩出自上，大小你总得感激。就是你说的有现成的红顶子，这个不相干。那是捐来的，这是特旨赏的，到底两样。"唐二乱子道："道台本是四品，也不在乎又赏这个四品衔！"查三蛋道："这个何足为奇！怎么有人赏个三品衔，派署巡抚？难道巡抚不比三品衔大些？"终究唐二乱子秉性忠厚，被查三蛋引经据典一驳，便已无话可说；并不晓得凡赏三品衔署理巡抚的都由废员起用一层。他仕路阅历尚浅，这都不必怪他。且说他自从奉到赏加四品衔的信息，心上一直不高兴。无奈查三蛋只是在傍架弄着，说："无论大小，总是上头的恩典。到底上起任来，官衔牌多一付。你虽不在乎此，人家却求之不得。无论如何，明天谢恩总要去的，倘若不去，便是看不起皇上。皇上家的事情，一翻脸你就吃不了。还是依着他办的好。"唐二乱子无奈，只得一一遵行。

到了第二日谢恩下来，无精打采的，也没有拜客，一直回到寓处，心想："我化了不差十五万银子，只弄到这们一点点好处，真正划算不来！"一个人正低着头乱想，忽见管家拿进一张名片来，说是"有客拜会"。唐二乱子举头看时，只见片子上写着"师林"两

个大字，便知又是旗人了。愣了一回，回称：“我不认得这人。他是谁？来拜我做甚么？”管家道：“小的也问过他们爷们。他们爷们说：他老爷是内务府堂郎中①的兄弟。晓得上回文明文老爷拿了老爷一万银子，事情没有办妥。如今这一万银子的事情，连堂官都晓得了，交派他老爷的哥哥查办这事。他老爷的哥哥为着事情忙，所以特地派他四老爷来的，因为自己亲兄弟，各式事情靠得住点。”唐二乱子此时正因一注注的银子化的冤枉，心上肉痛，一听这话，心想：“这桩事怎么会被内务府堂官晓得？如果内务府堂官用了我的钱，少不得总有好处到我，倘若没有用，这个钱果然被姓文的吃起，也总有个水落石出，不如请他进来问问再讲。”主意打定，便吩咐一声“请”。

此时六月天气，正是免褂②时候。师四老爷下得车来，身上穿了一件米色的亮纱开气袍，竹青衬衫，头上围帽，脚下千层板的靴子，腰里羊脂玉螭虎龙的扣带，四面挂着粘片搭连袋、眼镜套、扇套、表帕、槟榔荷包，大襟里拽着小朝烟袋，还有甚么汉玉件头，叮呤当啷，前前后后都已挂满。进门的时候，手里还摇着团扇，鼻子上架着大圆墨晶眼镜。走到会客厅坐下。等了一回，主人出来。师四老爷慌忙除掉眼镜，把团扇递在管家手中，因系初见，深深一躬。唐二乱子连忙还礼，礼毕归坐，先叙寒暄。

师四老爷为人着实圆到，见了唐二乱子说了无数若干的仰慕话，又说：“兄弟常常听见家兄提起大名，每恨不能一见；今日齐巧有堂派查办的公事，家兄里头事情多，不得闲，所以派了兄弟来的。所查的事情，老哥想已晓得的了？”唐二乱子道：“恰恰晓得。多承诸位大人及令兄大人费心，兄弟实在感激得很！诸位大人及令兄大人跟前，兄弟还没有过来请安，甚是抱歉！”师四老爷道：“自家人，说那里话来！”唐二乱子道：“文某人同四哥是同衙门？”师四老爷道：“兄弟在银库上行走，文某人在外头当些零碎差使，虽同衙门，却不同在一处，不过晓得有他这么一个人罢了。现在是上头堂官晓得了这桩事情。不瞒老哥说：这些事情原是瞒上不瞒下，常常有的，就是家兄及兄弟也常常替人家经手。堂官晓得了这件事很生气，说：‘被他这一闹，岂不拿我们内务府的牌子都闹坏了吗！’马上要撤姓文的差使，还要拿他参办。后来是家兄出了一个主意，说：‘文某人这注钱到手不多几天，大约还可以归原。现在不如暂且不拿他发作，由我们下头吓吓他，骗骗他，等他把原银缴了出来，就求上头给他一个恩典。一来保全他的声名，二来拿银子还了原主，亦可见得我们内务府的牌子到底不错。’堂官听了家兄的话，甚以为然，答应照办。谁知家兄事情虽则拉在身上，无奈一天到晚公事忙不了，那里还有工夫管这些闲账。一搁搁了三天，难为上头堂官倒惦记着这事，今天又问了下来，所以家兄特地派兄弟过来先问问详细情形，好斟酌一个办法。”唐二乱子道：“多蒙费心！”说着，便把姓文的事情细述一遍。又道：“兄弟并不是舍不得这一万银子，为的是情理上说不过去。”师四老爷道：“是哟，等到回去告诉了家兄，再过来禀复。”

于是二人又谈了些别的闲话。唐二乱子着实拿师四老爷恭维，又道：“现在朝廷广开言路，昨儿新下上谕，内务府人员可以保送御史，将业贵府衙门又多一条出路。”师四老爷皱着眉头，说道：“好甚么！外头面子上好看，里头内骨子吃亏。粤海、淮安，江宁织造③一齐裁掉，你算算，一年要少进几个钱？做了都老爷，难道就不喝西风？就是再添一千个都老爷，也抵不上两个监督、一个织造的好：这叫作‘明升暗降’。”

唐二乱子又问他住处。师四老爷道：“家兄及兄弟都是一天到晚不回家的时候多。有甚么事情，兄弟过来，千万不敢劳驾。”说完，起身告辞。临上车时，又再三作揖打恭，叫唐二乱子不要回拜。唐二乱子只得答应着。等到师四老爷去后，唐二乱子一人想道：“凭空丢掉一万银子，一点声音也没有听见，真正恨人！却不料这事竟被内务府堂官晓得，看起来这银子倒还有回来的指望。银子小事，堵堵查三蛋的嘴也好。”想罢，怡然自得。因

为师四老爷再三叮嘱不要回拜，只好遵命，意思想过天邀他吃饭，以补此情。

谁知到了次日一大早，师四老爷改穿了便衣过来，说："昨日兄弟回去之后，就把详细情形告诉家兄。家兄当时就把姓文的找了来。你晓得这姓文的是谁？"唐二乱子道："不晓得。"师四老爷道："他就是福中堂的嫡亲侄少爷。他叔叔现在阔了，未曾入阁，就奉旨抬进了厢白旗。因为他侄儿没出息，不干正经，所以一点不肯照应他，由他一个人去混。他还常常打着他叔叔的旗号，在外头招摇撞骗，弄人家的钱。被福中堂晓得了，打过好几顿，锁在一间空屋里，此番不晓得几时放出来的。我们堂官总看他叔叔分上，常派他个小差使，等他混两个钱使；大一点事情又不敢派他，怕他要闹乱子。如今好，索性又把堂官的旗号打出来了。家兄一想，这件事倘要认真办起来，与受同科，不但姓文的担不起，就是老哥亦落不是的。再说句老实话，福中堂的面上也不好看。平时他老人家虽然恨他侄儿，等到有起事情来，'折了膀子往里弯'，总是帮自己人的。就是老兄也不犯着因此得罪福中堂。所以家兄一听是他，越发要替两面把这事圆全下来。当时找着他之后，衙门里不便说话，家兄请他上馆子，吃到了一半，才把这事先吐一点风给他。他起初还想赖，后来被家兄点了两句眼，他无话说了，然后自己招认的，自认是一时糊涂，央告家兄替他想法子。家兄看他软了下来，索性吓他一吓，便同他说道：'你老哥这件事也太荒唐了！原主儿已在都察院拿你告下了，不久就有文书来提你归案的。堂官今儿早上得了这个信，气的了不得，已回过你们老中堂。将来都察院文书来的时候，因为要顾本衙门的声名，不能不拿你公事公办。'谁知这一吓，才把个小哥吓毛了。这小哥儿不管有人没人，在馆子里朝着家兄就跪下了，求着替他想法子。家兄一见大惊，说：'这是甚么地方！有话请起来说，被人家瞧着算那一回事呢！'家兄叫他起，他不肯起，后来好容易被家兄拉了起来。家兄就问他：'你这个钱可曾动过没有？'那姓文的回称：'刚正骗到之后，一直没有敢出手。这两天听听外头风声定些，到昨日才动了九百几十两银子。'家兄道：'好好好。现在你把那未动的九千零几十两银子拿了来。堂官跟前，我替你想法子去，保你无事。'姓文的说：'总要能够按住姓唐的不告才好。'家兄就说：'唐观察那里，有我们兄弟俩替你求情，这点面子还有。'"

唐二乱子此时听得一万银子尚有九千多好收回，早已心满意足，便连连的说道："不要说是还能够收九千多，就是再少些，只要贤昆仲一句话，兄弟无不遵命。况且贤昆仲替兄弟出了这一把力，难道兄弟就不该应拿出两吊银子来道乏吗。"师四老爷道："咱们自己人，还说甚么道乏！你快别说了，叫人不好意思的。"唐二乱子道："四哥虽如此说，兄弟总得尽心的。"

师四老爷道："兄弟的话还没有完。家兄见他肯把九千多银子交出来，便不肯放松一步。当时拿话拢住他，等到吃完了饭，同他同车到他家里，叫他把银子一五一十统通交代了家兄，点过数目不错，然后家兄又到衙门里找到兄弟，叫兄弟先过来送个信。并且叫兄弟代达，说姓文的拿了老哥这边一万银子，已经被敝衙门的两位堂官统通知道。后来是家兄出主意，叫姓文的吐出来，求上头保全他的功名。现在上头已答应。姓文的银子，家兄亦业已到手。却不料已经被他用掉了九百多两，归不得原，上头堂官跟前就不好交代。倘若为着这九百多银子弄得姓文的坏官：一来他们令叔面子上不好看；二来家兄骗他这个九千多银子出来，原答应他保他无事，现在也不可失信于他。但是银子只有九千零几十两，堂官不好拿来交还吾兄。愚兄弟有钱的时候呢，这几百银子就替姓文的垫了出来，等他光光脸；只要预先同老哥说一声，将来老哥银子到手之后，把那九百多两仍旧算还就是了，连利钱都不要的。大家都是为朋友，有甚么说不明白。无奈愚兄弟应酬大，钱来不够用，都弄得前缺后空。一个堂郎中，一个银库，连着九百多银子都垫不出，说出来人家亦不相信。要不是老哥跟前，彼此知己，兄弟也不好实说。”唐二乱子道：“笑话！贤昆仲如此出力，已经当不起，怎么好再叫贤昆仲贴钱。少掉九百多银子，兄弟情愿自己吃亏，既不要贤昆仲代认，也决计不要文某人吐出来，一则顾全福中堂面子，二则我们那里不拉个朋友。拜求四哥代为禀复贵衙门的几位大人，这九百多两银子就说我姓唐的情愿不要了，务求诸位大人不必追究此事。”

师四老爷连忙分辨道：“你老哥不在乎这九百多银子，我们有甚么不晓得。不过姓文的总得把一万银子归原，由他完完全全交到堂官手里，再由堂官完完全全交给老哥，然后大家都有面子，倘若少了一分一厘，姓文的就不能交代上头，上头也不能交还老哥。就是老哥不说甚么，勉强收了，终究于敝衙门声名有碍。现在用了这九百多银子，上头堂官还不晓得是姓文的拉住家兄替他想法子。所以家兄叫小弟过来代达：不看别的，总看他令叔福中堂分上，由老哥这边借给他九百多银子，等他把一万之数凑足，交代上头。好在此款终究是归老哥的。将来老哥一同收了回来，彼此不响起。如此办法，不但成全了姓文的功名，且顾全了他叔叔福中堂的面子，三则敝衙门也保全声名不少。我们敝衙门的人没有一个不感激老哥。至于老哥说甚么道乏，我们敝衙门上下已承老哥保全不少，还敢想甚么好处；就是老哥另有赏赐，家兄及小弟亦决计不敢再领的。”唐二乱子听了他话，心上盘算了一回，自言自语道：“面子上叫我拿九百银子去换九千银子回来，而且连那九百也还我，不过他们借去用一用，此事原无不可。但是我同姓师的才第二回见面，一来人心测摸不定，二来他哥是堂郎中，他自己又管着银库，如此发财的官，连九百多银子都无处拉拢，这个话谁能相信。我已一误再误，目下不能不格外小心。我与其脱空九百多银子，我情愿失撇二千银子：姓文的用掉九百多，总算一千，我不要他还我；九千当中，我情愿再送他昆仲一千道乏。况且这种事情何必定要烦动堂官，莫妙于大家私下了结。”主意打定，便委宛曲折告诉了师四老爷。师四老爷也晓得他九百多银子不肯脱空，然而面子上掉不过来，便道：“这也怪不得老哥。兄弟同老哥新交，姓文的九千银子没有拿回来，反叫老哥先拿出九百多两，无论谁不能相信。”唐二乱子亦忙分辩道：“并不是不相信四哥，为的是大家简便办法，省得堂官知道。”师四老爷道：“这事原是堂上派下来的，怎能够不禀复。这事亦是兄弟荒唐，不该应来同老哥商量，先叫老哥垫银子。现在不说别的，姓文的用掉的九百多不要他还，兄弟回去同家兄商议，无论如何为难，总替他想个法儿凑齐这一万整数，等他在堂官面前交代过排场。堂官跟前既然老哥不愿出面，兄弟同家兄说，将来仍由兄弟把这一万银子的银票送过来。兄弟也不同老哥客气，老哥就预备一张一千银子的银票还了兄弟就是了。兄弟虽沾光几十银子，拿回去到堂官跟前替老哥赏赏人也不能少的。至于道乏，万万不敢。”

唐二乱子见他说得如此，有何不放心之理，立刻满口应承。师四老爷又问：“老哥给姓文的一万银子是谁家的票子？”唐二乱子道：“是恒利家的票子。”师四老爷道：“如此甚好。我们来往的亦是恒利。明天仍到恒利打张一万银子的票子来就是了。”说罢自去。唐二乱子果然也到恒利划了一张一千银子的票子，预备第二天换给师四老爷；另写了一千，说是人家出了这们一把力，总得道乏的。谁知到了次日，左等不来，右等不来。唐二乱子心上急的发躁，想：“他说得如此老靠，断无不来之理，莫非出了岔子，又有甚么变卦？”左思右想，反弄得坐立不定。

好容易等到天黑，师四老爷来了。唐二乱子喜得甚么似的，迎了进来，让茶让烟。师四老爷说：“本来早好来了，无奈堂官定要见老哥一面，反怪老哥许多不是，都是家兄替你抗下来的。现在也不要你去见了。银子也拿来，这话也不用提了。为了这件事，兄弟今儿一天没有吃饭。”唐二乱子忙说：“我们同去吃馆子。”师四老爷道：“兄弟还有公事，要

紧把东西交代了回去，改日再奉扰罢。”唐二乱子一再挽留，见他不肯，只得罢休。于是师四老爷方在靴页子里掏出一大搭的银票，从几万至几千，一共约有十几张，翻来覆去，才检出一张一万银子的票子。刚要递到唐二乱子手里，又说：“昨儿说明白要恒利的票子，这张不是。”于是又收了回去，又在票子当中检了半天，检出一张恒利的一万票子，交代唐二乱子看过无误。

唐二乱子见他有许多银票，心想：“到底内务府的官儿有钱。他昨天还推头没有钱垫，这话哄谁呢。”师四老爷也觉着，连忙自己遮盖道：“这都是上头发下来给工匠的。兄弟若有这些钱，也早发财了，不在这里做官了。”说话之间，唐二乱子也把自己写好的两张一千头的银票拿出来交代师四老爷。师四老爷一看是两张，忙问：“这一千做甚么用？”唐二乱子道：“令兄大人及四哥公事忙，兄弟连一标酒都没有奉请，这个折个干罢。”师四老爷把眉头一皱，道：“说明白不要，你老哥一定要费事，叫兄弟怎么好意思呢。”唐二乱子道：“这算得甚么！以后叨教之处多着哩。”师四老爷道：“既然老哥说到这里，兄弟亦不敢自外，兄弟这里谢赏了。”说着，一个安请了下去。请安起来，把银票收在靴页子里，说有要紧公事，匆匆告辞出门而去。临走的时候，唐二乱子又顶住问他的住处，预备过天来拜。师四老爷随嘴说了一个。

自此唐二乱子得意非凡。过天查三蛋来了，唐二乱子又把这话说给他听，面孔上很露出一副得意扬扬之色。查三蛋只是冷笑笑，心上却也诧异，说道：“像他这样的混蛋，居然也会碰着好人，真正奇怪！”谁知过了一天出门拜客，赶到师四老爷所说的地方，问来问去，那里有姓师的住宅。唐二乱子骂车夫无用。等到回来，又差人到内务府去打听堂郎中及银库上，那里有甚么姓师的。唐二乱子这才吓坏了。连忙再取出那张一万头票子，差个朋友到恒利家去照票。柜上人接票在手，仔细端详了一回，又进去对了一回票根，走出来问：“你这票子是那里来的？”去人说：“是人家还来的。怎样？”柜上人冷笑一声道：“这是那里来的假票子！幸亏彼此是熟人，不然，可就要得罪了。如今相烦回去拜上令东，请查查这张票子是那里来的，胆敢冒充小号的票子！查明白了，小号是要办人的！”去人一听这话，吓得面孔失色，连忙回来通知了东家。唐二乱子也急得跺脚，大骂姓师的不是东西，立刻叫人去报了坊官，叫坊官替他办人。自此以后，唐二乱子就躲在家里生气，一连十几天没有出门。查三蛋也晓得了，不过背后拿他说笑了几句，却没有当面说破。

又过了些时，到了引见日期，唐二乱子随班引见。本来指省湖北，奉旨照例发往。齐巧碰着这两日朝廷有事，没有拿他召见。白白赔了十五万银子进贡，不过赏了一个四品衔，余外一点好处没有。这也只好怪自己运气不好，注定破财，须怨不得别人。

闲话少叙。且说唐二乱子领凭到省，在路火车轮船非止一日。路过上海，故地重临，少不得有许多旧好新欢，又着实捣乱了十几天，方才搭了长江轮船前往湖北。

单说此时做湖广总督的乃是一位旗人，名字叫作湍多欢。这人内宠极多，原有十个姨太太，湖北有名的叫作“制台衙门十美图”。上年有个属员，因想他一个甚么差使，又特地在上海买了两个绝色女子送他。湍制台一见大喜，立刻赏收，从此便成了十二位姨太太。湖北人又改称他为“十二金钗”，不说“十美图”了。

湍制台未曾添收这两位姨太太的时候，他十位姨太太当中，只有九姨太最得宠。这九姨太太是天津侯家后窑子里出身，生得瘦刮刮长挑面孔，两个水汪汪的眼睛，模样儿倒还长得不错，只是脾气太刁钻了些。天生一张嘴，说出话来甜蜜蜜的，真叫人又喜又爱，听着真正入耳；若是他与这人不对，骂起人来，却是再要尖毒也没有。他巴结只巴结一个老爷，常常在老爷跟前狐狸似的批评这个姨太太不好，那个姨太太不好。起先湍制台总还听他的话，拿那些姨太太打骂出气。然而湍制台虽然糊涂，总有一天明白，而且天天听他絮

聒，也觉得讨厌。

有天这九姨太又说大姨太怎么不好，怎么不好。湍制台听得不耐烦，冷笑了一笑，随口说了一句道："我光听见你说人家不好，到底你比别人是怎样个好法？我总不能把别人一齐赶掉，单留你一个。况且这大姨太是从前伺候过老太爷、老太太的。就是去世的太太也很欢喜他。我看死人面上，他就是有不好，也要担待他三分。你既然多嫌他，你住后进，他住前院，你不去见他就是了。"九姨太因为湍制台一向是同他迁就惯的，忽然今儿帮了别人，这一气非同小可！不等湍制台说完，早把眉毛一竖，眼睛一瞪，拿出十指尖尖的手朝着自己的粉嫩香腮，"毕毕拍拍"一连打了十几下子，一头打，一头自己骂自己道："我知道我这话就说错了！我是甚么东西，好比得上人家！人家是伺候过老太爷、老太太的！有功之臣，自然老爷要另眼看待！既然要拿他抬上天去，横竖太太死了，为甚么不拿他就扶了正？我们一齐死了让他！"

湍制台是吃鸦片的，每位姨太太屋里都有烟家伙。九姨太顺手在烟盘里捞起一盒子鸦片往嘴里一送，趁势把身子一歪，就在地下困倒了；困在地下又趁势打了几个滚，两只手在地下乱抓，两只脚却蹬在地板上，"绷冬绷冬"的响；头上的头发也散了，一头的翡翠簪子也蹬成好几段了；嘴里还是哭骂不止。湍制台看了这个样子，又气又恨又发急：气的是九姨太有己无人，恨的是九姨太以死讹诈；急的是九姨太吞了鸦片烟，倘若不救，就要七窍流血死的。事到此间，只得勉强捺定性子，请医生弄了药来，拿他灌救。谁知一连弄了多少药，九姨太只是咬定牙关，不肯往嘴里送。湍制台急得没法，于是又自己赔小心，拿话骗他说："把大姨太立刻送回北京老家里去，不准他在任上。"以为如此，九姨太总可以不寻死了。岂知仍然还自个不开口。自从头天晚上闹起，一直闹到第二天下午四点钟，看看一周时不差只有三个时辰，过了这三个时辰，便不能救，只好静等下棺材了。

湍制台被他闹的早已精疲力倦。一回想到九姨太脾气不好，不免恨骂两声；一回又想到他俩恩情，不免又私自一人落泪。此时房间里有许多老妈子、丫头围住九姨太等死，他一个人却躺在对过房间床上伤心。正在前思后想，一筹莫展的时候，忽见九姨太的一个贴身大丫头进房有事。这丫头年纪二九，很有几分姿色，女孩儿家到了这等年纪，自然也有了心事。碰着这位湍制台又是个色中饿鬼，无人的时候，见了这丫头常常有些手脚不稳。这丫头晓得老爷爱上了他，也不免动了知己之感，但是惧怕九姨太的利害，不敢如何。口虽不言，偶然眼睛一眇，就传出无限深情，湍制台是何等样人，岂有不领略之理。且说此时湍制台见他一人进得房来，顿时把痛恨九姨太的心思全移在他一人身上，便招手将他叫近身边，借探问九姨太为名，好同他勾搭。当时说过几句话，湍制台忽然拿嘴朝着对过房间努了两努，说道："阿弥陀佛！他这人居然也有死的日子！等他一死，我就拿你补他的缺。你愿意不愿意？"说着，就伸手要拉这丫头的手。丫头见是如此，恐防人来看见，连忙拿手一缩，道："你等着罢！你当他眼前会死？你再等一百年，他亦不会死的！只怕这种烟吃了下去，他的精神格外好些！"湍制台诧异道："据你说起来，难道他吃的不是鸦片烟？然而明明白白，我见他在烟盘子里拿的。你不要胡说，不是鸦片，是甚么？"大丫头道："我告诉你，你可不许告诉别人。"湍制台一听这话，一骨碌从床上爬起，也不下床，就跪在床沿上发咒道："你同我说的话，我若是同别人说了，叫我不得好死！"大丫头道："为了这一点点的事，也不犯着发这大的咒。"湍制台也未听清，但是一味胡缠，拉着袖子催他快说。

大丫头道："不是三个月头里九姨太闹着有喜，说肚子大了起来，老爷喜的甚么似的，弄了多少药给他吃，还有一罐子的益母膏，叫他天天拿开水冲着吃的？谁知过了两个月，九姨太肚子也瘪了，又说并不是喜，药也不吃了，就把剩下来的半罐子益母膏丢在抽屉里，

一直也没有人问信。齐巧前天收拾抽屉，把他拿了出来，不料被九姨太瞧见，夺了过去。昨儿九姨太同大姨太斗了嘴回来，就把个大姨太恨得甚么似的，口说：‘一定要老爷打发了大姨太，倘若老爷不肯，我就同他拚命！’后来又说：‘我的命没这们不值钱！我死了，倒等他享福不成！’一面说，一面就找了个小烟盒子，挑了些益母膏在里头，原是预备同老爷拼命的。九姨太挑这益母膏的时候，只有我在跟前。他还嘱咐我不准说。所以你老爷发急只是空发急。老实对你说，九姨太是不会死的。”湍制台听了，方才恍然大悟，说：“这贱人如此可恶！原来是装死，讹诈我的！”还要同大丫头说甚么，大丫头已经挣扎脱身子，说声“有事”，去了。湍制台只得眼巴巴望他出去，又生了一回闷气。晓得九姨太是装死，索性不去理他，一个人到外面去了。

这里九姨太见湍制台不来理他，只道老爷见他不肯吃药，无法施救，索性死心塌地避了出去。弄得事情不能收篷，自己懊悔不迭，却不料大丫头有背后一番言语。想来想去，今日之事总无下场。等了半天，老爷仍无音信。看看一周时已到，到时不死，反被人拿住破绽。于是踌躇了半天，只得自己装作恶心，干吊了半天，哇的一口，吐出些白沫，旁边看守他的人都说：“好了！九姨太把烟吐了出来就不妨事了。”当时老妈三五个，一个捶背，一个揉胸，又有一个拿饭汤，又有一个倒开水，闹得七手八脚，烟雾腾天。又听得九姨太哇的一声，把方才吃的饭汤也吐了出来。自己反说道：“我吞了生烟，等我自己死，岂不很好！何必一定要救我回来，做人家的眼中钉，肉中刺！”说着，又呜呜咽咽哭起来了。大众见九姨太回醒转来，立刻着人报信给老爷。老妈子又拿了一把苕帚把他吐的东西扫了出去。谁知吐的全是水，一些烟气都没有。

却说湍制台到前面签押房里坐了一回，不觉神思困倦，歪在床上，朦胧睡去。正在又浓又甜的时候，不提防那个不解事的老婆子，因九姨太回醒过来，前来报信，倏起把湍制台惊醒，恨的湍制台把老婆子骂了两句，又说甚么：“我早晓得他不会死的，要你们大惊小怪！”老婆子讨了没趣，只得趔趄着退到后面。

九姨太便从这日起，借病为名，一连十几天不出房门。湍制台亦发脾气，一连十几天止辕，没有见客，却也不到上房。毕竟九姨太自己诈死，贼人心虚，这几天内反比前头安稳了许多。不在话下。单说湍制台自从听了大丫头的话，从此便不把九姨太放在心上，却一心想哄骗这大丫头上手。无奈大丫头惧怕九姨太，不敢造次。湍制台亦恐怕因此家庭之间越发搅得不安，于是亦只得罢手。但是自从九姨太失宠之后，眼前的几位姨太太都不在他心上，不免终日无精打采，闷闷不乐。

合当他色运亨通，这几天止衙门不见客，他为一省之主，一举一动，做属员的都刻刻留心，便有一位候补知县，姓过名翘，打听得制台所以止辕之故，原来为此。这人本是有家，到省虽不多年，却是善于钻营，为此中第一能手。他既得此消息，并不通知别人，亦不合人商量。从汉口到上海只有三天多路，一水可通。他便请了一个月的假，带了一万多银子，面子上说到上海消遣，其实是暗中物色人材。一耍耍了二十来天，并无所遇。看看限期将满，遂打电报叫湖北公馆替他又续了二十天的假。四处托人，才化了八百洋钱从苏州买到一个女人带回上海。过老爷意思说：“孝敬上司，至少一对起码。”然而上海堂子里看来看去都不中意。后首有人荐了一个局，跟局的是个大姐，名字叫迷齐眼小脚阿毛，面孔虽然生得肥胖，却是眉眼传情，异常流动。过老爷一见大喜，着实在他家报效，同这迷齐眼小脚阿毛订了相知。有天阿毛到过老爷栈房里玩耍，看见了苏州买的女人，阿毛还当是过老爷的家眷。后首说来说去，才说明是替湖北制台讨的姨太太。这话传到阿毛娘的耳朵里，着实羡慕，说：“别人家勿晓得阿是前世修来格！”过老爷道：“只要你愿意，我就把你们毛官讨了去，也送给制台做姨太太，可好？”阿毛的娘还未开口，过老爷已被阿毛一把拉住辫子，狠狠的打了两下嘴巴，说道："倪是要搭耐轧姘头格，倪勿做啥制台格小老妈！"又过了两天，倒是阿毛的娘做媒，把他外甥女，也是做大姐，名字叫阿土的说给了过老爷。过老爷看过，甚是对眼。阿毛的娘说道："倪外甥男鱼才好格，不过脚大点。"过老爷也打着强苏白说道："不要紧格。制台是旗人，大脚是看惯格。"就问要多少钱。阿毛的娘说："俚有男人格，现在搭俚男人了断，连一应使费才勒海，一共要耐一千二百块洋钱。"过老爷一口应允，次日人钱两交。又过了几天，过老爷见事办妥，所费不多，甚是欢喜。又化了几千银子制办衣饰，把他二人打扮得焕然一新，又买了些别的礼物。诸事停当，方写了江裕轮船的官舱，径回湖北。

恰巧领凭到省的湖北候补道唐二乱子刚在上海玩够了，也包了这只船的大餐间一同到省。这唐二乱子的管家同过老爷的管家都是山东同乡，彼此谈起各人主人的官阶事业。唐二乱子的管家回来告诉了主人，竟说过大老爷替湖北制台接家眷来的。唐二乱子初入仕途，惟恐礼节不周，也不问青红皂白，立刻叫管家拿了手本，到官舱里替宪太太请安，又说："如果宪太太在官舱里住的不舒服，情愿把大餐间奉让。"过大老爷一看手本，细问自己的管家，才晓得大餐间住的原来是湖北本省的上司，也只得拿了手本过来禀见。彼此会面，唐二乱子估量他一定同制台非亲即故，见面之后，异常客气。又问："宪太太几时到的上海？"过老爷正想靠此虚火，便不同唐二乱子说真话，但说得一声"同来的不是制台大太太，乃是两位姨太太"。唐二乱子道："大太太、姨太太，都是一样的，不妨就请过来住。兄弟是吃烟人，到官舱里倒反便当些。"后来过老爷执定不肯，方始罢休。

唐二乱子因过老爷能够替制台接家眷，这个份儿一定不小，所以拿他十分看重。过老爷也因为他是本省道台，将来总有仰仗之处，所以也竭力的还他下属礼制。在路非止一日。一日到了汉口，摆过了江，唐二乱子自去寻觅公馆不题。

且说过老爷带了两个女人先回到自己家中，把他太太住的正屋腾了出来让两位候补姨太太居住。制台跟前文巡捕，有个是他拜把子的，靠他做了内线，又重重的送了一份上海礼物，托他趁空把这话回了制台。这两月湍制台正因身旁没有一个随心的人，心上颇不高兴；一听这话，岂有不乐之理，忙说："多少身价？由我这里还他。"巡捕回道："这是过令竭诚报效的，非但身价不敢领，就是衣服首饰，统通由过令制办齐全，送了进来。"湍制台听了，皱着眉头道："他花的钱不少罢？"巡捕道："两三万银子过令还报效得起。他在大帅手下当差，大帅要栽培他，那里不栽培他。他就再报效些，算得甚么。只要大帅肯赏收，他就快活死了！就请大帅吩咐个吉日好接进来。"湍制台道："看甚么日子！今儿晚上抬进来就是了。"从前湍制台娶第十位姨太太的时候，九姨太正在红头上，寻死觅活，着实闹了一大阵，有半年多没有平复。这回的事情原是他自己不好，湍制台因此也就公然无忌，倏地一添就添了两位。九姨太竟其无可奈何，有气瘪在肚里，只好骂自己用的丫头、老妈出气。湍制台亦不理他。

过老爷孝敬的这两位姨太太：苏州买的一位，年纪大些，人亦忠厚些，就排行做第十一，阿土排行第十二。阿土年纪小虽小，心眼极多。进得衙门，不得半月，一来是他自己留心，二来也是湍制台枕上的教导，居然一应卖差卖缺，弄银子的机关，就明白了一大半。此时他初到，人家还不拿他放在眼里。除了过老爷之外，他亦并无第二个恩人，因此便一心只想报答这过老爷的好处。此时湍制台感激过老爷送妾之情，已经委他办理文案，又兼了别处两个差使，暂时敷衍，随后出有优差美缺，再行调剂。过老爷倒也安之若素。却不料这第十二姨太太，每到无事的时候，便在这些姊妹当中套问人家："我们做姨太太的，一年到头到底有多少进项？"就有人告诉他，从前只有九姨太有些，脱天漏网的事做的顶多，银子少了不要，至少五百起码，以及几千几万不等。他因此便有心

笼络九姨太，好学九姨太的本事。九姨太此时是失宠之人，见了这两位新的，自然生气。等到阿土前来敷衍他，却又把他喜的了不得。毕竟性子爽直，一个不留心，又把自己的生平所作所为，统通告诉了阿土。阿土大喜，趁空就在湍制台面前试演起来。头一个是替过老爷要缺，而且要一个上等好缺。湍制台情面难却，第二天就把话传给了藩台，不到三天，牌已挂出去了。

过老爷自从进来当文案，合衙门上下，不到半个月，统通被他溜熟，又结交了制台一个贴身小二爷做内线，常常到十二姨太跟前通个信。此番得缺，就托小二爷暗地送了十二姨太五千银子的妆敬，小二爷经手在外，言明只要有缺，每年加送若干银子。这便是十二姨太开门第一桩买卖。十二姨太见这宗买卖做得得意，等到过老爷上任去后，又把衙门里的委员以及门政大爷勾通了好几位，只要图得湍制台心上欢喜，言听计从，他们便好从中行事。

此时唐二乱子到省已将一月，照例的文章都已做过。但他是初到省的人员，两眼墨墨，他不认得上司，上司也不认得他。彼此虽然见过一面，不过旅进旅退，上司亦未必就有他在心上。所以凡是初到省的人，要得到一个差使，若非另有脚路，竟比登天还难！还亏他胸无主宰，最爱结交。自从路上认得了过老爷，到省之后，他俩便时常来往。但吃亏头一个月过老爷自己的事情还没有着落，如何能够替人家说话，好容易熬到十二姨太把过老爷事情弄好，但又是要出赴外任，不能常在省城。等到禀辞的前两天，唐二乱子在寓处备了酒席替他饯行。话到投机，过老爷就把湍制台贴身小二爷这条门路说给了唐二乱子，自己又替他从中凑合。自此，唐二乱子有此内线，只要不惜银钱，差使自然唾手可得。况兼这十二姨太精明强干，不上两月，便把全套本领统通学会，无钱不要，无事不为，真要算得一女中豪杰了。

要知所为之事，且听下回分解。

［注释］

①堂郎中：内务府总管属下的官员。

②免褂：免穿外褂。按礼节会客时于长袍之外须穿外褂，但在三伏天时可以“免褂”。

③江宁织造：清代在江宁设有织造监督，专管进奉宫廷里的缎匹，是有名的肥缺，光绪三十年（1904）时被裁撤。

第三十七回

缴宪帖老父托人情　补札稿宠姬打官话

话说湖北湍制台从前曾做过云南臬司，彼时做云南藩司的乃是一个汉人，姓刘，名进吉。他二人气味相投，又为同在一省做官，于是两人就换了帖，拜了把兄弟。后来湍制台官运亨通，从云南臬司任上就升了贵州藩司，又调任江宁藩司，升江苏巡抚；不上两年，又升湖广总督，真正是一帆风顺，再要升得快亦没有了。刘进吉到底吃了汉人的亏，一任云南藩司就做了十一年半，一直没有调动。到了第十二年的下半年，才把他调了湖南藩司，正受湖广总督管辖。官场的规矩：从前把兄弟一朝做了堂属，是要缴帖的。刘藩司陛见进京，路过武昌，就把从前湍制台同他换的那副帖子找了出来，拿了红封套套好，等到上衙门的时候，交代了巡捕官，说是缴还宪帖。巡捕官拿了进去。湍制台先看手本，晓得是他到了，连忙叫“请”。巡捕官又把缴帖的话回明。湍制台偏要拉交情，便道：“我同刘大人交非泛泛。你去同他说，若论皇上家的公事，我亦不能不公办。至于这副帖子，他一定要还我，我却不敢当。总而言之：我们私底下见面，总还是把兄弟。”巡捕官遵谕，传话出来。刘藩司无奈，只得受了宪帖，跟着手本上去。见面之后，无非先行他的官礼。湍制台异常亲热。刘藩台年纪大，湍制台年纪小，所以湍制台竟其口口声声称刘藩台为大哥，自己称小弟。

刘藩台一直当他是真念交情，便把缴帖的话亦不再提了。在武昌住了五日，湍制台又请他吃过饭。接着禀辞过江，坐了轮船径到上海，又换船到天津，然后搭了火车进京。藩、臬大员照例是要宫门请安的；召见下来，又赴各位军机大臣处禀安。一连在京城应酬了半个月。他乃是一个古板人，从不晓得甚么叫作走门路，所以上头仍旧叫他回任。等到请训后，仍出原道出京。二次路过武昌，湍制台同他还是很要好，留住了几天，方才赴长沙上任。

无奈刘藩台是个上了年纪的人，素来身体生得又高又胖。到任不及三月，有天万寿[1]，跟了抚台拜牌[2]，磕头起来，一个不留心，人家踏住了他的衣角，害得他跌了一个筋斗。谁知这一跌，竟其跌得中了风了，当时就嘴眼歪斜，口吐白沫。抚台一见大惊，立刻就叫人把他抱在轿子里头，送回藩台衙门。他有个大少爷，是捐的湖北候补道，此时正进京引见，不在跟前。衙门里只有两个姨太太，几个小少爷，一个大少奶奶，两个孙女儿。一见他老人家中了风，合衙门上下都惊慌了，立刻打电报给大少爷。大少爷得到电报，幸亏其时引见已完，立刻起身出京，到了武昌，也没有禀到就赶回长沙老人家任上来了。此时他父亲刘藩台接连换了七八个医生，前后吃过二十几剂药，居然神志渐清，不过身子虚弱，不能用心。当时就托抚台替他请了一个月的假，以便将养。谁知一月之后，还不能出来办事。他心下思量：“自己已有这们一把年纪，儿子亦经出仕，做了二三十年的官，银子亦有了。古人说得好：‘急流勇退。’我如今很可以回家享福了，何必再在外头吃辛吃苦替儿孙作马牛呢？”主意打定，便上了一个禀帖给抚台，托抚台替他告病。抚台念他是老资格，一切公事都还在行，起先还照例留过他两次，后来见他一定要告退，也只得随他了。折子

上去，批了下来，是没有不准的。一面先由巡抚派人署理，以便他好交卸。交卸之后，又在长沙住了些时。常言道：“无官一身轻。”刘藩台此时却有此等光景。

闲话少叙。且说他大少爷号叫刘颐伯，因见老人家病体渐愈，他乃引见到省的人，是有凭限的，连忙先叩别了老太爷，径赴武昌禀到。临走的时候，刘藩台自恃同湍制台有旧，便写了一封书信交给颐伯转呈湍制台，无非是托他照应儿子的意思。自己说明暂住长沙，等到儿子得有差使，即行迎养。当时分派已定，然后颐伯起身。等到到了武昌，见过制台，呈上书信，湍制台问长问短，异常关切。官场上的人最妒忌不过的，因见制台向刘颐伯如此关切，大家齐说：“刘某人不久一定就要得差使的。”就是刘颐伯自己亦以为靠着老太爷的交情，大小总有个事情当当，不会久赋闲的。那知一等等了三个月，制台见面总是很要好，提到“差使”二字，却是没得下文。刘颐伯亦托过藩台替他吹嘘过。湍制台说：“一来谁不晓得我同他老人家是把兄弟，二来刘道年纪还轻，等他阅历阅历再派他事情，人家就不会说我闲话了。”藩台出来把话传给了刘颐伯，亦无可奈何。

又过了些时，长沙来信，说老太爷在长沙住的气闷，要到武昌来走走。刘颐伯只好打发家人去接。谁知老太爷动身的头天晚上，公馆里厨子做菜，掉了个火在柴堆上，就此烧了起来。自上灯时候烧起，一直烧到第二天大天白亮，足足烧了两条街。这刘进吉一世的宦囊全被火神收去，好容易把一家大小救了出来。当火旺的时候，刘进吉一直要往火里跳，说：“我这条老命也不要了！”幸亏一个小儿子，两三个管家拿他拉牢的。这火整整烧了一夜，合城文武官员带领兵役整整救了一夜。连抚台都亲自出来看火。当下一众官员打听得前任藩台刘大人被烧，便由首县出来替他设法安置：另外替他赁所房子，暂时住下；衣服伙食都是首县备办的。到底抚台念旧，首先送他一百银子。合城的官一见抚台尚且如此，于是大家凑拢，亦送了有个七八百金。无奈刘进吉是上了岁数的人，禁不起这一吓一急，老毛病又发作了。

起火之后，曾有电报到武昌通知刘颐伯。等到刘颐伯赶到，他老人家早已病得人事不知了。后来好容易找到前头替他看的那个医生，吃了几帖药，方才慢慢的回醒转来。又将养了半个月，渐渐能够起来，便吵着要离开长沙。儿子无奈，只得又凑了盘川，率领家眷，伺候老太爷同到武昌。此时老头子还以为制台湍某人是我的把弟，如今老把兄落了难，他断无坐视之理。一到武昌，就坐了轿子，拄了拐杖，上制台衙门求见。他此时是不做官的人了，自己以为可以脱略形骸，不必再拘官礼，见面之后，满嘴“愚兄老弟”。人家听了甚是亲热，岂知制台心上大不为然。见了面虽然是你兄我弟，留茶留饭，无奈等到出了差使，总轮刘颐伯不着。

有天刘进吉急了，见了湍制台，说起儿子的差使。湍制台道：“实不相瞒，咱俩把兄弟谁不晓得？世兄到省未及一年，小点事情委了他，对你老哥不起，要说著名的优差，又恐怕旁人说话。这个苦衷，你老哥不体谅我，谁体谅我呢？老哥尽管放心，将来世兄的事情，总在小弟身上就是了。”刘进吉无奈，只好隐忍回家。

后来还是同寅当中向刘颐伯说起，方晓得湍制台的为人最是讲究礼节的。刘进吉第一次到武昌，没有缴回宪帖，心上已经一个不高兴；等到刘颐伯到省，谁知道他的号这个“颐”字，又犯了湍制台祖老太爷的名讳下一个字：因此二事，常觉耿耿于心。湍制台有天同藩台说：“刘某人的号重了我们祖老太爷一个字，兄弟见了面，甚是不好称呼。”湍制台说这句话，原是想要叫他改号的意思。不料这位藩台是个马马糊糊的，听过之后也就忘记，并没有同刘颐伯讲起。刘颐伯一直不晓得，所以未曾改换。湍制台还道他有心违抗，心上愈觉不高兴。

等到刘颐伯打听了出来，回来告诉了老太爷。老太爷听了，自不免又生了一回暗气。

但是为儿子差使起见，又不敢不遵办。不过所有的东西早被长沙一把天火都收了去，甚么值钱的东西都抢不出，那个还顾这副帖子。刘进吉见帖子找不着，心上发急。幸亏刘颐伯明白，晓得湍制台一个字不会写，这帖子一定是文案委员代笔的。“现在只须托个人把他的三代履历抄出来，照样誊上一张，只要是他的三代履历，他好说不收。”刘进吉听了儿子的话，想想没法，只好照办。却巧文案上有位陆老爷，是刘颐伯的同乡，常常到公馆里来的，刘颐伯便托了他。陆老爷道：“容易得很，制军的履历，卑职统通晓得。新近还同荆州将军换了一副帖，也是卑职写的。大人只要把老大人同他换帖的年分记清，不要把年纪写错，那是顶要紧的。”刘颐伯喜之不尽，立刻问过老太爷，把某年换帖的话告诉了陆老爷。陆老爷回去，自己又赔了一付大红全帖，用恭楷写好了，送了过来。刘颐伯受了，送给老太爷过目。老太爷道：“只要三代名字不错就是了，其余的字只怕他还有一半不认得哩。”刘颐伯却又自己改了一个号，叫作期伯，不叫颐伯了。次日一早，父子二人一同上院，老子缴还宪帖，儿子禀明改号。当由巡捕官进内回明。湍制台接到帖子，笑了一笑，也不说甚么，也不叫请见。巡捕官站了一回无可说得，只得出来替制台说了一声“道乏”，父子二人怅怅而回。

因为臬台为人还明白些，并且同制台交情还好，到了次日，刘期伯便去见臬台，申明老人家缴帖，并自己改号的意思，顺便托臬台代为吹嘘。臬台满口应允。次日上院，见了湍制台，照话叙了一遍。湍制台笑着说道：“从前他少君不在我手下，他不还我这副帖子倒也罢了，如今既然在我手下当差，被人家说起，我同某人把兄弟，我照应他的儿子，这个名声可担不起！所以他这回来还帖子，我却不同他客气了。至于他们少君的号犯了我们先祖的讳，吾兄是知道的。我们在旗，顶讲究的是这回事。他同兄弟在一省做官，保不住彼此见面，总有个称呼，他如果不改，叫兄弟称他甚么呢？他既然‘过而能改’，兄弟亦就‘既往不咎’了。”臬台接着说：“刘道老太爷年纪大了，一身的病，家累又重得很，自遭‘回禄’之后，家产一无所有。刘道到省亦有好几个月了，总求大帅看他老人家份上，赏他一个好点的差使，等他老太爷也好借此养老。”湍制台道：“这还用说吗，我同他是个甚么交情！你去同他讲，他的儿子就是我的儿子，叫他放心就是了。”臬台下来回复了刘期伯。不在话下。

且说湍制台过了两天，果然传见刘期伯，见面先问：“老人家近来身体可好？”着实关切。后来提到差使一事，湍制台便同他说道：“银元局也是我们湖北数一数二的差使了，卫某人当了两年，也不晓得他是怎么弄的，现在丁忧下来，听说还亏空二万多。今儿早上托了藩台来同我说，想要后任替他弥补。老实说：我同卫某人也没有这个交情，不过看徐中堂面上，所以才委他这个差使。现在你老哥可能答应下来，替他弥补这个亏空不能？”

刘期伯一想：“这明明是问我能够替他担亏空，才把这事委我的意思。我想银元局乃是著名的优差，听说弄得好，一年可得二三十万。果然如此，这头二万银子算得甚么？不如且答应了他。等到差使到手，果然有这许多进项，我也不在乎此，倘若进款有限，将来还好指望他调剂一个好点的差使。”主意打定，便回道：“蒙大帅的栽培。卫道的这点亏空，不消大帅费得心，职道自当替他设法弥补。”湍制台道：“你能替他弥补，那就好极了。”刘期伯又请安谢过。等到退出，告诉了老太爷，自然合家欢喜。

谁知过了两天，委札还未下来。刘期伯又托了臬台进去问信。湍制台道：“前天我不过问问他，能否还有这个力量筹画一二万金借给卫某人弥补亏空。他说能够，足见他光景还好，一时并不等甚么差使。所以这银元局事情，兄弟已经委了胡道胡某人了。”臬台又说：“刘道自己倒不要紧：一来年纪还轻，就是阅历两年再得差使，并不为晚；二则像大帅这样的公正廉明，做属员的人，只要自己谨慎小心，安分守己，还愁将来不得差缺吗？

所以这个银元局得与不得，刘道甚为坦然。不过他老太爷年纪太大了，总盼望儿子能够得一个差使，等他老头子看着好放心。司里所以肯来替他求，就是这个意思。”湍制台一听臬台的话，颇为入耳，便道：“既然如此，厘金会办现要委人，不妨就先委了他。等有甚么好点的差使出来，我再替他对付罢。”臬台出来通知刘期伯。刘期伯虽然满肚皮不愿意，也就无可奈何。只等奉到札子，第二天照例上院谢委，自去到差不题。

且说湍制台所说委办银元局的胡道，你道何人？他的老底子却是江西的富商。到他老人家手里，已经不及从前，然而还有几十万银子的产业，等到这胡道当了家，生意一年年的失本下来，渐渐的有点支不住。因见做官的利息尚好，便把产业一概并归别人，自己捐了个道台，来到湖北候补。候补了几年，并没得甚么差使。他又是舒服惯的，平时用度极大，看看只有出，没有进，任你有多大家私，也只有日少一日。后来他自己也急了，便去同朋友们商量。就有同他知己的劝他走门路，送钱给制台用，将本就利，小往大来，那是再要灵验没有。胡道台亦深以为然，当时就托人替他走了一位折奏师爷的门路，先送制台二万两，指名要银元局总办；接差之后再送一万；以后倘若留办，每一年认送二万。另外又送这位折奏师爷八千两，以作酬劳。三面言明，只等过付。

却不料这个档口，正是上文所说的那位过老爷得缺赴任，因为使过唐二乱子的钱，便把湍制台贴身跟班小二爷的这条门路说给了唐二乱子，又替他二人介绍了。这小二爷年纪虽小，只因制台听他说话，权柄却着实来得大，合衙门的人都听他指挥。而且这小二爷专会看风色，各位姨太太都不巴结，单巴结十二姨太。十二姨太正想有这们一个人好做他的连手，故尔他俩竟其串通一气，只瞒湍制台一人。此时省里候补的人，因走小二爷门路得法的，着实不少。唐二乱子到省不久，并不晓得那个差使好，那个差使不好。人家见他朝天捣乱，也没有人肯拿真话告诉他。至于他的为人，外面虽然捣乱，心上并非不知巴结向上。瞧着一班红道台，天天跟着两司上院见制台，见抚台；院上下来便是甚么局甚么局，局里一样有般官小的人，拿他当上司奉承。每逢出门，一样是戈什亲兵，呼幺喝六。看了好不眼热。空闲之时，便走来同小二爷商量，想要弄个阔点事情当当。此时十二姨太正在招权纳贿的时候，小二爷替他出力，便嘱咐唐二乱子，叫他一共拿出二万五千两，包他银元局一定到手。初起唐二乱子还不晓得银元局有多少进项，听小二爷一说，吓的把舌头一伸，几乎缩不进去。回家之后，又去请教过旁人，果然不错，便一心一意拿出银子托小二爷替他走这条门路。

谁知这边才说停当，那边姓胡的亦恰恰同折奏师爷议妥，只等下委札，付银子了。小二爷一听不妙，一面先把外头压住，叫外头不要送稿，听他的消息。他此时正是气焰熏天，没有人敢违拗的。一面进来同十二姨太打主意，想计策。议论了半天，毕竟十二姨太有才情，便道如此如此，这般这般：“只等今天晚上，老爷进房之后，看我眼色行事。”小二爷会意，答应着自去安排去了。

且说这天湍制台做成了一注买卖，颇觉怡然自得，专候银札两交。于是制台催师爷，师爷催门上，说明当天送稿，次日下札。不料催了几次，一直等到天黑。外头还没送稿。毕竟制台公事多，一天到晚忙个不了，又不能专在这上头用心，横竖银子是现成的，偶然想起，催上一二次也就算了。到了晚上，公事停当。这两个月只有十二姨太顶得宠，湍制台是一天离不开的，是夜仍然到他房中。坐定之后，想起日间之事，还骂门上公事不上紧的办：“吃中饭的时候就叫送稿，到如今还不送来，真正岂有此理！”一言未了，小二爷忙在门外答应一声道：“怎么还不送来！等小的催去。”说罢，登登登的一气跑出去了。

不多一会，果见小二爷带了一个门上进来，呈上公事。湍制台看见，还骂门上，问他：“白天干的甚么事？如今赶晚上才送来！”说罢，就在洋灯底下把稿看了一遍。正要举起笔来填注胡道台的名字，说时迟，那时快，只见十二姨太倏地离坐，赶上前来，一个巴掌把湍制台手中之笔打落在地。湍制台忙问："怎的？"十二姨太也不答言，但说："现在甚么时候，那里来的这么大蚊子！"湍制台方晓得十二姨太打他一下，原来是替他赶蚊子的，于是叫人举火照地，替他寻笔。

趁这档口，十二姨太便问："甚么公事这等要紧？要写甚么，不好等到明天到签押房里去写？"湍制台忙道："为的是一件要紧事。"十二姨太道："甚么事？"湍制台道："你女人家问他做甚么？我为的是公事，说了你也不晓得。"十二姨太道："我偏要晓得晓得。"湍制台道："告诉你亦不要紧，为要委一个人差使。"十二姨太道："甚么差使不好明天委，等不及就在今天这一夜？"湍制台道："为着有个讲究，所以一定要今天委定。"十二姨太道："到底甚么差使？你要委那一个？你不告诉我，我不依！"湍制台道："你这人真正麻烦！我委人差使，也用着你来管我吗？我就告诉你：只为着我们省城里铸洋钱的银元局，前头的总办丁艰，如今要委人接他的手。"十二姨太抢着说道："你要委那一个？"湍制台道："我要委一个姓胡的，他是个道台。"十二姨太道："慢着。我有一个人要委，这人姓唐，也是个道台。这个差使你替我给了姓唐的，不要给姓胡的了！等一回再出了甚么好差使再委姓胡的。你说好不好？"湍制台道："呀呀乎！派差使也是你们女人可以管得的？你说的姓唐的我知道，这个人是有名的唐二乱子，这等差使派了这样人去当也好了！我定归不答应，你快别闹了！把笔拾起来，等我画稿。连夜还要誊了出来，明儿早上用了印，标过朱，才好发下去，等人家也好早点到差。"

十二姨太见制台不答应他的话，登时柳眉双竖，桃眼圆睁，笔也不寻了，这个老虎势，就望湍制台怀里扑了过来；扑到湍制台怀里，就拿个头往湍制台夹肢窝里直躺下去。湍制台一向是拿他宠惯的，见了这样，想要发作两句，无奈发作不出，只得皱着眉头，说道："你要委别人，我不愿意，你也不能朝着我这个样子。究竟这个官是我做的，怎么能被你作了主意？"十二姨太道："我要委姓唐的，你不委，我就不答应！"说着，顺手拿过一只花碗来就往地下顺手一摔，豁琅一声响，早已变为好几爿了。跟手又要再摔别的东西。湍制台道："我不委姓唐的，这又何苦拿东西来出气？"话犹未了，十二姨太忽伸手到桌子上，把刚才送进来的那张稿，早已嗤的一声，撕成两爿了。湍制台道："这更不成句话了！这是公事，怎么好撕的！"十二姨太也不理他，一味撒娇撒痴，要委姓唐的。他俩的拌嘴吵闹，小二爷都在旁边看的明明白白。等到看见十二姨太把公事撕掉，便朝送公事进来的那个门上努努嘴，说了声："你先出去，明儿快照样再补张进来。"小二爷进来把笔拾起，也就跟手出去。

十二姨太见门上及小二爷都出去，便又换了一副神情，弄得湍制台不晓得拿他怎样才好。一回十二姨太要湍制台把这银元局的事情说给他听；一回又要湍制台拿手把住他的手写字与他看；一回又问唐二乱子的名字怎样写。湍制台道："你要委他差使，怎么连他的名字都不会写？"十二姨太拿眼睛一瞅，道："我会写字，我早抢过来把稿画好，也不用你费心了。"湍制台无奈，只得写给他看。十二姨太又嫌写的不清爽，要写真字，不要带草。说着，便把方才撕破的那件送进来的稿，捡了个无字的地方，叫湍制台拿笔写给他看。湍制台一见是张破纸，果然把唐二乱子的名字一笔一笔的写了出来。

十二姨太等他写完，便说："晓得了，不用你写了，时候不早，我们睡罢。"湍制台巴不得一声，立刻宽衣上床。十二姨太顺手把撕破的字纸以及湍制台写的字，团作一团，一齐往抽屉里一放，又把洋灯旋暗。湍制台并不留意。等到睡下，两个人又咕唧了一回。歇了半天，湍制台沉沉睡去。十二姨太听了听，房中并无声息，便轻轻的披衣下床，走到桌子边，仍把洋灯旋亮，轻轻从抽屉中取出那团字纸，在灯光底下，仍旧把他弄舒摊了，一

张张摊在桌上。好在一张纸分为两爿，浆子现成，是容易补的，便另取了一条纸，从裂缝处在后面用浆子贴好，翻过来一看，仍旧完完全全一张公事。唐某人三个字的名字，又是湍制台自己写的。十二姨太看了，不胜之喜。此时小二爷早在门外伺候好的，从门帘缝里见十二姨太诸事停当，亦轻轻的掀帘进来。十二姨太便将公事交在他的手中，把嘴一努，小二爷会意，立刻蹑手蹑脚，赶忙出去，连夜办事不题。这里十二姨太仍旧宽衣上床。湍制台犹自大梦方酣，睡得如死人一般，毫无知觉。

一宵易过，容易天明。湍制台起身下床，十二姨太装着未醒。湍制台也不叫他，独自一人洗面漱口，吃早点心，自然另有丫环、老妈承值。点心刚吃到一半，忽见外面传进一个手本，说是新委银元局总办唐某人在外候着谢委。湍制台听说，楞了一回，问道："谁来谢委？"外面门上回称："候补道唐某人谢委。"制台诧异道："委的甚么差使？可是抚台委的？何以抚台并没咨会我？"门上回道："就是才委的银元局。"湍制台更为诧异，连点心都不吃了，筷子一放，说道："我并没有委他，是谁委的？"拿手本的门上笑而不答，湍制台更摸不着头路。

正相持间，忽见十二姨太一骨碌从床上坐起，一手揉眼睛，一面问道："甚么事？"湍制台道："不是你昨儿晚上要给唐某人银元局吗？一夜一过，他已经来谢委了，你说奇怪不奇怪！"十二姨太把脸一板道："我当作甚么事，原来这个！有甚么稀奇的！"湍制台愈觉不解，说道："你的话我不懂！"十二姨太冷笑道："自家做的事，还有甚么不懂的。你不委他，他怎么敢来冒充？"湍制台道："我何曾委他？"十二姨太道："昨天的稿是谁填的姓唐的名字？"湍制台道："我何曾填姓唐的名字？"十二姨太道："呸！自家做事，竟忘记掉了！不是你写了一个是草字，我不认得，你又赶着写一个真字的给我瞧吗？就是那个！"湍制台道："那不是拉破的纸吗？"十二姨太道："实不相瞒，等你睡着之后，我已经拿他补好了。两点钟补好，三点钟发誊，四点钟用印过朱，顶五点钟已经送到姓唐的公馆里去了。他接到了札子，立刻就来谢委，这人办事看来再至诚没有。这明明是你自己做的事，怎么好推头不晓得！"

一席话说的湍制台嘴上的胡子一根根的跷了起来，气愤愤地道："你们这些人真正荒唐！真正岂有此理！这些事都好如此胡闹的！这姓唐的也太不安分了！我一定参他，看他还能够在那里当差使！"十二姨太冷笑道："你要参他的官，我看你还自先参自己罢。'只许州官放火，不许百姓点灯。'你卖缺卖差，也卖的不少了，也好分点生意给我们做做。现在'生米已经做成熟饭'，我看你得好休[3]便好休。你一定要参姓唐的，我就头一个不答应。等到弄点事情出来，我们总陪得过你。我劝你还是马马糊糊的过去，大家不响，心上明白。这个差使，你卖给姓胡的拿他几个钱，等到姓唐的到差之后，我叫他再找补你一万银子就是了。"

湍制台听了，气的一个肚皮几乎胀破，坐着一声也不响，独自一个心上思量："倘若发作起来，毕竟姨太太出卖'风云雷雨'，于自己的声名也有碍。何如忍气吞声，等他们做过这一遭儿，以后免得说话，而且还有一万银子好拿。纵然姓胡的不得银元局，不肯出前天说的那个数目，另外拿个别的差使给他，他至少一半还得送我。两边合拢起来，数目亦差别不多。罢罢罢，横竖我不吃亏，也就随他们去罢。"想了一回，居然脸上的颜色也就和平了许多。拿手本的门上还站在那里候示。湍制台发怒道："怎么等不及！叫他等一回儿，甚么要紧！也总得等我吃过点心再去会他！"说完了这句，重新举起筷子把点心吃完，方才洗脸换衣服出去会面。

等他转背之后，十二姨太指指他对家人们说道："他自己买卖做惯的，怎么能够禁得住别人。以后你们有甚么事情，只管来对我说，我自然有法子摆布，也不怕他不依！"家人们亦俱含笑不言。自此这十二姨太胆子越弄越大，湍制台竟非他敌手。这是后话不题。

且说湍制台出去见了唐二乱子，面上气色虽然不好，然而一时实在反不过脸来，只得打官话勉励他几句，然后端茶送客。唐二乱子自去到差不题。这里姓胡的弄了一场空，幸亏预先说明银札两交，所以银子未曾出手。后来见银元局委了唐二乱子，不免去找折奏师爷责其言而无信。折奏师爷有冤没处伸，于是来问东家。此时湍制台又不便说是姨太太所为，只得含糊其词，遮掩过去。后来又被折奏师爷钉不过，始终委了他一个略次一点的差事，也拿到他一万多银子，才把这事过去。

以后还有何事，且听下回分解。

[注释]

①万寿：皇帝的生日。

②拜牌：牌，万岁的龙牌。皇帝生日那天，外省的督、抚官员要率领众官员向龙牌行礼朝贺。

③休：语助词，相当于“罢”。

第三十八回

丫姑爷乘龙充快婿　知客僧拉马认干娘

却说湍制台九姨太身边的那个大丫头，自见湍制台属意于他，他便有心惹草粘花，时向湍制台跟着勾搭。后来忽然又见湍制台从外面收了两个姨太太，他便晓得自己无分。嗣后遇见了湍制台总是气的跷着嘴唇，连正眼也不看湍制台一眼，至于当差使更不用说了。湍制台也因自己已经有了十二个妾；又兼这新收的十二姨太法力高强，能把个湍制台压伏的服服帖帖，因此也就打断这个念头。但是每逢见面，触起前情，总觉自己于心有愧。又因这大丫头见了面，一言不发，总是气愤愤的，更是过意不去。因此这湍制台左右为难，便想早点替他配匹一个年轻貌美，有钱有势的丈夫；等他们一夫一妻，安稳度日，借以稍赎前愆。

主意打定，于是先在候补道、府当中，看来看去，不是年纪太大，便是家有正妻，嫁过去一定不能如意；至于同、通、州、县一班，捐纳的流品太杂，科甲班酸气难当，看了多人，亦不中意。湍制台心中因此甚为闷闷。后来为了一件公事，传督标各营将官来辕谕话。内有署理本标右营游击戴世昌一员，却生得面如冠玉，状貌魁梧，看上去不过三十左右。此时湍制台有心替大丫头挑选女婿，等到大众谕话之后，便向他问长问短，着实垂青。幸喜这戴世昌人极聪明，随机应变。当时湍制台看了，甚为合意。

等到送客之后，当晚单传中军副将王占城到内衙签押房，细问这戴世昌的细底，有无家眷在此。王占城一一禀知，说："他是上年八月断弦，目下尚虚中馈。堂上既无二老，膝前子女犹虚。"湍制台一听大喜，就说："我看这人相貌非凡，将来一定要阔，我很有心要提拔提拔他。"王占城道："大帅赏识一定不差。倘蒙宪恩栽培，实是戴游击之幸。"湍制台听了，正想托他做媒，忽然想起："我一个做制台的人，怎么管起丫头们的事来？说出去甚为不雅。"转念一想："不好说是丫头，须改个称呼，人家便不至于说笑我了。"想了一会，便道："现在有一事相烦：从前我们大太太去世的前头，曾扶养亲戚家一个女孩子，认为干女儿，等到我们大太太去世，一直便是我这第九个妾照管。如今刚刚十八岁。自古道：'男大须婚，女大须嫁。'虽则是我干女儿，因我自己并未生养，所以我待他却同我自己所生的无二。今天我看见戴游击甚是中意，又兼老兄说他断弦之后，还未续娶；如此说来，正是绝好一头亲事。相烦老兄做个媒人，并且同戴游击说，他武官没有钱，不要害怕，将来男女两家的事，都是我一力承当。"

王占城诺诺连声。出去之后，连夜就把戴世昌请了过来，告诉他这番情由，又连称"恭喜"，口称："吾兄有这种机会，将来前程未可限量。"戴世昌听了，不禁又喜又惊又怕：喜的是本省制台如今要招他做女婿；惊的是我是个当武官的，怎么配得上制台千金！转念一想："我要同他攀亲，这个亲事阔虽阔，但是要拿多少钱去配他？"因此心中七上八下，愣了半天，除却嘻开嘴笑之外，并无他话。王占城懂得他的意思，又把湍制台的美意，甚么男女两家都归他一人承当的话说了出来。戴世昌听了，止不住感激涕零，连连给王占城请安，请他费心。

王占城不敢怠慢，次日一早，上辕禀复制台。禀明之后，湍制台回转上房，不往别处，一直竟到九姨太房中。此时他老人家久已把九姨太丢在脑后了，今儿忽然见他进来，赛如天上掉下来的宝贝一般。想要前来奉承，一想自己是得过宠的，须要自留身份；如果不去理他，或者此时甚么回心转意，反恐因此冷了他的心。正在左右为难的时候，湍制台早已坐下，说道："我今儿来找你，不为别的事情，为着我们上房里丫头，年纪大的，留着也要作怪，我想打发掉两个，眼睛跟前也清楚清楚。你跟前的那个大丫头，今年年纪也不小了，也很好打发了，你又不缺甚么人用。所以我特地同你说一声儿。"

九姨太起先听见湍制台要打发他的丫头，心上老大不自在。要说不遵，怕他着恼；如果依他，为甚么检着我欺负？尚在踌躇的时候，只听湍制台又说道："你的丫头，我是拿他另眼看待的呢。我替他检了一个做官的女婿，又是年轻，又是有钱，亦总算对得住他的了。但是一件，既然说是配个做官的，怎么好说我们的使女？我想来想去，没有法子，只好说是你的干女儿。你说好不好？"九姨太本来满肚皮不愿意，后来见说是许给一个做官的，方才把气平下；又想："这丫头果然大了，留在家里，亦是祸害。倘若再被老爷看上了眼，做了甚么十三姨太，更不得了，不如将计就计，拿他出脱也好。"想完，便道："我当不起他做我的干女儿，就说是你的干女儿罢。"湍制台道："你我并不分家，你的我的，还不是一样吗。"九姨太道："既然如此，也得叫他出来替你磕个头。"湍制台道："这也可不必了。"正说着，九姨太已把大丫头唤了出来，叫他替老爷磕头，还要改称呼。大丫头扭扭捏捏的替湍制台磕了一个头，湍制台还了一个半礼，起来又替九姨太行过礼，九姨太便吩咐一应人等都得改称呼，因他小名唤做宝珠，就称他为宝小姐。

过了两天，湍制台便催着男家赶紧行聘，叫善后局拔了三千银子给戴世昌，以作喜事之用，又委了戴世昌两个差使。此时湍制台因为自己没有女儿，竟把这大丫头当作自己亲生的一样看待，也拨三千银子给九姨太，叫九姨太替他办嫁妆。有了钱，样样都是现成的。男家看的是十月初二日的吉期。戴世昌特地又租了一座大公馆。三天头里，请媒人过帖，送衣服首饰，面子上也很下得去。两位媒人：一位中军王占城，一位首府康乃芳。到了这一天，一齐穿着公服到制台衙门里来。湍制台却是自己没有出来奉陪，推说自己有公事，叫侄少爷出来陪的。两个媒人也没有坐大厅，是在西面花厅另外坐的：这倒是湍制台爱惜声名的缘故。

且说到了正日，男府中张灯结彩，异常热闹。虽然有些人也晓得是制台姨太太跟前用的丫环，但是制台外面总说是亡妻的干女儿，大家也不肯同他计较，乐得将错就错，顺势奉承。还有些官员借此缘由前来送礼，湍制台也乐得检礼重的任意收下。这场喜事居然也弄到头两万银子，又做了人家的干丈人，颇为值得。花轿过去，一切繁文都不必说。到了三朝，宝小姐同了新姑爷来回门。内里便是九姨太做主人。九姨太自己不曾生养，平空里有了这个女婿，自然也是欢喜。而且这女婿能言惯道，把个干丈母娘奉承得甚么似的，因此这九姨太更觉乐不可支。

闲话少叙。单说这戴世昌自从做了总督东床，一来自己年纪轻，阅历少，二来有了这个靠山，自不免有些趾高气扬，眼睛内瞧不起同寅。于是这些同寅当中也不免因羡生妒，因妒生忌。更有几个晓得这宝小姐底细的，言语之间，便不免带点讥刺。起初戴世昌还不觉着，后来听得多了，也渐渐的有点诧异，回家便把这话告诉了妻子。宝小姐道："我的娘是亡过大太太的好姊妹，我才养下来三天，大太太就抱了过来。人家的闲话，有影无形，听他做甚！"话虽如此说，但是面孔上甚不好看。戴世昌便亦丢过。

但是一样：宝小姐回到衙内，除了湍制台、九姨太认他为干女儿之外，其他别位姨太太以及侄少爷等还拿他当丫头看待，不过比起别人略有体面。他亦不敢同这些人并起并坐。

他有几个旧伙伴见了他拿他取笑：一个个都来让他，请他坐，请他吃茶；一口一声的称他为小姐，把他急的甚么似的。十二位姨太太当中，除掉九姨太，自然算十二姨太嘴顶刻毒，见了人一句不让。自见老爷抬举九姨太的丫头，心上很不舒服。一日听见大众奉承宝小姐，更把他恼了，便对着自己丫头连连冷笑道："甚么小姐！你们只好叫他一声'丫小姐'，将来你们一个个都有分的。"谁知自从十二姨太这一句话，便是一传十，十传百，通衙门都晓得了。有些刻薄的，更指指点点，当着他面拿这话说给他听，把他气的了不得，而又无从发作。后来又把这话传到戴世昌的耳朵里，心上也觉气闷，忽念要靠这假泰山的势力，也只得隐忍不言。

这假泰山果有势力，成亲不到三月，便把他补实游击。除了寻常差使之外，又派了一只兵轮委他管带。人家见他有此脚力，合城文武官员，除掉提、镇、两司之外，没有一个不巴结他的，就有一班候补道也都要仰承他的鼻息。至于内里这位宝小姐，真正是小人得志，弄得个气焰熏天，见了戴世昌，喝去呼来，简直像他的奴才一样。后来人家走戴世昌的门路，戴世昌又转走他妻子的门路，替湍制台拉过两回皮条，一共也有一万六千银子。湍制台受了。自此以后，把柄落在这宝小姐手里，索性撒娇撒痴，更把这干爸爸不放在眼里了。

宝小姐有一样脾气，是欢喜人家称呼他"姑奶奶"，不要人家称他"戴太太"。你道为何？他说称他"戴太太"，不过是戴大人的妻子，没有甚么稀罕；称他"姑奶奶"，方合他制台干小姐的身份。他常常同人家说："不是我说句大话：通湖北一省之中，谁家没有小姐？谁家小姐不出嫁？出了嫁就是姑奶奶。这些姑奶奶当中，那有大过似我的？"他既欢喜奉承，人家也就乐得前来奉承他。有些候补老爷，单走戴世昌的门路不中用，必定又叫自己妻子前来奉承宝小姐。大家是晓得脾气的，见了面，姑奶奶长，姑奶奶短，叫的应天价响。候补老爷当中，该钱的少，这些太太们同他来往，知道他是阔出身，眼睛眶子是大的，东西少了拿不出手，有些都当了当，买礼送他。

当中就有一家太太，他老爷姓瞿，号耐庵。据说是个知县班子，当过两年保甲，半年发审，都是苦事情，别的差使却没有当过，心上想调一个好点的，就回家同太太商量，要太太走这条门路。太太拿腔做势，说道："自古道'做官做官'，是要你们老爷自己做的，我们当太太的只晓得跟着老爷享福，别的事是不管的。"禁不住瞿耐庵左作一揖，右打一恭，几乎要下跪。太太道："我要同你讲好了价钱，我们再去办这一回事。"瞿耐庵道："听太太吩咐。"太太道："你得了好事情，一年给我多少钱？"瞿耐庵道："我同你又不分家，我的就是你的，你的就是我的，这又何用说在前头呢？"太太道："不是这样说。等你有了事，我问你要钱比抽你的筋还难，不如预先说明白了好。"瞿耐庵道："太太用钱，我何曾敢说一个'不'字；没有亦是没法的事。"太太道："我不晓得你得个甚么差使，多少我不好说，你自己凭良心罢。"瞿耐庵想了半天，才说得一句"一家一半"。太太不等说完，登时柳眉双竖，杏眼圆睁，喝道："甚么一家一半！那一半你要留着给谁用？"瞿耐庵连连陪笑道："留着太太用。我替你收好着。"太太道："不用你费心，我自己会收的。"瞿耐庵道："太太说的是，说的是！"连连屏气敛息，不敢做声。太太又吩咐道："我替你办事情，我是要花钱的。头一面，一份礼是不能少的，你想要差使，以后还得时时刻刻去点缀点缀。你现在已经穷的甚么似的，那里还有钱给我用。无非苦我这副老脸出去向人家挪借，借不着，自己当当。这笔钱难道就不要还我吗？"瞿耐庵道："应得还！应得还！既然太太如此说法，以后差使上来的钱，一齐归太太经管，就是我要用钱，也在太太手里来讨。你说可好不好？"太太道："如此也罢了。当下商量已定，就想托一个庙里的和尚做了牵线。

此时宝小姐声气广通，交游开阔，省城里除了藩台、粮道两家太太之外，所有的太太一齐同他来往。他们这般女朋友竟比男朋友来得还要热闹：今天东家吃酒，明天西家抹牌；一齐坐着四人大轿，点着官衔灯笼，亲兵随从簇拥着，出出进进，好不威武。就这里头说差使，托人情，在湖北省城里赛如开了一爿大字号一样。

宝小姐又爱逛庙宇，所有大大小小的寺院都有他的功德。譬如宝小姐捐一百块洋钱，这庙里的和尚、姑子一定要回送公馆里管家大爷一分，上房里老妈、丫环一分，每一分至少也得十几块洋钱。宝小姐进款虽多，无奈出款也不少。就是宝小姐不愿意多出，手下的那些老妈、丫环们也一定要劝他多出。和尚、姑子还时常到公馆里请安，见了面，拿两手一合，头一低，念一声“阿弥陀佛”，然后再说声“请姑奶奶的安”，跟着下来，就尽性的拿“姑奶奶”奉承。无论有多少的高帽子，宝小姐都戴得上。宝小姐既向这般人混熟了，以后就天天的往寺院里跑，又请那些要好的太太、奶奶们吃素饭。人家见他礼佛拜忏便认他是持斋行善一流，于是人家要回席请他，也只得把他请在庙里。这个风声传了出去，慢慢地那些会钻门路的人也就一个个的来同和尚、姑子拉拢了。

闲话休叙。且说这武昌省城有名的是一座龙华寺。这龙华寺坐落在宾阳门内，乃是个极大丛林，听说亦有千几百年的香火了。寺里居中一座“大雄宝殿”，供的是释迦牟尼。此外观音殿、罗汉堂、斋堂、客堂、禅堂、僧房，曲曲弯弯，已经不在少处。另外还有精室，专备接待女客。因为龙华寺是武昌名胜所在，所以合城文武官员，空闲时候都走来随喜随喜，就是过往的游客亦都有慕名来的。寺里有方丈，是专门只管清修，不问别事，执事的另外有人。顶阔的是知客，专管应酬客人以及同各衙门来往。督、抚、司、道以下，统通认得。凡是当知客和尚：第一要面孔生得好，走到人前不至于讨厌；第二要嘴巴会说，见人说人话，见鬼说鬼话，见了官场说官场上的话，见了生意人说生意场中的话，真正要八面圆通，十二分周到，方能当得此任。知客和尚专管知客，不要上殿做佛事。又常常听见人说起，知客应酬老爷们还容易，最难的是应酬太太们。应酬了老爷、老爷当中不肯花钱的居多；应酬了太太，却是大把银子抓给他们用。所以他们趋奉太太竟其比趋奉老爷还要来得起劲。这位太太的老爷是甚么人，同谁家是亲戚，跟着伺候的人谁拿权谁不拿权，和尚肚皮里都有详详细细的一本账，说出来是不会错的。

单说这龙华寺里的知客，法号善哉，是镇江人氏。自少在金山寺出家，生的眉清目秀，一表非凡，而且人亦能言会道。二十三岁上，因往四川朝山回来，路过武昌，就在这龙华寺内挂单，一连住了几日。此时龙华寺当家老和尚正苦少个帮手，见他伶俐聪明，讨人欢喜，遂写一封书信给金山寺里的老和尚，留这善哉和尚在龙华寺里执事。过了几个月，当家老和尚见他着实来得，就升他为知客和尚。不上一年，凡是湖北省里的贵官显宦，豪贾富商，他没有一个不认得，而且还没有一个不同他说得来。他更有一件本事，是这些大人老爷们的太太，尤其没有一个不喜欢到他寺里走动。不说别的布施，单是佛事一项，已经比前头要多出好几倍了。他既有此人缘，也就乐得借此替人家拉拢，人家自然不肯叫他白出力的。

此时这善哉和尚打听得宝小姐是制台干小姐，是湖北第一份阔人，便借捐建水陆功德为名，先送了一份礼物，无非是吃食等类；又送了两副请帖，暂时不说布施，只说是“某日开建道场，请戴大人同姑奶奶前往随喜”。宝小姐是少年性情，听见有好玩的所在，没有不赶着去的。善哉和尚又早同戴府管家联络一气，某日前往，预先送信给他。到了这天，善哉和尚竭力张罗，把寺里寺外陈设一新。男客所在，分上、中、下三等：上等是提、镇、司、道以及督、抚衙门的幕友、官亲；二等是实缺、候补府班以下人员至首县止，同着些阔商家，甚么洋行买办，钱庄汇票等字号；三等乃是候补州、县，以及佐贰各官，同

随常买卖人等。三等地方都另有招呼的人。戴世昌虽是游击，因系制台的干女婿，所以坐了第一等客位。女客所在也分三等，同男客不相上下。善哉和尚却又另外替宝小姐备了一间精室。这精室之中，特地买了一张外国床，一副新被褥，湖色外国纱账子，鸭毛枕头，说是预备姑奶奶歇中觉的。床面前四张外国椅子，一张小小圆台；圆台上放着一个小小船盒，堆着些蜜饯点心之类，极其精致，说是预备姑奶奶随意吃吃的。靠窗一张妆台，脂、粉、镜奁，梳、篦、刨花水之类，亦都全备，又道是预备姑奶奶或是觉后或是饭后重新梳妆用的。床后头还有马桶一个。宝小姐有了这个好地方，又加以和尚竭力趋奉，比书上说的“先意承志”，做人家儿子的也没有这样孝顺。

宝小姐来的多了，外头的名声也大了，就有些想走门路的钻头觅缝的来巴结善哉和尚。善哉和尚也就此出卖些“风云雷雨”，以显他的声光。这个风声恰巧被瞿耐庵的太太晓得了。这瞿耐庵的太太平时也是极其相信吃斋念佛的，见了出家人，分外有缘，无事便到这龙华寺里来跑，因此同这善哉和尚也极相熟。但是一样：瞿耐庵的太太手里是没有甚么钱的，和尚的眼睛最为势利不过，见了有钱的施主就把他比下来了。这回起建水陆道场，开忏的那一天，宝小姐到场，只吃了一顿饭，就捐了五百两银子。瞿太太也跟来随喜，好容易在家里连当带借，送了十块钱给和尚。和尚那里拿他放在眼里，不过是来者不拒，多多少少，一齐留下罢了。瞿太太虽然竭力拉拢，无奈手笔不大，总觉上不得台盘。此乃境遇使然，无可奈何之事。

恰巧四十九天功德圆满。善哉和尚弄钱本事真大，又把老和尚架弄出来，说是要传戒。预先刻了传单，外府州、县，分头叫人去贴。这个风声一出，那些愿意受戒的善男信女，果然不远千里而来。此番善哉和尚却是大开山门，定了规例：凡来受戒的，每人定要多少钱。要了钱还不算，还要叫这些人吃苦头。一个个都跪在老和尚面前，拿些蕲艾，分为九团或十二团，放在光郎头上，用火点着；烧到后来，靠着头皮，把他油都烤了出去，烧的吱吱地响。这人痛的愁眉苦脸，流泪满面，嘴里头只是念“阿弥陀佛”，“阿弥陀佛”，不敢说一声痛。凡受过戒的都说：“烧到痛的时候，只要念‘阿弥陀佛’，佛菩萨自然会来救你的。就是要痛，也就不痛了。”又说道：“凡一个人入了道，七情六欲是不能免的。如今这一烧，可把他烧断，永远不想开荤，亦不想偷女人了。”如是者一个个头上就同骨牌攒了眼的一样，这地方永远不生头发，其名又谓“烧香洞”。凡有香洞和尚，到那里都好挂单，有饭吃，大家都肯布施他；要说是没有香洞，大家都叫他野和尚，可是没有人理的。烧过香洞之后，还要进禅堂。禅堂里的规矩是：坐一炷香，跪一炷香，轮流到九天九夜，一刻不得休歇，亦不准打盹睡觉。九天之后，方算圆满。这九天里头，倘然错了他一点规矩，另外有管他们的人，扛着又粗又长的板子，要在光郎头上敲的。看起来真正苦恼，并不是修行，直接是受罪！

闲话少叙。单说此时这龙华寺受戒的人，只有僧众，并无女人。善哉和尚会出主意，便出来同一班太太们说道：“诸位太太都是前世里修行，所以这一辈子才有这们大的福分；倘若这一辈子里再修行修行，下一辈子还不晓得怎样好哩！”一句话提醒了众人，便问：“怎样修行的好？”善哉和尚道：“阿弥陀佛！若要修行，也没有别的，只要同我们出家人一样，到大和尚跟前受个戒，等大和尚替你们起个法名。以后遇见寺里做甚么功德，量力施布点，这就是修行了。”宝小姐道：“要剃头发不要？”善哉和尚道：“阿弥陀佛！我的姑奶奶，倘若要你们剃头发，岂不同姑子一样？以后这们大的福份叫谁去享呢？小僧说的原是带发修行，只要一心皈依，都是一样的。”宝小姐道：“既然如此，我亦来一份，修修来世也是好的。”又问：“要多少钱？”善哉和尚道：“随缘乐助，亦要看各人的身份，姑奶奶大才斟酌罢了。”于是在座的各家太太听见和尚说“随缘乐助”，大家高兴，就有一大半要

受戒的。当时算宝小姐顶阔，送了大和尚三百块洋钱，说是孝敬老师傅的贽敬；又拿出一百块钱来斋僧，说是同众位师兄结结缘的。和尚笑纳之后，大和尚就替他起了一个法号，叫作妙善。其余各位受戒的女太太们，从四元起码，以至几十元为止。瞿太太亦送了十块洋钱，随同受戒。等到事完之后，和尚又备了几桌素斋，请众位受戒的女太太一同到来，以叙同门之礼。

瞿太太是有心巴结宝小姐的，如今借此为由，被他搭上了手，便尔趋前跟后，做出千奇百怪的样子来奉承宝小姐。又时常到宝小姐公馆里去请安，送东送西，更不必说。有天宝小姐在一位姊妹家里吃醉了酒，其日瞿太太也在座。瞿太太一见这样，便过来替他捶背，替他装烟，又亲自搀扶他上轿，一直把宝小姐送回公馆。这一夜瞿太太也没有回家，就在宝小姐公馆里伺候了一夜。第二天宝小姐酒醒，很觉得过意不去。后来彼此熟了，见瞿太太常常如此，也就安之若素了。瞿太太的脾气再要随和没有，连老妈的气都肯受的。有些丫环问他要东西不必说，空着还要拿他说笑取乐。宝小姐见丫环们如此，他也和在里头拿瞿太太来开心。

有天亦是宝小姐醉后，瞿太太过来替他倒了一碗茶，接着又装了几袋水烟。宝小姐醉态可掬的，一手搂着瞿太太的颈项，说道："我来世修修，修到有你这个女儿，我就开心死了！"瞿太太道："我是巴而不得做姑奶奶的女儿，只怕够不上。"宝小姐道："别的都可以，倒是你是上了岁数的人，我只有这一点点年纪，那有你做我的女儿的道理。"瞿太太道："姑奶奶说那里话来！常言说得好：'有志不在年高。'我那一桩赶得上姑奶奶？只要姑奶奶肯收留，我就情愿拜在膝下，常常伺候你老人家。"此时宝小姐已有十分酒意，忘其所以，听了瞿太太的话，并不思量，便冲口而出道："既然如此，你就替我磕个头，叫我一声'娘'罢。以后我疼你。"一句话直把个瞿太太乐得要死，果真爬在地下替宝小姐磕了一个头，叫了一声"干娘"。宝小姐趁着酒盖了脸，便答应了一声，见他磕头，动也不动。

当日瞿太太伺候宝小姐睡觉之后，立刻赶回家中。此时他老爷瞿耐庵蒙戴世昌替他吹嘘，已经委了清道局的差使。这天正领了薪水回来，等太太等到半夜不见回家，以为一定是戴公馆留下，今天不转的了，岂知三更过后，忽听打门声急。开出门去一看，不是别人，原来就是太太。太太回家，不说别的，劈口便问："薪水领到没有？"瞿耐庵道："恰恰今日领到。因为太太未曾过目，所以不敢动用。"太太道："好。"登时取了出来一看整整七十块洋钱。太太便吩咐备燕菜酒席两桌，下余的备办男女衣料四份，再配些别的礼物，一概明天候用。瞿耐庵是惧怕太太，一向奉命如神的，只得诺诺连声，不敢违拗。次日一早，备办停当。太太也早起梳洗。诸事齐备，便抬了酒席礼物，径往戴公馆而来。

这日宝小姐因为昨夜酒醉，人甚困乏，睡到十二点钟方才起身。人报瞿太太到来。只见瞿太太身穿补褂，腰系红裙；他老爷是有花翎的，所以太太头上也插着一支四寸长的小花翎；扭扭捏捏走进宅门，后面两个抬合抬着礼物酒席。宝小姐忘记昨夜醉后之事，见了甚为诧异。见面之后，忙问所以，瞿太太笑而不言。但见他走到客堂，拿圈身椅两把，居中一摆，跟来的人随手把红毡铺下。瞿太太便说："请你们大人。今日是寄女儿特地过来叩见干爹、干娘，是不用回避的了。"此时戴世昌正躲在房中，听了摸不着头路，宝小姐也觉茫然。倒是旁边的丫头、老妈记着，便把昨夜之事说出。宝小姐道："醉后之言，何足为凭。我那里好收瞿太太做干女儿！真正把我折死了！"刚刚跨出房门，想要推让，瞿太太已拜倒在地了，嘴里还说："既然干爹不出来，朝上拜过亦是一样的。"宝小姐连忙还礼，连说："这里那里说起！"瞿太太拜过之后，赶忙又把礼物献上，说是两份送给干爹、干娘，两份连着一席酒，是托干娘孝敬与干外公、干外婆的。宝小姐只是谦着不受。瞿太

太那里肯依，说：“昨夜已蒙干娘收留，倘今天不算，叫我把脸搁在那里去呢？”于是旁边一众丫头、老妈都凑趣说：“今天瞿太太来拜干娘，乃是出于一片至诚，太太倒是收了他的好，叫他心上快活。太太只要以后疼他就是了。”此时宝小姐无可奈何，只得老老脸皮认了他做干女儿。后来戴世昌也出来见过礼。宝小姐又把丫头、老妈、底下人、厨子，统通叫了上来叩见瞿太太。大家亦改口叫他瞿姑奶奶。当时摆席吃酒。

等到饭后，宝小姐一想，自己总觉过意不去：“索性今天把他带进制台衙门，叫他认认干外公、干外婆，也可显显我的手面。”当下便把此意同瞿太太说知。瞿太太有何不愿之理，登时满口答应，又说：“于理应得去请安的。”于是宝小姐先打发老妈到制台衙门里去说明白，只说姑奶奶收了一个干女儿，立刻进来叩见老爷同九姨太太，但是且慢说出人头来。老妈去后，宝小姐带着瞿太太也就跟手上轿而去。

一霎时到得湍制台衙门，自然是一径到九姨太上房里。此时湍制台听了老妈的话，都晓得宝小姐收了一个干女儿，大家以为总是人家的小姐了。九姨太急忙预备见面礼。正闹着，人报宝小姐回来了。大家立起身看时，都想看看这位小姐长得面貌如何。只见宝小姐走到头里，后面跟了一个脸上起皱纹的老婆婆，再细看看，头发也有几根白了。大家见了诧异，还当是那小姐的娘自己同来的，然而来的只有他俩，并没有第三个。因此大众格外疑心。此时湍制台亦正在房中，从玻璃窗内看见，也觉着奇怪。只听得宝小姐在院子里喊道：“干妈，我同个人来给你瞧瞧。”一头说，一头走进上房，吩咐老妈把红毡铺地。宝小姐就拉了瞿太太一把，说道：“你就在这里拜见外公、外婆罢。”大众至此方才明白，这同来的老婆婆就是他的干女儿。但是他要收个干女儿，为甚么不收个年轻的，倒收个老太婆？真正叫人不明白。但是他如此一片至诚，九姨太只得出来同他谦了一回，受了他一礼，让他坐下，彼此寒暄了一回。瞿太太又把孝敬的礼物送上，九姨太也送了五十块洋钱的见面钱。然后招呼开席，直吃到二更天，方才尽欢而散。这天湍制台虽未出来相见，但把他孝敬的礼物收下，也要算得赏脸的了。且说瞿太太这天因为头一天来，不便住下，约摸到了时候，便即起身告辞。九姨太还再三叮咛，叫他空了只管进来，现在是自己一家人，用不着客气的了。

此时瞿太太喜的心花都开。相别出来上轿，在轿子里满腹盘算，思量几时再进来，又思量过天还得备席请请干外婆，又想：“他们是阔人，眼眶子是大的，请他们不能过于寒俭，须得稍为体面些。”又想：“横竖有今天干外婆送我的五十块钱，‘羊毛出在羊身上’，就拿来应酬他。彼此要好了，少不得总要替我们老爷弄点事情。只要弄得一个好点差使，就有在里头了。”又想：‘这条门路全亏了善哉和尚，等到有了钱，须得到他寺里大大的布施些，以补报他这番美意。’正盘算间，不提防轿子落地，说是已经到了自己家的门口了。瞿太太定了一定神，方才从轿子里走出来。还没有出轿门，忽然一个跟班的走上来回道：“太太，老爷不好了！今天出出小恭，跌断了一只腿了！”瞿太太听了，不禁大吃一惊。

欲知后事如何，且听下回分解。

第三十九回

省钱财惧内误庸医　瞒消息藏娇感侠友

话说瞿太太从院上回来，在轿子里听说老爷跌断了一条腿，这一惊非同小可！连忙问道："怎么好端端的会把腿跌断了？是甚么时候跌断的？"跟班回道："今儿早上，老爷送过太太上轿之后，也就到了局子里办公事；但是今儿一天总是低着头想心事，没精打采，没有吃饭就回来的。恰恰进门，提着裤子要去解手。小的正走过，看见摆尿缸的地方原来潮湿，亦不晓得那一位在尿缸旁边掉了一个钱在地下。老爷见了钱，弯着腰要去拾，不想怎样一个不留心就滑倒了，弄得满身是溺还在其次，只听老爷'啊唷'一声，说是一条腿跌断了。"瞿太太骂道："混账东西！地下掉了钱，你们不去拾，要叫老爷去拾！"跟班的道："小的又没瞧见钱，后来是老爷说了出来才晓得的。"瞿太太道："跌坏了怎么样？请大夫瞧过没有？"跟班的道："老爷跌倒之后，只顾'啊唷'的叫。他老人家的身坯来得又大，小的一个人怎么拉得动他。好容易找了打杂的、厨子、轿夫，才把他老人家连抬带扛的抬进上房床上睡下。齐巧那个会说外国话的胡二老爷有事来拜会，一听说是他老人家跌断了腿，胡二老爷就急了，说道："我们做官的人全靠着这两条腿办事，又要磕头，又要请安，还要跑路。如今把他跌折了，岂不把吃饭的家伙完了吗！'到底胡二老爷关切，进去看过老爷之后，立刻就出去找了一位外国大夫来瞧了一瞧。"瞿太太大惊道："为甚么不请一个伤科看看？那外国大夫岂是我们请得起的？"跟班的道："老爷亦何尝不是如此说，所以一听见胡二老爷说请外国大夫，可把他老人家急死了，说：'我这分家私都交给他还不够！我情愿做个残废罢！'谁知胡二老爷硬作主，自己去把个外国大夫请了来。老爷一定不要看，胡二老爷捉住老爷的腿，一定要看。外国大夫看了一回，便说：'治虽可治，将来走起路来，不免要一瘸一拐的呢。'胡二老爷道：'好好好，只要能够会走路，可以磕得头，请得安，就做个瘸子也不打紧。'外国大夫道：'倘若只要磕头请安，那是我敢写得包票的。'后来胡二老爷要他包医，他要三十两银子。"瞿太太道："老爷怎么说？"跟班的道："老爷急的甚么似的，暗底下拉了胡二老爷好几把，朝着他摇头，说是不要他包医。胡二老爷没法，方才又打了两句外国话，同着外国大夫走的。"

瞿太太一听这话，方才把一块石头落地。一面往上房里走，一面又问："可请个伤科来瞧过没有？"跟班的道："请是请过一个走方郎中瞧过，亦要甚么十五块钱包医，老爷还嫌多。后来请了一个画辰州符[1]的来到家里画过一道符，一个钱没花，亦没见甚么功效。"太太道："为甚么不早送个信给我？"跟班的道："小的赶到戴公馆，说太太到了制台衙门里去了。太太，你想，制台的衙门可是我们进得去的，所以小的也就回来了。"

正说着，太太已到上房，走进里间一看，老爷正睡在床上哼哼哩。太太把帐子枭开，望了一望，问了声："怎么好好的会把腿跌坏了？"又问："现在痛的怎么样了？那个画符的先生，他可包得你不做残废不能？"老爷正在痛得发晕，一听太太的声息，似乎明白了些，但回答得两句道："你回来了？今天几乎拿我跌死！"说完了这两句，仍旧哼哼不已。太太就在床沿上坐下，叹了一口气，说道："我们又不是没有见过钱的人！你要钱用，尽

管告诉我，自然有地方弄给你，何犯着为了一个钱跌断一条腿呢！如果一个治不好，当真的不能磕头请安起来，你这一辈子不就完了吗！叫我这一辈子指望甚么呢！”说着，也就唬嗤唬嗤的哭起来了。

瞿耐庵道：“你别哭了。现在既已回来，该应怎么找个大夫给我瞧瞧。”太太道：“外国大夫价钱大，无论如何，我们是请不起的，这个也不用提他了。如今你们赶快把伤科‘独眼龙’王先生请了来，问他要多少钱，我给他。务必今夜里请他来一趟！就是睡了觉也要来的！”跟班的去了一会，回来说道：“王先生说的：一过晚上十点钟，就是拿八抬轿去抬他也不来的。有话明天早晨再讲罢。”太太道：“这东西混账！你去同他说，他再不来，我去叫制台衙门里的人押着他来，看他敢不来！”说着，就想坐轿子再回到制台衙门里去。还是瞿耐庵明白，连连摇手，道：“现在是甚么时候了！去不得！去不得！你这一往回，要有多少时候？再等一会天就亮了。一会再去请他，他总要来的，何苦半夜里吵到制台衙门里去。请了来请封[2]仍旧一个钱不能少的。我多熬一会就是了。”太太一想，他话不错，只得依他。果然不多一刻，天也亮了。又过了一会，太太忙叫人去请“独眼龙”王先生。家人去了好半天才回来，说道：“先生才起来，正看门诊，总得门诊看完了才得来呢。”瞿耐庵夫妇无法，只得静等。

谁知一等等到下半天四点钟敲过，王先生才来。当时引进上房，先问：“是怎么跌的？”瞿耐庵连忙伸出来给他看。王先生生来只有一只眼，歪着头，斜着眼，看了一会，说是：“骨头跌错了笋了，只要拿他扳过来就是了，没有甚么大不了的事。”瞿太太在帐子后头说道：“既然如此，就请你先生替他扳过来就是了。”王先生道：“如果是别人家，一定要他五十块大洋，你们这里，打个九折罢。”瞿太太把舌头一伸，道：“要的可不少！怎么比外国大夫还贵？”王先生也不答腔。瞿太太又再三同他磋磨。王先生道：“要我治，我得这个价钱；要省钱，可以不必请我。你们要晓得：你们老爷这条腿是值钱的，不比寻常人的腿，不要磕头，不要请安，可以随随便便的。我要替他弄好，三五天就要叫他走路哩。外面有外敷的药，里头有内托的药。我这副药，珍珠八宝，样样都全，但是这副药本就得四十块大洋。倘若只要扳扳好，不消上药，也费我半点钟工夫，至少也得五块洋钱。”瞿太太道：“只要你扳扳好，不敷药，可以不可以？”王先生道：“这也没有甚么不可以，不过好得慢些。跌坏的虽是骨头，那骨头四面的肉就因此血不流通；血不流通，这肉岂不是同死的一样。将来一点点都要烂的；烂过之后，还得上药，然后去腐生新。合算起来，花的钱只有比我多些，还要耽搁日子。你们划算得来，我就依着你做。我原是无可无不可的。”瞿太太一想，四十五块钱总嫌太多，心上思量：“且叫他把骨头的笋头扳进。至于药可以不用他的，昨天我在干外婆屋里看见玻璃橱里摆着药瓶，甚么跌打损伤药、生肌散，样样都有，我只要去讨点就是了，只怕还要比他的好些哩。”主意打定，便道：“好些的药我们自已有，只要到制台衙门里去讨来。现在只要你先生替他扳准了就是了。”王先生一听生意不成功，一来是心上不高兴，二来也是他本事有限，当下不问青红皂白，能扳不能扳，便拉住瞿耐庵的腿，看准受伤的地方，用两只手下死力的一扳。只听得床上“啊唷”的一声，瞿耐庵早已昏晕过去了。

瞿太太正在帐子后头，一听这个声响，知道不妙，立刻三步并做两步，赶到前面，忙问：“怎的？”王先生也不打言。瞿太太臬开帐子一眼，只见老爷已经两眼直翻，气息全无，头上汗珠子有黄豆大小。瞿太太一见这个样子，晓得是被王先生扳坏了。又见王先生拿袖子卷了两卷，把条腿夹在夹肢窝里，想用蛮劲再把这条腿扳过来。瞿太太发急道：“先生！你快松手罢！再弄下去，他的腿本来不折的，倒被你一弄弄折了也论不定！如今的人还不知是活是死哩！”一面说，一面又拿老爷掐人中，浑身的揉来揉去。幸亏

歇了不多一会，瞿耐庵慢慢的回醒过来，只是“啊唷啊唷”的喊痛。大家一见老爷有了活命，方始放心。

王先生受了瞿太太的埋怨，只好松手，站在一旁，瞪着一只眼睛在那里呆望。好容易瞧着瞿老爷有了活气，他又想上前去用劲。瞿太太连忙摇手道：“你快别来了！你再来来，我们老爷要送在你手里了！叫门房里赶紧替先生打发了马钱，请先生回府罢。”王先生无法，只得跟了跟班的走到门房里，替他发给了四百钱的马钱。王先生不答应，一定要五块洋钱，说：“我是你们请了来的，同你们太太讲明白的，不下药，单要五块洋钱。现在是你们不要我治，并不是我不治。如今要少我的钱可不能。”门房里人道：“你先生的本事太好，所以不请你治！老实同你说，你的本事一个钱不值！现在给你四百钱，已经有你面子了，不走做甚？”王先生一见门房里人骂他，愈加不肯干休，赖在门房里不肯去，说：“你们要坏我的招牌，我是要同你们拼命的！”门房里人道：“这王八羔子不走，真个等做……”一面说，一面就伸出手来打了王先生两拳。王先生气急了，于是躺在地下喊地方救命。闹的大了，上房里都听见了。瞿耐庵睡在床上，说道：“这种人同他闹甚么！给他两个钱，叫他走罢。”瞿太太道：“你有钱你给他，我可是没有这多钱。他肯走就走，不肯走，我去到制台衙门里去一声说，叫首县押着他走！”一面说，一面自己走到外头叫底下人赶他出去。正吵着，齐巧胡二老爷走来看瞿耐庵的病。瞿太太连忙退回上房。胡二老爷便问：“吵的甚么事？”门房里人说了。还是胡二老爷顾大局，走过来好劝歹劝，又在自己搭连袋里摸了一块洋钱给他，才肯走的。王先生临走的时候还说：“今天若不是看你二老爷脸上，我一定同他拼一拼哩！”说完了这一句，方才掸掸衣服，辞别胡二老爷出门。

胡二老爷跟了瞿家跟班的直入内室。瞿太太仍旧躲入床后头。胡二老爷当下便问：“大哥的腿怎么样了？可能好些？”瞿耐庵说不动话，只是摇头。胡二老爷是瞿老爷的把兄弟，所以异常关切，便朝着跟班的说道：“外国大夫既不请，中国大夫又是如此，现在总得想个法子，找个妥当的人替他看看才好，总不能听其自然。照这样子，几时才会好呢？我也晓得你们老爷光景，彼此至好，这二三十块钱，就是我替他出也不打紧。”刚说到这里，瞿太太一听他肯出钱，便在床背后接腔道：“难得二老爷如此关切，一回一回的好意！只要外国大夫包得好，就请二老爷同了他来就是了。”胡二老爷道：“这个外国大夫在外国学堂考过，是顶顶有名的，连这个都医不好，还做甚么大夫。而且三十块钱要的亦并不算多。”瞿太太道：“既然如此，就拜托费心了。”胡二老爷去不多时，果然同了外国大夫来，言明三十块洋钱包医，签字为凭。当下就由外国大夫替他推拿了半天，也没下甚么药。毕竟外国大夫本事大，当天就好了许多。前后亦只看过三次，居然慢慢的能够行动，亦没有做瘸子。他夫妇二人自然欢喜不尽。不在话下。

单说瞿太太自从拜宝小姐做了干娘之后，只有瞿耐庵腿痛的两天没有去，以后仍是天天去的。制台衙门里亦跟宝小姐去过两次，九姨太亦请过他。虽不算十分亲热，在人家瞧着，已经是十二分大面子了。瞿太太便趁空先托宝小姐替他老爷谋事情，说道：“不瞒寄娘说，你女婿自从弄了这个官到省，就背了一身的空子。虽说得过几个差使，无奈省里花费大，所领的薪水连浇裹还不够。现在官场的情形，只要有差使，无论大小，人家有事总要找到你，反不如没有差使的好。现在你女婿就是吃了这个有差使的亏，所以空子越发大了。不怕你老人家笑话，照这样子再当上两年，还要弄得精打光呢。现在只求你老人家疼我，你老人家不疼我，更叫我找谁呢！”

一番话说得宝小姐不由不大发慈悲，特地为他到了制台衙门一趟，先把这话告诉了九姨太。九姨太道：“你这话很可以自己同你干爹说。”宝小姐道：“我托干爹这点事情，不怕他不依；然而总得拜托干娘替我敲敲边鼓，来得快些。”九姨太太应允。宝小姐立即跑到

内签押房逼着湍制台委瞿耐庵一个好缺。湍制台起初不答应，说："他是有差之人，很可敷衍。现在省城里候补的人，熬上十几年见不着一个红点子的都有，叫他不要贪心不足。"宝小姐一见湍制台不答应，登时撒娇撒痴，因见签押房里无人，便一屁股坐在制台身上，一手拉着制台的耳朵，说："干爹！这件事我已经答应了人家，你不答应我，我还有甚么脸出去！"说着，便从怀里掏出手帕子哭起来了。湍制台被他缠不过，只得应允。宝小姐一直等他应允，方才收泪，另外坐下。跟手九姨太亦走进来，又帮着他说了两句"敲边鼓"的话。湍制台自然是无可推却，当面说定，次日见了藩台，就叫他替瞿耐庵对付一个缺，然后宝小姐走的。

原来瞿耐庵老夫妇两个，年纪均在四十七八，一直没有养过儿子。瞿耐庵望子心切，每逢提起没有儿子的话，总是长吁短叹。心上想弄小，只是怕太太，不敢出口。太太也明晓得他的意思，自己不会生养，无奈醋心太重，凡事都可商量，只有娶姨太太这句话，一直不肯放松。每见老爷望子心切，他总在一旁宽慰，说甚么："得子迟早有命。命中注定有儿子，早晚总会养的。某家太太五十几岁，一样生产。咱们两口子究竟还没有赶上人家的年纪，要心急做甚么呢。"瞿耐庵被他驳过几次，虽然面子上无可说得，然而心总不死。朋友们都晓得他有惧内的毛病，说起话来，总不免拿他取笑。起先瞿耐庵还要抵赖，后来晓得的人多了，瞿耐庵也就自己承认了。

有天一个朋友请他吃饭，同桌的都是爱嫖的人。有两个创议，说席散之后，要过江到汉口去吃花酒，今天一夜不回来。于是同席的人都答应说去，独有瞿大老爷不响。大家无非又拿他取笑，说他怕太太，恐怕回来要罚跪。此时瞿耐庵已经吃了几杯酒，酒盖着脸，忽然胆子壮了起来，就说了声"我也同去"。众人又问他："你这话可当真？"瞿耐庵道："怎么不当真！我也不过让他些，果真怕了他也好了，还做甚么男子汉大丈夫呢！"众人见他如此，都觉稀罕。当天果然同他到汉口去玩了一夜，第二天酒醒，不觉懊悔起来，怕太太生气。回家之后，少不得造谣言，说局子里有公事，又有外头解来的强盗，臬台因为他老手，特地派他审问，足足审了一夜，所以一夜未回。太太信以为真，以为臬台叫他问案乃是有面子的事情，非但不追究他，而且也甚欢喜，不过说了一句："既然有公事，为甚么不差人送个信回来，省得家里等门？而且夜里天冷，也好差人送件衣服给你。"瞿耐庵一见太太如此体贴，连忙感谢不尽。

过了十天半个月，朋友们见他吃花酒没有事，以后就常常有人请他。起先还辞过几次，后来晓得太太受骗，便尔胆子渐渐的大了起来，也就时常跟着朋友们走动走动了。他虽然是有家小的人，但是积威之下，只有惧怕的心，没有欢乐的心；忽然一天到得堂子里面，打情骂俏，骨软筋酥，真同初世为人一般，其快乐可想而知。这时候汉口有个做窑姐的，名字叫作爱珠，姿色甚是平常，生意也不兴旺。自从那日瞿耐庵破例跟着朋友吃花酒，因为他没有局带，有个朋友就把爱珠荐给与他。爱珠生意本来清淡，好容易弄到这个孤老[3]，岂有不巴结之理。当夜吃完了酒，其时已经不早，爱珠屡次三番要留瞿老爷住在他那里。无奈瞿老爷一来怕有玷官箴，二来怕"河东狮吼"，足足坐了一夜。爱珠也就陪了一夜。到了第二天，过江回省，见了太太，胡造一派谣言，搪塞过去。这便是第一次破戒。这次住虽未住，然而瞿老爷心上感念爱珠相待之情，已觉得是世界上有一无二了。

后来瞿老爷时常跟着朋友们过江闲逛。人家请他吃酒，爱珠少不得也要敲他吃酒，朋友们也要他复东道。推来推去，无可推却。使有一天，趁太太到戴公馆宝小姐那里请安，午饭之后，跟班的回来说："太太跟着戴太太到了制台衙门里去，留住了吃晚饭，今天恐怕不得回来，叫小的回来拿衣服。"瞿耐庵一听大喜，晓得太太是在戴公馆、制台衙门常常住的，今天决计不回，便趁这个空，偷偷开了箱子，换了一身的新衣服。齐巧这天早上领的薪水尚未交账，便包了二十块钱溜过江去，到得爱珠那里。一班好玩的朋友是天天在汉口的，自然一招就到。这天瞿老爷居然摆了一台酒，自己坐了主位。爱珠坐在身旁，不时还同他咬耳朵说话。直把个瞿老爷乐得手舞足蹈，比起候补老爷忽蒙挂牌署缺，接印之后第一次升堂理事，其开心也不过如此。

这天爱珠又留他。他晓得今天太太是不回家了，便尔一口答应。这一夜，他俩要好，自不必说。爱珠在枕头上诉说他本是好人家女儿，父母因为没有钱用，所以才拿他卖到窑子里来。"谁知竟是个火坑！老鸨[4]的气也受够了！实实在在一天住不下去！你老爷倘若有心救我，就求你救到底！我只要出得此门，就是做丫头亦是情愿的！"说完了这两句，不住的唬嗤唬嗤的哭。瞿耐庵听了伤心，也帮着掉眼泪。后来爱珠再三问他："你老爷的意思到底怎么样……"瞿耐庵一时也回答不出。一来是爱他，二来又是可怜他，满心满意，想要弄他。但是一样：太太是著名的泼辣货，这事万万商量不通的。倘若瞒着他做了，将来这饥荒一定不少，因此便把念头冷了下来。禁不住爱珠一只手偎住他的脖子，一面又脸对脸的说道："瞿老爷，你好狠心！我如此的求你，你都不肯可怜可怜我！你放心！我来的时候，老鸨只出二百五十块洋钱；你如今泼出再多一半，有了五百块，也尽够使的了。"瞿老爷一听五百块钱，不禁心上又"毕怕"一跳，思量："我那里弄这五百块洋钱呢！"当时便愣住无语，然而心上又实实舍他不得，只说"等明天商量起来再看"，也没有回绝他。到了次日，约摸太太尚不会回家，恰巧有位朋友在别的窑子里约他吃酒打牌，因此也没有过江回省。这天爱珠又顶住他问过几次。瞿耐庵也巴不得讨他，但是苦于太太不准，二来亦是款项难筹，一时无从答应。

齐巧这天请他吃酒的这位朋友，姓笪，号玄洞，是湖北著名有钱的人。论起他的钱来，也不是自己赚的，是他老人家做武官，打"长毛"，在军营里得来的。这两年他老人家过世了，他自己尚在服中，就出来烂嫖烂赌，无论甚么朋友都肯结交，一齐拉了来吃酒。不过他天生就的另外一种脾气，是：朋友遇有急难，问他借钱，他是一毛不拔的；倘若是在窑子里替婊子赎身，或者在赌台上人家借做赌本，他却整百整千的借给人家，从来没有回头过。因此湖北官、幕两途，凡是好玩的人都肯同他交结。他并且很高兴借着官场势力欺压欺压那些乌龟王八开窑子的。

瞿耐庵晓得他这个脾气。齐巧这天正是他请吃酒，不觉打动念头，想好了主意，先走到笪玄洞相好家里，问："笪老爷来了没有？"窑子里人回称："笪老爷刚刚起身，在屋里床上吃大烟哩。"瞿耐庵掀帘进去。笪玄洞立即起身相迎，劈口便问："今儿晚上奉请条子接到了没有？"瞿耐庵忙称："一定过来奉陪。"当下言来语去，扳谈了半天。瞿耐庵思思索索，想要说又不好直说。愣了好几次，才走到笪玄洞身旁，附耳说了一句道："有件事要同老哥商量。"笪玄洞见他来时，早已一手拿着烟灯坐起来洗耳恭听，听说有事商量，便正颜厉色的问他："有甚么事情？"瞿耐庵又扭扭捏捏的半天，把脸涨的绯红，说道："不为别的，就是爱珠的事情。"笪玄洞道："可是你要娶他？"瞿耐庵道："老哥真真是明鉴万里！怎么一猜就猜着了！"说着，便把爱珠要跟他的话一五一十说了，又说："别的都好商量，单是身价要五百块洋钱这件事顶烦难，一时往那里去凑！所以来同老哥斟酌斟酌。"笪玄洞道："身价倒是小事。你是晓得我的脾气的：无论甚么好朋友，就是亲戚本家，他老子娘死了，没有棺材睡，跪在地下问我借钱告帮，这个钱我是向来不借的；倘然有人家要讨小，或是赌钱输了，这个钱我最肯帮忙的。不过你老嫂子答应不答应？不要将来我们旁边人都弄得没趣！"瞿耐庵又把脸一红道："这个……"笪玄洞道："这个怎么样？"瞿耐庵道："等我再去斟酌斟酌看。"笪玄洞道："斟酌好了，快给我个信。我的钱是现成的。"

瞿耐庵仍回到爱珠屋里，拿两只眼睛瞧着爱珠，一声不响，呆坐了半天。爱珠又问他："事情怎么样？"瞿耐庵看了半天，实在舍不得，一时色胆包天，只说得一句道："依你办就是了，有甚么怎么样！"爱珠便催他立刻叫了老鸨来在当面商量。老鸨来了，瞿耐庵支吾了半天，脸涨红了，还是说不清楚。幸亏爱珠自己爽爽快快的说了。老鸨先讨他八百，后来磨来磨去，磨到五百五。爱珠问："瞿老爷，怎么样？"瞿老爷道："五百块钱是有的，多了我没处去借。"老鸨道："瞿大老爷大福大量，何在乎这五十块钱！"爱珠也生了气说："瞿老爷！为了五十块钱，不肯救我么？"说着就哭。瞿耐庵没有法子，又去找笪玄洞。笪玄洞就一口答应代借五百五十块，又说："娶了过来，你老哥总得另外打公馆。这里洋街上西头有我一处房子空着，你不妨就搬了去先住起来。"又道："正价虽有，零星开销也不能省的，我讨小讨惯的了，还有甚么不晓得的。索性成全你到底罢：五百五的正价，算是借项，如今再多送你两百块钱，就算是我的贺仪，我也不另外送了。"于是瞿耐庵感激不尽。当天就去看房子，租家伙，诸事停当，然后到窑子里同老鸨交清楚，连夜一顶小轿把爱珠接了出来。

这天瞿耐庵一心只有新讨的小老婆在心上，泼出胆子来做，早把太太丢在九霄云外了。这一夜又没有过江。第二天晚上，特地叫了两席酒请请众位朋友。自然是笪玄洞首坐。席面上大家又叫局豁拳，尽情取乐。等到席散，又有十二点半了。接连瞿耐庵三夜没有回省。他太太跟着宝小姐在制台衙门里，恰恰亦住了三夜。

第四天太太回来，问起老爷。家人不便直回，说："老爷在局子里办公事，三天三夜没有回来。"太太大动疑心，说："他这个差使有甚么大不了的事情，整日整夜办不完？就是上司有甚么公事交代他办，亦何至于连着回家睡觉的工夫都没有了？这话我不相信！"立刻吩咐跟班："赶快到局子里看看老爷到底在那里不在！"跟班心上是明白的，出来打了一个转身，回来告诉太太说："老爷正在局子里忙着呢。"瞿太太是何等样人，眼睛比镜子还亮，早看出这跟班说的是假话，便说："是了，替我打轿子。"跟班的只得依他。等到上了轿，请示到那里。瞿太太说："到局子里看老爷去。"一句话把跟班的吓急了，只好硬硬头皮，跟到那里再说。

当时一群人跟着太太的轿子一直走到局子里。谁知局子里声息全无，一个鬼影子也没有。瞿太太见了把门的，劈口就问："瞿大老爷今天来过没有？"把门的回道："大老爷有四天不到这里来了。"瞿太太回头瞧着跟班的哼哼两声，吓得跟班脸色都变了。瞿太太下轿问明白了，走到老爷素来办公事的一间屋子里坐下。那个跟班连忙拿鸡毛掸子掸桌子上的灰尘，又忙着替太太献茶。瞿太太道："用不着你忙！我有话问你！"跟班的拉长了嗓子，一叠连声的答应"者，者"，手里还是不住地做他的事情。瞿太太看着格外生气，又厉声骂道："混账王八蛋！你说老爷在局子里，如今到那里去了？你替我把老爷找出来！找不出来问你要！"那个跟班的还只顾答应"者，者"，站在底下，拿两只眼睛相着鼻子，一句别的话也没有。太太气极了，一迭连声的拍桌子骂王八蛋，叫他还出老爷来。

其时同来的还有一个是本在公馆厨房里做打杂的，现在亦升作二爷了。这人姓胡，名福，最爱挑唆是非，说人坏话。瞿太太欢喜他，外头有甚么事，都是他听了来说，赛如耳报神一般，所以才会提升到二爷。瞿太太到局子里下轿，他早已跑到别屋子里向别人家的二爷探问详细，知道老爷这两天同了朋友出城过江到汉口窑子里玩耍，恋着不回来。他得到这信息，又如赶头报似的，赶过来到瞿太太跟前，弯着腰，蝎蝎螫螫[5]的，将此情由全盘托出。他说话说得旁人都不听见，只见瞿太太面孔气得铁青，四肢厥冷，坐在椅子上半天说不出话来。后来想了半天，这事情非得自己亲身过江到汉口，决不能扫穴擒渠。当时又问胡福："老爷在汉口甚么人家住夜？"胡福道："出去问过众人，都说不晓得，横竖到了汉口总打听得出的。”瞿太太无奈，遂命：“打轿！你们都跟着我到汉口去！”众人只得答应着。

要知此去如何，且听下回分解。

［注释］

①辰州符：以符祝为人治病，辰州（指湖南）人多传此术。

②请封：给医生的诊金，用红纸包起，名为请封。

③孤老：嫖客。

④老鸨：是对妓女老板娘的称呼。

⑤蝎蝎螫螫：在小事情上过分的表示关心，怜惜。

第四十回

息坤威解纷凭片语　绍心法清讼诩多才

话说瞿太太霎时过得江来，下船登岸。轿夫仍把轿子抬起，都说："怎们一个大地方，晓得老爷在那里？到那里去问呢？"到底瞿太太有才情，吩咐一个跟班的，叫他到夏口厅马老爷衙门里去，就说是制台衙门里来的，要找瞿老爷，叫他打发几个人帮着去找了来。家人奉令，如飞而去。瞿太太也不下轿。就叫轿夫把轿子抬到夏口厅衙门左近，歇了下来等回信。原来这位夏口厅马老爷在湖北厅班当中，也很算得一位能员，上司跟前巴结得好，就是做错了两件事，亦就含糊过去了。他虽是地主官，也时常到戏馆里、窑子里走走，不说是弹压，就说是查夜。就是瞿耐庵、笪玄洞几个人，近来也很同他在一块儿。瞿耐庵讨爱珠一事，他深晓得，昨夜请客，他亦在座。这天在衙门里，忽然门上人上来回："制台衙门有人来问瞿大老爷，叫这里派人帮着去找。"他便急得屁滚尿流，立刻叫门上人出来说："瞿大老爷新公馆在洋街西头第二条弄堂，进弄右手转弯，第三个大门便是。"又派了两名练勇同去引路。当下又问："制台衙门里甚么人找他？为的是甚么事？"来人含含糊糊的回了两句，同了练勇自去。走不多时，遇见瞿太太的轿子，跟班的上前禀复说："老爷在某处新公馆里。"

瞿太太一听"新公馆"三个字，知道老爷有了相好，另外租的房子，这一气更非同小可！随催轿夫跟着练勇[1]一路同到洋街西头，按照马大老爷所说的地方，走进弄堂，数到第三个大门，敲门进去。瞿太太在轿子里问："这里住的可是姓瞿的？"只见一个老头子出来回道："不错，姓'徐'。你是那里来的？"瞿太太不由分说，一面下轿，一面就直着嗓子喊道："叫那杀坯出来！我同他说话！办的好公事！天天哄我在局子里，如今局子搬到这里来了！快出来，我同你去见制台！"一面骂，一面又号令手下人："快替我打！"其时带来的人都是些粗卤之辈，不问青红皂白，一阵乒乒乓乓，把这家楼底下的东西打了个净光。那个老头子气昏了，连说："反了！反了！这是那里来的强盗！"正闹着，瞿太太已到楼上搜寻了一回，一看样子不对，急忙下楼，问同来的练勇道："可是这里不是？怎么不对呀？"那房主老头儿也说道："你们到底找的是那个？怎么也不问个青红皂白，就出来乱打人！世界上那有这种道理！"瞿太太自知打错，连忙出门上轿，骂手下人糊涂，不问明白就乱敲门。老头子见自己的东西被他们捣毁，如今一言不发，便想走出去上轿，立刻三步并做两步跑出来，拉住轿杠要拼命。幸亏有两个练勇助威，一阵吆喝，又要举起鞭子来打，才把老头子吓回去了。

这里瞿太太在轿子里还骂手下人，骂练勇。内中的一个练勇稍须明白些，便说："莫不是我们转弯转错了罢？我们姑且到那边第三家去问声看。"刚刚走到那边第三家门口，只见本公馆里另外一个管家正在那里敲门。瞿太太一见有自己的人来敲门，便道："就是这里了！"那管家一见太太赶到，晓得其事已破，连忙上前打一个千，说道："替太太请安。小的亦是来找老爷的，想不到太太也会找到这里来。"瞿太太道："你们一个鼻子管里出气，做的好事情，当是我不知道！如今被我访着了你倒装起没事人来了！你仔细着！等我同你老爷算完账再同你算账！”说完，推门进去。却不料其时瞿老爷已不在这里了，只有新娶的爱珠同一个老妈在楼上，一见楼下来了许多人，知道不妙，坐在楼上不敢则声。瞿太太因刚才打错了人家，故到此不敢造次，连问两声，不见有人答应，便即迈步登楼。一见楼上只有两个女人，不敢指定他一定是老爷的相好，只得先问一声：“这里可是瞿老爷的新公馆？”爱珠望望他，并不答应。瞿太太只得又问，歇了半晌，爱珠才说道：“你是甚么人？为甚么走到这里来？”瞿太太见问，反不免愣住了。站在扶梯边，进不得进，退不得退。

正在为难的时候，忽然胡福上来报道：“太太，正是这里。跟老爷出门的黄升报信来了。”瞿太太一听是这里，立刻胆子放大，厉声说道：“叫他上来！”黄升上楼见了太太，就跪在地下磕头，说是替太太叩喜。瞿太太发怒道：“老爷讨小，他欢喜，我是没有甚么欢喜，用不着你们来巴结！我是不受这一切的！”黄升道：“小的替太太叩喜，不是这个，为的是老爷挂了牌了。”瞿太太一听“挂牌”二字，很像吃了一惊似的，连忙问道：“挂那里？”黄升道：“署理兴国州。”瞿太太道：“这一个缺也罢了，但是还不能遂我的心愿。横竖我们这位老爷，无论得了甚么缺，出去做官总是一个糊涂官。你们不相信，只要看他做的事情。他说年纪大了，愁的没儿子，要讨小，难道我就不怕绝了后代？自然我的心比他还急。我又没有说不准他讨小。如今瞒着我做这样的事情，你们想想看，叫我心上怎么不气呢！”

众人一见太太嘴里虽说有气，其实面子上比起初上楼的时候已经好了许多。就以瞿太太本心而论，此番率领众人一鼓作气而来，原想打一个落花流水；忽然得了老爷署缺信息，晓得干娘宝小姐的手面做到，心中一高兴，不知不觉，早把方才的气恨十分中撤去九分。但是面子上一时落不下去，只得做腔做势，说道：“我末，辛辛苦苦的东去求人，西去求人，朝着人家磕头礼拜，好容易替他弄了这个缺来。他瞒着我，倒在外头穷开心。我这是何犯着呢。他指日到任，手里有了钱，眼睛里更可以没有我了。不如我今天同他拼罢！我也没福气做甚么现任太太，等我死了，好让人家享福！”说道，便要寻绳子，找剪子，要自己寻死。一众管家老妈只得上前解劝。此时新姨太太爱珠坐在窗口揩眼泪，只是不动身。一众管家因听得老爷挂牌，都不肯多事，一个个站着不动。瞿太太看了，愈加不肯罢休，说：“你们都是帮着老爷的，不替我太太出力！老爷得了缺，你们想发财；你们可晓得老爷的这个缺都是太太一人之力么？既然大家没良心，索性让我到制台衙门里去，拿这个缺仍旧还了制台，叫他另委别人。有福同享，有难同当，我又不是众人的灰孙子！”说罢，大哭不止。

正闹着，人报：“马老爷上来。”原来瞿太太初上楼之后，齐巧瞿耐庵亦从外头回来，刚进大门，一听说是太太在这里，早吓得魂不附体。知道事情不妙，心上盘算了一回：“别的朋友都靠不住，只有夏口厅马老爷精明强干，最能随机应变，不如找了他来，想个法子把个阎王请开，不然，饥荒有得打哩！”想好主意，刚出大门，那边第三家被太太打错的那个姓徐的老头儿赶了过来，一把拉住瞿耐庵，说：“你太太打坏了我的东西，要你赔我！你若不赔，我要叫洋东出场，到领事那里告你的！”瞿耐庵听了，顿口无言。还是跟去的管家会说话，朝姓徐的千赔不是，万赔不是，才把老爷放手。瞿耐庵得了命，立刻一溜烟跑到夏口厅衙门，将以上情形同马老爷说知。马老爷无可推却，只得赶了过来。瞿太太虽然从未见面，事到此间，也说不得了。

当下马老爷上楼，也不说别的，但连连跺脚，说道：“要人家冒名顶替，亦得看甚么人去！他们叫耐庵顶这个名，我就说不对，如今果然闹出事来了！打错了中国人还不要紧，怎么打到一个洋行买办家去！马上人家告诉了洋东，洋东禀了领事，立时三刻，领事打德

律风[2]来，不但要赔东西，还要办人。大家都是好朋友，叫我怎么办呢！”他说的话虽然是没头没脑，瞿太太听了，大致亦有点懂得，本来是坐着的，到此也只好站了起来。马老爷装作不认识，连问：“那一位是瞿太太？”管家们说了，马老爷才赶过来作揖，瞿太太也只得福了一福。

马老爷又说道：“这事情只怪我们朋友不好，连累大嫂过这一趟江，生这一回气。这女人本是在窑子里的，因为老鸨凶不过，所以兄弟起头，合了几个朋友，大家凑钱拿他赎了出来。兄弟是做官人，如何讨得婊子；众朋友都仗义，你亦不要，我亦不要，原想等个对劲的朋友，送给他做姨太太。当时就有人送给我们耐庵兄的。兄弟晓得耐庵兄的脾气，糊里糊涂，不是可以讨得小的人，所以力劝不可。当时朋友们商议，大家拿出钱来养活他，供他吃，供他用，还要门口替他写个公馆条子，省得不三不四的人闯进来。大嫂是晓得的：我们汉口比不得省城，游勇会匪，所在皆是，动不动要闯祸的；有了公馆条子，他们就不敢进来了。其时便有朋友说顽话：‘耐庵兄怕嫂子，不敢讨小，我偏要害他一害，将来这里我就写个瞿公馆，等老嫂子晓得了，叫他吃顿苦头也是好的。’条子如今还没有写，不料这话已经传开，果然把大嫂骗到这里，呕这一回气，真正岂有此理！”

瞿太太听说，低头一想：“幸亏没有动手，几几乎又错打了人！”又转念想道：“如果不是这里，何以我叫人请问你马老爷，你马老爷派了练勇同我到这里来呢？为甚么黄升亦到这里来找老爷呢？”当把这话说了出来。马老爷赖道：“我并没有这个话。果然耐庵讨了小，要瞒你嫂子，我岂肯再叫人同了你来。一定是我们门口亦是听了谣言，以讹传讹。大嫂断断不要相信！”瞿太太又问黄升。亏得黄升人尚伶俐，亦就趁势回道：“小的亦是听见外面如此说，所以会找到这里来，不过是来碰碰看，并不敢说定老爷一定在这里。”

瞿太太又把瞿老爷几天在外不回家的话说了。马老爷道：“公事呢，原有公事。”又凑前一步，低声对瞿太太说道：“新近我们汉口到了几个维新党，不晓得住在那一爿栈房里，上头特地派了耐庵过来访拿，恐怕声张起来，那几个维新党要逃走，所以只以玩耍为名，原是叫旁人看不出的意思。大嫂，你不晓得，这维新党是要造反的，若捉住了就要正法的。这两年很被做兄弟的办掉几百个。不料现在还有这种大胆的人来到这里，又不晓得有甚么举动。将来耐庵把人拿着了，还要大大的得保举呢。”瞿太太道：“如今挂了牌，就要到任，怎么还能来办这个呢？”马老爷道：“牌是藩台挂的，拿维新党是臬台委的，大家不接头。大约总得把这件事情办完了才得去上任。”瞿太太道：“维新党是要造反的，是不好惹的。有了缺还是早到任的好。等我去同制台说，把这差使委了别人罢。我们拿了人家的脑袋去换保举，怕人势势的，这保举还是不得的好。”马老爷道：“制台跟前有大嫂自己去，自然一说就妥。”瞿太太又抢着说道：“倒是前头打错的那个人家，怎么找补找补他才好？”马老爷皱着眉头道：“这倒是顶为难的一桩事情！现在牵涉洋商，又惊动了领事，恐怕要酿成交涉重案咧！”瞿太太亦着急道：“到底怎么办呢？这个总得拜托你马老爷的了！”说着，又福了一福。马老爷见瞿太太一面已经软了下来，不至生变，便也趁势收篷，立刻拿胸脯一拍，道：“为朋友，说不得包在我身上替他办妥就是了。大嫂此地也不便久留，就请过江回省。且看事情办的怎么样，兄弟再写信给耐庵兄。”于是瞿太太千恩万谢，偃旗息鼓，率领众人，悄悄回省而去。

这里马老爷回到衙门，一看瞿耐庵还在那里候信。马老爷先把他署缺的话说了，催他赶紧回省谢委，又把方才同他太太造的一派假话也告诉了他，以便彼此接洽，一面又叫人安慰徐老头子，打坏的东西，一齐认赔，还叫人替他点一副香烛，赔礼了事。又同瞿耐庵商量：“现在看尊嫂如此举动，尊宠只好留在汉口，同了去是不便的。等你到任一两月之后，看看情形如何再来迎接。好在这里有我们朋友替你照应，你只管放心前去。”瞿耐庵

见各事都已办妥，异常感激，方才辞别马老爷渡江回省，向公馆而来。

回家之后，虽说有马老爷教他的一派胡言可以抵制，毕竟是贼人胆虚，见了太太总有点扭扭捏捏说不出话来。幸亏他太太打错了一个人家，又走错了一个人家，亦觉得心上没趣，没精打采。见了老爷，但说得一句："还不赶紧去谢委！"又道："拿甚么维新党的差使可以趁空让给别人罢，自己犯不着揽在身上。"瞿耐庵一见马老爷之计已行，便道："这捉人的差使，我就去回复了臬台，叫他另外派人，我们可以马上就去到任。"瞿太太道："你辞得掉，顶好，倘若辞不掉，只好苦了我再到制台衙门里替你去走一趟。"瞿耐庵道："容易得很，一辞就掉，不消太太费心。"说着，便换了衣服，赴各宪衙门谢委。第二天瞿太太又到戴公馆叩谢过干娘。又求宝小姐把他带到制台衙门叩谢过干外公、干外婆。瞿耐庵不日也就禀辞。接着便是上司荐人，同寅饯行，亦忙了好几日。

临走的头一天，瞿耐庵又到夏口厅马老爷那里再三把新娶的爱妾相托。马老爷自然一口答应，当下又请教做官的法门。马老爷说："耐庵，你虽然候补了多年，如今却是第一回拿印把子。我们做官人有七个字秘诀。那七个字呢？叫作'一紧，二慢，三罢休'。各式事情到手，先给人家一个老虎势，一来叫人家害怕，二来叫上司瞧着我们办事还认真：这便叫作'一紧'。等到人家怕了我们，自然会生出后文无数文章。上司见我们紧在前头，决不至再疑心我们有甚么；然后把这事缓了下来，好等人家来打点：这叫作'二慢'。'千里为官只为财'，只要这个到手。"马老爷说着，把两个指头一比。瞿耐庵明白，晓得他说的是钱了。马老爷又说："无论原告怎么来催，我们只是给他一个不理，百姓见我们不理，他们自然不来告状：这就叫作'三罢休'。耐庵，你要晓得，我们湖北民风刁悍，最喜健讼，现在我们不理他，亦是个清讼之法。至于别的法门，一时亦说不尽。好在你请的这位刑名老夫子王召兴本是此中老手，一切趋避之法他都懂的，随时请教他就是了。"瞿耐庵听了，甚是佩服。回家收拾行李，雇船起程。

等到上了船，头一夜，瞿太太等人静之后，亲自出来船前船后看了几十遍，生怕老爷另雇了船带了相好同去。后来见老爷一直睡在大船上，晓得没有别人同来，方才放心。

兴国州离省不过四五天路程。头天派人下去下红谕。次日赶到本州，书差接着。瞿耐庵拜过前任，便预备第二天接印。这天原看定时辰，午时接印。到了十一点半钟，瞿老爷换了蟒袍补褂，打着全副执事，前往衙门里上任。齐巧有个乡下人不懂得规矩，穿了一身重孝，走上前来拉住轿杠，拦舆喊冤。轿子跟前一班听差的衙役三班，赶忙一起过来呼喝，无奈这乡下人蛮力如牛，抵死不放。瞿老爷忌讳最深，这日原看定了时辰接印，说是黄历上虽然好星宿不少，底下还有个坏星宿，恐怕冲撞了不好，特地在补褂当中挂了一面小铜镜子，镜子上还画了一个八卦，原取"诸邪回避"的意思。如今忽见一个穿重孝的人拉舆叫喊，早把瞿老爷吓得面如土色，以为到底时辰不好，必定撞着甚么"披麻星"了。

好容易定了一定神，方问得一句："这穿孝的是甚么人？"那乡下人见老爷说了话，连忙跪下道："小的冤枉！小的是王七。小的的父亲上个月死了，有两个本家想抢家当，争着过继，硬说小的不是小的的父亲养的，因此要把小的母子赶出大门。"瞿老爷道："不是你父亲养的。难道是你娘拖油瓶拖来的吗？"王七道："我的青天大老爷！为的就是这句话！前任大老爷得了被告的钱，所以就把小的断输了。小的打听得今日青天大老爷上任，所以赶来求伸冤的。"瞿老爷不等说完，拍着扶手板，大骂道："好刁的百姓！我没有来到这里就晓得你们兴国州的百姓健讼！如今还没有接印，你就来告状！甚么大不了的事情！这是你们家务事，亦要老爷替你管？我署这个缺，原是上头因我在省里苦够了，所以特地委个缺给我，原是调剂我的意思，不是叫我来替你们管家务！一个兴国州，十几万百姓，一家家都要我老爷管起来，我亦来不及呀！赶出去！不准！"差役们一阵吆喝，七八个人

一齐上前来拖，好容易把个王七拖走。王七嘴里还是一味的喊“冤枉”，见老爷不准，索性在轿子旁边大哭起来。瞿老爷听着讨厌，连连吐馋唾，连连说：“晦气！”后来见王七痛哭不止，不由无名火动，在轿子里大声喊道：“替我把那王八蛋锁起来！等我接了印再打他！”新官号令，衙役们无有不遵的，立刻把王七锁起。

说话间瞿老爷已经到了大堂下轿。礼生告吉时已到，鼓手吹打着。等老爷拜过了印，便是老爷升座，典吏堂参，书差叩贺。瞿老爷急急等诸事完毕，一天怒气便在王七身上发作，立刻叫人把他提到案前跪下，拍着惊堂木，骂道：“你要告状，明天不好来，嗳！后天不好来，偏偏老爷今天接印，你撞个来！你死了老子的人不怕忌讳，老爷今天是初接印，是要图个吉利的！拉下去！替我打！”两旁差役一声吆喝，犹如鹰抓燕雀一般，把王七拖翻在地，剥去下衣，霎时间两条腿上早已打成两个大窟窿，血流满地。瞿老爷瞧着底下一滩红的，方才把心安了一半。原来他的意思，以为：“我今日头一天接印，看见这个身穿重孝的人，未免太不吉利，如今把他打的见血，也可以除除晦气了。”他坐在堂上一直不作声，掌刑的皂班便一直不敢停手。看看打到八百，他还不则声。倒是值堂的签押二爷瞧着不对，轻轻的回了老爷，方把王七放起来，然而已经不能行动了。瞿耐庵至此方命退堂。

此时前任还住在衙门里，没有让出。瞿耐庵只好另外赁了公馆办事，把太太一块儿接了上来同住。

且说他的前任姓王，表字柏臣，乃是个试用知州。委署这个缺未及一年，齐巧碰着开征时候，天天有银子进来，把他兴头的了不得，以为只要收过这委钱漕，就是交卸，亦可以在省里候补几年了。那知乐极悲生，刚才开征之后，未及十天，家乡来了电报，说是老太爷没了。王柏臣系属亲子，例当呈报丁忧。报了丁忧，就要交卸，白白的望着钱粮漕米，只好让别人去收。当下他看过电报，回心一想，连忙拿电报往身子一揣，吩咐左右不准声张。他全不想一个外府州、县衙门，凭空里来了一个电报，大家总以为省里上司来的甚么公事，后来好容易才打听出来。然而他老人家虽然死了老太爷，因为要瞒众人，并不举哀。后被大家看破了，不免指指摘摘，私相议论。

王柏臣晓得遮盖不住，只得把账房及钱谷师爷请来，并几个有脸面、有权柄的大爷们亦叫齐。等到众人到了，他一齐让到签押房床后头一间套屋里去。两位师爷坐着，几个大爷站着，别的人一概赶出。王柏臣更亲手把两扇门关好，然后回转身来，朝着两位师爷一跪就下。大家虽然明晓得他是丁艰，面子上只作不知，一齐做出诧异的样子，问道：“这是怎么一回事？断断乎不敢当！快快请起！”说着，两位师爷也跪下了。王柏臣只是不起，爬在地下，哭着说道：“兄弟接到家乡电报，先严前天已经见背了！”两位师爷又故作嗟叹，说道：“老伯大人是甚么病？怎么我们竟其一点没有晓得呢？”王柏臣道：“如今他老人家死已死了，俗语说得好：‘死者不可复生。’总求两位照应照应我们这些活的。我一家门几十口人吃饭，丁忧下来，一靠就是三年，坐吃山空，如何干靠得住！如今事情，权柄是在你们二位手里。”又指着几个大爷们说道：“至于他们都是兄弟的旧人，他们也巴不得兄弟迟交卸一天好一天。只要你二位肯把丁忧的事情替兄弟瞒起，多耽搁一个月或二十天，不要声张出来，上头亦缓点报上去。趁这档口，好叫兄弟多弄两文，以为将来丁忧盘缠，便是两兄莫大之恩！就是先严在九泉之下，亦是感激你二位的！”一席话说得两人都回答不出。还是账房师爷有主意，一想：“东家早交卸一天印把子，我们亦少赚一天钱。好在他匿丧与我们无干，我们乐得答应他，做个顺水人情，彼此有益。”便把这话又与钱谷师爷说明，钱谷师爷亦应允了。几个大爷们更是不愿意老爷早交卸的。于是彼此相戒不言。王柏臣重行爬下替两位师爷磕了一个头，爬了起来，送两位师爷出去，一路说说笑笑，装作没事人一般。

当天账房师爷同钱谷师爷又出来商量了一条主意，说：“现在钱粮才动头开征，十几天里如何收得齐？总得想个法子叫乡下人愿意在我们手里来完才好。于是商量了一个跌价的法子：譬如原收四吊钱一两的，如今改为三吊八或是三吊六，言明几天为限。乡下人有利可图，自然是踊跃从事。如此办法，一来钱粮可以早收到手，二来还落个好声名。商妥之后，当把这话告诉了王柏臣。王柏臣一想不差，便叫照办，立刻发出告示，四乡八镇统通贴遍。乡下人见有利益可沾，果然赶着来完。看看到了半个月，这一季的钱粮已完到六七成了，王柏臣的银子也赚得不少了。账房、钱谷二位师爷又商量道：“钱粮已收到一大半，可以劝东家报丁忧了。等到派人下来，总得有好几天，怕不要收到八九分。多少留点给后任收收，等人家捞两个，也堵堵人家的嘴，倘若收得太足了，后任一个捞不到，恐怕要出乱子。”当把这话又通知了王柏臣，王柏臣还舍不得。两位师爷便说：“有了这个样子，我们也很对得住东家了。到这时候再不把丁忧报出去，倘或出了甚么岔子，我们是不包场的。”便有人把这话又告诉了王柏臣。

王柏臣是个毛躁脾气，一听这话，便跳得三丈高，直着嗓子喊道：“我死了老太爷我不报，我匿丧，有罪名我自己去担，要他们急的那一门呢！”话虽如此说，自己转念一想：“不对，如今我自己把丁忧的事情嚷了出去，倘若不报丁忧，这话传了出去将来终究要担处分的。罢罢罢，我就吃点亏罢！”当时就把这话交代了出去。又自譬自解道：“丁忧大事，总以家信为凭，电报是作不得准的。犹如大官大员升官调缺，总以部文为凭，电传上谕亦是作不得准的。所以我前头虽然接到电报不报丁忧，于例上亦没有甚么说不过去。”此时合衙门上下方才一齐晓得老爷丁忧，一个个走来慰问。王柏臣也假做出闻讣的样子，干号了一场。一面禀报上司，一面将印信交代典史太爷看管。跟手就在衙门里设了老太爷的灵位，发报丧条子，即日成服。从同城起以及大小绅士，一齐都来叩奠。

转眼间上头委的瞿耐庵也就到了。瞿耐庵未到之前，算计正是开征时候，恨不得立时到任。等得接印之后一问，钱粮已被前任收去九成光景，登时把他气的话都说不出来。后来访问前任用的是个甚么法子，才晓得每两银子跌去大钱四百，所以乡下人都赶着来完。常言道：“好事不出门，恶言传千里。”王柏臣接着电报十几天不报丁忧，这话早已沸沸扬扬，传的同城都已知道，就有些耳报神到瞿耐庵面前送信讨好。瞿耐庵拿到这个把柄，恨不得立时就要禀揭他。遂只详求实在，又有人把账房师爷代出主意，叫他跌价的话说了出来。于是瞿耐庵恨这账房师爷比恨王柏臣还要厉害，总想抓他一个错，拿练子锁了他来，打他二千板子，方雪此恨。

此时王柏臣钱虽到手，一听外头风声不好，加以后任同他更如水火，现在尚未结算交代，后任已经处处挑剔，事事为难。凡他手里顶红的书差，不上三天，都被后任换了个干净，就是断好的案子，亦被后任翻了好几起。此时瞿耐庵一心只顾同前任作对，一桩事到手，不问有理无理，但是前任手里占上风的，他总得反过来叫他占下风，要是前任批驳的，到他手里一定批准。

有天坐堂，一件案情有姓张的欠了姓孙的钱，有二十多年未还。还是前任手里，姓孙的来告了，王柏臣断姓张的先还若干，其余拨付。两造遵断下去。这个档口，齐巧新旧交替，等姓张的缴钱上来，已是瞿大老爷手里了。瞿大老爷有心要拿前任断定的案子批驳，就传谕下来，硬叫姓孙的找出中人来方准具领。姓孙的说：“我的老爷！事情隔了二十多年，中人已经死了，那里去找中人？横竖有纸笔为凭，被告肯认账就是了。”瞿耐庵道：“放屁！姓张的答应，我老爷不答应！没有中人，没有证见，就听你们马马糊糊过去吗？钱存案，候寻到中人再领。”一阵吆喝，把两边都撵下去。这是一桩。

又有一桩：是一个姓富的定了一家姓田的女儿做媳妇。后来姓田的忽然赖婚，说了姓

富的儿子许多坏话，就把女儿另外许给一个姓黄的。姓富的晓得了，到州里来打官司。前任王柏臣断的是叫姓黄的退还礼金，拿姓田的训饬了两句，吩咐他不准赖婚，仍旧将女儿许配姓富的。当时三家已遵断具结。到了瞿耐庵手里，姓黄又来翻案。瞿耐庵一翻旧卷，便谕姓田的仍将女儿许与姓黄的儿子。姓富的不答应，上堂跪求。老爷说："你儿子不学好，所以人家不肯拿女儿许给他。只要你儿子肯改过，还怕没有人家给他老婆吗？不去教训自己的儿子，倒在这里咆哮公堂，真正岂有此理！再不遵断，本州就要打了！"一顿臭骂，又把姓富的骂了下去。

过了一天又问案。头一起乃是胡老六偷割了徐大海的稻子，却不是前任手里的事。瞿耐庵坐到堂上看了看状子，便把原告叫了上来问了两句，叫他下去。又叫被告胡老六上来，便拍着桌子，骂道："好个混账王八蛋！人家种的稻子，要你去割他的！"便喊叫："拉下去打他三百板子！"被告胡老六道："小的还有下情。"瞿耐庵喝令："打了再说！"早有皂役把他拖翻了，打了三百板，放他起来跪着。瞿耐庵道："你有甚么话，快说！快说！"胡老六道："小的的地是同徐大海隔壁。他占了小的地，小的不依他，他不讲理，所以小的才去割他的稻子的。"瞿耐庵道："原来如此。"再把原告徐大海带上，骂道："天下人总要自己没有错才可告人！你既然自己错在前头，怎么能怪别人呢？也拉下去打三百！"徐大海道："小的没有错。"瞿耐庵道："天下那有自己肯说自己错的！不必多说！快打！快打！"站堂的早把徐大海拉下去，亦打了三百。瞿耐庵便喝令到一边去，具结完案。

随手问第二起，乃是卢老四告钱小驴子，说他酗酒骂人。瞿耐庵也是先带了原告问过，叫他下去，把被告带上来，打了一百。被告说："小的平时一盅酒不喝的，见了酒头里就晕，怎么会吃醉了酒骂人呢？是他诬赖小的的。"瞿耐庵又信以为真了，竟把原告喊上来，帮着被告硬说道他是诬告，也打一百。仍旧带在一旁具结。

于是又问第三起，是一个人家大小老婆打架儿。大老婆朱苟氏，小老婆朱吕氏，男人朱骆驼。这件事实在是小老婆撒泼行凶，把大老婆的脸都抓破，男人制伏不下，所以大老婆来告状的。瞿耐庵把状子略看了一看，便叫带朱苟氏。朱苟氏上来跪下，刚说得几句，瞿耐庵不等他说完，便气吁吁的骂道："统天底下，你做大老婆的就没有好东西！常言说得好：'上梁不整下梁差。'你倘若是个好的，小老婆敢同你打架么？这要怪你自己不好。我老爷那里有工夫替你管这些闲事！不准！"又把男人朱骆驼叫上来吩咐道："你家里有这样凶的大老婆，为甚么要讨小？既然讨了小，就应该在外头，不应该叫他们住在一块儿。闹出事来，你自己又降伏不住他们，今天来找我老爷。你想，我老爷又要伺候上司，又要替皇上家收钱粮，再管你们的闲账，我老爷是三头六臂也来不及呀！快快回去，拿大小老婆分开在两下里住，包你平安无事。"朱骆驼道："起初本是两下住的，后来大的打上门来，吵闹过几次，才并的宅。"瞿耐庵道："这就是大的不是了！"说着，要打。大老婆急了，求了好半天，算没有打。亦是具结完案。

接着又审第四起，乃是两个乡下人：一个叫杨狗子，一个叫徐划子。两个为了一只鸡，杨狗子说是他的，徐划子又说是他的，说不明白，就打起架来。杨狗子力气大，把徐划子右腿上踢伤了一块，一齐扭到州里来喊冤。官叫仵作验伤。仵作上来，把徐划子的裤子脱了下来，看了半天，跪下禀过。瞿大老爷便同徐划子说道："容易。他踢坏了你的右腿，我老爷现在就打他的右腿。"于是吩咐把杨狗子翻倒在地，叫皂隶只准拿板子打他的右腿，一连打了一百多下。先是发青，后为发紫，看看颜色同徐划子腿上踢伤的差不多了，瞿耐庵便命放起来。嘴里又不住的自赞道："像我这样的老爷，真正再要公平没有！"于是徐、杨二人又争论那只鸡。瞿耐庵道："这鸡顶不是好东西！为了他害得你们打架！老爷替你们讲和罢。"正说着，忽拿面孔一板，道："这鸡两个人都不准要，充公！来，替我拎到大厨房里去，叫他俩下去具结。”衙役一声吆喝，两个人只得一瘸一拐的走了下来，眼望着鸡早拎到后头去了。

这天瞿耐庵从早上问案，一直问到晚方才退堂。足足问了二三十起案子，其判断与头四起都大同小异。

第二天正想再要坐堂，只见稿案门上拿了几十张禀帖进来，说是：“这些人因为老爷精明不过，都不愿意打官司了。这是息呈，请老爷过目。请老爷的示，还是准与不准？”瞿耐庵忙道：“自然一齐准。我正恨这兴国州的百姓健讼，如今我才坐几回堂，他们就一齐息讼，可见道政齐刑，天下无不可治之百姓。现在上头正在讲究清讼，这个地方，照这样子，只要我再做一两个月，还怕不政简刑清么。”相罢，怡然自得。

那知这两天来，把一个兴国州的百姓早已炸了，一齐都说：“如今王官丁了艰，来了这个昏官，我们百姓还有性命吧！”又加瞿耐庵自以为是制台的亲眷，腰把子是硬的，别人是抗他不动的，便不把绅士放在眼里，到任之后，一家亦没有去拜过。弄得一般狗头绅士起先望他来，以为可以同他联络的，等到后来一见他一家不拜，便生了怨望之心，都说：“这位大老爷瞧我们不起，我们也不犯着帮他。”又过两天，听见瞿耐庵问案笑话，于是一传十，十传百，其中更生出无数谣言，添了无数假话，竟把个瞿耐庵说得一钱不值，恨不得早叫这瘟官离任才好。于是这话传到王柏臣耳朵里，便把他急的了不得。

要知后事如何，且听下回分解。

［注释］

①练勇：清代地方武装团练、乡勇等的统称。

②德律风：电话，英语译音。

第四十一回

乞保留极意媚乡绅　算交代有心改账簿

话说王柏臣正为这两天外头风声不好，人家说他匿丧，心上怀着鬼胎，忐忑不定。瞿耐庵亦为钱粮收不到手，更加恨他，四处八方，打听他的坏处。又查考他是几时跌的价钱，几时报的丁忧：应该是闻讣在前，跌价在后；如今一查不对，倒是没有闻讣丁忧，他先跌起价来。他好端端的在任上，又没有要交卸的消息。据此看来，再参以外面人的议论，明明是匿丧无疑了。瞿耐庵问案虽糊涂，弄钱的本事却精明，既然拿到了这个把柄，一腔怨气，便想由此发作，立刻请了刑名师爷替他拟了一个禀稿，誊清用印，禀揭出去。

瞿耐庵这面发禀帖，王柏臣那面也晓得了，急得搔头抓耳，坐立不安。亦请了自己的朋友前来商议。大家亦是面面相对，一筹莫展。还亏了账房师爷有主意，一想：“东家自到任以来，外面的口碑虽然不见得怎样，幸亏同绅士还联络。无论甚么事情，只看绅士如何说，他便如何办，有时还拿了公事走到绅士家中，同他们商量，听他们的主意。至于他们绅士们自己的事，更不用说了。因此地方上一般绅士都同他要好，没有一个愿意他去的。如今是丁忧，也叫作没法。不料他有匿丧的一件事，被后任禀揭出去，果然闹出来，大家面子不好看，不如叫他同绅士商量。”一面想，一面又问：“电报是那里送来的？”王柏臣说是：“电报打到裕厚钱庄。由裕厚钱庄送来的。”账房师爷道：“既然不是一直打到衙门里来的，这话就更好办了。”原来这裕厚钱庄是同王柏臣顶要好的一个在籍候补员外郎赵员外开的。论功名，赵员外在兴国州并不算很阔，但是借着州官同他要好，有此势力，便觉与众不同。当下宾东二人想着了他。账房师爷出主意，先叫厨房里备了一席酒，叫管家拿了帖子去送给他。说：“敝上本来要请大老爷过去叙叙，因为七中不便，所以叫小的送过来的。”赵员外收了酒席，跟手王柏臣又叫人送给他四件顶好的细毛皮衣，一挂琥珀朝珠。送礼的管家说：“敝上因为就要走了，不能常常同大老爷在一块儿，这是自己常穿的几件衣服，一挂朝珠，留在大老爷这里做个纪念罢。”赵员外无可推托，亦只得留下。“平时本来要好，受他的好处已经不少，如今临走忽然又送这些贵重东西，未免令人局促不安。莫不是外面传说他甚么匿丧那话是真的？果然真的，倒可趁此又敲他一个竹杠了。”

正盘算间，忽见王柏臣差人拿着片子来请，当下连忙换了衣服，坐着轿子到州里来。此时王柏臣还没有搬出衙门，因为在苫，自己不便出迎，只好叫账房师爷接了出来，一直把他领到签押房同王柏臣相见。王柏臣做出在苫的样子，让赵员外同账房师爷在高椅子上坐了，自己却坐在一个矮杌子上。先寒暄了几句。王柏臣一看左右无人，便走近赵员外身旁同他咕唧了半天，所说无非是外面风声不好，后任想出他的花样，彼此交好，务必要他帮忙的意思。

赵员外考究所以，才晓得电报是他钱庄上转来，嘴里虽然诺诺连声，心上却不住的打主意。等到王柏臣说完，他主意亦已打好，连忙接口道：“是呀，老父台不说，治弟为着这件事正在这里替老父台担心呢！头一个就是敝钱庄的一个伙计到治弟家里来报信。治弟因为是老父台的事情，一来我们自己人，二来匿丧是革职处分，所以治弟当时就关照他，叫他不要响起，并且同他说：“王大老爷待人厚道，你如今替他出了力，包在我身上，将来总要补报你的。’这个伙计经过治弟嘱咐，一定不会多嘴。这话是那里来的，老父台倒要查考查考。”王柏臣道：“查也无须查得，只要老哥肯帮忙，现在兄弟已被后任禀了出去，这种公事，上头少不得总要派人来查，上头派人来查，自然头一桩要搜寻这电报的底子。只说是老哥替兄弟扣了下来，兄弟始终一个不知情，总不能说兄弟的不是。”

赵员外道：“不是这样说，且等我想想来。”于是一个人抱着水烟袋，闭着眼睛，出了一会神，歇了半天，才说道：“这件事不该这样办法。”王柏臣便问：“如何办法？”赵员外道：“你说电报是我扣下来的，不给你晓得，总算地方上绅士大家爱戴你，不愿你去任，所以才有此举。这事情并非不好如此办，但是光我一个人办不到，总得还要请出几位来，大家商量商量，约会齐了才好办。”王柏臣一听不错，便求他写信去联络众位。一面说话，一面便把纸墨笔砚取了出来，请他当面写信，又亲自动手替他磨墨。赵员外又愣了一会，道：“且慢。来了电报，不给你晓得，总算是我替你扣下来的，但是你没有得信，凭空的钱粮跌价，这话总说不过去，总是一个大漏洞。我们总得预先斟酌好了，方才妥当。”

王柏臣听他说得有理，亦就呆在一旁出神。赵员外道：“这事情不是三言两语可以了结的，等治弟出去商量一个主意，再进来回复老父台就是了。”列位要晓得：赵员外既然存了主意要敲王柏臣的竹杠，人有见面之情，自然当着面有许多话说不出。王柏臣不懂得，还要起身相留。幸亏账房师爷明白，丢个眼色给东家，叫他不必留他，又帮着东家，替东家再三拜托赵员外，说道：“你老先生有甚么指教，敝居停不能出门，兄弟过来领教就是了。”赵员外于是起身别去。

到得晚上，王柏臣急不可耐，差了账房师爷前去探听回音。赵员外见了面，便道：“主意是有一条，亦是兄弟想出来的，不过我们这当中还有几位心上不是如此。”账房师爷急欲请教。赵员外道：“电报是敝钱庄上通知了兄弟，由兄弟通知了各绅士，就是大家意思要留这位贤父母多做两天，显得我们地方上爱戴之情。这事只要兄弟领个头，他们众人倒也无可无不可。至于钱粮何以预先跌价？倘说是贤父母体恤百姓的苦处，虽亦说得过去，但是夹着丁忧一层，总不免为人借口。何如由我们绅士大家顶上一个禀帖，叙说百姓如何苦，求他减价的意思，倒填年月，递了进去？有了这个根子，便见得王老父台此举不是为着丁忧了。还有一个逼进一层的办法：索性由我们绅士上个公禀，就说是王老父台在这里做官，如何清正，如何认真，百姓实在舍他不得。现在国家有事之秋，正当破格用人之际，可否先由瞿某人代理起来，等他穿孝百日过后，仍旧由他署理，以收为地择人之效。禀帖后头，并可把后任这几天断的案子叙了进去，以见眼前非王某人赶紧回任竭力整顿不可。后任既然会出王老父台的花样，我们就给他两拳也下为过。不过其中却要同后任做一个大大冤家，因此有几个人主意还拿不定。”

账房师爷听了他话，心上明白，晓得他无非为两个钱，只要有了几个钱，别人的事，他都可以作得主意。又想：“这事就要做得快，一天天蹉跎过去，等上头查了下来，反为不妙。”于是起身把嘴附在赵员外耳朵旁边，索性老老实实问他多少数目，又说：“这钱并不是送你老先生的，为的是诸公跟前总得点缀点缀。况且敝居停这季钱粮已经收了九分九，无非是你们诸公所赐，这几个钱也是情愿出的。”赵员外听他说得冠冕，也就不同他客气，索性照实说，讨了二千的价。禁不起账房师爷再四磋磨，答应了一千。彼此定议。回来通知了王柏臣。王柏臣无可说得，只得照办，次日一早把银子划了过去。

赵员外跟手送进来一张求减银价的公呈，倒填年月，还是一个月前头的事，又把保留他的稿禀也一块儿请他过目。王柏臣看了自然欢喜，虽然是银子买来的，面子上却很拿赵员外感激。一会又说要拿女儿许给赵员外的儿子，同他做亲家；一会又说：“倘若上头

能够批准留任，将来不但你老兄有甚么事情，兄弟一力帮忙；就是老兄的亲戚朋友有了甚么事情，只要嘱咐了兄弟，兄弟无不照应。最好就请吾兄先把自己的亲戚朋友名号开张单子给兄弟，等兄弟拿他贴在签押房里，遇见甚么事，兄弟一览便知，也免得惊动老兄了。”赵员外道：“承情得很！但愿如此，再好没有！但是批准不批准，其权操之自上，亦非治弟们可能拿稳的。”王柏臣道：“诸公的公禀，并非一人之私言，上宪俯顺舆情，没有不批准的。”赵员外道：“那亦看罢了。”说完辞去。王柏臣重复千恩万谢的拿他送到二门口，又叫账房师爷送出了大门。自此王柏臣便一心一意静候回批。

谁知瞿耐庵禀揭他的禀帖，不过虚张声势，其实并没有出去。后来听说众绅士递公禀保留前任，他便软了下来，又从新同前任拉拢起来。起先前任王柏臣还催他早算交代，以便回籍守制，瞿耐庵道：“忙甚么！听说地方绅士一齐有禀帖上去保留你，将来这个缺总是你的，我不过替你看几天印罢了。依我看起来，这交代很可以不必算的。”王柏臣道：“虽然地方上爱戴，究竟也要看上头的宪眷。像你耐翁同制宪的交情，不要说是一个兴国州，就是比兴国州再好上十倍的缺也容易！”瞿耐庵道：“这句话，兄弟也不用客气，倒是拿得稳的。”一连几天，彼此往来甚是亲热。

过了一天，上头的批禀下来，说：“王牧现在既已丁忧，自应开缺回籍守制。州缺业已委人署理，早经禀报接印任事在案。目下非军务吃紧之际，何得援例夺情？况该牧在任并无实在政绩及民，该绅等率为禀请保留原任，无非出自该牧贿嘱，以为沽名钓誉地步。绅等此举殊属冒昧，所请着不准行。”一个钉子碰了下来，王柏臣无可说得，只好收拾收拾行李，预备交代起程。好在囊橐充盈，倒也无所顾恋。

至于瞿耐庵一边，一到任之后，晓得钱粮已被前任收个净尽，心上老大不自在，把前任恨如切骨，时时刻刻想出前任的手。后来听说绅士有禀保留，一来晓得他民情爱戴，二业亦指望他真能留任，自己可以另图别缺；所以前几日间同前任重新和好。等到绅士禀帖被驳，前任既不得留，自己绝了指望，于是一腔怒气，仍复勾起。自从这日起，便与前任不再见面，逐日督率着师爷们去算交代。欠项款目自不必说，都要一一斤斤较量，至于细头关目，下至一张板凳，一盏洋灯，也叫前任开账点收，缺一不可。

瞿耐庵的账房就是他的舅子，名唤贺推仁，本在家乡教书度日；自从姊丈得了差使，就把他叫到武昌在公馆帮闲为业，带着叫他当当杂差，管管零用账。一连吃了一年零两个月闲饭。姊夫得缺，就升他作账房，自此更把他兴头的了不得。通衙门上下都尊为舅老爷。下人有点不好，舅老爷虽不敢径同老爷去说，却趁便就跑到太太跟前报信，由太太传话给老爷，将那下人或打或骂。因此舅老爷的作用更比寻常不同。这贺推仁更有一件本事，是专会见风使船，看眼色行事，头两天见姊夫同前任不对，他便于中兴风作浪，挑剔前任的账房。后来两天，姊夫忽同前任又要好起来，他亦请前任账房吃茶吃酒。近来这两天见姊夫同前任翻脸，他的架子登时亦就“水长船高”。向来州、县衙门，凡遇过年、过节以及督、抚、藩、臬、道、府六重上司或有喜庆等事，做属员的孝敬都有一定数目，甚么缺应该多少，一任任相沿下来，都不敢增减毫分。此外还有上司衙门里的幕宾，以及甚么监印、文案、文武巡捕，或是年节，或是到任，应得应酬的地方，亦都有一定尺寸。至于门敬、跟敬，更是各种衙门所不能免。另外府考、院考办差，总督大阅办差，钦差过境办差，还有查驿站的委员，查地丁的委员，查钱粮的委员，查监狱的委员，重重叠叠，一时也说他不尽。诸如此类，种种开销，倘无一定而不可易的章程，将来开销起来，少则固惹人言，多则遂为成例。所以这州、县官账房一席，竟非有绝大才干不能胜任。每见新官到任，后任同前任因银钱交代，虽不免彼此龃龉，而后任账房同前任账房，却要卑礼厚币，柔气低声，以为事事叨教地步。缺分无论大小，做账房的都有历代相传的一本秘书，这本秘书就是他们开销的账簿了。后任账房要到前任手里买这本账簿，缺分大的，竟是三百、五百的讨价，至少也得一二百两或数十两不等。这笔本钱都是做账房的自己挖腰包，与东家不相干涉。只要前后任账房彼此联络要好，自然讨价也会便宜，倘然有些犄牾，就是拚出价钱，那前任的账房亦是不肯轻易出手的。

贺推仁同前任账房忽冷忽热，忽热忽冷，人家同他会过几次，早把他的底细看得穿而又穿。他不请教人，人家也不俯就他。瞿耐庵到任不多几日，不要说别的，但是本衙门的开销，甚么差役工食、犯人口粮，他胸中毫无主宰，早弄得头昏眼花，七颠八倒，又不敢去请示东家，只索同首府所荐的一个杂务门上马二爷商量。马二爷历充立幕，这些规矩是懂得的，便问："舅老爷同前任账房师爷接过头没有？簿子可曾拿过来？"贺推仁道："会是会过多次，却不晓得有甚么薄子。"马二爷一听这话，晓得他是外行，因为舅老爷是太太面上的人，不敢给他当上，便把做账房的诀窍，一五一十，统通告诉了一遍。

贺推仁至此方才恍然大悟，便道："据你说，怎么样呢？"马二爷道："依家人愚见：舅老爷先把这些应开销的账目暂时搁起，叫他们过天来领，一面自己再去拜望拜望前任的账房师爷，然后备副帖子请他们明天吃饭，才好同他们开口这件事情。"贺推仁道："吃饭是我已经请过的了。"马二爷道："前头请的不算数，现在是专为叨教来的。"贺推仁道："倘若我请了他，他再不把簿子交给我，岂不是我又化了冤钱？"马二爷道："唉！我的舅老爷！吃顿饭值得甚么，这本簿子是要拿银子买的！"贺推仁一听，不禁大为失色，忙问："多少银子？"马二爷道："一二百两、三四百两，都论不定，像这个缺几十两是不来的。"贺推仁听说要许多银子，吓得舌头伸了出来缩不回去，歇了半天，才说道："人家都说账房是好事情，像我来了这几天，一个钱都没有见，那里有许多银子去买这个呢！"马二爷道："这是州、县衙门里的通例，做了账房是说不得的。没有银子好借，将来还人家就是了。"贺推仁道："当了账房好处没有，先叫我去拖债，我可不能！姑且等我斟酌斟酌再说。"于是趁空便把这话告诉了他姊姊瞿太太。瞿太太道："放屁！衙门里买东西，无论那一项都有一个九五扣，这是账房的呆出息。至于做官的，只有拿进两个，那里有拿出去给人家的。甚么工食、口粮，都是官的好处，我从小就听见人说，这些都用不着开销的。他们不要拿那簿子当宝贝，你看我没有簿子也办得来！"一顿话说得贺推仁无言可答。

过了两天，忽然府里听差的有信来，说本府大人新近添了一位孙少爷各属要送礼。瞿耐庵晓得贺推仁不懂得这个规矩，索性不同他说话，叫了杂务门马二爷上来问他。马二爷又把前言回了一遍，又说："这本簿子是万万少不得的！"瞿耐庵默然无言，回来同刑、钱老夫子提起此事。钱谷老夫子是个老在行，便道："怎么耐翁接印这许多天，贺推翁这件事还没办好？这件事向例没有接印的前头就要弄好的。幸亏得这账房兄弟同他熟识，等兄弟同他去说起来看。"瞿耐庵道："如此就拜托了。"钱谷老夫子果然替他去跑了两天。前任账房见了面甚是客气，不过提到账簿，前任账房便同钱谷老夫子咬耳朵咬了半天，又说："彼此都是自己人，我兄弟好瞒得你吗？如今将下情奉告过你老先生，料想你老先生也不会责备我兄弟了。"钱谷老夫子也晓得这事非钱不行，只得回来劝东家送他们一百银子，又说："这是起码价钱。"瞿耐庵是预先听了太太的吩咐，一个钱不肯往外拿。钱谷老夫子一看，事情不会合拢，也就搭讪着出去，不来干预这事。

原来前任账房的为人也是精明不过的，晓得瞿耐庵生性吝啬，决计不肯多拿钱的，不如趁此时簿子还在手中，乐得做他两注买卖。主意打定，便叫值账房的传话出去："凡是要常常到账房里领钱的主儿，叫他们或是今天，或是明天，分班来见，师爷有话交代他们。"众人还不晓得甚么事情。到了天黑之后，先是把宅门的同了茶房进来，打了一个千，尊了一声"师老爷"，垂手一旁站着听吩咐。只见那账房师爷笑嘻嘻地对他们先说了一声

"辛苦"。把门的道："小的当差使日子虽浅，蒙大老爷、师老爷抬举，不要说没有捱过一下板子，并且连骂都没有骂一声。如今大老爷走了，师老爷也要跟着一块儿去，小的们心上实在舍不得师老爷走。"账房师爷道："只要你们晓得就好，所以你们晓得好歹，大老爷同我也有恩典给你们。"他二人一听有恩典给他，于是又凑前一步。

账房师爷拿账翻了一翻，先指给把门的看，道："这是你门下应该领的工食。你每月只领几个钱，原是历任相沿下来的，并不是我克扣你们。如今我要走了，晓得你们都是苦人，可以替你们想法子的地方，我总肯替你们想法子的。幸亏这簿子还没有交代过去，等我来做桩好事，替你把簿子改了过来，总说是月月领全的。后任亦不在乎此。"把门的听了这话，连忙跪下磕了一个头，说了声："谢师老爷栽培！不但小的感念师老爷的恩典，就是小的家里的老婆孩子也没有一个不感念师老爷的！"

账房师爷也不理他。又指出一条拿给茶房看，说："这是你领的工食。历任手里只领多少，我如今也替你改了过来。"账房师爷的意思，以为如此，那茶房又要磕头的了，岂知茶房呆着，昂然不动。停了一回，说道："回师老爷的话：'有例不兴，无例不灭。'这两句俗语料想师老爷是晓得的。师老爷肯照顾小的，小的岂有不知感激之理！但是小的这差使也不止当了一年了，历任大老爷，一任去，一任来，当说也伺候过七八任。等到要临走的时候，账房师爷总是叫了小的们来，说体恤小的们，那一款，这一款，都替小的们复了旧。不过师爷们改簿子，稍些要花两个辛苦钱。小的们听了这个说话，总以为当真的了，心上想：'果然如此，便是一辈子沾光，就是眼前化两个也还有限。'连忙回家借钱或是当当孝敬师爷，有的写张领纸，多借一两个月工食以作报效。谁知前任师爷钱已到手，也不管你后头了。到了后任账房手里，那知扣得更凶。譬如前任账房只发五成的，这后任只发二三成，有的一成都不发。小的们便上去回说：'师老爷！这个前任有账可以查得的。'那账房便发怒道：'混账王八蛋！我岂不知道有账！你可晓得那账是假的，一齐是你们化了钱买嘱前任替你们改的！'我的师老爷，你老人家想，这些后任的账房怎么就会晓得我们化了钱改的？真正眼睛比镜子还亮。当时小的们已经化了一笔冤钱孝敬前任，还没有补上空子，那里还禁得后任分文不给呢？到了无可奈何之时，只得托了人去疏通，老实对后任说，前任实实在在是个甚么数目。好容易把话说明白，后任还怪小的们不应该预支透付，以致好处都被前任占去，一定还在后来领的数目里一笔一笔的明扣了去，丝毫也不肯让一点。小的们上过一回当还不死心，等到第二任又是如此的一办，等到再戳破以后，便死心塌地不来想这些好处了。如今蒙师老爷恩典，小的心上实是感激！但求师老爷还是按照旧账移交过去，免得后任挑剔，小的们就感恩不浅！小的说的句句真言，灯光菩萨在这里，小的倘有一句假话，便不是人生父母养的！"

账房师爷听了他这番议论，气的半天说不出话来。仔细想了想，他的话又实在不错，无可驳得，只得微微冷笑了两声，说道："你说的很是！倒怪我瞎操心了！"说着，拿簿子往桌上一推，取了一根火煤子就灯上点着了火，两只手捧着了水烟袋，坐在那里呼噜呼噜吃个不了。茶房碰了钉子，退缩到门外，还不敢就出去。站了好一回，账房师爷才吩咐得一句道："你们还在这里做甚么！"于是把门的又向师爷磕了一个头，说了声"谢师老爷恩典"。那茶房仍旧昂立不动，搭讪着跟着一块儿退出去。账房师爷眼望着他们出去了，心上甚是觉着没趣。

幸亏到了次日，别的主顾很有几个相信他的话，仍旧把他鼓起兴来。他见了人总推头说自己不要钱，不过改簿子的人不能不略为点缀。一连做了两晚上的买卖，居然也弄到大大的一笔钱。然后把簿子通通另外誊了一遍，预备后任来要。

再说后任瞿耐庵见前任不把簿子交出，便接二连三，一天好几遍叫人来讨。背后头还说："他再不交来，我一定禀明上头，看他在湖北省里还想吃饭不吃饭！"瞿太太见事不了，又从旁代出主意："现在人心难测，就把簿子交了出来，谁能保他簿子里不做手脚。总而言之一句话：这里头的弊病，前任同后任不对，一定拿数目改大。譬如孝敬上司，应该送一百的，他一定要写二百；开发底下，向来是发一半的，他一定要写发全分，或者七成八成。他们的心上总要我们多出钱他才高兴。你在省里候补的时候，这些事不留心，我是姊妹当中有些他们的老爷也做过现任的交卸回来，都把这弊病告诉了我，我都记在心上，所以有些开销都瞒不过我。只要这本账薄拿到我眼睛里来，是真是假，我都有点数目。现在你姑且答应他一百银子。同他言明在先：先拿薄子送来看过，果然真的，我自然照送，一个不少，倘若一笔假账被我查了出来，非但一个钱没有，我还要四处八方写信去坏他名声的。"瞿耐庵听了太太吩咐，自然奉命如神，仍旧出来去找钱谷老夫子托作介绍。钱谷老夫子道："话呢，不妨如此说，但是不送银子，人家的簿子也决计不肯拿出来的。至于不许他造假账，这句话我可以同他讲的。"无奈瞿耐庵听了太太的话，决计不肯先送银子。钱谷老夫子急了，便道："这一百银子暂且算了我的，将来看账不对，在我的束脩上扣就是了。"在他的意思，以为如此说法，他们决计无可推却，岂知瞿耐庵夫妇倒反认以为真，以为有他担待，这一百两银子将来总收得回来的。于是满口答应，当天就划了一张票子送给钱谷老夫子。

等到钱谷老夫子将账簿取了过来，太太略为翻着看了一看，以为这兴国州是个大缺，送上司的寿礼、节礼至少一百金一次。岂知账簿上开的只有八十元或是五十元，顶多的也不过百元。从前他老爷也到外府州、县出过差，各府州、县于例送菲敬之外，一定还有加敬；譬如菲敬送三十两，加敬竟加至五六十两不等。候补老爷出差全靠这些。今看账簿，菲敬倒还不差上下，但是加敬只有四两、六两，至多也只有十两。此时他夫妇二人倒不疑心这簿子是假的了。但是如此一个大缺，孝敬上司只有这个数目，应酬同寅也只有这个数目，心上不免疑疑惑惑。既而一想："州、县缺分本有明缺、暗缺之分：明缺好处在面子上，暗缺好处在骨子里：在面子上的应酬大，在骨子里的应酬小。照此看来，这个缺倒是一个暗缺，很可做得。"如此一想，也不疑心了。谁知看到后面，有些开销，或是送同城的，或是开发本衙门书差的数目，反见加大起来。于是瞿太太遂执定说这个簿子是前任账房所改，一百银子一定不能照送，要扣钱谷老夫子束脩，钱谷老夫子不肯，于是又闹出一番口舌。

要知后事如何，且听下回分解。

第四十二回

欢喜便宜暗中上当　附庸风雅忙里偷闲

话说瞿耐庵夫妇吵着要扣钱谷老夫子一百银子的束脩，钱谷老夫子不肯，闹着要辞馆，瞿耐庵急了，只得又托人出来挽留。里面太太还只顾吵着扣束脩，又说甚么：“一季扣不来，分作四季扣就是了，要少我一个钱可是不能！”瞿耐庵无奈，只得答应着。

账房簿子既已到手，顶要紧的应酬，目下府太尊添了孙少爷，应送多少贺敬？翻开簿子一看，并无专条。瞿太太广有才情，于是拿了别条来比拟。上头有一条是：“本道添少爷，本署送贺敬一百元。”瞿太太道：“就拿这个比比罢。本府比本道差一层，一百块应得打一个八折，送八十块；孙少爷又比不得少爷，应再打一个八折；八八六十四，就送他六十四块罢。”于是叫书启师爷把贺禀写好，专人送到府里交纳。

不料本府是个旗人，他自己官名叫喜元。他祖老太爷养他老太爷的那一年，刚正六十四岁，因此就替他老太爷起了个官名，叫作“六十四”。旗人有个通病，顶忌的是犯他的讳，不独湍制台一人为然。这喜太守亦正坐此病。他老太爷名叫六十四，这几个字是万万不准人家触犯的。喜太守自接府篆，同寅荐了一位书启师爷，姓的是大耳朵的陆字。喜太守见了心上不愿意，便说：“大写小写都是一样，以后称呼起来不好出口，可否请师爷换一个？”师爷道：“别的好改，怎么叫我改起姓来！”晓得馆地不好处，于是弃馆而去。喜太尊也无可奈何，只得听其自去。喜太尊虽然不大认得字，有些公事上的日子总得自己标写，每逢写到“六十四”三个字，一定要缺一笔；头一次标“十”字也缺一笔。旁边稿案便说：“回老爷的话：‘十’字缺一笔不又成了一个“一”字吗？”他一想不错，连忙把笔放下，踌躇了半天没得法想。还是稿案有主意，叫他横过一横之后，一竖只写一半，不要头透。他闻言大喜，从此以后便照办，每逢写到“十”字，一竖只竖一半，还夸奖这稿案，说他有才情。又说：“我们现在升官发财是那里来的？不是老太爷养咱们，咱们那里有这个官做呢？如今连他老人家的讳都忘了，还成个人吗。至于我，如今也是一府之主了，这一府的人总亦不能犯我的。”于是合衙门上下摸着老爷这个脾气，一齐留心，不敢触犯。

偏偏这回孙少爷做满月，兴国州孝敬的贺礼，签条上竟写了个“喜敬六十四元”。先是本府门政大爷接到手里一看，还没有嫌钱少，先看了签条上写的字，不觉眉头一皱，心上转念道：“真正凑巧！统共六个字，倒把他老人家父子两代的讳一齐都闹上了。我们如果不说明，照这样子拿上去，我们就得先碰钉子，又要怪我们不教给他了。”转了一回念头，又看到那封门包，也写得明明白白是“六元四角”。门政大爷到此方才觉得兴国州送的贺礼不够数，于是问来人道：“你们贵上的缺，在湖北省里也算得上中字号了。怎么也不查查账，只送这一点点？这个是有老例的。”瞿耐庵派去的管家说道：“例倒查过，是没有的。敝上怕上头大人挑眼，所以特特为为查了几条别的例，才斟酌了这么一个数目。相烦你替咱费心，拿了上去。”门政大爷一面摇头，一面又说道：“你们贵上大老爷这回署缺，是初任还是做过几任了？”派去的管家回称“是初任”。门政大爷道：“这也怪不得你们老爷不晓得这个规矩了。”派去的管家问“甚么规矩”。门政大爷道：“你不瞧见这签条上的字吗？又是‘喜元’，又是‘六十四’，把他父子两代的讳都干上去。你们老爷既然做他的下属，怎么连他的讳都不打听打听？你可晓得他们在旗的人，犯了他的讳，比当面骂他‘混账王八蛋’还要利害？你老爷怎么不打听明白了就出来做官？”一顿话说得派去的管家呆了，只得拜求费心，说：“求你想个法子替敝上遮瞒遮瞒，敝上总是感激，总要补报的。”

门政大爷见他孝敬的钱不在分寸上，晓得这位老爷手笔一定不大的，便安心出出他的丑，等他以后怕了好来打点。主意打定，一声不响，先把六元四角揣起，然后拿了六十四块，便直径奔上房里来告诉主人。恰巧喜太尊正在上房同姨太太打麻雀牌哩，打的是两块钱一底的小麻雀。喜太尊先前输了钱不肯拿出来，其时正和了一副九十六副，姨太太想同他扣账，他不肯，起身上前要抢姨太太的筹码。正闹着，齐巧门政大爷拿着洋钱进来。姨太太道：“不要抢了，送了洋钱来了。”喜太尊一听有洋钱送来，果然放手，忙问：“洋钱在那里？”门政大爷不慌不忙，登时把一个手本，一封喜敬，摆在喜太尊面前。喜太尊一看手本，知道是新任兴国州知州瞿某人，忽然想起一桩事来，回头问门政大爷道：“瞿某人到任也有好多天了，怎么‘到任规’还没送来？兴国州是好缺，他都如此疲玩起来，叫我这本府指望谁呢？”门政大爷道：“这是送的孙少爷满月的贺礼。他有人在这里，‘到任规’却没有提起。”于是喜太尊方才歪过头去瞧那一封洋钱，一瞧是“喜敬六十四元”六个小字，面色登时改变，从椅子上直站起来，嘴里不住的连声说：“啊！啊！”“啊”了两声，仍旧回过头去问门政大爷道：“怎么他到任，你们也没有写封信去拿这个教导教导他？”门政大爷道：“这个向来是应该他们来请示的。他们既然做到属员，这些上头就该当心。等到他们来问奴才，奴才自然交代他，他不来问，奴才怎么好写信给他呢。”喜太尊道：“写两封信也不要紧，你既然没有写信通知他们，等他来了，你就该告诉他来人，叫他拿回去重新写过再送来。如今拿了这个来给我瞧，可是有心给我下不去不是？”

门政大爷道：“老爷且请息怒。请老爷先瞧瞧他送的数目可对不对？”喜太尊至此方看出他止送有六十四块。此时也不管签条上有他老太爷的名讳，便登的一声，接着豁琅两响，把封洋钱摔在地下，早把包洋钱的纸摔破，洋钱滚了满地了。喜太尊一头跺脚，一头骂道：“岂有此理！岂有此理！他这明明是瞧不起我本府！我做本府也不是今天才做起，到他手里要破我的例可是不能！怎么他这个知州腰把子可是比别人硬绷些，就把我本府不放在眼里！‘到任规’不送，贺礼亦只送这一点点！哼哼！他不要眼睛里没有人！有些事情，他能逃过我本府手吗！把这洋钱还给他，不收！”喜太尊说完这句，麻雀牌也不打了，一个人背着手自到房里生气去了。

这里门政大爷方从地板上把洋钱一块一块的拾起，连着手本捧了出来。那瞿耐庵派去的管家正坐在外面候信哩。门政大爷走进门房，也把洋钱和手本往桌上一摔，道：“伙计！碰下来了！上头说‘谢谢’，你带回去罢！”瞿耐庵派去的管家还要说别的，门政大爷因见又有人来说话，便去同别人去聒卿，也不来理他了。瞿耐庵管家无奈，只得把洋钱、手本揣了出来，回到下处，晓得事不妙，不敢径回本州，连夜打了一个禀帖给主人说明原委，听示办理。等到禀帖寄到，瞿耐庵看过之后，不觉手里捏着一把汗，进来请教太太。谁知太太听了反行所无事，连说：“他不收，很好！我的钱本来不在这里嫌多，一定要孝敬他的。好歹咱们是署事，好便好，不好，到一年之后，他东我西，我不认得他，我也不仰攀他，要他认得我。派去的人赶紧写信叫他回来。就说我眼睛里没有本府，我担得起，看他拿我怎样！”瞿耐庵听了太太的话，一想不错，于是写了封信把管家叫了回来。后来本府喜太尊又等了半个月，不见兴国州添送进来，“到任规”也始终没送，心上奇怪，仔细一打听，才晓得他有这们一位仗腰的太太，面子上虽说不出，只好暗地想法子。闲话少叙。

且说瞿耐庵夫妇二人因见本府尚奈何他不得，以后胆子更大，除了督、抚、两司之外，其余连本道都不在他眼里。三节两寿，孝敬上司的钱，虽不敢任情减少，然而总是照着前任移交过来的簿子送的。各位司、道大人都念他同制台有点瓜葛，大家都不与他计较，不过恨在心里。究竟多送少送，瞿耐庵并不晓得，以为“照着簿子，我总交代得过了”。只有抚台是同制台敌体的，有些节敬、门包等项送得少了，便由首县传出话来，说他一两句，或是退了回来。瞿耐庵弄得不懂，告诉人说：“我是照例送的，怎么他们还贪心不足？”无奈抚台面子，只好补些进去。有时候添过原数，有时候不及原数，总叫使他钱的人心上总不舒服，这也非止一次了。还有些过境内委员老爷，或是专门来查事件的，他也是照着簿子开发，以致没一位委员不同他争论。

正是光阴似箭，日月如梭，不知不觉，瞿耐庵自从到任至今也有半年了。治下的百姓因他听断糊涂，一个个痛心疾首，还是平常，甚至上司，同寅也没有一个喜欢他的。磕来碰去，只有替他说坏话的人，没有一个说他好的人。他自以为：“我于上司面上的孝敬，同寅当中的应酬，并没有少人一个，而且笔笔都是照着前任移交的簿子送的。就是到任之初，同本府稍有龃龉，后来首县前来打圆场，情面难却，一切‘到任规’，孙少爷满月贺礼，都按照簿子上孝敬本道的数目孝敬本府，也算得尽心的了。”那知本府亦恨之入骨。一处处弄得天怒人怨，在他自己始终亦莫明其所以然。

不料此时他太太所依靠的于外公湍制台奉旨进京陛见，接着又有旨意叫他署理直隶总督，一时不得回任。这里制台就奉旨派了抚台升署，抚台一缺就派了藩台升署，臬台、盐道以次递升，另外委了一位候补道署理盐道。省中大局已定，所属印委各员，送旧迎新，自有一番忙碌，不消细述。

且说这位署理制台的，姓贾，名世文。底子是个做过一任教官，后来过班知县，连升带保，不到二十年工夫，居然做到封疆大吏，在湖北巡抚任上也足足有了三个年头。这年实年纪六十六岁。生平保养的很好，所以到如今还是精神充足。自称生平有两桩绝技：一桩是画梅花，一桩是写字。

他的书法，自称是王右军一路，常常对人说：“我有一本王羲之写的《前赤壁赋》，笔笔真楷，碧波清爽，一笔不坏，听说还是汉朝一个有名的石匠刻的。兄弟自从得了这部帖，每天总得临写一遍，一年三百六十日，从没有一天不写的。”大家听了他的话，——幸亏官场上有学问的人也少，究竟王右军是那一朝代的人，一百个当中，论不定只有三个两个晓得。——晓得的也不过付之一笑，不晓得的还当是真的哩。他说近来有名的大员如同彭玉麟、任道熔等，都欢喜画梅花，他因此也学着画梅花。他画梅花另有一个诀窍，说是只要圈儿画得圆，梗儿画得粗，便是能手。每逢画的时候，或是大堂幅，或是屏幅，自己来不及，便叫管家帮着画圈。管家画不圆，他便捡了几个沙壳子小钱铺在纸上，叫管家依着钱画，没有不圆的了。等到管家画完之后，然后再经他的手钩须加点。

有些下属想要趋奉他，每于上来禀见的时候，谈完了公事，有的便在袖筒管里或是靴页子里，掏出一张纸或是一把扇子，双手捧着，说一声“卑职求大人墨宝”，或是“求大人法绘”。那是他再要高兴没有，必定还要说一句：“你倒欢喜我的书画么？”那人答应一声“是”，他更乐的了不得。送客回来，不到天黑便已写好，画好，叫差官送给那人了。

后来大家摸着他的脾气，就有一位候补知县，姓卫，名瓒，号占先，因为在省里穷的实在没有路子走了，曾于半个月前头，求过贾制台赏过一幅小堂画。贾制台的脾气是每逢人家求他书画，一定要详详细细把这人履历细问一遍，没差的就可得差，无缺的就可得缺。候补班子当中，有些人因走这条路子得法的很不少。卫占先为此也赶到这条路上来。但是求书画的人也多了，一个湖北省城那里有这许多缺、许多差使应酬他们。弄到后来，书画虽还是有求必应，差缺却有点来不及了。卫占先心上踌躇了一回，忽然想出一条主意来，故意的说：“有事面禀。”号房替他传话进去。贾制台一看手本，记得是上次求过书画的，吩咐叫“请”。见面之后，略为扳谈了几句。卫占先扭扭捏捏又从袖子管里掏出一卷纸来，说：“大人画的梅花，卑职实在爱得很！意思想再求大人赏画一张，预备将来传之子孙，垂之久远。”贾制台道：“不是我已经给你画过一张吗？”卫占先故意把脸一红，吞吞吐吐的，半天才回道：“回大人话：卑职该死！卑职该死！卑职没出息！卑职因为候补的实在穷不过，那张画卑职领到了两天，就被人家买了去了。”

贾制台一听这话，不禁满脸堆下笑来，忙问道：“我的画，人家要买吗？”卫占先正言厉色的答道：“不但人家要买，并且抢着买！起先人家计价，卑职要值十两银子。”贾制台皱着眉，摇着头道：“不值罢！不值罢！”又忙问：“你到底几个钱卖的？”卫占先道：“卑职实实在在到手二十块洋钱。”贾制台诧异道：“你只讨人家十两，怎么倒到手二十块洋钱？”卫占先道：“卑职讨了那人十两，那人回家去取银子，忽然来了一个东洋人，说是听见朋友说起卑职这里有大人画的梅花，也要来买。”贾制台又惊又喜道：“怎么东洋人也欢喜我的画？”卫占先道：“大人容禀。”贾制台道：“快说！”卫占先道：“东洋人跑来要画，卑职回他：‘只有一张。’他说：‘一张就是一张。’卑职拿出来给他看过之后，他便问：‘多少银子？’卑是职回他：‘十两银子。已经被别的朋友买了去了。’东洋人道：“‘你退还他的银子，我给你十四块洋钱。’卑职说：‘人家已经买定，是不好退还的。’东洋人只道卑职不愿意，立刻就十六块、十八块，一直添到二十块，不由分说，把洋钱丢下，拿着画就跑了。后来那个朋友拿了十两银子再来，卑职只好怪他没有留定钱，所以被别人买了去。那个朋友还满肚皮不愿意，说卑职不是。”贾制台道：“本来是你不是。”卫占先一听制台派他不是，立刻站起来答应了几声“是”。贾制台道：“你既然十两银子许给了人家，怎么还可以再卖给东洋人呢？果然东洋人要我的画，你何妨多约他两天，进来同我说明，等我画了再给他？”卫占先连连称“是”，又说：“卑职也是因为候补的实在苦极了，所以才斗胆拿这个卖给人的。”

贾制台道：“既然有人要，我就替你多画两张也使得。”说罢便吩咐卫占先跟着自己同到签押房里来。贾制台进屋之后，便自己除去靴帽，脱去大衣，催管家磨墨，立刻把纸摊开，蘸饱了笔就画、又吩咐卫占先也脱去衣帽，坐在一旁观看。正在画得高兴时候，巡捕上来回：“藩司有公事禀见。”贾制台道：“停一刻儿。”接着又是学台来拜。贾制台道：“刚刚有事，偏偏他们缠不清！替我挡驾！”巡捕出去回头了。接着又是臬司禀见说是“夏口厅马同知捉住几个维新党，请示怎么办法”，夏口厅马同知也跟来预备传见。还有些客官来禀见的，官厅子上坐得有如许若干人，只等他老人家请见。他老人家专替卫占先画梅花，只是不出来。

外面学台虽然挡住未曾进来，藩、臬两司以及各项禀见的人却都等得不耐烦。当下藩台先探问：“到底督宪在里面会的甚么客，这半天不出来？”探来探去，好容易探到，说是大人正在签押房里替候补知县卫某人画画哩。藩台一向是有毛燥脾气的，一听这话，不觉怒气冲天，在官厅子上，连连说道：“我们是有公事来的，拿我们丢在一边，倒有闲情别致在里头替人家画画儿！真正岂有此理！我做的是皇上家的官，没有这样闲工夫好耐性去等他！既然不见，等我走！”说着，赌气走出官厅，上轿去了。

且说这时候署藩台的亦是一个旗人，官名唤做噶札腾额，年纪只有三十岁。他父亲曾做过兵部尚书，去世的时候，他年纪不过二十一岁。早年捐有郎中在身，到部学习行走。父亲见背，遂蒙皇上天恩，仍以本部郎中，遇缺即补，服满补缺。幸亏此时他岳丈执掌军机，歇了三年，齐巧碰到京察年分，本部堂官就拿他保荐上去，引见下来，奉旨以道、府

用。不到半年，就放湖北武昌盐法道。是年只有二十七岁。到底年纪轻的人，一心想做好官，很替地方上办了些事，口碑倒也很好。次年还是湍制台任上保荐贤员，把他的政绩胪列上陈，奉朱批，先行传旨嘉奖。他里面有丈人照应，外面又有总督奏保，所以外放未及三年，便已升授本省臬司。这番湍制台调署直隶总督，本省抚台署理督篆，藩台署理抚篆，所以就请他署理藩篆。他到任之后，靠着自己内有支援，总有点心高气傲。有些事情，凡是藩司分所应为的，在别人一定还要请示督、抚，在他却不免有点独断独行，不把督、抚放在眼里。

此番偶然要好，为了一件公事前来请示制台。齐巧贾制台替卫占先画画，没有立刻出来相会，叫他在官厅里等了一会，把他等的不耐烦，赌口气出门上轿，径回衙门，公事亦不回了。歇了一会，贾制台把画画完，题了款，用了图章，又同卫占先赏玩了一回，方才想起藩台来了半天了，立刻到厅上请见。那知等了一刻，外面传进话来，说是藩司已经回去了。贾制台听说藩台已去，便也罢休。

只因他平日为人很有点号令不常，起居无节，一时高兴起来，想到那个人，无论是藩台，是臬台，马上就传见，等到人家来了，他或是画画，或是写字，竟可以十天不出来，把这人忘记在九霄云外。巡捕晓得他的脾气，回过一遍两遍，多回了怕他生气，也只好把那人丢在官厅上老等。常有早晨传见的人，到得晚上还不请见，晚上传见的人，到得三更、四更还不请见。他睡觉又没有一定的时刻，会着客，看着公事，坐在那里都会朦胧睡去。一天到夜，一夜到天亮，少说也要睡二三十次。幸亏睡的时候不大，只要稍为朦一朦，仍旧是清清楚楚的了。他还有一个脾气，是不欢喜剃头的。他说剃发匠拿刀子剃在头上，比拿刀子割他的头还难过，所以往往一两个月不剃头，亦不打辫子。人家见了，定要老大的吓一跳，倘不说明白是制台，不拿他当作囚犯看待，一定拿他当作孤哀子看待了。除了画梅花写字之外，最讲究的是写四六信。常常同书启老夫子们讨论，说是一个人只要会做四六信，别的学问一定是不差的。因为这四六信对仗既要工整，声调又要铿锵。譬如干支对干支，卦名对卦名，鸟兽对鸟兽，草木对草木，倘若拿干支对卦名，拿鸟兽对草木，便不算得好手了。至于声调更是要紧的，一封信念到完，一直顺流水泻，从不作兴有一个隔顿。一班书启相公、文案老爷，晓得制台讲究这个，便一个个在这上头用心思。至于文理浮泛些，或是用的典故不的当，他老人家却也不甚斤斤较量。

闲话少叙。且说他有位堂母舅，叙起来却是他母亲的从堂兄弟，不过从前替他批过文章，又算是受过业的老夫子。他外祖家是江西袁州人氏。这位堂母舅一直是个老贡生，近来为着年纪大了，家里人口众多，处馆不能养活，忽然动了做官之兴。想来想去，只有这位老贤甥可以帮助几百银子。后来又听见老贤甥升署总督，越发把他喜欢的了不得。意思就想自己到湖北来走一趟，一来想看看老贤甥，二来顺便弄点事情做做："倘若事情不成功，几百银子总得帮助我的，彼时回来弄个教官，捐足花样，倘能补得一缺，也好做下半世的吃着。"主意打定，好容易凑足盘川，待要动身，忽地又害起病来。老年人禁不起病，不到两三天，便把他病的骨瘦如柴，四肢无力。依他的意思，还要挣扎动身前去。他老婆同儿子再三谏阻，不容他起身，他只得罢手。于是婉婉曲曲修了一封书，差自己的大儿子趁了船一直来到湖北省城，寻个好客寓住下。他的大儿子，便是贾制台的表弟了。这位老表有点秃顶，为他姓萧，乡下人都叫他为"萧秃子"，后来念顺了嘴，竟其称为"小兔子。"

且说小兔子一直是在家乡住惯的，没有见过甚么大世面。平常在家乡的时候，见了捕厅老爷，已经当作贵人看待，如今要叫他去见制台，又听人家说起制台的官比捕厅老爷还要大个十七八级，就是伺候制台的以及在制台跟着当底下人的，论起官来，都要比捕厅老爷要大几成，一路早捏一把汗。如今到得这里，不见事情不成功，只得硬硬头皮，穿了一身新衣服，戴了一顶古式大帽子，检出几样土仪，叫栈房里伙计替他拎到制台衙门跟前。东探西望，好容易找到一个人。小兔子卑躬屈节，自己拿了“愚表弟萧慎”的名片，向那人低低说道：“我是大人的表弟，大人是我的表哥。我有事情要见他，相烦你替我通报一声。”

那人拿眼朝他看了两眼，因听说是大人的表弟，方才把嘴努了一努，叫他去找号房。小兔子走到号房门口，又探望了半天，才见一个人在床上睡觉，于是从床上把那人唤醒。那号房一接名片，晓得是大人亲戚不敢怠慢，立刻通报。传出话来叫“请”。仍旧由号房替他把土仪拿着，把他领了进去叩见表哥。贾制台看了老母舅的信，自有一番寒暄，问长问短，小兔子除掉诺诺答应之外，更无别话说得。贾制台见他上不得台盘，知道没有谈头，便吩咐叫他在客栈暂住，“等我写好回信，连银子就送过来。”小兔子本来是见官害怕的，因见表哥叫他住在外面在候信，便也不敢再到衙门里来。

贾制台的公事本忙，记性又不好，一搁搁了一个月，竟把这事忘记。后来又接到老母舅一封信，方才想起，忙请书启老夫子替他打信稿子，写回信，说是送老母舅五百银子。又对书启老夫子说：“这是我的老母舅。这封信须要说几句家常话，用不着大客气的。”书启老夫子回到书房，按照家常信的样子写了一封，送给贾制台过目。贾制台取过来看了一遍，因为上头说的话如同白话一样，心中不甚惬意，吩咐把文案上委员请一位来。委员到来，贾制台仍照前话告诉他一番，又道：“虽是家常信，但是我这位舅太爷，我小的时候曾经跟他批过文章，于家常之中，仍得加点材料才好，也好叫老夫子晓得我如今的笔墨如何？”委员答应退下，自去构思，约摸有三个钟头，做好写好，上来呈政。无奈当中又用了许多典故，贾制台有点不懂，看了心上气闷得很。后来看见信里有“渭阳”两个字，不觉颠头播脑，反而称赞这位文案有才情；又道：“我这封信本是给娘舅带银子去的。《诗经》上这两句我还记得，是：‘我送舅氏，曰至渭阳。’如今用这个典故，可称确切不移。好好好！但是别的句子又做得太文雅些，不像我们至亲说的话了。为了这封信，倒很辛苦你们。无奈写来写去，总不的当。你们如今也不必费心了，还是等我自己写罢。”文案退去之后，贾制台拿两封信给众人看，说：“不信一个武昌省城，连封信都没人写，还要我老头子自己烦心，真正是难了！”

人家总以为他既如此说，这封信一定马上自己动手的，况且舅太爷还在那里指望他寄银子。谁知小兔子在栈房里，一住住了两个月，不敢来见表哥。他老人家事情又多，几个打岔，竟把这件事忘记在九霄云外。忽然一天接到舅母的电报，说是娘舅已死。恳情立刻打发他儿子回去。贾制台到此方想起五百银子未寄，信亦不曾写，如今已来不及了。无可说得，只得叫人把表弟找来，当面怪表弟：“为甚么躲着我表哥，自从一面之后，一直不再来见我？我只当你已经动身回去了，我有银子，我给谁带呢？”幸亏小兔子是个锯了嘴的葫芦，由他埋怨，一声不响，听凭贾制台给了他几个钱，次日便起身奔回原籍而去。

要知后事如何，且听下回分解。

第四十三回

八座[1]荒唐起居无节　一班龌龊堂构相承

话说小兔子去了三四天，贾制台忽然接到蕲州知州一个夹单，说是“宪台表老爷萧某人趁了轮船路过卑境，停船的时候，上下搭客混杂不分，偶不小心，包裹里的银子被扒儿手悉数扒去，现在住在敝署，不能前进，请示办理”等语。原来小兔子自从上了轮船，东张西望，并不照顾自己的行李，以致遇见扒手。当时齐巧解开包裹找衣服穿，一摸银子没有了，立刻吵着闹着，要船上人替他捉贼。贼捉不到，就哭着要船上茶房赔他，一会又说要上岸去告状。船上的人落得顺水推船，趁着轮船还未离岸，马上动手把他的行李送到岸上，由他去告状。他问了问，晓得靠船地方是蕲州该管，忙坐了一辆小车子，奔到州里来告状。这州官姓区，号奉仁，一听是制台的表弟，便也不敢怠慢，立刻请他到衙门里来住，一面禀明制台，请示办理。夹单后面又说：“这银子是在轮船上失去的。轮船自有洋人该管，卑职并无治外法权，还求大人详察。”他的意思以为着此一笔，这事便不与他相干，无非欲脱自己的干系。谁知制台看了这两句，心上不自在，便道：“不管他岸上水里，总是他蕲州该管，少了东西就得问他要。我的亲戚，他们尚且如此，别的小民更不用说了！”说罢，便下了一个札子，将蕲州区牧严行申饬，说他捕务废弛，“限三天人赃并获，逾限不获，定行撤委”。区奉仁接到此信，无奈只得来同小兔子商量，私底下答应小兔子，凡是此番失去的银子都归他赔，额外又送了二十四两银子的程仪；又另外替他写了船票，打发一个家人，两个练勇，送他回籍。一面自己上省禀见制台，面陈此事。

这位区知州是晚上上了火就赶着过江的。到了省里，恐怕制台记挂表弟，立刻上院禀见。幸亏贾制台是个起居无节的，三四更天一样会客。巡捕、号房晓得他的脾气，便也不敢回家，大家轮班在院上伺候。所以虽是三更半夜，辕门里头仍旧热闹得很。区奉仁走到官厅一看，已经有个人在那里了。这个人歪在首县一向坐惯的一张炕上，低着头打盹，有人走过他的面前，他也不曾觉得。这里官厅子共是三间厂间，只点了一支指头细的蜡烛，照得满屋三间仍是黑沉沉的，看得不十分清楚。区奉仁是久在外任，省城里这些同寅素来隔膜，初时来时，见那人坐着不动，便也懒得上前招呼。此时正是十月天气，忽然起了一阵北风，吹得门窗户扇唏哩哗喇的响。蜡烛火被风一闪，早已蜡油直泻下来，一支蜡烛便已剩得无几了。区奉仁此时也觉得阴气凛凛，寒毛直竖。正想叫管家取件衣服来穿，尚未开口，只见炕上那个打盹的人，忽然“啊唷”一声，从炕上下来，站着伸了一个懒腰，仍就歪下，却不知从那里拖到一件又破又旧的一口钟[2]围在身上，拥抱而卧；一双脚露在外头，却是穿了一双靴子。区奉仁看了甚是疑心，既不晓得他是个甚么人：“倘若是个官，何以并无家人伺候，却要在这里睡觉？”一面寻思，一面看表。他初进来的时候是十一点三刻，此时已经是三点一刻。

正在看表，忽然听见窗户外面一班差人、轿夫蹲在那里，嘴里不住的“嘘哩嘘哩”的响，好像吃面条子似的。区奉仁听得清切，便想：“此时也不早了，肚里也有些饿了，我何不叫他们也买一碗吃了，一来可以充饥，二来可以抵当寒气。”主意打定，便想推出门

去叫人。谁知外面风大得很，尖风削面，犹如刀子割的一般。尚未开口，管家们早已瞧见，赶了进来，动问："老爷有何使唤？"区奉仁连忙缩了回来，仍旧坐下，喘息稍定，便把买面吃的话说了。管家道："三更半夜，那里有卖面的。他们一般人是冻的在那里'嘘哩嘘哩'的喘气，并不是吃面，老爷想是听错了。老爷要吃面，等小的出去，到辕门外面去买了来。"区奉仁点点头。管家自去买面。停了好半天，只买得一碗稀粥，说是天将四鼓，面是没有的了。区奉仁只得罢休。

吃过了粥，登时身上有了热气，就问："上头为甚么还不请见？"管家回道："听说同首府说话哩。首府从掌灯就进来，一直跑进签押房！大人留着吃晚饭，谈字，谈画，一直谈到如今还没有谈完。江汉关道从白天两点钟到这里，都没有见着哩。这位大人只有同首府说得来，有些司、道都不如他。"区奉仁道："首府本来同制台是把兄弟。"管家道："听说现在又拜了门，拜制台做教师，不认把兄弟了。通武昌省城，只有他可以进得内签押房，别人只好在外头老等。"区奉仁道："照这样子，可晓得他几时才见？"管家道："小的进来就问过号房，马上就见亦说不定，十天半个月亦说不定，就此忘记了不见也说不定。"区奉仁道："我是有缺的人，见他一面，把话说过了，我就要回去的。被他如此耽误下来也好了！"管家道："这话难说。不是为此，怎么这官厅子上一个个都怨声载道呢？"

主仆二人正讲得高兴，忽见炕上围着一口钟睡觉的那个人一骨碌爬起，一手揉眼睛，一手拿一口钟推在一边，又拿两手拱了一拱，说道："老同寅，放肆了！你阁下才来了一霎工夫已经等的不耐烦，兄弟到这里不差有一个月了！"区奉仁一听这话，大为错愕，忙站起来，请教"贵姓、台甫"。那人便亦起身相迎，回称："姓瞿，号耐庵。"区奉仁一听这"瞿耐庵"三字很熟，想了一回，想不起来。

原来这瞿耐庵自从到了兴国州，前任因为同他不对，前任账房又因需索不遂，就把历任移交的账簿子一齐改了给他。譬如素来孝敬上司一百两银子的，他簿子上却是改做一百元；应该一百元的，都改做五十元。无论瞿耐庵的太太如何精明，如何在行，见了这个簿子，总信以为真，决不疑心是假造的。谁知这可上了当了：送一处碰一处，送两处碰两处，连他自己还不明白所以然，已经得罪的人不少了。你道前任账房的心思可恶不可恶！

起初湍制台的湖北，丫姑爷戴世昌腰把子挺得起，说得动话，瞿耐庵靠着他的虚火，有些上司晓得他的来历，大众看制台分上，都不来同他计较，所以孝敬上司的数目就是少些，还不觉得。不料湍制台一朝调离，丫姑爷尚且失势，他这个假外孙婿更说不着了。贾制台初署督篆，就有人说他坏话。起先贾制台还看前任的面子，不肯拿他即时撤任。后来说他坏话的人多了，又把他在任上听断如何糊涂，太太如何要钱，一齐掀了出来。齐巧本府上省，贾制台问到首府，首府又替他下了一副药、因此才拿他撤任。

撤任回省，接连上了三天辕门，制台都没有见他。后来因为要甄别一票人，忽然想着了他，平空里忽然传见。瞿耐庵闻命之后，忙得甚么似的，也没有坐轿子，就赶到制台衙门里来。来传的人是十二点一刻到他公馆，瞿耐庵没有吃午饭，不到十二点三刻就赶到辕门，走进官厅，一直坐了老等。谁知左等也不见请，右等也不见请，想要回去，又不敢回去。肚里饿得难过，只好买些点心充饥。看看天黑下来，找到一个素来认得的巡捕，托他请示。巡捕道："他老人家的脾气，你还不知道么？谁敢上去替你回！他一天不见你，就得等一天；他十天不见你，就得等十天；他一个月不见你，就得等一个月。他甚么时候要见，你无论三更半夜，天明鸡叫，你都得在这儿伺候着。倘若走了，不在这里，他发起脾气来，那可不是玩的！"原来这巡捕当初也因少拿了瞿耐庵的钱，心上亦很不舒服他，乐得拿话吓他，叫他心上难过难过。瞿耐庵本来是个没有志气的，又加太太威风一倒，没了仗腰的人，听了巡捕的话，早吓得魂不附体，只得诺诺连声，退回官厅子上静等。那知等

到半夜，里边还没有传见。这一夜，竟是坐了一夜，一直未曾合眼。

等到第二天天明，就在官厅子上洗脸，吃点心。停了一刻，上衙门的人都来了，管厅子上人都挤满。等到制台传见了几个，其余统通散去，又只剩得他一个。仍旧不敢回家，只得又叫管家到公馆里搬了茶饭来吃。这日又等了一天，还没请见。又去请教巡捕。巡捕生气，说道："你这人好麻烦！同你说过，大人的脾气是不好打发的！既然来了，走不得！怎么还是问不完？"瞿耐庵吓得不敢出气，仍回到官厅上。这夜不比昨夜了，因为昨夜一夜未曾合眼，身子疲倦得很，偶然往炕上躺躺，谁知一躺就躺着了。这一觉好睡，一直睡到第二天出太阳才醒。接着又有人来上院，他碰见熟人也就招呼，好像是特地穿了衣帽专门在官厅上陪客似的。一霎时各官散去，他仍旧从公馆里搬了茶饭来吃。只因其时天气尚不十分寒冷，所以穿了一件袍套还熬得住。

如是者又过了几天，一直不回公馆。太太生了疑心，说："老爷不要又是到汉口被甚么女人迷住了，所以不回来？"偷偷的自己过江探问。无意之中，又打听到前次率领家人去打的那个人家，的确是老爷讨的小老婆，那女人名唤爱珠，本是汉口窑子里的人。当时不知道怎样被夏口厅马老爷一个鬼串，竟被他迷住了。后来瞿耐庵到任，很寄过几百银子给这女人。不过瞿耐庵惧内得很，一直不敢接他上任。那爱珠又是堂子里出身，杨花水性。幸亏马老爷顾朋友，说道："倘若照此胡闹下去，终究不是个了局。"就写了一封信给瞿耐庵，说爱珠如何不好，"恐怕将来为盛名之累，已经替你打发了"。瞿耐庵得信之后，无可奈何，只索丢开这个念头。如今这事全盘被太太访闻，始而不禁大怒，既而晓得人已打发，方才把气平下。汉口找不到老爷，于是过江回省。怕家人说的话靠不住，又叫自己贴身老妈摸到制台衙门州、县官厅上瞧了一瞧，果然老爷一个人坐在那里，方始放心。天天派了人送饭送衣服给老爷。过了几天，又因天气冷了，夜里实实熬不住，被头褥子无处安放，只送了一件一口钟，又一条洋毯，以为夜间御寒之用。

闲话少叙。且说当时区奉仁拿他端详了一回，方才想起从前有人提过他是前任制台的寄外孙婿。闻名不如见面，怎么今天也会弄到这个样子，便大略地问了一问。瞿耐庵是老实人，就一五一十地把从前如何得缺，后来如何撤任，回省上辕门，制台如何不见，如今平空的传见，及至来了，一等等了一个月不见传见，以及巡捕又不准他走的话，详述一遍。区奉仁听了，一面替他叹息，一面又自己担心，不觉皱紧眉头，说道："吾兄在省候补，是个赋闲的人，有这闲工夫等他，兄弟是实缺人员，地方上有公事，怎么够耽搁得许久呢？"瞿耐庵道："你要不来便罢，既然来了，少不得就要等他。我正苦没有人作伴，如今好了，有了你老哥，我们空着无事谈谈，兄弟倒着实可以领教了。"区奉仁道："不要取笑！他不见终究不是个事。兄弟这趟上省只带了中毛衣服来，大毛的都没带，原想就好回任的。如今被你老哥这一说，兄弟还要派人回蕲州去拿衣服哩。"

瞿耐庵道："今儿这个样子大约是不会传见的了。你把补褂脱去，也到这炕上来睡一回儿；就是不睡着，我们躺着谈心。夜深了，天气冷，两个人睡在这炕上总比外面好些。我这里还有一条洋毯，你拿去盖盖脚；我这里有一口钟，也可以无须这个了。"起先区奉仁还同他客气，不肯上炕来睡。后来听听里面杳无消息，夜静天寒，窗户又是破碎的，一阵阵的凉风吹了进来，实在有些熬不住了，瞿耐庵又催了三回，方才上炕睡的。两个人就拿了两个炕枕作枕头。

睡下之后，瞿耐庵又同他说："不瞒老哥说：这三间屋里，上面有几根椽子，每根椽子里有几块砖头，地下有几块方砖，其中有几块整的，几块破的，兄弟肚子里有一本账，早把他记得清清楚楚了。"区奉仁听他说得奇怪，忙问所以。瞿耐庵方同他说："兄弟要见不得见，天天在这里替他们看守老营。别人走了，单剩兄弟一个，空着没有事做，又没有

人谈天，我只好在这里数砖头了。”区奉仁闻言，甚为叹息。瞿耐庵又说：“我们睡一会罢。停刻天亮，又有人来上衙门，一耽误又是半天哩。”却好区奉仁也有点倦意，便亦朦胧睡去。次日起来，才穿好衣服，赶早上衙门的人已经来了。他俩是日又等了一天，仍未传见。这夜又在官厅上盖着洋毯睡了一夜。

到了第三天，区奉仁熬不住了。幸亏他是现任，平时制台衙门里照例规矩并没有错，人缘亦还好，便找着制台的一个门口，化上一千两银子，托他疏通。那人拍胸脯说，各事都在他的身上。齐巧这天有人禀见，巡捕替他把手本一块儿递了上去，贾制台叫“请”。进去的时候，惟恐大人见怪，两手捏着一把汗。及至见了面，制台挨排问话，问到他，只说得两三句：第一句是“你几时来的？”区奉仁恭恭敬敬回了声“卑职前天就来了”。上头又说：“长江一带剪绺贼多得很啊，轮船到的时候，总得多派几个人弹压弹压才好。”区奉仁答应了两声“是”。制台马上端茶送客，区奉仁方才把心放下。等到站了起来，又重新请一个安，说：“大人如无甚么吩咐，卑职禀辞，今天晚上就打算回去。”贾制台点点头道：“你赶紧回去罢。”说罢，把一干人送到宅门，一呵腰，制台进去。

然后区奉仁又去上藩、臬两司衙门。从司、道衙门里下来，回到寓处，收拾行李。刚要起身，忽见执帖门上拿着手本上来回称：“新选蕲州吏目随太爷特来禀见。”区奉仁一看，手本上写“蓝翎五品顶戴、新选蕲州吏目随凤占”一行小字，便道：“我马上就要出城赶过江的，那里还有工夫会他。”执帖门道：“自从老爷一到这里，才去上制台衙门，不晓得他怎样打听着的，当天就奔了来。老爷一直没回家，他就一连跑了好几趟。他说老爷是他亲临上司，应得天天到这里来伺候的。”区奉仁听他说话还恭顺，便说了声“请”。执帖门上出去。

一霎时只见随凤占随太爷戴着五品翎顶，外面一样是补褂朝珠，因为第一次见面，照例穿着蟒袍。未曾进门，先把马蹄袖放了下来；一进门，只见他把两只手往后一瘪，恭恭敬敬走到当中跪下，碰了三个头，起来请了一个安。跟手从袖筒管里拿履历掏了出来，双手奉上，又请了一个安。此番区奉仁见下属不比见制台了，大模大样的，回礼起来，收了履历。随凤占替他请安，他只拿只右手往前一竖，把腰呵了呵，就算已经还礼了。当下分宾坐下。区奉仁大约把履历翻了一翻，因为认得的字有限，也就不往下看了。翻完了履历，便问：“老兄贵处是山东？”随凤占道：“卑职是安徽庐州府人。”区奉仁诧异道：“怎么履历上说是山东呢？”再翻出来一看，才知道他是山东振捐局捐的官，原来错看到隔壁第二行去了。自觉没趣，只得搭讪着问了几句：“你是几时来的？几时去上任？”随凤占一一回答了。立刻端茶送客。也同制台送下属一样，送了一半路，一呵腰进去了，随凤占又赶到城外，照例禀送，区奉仁自去回任不题。

单说随凤占禀到了十几天，未见藩台挂牌饬赴新任，他心上发急。因为同武昌府有些渊源，便天天到府里禀见。头一次首府还单请他进去，谈了两句，答应他吹嘘，以后就随着大众站班见了。有天首府见了藩台，顺便替他求了一求，藩台答应。首府回来，看见站班的那些佐杂当中，随凤占也在其内，进了宅门，就叫号房请随太爷进来。号房传话出去，随凤占马上满面春风，赛如脸上装金的一样，一手整帽子，一手提衣服，跟了号房进去。见面之后，首府无非拿藩台应允的话述了一遍。随凤占请安，谢过栽培，首府见无甚说得，也只好照例送客。

等到随凤占出来之后，他那些同班的人接着，一齐赶上前来拿他围住了，问他：“太尊传见甚么事情？”随凤占得意洋洋的还不肯说真话，只说：‘有两个差使，太尊叫我去，我不高兴去。太尊叫我保举几个人，我一时肚皮里没有人，答应明天给他回音。”大众一听首府有甚么差使，于是一齐攒聚过来，足足有二三十个，竟把随凤占围在垓心。好

在一班都是佐杂太爷，人到穷了志气就没有了，甚么怪像都做得出。其时正在隆冬天气，有的穿件单外褂，有的竟其还是纱的，一个个都钉着黄线织的补子，有些黄线都已宕了下来，脚下的靴子多是尖头上长了一对眼睛，有两个穿着“抓地虎”，还算是好的咧。至于头上戴的帽子，呢的也有，绒的也有，都是破旧不堪，间或有一两顶皮的，也是光板子，没有毛的了。大堂底下，敞豁豁的一堆人站在那里，都一个个冻的红眼睛，红鼻子，还有些一把胡子的人，眼泪鼻涕从胡子上直挂下来，拿着灰色布的手巾在那里揩抹。如今听说首府叫随凤占保举人，便认定了随凤占一定有甚么大来头了，一齐围住了他，请问“贵姓、台甫”。

当中有一个稍些漂亮些的，亲自走到大堂暖阁后面一看，瞥见有个万民伞的伞架子在那里，他就搬了出来，靠墙摆好，请他坐下谈天。随凤占看看没有板凳，难拂他的美意，只得同他坐下，也请教他的名姓。那人自称姓申，号守尧，是个府经班子，二十四岁上就出来候补，今年六十八岁子。先捐了个典史，在河南等过几年，分在卫辉府当差。有年派了个保甲差使，晚上带了巡勇出门查夜。有一个吃酒醉的人，拦住当路骂人，被他碰见了。彼时少年气盛，拉下来就五十板。等到打完了，那人才说：“我是监生。”——捐了监的人，不革功名是打不得屁股的。当时无法，只得拿他开释。谁知第二天，通城的监生老爷都来不答应他，说他擅责有功名的人，声称要到府里去告他。他就此一吓，卷卷行李逃走了。后来还是那个挨打的人恐怕闹出来于自己面子不好看，私自出来求人家，劝大众不要闹了，这才罢休。后来本府也晓得了，明知他是畏罪而逃，乐得把差使委派别人。地方上少掉一个试用典史是不打紧的，倒也没有人追究。他闹了这个乱子，河南不能再去。齐巧他兄弟一辈子当中，当初有个捐巡检的，后来这人死了，他就顶了这巡检名字，化几个钱，捐免验看，一直到湖北候补，正碰着官运亨通，那年修理堤工案内，得了一个异常劳绩，保举免补本班，以府经补用。年代隔得远了，他自己也常常拿从前的事情告诉别人，自鸣得意。还说甚么：“你们不要瞧我不起，虽然是官卑职小，监生老爷都被我打过的！”人家听惯了，都当他有些痰气，没有人去理会他。此时同随凤占拉拢上了，便嘻开了一张胡子嘴，同随凤占一并排坐在伞架子上，扳谈起来。随凤占难却他这番美意，只得同他坐在一块儿谈天。

究竟佐杂太爷们眼眶子浅，见申守尧同随凤占如此亲热，以为他二人一定又有甚么渊源，看来太尊所说的甚么差使，论不定就要被申某夺去了。于是有些不看风色的人，偏偏跟了他二人到暖阁后面，听他二人讲话。又有些醋心重的人，一旁咕噜说道：“人家好，有门路，巴结得上红差使。不要说起是一桩事情轮不到我们头上，就是有十桩、八桩也早被手长的人抢了去了。我们何必在这里碍人家的眼，还是走开，省得结一重怨。”又有些人说道：“我偏不服气！我定要在这里听他们说些甚么。有甚么瞒人事情，要这样鬼鬼祟祟的！”

一干人正在言三语四，刺刺不休，忽见斜刺里走过一个少年，穿着一身半新的袍套，向一个老头子深深一辑，道：“梅翁老伯，常远不见了！小侄昨天回来就到公馆里请安，还是老伯母亲自出来开门的，一定要小侄里头坐。小侄一问老伯不在家，看见老伯母还只穿了一件单褂子，头也没梳，正有那里烧水煮饭，所以小侄也就出来了。今日凑巧老伯在这里，正想同老伯谈谈。”又听那老头子道：“失迎得很！兄弟家里也没得个客坐，偶然有个客气些的人来了，兄弟都是叫内人到门外街上顿一刻儿，好让客人到房里来，在床上坐坐，连吃烟，连睡觉，连会客，都是这一张床。老兄来了，兄弟不在家，亵渎得很！”又听那少年道：“老伯，小侄是自家人，说那里话来！”又听老头子道：“老兄这趟差使，想还得意？”少年道：“小侄记着老伯的教训，该同人家争的地方，一点没有放松。所以这趟差使虽苦，除用之外，也剩到八块洋钱。”老头子道：“你已经吃了亏了！到底你们年纪轻，是没有甚么用头的。”少年听了不服气，说道：“银钱大事，再比小侄年纪轻的人，他也会丁是丁，卯是卯的；况且我们出来为的是那一项，岂有不同人家要，白睁着眼吃人家亏的道理！”老头子道：“你且不要不服气。你走了几个地方？”少年道：“我的札子一共是五处地方，走了半个多月才走完的。”老头子说：“你又来！五个地方只剩得八块洋钱，好算多？不信一处地方连着两三块钱都不要送。如今合算起来，每处只送得一块六角钱。我们是老迈无能了，终年是轮不到一个红点子。像你们年轻的人，差使到了手了又如此的辜负那差使，这才真正可惜哩。”少年道：“依你老伯怎么样？”老头子道：“叫我至少一处三只大洋，三五一十五块钱总得剩的。”少年道：“人家送出来何尝不是三块、四块，但是，自家也要用几文。人家送了这笔洋钱来，力钱总得开销人两个。”老头子把嘴一披，道：“你阔！你太爷要赏他们！他们跟惯州县大老爷的人，那个腰里不是装饱的，就稀罕你这几角洋钱！叫我是老老脸皮，来的人请他坐下，倒碗茶让他吃，同他们谦恭些，是不犯本钱的。至于力钱，抹抹脸，我亦不同他们客气了。人家见我如此待他，就是我拿出来，他亦不好意思收了。所以这笔钱我就乐得省下，自己亦好多用两天，至于你说甚么零用，这却是没有底的，倘若要阔，一天有多少都用得完，但是贪图舒服，也很可不必再出来当这个差使了。”

老头子只管絮絮叨叨不住，少年听了甚不耐烦。齐巧随凤占同申守尧在暖阁后面谈了一回也走了出来。申守尧是认得那两个人的，便问少年道：“你同梅翁谈些甚么？”少年正待开口，却被老头子抢着说了一遍，无非是怪少年不知甘苦，不会弄钱的一派话。少年听了不服气，又同他争论。申守尧便从中解劝道：“这话怪不得梅翁要说。你老兄派的几处地方总还在上中字号里头。他们现任大老爷。一年两三万的往腰里拿，我们面上，他就是多应酬几文，也不过水牛身上拔一根毛。所以兄弟也是出差每到一处，等他们把照例的送了出来，我一定要客气，同他们推上两推。并不说嫌少不收，我只说：‘彼此至好，这个断断乎不敢当的。不过在省城里候补了多少年，光景实在不好，现在情愿写借票，商借几文。’如此说法，他们总得加你几文。有些客气的，借的数目比送的数目还多。”少年道：“开口问人家借，借多少呢？”申守尧道：“这也没有一定。总而言之，开出口去伸出手去，不会落空就是了。”少年道：“到底这借票还写不写呢？”申守尧道：“你这人又呆了，钱既到手，抹抹脸皮，还有甚么笔据给人家？倘若一处处都写起来，要是一年出上三趟差，至少也写得二十来张借票，这笔账今辈子还得清吗？不过是一句好看话罢了。况且几块钱的小事，就是写票据，人家也不肯接手的，倒不如大大方方说声‘多谢’，彼此了事。”

三个人正说得高兴，不提防随凤占站在旁边一齐听得明明白白，便插口说道：“守翁的话呢，固然不错。然而也要鉴貌辨色，随风驶船。这当中并没有甚么一定的。”众人见他一旁插口，不知道他是甚么人，不觉都愣在那里。申守尧便替他拉扯，朝着一老一少说：“这位是新选蕲州右堂，姓随，官印叫凤占。宦途得意得很，不日就要到任的。而且是老成练达，真要算我们佐杂班中出色人员了！”一老一少听了，连忙作揖，极道仰慕之忱。申守尧又替二人通报姓名，指着年老的道：“这位姓秦，号梅士，同兄弟同班，都是府经。”又指年少的道：“这位学槐兄，今年秋天才验看。同太尊第二位少奶奶娘家沾一点亲，极蒙太遵照拂，到省不到半年，已经委过好几个差使了。”随凤占亦连称“久仰”。又道：“恰恰听见诸公高论，甚是佩服！”秦梅士道：“见笑得很！像你老兄，指日就要到任的，比起我们这些终年听鼓的到底两样。”随凤占道：“岂敢，岂敢！不过兄弟自从出来做官，一直是捐了花样，补的实缺，从没有在省城里候补过一天。不过这里头的经济，从前

常常听见先君提起，所以其中奥妙也还晓得一二。”众人忙问：“老伯大人从前一向那里得意？”随凤占道：“兄弟家里，自从先祖就在山东做官。先祖见背之后，先君也就验看到省，一直是在山左[3]的，等到兄弟，却是一直选了出来，侥幸没有受过这苦，虽然都是佐班，兄弟家里也总算得三代做官了。”众人道：“有你老哥这般大才，真要算得犁牛之子[4]，跨灶之儿[5]了。但是老伯从前是怎么一个诀窍，可否见示一二？”申守尧道：“你们不要吵，且听他说。老成人的见解一定是不同的。”

随凤占道：“先君从前在山东听鼓的时候，有年奉首府的札子，叫老人家到各属去查一件甚么事情。先君到了第二县，我还记得明明白白的，是长清县。这长清在山东省里也算一个上中缺，这位县大爷又同先君稍为有些渊源。到了长清，见面之后，他就留先君到衙门里去住。先君一想，住店总得花钱，有得省乐得省，就把铺盖往衙门里一搬。横竖衙门里空房子多得很。先君住的那间屋子就在账房的紧隔壁。当时住了下来，本官又打发门上来招呼，说：‘请太爷同账房一块儿吃饭。’衙门里大厨房的菜是不能进嘴的，账房师爷要好，又特地添了两样菜，先君吃着到也很舒服。谁知住了一夜，第二天本官就下乡相验去了，离城一百多里路，来回总得三四天。临走的时候还同先君说：‘老兄不妨在这里多盘桓几天，倘若要紧动身，一切我已交代过账房了。’先君以为他已经交代过账房，总不会错的。第三天，先君觉着住在那儿白扰人家没有味儿，就同账房商量，说要就走的话。账房答应了，先君先回到屋里收拾行李。停了一会，账房就叫人送过两吊京钱来，说是太爷的差费。先君此来本想他多送两个的，等到两吊钱一送出来，气的话都说不出！”申守尧道：“两吊钱还比两块钱多些，现在一块洋钱只换得八百有零。”随凤占道：“呀呀呼！我的太爷！北边用的小钱，五百钱算一吊，一个算两个，两中只有一千文，合起洋钱来还不到一元三角。”申守尧道：“那亦太少了。”随凤占道：“就是这句话了。所以当时先君见了，着实动气，就同送钱来的人说：‘我同你家大老爷的交情并不在钱上头，这个断断乎不好收的。’那人听了先君的话，先还不肯拿回去，后来见先君执定不收才拿了的。账房就在隔壁，是听得见的。那人过去，把先君的话述了一遍。只听得账房半天不说话，歇了一回，才说道：“两吊不肯，只好再加一吊。这钱又不是我的，我也不便拿东家的钱乱做好人。’先君一听隔壁的话，知道不妙。等到第二趟送来，这时候顶为难：倘若是不推，明明是同他争这一吊钱，面子上不好看，无奈，只得略为推了一推。那送来的人自然还不肯拿回去。先君也就自己转圜，说道：‘论理呢，这个钱我是不好收的。但是你们大老爷又不在家，我倘若一定不收，又叫你们师老爷为难，我只好留在这里。师老爷前，先替我道谢罢。’诸公，你们想，这时候倘若先君再不收他的，他们索性拿了回去，老实不再送来，你奈何他？你奈何他？所以这些地方全亏看得亮，好推便推，不好推只得留下。这就叫作见风驶船，鉴貌辨色。这些话是先君常常教导兄弟的。诸公以为何如？”大家听了，一齐点头称“妙”，说：“老伯大人的议论，真是我们佐班中的玉律金科！”

正说得高兴，忽见一个女老妈，身上穿的又破又烂，向申守尧说道：“老爷的事情完了没有？衣裳脱下来交代给我，我好替你拿回去。家里今天还没米下锅，太太叫我去当当，我要回去了。”申守尧不听则已，听了之时，怪这老妈不会说话，伸手一个巴掌，打的这老妈一个趔趄，站脚不稳，躺下了。

欲知后事如何，且听下回分解。

[注释]

①八座：汉、唐时称尚书等为八座。清代规定京官只能坐四人抬的轿子，但地方官督、抚有大典时可乘八人抬的轿，后代指督、抚为八座。

②一口钟：没有袖子的外衣，也叫斗篷。

③山左：山东旧时的别称，因在太行山之左（东）而得名。

④犁牛之子：出自《论语·雍也》，子谓仲弓曰“犁牛之子，骍且角……”。仲弓之父贱且恶，而仲弓是个人才，孔子的话是比喻父恶子贤。

⑤跨灶之儿：比喻儿子胜过父亲。马前蹄之上有两空处叫灶门。良马的后蹄印反在前蹄印之前，叫跨灶。

第四十四回

跌茶碗初次上台盘　拉辫子两番争节礼

却说申守尧因为跟他拿衣帽的老妈说出他的窘况，一时面上落不下去，只得嗔怪老妈不会说话，顺手一个巴掌打了过去，不料用力过猛，把老妈打倒了。偏偏这个老妈又是个泼辣货，趁势往地下一躺，说了声："老爷，你尽管打！你打死我，我也不起来了！"说完了这句，就在地下号啕痛哭起来。幸亏这时候，有些小老爷因为方才站班已经见着首府，他们说话的档口，早已散去十之八九，此时所剩不过五六个人，被他这一哭，却惊动了许多人，一齐围住来看。申守尧只得红着脸，弯了腰去拖他，拖不起来，只得尽着骂他。骂了又要还嘴，气极了，举来腿来又是两脚。那老妈见老爷动手动脚，索性赖着不起来，只是哭着喊冤枉。府衙门里的号房、把门的出来吆喝都不听，后来还亏了本府的门政大爷出来骂了两句，又说拿他送到首县里去，方才住了哭，站了起来，拿手在那里揉眼睛。此时弄得个申守尧说不出的感激，意思想走到门政大爷跟前敷衍两句，谁知等到走上前去，还未开口，那门政大爷早把他看了两眼，回转身就进去了。申守尧更觉羞赧无地自容，意思又想过来趁热吆喝老妈两句，谁知老妈早已跑掉，靴子、帽子、衣包都丢在地下，没有人拿。申守尧更急得没法。随凤占说："可惜兄弟还要到别处拜客，否则我叫我的跟班的替你拎了回去了。"申守尧道："不消费心。"

几个人当中，毕竟是老头子秦梅士古道热肠，便说："守兄的衣帽脱下来没有人拿，我们怎么走呢？"说完，喊了一声"小狗子"。只见一个面黄肌瘦的小厮应了一声，跑过来叫了一声"爸爸"，一旁侍立，却举起一只袖子来擦鼻涕。老头子道："这位是随老伯，这位是申老伯，见过了没有？"小狗子说："申老伯是认得的，只是随老伯没有见过。"老头就叫他请安。小狗子果然请了一个安，叫了声"老伯"。随凤占便晓得是老头子的儿子了，于是拉住了手，问长问短，又道："世兄品貌非凡，将来是要一定发达的。"老头子道："承赞，承赞。这是三小儿，今年已经十五岁了，不肯读书，外才倒还有点。每逢兄弟上衙门，省得带人，总是叫他跟着，或是拿拿衣帽，或是拜客投投帖。这些事情还做得来。"老头子一面说，一面回头吩咐儿子道："你在这里站着听甚么！还不拿鞋来给我换！"小狗子听说，立刻从怀里掏出一个小布包，把鞋取出，等他爸爸换好。老头子亦一面把衣裳脱下折好，同靴子包在一处，又把申守尧的包裹、靴子、帽盒，亦交代儿子拿着。申守尧先还不肯，老头子一定要好，只得随他。无奈小狗子两只手拿不了许多。幸亏他人还伶俐，便在大堂底下找了一根棍子，两头挑着，又把他爸爸的大帽子合在自己头上，然后挑了衣包，"吁呀吁呀"的一路喊了出去。众人至此方晓得老头子拿儿子是当跟班用的。

闲话少叙。单说秦梅士打发儿子把申守尧的衣帽送到他的寓处，只见那老妈正坐在堂屋里哭骂哩，气得申守尧要立刻赶他出去。老妈坐着不肯走，口称："要我走容易，把工钱算还了给我，我立刻走。还有老爷许我的，天天跟着上衙门拿衣帽，另外加钱给我的。"申守尧道："那时说明白，有了差使再贴补你，如今我老爷并没有得甚么差使，你怎好问我要呢？"老妈道："这个不贴，送礼的脚钱总应该给我的了。"申守尧道："送礼也有限得

儿注。"老妈道:"不管他多少，总是我名分上应得的钱。老爷，你是做官做府的人，难道还吃我们这几个脚钱不成?我记得清清楚楚，自从去年五月到如今，大大小小，也有三块多钱的脚钱。从前你老爷说过，这笔钱要提给太太六成，余下的替我们收着一块儿分。如今多算点，太太名下算扣掉两块大洋，还有一块多钱的多余。连着十三个半月的工钱，一个月八角洋钱，八得八,三八两块四，再加半个月四角洋钱，一共是十元八角。加上脚钱，老爷，我就再让些，你一共给我十二块洋钱罢。"

申守尧一听老妈要许多钱，急得头里火星直迸，恨不得伸手就要打他，嘴里嚷着骂:"混账王八蛋!岂有此理!我老爷那里欠你这许多工钱?我有数的，也不过还该你三个月没有付，如今倒赖我说是有十三个半月没付，真正岂有此理!就是送礼的脚钱，我也是笔笔有账，通共不到一块钱。除掉太太的六成，所余不过三四角洋钱，那里有这许多?明明讹人罢哩!本来这钱我是要立刻给你的，因为你会讹人，如今把脚钱罚掉，我不给了。"老妈道:"还有工钱呢?"申守尧道:"依我算三个月工钱就拿了去。彼此一刀两断，永远不准进我的大门!"老妈道:"好便宜!你倒会打如意算盘!十三个半月工钱，只付三个月!你同我了事，我却不同你干休!还有送礼的脚钱，也不能少我半个的!老爷，你试试!你如果少我一个钱，我同你到江夏县打官司去!赖了人家的工钱，还要吃人家的脚钱，这样下作，还充甚么老爷!"申守尧不听则已，听了他这番议论，立刻奔上前来，一手把老妈的领口拉住，要同他拼命。老妈索性发起泼来，跳骂不止，口口声声:"老爷赖工钱!吃脚钱!"

他主仆拌嘴的时候，太太正在楼上捉虱子，所以没有下来，后来听得不像样子，只得蓬着头下来解劝。其时小狗子还未走，亦帮着在旁边拉申守尧的袖子。小狗子一手拉，一面说道:"申老伯，你不要去理那混账东西。等他走了以后，老伯要送礼，等我来替你送，就是上衙门，也是我来替你拿衣帽，这些事情我都会做。不稀罕他，取他的宝!"申守尧道:"世兄，你是我们秦大哥的少爷，我怎么好常常的烦你送礼拿衣帽呢?"小狗子道:"这些事我都做惯的，况且送礼是你申老伯挑我赚钱，以后十个钱我亦只要四个钱罢了。"申守尧听了他的话，又是好笑，又是好气，心想:"我们当佐班的竟不晓得是些甚么东西，养出来的儿子都如此的下作!"

正想着，齐巧太太亦下来了，见是老爷同老妈怄气，太太心上是明白的，晓得老爷这两天是没有钱，不要说是十二块，就是三块亦拿不出;面子上只得劝老爷不要生气，却丢了个眼色把老妈招呼到后面窝盘[1]他，叫他不要生气，仍旧做下去:"老爷一时气头上说的话是不好作准的。"起先老妈还一口咬定不答应，禁不住太太左说好话，右说好话，面情难却，也只好住下来再说。

当时，秦小狗子把申守尧拉开之后，即便把衣帽等等一一点交清楚。申守尧留他吃茶也不要，留他吃饭也不要，嘴里虽说不要，两只脚只是站着不肯走。申守尧摸不着头脑，问他:"有甚么话说?"他说:"问申老伯要八个铜钱买糖山查吃。"可怜申守尧的搭连袋那里有甚么铜钱!但是小狗子开了口，又不好回他没有，只得仍旧进去同太太商量。太太道:"我前天当的当，只剩了二十三个大钱，在褥子底下，买半升米还不够。今日又没有米下锅，横竖总要再当的了。你就数八个给他，余下的替我收好，我还要用两天呢!"一霎时申守尧把钱拿了出来。小狗子爬在地下给申老伯磕了一个头，方才接过铜钱，一头走，一头数了出去。

小狗子去了，申守尧听了听后面没有声息，晓得太太已经把老妈窝盘好了，不至于问他要钱，于是一块石头放下。这天仍是太太叫老妈出去当了当买了米来，才有饭吃。等到做好，太太一头吃饭，一头数说道:"当初我嫁你的时候，并不想甚么大富大贵，只图有

碗饱饭吃也够了。后来你出来做官，我们老人家还说：‘如今好了，某人出去做了官，你可以不愁的了。’人家做官是升官发财，谁晓得我们做官是越做越穷，眼前当都没得当了！照此一天一天的下去，叫我怎么样呢！”申守尧听了太太的话，满面羞惭，说道：“我自从出来做官，也总算巴结的了，衙门牌期没有一回不到。时运不济，叫我也没法想！”说罢，连连叹气。太太更是扑簌簌的泪如雨下，索性饭亦不吃了。申守尧看了这个样子，亦只吃了半碗饭，凑巧有朋友来找他，也就出去了。

向来申守尧吃了中饭出门，一定是要半夜里才回来，这天出去了不到两个钟头就回来了。一进门，拍手跳脚，竟把他兴头的了不得！太太见了反觉稀奇，问他：“为甚么大早的回来？”他说：“好了！好了！我们做佐班的向来是被人家压住了头做的，没有人拿我们当作人的。如今好了，有了出头之日了！”太太问他：“怎么有了出头之日？”申守尧道：“我刚才同朋友出门，走到素来我同他商量借钱的胡太爷家。齐巧胡太爷出差回来，禀见藩台。藩台同他说：‘刚刚从院上下来，制台今天已有过话：自从明天起，凡是佐杂一班，一概有个坐位，不像从前只是站着见了。’制台还说：‘大小都是皇上家的官，我瞧他不起，便是亵渎朝廷的命官。坐了下来，他们有甚么话，都可以同我谈谈。’太太，你想这位制台也总算好的了。想我候补了十几年，真正气也受够了。到底如此，彼此坐下谈两句，他也好晓得晓得我。你不记得今年八月里，算命的还说我今年流年腊月大利？看来就此得法，也未可知。而且还有一样，藩台见制台也不过有个坐位，如今我们佐班竟同藩台一样，你想这一跳跳的多高！”

太太听了，寻思了半天，说道：“慢着！你从前不是对我说，你们做官的并不分甚么大小，同制台就同哥儿兄弟一样。怎么你今儿又说从前都是站着见他呢？站着见他，不就合他的二爷一样吗？”申守尧脸上一红，一时回答不出，歇了好一会，才说道：“如今好了，是用不着站着见他了。”一面支吾，一面心上寻思：“难怪他们妇道之家，不懂得我们当佐杂的，连制台衙门里的一条狗还不如，能够比上他的二爷倒好了！”正想着，又听得太太说道：“你不要骗我了。你站着见也好，坐着见也好，就是跪着见也好，我只要有钱用，有饭吃，不要当当就好了。”申守尧道：“你不要愁，如今兴了这个规矩，以后就有了指望了，你等着罢。”太太也不理他。

本来次日申守尧是不上衙门的，因为制台有了这句话，又说检班次老的，一天先传见二三十员。自己算了算：“论起资格来，虽然还算不得十二分老，论不定制台高兴，或者多见几个，也未可知。与其临传不到，还是早去伺候的为是。”主意打定，次日一早，仍旧是老妈拿了衣帽跟着到了制台衙门。头天制台的话早已传遍的了，所以到了这天，那些佐贰老爷都兴头的了不得，上衙门的格外来得多。申守尧到了制台大堂底下，换好衣帽，会见秦梅士、随凤占一干人。随凤占说是昨晚已蒙藩宪挂牌，今天禀见，带着禀辞。又说蕲州吏目[2]一缺，打听得近两年来，全被前任弄坏了，见了制军，有些话要得当面请示。秦梅士亦预备下多少话，见了制军要面禀。

一干人正在那里簇簇私议，只见藩台、臬台、粮道、盐道，以及各著名局所总办、道班、府班、首府、首县，同、通、州、县班实缺、候补，一起一起的进去出来。从藩、臬起，首府止，出来上轿的时候，一班佐杂老爷都赶着走出来站班。那些大人们，有两位客气的，还同他们点点头；有几个架子大的，便亦昂头不顾的走出去了。

各官自清早七点钟上院，一等等到十二点，制台方才统通见完。然后巡捕拿手本下来，说是传见三十位佐班。某人某人，叫着名字，叫了上去，依着齿序，鱼贯而入，不得搀前落后。各位太爷虽然高兴，毕竟是第一次上台盘。由不得战战兢兢，上下三十六个牙打对。还有几个名字在后的，恐怕不能露脸，便越过几个人跳上前去，前头的人又

不答应，便上前去拉他们，后头的不服，又同前头的吵闹起来。巡捕官等得不耐烦，连连催道："快些罢！有话下来说！我瞧你这些太爷，怎么好啊！"那些太爷被巡捕吆喝了两句。不敢则声，一齐放放马蹄袖，跟了进来。走到会客厅上，制台已经站在居中，传谕不要磕头。大众团团请了一个安。制台摊了一摊手，说了一声"坐"，便团团的坐了下来。有些人两只眼睛只管望着大帅，没有照顾后面，也有坐在茶几上的，也有一张椅子上已经有人坐了，这人又坐了下去，以致坐无可坐，又赶到对面，在厅上兜了一个大圈子的。乱了半天，方才坐定。

大家必恭必敬，声息俱无，静听大帅吩咐，只听得贾制台说道："现在各处官场体制，佐杂见首府多半都是站班见的，不要说是督、抚了。我如今破除成例，望你们大家都知道自爱才好。这两天事情忙，过几天我还要挨班传见，当面考考你们。听清爽了没有？"起先众人听制台说要考试，早已彼此面面相觑，一声回答不出。等到临了问"大家听见了没有"，方才有两个答应了一声。制台见话已说完，无可再说，只得端起茶碗送客。随凤占进来的时候，原预备有许多说话面禀的，及至见了制台，不知不觉，就像被制台把他的气逼住了，半个字也说不出。众人答应"是"，也只得答应"是"，众人端茶碗，也只得端茶碗。刚把茶碗端起，忽听得"拍挞"一声，不知是谁的茶碗跌碎了。定睛看时，原来是右手末二位那位太爷，不知怎样会把茶碗跌在地下，砸得粉碎，把茶泼了一地，连制台的开气袍子上都溅潮了。制台一面站起抖擞衣裳上的水，一面嘴里说道："这是怎么说！这是怎么说！"急的那位太爷蹲在地下，拿两只马蹄袖掳那打碎瓷片子，弄得袖子尽湿，嘴里自言自语地说："卑职该死！卑职该死！打碎茶碗，卑职来赔！"制台也不理他。那人掳了一会，无法可想，也只得站了起来。众人至此方看明白，打碎茶碗的不是别人，正是申守尧。原来他此番得蒙制台赏坐，竟自以为莫大之荣宠，一时乐得手舞足蹈，心花都开。一见端茶送客，正想赶着出来，以便夸示同僚。岂知那茶碗托子是没有底的，凑巧他那碗茶又是才泡的开水滚汤，连锡托子都烫热了，他见制台端茶，忙将两手把碗连托子举起，不觉烫了一下，一时要放不敢放，一个不当心，误将指头伸在托子底下，往上一顶，那茶碗"拍拉托"一声，翻到在地下来了。此时众人既看清是申守尧，直把他羞得满面绯红，无地自容。制台拿他望了两眼，想要说他两句，又实在无可说得，只站起身来，回头对巡捕说道："以后还得照旧罢。这些人是上不得台盘，抬举不来的。"说完了这句，也不送客，一直径往里头去了。

这里众人先还不敢走，只见制台的一个跟班进来说道："诸位太爷不走等甚么？还想大人再出来送你们吗？倒合了一句俗话：'鼻子上挂鲞鱼，叫做休想！"众人听说，只得相将出来。申守尧思思索索的跟在众人后头，走的很慢。那爷们又说道："刚才大人的话可听见了没有？这厅上的椅子，除了今天，明天又没得坐了。如果舍不得，不妨再进来多坐一会去。"众人虽明晓得他是奚落的话，但奈何他不得，只好低着头退了出去，仍走到大堂底下。秦梅士年老嘴快，首先走来把申守尧埋怨一顿，说："我们熬了几十年，才熬到这们一个际遇，如今又被你闹回去了。你一人的成败有限，这是关系我们佐班大局的，怎么能够不来怪你呢！"申守尧自知理屈，不敢置辨。还是随凤占为人圆通，忙过来解劝道："惟其只有今天坐得一次，越显得难得之机会。将来我们这辈人千秋之后，这件事行述[3]上都刻得的。老前辈以为何如？"众人议论了一回，各自散去。随凤占随又分赴别位大宪衙门，叩谢禀辞，预备上任。且说他这个吏目，在湖北省佐贰实缺当中，虽然算不得好缺，比较起来，还算中中。随凤占自己又抱定了一个宗旨，叫作"事在人为"。他的意思，以为各种样缺总要想法自己去做，决没有赔累的。他捐了花样，新选到省，手中本来略有几文。因为吏目自从九品，上任之后，轿子跟前只能打把蓝伞，乡下人不懂得，还说

这轿子里的老爷是穿“服”[4]的。心想蓝伞实在不好看，要捐个五品衔又够不上。齐巧有人用他十二块钱，抵押给他一张空白五品翎顶奖札。他得了这个，非凡之喜，立刻穿戴起来，手本上居然加了“蓝翎五品顶戴”六个小字。又想在省里做好四副衔牌带去：一副是“蕲州右堂”，一副是“五品顶戴”，一副是“赏戴蓝翎”。那一副凑不出，想了半天，忽然想起“我的五品翎顶是军功上来的”，便凑了一副“军功加三级”。把四副官衔牌凑齐，找了个漆匠加工制造，五天包好，带去上任。

到了蕲州，照例先去禀见堂翁区奉仁。知州大老爷没有官厅，右堂太爷至此，只得先下门房，见了门政大爷，送过门包，自然以好颜相向，彼此如兄若弟的鬼混了半天。门政大爷随口编了几句恭维的话，随凤占亦说了些“诸事拜求关照”的话。等到里头堂翁请见，跟着手本进去，一般花衣补服，灿烂夺目。同堂翁区奉仁虽然在省城里已经见过，不能算数，重新磕头行礼。区奉仁让他坐下，彼此敷衍了几句，端茶送客。随凤占辞了出来，预先托过执帖门上[5]，凡是堂翁衙里官亲、老夫子，打账房起，钱谷、刑名、书启、征收、教读、大少爷、二少爷、姑爷、表少爷，由执帖门上领着，一处处都去拜过。每处一张小字官衔名片。也有见着的，也有挡驾的。连堂翁的一个十二岁的小儿子，他还给他作了一个揖。又托执帖门上拿手本替他到上房里给太太请安，太太说不敢当，然后退了出去。其时一个州衙门已经大半个走遍了。下来之后，仍在门房里歇脚。门口几位拿权的大爷，是早已溜的熟而又熟，就是堂翁的跟班，随凤占亦都一一招呼过。三小子倒上茶来，还站起来同他呵一呵腰，说一声“劳驾”。跟手下来拜同寅，拜绅士，所有大小铺户，轿过之处，一概飞片。整整拜了一天客，未曾拜完。

预选吉日是第二天腊月十九，接铃任事。到了这天，地保办差，招了无数若干的化子，替太爷打着伞，抗着牌；又弄了两个鼓手，一个打鼓，一个吹唢呐，一路“吡哩叭喇冬”，一直吹进了衙门。随凤占身穿朝服，下了轿，一样三跪九叩首，赞礼生吆喝着，接过了木头戳子，因为上有堂翁，放不得炮，只放了两挂一千头的鞭炮。下来便是改换公服，升堂受贺。启用木戳。自有他那手下的一班人向他行礼。退堂之后，接着又到堂翁跟前禀知任事，照例三天衙门，不用细述。

随凤占虽系初任，幸亏是世代佐班，一切经络都还牢记在心，并不隔膜。他晓得做捕厅的好处全在三节，所以急急赶来上任，生恐怕节礼被前任预支了。到地头的头一天，禀见堂翁下来，就到盐公堂以及各当铺等处拜会管事人。见面之后，无非先拿人家一泡臭恭维，慢慢的谈及缺分清苦，以后全仗诸位帮忙，然后再谈到年下节敬一层。蕲州城厢里外一共有七家当铺，内中有两家当铺是新换挡手，只知道年下送捕厅有此一分礼，那署事的预先托人来预借，挡手的不晓得新选实缺就要来的，以为早晚都是一样，他既来借，乐得送个人情。有两家老硬的，却板定一定要到年下再送，预先来借，竟其一毛不拔。那署事的却也拿他无可奈何。还有两家通融办理，等他来借，只借给他一半。譬如一向是送两块洋钱的，先叫他带一块去，说明白那一块须留送正任，那署事的亦只好罢手。内中只有盐公堂的管事人，因同这位署事的是同乡，见他来借，另外送了他两块，说是彼此乡情，格外送的程仪。至于正项，须得到年下方好支送。那署事的为盐公堂的节礼向比别处多些，不肯轻轻放过，便道：“从中秋到年下一共是一百三十五天，我做了一百二十来天，这笔钱应该我得。”他虽如此说，无奈人家只是不肯送，便也无可奈何，只得罢手。

单说随凤占自到蕲州之后，东也拜客，西也拜客，东也探听，西也探听，不上三天，居然把前任署事的一本账簿都打听得清清楚楚，放在肚里。自己又去同人家讲：“兄弟本来今年是不打算到任的了，只因宪恩高厚，晓得年底下总有点出息，所以上头才叫兄弟赶了来的。兄弟倘若随随便便，不去顶真，不特自己对不住自己，并且辜负上头的一番美

意。至于一切照例规矩，料想诸位都是按照旧章。”说到这里，禁不住强作欢颜，哈哈一笑，接着又道：“兄弟是实缺，彼此以后相聚的日子正长，将来叨教的地方甚多，诸位一定是照应兄弟的，还要兄弟多虑吗？”说罢，又哈哈大笑。他一连走了多处，都是如此说法。有几家年礼未被前任收去的，听了他话，乐得送个顺水人情，有两家不懂得这里头诀窍，已经预先在前任面上做过好人，听此说话，却不免有点后悔。

闲话少叙。却说随凤占接印下来，忙叫自己的内弟同了一个心腹跟班，追着前任清算交代，一草一木，不能短少，别的更不消说了。前任移交下来，一共是五只吃茶的盖碗，内中有一只没有盖子。这边点收的时候，那个跟班的一个不当心，又跌碎了一只盖子。无奈这跟班的又想自己讨好，不肯说是跌破了，见了老爷，只推头说是前任只交过来三只有盖子的，以为一只茶碗盖子为价有限，推头在前任身上，老爷或者不好意思再去问他讨，这事就过去了。谁知这位太爷一根针也不肯放松，定规不答应，逼着跟班的找前任去讨盖子：“倘若没有，就剥下他的王八盖来给我！”那跟班心上是明白的，自己打破了，怎么好向人家去讨呢？于是赖着不肯去。随凤占骂他说：“跟了我这许多年，如今越发好了，帮着别人，不帮着我老爷，一点忠心都没有了！”跟班的被他催得无可奈何，只得出去打了一个转身，仍旧空着手回来，说：“没有。”随凤占不免又拿他埋怨了顿，怪他无用，一定要自己去讨，后来还是被舅老爷劝下的。交代算清，听说前任明天就要回省。他一听不妙，忙忙的连夜出门，找齐了城厢内外地保，叫他们去吩咐各烟馆，各赌场，以及私门头窑子：“凡是右堂太爷衙门有规矩的，都通知他们一概不准付。倘若私自传授，我太爷一定不算，从新要第二分的。况且他是署事，我是实缺，将来他们这些人都是要在我手下过日子的。如果不听吩咐，叫他们以后小心！”着地保分头传命去后，他一想：“烟馆、赌场、窑子等处是我吃得住的。惟独当铺都是些有势力的绅衿开的，有两家已被前任收了去，年下未必肯再送我，岂不白白的吃亏。这事须得趁早向前任算了回来，倘若被他走了，这钱问谁去找呢？”主意打定，立刻亲自去拜望前任。

前任听说他来，只得出来相见。只见他进门之后，勉勉强强作了一个揖。归坐之后，把脸红了几阵，要说又不爽爽快快的说，吞吞吐吐了半天，才说道：“兄弟今日过来，有一桩事情要请教……”说到这里，又咽住了。歇了一会，又说道：“论理呢，兄弟世代为官，这几个钱也见过的。但是既然犯了本钱出来做官，所为何事？倘若一处不计较，两处不在乎，这也可以不必出来现世了。这事论不定还是他们因我们新旧交替，趁空蒙蔽，也未可知。所以兄弟不得不过来言语一声，大家明明心迹，这就不为小人所欺了。”

前任署事的见他说了半天只是绕圈子里，还没有说到本题；虽然心上也有点数，究为何事，不得而知，愣在那里，不则一声。随凤占见他不答，只得又说道：“所为的并非别事，就是年下节礼一层。这笔钱虽然有限，也是名分所关，所谓‘有其举之，莫敢废之’，我们也犯不着做甚么好人不要。但是这笔钱，兄弟一向是晓得的，总得拖到年下，他们方肯送来。有几处脾气不好的，弄到大年三十还不送来，总要派了人到他们店里去等，等到三更半夜，方才封了出来。我说他们这些人是犯贱的，一定要弄得人家上门，不知是何打算！”前任署事的听他如此讲，方才顺着他的嘴说道：“这班人真是可恶得很！不到年下，早一天决计不肯通融的。”随凤占忽然把脸一板道：“兄弟说的是别省外府州、县，都是这个样子，谁知此地这些人家竟其大谬不然！”前任听了他的说话，晓得他指的是自己，面子上只得做出诧愕的神气，装作不懂。

随凤占又笑嘻嘻说道：“做官的苦处，你老哥是晓得的。我们这个缺，一年之计在于三节，所以兄弟一接印之后，就忙忙的先去打听这个。这也瞒不过吾兄，这是我们养命之源，岂有不上劲之理。谁知连走几家，他们都说这分年礼已被老兄支来用了。兄弟想，兄弟是实缺，老兄不过署事。倘若兄弟是大年初一接印，这笔钱自然是归老兄所得；倘若是二十九接印，年里还有一天，这钱就应兄弟得了。兄弟听他们说话奇怪，心想吾兄是个要面子的人，决不至于如此无耻。而且他们这笔钱一向非到年下不付，何以此番忽然慷慨肯借？所以很疑心他们趁我们新旧交替，两面影射。兄弟一向是事事留心，所以今天特地过来请教一声，以免为所蒙蔽。”前任署事的听他此话，一句回答不出。随凤占又道：“我晓得老哥决不做对不住朋友的事情，咱俩一同到两家当铺里去，把话说说明白，也明明你老哥的心迹。”说罢，起身要走。前任署事的只是推头明天要动身，收拾行李，实在没有工夫出门。随凤占道：“老哥不去，岂不被人家瞧着果真的同他们串通，已经支用了吗？”

前任一想：“这事遮遮掩掩，终不是个了局，不如说穿了，看他如何。”想定主意，便哼哼冷笑了两声，说道：“你老哥也太精明了！固然你是实缺，兄弟是署事。你说你是宪恩高厚，叫你来收节礼的，难道兄弟不是上宪栽培，就会到这里来吗？辛苦了一节，好容易熬到年下，才收人家这分节礼。我们算算日子看：你到任不过十几天，我兄弟在任一百多天，论理年下的这分礼统通都应该我收才是。你是实缺，做得日子长着哩，自然该我们署事的占点便宜。”

随凤占见他直认不辞，不觉气愤填膺，狠狠的说道：“那可不能！通天底下没有这个道理！照此说来，一定这个钱已经被你支了用了！我赶了来做甚么的！我同你老实说：彼此顾交情，留下脸，小小不言的事情，我也不追究了。你把这预支的年礼乖乖地替我吐了出来，大家客客气气；如果要赖着不肯往外拿，哼哼，我不同你讲理，我们同去见堂翁，等堂翁替我评评这个理去！”前任署事的听他说话强横，便也不肯相让，连连说道：“见堂翁就见堂翁，我亦不怕他甚么！”随凤占见他不怕，立刻走上前去一把胸脯，说了声：“我们同去！”前任署事的见他动手，也乘势一把辫子，两个人从右堂扭了出来，一扭扭到正堂的宅门里头。

把门的是认得的，连忙上前相劝。谁知两个人都用死力揪住不放，再三的拉亦拉不开。两家的管家都跟着。一揪揪到门房里，只见执帖门上同了几位门政大爷正在那里打麻雀牌哩。见了这个样子，一齐上前喝阻。随凤占说：“他眼睛里太没有我实缺了！我要见堂翁，请堂翁替我评评这个理！”前任亦说：“一共总我只收到人家四块钱的节礼，这钱也是我名分应得的。他要见堂翁，我就陪他来见堂翁。我没有短处，不怕甚么！”几位门政大爷听了他二人说话，无可袒护，只得上来劝的劝，拉的拉，好容易才把他两位拉开。州里执帖门上跺着脚说道：“你二位这是怎么说呢？说起来，大小是个官，怎么连着一点官礼都不要了？快别这个样子，叫上头听见了生气，就是旁人瞧着也要笑话的。有甚么话，我们当面讲讲开。俗话说的好，叫做是‘君子动口，小人动手’，怎么你二位连这两句话都不晓得吗？”他俩扭进来的时候，各人都觉着自己理长，恨不得见了堂翁，各人把各人苦处诉说一顿。及至被执帖大爷训斥一番，登时哑口无言，不知不觉，气焰矮了大半截，坐在那里，一声不响。执帖门上又叫三小子绞手巾给他俩擦脸，又叫泡盖碗茶，着实殷勤。

那班打麻雀牌的人也不打了，一齐拿眼睛钉住他俩，听他说些甚么，始终随凤占熬了半天，熬不住了，把前任预支年礼的话，原原本本述了一遍。前任见他开口。也抢着把他的苦况陈说一番。又说：“可怜我到了临要交卸的几天，是一点势力也没有了。那些人真正势利，向他们开口，说到舌敝唇焦，止有两家一家拿出来两块大洋，一共总止有四块大洋。你看，他就闹得这个样子！”随凤占道：“怎么四块还嫌少？依你要多少？”前任还未开口，只听一个打牌的人说道：“真是你们这些太爷眼眶子浅！四块钱也值得闹到这个样子！我们打麻雀，只要和上一百副就有了。——旁家和一百副，做庄还不要。四块洋钱甚么稀奇！我昨天还输了四十多块哩！”执帖门上道：“老哥，谁能比得上你？你们钱漕

大爷，一年好几千的挣，人家当小老爷，做上十年官，还不晓得能够赚到这个数目不能！”钱漕道：“我有钱赚，我可惜做不着老爷，他们大小总是皇上家的官。”又一个同赌的道：“罢罢罢！你们没瞧见他们刚才一路扭进来的时候，为了四块洋钱，这个官简直也不在他二位心上，倘若有几千银子给他赚，只怕叫他不做官都情愿的。你老哥眼馋他俩做官，我来做下中人，你俩就换一换，可好不好？”钱漕门道：“我有了钱，我不会自己捐官，我为甚么要人家的？”那个同赌的道：“我只要有钱赚，就是给我官做我亦不要。”众人你一句，我一句，直把个随凤占同前任羞得无地自容，也深悔自己孟浪，如今坍台坍在他们这一班奴才手里。当下随凤占也没有再说别的，淡淡的谈了两句，自行回去。至于那前任，另有同他说得来的人，早拉他到别的屋里去了。一天大事，瓦解冰消。

一直等到年下，随凤占还差人到那两家当铺去讨年礼。人家回称早就送过了。随凤占道：“我没有收到，不能算数。”后首说来说去，大家总念他大小是个朝廷的官，将来论不定或者有仰仗他的地方，也就不肯过于同他计较，又每家送了他一只大洋，方才过去。

正是光阴似箭，日月如梭，转瞬间三春易过，已到四月。向例各属犯人，到了这个时定须解往省城，由大宪订期会讯详察有无冤枉，这日巡抚、司、道统通朝服升座，提犯勘验，其名谓之“秋审大典”——其实不过点名过堂。大员之中有好名的，还捐几文钱买些蒲扇、莎药之类，赏给那些犯人，实则为数亦甚有限。名字说是“秋审”，及至犯人上堂之后，就是有冤枉，那坐在头上的几位大人实在也没闲工夫同犯人说话，所以这一番俱是虚应故事。

闲话休题。且说蕲州是黄州府该管，到了这个时候，府太尊便把合属的捕厅开了单子，酌派两位解犯进省。这趟到省，不定有一月、半月耽搁，本缺未便久悬，例在本府候补佐贰当中轮派两人前往代理，亦是调剂属员的意思。这年府太尊所委两人，偏偏有随凤占在内。到得四月初十边，本府公事跟着府委代理的一同下来。随凤占照例交卸，解犯上省。倘若到省没有耽搁，约计四月底、五月初就可回来，赶收节礼，尚不为晚；设遇有事，迟至节后亦未可知。随凤占奉到此礼，心上甚是懊闷。但是太尊所委，便也无可奈何，只得将钤记交与代理的人看管，自己跟手整顿行装，急急进省。

不料到省之后，各属犯人刚刚这天到齐。臬台正要请抚台几时秋审，偏偏这天抚台得了病症，请了几个大夫都医不好。又有人说：“抚台犯的是外症，面目浮肿，很不好看，嘴里还有一股气味，叫人闻了恶心。后首来请到一位外国大夫，方才有了把握，配了几瓶药水，送给抚台吃过。据外国大夫说：吃了他这个药水，有甚么病症，一齐从小便里出去，决不会上头面的了。但是一时总得避风，不能出外见客。因此就把这“秋审”一事耽误下来。一班实缺捕厅太爷眼巴巴望着，恨不得早把此事办过，也可以早些回任。无奈抚台病着，一时不能举行，公事不完，又不敢擅离省城一步。各位太爷异常焦躁。

书中单表随凤占随太爷只因端节就在目前，一时不能回任，眼看着一分节礼要被人家夺去，更是茶饭无心，坐立不安。等到四月二十六这一天，听得同寅说起抚台的病虽有转机，但一时总难出外，必须节后方能举行秋审。他一听此信，犹如浑身浇了一盆冷水一般。回寓后，一言不发，踌躇了半夜，方想出一条主意来。他想：“照此样子下去，不过闲居在省，一无事事，我何如趁此挡口，赶回蕲州，就骗人家说是公事已完。人家见我回来，自然这节礼决计不会再送到别人手中去了。等到节礼收齐，安安稳稳，过完了节，我再回省。神不知，鬼不觉，岂不大妙！”主意打定，立刻叫家人收拾行李，出城过江，趁了下水轮船，径向蕲州进发。临走的时候，有同他住在一起一位同差的，问他那里去。他说：“接到家信，太太在蕲州生产，家里没人照应，不得不亲自回去。这里的事，千万拜托老兄不要说破。”人家见他说得如此恳切，这种顺水人情自然乐得送的，便亦无话，听其自

去。谁知他老人家回到蕲州，既不禀见堂翁，亦不拜客，并不与代理的见面，天天钻在那几家当铺里，或是盐公堂里走走，同人家说："我已经回来了，几时几日接的印。"人家都信以为真。到了五月初三，所有的礼物都被他收了去了。

那代理的人起先听说抚台有病，把"秋审"一事搁起，晓得实缺一时不得回来，满心欢喜，以为这分节礼逃不出我的掌握之中。那知等到初五早上，依然杳无消息。赶紧着人出去打听，才知道早被随太爷半路上截了去了。这一气非同小可！立刻出门查访，后在一爿小客栈里把随太爷找着。见面之后，不由分说，拿随太爷一把辫子，说他擅离职守，捏称回任，定要扭他到堂翁跟前，请堂翁禀明太尊，请示定夺。随太爷亦不肯相让。因此彼此又冲突起来。

要知后事如何，且听下回分解。

[注释]

①窝盘：哄骗。

②吏目：官名，清代的州吏目掌佐理刑及官署事务。

③行述：从前为死者发讣闻，后面一定要由死者的子孙作一篇死者生平事迹的文字，叫作行述。

④服：指丧服。

⑤执帖门上：帖指名帖、拜帖、请帖、吊帖等。执帖门上，顾名思义是手持名帖代表主人进行交际活动的人。

第四十五回

擅受民词声名扫地　渥承宪眷气焰熏天

却说正任蕲州吏目随凤占被代理的找着扭骂了一顿，随凤占不服，就同他冲突起来。代理的要拉了他去见堂翁，说他擅离差次，私自回任，问他当个甚么处分。随凤占说："我来了，又没有要你交印，怎么好说我私自回任？"代理的说："你没接印，怎么私底下好受人家的节礼？"随凤占说："我是正任，自然这个应归我收。"代理的不服，一定要上禀帖告他。毕竟是随凤占理短，敌不过人家，只得连夜到州里叩见堂翁，托堂翁代为斡旋。

这日州官区奉仁正办了两席酒，请一班幕友、官亲，庆赏端阳。正待入座，人报："前任捕厅随太爷坐在账房里，请账房师爷说话。"账房师爷不及入席，赶过来同他相见，只见他穿着行装，一见面先磕头拜节。账房师爷还礼不迭。磕头起来，分宾归坐。账房师爷未及开谈，随凤占先说道："兄弟有件事，总得老夫子帮忙。"账房师爷到此方问他差使是几时交卸的，几时回来的。随凤占见问，只得把生怕节礼被人受去，私自赶回来的苦衷，细说了一遍，又说："代理的为了此事要禀揭兄弟，所以兄弟特地先来求求老夫子，堂翁跟前务求好言一声，感激不尽！"说完，又一连请了两个安。账房师爷因为他时常进来拍马屁，彼此极熟，不好意思驳他。让他一人账房里坐，自己到厅上，一五一十告诉了东家区奉仁。区奉仁亦念他素来恪守下属体制，听了账房的话，有心替他帮忙。便让众位吃完了酒，等到席散，也有十点多钟了，然后再把随凤占传上去。面子上说话，少不得派他几句不是。随凤占亦再三自己引错，只求堂翁栽培。区奉仁答应他，等把代理的请了来，替他把话说开。

正待送客，齐巧代理的拿着手本也来了。区奉仁连忙让随凤占仍到账房里坐，然后把代理的请了进来。代理的见了堂翁，跪在地下，不肯起来。区奉仁道："有话起来好说，为甚么要这个样子呢？"代理的道："堂翁替卑职作主，卑职才起来。"区奉仁道："到底甚么事情呢？"代理的道："卑职的饭，都被随某人一个人吃完了。卑职这个缺，情愿不做了。"区奉仁道："你起来，我们商量。"一面说，一面又拉了他一把，于是起立归坐。区奉仁又问："到底甚么事情？"代理的道："卑职分府当差，整整二十七个年头。前头洪太尊、陆太尊，卑职统通伺候过。这是代理，大小也有五六次，也有一月的，也有半月的。"区奉仁道："这些我都晓得，你不用说了。你但说现在随某人同你怎样。"代理的道："分府当差的人，不论差使、署缺，都是轮流得的。卑职好容易熬到代理这个缺，偏偏碰着随某人一时不能回任，节下有些卑职应得的规矩……"不想说到这里，区奉仁故意得把脸一板道："甚么规矩？怎么我不晓得？你倒说说看！"

代理的一见堂翁顶起真来，不由得战战兢兢，赔着笑脸，回道："堂翁明鉴：就是外边有些人家送的节礼。"区奉仁听了，哼哼冷笑两声道："噢！原来是节礼啊！"又正言厉色问道："多少呢？"代理的道："也有四块的，也有两块的，顶多的不过六块，一古脑儿也有三十多块钱。"区奉仁道："怎么样呢？"代理的撇着哭声回道："都被随某人收了去了，卑职一个没有捞着！卑职这一趟代理，不是白白的代理，一点好处都没有了么。所以卑职

要求堂翁作主！”说罢，从袖筒管里抽出一个禀帖，双手捧上，又请了一个安。看那样子，两个眼泡里含着眼泪，恨不得马上就哭出来了。

区奉仁接在手中，先看红禀由头，只见上面写的是“代理蕲州吏目、试用从九品钱琼光禀：为前任吏目偷离省城，私是回任，冒收节敬，恳恩作主由。”区奉仁一头看，一头说道：“他是正任，你是代理，只好称他做正任。”又念到“私是回任”，想了一回，道：“噢！私自的自字写错了。但是他没有要你交卸，说不到回任两个字。”又念过末了一句，说道：“亦没有自称节敬的道理。亏你做了二十七年官，还没有晓得节敬是个私的！”顺手又看白禀，只见“敬禀者”底下头一句就是“窃卑职前任右堂随某人”。区奉仁也不往下再看，就往桌子上一撩，说道：“这禀帖可是老哥的手笔？”钱琼光答应一声“是”。又说：“卑职写得不好。”区奉仁道：“高明之极！但是这件事兄弟也不好办。随某人呢，私自回来，原是不应该的，但是你老哥告他冒收节敬，这节敬可是上得禀帖的？我倘若把你这禀帖通详上去，随某人固不必说，于你老哥恐怕亦不大便当罢？”

钱琼光一听堂翁如此一番教训，不禁恍然大悟，生怕堂翁作起真来，于自己前程有碍，立刻站了起来，意思想上前收回那个禀帖。区奉仁懂得他的来意，连忙拿手一揿，说道：“慢着！公事公办。既然动了公事，那有收回之理？你老哥且请回去听信，兄弟自有办法。”说罢，端茶送客。钱琼光只得出来。

这里区奉仁便把账房请了来，叫他出去替他们二人调处此事。随凤占私离差次，本是不应该的，现在罚他把已收到的节礼，退出一半，津贴后任。随凤占听了本不愿意，后见堂翁动了气，要上禀帖给本府，方才服了软，拿出十六块大洋交到账房手里。禀辞过堂翁，仍自回省，等候秋审不题。

这里钱琼光自从见了堂翁下来，一个钱没有捞着，反留个把柄在堂翁手里，心上害怕，在门房里坐了半天，不得主意，只得回去。次日大早，仍旧渡了过来。门口的人一齐劝他上去见账房师爷。他一想没法，只得照办。其时随凤占吐出来的十六块洋钱已到账房手里。只因他的人缘不及随凤占来的圆通，及至见面之后，吱吱喳喳，又把臭唾沫吐了账房师爷一脸，还没有把话讲明白。账房师爷看他可怜，意思想把十六块洋钱拿出来给他，回头一想：“倘若就此付给他，他一定不承情的。”只得先把东家要通禀上头的话，加上些枝叶，说给他听。直把他吓得跪在地下磕头。然后账房师爷又装着出去见东家，替他求情。鬼鬼祟祟了半天，回来同他说，东家已答应不提这事了。钱琼光不胜感激。至此方慢慢的讲到：“我兄弟念你老兄是个苦恼子，特地再三替你同随某人商量，把节礼分给你一半，你俩也就不用再闹了。”

钱琼光见了起初的情形，但求堂翁不要拿他的禀帖通详上去，已经是非常之幸，断想不到后来账房师爷又拿出十六块洋钱给他。把他感激的那副情形，真是画也画不出，立刻爬在地下，磕了八个头。磕起来少说作了十来个揖，千“费心”，万“费心”，说个不了。又托账房师爷带他到堂翁跟前叩谢宪恩。账房师爷说：“他现在有公事，我替你说到一样的了。”于是钱琼光又作了一个揖，然后拿了洋钱，告辞出去。

回到自己捕厅里，把十六块洋钱拿出来，翻来覆去的看了半天，又一块一块的在桌上钉了好几回，一听响声不错，格外感激州里账房照应他，连一块哑板的都没有。总想如何酬谢酬谢他才好。一面想，一面取块小毛巾，把洋钱包好，放在枕头旁边，跟手出去解手。解手回来，一个人低着头走，忽然想到：“四月底城外河里新到了一只档子班的船，一共有七八个江西女人，有两个长的很标致。南街上毡帽铺里掌柜王二瞎子请过我一趟，临行的时候，还再三的托我照应他们。我不如明天到那里，叫他们替我弄几样菜，化上一两块钱请这位老夫子，补补他的情才好。”主意打定，回到屋里，不知不觉，把刚才十六块洋钱陡然忘记放在那里去了。桌子抽屉，书箱里面，统通找到，无奈只是无影无踪。直把他急的出了一身大汗，找了半天，仍旧找不着，恍恍惚惚，自己也不辨是真是梦。于是和衣往床上躺下，慢慢得想："到底我刚才放在那里的？"一会又怪自己记性不好，恨的像甚么似的！不料偶一转侧，忽听得当的一声，原来一包洋钱，小手巾未曾包好，被个小枕头碰了一个，所以响的。

钱琼光翻过身来一看，洋钱有了，立刻打开来数了一数，不错，还是十六块。这一喜更非同小可！仍旧拿手巾包好，塞在身上袋里，便起身叫管家到南街上招呼王二瞎子，托他去到档子班船上，叫他们明天晚上到馆子里叫几样菜，说是要请州里账房师老爷吃饭，交代馆子里，菜要弄好些，再叫船上收拾收拾干净。底下人奉命去后，他自己又盘算道："明天请的客自然是账房老夫子首座。"忽又想起："我今儿在账房里，看见本官的二老爷，见了我，还问我这趟代理弄得好有几个钱，看来着实关切，也不好不请请他。我们在外头，那里不拉个朋友呢。"屈指一算："账房老夫子一位，本官二老爷两位，王二瞎子三位，连自己一共才有四个人。人头太少，索性多请两位，把南关里咸肉铺老板孙老荤，东门外丰大药材行跑街周小驴子，一齐请了来，大家热闹。料想他们听见我请的是州里二老爷、账房师爷，他们一齐都要赶得来的。况且如此一请，人家晓得我同州里要好，目下于我的事情也不为无益。"主意打定，正在洋洋自得，那差出去的管家也回来了，回称："王二爷听说老爷请州里师爷吃饭，忙的他立刻自己出城到船上去交代，连馆子里也是自己去的。"钱琼光点点头，又道："我请的不但账房师爷，还有区大老爷的二老爷哩。"

管家出去，钱琼光也就安寝。毕竟有事在心，睡不大着。次日一早起身，洗脸之后，就赶过来自己请客。先落门房，取出一张官衔名片，先上去禀见二老爷。执帖门上进去了一回，回来说道："二老爷昨儿在房里叉了半夜麻雀，到了后半夜忽然发起痧来，闹到天亮才好的，如今睡着了，只好挡你老的驾罢。"钱琼光一听这话，不觉心中一个失望，嘴里还说："我今天备了酒席，专程要请他老人家赏光的，怎么病起来了？真真不凑巧了！"于是又亲身到账房里，想当面去约账房师爷。

不料走到账房里，只见里间外间桌子上面以及床上，堆着无数若干的簿子，账房师爷手里捻着一管笔，一头查，一头念，旁边两个书办在那里帮着写。账房一见他来，也不及招呼，只说得一句："请坐！兄弟忙着哩。"钱琼光见插不下嘴，一人闷坐了半天。值账房的送上水烟袋，一吃吃了五根火煤子。无奈账房还没有忙完，只得站起身来告辞，意思想账房出来送客的时候，可以把请他吃饭的话通知于他。谁知钱琼光这里说"失陪"，账房把身子欠了一欠，说了声："对不住，我这里忙着，不能送了，过天再会罢。"说完，仍旧查他的簿子。

钱琼光无法，只得出来，心想："今天特为请他们吃饭，一个也不来。化了冤钱事小，被王二瞎子一班人瞧着，我这个脸摆在那里去呢！"一回又怪账房师爷道："我专程来请你吃饭，你不该只顾做你的事情，拿我搁在旁边，一理不理。谅你不过靠着东家骗碗饭吃，也不是甚么大好老，就这样的大模大样，瞧人不起！至于那位二老爷，昨天不病，明天不病，偏偏今儿我定了茶，他今儿病了，得知是真是假。他们既然不来，我也不稀罕他们来！"

一面想，一面又走到门房里。执帖门上见他没精打采的，便问："钱太爷，心上转甚么念头？很像满肚皮心事似的。"谁知一句话倒把钱琼光提醒，一想："二老爷、账房既然不来，我不如拿这桌菜请请底下的朋友，人家看起来，一样是州里的人。只怕这几位拿权的大爷，到堂翁跟前说起话来，还比甚么账房、二老爷格外香些。况且我自从到任至今，也没有请过他们，今儿这局，岂不一当两便。"于是就把这话告诉了执帖门上，托他把钱

漕、稿案、杂务、签押、书禀、用印，几位有名目的大爷统通请到。跟班人多，不能遍约，只约得跟班头一位。说明今天是夜局。执帖门上明晓得他是请上头请不到，所以改请他们的，便推头“没有空，谢谢罢”。钱琼光也没听见，忙着又托这屋里的三小子替他去请客。一霎时三小子回来说：“稿案毛大爷、签押卢大爷恐怕晚上有堂事，不敢走开；杂务上朱大爷，用印的马大爷，为了这两天上头常常有呼唤，亦抽不得身；钱漕上陆大爷，为他二奶奶养孩子，请了假，已经两天不来了；只有跟班上萧二爷说是等到老爷睡了觉，一定过来奉扰的。”三小子未说完，执帖门上又道：“他们统通不来，你为我一个人，何必要费事呢？”钱琼光道：“还有萧二爷同你俩呢。他们扫我的面子，难道咱们老兄弟，你还好说不来吗。”于是又千叮万嘱，直到执帖门上点头应允，方才告别。回到自己衙内，心想：“他们竟如此瞧我不起，竟其一个不来；肯来的又是拿不到权的人。真正越想越气！”

好容易熬到下午，王二瞎子亲自跑来，说：“一切都预备好了。馆子里听说请的是州里师老爷，贴本都情愿。但不知这位师爷甚么时候才过来？”只见钱琼光脸上红了一阵，说道：“他们一齐体谅我，不肯叫我花钱，一定还要拉我在衙门里吃饭，说着就吩咐大厨房里添菜。我想我今天的菜已经托了你了，他们既然不来，我不好叫你为难，只得又请了两位别的客。”王二瞎子道：“你早告诉了我，这菜可以退得掉的。但不知请的又是那两位？”钱琼光不好说请的是跟班上的，只含糊说了声“还是衙门里的”。王二瞎子一听仍是衙门里的人，就是声光比账房差些，尚属慰情聊胜于无。

依王二瞎子意思，还想等着衙门里的人到齐，一块陪出城，似乎面上有光彩些。钱琼光是晓得的，跟班上萧二爷，非得老爷睡了觉是不得出来的，便说：“不必罢，我们先出去吃着烟等他们罢。”于是两人步行出城。到了船上，一班女戏子迎了出来，一个个擦着粉，戴着花，妖妖娆娆的，“钱太爷”、“王二爷”，叫的应天响。钱太爷走进舱里，只见居中摆了一张烟铺。王二瞎子是大瘾，见了烟铺就躺下了。船上女老班也进舱招呼，问衙门里的老爷几时好来。王二瞎子不等印太爷开口，拿指头算着时候，说道：“现在是五点钟，州里大老爷吃点心，六点钟看公事，七点钟坐堂。大约这几位老爷八点钟可以出城。”钱琼光道：“那可来不及。我们这位堂翁也是个大瘾头，每日吃三顿烟，一顿总得吃上一个时辰。这个时辰单是抽烟，专门替他装烟的，一共有五六个，还来不及。此刻五点钟，不过才升帐先过瘾。到六点钟吃点心，七点钟看公事；八点钟吃中饭，九点钟坐堂；碰着堂事少，十点钟也可以完了，回到上房吃晚饭过瘾。十二点半钟，再到签押房看公事。打过两点，再到上房抽烟，这顿烟一直要抽到大天亮。不过以后有上房里的人伺候，跟班上的爷们都可以没事了。”王二瞎子道：“他老这们大的瘾，设若有起事来，怎么样呢？”钱琼光道：“有起事来，或是进省上衙门，总是来吞生烟。”

正说着，孙老荤先来了，晓得要陪州里的老夫子吃饭，特地换了一身簇新衣服。王二瞎子道：“老荤，今儿钱太爷是请你来做陪客的，不是请你来招女婿的，为甚么穿的衣服同新女婿一样呢？”孙老荤道：“难得钱老父台赏饭吃，请的又是州里的老夫子，自然应该穿件新衣服，恭敬些。”三个人闲谈了好一回，船上又搬出些点心来吃过。王二瞎子掏出表来一看，九点钟只差得五分了，不但州里的客没来，连着周小驴子也没音信，大家甚是奇怪。又等了半个钟头，忽听见船头上有人叫唤，大家总以为是请的特客来了，一齐起身相迎。及至进舱一看，原来就是周小驴子，跑的满身是汗，一件官纱大衫已湿透了半截了，一只手只拿扇子扇个不了。王二瞎子劝他脱去长衫，又叫船上打盆水给他洗脸。钱琼光便问他：“为何来得如此之晚？”周小驴子道：“不要说起，今儿替一个朋友忙了一天。”钱琼光问：“是甚么事情？”周小驴子道：“也是治弟的一个乡亲，他有个姑表妹妹，从前他姑妈在世的时候有过话，允许把这个女儿给我们这个乡亲做媳妇的。后来姑妈死了，姑夫变了卦，嫌这内侄不学好，把女儿又许给别人了。”钱琼光道：“当初媒人是谁？”周小驴子道：“有了媒人倒好了，为的是至亲，姑妈亲口许的，用不着媒人。”钱琼光道：“婚书总有？”周小驴子道：“这个不晓得有没有。治弟为了这件事，今天替他们跑了一天，无奈说不合拢，看来恐怕要成讼的了。”钱琼光道：“一无媒证，二无婚书，这官司是走到天边亦打不赢的。”周小驴子道：“现在我们这乡亲情愿……”说到这里又不说了。王二瞎子会意，拿嘴朝着钱琼光一努，对周小驴子道：“摆着我们钱老父台在这里你不托。该应怎么办法，大家商量好了，只要替你乡亲争口气。再不然，钱老父台同州里上头下头都说得来，还怕有办不到的事吗。”

一句话提醒了周小驴子，忙说道：“他姑夫那边只要出张票，不怕他不遵。”钱琼光道：“单是出张票容易。兄弟自从到任之后，承诸位乡亲照顾，一共出过十多张票。不瞒诸位说，这票都是诸位照顾兄弟的。这件事兄弟衙门里很可办得，用不着惊动州里的。”周小驴子道：“你老父台肯办这件事，那还有甚么说的，包管一张票出去，不怕他姑夫不把女儿送过来。捕衙的规矩治弟是懂得的。如今我们这乡亲，他是有钱的主儿，我一定叫他多出几文。俗语说得好，叫做‘争气不争财’。只要这件扳过来，不但治弟面子上有光彩，将来敝乡亲还要送老父台的万民伞咧。”钱琼光道：“全仗费心！你老哥今儿回去，叫他明天一早就把呈子送过来。兄弟这边签稿并行，当天就出票的。”

几个人又闲谈了一回。王二瞎子躺在烟铺上，一连打了几个呵欠，都说：“天不早了，怎么请的客还不来？不要是忘记了罢？”钱琼光道：“我有数的，他们早不得来，这时候也快了。”又停了一会，只听得岸上咭咭呱呱的，一片说笑之声，走到岸滩上，又哼儿哈儿的，叫船上打扶手。霎时上得船来。钱琼光急忙迎出去一看，原来来的只有一个萧二爷，还有一个小爷们，是常常替堂翁装水烟的，虽然面善得很，却不晓得他姓甚名谁。当下不便动问，只问得一声：“为甚么某人不来？”小爷们抢着说道：“老爷派他进省，他不得来，所以叫我来代理的。萧大爷，今天咱代理执帖门上，你说咱阔不阔！”一面说，一面走进舱中。众人一齐起身相迎，见面之后，都恭恭敬敬的作揖。不料这小爷们是打千打惯的，见了人，一伸腿就弯下去了。众人之中亦只有钱琼光还安还得快，那三个却都不在行。王二瞎子幸亏被钱琼光扶了一把，否则几乎跌倒。当下都劝他俩宽衣。只见这小爷们身胚很小，却穿了一件又长又大的纱大褂，钱琼光认得这件大褂是堂翁天天穿着会客的；再看手里的潮州扇子，指头上扳指，腰里的表帕、荷包，没有一件不是堂翁的。当面不便说破，心上却也好笑。

一会，归坐奉茶。钱琼光先问：“二位为甚么来的这么晚？”萧大爷先回答道：“九点半钟本来就可以来的，齐巧我们东家接到省里一封信。外头还没有人知道，先送个信给你，你明天一早好穿了衣裳过来道喜。”钱琼光忙问道：“堂翁有甚么喜事？”小爷们抢着说道：“我们老爷升了官了。”萧大爷进来的时候，当着王二瞎子一班人，自己还想充作师爷，所以一口一声的“我们东家”。今见小爷们说了声“我们老爷”，他便把小爷们瞅了一眼。幸亏在场的人都没留意。

钱琼光又接着问道：“堂翁高升到那里？”小爷们又抢着说道：“或者武昌府，或者黄州府，都论不定。”萧大爷道：“你别听他胡说。我们东家，他身上本有个补缺后的同知直隶州，如今又保了个……保了个甚么？……你看，我的记性真正不好，偏偏又忘记了。”一面说，一面又低着头，皱着眉，闭着眼睛，想了半天，还是想不出。又拿自己的拳头打着自己的头，说道：“保得个甚么？……怎么我说不上来？”小爷们又抢着说道：“萧大爷，这封信是杂务上拿进来的，那时候我正在椅子后头替他老人家装烟。他老指着信上一句，对杂务上说：‘你看。’我在他背后，亦就踮着脚望了一望，原来这信上有我的名字，有

‘应升’两个字。我自己的名字，我是认得的。”钱琼光是在官场上阅历久的了，晓得保案上有“应升”两个字，一定是应升之缺升用，便道：“他老人家已有了同知直隶州，再升甚么，自然一定是知府了。明天应得过去道喜，费心二位关照。”萧大爷道：“自家人，说那里话来！”此时钱琼光正因不晓得小爷们的尊姓大名，心上闷闷，因此一番酬答，倒晓得了。

当因时候不早，忙命摆席。自然是萧大爷首座，小爷们二座。在席面上，萧大爷还留身分，提到州官，口口声声“我们东家”，在座人始终瞧不破他的底细。只有小爷们吃无吃相，坐无坐相。夜里天热，打赤了膊，把条辫子盘在头上，拿两条腿蹲在椅子上，尽性的喝酒吃菜。档子班的女人，叫名头是卖技不卖身的，他偏要同他们动手动脚。有两个女人，在人面前一定要撇清，被他这一闹，一个个都咕嘟着嘴，说甚么：“你们老爷，手要放尊重些！”说罢，把手一摔走开。小爷们生气，骂声：“混账王八蛋！你瞧不起我大爷，明儿回去一定告诉本官，出票拿你们，看你怕不怕！”船上女人也不理他，主人钱琼光只好起身相劝。

好容易一席酒吃完，看看已将天亮。小爷们是带着跑上房的，怕误了差使，老爷要骂，立刻披衣要走。主人还再三相留，吃了稀饭再去。萧大爷亦劝他慢些：“我同钱太爷还有句话说。”小爷们等不及，只是跺脚，说：“误了差使，钉子是我碰！你饱人不知饿人饥！我劝你快走罢！”萧大爷被他催得无奈，只得穿衣告辞。等到主人送到船头上，小爷们早披了又长又大的那件长褂，站在岸上了。当时他二人自回衙门不题。

且说钱琼光回到舱中，王二瞎子便埋怨他道：“怎么请到这位宝贝？”钱琼光把脸一红，想了想，说道：“你不要看轻了他，他在本州大老爷跟前，倒是头一分的红人呢。一天到晚，除掉睡觉，那有一刻工夫离得掉他。总而言之，我们做官，总要随机应变，能屈能伸，才不会吃亏。即如他们所说的州里大老爷得了保举，他们就肯送信给我；我既然先得信，今天我就头一个去道喜，上司瞧着自然欢喜。倘若不请他们吃饭，谁有这闲工夫来通知我。可见同人拉拢是没有吃亏的，这叫做做官的诀窍。”王二瞎子被他说得顿口无言。周小驴子起身先行，说：“要办那件事去。治晚马上就去同前途接头，尽两个钟头赶来回复老父台。”钱琼光道：“兄弟就回去，一面先把票子写好，空着名字等填。等老兄来过，兄弟再到州里贺喜。专候，专候。”说罢，拱手而别。钱琼光也同王、孙两个各自回去，不在话下。

单说钱琼光虽然熬了一夜，只因有利可图，便也不觉劳乏。回到捕衙，业已红日高升，急忙翻出旧卷，查照旧票的底子，把票写好，只空着案由及原被告的名字未填。写好之后，看了两遍，索性又取出木头戳子用好，又拿朱笔把日子填好。其时已有八点钟了，算算时候已不止两个钟头，无奈不见周小驴子前来，心上异常着急。看看时候不早，又须赶到州衙门里道喜，急得他甚么似的。无奈，只得穿好衣帽静坐，专等周小驴子一到，交割清楚，便好踱了过来。

事有凑巧，刚刚衣服穿得一半，周小驴子来了。二人相见大喜。周小驴子在袖子里取出那张禀帖，钱琼光大略一看，只见上面很有些不懂得的句子，忙把原被告名字记清，又再三斟酌一番，把案由摘叙了三四句，从抽屉里取出票来填好，立刻派了一个人，叫他跟着周先生一同去。然后周小驴子从大襟袋里取出一个红封袋，双手奉上。钱琼光接在手里一掂，似乎觉得甚轻，忙问：“这里头是若干？”周小驴子道：“这里头是四块折席，不成意思，不过送老父台吃杯酒的。”钱琼光踌躇了一回，说道：“不瞒老哥说，兄弟是代理，就要交卸的人。同老哥相好，承老哥照顾这件事，兄弟多也不敢望，只望他一个全数。不在说别的，单是这张票，兄弟从城外一回来就连忙弄好了，专等你老哥来。这票上的字都

是兄弟自己写的。倘若照衙门里的规矩办起来，至少也得十天起码，那里有这样快。此事落在别人身上，哼哼，至少也得要他三十块洋钱！如今只要你十块，真是格外克己的了。”

周小驴子听了他这一番话，又见他不肯收那四块，知道事情不得过场，于是从袋里又挖出两块洋钱，还说：“这两块是治弟代垫的。替朋友办事，少不得也要替他作三分主。”钱琼光道：“兄弟是个爽快人，你老哥替朋友办事也是义气，你索性爽快些再替他添两块。一共兄弟受他八块，你回去开销他十块，我们弄个二八扣。你费了心，我也不另外替你道乏了。”周小驴子又思思索索的半天，好容易才添了一块，说了无数的叨情话，说甚么：“这总是老父台照应治弟的，多赏治弟一块买鞋穿罢。”钱琼光无奈。

周小驴子去后，方急忙赶到州里去。虽然晓得堂翁是起得迟的，但是为了道喜，不得不早些过来。此时，合衙门的人因为老爷得了保案，都是喜气冲冲的。钱琼光蟒袍补褂，照例先下门房。常见的那位执帖大爷，已经奉派进省，这天是杂务门兼执帖，钱琼光也是认得的，急忙取出手本交给，托他上去代回，说是禀贺、禀见。杂务门进去了一回，忽然满头是汗，怒冲冲的走回门房，把大帽子摘下往桌子上一撩，说道：“妈的晦气！他升官，人家就该死了！幸亏他得的保举，不过是个虚好看，倘若真正做了知府，那架子更要大呢！倘若做了道台，天都可以撑破！再大更不用说了！总而言之，我们当奴才的不是人！——钱太爷，大小像你这样，总得是个官才好！”

钱琼光听了他半天说话，也摸不着头脑，只得搭讪着站起来，说道：“堂翁可曾升帐没有？我还是就进去，还是等一会儿？”杂务门道：“得了保举，早把他喜的睡不着了。今天一早就起来了，忙着做官衔牌，糊对子。因为做牌的来的晚了些，开口就骂人。谁不是人生父母养的？搁得住被他‘混账王八蛋’，骂了去，喝了来！大爷越想越气，不吃这碗饭了！”钱琼光一听堂翁已经起来多时，心上着急，恨不得马上进去才好，后来直等得杂务门气平了，然后领了他进去见的。

这时候区奉仁正在大厅上，把昨夜接的那封喜信搁在面前，旁边坐着几位朋友、官亲，如账房、书启、二老爷之类，都在那里凑趣。钱琼光进了大厅，恭恭敬敬跪下磕了三个头，替堂翁叩喜，又与各位师爷及二老爷相见。堂翁让他坐，然后坐下。区奉仁一面孔得意之色，先开口道：“你是几时晓得的？”钱琼光一想不好说是昨夜里得信，只得回称：“刚刚得信。”区奉仁道：“还是你一个人晓得，还是同城统通晓得？”钱琼光道：“只有卑职一个人得信，所以赶过来先替堂翁叩喜。”区奉仁道：“是啊，我料想他们是不会晓得的。我得的是密保，上头只有抚台自己晓得，连藩台都还不明白哩。还是那年获盗案内，抚台亲口许我的，到如今果然保了出来。可见做上宪的人，又要赏罚分明，又要记性好，然后叫人心服。这位抚台，兄弟同他也算投缘的了，将来倒要送副门生帖子去才是。”说着，便同账房说：“我的话可是不是？”账房说：“是极！”

区奉仁又道：“我已经有了同知直隶州了，再升用，升个甚么？自然一定是知府了。你看这些混账王八蛋！我从早上叫他们赶做一付‘升用府正堂’的官衔牌，到如今木匠还不来，真正可恶！此时同城虽然还不晓得，马上他们得了信都要来道喜的。今天他们来讨，明天我去谢步，这副牌是执事里一定要用的。况且这是恩出自上，比捐的总体面些。”师爷们一齐应了一声“是”。区奉仁又望着钱琼光说道：“我们湖北的体制，佐贰[1]见知府是没得坐位的。兄弟虽然不讲究这个，但是体制所关，将来过了班，就是要随随便便也就不能了。”钱琼光明晓得这句话说的是他，想了半天，无可回答，只应了一声“是”。

正说着，书办上来请示，说是里里外外，或是柱子上，或是门上，有些对联都要另换新的，要请师爷拟好了句子，好交代书办去写。区奉仁忙回过脸去对启书老夫子说道：“这个要请你老夫子费心了。”书启师爷忙又应一声“是”，随手请教是怎么做法。区奉仁道：

“前头的对子都是按着州、县官做的，如今兄弟得了升用知府，有些甚么‘五马黄堂’等类的字眼都可以用得着了。兄弟如今一来公事忙，二来上了年纪，也不肯用这个心思了。至于暖阁当中，我倒想好了一句成句，就是贴‘一品当朝’四个字的地方，你们拿红纸比好尺寸，替我写‘宪眷优隆’四个字，照样贴在屏门当中。”回头又问书启：“老夫子以为何如？”

书启尚未答言，二老爷接着说道：“这四个字似乎太俗。”区奉仁听了似不愿意，道：“这四个字，人家四六信里常常用的，又是成句，总比‘一品当朝’四个字来得文雅。”二老爷道：“暖阁当中，不是‘当朝一品’，就是‘指日高升’，从没有用过别的字眼。”区奉仁更发怒道：“你们这些人真正不通！不靠着宪眷，怎么能够升官呢？我这四个字，把你所说的两句，统通包括在内。所以一等人有一等人的材料。老弟，不是我瞧你不起，像你这样执迷不化，将来能够赶到愚兄这个分儿还是早咧！”二老爷见哥哥动了气，也就撅起了嘴，不言语了。

区奉仁正待再说下去，忽听外面一片人声，大家不觉吓了一跳，忙叫人出去查问。只见稿案门飞跑似的进来，回道：“有些人来告钱太爷受了人家的状子，又出票子拿人，逼得人家吃了鸦片烟，现在赶来求老爷替他伸冤。那个吃大烟的也抬了来了，还不知有气没气。”区奉仁道：“混账！我的衙门里准他们把尸首抬来的吗？你跟官跟了这许多年，这一点点规矩还不晓得？今天老爷有喜事，连点忌讳都没有了！混账王八蛋！还不替我轰出去！”稿案门道：“这是钱太爷不该受人家的状子，人家无路伸冤，所以才来上控的。”区奉仁听得“上控”二字，忽然明白，方才回过脸去，对准钱太爷发作道：“你做的好官啊！这是你闹的乱子，弄得人家到我这里来上控。我自己公事累不了，你还要弄点事情出来叫我忙忙。现在怎么说？”

钱琼光起先听了稿案门的话，早已吓得瑟瑟的抖，后来又听了堂翁的教训，便拍托一声，身不由己的跪下了。区奉仁并不让他起来，又拉着长腔，说甚么：“擅受民词，有干例禁，你既出来做官，连这个还不晓得吗？我也顾不得你，我是照例要揭参的。”钱琼光一听要参官，更吓的魂不附体，只是跪在地下磕响头不起来，求堂翁开恩。区奉仁拿他训斥的半天，还不晓得外面究竟闹的是甚么事情，便道：“你就在这里朝我跪到天黑也不中用。你自己闹的乱子，快自己出去了结过再来见我。”钱琼光跪在地下还是不动。区奉仁问他为甚么不出去。钱琼光道：“不瞒堂翁说，卑职这一出去，可没有命了！”区奉仁道：“到底为着甚么事情，你自己总该有点数的。”钱琼光又磕头道：“卑职该死！卑职同他们来往，共有好两件事情，实在不晓得是那一件。”区奉仁道：“好个不安本分的人！”钱琼光道：“都是他们来找卑职的，卑职也只盼能够替他们把事情了掉，也免得堂翁操心。”

区奉仁道：“承情。”至此方回头问稿案门：“到底外面为了甚么事情？”稿案门回称：“为的是一个人家有个女儿，有个光棍想要娶他。那家不肯，这光棍就托人化了钱给钱太爷，托钱太爷出票子抓那个该女儿的人，说是抓了来要打板子。那人急了，就吃了生大烟。乡邻不服，所以闹到这里来的。”钱琼光至此，方才明白就是早上的那桩事，深恨周小驴子事情办得不妥当。

里面说了半天话，外面的人声已住。稿案门再出去问了问，才知已被杂务门吆喝住，只等老爷坐堂审问，不敢罗唣了。区奉仁一听外头人声已息，才说：“那个吞烟的，赶紧拿点药水给他吃，或者有救。”人回：“已经灌过了，听说吃的不多，大约可以救得的。”区奉仁于是把心放下，又朝着钱琼光发作了几句，方才自往签押房里而去。钱琼光不免跟了账房师爷同到账房里，就左一个安，右一个安，一面请安，一面软求道：“晚生一时荒谬，总得求你老夫子成全！”师爷道：“你老哥就要交卸的人了，何必再去多事。这事你自己闹的乱子，还不快去想了法子压伏压伏他们，等到堂翁坐了堂，那事就不好办了。”

一句话提醒了钱琼光，立刻退出账房，走到杂务门的门房里。杂务门正在外面帮着灌那吞烟的人，一霎回来，见了面，少不得又是一番埋怨，说：“我的太爷！几乎玩成功一条人命！亏你，我亦不晓得你是怎样闹的！”停了一回，又说道：“现在你放心罢，人命是没有的了。你今天算好运气，偏偏碰着我们这位老爷有喜事不坐堂。你有这半天一夜的工夫，能够完结，赶快去完结了再来；完结不了，明天再审。”

钱琼光于是再三感谢，方才辞别出来。回到捕衙，蟒袍补褂，统通汗透的了。马上叫人去找周小驴子，周小驴子逃走了，不在家。钱琼光无奈，只得去找王二瞎子，因他地面上人头还熟，托他找个人出来劝和劝和。王二瞎子昨夜扰过他的酒，少不得出来帮忙。当时就找到了两个人：一个是善堂董事，一个是从前做过图正②的，后来因为上了岁数，就把图正一应事务，统通交代儿子承受，自己不管。他俩都是年高望重的人，又是捕厅老父台见委之事，一想彼此都有仰仗的地方，乐得借此交结交结。王二瞎子见他俩已允，便先寻了本图地保，同着原差又找到原告，在小茶馆里会齐，开议此事。幸亏原告那边吞烟吞的不多，一经施治，便无妨碍。又经王二瞎子、善堂董事一干人，连骗带吓，原告一面，只求太爷不逼他把女儿嫁给那个光棍，他亦情愿息讼。钱琼光就答应他：“前头那张票不算数，立刻吊销。所有你们婚嫁之事，我太爷一概不管。”于是一天大事，瓦解冰销。

钱琼光又进去求了账房师爷、钱谷师爷，替他到堂翁面前讲情。凑巧堂翁这两天正因升官一事，满心快活，只图省事，便也不来问信。过了两日，正任吏目随凤占回任，钱琼光照例交卸，自行回府销差，这事也就完了。

要知后事如何，且听下回分解。

［注释］

①佐贰：知府、知州、知县的辅佐官，如通判、州同、县丞都称佐贰。

②图正：清代南方各省乡以下设图，相当于现在的图书馆，图正管本图鱼鳞图册，从买卖田地、产权转移过户中，索取佣金。

第四十六回

却洋货尚书挽利权　换银票公子工心计

且说蕲州州官区奉仁自从得了保举之后，同城齐来道喜，少不得一一答拜；又办了酒席，请他们吃喝；一连忙了几日，方才停当。后来奉到部文核准，行知下来，自己又特地进了一趟省，叩谢宪恩。正想回任，忽然奉到藩台公事，说他从前当过好几处局子的收支委员，账目清楚，公事在行。现在北京派有钦差童大人前来清查财政，由江、皖各省，一路而来，目下已到南京，指日就临湖北，所有本省司库局所，凡属银钱出入之地，均须造册报销，以备钦差查考。因此特地留下区奉仁在省办理此事，蕲州本缺，另委一位候补同知前去代理。虽说是短局，然而区奉仁放着一个实缺不得回任，却在省里帮人家清理账目，心上很不愿意。但是迫于宪令，亦叫作无可奈何而已。

且说这位钦差姓童，表字子良，原籍山西人氏。乃是两榜出身，由部曹外放知府，一直升到封疆大吏，三年前调京当差，改以侍郎候补，第二年就补了缺，做了两年侍郎，目下正奉旨署理户部尚书。此时朝廷正因府库空虚，有些应办的事，都因没有款项，停住了手。便有人上了一个折子，说：

> 现在东南各省，如两江、湖广、闽、浙、两粤等处，均系财赋之区，钱粮厘税，岁入以数千万计。然而钱漕有积欠，厘金有中饱；如能加意搜剔，一年之中，定可有益公家不少。无如各省督、抚狃于积习，敬且因循，决不肯破除情面，认真厘剔。近来又有了甚么外销名目，说是筹了款项，只能办理本省之事，将来不过一纸空文咨部塞责。似此不顾大局，自便私图，若非钦派亲信大员，前往各省详细稽查，认真清理，将来财政竭蹶，根本动摇，其弊当不可胜言。

各等语。朝廷看了这个折子，甚是动听，马上召见军机大臣、户部尚书，商议此事。童子良亦以此举为然，并且自己保举自己说："臣在外省做官做了二十年，一切情形都熟。先下江南，后到闽、广，大约有半年工夫，就可回京复命。"朝廷准奏。跟手就下一条上谕，派童某人前往江南等省查办事件。

次日童大人谢恩，召见下来，就在本部里选了八位司员，又在别部里奏调了几位，此外还有军机嘱托、老公嘱托，大小一共又收了五十多张条子，一齐派为随员。又因为自己膝下只有一个大儿子，是前头正太太所生，余外都是妾生的几个小儿子，若把大的留在家里，恐怕他欺负小的，只得把大的带了出门。安排停当，方才检了日子，陛辞出京。

且说童子良生平却有一个脾气，最犯恶的是洋人：无论甚么东西，吃的、用的，凡带着一个"洋"字，他决计不肯亲近。所以他浑身上下，穿的都是乡下人自织的粗布，洋布、洋呢之类是找不出一点的。但是到了五十多岁上，因为生病抽上了鸦片烟，再戒不脱，一天在朝房里，有位王爷同他说笑话道："子良，你不是犯恶洋货吗？你为甚么抽洋烟呢？"一句说话恼了他，回得家来，就把烟灯、烟枪统通摔掉，对家里人说："我从今再不吃这捞什子了！"谁知他老人家烟瘾很大，两个时辰不抽，眼泪鼻涕就一齐来了。家里人看他难过，想要劝他，又不敢十分相劝。才劝得一句，他便回道：“你们随我罢，我宁可死也不破戒的了！”

后来，实在熬不过了，一息奄奄，说不出话来，拿眼睛望着他大儿子，意思想叫他大少爷替他备办后事。他大少爷此时也有十八九岁了，读书虽不成，外才是有的。见了父亲这个样子，便追问所以立志戒烟的原故。当时就有人提起，只因某王爷说了一句笑话，所以把老头子害到这步田地。到底大少爷有主意，想了一想，道：“说了洋烟，无怪乎他老人家要不吃了。如今你们只说是云南土熬的广膏。云南、广东都是中国地方，并不是外洋来的，自然他老人家没得说了。”家人遵命，慌忙另外取了一付烟盘，端到房中，童子良见了，连忙摇手，意思不要他们进来。后来家人照着大少爷的话回了，方才一连呼十几口。这一顿，竟比平时多吃了三钱，方才过瘾。

过了几天，齐巧前头同他说笑话的那位王爷请他吃饭。见面之后，童子很便叫着自己名字告诉王爷，说道：“童某现在不吃洋烟了。”王爷一听大喜，连忙夸奖他，说道：“有志不在年高。你老先生竟能立志戒烟，打起精神替主子办事，真正是国家之福！”一面吃酒，一面留心看他到底吃不吃。谁知他吃到一半，叫值席的倒了一碗热茶给他，趁人不见，从荷包里摸出一个烟泡，化在茶里吃了。这位王爷是同他向来说惯笑话的，今天拿住了这个把柄，便问他：“既然不抽洋烟，为甚么还要吞烟泡呢？”他便正言厉色的答道：“童某吃的是本土，是不相干的。”王爷说：“吃烟吞泡还不是一样吗，怎么叫作不相干呢？”童子良道：“回王爷话：所谓戒烟者，原戒的是洋药，本不是戒的本土，但看各关报销册，洋药进口税一年有多少，便晓得我们中国人吃洋烟的多少。如今先从童某起，头一个不抽洋烟，拿本土来抵制他，以后慢慢劝他。倘或天下人一齐都吃本土，不吃洋烟，还愁甚么利源外溢呢。童某并不是欢喜一定要吃这个捞什子，原不过以身作法，叫天下人晓得我是为洋药节流，便是为本土开源，如此一片苦心而已。”王爷道：“不想老先生抽抽鸦片烟，却有如此的一番大经济在内。可佩！可佩！”这是一桩事。

还有一桩，这一桩乃是要钱。做官的人要钱，本来算不得甚么。但是他却另有一副脾气，是专要银子，不要洋钱，为的洋钱的“洋”字又犯了他的忌讳。从前京城里面本来是不用甚么洋钱的，用的全是当十大钱，无非银子换钱，钱换银子，倒也爽快。近来几年洋钱渐渐的用开了，北京城也有了。有些会打小算盘的人，譬如一向是孝敬一百两的，如今只消一百块钱，化上七十多两银子，也甚觉得冠冕。无奈这位童大人，要是人家送他洋钱，他一定譬还不受。送他钱的人，不是门生，便是故吏，总是有求于他的人，如今见他不受，大家心上都要诧异。后来访着缘故，只得换了银子再去送，合起数目来，总比洋钱还要多些。他到此亦不谦让了，除掉现银子，便是银票：一千两、二千两，三百两、五百两，白纸写的居多。还有些人因为写的白纸票子，恐怕忌讳，竟用大红缎子写的，倒也新鲜得很。

他生平虽爱钱，却是一文不肯浪费。凡是人家送给他的银票，上房后面另有一间小屋。这间屋是墨测黑，连个窗户都没有的，然而一步一锁，无论甚么人不准进去的，就是儿子亦只准站在门外。一天老头子在这屋里有事情，大少爷进来回话，因为受过父亲的教训，不敢径入房中，站在门外老等。等了一回，忽听老头子在小屋里叫唤起来，方见姨太太点了个亮，掀开门帘，在门口站着，亦不敢进去。仿佛老头子在地下摸索了一回，忽然一跳就起，说道：“还好！有了！”随手出来，把门锁好。姨太太照火的时候，大少爷留心观看。只见这间小屋里，四面墙上贴的，一张一张，很像账条子一样。及至仔细一看，才晓得墙上贴的都是银票。大少爷把舌头一伸，心中暗暗欢喜：“原来老人家有这许多家当，这间小屋却是他老人家的一间银库！”

又过了两年，有几省督、抚奏请置办机器，试造中国洋钱。他老先生见了这个折子，

老大不以为然。无奈朝廷已经批准，他也无可换回，只得回转家中，生了两天气，说："好好一个中国，为甚么要用夷变夏！中国用惯银子的，如今偏要学外国的样，铸甚么中国洋钱！这个洋钱日后倘若用开，岂不是全个成了他们外国人的世界？那还了得！我情愿早死一天，眼睛闭了干净，免得日后叫我瞧着难过。"他虽如此说，人家亦不来睬他。到了第二年，有两省银元造成，解到部里，其时他老人家已掌户部，司员捡了一包，请他过目。他闭着眼睛，说道："我不忍看这些亡国东西，你们拿了去罢！"司官晓得他素来脾气，只得退了下来，后来这话传开了，京城里面都以为笑话。

有天，有个门生，本是个翰林底子，因得京察记名，奉旨简放江西九江府知府。召见下来，到老师跟前着辞行。童子良道："听说九江地方是很热闹的。"门生道："本是通商码头，各国商人都有。在那里是很不好做的，门生特来请请老师的教训。"童子良叹口气道："那里有这许多国度！总而言之一句话：他们外国人，想出法子来骗我们钱的。我不相信他们外国人就穷到这步田地，自己家里做不出生意，一定要赶到我们中国做生意。偏偏就有我们这些不争气的督、抚去随和，他们的洋钱不够使，我们又特地买了机器，铸出洋钱来给他们使。不晓得他们外国人有何功何德到我们，我们要如此的巴结他！我真正不懂！"门生道："我们中国自铸的洋钱本不叫作洋钱，有的叫银元，亦叫龙圆。"童子良道："亦不过多换几个名字，骗骗皇上罢了，还不同外国洋钱一个样子吗。"门生道："大小虽一个样子，花样却是不同。我们的龙圆，正中盘的是一条龙，所以叫作龙圆。"

童子良听说花样不同外国一样，不觉心上一动，说道："你有没有？可拿个来我瞧瞧。"这位门生齐巧身边有两块洋钱，一块鹰洋，一块龙圆，便取出来，说声："老师请看。"童子良接在手中，一见有一块鹰洋在内，便皱着眉头，说道："怎么老弟你亦用这个？"随手就拿这块洋钱在炕几上一丢，却拿了那块龙圆不住的端详。后来看见有龙的一面四转亦有洋字，他老人家便把面孔一板道："老弟！怎么你也来欺我？如果不是造了送给外国人的，为甚么要刻上这些外国字呢？我总疑心现在的人，一定是吃了外国人的迷混药，所以样样都帮着外国人，真正不解！"后来这个门生又再三告诉他："中国所以铸造龙圆，原是想出法子抵制外国洋钱的意思，就同老师单吃本土，不吃洋烟，同一用意。"童子良经此一番譬解，虽然明白了许多，然而总为这龙圆上面刻了洋字，决计不肯使用。

闲话少叙。单说他此番派了九省钦差，到处查账筹款，不但那九省大小官员，听得他来，个个不安其位，就是别省听着，也为担心。当时他上去请训，奏称道："臣这趟出京，要由旱道而走，十八站到清江浦，然后坐了民船，再下江南。"上头问他："为甚么不坐火车到天津，再换轮船到上海，岂不快些？"他便碰头奏道："臣是天朝的大臣，应该按照国家的制度办事。甚么火车、轮船，走的虽快，总不外乎奇技淫巧；臣若坐了，有伤国体，所以断断不敢。"上头听他说的话很冠冕而且晓得他为人古板，也就随他去了。但是按照官站，须要经过山东，朝廷便谕他顺便带看河工。他亦说："山东黄河，年来时常决口，听说其中弊端百出，臣到山东后，定当严密稽查，决不敢有负委任。"上头听了，无甚说得。

过了一天，又上去陛辞下来，便在部里支了盘川，带了随员，径向北道旱路进发。未曾动身的前头，发信给各地方大员，叫他们传谕所属，无非说："本大臣砥砺廉隅，一介不取。所到之处，一概不许办差。倘敢不遵，定行参处。"如此通饬下去，总以为这位钦差是清廉自矢，决计不用地方上破费银钱的了。岂知他所费的更多。你道是何缘故呢？现在不说别的，单指轿马一项而论：钦差坐的是长轿，抬轿子的每班四人，每天要换三班。一位少大人，随员六七十位，有的坐轿，有的坐车。钦差随员，各人都有跟人，都有行李。通扯起来，轿子至少亦得二三十顶，轿车、大车一百多辆，马亦要一百多匹。这笔费用，

一天共需几何？部里支得盘川，如何够使？钦差每到一处，总要面谕地方官：“所有夫价，即便写了领纸，交给巡捕官到我这里来领。”地方官当时只得诺诺遵命。等到下来，一一发付之后，那里还敢向钦差大人手里讨取。然而等到钦差临动身的时候，这张领纸又一定要来讨取去的，地方官又不敢不照写。然而只见领纸进来，从不见银子出去。好在地方官亦早已自认晦气，决不要钦差还的。至于钦差自己心上亦未始不明白，但是不如此，不能显得清廉，况且自己亦那里贴得出许多呢。

最要紧的是：每到一处，地方官办差太省俭了，固然不好，太华丽了，也不相宜。钦差尚未来到，便有钦差的巡捕先赶早一步来，名字叫作“先站”，其实是同地方官讲价钱来的。看缺分大小，一千、八百，尽着量要。若是地方官孝敬的能够如愿，他便把钦差脾气欢喜甚么，不欢喜甚么，都说了出来；地方官摸着钦差的脾气，这差事自然是好办了。倘若送的不能如愿，他便不肯以实相告，尽着地方官去瞎碰。

此番钦差因奉旨查办河工，所以绕着济南。抚台恐怕首县办差，一个人兼顾不到，特地派了两个同知，两个知县，帮着去办。使用银子，都在善后局里支领。偏所派的四位当中，有一位同知手笔极紧，除掉行辕应用的物件，不得不办了送去，其余小钱一文不肯浪费。巡捕官预先下来，只有首县私下答应他八百银子。那巡捕官一定要三千，说：“钦差到你们这里，总得多住几天，随时可以挑眼的。咱们劝你多破费几文，为的是彼此平安，省得钦差挑眼之后，大家没味。”首县听了，甚以为然，无奈那位同知大老爷执定不肯。首县无奈，只得又自己暗里送了这巡捕五百金。

此时山东省城是早已晓得钦差脾气不喜欢洋货的，所以行辕之内，一切摆设铺陈，凡是洋钟、洋表、洋毯、洋灯、洋桌、洋椅之类，一概不用。等到晚上，点了无数若干的牛油蜡烛，不拿洋灯比较，也还觉得明亮。至于其他一切陈设，都是中国土货。吃的东西，又无非照例的燕菜席，满、汉席。钦差住了几天，尚无话说。其时已是四月，天气渐热。跟班的出来，说大人嫌吃的水不干净，就是拧出手巾来也有股气味。办差的听见了，立刻就叫人到趵突泉打了水来给钦差吃。又买了一打林文烟香水交给跟班上，说：“每逢钦差洗脸，面盆里冲上些香水，就没有气味了，而且还香喷喷的好闻。”谁知拿了进去，钦差还没有闻着，打手巾把子的人已经挑眼了，拿着香水送到钦差面前，说：“这是外国人的药水，他们拿来药你的。”钦差听了，便气的了不得，写信给抚台，要查办办差的。抚台忙传那四个办差的到辕问话。四个人据实禀明，说那香水原是可以避暑气的，而且还可以避疫气。抚台复了钦差。钦差又查问那里买的，后来听说是洋货店里买的，钦差愈加不高兴，说：“我就同女人一样，守节已经到了六七十岁了，难道还要半路上失节不成。你们这些人都不是好人，总要想出法子来害我，到底是何居心！”

这个风声传了出去，不但办差的人处处小心，就是合省官员来禀见的，凡是稍微带点洋气的东西，都不敢叫他瞧见。有天同司、道谈论公事，谈得时候多了些，忘记了时辰，便问：“现在是甚么时辰了？”有位候补道，无意之中说了声：“现在大约有一点钟了。”童子良不听则已，听了之时，便把眉头一皱，眼睛一愣，说：“你老哥说的甚么？兄弟不懂。”嘴里说不懂，心上却是明白的，晓得他们所说的一定是表上的时刻，便想到这些人身上一定带着有表。半天不言语，侧着耳朵一听，偏偏同他坐的顶近一位道台，外褂里面“剔剔”的响。童子良听了一会，便问这位道台：“你老哥身上有甚么东西，一剔一剔的响？”又问：“你们众位可曾听见没有？”众人都不敢言，直把那位道台羞得耳根都红，坐立不稳。童子良还算忠厚，未曾当面揭穿，只第二天见了抚台，说：“某道人是漂亮的，但是漂亮人总不免华而不实，不肯务正。所以兄弟取人，总在悃愊无华[1]一路。”抚台听了，先还摸不着头脑，还以为某人办事不诚实，所以钦差才加了他这个考语；后来别位司、道说起，

晓得是为带着表，方才付之一笑了事。

钦差在济南住了十来天，所查办的事，无非是河工局里多孝敬他几万银子，没甚么大不了之事。河工局送的是公款，为的是保全大局起见，钦差受了自无话说。抚台又另处送了程仪，下来便是司、道孝敬，府、县孝敬，还有些相好处的孝敬：钦差亦一一笑纳。

另外又有位平度州知州，这州官乃是在旗，名唤巴吉，表字祥甫。平度州缺，在东三府里也算得中等的缺。巴祥甫到任，已经做过五六年了，这年又得了“卓异”[②]，照例送部引见。他身上本有“在任候补直隶州”字样，等到引见下来，又得了个“回任候升”。回省之后，上司都拿他当老州县看待，自然立即饬回本任的。回任不多几时，偏偏临清州出缺。临清州乃是直隶州。巴祥甫因为自己资格已到，不免有觊觎之心。亲自进省，托人在大宪面前吹嘘，意思想求大人拿他升补。上头尚在游移两可。这个档口，齐巧钦差来到，一连忙了十几天，就把这事搁起。巴祥甫心上虽然着急，也属无可奈何。

巴祥甫有个哥哥，从前曾经拜在钦差门下，巴祥甫因此渊源，也就拿着门生的帖子前去叩见、居然传见，留下谈了半天，甚是亲热，等到见了下来，就有他的亲家，也在省里候补的，劝他送分重礼给钦差，趁势托钦差说两句好话，抚台一定答应。巴祥甫亦以为然，意思想送钦差八千银子。他亲家道：“送银子不及送东西的体面。”原来巴祥甫省城里的甚么事情都是托他这位亲家替他经手的。他亲家新近亦是替一个朋友办了一份礼，就是送给一位甚么大人的，后来这份礼没有收，那个朋友的钱亦就一直没有拿出来。这份礼物总共值到五吊来往银子，一齐担在他亲家身上，所以他亲家急于想要出脱，齐巧碰着巴祥甫要送钦差的礼，他亲家面子上劝他置办东西，内骨子实是要卸自己的干系，因此一力撺掇。那份礼物当中，如珠宝、翡翠之类，很有两件值钱的。巴祥甫瞧了，因见亲家讨他六千，他看过六千还值，便尔应允。

但是巴祥甫的为人，是有点马马糊糊的，把礼物大概看了一遍，面子上很觉过得去，便对亲家说了声“费心”，吩咐开写礼单，即刻派人送去。不料送礼的家人去不多时，忽然赶回来找老爷，说是礼单之中有盘珠打璜金表一打，钦差巡捕说：“这是大人顶顶犯忌的东西，怎么拿这个送他？非但不落好，倘或钦差生了气，还怕于你老爷功名有碍。”巴祥甫道：“既然承他关照，我们就把表拿回来，再配一样别的送去亦好。”家人道：“小的亦是如此说，无奈巡捕老爷不准我们拿回来。”巴祥甫急了，只好亲自赶去。走到那里，巡捕拿他一味恫吓，说：“已回过少大人了，不能由你拿回去掉换。你要太平无事，除非送三千银子给少大人，托他替你想法子，还是个办法。”巴祥甫无奈，只得同他磋磨了半天，跌到二千。巡捕果然进去同大少爷说明。大少爷说：“叫他把银子拿来，保他无事。”巴祥甫只得又回来，找到他亲家，打了二千银子的一张票子送了进去，然后巡捕连表连银子，统通拿进去，交代了大少爷。大少爷又教了巡捕若干话，巡捕会意。

直等到里头传开饭，童子良刚刚坐下，只见巡捕拿了手本、礼单从外面走了进来。方才走到院子里，劈面大少爷从厢房里走了出来，不由分说，拦住台盒瞧了一瞧，顺手在盒子里取出一捧东西。后里拿着，却嘴里嚷着说道：“这人真正岂有此理！他不晓得这里大人犯恶这个吗？竟其大胆，敢拿这个往这里送吗？”一头嚷，一头抢在盒子前头上来报信。其时拿手本、礼单的人已经到了童子良跟前了。童子良看了礼单，一见有金表在内，心上一个不高兴，面孔登时沉了下来，要待发作，尚未发作。不料少爷才上得一层台阶，一个滑脚早滑倒了，“哗啷”一声，一大捧东西一齐丢在地下，还有些珠子的溜溜在地下乱滚。看上去，有两个黄澄澄的的确像个金表，珠子早洒了满地了。童子良一见大少爷跌倒，忙问：“怎么样了？”大少爷喘吁吁的站起来，把衣服掸了两掸，也不拾地下的东西，便跑在他父亲身边，回道：“我正为巴某人送的礼奇怪，所以抢着拿了来给你老人家瞧。”童子良此时早看清是表，便发话道："你不晓得我顶恨这个东西吗？还要拿了来气我！替我把那地下的东西扫出去，就是跌破了，也不准放在这里。"家人们答应一声，早有几个人把表抢着拿了出去，又一连两三苕帚，地下一颗珠子都扫的没有了。童子良见表拿出去，方把巡捕埋怨道："他们说不晓得，怎么你们在我这里当差使，连这个都不知道吗？也不通知他们一声，由着他们拿这个来气我！"

巡捕见表拿了出去，没了对证，方慢慢的辨道："回大人的话：巴牧有两句说话来，本要紧禀告大人知道的；倘若巴牧没有那两句话，标下亦决计不敢替他拿上来了。"童子良忙问："甚么话？"巡捕道："他说他这个表不是外国来的，是本地匠人自己造的。"童子良道："怎么本地人也会造表？造出表来做甚么用呢？"巡捕便按照大少爷吩咐他的话回道："巴牧的意思，因为外国进来的表太多了，顶好中国人不买。无奈中国人有几个能像大人这相正派，不要这些东西呢。但是外国进来的多了，中国的银钱就不免慢慢的一齐淌出去了。现在也是万不得已才想出这个抵制的法子，叫自己的匠人，仿照外国人的样子造出一个表来，一样报时报刻，中间的关捩子就同锁璜一样，所以叫作打璜金表，面子上盘了多少珍珠，无非取其值钱好看的意思，所以叫作盘珠打璜金表。大人没有瞧见，那底下一面还有'大清光绪年制'六个字，上头外国字一个都没有，真正是自己本国土造的。"童子良听了，居然信以为真，便道："果然如此，还得说下去。如今跌碎了他的，倒辜负他这一片盛意了。"

巡捕见钦差怒气已平，便笑着朝大少爷说道："巴某人送礼来的时候，他自己倒也很明白。"童子良道："怎样讲？"巡捕道："他说：'我巴某人拿了这东西孝敬钦差，不把话说明白，钦差一定要生气的。说明白了，或者还念这片苦心，亦就包涵过去了。'巴某人还说：'钦差是个正人，自古道，"邪不胜正"，所以不欢喜这些东西的。'如今可被他一句话说着了。表是大人犯恶的，一进了院子门，大人老远的瞅了一眼，自然而然那东西就会跌在地下跌碎，不能近大人的身。这也不怪少大人拿的不好跌碎的，暗地里自有神道在少大人手里夺过来摔在地下的。真正是'邪不胜正'，这话是万不得错的。"童子良听了这番恭维，方才一面吃饭，一面慢慢的说道："神道自有的。我们老太爷从前在山西做知县，凡是出了疑难命盗案件，自己弄得没有法子想，总是去求城隍老爷帮忙。洗过澡，换过新衣服，吃的是净素，住在城隍庙里，城隍老爷就托梦给他，或是强盗，或是凶犯，依着方向去找，回回都找到的。后来老太爷归天之后，老太太还做梦，说是老太爷也做了那一县的城隍了。神道的确是有的，不可不相信。"巡捕道："像大人这样的职分，一定有值日功曹暗中保护，城隍老爷位分小，还够不上哩。"童子良把脸一板道："这话不是可以混说的！那年陆中堂死了，他家是南方人，都按照南方风俗办的事，当天化了多少锡箔，甚么望乡台、城狱门、十八殿阎王，一齐都上了钱粮。城隍庙里自从城隍老爷起，一直到小鬼土地，一齐都有烧化。人死了，头一重先要到城隍老爷跟前挂号，任凭你中堂、尚书再大点的官都逃不过的。这话都可以混说，真正瞎胡闹了！"

一席话说完，饭亦停当，方走下来，把巴祥甫送的礼物仔仔细细看了一遍。有个翡翠扳指，很中他老人家的意，带了手上给大少爷瞧，问大少爷道："你瞧，这扳指也不输给你丈人的那一个了？"大少爷答应了一声："是。"童子良又看别的礼物也都过得去，便吩咐一齐收下，表已打碎，亦不追究。因此一个扳指对了他的胃口，却很替巴祥甫出力，在抚台面前替他说了许多好话，后来巴祥甫竟其如愿以偿，补授临清州缺。这是后话不题。

单说大少爷凭空得着了十二只金表，自然满心欢喜。且说他此番跟了老头子出来，人家孝敬钦差，少不得也要孝敬少大人；银子虽然也弄得不少，不过人心总无餍足之时，自然越多越好。老头子自到山东，总共收了人家若干现的，若干票子，就账上看起来，也就

不在少数。后来老头子又嫌现的累坠，于是又一概换了票子，床头上有个拜匣，一齐锁在里面。莫说别人不能经手，就是自己儿子也不准近前一步。这间屋，一步一锁，钥匙是老头子自己带着。老头子或是清晨起来，或是灯下无事，一定一天要早晚查点二次。统计在山东境内，得了十五万六千银子。少爷劝他与其自己带在身边，不如早些托票号里汇到京城，也可存庄生息。无奈老头子觉放心不下，不以少爷之言为然。

过了些时，山东银子收齐了，便吩咐起马，九站旱道，直到清江浦换船南下。在旱道上，这个拜匣就放在轿子里面，每逢打尖住宿，等到无人之时，依旧每日二次查点银票。十五万六千银子的银票，也有二千一张的，也有一千一张的，三百、五百也有，一百、二百也有。统算起来，共有三百几十张银票。查点一次，亦很费半天工夫。他在屋里点票，一向是一个人不准入内，就是有客来拜，也不敢回，必须等到他老人家点完了数，锁入拜匣，亲随人等方敢进见。

及至到了清江，坐的是大号南湾子船[3]，钦差自己一只，少爷一只，随员人等一共是二十多只，一字儿排在河心。少爷因为老头子一个人在船上未免冷清，同老头子说，情愿同老人家同船，以便早晚伺候。老头子怕儿子偷他银子，执意不肯。少爷见老头子不允，也只好遵命。南湾子船极大，房舱又多。童子良特特为为叫办差的替他做了两扇牢固的门，以便随时好锁。到了清江，漕台[4]请他吃饭，都是锁了舱门才去的。漕台见了面，同他说："我这里有的是小火轮，我派两条送你到苏州，免得路上耽搁。"童子良连连作揖推辞道："你老哥还不晓得兄弟的脾气吗？我宁可天天顶风，一天走不上三里路，我是情愿的。小火轮虽快，是洋人的东西，兄弟生平顶顶恨的是洋货，已经守了这几十年，现在要兄弟失节是万万不能的了。况且兄弟苟其贪图走的快，早由天津坐了火轮船到上海，也不到山东绕这一个大湾儿了。"漕台见他如此说法，晓得他牛性发作，也只好一笑置之。

单说少爷见老人家有这许多银子，自己到不了手，总觉有点难过，变尽方法，总想偷老头子一票，方才称心。如此者处心积虑，已非一日。从清江一路行来，早晚靠了船，大少爷一定要过来请安。等到老头子查点票子的时候，一定要把大少爷赶回自己船上去。大少爷也晓得老头子的用意，生恐被他偷用了，将来轮不到小儿小女，无奈想放下总放不下。

有天船靠常州，到了晚上，时候还早，父子二人吃过了饭，随便谈了几句，童子良就急急的催儿子过船。大少爷心上有点气不服，走到船头，盘算了一回，恰喜这夜并无月色，对面不见人影，他便悄悄的吩咐船家说："我要在这船沿上出恭。"船上人道："这里河面宽，要当心，滑了脚不是玩的！船上有的是马桶，还是舱里稳当些。"大少爷道："我欢喜如此，不准响，闹得大人知道！"船上人见说他不听，也只好随他了。大少爷便依着船沿，慢慢的扶到后面，约摸老人家住的那间房舱。幸喜窗板露着有缝，趁势蹲下，朝里一望，可巧老头子正是一个人在那里点票子哩。大少爷看着眼馋，一头看，一头想主意。只见老头子只是一张一张的点数，并不细看票子上的数目，一搭五十张，望上去有七八搭的光景，点完之后，用纸包了一个总包，仍旧放在那个拜匣之内，拿锁锁好，摆在床头。他老人家亦就顺势躺在床上，看那样子，甚为怡然自得。大少爷随即回自己船上。

一宵易过，容易天明。第二天开船，是日船到无锡。到了晚上，大少爷又过来偷着看了一回，也是如此。他便心上想道："像他这种点法，只点票子的数，并不点银的数，倘若有人暗地里替他换下几张，他会晓得吗？有了，等我到了苏州，如此如此，这般这般，这银子虽然不能全数到我的手，十成里头，总有六七成可以弄到手的。"主意打定，便买嘱上下人等。等到船泊苏州之后，偷个空上岸，先把自己的现银子取出几个大元宝，到钱铺里托他们一齐写了银票，也有十两的，也有八两的，极少也有四两。钱铺问他做甚么用，他说是赏人的，人家也不疑心了。回到船上，专等钦差上岸，或是拜客，或是赴宴，这个挡口，大少爷便开了老头子住的舱门；钥匙都是预先配好的，开了舱门，寻到拜匣所在，取出银票，拿掉几张大数目的，放上几张小数目的，仍然包好放好。等到晚上老头子点票子的时候，大少爷又去偷看了一回，只见老头子依然是一张一张的点了个总数不差，无甚说得。因此大少爷胆子愈大，第二天又换上十来张，老头子仍未看出，如此者不上五天，便把他老人家整千整百大数目的银票统通偷换了去。

童钦差虽然仍旧逐日查点，无奈这个弊病始终没有查出。又幸亏这童钦差平时一个钱不肯用的，这些银票，将来回京之后，也不过送到黑屋里为糊墙之用。大约这重公案，他老人家在世一日，总不会破的了。于是大少爷把心放下。后来手脚做的越多，胆子越大，老头子这趟差使弄来的钱，足足有八九成到他儿子手里了。

要知后事如何，且听下回分解。

[注释]

①悃愊无华：至诚而不虚浮。《后汉书 · 章帝纪》："安静之吏，悃愊无华。"

②卓异：清时每三年考核外官的成绩一次，叫作大计。卓异是大计时最好的考语。

③南湾子船：江北一种运货、载人的木船。

④漕台：漕运总督，主掌漕运的官员。

第四十七回

喜掉文频频说白字　为惜费急急煮乌烟

却说童子良到了苏州。江苏是财赋之区，本是有名的地方。童子良此番是奉旨前来，一为查旧账，二为筹新款。钦差还没有下来，这里官场上得了信，早已吓毛了。此时做江苏巡抚的，姓徐，号长绵，是直隶河间府人氏，一榜出身。藩台姓施，号步彤，是汉军旗人氏。臬台姓萧，号卣才，是江西人氏。他俩一个是保举，一个是捐班，现在一齐做到监司大员，偏偏都在这苏州城内。施藩台文理虽不甚清通，然而极爱掉文，又欢喜挖苦。因为萧臬台是江西人，他背后总要说他是个锯碗的出身。萧臬台听见了，甚是恨他。

这日辕期，两司上院，见了徐抚台。徐抚台先开口道："里头总说我们江苏是个发财地方，我们在这里做官，也不知有多少好处，上头不放心，一定要派钦差来查。我们做了封疆大吏，上头还如此不放心我们，听了叫人寒心！"施藩台答应了两声"是"，又说道："回大帅的话：我们江苏声名好听，其实是有名无实。即如司里做了这个官，急急的'量人为出'，还是不够用，一样有亏空。"徐抚台听了"量人为出"四个字不懂，便问："步翁说是甚么？"施藩台道："司里说的是'量人为出'，是不敢浪费的意思。"毕竟徐抚台是一榜出身，想了一想，忽然明白，笑着对臬台说道："是了。施大哥眼睛近视，把个量入为出的'入'字看错个头，认做个'人'，字了。"萧臬台道："虽然看错了一个字，然而'量人为出'，这个'人'字还讲得过。"徐抚台听了，付之一笑。施藩台却颇洋洋自得。

徐抚台又同两司说道："我们说正经话，钦差说来就来，我们须得早为防备。你二位老兄所管的几个局子，有些账趁早叫人结算结算，赶紧把册子造好，以备钦差查考。等到这一关搪塞过了，我兄弟亦决计不来管你的闲事。"藩、臬二司一齐躬身答应，齐说："像大帅这样体恤属员，真正少有，司里实在感激！"徐抚台道："多糜费，少糜费，横竖不是用的我的钱，我兄弟决计不来做个难人的。"藩、臬两司下来，果然分头交代属员，赶造册子不题。

正是有话便长，无话便短。转眼间，童钦差已经到了苏州了，一切接差请圣安等事，不必细述。且说童钦差见了巡抚徐长绵，问问地方上的情形，徐抚台无非拿场面上的话敷衍了半天。接着便是司道到行辕禀见。童钦差单传两司上去，先问地方上的公事，随后又问藩台："单就江苏一省而论，厘金共是若干？"施藩台先回一声"是"，接着说了句："等司里回去查查看。"童钦差听了，无甚说得。歇了一回，又提到漕米，童钦差道："这个是你老哥所晓得的了？"谁料施藩台仍旧答应了一声"是"，接着又说了一句："等司里回去查查看。"

童钦差一听，他这个要回去查，那个要回去查，便很有些不高兴。于是回过脸同萧臬台议论江南的枭匪，施藩台又抢着说道："前天无锡县王令来省，司里还同他说起：无锡的九龙山强盗很多，你们总得会同营里，时常派几条兵船去'游弋游弋'才好，不然，强盗胆子越弄越大，那里离太湖又近，倘或将来同太湖里的'鸟匪'合起帮来，可不是顽的！"施藩台说得高兴，童钦差一直等他说完，方同萧臬台说道："他说的甚么？我有好几句不懂。甚么‘游弋游弋’，难道是下油锅的油锅不成？”萧臬台明晓得施藩台又说了白字，不便当面揭穿驳他，只笑了一笑。童钦差又说道：“他说太湖里还有甚么‘鸟匪’，那鸟儿自然会飞的，于地方上的公事，有甚么相干呢？——哦！我明白了，大约是枭匪的‘枭’字。施大哥的一根木头被人家扛了去了，自然那鸟儿没处歇，就飞走了。施大哥好才情，真要算得想入非非的了！”

施藩台晓得童钦差是挖苦他，把脸红了一阵，又挣扎着说道：“司里实在是为大局起见，生怕他们串通一气，设或将来造起反来，总不免‘茶毒生灵’的。”童钦差听了，只是皱眉头。施藩台又说道：“现在缉捕营统领周副将，这人很有本事，赛如戏台上的黄天霸一样。还是前年司里护院的时候，委他这个差使。而且这人不怕死，常同司里说：“我们做皇上的官，吃皇上家的钱使，将来总要“马革里尸”，才算对得起朝廷。’”童钦差又摇了摇头，说道：“做武官能够不怕死，原是好的。但是你说的甚么‘马革里尸”，这句话我又不懂。”施藩台只是涨红了脸，回答不出。萧臬台于是替他分辨道：“回大人的话，施藩台眼睛有点近视，所说的‘马革里尸’，大约是‘马革裹尸’，因为近视眼看错了半个字了。就是刚才说的甚么‘茶毒生灵的’‘茶’字，想来亦是这个缘故。”童钦差点头笑了一笑，马上端茶送客。一面吃茶，又笑着说道：“我们现在用得着这‘茶度生灵’了！”施藩台下来之后，朝萧臬台拱拱手，道：“卣翁，以后凡事照应些，钦差跟前是玩不得的！”于是各自上轿而去。

自此以后，童钦差便在苏州住了下来。今天传见牙厘局总办，明天传见铜元局委员，无非查问他们一年实收若干，开销若干，盈余若干。所有局所，虽然一齐造了四柱清册，呈送钦差过目，无奈童子良还不放心，背后头同自己随员说：“这些账是假造的，都有点靠不住，总要自己彻底清查，方能作准。”于是见过总办、会办，大小委员，都不算数，一定要把局子里的司事一齐传到行辕，分班回话。

头一天传上来的一班人，童钦差只略为敷衍了几句话，并不查问公事。这一班退出，吩咐明天再换一班来见。等到第二天，换二班的上来，钦差竟其异常顶真，凡事都要考求一个实在。有些人回答不出，很碰钦差的钉子。于是大家齐说：“这是钦差用的计策，晓得头一班所以无须问得。等到第二班，一来总办没有预备，再则大家见头一天钦差无甚说话，便亦随随便便，谁知钦差忽然改变，焉有不碰钉子之理。”司事碰了钉子，其过自然齐归在总办身上。合苏州省里的几个阔差使总办一齐都是藩台当权，马上传见施藩台，当面申饬，问他所司何事。施藩台道：“司里要算是顶真的了，几次三番同他们三令五申，无奈这些人只有这个材料，总是这们不明不白的。”童子良道：“这里头的事，你可明白？”施藩台道：“等司里回去查查看。”童子良气的无话可说，便也不再理他。幸亏现任苏州府知府为人极会钻营，而且公事亦明白，不知怎样，钦差跟前被他溜上了，竟其大为赏识，凡事都同他商量。这知府姓卜，号琼名。但是过于精明的人，就不免流于刻薄一路。平时做官极其风厉，在街上看见有不顺眼的人，抓过来就是一顿。尤其犯恶打前刘海的人，见了总要打的。他说这班都是无业游民，往往有打个半死的。因此百姓恨极了他，背后都替他起了一个浑号，称他为“剥穷民”。藩台施步通文理虽然不甚通，公事亦极颟顸，然而心地是慈悲的，所谓“虽非好官，尚不失为好人”。因见首府如此行为，心上老大不以为然，背后常说：“像某人这样做官，真正是草菅人命了。”亦曾当面劝过他，无如卜知府阳奉阴违，也就奈何他不得。

钦差此番南来，无非为的是筹款。江南财赋之区，查了几天，尚无眉目，别处更可想而知了。童子良生怕回京无以交代，因此心上甚为着急。卜知府晓得钦差的心事，便献计于钦差，说是：“苏州一府，有些乡下人应该缴的钱粮漕米，都是地方上绅士包了去，总

不能缴到十足。有的缴上八九成，有的缴上六七成，地方官怕他们，一直奈何他们不得。许多年积攒下来，为数却亦不少。”童子良道：“做百姓的食毛践土，连国课都要欠起来不还，这还了得吗！”卜知府道：“其过不在百姓而在绅士，百姓是早已十成交足，都收到绅士的腰包里去了。苏州省城里还好，顶坏的是常熟、昭文两县，他那里的人，只要中个举，就可以出来替人家包完钱漕，进士更不用说了。”童子良道：“你也欠，他也欠，地方官就肯容他欠吗？将来交不到数目，不还是地方官的责任吗？”卜知府道：“地方官顾自己考成，亦只好拿那些没势力的欺负，做个移东补西的法子。至于有势力的，拉拢他还来不及，还敢拿他怎样呢。”童子良道：“一个举人有多大的功名，胆敢如此！”卜知府道：“一个举人原算不得甚么，他们合起帮来同地方官为难，遇事掣肘，就叫你做不成功，所以有些州、县，只好隐忍。卑府却甚不以此为然。”童子良道：“依你之见如何？”卜知府道：“卑府愚见：大人此番本是奉旨筹款而来，这笔钱，实实在在是皇上家的钱，极应该清理的，而且数目也不在少处。为今之计，只要大人发个令，说要清赋，谁敢拖欠，我们就办谁。越是绅衿，越要办得凶。办两个做榜样，人家害怕，以后的事情就好办了。不但以后的事情好办，这笔钱清理出来，也尽够大人回京复旨交代的了。”

童子良这两天正以筹不着款为虑，听了此言虽然合意，但是意思之中尚不免于踌躇，想了一想，说道：“这笔钱原是极应该清理的，但是，如此一闹，不免总要得罪人。”卜知府道：“古人‘铁面无私’，大人能够如此，包管大人的名声格外好，也同古人一样，传之不朽；而且如此一办，朝廷也一定说大人有忠心；朝廷相信了大人，谁还敢说甚么话呢？”童子良经他这一泡恭维，便觉他说的话果然不错，连说：“兄弟照办。但是，老兄到底在这里做过几年官，情形总比兄弟熟悉些，将来凡事还要仰仗！”卜知府亦深愿效力。一连又议了几日，把大概的办法商量妥当，就委卜知府做了总办。

卜知府本来是个喜欢多事的人，一朝权在手，便把令来行，行文各属，查取拖欠的数目以及各花户的姓名；查明之后，立刻委了委员，分赴各属，先去拿人。那些地方官本来是同绅士不对的，今奉本府之命，又是钦差的公事，乐得假私济公，凡来文指拿的人，没有一名漏网。等到解到省城之后，凡是数目大的，一概下监，数目小的，捕厅看管。但是欠得年代太久了，总算起来，任凭你甚么人，一时如何还得起。于是变卖田地的也有，变卖房子的也有，把现在生意盘给人家的也有，一齐拿出钱弥补这笔亏空。然而这些都还是有产业、有生意的人，方能如此。要是一无底子的人，靠着自己一个功名，鱼肉乡愚，挟持官长，左手来，右手去，弄得的钱是早已用完了，到得此时，斥革功名，抄没家产都不算，一定还要拷打监追。及至山穷水尽，一无法想，然后定他一个罪名，以为玩视国课者戒。因此破家荡产，鬻儿卖女，时有所闻。虽然是咎由自取，然而大家谈起来，总说这卜知府办的太煞认真了。

闲话少叙。但说卜知府奉到宪札之后，认真办了几天，又去禀见钦差。童子良道：“兄弟即日就要起身前赴镇江，沿江上驶；先到南京，其次安徽，其次江西，其次两湖；回来再坐了海船，分赴闽、粤等省。到处查查账，筹筹款，总得有一年半载耽搁。”这事既交代了老兄，大约有半年光景，总可清理出一个头绪？”卜知府道：“不消半年。卑府是个急性子的人，凡事到手，总得办掉了才睡得着觉。大约多则三月，少则两月，总好销差。”童子良道：“如此更好！”卜知府回去，真个是雷厉风行，丝毫不肯假借。怕委员们私下容情，一齐提来，自己审问。每天从早晨起来就坐在堂上问案，一直到夜方才退堂。他又在跟前禀明，说：“有钦差委派的事，不能常常上来伺候大人。”甚至每逢辕期，他独不到。三宪面子上虽不拿他怎样，心上却甚是不快。

有天施藩台又同萧臬台说道：“听说卜某人是一天到晚坐在堂上问案子，连吃饭的工夫都没有。这人精明得很，赛如古时皋陶一般，有了他，可用不着你这臬台了。”施藩台说这话，萧臬台心上本以为然；无奈施藩台又读差了字音，把个皋陶的“陶”字，念做本音，像煞是甚么“糕桃”。萧臬台愣了，忙问：“甚么叫作糕桃？”施藩台亦把脸红了半天，回答不出。后来还是一位候补道忽然明白了他这句话，解出来与众人听了，臬台方才无言而罢。

按下卜知府在苏州办理清赋不表。且说此时做徐州府知府的，姓万，号向荣，是四川人氏。这人以军功出身，一直保到道台，放过实缺。到任不久，为了一件甚么事，被御史参了一本，本省巡抚查明复奏，奉旨降了一个知府。后来走了门路，经两江总督咨调过来，当了半年的差使。齐巧徐州府出缺，他是实缺降调人员，又有上头的照应，自然是他无疑了。

这万太尊从前做道台的时候，很有点贪赃的名声，就是降官之后，又一直没有断过差使，所以手里光景还好。到任之后，就把从前的积蓄以及新收的到任规费等先拿出一万银子，叫账房替他存在庄上。每月定要一分利息，钱庄上不肯，只出得一个六厘；万太尊不答应，后首说来说去，作为每月七厘半长存。这爿钱庄乃本地几个绅士拼出股分来合开的，下本不到一万，放出去的账面却有十来万上下。齐巧这年年成不好，各色生意大半有亏无赢，因此，钱业也不能获利。后来放出去的账又被人家倒掉几注，到了年下，这爿钱庄便觉得有点转运不灵。万太尊一听消息不好，立刻逼着账房去提那一万银子。钱庄上挡手的忙托了东家进来同太尊说，请他过了年再提。万太尊见银子提不出，更疑心这钱庄是挣不住的了，也不及思前顾后，登时一角公事给首县，叫他一面提钱庄挡手，押缴存款，一面派人看守该庄前后门户。知县不知就里，正在奉命而行，却不料这个风声一传出去，凡是存户，一齐拿了折子到庄取现，登时把个钱庄逼倒。既倒之后，万太尊不好说是为了自己的款子所以札县拿人，只说是奸商亏空巨款，地方官不能置之不问。但是钱庄已经闭倒，店伙四散，挡手的就是押在县里亦是枉然。后来几个东家会议，先凑了三千银子归还太尊，请把挡手保出，以便清理。万太尊无奈，只得应允。连利钱整整一万零几百银子，现在所收到的不及三分之一，虽说保出去清理，究竟还在虚无缥缈之间。总算凭空失去一笔巨项，心上焉有不懊闷之理。

又过了些时，恰值新年。万太尊有两个少爷，生性好赌，正月无事，便有人同他到一爿破落户乡绅人家去赌。无奈手气不好，屡赌屡输，不到几天，就输到五千多两。少爷想要抵赖，又抵赖不脱。兄弟二人，彼此私下商量，无从设法，便心生一计，将他们聚赌的情形，一齐告诉与他父亲。万太尊转念想道：“这拿赌是好事情，其中有无数生发。”便声色不动，传齐差役，等到三更半夜，按照儿子所说的地方前往拿人，并带了儿子同去，充作眼线。少爷一想：“倘或到得那里被人家看破，反为不妙。”但是老子跟前又不好说明，只得临时推头肚子疼，逃了回来。这里万太尊既已找着赌场所在，吩咐跟来的人把守住了前后门户，然后打门进去，乘其不备，登时拿到十几个人。其中很有几个体面人，平时也到过府里，同万太尊平起平坐的，如今却被差役们拉住了辫子；至于屋主那个破落乡绅，更不用说了。此时这般人正在赌到高兴头上，桌子上洋钱、银子、钱票、戒指、镯头、金表统通都有，连着筹码、骨牌，万太尊都指为赌具，于是连赌具，连银钱，亲自动手，一搂而光；总共包了一个总包，交代跟来的家人，放在自己轿子肚里，说是带回衙门，销毁充公。又亲自率了多人，故意在这个人家上房内院仔细查点了一回，然后出来，叫差人拉了那十几个人，同回衙门而去。

万太尊明晓得被拿之人有体面人在内，便吩咐把一干人分别看管。第二天也不审问，专等这些人前来说法。果然不到三天，一齐说好。有些顾面子的，竟其出到三千、五千不

等，就是再少的三百、二百也有，统通保了出去。万太尊面子上说这笔钱是罚充善举，其实各善堂里并没有拨给分文，后来也不晓得是如何报销的。便有人说：这回拿赌，万太尊总共拿进有一万几千银子。少爷赖掉人家的五千多不算，当大赌台上搂来的，听说值到三四千亦不算，倘算起来，足足有两万朝外。不但上年被钱庄倒掉的一齐收回，而且更多了一倍，真可谓得之意外了。但是被拿的人，事后考究这事是如何被太尊晓得的，猜来猜去，便有人猜到少爷漏的消息，说道："太尊的两位少爷是天天到此地来的，独有拿赌的那天没来，如今索性连影子都不见了。赌输了钱，欠的账都有凭据，他如此混账，我们要到道里去上控的。他既纵子为非，又借拿赌为名，敲我们的竹杠。如今这笔钱到底是捐在那爿善堂里，我们倒要查查看。"众人齐说："是极。"于是一倡百和，大家都是这个说法。就有人把话传到万太尊耳朵里，万太尊道："我不怕！他要告，先拿他们办了再说！难道他们开赌是应该的？我的儿子好好的在家里，没有人来引诱，他就会跑出去同他们在一块儿吗？我不办他们，只罚他们出几个钱，难道还不应该？真正又好笑，又好气！"万太尊说罢，行所无事。后来再打听打听，那几个罚钱的人亦始终没有敢去出首，大约是怕弄他不倒，自己先坐不是之故。

但是名气越闹越大，这个消息传到京城里，被一个都老爷晓得了。齐巧这都老爷是徐州人氏，便上了一个折子，大大的拿这万太尊参了几款。这时恰碰着童子良到江西筹款，军机里寄出信来，就叫他就近查办。童子良不免派了自己带来的随员，悄悄的到徐州府走了一遭。列位看官，可晓得现在官场，凡是奉派查办事件，无论大小，可有几件是铁面无私的？委员到得苏州，面子上说不拜客，只是住在店里查访，却暗地里早透个风给人，叫人到万太尊那里报信。万太尊得这信，岂有不着急之理！立刻亲自过来奉拜，送了一桌酒席，又想留在衙门里去住。几天下来，彼此熟了，还有甚么不拉交情的。再加派去的委员亦并不是吃素的，万太尊斟酌送些，他再借些，自然是大事化小，小事化无了。

话休絮烦。此时童子良已由苏州坐了民船到得南京，委员回来禀复了。万太尊晓得事已消弥，不致再有出岔，于是也跟着进省，叩谢钦差，并且由先前那个委员替他说合，拜钦差童子良为老师，借名送了一分厚礼，自不必说。正当这天进去禀见，同班连他共是三个；那两个也是知府，都在省里当甚么差使的。齐巧头天童子良病了一天一夜，又吐又泻，甚是利害。这天本是不见客的，因为万太尊是新收的门生，那两个又有要紧的公事面回，所以一齐都请到卧室里相见。预先传谕万太尊不必行礼，万太尊答应着。

进得房来，只见钦差靠着两个炕枕，坐在床上。三个人只恭恭敬敬的请了一个安。童子良略为把身子欠了一欠，上气不接下气的敷衍了两句。三个躬身询问："福体欠安，今天怎么样了？"童子良因晓得那两位知府当中，有一位略为懂得点医道的，先把病势大概说了几句，又叫人把方子取出来，请他过目，问他怎么样，可用得用不得。那位不懂得医道的先说道："大人洪福齐天，定然吉人天相，马上就会痊好的。"童子良也不理他。又听得那个略为懂得点医道的说道："方子不过如此。但是卑府学问疏浅，大人明鉴万里，还是大人鉴察施行罢。"童子良着急道："这是甚么话！我晓得老兄于此道甚是高明，所以特地请教。现在兄弟命在呼吸，还要如此的恭维，也真正太难了！诸位老兄在官场上历练久了，敷衍的本事是第一等，像这样子，只怕要敷衍到兄弟死了方才不敷衍呢！"

他俩听了，面孔很红了一阵，不敢做声。到底新收的门生万太尊格外贴切些，因见他俩都碰了钉子，便搭讪着说道："上吐下泻的病，只要吃两口鸦片烟就好的。"童子良道："是啊！我从前原本不忌这个东西的，现在到了江南来，因为天天要起早办公事、见客，吃了他很不便当，又要耽搁工夫，又要糜费。像愚兄从前的瘾，总得一两银子一天。所以到了苏州就立志戒烟，天天吃药丸子。前头还觉撑得住，如今有了病倒有点撑不住了。"

万太尊道：“老师是朝廷的栋梁，就是一天吃一两银子也不打紧。”童子良道：“小处不可大算，一天一两，一年三百六十两。近年来大土的价钱又贵，三百六十两，不过买上十二三只土，还要自己看着煮，才不会走漏。一转眼，就被他们偷了去了。”万太尊道：“老师毛病要紧，多化几两银子值得甚么！如果要土，门生那个地方本是出土的地方，而且的的确确是我们中国的土。门生这趟带来的不多，大约只够老师一年用的，等到门生回去，再替老师办些来，就是老师回京之后，门生年年供应些，亦还供应得起。”童子良一听万太尊有烟土送他，自然欢喜。因为病后，恐怕多说了话劳神，当时示意送客，三人一齐告辞出来。

万太尊回到寓处，把从徐州带来的烟土取出好些，送到行辕。童子良一齐收下。当天就传话出来，叫到烟馆里挑选四名煮烟的好手到行辕伺候；又叫办差的置办锅炉、木炭、磁缸等件预备应用；又特地派了大少爷及三个心腹随员监督熬烟。大少爷道：“一天就是抽二两，一时那里就抽得这许多。有这些土，只要略为煮些，够路上抽的就是了，其余的不必煮，路上带着，岂不便当些。如今一起煮好了，缸儿罐儿堆了一大堆，还要人去照顾他，一个不留心，不是打碎了罐子，或如倒翻了烟，真正不上算。”

童子良低低的说道：“你们小孩子家，真正糊涂！我为的如今煮烟，炭是有人办差的，就是缸儿、罐儿，也不要自己出钱买。等到上起路来，船上不必说，走到旱路，还怕没有人替我们抬着走吗。每罐多少，每缸多少，我上头都号了字，谁敢少咱们的。打翻了，少不得就叫地方官赔，用不着你操心。如今倘若不把他煮好了，将来带到京里，那一样不要自己拿钱买呢？谁来替咱办差？你们小孩子家，只顾得眼前一点，不晓得瞻前虑后，这点算盘都不会打，我看你们将来怎样好啊！”一席话说得儿子无言可答。

不多一会，煮烟的也来了。童子良吩咐他们明天起早来煮。到了第二天，他老人家病也好些，居然也能到外面来走走了。就在花厅上摆起四个炉子煮烟。除掉大少爷之外，其余三个随员，虽然不戴大帽子，却一齐穿了方马褂上来，围着炉子，川流不息的监察。童子良也穿了一件小夹袄，短打着，头上又戴了一个风帽，拄着拐杖，自己出来监工，弄得三间厅上，烟雾腾天。碰着有些不要紧的官员来见，他就吩咐叫“请”。人家进来之后，或是立谈数语，或是让人家随便旁边椅上坐坐。人家见了，都为诧异。

要知后事如何，且听下回分解。

第四十八回

还私债巧邀上宪欢　骗公文忍绝良朋义

却说钦差童子良在南京养了半个月，病亦好了，公事亦查完了总共凑到将近一百万银子光景。因见这边实在无可再筹，只得起身溯江上驶。未曾动身之先，就有安徽派来道员一员、知县两员，前来迎迓。及至动身的几天头里，江宁、上元两县晓得钦差不坐轮船的，特地封了十几号大江船，又由长江水师提督派了十几号炮船沿江护卫。在路早行夜泊，非止一日。有天到得芜湖，钦差因为没甚公事，未曾登岸。及至将到安庆省城，文武大小官员一起出境迎接，照例周旋，无庸多述。因安徽省现在这位中丞亦有被参交查事件，所以钦差于盘查仓库、提拔款项之后，只得暂时住下，查办参案。

原来此时做安徽巡抚的，姓蒋，号愚斋，本贯四川人氏。先做过一任山东巡抚，上年春天才调过来的。由山东调安徽，乃是以繁调简[1]，蒋中丞心上本来不甚高兴。实因其时皖北凤、亳一带土匪蠢动，朝廷因为这蒋中丞是军功出身，前年山东曹州一带亦是土匪作乱，经蒋中丞派了兵去治服的，所以朝廷特地调他过来，以便剿办皖北土匪，无非为地择人之意。蒋中丞接印之后，就派了一位营务处上的道台，姓黄，名保信；一员副将，姓胡，名鸾仁，带了五营人马，前去剿办。禀辞的时候，蒋中丞原面谕他们相机行事，及至到得那里，他两个办不下来，就上了一个禀帖，说土匪如何猖狂，如何利害，请加派几营兵，以资策应。

蒋中函得禀后，就加派了一员记名总兵，姓盖，名道运，统率了新练的甚么常备军、续备军，又是三四营，前去救应。此番蒋中丞因该匪等胆敢抗拒官军，异常凶悍，实属目无法纪，又加了一个札子给他三个，叫他们如遇土匪，迎头痛剿。毕竟土匪是乌合之众，那里禁起这大队人马，不下二个月，土匪也平了，那一带的村庄也没有了。问是怎样没有的，说是早被他三位架起大炮，轰的没有了。于是“得胜回朝”。蒋中丞自有一番保奏：胡副将升总兵，盖总兵升提督，黄道台亦得了甚么“巴图鲁”[2]勇号。正在高兴头上，不提防被御史参上几本，说他们并不分别良莠，一律剿杀，又说蒋中丞滥保匪人，玩视民命，所以派了童子良查办的。

蒋中丞未曾调任之前，安徽有一个候补知府，姓刁，名迈彭，历任三大宪都欢喜他，凡是省里的红差使、阔差使，不是总办，便是提调，都有他一份。然而除掉上司之外，却没有一个说他好的。蒋中丞亦早已闻得他的大名。等到接印下来，同司、道谈起本省公事，便道：“怎么我们安徽一省候补道、府如此之多，连个能够办事的都没有？”两司听了愕然，各候补道更为失色。蒋中丞歇了一会，又说道：“但凡有个会办事的，何至于无论甚么差使都少不了刁某人一个呢？就是他能办事，他一个人到底有多少本事，有多大能耐？一天到晚，忙了东又忙西，就是有兼人之材，恐怕亦办不了！”各位司、道方才晓得中丞是专指刁某人而言，一齐把心放下。但是大众听抚宪如此口气，知道不妙，就是想要替他说两句好话也不敢说了。有些穷候补道，永远不得差使的，心中反为称快。

等到下来，早有耳报神把这话传给了刁迈彭了。刁迈彭自从到省十几年，一直是走惯上风的，从没有受过这种瘪子。初听这话，还是一鼓作气的，说道："明天就上院辞差使，决计不干了！"亲友们大家都劝他忍耐。又有人说："中丞大约是初到这里，误听人言，再过几天，同你相处久了，晓得你的本领，自然也要倾倒的。"在外亲友劝，在家太太劝，过了两天，刁迈彭的气也平了，也不想辞差使了，仍旧谨谨慎慎上他的局子，办他的公事。却不料藩台因抚台说他闲话，也不敢过于相信他，三四天后，忽然拿他所兼的差使委了别人两个，大约还是些挂名不办事的，正经差使却没有动。刁迈彭一见苗头果然不对，此时一心害怕，惟恐还有甚么下文，翻过来求藩台，求臬台，替他在抚宪面前说好话，保全他的差使还来不及，亦不说辞差使不干的话了。

毕竟蒋中丞人尚忠厚，因见两司代为求情，亦就答应暂时留差，以观后效。两司下来，传谕给刁迈彭，叫他巴结听差。刁迈彭不但感激涕零，异常出力，并且日夜钻谋笼络抚宪的法子，总要叫他以后开不得口才好。心想："凡是面子上的巴结，人人都做得到的，不必去做。总要晓得抚台内里的情形，或者有甚么隐事，人家不能知道的，我独知道；或者他要办一件事，未曾出口，我先办到，那时候方能显得我的本领。但是他做巡抚，我做属员，平日内里又无往来，如何能够晓得他的隐事？"这天，整整踌躇了半夜。回到上房，正待睡觉，忽然有个老妈，因为太太平时很喜欢他，他不免常在主人眼前说同伴坏话。此时忽被同伴说他做贼，并且拿到贼赃，一时赖不过去，太太只得吩咐局里听差的勇役，一面看守好了这个老妈，一面去追赶荐头，说是等到荐头到来，一齐送到首县里去办。这事从吃晚饭闹起，一直等到二更多天，荐头才来。太太正在上房发威，荐头同老妈直挺挺跪在地下。这个档口，齐巧刁迈彭踱了进去问其所以，太太说了一遍，太太又骂荐头好大的架子，叫了这半天才来。荐头分辨说道："实为着抚台大人的三姨太太昨日添了一位小少爷，叫我雇奶妈，早晨送去一个，说是不好，刚才晚上又送去一个，进去之后，又等了好半天，所以误了太太这里的差事，只求太太开恩！"

太太听了这话，心上生气，说他拿抚台压我。正待发作，谁知刁迈彭早听的明明白白，忽然意有所触，又见老妈年纪尚轻，甚是洁净。刁迈彭便心生一计，连向太太摇手，叫他不要追问。太太摸不着头脑。刁迈彭急走上前，附耳说了两句，太太明白，果然就不响了。刁迈彭忙叫荐头起来，向他说道："'知人知面不知心'，你们做荐头的人也管不了这许多，荐来的人做贼，是怪不得你的。不过是你的来手，却不能不同你言语一声。刚才太太因为你来得晚了生气，如今把话说明，就没有你的事了。"

荐头正为太太说就要拿他当窝家办，吓得心上十五个吊桶七上八落。如今见刁大人这番说话，不但转愁为喜，立刻爬在地下替大人、太太磕了几个响头。回转身来，就把那偷东西的老妈打了两下巴掌，又着实拿他埋怨了几句。刁迈彭又道："这个人我本是要送他到县里重办的，只为到得县里，一定要追及荐头人，于你亦有不便。我如今索性拿他交代与你带去，只要把偷的东西拿回来，看你面上，饶他这一遭，等他以后别处好吃饭。"那老妈听了，自然也是感激的了不得，亦磕了几个头，跟了荐头，千恩万谢而去。

第二天刁太太这里仍旧由原荐头荐了个人来。刁迈彭有意笼络这荐头，便同他问长问短，故意找些话出来搭讪着同他讲。后来荐头来得多了，刁迈彭同他熟惯了，甚至无话不谈。有天刁迈彭问他："抚台衙门里，你可常去？"荐头道："现在在院上用的老妈一大半是我荐得去的。"刁迈彭道："有甚么伶俐点的人没有？"荐头道："可是太太跟前要添人？"刁迈彭道："不是。现在没有这样伶俐人，也不必说；等到有了，你告诉我，我自有用他的去处，并且于你也有好处的。"荐头道："可惜一个人，大人公门里若能再叫他进来了，这个人倒是很聪明的，而且人也干净，模样儿也好，心也细，有甚么事情托他，是再不会错的。"

刁迈彭忙问："是谁？"又问："我这里为甚么不能再来？"荐头道："就是前个月里人家冤枉他做贼撵掉的那个王妈。大人明鉴：人家说他做贼，是冤枉的；同伙里和他不对，所以说他做贼，无非想害他的意思。"刁迈彭道："这个人很不错，太太本来也很喜欢他。不过同伙当中都同他不对，因此我这里他站不住脚，所以太太亦只好让他走了干净。至于做贼的一件事，我也晓得冤枉的，所以当时我并不追问。"荐头道："大人、太太待他的恩典，他有甚么不知道！"刁迈彭道："知道就好，可见得就不是个糊涂人。如今又是你的保举，我现在就用他亦可以。"荐头道："他出去之后，我又荐他到南街上刘道台公馆里去。刘道台是一直没有当过甚么差使的，公馆里没有出息，听说老妈的工钱都是付不出的。所以王妈虽然去了，并不愿意在他家，闹着要出来。既然大人要他，我回去就带信给他，仍旧叫他到这里来伺候大人同太太就是了。"

刁迈彭道："钱归我出，而且还可以多给他些好处。但是这个人并不是要他来伺候我，亦不是要他来伺候我们太太。要他去伺候一个人，伺候好了，我还重重有赏，连你都有好处的。"荐头听了，还当是刁大人有甚么外室，瞒住了太太；因是熟惯了，便凑前一步，附耳问道："可是去伺候姨太太？"刁迈彭连连摇头道："不是，不是。你不要乱猜。"荐头道："这个我可猜不着了，到底去伺候谁，请大人吩咐了罢。"刁迈彭道："现在离年不多几天了，我还要消停两天，今日不同你说，等你回家猜两天，猜不着，等我过了年再告诉你。"荐头无奈，只得回去。

正是光阴似箭，转眼又是新年了。这天是大年初五，那荐头急忙忙赶到刁公馆里给大人、太太叩喜。齐巧太太被一位要好的同寅[3]内眷邀去吃年酒去了，只有刁迈彭在家。荐头便问："大人去年所说的那桩事情，可把我闷坏了。今日请大人吩咐了罢。"刁迈彭说道："你不要着急，我本来今天就要告诉你的，总而言之，这件事你能替我办成，我老爷的升官，连你的发财，统通都在里头。"荐头听了，直喜得眉开眼笑，嘴都合不拢来。

刁迈彭正要望下说时，恰巧管家头戴大帽子，拿了封信进来，说是："老爷的喜信来了。"刁迈彭听了，不觉陡然愣了一愣，于是把话头打住。原来上年刁迈彭曾经托京里一个朋友谋干一件事情。这个管家乃是刁迈彭的心腹，晓是此事，所以今天接着了这封京信，以为必定是那件事的回信来了。及至刁迈彭拆开看过之后，才知不是，于是搁在一边。

管家退去，刁迈彭方才说道："我托你不为别的，为的你常常荐人到抚台衙门里去，就是上回歇掉的那个王妈，我看这人还伶俐，我想托你拿他荐到抚台衙门里去。我这里有四十两银子，二十两送你吃杯茶，那二十两你替我给了王妈。你可晓得我托你把他荐了进去，所为何事？专为叫他在里头做一个小耳朵。凡是抚台大人有甚么事情，都来告诉我，就是没有事情或是大人说些甚么闲话，一天到晚做些甚么事情，只要是他知道的，都可以来告诉我。我公馆里他不便来，他可送信给你，由你再传给我。但是至多三天总得报一次。这件事情办成，我还要重重的谢你。以后若是王妈他家里缺甚么钱用，你告诉我，都由我这里给他。"

那荐头听了刁迈彭的一番话，沉吟了一回，回说："这人现在已不在刘公馆了，另外找一个人家，听说出息很好。等我去挖挖看。大人赏他的银子，我带了去。这个请大人收了回去，我们怎好无功受禄呢。"刁迈彭道："这一点点算不得甚么。你也不必客气，将来我还要补报你的。"荐头见刁迈彭执意要他收，他亦乐得享用，于是千恩万谢，揣了银子而去。走出宅门，刁迈彭又拿他喊住，问道："你拿他送进去给那一个？倘若送到不相干人的眼前，那是没用的。"荐头道："现在是二姨太太拿权，我自然拿他送到二姨太太跟前去，大人放心就是了。"刁迈彭见他说话在行，也自放心。

果然那荐头回去找到王妈，交代他十两银子，把刁迈彭的一番盛意说知，并说以后还有周济他，王妈自然欢喜。本来他此时在刘公馆里出来，正待找主，有了这个机会，随即一口答应。齐巧院上传出话来，二姨太太房里要雇个老妈，又要干净，又要能干。荐头得信，便把这王妈荐了进去。试了两天工，居然甚合二姨太太之意。当时荐头先把进去情形禀报过刁迈彭。过了两天，王妈传出话来，无非抚台大人昨日欢喜，今天生气的一派话，并没有甚么大事情。以后或三天一报，或两天一报，都是些不要紧的，甚至抚台大人同姨太太说笑的话也说了出来。刁迈彭听了，不过付之一笑。只有一次是二姨太太过生日，别人都不晓得，只有他厚厚的送了一分礼。虽然抚宪大人有命璧谢，未曾赏收。然而从此以后，似乎觉得有了他这个人在心上，便不像先前那样的犯恶他了。以后又有两件事情被他得了风声，都抢了先去，不用细述。

单说有天王妈又出来报说，说是抚台大人这两天很有些愁眉不展。听得二姨太太讲起，说他老人家前年上京陛见的时候，借了一家钱庄上一万二千银子，前后已还过五千，还短七千。现在这个人生意不好，店亦倒了，派了人来逼这七千银子。这位大人一向是一清如水的。现在这个来讨账的人，就住在院东一爿客栈里面。大人想要不还他，似乎对不住人家，而且声名也不好听，倘若是还他，一时又不凑手，因此甚觉为难。刁迈彭听在肚里，等到王妈去后，便独自一个踱到街上，寻到院东几爿客栈，一家家访问，有无北京下来的人。等到问着了，又问这人名姓；问他到此之后，可是常常到院上去的，并他来往的是些甚么人，都打听清楚。刁迈彭是在安庆住久的，人头既熟，便找到这人的熟人，托他请这人吃饭，他却自己作陪。席面上故意说这位抚台手里如何有钱，好叫那人听了回去，逼的更凶。过了一天，果然王妈又来报，说大人这两天不知为着何事，心上不快活，一天到夜骂人，饭亦吃不下去。

刁迈彭听了欢喜，心想道：“时候到了。”便打了一张七千两的票子，又另外打了一百两的票子，带在身上，去到栈房，找那个讨账的说话。幸喜几天头里在台面上同那人早已混熟了，彼此来往过多次，那人亦曾把讨账的话告诉过刁迈彭。刁迈彭立刻拍着胸脯，说道：“我们这位老宪台是有钱的，不应如此啬刻④。你只管天天去讨，将来实在讨不着，等我进去同他账房老夫子说，划还给你就是了。”果然那人次日进去，逼的更紧。抚台不便亲自出来会他，都是官亲表侄少爷出来同他支吾。有时或竟在门房里一坐半天，弄得个抚台难为情的了不得，而又奈何他不得。想要同下属商量，又难于启齿。正在急的时候，忽然一连三天，不见那人前来。合衙门的人都为诧异，派个人到他住的栈房里打听打听，说是已经回京去了。栈房里的人还说：“这人本是专为取一笔银子来的，如今人家银子已经还了他，还住在这里做甚么呢。”出来打听的人回去，把这话禀报上去，弄得个抚台更是满腹狐疑，想不出其中缘故。

原来刁迈彭自从王妈送信之后，他袖了银票，一直径到栈房，找到那人，自己装作是抚台账房里托出来做说客的，起先止允还一半，那人不肯，然后讲到让去利钱，那人方才肯了。叫他取出字据，银契两交，一刀割断。然后又把那一张一百两的票子取出，作为抚台送的盘川，那人自是感激。又叫他写了一张谢帖。那人次日便动身回京而去。刁迈彭把笔据谢帖带了回家，心上盘算：“银子已代还了，抚台的面子亦有了，怎么想个法子，叫抚台晓得是我替他还的才好。”意思想托个人去通知他，恐怕他不认，亦属徒然，若是自己去当面去同他讲，更恐怕把他说臊了，反为不美。而且这字据又不便公然送还他。踌躇了好两天，才想出一个法子。当天足足忙了半夜。

诸事停当，次日饭后上院。这几天抚台正为要账的人忽然走了，心上甚是疑惑不定。见他独自一个来禀见，原本不想见他，后来说是有事面回，方才见的。进去之后，敷衍了几句，并不提及公事。等到抚台问他，刁迈彭方才从从容容的从袖筒管里取出一个手折，

双手送给抚台，口称：“大人上次命卑府抄的各局所的节略，凡是卑府所当过的差使，这上头一齐有了。此外卑府没有当过的，不晓得其中情形，不敢乱写。”

抚台听了，一时记不清楚自己从前到底有过这话没有，随手接了过来，往茶几上一搁，道：“等兄弟慢慢的看。”刁迈彭道：“这后头还有卑府新拟的两条条陈，要请大人教训。”抚台听说有条陈，不得不打开来，一页一页的翻看。大略的看了一遍：前面所叙的，无非是他历来当的差使，如何兴利，如何除弊的一派话。后头果然又附了两条条陈，一条用人，一条理财，却都是老生常谈，看不出甚么好处。抚台正在看得不耐烦，忽地手折里面夹着两张纸头，上面都写着有字，一张是八行书信纸写的，一张是红纸写的。急展开一半来一看，原来那张信纸写的不是别样，正是他老人家自己欠人家银子的字据，那一张就是来讨银子的那个人的谢帖。再看欠据上，却早已写明“收清”涂销了。抚台看了，当时不觉呆了一呆，随时心上亦就明白过来，连手折，连字据，连谢帖，卷了一卷，攒在手里，说了声：“兄弟都晓得了，过天再谈罢。”说完，端茶送客。

且说抚台蒋中丞送客之后，袖了那卷东西，回到签押房里，打开来仔仔细细的看了一回，的确是那张原据七千多银子，连利钱足足一万开外。”如此一笔巨款，他竟替我还掉，可为难得！但是思想不出，他是怎么晓得的，真正不解！”接着又看那张谢帖，写明白“收到一百银子川资”的话，心想：“他这又何苦呢！正项之外，还要多帖一百银子。”仔细一想，明白了：“这是他明明替我做脸的意思。这人真有能耐，真想得到，倒看他不出！从前这人我还要撤他的，如今看来，倒是一个真能办事的人，以后倒要补补他的情才好。”跟手又把他那个手折翻出来，自头至尾，看了一遍。虽然不多几句话，然而简洁老当，有条不紊，的确是个老公事。再看那两条条陈，亦觉得语多中肯。”在候补当中，竟要算个出色人员！”盘算了一会，回到上房。

接着吃晚饭。二姨太太陪着吃饭，正议论到那个要账的走的奇怪。蒋中丞连忙接口道：“我正要告诉你们，这银子竟有人替我代还了。”二姨太太听了诧异，忙问：“是谁还的？”蒋中丞便一五一十的统通告诉了他。又说刁某人是个候补知府，现在当的是甚么差使。此时，齐巧王妈站在二姨太太身旁，伺候添饭，他心上是明白的，忙插嘴道：“这位老爷我伺候过他，他的光景我是知道的，虽然当了这几年差使，还是穷的当当，手里一个钱都没有，那里来的这一万银子呢？不要不是他罢？”蒋中丞道：“的确是他。他当的都是好差使，还怕没钱，头两万银子，算来难不倒他。”王妈道：“这位老爷的的确确没有钱。我伺候过他的太太一年多，还有甚么不晓得的。他的太太亦时常同我们说：‘这些差使给了我们这位老爷，真正冤枉呢！除掉几两薪水之外，外快一个不要，这两年把我的嫁装都赔完了，再过两年就支不住了。这些差使若是委在别人身上，少说有五六万银子的财好发。’”

蒋中丞听了疑惑道：“他既然没得钱，怎么能够替我还账呢？”王妈道：“这位老爷钱虽不要，然而手笔很大，一千、八百的常常帮人，自己没有钱，外头拖亏空。所以他身上听说有毛[5]五万银子的亏空，如今这笔钱，想来又是甚么庄上拉来的。有几个差使在身上罩住，那里总还拉得动，但怕将来没了差使，不晓得拿甚么还人家呢。”蒋中丞听了，心上盘算道：“据他这样说来，真正是个好人了。”

从此以后，蒋中丞便拿他另眼看待，又委他做了本衙门的总文案，没有事情，都可以穿了便服一直到签押房里同抚台谈天的。此时刁大人的声光竟比蒋中丞未到任之前还好。人家看了，都为奇怪，齐说：“某人做官真有本事，无论甚么抚台来，一个好一个。”总猜不出是个甚么诀窍。

又过了一个月，童钦差要来的话早已宣布开了，所有当银钱差使的人，一齐捏着一把汗，刁迈彭更不必说。还算他有才具，只在暗地里布置，外面却丝毫不肯矜张。等到钦差

到了安庆住下，叫他们造报销，他早已派人在南京抄到人家报销的底子，怎样钦差就赏识，怎样钦差就批驳，他都了然于心，预备停当。等到这里钦差才吩咐下来，他第二天就把册子呈了上去，又快又清楚，合了钦差的心。钦差看了大喜，一连传见过三次，所说的话，又甚对钦差的脾胃。以后通省各局所的册子都造好送了上来，钦差看了，有好有歹，然而总不及刁迈彭的好。因此钦差很赏识他，同蒋抚台说，要上折子保举他。抚台是承过他的情的，岂有不赞成之理。这是后话不题。

且说钦差童子良因奉朝廷命查办蒋抚台“误剿良民，滥保匪人”一案，案情重大，所以到了安庆之后，声色不动，早派了两个心腹，前往凤、亳一带密查。等到这里司库局所盘查停当，先前委去查事的人亦已回来了，竟同御史参的话丝毫不错。钦差便行文抚台，叫他把记名提督盖道运、候补道黄保信、候补总兵胡鸾仁三员，先行摘去顶戴，有缺撤任，有差撤委，一齐先交首府看管，听候严参，归案审办。这事一出，大家又吓毛了。

先前蒋抚台也听见风声不好，便有人送信给他说，为的就是上年皖北剿匪一案。蒋抚台说：“我有地方官奏报为凭，所以才发兵的。至于派出去的人误剿良民，这个我坐在省城里，离着一千多里路，我怎么会晓得呢。这个须问他们带兵的，其过并不在我。”又有人把话传给了盖道运等三个，说：“看上去抚台不肯帮忙。”盖道运道：“我们是奉公差遣，他不叫我们去杀人，我们就能够乱杀人吗。这件事是他叫我们如此做的。钦差问起来，我有他的札子为凭，咱不怕！”说完，便把札子取了出来，给大众瞧了一瞧，仍旧揣在身上，又说一声：“这是咱的真凭据！”黄保信、胡鸾仁两个听他如此一说，亦各个把心放下。随后又有人把盖道运的话告诉了蒋抚台。蒋抚台一听大惊，便把札子的原稿吊出查看，觉得所说的话虽然过火，尚无大碍，惟独后头有一句是叫他们“迎头痛剿”。看到这里，不觉把桌子一拍，道：“完了！这是我的指使了！”深悔当初自己没有站定脚步，如今反被他们拿住了把柄，自己恼悔的了不得，然而又是一筹莫展。晓得刁迈彭见识广，才情极大；况且这些属员当中，亦只有同他知己；于是请了他来，密商这件事如何办法。

这件事刁迈彭是早已知道的了。三人之中，黄保信黄道台还同他是把兄弟。依理，老把兄遭了事情，现在首府看管，做把弟人就该应进去瞧瞧他，上司跟前能够尽办的地方，替他帮点忙才是。无奈这位刁迈彭一听抚台有卸罪于他三人身上的意思，将来他三人的罪名，重则杀头，轻则出口，断无轻恕之理，因此就把前头交情一笔勾销，见了抚台，绝口不提一字，免得抚台心上生疑，这正是他做能员的秘诀。

此时，抚台传见，正为商议这件事情。他便迎合宪意，说他三有如何荒唐：“极该拿他三人重办，一来塞御史之口，二来卸大人的干系。倘若大人再要回护他三人，将来一定两败俱伤，于大人反为无益。”蒋抚台听了，虽甚以他话为然，但是因为前头自己实实在在下过一个札子，叫他们迎头痛剿，如今把柄落在他们手里，钦差提审起来，他们一定要把这个札子呈上去的，岂不是一应干系都在自己身上，他们罪名反可减轻。因把详细情节告诉了刁迈彭，问他如何是好。

刁迈彭至此也不免低头沉吟了一回，问抚台要了那个札子底稿，揣摹了半天，便道：“法子是有一个，但是光卑府一个人做不来，还得找一个盖某人的朋友，肯替大帅出力的，做个连手才好。”蒋抚台默默无语。后来还是刁迈彭想起武巡捕当中有一个名字叫作范颜清的，这人同盖道运本是郎舅。后来为了借钱不遂，早已不大来往的了。“如今找他做个帮手，这事或者成功。”蒋抚台一听这话，连忙站起身来，朝着刁迈彭深深一揖，道：“兄弟的身家性命，一齐在老哥身上。千万费心！一切拜托！”刁迈彭道：“卑府有一分心，尽一分力就是了。”说罢，退下。

刁迈彭也不及回公馆，便去找着范颜清，先探他口气，同他说：“想不到令亲出此意

外之事！”范颜清道：“我们是至亲，不是我背后说，他也过于得意了。”刁迈彭一听口音很对，便说：“你们是至亲，到了这个时候，只应该帮帮他的忙才是。你是常在老帅身边的人，总望你替他说句好话才好。今日连你都如此说他，他还有活命吗？”范颜清道：“卑职的事情，瞒不过你大人的明鉴。常言道：‘至亲莫如郎舅。’他是提镇，卑职是千、把，说起来只有他提拔卑职的了，谁知倒是一点好处沾不到的。即如去年他平了土匪回来，随折呢，本来不敢妄想，只求他大案里头带个名字，就算我至亲沾他这点光，也在情理之内。那晓得弄到后来竟是一场空，倒是些不三不四的一齐保举了出来。所以如今卑职也看穿了，决计不去求他。卑职同他亲虽亲，究竟隔着一层。如今连他们的姑太太也不同他来往了，这可是同他一个娘肚里爬出来的，尚且如此，更怪不得别人了。”刁迈彭一听范颜清说的话很是有隙可乘，便把他拉到里间房里，同他咕唧了好一会，把抚台所托的事情，以及拉他帮忙的话，并如何摆布他三个法子，密密的商量了半天。范颜清果然满口答应：“情愿拼着断了这门亲戚报效老帅，只求事成之后，求大人在老帅面前好言吹嘘，求老帅的栽培就是了。”刁迈彭亦满口答应。

二人计议已定。好个刁迈彭，回到公馆，立刻叫厨子做了两席酒，叫人挑着送到首府里。一席说是自己送给黄大人的，那一席又换了两个抬了进去，说是院上武巡捕范老爷送给他舅爷盖大人的。随后又见他二人不约而同，一齐来到首府，找了首府陪着他，一个看朋友，一个看亲戚。首府一见他二人都是抚台的红人，焉有不领他进去之理。

盖道运见了范颜清，虽然平时同他不对，如今自己是落难的人，他送了吃的，又亲自来瞧，总算有情分的了，不得不拿他当作亲人，同他诉了一番苦，又问姑太太的好。范颜清同他敷衍了几句，又把刁迈彭引了过来，彼此相见。刁迈彭先见老把兄，自然另有一番替他抱屈的话，说得黄保信感激他，直拿他当作亲兄弟一般看待。及至见了盖道运，又是义形于色的说了一大泡。盖道运是个武家伙，更加容易哄骗，亦当他是真好人，便说抚台如何想卸罪于他三人身上：“现在我有抚台札子为凭，钦差提审，我是要呈上去的。”刁迈彭亦竭力叫他把札子收好，不但保得性命，而且保得前程。盖道运自然佩服他的话。四个人又谈了半天，他二人方才辞别而出。

第二天，范颜清说院上事忙，只有刁迈彭一个又到首府里看他二人，说的话无非同昨天一样。刁迈彭回到院上，同蒋抚台说“时候到了。再不办，钦差要提人审问，就来不及了。”当夜，刁迈彭就住在院上签押房里，足足忙了半夜。第三天午前，又去瞧盖道运，说是：“刚从院上下来，听得说你三位的风声不好。”盖道运道：“无论如何，我有中丞这个凭据，总不会杀头的。”刁迈彭道：“你别这样讲，他们做文官的心眼子总比你多两个，你那里是他对手。你姑且把札子拿出来，等我替你看看还有甚么拿住他的把柄地方没有。”头两天盖道运听了黄保信的话，说我们这位把弟如何能干，如何在行，所以一听他言，登时就要请教。齐巧黄保信这时也陪了过来，亦催盖道运把札子拿出来：“给某人瞧瞧还有甚么可以规避的方法。”盖道运不假思索，忙从怀里取出那角公事，双手送上。

刁迈彭刚正接到手中，忽然范颜清又从外面进来，拿个盖道运一把拉到对过房里说话。大家晓得他是院上来的，一定是得了甚么风声了，盖道运不由得跟了过去。黄保信同胡鸾仁各个惊疑不定。刁迈彭将计就计，亦说：“范某人到这里，一定有甚么话说，你二人姑且跟过去听听看。”他俩被这一句提醒，果然一齐走了过去，此时刁迈彭见房内无人，急急从袖筒管里把昨夜所改好的一个札子取了出来，替他换上。那边范颜清故意做得鬼鬼祟祟的，说是：“今天在院上，听见老帅同两司谈起你老舅的事情，大约无甚要紧。老帅总得想法子出脱你们三位的罪名，可以保全自己。”

盖道运听了如此一讲，又把心略略放下，忙说道：“果其如此，还像个人。”范颜清又

故意多坐了一回，约摸刁迈彭手脚已经做好，倏地取出表来一看，说一声："不好了！误了差了！"连忙起身告辞，又走过来喊了一声："刁大人，我们同走罢。老帅叫你起的那个稿子，今儿早上还催过两遍，你交代上去没有？"刁迈彭亦故作一惊道："真的！我忘记了！我们同走，回来再来。"说完出来，便把札子连封套交代了盖道运，彼此拱拱手，同了范颜清扬扬而去。这里盖道运还算细心，拉开封套瞧了一瞧，见札子依然在内，仍旧往身上一拽，行所无事。

且说童子良此番来到安徽筹款，没有筹得甚么，安徽又是苦省分，抚台应酬的也不能如愿，所以这事既已查到实在，就想彻底究办。先叫带来的司员拟定折稿，请旨把盖道运等三个先行革职，归案审办。这是钦差在行辕里做的事，抚台在外头虽然得了风声，然而无法弥补。偏偏又是刁迈彭因蒙钦差赏识，便天天到钦差行辕里去献殷勤，不但钦差欢喜他，连钦差的随员跟人没有一个不同他要好的，拜把子，送东西，应有尽有，所以弄得异常联络。等到钦差参了出去，他得了风声，又去花钱给钦差随员，托他们把折子的稿子抄了出来。大众以为折已拜发，无可挽回，落得卖他几文。那晓得他稿子到手，立刻送到抚台跟前。

蒋抚台见上头参的很凶，倘若认真的办起来，不但自己功名不保，而且还防有余罪，急同刁迈彭商量办法。刁迈彭道："只要钦差的这个底子到了我们手里，卑府就有法子想了。"蒋抚台急欲请教。刁迈彭道："要大人先下手奏出去，便可无事。"蒋抚台道："钦差的折子昨儿已经拜发，我们怎么赶到他的头里呢？"刁迈彭道："这有甚么难的。钦差折子是按站走的，我们给他一个'六百里加紧'⑥，将来总是我们的先到。他三个的罪名横竖是脱不掉的，如今札子已经换到，他们没有把柄，就冤枉他们一次，还怕甚么。现在只请大人先把这事奏参出去，只把罪名卸在他三个身上，自己亦不可推得十二分干净，失察处分必须自行检举的。如此一来，我们的折子先到京，皇上先看见，钦差的折子随后赶到，就是再说得厉害些，也就无用了。"

蒋抚台听他说话甚是有理，立刻照办，仔仔细细拟了一个折子，请将盖道运三个革职严惩，自己亦自请议处。当天把折子写好拜发，由驿站六百里加紧递到京城，果然比钦差的折子早到得好几天。上头批了下来："盖道运三个一齐充发军台⑦，效力赎罪，巡抚蒋某交部议处。"旋经部议得"降三级调用"。亏得自己军机里有照应，求了上头，改了个"革职留任"，仍旧还做他的抚台。

上谕下来的那天，盖道运气愤愤的不服，说："我们是按照抚台的札子办事的，为甚么要办我们的罪？"一定吵着，要首府上去替他伸冤。首府问他有甚么凭据。他就把札子掏了出来，摔到首府面前，说："老兄请看！这不是他叫我们'迎头痛剿'的吗"？怎么如今全推在我们身上呢？"首府接过来一看，只有叫他们"相机剿办"的字眼，并没有许他"迎头痛剿"的字眼，便把这话告诉了他，又把字义讲给他听。盖道运还不明白。毕竟黄保信是文官，猜出其中的原故，一定是那天被刁迈彭偷换了去。把话说明，于是一齐痛骂刁迈彭，已经来不及了。后来钦差那面见朝廷先有旨意，亦道是蒋某人自己先行出奏，却不晓得全是刁迈彭一个人串的鬼戏。后来刁迈彭在安徽做官，因此甚为得法。

欲知后事如何，且听下回分解。

［注释］

①以繁调简：清代的府、州、县的缺（职位）有繁有简，分为最要、要、中、简四等，官员收入有差别，各省之间也有这种区分。山东为"繁缺"，安徽为"简缺"。

②巴图鲁：乃满语的译音，《清文汇书》译为勇强之勇，勇冠三军之勇，勇为之勇。清代作为对作战官员的称号，称为勇员。

③同寅：年岁相同。

④啬刻：吝啬、刻薄。

⑤毛：约计。

⑥六百里加紧：紧急文书，每日限定必须走六百里。

⑦军台：设于西北地方的驿站。犯罪官员如发往军台，每月得缴纳台费，三年期满，得到批准，可释放回来。

第四十九回

焚遗财伤心说命妇[1]　造揭帖密计遣群姬

却说刁迈彭自蒙钦差童子良赏识，本省巡抚蒋中丞亦因他种种出力，心上十二分的感激。后来钦差那边拿他保了个送部引见，抚台这边明保，亦有好几个折子。刁迈彭就趁势请咨进京引见。到京之后，又走了门路，引见下来，接着召见了一次，竟其奉旨以道员发往安徽补用。平空里得了一个"特旨道"，声光更与前不同了。回省之后，不特通省印委人员仰承鼻息，就是抚台，因为从前历次承过他的情，不免诸事都请教他，有时还让他三分。因此安徽省里官场上竟替他起了一个绰号，叫他作"二抚台"。这二抚台屡次署藩台，署臬台，署关道，署巡道，每遇缺出总有他一分，都是蒋抚台照应他的。后来又署了芜湖关道。

到任未久，忽然当地有个外路绅衿，姓张，名守财，从前带过兵，打过"捻匪"[2]，事平之后，带过十几年营头，又做过一任实缺提督。自从打"捻匪"掳来的钱财以及做统领克扣的军饷，少说手里有三百多万家私。这人到了七十岁上，因为手里钱也有了，官也到了极品了，看看世界上以后的官一天难做一天，如果还是恋栈，保不定那时出个乱子，皇上叫你去带兵，或是打土匪，或是打洋人，打赢了还好，打输了，岂非前功尽弃，自寻苦恼。齐巧这年新换的总督同他不对，很想抓他个岔子，出他的手。亏得他见貌辨色，立刻告病还乡，乐得带了妻儿老小，回家享福，以保他的富贵。他原籍虽然不是芜湖，只因从前带营头，曾经在芜湖住过几年，同地方上熟了，就在本地买了些地基，起了一所房子。后来在任上，手里的钱多了，又派了回来，添买了一百几十亩地，翻造了一所大住宅，宅子旁边又起了一座大花园。

这张守财生平只有一样不足，是年纪活到七十岁，膝下还是空无所有。前前后后，连买带骗，他的姨太太，少说也有四五十个。到了后来，也有半路上逃走的，也有过了两年不欢喜，送给朋友，赏给差官的，等到告病交卸的那年，连正太太、姨太太一共还有十九位。正太太是续娶的，其年不过四十来岁，听说也是一位实缺总兵的女儿。张守财一向是在女人面上逞英豪惯了的，谁知娶了这位太太来，年纪比他差着三十岁，然而见了面，竟其伏帖帖不敢违拗半分。那十八位姨太太都还是太太未进门之前讨的，自从太太进门，却没有添得一位。

在任上的时候，一来太太来的日子还浅，不便放出甚么手段，二则衙门里耳目众多，不至于闹甚么笑话，所以彼时太太还不见得怎样，不过禁止张守财不再添小老婆而已。等到交卸之后，回到芜湖，他盖造的那所大房子本是预先画了图样，照着图样盖的：上房一并排是个九间，原说明是太太住的上房。后头紧靠着上房，四四方方，起了一座楼；楼上下的房间都是井字式，楼上是九间，楼下是九间；四面都有窗户，只有当中一间是一天到夜都要点火的。九间屋，每间都有两三个门，可以走得通的。恰恰楼上下一十八个房间，住了一十八位姨太太。正太太住了前面上房，怕这些姨太太不妥当，凡是这楼的四面，或是天井里，或是夹道里，有门可以通到外头的，一齐叫木匠钉煞，或是叫泥水匠砌煞。倘

若要出来，只准走一个总门。这个总门通着太太后房，要走太太的后房里出来，一定还要在太太的木床旁边绕过。不但十八位姨太太出来一齐飞不掉太太的房间，就是伺候这十八位姨太太的人，无论老妈子、丫头，冲壶开水，点个火，也要入太太后房，在床边经过。镇日价人来人去，太太并不嫌烦，而且以为："必须如此，方好免得老爷瞒了我同这班人有甚么鬼鬼祟祟的事，或是私下拿银子去给他们。只要有我这个总关口，不怕他插翅飞去。"按下慢表。

且说张守财告病回来，他是做过大员的人，地方官自然要拿他抬高了身分看待。县里官小说不着，本道刁迈彭乃是官场中著名的老猾，碰见这种主儿，而且又是该钱的，岂有不同他拉拢的道理。起先不过请吃饭，请吃酒，到得后来，照例拜了把子。张守财年尊居长，是老把哥；刁迈彭年轻，是老把弟。拜过把子不算，彼此两家的内眷又互相往来。刁迈彭又特特为为穿了公服到张守财家里拜过老把嫂，等到张守财到道衙门里来的时候，又叫自己的妻子也出来拜见了大伯子。从此两家往来甚是热闹。刁迈彭虽然屡次署缺，心还不足，又托人到京里买通了门路，拿他实授芜湖关道。这走门路的银子，十成之中，听说竟有九成是老把兄张守财拿出来的。

张守财一介武夫，本元虽足，到底年轻的时候，打过仗，受过伤，到了中年，斫丧[3]过度，如今已是暮年了，还是整天的守着一群小老婆厮混，无论你如何好的身体，亦总有撑不住的一日。平时常常有点头晕眼花，刁迈彭得了信，一定亲自坐了轿子来看他，上房之内，直出直进，竟亦无须回避的。到底张守财是上了年纪的人，经不起常常有病，病了几天，竟其躺在床上，不能起来了。不但精神模糊，言语蹇涩，而且骨瘦如柴，遍体火烧，到得后来，竟其痰涌上来，喘声如锯。这几个月里，只要稍微有点名气的医生，统通请到，一个方子，总得三四个先生商量好了，方才煎服。一帖药至少六七十块洋钱起码。若是便宜了，太太一定要闹着说："便宜无好货，这药是吃了不中用的。"谁知越吃越坏，仍旧毫无功效。

后来又由刁迈彭荐了一个医生，说是他们的同乡，现在在上海行道，很有本事。张太太得到这个风声，立刻就请刁迈彭写了信，打发两个差官去请，要多少银子，就给他多少银子。好在上海有来往的庄家，可以就近划取的。等到到了上海，差官找到了医生的下处，一看场面，好不威武，一样贴着公馆条子，但是上门看病的人，却是一个不见，差官只得把信投进。那医生见是芜湖关道所荐，一定要包他三百银子一天，盘川在外，医好了再议。另外还要"安家费"二千两。差官样样都遵命，只是安家费不肯出，说："我们大人自从有了病，请的大夫少说也有八九十位了，无论甚么大价钱都肯出，从来没有听见还要甚么安家费的。先生如果缺钱使用，不妨在'包银'里头支五天使用，三五一十五，也有一千五百银子。"那医生见差官不允，立刻拿架子，说："不去了。"又说："我又不是唱戏的戏子，不应该说'包银'。"同来请的是两个差官，一个不认安家费，以致先生不肯去；那一个急了，便做好做歹，磕头赔礼，仍旧统通答应了他，方才上轮船。在轮船上包的是大餐间，一切供应，不必细述。

谁知等到先生来到芜湖，张守财的病已经九分九了。当时急急忙忙，张太太恨不得马上就请这位名医进去替老爷看脉，把药灌下，就可以起死回生。齐巧这位先生偏偏要摆架子，一定不肯马上就看，说是轮船上吹了风，又是一夜没有好生睡觉，总得等他养养神，歇息一夜，到第二天再看。无论如何求他，总是不肯。甚至于张太太要出来跪求他，他只是执定不答应。他说："我们做名医的不是可以粗心浮气的。等到将息过一两天，敛气凝神，然后可以诊脉。如此，开出方子来才能有用。"大家见他说得有理，也只得依他。这医生是早晨到的，当天不看脉，到得晚上，张守财的病越发不成样子了，看看只有出的气，没有进来的气。

这两天刁迈彭是一天两三趟的来看病，偏偏这天有公事，等到上火才来。会见了上海请来的先生，问看过没有。差官便把医生的话回了。刁迈彭道："人是眼看着就没有用了，怎么等到明天！还不早些请他进去看看，用两味药，把病人扳了过来。你们不会说话，等我去同他商量。"当下幸亏刁迈彭好言奉劝，才把先生劝得勉强答应了。于是由刁大人陪着，前面十几个差官打了十几个灯笼，把这位先生请到上房里来。此时张太太见了先生，他的心上赛如老爷的救命星来了。满上房里，洋灯、保险灯、洋蜡烛、机器灯、点的烁亮。先生走到床前，只见病人困在床上，喉咙里只有痰出进抽的声响。

那先生进去之后，坐在床前一张杌子上，闭着眼，歪着头，三个指头把了半天脉；一只把完，再把一只，足足把了一个钟头。把完之后，张太太急急问道："先生，我们军门的病，看是怎样？"先生听了，并不答腔，便约刁大人同到外面去开方子。张太太方再要问，先生已经走出门外。大家齐说："这先生是有脾气的，有些话是不能同他多讲的。"当由刁大人让了出来。先生一面吃水烟，一面想脉案方，说得一句"军门这个病……"，下半截还没有说出，里面已经是号啕痛哭，一片举哀的声音，就有人赶出来报信，说是军门归天了。刁迈彭听了这话，一跳就起，也不及顾，先跑到里头，帮着举哀去了。

这里先生双手捧着一枝烟袋，愣在那里坐着发呆。正在出神的时候，不提防一个差官举手一个巴掌，说："你这个混账王八蛋！不替我滚出去，还在这里等甚么！说着，又是一脚。先生亦因坐着没味，便说："我的当差的呢？我要到关道衙门去。"又道："我是你们请来的，就是要我走，也得好好的打发我走，不应该这个样子待我。我倒要同刁大人把这个情理再细细的同他讲讲。"差官道："你早晨来了，叫你看病，你不看，摆你娘的臭架子！一直等到人不中用了，还是刁大人说着，你这才进去看！我们军门的病都是你这杂种耽误坏的！不走，等做不成！"说着，举起拳头又要打过来，幸亏刁大人的管家劝住，才腾空放那先生走的。

闲话少叙。再说张太太在上房里，原指望请了这个名医来，一帖药下去，好救回军门的性命。谁知先生前脚出去，军门跟后就断气，立刻手忙脚乱起来。一位太太同着十八位姨太太，一齐号啕痛哭，哭的震天价响。正哭着，人报："刁大人进来了。"张太太此时已经哭的死去活来。一众老妈见是刁大人进来，但把十几位姨太太架弄到后房里去。刁大人靠着房门，望着死人亦干号了几声。于是张太太又重新大哭，一面哭着，一面下跪给刁大人磕头，说："我们军门伸脚去了，家下没有作主的人，以后各事都要仰仗了！"刁迈彭急忙回说："这都是兄弟身上应该办的事，还要大嫂嘱咐吗。"说罢，又哭。

张守财既死之后，一切成殓成服，都不必说，横竖有钱，马上就可以办得的。但是一件：他老人家做了这们大的一个官，又挣下了这们一分大家私，没有儿子，叫谁承受？他本来出身微贱，平时于这些近支远亲，自己都弄不清楚。娶的这位续弦太太，又是个武官女儿，平时把揽家私以及驾驭这些姨太太，压制手段是有的，至于如何懂得大道理，也未见得，所以于过继儿子一事，竟不提起。至于那些姨太太，平日受他的压制，服他的规矩，都是因为军门在世，如今军门死了，大家都是寡妇家，晓得太太也没有仗腰的人，彼此还不是一样，便慢慢的有两个不服规矩起来。太太到了此时，也竟奈何他们不得。

此时张府上是整日整夜请了四十九位僧众在大厅上拜礼《梁王忏》[4]，晚上"施食"，闹得昼夜不得休息。到了"三七"的头两天，有个尼庵的姑子走了一位姨太太的门路，也想插进来做几天佛事。姨太太已答应了他。谁知太太不答应，一定要等和尚拜完四十九天功德圆满之后，再用姑子。这件事本来小事情，谁知他们妇道家存了意见。这位姨太太见太太不允，扫了他面子，立刻满嘴里叽哩咕噜的，瞎说了一泡，还是不算，又跑到军门灵

前，连哭带骂，絮絮叨叨哭个不了。太太听得话内有因，便把他拉住了，问他说些甚么。这位姨太太索性一不做，二不休，便一头哭，一头说道：“我只可怜我们老爷做了一辈子的官，如今死了，还不能够叫他风光风光，多念几天经，多拜几堂忏，好超度他老人家早升天界，免在地狱里受罪，如今连着这们一点点都不肯，我不晓得留着这些钱将来做甚么使？难道谁还要留着贴汉不成！如今他老人家死了，我晓得我们这些人更该没有活命了！我也不想活了，索性大家闹破了脸，我剃了头发当姑子去！”一面说，一面哭。

太太也有听得明白的，气的坐在房里，瑟瑟的抖，后来又听说甚么养汉不养汉，越发气急了。也不顾前虑后，立起走到床前，把军门在日素来存放房产契据、银钱票子的一个铁柜，拿钥匙开了开来，顺手抱出一大捧的字据，一走走到灵前，说了声：“老爷死了，我免得留着这样东西害人！”抓了一把，捺在焚化锡箔的炉内，点了个火，呼呼的一齐烧着。说时迟，那时快，等到家人、小子、老妈、丫环上前来抢，已经把那一大棒一齐送进去了。究竟这柜子里的东西，连张太太自家亦没有个数，大约刚才所烧掉的一大包，估量上去至少亦得二三十万产业。有些可以注失重补，有些票子，一烧之后，没有查考，亦就完了。当时张太太盛怒之下，不假思索，以致有此一番举动。一霎烧完，正想回到上房里，从柜子里再拿出一包来烧，谁知早被几个老妈抱住，捺在一张椅子上，几个人围着，不容他再去拿了。张太太身不由己，这才跺着脚，连哭带骂，骂个不了。起先说他闲话的那个姨太太，倒愣在一旁呆看，不言不语了。正当胡闹的时候，早有人飞跑送信到道衙门里去。刁迈彭得信赶来，不用通报，一直进去。因为进门的时候，就听得人说张太太把些家当产业统通烧完，他便三步迈作两步走到灵前，嘴里连连说道：“这从那儿说起！这从那儿说起！”一见炉子里还在那里冒烟，他便伸手下去，抓了一下子，被火烫的手指头生痛，连忙缩了回来。看看心总不死，于是又伸下去，抓出一叠四面已经焦黄，当中没有烧到的几张契纸，字迹还有些约略可辨。刁迈彭一面检看，一面连连跌脚，说道：“这又何必！”看了半天，都是残缺不全，无可奈何，亦只有付之一叹，然后起身与张太太相见。

此时张太太早哭得头发散乱，哑着喉咙，把这事的始末根由诉了一遍。诉罢，又跪下磕了一个头，跪着不起来。刁迈彭再三让他站起，他总是不肯起，口口声声要求刁迈彭作主。刁迈彭一想：“他们都是一般寡妇，没有一个作主的。若论彼此交情，除了我也没有第二个可以管得他的家事的。”于是也就不避嫌疑，满口答应，又说：“大哥临终的时候，我受了他的嘱托，本来就想过来替他料理的，一来这两天公事忙，二来因为大哥过去了才不多几天，还不忍说到别事。如今既然嫂嫂这里弄得吵闹不安，那亦就说不得了。”张太太听了，自然是千感万谢，忙又磕了一个头，磕头起来，便请刁大人到屋里来，拿柜子指给他看，说：“我们军门几十年辛苦赚得来的，明天就请大人过来替他理个头绪。应该怎么个用头，就求大人斟酌一个数目，省得我嫂子受人的气。”刁迈彭道：“这件事不是光理个头绪就算完的，依我兄弟的愚见，总得分派分派才好。大哥身后掉下来的人又不止你嫂子一个，如果还像从前和在一起，那是万万做不到的。兄弟明天过来，自有一个办法。”张太太一向是“惟我独尊”的，如今听说要拿家当分派，意思之间，以为：“这个家除了我更有何人？”便有点不高兴。

当下刁迈彭回到自己衙门，独自盘算着，说道：“这位军门，他的钱当初也不晓得是怎么来的，如今整大捧的被他太太一齐往火里送。自己辛苦了一辈子，挣了这份大家私，死下来又没有个传宗接代的人，不知当初要留着这些钱何用！我刚才想要替他们大小老婆分派分派，似乎张太太心上还不高兴。唉！我这人真正也太呆了！替他们分派之后，一个人守着十几万银子，各人干各人的，这钱岂非仍落他人之手。我明天何不另想一个主意，等到太太出面，把些小老婆好打发的打发几个，打发不掉的，每人些须少分给他们几个，

余下的，一齐仍归太太掌管。如此办法，少不得他太太总要相信我。以后各事经了我的手，便有了商量了。”转念一想，“凡事不能光做一面，总要两面光”，必须如此如此方好。

主意打定，第二天止衙门不见客，独自一个溜到张家，先到大厅上见了张守财的几个老差官。晓得这班人都很有点权柄，太太跟前亦都说得动话的。刁迈彭便着实拿他们抬举，又要拉他们坐下谈天。几个老差官因他是实缺关道，又是主人把弟，齐说：“大人跟前，那有标下坐位。”刁迈彭道：“不必如此说。一来，诸位大小亦是皇上家的一个官；二来，你们太太托了我要替他料理料理家务，有些事情还得同诸位商量。现在跟前没有别人，我们还是坐下好谈。诸位不坐，我亦只好站着说话了。”众人至此无奈，方才一齐斜签着身子坐下。

刁迈彭先夸奖诸位如何忠心，“军门过去了，全靠诸位替他料理这样，料理那样。”又说：“诸位跟了军门这许多年，可惜不出去投标投营。有诸位的本领，倘若出去做官，还怕不做到提、镇大员，戴红顶子吗。”随后方才说到自己同军门的交情：“如今军门死了，无人问信，我做把弟的少不得要替他料理料理，就是人家说我甚么，也顾不得了。”此时，众人已被刁迈彭灌足米汤，不由己的冲口而出，一齐说道：“大人是我们军门的盟弟，军门过去了，大人就是我们的主人，谁敢说得一句甚么！要是有人说话，标下亦不答应他，一定揍他。”刁迈彭哈哈大笑道：“就是说甚么，我亦不怕。我同军门的交情非同别个，要是怕人说话，我也不往这里来了。”说罢，就往上房里跑。走了几步，又停住了脚，回头说道：“诸位都跟着军门出过力，见过世面的人。我今天来到这里，要同军门的太太商量：现在我奉到上头公事，要添招几营人，又有几营要换管带。我看来看去，只有诸位是老军务，目前就要借重诸位跟我帮个忙才好。”

众人一听刁大人有委他们做管带的意思，指日便是个官了，总比如今当奴才好，便一齐请安：“谢大人提拔。”然后跟着同到上房，见了张太太，照例请安，劝慰一番，然后又提到替他料理家务的话。此时一众差官都当他是好人，见他同太太讲话，并不生他的疑心，把他送到上房之后，便一齐退到外面，候着站班恭送。

刁迈彭见跟前的人渐渐少了，方才把想好的主意说了出来。张太太一听，甚中其意，连忙满脸堆着笑，说道：“到底我们军门的眼力不差，交了这些个朋友，只有大人一位可以托得后事的。”说着，又叹气道：“我们军门一条命送在这班狐狸手里！依我的意思，一齐赶掉，一个钱也不给他们。”刁迈彭道：“这是断断乎不可，钱是要给几个的。”张太太默默无言。刁迈彭又讲到：“这班出过力的差官，很有几个有才具的。兄弟的意思，想求嫂子赏荐几个，等兄弟派他们点差事，帮帮兄弟。横竖又不出门，府上有事，仍旧可以一喊就来的。”张太太道：“这是大人提拔他们。大人看谁好，就叫谁去。军门过世之后，公馆里亦没有甚么事情，本来也要裁人。如今一得两便，他们又有了出路，自然再好没有了。”

刁迈彭辞别回去，第二天办了五六个札子，叫人送到张府上。那札子便是委这几个差官当甚么新军管带的。凡是张府上几个拿权老差官，都被他统通调了去。这般人正愁着军门过世以后绝了指望，如今凭空里一齐得了差使，更胜军门在日，有何不感激之理。自此以后，这班人便在刁迈彭手下当差。刁迈彭却自从那日起，一直未曾再到过张府，后文再叙。

且说张太太自从听了刁迈彭的话，同那班姨太太忽然又改了一副相待情形，天天同起同坐，又同在一块儿吃饭，说话异常亲热。从前这班姨太太出出进进都要打太太的床前走过，如今太太也不拿他们防备了，便在中间屋里另开了一个门，通着后头，预备他们出进。太太又说：“我们现在都是一样的，还分甚么大小呢。”一班姨太太陡然见太太如此随和，

心上都觉得纳罕。毕竟这班小老婆几个是好出身？从前怕的是老爷，是太太，如今老爷已死了，太太也没有威风了。有几个安分守己的，还是规规矩矩，同前头一样；有几个却不免有点放荡起来，同家人小厮嘻嘻哈哈。有时和尚进来参灵，或是念经念的短了，或是声音不好听了，这些姨太太还排揎他们一顿。后来，过了半月，借着到庙里替军门做佛事，就时常出去玩耍。太太非但不管他们，倒反劝他们出去散心，说："你们都是一班年轻人，如今老爷死了，还有甚么指望，有的玩乐得出去玩玩。不比我自从遭了老爷的事，就一直有病，那里有玩的兴致呢。"自那日起，张太太果然推头有病，不出来吃饭。一班姨太太见他如此，乐得无拘无束，尽着性儿出去玩耍。太太睡在家里，一问也不问。张府中照此样子，已经有一个多月。

这一个多月，刁迈彭竟其推称有公事，一趟未曾来过。又不时把他新委的几个张府上的差官传来谕话，说："我这一阵因为公事忙，未曾到你们军门家里。自从军门去世之后，留下这些年轻女人，我实在替他放心不下。你们得空，还得常常回去，带着招呼招呼，也好替我分分心。"众人一齐答应称"是"。背后私议，齐说："刁大人如此关切，真正是我们军门的好朋友！"

又过两天，正是初一，刁迈彭到城隍庙里拈香，磕头起来，说是："神桌底下有张字帖似的，看是甚么东西。"便有人拾了起来，递到刁迈彭手里，故意看了一看，就往袖子里一藏，出来上轿。此时那一班差官都跟来看见。刁迈彭回到衙中，脱去衣服，吩咐左右之人一齐退去，单把那班差官传进来，拿这帖给他们看。又是埋怨自己，又是怪他们，说道："我再三的同你们说，我这阵子公事忙，不能常常到你们军门公馆里去。况且现在又不比军门在日，公馆里全是一班女人，我常常跑了去亦很不便。所以再三交代你们，叫你们时常带着回去招呼招呼，为的就是怕闹点事情出来，叫人家笑话。也不必实有其事，就是被人家造两句谣言，亦就犯不着。你们不听我的话，如今如何！被人家写在匿名帖子上头！这个写帖子的人也是可恶！甚么事情不好说，偏偏要说他们寡妇家的事情！我总得叫县里查到这个人重办他一办。这个帖子幸亏是我瞧见，叫他们拾了起来，倘若被别人拾着人，传扬出去，那时候名气才好听呢！"

刁迈彭一头说，众差官一面应"是"，一面看那匿名揭帖。内中有两个识字的，只得把上写的四句诗念给众人听道：

芜湖城里出新闻，提督军门开后门。日日人前来卖俏，便宜浪子与淫僧。

那两个差官毕竟是武夫，字虽认得，句子的意思究竟还不懂。念完之后，愣住不响。刁迈彭特地逐句讲给他们听过，然后大家方才明白。内中就有一粗卤的，听了这些言语，不觉双眉倒竖，两眼圆睁，气愤愤的说道："这是怎么说！这是怎么说！我们军门做了这们大的一个官，倒叫他死后丢脸！这件事标下倒有点不服气！近来半个月，我们太太有病，睡在屋里不出来，这一定是那班姨太太闹的。太太病了，没有人管他们，就闹得无法无天了。大人，说不得，我们军门死了，知己朋友可以帮着替他料理料理家务的，只有你老人家一位。标下在这里替你老人家跪着，总得求你老人家替他管管才好！"于是一齐跪下。刁迈彭看了，皱着眉头说道："这事情闹的太难为情了，叫我亦不好管啊。也罢，等我慢慢地想个法子。你们且出去，一面打听打听，到底怎么样，一面访访那个写匿名帖子的人到底是谁，查得人头，我也好办。况且这帖子既然被我拾着一张，看来总不止一张，外面一定还有，你们姑且留起心来。"众差官只好答应着，退了下来。

有两个回到公馆里把这话禀告了张太太。张太太听了，一声不响。歇了半天，方说："我自己的病还不晓得怎样。那里有工夫管他们！你们姑且出去查查看，查到了甚么凭据，

告诉我说，我再来问他们。”差官退出，因见太太并不追究此事，心中俱各愤愤，齐说：“军门死了，怎么连个管事的人都没有了！尽他们无法无天，这还了得！”

于是又过两天，那两个性子暴的差官正在茶馆里吃茶回来，将近走到辕门，忽见照壁前有许多人在那里围住了看。他俩亦就停止了脚，看他们看些甚么。原来墙上贴着一张字帖，众人一头看，一头说，一头譬解，也譬解不得当。你道如何？原来那张字帖正与前天刁大人在城隍庙里拾着的一样，不过第二句“提督军门开后门”一句，改为“大小老婆开后门”，换了四个字了。这两个差官不看则已，看了之时，不觉一腔热血，大抱不平，也不顾人多拥挤，立时迈步上前，把字帖揭在手中，并不回到道衙门，拿了字帖，一直径到张公馆上房，叫老妈禀报，说：“有要事面回太太。”太太便唤他们进见。那两个差官见了太太，一言不发，把个字帖往太太面前一送，说一声：“太太请看！”太太瞧了，佯作不知，还问：“上头说的是些甚么？”差官道：“上回刁大人照这样的字已经见过一张了，标下就来回过太太，请太太管管这些姨太太，少教他们出去，弄的声名怪不好听的。太太说：‘没有工夫管他们。’如今好了，连太太的声名也被他们带累上了！”太太着急道：“怎么有我在上头？”差官道：“这第二句可不是连太太也被着他们糟蹋了么。”

太太看了一遍，还是不懂，叫账房师爷来讲给他听，方才明白。等到明白之后，这一气真非同小可！登时面孔一板，两脚一顿，也不顾有人没人，蓬着个头，穿了一身小衣裳，也不及穿裙子，一跑跑到军门灵前，拍着灵台，又哭又骂，数说：“老爷在世，吃了皇上家的钱粮，不替皇上家办事，只知道克扣军饷，弄了钱来讨小老婆。人家讨小老婆，三个五个，也尽够的了，你偏一讨讨上几十个。又不是开窑子，要这群狐狸做甚么用！如今等你死了，留下这班祸害，替你换了顶戴还不算，还要拿我往浑水缸里乱拉，连我的名声也弄坏了！”一面够说，一面回头叫人：“替我把刁大人请了来。他是军门的好兄弟，军门死了，他索性门也不上了！我们这里的事，他一管也不管了！到底我们这里大小老婆，那一个开后门，那一个卖俏，那一个同和尚往来，他是地方官，可以审得的。横竖我是一直病着，连房门都没有出，是瞒不过人的。将来审明白了那个狐狸干的事，我同那个拼命！倘若审不出，我情愿自己剃了头发当姑子去。住在这里，弄得名声被别人带累坏了，我却犯不着！”说着，又叫人去催刁大人，说：“他为甚么还不来？他不是军门的好朋友吗？军门死了，他竟其信也不问了，活的不要管，问他对得住死的吗！”

正吵着，刁大人来了。一只脚才跨进门，张太太已经跪下了，口口声声：“请大人伸冤！大人倘若不替我伸冤，我今天就死在大人跟前！”说完，从袖筒管里一把烁亮雪尖的剪刀伸了出来，就在面前地下一摆。刁迈彭见了，连连摇手，道：“快别如此！快别如此！有话起来说，我们好商量。我受了大哥临终时候的嘱托，我赛如就是他的顾命大臣一样，还有甚么不尽心的。快快请起！快快请起！”起先张太太还只是跪着不起来，后来听见刁大人答应了他，方才又磕了一个头，从地下爬起，就在灵前一张矮脚杌子上坐下。刁迈彭亦即归座。

张太太便一五一十把方才的话说了一遍。刁迈彭道：“这事原难怪大嫂生气。大嫂一直有病，睡在家里，如今忽然拿你带累在里头，自然你要生气。但是这事情关系府上的大局，传扬出去名声不好听，而且也对不住死的大哥。依兄弟愚见：还是请大嫂训斥他们一番，等他们以后收敛些就是了。”差官插口道：“头一回大人拾着那张帖子，标下就赶回来告诉太太说：‘请太太管管他们，不准他们出去。’太太不听。如今果然闹到自己身上来了。”刁迈彭道：“是啊，当初我交代你们，也为的是这个。”张太太道：“我从前不管他们，是拿他们当作人，留他们的脸；如今闹到这步田地，大家的脸亦不要了。大人若是肯作主，对得住死的大哥，想个法子安放安放这些狐狸；若是不能，我就死了让他！”说着，

伸手拾起剪刀来，就想抹脖子，急的众人连忙抢下。

刁迈彭装做没主意，向众人道："这事怎么办呢？"众人也是你看看我，我看看你，都不得主意。张太太又只是催着问刁大人："到底怎么办？"后来还是那个来送信的差官心直口快，帮着说道："军门过世之后，只有太太是一家之主，不要说是自尽，就是要往别处去住也是万万不能的。"张太太道："留着我在这里受气！人家做了坏事，好一齐推在我的身上！既然不准我死，我无论如何，断然不能再同这班狐狸住在一块儿的！"差官道："太太说到这步田地，料想是不能挽回的了。现在没得法想，只好求大人把这些姨太太都叫出来问问：谁是安分守己的谁留下，以后跟着太太同住；既然住下，就有得服太太规矩。倘若不情愿的，只好请他另外住，免得常在一块儿淘气。"张太太道："这些人我是一个合不来的！"刁迈彭道："好是好，坏是坏，不可执一而论。就是叫他们另外住，也得有个章程给他们，不是出去之后，就可以任所欲为的。"

张太太道："甚么章程！他们各人有各人的私房，还怕不够吃用。公中的钱，那是一个不能动我的。不愿意，尽管走！从前我没有来的时候，小老婆听说也打发掉不少了，没有甚么稀罕！后来这几年，幸亏有我替他管得凶，所以没闹甚么笑话。如今军门过了世，还没不断七，他们就一个个的变了样子！刁大人若看把兄弟份上，这班狐狸办都可以办得的，如今还要拿出钱来送给他们，那却万万不能！"刁迈彭听毕，凑近一步，低低说道："这话做兄弟的岂有不知。但是如此一做，被别人瞧着，好像我们做事过于刻薄，不如好好的叫他们另外去住。回来兄弟放个风声给他们，并且不要他们住在这里芜湖地面上才好，叫他们远远的，我们看不见，听不着，说句不中听的话，就是他们跟了人逃走，也不与我们相干，以后我们倒反干净。大嫂意思以为何如？但是姨太太听说一共还有头二十位……"张太太道："还有十八个。"刁迈彭道："也得做几起慢慢的分派，不是一天可以去得完的。况其中果有一二安分守己的，也不妨留两个陪伴陪伴自己。兄弟今天先把几个常常爱出去玩的替你打发掉，其余的过天再来。"张太太一听他话有理，便也点头应允，不作一声。

刁迈彭于是回过脸，朝着众人说道："我同你们军门是把兄弟，有些事情虽然我也应该管得；然而今天之事，一张匿名帖子也作不得凭据。我如今并不拿这帖子上说的话派谁的不是。不过一样：现在军门已经过世，太太便是一家之主，太太说的话，无论谁都不能违拗的。各位姨太太既然不服太太的规矩，爱出去玩耍，以致把太太的名声连累弄坏，这便是各位姨太太的不是。太太发过誓，不能再同各位姨太太住在一处，我劝来劝去，劝不下来。这是天长日久之事，倘若今天说和之后，明天又翻腾起来，或是闹得比今天更凶，叫我旁边人也来不及。所以我替他们想，也是分开住的好。现在有我做个当中人，也决计不会克苦了他们。我今天先替大家分派停当：愿意去的，尽半月之内，各自另外去住。倘若半月之后不走，便是有心在这里陪伴太太，太太亦并不难为他，一样分钱给他使，但是永远不得再出大门。叫他们想想看，还是走那条路的好。"张太太道："走的人一家给他多少，亦请刁大人吩咐个数目。"刁迈彭道："这要太太吩咐的。"张太太不肯，一定要刁大人说。刁迈彭无奈，只得说道："今天我来分派，无论走的同不走的，总归一样。至于走不走，听便。各人衣服、首饰仍给本人。每人另给折子一个，就把大哥所有的当铺分派均匀，每人写明：当本三万，只准取利，不准动本。另外每人再给一千银子的搬家费，不去的不给。"

张太太意思似乎太多。刁迈彭道："出去之后仍是军门的人，军门有这份家当在这里，不好少他们的。"说完，又对来的两个差官说道："你俩暂且在这里伺候两天。那位姨太太要走，我不便当面问他们，他们也不便对我说。今天请账房先生把当铺里管事的一齐约好，赶把利钱折子写给他们。谁要走，有你们在这里，也好帮着招呼招呼；不走的，再等我来同你们太太商量安置的法子。”

刁迈彭说完了一席话，便即起身告辞。他说话时，一众姨太太在孝幔里都听得明明白白。有两个规矩的，早打定主意不出去。有两个尖刁的，听了不服，说道：“我偏不走，看他能彀拿我怎样！”后来转念一想：“太太的气，从前也受够了。如今有了三万银子的利钱，又有自己私房，乐得出去享用，无拘无束。”因此也就不闹。又有些本来不打算出去另住，听了旁人的挑唆，或是老妈、丫环的撺掇，也觉得出去舒服些。因此愿意分开另外住的，十八位之中倒有一十五位。

欲知后事如何，且听下回分解。

［注释］

①命妇：封建时代被赐于封号的妇女，一般为官员的母亲、妻子。

②捻匪：对捻军的蔑称。咸丰三年（1853），捻军在太平天国影响下发动大规模起义。

③斫丧：指耗其精神于酒色。

④拜礼《梁王忏》：请和尚念经以超度死者的一种迷信行为，叫作拜忏。《梁王忏》是忏法的一种，据说梁王指南北朝的萧衍。

第五十回

听主使豪仆学摸金　抗官威洋奴唆吃教

话说张守财一班姨太太自从太太闹着不要他们同住，经刁迈彭一番分派，倒也觉得甚是公允，没甚话说。其时十八位姨太太当中，止有三个安心不愿意出去，情愿跟着太太过活，也只好听其自然。下余的十五位，也有三个一起的，两个一起的，合了伙，房子租在一块儿，不但可以节省房金，而且彼此互有照应。其时正有一位大员的少爷在芜湖买了一大爿地基，仿上海的样子造了许多弄堂，弄堂里全是住宅，也有三楼三底的，也有五楼五底的，大家都贪图这里便当，所以一齐都租了这里的屋。而且这片房子里头，有戏园，有大菜馆，有窑子，真要算得第一个热闹所在。姨太太们虽然不逛窑子，上茶馆，然而戏园、大菜馆是逃不掉的，因此更觉随心乐意。刁大人限的是半月，这半月里头，油漆房子，置办家伙，并没有一天得空；等到安排停当，搬了出来，却也没有一个逾限的。你道为何？只因这位张太太为人凶狠不过，所以一群姨太太也以早离开他一天早快活一天，大家都存了这个心，自然是不肯耽搁了。十五位当中却有四位因为自己家里或是有父母，有兄弟，得了这个信，把他们接出来同住，有的住本地，有的住乡间，还有一二位竟住往别县而去。其他十位却一齐住在这热闹所在。

等到在张府临出门的头一天，刁大人特地叫差官传谕他们，说道："诸位姨太太现在虽是搬出另住，也要自己顾自己的声名。凡是庵观寺院，戏园酒馆，统通不可去得。现在大人正有告示贴在以上各处，不许容留妇女人内玩要，倘有不遵，定须重办！因为此事，又特地派了十几个委员，昼夜巡查。设若撞见委员们，委员们倘若置之不问，何以禁止旁人？如其毫不徇情，未免有伤颜面。为此特地关照一声，还是各自小心为妙。"大家听了，也有在意的，也有不在意的。按下不表。

单说张太太自从十五位姨太太一齐出去另住之后，过了两天，心上忽然想着："刁大人做事好无决断！这班狐狸为甚么不赶掉了干净？他偏蝎蝎螫螫[1]的，又像留住他们，却又叫他们分出去住，等他无拘无束，将来一定无所不至，岂不把军门的声名愈加弄坏！正不知他是何用意！"正在疑疑惑惑，齐巧刁迈彭亲来问候，张太太便问他所以纵容这班狐狸之故。

刁迈彭道："依我的意思，顶好叫他们离开芜湖地面，彼此不相闻问。无奈一时做不到，只好慢慢的来。好在我前天已经叫人透过风给他们，将来自有摆布他们的法子，不消大嫂费心的。至于大嫂这里，除掉分给各位姨太太之外，大约数目，我兄弟也粗知一二。也应该趁此时叫这里账房先生理出一个头绪，该收的收，该放的放。譬如有甚么生意，也不妨做一两桩。家当虽大，断无坐吃山空的道理。此时大哥过世之后，大嫂是女流之辈，兄弟虽然不便经手，然而知无不言，也是我们做朋友的一点道理。"张太太道："正是。军门去世，我乃女流之辈，一些事儿不懂，将来各式事情正要仰仗，怎么你刁大人倒说甚么'不便经手'？刁大人不管，叫我将来靠那个呢？"说道，便大哭将起来。

刁迈彭道："非是兄弟不管，但是兄弟实在有不便之故。彼此交情无论如何好，嫌疑

总应得避的。况且大嫂这里原有一向用的账房，把事情交代他们也就够了。不瞒大嫂说，亲近有好两注生意，弄得好，将来都是对本的利钱。倘若大哥在日，兄弟早来合他说，叫他入股，如今想想总不便，所以几次三番，人家叫兄弟来说，兄弟总没有来说。虽说看准这卖买好做，不至于蚀到那里；然而数目太大了，大嫂虽不疑心，亦总觉得骇人听闻的。”

张太太道：“刁大人说那里话来！你照顾我，就是照顾你去世的大哥。只要生意靠得住，你说好，我有甚么不做的。钱是我的，谁还能管得住我。至于账房所管不过是个呆账，有些大生意他们是作不来主的。刁大人，你说的到底甚么生意？如果可以说得回来，要多少本钱，我这里有。”刁迈彭道：“生意呢，也算不得甚么大生意，不过弄得好才有对本利，弄得不好，也只有二三分、三四分钱。”太太道：“我亦不想多要，就有二三分、三四分，我已经快活死了。”刁迈彭见张太太于他深信不疑，便也不再推托，言明先叫账房先生把所有的产业以及放在外头的，一律先开一篇细账。至于所说的生意，立刻写信通知前途，叫他来合股。

自此以后，刁迈彭一连来了几天，把这里账目都弄得清清楚楚。所有的房契、股票、合同、欠据、共总一个柜子，仍旧放在张太太床前。还有甚么金叶子、金条、洋钱、元宝，虽没有逐件细点，亦大约晓得一个数目，亦是统通放在太太屋里。已成之产业不算，总共还有个一百二十几万现的。张太太又说：“分出去住一班狐狸，每人至少有三五万银子的金珠首饰。可怜我自己一个人所有的，也不过他们一个双份罢了！他们十五个人倒足足有五六十万！”刁迈彭听了吐舌头，借此又把张太太同一班姨太太的金珠价值亦了然于心了。

后来连着来说过两注买卖，张太太都答应：一注是在上海顶人家一爿丝厂，出股本三十万；一桩是合人家开一个小轮船公司，也拼了六万。两桩事张太太这边都托了刁迈彭，请他兼管。刁迈彭说自己官身不便，于是又保举了他的兄弟刁迈峭做了丝厂的总理；又保举自己的侄少爷去到轮船公司里做副挡手。张太太见两桩买卖都已成功，利钱又大，大约算起来，不上三年就有一个顶对，于是心上甚是感激刁迈彭，托他还有甚么好做的事情，留心留心。刁迈彭满口答应，又说：“各式买卖，好做的却不少。但是靠不住的，我兄弟也不来说；设或有点差错，放了出去，一时收不回来，叫我如何对得住大嫂呢。”嘴里如此说，心上却不住的转念头。

话分两头。且说那十五位姨太太有五位跟了自己家里的人出去另住，倒也偃旗息鼓，不必表他。单说那十位，一班都是年轻好玩的人，又是这们一个热闹所在，此时无拘无束，乐得任意逍遥，整日里出去玩耍。到得晚上，不是合伙喝酒，便是聚拢打牌。十个人分住了三所五楼五底的房子。每人都有三四个老妈、丫环。此外，底下人、看门的、厨子、打杂的，都是公用。初出来的时候，这十个人很要好，每月轮流做东道；轮到做东道那一天，十个一齐聚在他家。从前张军门在日，这些姨太太，上下人等都唤做几姨几姨，以便易于分别。这番留在家里的三位是：大姨、二姨、六姨。跟着父母兄弟回家去住的五位是：五姨、十姨、十三姨、十六姨、十八姨。余下十位，统共搬出来同住。这天轮当八姨做东道，办的是番菜。此时只开了一爿番菜馆，食物并不齐全，在本地人吃着，已经是海外奇味了。当下八姨隔夜关照，点定了十份菜，说明白晚上上火时候送在家里来吃。八姨是同十二姨、十五姨、十七姨同住的，说明白这天下午四点钟先会齐了打麻雀[2]，打过八圈庄吃饭。谁知头天戏园子里送到一张传单，说有上海新到名角某人某人路过此地，挽留客串三天，过三天，就要到汉口去的，劝人不可错过这机会。头一个十七姨得了信就嚷起来，说：“明天一定要看戏，看过戏回来吃大菜不迟。”于是十二姨、十五姨一齐凑兴，都说要看戏。八姨还不愿意，说：“凑巧我今天做主人，你们在家里也好帮着我料理料理。要看戏，明天我做东请你们，今天不放你们去。”无奈三个人执定不肯。八姨又吓唬他们道：“刁道

台出了告示，不准女人看戏，前天还特地叫人来关照，不要被他拿了去。依我还是不去的好。”十二姨鼻子里哼了一声道：“不信他连这点交情都不顾了，那还成个人吗！”八姨见说他们不听，便也无可奈何，只得让他们自去。

这里客人络续来到，都是八姨一个人接待。内中又有十四姨，亦说是因为看戏，随后就来。当下一算，只有宾主六人，打两场牌还少两位；便由八姨作主，把十二姨、十五姨，一家一个大丫头，叫了来替主人代打。本地戏园散戏本来是极早的，这里一帮人打牌打昏了，忘记派人去接。等到上了火一大会，只剩得一圈庄了，八姨吩咐烫酒，又叫厨房内预备起来，这才觉得他四个看戏的还没有回来，叫声“奇怪”，忙着叫人再去接时，忽听楼下一片声嚷，吱吱喳喳，听亦听不清楚。

八姨连忙靠在楼窗上向下追问，只见十七姨屋里的老妈急得跺脚，说道：“不好了！三位姨太太连着跟去的人，被看街的兵一齐拉到局子里去了！”八姨一听这话，忙问：“这话可真？”楼下人说：“打杂的都回来了，怎么不真！跟去的男男女女倒有七八个，一齐都拉了去。这个打杂的幸亏同局子里有点亲，所以单把他放了出来。”楼上下一番吵闹，打牌的也就不打了。其中还有十四姨是同四姨、九姨住在一起的，至今不见他来，恐怕亦被街上的兵拉去。四姨、九姨又忙着问打杂的：“可看见十四姨没有？”打杂的说：“没有看见。”大家更加疑心。八姨又问打杂的：“怎么会被街上的兵拉去的呢？”打杂的道：“散戏场的时候，刚刚出了大门，就有十来个兵上来拖了就走，一拖拖到警察局里的。老爷出来说：‘本道大人有过告示，不准女人出来看戏。你们这些人好不守妇道！等到明天一早，送到县里去办！’”八姨道：“你们没有嘴，为甚么不说是这里的呢？”打杂的道：“跟去的王二爷在街上就同他们说：‘这是张军门的姨太太。’他们不理。到了局里，见了委员老爷又说，委员老爷亦不理，说：‘无论甚么人，违了大人的告示，我们都要拿办的。有甚么话，你们明天到城里去说罢。’王二爷还要说时，已经被他们带了下来。三位姨太太是另外一间房子，派人看守，其余的都锁着，预备明天解到城里去。”

大众听了，面面相觑，正想不出一个法子。忽然见十四姨披头散发，闯进门来，说声：“不…不…不好了！家…家…家里来了一般强…强…强盗在那…那…那里打劫哩！”大众听他这一说，都吓呆了。四姨九姨是同他同住的，要抢一齐抢，得了这个信，更吓得魂不附体！八姨便问十四姨：“你不自去看戏的吗？几时回家的？十二姨、十五姨、十七姨被街上的巡兵拉了去，你知道不知道？你家里来了强盗，你一个人怎么逃走得脱的呢？”此时十四姨已经坐下，定了一定神，便含着泪说道：“可不是！我正是去看戏的。他们被巡兵拉了去，我不晓得。我看完了戏，因为天冷，想换件衣服再到你这里来。想不到一脚才跨进了门，强盗就跟了进来，吓得我也没有敢进房，就一直跑到厨房柴堆里躲起来的。只听得强盗上了楼……”四姨道：“啊呀！我的事情糟了！”十四姨又接着说道：“强盗上了楼，就听得‘哄隆哄隆’，像是开箱子，拖柜子的声音。楼上吵了半天，又到楼底下翻了半天才去的。”九姨听到这里，亦就跺着脚哭道：“我就知道，我亦是逃不脱的！”十四姨又说道：“我一直爬在柴堆里，动也不敢动！好容易等强盗走过一大会，看门的老头子进来，才拿我拉起来。家里至今只剩了看门的老头子一个，其余的用人都不晓得到那里去了。”八姨便问：“可查过东西？抢去了多少？”十四姨道：“那里查过！大约检好的都没有了！真正晦气！也不晓得今年交的是甚么星宿，一回一回的遭这些事！”说完又哭。四姨道：“今儿这里的三个扣在局子里不得出来，我们家里又遭了强盗，看来今天的饭是吃不成了！既然强盗已去，我们也得回家查点查点。这个明火执仗，地方官是有处分的。今天办警察，明天办警察，老爷在日，钱倒捐过不少；如今死了，警察的好处我们没有沾到，违了告示，倒会把我们的人拿了去的！现在又出了抢案，不知道他们管事不管事！”说到

这里，四姨便起身拉了九姨、十四姨同走，说：“我们到底抢掉多少东西，也要回去查查看。查明白了，案总要报的，强盗总要替咱们办的。”说完自去。

此时在座的人只剩得三姨、七姨、十一姨，连着主人八姨，一共四个。八姨因为两下里出事，甚是没精打采，又愁着十二姨等三个人明天到城里出丑，又记挂着他三人今夜里受罪。想要派人去瞧瞧，都说局子门口有人把着，不得进去。三姨说：“衙门里公事我是知道的，只要有钱，就准你进去了。”八姨就拿出四十块钱，仍旧打发打杂的去。这里厨子上来请示：“番菜都已做好，客齐了，就好起菜了。”三姨说：“随便拿点甚么来吃了算数，番菜过天再吃罢。”无奈番菜馆里是点定的菜，不能退还，只好叫他一齐开了出来，敷衍吃过了事。

刚刚吃完，打杂的回来，又同了一个被押的管家一块儿回来。这管家名唤胡贵，也是张军门的旧人。此番跟了几位姨太太出来，大家都拿他当作自己人看待。胡贵当下说道：“今日之事，是警察局里奉了本道大人面谕拿的。无论你是甚么人，违了本道的告示，一概不准用情。当时拿到之后，委员老爷就到道里请示。本道大人说道：‘若论张军门的家眷，我们极应该替他留个面子的。但是谁不晓得我同张军门是把兄弟。我若容了情，以后还能禁阻别人吗。现在是我格外留情，指示他一条路：你回去，就在今天晚上，叫他三个人每人拿出一万块洋钱充作罚款，就将他们取保出去。如今正在这里办警察，开学堂没有款项，得此也不无小补。既保全他们的面子，人家亦不至说我徇情。如果不然，明天解到县里，公事公办，打了枷号[3]，也好叫众人做个榜样。我本有言交代在前，他们不听好言，自投罗网，须知怪我不得。’委员老爷回来，就把三位姨太太叫了上去，叫他们早打主意。三位姨太太求他让些，无奈委员老爷执定不肯，说是：‘本道大人吩咐过，要少一丝一毫都不能够。’三位姨太太回说：‘就是照办，一时也没有这些现的。’委员老爷道：‘你们这班人好呆！没有现的，首饰、珠宝、利钱折子，都可以抵数，只要够了三万就是了。’三位姨太太还不答应。委员老爷立刻拿腔做势，把个跟去的陈妈锁了起来。陈妈说道：‘我又没有犯甚么罪，为甚么要锁我？’委员老爷就动了气，说他顶嘴，马上拖他跪下，打他嘴巴。才打了十几下子，陈妈的两个门牙已经打下来了，淌了满地是血。三位姨太太看了害怕，免得吃他眼前亏，所以无法答应的。”

八姨因这胡贵本来是靠得住的，便也不生疑心，到他三人房里找了半天，好容易把他三位的当铺利钱折子找到，点了点数，就检了三个一万头折子交代胡贵，叫他拿这个去抵数。胡贵去不多时，又回来说：“单是利钱折子，委员老爷不要。或是股票，或是首饰，方可作抵。”八姨一想：“股票本来是没有的，至于首饰，他三人出门看戏，都是插戴齐全了走的，每人头上手上，足有万把银子珠宝金器，已经尽够，何必再由家里往外拿呢。”于是又吩咐了胡贵。胡贵去了一回，又回来说：“委员老爷有过话：‘光是利钱折子不肯收，但是总得倍上几倍，少了不能相信。’三位姨太太说：‘横竖是暂时抵押，将来可以拿钱赎回来的。至于首饰不便交代他们，倘或被他们把好的掉换了几样，向谁去讨回呢。’”八姨一听这话不错，就把所有的当铺折子一齐交付了他，胡贵收了折子自去。大家以为，这笔钱拿出，三位太太一定可以回来了。一切取保等事，胡贵色色在行，可以无须虑得。

三姨、七姨、十一姨因为要等他三个，一直也没有回去。谁知一等等到半夜三点钟，还不见一干人回来，满腹狐疑，再派人到警察局门口探听，只见局门紧闭，连个鬼的影子也没瞧见。去的人回来说了，大众更觉惊疑不定。只得自宽自慰说：“今天来不及了，大约明天一早一定总放出来的。”于是三姨、七姨、十一姨要回去。八姨害怕，要留他们两位来做伴。他三人也不便一齐全走，商议半天，方才议定：七姨一个回去看家，这里留下三姨、十一姨陪伴八姨。七姨去后，这里又派人去看了四姨、九姨、十四姨一趟，晓得被强盗抢去的东西很不少，已经开好失单，专等明天报官。大家听了，叹息一回，各自关门安寝。八姨直同三姨、十一姨闲谈了半夜，也没有合眼。

看看天色快亮，方才朦胧睡去。忽听得有人有楼下院里高声叫喊，说："快情三姨、十一姨回去！今夜家里被贼挖了壁洞，东西偷去无数若干！七姨东西赛如都偷完了，七姨在家里急的要上吊。"三姨、十一姨一听这话，一骨碌爬起，坐地床沿上，却是吓的瑟瑟的抖，两只脚就像蹈在棉花里的一般，要想往床下走一走路亦不能了，又过了半天，方才有点气力。三姨叹口气，说道："老天爷不长眼睛，为甚么只管同我们几个人做对头！"八姨到此，深自后悔昨夜不该留他二人作伴；此时无话可说，只得推他俩回去，开好失单，赶紧报案："好在不多时候，或者就可破案，也论不定。"又托他俩安慰七姨。三姨、十一姨急急的走了回去，幸喜前弄后弄是没有许多路的。

八姨此时亦因昨夜的事挂在心上，也就起来不睡了，一面仍叫打杂的去到警察局打听十三姨、十五姨、十七姨的消息。又说："胡贵昨天已把款子缴了进去，怎么还不放出来呢？"打杂的去了一会子，急得满头是汗，跑回来说："局子里人说：昨儿这里并没有派人拿甚么钱去。现在时候为着还早，所以还没有拿人送到城里去。"八姨听了，这一急非同小可！忙道："昨儿胡贵不是说道台大人要罚他们的钱吗？"打杂的道："小的到局子里，就把这话托小的的亲戚上去回了二爷，二爷又回了老爷。老爷还把小的叫上去，说：'这个话虽是有的，道台要罚他们的钱，一个人也不过罚他们几千，并没有这许多。你们不要被人家骗了去！你不来我这里，我亦要派人到你们公馆里尽问一声：如果是照罚的，我就缓点把人解城；倘若是不肯罚钱，早给我一个回信，我把人早解进城，也早卸我的干系。快去快来！'委员老爷的话如此，小的所以回来的。"八姨听了，真正急的失魂落魄，丝毫不得主意，忙问："你碰见了胡贵没有？"打杂的道："小的没碰见他。若是碰见了，早把他拉了来了。"

八姨正在寻思，忽听人报："警察局来了一个师爷，一个二爷。"一问正是为讨回信来的。八姨踌躇了一回，只好自己出去回他。见面之后，那师爷便说："敝东是奉公差遣，并不是一定同这里为难。就是道台大人要这边捐几个钱，也是充作善举的。现在敝东特地叫我过来商量一个办法。至于说是昨天晚上由尊府上管家送来几个当铺折子，我们局里却没有收到。难保是府上受人之骗，须怪我们不得。况且几个利钱折子又不是股票，就是再多些也抵不了数。现在逃走的这管家叫甚么名字，请这边开出来，我们也好替你们上紧的查。至于现在每人罚他几千银子，并不为多。应该怎样，还是早点料理为是。"

此时八姨一心只在胡贵身上，嘴里不住的说："所有的折了是我亲手交给他的，如今被他拿了逃走了，叫我怎么对得住人呢！"警察局师爷道："好在都是你们自己的当铺，派人去注了失，再补一分，不就完了吗？"一句话把八姨提醒，一想只好如此，方把心上一块石头放下，重新商量罚款之事。警察局师爷一口咬定二万银子，一切费用在内，马上就可把人保释。八姨想："银子只要二万，虽然还在分寸上，总望少点才好。"后首说来说去，跌到二万块钱，每人六千罚款，下余二千作一切费用。八姨道："洋钱现的是没有，看来只好拿首饰来抵。他们各人首饰，昨儿各人都带了出去，须得问他们自己，叫他们每人拿些出来暂时抵数。等到出来之后，再拿钱去赎回来，也是一样。"

警察局师爷道："没有现的，只好如此。但是他三位昨天进来的时候，头上并没有戴甚么珠宝。敝东亦亲口问过，都说：'出门的时候，首饰原本有的，后来被拿，在半路上就卸了下来，叫人拿了回来了。'所以敝东才叫我们到这里来的。"八姨听了，又是一惊，忙说："没有这回事！昨儿我们底下人回来还说，所有的首饰，他三个都还带的好好的呢。他三人不肯拿首饰抵给他们，所以才叫他来问我要折子。一定是他们藏了起来，哄你们的。”警察局师爷道：“我看未必，难保亦是贵管家做的鬼。姑且等我们回去问了他们再讲。”说完，立刻带了二爷自去。

此时八姨心上忐忑不定，一回又恨刁大人不顾交情，一回又骂胡贵“混账”。不多一刻，局里师爷又回来说：“问过三位，所有首饰早交给胡贵拿回来了。现在他们三人身上，除了衣服之外，一无所有，所以叫咱仍旧到这里来取。他三位还说，自己首饰倘若果真都被胡贵卷了逃走，无可奈何，总求你八太太替他凑一凑，今天把他们救了出来，少不得总要算还你的。”八姨一听，愣了半天，一声不响。师爷又催了两遍。想想没法，只得开了三位的拜匣，凑来凑去，约摸只有一半，一时逼在那里，说不得只得自己硬做好人，把自己值钱东西凑了十几件，拿出来交代与师爷过目。师爷还说不值二万。八姨气极了，一件件拆算给他听：“一总要值到二万四千哩。”师爷道：“你话原也不错。但是一样：你倘是一件件置办起来，照现在市价，合从前市价，只怕拿着二万四千还买不来，若是如今要拿他变钱，可是就不值钱了。至少再添这么一半来，我回去是好交代。”于是把个八姨急得没法。

正说着，齐巧昨儿番菜馆里一个细崽来收账。因八姨是他老主顾，彼此熟了，他听此说话，便代出主意，道：“这一定是师爷想好处。”一句话提醒了八姨，说道：“不错。”商量送他多少。细崽道：“这位师爷常常到我们大菜馆里来替人家了事，多多少少都要。等我来替你问他。”果然那细崽到师爷面前咕唧了一回，讲明白另送二百块钱，方才拿了首饰走的。八姨不放心，又叫了个贴身老妈一同跟了去，顺便去接他们三人回来。

果然去不多时，十二姨、十五姨、十七姨就一同回来了。相见之下，自不免各有一番说话。彼此提到胡贵，十二姨说：“我们还没有走到局子门口，在半路上，他走上来说：‘姨太太带了这些珠宝进去是不便的，请姨太太悄悄的探了下来，我替你拿着。’我们一想不错，一头走，一头探东西给他。说也奇怪，跟去的一帮人，只有他没有被捉，在旁边跟着，竟像没事人一样。后来到局子里，还见他进来过一次。那时候我们心上吓亦吓死了，那有工夫理会到这些。谁知竟不是个好人！”

八姨道：“这也奇了！你们三个人在路上探首饰东西又不在少数，难道那些巡兵竟其一管不管，随你们做手脚吗？”十五姨道：“真的！说也奇怪！我们把首饰除了下来，他还说手里不好拿，又问我们要了两块手帕子包着走的。拉我们的巡兵眼望着他，竟其一响不响。说穿了，这件事实在诧异得很！难道他们竟其串通一气来做我们的？”八姨于是又把打杂的叫上来问，问他：“昨开到局子里去，在那里碰见胡贵的？”打杂的说：“小的才走到局子门口，胡二爷已从里面出来。据他自己说，是委员老爷特地放他回来传话的，就同了小的一块回来。别的小的不知道。”大家听说，正猜不出所以然。

却好昨夜被强盗打劫的四姨、九姨、十四姨，被贼偷的三姨、七姨、十一姨，亦因为挂记这边，一齐过来问候。大家见面，一把鼻涕，一把眼泪，各人诉说各人苦处。八姨问他们：“报官没有？”三姨叹口气道：“提起报官来，更惹了一肚皮的气！警察局里的委员也来踏勘过了，失单也拿了去了。不过那委员的口音总说是家贼。我就同他说：‘现在墙上有挖好的壁洞，明明是外头来的。’那委员便说：‘是里应外合。没有家贼，断乎偷不了这许多去。墙上不挖个洞，他们怎么往外拿呢？我又驳他：‘若说是家贼，他不好开了大门往外拿，岂不更为便当些？’委员被我顶的无话说，才拿了失单走的。但是一件：贼去之后，掉下一根雪青札腰。我们那些底下人都认得，说是这根札腰像你们这边胡贵的东西，常常见他札在腰里的，同这一模一样。我就赶紧朝他们摆手，叫他们快别响了。照这样子，警察局里还推三阻四，说我们是家贼，再有这个凭据，越发要叫他有得说了。”三姨一番话，众人还不理论，独有八姨这边四位是昨夜受过他骗的，晓得他不是好东西，便道：“这

事的确是他做的也保不定。”三姨忙问所以，八姨又把昨晚的事说了，于是大家便也一口咬定是他。

接着又问四姨等强盗打劫之事。四姨道：“你们的话竟其一丝一毫也不错。依我看来，不但是自己人捉弄自己，并且还是官串通了叫他们来的呢！”众人听了，更为诧异。四姨道：“我打这里回去，强盗是已经走掉的了。查查我们那些二爷，别人都不少，单单失了王福他爷儿俩。”三姨道：“王福是谁？”四姨道：“就是有两撇胡子的，南京人，常常到道里去的。从前在老公馆里的时候，每逢刁道台来了，总是他抢着装烟。刁道台着实说他好，还同他说：‘现在你们军门过世了，只要你们在这里好好当差，将来我总要提拔你们的。’后来我们出来，就派了他跟到我们那边照应。只可惜他儿子小三子不学好，时常在外头同着一般光棍来往。我昨天回去，不见了他爷儿俩，我还说：‘莫不是被强盗打死了罢？你们快去找找呢！’倒是看门老头子明白，上来同我说：‘今儿这个岔子出的蹊跷。’我问他：‘怎么蹊跷？’他说：‘小三子一向是一天到晚，一夜到天亮，从不回家的，独独昨天吃了饭就没有出门。起先他还在他爷的床上躲着的，后来等到打过四点钟，十四姨瞧戏去了，四姨、九姨到八姨那边去了，他这里忽而躺下，忽而又站起来到门外望望，好像等甚么人似的。后来一转眼就不见了。等到出了事，一直就没有瞧见他爷儿俩个影子。’我听这话蹊跷，今儿早上我就叫人到门房里看看他俩的铺盖行李。看门的老头子就说：‘四姨用不着看，我早已看过了，床上只有一条破棉絮，别的东西早运了走了。’这不是自己人捉弄自己吗。”这班强盗一定是王福的儿子引来的了。”

众人道：“怎么你又说是官串通的呢？”四姨道：“这个是我心上恨不过，所以如此说的。昨天出了事去报官，说是迟了。今儿一早出城来踏勘，官倒来的不少，甚么县里、保甲局、警察局老爷共有好几位，看了半天，一点说不出道理来，倒把我们的人叫上去盘问了半天。顶可笑是县里周官还问我们的人：‘来的这伙强盗当中，你们可有素来认得的人在内没有？’这句话问的大家都笑起来了。我此刻也不管他甚么老爷不老爷，我隔板壁就说：‘强盗来了，一个个手里洋枪，我们逃性命还来不及，那里有工夫拿他们的脸一个个去认呢？’一句话，被我说的县官亦笑了，连忙分辨，说是：‘无论有熟人没有熟人，城厢里出了抢案，我总得要办的。不过你们要晓得，这强盗当中，有了你们认得的人，你们的心上也可以明白这一回事，用不着怪我地方官了。’你们众位听听看，这位老爷的话蹊跷不蹊跷？”众人听了，也有说这话说得奇怪的，也有骂官糊涂的。

在座的人只有八姨见事顶明白，听了他话，估量了一回，便说道：“据我看来，简直昨天的事都是他们串通了做的。你们想，我们这里的胡贵，他们那里的王福，为甚么都在这一天跑掉呢？被贼偷了东西，委员就说是‘家贼里应外合’。被强盗打劫了，芜湖县反问：‘这伙强盗，你们认得不认得？’我想他们心上都是明白的，不过不便说出来就是了。至于我们这里几位却是自己不好，不遵他的告示。说明白是姓刁的叫拿的。我看来看去，姓刁的顶不是东西！四姨，我且问你，你们的王福可是常常到道里去的？”四姨道：“可不是！”八姨道：“姓刁的同他说话，他回来亦告诉过你们没有？”四姨道：“才搬到这里来的时候，王福天天到道里去，回来之后，有影无形，乱吹上一泡。近来这四五天里，人虽是天天出去，问他那里去，不说是道里，只说是看朋友。我们还笑他，怕只是刁大人跟前碰下来；再想不到会出这个岔子！这都是我们军门当初用的好人！”八姨道：“不要怪用人，这班小人本来没有甚么好东西。怪只怪军门活着在世的时候交的好朋友！真好本事！真好计策！半天一夜，都被他一网打尽了！现在十个人当中，只空了我一个，不晓得他还要想甚么好法子来摆布我，料想是逃不脱的！”

这面几个人正谈论着，只听得外间也有人在那里吱吱喳喳的说话。八姨便问：“是

谁？”老妈回：“就是大菜馆里的，刚才来过了，如今又来。”八姨便晓得就是刚才同局里师爷讲价钱那个细崽了。为他方才帮着出力，便掀开帘子招呼他。又说：“刚才辛苦了你了！”细崽道：“说那里话来！自己老主客，有了事应该帮忙的，不瞒太太说：这个局子开了不到一年，我们吃煞他苦了！名字叫警察局，就是保护百姓的。街口上站的兵，吃了东西不还钱也罢了，还说他是苦人出身。偌大的局子，局子里出来的老爷、师爷，摇摇摆摆，哼而哈之，走到我们大菜馆里，拣精拣肥，要了这样，又要那样，一个伺候的不好，两只眼睛一竖，就要骂人。再说说，还要拿局子的势力吓唬我们。我们伺候这些老爷、师爷，也总算赔尽小心了。他们的账，我们本来是不去收的，好在赔亦赔得有限，乐得借此结交结交他们，以后凡事有得照应些。谁知好事没有落到：一个月头里，我们伙计送菜到西头黄公馆里去，路上碰见几个青皮，有人说还是安庆道友一党呢，迎面走来，不由分说，拿我们的伙计就是一碰，菜亦翻了，家伙亦打碎了。还不算，还拉住我们伙计赔衣服，说是鲍鱼汤沾了他的衣服了。我们伙计不答应，要他赔衣服。彼此斗了两句嘴，他们一齐上前就是七八个，把伙计打了，又去报警察。等到店里得了信，找赶了去，倒说老爷叫人出来吩咐，派我们不是，打碎碗盏是自己不小心，一定要我们店里赔他们的衣服。我想大事化为小事，出两个钱算不得甚么，便自认晦气，问他们毁了件甚么衣服，等我看好了赔还他们。那晓得老爷竟一口帮定他们说：‘衣服不用看。你拿五十块钱，我替你们了事，不然，先把人押起来再说。’诸位太太想想看，天底下可有这个情理没有？因此我恨伤了，想了想，好汉不吃眼前亏，当面答应他，回家打主意。当下老爷还把我们伙计留下做押头，我也随他去。我从局子里出来，一头走，一头想主意，不知不觉，碰在一个人的身上，猛可间吃了一惊。抬头一看，被我碰的那个不是别人，原来是我的娘舅。他问我：‘有甚么要紧事情，如此心慌意乱。连娘舅到了眼前都不认得了？’我被他这一问，怔了半天，才同他说：‘街上非说话之所。’急忙回到店内，把始末根由告诉了一遍。娘舅听了，把胸脯一拍，说了声：‘容易，无论他做官的如何凶恶，见了咱总要让咱三分！’诸位太太，可晓得我这娘舅他是做甚么的，能够眼睛里没有官？原来他自在教的。一吃了教，另外有教士管他，地方官就管他不着。而且这教士样样事情很肯帮他忙，真正比自己亲人还要来的关切，连着生了病都是教士带了医生来替他看，一天来上好几趟。我们中国人，随你朋友如何要好，亦没有这个样子。所以凡是我们娘舅一个镇上，没有一个不吃他的教。如今且说那一天，我娘舅听说我受了这个冤枉，马上同我说，叫我说是这爿大菜馆他亦有分的。‘如今店里的伙计被他们局子里抓去了，今天没有人做菜，没人做菜，生意就做不成。现在已经耽误了半天。赶紧把人放出来，耽误的买卖，就是要他赔也还有限。倘若到晚不出来，同他讲：我这爿店一共是十万银子的本钱，一年要做二十万银子的生意。他弄坏了我的招牌，问他可赔得起赔不起。’娘舅交代了我这话，要我就去说。我想不如拉了娘舅一块儿同去。幸喜我们这个娘舅也不怕多事，就领了我同去。起初我们到局里，老爷都是坐堂，叫我们跪着见的。这回我一到局子门口，他们是认得我的，便问：‘五十块洋钱可带了来没有？’我说：‘没有。现在我们东家来了，有甚么话，请老爷问他罢。’他们进去回了老爷，跟手老爷又出来坐堂，叫我上去。我说：‘这事不与小的相干，该赔多少，请老爷问小的东家罢。’老爷问：‘东家是谁？叫他上来。’咱娘舅不慌不忙，走到堂上，就在案桌旁边一站。老爷骂他：‘你好大胆子！这是皇上家法堂，你敢不跪！’咱娘舅说：‘县大老爷的公堂才算是法堂哩，你这个局子算不得甚么。就是真正皇上的法堂，咱来了亦是不跪的。’老爷被他这一说，气极了，问他：‘有几个脑袋，敢不跪？’他从从容容从怀里掏出一尊铜像来，又像佛，又不像佛，头上有个四叉架子。委员老爷一见这个也明白了，晓得他是

在教。登时脸上颜色和平了许多，同他说：‘我这事不与你相干，用不着你来干预。’我娘舅说：‘我开的店，我店里的人被你捉了来，一点钟不放就耽误我一点钟买卖，半天不放就耽误我半天的买卖。我今番来到这里，问你要人还在其次，专为叫你赔我们的买卖来的。’这句话可把委员老爷吓死了，脸上顿时失色。幸而这老爷转弯转得快，一想此事不妙，也顾不得旁边有人无人，立刻走下公案，满脸堆着笑，拿手拉着咱娘舅的袖子，说：‘我们到里头谈去。’咱娘舅道：‘你只赔我买卖，还我的人就完了，此外没有别的话说。’委员道：‘我实在不晓得是你开的，是我糊涂，得罪了你，我在这里替你赔罪。’一面说，一面就作了一个揖。又说：‘你既然老远的来了，无论如何，总赏小弟一个脸，进去喝杯茶，也是我地主之谊。’同娘舅说完了，又回头同我说道：‘这件事我要怪你：你头一趟到这里，为甚么不把话说明白？早知道是他老先生开的，这事岂不早完了呢。’正说着，又回头叫站堂巡兵：‘快把他们的伙计放他回去，他们买卖是要紧的。’此时咱娘舅听了他这番说话，又好气，又好笑，还想不答应他。他手下的人一面已经泡了两碗盖碗茶出来，我一碗，娘舅一碗。娘舅不肯到里面去，他们就在公案旁边摆下两把椅子，让我们坐。老爷又亲自送茶。咱娘舅道：‘老爷，你不要忙这些。我只问你：我们的事你怎么开发？’老爷道：‘统通是我不是，你也不用说了。今儿委屈了你们的伙计，拿我的四轿送他回去，打碎的家伙统通归我赔。闯事人，我明天捉了来办给你看，就枷在你们店门口。你说好不好？’依咱娘舅的意思还不答应。是我拉了娘舅一把，说：‘能照这样也就罢了，饶了他罢。’娘舅方才没有再说别的。后来却着实拿他数说一顿，说：‘我们幸亏在教，你今天才有这个样了，若是平民百姓，只好压着头受你的气！’娘舅说一句，他答应一声‘是’，口口声声，总怪手下人不好。然后我们两个人连伙计一齐坐了轿子出来的。诸位太太，你想，这个老爷不是我说句瞧不起他们的话，真正是犯贱的！不拿吃教吓唬他，没有五十块洋钱，他就肯同你了吗？如今非但五十块不要，并且赔还我们碗盏，闯事的人还要办给我们看。”

三姨道：“后来那个闹事的到底枷出来没有？”细崽道：“第二天那老爷果然自己来找我，要叫我同着他去拜我们娘舅。过天又托出人来说，说那几个光棍都逃走了，请这边原谅他们点。如果一定要办人，没法，亦只好上紧去捉，捉到了，一定要重办的。后来我想这件事我们已经占了上风，安庆道友就是哥老会一帮，他们党羽很多，倒不好缠的，不要将来吃他们的亏。因此我就同来人说：‘请老爷看着办罢。’也没有说别的。后来道台刁大人听见了，把委员老爷叫了进去，大大的埋怨一顿，埋怨他这事起初办的太糊涂了，为甚么不打听明白就把人押起来，几几乎闹出教案来。刁大人还说：‘不要看我是个道台，我的胆子比沙子还小。设或闹点事出来，你我有几个脑袋呢？也不光我是这样，或是上头制台，亦何尝不同我一样呢。上头尚且如此，你我更不用说了。以后总要处处留心才好。’诸位太太，请看这些样子，若要不受官的气，除了吃教竟没有第二条路。倘若不早点打算，诸位太太都是女流之辈，又有财主的名声，以后的亏还有得吃哩。”

八姨道：“你的话固然也不错。但是这件事你娘舅也忒煞荒唐了，怎么自己也没有股子好说是股东呢？倘或查出来不是，岂不连累了教里的名声？教士肯帮人的忙，有了病他还替你请医生，他的心原是好的；像你们仗着在教，招摇撞骗，也决计不是个正道理。”细崽道：“在这昏官底下，也不得不如此，不然，叫我们有甚么法呢。所以一占上风，我亦就教娘舅不要同他争了，为的就是这个。”

欲知众人听了心上如何，且听下回分解。

［注释］

①蝎蝎螫螫：见三十九回注⑤。

②打麻雀：又称搓麻将、筑方城。麻将起源于中国，原属皇家和王官贵族的游戏，其历史可以追溯到三四千年前。

③枷号：旧时将犯人上枷标明罪状示众。明代黄瑜《双槐岁钞·石主事捄师》：“李……枷号於监前。”

第五十一回

覆雨翻云自相矛盾　依草附木莫测机关

却说张军门的姨太太听了番菜馆细崽的说话，心上自忖，晓是刁迈彭同他们作对，将来此地万难久居，除了吃教，亦没有第二条可以抵制之法。于是等细崽去后，商量了几天，仍把那个细崽唤来，叫他找了他娘舅替他做了个介绍，一齐进了教。自从他三家被偷、被抢、被罚之后，至今也有一个多月，强盗同贼杳无下落，就是被罚的三位，金珠首饰拿了进去，等到备了现钱去赎，倒说上头不要，定要吃没他们的东西。就是被胡贵骗去的利钱折子，本典之中，竟亦不肯挂失，折子补不出，利钱亦取不到。

他们一帮人急杀了，只得去求教士。幸喜这位教士人极公正，先问他们有无别情，等到问实了，便说："地方官、警察局，本是保护居民的，如今居民被盗贼所害，问他保证的何事？至于利折被骗，例可挂失，首饰作抵，理应赎回，又断无措住的道理。"于是把这事详详细细写了一封信给刁道台，请为追究。大众见教士允为出力，方才把心放下。按下不表。

且说他三家出事的那天晚上，警察局委员先到道辕禀知："有三位张府上姨太太出来看戏，已饬巡兵遵谕捉拿到局，请示办理。"刁迈彭传谕："从重示罚，以昭儆戒！"第二天委员把首饰缴了进去，刁迈彭便叫收起。委员又禀两家被劫被偷情形，以及家人胡贵骗去利折各话。刁迈彭尚未回答，恰好首县又来禀报此事。刁迈彭道："'慢藏诲盗，冶容诲淫'[①]，不打劫他们的打劫那一个呢。虽然城厢出了盗案是老兄们的责任，但这件事据兄弟看起来，他们两家实在是咎由自取。这两件事，老兄们能够破案，固然甚好；倘然不能破案，我本道决计不催你们。就是他们来上控，我亦要申饬的。"

首县同委员于本道近来的做事本也有点风闻，听了这话，自然乐得丢在脑后了。刁迈彭还说："利钱折子又抵不了罚款，怎么会被底下人骗去？不要是倒贴了底下人罢？这个倒要查个实在。好好用久的，怎么会逃走？"首县等见本道如此说法，也无话可说，只得退下。刁迈彭便赶到张太太那里去送信讨好。又说："这一下子，可被我把他们弄倒了。"又说："他们有几个人的当铺折子亦被底下人骗了逃走，如今他们想注失，要当铺里照样补给他们，这件事我兄弟却不答应。好好的底下人，怎么会逃走？好好的折子，怎么会失掉？这事倒要查访明白才好。"张太太本来是恨这班姨太太的，听了刁迈彭的话，甚是欢喜，立刻叫账房写信吩咐各当铺管事："如果有人要来补利钱折子，不准补给他。叫本人来同我说。"账房答应，自去照办。

这里刁迈彭又趁空说法张太太的银子，无非又是甚么织布局、肥皂厂、洋烛公司、自来水公司、造纸厂、纸烟公司，有的八分利，有的七分利，有些竟还利大于本，一年就有一个顶对的。张太太相信了他，当他是好人，自不免为其所惑，大捧的送到他手里，尽他去使用。如此者又是一个多月，张太太的现钱是早已卷光，做生意搭股分还不够，刁迈彭便说："当铺是呆生意，不如把他抵押出去，抽出本钱来好做别的。"张太太信以为真，亦就托他经手。

此时姓张的资财已有二百多万在刁迈彭掌握之中了。一日正在衙门里独自一人盘算：“如今钱弄到手了，如何想个法子，远远的脱离此处才好。”忽见外面传一封信来，说是某处教会来的。刁迈彭一听“教会”二字，不免已吃一惊，及至拆开来一看，原来写的是绝好的华文。信上就是责备他不能保卫百姓，以致盗贼充斥，案悬不破。后来又提到：“张姓妇人罚款，前以饰物作抵，原说准其赎还。何以备款往赎，委员措住不付？办事殊欠公允！今该妇某某氏等已经皈依敝教，本教会例应保护。所有某某氏等被盗被窃两案，应请严限地方官迅速破案。至某某氏既备现款，自应准其将饰物赎去，务希饬令该委员即予发还，是所至盼。”各等语。刁迈彭看过之后，赛如一盆冷水从头浇下，一时想不出如何复他。一回又骂：“这些女人真正刁恶！意敢拿教会来压制我！”想了半天，只好自己佯作不知，一齐推在首县、委员身上，说已札饬他们遵照来函办理，含含糊糊，写了回信送去。

教士看了，还当是道台果不知情，下属蒙蔽上司，也是有的。于是又耽搁了半个月，仍然毫无音信，教士不免又写信来催。岂知这半个月里头，刁迈彭早已大票银子运往京城，路子都已弄好。这天教士来信，恰巧这天他接到电报，有旨赏他三品卿衔，派他做了那一国出使大臣了。刁迈彭得了这个信，自然欢喜。“但是事难两全。如今张太太一边的银子已经全数弄到了手了。至于那些姨太太的，明的暗的亦已不在少数。人贵见机，如今他们是有人保护的了，况且我目前就要到外洋去，正同他们打交道，倘若贪心不足，把名气弄坏了，反倒不好。应该放的地方，少不得也要放手，这方是大丈夫的作用。”想罢，便把洋人文案委员请来斟酌了一封信：“除盗贼两案，仍勒限印委各员严拿惩办外；所有某某氏存抵首饰，准其即日备价赎回。”利钱折子亦答应补给。

教士得到这封回信，自无话说。那被罚的十二姨、十五姨、十七姨都赶着把东西赎了出去。张家当铺早经刁迈彭言明由他经手抵出去的了，然而暗底下仍是他掌管。说不得自认晦气，另想法子敷衍。他们大众见刁迈彭如此办法，虽然那两家一时破不了案，也就不像从前追得紧了。按下不表。

单说张太太那面听说刁迈彭出使外洋，不觉心上老大吃了一惊。心上盘算：“我偌大一分家私一齐托他经手，他今出门，多则六年，少则三年方能回来，所有他做出去的买卖，叫我同那一个算呢？”马上差人一面拿帖子到道台衙门贺喜，顺便请刁大人过来商量善后事宜。刁迈彭直至把教士回信打发去后，方才过来，见面就说：“大嫂不来叫，兄弟也要过来了。天底下的事竟其想不到的！”张太太还当他说的是出外洋一事，便说：“这是朝廷倚重大人。大人有这样圣眷，将来到外洋立了功回来，怕不做尚书、侍郎，就是督、抚，也在意中。”

刁迈彭听说，皱了皱眉头，说道：“不是这个。”张太太见他气色不对，忙问：“又有甚么事情？”刁迈彭又故意踌躇了一回，方说道：“这事却也不好瞒你，如今大嫂被外国人告了。”张太太听说他自己被外国人告了，不觉大惊失色道：“我是中国人，他们是外国人，我同他‘井水不犯河水’，他为甚么要告我呢？”刁迈彭道：“不说明白了，不但你听了糊涂，就是我听了也诧异。这件事原是你们这里的人起的。”张太太忙问：“是我们这里的甚么人？”刁迈彭道：“还有谁！那是那班搬出去的姨太太。我倒是一片好心，帮着大嫂拿他们分了出去：一来省大嫂怄气，二来等他们自己过活，公中的钱也可省俭些。就是这一回他们被偷被抢，以及罚他们，也是兄弟帮着大嫂想竭力的拿他们压倒了，免得将来生事。倘若兄弟早替他们出把力，催催县里，还会到如今不破案？不晓得他们如今听了甚么坏种的说话，一齐入了外国籍；中国官管他们不着，他们有了事倒可以来找我们的。大嫂，你想气人不气人！”

张太太道：“他们入外国籍，倒入的是那一个国度？可是你刁大人放钦差的那个国度

不是？如果是你刁大人去的那个国度，务必拜托你大人同他们那边皇上说了，递解他们回来，不要他们这些坏人做百姓。”刁迈彭道：“他们入籍的那个国度，听说是甚么‘南冰洋’，‘北冰洋’，也不晓得是‘黑水洋’‘红水洋’，兄弟一时在气头上也记不清楚。总而言之，他们现在已经做了外国人，我们总不是他的对手了。”

张太太道：“你说的可就是他们？还是另外又有甚么外国人出来告我？”刁迈彭道：“有是另外有个外国人，亦是他们串出来的。”张太太道：“就是告我，也得有件事情，到底告我那一桩呢？”刁迈彭道：“说来话长，等我慢慢的讲。其实在这件事情，我固然替大嫂出力，我待他们也不能算错。每人分给他三万吊钱的当铺利钱，就拿按年八厘算，每年每人就有两千多吊钱的利钱，无论如何，亦尽够使的了，况且他们各人又有自己的体己[②]。还要贪心不足，串了外国人，进了外国籍，反过来告你大嫂，似乎也觉得过分。兄弟得了这个信，一直气的没有吃饭，人家来道喜，一齐挡驾，就赶过来通知大嫂。”

张太太着急问道：“到底他们告我是些甚么话？”刁迈彭至此方说道：“告你吞没家财，驱逐夫妾。”张太太道：“这也奇了！我们军门留下的家财，不是我承受谁承受？至于那班东西原是分出去的，他们另住，我何曾赶他们出门？这种说话未免太煞欺人了！况且我做大婆的，就是真果的要赶掉他们，他们也只好走。我不过背个不贤的名声罢，总说不到家当上头。”刁迈彭哈哈一笑，道：“大嫂，你就是误在这上头了！现在的世界比不得从前了。从前做姨太太的，见了正太太赛如主母，自己就同买来的丫头一样。所以太太说打发就打发，人家不能说他不是。如今各色事都是外国人拿权。外国人讲平等，讲平权，是没有甚么大小的。你是军门身上下来的人，他们亦是军门身上下来的人，同是一样的人，就不分甚么高下。有一个钱，大家就得三一三十一平分，如此方无说话。倘若你一个人多拿了，他们少拿了，就可以说话的，就可以请出讼师来同你打官司的，总得大家扯匀才好。”

张太太道：“我是中国人，我不懂得甚么外国理信。刁大人，你亦是中国官，你为甚么不拿中国的例子驳他呢？”刁迈彭道：“我心上何尝不是如此想，但是我这个官没有这个权柄可以管得他们。”张太太道：“你刁大人既没有这权柄管他们，等他来的时候，你不理他就是了。他们能够拿你怎样！”刁迈彭道：“我不理，他们要到南洋[③]、两江制台那里去的，两江制台不理，他们还会到外务部。这两处只要一处管了账，我们总没有便宜沾的。”张太太道：“依你说怎么样？可是要我把家当拿出来分派给他们，还是拿我赶出去，请他们回来住？不然，怎么样呢？”说道，就急得哭起来了。刁迈彭道：“大嫂，你且慢着，不要发急。他们如此说，我不得不过来述给你听，少不得我总要替你想法子。就是我自己没有权柄管理外国人，也总要挽出人来替你们和息的。”说罢，亦就告辞回去。

张太太还想留住他，托他想法子。刁迈彭道：“我的心上比你大嫂还要着急。就是你不托我，我亦要替你想法子的，不然，我怎样对得住大哥呢。兄弟自从接到电报放钦差，忙的连回电都没有打。目下实在没有工夫，等兄弟回去打好主意，明天再来同大嫂商量罢。”说完自去。张太太等他去后，心上自己盘算，说：“刁某人每逢来在这里，何等谦和，替我做事，何等忠心，怎的今天变了样子？难道放了钦差，立刻架子就大起来么？如此，也不是甚么靠得住的朋友了。”转念一想：“我这分家私一齐在他手里，如今要同外国人打交道，除了他没有第二个。况且他本来是这里的道台，如今又放了钦差，说出去的话，外国人无论如何总得顾他一点面子。我如今是没脚的蟹，赛如瞎子一样，除了人一步不能行；无奈，只得耐定了性，靠在他一个人身上的了。”按下张太太自己打主意不题。

且说刁迈彭回到衙门，一面又要忙交卸，一面又要预备进京陛见。一霎时又是外国人来拜，一会又要出门谢步。一回又是那里有信来，有电报来；一回忙着回那里信，那里电报。真正忙得席不暇暖，人仰马翻。少不得每天总要抽出空来到张公馆坐上五分钟或是三

分钟。张太太见了面，顶住问他“怎么样”？刁迈彭无非一派恫吓之词。张太太又问：“如何对付他们？”刁迈彭只是一口咬定：“一个钱不能给他们的。”起先张太太听了，又把刁大人当作忠心朋友，自己怪自己那天几乎错怪了他。岂知一连几天，刁迈彭来了几次，都是这个说法。及至问他：“照此下去，几时可了？”刁迈彭皱着眉头，说道：“若是不给钱，要他们了，可是不容易呢！”张太太说：“刁大人，你是快走的人了，不趁在你手里把事早点了结，到了后任手里，叫我去找谁呢？”刁迈彭道：“昨儿省城里已有信来，派来署事的这位候补道，我也同他见过面的。等我见了他，竭力托他就是了。”张太太一听，事情不妙，连忙拿话顶住刁迈彭道：“一定要在刁大人手里了结。”刁迈彭隐约其词，似乎嫌张太太一个钱不肯放松，这事总不会了。张太太却一口咬定：“要我往外拿钱可是不能。”

刁迈彭见话说不上去，只得另外打主意。当时辞了出来，回到衙门。齐巧有个保人寿的洋人，因在南京得到刁迈彭放钦差的消息，就有刁迈彭的朋友替这洋人写了封信，叫他到芜湖来兜揽生意。刁迈彭看朋友的份上，少不得自要照顾他些买卖。恰巧这日正从张公馆回来，想不出一个哄骗张太太的法子，等到见了洋人，忽然有触斯通，便道：“你这趟穹远的跑来，总得替你多拉几注买卖才好。”洋人自然欢喜。

刁迈彭便说：“我有一个朋友，姓张，家里很有家私。我荐你到他家里去。但是我这个朋友只有女眷在家。你先到那里，不必同他们说甚么，停刻等我到来，有我替你拉拢，自然一说成功。”洋人更为感激不尽，立刻问明方向，独自先去。刁迈彭亦跟手坐了轿子赶来。

洋人先到那里，虽有翻译，因为刁大人交代过，叫他不要说甚么，他只得不响。不过门上见是洋人，问那里来的，只回了声“道里来的”。门上人听说是道里来的，摸不着头脑，只得请他厅上坐了再讲。一面泡茶，一面进去报知女主人。张太太听了，只当是告他的那个外国人抄家当来了，吓得甚么似的，连连说道：“这怎么好！这怎么好！你们快去先把刁大人请来，等他想个法子，先把洋人弄走了才好。”

家人奉命，飞跑赶去，走到半路上齐巧刁大人也来了。刁迈彭轿子里看见，先说道：“我正要到你们太太这里来。现在可是外国人来了？”家人道：“正是。”刁迈彭催轿夫快走，赶到张公馆下轿，走进大厅，先向洋人拉手，说了声：“你这里的事，一齐包在我兄弟身上，其实你也无须来得的。”洋人由翻译传话说道：“我是要来，我是要来。”刁迈彭未曾下轿，那个请他的家人早已赶快一步回到家里禀报太太知道，说：“刁大人听说洋人在此，已经赶了来了。”等到刁大人下轿到厅上同洋人说的话，张太太早已赶出来，在屏门背后听的清清楚楚。一听他俩所说的话，洋人说“我要来”，刁大人说“你的事一齐包在我身上”这两句，再要合拍没有，竟是为着打官司来的。张太太不听则已，听了之时，登时魂飞天外，面上失色。

说时迟，那里快，刁迈彭向洋人说完了两句话，立刻起身到后头来。一见张太太流泪满面，一句话也说不出。刁迈彭道：“此处不便，我们到里头去讲。”果然张太太跟刁迈彭到得里面。张太太一把眼泪，哭着说道：“别的话不必讲。自从军门去世之后，我这里一家一当，都在你刁大人手里。为今之计，弄到这个样子，你刁大人不来救我，更指望谁来救我呢！”说罢，跪在地下，不肯起来。

刁迈彭一面让他起，一面故意做出唉声叹气的样子，说“这是怎么好！这是怎么好！叫我怎么对得起死的大哥！”一个人在客堂里打了几个旋身，又出来同外人嘁嘁喳喳了一回。不见洋人走，他又进来同张太太说道：“如今之计，只有一个法子，少不得我要被人家说我不避嫌疑罢了。”张太太一听有法子好想，立刻问他是甚么法子。刁迈彭想要说出口，又顿住了不说，道：“到底不便，到底被人家说起来不好听，只得另外打主意。张太

太看他又有不肯之意，不免又把眉毛蹙起来。只见刁迈彭又在地下旋了两三遍，把牙齿咬咬紧，说道：“这是没有法子的事，为朋友只得如此！我为了朋友，就是被人家说我甚么，我究竟自己问心无愧。”旁人看他自言自语。坐立不定，都莫知其所以然，大家正在愣住的时候，忽然听他说道：“大嫂，现在洋人不肯走，兄弟只有一个法子：等我去同洋人说，说大嫂现在剩得有限家当，其余的因为替军门还亏空，早已全数抵押出去了。他若问抵押给那个，你只说我经手。但是口说无凭，你快叫账房立刻写好几张抵押据，随便写抵给张三、李四都可以，由你画了花押，交代给我。洋人不相信，我就拿这个给他看。我替你经手，连当铺，连钱，连银子，一共是二百六十七万，你就照这个数目写给我，可好不好？”

毕竟张太太是女流之辈，听了此话，马上就叫自己的账房上来照写。不料这账房倒是有点忠心的，近来因见刁迈彭的行为很觉不对，平时已在女主人面前絮聒过多次，无奈女主人不听他话，也叫无可奈何。此时又叫他出立凭据，他便两眼瘪煞瘪煞的顶住了刁迈彭，一声不响。后来女主人又催他，账房只是不写。刁迈彭何等精明，早已猜着其中用意，忙道：“贵居停这一份家当一齐都在我一人身上。我如今是就要出洋的人了，说不定十年、八年方得回来，正要找个人交卸了好走。像老兄办事这样郑重，实在可靠得很，倒不如趁今天我们做个交代罢。”刁迈彭一面说，面上却是笑嘻嘻的。张太太看了不懂，只是催账房快写，写好了就交代刁大人。那账房想了一回，叹了一口气，提起笔来，一气写完，有些话头怕自己写的不合式，只得随时请教刁大人。刁迈彭见他肯写，也就不刁难他了。等到写完，又逐句讲给张太太听过，催着张太太画过字。刁迈彭道：“你们不要疑心我要这个，不过给外国人瞧过就拿回来的。”说着，便把笔据袖了出去，又同洋人咕哝了一回，洋人同他拉拉手，带了翻译自去。

刁迈彭果然来把笔据交还了张太太，叫了声大嫂：“这个东西果然有用！把这东西给洋人看过，居然一声不响就去了。大嫂，你暂请收好了这个，等洋人要看时，我再来问你讨。”张太太道：“这又何必给我呢？刁大人收着不是一样？”刁大人道：“不可！不可！人家要疑心我吞没你的家当的。”

列位看官看到此处，以为刁迈彭拿笔据交还与张太太，一定又是从前骗盖道运札子的手段来，岂知并不如此，他用的乃是“欲擒故纵”之意。盖道运的事情关系蒋抚台，出入甚重，所以不得不把札子掉换下来。张太太这里，横竖欺他是女流之辈，瓮中捉鳖，是在我手掌之中。不过想做得八面玲珑，一时破不了案，等他摆脱身子，到了外洋，张太太从那里去找他呢。所以他当下把笔据交代之后，仍回自己的衙门，同保寿险的洋人鬼混了一阵，只说是张太太一定不肯保。洋人无可奈何，只好听之。他却又耽搁了两三天，一直不到张公馆。

毕竟张太太放心不下，叫人去请，推头有公事。张太太少不得自己亲来。刁迈彭见面之后，只说：“你大嫂之事，不了自了，包你那个外国人是不来的了。就是你们那班姨太太，晓得官司打不出，也一齐瘪了念头了。这两天我倒替你很放心，很快活。你自己着急的那一门？”张太太道：“我所急的非为别事，有你刁大人在这里一天，我自然放心，设或你刁大人动身之后，那外国人又来找起我来，却如何是好呢？”

刁迈彭听了此言，故意“啊唷”一声，跌足踌躇道：“这一层我倒没有虑到！到底你大嫂心细！然而据我看起来，不要紧，横竖你给我的那张抵押据在你手里，你拿出来给他看就是了。”张太太道：“这张据应该是你拿着的，不应该在我手里。”刁迈彭道：“我拿着不妥：一来你大嫂虽不疑心到我，我也要防别人说话；二来我把这笔据带了出洋，等到洋人来了，还是没得给他看。如今这事没有别法想，只有你把那张假笔据拿出来，等我替你上个禀帖给上头，预先存个案，再结结实实的找上两个中人，就是我出洋去，有中人替我

说话，有起事来，只要中人出场，洋人自然不来找你的了。”张太太的笔据是带好了来的，马上交出。又问中人是谁。刁迈彭屈指一算，后任明天好到，便约张太太三天回音。张太太自回公馆。

这里刁迈彭等到后任接了印，便向后任说：“从前在此地住的有一位张军门，如今死了。他的家眷因为军门去世之后，官亏私亏共有二百多万，一齐托兄弟替他经手，把家产抵还清楚，现在分文不欠。恐怕再有人讹他，所以托兄弟替他禀明上头，并在道、县各衙存案，以免后论。兄弟适因交卸，未曾赶得及办理此事，现在只好费老兄的心了。”说罢，便把替张太太代拟的禀帖以及抵押据，还有捏造的人家还来的借据，一齐抄粘禀帖，请后任过目。后任因为他是钦差，上头圣眷优隆，将来不免或有倚靠他的地方，所以于他委的事，绝无推却，赶着签稿并送，第二天就详了出去。诸事办妥，方才到张太太那里报信。上头的批禀来不及，只好拿了道、县的批头给张太太看。又讲给张太太听道：“现在你生怕我走了，没有对证。如今好了，道里、县里一齐存了案，又禀了省里三大宪，将来没有不准的。不过批禀一时还不得回来。将来禀帖批过之后，新道台少不得要来招呼你的。而且道里、县里都存了案，他俩就是活对证。他们走了，就是后任换了，有案卷存在他们衙门里，终究赖不脱的。如今这事办得万妥万当，人家只晓得是你抵押到我名下，那洋人决计不会来找你的了。就是再有话说，不要你出头，道里、县里就会替你出头的。你说好不好？”张太太又问那张笔据。刁迈彭道：“附在卷里，你也不拿，我也不拿，是中人替我们守着，那是再要妥当没有。”张太太默然不语。

刁迈彭又忙着说：“现在我就要走了，倒是我经手的账，总要交代了才好走。一切生意都是我手里放出去的，一时又收不回来，少不得找个靠得住的人接我的手。”说着，便喊一声：“来！你们把七大人请进来。”又回头对张太太说：“这是我的堂房兄弟，就是上回荐给你在上海管事情的。我去了，只有他可以接我的手。如今先叫他进来见见大嫂，以后有甚么事情，大嫂就好当面交代他了。”说着，七大人进来了。穿的衣服并不像甚么大人老爷，简直油头光棍一样。张太太此时迫于刁迈彭面子，只得同他见礼。

刁迈彭道：“我这兄弟只能总其大纲，而且他一个人亦来不及。现在兄弟又把上次问大嫂要去的几个差官留心察看，见他们办事都还老练，我特地挑了又挑，挑出七八个真正尖子，几注大生意，每一处派他们一个去管理银钱账目。”张太太道：“他们字都不认得，当得了吗？”刁迈彭道：“为的是自己人，无论如何总靠得住些，就是字不认得，数目是总认得的。”因为不够，又把本宅的账房一齐派了出去。刁迈彭一面分派，一面又叫拿笔砚把他经手的生意以及现派某人管理某事，仍托本宅账房拿张八行书开了一篇细账交代了张太太。自从张太太请他经手这些银钱，某处生意，某处生意，不过嘴里说得好听，始终没见一张合同，一张股票，一个息折。大约现写的这片账，在他就算是交代的了。好在张太太是女流之辈，尽着由他哄骗。至于一班账房，一班差官，因见大家都派了事情，也就不来多嘴了。交代清楚，刁迈彭便跪下磕头辞行，照例又叮嘱了几句。张太太少不得也说几句客套话。然后刁迈彭拱了拱手，带着兄弟而去。

且说刁迈彭的兄弟就是上回所说的做丝厂的挡手的刁迈崑了，这人最是滑不过。但是刁迈彭有些事情自己不能去做，总是托了这兄弟去做。兄弟有利可图，倒也伏伏贴贴听他的使唤，做他的联手。这遭刁迈彭赚了姓张的二百几十万银子，自己实实在在有二百万上腰。下余几十万，这里五万那里三万，生意却也搭的不少。其中就算这兄弟经手的丝厂略为大些。当初原为遮人耳目起见，不得不如此。等到后来张太太把抵押的凭据禀了上头存了案，他却无所顾忌了。但是还怕兄弟并那张太太手下一班旧人说出他的底细，特地替兄弟捐了一个道台，一面在上海管事，一面候选。其他张府账房、差官等等，凑拢不过十几

个，面子上每人替他预留一个位置，其实早同挡手说明，派的都是吃粮不管事的事情，没有一个拿得权的，不过薪水总比在张府时略为丰润。这班人有钱好赚，谁肯再来多嘴。歇上三五个月，有另外荐出去的，也有因为多支薪水歇掉的。总之，不到一年，这班人一齐走光，张太太还毫无知晓。

等到张太太拿不到利钱，着急写信到上海来追讨，刁迈昆总给他一个含糊。后来张太太急了，自己赶到上海来，东打听，也是刁家产业，西打听，也是刁家股份，竟没有一个晓得是姓张的资本。于是赶到丝厂里找刁迈昆，说是进京投供去了。问问那班旧人，都说不知道。张太太又气又急，只得住了下来。虽然没人赶他，却也没有睬他。自己又是女流之辈，身旁没有一个得力的人。干急了两个月，心想只得先回芜湖，再作道理。谁知看了日子，写了船票，正待动身，倒说忽然生起病来。张太太自到上海，一直就住的全安栈，一病病了二十来天。在芜湖来的时候，本来带的钱不多，以为到了上海，无论那一注利钱收到手，总可够用，那知东也碰钉子，西也碰钉子，一个钱没弄到，而且还受了许多闲气。等到想要回去，原带来的钱早已用没了，还亏当了一只金镯子，才写的船票。后来病了二十几天，当的钱又用得一文不剩。上海无从设法，无奈只得叫同来的底下人写信回家取了钱来，然后离得上海。

等到一到家，刁迈昆的信也来了，说是："刚从北京回来，大嫂已经动身。兄弟不在上海，诸多简亵。"但是通篇并无一句提到生意之事。张太太又赶了信去，问他本钱怎么样，利钱怎么样。他一封信回来，竟推得干干净净，说："上海丝厂以及各项生意原是君家故物，自从某年某月由大嫂抵与家兄执业，彼此早已割绝清楚。如不相信，现有大嫂在芜湖道、县存的案，并前署芜湖道申详三宪公文为据，尽可就近一查，岂能欺骗。"各等语。信后又说："大嫂倘因一时缺乏，朋友原有通财之义，虽家兄奉使外洋，弟亦应得尽力，惟以抵出之款犹复任意纠缠，心存影射，弟虽愚昧，亦断不敢奉命。"云云。

张太太接到这封信，气得几乎要死！手底下还有几个旧人都怂恿他去告状，当下化了几十块钱，托人做了一张状子，又化了若干钱，才得递到芜湖道里。芜湖道检查旧卷，张某人的遗产早已抵到刁钦差名下，有他存案为凭，据实批斥不准。张太太心不服，又到省里上控。省里叫芜湖道查复。这个挡口，刁迈昆早已得信，马上一个电报给他哥。他哥就从外洋一个电报给芜湖道，说明存案之事。任你是谁做了芜湖道，只有巴结活钦差，断无巴结死军门之理，因此张太太又接二连三碰了几个钉子。不但外头放的钱一个弄不回来，就是手里的余资也渐渐的销归乌有。因此一气一急，又生了一场病，就此竟呜呼哀哉了！一切成殓发丧，不用细述。

但说刁迈彭在外洋得了这个消息，心上虽是快活，然而还有一句说话道："他那所房屋极好，我很中意，现在不晓得便宜了谁了！"

做书人做到此处，不得不把姓刁的权时搁起。单说姓张的家里自从正太太去世，家里只留了三个寡妇姨太太。此时公中虽然无钱，幸亏他三人还有些体己，拿出来变变卖卖，尚堪过活。而且住着一所绝好的大房子，上头又没有了管头，因此以后的日子倒也甚为安稳。

有日家里正为张军门过世整整三足年，特地请了一班和尚在厅上拜忏，就把他夫妇二人的牌位用黄纸写了，供在居中，以便上祭。这日约摸午牌时分，三位姨太太正穿了素衣上来哭奠。正在哀哀恸哭之时，忽然外面跑进一个三十多岁的男人进来。这人是个瘦长条子，面孔雪白，高眉大眼，仪表甚是不俗。虽是便衣，却也是蓝宁绸袍子，天青缎马褂，脚下粉底乌靴，看上去很像个做官模样。家人们见他一直闯了进来，又想拦又不敢拦，便问："老爷是那里来的？请旁边客厅上坐。"那人也不及回答，但见他三步并做两步，直走至供桌前跪倒，放声痛哭，哭个不了。一面哭，一面跌脚捶胸，自己口称："儿子不孝，不能来送你老人家的终，叫我怎么对得住你呢！”一面数说，一面还是哭个不了。众人听了他的声音，都为奇怪，暗想：“我们军门那里来的这个大儿子？”但是看他哭得如此伤心，又不敢疑他是假，只得急急将他劝住，问他：“一向在那里，几时来到此地？”他擦了擦眼泪，一见有三个穿素的女人，晓得便是三位老姨太太，立刻爬在地下，磕了三个头，口称“姨娘”。

行礼起来归坐，不等众人开口，他先说道：“我今日来到这里，我若不把话说明，你们一定要奇怪。我的母亲刘氏，原是老人家头一位姨太太。彼时老人家还在湖南带兵。有天听了朋友一句玩话，立时三刻逼我母亲出去，一刻不能相容。其时我母亲已耽了两个月的身孕，老人家并没有晓得。亏得我母家彼时手里光景还好，便把咱老娘接到长沙同住。后来等我养了下来，很写过几封信给老人家，老人家一直置之不理。后来等到我七八岁上，忽然老人家想到没儿子的苦。不知那位晓得我母子的下落，便在老人家面前点了两句，听说老人家着实懊悔。不过此时老人家已经得缺，恐招物议，没有敢认，然而却是常常托人带信，问我们母子光景如何。后来又过了十几年，老人家已补授提督，我的母亲亦去世。其时我已有二十多岁了，好容易找到从前做狼山镇的黄军门，晓得他同老人家把兄弟，我就去找他把话说明，托他到老人家跟前替我设法。黄军门就留我住在他衙门里，后来又带我到镇江，见过老人家一面。彼时正议续娶这一位嫡母，原说是没有儿子的，所以仍旧不敢认。我回家再三托黄军门替我位置。以后每年总寄两回银子给我，每次三百两，一年六百两。娶亲的那一年，又多寄了一千两，都是黄军门转交的。又过了三四年，黄军门奉旨到四川督办军务，就把我带了过去。其时我已经保到都司衔候补守备。在四川住了五个年头，接连同土匪打了两回胜仗。总算官运还好，一保保到副将衔候补游击。这个挡口，想不到黄军门去世。幸亏接手的人很把我看得起，倒分给我四个营头，叫我统带进来。几年家里的情形，除掉老人家告病及老人家去世，我是知道的。但是相隔好几千里，又恐怕家里大娘不肯认我，所以一直连封信都不敢写。如今是有差使过来，到了汉口，碰见黄军门的大少爷，才晓得这边的事。心上惦记着这边父母同已去世，不晓得家里是个甚么样子，所以特地赶过来看看。原来家里还有三位姨娘，料理家务，那是极好的了。”

这一番话，说得三位姨太太将信将疑。大姨太太年纪最大，晓得旧事，知道张军门是有这们一位姓刘的姨太太，为了不好赶出去的，后无下落，亦从未见军门提过，至于儿子，更是毫无影响了。那人见三位姨太太怔住不响，晓得他们见疑，忙从靴子里取出一搭子信来，一面翻信，一面说道：“我的名字叫国柱，还是那年黄军门要替我谋保举，写信给老人家，叫老人家替我题个名字，后来回信，就题了这‘国柱’二字。这里还有老人家亲笔信为凭，不是我可以造得来的。而且我还有一句话要预先剖明：我现在也是四十岁的人了，功名也有了，老婆也娶了，儿子也养了，有现成的差事当着，手里还混得过，决不要疑心我是想家当来的。”一面又叫跟班的把护书拿来，取出好几件公事。据他说，全是得保举的凭据，上头都有他的名字，翻出来给人瞧。三位姨太太瞧了，亦似懂非懂的。当时大家便问他：“吃饭没有？”他说：“一到这里，才落了栈，没有吃饭就赶了来的。”又说：“我是自己人，不用你们张罗，我也用不着客气。至于我到此只能耽搁几天，找和尚拜两天忏，灵柩停在那里，你们领我去磕一个头。事情完了，我就要走的。”

虽然说得如此冠冕，人家总不免疑心。他自己亦懂得，赶忙吃过饭。回到寓处，取出一张五千银子的银票来，仍回到公馆里来，托这边账房里替他到庄上去换银子。银子换到，马上交出三百银，作为拜忏上祭之用。慢慢的又同三位姨娘讲到家里的日子，晓得公中一个钱都没有，三位姨娘都是自吃自的，便说：“我这回银子带的不多，回来先拿五千银子过来，以备公中之用。至于三位姨娘缺钱使用，等我写信往四川再汇过来。”人家见他用

钱用得如此慷慨，终究狐疑不定。

大姨太太私下便出主意，说："他倘是真的，而且做了这们大的官，很可以叫他去出出场，到道里、县里去拜望拜望。人家儿子养在外头，等到大了再回来归宗的很多，是真是假，等他到外头碰碰去再说。如是假的，他一定不敢去见。"主意打定，趁空便同他说了。谁知他听了此言，非但不怕，而且甚喜，说道："我是老人家的儿子，这些地方极应该去的。虽说儿子养在外头，长大之后归宗的很多，但是说出去终不免叫人疑心。我想总求这边姨娘先派个在行底下人跟了我同去，等投帖的时候，务先把话说明，人家便不疑心了。等到拜过之后，我还要重新替老人家开吊哩。"

到了第二天，果然张公馆里派了两名家丁，一名差官，过来伺候少大人拜客。道里、县里、营里统通是新换的官，自从张军门过世之后，家里又没有人同官场上来往，大众都不晓得他的底细，更乐得借此蒙混过去。只有几家土著的老乡绅，还有往年同张府上来往的几家铺户，如钱庄、票号等类，间或有两家留心到张军门并无儿子一层。等到家人把话说明，一来事不干己，二来此时张府早经衰败，久已彼此无涉，因此犯不着前来多事。等到客人拜完，家里人没有了疑心，便让他家里来住。

齐巧这位芜湖道是个老古板，因为张军门从前很有点名声，因此于这张大少爷来拜时，立刻请见，而且第三天就来回拜。见面之后，问长问短。张国柱并不隐瞒，竟说明自己是"先君弃妾所生。'树高千丈，叶落归根。'此时先父母停柩未葬，还有三位庶母光景甚是拮据，说不得都是小侄之事。"又说："小侄在外头带兵几年，从前先君在日，常常寄钱给小侄使用。如今先君一死，却再想不到他老人家有许多官亏私亏，以致把家产全数抵完。此事还是从前刁老伯经手，各衙门都有存案，料想老伯是晓得的。如今生养死葬一应大事，无论小侄有钱没钱，事情总是要做，尽着小侄的力量去办便了。"

芜湖道道："尊大人解组归来，听说共有好几百万。即使抵掉不少，看来身后之需，或不至过于竭蹶。就是几位老姨太太手里，谅想还可过得。再不然，这所房子，亦值得十多万银。"国柱道："无论先君有无遗资，总之，这些事情，在小侄都是义不容辞的。况且病不能侍汤药，死不能视含殓，已经是不可为子，不可为人，如今再来搜括老人家的遗产，小侄还算个人吗！所以小侄一回来，先取五千金存在公中，以备各项用度。下去所缺若干，再到四川去汇。莫说公中无钱，就是有钱，小侄亦决计分文不动。至于卖房子一句话，更非忍言！"一番话竟说得芜湖道大为佩服，连连夸说："像世兄这样天性独厚，能顾大局，真是难得！"又问："世兄少年料想读的书不少？"张国柱回称："还是在黄仲节黄军门世叔那里读过几年书，经书古文统通读过。"芜湖道道："我猜世兄一定是有学问的，若是没有读过书，决计不懂这些大道理。"说完，又连夸奖。自此，张国柱有了芜湖道认他为张军门之子，而且异常看重，自然别人更无话说了。

要知后事如何，且听下回分解。

[注释]

①"慢藏诲盗，冶容诲淫"：出自《易·系辞上》，意思是收藏财物不慎，等于教人来偷；女子打扮得过于妖艳，无异于引诱人来调戏自己。即祸由自取。

②体己：家庭成员中个人私存的财物。亦泛指私人积蓄。

③南洋：清光绪年间，设置南洋、北洋通商大臣。南洋，指南洋大臣。

第五十二回

走捷径假子统营头　靠泰山劣绅卖矿产

话说四川来的张国柱，自从芜湖道认他为张军门的少爷，再加他自己又能不惜钱财，把一公馆的人都笼络得住。而且所办的事，所说的话，无一句不在大道理上，因此众人听了更为心服。他见大势已定，便说："老太爷、老太太灵柩停在此地，终非了局。"便与三位老姨太太商量，意思想再开一回吊，然后灵柩送回原籍。算了算，总得上万银子，一面打电报到四川去汇，一等钱到了，就办此事。三位老姨太太自然无甚说得。谁知过了两天，不见电报回来。张国柱哭丧着面孔，咳声叹气的走了进来，说："老天爷同我作对，连着这一点点孝心都不叫我尽！我这人生在世界上还能做甚么事呢！"大家问他："回电怎么说？"他并不答言，只是呼嗤呼嗤的哭。大家急了，又顶住问他。他说："四川的防营，前月底奉到上头的公事，这个月就要裁掉。我这趟出差，本是有个人替我的。我打电报去同他商量，叫他无论在那里暂时替我挪汇七八千金，再拿我这里的几千凑起来，看来这件事可以做得体体面面，把老人家送回家去。那知凭空出了这们一个岔子，叫我力不从心，真正把我恨死！"大姨太太道："老爷在世，有些手底下提拔过的人，得意的很多。现在有你大少爷在此，不怕他不认，写几封信出去，同他们张罗张罗，料想不至于不理。"张国柱道："不可！不可！老人家的大事，怎么好要人家帮忙？我虽暂时卸差，究竟还算骑在马上的人，朝他们去开口，断断不可！不是怕他们疑心，我为的是'人在人情在'，如今老人家已过世三年，彼此又一直没有通过音信，他不应酬你，固不必说；就是肯应酬，一处送上二三十两，极多到一百两，于我们仍旧无济，而且还承他们这们一份情，实在有点犯不着，还是我们自己想法子好。"

过了一天，张国柱又说道："虽然我那边差使已经交卸，究竟我在这里不能过于耽搁。既然钱不凑手，说不得只好'称家有无'。况且从前已经开过吊，此时也不便再去叨扰人家。马上找人看个日子，尽半个月之内就送柩起身。除掉几处至好之外，其余概不通知。"

他这半月之内，得空就往道里跑。见了芜湖道，恭顺的了不得。后来又拜在芜湖道门下，说甚么"门生父亲去世的早，老一辈子的教训门生听见的不多。如今拜在门下，受老师一番陶熔[1]，庶几将来可以稍为懂得做人的道理。"这种话灌在芜湖道的耳朵里，岂有不乐之理。晓得他四川差事已撤，目下正在为难，自己出于至诚，送他二百银子。不要他出名，竟替他写信给所属各府州、县替他张罗，居然也弄到将近二千银子，统通交代张国柱。张国柱自然感激。

看看动身的日子一天近似一天，张国柱就在庙里开了一天吊。凡是发有讣闻[2]的，道台以下，都来吊奠，到客虽然不多，而场面却也很好。张国柱披麻带孝，叫两个人搀着出来给客人磕头，拿着哭丧棒[3]，嘴里干号着，居然很有个孝子模样。因此三位老姨太太以及合公馆里人瞧着，都为感叹，都说："还算我们军门的福气，有这们一个好儿子打发他回家。"

内中忽然有位素同张军门要好的朋友，也是本地乡绅，是个候补员外郎。姓刘，名存

恕，独他不十二分相信，背后里说过几句闲话。就有人把这话传到张国柱耳朵里去。当时张国柱也没有说甚么，但在肚皮里打主意。

本来说明白开吊后就动身的，如今又一连耽搁了七八天还没有动身。芜湖道问他：“为甚么还不动身？”他思思缩缩，要说又不肯说。芜湖道懂得他的意思，晓得一定是钱不够，问他是否为此。他到此也只得实说。芜湖道道：“如今远水救不得近火，就是我们再帮点忙，至多再凑了几百银子，也无济于事。况且你这回回去，路远山遥，又非两三天就可以到的。就是回家安葬，亦得开开吊，惊动惊动朋友，那一注不是钱？从前我很想叫你把房子暂时押抵头二万金，以办此事，你世兄不肯。如今依我的主意，只有这们一个办法。你世兄万万不可拘泥。姑且照我的说话，回去同你们老姨太太商量商量。好在尊大人现在只剩得三位老姨太太，也不消住这大房子。就是迟两年，等你世兄有了钱，再赎亦不妨。”

张国柱听了这番说话，心上很愿意，面子上却故意踌躇了半天，说道：“老师教训的极是。且等门生回去同几位庶母商量商量，当再来禀复。但是门生还有一件事：老人家带了这许多年的兵，又补授实缺多年，总算替皇家出过力的人，如今去世之后，连个照例的好处都还没有办准。小侄意思：想仗老师大力，求求上头督、抚宪，能够专折替先君求个恩典，或照军营积劳病故例，从优赐恤，倘能办到一桩，存没均感！”说着，又爬在地下磕了一个头。芜湖道道：“这是世兄的一点孝心，愚兄岂有不竭力之理。不说别的，就是尊大人在安徽带兵，年代亦就不少。世兄一面把房子押掉，扶柩起身。我这里一面就替你办起来。大约顶快亦得好几个月的工夫。”张国柱又重新磕头谢过。

当天芜湖道就留他吃饭，说是：“今天因为开办学堂，请了几位绅董吃晚饭，带着议事，就屈世兄作陪。”张国柱听了此言，自然不走。少停客到，不料那个疑心他的刘存恕也在其内。张国柱一见有他，立刻吩咐底下人：“回家到我屋里，床头上有个皮包，替我取来。”这里一面入席，张国柱的管家已把皮包取到，交给主人。张国柱把皮包接了过来，一手开皮包，一手往里一摸，早摸出一张纸来，嘴里说道：“今天趁诸位老伯都在这里，小侄有件东西，要请诸位过一过目。”一面说，一面把那张纸头先递到刘存恕手中。

刘存恕接过来一看，原来是一个札子。再看札子上的公事，乃是钦差督办四川军务大臣叫他统带营头。公事上头，拿他的官衔都写的明明白白。众人见他拿了这个出来，都莫明其用意。众人一面传观，只听得他又说道：“先君过世之后，因为官亏，家产业已全数抵押出去，一无所有。小侄不远数千里赶回归宗，耽当一切大事，自己吃了苦不算，还要赔钱。一切事情都瞒不过我们这敝老师的，老人家真能晓得小侄的苦处。因为外面很有些不相干的人，言三语四，不说小侄回来想家当，便说小侄这个官是假的，所以小侄今天特地拿出这札子来，彼此明明心迹。”说完，随手把札子收回，放在皮包之内，交代跟人先拿回去，自己仍旧在这里陪客。

当下众人看了他的札子，都无话说。只有芜湖道当他是个正经人，便指着他同众人说道：“从前他们老太爷致仕[4]之后，听说手里着实好过，何以一故下来，竟其一无所有？只有他一位世兄真正是前世修来的！他所做的事，很顾大局。这趟回来，非但他老太爷的好处没有沾着，而且再赔了好几千两银子，真要算难得的了！现在想要扶他老太爷灵柩回去，一个钱没有，如何可以动得身？我劝他暂时把房子押几个钱动身，他还不肯。这种好儿子，真正是世界上没有的！”众人听说，自然也跟着附和一回。

却不料在席有本衙门里一位老夫子，早看得清清楚楚，独他一言不发。等到席散，同同事讲起，说：“我办了这几十年的公事，甚么没有见过？连着照会尚且有朱笔、墨笔之分，至于下到札子，从来没有见过有拿墨笔标日子的。凡是‘札’字，总有一个红点，临

了一圈一钩，名字上一点一钩，还有后头日子都要用朱笔标过，方能算数，而且一翻过来，一定有内号戳记一个。他这个札子，一非朱标，二无内号。想是我阅历尚浅，今天倒要算得见所未见。”他同事道：“这话我不相信。札子上的关防[5]总是真的。”老夫子道：“关防固然是真的，难道就不许他预印空白么？他本是黄军门的世侄，到了四川，一直就在黄军门跟前。黄军门过世，他还在他的营里，这个挡口何事不可为？不过我们心存忠厚，不当面揭破他，也就罢了。”

再说张国柱回到家里，只说是芜湖道的意思，要上禀帖托上头替老人家请恤典。但是目前上上下下各衙门打点，以及部里的化销，至少也得四五万金。三位老姨太太齐说：“这事固然是正办，然而一时那里有这些钱呢？”张国柱道：“这是老人家死后风光的事，无论如何，苦了我一个人，到处募化，也总要办成功。”后来转转弯弯，仍逼到“抵房子”一句话上，但是仍出自三位老姨太太嘴里，并不是他创议。他到此时，得风就转，连说：“若是只为盘送灵柩，无论如何，我总是不肯动这房子的。如今替老人家请恤典，数目太大了，不得不在这房子上生法。”

次日出门，仍旧托了道里的账房朋友替他经手，竟抵了五万银子。芜湖道听见了，反说他是正办。又说：“某人的老太爷不在了，只有三个小，又没有孩子，一所大房子，还不是空了起来，现在抵给人家，到底好先收两个钱用用。”跟手见了张国柱的面，又说：“你四川的差使听说已经交卸，将来三位老姨太太回去，少不得要你养活，你没得差使的人，如何托累得起！我们大家要好，我总得替你想个法子。”张国柱听了这话，立刻请安，谢老师的栽培。芜湖道道：“你一面扶柩动身，我这里一面想法子。目下我就要进省，等你回来，大约亦就有了眉目了。”按下张国柱拿了银子，随同三位老姨太太伴送张军门夫妻两具灵柩，回籍安葬不表。

且说这里芜湖道，果然过了两天，因为别事晋省，带着替张军门请恤典，替张国柱谋差使。从芜湖到省，搭上了火轮船，马上就可以到的。下船之后，先到下属预备的公馆休息了一回。随手上院，照例先落司、道官厅。一进官厅，只见先有一个人已经坐在那里了。看样子，不像本省候补人员。彼此请教“贵姓、台甫”，芜湖道先自己说了一遍。那人忙称：“太公祖。”自称：“姓尹，号子崇，本籍庐州，以郎中在京供职，一向在京是住在敝岳徐大军机宅里的。”

芜湖道明白，便晓得他是绰号琉璃蛋徐大军机的女婿了。于是又问他：“这趟出京有甚么贵干？”尹子崇因为同他初见面，有些秘密事情不好出口，只淡淡地说道：“有点小事情要同中丞商量商量，也没有甚么大事情。”随问芜湖道道：“太公祖所管的地方可有甚么好的矿？”芜湖道看出苗头，估量他此番一定是为开矿来的，便亦随嘴敷衍了几句。

恰巧里头先传见芜湖道。芜湖道上去回完公事，就把张军门身后情形以及替他求恤典的话说了一遍。又说：“张某人原有一个弃妾所生的儿子，一直养在外头，今年也差不多四十岁了。从前跟着黄某人黄镇在四川防营，保至副将衔游击。这人虽是武官，甚是温文尔雅，人很漂亮，公事亦很明白。现在扶了他老人家的灵柩回籍安葬去了。但是现在四川防营已撤，张游击没有了差使，可否求求老师的恩典安置他一个地方？”

原来这抚台从前做臬司时候，同张军门也换过帖的。官场上换帖虽不作准，只要有人说好话，那交情亦就登时不同泛泛了。抚台听了芜湖道的话，马上说道：“原来张某人还有个儿子，兄弟听见了很欢喜。况且是故人之子，我们应得提拔提拔他。可巧这里的营头，新近刚被钦差回京，一共做掉了三个统领。有十几营还是张某人手里招募的。如今他既然有这们一个好儿子，我这个差使暂不委人。你回去就写封信给他，叫他葬事一完，赶紧回来。至于他老人家的恤典，等他到了这里，我们再商量着办。我同他老人家是把兄弟，还

有甚么不帮忙的。”芜湖道道：“既蒙大帅赏恩典，肯照应他，职道去就打个电报给他，叫他把葬事办完赶紧出来到差。”抚台道：“如此更好。”芜湖道退出，自去办事不提。

后来这张国柱竟因此在安徽带了十几个营头，说起来没有一个不晓得他是张军门的儿子的。他扶柩回籍的时候，早把三位老姨太太安顿在家。手里有了抵房子的五万银子，着实宽裕，自然各事做得面面俱到了。等他在安徽带了几年营头，索性托人把芜湖的房子卖掉，又卖到好几万银子入了他的私囊。倒是分出去的几位老姨太太仗着在教，出来找过他几次，弄掉了几千银子，此外却一直太平无事。不必细述。

如今且说同芜湖道在官厅子上碰见的尹子崇，等到芜湖道见了下来，抚台方才请他。他还没有来的时候，抚台就皱着眉头对巡捕说：“他只管天天往我这里跑些甚么？谁不晓得他是徐大军机的女婿，一定要把他这块招牌掮出来做甚么呢？而且琉璃蛋的声名也不见得怎样！”正说着，尹子崇进来了。抚台是有侍郎衔的，尹子崇是郎中，少不得按照部里司官见堂官的体制，见面打躬，然后归坐。抚台虽不喜欢他，但念他是徐大军机的姑爷，少不得总须另眼看待。

尹子崇当下先开口说道：“司官昨儿晚上又接到司官岳父的信，叫司官把这边的事情赶紧料理料理清楚，料理清楚了，就叫司官回部当差。过年上半年谒陵，下半年又有万寿，叫司官不要错过了机会。”抚台道：“世兄这边除掉矿务事情，还有别的事吗？”尹子崇道：“不瞒大人说，就这善祥公司的事，司官就有点来不及了。司官创办这个公司的时候，说明白招股六十万，先收一半。虽不是司官的钱，司官却很费张罗。就是司官的岳父，也帮着写过几封信，才有这个局面。不要说矿是好的。但是三十万银子已经用完了，下余的一半股份，人家都不肯往外拿。”

抚台道：“只要矿好，眼看着这公司将来一定发财的。再加以令岳大人的声望罩在那里，你世兄又是槃槃[6]大才，调度有方，还怕不蒸蒸日上吗。下余的一半股份，只要写信催他们往外拿就是了。利钱既不少人家的，将来发财又可操券，人家还有甚么不放心的。”尹子崇道：“不瞒大人说，这件事坏在司官过于要好，实事求是，所以才弄得股东里头有了闲话，银子不肯往外拿。”抚台听了诧异道：“这又奇了！倒要请教请教。”尹子崇道：“当初才开创的时候，司官就立意事事省俭，所以自从开创到如今，所有的官利一齐都没有付。原说是等到公司获利之后，补还他们，原不想少他们的。不料他们都不愿意，把后头的股本就此揹住不付。”抚台道：“呀！原来有此一层。现在你世兄的意思打算怎么样呢？开矿本是件顶好的事，不但替中国挽回利权，而且养活穷人不少，若是半途而废，岂不可惜！现在你世兄有令岳大人的面子，还是劝人家赶紧把股本交齐，或者再招集新股。况且这个矿明摆着是个发财的事情，料想人家不至于不肯来。但是兄弟有一句话说：利钱总应该发给他们。俗语说得好：‘将本求利。’有了利钱，人家自然踊跃了。”

尹子崇听了抚台的这番说话，脸上忽然一红，好像有许多说话一时说不出口的。停了半天，方搭讪着说道：“大人教训原极是。但是司官的岳父有信来叫司官回京，不愿司官再经手这个事情。况且近来两个月，先招的股本用完，后头的一半人家又不肯拿出来，司官已经经手垫了好几万银子下去，所以也急于摆脱此事，能够早脱身一天好一天。”抚台道：“照阁下的意思想怎么样呢？”尹子崇道：“司官亦得回去同股东商量起来看。”

抚台见无甚说得，只得端茶送客，等到送客回来，又跺着脚朝着手下人说：“我们中国人真正孱头[7]，没有一件事办得好的！起初总是说得天花乱坠，向人家招股。等到股本到了手，烂嫖烂赌，利钱亦不给人家。随后事情闹糟了，他又不愿意干了。现在也不晓得他打甚么主意！我没有这大工夫陪他！再来不见！”手下人答应着。不在话下。

且说尹子崇这回上院，原有句话要同抚台商量的，后来被抚台几句话顶住，使他不

能开口，便也没精打采，回到善祥公司里。几个公司里的同事接着问：“那事回过中丞没有？方才那个洋人又来过了。他的意思，这件事一定要中丞预闻[8]，总得中丞答应了他，以后他到这里开起矿来，大家可以格外联络些。”尹子崇道：“这洋人怎么这样糊涂！他不相信我，他一定要抚台答应他他才肯买，我就是不肯折这口气！你告诉他：这个公司是我姓尹的开创的，姓尹的有甚么事，自有姓徐的担当！他抚台能够怎样？若说他抚台不答应，叫他同我老丈去说！我如今卖定这矿！至于洋人怕抚台掣他的肘，不肯保护他，问抚台可有几个脑袋，敢得罪外国人！”

尹子崇正在一个人说得高兴，一回那个买矿的洋人又来了，后头还跟着一个通事。尹子崇一见洋人来了，直急的屁滚尿流，连忙满脸堆着笑，站起身拉手让坐，又叫跟班的开洋酒，开荷兰水，拿点心，拿雪茄烟请他吃。当由洋人先同他带来通事咕噜了几句，通事就过来问尹子崇：“同抚台碰过头没有？”尹子崇道：“这个矿是我姓尹的手里开办的，一切事他作不了我的主。况且还有敝岳徐大军机在里头。将来你们接了手，尽着这一个省份，任凭你爱到那里去开采，你就到那里去开采。我们可是怕他不保护？只怕他没有这个胆子。依我说，你们尽管放心去干。有甚么说话，你索性来同我讲，等我去同我们老丈讲，包你千妥万当。”通事当把这话翻译给外国人听了。外国人又咕唧了一回，通事又同尹子崇说道：“我们敝洋东的意思，说这个公司虽是你尹先生创办的，但你尹先生只算得一个商人。就是敝洋东，他也不过是个商人。虽然是一个愿卖，一个愿买。然而内地非租界可比，华商同洋商断不能私相授受。为的这开矿的事是要到内地来的：洋商尚不准在内地开设洋栈，岂有准他在内地乱开矿的道理。况且还有一说：就是在租界上华商把买卖倒给了洋商，或是单挂他的牌子，也得到领事公馆里去注册。如今我们敝洋东走到内地来接你的买卖，怎能够不经两边官长的手就能作准呢。你们中国人说起来总说外国人如何不讲情理，如何不守条约，这件事，敝洋东的意思一定要两边官长都签了字，他才肯接手。”

尹子崇听他的这一番说话，心上老大不自在。通事早把他的命意统通告诉了洋人，再加他那副恼闷的情形，就是通事不翻给外国人听，外国人也早已猜着了。那洋人的心上岂不明白：这事倘或经了抚台，除非这抚台是尹子崇一流人物，才肯把这全省矿产卖给外人，任凭外人前来开挖，中国官一问不问。倘或这抚台是稍微有点人心的，念到主权不可尽失，利源不可外溢，是没有不来阻挡的。只要抚台不答应他，这事就办不成功。所以一回回要尹子崇把这事上下打通，方肯接手。至于尹子崇虽说是徐大军机的女婿，然而全省矿产即关系全省之事，抚台是一省之主，事关国体，倘若抚台执定不肯，就是军机大臣也奈何他不得。

尹子崇刚刚听了抚台一番说话，晓得拿这话同他去讲，一定不成，然而面子上又不肯坍台，只好处处拉好了丈人，叫洋人不要听抚台的话，有话只同他讲，他好去同他丈人去讲。不料这洋人乃是明白事体的，执定不肯。尹子崇恐怕事情弄僵，公司的事摆脱不得还是小事，第一是把公司卖给外国人，至少也得他们二百万银子；除掉归还各股东股本外，自己很可稳赚一注钱财。因此被他搭上了手，决计不肯放松。

闲话少叙。且说当时洋人听了尹子崇的话，也晓得他此中为难，心上暗暗欢喜。一人自想：“公司虽然接办不来，弄他几文也是好的。他有个军机大臣的好亲戚，还怕没有人替他拿钱吗？”于是笑嘻嘻的就要告辞。尹子崇还是苦苦留住不放，一定要商量商量。那洋人脑筋一转，计上心来，连忙坐下听他说话。尹子崇无非还是前头一派说话，自己拍着胸脯，说道：“你们这些人为甚么一点胆子都没有，一定要抚台答应才算数！他的官做得长做不长都在咱老丈手里。不是说句狂话：我们做出来的事，他敢道得一个‘不’字！他要吱一吱，立刻端掉他的缺！还怕没有人来做！”

通事不响，洋人只是笑。尹子崇又催通事问洋人。通事问过洋人，回称："只要你丈人徐大军机肯签字也是一样。"尹子崇道："肯签字！一定包在我手里。"洋人道："既然如此，尹先生几时进京，我们同着一块儿进京。倘若徐大军机不肯签字，非但我这趟进京的盘缠要你认，谅是我这趟由上海到安徽的盘缠以及到了这里几多天的浇用[9]，都是要你认的。"

通事说一句，尹子崇应一句。因他说的有"一同进京"一层，尹子崇道："这层暂时倒可不必。等我先进京，把老头子运动起来，彼时再打电报给你们，然后你们再进京不迟。但是一件：事情不成，一切盘缠等等自然是我的。设或事情成功了，你们又翻悔起来，叫我去找谁呢？"洋人道："彼此是信义通商，那有骗人的道理。"尹子崇道："但是口说无凭，你总得付几成定银摆在这里，方能取信。"洋人想了一回，问道："付多少呢？如果是我翻悔，说不得定钱罚去；倘你翻悔，或是竟其办不成功，怎么一个议罚呢？"尹子崇道："我是决计不翻悔的。"洋人道："你虽如此说，我们章程总得议明在先，省得后论。"

尹子崇道："是极，是极。"于是踌躇了一回，先要洋人付二成。又说："这全省的矿，总共要你二百四十万银子，也总算克己的了。二成先付四十八万。"洋人嫌多。后来说来说去，全省的矿一概卖掉，总共二百万银子，先付二成四十万。洋人只答应付半成五万。又禁不住尹子崇甜言蜜语，从五万加到先付十万，即日成交。先由尹子崇签字为凭，限五个月交割清楚。如其尹子崇运动不成，以及半途翻悔，除将原付十万退出外，还须加三倍作罚。

此时，尹子崇一心只盼望成功，要洋人当天付银子，凡洋人所说的话，无不一一照办，事情一齐写在纸上，自己签字为凭。写好之后，尹子崇等不及明天，当时就把自己的花押画了上去，意思就想跟着洋人要到寓处去拿钱。洋人说："我的钱一齐存在上海银行里。既然答应了你，早晚总得给你的。横竖事情已经说好了，我在这里也没有甚么耽搁，明天就回上海。你们可以派个人一块儿跟我到上海拿银子去。"

尹子崇听了，心上虽然失望。无奈暂时忍耐，把那张签的字权且收回。又回头同公司人说："叫谁去收银子呢？"想来想去，无人可派，只得自己去走一遭。当同洋人商量，后天由他自己同往上海，定银收清之后，他亦跟手前赴北京。洋人应允，自回寓所。这里尹子崇也不知会股东，便把公司里的人一概辞掉，所以公司办的事情一概停手。又把现在租的大房子回掉，另外借人家一块地方，但求挂块招牌，存其名目而已。凡是自己来不及干的，都托了一个心腹替他去干，好让他即日起身。正是有话便长，无话便短。两天到了上海。收到洋人的银子，把那张签的字交给洋人。洋人又领他到领事跟前议了一回。此时尹子崇只求银子到手，千依百顺，那是再要好没有。他本是个阔人，等到这笔昧心钱到手之后，越发闹起标劲来，无非在上海四马路狂嫖烂赌，竭办报效好几万，不必细表。

他来的时候，正是五月中旬，如今已是六月初头。依他的意思，还要在上海过夏，到秋凉再进京，实实在在是要在上海讨小。有班谬托知己的朋友，天天在一块儿打牌吃酒，看他钱多，觑空弄他几个用用，所以不但他自己不愿走，就是这班朋友也不愿意要他走。

后来，还是他自己看见报上说是他丈人徐大军机因与别位军机不和，有折子要告病。他自己自从到了上海，一直嫖昏，也没有接过信，究竟不晓得老丈告病的话是真是假。算了算，洋人限的日子还有三个多月，事情尽来得及。但是一件：老丈果真告病，那事却要不灵。心上想要打个电报到京里去问问。又一想自己从到上海，老丈跟前一直没有写过信，如今凭空打个电报去，未免叫人觉得诧异。左思右想，甚是为难。后来幸亏他同嫖的一个朋友替他出主意，叫他先打个电报进京，只问老头子身体康健与否，不说别的。他便照样打去。第二天得到舅爷的回电，上写着"父病痢"三个字。尹子崇一想，他老丈是上了岁数的人了，又是抽大烟，是禁不起痢的，到此他才慌了，只得把娶妾一事暂搁一边，自己连夜搭了轮船进京。所有的钱，五成存在上海。二成汇到家里，上海玩掉了一成，自己却带了一成多进京。

当下急急忙忙，赶到京城。总算他老丈命不该绝，吃了两帖药，痢疾居然好了。尹子崇到此把心放下。但是他老丈总共有三个女婿：那两个都是正途出身，独他是捐班，而且小时候，仗着有钱，也没有读过甚么书，至今连个便条都写不来。因此徐大军机不大欢喜他。他见了丈人，一半是害怕，一半是羞愧，赛如锯了嘴的葫芦一般，不问不敢张嘴。如今为卖矿一事，已在洋人面前夸过口，说他回京之后，怎么叫丈人签字，怎样叫丈人帮忙，闹得一天星斗。谁知到京之后，只在丈人宅子里干做了两个月的姑爷，始终一句话未曾敢说。看看限期将满，洋人打了电报进京催他，他至此方才急的了不得，一个人走出走进，不得主意。如此者又过了十几天。买矿的洋人也来了，住在店里，专门等他，不成功好拿他的罚款，更把他急得像热锅上蚂蚁似的。

自古当："情急智生。"他平时见老丈画稿都是一画了事，至于所画的是件甚么公事是向来不问的。尹子崇虽然学问不深，毕竟聪明还有，看了这样，便晓得老丈是因为年纪大了，精神不济的原故，这件事倒很可以拿他蒙一蒙。又幸亏他那些舅爷当中有两位平时老子不给他们钱用，大家知道老姊丈有钱，十两、八两，一百、八十，都来问他借，因此这尹子崇丈人跟前虽不怎样露脸，那些使他钱的舅爷却是感激他的，所以郎舅当中彼此还说得来。尹子崇也曾把这卖矿一事同他舅爷谈过，几个舅爷都一力撺掇他成功，将来多少总得沾光几文。当下大家都晓得尹子崇被洋人逼的为难，都来替他出主意。

后来还亏他一个顶小的舅爷，这年不过一十九岁，年纪虽小，心思最灵，仗着他父亲徐大军机的喜欢他，他便帮着出坏主意，言明事成之后，酬谢他若干。尹子崇自然应允。他先把外头安排停当，然后回去运动老头子。晓得老头子同前门里一个甚么寺的和尚要好，空闲了常常往这寺里跑。这寺里的当家和尚，会诗会画，又会替人家拉皮条。他既同徐大军机做了一人之交，惹得那些走徐大军机门路的都来巴结这和尚。而且和尚替人家拉了皮条，反丝毫不着痕迹，因为徐大军机相信他，总说他是出家人，四大皆空，慈悲为主，凡是和尚托的人情，无论如何，总得应酬他。和尚做的这些事，虽然瞒得过老大人，却是瞒不过少大人。幸亏这和尚见了少大人甚是客气，反借着别的事情替少大人出点力，以为求容之地。这些少大人虽然明知道他的所为，因为念他平日人还恭顺，亦就不肯在老头子跟前揭穿他的底子。这番尹子崇小舅爷替他出的主意，就靠在这老和尚身上。

老和尚晓得少大人有此一番作为，便也不敢怠慢。检了空日，备了一桌素斋，预先自己到府邀请徐大人这日赴宴。徐大军机自然立刻应允。到了那天，徐大军机朝罢无事，便坐了车子一直径去，见了和尚，谈诗谈画，风雅得很。正谈得高兴头上，尹子崇先同小舅爷赶到寺里，说是伺候老爷子来的。徐大军机并不在意。和尚见了，竭办拉拢，说道："备了一桌素斋，本来嫌人少；如今你二位到这里，陪陪老大人，那是再好没有的了。"二人亦谦逊了一回。

老和尚丢下他二人，仍去同老头子谈天。才谈得几句，忽然听得窗子后头一阵洋琴的声音。和尚耳尖，听了先问香火道："这是谁又在那里弄这个东西？"香火道："就是前天来的那位外国王爷。"和尚道："叫别的师傅陪陪他，不要怠慢了人家。我这里陪徐大人，没工夫去招呼他，就说我不在家就是了。"香火答应着出去。这个挡口，尹子崇郎舅两个也已出去。徐大军机便问："这外国王爷是怎样的一个人？"和尚道："人倒是很好的一个，也是在教。他的教原同我们释教差别不多，都是一心向善的。他自从到京之后，一直就住在他们公使馆里。前头到过寺里一次，是我出去陪他的。我虽然不会他们的说话，有了通

事传话，都是一样的。这人弹得一手好洋琴，还会做做外国诗。有一部甚么外国人诗集，当中选刻他的诗很不少，可惜都是外国字，我们不认得。倘若懂得他们的文理，同他唱和唱和，结交一个海外诗友，倒是一桩极妙之事！”

徐大军机道：“你既然说得他如此好，为甚么不请他来会会呢？”和尚道：“讲起外交的礼节，他既来了，原应该我自己去接他的。况且他也是王爷之分，非同寻常可比。但是难得今天你大人有空，我们正想借此谈谈心，所以让他们去陪他也是一样的。”徐大军机道：“停刻我们还要在这里吃饭，倘若被他闯进来，反为不美。我看还是请他来会会的好。如果他没有吃饭，就让他一块儿吃素斋，我们的礼信总到的了。”和尚巴不得这一声，立刻丢下徐大军机，自己去请。

一霎时，只见和尚在前头走，洋人在当中，尹子崇郎舅两个跟在后头。洋人身旁还有一个人，想必是通事了。进屋之后，徐大军机先站起来同他拉手，他亦赶着探帽子。徐大军机一见儿子、女婿都跟在后头，便说了声“你们倒同他先会过了。”和尚连忙凑热闹，说道：“亏得请他进来。他刚才见少大人、尹姑爷，把他乐的了不得，正商量着一同来见你老大人哩。”当下分宾归坐。寒暄得不到三五句，和尚恐怕问出破绽来，急急到外间调排桌椅，催他们入座。从前，徐大军机在寺里吃饭，都是一张方桌，同这当家和尚两个人对面坐的。如今多了四个人，六人三对面，方桌亦还坐得下，再不然，加张圆桌面子也坐得很舒服，很宽展了。那知和尚竟不其然，只见他对着香火说道：“徐大人常常来的，外国人还是头一遭哩。一时头上，素番菜来不及办，就拿这中国菜请他，似乎觉得不恭敬些。现在我一个法子，你们到西书房里把那张大菜桌子、那些椅子都搬过来，用大菜家伙吃中国菜。我们依他一样，他总不能说我甚么了。”一霎时，调排已定，随请入座。徐大军机走到外间一看，只见摆的是很长桌子。和尚便说：“徐大人，咱们今天是中西合璧：你老大人独自一位，请坐在上面，旁是少大人、尹姑爷作陪；这边底下是主位，密司忒萨坐在右首，他同来这位刘先生坐在左手。靠着主人右首这一位，在他们外国人算是头一席，所以你老大人无须同他客气的。”当下坐定之后，和尚又叫开洋酒、荷兰水。洋人不会用筷子，又替他换了刀叉。当下说说笑笑，都是些不相干的话。徐大人找出多少话来应酬他，都是少大人、尹姑爷同着翻译替他支吾的。

等到吃过一大半，约摸徐老头儿有点倦意，不晓得洋人同翻译说了几句甚么话，翻译便同少大人说：“我们敝洋东极其仰慕徐大人，从前没有到中国时候，就常常见人提起徐大人的名字的。他现在跟着我们中国人，亦很认得几个中国字。”和尚急忙插口道：“认得了中国字，将来就好做中国诗了。只是我们不认得洋字，不会看他的诗，实在抱愧得很。”和尚说的话大家亦没有理会。那通事刘先生又说道：“敝洋东的意思，想求大人把大人的名字三个字写在一张纸上给他看。”徐大军机听了大喜，立刻叫拿笔砚。又见洋人从身上摸索了半天，拿出一大叠的厚洋纸，上头还写着洋字，花花绿绿的，看了亦不认得。通事把这一叠纸接过来送到徐大军机面前，说道：“敝洋东嫌中国纸不牢，身上一搓就要破的，请大人把三个字写在这张纸上。”徐大军机此时丝毫不加思索，立刻戴上老花眼镜，提起笔来，把自己的名字三个字端端整整写了出来。通事拿回给洋人看过。洋人又咕噜了两句，通事又把那叠纸枭去几张，重新送到徐大军机面前，说道：“敝洋东想求大人照样再替他写三个字。前头写的是他自己留着当古玩珍藏，这写的，他要带到外国去，把这三个字印在他的书当中。”和尚又帮着敷衍道：“想是这位外国诗翁今天即席赋诗，定归把他今天碰见老大人一齐都做了进去，所以要把老大人的名字刻在他的诗稿当中，这倒是海外扬名的。”和尚一面说，徐大军机早已写完，又传到洋人手中。洋人拿起来往身上一藏，然后仍旧吃酒吃菜。和尚见事弄好，便丢了眼色给香火，催厨房赶紧出菜。

一霎席散，让少大人、尹姑爷陪了洋人到西书房里吃茶，他自己招呼徐大军机。徐大军机又坐了半天，喝了两杯茶，方才坐车先自回去。至此和尚方才踱到西书房来，正见少大人在那里指手画脚，自己称扬自己哩。

要知后事如何，且听下回分解。

［注释］

①陶熔：亦作“陶镕”，比喻培育、选就。

②讣闻：向亲友报丧的通知，多附有死者的事略。

③哭丧棒：旧时在为父母发丧时，孝子所持的哀杖。

④致仕：官员年老辞官不做叫致仕。

⑤关防：印信的一种，始于明初。明太祖为防止作弊，用半印，以便拼合验对。

⑥槃槃：大貌。《世说新语·赏誉下》刘孝标注引《续晋阳秋》：“大才槃槃谢家安。”

⑦孱头：软弱无能的人，形容人品下劣怯懦。

⑧预闻：预问、干预。

⑨浇用：指饮食等费用。浇，指饮食。

第五十三回

洋务能员但求形式　外交老手别具肺肠

话说老和尚把徐大军机送出大门登车之后，他便踱到西书房来。原来洋人已走，只剩得尹子崇郎舅两个。他小舅爷正在那里高谈阔论，夸说自己的好主意，神不知，鬼不觉，就把安徽全省矿产轻轻卖掉。外国人签字不过是写个名字，如今这卖矿的合同，连老头子亦都签了名字在上头，还怕他本省巡抚说甚么话吗。就是洋人一面，当面瞧见老头子签字，自然更无话说了。

原来，这事当初是尹子崇弄得一无法想，求教到他小舅爷。小舅爷勾通了洋人的翻译，方有这篇文章。所有朝中大老的小照，那翻译都预先弄了出来给洋人看熟，所以刚才一见面，他就认得是徐大军机，并无丝毫疑意。合同例须两分，都是预先写好的。明欺徐大军机不认得洋字，所以当面请他自己写名字；因系两份，所以叫他写了又写。至于和尚一面，前回书内早已交代，无庸多叙。当时他们几个人同到了西书房，翻译便叫洋人把那两份合同取了出来，叫他自己亦签了字，交代给尹子崇一份，约明付银子日期，方才握手告别。尹子崇见大事告成，少不得把弄来的昧心钱除酬谢和尚、通事二人外，一定又须分赠各位舅爷若干，好堵住他们的嘴。

闲文少叙。且说尹子崇自从做了这一番偷天换日的大事业，等到银子到手，便把原有的股东一齐写信去招呼，就是公司生意不好，吃本太重，再弄下去，实实有点撑不住了。不得已，方才由敝岳作主，将此矿产卖给洋人，共得价银若干。”除垫还他经手若干外，所剩无几，一齐打三折归还人家的本钱，以作了事。股东当中有几个素来仰仗徐大军机的，自然听了无甚说得，就是明晓得吃亏，亦所甘愿。有两个稍些强硬点的，听了外头的说话，自然也不肯干休。

常言说得好：“若要人不知，除非己莫为。”尹子崇既做了这种事情，所有同乡京官里面，有些正派的，因为事关大局，自然都派尹子崇的不是；有些小意见的，还说他一个人得了如许钱财，别人一点光没有沾着，他要一个人安稳享用，有点气他不过，便亦撺掇了大众出来同他说话。专为此事，同乡当中特地开了一回会馆，尹子崇却吓得没敢到场。后来又听听外头风声不好，不是同乡要递公呈到都察院里去告他，就是都老爷要参他。他一想不妙，京城里有点站不住脚，便去催逼洋人，等把银子收清，立刻卷卷行李，叩别丈人，一溜烟逃到上海。恰巧他到上海，京城的事也发作了，竟有四位御史一连四个折子参他，奉旨交安徽巡抚查办。信息传到上海，有两家报馆里统通把他的事情写在报上，拿他骂了个狗血喷头。他一想，上海也存不得身，而且出门已久，亦很动归家之念，不得已，偃旗息鼓，径回本籍。他自己一人忖道：“这番赚来的钱也尽够我下半世过活的。既然人家同我不对，我亦乐得与世无争，回家享用。”

于是在家一过过了两个多月，居然无人找他。他自己又自宽自慰，说道：“我到底有‘泰山’之靠，他们就是要拿我怎样，总不能不顾老丈的面子。况且合同上还有老丈的名字，就是有起事情来，自然先找到老丈，我还退后一层，真正可以无须虑得。”一个人正在那里盘算，忽然管家传进一张名片，说是县里来拜。他听了这话，不禁心上一怔，说道：“我自从回家，一直还没有拜过客，他是怎么晓得的？”既然来了，只得请见。这里执帖的管家还没出去，门上又有人来说：“县里大老爷已经下轿，坐在厅上，专候老爷出去说话。”尹子崇听了，分外生疑。想要不出去见他，他已经坐在那里等候，不见是不成功的，转念一想道：“横竖我有好靠山，他敢拿我怎样！”于是硬硬头皮，出来相见。谁料走到大厅，尚未同知县相见，只见门外廊下以及天井里站了无数若干的差人。尹子崇这一吓非同小可！

此时知县大老爷早已望见了他了，提着嗓子，叫子一声：“尹子翁，兄弟在这儿。”尹子崇只得过来同他见面。知县是个老猾吏，笑嘻嘻的，一面作揖，一面竭力寒暄道：“兄弟直到今日才晓得子翁回府，一直没有过来请安，抱歉之至！”尹子崇虽然也同他周旋，毕竟是贼人胆虚，终不免失魂落魄，张皇无措。作揖之后，理应让客人炕上上首坐的，不料一个不留心，竟自己坐了上面。后来管家上来递茶给他，叫他送茶，方才觉得。脸上急得红了一阵，只得换座过来，越发不得主意了。

知县见此样子，心上好笑，便亦不肯多耽时刻，说道：“兄弟现在奉到上头一件公事，所以不得不亲自过来一趟。”说罢，便在靴筒子当中抽出一角公文来。尹子崇接在手中一看，乃是南洋通商大臣的札子，心上又是一呆，及至抽出细瞧，不为别件，正为他卖矿一事，果然被四位都老爷联名参了四本，奉旨交本省巡抚查办。本省巡抚本不以他为然的，自然是不肯帮他说话。不料事为两江总督所知，以案关交涉，正是通商大臣的责任，顿时又电奏一本，说他擅卖矿产，胆大妄为，请旨拿交刑部治罪。上头准奏。电谕一到，两江总督便饬藩司遴选委员前往提人。谁知这藩司正受过徐大军机栽培的，便把他私人、候补知县毛维新保举了上去。这毛维新同尹府上也有点渊源，为的派了他去，一路可以照料尹子崇的意思。等到到了那里，知县接着。毛维新因为自己同尹子崇是熟人，所以让知县一个人去的。及至尹子崇拿制台的公事看得一大半，已有将他拿办的说话，早已吓呆在那里，两只手拿着札子放不下来。

后来知县等得长久了，便说道：“派来的毛委员现在兄弟衙门里。好在子翁同他是熟人，一路上倒有照应。轿子兄弟已经替子翁预备好了，就请同过去罢。”几句话说完，直把个尹子崇急得满身大汗，两只眼睛睁得如铜铃一般，吱吱了半天，才挣得一句道：“这件事乃是家岳签的字，与兄弟并不相干。有甚么事，只要问家岳就是了。”知县道：“这里头的委曲，兄弟并不知道。兄弟不过是奉了上头的公事，叫兄弟如此做，所以兄弟不能不来。如果子翁有甚么冤枉，到了南京，见了制台尽可公辩的，再不然，还有京里。况且里头有了令岳大人的照应，谅来子翁虽然暂时受点委曲，不久就可明白的。现在时候已经不早了，毛某人明天一早就要动身的，我们一块去罢。”

尹子崇气的无话可说，只得支吾道：“兄弟须得到家母跟前禀告一声，还有些家事须得料理料理。准今天晚上一准过去。”知县道：“太太跟前，等兄弟派人进去替你说到了就是了。至于府上的事，好在上头还有老太太，况且子翁不久就要回来的，也可以不必费心了。”尹子崇还要说别的，知县已经仰着头，眼睛望着天，不理他；又拖着嗓子叫：“来啊！”跟来的管家齐齐答应一声“者”。知县道：“轿夫可伺候好了？我同尹大人此刻就回衙门去。”底下又一齐答应一声，回称：“轿夫早已伺候好了。”知县立刻起身，让尹子崇前头，他自己在后头，陪着他一块儿上轿。这一走，他自己还好，早听得屏门背后他一班家眷，本已得到他不好的消息，如今看他被县里拉了出去，赛如绑赴菜市口一般，早已哭成一片了。尹子崇听着也是伤心，无奈知县毫不容情，只得硬硬心肠跟了就走。

霎时到得县里，与毛委员相见。知县仍旧让他厅上坐，无非多派几个家丁、勇役轮流

拿他看守。至于茶饭一切相传，自然与毛委员一样。毕竟他是徐大军机的女婿，地方官总有三分情面，加以毛委员受了江宁藩台的嘱托，公义私情，二者兼尽，所以这尹子崇甚是自在。当天在县衙一宵，仍是自己家里派了管家前来伺候。第二天跟着一同由水路起身，在路晓行夜宿，非止一日，已到南京。毛委员上去请示，奉饬交江宁府经厅看管，另行委员押解进京。搁下不表。

且说毛维新在南京候补，一直是在洋务局当差，本要算得洋务中出色能员。当他未曾奉差之前，他自己常常对人说道："现在吃洋务饭的，有几个能够把一部各国通商条约肚皮里记得滚瓜烂熟呢？但是我们于这种时候出来做官，少不得把本省的事情温习温习，省得办起事情来一无依傍。"于是单检了道光二十二年《江宁条约》抄了一遍，总共不过四五张书，就此埋头用起功来，一念念了好几天，居然可以背诵得出。他就到处向人夸口，说他念熟这个，将来办交涉是不怕的了。后来有位在行朋友拿他考了一考，晓得他能耐不过如此，便驳他道："道光二十二年定的条约是老条约了，单念会了这个是不中用的。"他说："我们在江宁做官，正应该晓得江宁的条约。至于甚么《天津条约》《烟台条约》，且等我兄弟将来改省到那里，或是咨调过去，再去留心不迟。"那位在行朋友晓得他是误会，虽然有心要想告诉他，无奈见他拘墟不化，说了亦未必明白，不如让他糊涂一辈子罢。因此一笑而散。

却不料这毛维新反于此大享其名，竟有两位道台在制台前很替他吹嘘说："毛令不但熟悉洋务，连着各国通商条约都背得出的，实为牧令[①]中不可多得之员。"制台道："我办交涉也办得多了，洋务人员在我手里提拔出来的也不计其数，办起事情来，一齐都是现查书。不但他们做官的是如此，连着我们老夫子也是如此。所以我气起来，总朝着他们说：'我老头子记性差了，是不中用的了。你们年轻人很应该拿这些要紧的书念两部在肚子里。'一天念熟一页，一年便是三百六十页，化上三年功夫，那里还有他的对手。无奈我嘴虽说破，他们总是不肯听。宁可空了打麻雀，逛窑子，等到有起事情来，仍然要现翻书起来，真正气人！今天你二位所说的毛令既然肯在这上头用功，很好，就叫他明天来见我。"

原来，此时做江南制台的，姓文，名明，虽是在旗，却是个酷慕维新的。只是一样：可惜少年少读了几句书，胸中一点学问没有。这遭总算毛维新官运亨通，第二天上去，制台问了几句话，亏他东扯西拉，居然没有露出马脚，就此委了洋务局的差使。

这番派他到安徽去提人，禀辞的时候，他便回道："现在安徽那边，听说风气亦很开通了。卑职此番前去，经过的地方，一齐都要留心考察考察。"制台听了，甚以为然。等到回来，把公事交代明白，上院禀见。制台问他考察的如何，他说："现在安徽官场上很晓得维新了。"制台道："何以见得？"他说："听说省城里开了一爿大菜馆，三大宪都在那里请过客。"制台道："但是吃吃大菜，也算不得开通。"毛维新面孔一板，道："回大人的话，卑职听他们安徽官场上谈起那边中丞的意思说，凡百事情总是上行下效，将来总要做到叫这安徽全省的百姓，无论大家小户，统通都为吃了大菜才好。"制台道："吃顿大菜，你晓得要几个钱？还要甚么香槟酒、啤酒去配他。还有些酒的名字，我亦说不上来。贫民小户可吃得起吗？"

制台的话说到这里，齐巧有个初到省的知县，同毛维新一块进来的，只因初到省，不大懂得官场规矩，因见制台只同毛维新说话，不理他，他坐在一旁难过，便插嘴道："卑职这回出京，路过天津、上海，很吃过几顿大菜，光吃菜不吃酒亦可以的。"他这话原是帮毛维新的。制台听了，心上老大不高兴，眼睛往上一愣，说："我问到你再说。上海洋务局、省里洋务局，我请洋人吃饭也请过不止一次了，那回不是好几千块钱！你晓得！"回头又对毛维新说道："我兄弟虽亦是富贵出身，然而并非纨绔一流，所谓稼穑之艰难，尚还略知一二。”毛维新连忙恭维道：“这正是大帅关心民瘼，才能想得如此周到。”

文制台道：“你所考察的，还有别的没有？”毛维新又问道：“那边安庆府知府饶守的儿子同着那里抚标参将的儿子，一齐都剪了辫子到外洋去游学。恰巧卑职赶到那里，正是他们剃辫子的那一天。首府饶守晓得卑职是洋务人员，所以特地下帖邀了卑职去同观盛典。这天官场绅士一共请了三百多位客。预先叫阴阳生挑选吉时。阴阳生开了一张单子，挑的是未时剃辫大吉。所请的客，一齐都是午前穿了吉服去的，朝主人道过喜，先开席坐席。等到席散，已经到了吉时了。只见饶守穿着蟒袍补褂，带领着这位游学的儿子，亦穿着靴帽袍套，望空设了祖先的牌位，点了香烛，他父子二人前后拜过，禀告祖先。然后叫家人拿着红毡，领着少爷到客人面前，一一行礼，有的磕头，有的作揖。等到一齐让过了，这才由两个家人在大厅正中摆一把圈身椅，让饶守坐了，再领少爷过来，跪在他父亲面前，听他父亲教训。大帅不晓得：这饶守原本只有这一个儿子，因为上头提倡游学，所以他自告奋勇，情愿自备资斧，叫儿子出洋。所以这天抚宪同藩、臬两司以及首道，一齐委了委员前来贺喜。只可怜他这个儿子今年只有十八岁，上年腊月才做亲，至今未及半年，就送他到外洋去。莫说他小夫妇两口子拆不开，就是饶守自己想想，已经望六之人了，膝下只有一个儿子，怎么舍得他出洋呢。所以一见儿子跪下请训，老头子止不住两泪交流，要想教训两句，也说不出话了。后来众亲友齐说：‘吉时已到，不可错过，世兄改装也是时候了。’只见两个管家上来，把少爷的官衣脱去，除去大帽，只穿着一身便衣，又端过一张椅子，请少爷坐了。方传剃头的上来，拿盆热水，揿住了头，洗了半天，然后举起刀子来剃。谁知这一剃，剃出笑话来了。只见剃头的拿起刀来，磨了几磨，哗擦擦两声响，从辫子后头一刀下去，早已一大片雪白的露出来了。幸亏卑职看得清切，立刻摆手，叫他不要再往下剃，赶上前去同他说：‘再照你这样剃法，不成了个和尚头吗？外国人虽然是没有辫子，何尝是个和尚头呢？’当时在场的众亲朋以及他父亲听卑职这一说，都明白过来，一齐骂剃头的，说他不在行，不会剃，剃头的跪在地下，索索的抖，说：‘小的自小吃的这碗饭，实在没有瞧见过剃辫子是应该怎么样剃的。小的总以为既然不要辫子，自然连着头发一块儿不要，所以才敢下手的。现在既然错了，求求大老爷的示，该怎么样，指教指教小的。’卑职此时早已走到饶守的儿子跟前，拿手撩起他的辫子来一看，幸亏剃去的是前刘海，还不打紧，便叫他们拿过一把剪刀来，由卑职亲自动手，先把他辫子拆开，分作几股，一股一股的替他剪了去，底下还替他留了约摸一寸多光景，再拿刨花水前后刷光，居然也同外国人一样了。大帅请想：他们内地真正可怜，连着出洋游学想要去掉辫子这些小事情，都没有一个在行的。幸亏卑职到那里教给他们，以后只好用剪刀剪，不好用刀子剃，这才大家明白过来，说卑职的法子不错。当天把个安庆省城都传遍。听说参将的儿子就是照着卑职的话用剪刀的。第二天卑职上院见了那边中丞，很蒙奖励，说：‘到底你们江南无辫子游学的人多，这都是制宪的提倡，我们这里还差着远哩。’”

文制台听了别人说他提倡学务，心上非凡高兴。当时只因谈的时候长久了，制台要紧吃饭，便道：“过天空了我们再谈罢。”说完，端茶送客，毛维新只得退出，赶着又上别的司、道衙门，一处处去卖弄他的本领。不在话下。

且说这位制台本是个有脾气的，无论见了甚么人，只要官比他小一级，是他管得到的，不论你是实缺藩台，他见了面，一言不合，就拿钉子给人碰，也不管人家脸上过得去过不去。藩台尚且如此，道、府是不消说了，州、县以下更不用说了，至于在他手下当差的人甚多巡捕、戈什，喝了去，骂了来，轻则脚踢，重则马棒，越发不必问的了。

且说有天为了一件甚么公事，藩台开了一个手折拿上来给他看。他接过手折，顺手往桌上一撩，说道：“我兄弟一个人管了这三省事情，那里还有工夫看这些东西呢！你有甚

么事情，直截痛快的说两句罢。”藩台无法，只得捺定性子，按照手折上的情节约略择要陈说一遍。无如头绪太多，断非几句话所能了事，制台听到一半，又听得不耐烦了，发狠说道：“你这人真正麻烦！兄弟虽然是三省之主，大小事情都照你这样子要我兄弟管起来，我就是三头六臂也来不及！”说着，掉过头去同别位道台说话，藩台再要分辩两句他也不听了。藩台下来，气的要告病，幸亏被朋友们劝住的。

后来不多两日，又有淮安府知府上省禀见。这位淮安府乃是翰林出身，放过一任学台，后来又考取御史，补授御史，京察一等放出来的。到任还不到一年，齐巧地方上出了两件交涉案件，特地上省见制台请示。恐怕说的不能详细，亦就写了两个节略，预备面递。等到见了面，同制台谈过两句，便将开的手折恭恭敬敬递了上去。制台一看是手折，上面写的都是黄豆大的小字，便觉心上几个不高兴，又明欺他的官不过是个四品职分，比起藩台差远了，索性把手折往地下一摔，说道：“你们晓得我年纪大，眼睛花，故意写了这小字来蒙我！”那淮安府知府受了他这个瘪子，一声也不响。等他把话说完，不慌不忙，从从容容的从地下把那个手折拾了起来。一头拾，一头嘴里说：“卑府自从殿试、朝考以及考差[②]、考御史，一直是恪遵功令，写的是小字，皇上取的亦就是这个小字。如今做了外官，倒不晓得大帅是同皇上相反，一个个是要看大字的，这个只好等卑府慢慢学起来。但是今时这两件事情都是刻不可缓的，所以卑府才赶到省里来面回大帅，若等卑府把大字学好了，那可来不及了。”制台一听这话，便问：“是两件甚么公事！你先说个大概。”淮安府回道：“一件为了地方上的坏人卖了块地基给洋人，开甚么玻璃公司。一桩是一个包讨债的洋人到乡下去恐吓百姓，现在闹出人命来了。”

制台一听，大惊失色道：“这两桩都是个关系洋人的，你为甚么不早说呢？快把节略拿来我看！”淮安府只得又把手折呈上。制台把老花眼镜带上，看了一遍。淮安府又说道：“卑职因为其中头绪繁多，恐怕说不清楚，所以写好了节略来的。况且洋人在内地开设行栈，有背约章；就是包讨账，亦是不应该的，况且还有人命在里头。所以卑府特地上来请大帅的示，总得禁阻他来才好。”

制台不等他说完，便把手折一放，说：“老哥，你还不晓得外国人的事情是不好弄的么？地方上百姓不拿地卖给他，请问他的公司到那里去开呢？就是包讨账，他要的钱，并非要的是命。他自己寻死，与洋人何干呢？你老兄做知府，既然晓得地方有这些坏人，就该预先禁止他们，拿地不准卖给外国人才是。至于那个欠账的，他那张借纸怎么会到外国人手里？其中必定有个缘故。外国人顶讲情理，决不会凭空诈人的。而且欠钱还债本是分内之事，难道不是外国人来讨，他就赖着不还不成？既然如此，也不是甚么好百姓了。现在凡百事情，总是我们自己的官同百姓都不好，所以才会被人家欺负，等到事情闹糟了，然后往我身上一推，你们算没有事了。好主意！”

原来这制台的意思是：“洋人开公司，等他来开；洋人来讨账，随他来讨。总之，在我手里，决计不肯为了这些小事同他失和的。你们既做我的属员，说不得都要就我范围，断断乎不准多事。”所以他看了淮安府的手折，一直只怪地方官同百姓不好，决不肯批评洋人一个字的。淮安府见他如此，就是再要分辨两句，也气得开不出口了。制台把手折看完，仍旧摔还给他。淮安府拾了，禀辞出去，一肚皮没好气。

正走出来，忽见巡捕拿了一张大字的片子，远望上去，还疑心是位新科的翰林。只听那巡捕嘴里叽哩咕噜的说道：“我的爷！早不来，晚不来，偏偏这时候他老人家吃着饭他来了。到底上去回的好，还是不上去回的好？”旁边一个号房道：“淮安府才见了下来，只怕还在签押房里换衣服，没有进去也论不定。你要回，赶紧上去还来得及。别的客你好叫他在外头等等，这个客是怠慢不得的！”那巡捕听了，拿了片子，飞跑的进去了。这时淮安府自回公馆不题。

且说那巡捕赶到签押房，跟班的说："大人没有换衣服就往上房去了。"巡捕连连跺脚道："糟了！糟了！"立刻拿了片子又赶到上房。才走到廊下，只见打杂的正端了饭菜上来。屋里正是文制台一迭连声的骂人，问为甚么不开饭。巡捕一听这个声口，只得在廊檐底下站住。心上想回，因为文制台一到任，就有过吩咐的，凡是吃饭的时候，无论甚么客人来拜，或是下属禀见，统通不准巡捕上来回，总要等到吃过饭，擦过脸再说。无奈这位客人既非过路官员，亦非本省属员，平时制台见了他还要让他三分，如今叫他在外面老等起来，决计不是个道理。但是违了制台的号令，倘若老头子一翻脸，又不是玩的，因此拿了名帖，只在廊下盘旋，要进又不敢进，要退又不敢退。

正在为难的时候，文制台早已瞧见了，忙问一声："甚么事？"巡捕见问，立刻趋前一步，说了声："回大帅的话，有客来拜。"话言未了，只见"啪"的一声响，那巡捕脸上早被大帅打了一个耳刮子。接着听制台骂道："混账王八蛋！我当初怎么吩咐的！凡是我吃着饭，无论甚么客来，不准上来回。你没有耳朵，没有听见！"说着，举起腿来又是一脚。

那巡捕挨了这顿打骂，索性泼出胆子来，说道："因为这个客是要紧的，与别的客不同。"制台道："他要紧，我不要紧！你说他与别的客不同，随你是谁，总不能盖过我！"巡捕道："回大帅：来的不是别人，是洋人。"那制台一听"洋人"二字，不知为何，顿时气焰矮了大半截，怔在那里半天。后首想了一想，蓦地起来，"拍挞"一声响，举起手来又打了巡捕一个耳刮子，接着骂道："混账王八蛋！我当是谁！原来是洋人！洋人来了，为甚么不早回，叫他在外头等了这半天？"巡捕道："原本赶着上来回的，因见大帅吃饭，所以在廊下等了一回。"制台听完，举起腿来又是一脚，说道："别的客不准回，洋人来，是有外国公事的，怎么好叫他在外头老等？糊涂混账！还不快请进来！"

那巡捕得了这句话，立刻三步并作二步，急忙跑了出来。走到外头，拿帽子探了下来，往桌子上一摔，道："回又不好，不回又不好！不说人头，谁亦没有他大，只要听见'洋人'两个字，一样吓的六神无主了！但是我们何苦来呢？掉过去，一个巴掌！翻过来，又是一个巴掌！东边一条腿，西边一条腿！老老实实不干了！"正说着，忽然里头又有人赶出来一迭连声的叫唤，说："怎么还不请进来！……"那巡捕至此方才回醒过来，不由的仍旧拿大帽子合在头上，拿了片子，把洋人引进大厅。此时制台早已穿好衣帽，站在滴水檐前预备迎接了。

原来来拜的洋人非是别人，乃是那一国的领事。你道这领事来拜制台为的甚么事？原来制台新近正法了一名亲兵小队。制台杀名兵丁，本不算得大不了的事情，况且那亲兵亦必有可杀之道，所以制台才拿他如此的严办。谁知这一杀，杀的地方不对：既不是在校场上杀的，亦不是在辕门外杀的，偏偏走到这位领事公馆旁边就拿他宰了。所以领事大不答应，前来问罪。

当下见了面，领事气愤愤的把前言述了一遍，问制台为甚么在他公馆旁边杀人，是个甚么缘故。幸亏制台年纪虽老，阅历却很深，颇有随机应变的本领。当下想了一想，说道："贵领事不是来问我兄弟杀的那个亲兵？他本不是个好人，他原是'拳匪'[3]一党。那年北京'拳匪'闹乱子，同贵国及各国为难，他都有份的。兄弟如今拿他查实在了，所以才拿他正法的。"领事道："他既然通'拳匪'，拿他正法亦不冤枉。但是何必一定要杀在我的公馆旁边呢？"制台想了一想，道："有个原故，不如此，不足以震服人心。贵领事不晓得这'拳匪'乃是扶清灭洋的，将来闹出点子事情来，一定先同各国人及贵国人为难，就是于贵领事亦有所不利。所以兄弟特地想出一条计来，拿这人杀在贵衙署旁边，好教他们

同党瞧着或者有些怕惧。俗语说得好，叫作‘杀鸡骇猴’，拿鸡子宰了，那猴儿自然害怕。兄弟虽然只杀得一名亲兵，然而所有的‘拳匪’见了这个榜样，一定解散，将来自不敢再与贵领及贵国人为难了。”领事听他如此一番说话，不由得哈哈大笑，奖他有经济，办得好，随又闲谈了几句，告辞而去。

制台送客回来，连要了几把手巾，把脸上、身上擦了好几把，说道：“我可被他骇得我一身大汗了！”坐定之后，又把巡捕、号房统通叫上来，吩咐道：“我吃着饭，不准你们来打岔，原说的是中国人。至于外国人，无论甚么时候，就是半夜里我睡了觉，亦得喊醒了我，我决计不怪你们的。你们没瞧见刚才领事进来的神气，赛如马上就要同我翻脸的，若不是我这老手三言两语拿他降伏住，还不晓得闹点甚么事情出来哩。还搁得住你们再替我得罪人吗！以后凡是洋人来拜，随到随请！记着！”巡捕、号房统通应了一声“是”。

制台正要进去，只见淮安府又拿着手本来禀见，说有要紧公事面回，并有刚刚接到淮安来的电报，须得当面呈看。制台想了想，肚皮里说道：“一定仍旧是那两件事。但不知这个电报来，又出了点甚么岔子？”本来是懒怠见他的，不过因内中牵涉了洋人，实在委决不下，只得吩咐说“请”。

霎时淮安府进来，制台气吁吁地问道：“你老哥又来见我做甚么？你说有甚么电报，一定是那班不肖地方官又闹了点甚么乱子，可是不是？”淮安府道：“回大帅的话：这个电报却是个喜信？”制台一听“喜信”二字，立刻气色舒展许多，忙问道：“甚么喜信？”淮安府道：“卑府刚才蒙大人教训，卑府下去回到寓处，原想照着大人的吩咐，马上打个电报给清河县黄令，谁知他倒先有一个电报给卑府，说玻璃公司一事，外国人虽有此议，但是一时股分不齐，不会成功。现在那洋人接到外洋的电报，想先回本国一走，等到回来再议。”制台道：“很好！他这一去，至少一年半载。我们现在的事情，过一天是一天，但愿他一直耽误下去，不要在我手里他出难题目给我做，我就感激他了。那一桩呢？”

淮安府道：“那一桩原是洋人的不是，不合到内地来包讨账。”制台一听他说：“洋人不是”，口虽不言，心下却老大不以为然，说：“你有多大能耐，就敢排揎起洋人来！”于是又听他往下讲道：“地方上百姓动了公愤，一哄而起，究竟洋人势孤……”制台听到这里，急的把桌子一拍道：“糟了！一定是把外国人打死了！中国人死了一百个也不要紧；如今打死了外国人，这个处分谁耽得起！前年为了‘拳匪’杀了多少官，你们还不害怕吗？”

淮安府道：“回大帅的话：卑府的话还未说完。”制台道：“你快说！”淮安府道：“百姓虽然起了一个哄，并没有动手，那洋人自己就软下来了。”

制台皱着眉头，又把头摇了两摇说道：“你们欺负他单身人，他怕吃眼前亏，暂时服软，回去告诉了领事，或者进京告诉了公使，将来仍旧要找咱们捣蛋的。不妥！不妥！”淮安府道：“实实在在是他自己晓得自己的错处，所以才肯服软的。”制台道：“何以见得？”淮安府道：“因为本地有两个出过洋的学生，是他俩听了不服，哄动了许多人，同洋人讲理，洋人说他不过，所以才服软的。”

制台又摇头道：“更不妥！这些出洋回来的学生真不安分！于他毫不相干，就出来多事。地方官是混蛋！难道就随他们吗？”淮安府道：“他俩不过找着洋人讲理，并没有滋事。虽然哄动了许多人跟着去看，并非他二人招来的。”制台道：“你老哥真不愧为民之父母！你总帮好了百姓，把自己百姓竟看得没有一个不好的，都是他们洋人不好。我生平最恨的就是这班刁民！动不动聚众滋事，挟制官长！如今同洋人也是这样。若不趁早整顿整顿，将来有得缠不清楚哩！你且说那洋人服软之后怎么样？”淮安府道：“洋人被那两个学生一顿批驳，说他不该包讨账，于条约大有违背。如今又逼死了人命，我们一定要到贵国领事那里去告的。”

制台听了，点了点头道：“驳虽驳得有理，难道洋人怕他们告吗？就是告了，外国领事岂有不帮自己人的道理。”淮安府道：“谁知就此三言两语，那洋人竟其顿口无言，反倒托他通事同那苦主讲说，欠的账也不要了，还肯拿出几百银子来抚恤死者的家属，叫他们不要告罢。”制台道：“咦！这也奇了！我只晓得中国人出钱给外国人是出惯的，那里见过外国人出钱给中国人。这话恐怕不确罢？”淮安府道：“卑府不但接着电报是如此说，并有详信亦是刚才到的。”制台道：“奇怪！奇怪！他们肯服软认错，已经是难得了；如今还肯抚恤银子，尤其难得。真正意想不到之事！我看很应该就此同他了结。你马上打个电报回去，叫他们赶紧收篷[4]，千万不可再同他争论别的。所谓‘得风便转’。他们既肯陪话，又肯花钱，已是莫大的面子。我办交涉也办老了，从没有办到这个样子。如今虽然被他们争回这个脸来，然而我心上倒反害起怕来。我总恐怕地方上的百姓不知进退，再有甚么话说，弄恼了那洋人，那可万万使不得！俗语说得好，叫做‘得意不可再往’。这个事可得责成你老哥身上。你老哥省里也不必耽搁了，赶紧连夜回去，第一弹压住百姓，还有那甚么出洋回来的学生，千万不可再生事端。二则洋人走的时候，仍是好好的护送他出境。他一时为理所屈，不能拿我们怎样，终究是记恨在心的。拿他周旋好了，或者可以解释解释。我说的乃是金玉之言，外交秘诀。老哥，你千万不要当做耳旁风！你可晓得你们在那里得意，我正在这里提心吊胆呢！”淮安府只得连连答应了几声“是”。然后端茶送客。

要知后事如何，且听下回分解。

［注释］

①牧令：原指州牧和县令。清用为对知州、知县的习称。

②考差：清代制度，翰林和进士出身的各部院官员，具有翔实主考官资格的，必须经过一次考试，叫作考差。

③拳匪：对义和拳的蔑称。

④收篷：收落船帆，喻收场、结束。

第五十四回

慎邦交纡尊礼拜堂　重民权集议保商局

却说江南官场上自从这位贤制军一番提倡，于是大家都明白他的宗旨所在，是见了洋人，无论这样人如何强硬，他总以柔媚手段去迎合他，抱定了“衅不我开”四个字的主义，敷衍一日算一日，搪塞一朝算一朝。制台如此，道、府自不得不然；道、府如此，州、县越发可想而知了。

几个月前头，不知那里死掉一个外国有名的教士。这教士在中国岁数也不少了，一年到头，劝人为善，却着实做些好事。偶尔地方上出了甚么民教不和的案件，只要这位教士到场，任你事情如何棘手，亦无不迎刃而解的。所以各省的大吏亦都感激他。后来奏闻朝廷，不但屡次传旨嘉奖，而且还赏过他顶戴、匾额。由外洋进来传教的，总算数一数二的了。谁知皇天不佑好人，他年纪并不大，忽然得了一病就此呜呼哀哉。他们在教的人开甚么追悼会、纪念会，自有一番典礼，不用细表。

单说这位制台大人，从前因办交涉也受过他的好处，此时听见他的凶信，立刻先打了一个电报，足足有好几百字，去慰唁他的夫人、儿子，又特地派了自己的二少爷同着本省洋务局老总胡道台，带了吊礼，坐了轮船，前去吊唁。一直等到送过教士的夫人、儿子回国，方才回来。自有此一番举动，大众愈加晓得，不但同在世的洋人往来酬应必不可少，就是吊死送葬一切礼信也不能免的。因此便有些州、县望风承旨，借着应酬外国人以为巴结制台地步。

目下单说江宁府首府该管的一个六合县。这六合县在府北一百一十五里，离着省城较近，自然信息灵通。此时做这六合县知县的乃是湖南人氏，姓梅，名飏仁，号子赓，行二。这人小的时候，诸事颟颟顸顸，不求甚解。偶然人家同他说句话，人家说东，他一定缠西；人家说南，他一定缠北。因此大家奉他一个表号，叫他做“梅二缠夹”。幸喜他凡事虽然缠夹，只有读书做八股却还来得，居然到二十岁上挣得一名秀才，到二十七岁上又挣得一名举人。有人说：他前一科就该得意的了，只因为一首八韵诗，是“平平平仄仄”平起的，后四韵忘记了，却又闹了个“仄仄平平仄”，变成功仄起的了。因此，房官看到那里，圈不下去，就打了下来。批语上拿他三篇文章赞他天花乱坠，只可惜诗上倒了韵，不能呈荐，着实替他惋惜。等到出榜之后，梅飏仁领出落卷来一看，见是如此，不禁气愤填膺，不怪自己错了韵，反骂主司去取不公，叹自己“文章憎命”。当时有他一个同窗听了他的话，便驳他道：“子赓，你的文章并没有荐到主司跟前，也不是你文章做得不好，是你诗上弄错了韵，出了岔子，是怪不得别人的。”梅飏仁至此方才明白过来，晓得自己粗心所致。只是他命中注定有个举人，到了下一科，便是他发达的那年，自古道：“福至心灵。”三场完毕，没有出岔子，等到出榜，居然高高的中了。

梅飏仁的父亲单名一个蔚字，是个候选通判。此时正跟了一位出使英国大臣凤大人做随员在上海。没有等到听见儿子的喜信，十天前头，就跟了钦差坐了公司船起身。他父亲的为人生性爱小，欢喜占便宜。离了上海还没有三天，这日正值风平浪静，他一人饭后无

事，便踱出来到处闲逛。后来走到一间房舱门里，齐巧这舱里的外国客人，因事到隔壁舱里同别的客人谈天，忘记把自己舱门带上。这梅蔚看了看舱内无人，又见那张外国床上放着一个很大的皮包。他晓得外国人每逢出门，凡是紧要的东西以及银钱等类都是放在这皮包里头的，他便动了垂涎之念，也不管自己是何职分，并是何身价，且忘记自己这趟跟着钦差出洋还是替国家增光来的，还是替国家丢脸来的，此时都不在念，一心一意只想偷他一票，以为："我此时身在外洋，就是破了案，也没有人认得是我的。"主意打定，便蹑手蹑脚掩入房中，把个皮包提了就走。一提提到自家那间舱内，急忙将门掩上，想把皮包打开来看，谁知又是锁着的，后来好容易拿小刀子把皮包划破了，把里面的东西一齐抖出，谁知这皮包内只有一卷字纸、几本破书、两个"金四开"，此外一无所有。他看了虽然失望，因想两个"金四开"也值得好几文钱，总算意外之财，这趟买卖未曾白做，便也甚是开心。后来那个失落皮包的客人当时虽然也着实寻找，后来找不着，又因所失甚微，随亦没有追究，所以未曾破案。

船上因为他是中国钦差的随员，每逢吃饭，都叫他跟着钦差一块儿吃大菜。用的家伙，甚么刀叉等类，有些都是金子打的，黄澄澄的着实可爱，而且也很值钱。他看了这个，又舍不得了，每逢吃饭，总要偷人家一两件小家伙。而且非但他一个，连他的同事，一位候选知府，也同他一个脾气。当时船上因为差的东西多了，查来查去，方才查出是中国钦差随员老爷们干的事。那船上的洋人便气极了，不准他们再到大餐间里去吃饭。钦差也晓得了，面子上很难为情，私底下叫了他二人过来，着实申饬他二人一顿。梅飏仁的父亲还不服，说道："咱们中国的钱被他们外洋弄去的也不少了，趁此拿他点东西也乐得的。"钦差听了格外生气。到了伦敦，就想咨送他回国的，因为接到电报，晓得他的儿子中举，因此才搁了下来。后来还闹出许多笑话，下文再表。

目下单说这梅飏仁中举之后，接到他父亲从英国寄回来的家信，自然有一番欢喜说话。接着又勉励他，无非叫他潜心举业[①]，预备明年会试。末后说到自己，还要自己信口胡吹，说他自到外洋办理交涉，同洋人如何接洽，洋人如何相信他，钦差如何倚重他。好在没有对证，骗骗自己的儿子罢了。信上还说："我的底子不过通判，将来保举虽然可靠，然而一保同知，再保知府，三保道员，其中甚费周章，而且耽误时日。"意思想叫儿子把家里的几亩薄田，还有几处市房，一齐盘给人家，拿出钱来，等儿子明年上京会试的时候，替他上兑捐一个分省补用知府，如此一保便成道员，似乎来的快些。梅飏仁得信之后，遵照办理。

等到事情办妥，已经过了新年，急急起身，跟了大帮举子上京会试。头二场幸喜没出岔子。到了第三场，他每策[②]只限定三百字，不知怎么一个不留心，多拽了一张，闹了一个曳白[③]。他急了，便胡凑乱凑，把这条策多凑了一页。虽然没有被帖，然而每篇都是三百字，这篇闹了个"大肚皮"，文理又不甚贯串，自然就吃了这大肚皮亏了。等到出榜，名落孙山，心上好不懊恼。一面急忙忙想替老人家把官捐好，便即出京。

齐巧这年山西闹荒，开办急赈。忽有人同他说起："目下只要若干银子，捐一个大八成知县，马上就得了缺。"他听说不觉心上一动，说："老人家的保举总在三年之后，等到开保的前头再给他报捐也不为迟，何如我此刻先拿这钱自己捐个大八成知县？倘或选得一个好缺，这两年之内，先赚上几万银子，也未可知。"主意打定，便把老子的事情搁起，先办自己的事。果然天从人愿，不到半年，便选到江南做实缺知县去了。总算他官运亨通，一选就选到江南六合县知县。到省的时候还是前任制台手里。前任制台是个老古板，见面之后，问了几句话，梅飏仁都是老老实实回答的。前任制台喜欢他，说他是书生本色，因此并不留难，马上就叫藩台挂牌，饬赴新任。到任之后，公事一切尚称顺手，过了半年，

无甚差错。制台既是古板，有些性情，同洋人交涉的事件，自不免就要据理直争，不肯随便了事，因此洋人在他手中不甚得意。上宪既如此，做下属的也想以气节自见，都要批驳洋人一两件事情，以为表见之地。

这梅飏仁的为人，虽然没有甚么大阅历，然而上司的意旨却也不敢不留心；既留了心，还有甚么不照着办的。六合县在内地，同洋人本来没有甚么交涉。一天有个教民欠了人家的钱不还，被他抓住了理，打了这教民一顿。这教民本来是个不安分的，所以教士并不来保护他。梅飏仁因此扬扬自得，便上了一个禀帖，以显他的能耐。齐巧前任制台奉旨来京，未曾来得及批他这个禀帖，已经交卸，后任就是现在这位媚外的新制台了。在接管卷内看见这个禀帖，心上老大不高兴，便说："朝廷敦崇睦谊，视教民如赤子，不惮三令五申，叫地方官极力保护，该令岂无闻知？乃胆敢虐待教民，又复砌词渎禀，以为见好地步，实属糊涂谬妄！除严行申饬外，并记大过三次，以为妄启外衅者戒！"不伦不类，骂了下来。梅飏仁接着一看，赛如一盆冷水从头顶上直浇下来，心想："前任制宪是如此，后任制宪又是如此，真正叫我们做属员的为难死了！但为今之计，当王者贵，少不得跟着改变从前的宗旨，或者还可立脚。"

凡是初次出来做官的人，没有经过风浪，见了上司下来的札子，上面写着甚么违干、未便、定予严参等字样，一定要吓的慌做一团，意思之间，赛如上司已经要拿他参处的一般。后来请教到老夫子，老夫子譬解给他听，说："这是照例的话句，照例的公事，总是如此写的。"头一次他听了，还当是老夫子宽慰他的话，等到二次、三次弄惯了，也就胆子放大，不以为奇了。又凡是做官的人，如在运气头上，一帆风顺的时候，就是出点小岔子，说无事也就无事。倘若正在高兴头上，有人打他一下闷棍，无论大小事件，他吃了这个瘪子，心思登时不灵，手足也就登时无措了。

目下单表这梅飏仁到任已经半年，各种世面都算见过，再加制宪垂青，公事顺手，虽然他的为人平时有点颟顸，因在运气头上，倒也并不觉得。只可惜忽然换了上司，变了局面，结结实实一个钉子碰了下来，正是上文所说的，"在高兴头上，被人打了一下闷棍"，登时弄得两眼漆黑，走投无路。一回又想做好官："索性同上司去碰上一碰，就是革职，也博个强项声名。"一回又想："自己巴结到这个官，也很不容易，而且缺分又好。倘或同上头闹翻了，莫说参官，就是撤任，在省里闲空起来，这是何犯着呢！况且这捐官的钱原是预备替老人家过班的，如今还没有补上这个空子，已经把功名丢掉，怎么对得住老人家呢？"有此几个讲究，少不得就要委曲下来，改换自己的宗旨。照此看来，人家虽称他为"缠夹先生"，其实他并不缠夹。但是他自从受了这个瘪子，少不得气焰登时矮了半截，不但精神委顿，举止张皇，就是说话也渐渐的语无伦次了。六合离省城最近，制台一举一动，都有耳报神前来报给他的。他见制台是如此举动，越发懊悔他自己的从前所为，只因矫枉过正，就不免闹出笑话来了。

南京城里回子顶多，因此这六合的地方也就不少。有天一个回子被一个人扭到衙门里喊冤。喊冤的人叫卢大，回子叫马二。卢大控告马二，说被马二一拳头打掉他一个门牙，淌了若干的血。同马二评理，马二不服，抡起拳头，接连又是三拳，现在腰里膀子上都受了重伤，所以扭来求大老爷伸冤。

其时，正值梅大老爷早堂未散，一听是斗殴小事，便吩咐把两造带到案前跪下。梅大老爷先把名字问个明白，然后又追问为甚么彼此打架。卢大尚未开口，马二先抢着说。才说得一句"回大老爷的话"，梅大老爷晓得他是被告行凶打人的人，心上先有三分不愿意，他便把眼睛一愣，拿惊堂木一拍，骂了声："王八蛋！老爷还没有问到你，用你插嘴！"两边差役一见老爷动气，便一齐吆喝："不准多嘴！"老爷至此，方才细问卢大端的。

卢大道："小的在南街上王公馆里管厨。王公馆的主人喜欢吃烧鸭子。这马二店里，油鸡、烧鸭子、咸水鸭子都有。小的整天上街买菜，总到他店里买半只烧鸭子。这天买了菜回来，又到他店里，小的就拿菜篮子往他柜台一摆，他就同小的翻起来了。小的同他讲理，说：'我同你也算老主顾了，就是借你的柜台摆摆篮子也不打紧，用不着这个样子。'"

梅大老爷说："是啊，他怎么样呢？"卢大道："他把眼睛一竖，说道：'别的事情咱同你讲朋友，这个可来不得！'"梅大老爷道："你怎么说呢？"卢大道："我说：'我的篮子摆末已经摆了，收不回去的了，你待怎么我的？'青天大老爷！这马二听到这里，也不同小的再说甚么，便伸过来一拳头。小的一个不防备，早把小的的门牙打下来了，现在还在这里淌血哩。小的赶着问他为甚么打人，他举手又是三拳，这可把小的打坏了。"

梅大老爷一听这话，便把惊堂木一拍，脸上露着一团怒气，指着马二骂道："好个混账王八蛋！他借你柜台摆摆篮子，甚么大不了的事！你胆敢行凶打人，这还了得！"说着，就伸手到签筒里去抓签，想打马二的板子。

那马二急了，便在地下碰头，说道："我的老爷！你听明白了再动气，小的是在教啊。"梅飏仁上次原是因为打了教民，碰了制台钉子，这番一听"在教"二字，不觉心上"毕拍"一跳，忙从签筒里先把那只手收了回来，心上独自想道："好险呀！几乎闹出点事情来！"一面拿袖子擦头上的汗，一面又吩咐马二快说。说话时，那梅大老爷的脸色已经平和了许多，就是问话的声音也不像先前之疾言厉色了。当下只听得马二回道："大老爷明鉴：小的从老祖宗下来一直在教。"梅飏仁道："原来你是世代在教。你们教里的规矩我晓得的。快起来，快起来，不要你跪着说话。"于是马二站立在公案西边，原告卢大倒反跪在下面。

只听马二又回："小的的柜台借给他摆摆篮子，原不打紧。大老爷可晓得他篮子里是些甚么。"梅飏仁道："是些甚么？"马二道："请大老爷问卢大。"卢大接口道："篮子里有甚么，有他妈妈的肉！"梅飏仁把惊堂木一拍，道："公堂之上，由你信口骂人，看来就不是个安分东西。给我打嘴！"左右一声吆喝，登时几个人上来，犹如鹰抓燕雀一般，揪住卢大，打了十个嘴巴。老爷又问马二。马二道："小的是清真教门，猪肉这件东西原是忌的。卢大篮子里又是猪头，又是猪蹄子，不干不净，就往小的柜台上一摆。小的先同他好说，叫他不要摆；不料他倒恼了，开口就骂小的，说甚么'猪爹爹'、'驴祖宗'，可把小的气极了，顺手推了他一把是有的。小的并没有敢拿拳头打他。这都是他浑告，求大老爷的明鉴。"

原来梅飏仁一时糊涂，只认做中国人吃了教便称"在教"，并不曾想到回子也称"在教"。虽是马二供了出来，他还是执迷不悟，连说："你们教里规矩，自然是吃了教就得念经，念了经就得吃素，甚么荤腥原不准进门的。这件事是卢大不是。依我老爷的意思，卢大就先该打。"

卢大一听老爷要打他，连忙分辩道："他的教并不是人家吃的那个教，用不着吃素，他自己还宰鸡鸭哩。"梅飏仁道："无论他那一教，都是一样，本县皆有保护之意，断不容你们这些刁民欺负他的。"说着，又喝令："拖下去打！"卢大急了，拼命的磕头，说："求老爷的恩典！"梅飏仁道："你这东西可恶，不能如此便宜你！你还是愿打呢，还是愿罚？"卢大又磕头道："大老爷的恩典！小的一个当厨子的，那里有许多罚呢？"梅飏仁道："不罚不成功！现在姑念你初次，我老爷格外加恩典给你，你拿出三十块钱给马二重修柜台，就此完案。如果不罚，打八十大板，枷在马二店门口三个月。你自己想，还是走那一条路好？"卢大又磕头道："三十块实在罚不起。"后首求来求去，减到十二块洋钱，当天还没有。梅飏仁便吩咐拿他交保出外措资，限三天交案；随嘱咐马二到第三天当堂来领。马二打了人，倒反打了赢官司，好不兴头。可怜卢大挨了马二一顿打，老爷非但不给他伸冤，

还要罚他出钱，真正晦气！

闲话休表。且说转眼之间，三天限期已到。卢大怕打，早已连借带当，凑了十二块洋钱送到衙门里来。此时老爷正坐在堂上理事，卢大把洋钱交了上去，老爷吩咐他一旁静候，等到马二到案具领，准予销案。卢大无可奈何，只得息心屏气，等在外面。谁知一等等到散堂，那马二还没有来。老爷没有工夫等他，早已退堂。卢大却不敢就走。后来好容易等到上了灯，马二才来。老爷叫原差出来，问他为甚么到此时才来。他说他的老师父死了，前去帮忙，所以到这会才来的。原差据情禀复。

老爷便问："可是他教里的老师父？"原差道："正是。"梅飏仁心上盘算道："上回我打了那个吃教的，他们教帮中一定是恨我了，如今我何不借着这件事情同他们联络联络，不但可以解释前嫌，而且叫上头制台瞧着心上也欢喜。况且近来不多几时，那一省死掉一个教士，制台还派了自己的二少爷前去吊孝。我的官比不上他，总得自去走一趟，叫人家看着也郑重些。"想定主意，仍叫原差出来问马二，问他们的老师父在那里死的。马二照说一遍。梅飏仁又叫原差出来留住马二，说："老爷要去上祭，叫你领路，一块儿同去。"马二自然遵命。梅飏仁便吩咐大厨房里立刻备一桌祭席，叫人挑着，自己亦就顶冠束带，出来上轿。马二在前领路，一领领到清真寺门口，歇下轿子。老爷出轿，其时已是深夜，亦看不出上面写的是几个甚么字。梅飏仁还疑心他们是个礼拜堂，连忙踱到里面，忙着叫跟来的人摆设祭筵。那马二却早已去找老师父的家小以及他们那般在教的，霎时男男女女，亦就聚了七八十个人。有些都是听说大老爷来上祭，赶着来瞧热闹的。但是聚了一屋子人，梅大老爷举目四看，并不见一个外国人。心想："教士的家小总应该是洋婆，怎么如今来的全是些中国人呢？"

正在心上疑疑惑惑，不提防那桌祭筵才摆得一半，已被那些回子打了一个空，登时人声鼎沸起来。还有人提起一个猪头摔到梅大老爷这边来，一齐嚷着说："不要放掉了那狗官！他不是来上祭，竟是拿我们开心来的！"原来此番梅飏仁来的孟浪，只听了"在教"二字，便拿定他是外洋传教的教士，并不晓得是回子，倒反备了猪头三牲来上祭，岂知越发触动众回子之怒，闹了个沸反盈天！梅飏仁幸亏马二保护着，从人丛里逃出来。走了几步，跟班的差役们方才慢慢的跟了上来。

梅飏仁轿子是已被众回子拆散的了，只得步行回衙。一头问马二："你们这里传教的总不止你老师父一位，别的外国人以及你老师父的家小都到那里去了？"马二到此方对他讲："我们虽然在教，并没有甚么外国人，大老爷不要弄错了。"梅飏仁又问左右。跟班的才回称："这里是回子的清真寺，并不是甚么外国人的礼拜堂。"梅飏仁怪他："为甚么不早说？"跟班的回道："小的至今没有明白老爷到那里去，只知道老爷叫马二领路，所以一齐就跟到这里来的。"梅飏仁又问马二："你们老师父可是那个住在堂里的神父？"马二道："我们只叫老师父，不晓得甚么神父不神父。"梅飏仁至此方才明白过来，自己没有问清，拿着回子当作了外国传教的了，但是脸上又落不下去，回衙之后，立刻坐堂，把刚才传话的原差叫上来骂了一顿，又打了二百屁股，总算替大老爷光了光脸，才把这事过去。

自此以后，梅飏仁有十几天没有出门，生怕路上碰见了回子再来打他。其实众回子当时虽然闹了个沸反盈天，当中究竟也有几个懂事的，说："他无论如何不好，总是地方官，倘一翻脸，你们总敌他不过。"因此到了第二天，大众亦就偃旗息鼓，没有闹到衙门里去。梅飏仁听听外面没有甚么动静，方才一块石头落地。

又过了些时，上头有文书下来，叫地方官提倡商务。六合是个小地方，又是内地，没有甚么大生意的。梅飏仁却因上回责打了教民，碰了制台钉子，一直总想做两件仰承宪意的事，以为取悦之地。无奈越想讨好，越不讨好，以致误认教民，又被回子糟蹋了一顿，

心上好不烦恼。如今得了这个题目，便想借题做一篇新鲜文章。上头的公事是叫地方官时时接见商人，与商人开诚布公，联络一气。地方有事，商为辅助；商民有事，官为保护。总令商情得以上通，永免隔阂之弊。

札子上的话是如此立意，原非不善。梅飏仁因想借此做番事业，便把札文反复细看，看了十来遍，忽然豁然贯通，竟悟出一个道理来。当时拿了札子，一直奔到老夫子书房里，对老夫子说道："据兄弟看来，上头的意思还是重在'地方有事，商为辅助'的一句话上。辅助甚么？不过要他们捐钱而已。本来现在地方上很有些上头交办的公事，甚么学堂等等，一齐都要地方官筹款，如果办不起来，还有处分。兄弟正在这里发愁，如今可巧有这件札子，我们以后的事倒有了些把握了。"

老夫子接过札子，大约看过一遍，歪着头想了一回，不禁一跳就起道："飏翁！你真可谓读书得间了！你说的一点不错，上头正是这个意思！但是话虽如此说，我们办事须有个秩序。上头既叫我们保护商人，我们如今先不说捐钱的话，先借一个地方，或是公所，或是总会，以为接待商人之所，等他们一齐来了，彼此也联络了，然后再向他们开口。人有见面之情，你开出口去，他们总得答应你的。"老夫子说一句，梅飏仁应一句。等到老夫子说完了，他又一连说了两句："着！着！我兄弟就照你老夫子的话去办。前天兄弟看见制台辕门抄上写着省城里已经设了一个保商局，派了黄观察做总办，大约亦就是办理此事。我们姑且托他到省里打听打听章程是个甚么样子，我们也照办一个，可好不好？"老夫子道："好好好，就是如此。"

幸喜这梅飏仁是个躁性子，有了一件事，从不肯留过夜的，当天就在本城城隍庙里借了三间房子，做了一个接待商人之所。门口挂起一面招牌，上写"奉宪设立保商局"。另外两扇虎头牌，是"商局重地，闲人免入"八个大字。一面又仿照札子上的意思，请老夫子拟了告示，晓谕一切坐贾行商，叫他们都到这里来聚会。又禀明上头，委了本县典史王朝恩王太爷做了驻局的委员。县大老爷公事忙，不能常常过来问信，商人有甚么事，都找王太爷说话。这是后话不题。

且说当时忙了几天，就检定日子开局。恐怕开局的那天商人来的不甚踊跃，一面由梅飏仁先发帖子请客，凡是城厢内外，大大小小的绅衿，一概请到。又叫典史王太爷坐着轿子到各铺户一家家去拜，劝他们到这天来入会。谁知到了这天，做卖买的来的仍然不多，大家不晓得大老爷安的甚么心，所以有些人不敢来。只有一向同地方官有来往的几家绅衿，还有两个同账房里有首尾的一家钱庄，一家南货店的老板来了，合凑起来不到两桌人。梅飏仁甚为扫兴。客人到齐，勉强入座，一席是梅飏仁自作主人，一桌是典史王太爷代作主人。

坐定之后，大家喝了几杯酒，坐首座的一位绅士是北门外头大夫第，知府衔、候选同知蒋大化，先开口道："老公祖，你这件事办的甚好啊，你是怎么想出来的？治弟真拜服你。"原来梅飏仁头天晚上先在老夫子跟前叨了许多教，这回听了蒋大化的话，便摇头鼓舌说道："这件事呢，虽不是兄弟一个人主意，然而兄弟亦早存了这个心，所以发个狠，特地趁在兄弟任上，把这件事办成了。一来上头有个交代，二来兄弟以后叨教之处甚多。到了这个地主，诸位既不须拘甚么形迹，就是兄弟有甚么为难之事，也可以当面商量。否则，你们诸公请想：这么一个六合县，周围百把里路的地方，又要办这个，又要兴那个，巧媳妇做不出没米的饭，叫兄弟怎么来得及呢。"梅飏仁这番说话总不脱他将来借此筹款的宗旨。

此时在席第五座是改试策论新科发达的一位孝廉[4]公，身上也捐了个内阁中书，姓冯，号彝斋。据他自说：旧学不见得怎样，新学他却极有工夫的，所以改试策论，马上就中。

只可惜会试的卷子上有“目的”两个字，在他自己以为用的是新名词，房官看了还好，却不料到了大总裁吏部尚书塔公手里，看到这里，拿起笔墨竖了一个小小杠子，另外粘了一张纸条，注了十个字道：“以‘的’字入卷内，未免太俗。”因此就没有中得进士。等到报罢之后，冯彝斋领出落卷来一看，见是如此，气的了不得，大骂主司一场，急急收拾回家。齐巧上头派了委员下来劝捐，他就凑了千把银子捐了个内阁中书，借此可以出入公门，干预干预地方上的公事。

这日请客，有他在座。他听了梅飏仁一番说话，心上老大不以为然，便想借此吐吐自己胸中的学问，于是不等别人开口，他先抢着说道：“老公祖，此言误矣！治弟很读过几本翻译的外国书，故而略晓得些外国政治。照着今日此举，极应该仿照外国下议院的章程，无论大小事务，或是或否，总得议决于合邑商民，其权在下而不在上。如谓有了这个地方，专为老公祖聚敛张本，无论为公为私，总不脱专制政体，治弟不取也！”说着，又连连摇头不止。梅飏仁却也奈何他不得，彼此愣了一回。

第二座一位进士底子的主事公，姓劳，名祖意的，开言说道：“治弟有个外孙，新近从东洋游学回来，他的议论竟与彝斋相像。我们这一辈子的人都是老朽无能了，‘英雄出少年’，倒是彝翁同我们这外孙将来很可以做一番事业。”冯中书见他倚老卖老，竟把自己当作后辈看待，心上很不高兴。想了一想，说道：“到了这个时候，也没有甚么事业可以做得。除掉腹地里几省，外国人鞭长莫及，其余的虽然没有摆在面子上瓜分，暗地里都各有了主子了。否则我们江南总还有几十年的等头，如今来了这们一位制军，只怕该五十年的，不到五年就要被他双手断送！”

劳主政道：“那亦不见得送得如此容易，就是真个送掉，无论这江南地方属那一国，那一国的人做了皇帝，他百姓总要有的。咱们只要安分守己做咱们的百姓，还怕他们不要咱们吗？你又愁他甚么呢？”梅飏仁道：“劳老先生的话实在是通论，兄弟佩服得很。莫说你们做百姓的用不着愁，就是我们做官的也无须虑得。将来外国人果然得了我们的地方，他百姓固然要，难道官就不要么？没有官，谁帮他治百姓呢？所以兄弟也决计不愁这个。他们要瓜分就让他们瓜分，与兄弟毫不相干。劳老先生以为如何？”劳主政道：“是极，是极！”两个“是极”，直把个梅飏仁赞得十分得意，冯中书却早气得把面孔都发了青。

欲知后事如何，且听下回分解。

[注释]

①举业：科举时代读书人为求取功名而学习的一种应试诗文，这里指八股文。

②策：考试时以问题出之于策（册），令应举者作答，称为“策问”，简称策，后来成为一种文体。

③曳白：白纸上只字未写叫曳白，考试时交白卷或跳页未写，也叫曳白。

④孝廉：汉代为选拔官吏的科目之一，清时为对举人的称呼。

第五十五回

呈履历参戎甘屈节　递衔条州判苦求情

却说冯中书当下听了梅老公祖及劳老先生一番问答，心上想道："这个人竟其绝无一毫国家思想，只要保住他自己的功名产业，就是江南全省地方统通送与外国人，简捷与他绝不相干！但是百姓好做顺民，你这个官将来却无用处。谁不晓得中国的天下都是被这班做官的一块一块送掉的！他如今还说出这种话来，岂不可笑！"一个人肚皮里正寻思着，忽又听得梅飏仁说道："劳老先生，江南地方被外国人拿去，倒是一样不好。"

劳主事忙问何事。梅飏仁道："不是别的，只有我们这一位制宪实实在在不好伺候。他一到任，我就碰他一个钉子。这几个月，兄弟总算跟定了他走的了，听说他还是不高兴我。你想，我们做下属的难不难！"劳主事尚未开口，冯中书抢着说道："这个老公祖倒可以无须虑得的。如今他是上司，你是属员，等到地方属了外国人，外国人只讲平等，没有甚么'大人'、'卑职'，你的官就同他一般大，上头只有一个外国皇帝，你管不到他，他也管不到你，你还虑他做甚么呢？"

梅飏仁听了，似信未信，未曾开言，又是劳主事抢说道："我原说彝斋兄的宗旨同我们外孙一样。这平等的话，我的外孙子也是常常说的。"冯中书听了，格外生气。究竟因他上了几岁年纪，又是一乡之望，奈何他不得，只得忍气吞气，草草把酒席吃完，各自分散。

自此以后，这梅飏仁竟借此联络商人，捐了无数的款项，把地方上甚么学堂等等一切可以得维新名誉的事情却也办了几件。他又自己爱上禀帖[1]，长篇大套的，常常写到制台那里去。等到时候久了，上头也就回心转意，说某人还能办事。

列公有所不知：凡是做官的，能够博得上司称赞这们一句，就是升官的喜信。果然不到三个月，藩台挂牌，把他升署海州直隶州。梅飏仁得信之下，好不兴头，立刻亲自进省谢委。省里回来，那个委署六合县的也就到了。梅飏仁忙着交卸，带了家眷、幕友、家丁径到海州上任。

海州这个地方紧靠海边，名为要缺，其实从前并没有甚么事情，直至近两年来，有些国度总想霸占我们中国的地方，不时派了兵船前来中国江海一带口岸往来巡弋。每到一处又不就走，有时候还要派人上岸，上来的人，多多少少，也不能定，不说是测量形势就说是操练兵丁。封疆大吏尚且拿他无可奈何，至于地方官更不消说得了。

闲话少叙。且说梅飏仁到任之后，刚刚才有一月光景，他所管的海面上忽然来了三只外国兵船，一排儿停住了不走。第二天大船上派了十几名外国兵，一齐坐了小划子下来，后头还跟了通事，走到岸上，向铺户买了许多的食物，甚么鸡鸭米麦之类。买好了，把账算清，付了钱，仍旧坐了小划子回上大船，并没有丝毫骚扰。有些铺户见是外国人来买东西，故意把价钱多说些，因而倒反沾光不少，还望他第二天冉来头。

这个档口，便有人飞跑送信到州里，说是海里来了三条外国兵船，不知是做甚么来的。州官梅飏仁闻报，不觉大吃一惊，马上请了师爷来商量对付的法子，又说："这来的兵船

倘或他们要同我们开仗，我们这里毫无预备，却怎么是好呢？”一面着急，一面又叫人去知会营里，倘或闹点事情出来，只好请他们先去抵挡抵挡。梅飏仁只顾忙乱，头上的汗珠子早已有黄豆大小滚了下来。师爷见了他这副发急样子，又好气，又好笑，连忙劝他道：“现在顶要紧的是先派个人到船问他到此是个甚么意思，倘若是路过这里，没有甚么举动，彼以礼来，我以礼往，也不必得罪他们，但是也得早早请他离开此地，以免地方上百姓见了疑惧。倘或是另有别的意思，他们船上的大炮何等利害，断非我们营里这几个老弱残兵后可以抵挡得住的，必须快快打电报禀明上头制台，请示办理。”

梅飏仁正在束手无策的时候，听了师爷的说话甚是中听，立刻照办。但是一时又不晓得是个怎么办法：“谁有这个胆子敢到他们船上去呢？”师爷道：“两国交兵，不斩来使，我们派个人去是决计不要紧的。”梅飏仁便问：“派甚么人去？”师爷想了想，说：“东家是一县之主，去了不便，而且这些船上都是外国人？本衙门里没有翻译，现在只好借重州判老爷同了学堂里英文教习去走一趟，问他个来意，便好打电报到南京去。”

梅飏仁道：“是极，是极！”马上叫人把州判老爷请了过来，把这话告诉了他，请他辛苦一趟。州判老爷生恐外国人拿他宰了，一味推三阻四，先说：“晚生不懂得外国话。”梅飏仁道：“有翻译。”州判还想说别的，齐巧请的那位英文学堂教习也来了，问知来意。幸喜他读过几年外国书，人还开通，又听得这事不会白做的，将来州官总得另外尽情，马上答应说：“应得效劳。”又帮着劝了州判老爷一番，方允一同前去。

州判老爷跟了教习走出来上轿，一头走，一头说道：“外国人是个甚么样子，我兄弟还是小时候在洋片子上瞧见过两次，到底同我们中国人一样不一样？见了他要行个甚么礼？我们一上船，该用个甚么手本？还是怎么说？”教习道：“外国人不过长的样子是个高鼻子，抠眼睛，说的话，彼此口音不同，此外原同中国人一样的。老父台见了他只要拉拉手，也不消作揖，也不消磕头，只要拉拉手就好了。但是拉手切记用右手同他拉，千万不可拉左手，是要得罪他的。”州判老爷道：“得罪了他便怎么样？可是他就同咱打仗？”教习道：“那亦未见得，不过像煞不敬重似的。你想，你不敬重他，他心上会愿意吗。”

州判老爷道：“我往常听见人说：‘外国兵船上，无论那里都装的是炮，只要拿手指头往桌子上一揿，就轰的一声，立刻把人打死。那年李中堂放钦差出去，也不知到了那个国度，人家炮船上请他吃饭。他一点没有预备，跑到人家船上，问那兵官说着话，一言不合，那个带兵官拿起茶碗往桌子上一摔，登时一个绍兴坛一样大的炮子弹了出来。幸喜我们老中堂坐的地方偏了，一点没有打中身上。你说险不险呢！这事一则是老中堂的福气大，二来也亏他老人家从前打“长毛”[2]，打“捻子”[3]，见多识广，大炮的声音，耳朵是听惯的了，见了这个样子，只微微的一笑，并没有说甚么。那船上的兵官见一炮打他不中，心上反觉过意不去，翻过来好好的送他上岸。第二天就办了许多金珠宝贝到老中堂跟前求和。老中堂允了他的和，准了他五口通商，所以如今才有了这些外国人。’我说的可是不是？我如今不怕别的，单怕他开炮。我是自小被炮仗吓坏了，往常听见放鞭炮总是护着耳朵的。”

教习听他引经据典，说得津津有味，心上着实可笑，也不同他计较，便道：“中堂大官，所以船上开炮迎接他，我们去是不开炮的。你去见他，也用不着甚么手本，拿张片子，到了船上，我替你传话就是了。”说着，一同出来，上了轿，坐了轿子一直抬到海边上。小划子早已预备好了。

州判老爷虽说有教习壮着他的胆子，走到海滩下了轿，依然战战兢兢的，赛如将要送他上法场的一样，扶了划子。船小人多，不免东摇西荡，又把他吓得“啊唷皇天”的叫，伏在一个人的身上，动也不敢动。好容易撑近大船，扶他上梯子。他抬头一看，船头上站着好几个雄赳赳、深目高鼻的外国兵，更把他吓得索索的抖，两只腿上想要一点力气都没有了，忙找了三四个人，拿他架着送到船上。他此时魂灵出窍，脸色改变，早已呆在那里，拨一拨，动一动，连着片子也没有投，手亦忘记拉了。幸亏那个教习挡在头里，一到船上，同人家拉过手，就打着英国话，问人家那里来的，到此是个甚么意思，船上人回答出来，才晓得并不是英国来的兵船。幸亏英国话是普通的，大家都还懂得两句。船上的带兵的还是个提督职分，听说中国官派人来问他踪迹，他也打着英国话说："我们路过这里，想上去打猎玩耍两天，就要开船走的，并没有甚么意思，你们不必惊慌。"教习把话问明白，亦就同人家拉了拉手，搀了州判老爷下船。

州判老爷自从上船，一直也没有同人说一句话。此时回到小划子上，定了一定神，方算是魂灵归窍，拿手把头上的汗抹了一把，说道："出娘肚皮，今儿是头一遭，可把我吓死了！这官简直不是人做的！"教习也不理他，只瞧着他觉着好笑。他见人家不理他，又搭讪着说道："听得说外国人如何如何，其实也有说有笑，很好说话的。"教习道："既然如此，老父台为甚么不同他攀谈攀谈呢？"

州判老爷把脸一红道："他同我言语不通，叫我说甚么呢？"教习道："不要紧，有我替你传话。"州判老爷道："同你到这里已经劳你的神了，还好再打搅你么？我兄弟心上愈觉不安了！"说着，划子靠定了岸，他俩仍旧坐轿进城销差。见了州官，州判老爷胆子也壮了，张牙舞爪，有句没句，跟着教习说了一大泡。等到把话说完，梅飏仁方才明白此番兵船的来意，于是一块石头落地。又想道："外国人来到这里，虽然没有甚么事，也乐得电禀制台知道，显得我们同外国人也还联络，所以才会偃旗息鼓，平安无事。"主意打定，请教师爷，师爷亦帮着他说很好，连忙找出《电报亲编》，写好码子，叫人去打。州判老爷又求着把他亲自到船上见洋人周旋的话叙上，梅飏仁应允。州判老爷请安，谢了一声"堂翁栽培"。然后鼓舞欢欣，跟了请来做翻译的那位教习一同出去。梅飏仁亲自送了出去，只同教习说道："以后还要仰仗。"教习道："理应效劳。"霎时别去。

且说电报打到南京，制台一见上面叙着有三只兵船，登时大惊失色；及至看到后半，业已问过无事，脸色方才平和下来。忙传通省洋务局总办上院斟酌办法。这位制台是向来佩服外国人的，洋务局老总也就迎合着宪意④，回道："如今不问他是做甚么来的，既然他们老远的从外国跑到我们中国，总之，他们是客，我们是主，这个地主之谊是要尽的。"

制台道："你但知其一，不知其二。你晓得来的是个甚么人？"洋务局老总道："梅牧电报上原说是个水师提督。"制台道："是啊，提督是个甚么职分？在我们中国是武一品大员，可以节制镇道，连你老哥都要归他节制的。现在就拿我们的官来比他，他来了，地方上文武统通应该出境接才是。现据梅牧的来电看起来，直到派了翻译上船问过方才知道，可见地方上预先就没有一点预备。这班地方官也总算糊涂极了！据兄弟的意思：赶紧回个电报给梅牧，叫他连夜预备一座公馆请他们上岸来住，住一天供应一天。梅牧是地方官，这钱说不得要他赔两文；赔的多了，我们再调剂他，等他好放心竭力去办。我们这里再放一只兵轮去，算是我特地派了去接他们到南京来盘桓几天的。如此，或者叫他们心上欢喜。你老哥以为何如？"

洋务局老总自然是顺着他说："好极！准定遵照大帅的宪谕办理。"制台立刻就同洋务局老总当面拟好一个电报，知会海州梅牧；一面传令派了一只兵轮，连夜开足机器，径向海州进发。按下慢表。

且说海州知州正在衙内同一班老夫子商量办法，忽然接到制宪回电，见是如此，便也不敢怠慢，立刻叫人到学堂里仍把那位教习请到，请他到船上传话，就说："制台有电报请贵提督到岸上居住，已由梅知州代备宽大房屋一所。"那船上提督便道："我们来此非有

他意，上次即已言明，虽承贵总督美意，敝提督实实不愿相扰。况且我们的船再过一两天就要离开此地的，决计不要贵州梅大老爷费心。”教习见洋人不愿到岸上居住，便也由他，回来回复了梅飏仁。梅飏仁得了这个信，甚是为难：若是依了洋人，随他住在船上，深恐怕制台说他不会应酬；如果再叫翻译到船上去说，又怕洋人讨厌。想来想去，不得主意。

这个档口，齐巧省里派来的兵船到了。船上的管带是个总兵衔参将，姓萧，名长贵。到了海州，停轮之后，先上岸拜会州官。梅飏仁接见之下，萧长贵当把来意言明，又说：“兄弟奉了老帅的将令，叫兄弟到此地同了老兄一块儿去到船上禀见那位外洋来的军门。兄弟这个差使是这位老帅到任之后才委的，头尾不到两年，一些事儿不懂，都要老大哥指教。”梅飏仁道：“岂敢。”

萧长贵道：“兄弟打省里下来的时候，老帅有过吩咐，说那位外国来的带兵官是位提督大人，咱们都是按照做属员的礼节去见他。你老大哥还好商量，倒是兄弟有点为难，依着规矩，他是军门大人，咱是标下，就应该跪接才是。”梅飏仁道：“现在又不要你去接他，只要你到他船上见他就是了。”萧长贵道：“兄弟此来原是老帅派了兄弟专到此地接他来的，怎么不是接！非但要跪接，而且要报名，等他喊‘起去’，我们才好站起来。这个礼节，兄弟从前在防营里当哨官，早已熟而又熟了。大约按照这个礼信做去是不会错的。”

梅飏仁道：“要是这个样子，我兄弟就不能奉陪了。我们地方官接钦差，接督抚，从来没有跪过。如今咱俩同去，我站着，你跪着，算个甚么样子呢！”萧长贵道：“做此官行此礼，我倒不在乎这些。”梅飏仁道：“就算你行你的礼，与我并不相干，但是外国人既不懂得中国礼信，又不会说中国话，你跪在那里，他不喊起去’，你还是起来不起来？”

萧长贵一听这个话，不禁拿手抹着脖子，为难起来，连说：“这怎么好？”梅飏仁道：“不瞒老兄说，这船上本来我兄弟也不敢去的，有我这儿翻译去过两趟，听说那位带兵官很好说话，所以兄弟也乐得同他结交结交，来往来往。况且又有制宪的吩咐，兄弟怎好不照办。现在也不好叫你老哥一个人为难，兄弟有个变通的法子。”萧长贵忙问：“是个甚么法子？”梅飏仁道：“你既然一定要跪着接他，你还是跪在海滩上，等我同翻译先上船见了他们那边的官，我便拿你指给他看。等他看见之后，然后我再打发人下来接你上船。你说好不好？”

萧长贵听说，立刻离坐请了一个安，说：“多谢指教！兄弟准定如此。”梅飏仁道：“可是一样，外国人不作兴磕头的，就是你朝他磕头，他也不还礼的。所以我们到了船上，无论他是多大的官，你也只要同他拉手就好了。”萧长贵道：“这个又似乎不妥。虽然外国礼信不作兴磕头，但是咱的官同人家的官比起来，本来用不着人家还礼。依兄弟的意思，还是一上船就磕头，磕头起来再打个千的为是。”

梅飏仁见说他不信，只得听他，马上吩咐伺候，同了翻译上船。刚上得一半，这里萧长贵早跪下了。等到梅飏仁到船上会见了那位提督，才拉完手，说过两句客气话，早听得岸滩上一阵锣声，只见萧长贵跪在地下，双手高捧履历，口拉长腔，报着自己官衔名字，一字儿不遗，在那里跪接大人。

梅飏仁在船上瞧着，又气又好笑。等他报过之后，忙叫翻译知会洋官，说：“岸上有位两江总督派来的萧大人在那里跪接你呢。”洋官听说，拿着千里镜，朝岸上打了一回，才看见他们一堆人，当头一个，只有人家一半长短，洋官看了诧异，便问：“谁是你们总督派来的萧大人？”翻译指着说道：“那个在前头的便是。”洋官道：“怎么他比别人短半截呢。”翻译申明：“他是跪在那里，所以要比人家见短半截。”又说：“这是萧大人敬重你，他行的是中国顶重的礼信。”洋官至此方才明白，忙说几句客气话，无非是不敢当，叫他起来，请他上船的意思。翻译翻了出来，梅飏仁便派人招呼他上来。

一霎萧长贵上了大船，翻译便指给他说，那位是提督，那位是副提督，那位是副将。萧长贵立刻爬在地下，先给提督磕了三个头，起来请了一个安。只见他从袖筒管里掏了半天，摸出一个东西来。翻译在旁边看得明白，原来是一套华洋合璧的履历，倒很拜服他想得周到。只见他倏地朝着洋提督跪了一只腿，拿履历高高举起，献了上去。洋提督不晓得他拿的是甚么东西，忙问这边同来的翻译，翻译同他说明，方才亲自离坐，接了他的履历。萧长贵至此，亦把那只腿伸了起来。又同甚么副提督、副将见礼仍旧是磕头请安。虽然人家不还礼，幸亏他脸厚，并不觉得难为情。一一见完之后，方趋前一步站着，同洋提督说话。

洋提督同他说话，请他坐，他说："标下理应伺候军门大人，军门大人跟前那有标下的坐位。"洋提督再三让他，方才斜签着脸坐了一点椅子边。洋提督说话他不懂，都是翻译代传。

翻译听了洋提督的话，答应"也司"，他亦坐在一旁，高声应"是"。人家见他好笑，他也并不觉得。只听他又朝着洋提督说道："回军门大人的话，标下奉了老帅的将令，派标下来迎接军门大人到南京去盘桓几天。我们老帅晓得军门大人到了，马上叫洋务局老总替军门大人预备下一座大公馆，裱糊房子，挂好字画，挂灯结彩，足足忙了三天三夜。总求军门大人赏标下一个脸，标下今日就伺候军门起身。"说完之后，翻译照样翻了一遍。

洋提督道："我早已说过，再过上一礼拜就要走的，另外还有事情到别处去。多承你们总督大人费心，我心领就是了。"萧长贵听洋提督不肯进省，忙又回道："军门若是不到南京，我们老帅一定要说标下不会当差使，所以军门动了气，不肯进省。现在求军门无论怎样帮标下一个忙，给标下一个面子，等我们老帅看着欢喜，将来调剂标下一个好差使，标下是一家大大小小都要供你老人家长生禄位的。"说完，又请了一个安。于是翻译又把话翻了一遍。

洋提督听完，笑了一笑，叫翻译同他说："你们不必强留我，南京我是决计不去的。"萧长贵见他心上甚是懊闷，便道："既然军门大人不肯赏脸，亦是没有法子的事情。标下是奉了老帅将令到此伺候军门大人的，军门大人有甚么差使，尽管派下来，等标下去办。"洋提督也同他谦逊了两句。梅飏仁又当面虚邀他到岸上去住，又说："公馆一切早已预备妥贴。"无奈那洋提督只是不肯下船。大众见无甚说得，方才一同辞别下船。梅飏仁自己回衙理事。萧长贵却不敢径回南京，天天还是拿着手本，早晚二次穿着行装到洋提督大船上请安。洋提督辞过他几次，他不肯听，也只得听其自然。

洋提督原说是七天就走的，却不料到第五天夜里，萧长贵正在自己兵船上睡觉，忽听得外面一派人声，接着又有洋枪、洋炮声音，拿他从睡梦中惊醒，直把他吓得索索的抖，在被窝里慌作一团，想要叫个人出去问信，无奈上气不接下气，挣了半天，还挣不出一句话来。正在发急时候，忽然一个水手从船头上慌慌张张的来报信道："大人，不好了！有强盗！"萧长贵一听"强盗"二字，更吓得魂不附体，马上想穿裤子逃命。急忙之中又没有看清，拿裤脚当作裤腰，穿了半天只伸下一只腿去，那一只腿抵死伸不下去。他急了，用力一登，豁拉一声，裤子裂开了一大条缝。至此方才明白穿倒了，重新掉过来穿好。把长衣披在身上，来不及钮扣子，拿扎腰拦腰一捆，拖了一双鞋。手下的兵丁还当是大人出来打强盗哩，拿了手枪上前递给他。只听他悄悄的同旁边人说道："强盗来了，没有地方好逃，我们只得到下层煤舱里躲一会去。"说完，往后就跑。幸亏走得不多几步，船头上的水手又赶来报道："好了，好了！所有的强盗都被洋船上打死了，还捉住十几个。请大人放心，没有事了。"

至此，萧长贵方才把神定了一定，站住了脚，问旁边人道："我现在可是做梦不是？"

大家都听了好笑。萧长贵又怔了半天，说道："你们说甚么强盗已经捉住的话，可是真的？"一个水手道："怎么不真，是标下亲眼见的，一共捉住有十二三个哩。"萧长贵道："你们看清楚了没有？不要还有人躲在黑影里，我们出去被他宰了，白白的送了命，那可不是玩的！我看还是不出去问信的为是。就是出了甚么盗案，都是地方官的处分，我们是客官，何苦往自己身上拉呢。你们也快快熄灯睡觉，把舱门关好，要紧！要紧！"说罢，他老人家先自脱衣上床，仍旧歇下。兵丁们亦乐得省事。于是大家安睡了一夜。

次日起来，向来萧长贵到洋提督船上禀安总是每早七点钟就去的，这天怕去的早了，路上遇着甚么强盗的余党，恐防不测，特地又缓了一个钟头才去的。等到萧长贵到了洋提督大船上，海州梅飏仁亦早已来了。原来这天晚上洋提督船上捉住了强盗，次日一早就叫人到城里送信。梅大老爷一想，捉住了大盗，地方官是有保举的，所以一得信就赶着出城到船上，求着把强盗带回城里审问。幸亏那位洋提督并无一点为难的意思，立刻把十三个强盗统通交给了梅飏仁，又怕路上或有闪失，特地派了八名洋兵帮着解到城里。萧长贵一见强盗果然拿着，登时胆子壮了起来，立刻回船。也派了几名兵帮着护送，以为将来邀功地步。当下梅大老爷督率一班人把强盗解到衙门，打发过洋兵及萧长贵派来的兵，马上升堂审问。起先那些强盗还想赖着不认，后来有几个熬刑不过，只得招了。原来都是积年的大盗。其余的见他同党已招，晓得抵赖不脱，也只有一一招认。

梅飏仁心上想道："我今天平空拿住了许多大盗，虽然是外国兵船上出力，究竟是在我地面上，禀报上去面子总好看的。"于是心上甚是快活，立刻叫书办把强盗供状叙了文书，申报上宪。又请老夫子详详细细替他做了一个电禀，专禀制台。电禀上先叙此番外国兵船到来，他如何竭力联络，竭力保护，以致那兵船上的提督如何感激他，想报答他。又叙他：

> 自从到任之后，悬赏购线捕拿巨盗，久已萑苻[5]绝迹，闾阎相安。乃于某日风闻有大股盗匪道出卑境，卑职先期商明外国兵船，请其届时帮助，当荷应允。不料某晚三更时分，据眼线报称，该盗窝藏某处。卑职立即督同通班健役前往捕拿。惟是盗党甚多，卑职深虑所带勇役众寡不敌，因即一面设法诱至海滩，一面密告外国兵船，果蒙协力兜拿，共捕获积年巨盗一十三名。经卑职带回卑署，详加鞫[6]讯，俱各供认历年某案某案，肆行抢劫不讳。除将供招另文申详，恳祈宪示遵行外，所有此次外国兵船帮同缉获积年巨盗，应如何答谢之处，卑职不敢擅专，理合电禀，乞谕祗遵。

云云。电报发了出去，梅飏仁赶忙又亲自到洋船上谢洋提督帮助之力。又说："敝县已把此事电禀制台，马上就有回电，制台亦总是感激的。"意思想留洋提督多住两三天，以便稍尽地主之谊。洋提督谦逊了几句，仍旧是不肯久留。梅飏仁只得告辞回去。

且说南京制台接到海州知州梅飏仁的电禀，从头至尾看了一遍，登时脸上露出一副受宠若惊的样子，忽而红，忽而白，于红白不定之中又显出一副笑容，忙把总理洋务文案候补道史其祥史大人请到签押房里面商。这位制台是专门讲究洋务的，就是签押房也是洋款摆设，居中摆了一张大菜桌子，一面三把椅子，底下一位是主位。当下史其祥史大人进门，归坐之后，制台先把海州上来的电报禀给他看过。史其祥一面看，一面点头，看完之后，便问："老帅是个甚么主见？"

制台道："我想此事，外国船上的洋兵替我们捉住了强盗，还肯交给我们地方官自己审办，这就是十二分面子。他们既给咱面子，咱们也不可以不顾人家的面子。我想现在既已审问明白，都是积年巨盗，本应该就地正法的，我们如今且不要批下去，电谕海州梅牧把这些人犯的案件以及应该得的罪名详细叙明，叫翻译翻成英文照会过去，应该如何办法。就他们不死，我们也乐得积些阴德。你道如何？”

史其祥听罢，歇了一歇，说道：“这是我们内地里的事情。既是大盗审明之后，就地正法乃是我们自己的主权，他们外国人本不应该干预的。依职道的见识，还是老帅自己批饬下去，将该盗就地正法，似乎不必咨照外国兵官。至于他们出了力，应该如何答谢，或是电饬梅牧亲到船上一趟代达老帅的意思，或是办些土仪，如羊酒鸡蛋之类，犒赏兵丁，亦无不可。这是职道愚昧之见，请请老帅的示，可行不可行？”

制台听罢，亦愣了一回，说道：“你的话呢，固然不错，然而人家顾了咱的面子，咱们一点不和人家客气客气，似乎心上总过不去。我看土仪呢亦得送，这几个人怎么办法，我的意思总得让让人家，等人家退回来不管，我们再自己办，那就不落褒贬了：我这是面面俱到的法子。我看还是如此办得好。”史其祥道：“这办案的事实实在在是我们自己的主权，那外国人是万万不可同他通融的。”

制台一见史其祥还是执定前见，心上很不高兴，便道：“我兄弟办交涉也办老了，这些事还有甚么不懂。你们总是顽固见识，到了这个时候，还是一点不肯让人。但是据你刚才所说，究不能够面面俱到，总得斟酌一个两全的法子才好。”史其祥笑着说道：“强盗归我们自家办，就是保守我们自己的主权。再送些土仪给他们，也总算有情分到他们了。除此之外，实在没有第二条法子。”制台听了，面孔一板道：“你这人真好糊涂！我刚才怎么同你讲的？这件事非往常可比。强盗虽然应该归我们办，你不想这回的强盗是那个拿到的。人家出了力又不想咱们的别的好处，难道连这一点面子还不给他，还成句话吗！我办交涉办老了的，如今倒留个把柄在人家手里，叫人批评两句，我可犯不着！”说完，胡子一根根跷了起来，坐着不言语。

史其祥见制台生了气，一想不妙，怕于自己差使有碍，便暗暗说道：“主权不主权，关我甚么事，用得我干着急！我起了劲，白得罪了上司，于我有甚么好处呢？”但是一时又想不出一个转弯的法子。踌躇了好半天，只得仰承宪意，自圆其说道：“职道的话原是一时愚昧之谈，作不得准的。既然老帅要想一个两全的法子，足见老帅于慎重邦交之内，仍寓挽回主权之心，职道钦佩得很！现在职道想得一法，是主权既不可弃，邦交又当兼顾，请请老帅的示，可行不可行？”制台道：“你快说！”史其祥道：“请老帅立刻电饬梅牧把拿到十三个人当中把为首的先行就地正法几名，伸国法即所以保主权。下余的几个，若以强盗论，原应该不分首从，一律斩决，如今且不将他定罪，就遵照老帅的刚才吩咐的话，送交外国兵官，听他处治。他要他死，这几人本有应得的死罪，他要开脱他们，我们也乐得就此积些阴功，也不负老帅好生之德。”制台听到这里，一面听，一面点头，嘴里不住的赞好，不等史其祥说完，忙抢着说道：“就是这样！就是这样！到底你史大哥有主意，所以兄弟凡事都要同你商量。现在就作准照你办，立刻拟好电报，送到电局，饬令梅牧遵照办理。”

按下省城之事不表。单表海州梅飏仁奉到制台的复电，立刻照谕施行，请了本营参将从监里把前番审定的五名盗首提到大堂，验明箕斗[7]，登时绑赴校场，一概正法。杀人的时候，他同营里一齐穿着大红斗篷。杀人回来，照例先到城隍庙拈香。回到衙门，又照例排衙，然后退入签押房。大凡他们做官的人忌讳顶多，又怕的是鬼，说是穿了大红斗篷，鬼就不敢近身了，再到城隍庙里一转，就是有点邪魔鬼祟，亦被城隍老爷叫小鬼拿他赶掉。等到回到衙门，升坐大堂排衙的时候，衙役们拿着棍子赶出赶进一阵吆喝，无论有多少冤鬼早已吓都吓散了。历来相传都是如此说法。究竟做官的人谁被冤鬼缠过又没人见过，不过借此骗骗自己，安安自己的心罢了。

且说梅飏仁回到签押房，因为洋提督后天就要走，连夜到学堂里又把那位教习拿轿子抬了来，请他翻译这件公事，以便照会洋提督，请他的断。那位教习起先还拿腔做势，说来不及，又说："为人办事须有一定时刻，晚生今天在学堂里已经教了几个钟头的书，到了晚上极应该休息休息。如今又要我翻译这些东西，这是最伤脑筋，晚生还是带回去，等到空的时候再翻好过来罢。"

梅飏仁一听他话不对，只得挽出师爷同他讲说："洋提督后天就要走的，这件公事，无论如何，明日一早总得送过去。吾兄辛苦了，敝东自应格外尽情。千万辛苦这一遭罢！"那位教习听说"格外尽情"，无奈只得应允。当下就在梅飏仁签押房里调齐案卷翻译起来。梅飏仁跑出跑进，不时自己出来招呼，问他要茶要水，肚子饿了有点心；一回又叫管家把上海艾罗公司买的"补脑汁"开一瓶给他喝，免得他用心过度，脑筋受伤。那位教习见他如此，心上也觉过意不去，只得尽心代为翻译。无奈这件公事头绪太多，他的西学尚不能登峰造极，很有些翻不出来的地方，好在通海州除掉他都是外行，骗人还骗得过。当下足足闹了八个钟头，只勉强把制台的意思叙了一个节略，写了出来，念给梅飏仁听过。梅飏仁除掉说好之外亦无他话可以说得。

当下梅飏仁立刻叫人把写好的英文信送到船上。那位教习深晓得自己本事有限，恐怕外国人看了他写的英文信不懂，非自己前去当面譬解给他听是断乎不会明白的，连忙挺身而出，说："这信等我自己送去。"梅飏仁见他如此要好，自然欢喜。谁知等到他到了船上见了洋提督，呈上书信，洋提督看过一遍，又看第二遍，看来看去，竟有大半不懂，忙问他："信上写的甚么？"他只得红着脸，把这事一五一十说给洋提督听了一遍。洋提督道："幸亏你自己来，你倘若不来，我这船上懂得各国文法的人都有，单就是你的英文没人懂得。"说罢，哈哈大笑。那位教习晓得总是写的信上拼法不对，所以被洋人耻笑，羞的红过脖子。当时洋提督说道："既然贵国法律这几个人都该办死罪的，就请贵州梅大老爷照着贵国的法律办他们就是了。"那位教习又请洋提督同到法场监斩。洋提督欣然应允，随即约定时刻。那位教习先回来送信。

梅飏仁立刻照会营里摆齐队伍押解犯人同到法场。才走到那里，洋提督带了几十名洋兵也早来了。外国的兵腰把笔直，步伐整齐，身材长短都是一样，手里托着洋枪，打磨的净光雪亮，耀人的眼睛。等到到了法场上，一字儿摆开，站在那里一动不动。及看中国的兵，老的小的，长长短短，还有些痨病鬼、鸦片鬼，混杂在内。穿的衣裳虽然是号褂子，挂一块，飘一块，破破烂烂，竟同叫化子不相上下。而且走无走相，站无站相。脚底下踢哩搭拉，不是草鞋便是赤脚，有的袜子变成灰色，有的还穿一双钉靴。等到到了法场上，有说笑的，也有骂人的。痨病鬼不管人前人后随便吐痰，鸦片鬼就拿号褂子袖子擦眼泪。拿的刀叉一齐都生了锈了。比起人家的兵来真正是天悬地隔！洋提督走来同中国官见面之后，先拿照相机器替犯人拍了一张照，等到杀过之后又拍了一张，然后分道自回去。

其时梅飏仁已将宪谕饬办的羊酒鸡蛋送洋人的礼物都已办齐，就托省城派来兵轮管带萧参将上船送礼。萧长贵一听要他去送礼，又把他兴头的了不得。因为这分礼是替制台送的，是面子上的事情。立刻穿好衣帽，把礼物装了几台盒。活猪活羊各一百头，由兵役们牵着，他自己却坐了一顶小轿跟在后头，说："这两年在船上当差事舒服惯了，把骑马的本事忘掉了。"霎时到得船上，礼单是早已托翻译翻好的，兵船上的人看了都还明白。萧长贵是船上来过多次了，熟门熟路，人都有点认得。见了船上的人，无论是兵官，是兵丁，是水手，见了洋人就请安。见了洋提督，更请两个安：一个是自己请的，一个是替制台请的。他那副卑躬屈节的样子，洋船上的人是早已看惯的了，都不以为奇。当下洋提督吩咐叫把礼物全行收下，犒赏来人，又叫一员小武官陪了萧长贵大餐。这一顿饭直害得萧长贵

坐立不安，神魂不定！还有些兵丁见他来熟了，都不同他客气，拉着他的辫子，打着洋话问他“可是尾巴不是”？萧长贵话虽不懂，晓得是拿他开心的话头，便涨红了脸，低着头，一声也不敢响。

一会吃完饭，又在洋提督跟前禀谢过，然后告辞，一直回到州衙门。彼此会面，商量了一回明天送行的仪注。萧长贵仍说要在岸滩上跪送。又邀了本营参将摆齐队伍一块儿去跪送，本营将亦就答应了。此时梅飏仁又把本城的文官一齐约定次日一早先到本衙门会齐，然后一同出城上手本。大家倒都应允。

慢慢的梅飏仁又讲到：“这回拿住强盗虽然是外国人出力，看上头制台的意思甚是欢喜，将来保举一定是有的。”萧长贵听到这里，跑过来深深一揖，托着替他带个名字。梅飏仁为他是制台派来的，即日回省，还望他帮着自己说好话，马上答应。接着翻译又求保举。梅飏仁亦答应，又说：“往来传话，这遭是你老哥顶辛苦了，应该，应该！”翻译欢喜的了不得。

说话之时，前番上船探信的那位州判老爷正同别人闲话，忽然听到这边谈保举，立刻丢掉别人，赶过来朝着梅飏仁说道：“堂翁，还有晚生呢？”梅飏仁一闻此话，不觉怔了半天，才慢慢的问道：“你老哥还有甚么？”州判老爷道：“不是晚生说句夸口的话，这件事要算晚生的头功。堂翁，你还有甚么不知道的，他们一个人不敢上去，不是你堂翁委了晚生同了这位翻译老夫子去的吗？”梅飏仁道：“是啊，去了也不好说是头功。”州判老爷着急道：“晚生不去这一趟，那外国人怎肯同我们要好，替我们出力？晚生不求堂翁别的，只求将来开保案时候，求堂翁把晚生这段劳绩叙上，制台大人看了是决计不会批驳的。将来借此晚生得能过个班，也不枉堂翁的栽培！”说着，又请了一个安。梅飏仁只得淡淡地说：“我们再商量罢。”

州判老爷恐怕事情不妙，呆坐半天，忽然心生一计，便悄悄地拉了那位同去当翻译的教习一把。两个人一同告辞出来。州判拿他让到自己衙门里坐了，同他商量说：“这事是你第一个出力，兄弟还在第二。总而言之，没有第三个人可以盖过咱俩的。我看我们这位堂翁疑疑惑惑，是有点靠不住的。我们不如趁今天晚上洋船还没有开，咱俩同到他们船上，求他出封信给制台保举。咱俩索性丢掉他们，你说可好不好？”翻译听罢此言，想了一回，心想：“他的话确也不错，走外国人门路似乎觉得比中国人妥当些。倒难为他想出这条好法子来。”连说：“好极！你如果要去，有甚么话，我替你传去。”州判大喜，立刻开抽屉找出两条红纸，又把西席老夫子请来，托他代写两张官衔条子：一张是自己的，一张是翻译的，都把自己一厢情愿的保举开了上去。写好之后，立刻飞轿赶到海滩，下轿上船。

此番州判老爷晓得外国船上的人没有歹意，放开胆子，不像前番觳觫[8]恐惶的样子了。船上的人问他：“来做甚么？”翻译说是：“要见你们提督的。”船上人只得领他进见。此时州判老爷因有求于人，不得不自己格外谦恭，见了洋提督，磕头请安，竟与萧长贵一式无二。幸亏洋提督早已司空见惯，看他磕头，昂不为礼，直等他站起，方才用手指了一指，是让他坐的意思。他亦明白，于是斜签着脸，朝上坐下。当由翻译叙述来意。洋提督一头听，一头笑，一面又摇摇头。州判老爷瞧着，话虽不懂，意思是明白的，晓得有点不愿意的意思，心上甚为着急，想要插嘴，又不知说甚么是好。而且说出来的话，他们亦不懂得。

正在左右为难，只听得翻译又叽哩咕噜地说了半天，方见洋提督笑了一笑。翻译便回过头来从州判老爷手里把两张衔条讨过来递给了洋提督。洋提督看了不懂，又问翻译：“这上写的甚么？”翻译却把州判老爷的一张翻来覆去讲给他听。州判老爷一旁瞧着，暗暗欢喜，以为这事总可望成功了。翻译说了一回，便约州判老爷一同走。州判老爷便急急的问他：“我们的事怎样？你看会成功不会成功？”翻译道：“停刻再说。”州判老爷无奈，只得

去替洋提督请了一个安，算是告辞，然后同了翻译出来。一出舱门，又问翻译："到底咱们的事怎么样？"翻译道："等我们回去再细谈。"此时直把个州判老爷急的头上汗珠子有黄豆大小！究竟事情成否不得而知，禁不住心上"毕卜毕卜"跳个不住。

欲知后事如何，且听下回分解。

［注释］

①禀帖：旧时老百姓向官府或官员向上司报告、请示的帖子。

②长毛：太平军。太平天国是清朝后期的一次由农民起义创建的农民政权。其开始的标志是 1851 年太平军在金田起义。

③捻子：捻军。太平天国时期北方的农民起义军。

④宪意：旧时迎合上司心意的敬词。

⑤萑苻：本为泽名，此处指为盗贼出没之处，也代借盗贼。

⑥鞫：查问、审讯。

⑦箕斗：人手上的指纹，簸箕形的叫箕，螺旋形的叫斗。

⑧觳觫：恐惧。

第五十六回

制造厂假札赚优差　仕学院冒名作枪手[1]

却说海州州判同了翻译从洋船上回到自己衙门，急于要问所递衔条，洋提督是否允准出信。当下翻译先说洋提督如何不肯，经他一再代为婉商方才应允，并且答应信上大大的替他两人说好话。州判老爷听了，非凡之喜。一宵易过，次日又跟了同寅同到海边送过洋提督开船方才回来。萧长贵亦开船回省。

过了一日，梅飏仁果然发了一个禀帖，无非又拿他办理交涉情形铺张一遍，后面叙述拿获大盗，所有出力员弁，叩求宪恩，准予奖励。等到制台接到梅飏仁的禀帖，那洋提督的信亦同日由邮政局递到，立刻译了出来。信上大致是谢制台派人接他，又送他土仪的话，下来便叙："海州文武相待甚好，这都是贵总督的调度，我心上甚是感激。"末后方叙到"海州州判某人及翻译某人，他二人托我求你保举他俩一个官职；至于何等官职，谅贵总督自有权衡，未便干预。附去名条二纸，即请台察。"各等语。制台看完，暗道："这件事情，海州梅牧总算亏他的了。就是不拿住强盗，我亦想保举他，给他点好处做个榜样，如今添此一层，更有话好说了。至于州判、翻译能够巴结洋人写信给我，他二人的能耐也不小，将来办起交涉来一定是个好手。我倒要调他俩到省里来察看察看。"当日无话。

次日司、道上院见了制台。制台便把海州来禀给他们瞧过，又提到该州州判同翻译托外国官求情的话。藩司先说道："这些人走门路竟走到外国人的门路，也算会钻的了。所恐此风一开，将来必有些不肖官吏，拿了封洋人信来，或求差缺，或说人情，不特难于应付，势必至是非倒置，黑白混淆，以后吏治，更不可问。依司里的意思：海州梅牧获盗一案，亟应照章给奖，至于州判某人，巧于钻营，不顾廉耻，请请大帅的示，或是拿他撤任，或是大大的申斥一番，以后叫他们有点怕惧也好。"谁知一番话，制台听了，竟其大不为然，马上面孔一板道："现在是甚么时候！朝廷正当破格用人，还好拘这个吗？照你说法，外国人来到这里，我们赶他出去，不去理他，就算你是第一个大忠臣！弄得后来，人家翻了脸，驾了铁甲船杀了进来，你挡他不住，乖乖的送银子给他，朝他求和，归根办起罪魁来，你始终脱不掉。到那时候，你自己想想，上算不上算？古语说得好：'君子防患未然。'我现在就打的是这个主意。又道是：'观人必于其微'，这两人会托外国人递条子，他的见解已经高人一着，兄弟就取他这个，将来一定是个外交好手。现在中国人才消乏，我们做大员的正应该舍短取长，预备国家将来任使，还好责备苛求吗。"藩台见制台如此一番说话，心上虽然不愿意，嘴里不好说甚么，只得答应了几声"是"，退了出去。

这里制台便叫行文海州，调他二人上来。二人晓得是外国信发作之故，自然高兴的了不得，立刻装束进省，到得南京，叩见制台。制台竟异常谦虚，赏了他二人一个坐位。坐着谈了好半天，无非奖励他二人很明白道理。"现在暂时不必回去，我这里有用你们的地方。"两人听说，重新请安谢过。次日制台便把海州州判委在洋务局当差，又兼制造厂提调委员。那个翻译，因他本是海州学堂里的教习，拿他升做南京大学堂的教习，仍兼院上洋务随员。分拨既定，两人各自到差。海州州判自由藩司另外委人署理。海州梅飏仁因此

一案，居然得了明保，奉旨送部引见。萧长贵回来，亦蒙制台格外垂青，调到别营做了统领，仍兼兵轮管带。都是后话不题。

且说海州州判因为奉委做了制造厂提调，便忙着赶去见总办，见会办，拜同寅，到厂接事。你道此时做这制造厂总办的是谁？说来话长：原来此时这位当总办的也是才接差使未久，这人姓傅，号博万。他父亲做过一任海关道，一任臬司，两任藩司。后首来了一位抚台，不大同他合式，他自己估量自己手里也着实有两文了，便即告病不做，退归林下。傅博万原先有个亲哥哥，可惜长到十六岁上就死了，所以老人家家当一齐都归了他。人家叫顺了嘴，都叫他为傅百万。其实他家私，老人家下来，五六十万是有的，百万也不过说说好听罢了。只因他生得又矮又胖，穿了厚底靴子，站在人前也不过二尺九寸高；又因他排行第二，因此大家又赠他一个表号，叫作傅二棒锤。傅二棒锤自小才养下来没有满月，他父亲就替他捐了一个道台，所以他的这个道台，人家又尊他为“落地道台”。但是这句话只有当时几个在场的亲友晓得，到得后来亦就没有人提及了。后来大众所晓得的只有这傅二棒锤一个绰号。

且说傅二棒锤先前靠着老人家的余荫，只在家里纳福，并不想出来做官，在家无事，终日抽大烟。幸亏他得过异人传授，说道：“凡是抽烟的人，只要饭量好，能够吃油腻，脸上便不会有烟气。”他这人吃量是本来高的，于是吩咐厨房里一天定要宰两只鸭子：是中饭吃一只，夜饭吃一只；剩下来的骨头，第二天早上煮汤下面。一年三百六十天，天天如此。所以竟把他吃得又白又胖，竟与别的吃烟人两样。他抽烟一天是三顿：早上吃过点心，中饭，晚饭，都在饭后。泡子都是跟班打好的，一口气，一抽就是三十来口，口子又大，一天便百十来口，至少也得五六钱烟。等到抽完之后，热毛巾是预备好的，三四个跟班的，左一把，右一把，擦个不了，所以他脸上竟其没有一些些烟气。擦了脸，自己拿了一把镜子，一头照，一头说道：“我该了这们大的家私，就是一天吃了一两、八钱，有谁来管我！不过像我们世受国恩的人家，将来总要出去做官的，自己先一脸的烟气，怎么好管属员呢。”有些老一辈人见他话说得冠冕，都说：“某人虽有嗜好，尚还有自爱之心。”因此大家甚是看重他，都劝他出去混混。无奈他的意思，就这样出去做官，庸庸碌碌，跟着人家到省候补，总觉不愿，总想做两件特别事情，或是出洋，或是办商务，或是那省督、抚奏调，或是那省督、抚明保，做一个出色人员，方为称意。但是在家纳福，有谁来找他？谁知富贵逼人，坐在家里也会有机会来的。

齐巧有他老太爷提拔的一个属员，姓王，现亦保到道员，做了出使那一国的大臣参赞。这位钦差大臣姓温，名国，因是由京官翰林放出来的，平时文墨功夫虽好，无奈都是纸上谈兵，于外间的时务依然隔膜得很。而且外洋文明进步，异常迅速，他看的洋板书还是十年前编纂的，照着如今的时势是早已不合时宜的了，他却不晓得，拾了人家的唾余，还当是“入时眉样”。亦幸亏有些大老们耳朵里从没有听见这些话，现在听了他的议论，以为通达极的了，就有两位上折子保举他使才。中国朝廷向来是大臣说甚么是甚么，照便奉旨记名，从来不加考核的。等到出使大臣有了缺出，外部把单子开上，又只要里头有人说好话，上头亦就马上放他。等到朝旨下来，甚么谢恩、请训都是照例的事。就是上头召见，问两句话，亦不过检可对答的回上两句，余下不过磕头而已。列位看官试想：任你是谁，终年不出京城一步，一朝要叫你去到外洋，你平时看书纵虽明白，等到办起事来，两眼总漆黑的。

闲话少叙。且说这个温钦差召见下来，便到各位拿权的王大臣前请安，请示机宜，以为将来办事的方针。这些大人们当中有关切的，便荐两个出过洋、懂得事务的，或当参赞，或充随员，以为指臂之助。还有些汲引私人的，亦只顾荐人，无非为三年之后得保起见。当下只傅二棒锤父亲所提拔那位属员王观察，已有人把他荐到温钦差跟前充当参赞。幸喜钦差甚是器重他。他便想到从前受过好处的傅藩台的儿子。亦是傅二棒锤有出山的思想，预先有过信给这王观察。王观察才干虽有，光景不佳，既然出洋，少不得添置行头，筹寄家用，虽有照例应支银两，无奈总是不敷，所以也须张罗几文。心上早看中这傅二棒锤是个主儿，本想朝他开口，齐巧他有信来托谋差使，便将计就计，在温钦差前竭力拿他保荐，求钦差将他携带出洋。钦差应允。王观察便打电报给他，叫他到上海会齐。等到到得上海，会面之后，傅二棒锤虽然是世家子弟，毕竟是初出茅庐，阅历尚浅，一切都亏王观察指教，因此便同王观察十分亲密，王观察因之亦得遂所愿。两人遂一块儿跟着钦差出洋。王观察当的是头等参赞。因为这傅二棒锤已经是道台，小的差使不能派，别的事又委实做不来，又亏王观察替他出主意，教他送钦差一笔钱，拜钦差为老师，钦差亦就奏派他一个挂名的差使。温钦差自当穷京官当惯的，在京的时候，典质赊欠，无一不来。家里有一个太太，两个小姐。太太常穿的都是打补钉的衣服。光景艰难，不用老妈，都是太太自己烧茶煮饭，浆洗衣服。这会子得了这种阔差使，在别人一定登时阔绰起来，谁知道这位太太德性最好，不肯忘本，虽然做了钦差大人，依旧是一个人不用，上轮船，下轮船，倒马桶，招呼少爷、小姐，仍旧还是太太自己做。朋友们看不过，告诉了钦差，托钦差劝劝他。他说道："我难道不晓得现在有钱，但是有的时候总要想到没的时候。如今一有了钱，我们就尽着花消，倘或将来再遇着难过的日子，我们还能过么。所以我如今决计还要同从前一样，有了攒聚下来，岂不更好。"钦差见他说得有理，也只得听他。好在也早已看惯的了，并不觉奇。

傅二棒锤既然拜了钦差为老师，自然钦差太太也上去叩见过。太太说："你是我们老爷的门生，我也不同你客气。况且到了外洋，我们中华人在那里的少，我们都是自己人一样。你有甚么事情只管进来说，就是要甚么吃的、用的亦尽管上来问我要，我总拿你当我家子侄一样看待，是用不着客气的。"傅二棒锤道："门生蒙老师、师母如此栽培，实在再好没有。"说着，又谈了些别的闲话，亦就退了出来。

这一帮出洋的人，从钦差起，至随员止，只有这傅二棒锤顶财主，是汇了几万银子带出去用的。虽然不带家眷，管家亦带了三四个。穿的衣裳，脱套换套。他说："外国人是讲究干净的。"穿的衬衣衫裤，夏天一天要换两套，冬天亦是一天一身。换下来的，拿去重洗。外国不比中国，洗衣裳的工钱极贵，照傅二棒锤这样子，一天总得两块金洋钱工钱，一月统扯起起来，也就不在少处了。

钦差幸亏有太太，他一家老少的衣衫，自从到得外洋一直仍旧是太太自己浆洗。在外国的中国使馆是租人家一座洋房做的。外国地方小，一座洋房总是几层洋楼，窗户外头便是街上。外国人洗衣服是有一定做工的地方，并且有空院子可以晾晒。钦差太太洗的衣服，除掉屋里，只有窗户外头好晾。太太因为房里转动不开，只得拿长绳子把所洗的衣服一齐拴在绳子上，两头钉好，晾在窗户外面。这条绳子上，裤子也有，短衫也有、袜子也有，裹脚条子也有，还有四四方方的包脚布，色也有蓝的，也有白的，同使馆上面天天挂的龙旗一般的迎风招展。有些外国人在街上走过，见了不懂，说："中国使馆今日是甚么大典？龙旗之外又挂了些长旗子、方旗子，蓝的、白的，形状不一，到底是个甚么讲究？"因此一传十，十传百，人人诧为奇事。便有些报馆访事的回去告诉了主笔，第二天报上上了出来。幸亏钦差不懂得英文的，虽然使馆里逐日亦有洋报送来，他也懒怠叫翻译去翻，所以这件事外头已当着新闻，他夫妇二人还是毫无闻见，依旧是我行我素。

傅二棒锤初到之时，衣服很拿出去洗过几次，便有些小耳朵进来告诉了钦差太太，说傅大人如何阔，如何有钱，一天单是洗衣服的钱就得好几块。钦差太太听了，念一声"阿

弥陀佛"："要是我有了钱，决计不肯如此用的。我们老爷、少爷的衣服统通是一个月换一回，我自己论不定两三个月才换一回，那里有他阔，天天换新鲜。他一个月有多少薪水，全不打算打算。照这样子，只怕单是洗衣服还要去掉一半。你们去同他说：横竖一天到晚空着没有事情做，叫他把换下来的衣裳拿来，我替他洗。他一天要化两块钱的，我要他一天一块钱就够了。他也好省几文。我们也乐得赚他几文，横竖是我气力换来的。"

当下，果然有人把这话传给了傅二棒锤。傅二棒锤因为他是师母，如把裤子、袜子给他洗，终觉有些不便，一直因循未果。后来钦差太太见他不肯拿来洗，恐怕生意被人家夺了去，只得自己请傅二棒锤进来同他说。傅二棒锤无奈，只得遵命，以后凡是有换下来的衣服，总是拿进来给钦差太太替他浆洗。头两个月没有话说，傅二棒锤因为要巴结师母，工价并不减付，仍照从前给外国人的一样。钦差太太自然欢喜。

有天有个很出名的外国人请钦差茶会，钦差自然带了参赞、翻译一块儿前去。到得那里，场子可不小，男男女女，足足容得下二三千人。多半都是那国的贵人阔人，富商巨贾，此外也是各国的公使、参赞，客官商人。凡是有名的人统通请到。傅二棒锤身穿行装，头戴大帽，翎顶辉煌的也跟在里头钻出钻进。无如他的人实在长得短，站在钦差身后，垫着脚趾头想看前面的热闹，总被钦差的身子挡住，总是看不见；夹在人堆里，挤死挤不出，把他急的了不得，只是拿身子乱摆。

齐巧他身子旁边站了一个外国绝色的美人。外国的礼信：凡是女人来到这茶会地方，无论你怎样阔，那女人下身虽然拖着扫地的长裙，上半身却是袒胸露肩，同打赤膊的无异。这是外国人的规矩如此，并不足为奇的。傅二棒锤站在这女人的身旁，因为要挤向前去瞧外面的热闹，只是把身子乱摆，一个脑袋，东张西望，赛如小孩摇的鼓一般。那女人觉得膀子底下有一件东西磕来碰去，翠森森的毛，又是凉冰冰的，不晓得是甚么东西。凡是外国人茶会，一位女客总得另请一位男客陪他。这男客接到主人的这副帖子，一定要先发封信去问这女客肯要他接待与否，必须等女客答应了肯要他接待，到期方好前来伺候。倘若这女客不要，还得主人另请高明。

闲话休叙。且说这天陪伴这位女客的也是一位极有名望的外国人，听说还是一个伯爵，是在朝中有职事的。当时那外国女客因不认得那件东西，便问陪伴他的那个伯爵，问他是甚么。幸亏那位伯爵平时同中国官员往来过几次，晓得中国官员头上常常戴着这翠森森、凉冰冰的东西，名字叫作"花翎"，就同外国的"宝星"一样，有了功劳，皇上赏他准他戴他才敢戴，若是不赏他却是不能戴的。那位伯爵只知其一，不知其二，却把银子可捐戴的一层没有告诉了他。这也是那位伯爵不懂得中国内情的缘故，休要怪他。当下那外国女客明白了这个道理，便把身子退后半尺，低下头去把傅二棒锤的翎子仔细端详了一回，又拿手去摩弄了一番，然后同那伯爵说笑了几句，方始罢休。

这天傅二棒锤跟了钦差辛苦了几个时辰，人家个子高，看得清楚，倒见了许多世面；独有他长得矮，躲在人后头，足足闷了一天，一些些景致多没有瞧见。因此把他气的了不得，回到使馆，三天没有出门。

第四天，有个出名制造厂的主人请客，请的是中国北京派来考查制造的两位委员。这两位委员都是旗人，一名呼里图，一名搭拉祥，都是部曹出身。到了外洋，自然先到钦差衙门禀到，验过文书，却与傅二棒锤未曾谋面。这晚厂主人请那两位委员，却邀他作陪。傅二棒锤接到了信，便一早的赶了去，见了外国人，寒暄几句。接着那两位委员亦就来了。进门之后，先同外国人拉手，又同傅二棒锤厮见，问傅二棒锤："贵姓？台甫？贵处？贵班？贵省？几时到外洋来的？"傅二棒锤一一说了。他俩晓得是钦差大人的参赞，不觉肃然起敬。

傅二棒锤仔细看他二人：一个呼里图，满脸的烟气，青枝枝的一张脸；一个搭拉祥，满脸的滑气，油幌幌的一张脸。年纪都在三十朝外，说的一口好京话，见了人满拉拢，傅二棒锤亦问他二人官阶一切。呼里图说是："内务府员外郎，现在火器营当差。"搭拉祥说是："兵部主事，现蒙本部右堂桐善桐大人在王爷跟前递了条子，蒙王爷恩典派在练兵处报效。""是咱俩商量：凡是人家出过洋的回来，总是当红差使。所以咱俩亦就禀了王爷，情愿出洋游历，考查考查情形，将来回来报效。王爷听了很欢喜。临走的这一天，咱俩到王爷跟前请示。他老人家说：'好好好，你们出去考察回来，一家做一本日记，我替你们进呈，将来你俩升官发财都在这里头了。'傅二哥，你想，他老人家真细心！真想得到！咱俩蒙他老人家这样栽培，说来真真也是缘分。"

傅二棒锤听了他二人这一番说话。默默若有所悟，听他说完，只得随口恭维了两句。接着便是本厂的主人同他二人说话，两边都是通事传话。厂主人问他二位："在北京做此甚么事情？想来一定忙的？"呼里图说是："吃钱粮，没有别的事情。"外国人不懂。通事又问了他，才晓得他们在旗的人，自小一养下来就有一份口粮，都是开支皇上家的。厂主人方才明白。又问搭拉祥，搭拉祥说："我单管画到。"厂主人又不知甚么叫作"画到"。搭拉祥说："我们当司官的，天天上衙门，没有甚么公事，又要上头堂官晓得我们是天天来的，所以有本簿子，这天谁来过，就画上个'到'字。我专当这差使。除掉自己之外，还有些朋友，自己不来，托我替他代画的。所以我天天上这一趟衙门，倒也很忙。"

厂主人又问他二人："这遭出来到我们这里，可要办些甚么枪炮机械不要？"搭拉祥正待接腔，呼里图抢着说道："从前咱们火器营里用的都是鸟枪，别的枪恐怕没有比过他的。至于炮，还是那年联兵进城的时候，前门城楼上架着几尊大炮，到如今还摆着，咱瞧亦就很不小了。"当下厂主人见他说的话不类不伦，也就不谈这个，另外说了些闲话。等到吃完客散，傅二棒锤回到使馆，心想："现在官场只要这人出过洋，无论他晓得不晓得，总当他是见过世面的人，派他好差使。我这趟出洋总算主意没有打错，将来回去总得比别人占点面子。"

一个人正在肚里思量，不提防接到家里一个电报，说是老太太生病，问他能否请假回去。他得到这个电报，心上好不自在。要想留下，究竟老太太天性之亲，一朝有病，打了电报来，要说不回去，于名分上说不下去；如果就此请假回国，这里的事半途而废，将来保举弄不到，白吃一趟辛苦，想想亦有点不合算。左思右想，不得主意。后来他这电报个使馆里都传开了，瞒亦难瞒。钦差打发人来问他，老太太犯的是甚么病，要电报去看。他一想不好，只得上去请假，说要回国省亲。又道："倘若门生的母亲病好了，再回来报效老师。"温钦差道："我本想留下你帮帮我的，因为是你老太太有病，我也不便留你，等你回去看看好放心。老弟几时动身？大约要多少川资？我这里来拿就是了。"

傅二棒锤一想："这个样子，不能不回去的了，眼望着一个保举不能到手。至于回国之后，要说再来，那可就烦难了。"踌躇了一回，忽然想到前日呼里图、搭拉祥二人的说话，只要到过外洋，将来回去总要当红差使的，于是略略把心放下。又想："他们到这里游历的人都要记本日记簿子，以为将来自见地步。我出来这半年，一笔没记。而且每日除掉抽大烟，陪着老师说闲话之外，此外之事一样未曾考较，就是要记，叫我写些甚么呢？回去之后，没有这本东西做凭据，谁相信你有本事呢？"

亦是他福至性灵，忽又想到一个绝妙计策，仍旧上来见老师，说："门生想在这里报效老师，无奈门生福薄灾生，门生的母亲又生起病来，门生不得不回去。辜负老师这一番栽培，门生抱愧得很。"钦差道："父母大事，这是没法的。你回去之后，能够你们老太太的病就此好了，你赶紧再来，也是一样。倘或真果有点甚么事故，你老弟一时不得回来，

好在愚兄三年任满，亦就回国，我们后会有期，将来总有碰着的日子。”

傅二棒锤道：“门生蒙老师如此栽培，实在无可报答，看样子，门生的母亲未必再容门生出洋。门生的意思，亦就打算引见到省，稍谋禄养。门生这一到省，人地生疏，未必登时就有差委。门生想求老师一件事情。”钦差不等他说完，接着问道：“可是要两封信？老弟分发那一省？”傅二棒锤道：“门生想求老师赏两个札子。”钦差想了想，皱着眉头，说道：“我内地里没有甚么事情可以委你去办。”

傅二棒锤道：“不是内地，仍旧在外国。英国的商务，德国的枪炮，美国的学堂，统通求老师赏个札子，等门生去查考一遍。”钦差道：“不是你老太太有病，你急于回去，还有工夫一国一国的去考查这些事情吗？”傅二棒锤道：“门生并不真去。”钦差道：“你既不去，又要这个做甚么？这更奇了！”

傅二棒锤又扭捏了半天，说道：“不瞒老师说，老师大远的带了门生到这外洋来，原想三年期满，提拔门生得个保举，以便将来出去做官便宜些。谁料平空里出了这个岔子，现在保举是没有指望。这是门生自己没有运气，辜负老师栽培，亦是没法的事。门生现在求老师赏个札子，不为别的，为的是将来回国之后，说起来面子好看些。虽说门生没有一处处走到，到底老师委过门生这们一个差使，将来履历上亦写着好看些。”

温钦差听了一笑，也不置可否。你道为何？原来温钦差的为人极为诚笃，说是委了差使不去这事便不实在，所以他不甚为然，因之没有下文。当下但问他：“几时动身？川资可到账房去领。”傅二棒锤见钦差无话，只得退了下来，心上闷闷不乐。幸亏他父亲提拔的那位王观察此时正同在使馆当参赞，听得他这个消息，立刻过来探望。傅二棒锤只得又托他吹嘘，王观察一口应允。傅二棒锤又说：“只要钦差肯赏札子，情愿不领川资，自行回国。”王观察正是钦差信用之人，说的话自然比别人香些。钦差初虽不允，禁不住一再恳求，又道是：“傅某人情愿不领川资，况且给他这个札子，无关出入。”钦差因他说话动听，自然也应允了。

谁知傅二棒锤得到这个札子，却是非凡之喜，立刻收拾行李，叩谢老师，辞别众同事，急急忙忙，趁了公司船回国。在公司船上，足足走了两个多月方才回到上海。在上海栈房里耽搁一天，随即径回原籍。老太太的病乃是多年的老病，时重时轻，如今见儿子从外洋回来，心上一欢喜，病势自然松减了许多，请了大夫吃了几帖药，居然一天好似一天。傅二棒锤于是把心放下。这趟出洋虽然化了许多冤枉钱，又白辛苦了半年多，保举丝毫无望，然而被他弄到了这个札子，心里却是高兴。路过上海时，请教了一位懂时务的朋友，买了几部甚么《英轺日记》《出使星轺笔记》等类，空了便留心观看。凡是那一国轮船打得好，那一国学堂办得好，那一国工艺振兴得好，那一国枪炮制造得好，虽不能全记，大致记得一、半成。到了台面上同人家谈天，说的总是这些话。大众齐说：“某人到过一趟外洋，居然增长了这多见识。”傅二棒锤听了，心上欢喜。仍旧逐日温习，一直等到老太太可以起床，看看决无妨碍的了，他便起身进京引见。

到得京里，会见几位大老们，问他一向做甚么。他便说：“新从外洋回来，奉出使大臣某钦差的札子，委赴各国考察一切。事完正待销差，忽接到老母病电，一面电禀销差，一面请假回国。现因亲老，不敢出洋，所以才来京引见的。”大老们听了他这番说话，又问他外国的事情，他便把甚么《英轺日记》《出使笔记》所看熟的几句话演说了出来。听上去倒也是原原本本，有条不紊。大老们听了，都赞他留心时事。又问他外国景致，这是更无查对之事，除自己知道的之外，又随口编造了许多。那些大老爷有几位轮船都没有坐过，听了他话还有甚么不相信的。傅二棒锤见人家相信他的话，越发得意的了不得。

引见之后，遂即到省，指的省份是江苏。先到南京禀见制台，传了上去。制台是已经

晓得他的履历的了。一来他父亲做过实缺藩司，从前曾在那里同过事，自然有点交情；二来又晓得他从外洋回，南京候补虽多，能够懂得外交的却也很少，某人既到过外洋，情形一定是明白的，因此已经存了个另眼看待的心。等到见面，傅二棒锤又把温钦差派他到某国某国查考甚么事情一一陈说一遍。说完，又从靴筒里把温钦差给他的札子双手递给制台过目。制台略为看了一看，便问他所有的地方可曾自己一一亲自到过。傅二棒锤索性张大其词，说得天花乱坠，不但身到其处，并且一一都考较过，谁家的机器，谁家的章程，滔滔汩汩，说个不了。好在是没有对证的，制台当时已不免被他所瞒。等他下去，第二天，同司、道说："如今我们南京正苦懂得事的少，如今傅某人从外洋回来，倒是见过什面的，有些交办的新政很可以同他商量。他阅历既多，总比我们见得到。"司、道都答应着。

又过了几天，傅二棒锤禀辞，要往苏州，说是禀见抚台去。制台还同他说："这里有许多事要同你商量，快去快来。"傅二棒锤自然高兴。等到到了苏州，又把他操演熟的一套工夫使了出来。可巧抚台是个守旧人，有点糊里糊涂的，而且一向是谨小慎微，属员给他一个禀帖，他要从第一行人家的官衔、名字，"谨禀大人阁下敬禀者"读起，一直读到"某年月日"为止，才具只得如此，还能做得甚么事情。所以听了他的说话，倒也随随便便，并不在意。傅二棒锤见苏州局面既小，抚台又是如此，只得仍旧回到南京。

此时制台正想振作有为。都说他的人是个好的，只可惜了一件，是犯了"不学无术"四个字的毛病。倘或身旁有个好人时时提醒了他，他却也会做好官的。无奈幕府里属员当中，办洋务的只仗着翻译。要说翻译，外国话、外国文理是好的，至于要讲到国际上的事情，他没有读过中国书，总不免有点偏见，帮着外国。所以这位制台靠了这班人办理外交，只有愈办愈坏，主权慢慢削完，地方慢慢送掉，他自己还不曾晓得。此外管军政的，管财政的，管学务的，纵然也有一二个明白的在内，无奈好的不敌坏的多，不是借此当作升官的捷径，便是认做发财的根源。一省如此，省省如此，国事焉得而不坏呢！

闲话休叙。且说傅二棒锤回到南京，制台又谬采虚声，拿他当作了一员能员，先委了他几个好差使。随后他又上条陈，说省城里这样办得不好，那样办得不对，照外国章程，应该怎样怎样。制台相信了他的话，齐巧制造枪炮厂的总办出差，就委他做了总办；又拨给许多款项叫他随时整顿。不久又兼了一个银元局的会办，一个警察局会办。这几个差使都是他说大话、发空议论骗了来的。考其究竟，还亏温钦差给了他那个考查各国的札子。他虽然一处没有去，借了这札子的力量，居然制台相信他，做了这厂的总办。那海州州判调省之后，制台拿他拨在厂里当差。其时正当这傅二棒锤初委总办，接手未久。亦是他俩官运亨通：傅二棒锤自从接差之后，诸事顺手，从未出过一点岔子，所以制台愈加相信。当了两年红差使，跟手就委署一任海关道。交卸到省，仍旧当他的红差使。那位州判老爷因为宪眷优隆，亦就捐升同知，做了"摇头大老爷"[②]，说是遇有机会就可以过班知府。后来能否如愿，书中不及详叙。

且说彼时捐例大开，各省候补人员十分拥挤，其中鱼龙混杂，良莠不齐。做上司的人既漫无区别，专检些有来往、有交情，或者有大帽子写信的人，照应照应，量委差缺。有些苦的，候补了十来年永远见不到上司面的人还有。因此京里有位都老爷便上了一个折子，请旨饬令各省督、抚，整顿吏治，甄别贤愚，好的留省当差，坏的咨回原籍，或是责令学习。折子上去，上头自然没有不准，立刻由军机处寄字各省督、抚照办。各省当中，有些已有"课吏馆"[③]的，奉到这个上谕，譬如本来敷衍的，至此也要整顿起来。还有些督、抚晓得捐班当中通的人少，也不忍过于苛求。凡是捐班人员初到省，道、府大员总得给他个面子，不肯过于顶真，同、通以下以及佐杂就用不着客气了。

这些人到省，并不要他做甚么策论，也不要扃门考试，同通、知县只要他当面点《京报》。北京出的《京报》，上面所载的不过是“宫门抄”[4]同本日的几道谕旨以及几个折奏，并没有甚么深文奥义，是顶容易明白的。这时候做督、抚的人随手翻一条，或是谕旨，或是折片，只要不点“骑马句”就算是完卷。算算是并不烦难。无奈有些候补老爷仍旧还是点不断。

传说那一省有一个候补同知到省，抚台叫他点《京报》，点的是那一省的巡抚上的折子。这位巡抚是姓觉罗，他当下拿笔在手，“某省巡抚”一点，“奴才”一点，“觉罗”一点。点到这里，抚台说：“罢了！罢了！不消再往下点了！”当下那位同知还不晓得自己点错，等到众人一齐点过，退了下去，还要指望上司照应他，派他差使。那知道过了两天，挂出牌来，是叫他回籍学习。他到此急了，一时摸不着头脑。请教旁人，旁人说：“莫非你点《京报》点错了罢？”他还不服。人家问他点的那一段，他便背给人家听。又道：“旗人的名字一直是两个字的，‘奴才’底下‘觉罗”两字一定是这位抚台的名字，我点的并不错。”人们见他不肯认错，也就鼻子里冷笑一声，不告诉他，等他糊涂一辈子。但是上司挂牌叫他回去学习是无从挽回得来的，只得收拾行李，离开此省，另作打算。此外因点破句子闹笑话的尚不知其数，但看督抚挑剔不挑剔，凭各人的运气去碰罢了。

至于一班佐杂，学问自然又差了一层，索性《京报》也不要他点了，只叫他各人把各人的履历当面写上三四行。督、抚来不及，就叫首府代为面试。只要能够写得出，已算交代过排场，倘若字迹稍些清楚点就是超等。至于写不成字的往往十居六七，要奏参革职亦参不了许多，要咨回原籍亦咨不了许多。做上司的到了此时亦只好宽宏大量，积点阴骘，给他们留个饭碗罢了。

闲话少叙。目下单说湖南一省，新近换了两任巡抚，着实文明，很办了些维新事业，属下各员望风承旨，极应该都开通的了。那知开者自开，闭者自闭。当时正接着这考试属员的上谕，抚台本是个肯做事的人，当下便传两司商量办法。藩台说：“同、通、州、县，本有月课。现在考较他们，也不过同月课一个样子。”臬台说：“其实只要月课顶真些考，考得好的，拔委差缺，那不好的，自然也要巴结上进。”抚台道：“这个我岂不知，但是现在军机里郑重其事的写出信来，总得另外考试一场，分别一个去取。我的意思不光是专考捐班人员，就是科甲出身的也应一体与试。”

齐巧藩台是个甲班，便道：“科甲出身人员总求大帅给他一个面子，可否免其考试？”抚台道：“这个不可。科甲人员文理虽通，但是他们从前中举人，中进士，都是仗着八股、试帖骗得来的，于国计民生毫无关系。这番考试乃是试以政事，公事明白的方可做官；倘若公事不明白，虽是科甲出身，也只好请他回家处馆。这样人倘若将来拿了印把子，怕不误尽苍生吗！”藩台听了无话。

当下，抚台便叫藩台传谕他们：自从候补道、府起至佐杂为止，分作三天，一体考试。如有规避，从重参处。倘有疾病，随后补考。这个风声一出，人人害怕，个个惊惶。不但一班候补道台怨声载道，自以为已经做了监司大员，如今还要他同了一班小老爷分班考试，心上气的了不得。至于一班科甲人员尤其不平，心想：“我们乃是正途出身，又不是银子买来的，还要考甚么！”但是抚台既有这个号令，又不敢违拗，只得一个个去打听几时才考，考些甚么，打听着了，以便出预先揣摩起来。

其中有位候补知府乃是一位太史公截取[5]出来的。到省后亦委过两趟好点的差使，无奈总是办理不善，闹了乱子，撤了回来，因此也就空在省里。他虽然改官外省，却还是积习未除。他点翰林的那年，已经四十开外，五十多岁上截取出来。目下已经六十三岁，然而精神还健，目力还好。每日清晨起来，定要临摹《灵飞经》，写白折子两开方吃早点。下午太阳还未落山的时候，又要翻出诗韵来做一首五言八韵诗。他说：“吟诗一事，最能

陶冶性灵。”然而人家见他做诗却是甚苦，或是炼字，或是炼句，往往一首诗做到二三更天还不得完。诗不做完就不睡觉。偶然得到了一句自己得意的句子，马上把太太、少爷一齐叫了来，讲给他们听。有时太太睡了觉，还一定要叫醒了他，或爬在床沿上高声朗诵，念给太太听。他自从当童生起，一直顶到如今，所有做的试帖诗稿，经他自己删汰过五次，到如今还有二尺来高，六十几本，自以为在清朝当中也算得一位诗家了。后来朝廷废去八股、试帖，改试策论，他听了大不为然。此时已经改外候补，因为得了这个信息，气的三天没有上衙门。同寅当中有两个关切的，还当他有病在家，都走来瞧他，问他为甚么不出门。他叹口气，对人说道：“现在是杂学庞兴，正学将废！眼见得世界上读书的种子就要绝灭了。”自此以后，白折子写的格外勤，试帖诗做的格外多。人家问他何苦如此，他说他是为正学绵一线之留延，所以不得不如此。大家都说他痰迷心窍，也就不再劝他。

又过了些时，听见抚台有考试属员的话，又说连正途出身的道、府亦要一体考试。他听了更气的甚么似的，说：“我们自从乡、会、复试，朝、殿、散馆以及考差，除掉皇上，亦没有第二个人来考过。咱如今不该做了他的属员，倒被他搬弄起来，这个官还好做吗！”说着，马上要写禀帖给抚台告病，说：“不干了！我不能来受他的气！”谁知他老人家正在闹着告病，倒说一连接到亲友两封来信：一封是他一个至好朋友，还是那年由京里截取出来，问他挪用过八百金，一直未曾归还。如今那个朋友光景很难，所以写了信来问他讨。又一封乃是他的亲家，现任户部侍郎，从前定过他的小姐做儿媳，如今儿子已经长大，拟于秋间为之完姻，以了“向平之愿”。这位侍郎公亲家乃是他一向仰仗的。想想自己女儿也不小了，留在家里无用，早晚总要出阁的。还账要钱，嫁女儿亦是要钱，眼面前就有这两宗出款，倘若不做官，更从何处张罗？因此空发了半日牢骚。

过了一夜，第二天便出门拜见首府。因首府是他同年，彼此知己，好打听中丞这番考试属员是个甚么宗旨，所考的是些甚么东西。首府同他说：“听说也不过策论、告示、批判之类。”他说：“若说策论呢，对策不过翻书的工夫，乡、会三场以及殿试，我辈尚优为之。至于作论，越发不是难事，不过做一篇散体文章，况且朝考亦要作论，这些都是做过的。至于拟告示，拟批，拟判，我兄弟虽是一行作吏，但自问并不同于俗吏所为，一向于这公事上头却也不甚留心，不甚了了。骤然拿个禀帖叫我批，说桩案子叫我判，叫我写些甚么呢？”

首府乃是一个老滑，听了说道：“这些事情，只要准情酌理，大致不错，也就交代过去，没有甚么烦难的。”他道：“总要还他格式才好。这些格式我肚子里一向没有，怎么好呢？”首府道：“就像我兄弟出来做官，何曾懂得甚么格式，也不过书办拟了上来，老夫子改好之后，再送我过目，瞧着有不对的，斟酌换两个字罢了。老同年如其单要讲究格式，其实只要一书办足矣。”那位截取知府听了，喜的了不得，连忙说道：“现在我兄弟就少怎么一个人指点指点。如此就拜托同年，可否就在贵衙门里书办当中检老成练达的赏荐一位，以便兄弟朝夕领教？也免得时刻来烦老同年。”首府被他缠不过，晓得他有痰气的，如果不答应，一定还要缠之不休，只得应允。

等他到拜客回公馆，那府里的书办也就来了。见了面磕头称“大人”，自己称“书办”。问他那一房，回说是“刑房”。这位太守公竟其异常客气，因为他姓王，就称之为王先生。又请王先生坐，王先生执定不肯。他说：“请教的事情多，坐了好商量。”原来这位太守公从前做八股的时候单练就一种工夫，是自己抄写类书，把甚么“四书人物串珠”、“四书典林”、“文料触机”等类，一概自己分门别类，抄写起来。等到用的时候，自然是有触斯通，取之不竭。如今抚台要考官，他想考试都是一样，夹带总要预备的。他的意思很想仿照款式照编一部，就题个名字，叫作《官学分类大成》。将来刻了出来，不但便己，并可便人。

通天下十八省，大大小小候补官员总有好几万人。既然上头要考官，这种类书，每人总得买一部。一十八省一齐销通，就有好几万部的销场，不惟得名，而又获利。看来此事大可做得。因此便把这意告诉了王先生。

王先生听了，愣了一愣，说道："案卷有几千几百宗，一时那里查得齐！况且书办管的单是刑科，还有吏、户、礼、兵、工五科的事情，再加现在的洋务、商务，一共有八九门，书办一个人怎么管得来呢。若是大人考较各种格式，依书办的愚见，外面书铺里有一种书，叫作甚么《宦乡要则》，买部来看看，大约亦有个六七成。"

那位截取太守公听了甚喜，听了一遍不懂，又问了一遍，把名字问明白了，立刻写了个条子，叫管家去买。不到半点钟工夫，居然买了回来。翻开一看，只见各种款式都有些。他老人家翻来覆去看了一回，说道："原来这书竟同我们做时文的所读的《制艺声调谱》一样，只要把他读熟，将来出去做官自然无往不利了。"王先生道："这些都是个呆的，至于其中的巧妙，在乎各人学问、阅历，书上亦载不尽许多。"截取太守公道："这个你可办得来？"王先生道："办虽办得来，不过几句照例的话，随便写了上去，仍旧要师爷改了才好用。"截取太守公道："我现在只要有你的本事，我就不愁了。"两个人谈了半天，就要留王先生吃饭。王先生不肯，起身告辞，特地叫他把地名写下，以便叫人来请。

等到王先生去后，这一位太守公足足盘算一夜，想来想去，自己本事总觉有限，不可冒昧出去应考，忽然悟到："凡是考试都可以请枪手，冒名顶替进场。等到明天，我何不把王先生找了来，就叫他充作我的跟班，一块儿混了进去，等到题目下来，可以同他商量，岂不省事。"主意打定，次日一早便派人把王先生找来，同他密商此事，答应送他若干银子，如得高等，得有差缺，另外补清。

王先生听了，若笑不笑的踌躇了一回，说道："大人既要书办去做这个，为甚么昨天不说？书办今天早上已答应了别人了。"截取太守公一听大惊，心想："人家倒比我还来得快！可见这事早已通行，在我今日并不算作创举。"想罢，便问："请你作枪的是谁？"书办道："是一位同知老爷，并不同大人一班。至于这位老爷的名字，书办也不便说。横竖到了那天，如其府、厅同一天考，只要书办帮完了那边，自然赶到大人这边来效力。倘若不在一天，那话更好说了。"这位太守公听了，默默无言，只得另打主意。

原来这两天所有的道员已经竭力运动，弄了甚么京信，抚台答应顾全他们的面子，免其考试，府厅以下均不能免。当下已定了府、厅为一天，州、县人多分作三天，统通到课吏馆听候面试。至于佐杂各员则归首道代劳。

闲话少叙。且说到了考试府、厅的那一天，抚台因系奉旨的事，不得不格外慎重。天甫黎明，宪驾已临课吏馆。司、道大宪通同堂参与考。各官一齐翎顶辉煌，靴声橐橐，却个个手挎考篮，同应试的举子一样。当下遂一点名给卷。点完之后，司、道退出，照例封门。抚台特留下两员候补道作为场中巡绰官。当下发出题目牌。众人挤上去看时，只见上面一共写着两个题目：一篇史论，一道策。史论题目是大家晓得的，总出在《御批通鉴辑览》一部书上。策题问的是"膏捐"。这膏捐一事，有些抽大烟的老爷们或者还明白一二，至于那些不抽烟的以及平时连《申报》都不看的，还不晓得是甚么事呢。一时人头簇簇，言三语四，聚了多少人商量，也有商量出道理的，也有商量不出道理的。正在聚讼纷纷之际，忽听得一片声喧，说是拿住了枪手。只见许多穿袍子，戴帽子的老爷，扭住一个又胖又大的一个黑汉，说："他进来冒名顶替做枪手，如今要拿他去回抚台。"后来那两个监场的道台彼此商量了一回，齐说："这事情闹到大帅跟前，恐怕弄僵，不好收场。"便挺身出来打圆场，劝诸位放手："把枪手交给我们二人，我们替你们禀明中丞，查明白他那本卷子是替甚么人枪的。查明白了，一面撤去这本卷子，再把本人严参：一面把枪手另外一间屋子看管起来，等到开门的时候发交长沙县严办。诸位不要耽误自己的工夫。这件事统通交给我二人便了。”一众大人老爷们见这两位道台说话在理，果然把枪手交出，众人各自散去。那两位道台这才进去面禀抚台。

抚台于此举甚是顶真，一听这话，忙说：“冒名顶替，照考试定章办起来自要斩立决的。今天考试虽非乡、会可比，然究系奉旨之事，既然拿到了枪手，兄弟今天定要惩一儆百，让众人当面看看，好叫他们有个怕惧。”说着，立刻叫巡捕官传令开门，传三大营，首府、县伺候，说抚台大人今天要请大令杀人。众官不知就里，一齐奔到课吏馆。谁知等了半天，即不见抚台出来，亦没有别的吩咐。后来一打听，不料拿到的那个枪手，查出那本卷子，不是别人，正是抚台二少爷的妻舅。他因为要仰仗太亲翁的提拔，所以特地捐了一个知府，寄托宇下。正逢着抚台考官，这位大人乃是个一窍不通的，只得请了枪手，代为枪替。又有二少爷的内线，替他求求太亲翁，料想超等总有分的。那知被人拿住了破绽。抚台一时未及查问明白，闹得一天星斗，一时不好收篷。众人来了半天，巡捕上来请示，抚台只吩咐枪手发交首府，调三大营来，是恐怕再有人传递，特地叫他们来巡缉的，要杀人的话也就不提了。

欲知后事如何，且听下回分解。

［注释］

①枪手：考试时，找人冒名代考，叫作枪替。代考的人叫作枪手。

②摇头大老爷：指通判。通判是知府的辅佐官，知县见了通判要行见上司礼节，而过后则摇头，是瞧不起通判的，所以叫通判为“摇头大老爷”。

③课吏馆：各省设立为候补官员学习的地方。

④官门抄：清代内阁发抄的关于宫廷动态等情况，由报房抄出，为京报内容之一，或单独印刷发售，由官门口抄出，故名。

⑤截取：具有一定资格的官员，由吏部根据他的科分、名次、食俸年限，核定他截止的期限，予以选用。

第五十七回

惯逢迎片言矜秘奥　办交涉两面露殷勤

话说湖南抚台本想借着这回课吏振作一番，谁知闹来闹去仍旧闹到自己亲戚头上，做声不得，只落得一个虎头蛇尾。后来又怕别人说话，便叫人传话给首府，叫他斟酌着办罢。首府会意，回去叫人先把那个枪手教导了一番话，先由发审委员问过两堂，然后自己亲提审问。首府大人假装声势，要打要夹，说他是个枪手。只顾言东语西，不肯承认。在堂的人都说他是个疯子。首府又问："这人有无家属？"就有他一个老婆，一个儿子，赶到堂上跪下，说："他一向有痰气病的。这天本来穿了衣帽到亲戚家拜寿，有小工王三跟去。王三回来说：'刚刚走到课吏馆，因彼处人多路挤，一转眼就不见了。'王三寻了半天不见，只得回家报知。后来家中妻子连日在外查访，杳无消息。今天刚刚走到府衙，听得里面审问重犯，又听说是课吏馆捉到的枪手，因此赶进来一看，谁知果然是他。但他实系有病，虽然捐有顶戴，并未出来做官，亦并不会作文章，叩求青天大人开恩，放他回去。"首府听了不理，歇了一回，才说道："就不是枪手，是个疯子也要监禁的。"那人的妻子还是只在下叩头。

首府又叫人去传问请枪手的那位候补知府。那位候补知府说是有病不能亲来，拿白折子写了说帖，派管家当堂呈递。首府一面看说帖，管家一面在底下回道："家主这天原预备来考的，实因这天半夜里得了重病，头晕眼花，不能起床。"首府道："既有病，就该请假。"管家道："回大人的话，抚台大人点名的时候，正是家主病重的时候。小的几个人连着公馆里上上下下，请医生的请医生，撮药的撮药，那里忙得过来。好容易等到第二天下午，家主稍为清爽些，想到了此事，已经来不及了。"说着，又从身边把一卷药方呈上，说道："这张是某先生几时几日开的，那张是某先生几时几日开的。"又说："家主现在还躺在床上不能起来，大人很可以派人看的。"又道："这些医生都可以去问的。"首府点点头，吩咐众人一齐退去，疯子暂时看管，听候禀过抚台大人再行发落。

后来首府禀明了抚台，回来就照这样通详上去，把枪手当作疯子，定了一个监禁罪名。"候补知府某人，派首县前往验过，委系有病，取具医生甘结为凭。惟该守既系有病，亟应先期请假，迨至查出未到，始行遣下续报。虽讯无资雇枪手等弊，究不能辞玩忽之咎。应如何惩儆之处，出自宪裁"各等语。抚台得了这个禀帖，还怕人有说话，并不就批。第二天传发出一道手谕，贴在府厅官厅上，说：

> 本部院凡事秉公办理，从不假手旁人。此番钦奉谕旨考试属员，原为拔取真材，共求治理。在尔各员应如何恪恭将事，争自濯磨，以副朝廷孜孜求治之盛意。乃候补知府某人，临期不到，已难免疏忽之愆；复经当场拿获疯子某某，其时众议沸腾，佥称枪手。是以特发首府，严行审讯。旋经该府讯明某守是日有病，某某确有疯疾，取具医生甘结，并该疯子家属供词，禀请核办前来。本部院办事顶真，犹难凭信，为此谕尔各守、丞、倅知悉：凡是日与考各员，苟有真知灼见，

确能指出枪替实据者，务各密告首府，汇禀本部院，亲自提讯。一经证实，立刻按律严惩。饬吏治而拔真材，在此一举，本部院有厚望焉！特谕。

这个手谕贴了出来，就有些妒忌那位知府的，又有些当场拿人的，各人有各人的主意，有的是泄愤，有的想露脸，竟有两个人写了禀帖去交给首府代递。次日衙期，一齐到了官厅。头一个上来拿禀帖交给了首府。首府大略一看，一面让坐，一面拿那人浑身打量一番，慢慢的讲道："事情呢，本来不错，就是兄弟也晓得并不冤枉。但是一样：谁不晓得他是抚台少爷的亲戚，我们何苦同他做这个冤家呢。况且就是拿他参掉，剩下来的差使未必就派到你我，而且我们的名字他老人家倒永远记在心上，据我兄弟看来，诸君很可不必同他多此一个痕迹。果然诸君一定要兄弟代递，兄弟原不能不递。但是朋友有忠告之义，愚见所及，安敢秘而不宣。诸君姑且斟酌斟酌再递何如？"大家听了首府的话，想想不错。有些禀帖还没有出手的一齐缩了回来。就是已把禀帖交给首府的，到此也觉后悔，朝着首府打躬作揖，连称"领教"，也把那禀帖收了回来。首府又细加探听，内中有几个心上顶不服的，把他们的名字一齐开了单子送给抚台。

抚台见手谕贴出了两天没有说话，便按照着首府的详文办理，略谓：

某守临期因病不到，虽非有心规避，究属玩视，着记大过三次。疯子暂行监禁，俟其病痊，方准交其家属领回。

一面缮牌晓谕，一面已把前天所考的府、厅一班分别等第，榜示辕门。凡早首府开进来的单子，想要攻讦他儿子妻舅的几个名字，一齐考在一等之内，三名之后。这班人得了高第，无不颂称中丞拔取之公。次日一齐上院叩谢。其实弄到后来，前三名仍是抚台的私人。第一名，委了一个缺出去；二三名都派了一个差使；三名之后，毫无动静，空欢喜了一阵，始终未得一点好处。至于那位记过的虽然一面记过，一面仍有三四个差使委了下来。众人看了他虽不免作不平之鸣，毕竟奈何他不得。

只因这一番作为，抚台深感首府斡旋之功，拿他器重的了不得。未久就保荐他人材，将他送部引见。引见之后，过班道台，仍归本省补用，并交军机处存记。领凭到省，禀见抚台，第二天就委了全省学务处、洋务局、营务处三个阔差使，又兼院上总文案。

且说这位观察公，姓单，号舟泉，为人极其漂亮，又是正途出身。俗语说得好："一法通，百法通。"他八股做得精通，自然办起事来亦就面面俱到了。他自从接了这四个差使之后，一天到晚真正是日无暇晷，没有一天不上院。抚台极其相信他固不必说，他更有一种本事，是一天到晚同抚台在一处，凡是抚台的说的话他总答应着，从来不作兴说一句"不是"的。

有天抚台为了一件甚么交涉事件牵涉法国人在内，抚台写错了，写了英国人了。抚台自己谦虚，拿着这件公事同他商量，问他可是如此办法。他明明晓得抚台把法国的"法"字错写作英国的"英"字，他却并不点穿，只随着嘴说："极是。"抚台心上想："某字同某人商量过，他说不错一定是不错的了。"便发到洋务文案上照办。几个洋务文案奉到了这件公事，一看是抚台自己写的，自然是分头赶办。等到仔细校对起来，法国人的事牵到英国人身上，明明是抚台一时写错，然而抚台写的字不敢提笔改，只得捧了公事上来请教老总。单道台道："这个我何曾不晓得是中丞写错。但是在上宪跟前，我们做属员的如何可以显揭他的短处。兄弟亦正为此事踌躇。"

此时单道台一面说，一面四下一看，只见文案提调[1]、候补知府、旗人崇志，绰号崇二马糊的，还没有散，便把手一招，道："崇二哥，快过来！这事须得同你商量。"崇二马糊忙问何事。单道台如此这般的说了一遍，又道："现在别无办法，只有托你二哥明天拿

这件公事另外写一分，夹在别的公事当中送上去，请他老人家的示，看他怎么批。料想闹错过一回，断乎不会回回都闹错的。”

崇二马糊虽然马糊，此时忽然明白过来，忙说道：“回大人的话：这件公事，大帅今天才发下来，明天又送上去，不怕他老人家动气？又该说咱们不当心了。”单道台发急道：“我们文案上碰个钉子算甚么！差使当的越红，钉子碰的越多，总比你当面回他说大人写错了字的好。况且他一省之主，肯落这个把柄在我们手里吗。还是照我办的好。”崇二马糊拗他不过，只得依他。等到了第二天送公事上去，果然又把这件公事夹在里面。抚台一面翻看，一面说话。后来又翻到这件，忽然说道：“这个我昨天已经批好交代单道台的了。”崇二马糊不响，抚台又说一遍。崇二马糊回称：“这是单道说的，还得请请大帅的示。”抚台心上想：“难道昨儿批的那张条子，他失落掉不成？”于是又重批一条。谁知那个法国人的“法”字依旧写成英国的“英”字。一误再误，他自己实实在在未曾晓得。等到下来，崇二马糊把公事送给单道台过目。单道台看到这件，只是皱眉头，也不便说甚么。为的旁边的人太多，他做属员的人，如何可以指斥上宪之过，倘或被旁边人传到抚台耳朵里去，如何使得！看过之后放在一边。

等了半天，打听得抚台一个人在签押房里，他便袖了这件公事，一个人走到抚台跟前，一掀门帘，正见抚台坐在那里写信。他进来的脚步轻，抚台没有听见。他见抚台有事，便也不敢惊动，袖了公事，站在当地，一站站了一点钟。抚台因为要茶喝，喊了一声“来”，猛然把头抬起，才看见了单道台。问他几时来的，有甚么事情。单道台至此方才卑躬屈节的口称：“职道才进来，因见大帅有公事，所以不敢惊动。”抚台一面封信，一面让他坐。等信封完，然后慢慢的提到公事。倒是抚台先说：“昨天一件甚么事，不是我兄弟已经同老哥商量好了，批了出去，叫他们照办吗？他们今天又上来问我。你看他们这些人可糊涂不糊涂！”

单道台道：“非但他们糊涂，职道学问疏浅，实在亦糊涂得狠。就是昨天那件公事，大帅一定晓得这外国人的来历，一定是英国人，不是法国人。职道猜这件公事，他们底下总没有弄清，一定是把英国人写作法国人了。大人明鉴万里，所以替他们改正过来的。”抚台听了，愣了一愣，说：“那件公事你带来没有？”单道台回称：“已带来。”就在袖筒管里把那件公事取了出来，双手奉上，却又板着面孔，说道：“法国人在中国的不及英国人多，所以职道很疑心这桩事一定是英国人，大帅改的一点不错。”

抚台亦不答腔，接过公事，从头至尾瞧了一遍，忽然笑道：“这是我弄错了，他们并没有错。”单道台故作惊惶之色道：“倒是他们不错？这个职道倒有点不相信了。”立刻接过公事，又仔细端详看一遍，一面点头，一面咂嘴弄舌的，自言自语了一回，又说道：“果真是法国人。不是大帅改过来，职道一辈子也缠他不清。职道下去立刻就吩咐他们照着大帅批的去办。”抚台道：“这事已耽误了一天了，赶快催他们去办罢。”

单道台诺诺连声，告退下去。回到文案上，朝着崇二马糊一班人说道：“你们不要瞧着做官容易，伺候上司要有伺候上司的本领！照着你们刚才的样子，就是公事送上去十回，不但改不掉，还要碰下来！”崇二马糊道：“依着卑府是要在那写错字的旁边贴个红签子送上去，等他老人家自己明白。”单道台道：“这个尤其不可！只有殿试、朝考，阅卷大臣看见卷子上有了甚么毛病，方才贴上个签子以做记号。我是过来人，还有甚么不晓得。如今我们做他下属，倒反加他签子，赛如当面骂他不是，断断使不得！《中庸》上有两句话我还记得，叫作：‘在下位，不获乎上，民不可得而治矣。’甚么叫‘获上’？就说会巴结，会讨好，不叫上司生气。如果不是这个样子，包你一辈子不会得缺，不能得缺那里来的黎民管呢？这便是‘民不可得而治矣’的注解。”

单道台正说得高兴，崇二马糊是有点马马糊糊，也不管甚么大人、卑府，一定要请教："刚才大人上去是同大帅怎么讲的，怎么大帅肯自己认错改正过来？求求大人指示，等卑府将来也好学点本事。"单道台闭着眼睛，说道："这些事可以意会，不可言传，要说一时亦说不了许多。'神而明之，存乎其人'，诸公随时留心，慢慢的学罢了。"

又过了些时，首县禀报上来：有一个游历的外国人，因为上街买东西，有些小孩子拉住他的衣服笑他。那个洋人恼了，就把手里的棍子打那孩子，那孩子躲避不及，一下子打到太阳穴上，是个致命伤的所在，那孩子就躺在地下，过了一会就没有气了。那个孩子的父母自然不肯干休，一齐上来，要扭住外国人。外国人急了，举起棍子一阵乱打，旁边看的人很有几个受伤的。街坊上众人起了公愤，一齐奋勇上前，捉住了外国人，夺去他手里棍子，拿绳子将他手脚一齐捆了起来，穿根扁担，把他扛到首县喊冤。首县一听，人命关天，这一惊非同小可！等到仔细一问，才晓得凶手是外国人，因想："外国人不是我知县大老爷可以管得的。"立刻吩咐一干人下去候信。当时尸也不验，立刻亲自上院请示。

抚台见了面，问知端的，晓得是交涉重案，事情是不容易办的，马上传单道台商量办法。单道台问："打死人的凶手既是个外国人，到底那一国的？查明白了，可以照会他该管领事，商量办法。"首县见问，呆了半天，方挣扎着说道："横竖外国人就是了。卑职来的匆促，却忘记问得。"抚台又问："打杀的是个甚么人？"首县说："是个小孩子。"抚台道："我亦晓得是个小孩子！到底他家里是个做甚么的？"首县道："这个卑职忘记问他们，等卑职下去问过了他们，再上来禀复大帅。"

抚台骂他糊涂，叫马上去查明白了再来。首县无奈，只得退去。回到衙门，把签稿二爷叫上来哼儿哈儿骂了一顿，骂他糊涂："不把那小孩子的家计同凶手是那一国的人查明白了回我，如今抚台问了下来，叫我无言可对！真正糊涂！赶紧去查！"签稿门下来，照样把地保骂了一顿，地保又出去追问苦主，方才晓得是豆腐店的儿子，是个小户人家，没有甚么大手面的。后来又问到外国人，大家都不懂他说话。首县急了，晓得本城绅士龙侍郎新近亦沾染了维新习气，请了外国回来的洋学生在家里教儿子读洋书，打算请了他来，充当翻译。马上叫人拿片子去请。等了半天，去人空身回来，说是："龙大人那里洋师爷半个月前头就进京去考洋翰林去了。"首县正在为难，齐巧院上派人下来，说："把外国凶手先送到洋务局里安置。等到问明之后，照会他本国领事，再商办法。"首县闻言，如释重负，赶忙前去验尸，提问苦主、邻右，叠成文书，申详上宪。

闲话少叙。原来这事全是单道台一个人的主意。他同抚台说："我们长沙并没有甚么领事。这个外国人是为游历来的，如今打死了人，倘若不办他，地方上百姓一定不答应。若说是拿他来抵罪，我们又没有这样的治外法权，可以拿着本国的法律治别国的人。想来想去，这凶手放在县里总不妥当。倘或在班房里叫他受点委曲，将来被他本国领事说起话，总是我们不好。不如把他软禁在职道局子里，不过多化几个钱供应他。等到他本国领事回文来，看是如何说法，再商量着办，请请大帅的示，看是怎样？"抚台连说："很好。"所以单道台下来，立刻就派人到首县里去提人的。当下人已提到，局子里有的是翻译，立刻问他是那一国的人，甚么名字。幸亏邻省湖北汉口就有他该管领事，可以就近照会。马上又回明抚台，详详细细由抚台打了一个电报给湖广总督，托他先把情节告诉他本国领事，再彼此商量办法。

这位单道台办事一向是面面俱到，不肯落一点褒贬的。他说："这事是人命关天，况且凶手又是外国人，湖南省的阔人又多，如果一个办的不得法，他们说起话来，或是聚众同外国人为难起来，到这时节，拿外国人办也不好，不办也不好。不如先把官场上为难情形告诉他们，请他们出来替官场帮忙。如此一来，他们一定认做官场也同他们一气，绅士、

百姓一边就好办了。但是一件：外国领事一定不是好缠的。外国人打死了人，虽然不要抵命，然而其势也不能轻轻放他回去。但是如今我们说定这外国人一个甚么罪名，领事亦决计不答应。此时却用着他们绅士、百姓了。等他们大众动了公愤，出头同领事硬争，领事见动了众，自然害怕。再由我们出去压服百姓，叫百姓不要闹。百姓晓得我们官场上是帮着他们的，自然风波容易平定。那时节凶手的罪名也容易定了，百姓自然也没得说了，外国领事还要感激我们。内而外部，外而督、抚，见你有如此才干，谁不器重，真是无上妙策！”主意打定，立刻就想坐了轿子去拜几个有权势的乡绅，探探他们口气，好借他们做个帮手。

正待上轿，已有人前来报称：“众绅士因为此事，说洋务局不该不把外国凶手交给县里审问，如今倒反拿他留在局中，十分优待，因此众人心上不服，一齐发了传单，约定明日午后两点钟在某处会议此事。又听说一共发了几千张传单，通城都已发遍。将来来的人一定不少，还恐怕愚民无知，因此闹出事来。”

单道台听了，马上三步并做两步，上了轿，又吩咐轿夫快走。甚么叶阁学[2]、龙祭酒[3]、王侍郎，几个有名望的，他都去拜过。只有龙祭酒门上回感冒未见，其余都见着的。见了面，头一个王侍郎先埋怨官场上太软弱，不应该拿凶手如此优待，如今大众不服，生怕明天闹出事情出来，彼此不便。好个单道台，听了王侍郎这番说话，连说：“这件事职道很替死者呼冤！一定要禀明上宪，照会领事，归我们自家重办。好替百姓出这口气！”

王侍郎道：“既然晓得百姓死的冤枉，极该应把凶手发到县里，叫他先吃点苦头，也好平平百姓的气。”单道台凑近一步道：“大人明鉴：我们做官的人只好按照约章办理。无论他是那一国的人，都得交还他本国领事自办。面子上那能说句违约的话呢？但是职道却有一个愚见：这个凶手如今无故打死了我们中国人，倘若就此轻轻放他过去，不但百姓不服，就是抚宪同职道，亦觉于心不忍。所以职道很盼大人约会大众帮着出力，等到领事来到此地，同他竭力的争上一争。倘若争得过来，一来伸了百姓的冤，二来也是我们的面子。就是京里晓得了，这是迫于公愤的事，也不能说甚么话。”王侍郎道：“官不帮忙，只叫我们底下出头，这事还有用吗？”单道台发急道：“职道何尝不出力！要说不出力也不赶着来同大人商量了。”一席话竟把王侍郎、一班绅士拿单道台当作了好官，说他真能卫护百姓。登时传遍了一个湖南省城，竟没有一个不说他好的。

单道台又恐怕底下聚了多少人，真要闹点事情出来，倒反棘手。过了一天，因为王侍郎是省城众绅衿的领袖，于是又来同王侍郎商议。见面之后，先说：“接到领事电报，一定要我们把凶手护送到汉口，归他们自己去办。是职道同抚宪说明，一定不答应他。现在抚台又追了一封电报去，就说百姓已经动了公愤，叫他赶紧到这里，彼此商量办法，以保两国睦谊。如今电报已打了去，还没有回电来，不晓得那边怎么样。卑职深怕大人这边等得心焦，所以特地过来送个信。总望大人传谕众绅民，叫他们少安毋躁，将来这事官场上一定替他们作主，决不叫死者含冤。所虑官场力量有时而穷，不得不借众力以为挟制地步；究竟到了内地，他们势孤总可以强他就我。所以动众一事，大人明鉴，只可有其名而无其实。倘或聚众人多了，外国人有个一长两短，岂不是于国际上又添了一重交涉么？”

此时，王侍郎本系丁忧在家，刚刚服满，颇有出山之意。一听这话，深以为然。但是于自己乡亲面上不能不做一副激烈的样子，说两句激烈的话，以顾自己面子，其实也并不是愿意多事的人。当下听了单道台的话，连称“是极”。等到单道台去后，他那些乡亲前来候信，王侍郎只劝他们不可聚众，不可多事，将来领事到来，抚台一定要替死者伸冤。他是一乡之望，说出来的话，众人自然没有不听的，果然一连平定了三天。

等到第四天，领事也就到了。领事只因奉到了驻京本国公使的电报，叫他亲赴长沙，会审此案，所以坐了小轮船来的。地方官接着，自不得不按照条约以礼相待，预备公馆，请吃大菜，一切烦文不用细述。等到讲到了命案，单道台先同来的领事说：“我们中国湖南地方，百姓顶蛮，而且从前打‘长毛’全亏湖南人，都是些有本事的。他们为了这件事情，百姓动了公愤，一定也要把凶手打死，以为死者伸冤。兄弟听见这个信，急的了不得，马上禀了抚台，调了好几营的兵，昼夜保护，才得无事，不然，那凶手还能活到如今等贵领事来吗！”领事道：“这个条约上有的，本应该归我们自己惩办；倘若凶手被百姓打死了，我只问你们贵抚台要人。”

单道台道：“这个自然，不特此也，百姓听见贵领事要到此地，早已商量明白，打算一齐哄到领事公馆里，要求贵领事拿凶手当众杀给他们看。百姓既不动蛮，不能说百姓不是。他们动了公愤，就是地方官亦无可奈何。不知贵领事到了这个时候是个怎么办法？”领事听了他这番话，一想：“现在我们势孤，倘真百姓闹起事来，也须防他一二。”但是面子上又不肯示人以弱，呆了一呆，说道：“贵道台如此说法。兄弟马上先打个电报给我们的驻京公使，叫他电回本国政府，赶快派几条兵轮上来。倘若百姓真要动蛮，那时敝国却也不能退让。”

单道台一听领事如此说法，亦就正言厉色的说道：“贵领事且不要如此说法。敝国同贵国的交谊，固然要顾；然而百姓起了公愤，就是敝国政府亦不能禁压他们，何况兄弟。以前是贵领事未到，百姓几次三番想要闹事，都是兄弟出去劝谕他们。又告诉他们听：‘将来领事到来，自能秉公办理，尔等千万不可多事。’又告诉他们，贵领事今天初到这里，他们已聚了若干的人，想来问信，又是兄弟拿他们解散。若非兄弟出力，早已闹出事来，贵领事那里还能平平安安在这里谈天。就是打电报去调兵船，只怕远水亦救不得近火。如今各事且都丢开不讲，但说这个凶手，论他犯的罪名是‘故杀’，照敝国律例是要抵拟的。但不知贵领事此番前来，作何办理？”

领事道：“是‘故杀’不是‘故杀’，总得兄弟问过犯人一次，方能作准。就是‘故杀’，敝国亦无拟抵的罪名，大约不过监禁几个月罢了。”单道台道：“办的轻了，恐怕百姓不服。”领事道：“贵国的人口很多，贵国的新学家做起文章来或是演说起来，开口‘四万万同胞’，闭口‘四万万同胞’，打死一个小孩子值得甚么，还怕少了百姓吗？”单道台一听领事说的话，明明奚落中国，有心还要驳他几句，回心一想：“彼此翻了脸，以后事情倒反难办。我横竖打定主意，两面做个好人。只要他见情于我，我又何苦同他做此空头冤家呢。”想罢，便微微一笑，暂别过领事，又回到王侍郎家里，把他见了领事，如何辨驳，如何要求，添了无数枝叶。不晓得的人听了都当真正是个好官，真能够回护百姓。后来大众问他：“到底办这外国人一个甚么罪名？”单道台道：“这个还要磋磨起来看。”

单道台此时也深晓得领事与绅士两面的事不容合在一处的。但是面子上见了领事不能不装出一副害怕的样子，说百姓如何刁难，如何挟制；“如果不是我在里头弹压住他们，早晚他们一定闹点事情出来。”只要说得领事害怕，自然可望移船就岸。见了绅士，又做出一副慷慨激烈的样子，说道：“我们中国是弱到极点的了！兄弟实在气愤不过！如今我们还没有同他为难，听说他要把诸公名字开了清单，寄给他们本国驻京公使，说是这桩命案全是诸公鼓动百姓与他为难，拿个聚众罪名轻轻加在诸公身上。将来设有一长两短，百姓人多，他查不仔细，诸公是不得免的！”

几个绅士一听这话，起先是靠了大众公愤，故而敢与领事抵抗；如今听说要拿他们当作出头的人，早已一大半都打了退堂鼓了。反有许多不懂事的人，私底下去求单道台，求他想了个法子，不要把名字叫领事知道方好。因此几个周转，领事同绅士都拿单道台当作

好人。

当下拿凶手问过两堂，定了一个监禁五年的罪名。据领事说：照他本国律例，打死一个人，从来没有监禁到五个年头的，这是格外加重。抚台及单道台都没有话说。单道台还极力恭维领事，说他能顾大局，并不袒护自己百姓，好叫领事听了喜欢，及至他见了绅士，依旧是义形于色的说道："虽然凶手定了监禁五年的罪名，照我心上，似乎觉得办的太轻，总要同他磋磨，还要加重，方足以平诸公之气！"这番话，他自己亦明晓得已定之案，决计加重不为，不过姑妄言之，好叫百姓说他一个"好"字。至于绅士，到了此时，一个个都想保全自己功名，倒反掉转头来劝自己的同乡说："这位领事能够把凶手办到这步地位，已经是十二分了。况且有单某人在内，但凡可以替我们帮忙，替百姓出气的地方，也没有不竭办的。尔等千万不可多事！"百姓见绅士如此说法，大家谁肯多事。一天大事，瓦解冰销，竟弄成一个虎头蛇尾！

只有单道台却做了一个面面俱圆：抚台见面夸奖他，说他能办事；领事心上也感激他弹压百姓，没有闹出事来，见了抚台亦很替他说好话；至于绅衿一面，一直当他是回护百姓的，更不消说得了。自从出事之后，顶到如今，人人见他东奔西波，着实辛苦，官厅子上，有些同寅见了面，都恭维他"能者多劳"。单道台得意洋洋的答道："忙虽忙，然而并不觉得其苦。所谓'成竹在胸'，凡事有了把握，依着条理办去，总没有办不好的。"人家问他有甚么诀窍。他笑着说道："此是不传之秘，诸公领悟不来，说了也属无益。"人家见他不肯说，也就不肯往下追问了。

又过了些时，领事因事情已完，辞行回去。地方官照例送行，不用细述。谁知这回事，当时领事只认定百姓果然要闹事，幸亏单道台一人之力，得以压服下来。当时在湖南虽隐忍不言，过后想想，心总不甘，于是全归咎于湖南绅衿。又说抚台不能镇压百姓，由着百姓聚众，人太软弱，不胜巡抚之任。至于几个为首的绅衿，开了单子，禀明驻京公使，请公使向总理各国事务衙门诘责，定要办这几个人的罪名。又要把湖南巡抚换人。因此外国公使便向总理衙门又多出一番交涉来。

要知后来如何，且听下回分解。

［注释］

①提调：清代在非常设的机构中负责处理内部事务的官员。

②阁学：内阁学士的省称，是大学士、协办学士之下的官员，办理传宣诏敕，掌管典籍，收发文书的职务。

③祭酒：在此指国子监的主官，犹如国立大学的校长。

第五十八回

大中丞受制顾问官　洋翰林见拒老前辈

且说驻京外国公使接到领事的禀帖，一想这事一定要争的，便先送了一个照会到总理衙门，叫这些总理各国事务大人们照办。列位看官是知道的：中国的大臣，都是熬资格出来的。等到顶子红了，官升足了，胡子也白了，耳朵也聋了，火性也消灭了。还要起五更上朝，等到退朝下来，一天已过了半天，他的精神更磨的一点没有了。所以人人只存着一个省事的心：能够少一桩事，他就可多休息一回。倘在他精神委顿之后，就是要他多说一句话也是难的。而且人人又都存了一个心，事情弄好弄坏，都与我毫不相干，只求不在我手里弄坏的，我就可以告无罪了。

人人都存着这个念头，所以接到公使的照会，司员看了看，晓得是一件交涉重案，压不来的，马上拿了文书呈堂。无奈张大人看了摇摇头，王大人看了不则声，李大人看了不赞一辞，赵大人看了仍旧交还司员。司员请示：“怎么回复他？”诸位大人说：“请王爷的示。”第二天会见了王爷，谈到此事。王爷问：“诸位是甚么意思？还是答应他，还是不答应他？怎么回复他才好？”诸位大人你看看我，我看看你，一句话也没有。王爷等了半天，见各位大人没有一句说话，又问下来道：“到底诸公有些甚么高见？说出来我们大家亦可以商量商量。”张、王、李、赵四位大人被王爷这一逼，不能不说话了。张大人先开口道：“还是王爷有甚么高见，一定不会差的。”王大人更报着自己的名字，说道：“某人识见有限，还是王爷历练的多，王爷吩咐该怎么办，就怎么办罢。”李大人道：“他二位说的话一些不错。”赵大人资格最浅，就是肚皮里有主意，也不敢多说话的，只随着大众说，应了一声“是”。王爷见谈了半天仍谈不出一毫道理来，于是摸出表来一看。张大人说本衙门有事，王大人说还要拜客，李、赵二位大人亦都要应酬，一齐说了声“明天再议”。送过王爷，各人登车而去。

过了两天，公使馆里没有来讨回信，王爷同他四位亦就没有再提此事。等到第三天，公使因为他们没有回复，又照会过来问信。他们还是不得主意。王爷同他们议了半天，无非“是是是”，“者者者”，闹了些过节儿，一点正经主意都没有。这天又是空过去，亦没有照复公使。等到第五天，公使生了气，说：“给你们照会，你们不理！”于是写了一封信来，订期明日三点钟亲自前来拜会，以便面商一切。诸位王爷、大人们，只得答应他，回他：“明天恭候。”同外国人打交道是不可误时候的。说是三点钟来见，两点半钟各位王爷、大人都已到齐，一齐穿了补褂朝珠，在一间西式会客堂上等候。刚刚三点，公使到了。从王爷起，一个个同他拉手致敬，分宾坐下，照例奉过西式茶点。王爷先搭讪着同他攀谈道：“我们多天不见了。”公使还没有答腔，张大人忙接了一句道：“这一别可有一个多月了。”王大人道：“还是上个月会的。”李大人道：“多时不见，我们记挂贵公使的很。”赵大人道：“我们总得常常叙叙才好。”公使是懂得中国话的，他们五位都说客气话，少不得也谦逊了一句。王爷又道：“今天天气好啊。”张大人道：“没有下雨。”王大人道：“难得贵公使过来，天缘总算凑巧得的。”李大人道：“幸亏是好天。下起雨来，这京城地面可是有

些不方便。”赵大人道：“我晓得贵公使馆里很有些精于天文的人，不是好天，贵公使亦不出来。”公使又问道：“前天有两件照会过来，贵亲王、贵大臣想都已见过的了，为甚么没有回复？”王爷道：“就是湖南的事吗？”张大人亦说了一声：“湖南的事？”公使问：“怎么办法？”王爷咳嗽了声，四位大人亦都咳嗽了一声。公使又问：“怎么样？”王爷道：“等我们查查看。”四位大人亦都说：“须得查明白了，再回复贵公使。”公使问：“几天方能查清？”王爷道：“行文到湖南，再等他声复到京，总得两个月。”四位大人齐说：“总得两个月。”公使道：“敝国早替贵国查明白了，实在巡抚过于软弱。一班绅衿架弄着百姓，几乎闹出‘拳匪’那年的事来。我们彼此要好，所以特地关照一声。贵亲王、贵大臣似可无须再去查得，就请照办罢。”王爷又咳嗽了一声，各位大人亦都咳嗽了一声，但是也有吐痰的，也有不吐痰的。呆了半天，公使又追着问信。王爷说：“我们须得商量起来看。”四位大人齐说：“总得商量起来看。”公使听了，微微一笑。幸亏这位公使性气和平，也是晓得中国官场的习气是挨一天算一天，等到实在挨不过去，也只好随着他办。所以当时听了这班王爷、大人们的说话，也不过于迫胁他们，但道：“要等行文去查，那是等候不及。现在电报又不是不通，诸公马上打个电报去，两三天里头，还怕没有回电吗？”一句话把他们提醒了，一齐都说：“准其打电报去问明白了，就给贵公使回音罢。”公使临走又说了一句：“三日之后，来听回音。”

等到送过公使，王爷说道：“这件事情，还是依他，还是不依他？倘若不依他，总得想个法子对付他才好。”四位大人当中，要算张大人资格最老，经手办的事亦顶多，忙出来拦住道：“王爷不晓得，我们同外国人打交道也不止一次了，从来没有驳过他的事情。那是万万拗不得的，只有顺着他办。”说完，又回头对王、李、赵三位大人道：“我们办交涉事办老了，这一点点诀窍还不懂得。”王爷被他驳得无话可说，歇了半天，搭讪着说道：“这件事情，你们到底查明白了没有？”张大人道：“用不着。等到他们外国人来，他们说怎么办就怎么办，还要王爷操这个心吗。”其实公使来闹了半天，为了甚么事，他们亦只晓得一个大略，是湖南出了一件人命交涉案件，公使不答应，说巡抚软弱，挟制政府里换人。究竟案中的详情，他们还是糊里糊涂一个个吃了“补心丹”，一齐把心补住，决不肯为了此事再操心的。当下又谈了一回，无非是商量把现在这位湖南巡抚调任别处，拣一个有机变的调做湖南巡抚。又是张大人出主意道：“我们调去的人，怕他们外国人不愿意，何如等他后天来讨回信时，探探他的口气？他说那个好，就派那一个去，省得将来同他们不对，又来同我们倒蛋。”王爷点头称“是”。大众亦就别去。

且说总理各国事务王大臣听了外国公使的说话，心上虽不甘愿迁就他，却也不违拗他。等到第三天公使又来讨回信的时候，见了面拿他恭维了一泡。先时一个个手里都捏着一把汗。后来提到正事，王爷头一答应他：“准定把湖南巡抚换人。但是放那一个去，一时还斟酌不出这么一个对劲的。最好是同贵国人说得来的，以后办起交涉来，彼此有个商量，不至于再像这回事，弄得不讨好。”公使道：“是啊，现署山东巡抚的赖养仁赖抚台这人就很好。前任黄抚台很同我们敝国人作对。自从姓赖的接了手，我们的铁路已经放长了好几百里，还肯把潍县城外一块地方借给我们做操场。贵亲王、贵大臣是晓得的，敝国在贵省地方造了铁路，不见得中国人不坐；载货搭客，原是彼此有益的事情。就是借地做操场，后来亦总要还的。不晓得前任黄某人为甚么商量不通。赖抚台是开通极了，所以我们各国都欢喜他。以后贵政府都要用这种人，国家才会兴旺。现在据我们意思：贵亲王、贵大臣就奏明贵国皇上，竟把赖某人补授湖南巡抚，再拣一个同赖某人一样的人做山东巡抚。如此方见我们两国邦交更加亲热。诸公以为如何？”

王爷听了，望望四位大人，四位大人，亦望望王爷，彼此不则一声，还是王爷熬不过，就近同张大人说："既然他们说赖某人好，我们就给他一个对调罢？"张大人摇摇头道："使不得！使不得！赖某人一准升湖南巡抚，山东一席还要斟酌。这个是他们不欢喜的，调了过去亦不讨好。还是陕西窦某人，从前做津海道的时候，很应酬他们外国人。凡是才进口的新鲜果子，以及时鲜吃物等类，他除掉送我们几个人之外，各国公使馆里他都要送一份去。你说他想的周到不周到！如果把这种人调到山东去，他们一定喜欢的。"王爷道："既然如此，我们就答应他就是了。"张大人道："倒也不在乎一定先要说给他们。只要不驳他的话，他就晓得我们已经许他的了。王爷不晓得：老办交涉的，本有这'默许'的一个诀窍，凡事我们等他做，不则声，他们就晓得我们已经允许了他了。"王爷点头称"是"。

他二人谈了半天，公使等得不耐烦，又问："怎么样？"他们几个人只是守着默许的秘诀，无论如何也不做声。公使急得发跳，还是王爷熬不住，同他说了声"回来就有明文"。公使听了这句也就明白，不再往下追问了。又说了几句别的闲话，分手辞去。次日果然一连下了两条上谕：湖南、山东两省巡抚，一齐换人。先前的那位湖南巡抚，亦并没有拿他调补陕西，落空下来，这也是张大人的调度，说他是得罪过外国人的人，一时不好叫他有事情，总得冷冷场，等人家平平气，方好位置他。闲话休题。

且说新任山东巡抚窦抚台，名唤窦世豪，原是佐贰出身。生平最讲究的是应酬。做佐杂的时候，有一次跟着一位候补知县一同到外州县出差。候补知县坐的是轿子，他不肯花钱，在路上或是叫部小车子，或是跟着轿子一路的跑。有些不知道的，还当是跟的差官、底下人之类，并没人晓得他是太爷。亦是他运气凑合：这年正在省里候补，空闲着没有事，齐巧本省巡抚有位老太爷最爱着象棋，就有人把他保荐进去，同老太爷一连下了十盘，就一连和了十盘。据窦世豪私下对人家说："若照老太爷手段，赢他一百盘都容易；但是恐怕老太爷面子上过不去，所以同他和了十盘。"此时老太爷也明晓得窦世豪是个好手，但是自己生性好胜，不赢他一盘总不肯歇手。幸亏窦世豪乖觉，摸着老太爷脾气，故意让他几步，等老太爷赢了一盘，光了光面子，果然老太爷大喜，连说："我今天虽然赢了窦某人棋子，然而他的手段是好的。只有他还可以同我交交手，若是别人休想。"

窦世豪听老太爷奖励他，甚喜。此时老太爷离不了他，先叫儿子委了他几个挂名差使，拿干薪水。后来碰着机会，开保举，又把他保举过班，连进京引见的盘费，都是老太爷叫儿子替他想的法子，无非是委派一个解饷等差，无庸细述。等到引见出来，走了老太爷门路，署过两趟好缺，又着实弄到几文。又一齐孝敬了上司。于是升过府班，过道班，保送海关道，放津海关道，一齐都是应酬来的。津海关做了两年，只因有人谋他的这个缺，上头也晓得他发了财了，就拿他升臬司，接着升藩司，如今升山东巡抚。他自从佐贰起家，一直做到封疆大吏，前后不到十年工夫。

他办交涉的手段，还是做候补道的时候就练好的。等到做了津海关道，自然交涉等事情更多了。他练就的一套功夫是甚么？就是上文张大军机所说的"默许"的一个秘诀。凡是洋人来讲一件事情，如果是遵条约的，固然无甚说得；倘若不遵条约的，面子上一样同人家争争，到后来洋人生气，或者拿出强项手段来办事，他亦听那洋人去干，决不过问。后来洋人摸着了他的脾气，凡百事情总要同他言语一声，他允也罢，不允也罢，洋人自己去干他自己的。他有时碰了上头的钉子，下来问那洋人，洋人道："你早已默许我过了。你不许我做，我能做吗？如今事已做成了，你再要我反悔，可是不能。倘若一定要反悔也可以，你赔我若干钱，我就歇手。你为甚么不早点拦住我？如今我已经化了本钱，忽然拦住我，我不做，耽误我的买卖，坏我的名气，还得赔我若干钱，方能过去。否则不能同你干休！"他听了外国人的说话，仍旧无言可答。后来外国人又来问他讨银子，要赔款。倘或彼此说开了，也就不要了；有些说不开的，外国人问他要赔款，他还当真的给他。如此

者三四次。上头见他赔银子是真的，以后的事晓得他为难，只要外国人没有话说，也不来责备他了。

且说他如今升了巡抚，自然是过了几年，阅历愈深。又加以外国人在他手里究竟占过便宜，不肯忘记了他，一听他来，个个欢喜。到任之后，这一个来找，那一个来找。凡是来找他的外国人，他没有一个不请见，又没有一个不回拜。一天到晚，只有同外国人来往还来不及，那有工夫还能顾及地方上公事呢。因此便有人上条陈说：“大帅万金之体，为国自爱，倘照这样忙法子，就是天天喝参汤，精神也来不及，总得找个人能够替代替代才好。”

窦世豪道：“外国人事情，他们一样不懂，谁能替我？除非现在有这么一个人懂得外国人的脾气，有甚么事情他替我代办了，不要我操心，还要外国人不生气，如此，我才放心得下。你们可有这们一个人？”大家保举不出人，也就不往下说了。后来这个风声传到外国人的耳朵里，便借此因头硬来荐人；又引证海外那一个国从前没有兴旺的时候，亦是借用别国有本事的人做客卿，然后他的国度就此兴旺了。这也不过借他做个向导的意思。

窦世豪听了这个说话，心想：“这个法子倒不错。用外国人去对付外国人，外国人同外国人有些事情，总容易商量得通，不消我费心。而且以后永无难办的交涉。我倒可以借此卸去这这副重担省得外国人时刻来找我，也免后里头嫌我办得不好。横竖有人当了风去，好歹不与我相干。”存了这个主意，马上答应，就托外国人介绍，请了一位向导官。据他们外国人说：“此人在他们学堂里学的是政治、法律，都得过高等文凭的。”窦世豪道：“我这一番的公事，十府、二直隶州、一百单八州、县，所有的公事都要我一个人过目，我那儿来的及。有了这个帮手，我也可以歇歇了。”过了两天，介绍的人先把合同底子送过来请窦世豪过目，满纸洋文，写的花花绿绿的。窦世豪不认得，发到洋务局叫翻译去翻译好。又由洋务总办斟酌添了两条，余外无甚改动。每月是六百两薪水，先订一年合同。窦世豪看了无话，就叫照办。那洋人本是住在中国的，自然一请就到。等合同签字之后，窦抚台便约他到衙门里同住，以便遇事可以就近相商。那洋人本无家眷，原是无可无不可的，搬了进来。因为他姓喀，抚台称他喀先生，合衙门都称他喀师爷，官场来往，还称他为喀老爷、喀大人，有些不晓得他的姓，都尊之为“洋大人”。

闲话休叙。单说他才接事的头一天，窦世豪为了长清县禀到一件命案，师爷拟的批不算数，一定要叫翻译去同喀先生说过，请喀先生拟批。谁知讲了半天，一个案由还没有明白。大家都说：“喀先生学的是外国刑名，中国的刑名他没有讲究过，就是拟了出来，到部里亦要驳的，还是请我们自己老夫子拟罢。”窦世豪无奈，只得拿回来交给自己老夫子去办。又过了几天，上头有廷寄下来，叫他练兵，办警察，开学堂。他得了这个题目，便道：“这几件都是新政事宜，可要请教这位大政治家了。”即忙把喀先生请了来，同他逐一细讲，要他代拟章程。喀先生道：“这几件在我们敝国都是专门的学问。即以练兵而论：陆军有陆军学堂，水师有水师学堂。就以学堂而论：也有初级，有高级。我不是那学堂里出身，不好乱说。”

窦世豪至此方才有点反悔之意，皱了皱眉头，说道：“人命案件请教你，你说中国刑名你不懂。今儿这些事情，原是上头照着你们法子办的，怎么你亦不懂？这样不懂，那样不懂，到底你晓得些甚么呢？”喀先生道：“你们中国的法律本是腐败不堪的。现今虽然说改，亦还没有改好。要我拿了你们的法律去办事，我可不能。我要用我们敝国的法律，大帅你又怕部里要驳。今儿你大帅所说的几件事，在我敝国都是专门学问。如果你大帅一准办这几桩事，要我荐人，我都有人。至于问我晓得些甚么，将来倘如有了同敝国交涉的事情，不消你大帅费心，我都可以办得好好的。”窦世豪听了无话。所有新政仍旧委了本

省司、道分头赶办，也不再去请教喀先生了。喀先生也乐得拿薪水，吃饭睡觉，清闲无事。不知不觉，已过了半年下来。

一天他有一位外国同乡，带了家小，初次到中华来，先到山东游历。因为叫人挑行李，价钱没有说明白，挑夫欺他也有的，便把那个外国人的行李吃住不放。约摸有二里多路，定要他五百大钱一担。那个外国人恨伤了，晓得喀先生在抚台衙门这里，便来找他，将情由细说一遍，又说挑夫一共三个。喀先生心上想：“在此住了半年，一无事办，自己亦惭愧得很，如今借此题目，倒可做篇文章了。”便去找窦世豪，气愤愤的说：“挑夫吃住他同乡的行李，直与抢夺无异。贵国这条律例我是知道的，应请大帅将挑夫三名一概按例枭示，方合正办。”

窦世豪起初听了，还以为挑夫果然可恶，如其抢夺洋人行李，一定要重办的。立刻传了首县来，告诉他这事，叫他办人。首县去不多时，回来禀称：“人已拿到，并且问过一堂。此事原系挑夫同洋人讲明五百大钱。因此洋人不肯付钱，挑夫一定吃住了讨，说：‘五百一担本是讲明白的，少一个钱可不能。’洋人气急了，就拿棍子打人。现在有个挑夫头都打破了，卑职验得属实。因此三个挑夫起了哄，说钱亦不要了，仍把东西挑回去，等洋人另外找人去挑，他们总算没有做这笔买卖。后来还是房东出来打圆场，每担给他三百大钱，行李亦早已交代过了。据卑职看，这件事情早已完结的了，那个洋人又来叫大帅操心，亦未免太多事了。”

首县一番话说得甚为圆转，窦抚台一听不错，说：“挑夫乱要钱，诚属可恶。你既打了他，又没有照着原讲的价钱给他，如今反说挑夫动抢，一定要我拿他们正法，这也太过分了！”便请了喀先生来，把情节同他讲明，叫他回复那洋人，不要管这闲事。谁知喀先生不听则已，听了之时，竟其拍桌子，捶板凳，朝着窦抚台大闹起来，说：“我自从接事以来，不按照你们中国的法律办事，嫌我不好；如今按照你们中国的法律办事，亦是不好！明明是瞧我不起，所以不听我的话！既然不听我的话，还要我做甚么呢！”当下那洋人又着实责备窦抚台，说他违背合同：“既然请了我来，一点事权也不给我，被别国人看着，还当是我怎样无能。这明明是坏我的名誉，以后还有谁请我呢！现在你把一年的薪水一齐找出来给我还不算，还要赔我名誉银子若干。如果不赔我，同你到北京公使那里讲理去。”说完，就要拖了窦抚台出去。窦抚台问他：“那里去？”他说：“北京去。”窦抚台说：就是要北京去，我自有职守的人，不奉旨是不能擅离的。你要去，你一个人先去罢。这是你自己要去，不是我辞你的，不能问我要薪水。”

那洋人一听窦抚台如此的回绝他，越发想要蛮做。幸亏其时首县还没走，立刻过来打圆场，一面同洋人说：“有话总好商量，我们回来再说。他是一省之主，你把他闹翻了，你在这里是孤立无助的，吃了眼前亏，不要后悔！”洋人听了这两句话，一想不错，方才闭了嘴不响。首县又过来求大帅息怒：“大帅是朝廷柱石，他算甚么东西！倘或大帅气坏了，那还了得！”窦抚台亦只好收篷，就吩咐把此事交给洋务局去办。首县答应下去，禀明洋务局老总，就同着洋务局老总找到洋人，说来说去，言明认赔一年薪水，以后各事概不要他过问。洋人只要银子到手，自然无甚说得。

窦抚台自从上了这们一个当，自己也深自懊悔，倚靠洋人的心也就淡了许多了。后首有人传说出来：这事一来是窦世豪自己懊悔，深晓得上了外国人的当；一来是他亲家沈中堂从京里写信出来通知他，信上说：“现在京里很有人说亲家的闲话，说亲家请了一位洋人做老夫子，大权旁落，自己一点事不问。这事很失国体，劝亲家赶快把那位洋人辞掉，免得旁人说话。至戚相关，所以预行关照。”窦世豪得了这封信，所以毅然决然，借点原由同洋人反对，彼此分手，以免旁人议论，以保自己功名。

话休絮烦。且说他这位亲家沈中堂，现官礼部尚书、协办大学士，又兼掌院大学士。虽然不在军机处有甚么权柄，然而屡掌文衡[1]，门生可是不少。他的为人本来是极守旧的，无奈后来朝廷锐意维新，他虽不敢公然抵抗，然而言谈之间，总不免有点牢骚。有天，有两位督、抚，又有几个御史，连上几个折奏，请减科举中额，专重学堂。老头子见了，心上老大不高兴，嘴里说道："不要说别人，就是他们几位，从前那一个不是由科举出身，如今已得意了，倒会出主意，断送别人的出路，真正岂有此理！"后来打听着上折子的几位御史，内中有一个姓金的，一个姓王的，都是那年会试他做总裁取的门生，因此越发气的了不得！无奈朝廷已经准了他们的折奏，面子上不好说甚么，只吩咐门上人："以后王某人同金某人来见，一概挡驾。璧还他们的门生帖子，不要收。"门上人答应着。后来王、金二人来了，果然被门上人挡住了。两人只得托人疏通。无奈他老人家倔性发作，决意不收。两人无可奈何，只索罢休。又过了些时，又有那省督、抚奏请朝廷优待出洋游学毕业回来的学生。他老人家得了这个信，越发胡子根根跷起，说："这些学生，今儿闹学堂，明儿闹学堂，一齐都是无法无天的，怎么好叫朝廷重用他们！这种人做了官还了得！"当下正要把他那些得意门生，凡是与自己宗旨相同的，挑选几十位，约会在一处，请他们吃饭，商量挽回的法子。单子还没有发出，又传到一个消息。说要把天下庵观寺院，一齐改作学堂。他老人家一听这话，更气得两手冰冷，连连说道："如今越闹越好了！再闹下去，不晓得还闹出些甚么花样来！我亦没有这种气力同他们去争，只有祷告菩萨给他们点活报应就是了。"这一夜，直把他气的不曾合眼，第二天就请病假在家里静养。

他是掌院，又是尚书，自然有些门生属吏，川流不息的前来瞧他。大众一齐晓得老师犯的病是医药不能治的，便有一个门生告奋勇，说："门生拚着官不要，拚着性命不要，学那从前吴都老爹的"尸谏"[2]，明天一定要上折子争回来，倘若上头不批准，门生真果死给众人看，总替老师出这一口气！"沈中堂一看这告奋勇的人不是别人，正是侍读学士旗人绅灵，号叫绅筱庵的便是。还是三科前那年殿试，他做阅卷大臣，把绅筱庵这本卷子取在前十本内，第二科留馆。旗人升官容易，所以如今已做到侍读学士了。沈中堂看清是他，忙把大拇头一伸，说："你老弟倘能把这桩事扳回来，菩萨马上保佑你升官，将来一定做到愚兄的地位！"绅筱庵当时亦就义形于色的辞别老师，言明："回家拟好折子，请老师明天候信便了。"沈中堂闻言之下，喜虽喜，然而面上还露着一副哀戚之容，说："筱庵老弟果真要尸谏，虽是件不朽之事，但是他一家妻儿老小靠托谁呢！我老头子这们一把年纪，官况又不好，还能照顾他吗！"于是呆了一回，等到众人要去，一定要亲自送他们到门外上车。众门生执定不肯，说："老师于门生向来是不送的。倘若老师要送，一定是拿我们摈诸门外了。"于是走到檐下，大众站定不肯走。沈中堂道："我不是送众位，我是送筱庵老弟的。筱庵果然要学吴侍御之所为，我们今日就要一别千古了，我怎好不送他一送呢！"众人见他如此说法，只得随他送诸门外。

如今不说绅学士回去拟折，且言沈中堂送客进来，也不回上房，一直到自己常常念经的一间屋子里，就在观音面前，抖抖擞擞的，点了一炷香，又爬下碰了三个头。等到碰头末了一个，爬在地下，有好半天没有站起。口中念念有词，也不晓得祷告的是些甚么。后首起来之后，又上气不接下气的念了半遍《金刚经》，实在念不动了，只好次日再补。自此便在家养病，三天假满，又续三天。老头子一心指望绅学士折子上去，定有一道上谕。即使批斥不准或是留中，绅筱庵即说明尸谏："他的为人平时虽放荡不羁，然而看他前天那副忠义样子，决计不是说着玩玩的。但是折子上去准与不准，以及筱庵死与不死，总应该有个确信，何以一连几天，杳无消息？真令人猜不出是个甚么缘故。眼见得六天假期满了，筱庵那里还是无动静。自己又不是怎样病得厉害，请假请得太多了，反怕有人说话。"

无奈只得销假请安。

众门生属吏见他老人家病痊销假，又一齐赶了来禀候。沈中堂见了众位，又独独不见绅学士。前天的话是大家一齐听见的，沈中堂便问众人："这两天见着筱庵没有？我等了他五天，折子仍旧没有上去。难道前天说的话是随口说说的吗？如果说了话不当话，我也不敢认他为门生了！"其时众人当中，有个同绅筱庵同做日讲起居注官[3]，一位"翰读学"[4]，姓刘名信明。他听了沈中堂的说话，忙替绅筱庵辨道："筱庵那天从老师这儿回去，听说竟为这件事气伤了，在家里发肝气。请了许多中国医生医不好，后来还是吃了洋医生两粒丸药吃好的。第二天睡了一天，第三天才起来的。正想办这件事，凑巧那两天天热，不知怎样又忽然发起痧来。马上找了个剃头的挑了十几针，幸亏挑的还快，总算保住性命。现在是门生大家叫他在家里养病，不要出来，受了暑气不是玩的。大约明天总到老师这里来请安。沈中堂道："原来说来说去，他的性命还是要紧的。他连外国大夫的药都肯吃，他还肯为了这件事死吗。我如今也断了这个念头，决计不再望他死了。"言罢，恨恨不已。过了两天，绅筱庵晓得老师怪他，但是不好意思见老师的面。后来好容易找了许多人疏通好了，方才来见。沈中堂总同他淡淡的，不像从前的亲热了。

原来绅筱庵绅学士，自从那天从沈中堂宅子里回去，原想一鼓作气，留个千载不朽的好名儿。一路上在车子里盘算这个折子应得如何着笔，方能动听。及至到家，才跨下车来，忽见自己的管家迎着请了一个安，说："替老爷叩喜。"绅筱庵忙问："何事？"管家道："广东学政出缺，外头都拟定是老爷。小军机王老爷刚才来过。因见老爷不在家，叫奴才转禀老爷。今天王爷还提到老爷的名字，看来这事情倒有十分可靠。"

绅筱庵原想明天学吴可读尸谏的，乃至听了管家这番说话，不觉功名心一动，顿时就把那件事忘记了。他这一夜赛如热锅上蚂蚁似的，在一间屋里踱来踱去，一直没有住脚，又想写信去问小军机王老爷。家人回称："时候已经不早了，怕王老爷已经睡了觉。"又要写信去问别位朋友，一时又无可问之人。恐怕人家本来不晓得，现在送个信给他，反被他钻了去，此事不可不防。因此足足盘算了一夜。第二天一早，正想出门探觅消息。上谕已经下来，早放了别人。绅筱庵望了一个空，一团闷气，无可发泄，方想到昨儿在老师沈中堂跟前说的话，现在正好借此题目，发泄发泄。正提起笔来做折子，忽然太太叫老妈来请，说是小少爷头晕发烧，也不知犯了甚么症候。绅筱庵兄弟三房，只此一个儿子，年方十一岁。读书很聪明，虽不能过目成诵，然而十一岁的人，居然《五经》已读完《三经》，现在正读《左传》；文章已做到"起讲"，先生许他明年就好完篇了的。因此绅筱庵夫妇竟拿他当作宝贝一般看待。一旦有了病，不但绅筱庵神魂不定，一个太太早靠在少爷身边，一手拍着，一面泪珠子早已接连不断的挂在脸上了。绅筱庵回到上房，一看这个样子，一条英气勃勃的心肠，早为儿女私情所牵制。少不得延医服药，竭力替儿子医治，以安太太的心。这一闹又闹了两天。等到儿子病好，恰值沈中堂假期已满。他此时学吴可读尸谏的心，早已消归东洋大海。只是老师面前无以交代，少不得编造谣言，托人缓颊，把此事搪塞过去。明知老师冷淡他，事到其间，也只好听其自然了。过了些时，他这段故事，外头都传开了，都说："老头子发痰气，逼着门生寻死。幸亏绅某人有主意，没有上了他的当。"

有天他老人家在家里坐着，直隶总督来拜。见面之后，卖弄他这两年派出去的学生，学成回来，很有些好学问的："今儿召见，已蒙上头应许，准其择优保送，由礼部请示日期，在保和殿考试一次，分别等第，赏他们进士、翰林，以示鼓励。将来这阅卷一事，少不得总要老先生费心的。这样，门生多收两个在门下，将来能够替国家办点事，大家都有面子。"沈中堂听他说完，忙忙摇手道："别的都可发，只是保和殿考试一事，兄弟还要力争。他们这些人都够到殿试，以后要把我们摆到那儿去呢。就以我们这个翰林院衙门而论，

几千年下来，一直干干净净的；如今跑进来这些不伦不类的人，不被他们闹糟了吗！”说罢，闷闷不乐。

直隶总督此来，原想预先托个人情的，后见话不投机，只好搭讪着出去。那知这位直隶总督，上头圣眷很红，说甚么是甚么，向来没有驳回他的。回去之后，果然保送了许多学生，请上头考试录用。军机上先得了信。就有位军机大臣，晓得沈中堂有迂倔脾气的，便拿他开心说：“直隶总督某人送些学生进来，都被我们咨回去了。晓得中堂不欢喜这班人，所以特地告诉你一声，也叫你欢喜欢喜。”沈中堂听了，果然心上很快活，连连说道：“这才是正办！就是上头准了他这个，如其派我阅卷，我宁可辞官不做，这个差使决计不当的。”

那位军机大臣道：“中堂所见极是！”彼此别去。谁知到了第二天就有上谕，着于某日在保和殿考试出洋毕业学生。沈中堂看了，还当是军机没有这个权力阻挡这件事，也只有付之一叹，没有别的说话，又过了两天，考试过了。第二天派他做阅卷大臣。他此时告假已来不及，要说不去，这违旨的罪名又当不起。只得垂头丧气，跟了进去。幸亏试卷不多，而且派阅卷大臣也不止他一位，他自己乐得不管事，让别人去作主。不过大概翻了一翻，检一本没有违碍字眼的摆在第一，呈进上去。等到引见下来，果然朝廷破格用人：顶高等的都赏了翰林，其次用主事、知县，京官、外官都有。

那些用主事、知县的不用去说他了，但说那几个赏翰林的，照例要衙门拜老师，认前辈，这些礼节，一点不能少的。沈中堂当的是掌院学士，正管得着他们，少不得前来叩见。那几位翰林虽然打外洋回来，不晓得中华规矩，然而做此官，行此礼，到了此时，说不得也要从众了。于是打听了规矩，封了贽见、门包，拿着手本，前来私宅谒见。不提防这位老中堂早就预备此一着，两天头里便齐集了甲班出身的那些门生，同他们说道：“从前要进我们这个翰林院，何等烦难！乡试三场，会试三场；取中之后，还要复试，又是殿试、朝考、留馆。诸君都是过来人，那一层门槛可以越得过！如今这些人一点苦没有吃着，止作得两篇策论，就要来当翰林，以后无论甚么人也可以当翰林了！然而上头有恩典给他们，我们怎好叫上头不给他们。就是上头派愚兄阅卷，愚兄亦怎好不去。不过收到这种门生，愚兄心上总觉不是。现在请了诸位来，彼此商量一个抵制的法子，就同他们上海抵制‘美约’[5]一样，总要弄得他们不敢进这个衙门才好。诸位老弟高见，以为何如？”于是一齐称“是”。沈中堂又问他们抵制的法子。有人说：“应该上个折子，不准他们考差。凡是本衙门差使，都不准派。”又有人说：“这个翰林只能算作‘顶带荣身’，不能按资升转。”沈中堂听了，不置可否。内中有一位阁学[6]公，姓甄号守球，年纪已有七十三岁了，独他见解独高，忙插嘴道：“老师所说的是抵制之法，抵制得他们自己不敢来才好。现在有个法子，他既然赏了翰林，一定要来拜老师，认前辈。老师不能不认他，他送贽见，亦乐得收他的。我们这些老前辈无求于他，等他来的时候，我们约齐了一概不见。我们不要认得他。就是在别处碰见了，他称我们前辈、老前辈，我们只拱手说‘不敢当’，也不要理他。如此等他碰过几回钉子，怕见我们的面，以后叫他们把这翰林一道视为畏途，自然没有人再来了。但是要抵制，我们总要齐心才好。”众人听罢，一齐称“妙”。沈中堂点头称“是”，连说：“守球老弟所论极是。愚兄乐得认他做门生，但是贽见亦要照寻常加倍。我们中国的规矩：凡是沾到一个‘洋’字总要加钱，不要说别的，我们大孩子新从上海来，他说上海戏园子规矩，洋人看戏加倍。他几个虽不是洋人，然而总是外洋回来的，我问他多要并不为过。”众门生又一齐称“是”。于是当天议定，等他几人来见老前辈时，一概不许接待，以为抵制之策。众人一齐认可，方才别去。

欲知后事如何，且听下分解。

［注释］

①文衡：以文章试士的取舍权衡，也即主考官。

②尸谏：春秋卫国大夫史鱼将病死，因灵公不用蘧伯玉而任弥子瑕，命其子置尸于窗下，灵公得知，召伯玉而退子瑕。

③日讲起居注官：是翰林中任记载皇帝的言行起居的官员。

④翰读学：翰林院侍读学士的简称，这侍读学士兼任“日讲起居注官”。

⑤美约：指《中美华工条约》。1894年，美国强迫清政府订立关于限制旅美华工的条约。期满后仍要续订，遭到中国人民的反对。

⑥阁学：内阁学士。

第五十九回

附来裙带能谄能骄　掌到银钱作威作福

话说甄守球甄阁学在沈中堂宅内议定抵制之法：凡是新赏翰林的几个学生来拜，一概不见，不要他们认前辈、老前辈。商议既定，果然大众齐心，直弄得他们那几个人，到一处碰一处，没有一处见到。后来这几个人晓得在京里有点不合时宜，也就各自走了道路，出京另外谋干去了。京里的这班人听得他们已走，彼此见面，一齐夸说：“甄老前辈出的好计策！”甄阁学亦甚是得意。

一天甄阁学在自己宅子里备了三席酒，请众位同年、同门吃酒赏菊花。沈中堂得了信，说是：“饮酒赏菊是顶雅致的事情，怎么守球不请我老头子？”就有人把话传给了甄阁学，连忙亲自过来赔话，说道：“不是不请老师，实在因为房子小，客多，怕亵渎了老师，所以不敢来请。”沈中堂道：“我很欢喜。到了那天我要来。你亦不必多花钱，我亦吃不了甚么，不过大家凑凑罢了。”甄阁学自然高兴。到了那天，因为老头子要来，虽说不花钱早已特特为为又添了一桌菜，拣老师爱吃的点了几样。这天约明白的两点钟会齐。不到一点钟，老头子顶高兴，早已跑了来了。一问所请的客都是自己的门生，尤其高兴。等到客齐，老头子先创议，要人家做菊花诗。老头子说：“甚么五古、七古，七律、七绝，我都有点忘记了。只有五律，只要拿试帖减四韵，我虽然多年不做，工夫荒了，还勉强凑得成功。”众人见老头子高兴，少不得一齐献丑。当时各自搜索枯肠。约摸一个钟头，还是沈中堂头一个做好。众人抢着看时，果然是一首五律。然后众人络续告成，数了数一共二十七首。有三位说要回去补做了送来。汇齐之后，甄阁学一齐请沈中堂过目。其中只有两个做七绝的，一个做七律的，九个做五律的，十五个做五绝。你道为何？只因五绝比五律更好做，连中间的对仗都可以减去，所以大家舍难就易，走了这一路。当时沈中堂看了甚喜，说：“明天请守球老弟画一张格子，分送诸位。另外各自再誊一张，中缝脚下，各人写各人的名字，签条上就写‘翰苑分书菊花诗’。送到琉璃厂，等他们刻了板印出来卖，凡是写大卷子的人，谁不要买一部。”众人一听，不胜佩服。

酒席吃到一半，甄阁学忽然起身向内，停了一回，拿了两张字出来，送到沈中堂跟前，说是：“门生的两个儿子做的，不晓得将来还有点出息没有？”沈中堂道：“好啊！拿来我看。”原来都是和的菊花诗。前面写着“恭求太老夫子中堂训正”，下面注着“小门生甄学忠、甄学孝谨呈”字样。沈中堂未看诗先看名字，说道：“好名字！一个人能够记得‘忠孝’两个字，还有甚么说的呢。”于是又看诗，连赞：“好口气！两位世兄将来一定都是要发达的！都是我的小门生，将来亦‘于汤有光’的事。我很想见见他俩。”甄阁学巴不得这一声，即刻进去，招呼儿子扎扮了出来。沈中堂一看，大的约摸有四十外了，戴的是蓝顶花翎，小的亦有二十多岁，还是金顶子，一齐都穿着袍套。见了太老师爬下磕头，太老师只回了半揖，磕头起来又让坐。老头子因见甄学忠是四品服色，晓得他一定有了官了，便问：“在那一部当差？”甄阁学抢着回道：“本来有个小京官①在身上，如今改了直隶州出去。”沈中堂道：“怎么不下场？”甄阁学道：“已经下过十场，年纪也不小了，正途不及，

只好叫他到外头去历练历练。”沈中堂道：“可惜可惜！有如此才华，不等着中举人、中进士，飞黄腾达上去，却捐了个官到外头去混，真正可惜！”一面说，一面又拿他俩的诗，颠来倒去，看了两三遍，拍案道：“‘言为心声’，这句话是一点不差的。大世兄的诗好虽好，然而还总带着牢骚，这便是屡试不第的样子。幸亏还豪放，将来外任还可望得意，至二世兄富丽堂皇，不用说，将来一定是玉堂[②]人物了！”接着又问甄学忠：“几时出去做官？分发那一省？”甄学忠回称：“这个月里就办引见，指分山东。”沈中堂道：“好地方！山东抚台也是我门生，我替你写封信去。”甄阁学本有此心，但是不便出口，今见老师先说了出来，自然感激涕零。立刻又叫儿子磕头，谢了太老师栽培。当时沈中堂甚是高兴，吃酒论文，直至上火始散。次日甄阁学又叫儿子去叩见太老师。等到引见领凭下来，又去辞行。沈中堂见面之后，果然郑重其事的拿出一封亲笔信来，叫他带去给山东巡抚。按下慢表。

目前单说甄阁学的儿子甄学忠拿了沈太老师的信，携带家眷前去到省。他父亲因为他独自一个出去做官，心上不放心，便把自己的内兄请了来，请他跟着同到山东，诸事好有照应。他父亲的内兄，便是他的舅太爷了。这位舅太爷姓于，前年死了老伴，无依无靠，便到京找他老妹丈，吃碗闲饭。甄阁学是做京官一直省俭惯的人，凭空多了一个人吃饭，心上老大不自在。几次三番要把他荐出去，无奈人家嫌他年纪太大了，都不敢请教。这遭托他同到山东照应儿子，却是一举两得。于舅太爷年纪虽大，精神尚健；于世路上一切事情亦还在行。甄学忠有这位老母舅照料，自然诸事一概靠托，乐得自己不问。于舅太爷却勤勤恳恳，事必躬亲，于这位外甥的事格外当心。那些跟来的管家，都是在京里苦够的了，好容易跟着主人到外省做官，大家总望赚两个，谁知碰见了这位舅老爷，以后的好处且慢说。但就目前路上而论，甚么雇车子，开发店家，有心赚两个零用钱亦做不到。因此大家没有一个欢喜这位于舅太爷的，而且都在少主人面前说他的坏话。

在路晓行夜宿，非止一日，早已走到山东济南府城。禀到，禀见，缴凭，投信，一切繁文，不必细表。抚台接到沈中堂的私函，托他照应甄学忠，自然是另眼看待。到省不到一个月，抚台避嫌疑，不肯委他差使。齐巧那时候办河工，抚台反替他托了上游的总办张道台。算是张道台上禀帖，向抚台说这甄牧如何老练，如何才干，“目下正值需才之际，可否禀恳宪恩，饬令该牧来工差遣，以资臂助”各等语。抚台看了，彼此心心相印，断无驳回之理。甄学忠奉到了公事，连忙上院叩谢。抚台当着大众很拿他交代一番，又说：“你到省未久，本还轮不到委甚么差使。这是张道台有禀帖在此，禀请你去帮忙，好生干！”甄学忠连应了几声“是”，下来大家都说他一定同张观察有甚么渊源。还有人来问他，甄学忠回称：“素昧生平。”大家都不相信，还说他有意瞒人。甄学忠自己亦摸不着头脑，人家都说他闲话，无可置辨。后来到得工上，叩见了张观察，张观察同他很客气。第二天就委了他买料差使。上来叩谢。张观察晓得买料事繁，当面荐了两个人，一个萧心闲，一个潘士斐，说：“他二人于办料一切，都是老手。”甄学忠又怕荐的人没有自己人当心，于是又写信到公馆，请他娘舅于舅太爷赶了来。于舅太爷一听外甥有了事，自然也是欢喜的，便道：“这买料的事上关国帑，下关民命，中间还关系委员的考成。若是没个人去监察监察他们，这些人我是知道的，甚么私弊都会做出来。”因此接信之后，便赶着赶到工上。有他一个清眼鬼，自然那些甚么萧心闲、潘士斐，以及一班家人们，都不敢作甚么弊了。然而大家一齐拿他恨入骨髓。不在话下。

且说甄学忠到省不及一月，居然得了这个美差，便有他的堂房舅子姓黄绰号黄二麻子的，前来找他。他太太是湖北人。这黄二麻子是他大舅子。齐巧这年正在山东潍县当征收，看了辕门抄写得妹丈得了河工差使，他便想赶到省里来：一来望望妹妹，二来想插手弄点

事情做做，总比他当征收师爷的好。主意打定，便在东家跟前请了两个半月的假，上省找他妹丈。他这个馆地原是情面账，东家并不拿他十二分当人；他要告假，乐得等他告假。叫账房多送了一个月的束脩[3]给他做盘川，又托账房师爷替他照官价雇了一辆车，派了一个差役送他进省，连个二爷都没有带。到了省城，黄二麻子是省钱惯的，不肯住客店，又因为同甄学忠的太太有几十年不见了，虽是堂房兄妹，怕他一时记不得，似乎未便冒昧，况且妹丈又是从未见过面的人，因此便借了一个朋友家里暂住歇脚。他是午饭前到的，吃了饭就换了衣服，要去拜望妹妹、妹丈。他也不该甚么好衣服，一件复染的茧缎袍子，一件天青缎旧马褂，便算是客服了。又嫌不恭敬，特地又戴了一顶大帽子，穿了一双前头有两只眼的靴。摇摇摆摆，算做行装，也还充得过。打扮停当，忽然想起："初次拜妹丈，应该用个甚么帖子？"他朋友说："用个'姻愚弟'罢了。"黄二麻子摇摇头说道："我这趟来是望他提拔提拔我的，同他兄弟相称，似乎自己过于拿大。而且依我意思，用帖子亦不妥当，还是写个单名的手本。你说好不好？"那朋友道："令亲是甚么官？"黄二麻子道："舍妹丈是户部主政，改捐直隶州知州。我们这位太亲翁是现任内阁学士，除掉内阁大学士之外，京城的官就要算他顶大。舍妹丈便是他的大少爷。"那朋友道："他老子官大，儿子总不能世袭到自己身上，就算可以世袭，也没见过郎舅至亲可以用得手本的。"黄二麻子道："这是官场的规矩，你没有做过官是不晓得的。我这趟来找他在工上弄事情做的。事情成功了，他做老总，我们在他手下办事，赛如就同他的属员一样，怎么今天来了不上个手本？不但见舍妹丈要用手本，就是去见舍妹，也是要用手本，先上去禀安，方是道理。"那朋友见他执迷不悟，也只好随他，便说道："你说的不错。时候不早了，你快去罢。"

黄二麻子赶忙出门，一路问人，好容易问到妹夫的公馆。自己投帖。门上人拿他看了两眼，回称："老爷到工上去了，不在家，挡你老爷的驾罢？"黄二麻子又说："既然老爷不在家，费心上房太太跟前替我回一声，就说我黄某人禀安、禀见。"门上人听他说要见太太，又拿他看了两眼，问他："同敝上可是亲戚？"他到此方才说明："你们的太太就是我的舍妹。"门上人连忙改口称呼说："原来是一位舅老爷。"又问："同我们太太可是胞兄妹？"黄二麻子道："同高祖还在五服之内，是亲的，不算远。"门上人一听不是亲舅老爷，那脸上的神色又差了。但念他总是太太娘家的人，得罪不得，便道："你老爷坐一回，等家人上去回过再来请。"黄二麻子连称："劳驾得很！"一霎时，门上人进去回过太太，让他厅上相见。太太家常打扮出来。见了面，太太正想举袖子万福，黄二麻子早跪下了。磕头起来，又请了一个安，口称："连年在外省处馆，姑太太到了，没有赶得上来伺候。"太太道："不敢！"于是满面春风的，问长问短。黄二麻子异常恭敬，竟其口口声声"姑老爷""姑太太"，甚么"妹夫""妹妹"等字眼，一个也不提了。随后提到托在工上谋事情的话，太太道："至亲原应该照应的，无奈这些事情都是你妹夫作主，不是熟手插不下手去，我亦不好要他怎么样。你既然很远的来，住在那里？"黄二麻子道："暂时借一个朋友家里歇歇脚，还没有一定的住处。"太太道："既然如此，你且把行李搬了来住两天。你妹夫不时到省里来，等他见了你，我们再来想法子。"黄二麻子听了前半截的话，心上老大着急，及听到后半，留他在公馆里住，便满心欢喜，又着实说了几句感激姑太太栽培的话，然后退了下来。一众家人晓得太太留他在公馆里住，看太太面上，少不得都来趋奉他，一个个"舅老爷"长、"舅老爷"短，叫的镇天价响。黄二麻子此时同他们却异常客气，连称："我如今也是来靠人的，一切正望你们老爷提拔，诸位从旁吹嘘。我们还不是一样吗？快别提到'舅老爷'三个字！"大家见他随和，倒也欢喜他。

过了几天，甄学忠工上有事，自己没有回来，差了于舅太爷到省城里来办一件甚么事。黄二麻子早打听明白了。等到于舅太爷下车进来之后，他忙赶着拿了"姻愚侄"的帖子上去叩见。见了面，口称“老姻伯”，自称“小侄”。说到他自己的事情，又要恳老姻伯替他吹嘘。于舅太爷是至诚人，看他规矩，便也认他是个好人，过了一天，事情办完，于舅太爷要回工上去。甄学忠的太太又来拜托他在外甥面前替他哥子帮忙，于舅太爷只得答应着。等到老人家转过了身，一班家人都指指点点的骂他，黄二麻子听在肚里，心想：“他的人缘如此不好，倒是一个绝好的机会。”没有事便到上房找妹子谈天。面子上说是请姑太太的安，其实是常常亲热惯了，他有他的主意。凑巧这位太太最爱谈天说闲话，如今有了这个本家哥哥凑趣，而且又无须避得嫌疑。因此这黄二麻子在妹子跟前很有脸，家人小子们求舅老爷说句把话亦很灵。如此者约有半个月光景。有天甄学忠因公回省，到得家里，听了于舅太爷的先入之言，心上早有了个底了。等到见了面，头一样他能够低头服小，就合了脾胃，答应同他一块儿到工上去。

黄二麻子既到得工上，一看姑老爷的气派可不小：虽说是个买料委员，只因他手下用的人多，凡是工上用的东西，无论一土一木，都要他派人去采办；用的人多，自然趋奉的人就多；名为委员，实则同总办一样。此时是于舅太爷拿总，专管银钱。就是总办荐的萧心闲、潘士斐，亦都在总局里派了有底有面的执事。黄二麻子初到，一个个都去拜望。提到妹夫还不敢称妹夫，仍旧称“我们姑老爷”。后来见大家背后叫“老总”，他亦改口称“老总”。过了两天，老总派他稽查工料，他也不晓是稽查些甚么。他平时见了老总及于舅太爷不敢多说话，却同萧心闲、潘士斐两人甚是投机。他俩念他是东家的舅爷，总比别人亲一层。而且他在工上住了两天，定要借事进省一趟，说是记挂姑太太，进省看姑太太去。人家见他走得如此勤，便疑心他纵然不是亲兄妹，亦总是嫡堂兄妹了。有些话不便当面向东家谈的，便借他做个内线，只要他在他姑太太跟前提一声，将来东家总晓得的。几回事情一来，他晓得人家有仰仗他的地方，顿时水长船高，架子亦就慢慢的大了起来，朝着萧、潘一般人信口乱吹，数说：姑太太今天留他吃甚么点心，又为他添甚么菜，又指着身上一件光板无毛的皮袍子说：“这件面子，也是姑太太送的。”众人看了看皮袍子面子，乃是一件旧宁绸复染的，已经旧的不要旧了。潘士斐爱说玩话，便笑着说道：“你们姑太太也太小气了，既然送你皮袍子面子，为甚么不送你一件新的，却送你旧的？”黄二麻子把脸一红，想了一想，说道：“我们姑太太本来要送我一件新的，是我不要，只问他要这件旧的。”众人说：“有新的送你，你反不要，要旧的，这是甚么缘故？”黄二麻子道：“我们天天在工上当差使，跑了来，跑了去，风又大，灰土又多，新的上身，不到三天就弄坏了，岂不可惜！我所以只问他要件旧的，可以随便拖拖。这个意思难道你们还不晓得？”

过了一天，姑太太差了管家来替老爷送东西吃食，顺便带给于舅太爷、黄二麻子一家一块咸肉、一盘包子。于舅太爷向来是自己一个人吃饭的，所以大家不晓得。黄二麻子却如得了皇恩御赐一般，直把他喜的了不得，逢人便告。又说：“我们姑太太怎么想得这样周到！晓得我们在工上吃苦，所以老远的带吃食来。从前我有两个舍妹：大舍妹小气的了不得，所以只嫁了一个教书的，不久就过去了；这是二舍妹，他自小手笔就阔，气派也不同，所以就会做太太。这是一点不错的。”

到了第二天中午，特地把姑太太给他的咸肉蒸了一小块，拿小刀子溜薄的切得一片一片的，摆在一个三寸碟子里头。等到开饭的时候，他拿了出来。一桌子五个人吃饭，他每人敬了一片，说：“这就是我们姑太太的肉，请诸位尝尝。”敬了一片，第二片他可不敬了，只见他一筷子一片，只管夹着往嘴里送，一头吃，还要一头赞。等到吃完，剩了三片，还叫伺候开饭的二爷替他留好了，预备第二顿再吃。偏偏碰见这个二爷的嘴馋，伸手拈了一片往嘴里一送，又自言自语道：“只听他说好，到底是个甚么滋味，等我也尝他一片。”果然滋味好，于是又偷吃了一片。越吃越好吃，又自己说道：“一不做，二不休，一片也

是吃，三片也是吃，索性吃完了他。舅老爷不问便罢；倘若问起来，就说是个猫偷吃了的，他总不能怪我。”主意打定，等到晚上开饭的时候，伺候开饭的二爷，只指望他忘却那三片咸肉，不提起才好。谁知黄二麻子于这三片咸肉竟是刻骨铭心，也决计忘不掉。一坐下来，还没有动筷子，就问：“我的咸肉呢？”偷嘴的二爷忙嚷着叫厨房里添碗肉。黄二麻子道：“不是要厨房里添肉，是中饭吃的我们姑太太肉，还剩下三片，我叫你替我留好的。”偷嘴的二爷晓得躲不过，瞎张罗了半天，才回了一声：“没有了。”黄二麻子眼睛一瞪，把筷子往桌子上一拍，说道：“那里去了？”偷嘴的二爷说道：“想是被野猫衔了去了。”急的黄二麻子跺脚骂“王八蛋”，说道：“是我们姑太太给我的肉，我一顿舍不得吃完，所以留在第二顿吃，叫你留好，你不当心，如今被猫衔了去了。我不管，我只要问你要！你没，你赔我的；你要不赔，你自己去同你们太太说去。”黄二麻子只管骂，不动筷子。等到别人吃完饭，他还是坐着不动，一定要偷嘴的二爷赔他的。那偷嘴的二爷先撅着嘴不做声，尽着他骂。后来挨不过，走到门外，嘴里叽哩咕噜的说道：“少了三片咸肉，不过是猪肉，又不真果是他们姑太太身上的肉，何犯着闹到这步田地！”偏偏这句话又被黄二麻子听见了，赶着出去打他的嘴巴，问他吃的谁的饭。一定上去回老爷，撵掉他还不算，还要打他的板子。别的爷们晓得事情闹大了，都怪那个偷嘴的二爷不是，不该嘴里拿太太乱讲：“舅太爷是太太的哥哥，你乱讲被他听见了，怎么叫他不生气呢。他果然同老爷说了，你还想吃饭吗？”那个偷嘴的二爷到此方才悔悟过来，由众人架弄着，领他到黄二麻子跟前磕头，求舅老爷息怒，不要告诉太太晓得。黄二麻子起先还拿腔做势，一定不答应，禁不住众管家一齐打千哀求，方才答应下。那个偷嘴的二爷又磕头谢过舅老爷恩典，方才完事。如此一来，黄二麻子把情分一齐卖在众人身上，众人自然见他的情。他自己一想：“上头除掉姑老爷，就是于舅太爷一位，余外的人都越不过我的头去。”自此以手，他的架子顿时大了起来。一班家人小子，看了老爷、太太的分上，少不得都要巴结他。还有些人晓得他在主人面前说得动话，指望他说句把好，也不得不来趋奉。

偏偏事有凑巧，于舅太爷病了十天。甄学忠一向有甚么事情，都是于舅太爷承当了去。如今他老人家病了，样样都得自己烦心，不上三天，早把他闹烦了。到这档口，黄二麻子晓得是机会到了，便格外在姑老爷跟前献殷勤，甚至家人小厮当的差使，不该他做的，他亦抢在前头。甄学忠觉得他这人可靠，渐渐的拿些事情交代他办。他办完了事情，一天定要十几趟到于舅太爷屋里看于舅太爷的病，伺候于舅太爷，甚么汤啊水啊，亦都是他料理。因此于舅太爷亦很见他的情，面子上很赞他好。却不料他老人家的病一日重似一日。甄学忠还算待娘舅好，凡是左近有名的医生都已请遍，无奈总不见效。他老人家自己也晓得是时候了，便把外甥请到床前，黄二麻子亦跟了进去。只见他从被窝里伸出手来，拉着外甥的手，说道：“老贤甥！我自从你令堂去世，承你老人家看得起我，如今又到你手里，并不拿我娘舅当作外人，一切事情都还相信我。我如今是不中用的了！现在正是你要紧时候，我不能帮你的忙，这也是无可奈何之事。但是我死之后，银钱大事，你可收回自己去管。一句话须要记好，‘人心叵测’，虽是至亲，也都是靠不住的。”于舅太爷说到这里，已经喘吁吁上气接不到下气，头上汗珠子同黄豆大小，直滚下来。甄学忠此时念到他平日相待情形，不期而然的从天性中流出几点眼泪，忙请娘舅呷一口参汤，劝娘舅暂时养神，不要说话。约摸停了一会，于舅太爷得了参汤补助之力，渐渐的精神回转，于是又挣扎着说道：“不但银钱大事要自己管，就是买土买料，也总要时时刻刻当心。我活一天，这些事我都替你抢在头里，不要你操心，就是惹人家骂我恨我，我亦不怕。横竖我有了这把年纪，也不想甚么好处。除了我，却没有第二个肯做这个冤家的。黄某人，人是很能干的……”说到这里，于舅太爷气又接不上来，喘做一团。甄学忠扶他睡下，叫他歇一回。谁知他话说

多了，精神早已散了，一个气不接，早见他眼睛一翻，早已不中用了。甄学忠少不得哭了一场。赶紧派人替他办后事，忙着入殓出殡，把他灵柩权寄在庙里，随后再扶回原籍。都是后话不题。

且说当他病重时，同他外甥说的几句话，黄二麻子跟在屋里听得清清楚楚。先听他说：“人心叵测，虽是至亲亦靠不住。”不由心上“毕拍”一跳，暗暗骂他：“老杀才！你病了，我如此的伺候你，巴结你，如今倒要绝我的饭碗！幸亏没有叫出名来还好。”等到第二回说：“黄某人人是很能干的，……”照于舅太爷的意思，谅来一定还有不满意于他的说话。又幸亏底下的话没有说出，他就一命呜呼了。碰巧他这位老贤甥听话也只听一半，竟是断章取义，听了老母舅临终的说话，以为是老母舅保举他堂舅爷接他的手，所以才会夸奖他能干。他得了这句说话，等到于舅太爷一断了气，还没有下棺材，他已把大权交给黄二麻子。黄二麻子却出其不意受了妹夫的托付，这一喜真非同小可！当天就接手。接手之后，一心想查于舅太爷的账目有甚么弊端，掀了出来也好报报前仇，谁知查了半天，竟其一毫也查不出。只有一间空房里，常常堆着千把吊钱。他便到妹夫跟前献殷勤道：“这许多钱堆在家里，岂不搁利钱，何不存在钱铺里，一来可生几个利钱，二则也免自己担心？舅太爷到底有了岁数的人了，无论你如何精明，总有想不到的地方。”只见他妹夫道：“你倒不要说他。工上用的全是现钱，不多预备点存在家里，一时头上要起来，那里去弄呢？”黄二麻子碰了这个软钉子，自己觉着没趣，搭讪着又说了几句别的闲话，妹夫也没有理会他。他便回到自己房里生气，咕嘟着嘴，一个人自言自语道：“谁稀罕吃他的饭！这也算得甚么！”

正在气间，齐巧管厨的上来付伙食钱。管厨的晓得他是主人的舅老爷，今儿又是初接事，不敢不巴结他。一进门，先请一个安，说了声：“请舅老爷的安。”黄二麻子爱理不理的，问他甚么事。管厨的故意做出一副笑容，从袖子里取出本伙食账来，送到桌子上，却又笑嘻嘻的说道：“又要舅老爷费心了。”黄二麻子是在现任州、县衙门当过师爷的，自己虽然没有经过手，规矩是知道的，晓得大厨房里，账房师爷有个九五扣。黄二麻子便拿起算盘，踢踢搭搭一算：五天应付九十六吊，照九五扣，应除四吊八百文，实付九十一吊二百文。照数发了出来。管厨的接到手里一算，不敢说不对，只笑嘻嘻的说道：“舅老爷这是怎么算的？小的不懂。”黄二麻子当是管厨的有心当面奚落他，便把算盘一推，跟手拿桌子一拍，骂道：“好混账！你瞧不起我，见我今天初接手，欺负我外行，要来蒙我！通天底下衙门局子，都是一样。我做账房虽是今天头一天，你当管厨的难道亦是今天头一回吗？你如果嫌少，你不要拿，替我把钱放在这里！”管厨的碰了这个钉子，晓得一时说不明白，只好拿了钱，搭讪着出去。黄二麻子还骂道：“底贱货！你不凶过他的头，他就凶过你的头，真正不是些好东西！”

到了第二天，管厨的特地送了黄二麻子一只火腿，又做了两碗菜，一碗红烧肘子，一碗是清炖鸭子，说是：“小的孝敬师老爷的，总得求舅老爷赏个脸收下。”起先黄二麻子还只板着个脸，一定不要这些东西，禁不住管厨的一再恳求，方才有点活动。管厨的下去，当夜便找了值账房的二爷，请他吃了几杯酒，托他同舅老爷说：“这个九五扣，照例原是应该有的，只为舅太爷要替老爷省钱，叫我们办‘清公事’，甚么伙食钱，酒席价，格外往少里打算，也不要甚么扣头。如今舅老爷来了，这个钱我们下头亦情愿报效的。但是有一句俗语，叫作‘羊毛出在羊身上’，无非还是拿着老爷的钱贴补他舅老爷罢了，舅老爷是何等精明的人，难道要我们卖老婆孩子不成？少不得还要拜求舅老爷在老爷面前，就说现在工上米粮柴火以及吃的菜，无一不贵。若照着前头数目，实在有点赔不起。总得求他老人家看破些，自下个月起，每人伙食加上十个钱。如此一来，我也不至赔本，舅老爷也

有了。至于老爷一天多化几百钱，少处去，大处来，只要那笔材料里头多开销上头几文，还怕这笔没抵挡吗。”那值账房的二爷吃喝了他的酒菜，少不得要帮他的忙，当时诺诺连声。等到晚上，走到黄二麻子身旁，一五一十，说了一遍。只见黄二麻子皱了半天眉头，说道：“既然如此，何不早说！老爷跟前，我已经说他做不下去，保举了别人，换别人做了。如今叫我到老爷跟前怎么再替他说回来呢？”值账房的二爷听了此言，亦为一惊，口称：“这事总要求舅老爷恩典！”停了半晌，黄二麻子又说道：“这们样罢，老爷跟前，我还说得回来，只说接手的那个人家里有事，一时不能上工，仍叫前头一个做起来。以后我们再留心，另雇别人罢。但是要接手的那个人，我已经答应他了，明天就要来上工。这个只好你们底下去同他商量。他肯让自然极好，倘若不肯，也只好由他，我不能做出尔反尔的事。”值账房的出来同管厨的说了。管厨的倒也明白，说：“也不过想两个钱。等我认晦气送他二十吊钱，叫他明天不要来。但是由我们底下劝他，一定不肯依的。这事情还得求舅老爷帮我一个忙，这钱就请舅老爷给他，方才妥当。”值账房的又上去回了。黄二麻子不说别的，但说二十吊钱太少，恐怕说不下去。后来又添了十吊，黄二麻子答应了，方才无事。自从管厨的有了这回事，大家都晓得舅老爷是要钱的，凡是来想他妹夫好处的，没一个不送钱给他。等到妹夫差使交卸下来，他的腰包里亦就满了。

要知后事如何，且听下回分解。

[注释]

①小京官：官名，清代，满人自从六品至九品、蒙古人自六品至八品、汉军自正六品至从七品、汉人自正六品至未入流的某些中央职官皆称“小京官”。当时中央各部偶有设置，名额甚少，地位在主事之下。

②玉堂：翰林院的别称。

③束脩：送给教师的报酬。

第六十回

苦辣甜酸遍尝滋味　嬉笑怒骂皆为文章

话说黄二麻子在他妹夫的工上很赚了几个钱。等到事情完了，他看来看去，统天底下的买卖，只有做官利钱顶好，所以拿定主意，一定也要做官。但是赚来的钱虽不算少，然而捐个正印官还不够，又恐怕人家说闲话。为此踌躇了几天，才捐了一个县丞，指分山东，并捐免验看，径自到省。一面到省，一面又托过妹夫，将来大案里头替他填个名字，一保就好过班。妹夫见他有志向上，而且人情是势利的，见他如此，也就乐得成人之美。

闲话休叙。且说黄二麻子到省之后，勤勤恳恳，上衙门站班，他拿定主意，只上两个衙门，一个是藩台，一个是首府。每天只赶这两处，赶了出又赶进，别处也来不及再去了。又过了些时，有天黄二麻子走到藩台衙门里一问，号房说："大人今儿请假，不上院了。"又问："为甚么事请假？"回称："同太太、姨太太打饥荒，姨太太哭了两天不吃饭，所以他老人家亦不上院了。"又问："为甚么事同姨太太打饥荒？"号房道："这个事我本不晓得，原是里头二爷出来说的，被我听见了。我今告诉你，你到外头却不可乱说呢。"黄二麻子道："这个自然。"号房道："原来我们这位大人一共是一位正太太，三位姨太太。不是前两天有过上谕，如要捐官的，尽两月里头上兑；两月之后，就不能捐了？因此我们大人就给太太养的大少爷捐了一个道台。大姨太太养的是二少爷，今年虽然才七岁，有他娘吵在头里，定要同太太一样也捐一个道台。二姨太太看着眼热，自己没有儿子，幸亏已有五个月的身孕，便要大人替他没有养出来的儿子，亦捐一个官放在那里。我们大人说：'将来养了下来，得知是男是女？倘若是个女怎么样？'二姨太太不依，说道：'固然保不定是个男孩子，然而亦拿不稳一定是个女孩子。姑且捐好一个预备着，就是头胎养了女儿，还有二胎哩。'大人说他不过，也替他捐了，不过比道台差了一级，只捐得一个知府。二姨太太才闹完，三姨太太又不答应了。三姨太太更不比二姨太太，并且连着身孕也没有，也要替儿子捐官。大人说：'你连着喜都没有，急的那一门？'三姨太太说：'我现在虽没有喜，焉知道我下月不受胎呢。'因此也闹着一定要捐一个知府，听说昨儿亦说好了。大人被这几位姨太太闹了几天几夜，没有好生睡，实在有点撑不住了，所以请的假。"

黄二麻子至此方才明白，于是又赶到首府衙门。到了首府，执帖的说："大人上院还没有回来。"黄二麻子只得在官厅子上老等。一等等到下午三点钟，才见首府大人回来，急忙赶出去站班。只见首府面孔气得碧青，下属站班，他理也不理，下了轿一直跑了进去，大非往日情形可比。黄二麻子心中不解，等到人家散过，他独不走，跑到执帖门房里探听消息。执帖的说："太爷你请少坐，等我进去打听明白了，再出来告诉你。"于是上去伺候了半天，好容易探得明白，出来同黄二麻子说道："你晓得我们大人为了甚么事气的这个样了？"黄二麻子急于要问。执帖道："照这样看去，这个官竟是不容易做的！只因今天上院，齐巧抚台大人这两天发痔疮，屁股里疼的熬不住，自从臬台大人起，上去回话，说不了三句就碰了下来。听见说我们大人还被他喷了一口唾沫，因此气的了不得。现在正在上房生气，口口声声要请师爷替他打禀帖告病哩。"黄二麻子道："这个却是不该应的。他

自己屁股有病，怎么好给人家脸上下不去？平心而论，这也是他们做道、府大员的，才够得上给他吐唾沫，像我们这样小官，想他吐唾沫还想不到哩。”一面说完，也就起身告辞回去。

到第二天，仍旧先上藩台衙门，号房说：“大人还不见客。”黄二麻子道：“现在各位姨太太可没有甚么饥荒打了。”号房道：“听说我们大人，只有大太太、大姨太太两位少爷的官，实实在在，银子已经拿了出去。二姨太太同三姨太太，他俩一个才有喜，一个还没有喜，为此大人还赖着不肯替他们捐。嘴里虽然答应，没有部照给他们。他们放心不下，所以他俩这两天跟着老爷闹，大约将来亦总要替他捐的。这是私事，还有公事。向来有些局子里的小委员，凡是我们大人管得到的，如果要换甚么人，一齐都归我们大人作主。抚台跟前，不过等到上院的时候，顺便回一声就是了。如今这位抚台大人却不然，每个局里都委了一位道台做坐办。面子上说藩司公事忙，照顾不了这许多，所以添委一位道台办公事。名为坐办，其实权柄同总办一样，一切事情都归他作主，他要委就委，他要撤就撤，全凭他一个人的主意。我们大人除掉照例画行之外，反不能问信。弄得他老人家心上有点酸挤挤的不高兴，所以今天仍旧不出门。”

黄二麻子听完这番话，一个人肚皮里寻思道：“他做到一省藩台，除掉抚台，谁还有比他大的？谁不来巴结他？照现在的情形说起来，辛苦了半辈子，弄了几个钱，不过是替儿孙作马牛。外头的同寅还来排挤他，一群小老婆似的，赛如就是抚台一个是男人，大家都要讨他喜欢，稍些失点宠，就是酸挤挤的。说穿了，这个官真不是人做的！”一面说，一面呆坐了一回。号房说：“黄太爷，你也可以回去歇歇了。他老人今天不出门，你在这里岂不是白耽搁了时候？”一句话提醒了黄二麻子，连忙站起来说道：“不错，你老哥说的是极，臬台衙门我有好两个月不去了。他那里例差也不少，永远不去照面，就是他有差使，也不会送到我的门上来。”说着自去。

才进臬台辕门，只见首府轿子、执事，横七竖八，乱纷纷的摆在大门外头。黄二麻子心上明白，晓得首府在这里，心上暗暗欢喜。以为这一趟来的不冤枉，又上了臬台衙门，又替首府大人站了出班，真正一举两得。心上正在欢喜，等到进来一看，统省的官到得不少，一齐坐在官厅子上等见。停了一刻，各位实缺候补道大人亦都来了，都是按照见抚台的仪制，在外头下轿。黄二麻子心上说：“司、道平行，一向顶门拜会的，怎么今儿换了样子？”于是找着熟人问信，才晓得抚台奉旨进京陛见，因为他一向同臬台合式，同藩台不合式，所以保奏了臬台护院。正碰着臬台又是旗人，上头圣眷极红，顿时批准。批折没有回来，自然电报先到了。恰好这日是辕期，臬台上院，抚台拿电报给他看过。各还各的规矩：臬台自然谢抚台的栽培，抚台又朝着他恭喜，当时就叫升炮送他出去。等到臬台回到自己的衙门，首府、县跟屁股赶了来叩喜；接连一班实缺道、候补道，亦都按照属员规矩，前来禀安、禀贺。此时臬台少不得仍同他们客气。常言道：“做此官，行此礼。”无论那臬台如何谦恭，他们决计不敢越分的。

闲话休叙。当下黄二麻子听了他朋友一番说话，便道：“怎么我刚才在藩台衙门来，他们那里一点没有消息？”他的朋友道：“抚台刚刚得电报，齐巧臬台上院禀见，抚台告诉了他。臬台下来，抚台只见了一起客，说是痔疮还没有好，不能多坐，所以别的客一概不见。自从得电报到如今，不过一个钟头，自然藩台衙门里不会得信。”黄二麻子道：“怎么电报局亦不送个信去？”他的朋友道：“你这人好呆！人家护院，他不得护院，可是送个信给他，好叫他生气不是？”黄二麻子道：“抚台亦总该知照他的。”朋友道：“不过是接到的电报，部文还没有来，就是晚点知照他也不打紧。况且他俩平素又不合式，如果合式也不会拿他那个缺，越过藩台给臬台护了。”

黄二麻子到此，方才恍然。停了一会，各位道台大人见完了新护院，一齐出来。新护院拉住叫“请轿”，他们一定不肯。又开中门拉他们，还只是不敢走，仍旧走的旁边。各位道台出去之后，又见一班知府，一班州、县，约摸有两点钟才完。藩台那里，也不晓得是甚么人送的信，后来听说当时简直气得个半死！气了一回，亦无法想。一直等到饭后，想了想，这是朝廷的旨意，总不能违背的。好在仍在请假期内，自己用不着去，只派了人拿了手本到臬台衙门，替新护院禀安、禀贺。又声明有病请假，自己不能亲自过来的缘故。然而过了两天，假期满了，少不得仍旧自己去上衙门。他自己戴的是头品顶戴红顶子，臬台还是亮蓝顶子，如今反过来去俯就他，怎么能够不气呢。按下慢表。

且说甄学忠靠了老人家的面子，在山东河工上得了个异常劳绩，居然过班知府。第二年又在抢险案内，又得了一个保举，又居然做了道台。等到经手的事情完了，请咨进京引见。父子相见，自有一番欢乐。老太爷便提到小儿子读书不成，应过两回秋闱不中，意思亦想替他捐个官，等他出去历练历练。甄学忠仰体父意，晓得自己没有中举，只以捐纳出身，虽然做到道台，尚非老人所愿。如今再叫兄弟做外官，未免绝了中会的指望，老人家越发伤心。于是极力劝老人家：只替兄弟捐个主事，到部未曾补缺，一样可以乡试。倘若能够中个举人，或是联捷上去，莫说点翰林，就是呈请本班，也就沾光不少。甄阁学听了，颇以为然，果然替小儿子捐了一个主事，签分刑部当差。

又过了两年，大儿子在山东居然署理济东泰武临道。此时甄阁学春秋已高，精神也渐渐的有点支持不住，便写信给大儿子说，想要告病。此时，儿子已经到任，接到了老太爷的信，马上写信给老人家，劝老人家告病，或是请几个月的病假，到山东衙门里盘桓些时。甄阁学回信应允。甄学忠得到了信，便商量着派人上京去迎接。想来想去，无人可派，只得把他的堂舅爷黄二麻子请了来，请他进京去走一遭。此时黄二麻子在省城里，靠了妹夫的虚火，也弄到两三个局子差事在身上。听了妹夫的吩咐，又是本省上司，少不得马上答应。甄学忠又替他各处去请假，凡是各局子的总、会办都是同寅，言明不扣薪水。在各位总、会办，横竖开支的不是自己的钱，乐得做好人，而且又顾全了首道的情面，于是一一允许。黄二麻子愈加感激，第二天收拾了一天，稍些买点送人礼物。第三天就带盘川及家人、练勇，一路上京而来。

在路晓行夜宿，不止一日，已到了京城，找到了甄阁学的住宅，先落门房，把甄学忠的家信，连着自己的手本，托门上人递了进去。甄阁学看了信，晓得派来的是儿子的堂舅爷，彼此是亲戚，便马上叫“请见”。黄二麻子见了甄阁学，行礼之后，甄阁学让他坐，他一定不敢上坐，并且口口声声的“老大人”，自己报着名字。甄阁学道：“我们是至亲，你不要闹这些官派。”黄二麻子那里肯听，甄阁学也只好随他。黄二麻子请示：“老大人几时动身？”甄阁学道：“我请病假，上头已经批准，本来一无顾恋，马上可以动得身的。无奈我有一个胞兄，病在保定，几次叫我侄儿写信前来，据说病得很凶，深怕老兄弟不得见面，信上再三劝我，务必到他那里看他一趟。现在我好在一无事体，看手足份上，少不得要亲自去走一遭。再者：我那些侄儿还没有一个出仕，等我去同他商量商量，也要替他们弄出两个去才好。”

黄二麻子便问：“这位大老大人，一向是在保定候补呢，还是作幕？”甄阁学道：“也非候补，也非作幕。只因我们家嫂，祖、父两代在保定做官，就在保定买了房子，赛同落了户的一样。家兄娶的头一位家嫂，没有生育就死了。这一位是续弦，姓徐。徐家这位太亲母止此一个女儿，钟爱的了不得，就把家兄招赘在家里做亲的。那年家兄已有四十八岁，家嫂亦四十朝外了。家兄一辈子顶羡慕的是做官。自从十六岁下场乡试，一直顶到四十八岁，三十年里头，连正带恩，少说下过十七八场，不要说是举人、副榜，连着出房、堂备，

也没有过，总算是蹭蹬极了！到了这个年纪，家兄亦就意懒心灰，把这正途一条念头打断，意思想从异途上走。到这时候，如说捐官，家嫂娘家有的是钱，单他一个爱婿，就是捐个道台也很容易。偏偏碰着我们这位太亲母，就是家兄的丈母了，他的意思却不以为然。他说：'梁灏八十二岁中状元，只要你有志气，将来总有一朝发迹的日子。我这里又不少穿，又不少吃，老婆孩子又不要你养活，你急的那一门，要出去做官？我劝你还是用功，不要去打那些瞎念头。你左右不过五十岁的人，比起梁灏还差着三十多岁哩！'家兄听了他丈母的教训，无奈只得再下场。如今又是七八科下来了，再过一两科不中，大约离着邀恩也不远了。偏偏事不凑巧，他又生起病来。至于我那些侄儿呢，肚子里的才情，比起我那两个孩子来却差得多。我的两个孩子，我岂不盼他们由正途出身，于我的面上格外有点光彩。无奈他们的笔路不对，考一辈子也不会发达的。幸亏我老头子见机得早，随他们走了异途，如今到底还有个官做。若照家兄的样子，自己已经蹭蹬了一辈子，还经得起儿子再学他的样！所以我急于要去替他安排安排才好。"

甄阁学说完了这番话，黄二麻子都已领悟，无言而退。一时在京那些同年至好，晓得甄阁学要出京，今天你送礼，明天我饯行，甄阁学怕应酬，一概辞谢，赶把行李收拾停当，雇好了车，提早三天就起身，前往保定进发。他第二个儿子甄学孝同着家眷仍留京城，当他的主事。按下慢表。

单说甄阁学同了黄二麻子两个，晓行夜宿，不止一日，已到保定大老大人的公馆，一直到他门口下车。原来大老大人的丈母一年前头也不在了，另外有过继儿子过来当家。大老大人因为住在丈人家不便，好在有的是妻财，立刻拿出来，另外典一所大房子，同着太太、少爷搬出来另住。当时黄二麻子招呼着甄阁学下了车，甄阁学先进去了。黄二麻子且不进去，先在门外督率家人、练勇卸行李。自己又一面留心，在门楼底下两面墙上看了一回，只见满墙贴着二寸来宽的红纸封条。只见报条上的官衔：自从拔贡、举人起，某科进士、某科翰林；京官大学士、军机大臣起，以及御史、中书为止；外官从督、抚起，以至佐杂太爷止；还有武职，提、镇至千、把、外委，通通都有；又有甚么钦差大臣、学政、主考，一切阔差使；至于各省局所督、会办，不计其数。

黄二麻子一头看，一头想心思："他老人家生平没有做过甚么官，就是令弟二先生也不过做到阁学，他上代头又没有甚么阔人，那里来的这许多官衔？至于外省的那些官衔同那武职的，越发不对了。就说是亲戚的，也只应该拣官大的写上几个，光光门面；甚么佐杂，千、把，写了徒然叫人家看着寒碜。不晓得他一齐写在这里，是个甚么意思？"黄二麻子正在门楼底下一个人纳闷，不知不觉，行李已发完了，于是跟了大众一块儿进去。听见这里的管家说起："二老爷进来的时候，我们老爷正发晕过去，至今还没有醒。"黄二麻子虽是亲戚，不便直闯人家的上房，只好一个人坐在厅上静候。等了一会，忽听得里面哭声大震。黄二麻子道声"不好！一定是大老大人断了气了"！想进去望望，究竟人地生疏，不敢造次。心上又想："幸亏还好，他老兄弟俩还见得一面。但这一霎的工夫，不晓得他老兄弟可能说句话没有？"正想着，里面哭声也就住了，黄二麻子不免怀疑。按下慢表。

如今且说甄阁学，自从下车走到里面，便有他胞侄儿迎了出来，抢着替二叔请安。刚进上房，又见他那位续弦嫂子也站在那里了。甄阁学是古板人，见了长嫂一定要磕头的。磕完了头，嫂子忙叫一班侄儿来替他磕头。等到见完了礼，甄阁学急于要问："大哥怎么样了？"他嫂子见问，早已含着一包眼泪，拿袖子擦了又擦，歇了半天，才回得："不大好！请里间坐。"甄阁学也急于要看哥哥的病，不等嫂子让，早已掀开门帘进去了。进得房来，只见他哥哥朝外睡在床上，拿块手巾包着头，脸上一点血丝也没有，的确是久病的样子。甄阁学要进来的时候，他哥哥迷迷糊糊，似睡不睡，并不觉得有人进来。等到兄弟

叫了他一声，似乎拿他一惊，睁开眼睛一看，当时还没有看清。后来他儿子赶到床前，又高声同他说："是二叔来了。"这才心上明白。登时一惊一喜，竭力的从被窝里挣着出一只手来，拿兄弟的衣裳一把拉住。看他情形，不晓得要有许多话说。谁知拉兄弟衣裳的时候，用力过猛，又闪了气，一阵昏晕，一松手，早又不知人事。儿子急的喊爸爸，喊了几声，亦不见醒。甄阁学一时手足情切，止不住淌下泪来。谁知他嫂子、侄儿以为这个样子，人是决计不中用的了，又用力喊了两声，不见回来，便当他已死，一齐痛哭起来。后来还是常伺候病人的一个老妈，在病人胸前摸了一把，说："老爷胸口还有热气，决计不碍。"劝大家别哭，大家方才停止。

悲声停了一刻，忽听见病人在床上大声呼喊起来。众人一齐吃了一惊，赶紧枭开帐子一看，只见病人已经挣扎着爬起来了。众人又怕他闪了气力，然而要想按他，又按他不下，只得扶他坐起。只听他嘴里还自言自语："这可真正吓死我了！"一连又说了两遍，说话的声音很有气力，迥非平时可比。再看他脸色，也有了血色了。

甄阁学看了诧异忙问："大哥怎么样？"只见他回道："我刚才似乎做梦，梦见走到一座深山里面。这山上豺、狼、虎、豹，样样都有，见了人，恨不得一口就吞下去的样子。我幸亏躲在那树林子里，没有被这班恶兽看见，得以无事。"毕竟他是有病之人，说到这里，便觉上气不接下气。众人赶忙送上半碗参汤，等他呷了几口接接力。又说道："我在林子里，那些东西瞧不见我，我却瞧见他们，看的碧波爽清的。原来这山上并不光是豺、狼、虎、豹，连着猫、狗、老鼠、猴子、黄鼠狼，统通都有；至于猪、羊、牛，更不计其数了。老鼠会钻，满山里打洞：钻得进的地方，他要钻；倘若碰见石头，钻不进的地方，他也是乱钻。狗是见了人就咬，然而又怕老虎吃他，见了老虎就摆头摇尾巴的样子，又实在可怜。最坏不过的是猫，跳上跳下，见了虎、豹，他就跳在树上，虎、豹走远了，他又下来了。猴子是见样学样。黄鼠狼是顾前不顾后的，后头追得紧，他就一连放上几个臭屁跑了。此外还有狐狸，装做怪俊的女人，在山上走来走去，叫人看了，真正爱死人。猪、羊顶是无用之物。牛虽来得大，也不过摆样子看罢了。我在树林子里看了半天，我心上想：'我如今同这一班畜生在一块，终究不是个事。'又想跳出树林子去。无奈遍山遍地，都是这班畜生的世界，又实在跳不出去。想来想去，只好定了心，闭着眼睛，另外生主意。正在这个档口，不提防大吼一声，顿时天崩地裂一般。这时候我早已吓昏了，并不晓得我这个人是生是死。恍恍惚惚的，一睁眼忽然又换了一个世界，不但先前那一班畜生一个不见，并且连我刚才所受的惊吓也忘记了。"

病人说到这里，又停了一刻，接了一接力，家人们又送上半碗汤，呷了两口。这才接下去说道："我梦里所到的地方，竟是一片康庄大道，马来车往，络绎不绝，竟同上海大马路一个样子。我此时顺着脚向东走去，不知不觉，走到一个所在，乃是一所极高大的洋房，很高的台阶。一头走，一头数台阶，足足有一十八级。我上了台阶，亦似乎觉得有点腿酸，就在东面廊下一张外国椅子上，和身倒下。刚才有点朦胧睡去，忽然觉得身后有人推我一把，嘴里大声喊道："这是甚么地方！你是那里来的野人，敢在这里乱睡！你不看里面那些戴顶子、穿靴子的老爷们，他们一齐静悄悄的坐在那里？只有你这个不懂规矩的在这里撒野，还不给我滚开！'我被他骂得动气，便说：'他们做他的老爷，我睡我的觉，我不碍着他们，他们不能管我，你怎能管我？你道我不懂规矩，难道他们那班戴顶子、穿靴子的人，就不作兴有不规矩的事吗？'那个人被我顶撞了两句，登时恼羞成怒，抡起拳头来就要打我。我也不肯失这口气，就与他对打起来。洋房里的人听见我同那人打架，立刻出来吆喝说：'这里办正经事，你们闹的甚么！'那人见有人吆喝，马上站住，我也只好住手。里头的人便问我是那里来的。我怎么回答他，一时间恍恍惚惚也记不清了。又忽

然记得我问那人：‘你们在这里做甚么？’那人道：‘我们在这里校对一部书。’我问他是甚么书，那人说是：‘上帝可怜中国贫弱到这步田地，一心要想救救中国。然而中国四万万多人，一时那能够统通救得。因此便想到一个提纲挈领的法子，说：中国一向是专制政体，普天下的百姓都是怕官的，只要官怎么，百姓就怎么，所谓上行下效。为此拿定了主意，想把这些做官的先陶熔到一个程度，好等他们出去，整躬率物，出身加民。又想：中国的官，大大小小，何止几千百个；至于他们的坏处，很像是一个先生教出来的。因此就悟出一个新法子来：摹仿学堂里先生教学生的法子，编几本教科书教导他们。并且仿照世界各国普通的教法：从初等小学堂，一层一层的上去，由是而高等小学堂、中学堂、高等学堂。等到到了高等卒业之后，然后再放他们出去做官，自然都是好官。二十年之后，天下还愁不太平吗。’我听了未及回答，只见那人的背后走过一个人来，拿他拍了一下，说声：‘伙计！快去校对你的书罢！校完了好一块儿出去吃饭。’那人听罢此言，马上就跑了进去。不多一刻，里面忽然大喊起来。但听得一片人声说：‘火！火！火！’随后又看见许多人，抱了些烧残不全的书出来，这时顷刻间火已冒穿屋顶了。一霎时救火的洋龙一齐赶到，救了半天，把火救灭。再到屋里一看，并不见有甚么失火的痕迹，就是才刚洋龙里面放出来的水，地下亦没有一点。我心上正在稀奇，又听见那班人回来，围在一张公案上面，查点烧残的书籍。查了半天，道是：他们校对的那部书，只剩得上半部。原来这部教科书，前半部是专门指摘他们做官的坏处，好叫他们读了知过必改；后半部方是教导他们做官的法子。如今把这后半部烧了，只剩得前半部。光有这前半部，不像本教科书，倒像个《封神榜》《西游记》，妖魔鬼怪，一齐都有。他们那班人因此便在那里商议说：‘总得把他补起来才好！’内中有一个人道：‘我是一时记不清这些事情，就是要补，也非一二年之事。依我说：还是把这半部印出来，虽不能引之为善，却可以戒其为非。况且从前古人以半部《论语》治天下，就是半部亦何妨。倘若要续，等到空闲的时候再续。诸公以为何如？’众人踌躇了半天，也没有别的法子可想，只得依了他的说话，彼此一哄而散。他们都散了，我的梦也醒了。说也奇怪，一场大病，亦赛如没有了。”

当下甄阁学见他哥子病势已减，不觉心中安慰了许多。以后他哥子活到若干年纪。他自己即时前往山东，到他儿子任上做老太爷去。写了出来，不过都是些老套头，不必提他了，是为《官场现形记》。前半部终。

图书在版编目(CIP)数据

图解官场现形记/李宝嘉著,崇贤书院释译.—合肥:黄山书社,2015.11

(经典传家系列丛书)

ISBN 978-7-5461-5328-5

Ⅰ.①图… Ⅱ.①李… ②崇… Ⅲ.①章回小说-中国-清代 Ⅳ.①I242.4

中国版本图书馆CIP数据核字(2015)第286474号

出 品 人　任耕耘
总 策 划　任耕耘　李　克
选题策划　汤吟菲　白剑峰
项目统筹　刘　春
责任编辑　程　景
装帧设计　未　氓
责任印制　戚　帅
出版发行　时代出版传媒股份有限公司(http://www.press-mart.com)
　　　　　黄山书社(http://www.hspress.cn)
地址邮编　合肥市政务文化新区翡翠路1118号出版传媒广场7层　230071
印　　刷　安徽新华印刷股份有限公司
版　　次　2016年3月第1版
印　　次　2016年3月第1次印刷
开　　本　700mm×1000mm　1/16
字　　数　480千
印　　张　31
书　　号　ISBN 978-7-5461-5328-5
定　　价　35.80元

服务热线　0551-63533706

销售热线　0551-63533761

官方直营书店(http://hsssbook.taobao.com)